어른을 위한 동화
그림 형제 동화전집

야코프 그림(좌측)과 빌헬름 그림(우측)

현대지성 클래식 1

어른을 위한 동화
그림 형제 동화전집
BRÜDER GRIMM KINDER-UND HAUSMÄRCHEN

그림 형제 | 아서 래컴 외 그림 | 김열규 옮김

현대
지성

목차

역자 해설 ·· 12
아서 래컴 컬러 삽화 ································ 17

어린이와 가정을 위한 이야기

1 개구리 왕자 ·· 59
2 고양이와 쥐 ·· 64
3 성모 마리아의 아이 ···························· 68
4 '소름'을 찾아 나선 소년 ····················· 74
5 늑대와 일곱 마리의 새끼 염소 ·········· 88
6 충신 요하네스 ····································· 92
7 괜찮은 거래 ·· 103
8 이상한 악사 ·· 109
9 열두 왕자 ·· 113
10 불량배들 ·· 120
11 어린 오누이 ······································ 123
12 라푼첼 ·· 132
13 숲 속의 세 난쟁이 ·························· 139
14 실 잣는 여자들 ································ 146

15	헨젤과 그레텔	150
16	생명의 잎사귀	162
17	하얀 뱀	167
18	밀짚, 석탄, 콩	171
19	어부와 그의 아내	173
20	용감한 꼬마 재봉사	186
21	신데렐라 (원제: 재투성이 아이)	198
22	수수께끼	208
23	쥐, 새, 소시지	212
24	홀레 할머니	215
25	일곱 마리의 까마귀	220
26	작은 빨간 모자	223
27	브레멘 음악대	230
28	노래하는 뼈	235
29	황금 머리카락을 지닌 악마	238
30	이와 벼룩	247
31	손 없는 처녀	250
32	영리한 한스	258
33	세 가지 언어	264
34	영리한 엘제	268
35	천국으로 간 재단사	273
36	요술 식탁, 황금 당나귀, 자루 속의 몽둥이	276
37	엄지둥이	292
38	여우 마나님의 결혼식	301
39	꼬마 요정	306
40	강도 신랑	310
41	코르베스 씨	314
42	대부	316
43	트루데 부인	318
44	죽음의 신	320
45	엄지둥이의 여행	324

46	하얀 새	328
47	향나무	333
48	늙은 개	345
49	여섯 마리 백조	348
50	잠자는 숲 속의 공주 (원제:들장미 공주)	353
51	주운 아이	359
52	지빠귀 부리 왕	362
53	백설공주	367
54	배낭, 모자, 뿔피리	381
55	룸펠슈틸츠헨	387
56	사랑하는 롤란트	392
57	황금새	398
58	참새와 개	406
59	프리더와 카터리제	411
60	두 형제	419
61	작은 농부	442
62	여왕벌	450
63	세 개의 깃털	453
64	황금 거위	456
65	털북숭이 공주	462
66	토끼의 신부	468
67	열두 명의 사냥꾼	470
68	도둑과 그의 사부	473
69	요린데와 요링겔	476
70	삼형제의 행운	480
71	여섯 사나이의 모험	483
72	늑대와 인간	489
73	늑대와 여우	491
74	여우와 사촌	493
75	여우와 고양이	495
76	분홍꽃	496

77	꾀많은 그레텔	502
78	노인과 손자	505
79	물의 요정	506
80	암탉의 죽음	507
81	루스티히라는 남자	510
82	노름꾼 한스	521
83	행운아 한스	525
84	한스, 결혼하다	533
85	황금으로 된 아이들	534
86	여우와 거위	540
87	가난뱅이와 부자	541
88	노래하는 종달새	546
89	거위치는 소녀	553
90	어린 거인	561
91	지하 왕국의 난쟁이	570
92	황금산의 임금님	575
93	까마귀	582
94	가난한 농부의 영리한 딸	590
95	늙은 힐데브란트	594
96	세 마리의 작은 새	598
97	생명의 물	603
98	척척박사	609
99	유리병 속의 혼령	612
100	염라대왕의 숯검댕이 동생	618
101	곰가죽	622
102	굴뚝새와 곰	628
103	맛있는 죽	631
104	영리한 사람들	632
105	두꺼비 이야기	637
106	고양이와 방앗간 견습공	639
107	두 나그네	644

108 고슴도치 한스	655
109 수의	660
110 가시덤불 속의 유대인	661
111 솜씨 좋은 사냥꾼	667
112 하늘 나라에서 가져온 도리깨	673
113 두 왕의 아이들	674
114 영리한 꼬마 재단사	684
115 "빛나는 햇빛이 이 사실을 밝혀 줄 거예요."	687
116 푸른 등잔	689
117 고집 센 아이	695
118 세 명의 군의관	696
119 일곱 명의 슈바벤 사람	699
120 세 날품팔이꾼	704
121 겁 없는 왕자	709
122 당나귀 상추	716
123 숲 속의 노파	724
124 삼형제	727
125 악마와 악마의 할머니	732
126 성실한 페르디난트와 불성실한 페르디난트	736
127 무쇠 난로	742
128 게으른 아내	748
129 재주가 좋은 네 형제	750
130 외눈박이, 두눈박이, 세눈박이	756
131 예쁜이 카트리넬리에와 핍 팝 폴트리	766
132 여우와 말	768
133 다 떨어진 신발	771
134 여섯 명의 하인	776
135 하얀 신부와 까만 신부	783
136 야만인 한스	788
137 까만 세 공주	797
138 크노이스트와 세 아들	799

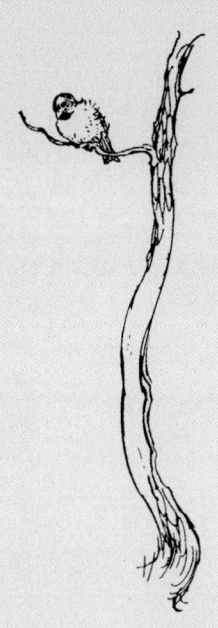

139 브라켈에서 온 아가씨	800
140 하녀들	801
141 어린 양과 물고기	802
142 지멜리 산	804
143 여행	806
144 당나귀 왕자	808
145 은혜를 모르는 아들	812
146 커다란 무	813
147 젊어진 노인	818
148 하느님의 동물과 악마의 동물	819
149 속임수	821
150 거지 노파	822
151 게으른 세 아들	822
151A 게으른 열두 하인	824
152 어린 양치기 소년	827
153 동전이 된 별	828
154 숨겨 놓은 돈	830
155 신부 고르기	831
156 부지런한 하녀	832
157 아빠 참새와 새끼 참새	833
158 상상의 나라	836
159 디트마르쉬의 허풍	837
160 수수께끼 이야기	838
161 흰눈이와 빨간 장미	838
162 영리한 하인	847
163 유리상자	848
164 게으른 하인츠	854
165 괴물새 그라이프	857
166 힘센 한스	865
167 천국에 간 농부	873
168 말라갱이 리제	874

169	숲 속의 집	875
170	기쁨도 함께, 슬픔도 함께	882
171	굴뚝새	883
172	가자미	887
173	해오라기와 후투티	888
174	부엉이	889
175	달	892
176	수명	895
177	죽음의 예고	897
178	구둣방 주인 프림	899
179	샘물가의 거위치는 소녀	903
180	이브의 자식들	915
181	물의 여신 닉세	917
182	난쟁이의 선물	924
183	거인과 양복장이	927
184	못	930
185	무덤에 누운 불쌍한 소년	931
186	진짜 신부	934
187	토끼와 고슴도치	942
188	물레와 북과 바늘	947
189	농부와 악마	950
190	식탁 위의 빵 부스러기	952
191	12개의 요술 창문	953
192	거물 도둑	957
193	북치는 사람	967
194	옥수수 열매	978
195	무덤을 지키기로 한 약속	979
196	올 링크랑크	985
197	수정 구슬	988
198	말렌 아가씨	991
199	들소가죽 장화	998
200	황금 열쇠	1003

어린이를 위한 성스러운 이야기

1 숲 속의 성 요셉 ················· 1007
2 12사도 ···························· 1011
3 장미 ······························· 1012
4 하늘 나라로 가는 길 ··········· 1013
5 하느님의 음식 ··················· 1014
6 세 개의 푸른 나뭇가지 ········ 1015
7 성모 마리아의 작은 잔 ········ 1020
8 외로운 할머니 ··················· 1021
9 하늘 나라의 결혼잔치 ········· 1022
10 개암나무 가지 ··················· 1024

그림 형제 연보 ······················· 1025

역자 해설

1812년은 야코프 그림, 빌헬름 그림 두 형제의 공저인 〈어린이와 가정을 위한 동화집〉이 인쇄물로 그 첫권이 간행된 해입니다. 지금부터 무려 200년 전의 일입니다. 그러나 앞으로 이 동화집이 읽혀 나갈 세월에 비하면 그리 멀지 않은 과거라고 할 수 있습니다.

야코프 루트비히 그림(1785~1863), 그리고 그 아우인 빌헬름 카를 그림(1786~1859)은 여섯 형제 중 첫째와 둘째로 태어났습니다. 원래는 아홉 형제였으나 그 가운데 셋이 일찍 세상을 떠났기 때문에 여섯 형제만 남았습니다. 아버지 필리프 빌헬름 그림은 매우 야심적이고 부지런한 법률가로 많은 돈을 모았다고 전해져 있습니다. 그리고 그들의 어머니인 도로테아는 카셀 시의 시의회 의원의 딸로서 이따금씩 우울증에 빠져들기는 했지만 자상하고 헌신적인 아내요 어머니였습니다.

형 야코프가 일곱 살 나던 해에 가족은 하나우 마을을 떠나서 카셀 부근의 슈타이나우로 이사를 갔는데, 거기서 아버지는 '지역 법관'의 자리를 얻고 곧 시 전체에서 주도적인 인물의 자리를 차지하게 되었습니다. 따라서 〈어린이와 가정을 위한 이야기〉의 저자인 두 형제는 다른 동생들과 더불어 매우 유복하고 행복한 소년 시절을 보낼 수 있었습니다. 그림 형제의 아버지는 시골 생활을 매우 좋아해 자연을 사랑하고 목가적인 농촌 분위기를 좋아했다고 전해져 있습니다.

이 때 형제는 이미 자연을 관찰하고 그 속에서 영위되는 농부들의 생활 등을 지켜 보면서 훗날 그들이 동화의 수집가이자 동화집의 저작자가 될 기초를 다지고 있었던 것입니다. 그들은 개신교파에 속하는 개혁교회에서 엄한 종교적 가르침을 받았습니다. 아버지 필리프는 "정직은 인생을 위한 가장 좋은 정책이다."라는 가훈을 몸소 실천해 보였습니다. 두 형제의 삶의 궤적을 살펴볼 때 우리들이 깨닫게 되는 그들의 인생 덕목, 즉 "고난 속에서도 화목하게, 불안 속에서도 성실하게"라고 요약될 덕목도 아버지에게서 배워서 평생을 지키게 됩니다.

그러나 아버지 필리프가 1796년 마흔네 살의 나이로 세상을 떠나자 가족은 고난을 겪게 됩니다. 남편이 숨진 뒤 불과 몇 주일 지나지 않아 어머니 도로테아는 대궐 같은 집을 정리하고 시종 한 사람 부릴 수 없는 처지로 여섯 아이들을 키워야 했습니다. 이 때부터 그림 가족은 완전히 남의 도움에 의존하며 살았는데 특히 큰 도움을 준 이는 도로테아의 언니이자 헤세-카셀 공국 왕비의 시녀였던 헨리에트 침머였습니다. 두 형제는 이모 헨리에트의 도움으로 카셀에 있는 유명한 리체움에 들어가 학교 교육을 받게 됩니다.

야코프와 빌헬름은 성질이 매우 딴판이었습니다. 형 야코프는 내성적이고 까다롭고 건강한 편이었지만 동생 빌헬름은 외향적이고 사교적이며 병치레를 많이 했습니다. 그러나 이들은 어릴 때부터 같은 방을 쓰면서 서로 잘 협조해가는 버릇을 익혔습니다. 고등학교 시절 두 형제는 하루에 열두 시간 이상씩 공부를 하며 리체움에서 가장 뛰어난 학생들이 되려고 열심히 노력했습니다. 그 결과 그들은 고등학교 교육 과정을 밟는 동안 줄곧 최우수 귀족 가문 출신에 비해서 열등한 집안의 아이들이라는 이유로 멸시를 해도 그들은 기죽지 않고 더욱 노력했습니다.

아버지가 살아 계셨을 때 그들은 '왕자'였습니다. 그러나 근근이 남의 도움으로 학업과 삶을 이어가던 당시, 그들은 '쫓겨나거나 버림받은 왕자'였습니다. 그리고 그들이 마침내 세계인의 사랑을 받는 동화집의 저작자가 되었을 때 그들은 다시금 왕자의 자리를 되찾은 것입니다. 이 과정, 이 역정은 동화 주인공, 특히 서구 동화 주인공의 몫임에 틀림없습니다. 야코프와 빌헬름, 두 형제는 동화의 삶을 산 것입니다. 정직, 근면, 성실 그리고 무엇보다도 인간에 대한 희망 등으로 역경을 이겨낸 것조차 동화적입니다. 동화 주인공이 끝내 자신의 목표를 성취하고 달성하는 경우, 그 최종적 수단이 바로 이 같은 인간 미덕임을 여러분들은 이미 잘 알고 있을 것입니다.

1802년과 1803년 야코프와 빌헬름은 각각 수석으로 리체움을 졸업하게 되었으나 그들이 사회적 신분이 높지 않다는 이유로 마르부르크 대학의 법학부에 입학하기 위해서는 특별 허가를 받아야 했습니다. 그러나 대학에 입학하고 나서도 그들은 또 다른 불공평한 처사를 경험하게 됩니다. 그들보다 훨씬 더 부유한 집안의 학생들 대부분은 장학금을 받아 공부를 하는데 그들은 장학금도 없이 자신들의 돈으로 공부를 해야 했기 때문입니다.

이와 같이 불공평한 처사를 겪으면서 천신만고 끝에 택하게 된 전공인 법률이 이들 형제를 신화, 전설, 동화 그리고 민속 등에 관심을 갖게 하고 바로 그 영역에서 가장 많은 업적을 남길 인물이 되게 할 줄이야 본인들로서는 예상도 못 했던 일입니다. 그리고 법률을 잘 이해하기 위해서는 사람들의 생활 습관, 풍속 등을, 그리고 그것들에 끼친 민심의 동향을 먼저 잘 이해해야 한다는 지도 교수 사비니의 가르침이 없었다면 그림 형제의 동화집은 태어나지 못했을지도 모릅니다. 물론 대학을 마치고 난 뒤에도 형제는 이 방면에 대한 관심을 버리지 않았습니다.

그러나 생활은 여전히 어려웠습니다. 비서로 조수로 혹은 도서관 직원으로 일하는 한편 형제는 민속, 신화, 동화에 관한 그들의 집념을 끈질기게 추구했습니다. 그러는 동안 차츰 법률을 더욱 잘 이해하기 위해서라는 동기 이외의 다른 동기가 이들을 더욱더 강하게 이끌어 갔습니다. 우리는 그것을 두 가지로 나누어 볼 수가 있습니다.

첫째는 나폴레옹 전쟁의 여파로 독일 통합의 기운이 높아지면서 독일 정신, 독일의 민족적 주체성을 희구하던 당시의 사회 풍조가 이들 형제에게도 영향을 주었다는 점입니다.

둘째는 1830년을 전후해서 독일에서 민중 의거가 터지고 그와 때를 같이 해서 '젊은 독일'과 같은 일군의 지적인 젊은 세력이 민주적인 사회 개혁을 요구하고 나선 시대적 변화가 이들 형제에게 영향을 끼쳤다는 사실입니다. 우리들이 잘 아는 하인리히 하이네야말로 이 젊은 독일의 정화였습니다. 핍박받고 있는 가난한 서민, 민중들에 관한 열정이 그림 형제로 하여금 민속문화에 관심을 기울이게 한 것이라고 생각됩니다. 실제로 1848년 혁명이 일어난 뒤, 그림 형제는 시의회 의원으로 선출되었고, 특히 형 야코프는 프랑크푸르트에서 소집된 국민의회의 대표적 인물의 하나로 간주될 정도였습니다.

그러나 혁명의 쇠퇴와 함께 야코프와 빌헬름은 각기 대학 교수의 자리를 내놓고 저술 작업에 전념하게 됩니다. 이들 형제는 그들의 저작물이 독일 민족 사이에서 정의를 실천하는 노력의 일단이 되기를, 또 민족에 바치는 긍지의 일단이 되기를 바랐습니다.

정의, 자유, 평등 그리고 민족—이 네가지 이념에 그들의 책을 바친 것입니다. 이 경우, 민족 그리고 인류라는 말을 쓴다면 이들 형제가 그들의 저작물을 바쳤던 이념이야말로 동화의 이념 바로 그 자체라는 것을 시인하게 될 것입니다. 전쟁의 소용돌이, 혁명과 폭동의 회오리는 이들로 하여금 이들 이념에 헌신토록 재촉한 것입니다. 전쟁, 혁명은 이를테면 동화 주인공에게 가해지는 마술사의 저주, 마녀 할머니의 요술, 악령들의 핍박 같은 것이었지만, 이들 형제는 동화 주인공이 그 모든 것을 물리치듯 그들의 이념을 향해 전진한 것입니다.

1810년, 형제는 브렌타노의 요구에 따라 49편의 동화를 그에게 보내게 됩니다. 물론 원본은 아니고 베껴 쓴 원고였지만 불행히도 그것은 알자스의 윌렌베르크 수도원에 깊이 감추어지고 맙니다. 이것들은 1920년에야 겨우 햇빛을 보게 되어 1924년, 1927년 그리고 1975년에야 각기 판을 달리하며 출판되었습니다.

이같이 일부 원고의 출간이 지연되자, 형제는 직접 출간하기로 하고 더욱더 많은 이야기를 수집하고 가필한 끝에 1812년과 1815년에 각각 한 권씩 합해서 156편의 이야기가 수록된 동화집을 간행하게 됩니다. 이리하여 가장 이상적인 '문학적 동화'가 지상에 비로소 탄생하게 되었고, 또 입으로 전해진 동화에 충실하면서도 그 형식에서나 그 이념에서나 당시 독일의 중류층 구미에 가장 알맞은 동화가 탄생하게 된 것입니다.

그리고 연이어서 1819년에 170편이 수록된 개정판이 간행된 뒤에도 다섯 번에 걸친 개정판이 나오게 됩니다. 그러고는 1857년에 제7판이 간행되었을 때에는 전 210편의 이야기를 수록하게 됩니다. 야코프는 21권, 빌헬름은 14권의 저서를 출간하는 한편 두 형제는 공저를 무려 8권이나 간행했습니다. 따라서 그들의 정진, 노력이 어떠했는지 짐작할 수 있을 것입니다.

1859년 동생 빌헬름이 죽자 야코프는 충격과 외로움을 달래면서 더욱더 작업에 정진했습니다. 그리고 1863년에 생을 마치게 됩니다. 그리하여 문명의 기원, 가장 인간적인 심성의 기원이 무엇인가를 민속을 통해서 밝히고자 한 이들 형제의 노력의 일단이 동화집의 형태로 완결된 것입니다.

〈어린이와 가정을 위한 이야기〉는 실제로 인간적인 것의 심층, 인간문명의 이념 그리고 무엇보다도 인간적인 것의 근원 내지 기원에 관한 기념비일 수 있다는 것을 이 두 형제는 확신하고 있었습니다. 그리고 그 확신은 그후 오늘날에 이르러서도 여전히 확인되고 또 확증되고 있습니다. 그림 형제의 동화집은 그 모든 것을 위한 '마술 언어'로서 읽혀지고 있는 것입니다.

1. 개구리 왕자

할 수 없이 공주는 두 손가락으로 개구리를 집어
위층으로 가서 방 구석에다 내려놓았습니다.

아서 래컴 컬러 삽화 2

2.고양이와 쥐

고양이는 마을을 둘러싼 성벽 뒤로 해서 교회로 갔다.

아서 래컴 컬러 삽화 3
4. '소름'을 찾아나선 소년

소년은 도끼를 집어들더니 단 한방에 모루를 두 쪽 내고는
늙은이의 수염을 그 갈라진 모루 사이에다 끼워 버렸습니다.

아서 래컴 컬러 삽화 4

5. 늑대와 일곱 마리의 새끼 염소

새끼들은 엄마와 함께 샘 주위를 돌면서 기쁘게 춤을 추었습니다.

아서 래컴 컬러 삽화 5

10. 불량배들

"지금은 나무 열매들이 익을 때니 다람쥐들이 그것들을 모두 거두어 가버리기 전에 우리 산으로 가서 배를 잔뜩 채워 보자."

아서 래컴 컬러 삽화 6

12. 라푼첼

그가 땅에 발을 디디는 순간 그는 기절초풍할 정도로 놀랐습니다.
바로 눈앞에 여자 마법사가 버티고 서 있었기 때문입니다.

아서 래컴 컬러 삽화 7
12. 라푼첼

라푼첼은 길게 땋은 머리채를 아래로 늘어뜨렸고
여자 마법사는 그것을 붙잡고 탑으로 올라가는 것이었습니다.

아서 래컴 컬러 삽화 8

15. 헨젤과 그레텔

갑자기 문이 열리더니 아주 늙은 할멈 하나가 목발에 몸을 의지한 채 슬그머니 집 밖으로 나왔습니다.

아서 래컴 컬러 삽화 9
15. 헨젤과 그레텔

헨젤은 그 때마다 조그만 뼈를 내밀었고 마녀는 눈이 아주 나쁜 탓으로
그 뼈를 헨젤의 손가락으로 잘못 알곤 했습니다.

아서 래컴 컬러 삽화 10

17. 하얀 뱀

물고기들은 기쁨에 겨워 파닥거리다가 물 밖으로 고개를 내밀고 소리쳤습니다.
"당신이 우리 목숨을 구해 준 걸 잊지 않겠어요.
언젠가는 그 보답을 받게 될 거예요."

18. 밀짚, 석탄, 콩

옛날 어느 마을에 가난한 할머니가 살고 있었습니다.

아서 래컴 컬러 삽화 12

20. 용감한 꼬마 재봉사

재봉사는 주머니 속에서 물렁한 치즈를 꺼내
거기서 물이 흘러나올 때까지 쥐어짰습니다.

20. 용감한 꼬마 재봉사

둘 다 머리 꼭대기까지 화가 뻗쳐 나무를 뿌리째 뽑아 들고
한동안 상대를 후려치다가 결국 둘 다 바닥에 쓰러져 죽고 말았습니다.

아서 래컴 컬러 삽화 14

21. 신데렐라

신데렐라는 서둘러 드레스로 갈아입고 그 성 안으로 들어갔습니다.

25. 일곱 마리의 까마귀

소녀는 칼을 꺼내 자기의 새끼손가락의 살을 베어내고 뼈만 남은 손가락을 그 문의 자물쇠 속에 끼워 넣었습니다. 그러자 신기하게도 그 문이 열렸습니다.

아서 래컴 컬러 삽화 16
25. 일곱 마리의 까마귀

"누가 내 밥을 먹었지? 누가 내 잔의 물을 마셨지?
인간의 입이 닿은 흔적이 있는데 그래."

26. 작은 빨간 모자

작은 빨간 모자는 숲 속에 들어서자마자 늑대를 만났습니다

아서 래컴 컬러 삽화 18
26. 작은 빨간 모자

"할머니 입은 왜 이렇게 커요?"

아서 래컴 컬러 삽화 19
37. 엄지둥이

아버지는 많은 돈을 받고 두 사람에게 엄지를 넘겨 주었습니다

아서 래컴 컬러 삽화 20

40. 강도 신랑

그녀는 지하실로 내려갔습니다.
거기에는 고개를 계속 흔드는 늙은 노파가 있었습니다.

아서 래컴 컬러 삽화 21

50. 잠자는 숲 속의 공주

왕비는 예쁜 딸을 낳았습니다.
왕은 너무 기뻐서 잔치를 크게 벌였습니다.

아서 래컴 컬러 삽화 22

50. 잠자는 숲 속의 공주

"난 두렵지 않습니다. 가서 아름다운 들장미를 보아야겠어요."

아서 래컴 컬러 삽화 23

52. 지빠귀 부리 왕

딸은 거지의 손을 붙잡고 따라 나설 수밖에 없었습니다.

아서 래컴 컬러 삽화 24

53. 백설공주

저녁이 되어 집에 돌아온 난쟁이들은
백설공주가 쓰러져 있는 것을 발견했습니다.

아서 래컴 컬러 삽화 25

56. 사랑하는 롤란트

롤란트가 연주를 시작하자
마녀는 자신도 모르게 저절로 춤을 추는 것이었습니다.

아서 래컴 컬러 삽화 26

57. 황금새

왕자가 여우의 꼬리에 올라타자마자 여우는 달리기 시작했습니다.

62. 여왕벌

언젠가 목숨을 살려 주었던 오리들이 헤엄쳐 왔습니다.
그러고는 물 속으로 쑥 들어가 열쇠를 물고 나왔습니다.

아서 래컴 컬러 삽화 28

69. 요린데와 요링겔

낮에는 고양이나 올빼미로 변했다가 밤이면
도로 인간의 모습으로 돌아왔습니다.

아서 래컴 컬러 삽화 29

69. 요린데와 요링겔

올빼미는 덤불로 날아 들어갔습니다.

아서 래컴 컬러 삽화 30

77. 꾀많은 그레텔

주인은 한 손에 칼을 든 채 손님의 뒤를 쫓아갔습니다.
"하나만! 하나만!"

아서 래컴 컬러 삽화 31
78. 노인과 손자

늙은 아버지를 난로 뒤편 한쪽 구석에
쭈그리고 앉아서 밥을 먹게 했습니다.

아서 래컴 컬러 삽화 32

88. 노래하는 종달새

그녀는 사자들을 거느리고 집으로 향했습니다.

아서 래컴 컬러 삽화 33

89. 거위치는 소녀

"오, 가엾은 팔라다, 애처롭게도 이곳에 매달려 있구나."

아서 래컴 컬러 삽화 34
89. 거위치는 소녀

"불어라, 바람아. 오, 바람아 거세게 불어 다오!
콘라드의 모자가 저 멀리 날아가도록."

아서 래컴 컬러 삽화 35
92. 황금산의 임금님

땅에 동그라미를 그린 다음 아버지와 함께 그 안으로 들어갔습니다.

아서 래컴 컬러 삽화 36

97. 생명의 물

"저, 아저씨. 혹시 우리 형들이 어디 있는지 아세요?"

아서 래컴 컬러 삽화 37
98. 척척박사

크렙스라는 이름을 가진 농부가 있었습니다.
그는 소 두 마리가 끄는 수레에 땔감을 싣고 마을을 돌아다니면서 팔곤 했습니다.

아서 래컴 컬러 삽화 38

102. 굴뚝새와 곰

세 번째 쩔렸을 때는 더 이상 고통을 참을 수 없어서
울부짖으며 꼬리를 다리 사이로 감추고 말았습니다.

아서 래컴 컬러 삽화 39
129. 재주가 좋은 네 형제

그래서 네 형제는 먼 길을 떠날 준비를 한 후
아버지에게 하직 인사를 드리고 마을을 떠났습니다.

아서 래컴 컬러 삽화 40
129. 재주가 좋은 네 형제

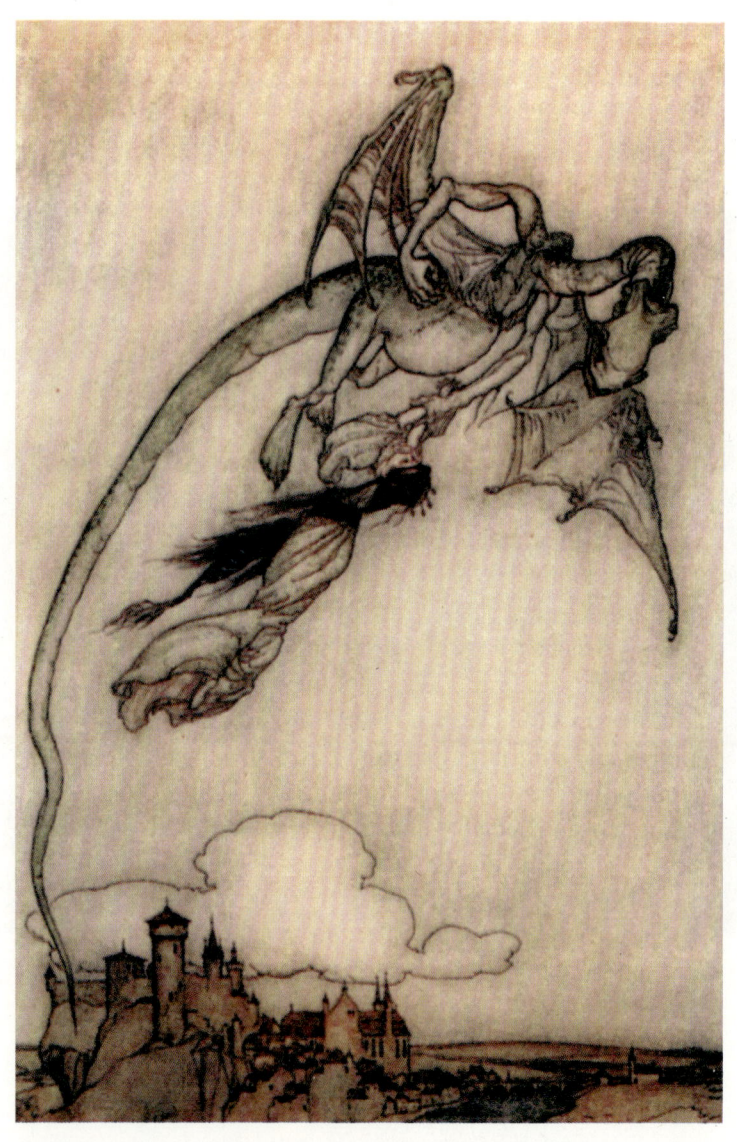

나라에 큰 소동이 벌어졌습니다.
공주가 용에게 잡혀간 것입니다.

어린이와 가정을 위한 이야기

1

개구리 왕자

옛날 옛날, 사람이 원하는 것이면 무엇이든 이루어지던 시절의 이야기입니다. 한 왕이 살고 있었는데, 그에게는 아름다운 딸들이 여러 명 있었습니다. 그 중에서도 막내딸은 유독 아름다워서 많은 것들을 보고 경험한 해님조차도 막내 공주의 얼굴에 빛을 뿌릴 때마다 그 아름다움에 놀라움과 감탄을 금치 못할 정도였습니다.

왕이 살고 있는 성 부근에는 나무들이 울창한 숲이 있었습니다. 숲에는 오래된 보리수가 있었으며 나무 밑에는 샘이 하나 있었습니다. 날이 더울 때면 막내 공주는 그 숲으로 들어가 시원한 샘물가에 앉아 있는 것을 좋아했습니다. 그러다가 심심해지면 가져간 황금 공을 공중에다 높이 던졌다가 받는 놀이를 하며 지냈습니다.

그러던 어느 날이었습니다. 공주가 황금 공을 공중에 던졌다가 잡으려 하는데 공이 공주의 손에 맞고 튀어나가 샘 쪽으로 떼굴떼굴 굴러가는 것이었습니다. 공은 공주가 지켜보는 가운데 그대로 샘 속으로 굴러 들어가 자취를 감춰 버렸습니다. 샘은 아무리 들여다보아도 바닥이 보이지 않을 정도로 깊었습니다. 공주는 울기 시작했습니다. 공주의 울음소리는 점점 더 커졌습니다. 그 곳에는 공주의 마음을 달래줄 게 아무것도 없었습니다. 공주가 거기 그렇게 주저앉아 슬피 울고 있을 때였습니다.

"무슨 일 때문에 그렇게 슬피 울고 있나요, 공주님? 공주님의 눈물은 돌까지도 녹이겠군요."

어디서 들려오는 소리일까 하고 공주는 주위를 둘러보았습니다. 샘 속에서 개구리 한 마리가 그 두툼하고 못생긴 머리를 물 밖으로 빼쭉 내밀고 있는 모습이 보였습니다.

"아, 개구리 너였구나! 나는 지금 황금 공이 샘 속에 빠져 버려서 울고 있는 거란다."

그러자 개구리가 대답했습니다.

"울음을 그치고 마음을 가라앉히세요. 제가 공주님을 도와 드릴 수 있을 테니까요. 그런데 제가 공주님의 황금 공을 찾아오면 저한테 뭘 주실거죠?"

"네가 원하는 것이라면 무엇이든 다 줄게. 내 옷이랑 진주, 보석들도 주고, 내가 머리에 쓰고 있는 금관도 네가 원한다면 줄게."

"전 공주님의 옷도 진주도 보석도 금관도 원치 않아요. 그런 것 대신 절 사랑해 주고, 제 친구가 되어 함께 놀아 주고, 식탁 앞에 앉을 때 저를 공주님의 옆자리에 앉게 해주고, 공주님의 작은 금접시에 담긴 음식을 먹게 해주고, 공주님의 작은 컵에 들어 있는 물을 마시게 해주고, 공주님의 작은 침대에서 함께 자게 해주겠다고 약속하신다면 물 속에 들어가서 공주님의 황금 공을 찾아 가져다 드리겠어요."

"그래, 약속할게. 그 공만 찾아 준다면 네가 원하는 대로 다 해줄게!"

그러면서 공주는 속으로 생각했습니다. '저 멍청한 개구리가 무슨 잠꼬대 같은 소리를 하고 있담! 다른 개구리들과 함께 물 속에 들어앉아 개골개골거리기나 할 것이지. 어떻게 사람이 자기를 친구로 대해 주기를 기대한담?'

일단 공주의 약속을 받아 낸 개구리는 물 속에 머리를 집어넣고 깊숙이 헤엄쳐 들어갔습니다. 그리고 잠시 후에 입에 공을 물고 물 밖으로 헤엄쳐 나왔습니다. 개구리가 풀밭에 황금 공을 던져 주자 공주는 너무 기뻤습니다. 그러더니 재빨리 그 공을 집어 들고 쏜살같이 달려가 버렸습니다.

개구리가 소리쳤습니다.

"기다려요, 공주님! 저도 데리고 가야죠. 전 공주님처럼 빨리 달릴 수가 없어요."

개구리는 있는 힘을 다해 개골개골거렸지만 아무 소용이 없었습니다. 공주는 이제 개구리에게 아무 관심도 없었습니다. 공주는 곧바로 성으로 달려갔습니다. 그리고 곧 그 개구리에 대해서는 잊어버리고 말았습니다. 개구리야 샘으로 돌아가면 된다고 생각했으니까요.

이튿날이었습니다. 공주가 왕과 신하들과 함께 식탁에 앉아 작은 황금접시에 담긴 음식을 먹고 있는데 무엇인가가 팔딱팔딱하면서 대리석 계단을 올라오는 소리가 들렸습니다.

"공주님, 막내 공주님, 문 좀 열어 주세요!"

밖에 누가 왔는지 궁금하게 생각한 공주는 문 쪽으로 달려갔습니다. 그런데 문을 열어 보았더니 그 곳에 그 개구리가 와 있는 게 아니겠어요. 공주는 재빨리 문을 쾅 닫아 버리고는 겁먹은 얼굴로 식탁으로 되돌아왔습니다. 왕은 공주의 가슴이 마구 뛰고 있다는 걸 눈치 채고 물었습니다.

"공주야, 대체 뭐가 그렇게 두려운 거냐. 거인이 널 잡으러 오기라도 했느냐?"

공주가 대답했습니다.

"아, 아니예요. 거인은요. 징그러운 개구리인걸요."

"개구리가 뭘 바라고 널 찾아왔지?"

"어제 제가 숲 속의 샘 근처에 앉아서 황금 공을 가지고 놀다가 그만 그걸 샘 속에 빠뜨리고 말았어요. 그래서 제가 엉엉 울고 있으니까 저 개구리가 나타나 그걸 건져 주었어요. 그 대가로 개구리는 제게 친구가 되어 달라고 했어요. 저는 그러겠다고 약속하고 말았지 뭐예요. 하지만 전 저 개구리가 물 밖으로 나올 것이라고는 생각도 못했어요. 그런데 그 개구리가 지금 저 밖에 와서 이 안으로 들어와 저랑 함께 있고 싶대요."

바로 그 때 또다시 문 두드리는 소리와 함께 개구리가 외쳤습니다.

"공주님, 공주님, 막내 공주님,

문을 열고 절 들여보내 주세요.
그 차가운 샘물 곁에서
저한테 약속하신 걸 잊으셨나요?
공주님, 공주님, 막내 공주님,
문을 열고 절 들여보내 주세요."

이윽고 왕이 말했습니다.
"네가 약속을 했다면 지켜야 한다. 가서 들어오게 하렴."
공주가 가서 문을 열어 주자 방 안으로 훌쩍 뛰어들어온 개구리는 공주를 따라 공주의 의자가 있는 데로 팔짝팔짝 뛰어갔습니다. 의자 옆에 온 개구리는 소리쳤습니다.
"절 공주님 곁에다 올려 주세요!"
공주는 정말 싫었습니다. 하지만 왕이 그렇게 하라고 분부하는 바람에 할 수 없이 분부대로 했습니다. 일단 의자 위에 올라온 개구리는 다시 말했습니다.
"우리가 함께 먹을 수 있도록 공주님의 작은 황금 접시를 제 쪽으로 더 가까이 밀어 주세요."
물론 공주는 개구리가 요구하는 대로 해주긴 했지만 싫은 것을 참고 억지로 하는 모습이 역력했습니다. 개구리는 접시에 담긴 음식을 맛있게 먹었지만 공주는 음식이 목에 걸려 체할 지경이었습니다. 개구리가 다시 말했습니다.
"아, 참 잘 먹었다. 먹고 나니 피곤하네요. 절 위층에 있는 공주님 방으로 데려다 주시고 공주님의 비단 침대를 손봐 주세요. 우리가 함께 잘 수 있도록."
공주는 그 개구리가 무섭고 징그러워 울기 시작했습니다. 개구리를 건드리는 것조차도 끔찍한 일인데 이제 그 개구리를 자신의 아름답고 깨끗한 침대 위에다 재워야 할 지경이었으니까요. 그러나 왕은 화난 표정을 하며 공주에게 말했습니다.
"네가 어려움에 처했을 때 너를 도와준 상대를 무시하는 건 옳지 않은 일이다."
할 수 없이 공주는 두 손가락으로 개구리를 집어 위층으로 데리고 가서 방 구석에다 내려놓았습니다. 그리고 공주는 침대로 올라가 누웠습니다. 개구리

는 침대 곁으로 기어와 말했습니다.
"난 피곤해요, 공주님. 나도 공주님처럼 침대에서 자고 싶어요. 날 침대 위로 올려 주세요. 안 그러면 아버님께 일러바치겠어요!"
이 말에 공주는 화가 머리 끝까지 나서 개구리를 집어 들어 있는 힘껏 벽에다 던졌습니다.
"이제 푹 쉴 수 있을거야, 이 더러운 개구리 같으니!"
그러나 개구리가 방 바닥에 떨어졌을 때 개구리는 이미 아름다운 눈을 지닌 왕자가 되어 있었습니다.
그리하여 공주는 이제 아버지가 지시하신 대로 왕자를 자신의 다정한 친구요 남편으로 맞아들이게 되었습니다. 왕자는 공주에게 못된 마녀가 자기에게 마법을 걸었으며 오로지 공주만이 자기를 그 샘에서 꺼내 줄 수 있었다는 이야기를 들려주었습니다. 왕자는 다음 날 공주를 자기 나라로 데려가고 싶다고 했습니다. 그리고 그들은 잠이 들었습니다.
이튿날 아침 밝은 햇살이 그들을 깨울 즈음, 여덟 마리의 하얀 말들이 끄는 마차 한 대가 성에 도착했습니다. 머리에 타조 깃털을 꽂고 금사슬로 된 마구를 걸치고 있는 말들이 끄는 마차였습니다. 그 마차 뒤에는 왕자의 충성스런 신하인 하인리히가 선 채로 타고 있었는데 그의 가슴에는 철로 된 세 개의 띠가 감겨 있었습니다. 자기 주인이 개구리가 된 걸 알고 너무 슬픈 나머지 자기 가슴이 슬픔과 괴로움으로 터져 버릴까봐 철로 만든 띠로 가슴을 감아 달라고 부탁했던 것입니다.

하지만 이제 그는 왕자를 자기 나라로 모셔 가기 위해 마차를 몰고 왔습니다. 충신 하인리히는 왕자와 공주가 마차에 타는 걸 도운 뒤 다시 마차 뒤의 자기 자리로 돌아갔습니다. 그는 자기 주인이 구원을 받았기 때문에 너무 기뻐서 심장이 터져 버릴 것만 같았습니다.

마차가 어느 만큼 달렸을 때 왕자는 뒤에서 무엇인가가 부서지는 듯한 소리를 들었습니다. 왕자는 고개를 돌리고 소리쳤습니다.

"하인리히, 마차가 부서지고 있어!"
"아닙니다. 왕자님, 제 가슴을 감은
쇠띠에서 나는 소리일 뿐입니다.
마녀가 마법을 걸어
왕자님을 개구리로 만들어 놓았을 때
철로 만든 띠로 가슴을 감았거든요."

여행을 하는 동안 그 소리는 두 번 더 들렸고 그 때마다 왕자는 마차가 갈라지고 있다고 생각했습니다. 그러나 그 소리는 이제 왕자님이 안전하고 행복하다는 것을 알게 된 충신 하인리히의 가슴이 기쁨으로 부풀어오르는 바람에 철로 된 띠들이 차례차례 터져나가는 소리에 불과했습니다.

2

고양이와 쥐

어떤 고양이 한 마리가 쥐와 사귀게 되자 틈만 나면 자기가 그 쥐를 얼마나 좋아하고 사랑하는지 줄줄이 늘어놓았습니다. 고양이는 쥐에게 같이 살자고 졸랐습니다. 그리하여 고양이와 쥐는 한 집에서 살게 되었습니다.
그러던 어느 날 고양이가 말했습니다.

"겨울이 다가오니 겨울을 날 양식을 준비해야겠어. 안 그러면 굶어 죽을 거야. 그렇지만 너같이 작은 쥐는 함부로 밖에 나다니면 안 돼. 요즘 같은 때는 덫에 걸리기 십상이니까."

쥐는 고양이가 하라는 대로 따랐고 그들은 요리용 굳기름(지방) 한 단지를 샀습니다. 그런데 그걸 어디에 두느냐 하는 게 문제였습니다. 오랫동안 궁리를 한 끝에 마침내 고양이가 말했습니다.

"교회보다 더 안전한 장소는 없을거야. 교회에서 감히 물건을 훔쳐 가는 사람은 없을 테니까. 교회 제단 밑에 그걸 두자. 그리고 꼭 필요할 때가 아니면 건드리지 말자구."

그래서 단지를 교회 제단 밑에 안전하게 보관했습니다. 그런데 얼마 지나지 않아 고양이는 그 굳기름이 너무나 먹고 싶어졌습니다. 고양이는 한 가지 꾀를 생각해 냈습니다.

"너한테 할 말이 있어, 쥐야. 내 사촌이 아들을 낳았지 뭐야. 갈색 반점들이 찍힌 하얀 놈을. 그런데 내 사촌이 나더러 대부가 되어 달라는 거야. 그러니 세례식에 참석해서 그 애를 내가 안고 있어야 해. 오늘 외출해도 괜찮겠니? 집안 일은 너 혼자 하고."

쥐는 선선히 대답했습니다.

"물론 괜찮고 말고. 꼭 가봐야지. 내 생각이 나서 맛있는 걸 좀 가져다주고 싶은 마음이 들면 세례식 때 쓰는 달콤하고 향긋한 붉은 포도주를 좀 가져 왔으면 좋겠어."

물론 고양이의 말은 모두 거짓이었습니다. 고양이에게는 사촌도 없었고, 따라서 대부가 되어 달라고 부탁한 이도 없었습니다. 고양이는 곧바로 교회로 달려가 그 조그만 굳기름 단지가 있는 데로 기어들어갔습니다. 고양이는 할짝할짝 굳기름을 핥아먹기 시작했습니다. 단지 아가리 부분까지 꽉 차 있던 굳기름은 순식간에 안으로 쑥 들어갔습니다.

배불리 먹은 고양이는 마을의 이 집 저 집 지붕 위를 한가로이 산책하면서 앞으로 또 무슨 핑계를 대고 굳기름을 훔쳐 먹을까 궁리했습니다. 그는 햇빛이 잘 비치는 곳에서 네 활개를 쭉 뻗고 엎드렸습니다. 그리고 그 굳기름 단지가 생각날 때마다 열심히 수염을 문질러 닦았습니다. 그는 밤이 되어서야 집으로 돌아왔습니다. 고양이가 돌아오자 쥐가 말했습니다.

"이제 돌아왔군. 아주 근사한 하루를 보냈겠지?"

"그리 나쁘지 않았어."

"그 아기 이름을 뭐라고 지었어?"

고양이는 태연하게 대답했습니다.

"위 없다."

쥐는 놀라서 소리쳤습니다.

"위 없다라구? 그것 참 괴상하고 별난 이름이네. 너희 집안에서는 이름을 그렇게 이상하게 짓니?"

고양이가 대답했습니다.

"그게 어때서? 빵도둑이라는 너희 집안 아이 이름보다야 낫지."

며칠 지나지 않아 다시 굳기름이 먹고 싶어 견딜 수 없게 된 고양이는 쥐에게 말했습니다.

"또 내 사정 좀 봐줘야겠어. 너 혼자 집안 일을 해야겠어. 또 대부가 되어 달라는 부탁을 받았어. 목에 하얀 띠가 있는 아기라 거절할 수가 없었어."

마음 좋은 쥐는 선선히 그러라고 했습니다. 고양이는 마을을 둘러싼 성벽 뒤로 해서 교회로 가 굳기름 단지를 반쯤 비워 버렸습니다.

"혼자서 몰래 먹을 때가 제일 맛있단 말이야."

고양이는 아주 만족스런 기분으로 중얼거렸습니다. 고양이가 집으로 돌아오자 쥐가 물었습니다.

"이번 아기에게는 어떤 이름을 붙여 주었대?"

"반쯤 없다."

"반쯤 없다! 세상에! 이제까지 그런 이름은 들어본 적이 없어. 그런 이름은 인명록에도 나오지 않을거야."

며칠 가지 않아 그 맛좋은 먹이 생각 때문에 고양이의 입 속에는 침이 그득하게 고였습니다. 그래서 고양이는 쥐에게 또 말했습니다.

"좋은 일은 세 차례씩 되풀이되게 마련인가봐. 또다시 대부가 되어 달라는 부탁을 받았지 뭐야. 이번 아기는 발들만 하얗고 나머지는 흰 터럭 하나 없이 온통 까맣대. 그런 아기는 몇 년에 하나 나올까 말까 해. 날 보내주지 않겠어?"

쥐는 대답했습니다.

"위 없다! 반쯤 없다! 그건 정말 괴상한 이름들이야. 그 이름들 때문에 난 이상한 생각이 들기 시작했어."

"이것 봐. 넌 진회색 털외투를 걸치고 뒷머리를 아래로 길게 땋아 늘이고서 집 안에 꼼짝없이 들어앉아 이런저런 공상이나 하고 있으라구. 낮 동안에는 외출하면 안 되니까 말이야."

고양이가 나간 뒤 쥐는 집안을 깨끗이 청소하고 정리해 놓았습니다. 그동안 탐욕스런 고양이는 단지 속에 남아 있는 굳기름을 모조리 먹어 치웠습니다.

고양이는 혼자 중얼거렸습니다.

"먹을 게 완전히 바닥이 나니 마음이 편하군."

고양이는 밤이 이슥해서야 벙벙하게 부푼 배를 쓰다듬으며 집으로 돌아왔습니다. 쥐는 먼저 세 번째 아기에게는 어떤 이름을 붙여 주었느냐고 물었습니다.

"넌 이번 이름도 좋아하지 않을거야. 그 아기이름은 하나도 없다거든."

쥐는 놀라서 소리쳤습니다

"하나도 없다라구? 그 이름 정말 이상하군. 난 그런 이름은 생전 듣지도 보지도 못했어. 하나도 없다! 그건 뭘 뜻하는걸까?"

쥐는 고개를 갸우뚱갸우뚱하다가 몸을 동그랗게 말고 잠이 들었습니다.

그 후로는 고양이한테 대부가 되어달라고 부탁하는 이가 없었습니다. 그러나 겨울이 닥쳐와 밖에서 먹을 것을 전혀 구할 수가 없게 되자 쥐는 교회 제단 밑에 저장해 둔 굳기름이 생각나서 고양이에게 말했습니다.

"고양이야, 우리가 저장해 둔 단지가 있는 데로 가자. 맛이 아주 근사할 거야."

고양이가 말했습니다.

"맞아. 네가 그 예민한 혀를 내밀어 싹싹 핥는다면 그 맛을 제대로 감상할 수 있을 거야."

그들은 길을 나섰습니다. 그들이 교회에 도착해 보니 단지는 제자리에 그대로 있었지만 속은 텅 비어 있었습니다. 그것을 본 쥐가 말했습니다.

"오 이제야 무슨 일이 일어났는지 알았다! 아주 분명해졌어. 넌 아주 좋은 친구로구나! 대부가 된다고 나갔을 때 모조리 먹어 치우셨군. 처음에는 윗부분을, 다음에는 반을, 그 다음에는 … ."

고양이는 소리쳤습니다.

"아가리 닥치고 있는 게 좋을 거야! 한 마디만 더 했다간 너를 잡아먹어 버릴 테니까!"

그러나 이미 쥐는 '모조리'라는 말을 내뱉고 말았습니다. 쥐가 그 말을 하자마자 고양이는 쥐에게 달려들어 쥐를 덥석 움켜잡은 뒤 통째로 꿀꺽 삼켜 버렸습니다.

여러분, 바로 이게 이 세상의 법칙이랍니다.

3

성모 마리아의 아이

어느 커다란 숲 언저리에 가난한 나무꾼과 그의 아내가 살고 있었습니다. 그 부부에게는 세 살배기 딸 하나가 있었습니다. 그러나 너무 가난해 매일매일 먹고 살 양식이 없어 어린 딸에게조차 먹일 것이 없었습니다.

어느 날 아침 괴로운 나날을 보내던 나무꾼은 일을 하러 숲으로 들어갔습니다. 그가 나무를 막 베기 시작했을 때 키가 크고 아름다운 한 여인이 갑자기 그의 앞에 나타났습니다. 머리에 빛나는 별들로 엮은 관을 쓴 그 여인이 그에게 말했습니다.

"나는 아기 예수의 어머니인 성모 마리아이다. 넌 가난해 생활이 어려운 사람이니 네 딸을 나에게 다오. 내가 네 딸을 데리고 가서 그 아이의 어머니가 되어 주고 잘 돌봐 주마."

나무꾼은 성모 마리아의 말에 따랐습니다. 그가 딸을 데려와 성모 마리아에게 넘겨 주자 마리아는 그 아이를 데리고 하늘로 올라갔습니다. 거기서 그 아이는 아주 잘 지냈습니다. 달콤한 케이크를 먹고 향긋한 우유도 마셨습니다. 황금으로 만든 옷을 입었으며 아기천사들이 그 아이와 놀아 주었습니다. 아이가 열네 살이 된 어느 날 성모 마리아는 아이에게 말했습니다.

"얘야, 이제부터 나는 긴 여행을 할 참이니 네가 하늘 왕국의 열세 개의 문 열쇠들을 관리해 주었으면 좋겠구나. 그 중 열두 개의 문을 열어 그 안에 든 모든 놀랍고 신비한 것들을 들여다보는 건 괜찮다. 하지만 이 작은 열쇠로 열리는 열세 번째 문만은 절대로 열지 말아라. 내 말을 명심해라. 그 문을 열면 넌 불행해질거야."

소녀는 그렇게 하겠다고 약속했습니다. 그리고 성모 마리아가 떠나자 소녀는 하늘 왕국의 방들을 하나하나 들여다보기 시작했습니다. 매일 방문을 하나씩 열어 보아서 마침내 열두 개를 다 열어 보게 되었습니다. 그 방들 속에는 빛에 둘러싸인 12사도가 한 사람씩 들어 있었습니다. 소녀는 그 황홀한 광채와 영광스런 광경을 보고 몹시 기뻐했으며 소녀 곁을 늘 따라 다니던 아기천사들도 역시 기뻐했습니다. 이제 성모 마리아가 열어서는 안 된다고 말한 방 하나만이 남았습니다. 소녀는 그 안에 무엇이 들어 있는지 몹시 알고 싶었습니다. 소녀는 아기천사들에게 말했습니다.

"난 이 문을 열지도 않고 안에 들어가지도 않을게. 그냥 문틈으로 살짝 엿보기만 할게."

그러자 아기천사들이 말했습니다.

"오, 안 돼요! 그건 죄를 짓는 일이에요. 성모 마리아님이 금하신 일이니 무서운 일이 일어날 거예요."

그래서 소녀는 더 이상 그 문을 열어 보자는 말을 꺼내지 않았습니다. 하지만 소녀는 그 문을 열어 보고 싶은 마음을 억누를 수 없었습니다. 그런 호기심은 자꾸 소녀의 마음을 유혹하고 괴롭혀서 한시도 마음이 편할 날이 없었습니다.

그러던 어느 날 아기천사들이 밖으로 나간 후 혼자가 되자 소녀는 생각했습니다.

'이제, 나 혼자뿐이니 몰래 들여다볼 수 있겠다. 내가 들여다본 걸 아무도 모를 거야.'

소녀는 열세 번째의 문의 열쇠를 찾아내어 방문 자물쇠에 끼우고 돌렸습니다. 그러자 그 문이 열리고 소녀는 그 속에서 활활 타는 불길과 눈부신 빛 속에 앉아 있는 성 삼위일체를 보았습니다. 소녀는 한동안 얼이 빠져서 그 광경을 지켜보았습니다. 소녀는 손가락 하나로 그 빛을 살짝 건드려 보았습니다. 그러자 그 손가락이 황금빛으로 변해 버렸습니다. 너무나 두려운 생각이 들어 소녀는 문을 쾅 닫고 달아나 버렸습니다.

그 후로는 그녀가 무슨 일을 하든 두려움이 가라앉지 않았으며 그녀의 가슴은 계속 쿵쾅거리며 뛰었습니다. 게다가 황금빛으로 된 그녀의 손가락은 변하지 않고 그대로였습니다. 얼마 후 성모 마리아가 돌아왔습니다. 마리아는 소녀를 불러 하늘의 방문 열쇠들을 돌려 달라고 했습니다. 소녀가 그 열쇠꾸러미를 넘겨 주자 마리아는 소녀의 눈을 들여다보며 말했습니다.

"열세 번째 문을 열어 보진 않았겠지?"

"예."

성모 마리아가 그녀의 가슴에 손을 갖다대자 그녀의 가슴이 심하게 두근거리는 것을 느낄 수 있었습니다. 마리아는 소녀가 자신의 말을 듣지 않고 기어이 그 문을 열어 보았다는 것을 알았습니다. 마리아는 다시 한 번 물었습니다.

"그 문을 열어 보진 않았겠지?"

소녀는 두 번째로 대답했습니다.

"예."

마리아는 하늘의 불을 건드려 황금빛이 되어 버린 소녀의 손가락을 보고 죄를 지었다는 것을 확실히 알았습니다.

마리아는 세 번째로 물었습니다.

"진짜 안 그랬니?"

소녀는 세 번째로 대답했습니다.

"예."

그러자 마리아가 말했습니다.

"너는 내 말을 듣지 않았고 심지어는 거짓말까지 했다. 그러므로 너는 더 이상 하늘 나라에 머무를 자격이 없다."

소녀는 곧 깊은 잠에 빠졌습니다. 소녀가 눈을 떴을 때 그녀는 지상의 황야 한복판에 누워 있었습니다. 소녀는 울고 싶었지만 소리를 낼 수가 없었습니다. 그녀는 벌떡 일어났습니다. 어디론가 달아나 버리고 싶었습니다. 그러나 그녀가 몸을 돌릴 때마다 무성한 가시덩굴들이 그녀의 앞을 가로막아 뚫고 나갈 수가 없었습니다. 소녀는 황량하고 쓸쓸한 곳에 갇힌 것이었습니다.

소녀는 할 수 없이 속이 빈 고목 속에 잠자리를 만들었습니다. 밤이 되자 소녀는 고목 속으로 기어들어가 누웠습니다. 소녀는 하늘 나라에서의 아름다웠던 생활이 생각날 때마다, 또 아기천사들과 함께 놀던 기억이 떠오를 때마다 가슴이 쓰렸고 눈물이 쏟아졌습니다. 먹을 것이라곤 식물 뿌리와 야생 딸기밖에 없었으며 그녀는 그런 것을 구하기 위해 발이 붓도록 돌아다녔습니다.

가을이 오자 소녀는 땅바닥에 떨어진 나무 열매들과 나뭇잎들을 속이 빈 고목 속에 모아놓았습니다. 열매들은 소녀가 겨울을 날 양식이었고, 나뭇잎들은 눈과 서리가 내릴 때 불쌍한 작은 짐승처럼 소녀가 기어들어가 잘 이부자리였습니다. 그래야 얼어 죽지 않을 테니까요. 오래지 않아 소녀가 걸치고 있던 옷은 넝마가 되어 조각조각 떨어져 나가고 맨살이 드러나기 시작했습니다.

다시 태양이 빛나고 주위가 따뜻해지자 소녀는 고목 속에서 기어 나왔습니다. 소녀의 긴 머리가 외투처럼 그녀의 맨살을 덮어 주었습니다. 이렇게 몇 년간을 지내는 동안 소녀는 이 지상에서 삶의 슬픔과 괴로움을 뼈저리게 느끼게 되었습니다.

숲이 다시 신록으로 뒤덮인 어느 날 그 나라의 왕이 사냥을 하러 숲으로 들어와 사슴 한 마리를 쫓기 시작했습니다. 사슴은 소녀가 머무르고 있는 곳을 둘러싼 덤불 속으로 도망쳐 왔고 왕은 말에서 내려 칼로 덤불을 내리치면서 그 안으로 들어오기 시작했습니다. 마침내 덤불을 헤치고 들어온 왕은 황금빛 머리를 발까지 길게 늘어뜨린 한 아름다운 소녀가 나무 밑에 앉아 있는 것을 발견했습니다. 왕은 그 자리에 선 채 소녀를 지켜 보다가 이윽고 말을 걸었습니다.

"그대는 누구요? 왜 이 쓸쓸한 곳에 혼자 앉아 있는거요?"

그러나 소녀는 입이 열리지 않았기 때문에 아무런 말도 할 수 없었습니다. 그러자 왕은 다시 말했습니다.

"나와 함께 내 성으로 가지 않겠소?"

소녀는 그저 고개만 살짝 끄덕였고, 왕은 두 팔로 소녀를 안아 말 위에 태운 뒤 함께 성으로 갔습니다. 소녀는 비록 말을 하지는 못했지만 너무나 아름다웠기 때문에 왕은 곧 그녀를 사랑하게 되었습니다. 그리고 얼마 지나지 않아 그녀와 결혼했습니다.

일 년쯤 지나자 왕비는 아들을 낳았습니다. 아들을 낳은 그 날 밤 왕비가 침대에 홀로 누워 있을 때 마리아가 그녀 앞에 나타나 말했습니다.

"네가 내가 금한 그 방문을 열어 보았다는 사실을 솔직히 고백한다면 말할 수 있는 힘을 네게 돌려주겠다. 그러나 네가 끝까지 사실을 털어놓지 않는다면 지금 태어난 네 아기를 내가 데리고 갈 테다."

왕비는 대답할 수 있는 기회를 얻었지만 여전히 고집을 부렸습니다.

"아뇨, 전 그 방문을 열지 않았어요."

그러자 성모 마리아는 왕비의 품 안에서 아기를 빼앗은 뒤 아기와 함께 사라져 버렸습니다. 이튿날 아침 아기가 보이지 않자 왕비가 자기 아기를 죽이는 도깨비라는 소문이 사람들 사이에 퍼지기 시작했습니다. 왕비도 그 소문을 들었지만 목소리가 나오지 않아 아니라고 말할 수가 없었습니다. 그러나 왕비를 너무나 사랑한 왕은 그 소문을 믿지 않았습니다.

일 년 뒤 왕비는 다시 아들을 낳았습니다. 그리고 성모 마리아가 다시 찾아와 말했습니다.

"네가 그 금지된 문을 열었다는 사실을 솔직하게 털어놓기만 한다면 네 아기를 돌려주고 네 굳은 혀도 풀리게 해주겠다. 하지만 네가 여전히 고집을 부려 아니라고 한다면 이번에 태어난 아기도 내가 데리고 갈 테다."

왕비가 말했습니다.

"아뇨, 전 그 문을 열지 않았어요."

그러자 마리아는 그녀의 품 안에서 아기를 빼앗아 하늘 나라로 또 데려가 버렸습니다. 이튿날 아침 두 번째 아기도 사라져 버렸다는 걸 알게 된 사람들은 왕비가 그 아기를 삼켜 버렸다는 이야기를 거리낌없이 했고, 왕의 고문관들은 왕에게 왕비를 처형시켜야 한다고 주장했습니다. 그러나 왕은 왕비를 사랑했기 때문에 그 말을 믿지 않았고, 자신의 고문관들에게도 죽고 싶지 않거든 그런 말을 입에 담지 말라고 명령했습니다.

그 이듬해, 왕비는 아름다운 딸을 낳았습니다. 그 날 밤 세 번째로 찾아온 성모 마리아는 왕비에게 말했습니다.

"나를 따라 오너라."

마리아는 왕비의 손을 잡고 하늘 나라로 데려 갔습니다. 거기서 마리아는 왕비의 두 아이들이 웃고 떠들면서 지구를 갖고 노는 광경을 보여 주었습니다. 왕비가 기뻐하는 모습을 보자 마리아는 말했습니다.

"아직도 네 마음이 열리지 않았느냐? 네가 그 문을 열었다는 사실을 고백한다면 저 두 아들을 네게 돌려줄 텐데."

그러자 왕비는 이번에도 대답을 했습니다.

"아뇨, 전 문을 열지 않았어요."

그러자 마리아는 세 번째 아기마저 빼앗고는 왕비를 다시 지상으로 떨어뜨려 버렸습니다. 이튿날 아침 세 번째 아기마저 사라졌다는 사실이 드러나자 모든 사람들은 입을 모아 말했습니다.

"왕비는 도깨비입니다! 왕비를 사형에 처해야 합니다!"

왕은 더 이상 고문관들의 입을 막을 수 없게 되어 왕비를 재판에 부쳤습니다. 왕비는 혀가 굳어 자신을 변호할 수 없었습니다. 왕비는 화형을 언도받았습니다. 사람들이 말뚝 주위에 나뭇단들을 쌓고 왕비를 그 말뚝에 묶은 뒤 나뭇단에 불을 피자 그 뜨거운 불길이 그녀의 단단히 얼어 붙었던 자존심을 녹여 버려 그녀의 가슴은 후회로 가득찼습니다. 왕비는 '내가 그 문을 열었다는 사실을 죽기 전에 고백할 수 있다면!' 하고 생각했습니다. 그 순간 굳었던 혀가 풀리면서 그녀는 큰 소리로 외쳤습니다.

"그래요, 마리아님, 전 그 문을 열어 보았습니다!"

그러자 갑자기 하늘에서 비가 쏟아지면서 불길이 꺼졌습니다. 그리고 왕비의 머리 위에 환한 빛 줄기가 떨어지면서 성모 마리아가 빛을 타고 내려왔습니다. 성모 마리아는 양쪽에 두 아들을 거느리고 새로 태어난 딸을 품에 안고 있었습니다. 마리아는 왕비에게 다정하게 말했습니다.

"자신이 지은 죄를 회개하고 고백하는 사람은 용서를 받으리라."

마리아는 왕비에게 세 아이를 넘겨 주고 왕비의 굳은 혀를 풀리게 해주었습니다. 왕비는 남은 평생 동안 행복하게 살았습니다.

4

'소름'을 찾아 나선 소년

어느 아버지에게 두 아들이 있었습니다. 큰 아들은 영리하고 지혜로웠으며 어떠한 상황에서도 당황하지 않고 척척 일을 잘 해냈습니다. 그러나 작은 아들은 멍청해서 어떤 것도 배울 수 없었고 아무것도 이해하지 못했습니다. 그래서 작은 아들을 만나 본 사람들은 누구나 입을 모아 이렇게 말하곤 했습니다.

"저 애는 평생 아버지의 짐이 될거야!"

집안에 할 일이 생기면 늘 큰아들이 그 일을 해내야만 했습니다. 그런데 큰아들은 겁이 많아서 날이 어둑해진 때나 밤에 아버지가 일을 시키거나, 교회 묘지같이 음산한 곳을 지나가야 하는 심부름을 시키면 아버지에게 이렇게 말했습니다.

"못 해요, 아버지. 전 거기 못 가요. 그 곳은 생각하기만 해도 소름이 끼치는 걸요!"

이따금 밤중에 난롯가에 둘러앉아서 등골이 오싹한 이야기를 들을 때면 사람들은 다들 소름이 끼친다고 말하곤 했습니다. 작은아들도 종종 방구석에 앉아 그런 이야기를 듣곤 했지만 그게 무슨 소린지 전혀 이해하지 못해 혼자 중얼거리곤 했습니다.

"사람들은 늘 '정말 소름 끼쳐!'라고 하는데 그 소름이란게 뭔지 모르겠어. 그건 아마도 내가 알지 못하는 무슨 기술이 아닌가 싶어."

어느 날 그의 아버지는 작은아들에게 한 마디 했습니다.

"얘야, 내 말 좀 들어 봐라. 넌 이제 몸집도 커지고 힘도 강해졌으니 밥벌이하는 법을 배워야 한다. 네 형이 얼마나 열심히 일하고 있나 좀 보려무나. 그런데 너는 그저 방구석만 차지하고 앉아 아무것도 하려 들지 않으니 정말 큰일이다."

작은아들은 대답했습니다.

"아니예요, 아버지. 저도 뭔가를 배우고 싶어요. 전 소름 끼치는 법을 알고 싶다구요. 전 그게 뭔지 전혀 모르고 있거든요."

큰아들은 이 말을 듣고 동생을 비웃으며 이렇게 생각했습니다.
'맙소사, 내 동생은 정말 멍청해! 저 애는 아무짝에도 쓸모 없는 애가 될거야. 뭔가를 해내려면 젊을 적에 해야 할 텐데.'
아버지는 한숨을 쉬며 말했습니다.
"때가 되면 소름 끼치는 게 뭔지 상세히 알게 될게다. 하지만 그걸 안다고 해서 밥이 생기는 건 아니다."
그 뒤 얼마 지나지 않아 교회 일꾼 한 사람이 그 집에 들렀습니다. 아버지는 그에게 자기 작은아들이 뭘 배울 능력도, 깨달을 능력도 없는 데다 할 줄 아는 게 아무것도 없다며 불평을 늘어놓았습니다.
"아 글쎄, 내가 녀석한테 밥벌이 삼아 뭘 하고 싶으냐고 물어 보았더니 녀석이 한다는 소리가 소름 끼치는 법을 배우고 싶다지 뭡니까?"
그러자 교회 일꾼이 말했습니다.
"그 애가 바라는 게 그것이라면 제가 일하는 데서 배울 수 있을겁니다. 그 애를 제게 맡겨 주신다면 제대로 된 아이로 만들어 놓겠습니다."
아버지는 작은아들에게는 훈련 같은 게 필요하다고 생각했기 때문에 기꺼이 그의 말에 따랐습니다.
그리하여 교회 일꾼은 그 소년을 자기 집으로 데리고 가서 교회종 치는 일을 맡겼습니다. 그러고 나서 며칠이 지난 뒤 교회 일꾼은 한밤중에 소년을 깨워 교회 종탑으로 올라가 종을 치라고 말했습니다.
교회 일꾼은, '이제 너도 소름 끼친다는 게 뭔지 제대로 알게 될게다.'라고 생각하면서 소년보다 먼저 종탑으로 올라갔습니다. 물론 소년이 눈치 채지 못하게 몰래 올라갔습니다. 소년은 종탑에 올라가 종에 매달린 끈을 붙잡기 위해 몸을 돌리다가 종 밑으로 나 있는 구멍 건너편 계단 위에 하얀 물체가 서 있는 것을 보았습니다.
"거기 누구요?"
소년이 소리쳤지만 그 물체는 대꾸도 하지 않고 움직이지도 않았습니다. 소년은 다시 소리쳤습니다.
"대답해요. 대답하기 싫으면 여기서 썩 꺼져요! 한밤중에 여기서 볼 일은 없을 테니까."
그러나 교회 일꾼은 꼼짝하지 않았습니다. 그는 소년이 자기를 유령으로 생각해 주기를 바랐던 것입니다.

　소년은 다시 한 번 더 소리쳐 보고는 그래도 소용이 없자 그 물체에 달려들어 계단 아래로 떠밀었습니다. 그 물체는 열 계단쯤 굴러 내려가 계단 한모퉁이에 길게 늘어졌습니다. 그러고 나서 소년은 종을 치고는 교회 일꾼 집으로 돌아와서 아무 말 없이 이불 속으로 들어가 그대로 잠들어 버렸습니다. 교회 일꾼의 아내는 아무리 기다려도 남편이 돌아오지 않자 걱정이 되어 잠자는 소년을 깨워 물었습니다.

　"우리 그이 어디 있는지 아니? 너보다 먼저 종탑으로 올라갔는데."

　소년이 대답했습니다.

　"몰라요. 하지만 종소리가 울리는 구멍 건너편에 누군가가 서 있었어요. 제가 누구냐고 물어도 대답을 안 하고 꺼지라고 해도 안 꺼지길래 전 나쁜 사람인 줄 알고 계단 아래로 떠밀어 버렸죠. 그 사람이 아저씨인지 아닌지 한 번 가서 살펴보세요. 그 사람이 아저씨라면 정말 죄송해요."

　교회 일꾼의 아내는 급히 뛰어나갔습니다. 그리고 그녀는 계단 한 모퉁이에서 다리가 부러진 채 쓰러져 신음하고 있는 남편을 발견했습니다. 그녀는 남편을 부축해 집으로 데려온 다음 소리 내어 울며 곧바로 소년의 아버지 집으로 달려갔습니다.

　그녀는 소년의 아버지에게 악을 썼습니다.

　"댁의 아들이 끔찍한 일을 저질렀어요! 그 녀석이 내 남편을 계단 아래로 떠밀어 다리를 분질러 놓았다구요. 아무짝에도 쓸모 없는 그 놈을 당장 데려가세요!"

　화가 난 아버지는 당장 교회 일꾼의 집으로 달려가 소년을 야단치기 시작했습니다.

　"너 그게 무슨 못된 짓이냐? 그런 짓을 한 걸 보니 아무래도 악마한테 홀렸나 보다!"

　소년이 대답했습니다.

　"아버지, 제 말 좀 들어 보세요. 전 아무 잘못도 없어요. 그분은 무슨 못된 짓을 하는 사람처럼 어둠 속에 서 있었어요. 저는 그분이 누군지 몰라 세 번이나 물었어요. 내 말에 대꾸를 하든가 꺼지든가 하라고."

　그러자 아버지는 말했습니다.

"넌 평생 나한테 골칫거리밖에 되지 않을거다. 더 이상 꼴도 보기 싫으니 당장 내 눈 앞에서 없어져."

"알았어요, 아버지. 기꺼이 그렇게 해드리죠. 하지만 날이 밝을 때까지만 참아 주세요. 해가 뜨는 대로 집을 나가서 소름 끼치는 법을 배울 테니까요. 그렇게 되면 저도 밥벌이를 할 수 있는 기술을 가지게 될 거예요"

"네 마음대로 배우고 싶을 걸 배워라. 나는 아무래도 상관없으니까. 50탈러 (독일의 옛 은화)를 줄 테니 이걸 갖고 넓은 세상으로 나가거라. 하지만 네가 어디서 왔고 네 아버지가 어떤 사람인지 아무한테도 이야기하지 말아라. 창피하니까."

"아버지 말씀대로 할게요. 아버지가 바라시는 게 그것뿐이라면 명심하겠어요."

날이 밝자 소년은 50탈러를 주머니 속에 집어넣고 집을 나와 큰 길을 따라

4. '소름'을 찾아 나선 소년   77

걸어갔습니다. 소년은 길을 가면서 혼자 중얼거렸습니다.
"소름이 끼쳤으면! 제발 소름이 좀 끼쳤으면!"
소년이 그렇게 중얼거리며 가는데 한 남자가 옆에서 걸어가다가 그 말을 들었습니다. 두 사람이 얼마쯤 걸어가다가 교수대가 눈에 띄자 그 남자는 소년에게 말했습니다.
"저기 저 교수대 보이지? 저기서 일곱 명의 사내들이 밧줄잡이 딸한테 장가를 들었단다. 지금쯤 그 친구들은 두 발을 버둥거리며 하늘을 나는 법을 배우고 있을걸. 밤이 올 때까지 저 교수대 밑에 앉아 기다려 봐라. 그러면 넌 분명히 소름 끼치는 법을 배우게 될거야."
소년이 대답했습니다.
"저기 앉아서 기다리는 일 정도라면 저도 쉽게 할 수 있겠네요. 제가 그처럼 금방 소름 끼치는 법을 배우게 된다면 제 50탈러를 아저씨께 드릴 테니 내일 아침 이리로 오세요."
소년은 교수대가 있는 데로 가서 그 밑에 앉아 밤이 오기를 기다렸습니다. 날이 추워 소년은 불을 지폈습니다. 그러나 자정쯤 되자 바람이 한층 싸늘해지면서 모닥불 곁에 있어도 몸이 따뜻해지지 않았습니다. 목 매달려 죽은 시체들이 바람에 이리저리 흔들리면서 서로 부딪치자 소년은 '여기 불 곁에 있어도 이렇게 몸이 꽁꽁 얼어 붙는데, 저기 매달린 저 사람들은 얼마나 추울까?' 하고 생각했습니다. 그는 불쌍한 생각이 들어 교수대에 사다리를 걸치고 올라가 그들의 목에 걸린 밧줄을 하나하나 풀어 시체들을 땅바닥에 내려놓았습니다. 그러고 나서 그들을 따뜻하게 해주려고 모닥불을 훅훅 불어 불을 살아나게 했습니다. 그러나 그들은 꼼짝하지 않고 앉아 있었으며 이윽고 그들의 옷에 불이 옮겨 붙었습니다.
소년은 그들에게 말했습니다.
"조심해요. 안 그러면 댁들을 다시 저기다 목매달아 버릴 테니까요."
그 시체들은 소년의 말을 듣지도 못했습니다. 그들은 그저 입을 꾹 다물고 있었고, 그들이 걸친 넝마 같은 옷들에 붙은 불은 계속 타올랐습니다. 그러자 소년은 화를 내면서 말했습니다.
"당신들이 조심하지 않으니 나도 어쩔 수 없군요. 당신들 때문에 나까지 불에 타 죽을 수는 없어요."

그리하여 소년은 다시 그들의 목을 나란히 교수대에 걸어 놓고 불 곁으로 돌아와 이내 잠이 들었습니다. 이튿날 아침이 되자 그 전날 길에서 만났던 남자가 50탈러를 받을 욕심으로 소년에게 돌아왔습니다.

그 남자가 말했습니다.

"자, 이제는 소름이 뭔지 알았겠지?"

"아뇨, 제가 그걸 어떻게 알 수 있겠어요? 저기 걸려 있던 사람들이 입도 열지 않았는데요. 그 사람들은 너무나 멍청해서 자기네가 입고 있는 넝마 같은 옷들이 타도 가만히 있더라구요."

그 남자는 50탈러를 받기는 다 틀렸다는 걸 알았습니다.

"내 평생 저런 녀석은 처음 보네!"

그 남자는 혼자 중얼거리면서 제 갈길로 가 버렸습니다.

소년도 다시 길을 떠났습니다. 그는 길을 걸으며 또다시 중얼거리기 시작했습니다.

"소름이 끼쳤으면! 제발 소름이 좀 끼쳤으면!"

소년의 뒤에서 걷고 있던 한 짐마차꾼이 그 말을 듣고 물었습니다.

"넌 누구냐?"

"몰라요."

마차꾼은 다시 재우쳐 물었습니다.

"어디서 왔냐?"

"몰라요."

"네 아버지는 누구시냐?"

"그런 말에 대답하면 안 된대요."

"아까부터 계속 뭐라고 중얼거리는거냐?"

"전 소름이 끼쳤으면 해요. 그런데 아무도 소름 끼치는 법을 가르쳐 주지 않는거예요."

그러자 마차꾼은 말했습니다.

"그런 바보 같은 소리는 집어치우고 나랑 같이 가면서 네가 잘 만한 곳이 있나 알아보자꾸나."

소년은 마차꾼과 함께 갔습니다. 그 날 밤 그들은 어느 여관에 도착해서 그곳에서 하룻밤 묵어 가기로 했습니다. 그들이 큰 방으로 들어갔을 때 소년은 또다시 큰 소리로 말했습니다.

"소름 좀 끼쳐 봤으면! 제발 소름 좀 끼쳐 봤으면!"

여관 주인은 이 말을 듣고 껄껄 웃으며 말했습니다.

"그게 네 소원이라면 여기서 그런 경험을 할 기회를 갖게 될게다."

그러자 여관 주인의 아내가 말했습니다.

"입 다물어요! 그렇지 않아도 목숨을 잃은 멍청한 사람들이 한둘이 아니구만. 저렇게 예쁜 눈을 가진 애가 다시는 햇빛을 보지 못한다고 생각해봐요. 얼마나 끔찍한 일이겠어요?"

그러나 소년은 말했습니다.

"제 아무리 어려운 일이라 해도 난 상관 안 해요. 난 소름이 끼쳤으면 좋겠어요. 내가 집을 떠난 것도 그 때문인걸요."

소년은 여관 주인을 조르고 졸라 마침내 가까운 곳에 있는 귀신 붙은 성에 관한 이야기를 듣고야 말았습니다. 여관 주인은 거기야말로 소름 끼친다는 게 뭔지 제대로 알 만한 곳이라고 말했습니다. 소년은 그저 성 안에서 사흘 밤을 보내기만 하면 되었습니다. 왕은 그런 모험을 무사히 치르는 사람에게는 자기 딸을 주겠다는 약속을 해두고 있었습니다. 그 딸은 세상에서 가장 아름다운 처녀였습니다. 그리고 그 성 안에는 마귀들이 지키고 있는 엄청나게 많은 보물이 있어 일단 그 보물을 마귀들한테서 빼내기만 한다면 가난한 사람도 큰 부자가 될 수 있다고 했습니다. 그 때까지 수많은 사람들이 그 성 안으로 들어갔지만 살아 나온 사람은 하나도 없었습니다.

이튿날 아침, 소년은 왕 앞으로 나아가 말했습니다.

"그 귀신 붙은 성에서 사흘 밤을 보내고 싶으니 허락해 주셨으면 합니다."

소년을 본 왕은 소년이 마음에 들어 이렇게 말했습니다.

"그대는 그 성 안으로 들어갈 때 가져갈 물건을 세 가지 청할 수 있다. 하지만 세 가지 모두 생명이 없는 물건이어야만 한다."

"그렇다면 불과 갈이기계 한 대와 칼이 붙어 있는 목공용 작업대 하나를 가져가고 싶습니다."

왕은 낮 동안 그 세 가지 물건들을 성 안에 들여놓게 했습니다. 밤이 오기 직전 소년은 혼자서 그 성 안으로 들어가 방 안에다 불을 피우고 칼이 붙어 있는 목공용 작업대를 설치한 뒤 갈이기계 위에 걸터앉았습니다.

"오, 소름 좀 끼쳐 봤으면! 하지만 여기서도 그 기술을 배울 수 있을 것 같지는 않아."

자정이 가까웠을 때 소년은 다시 불을 휘젓고 싶었습니다. 그런데 소년이 모닥불에다 대고 바람을 '푸' 하고 부는 순간 갑자기 한구석에서 비명소리 같은 게 들려 왔습니다.

"야옹! 야옹! 얼어 죽을 것 같아!"

소년은 소리쳤습니다.

"이 멍청이들! 무엇 때문에 비명을 지르는거야? 얼어 죽을 것 같으면 이 불 곁에서 몸을 녹이면 되잖아."

소년이 그 말을 하자마자 두 마리의 커다란 검은 고양이들이 껑충 뛰어와 소년 곁에 앉았습니다. 그리고 고양이들은 불이 번쩍번쩍하는 눈으로 소년을 무섭게 노려보았습니다. 잠시 후 몸을 다 녹이고 난 고양이들은 소년에게 말했습니다.

"이봐 친구, 우리 카드 한 판 할까?"

"좋지. 하지만 우선 먼저 너희들의 발을 보여줘."

고양이들은 자기네의 발톱을 쀼쭉

내밀었습니다.

"맙소사! 발톱 한 번 엄청나군! 기다려, 내가 그 발톱을 깎아 줄 테니까."

소년은 그렇게 말하면서 고양이들의 목덜미를 움켜 쥐고 목공용 작업대 위에 올려놓았습니다. 그리고 고양이들의 발을 바이스(고정하는 기구)에 고정시켰습니다.

소년은 말했습니다.

"내 너희 둘을 유심히 살펴보고 있었지. 그런데 이제 카드 놀이 하고 싶은 마음이 없어져 버렸어."

그리고 나서 소년은 그 고양이들을 흠씬 두들겨 패 죽인 뒤 물 속에다 던져 버렸습니다. 그가 고양이들을 처치하고 나서 다시 모닥불 곁에 앉으려는데 목에 새빨간 쇠사슬을 맨 검은 고양이들과 검은 개들이 사방에서 기어나와 그의 주위로 다가오는 바람에 그는 도망칠 수도 없게 되어 버렸습니다. 그들은 낮은 소리로 으르렁거리면서 모닥불을 마구 밟아 꺼버리려고 했습니다. 소년은 얼마 동안 그것들이 하는 짓을 지켜 보다가 하는 짓이 너무 고약하다 싶은 기분이 들자 더 이상 참을 수 없어 칼을 움켜 쥐고 소리쳤습니다.

"여기서 썩 꺼져, 이 더러운 놈들아!"

그리고 그는 칼을 마구 휘두르기 시작했습니다. 일부는 달아나 버렸고 달아나지 않은 놈들은 소년이 모두 죽여 연못 속에 던져 버렸습니다. 제자리로 돌아온 소년은 남은 불씨들에다 대고 훅훅 바람을 불어 다시 불을 살려 내고 몸을 따뜻하게 했습니다. 그렇게 모닥불 옆에 앉아 있다 보니 점차 소년의 눈꺼풀이 무거워지면서 몹시 졸렸습니다. 주위를 둘러보던 소년의 눈에 방구석에 놓여 있는 커다란 침대 하나가 띄었습니다.

"내가 찾던 게 바로 이거야."

소년은 그렇게 중얼거리며 그 위에 누웠습니다. 그러나 소년이 침대에 누워 눈을 감자마자 침대가 요동을 치기 시작하더니 성 안을 마구 내달리는 것이었습니다. 소년은 아무렇지도 않은 듯 말했습니다.

"그래, 달려라 달려. 좀더 빨리 달려 보지 그래."

침대는 여섯 마리 말이 끄는 마차처럼 번개같이 내달렸습니다. 문과 문을 지나서 계단을 오르락내리락했습니다. 그러다 갑자기 와르르, 쿵쾅 하는 소리를 내면서 침대가 뒤집히더니 그것이 몸 위에서 산처럼 그를 내리눌렀습니다.

그러나 소년은 담요와 베개들을 내던지고 침대 밑에서 기어나와 말했습니다.

"자, 이 침대를 타실 분 있으면 얼마든지 타세요."

소년은 모닥불 옆에 길게 누운 뒤 이튿날 아침까지 푹 잤습니다. 아침 나절 성 안으로 들어온 왕은 소년이 방바닥에 길게 누워 있는 광경을 보고는 소년이 유령들에게 목숨을 잃었다고 생각했습니다.

"아 딱도 하지! 잘 생긴 아이였는데."

왕이 중얼거리자 그 말소리에 잠에서 깬 소년은 주섬주섬 일어나 앉으며 말했습니다. "아직 끝나지 않았습니다!"

왕은 처음에는 놀랐지만 곧 기뻐하면서 하룻밤을 어떻게 보냈는지 물었습니다. 소년은 왕의 물음에 대답했습니다.

"아주 잘 지냈습니다. 이걸로 하룻밤은 무사히 지낸 셈이고, 나머지 이틀도 쉽게 보낼겁니다."

소년은 여관 주인에게 갔습니다. 여관 주인도 놀라서 입을 딱 벌렸습니다. 그리고 말했습니다.

"다시는 널 못 볼 줄로만 알았는데. 그래 이제는 소름이 뭔지 알았니?"

"아뇨. 전혀 도움이 되지 않았어요. 누가 좀 가르쳐 줬으면 좋겠어요."

두 번째 밤에도 소년은 그 낡은 성으로 들어가 불 옆에 앉아서 늘 하던 소리를 다시 늘어놓았습니다. "소름 좀 끼쳐 봤으면!"

자정이 가까웠을 때 소년은 요란한 소리를 들었습니다. 그 소리는 처음에는 낮게 들리다가 점점 커졌습니다. 곧이어 그 소리가 사라지면서 얼마 동안 잠잠하다가 갑자기 귀청을 찢을 듯한 비명 소리와 함께 반토막짜리 사람 하나가 굴뚝을 타고 내려와 소년의 발 밑에 툭 떨어졌습니다. 그것을 본 소년이 말했습니다.

"야, 이것 봐라! 반쪽이 달아나고 없네. 정상이 아니로군."

또다시 요란한 소리가 나더니 고함소리와 울부짖는 소리가 들리면서 나머지 반쪽도 떨어져 내렸습니다.

"기다려. 너희들을 위해 불길을 좀 세게 해줄 테니."

소년은 모닥불을 휘저어 불이 활활 타오르게 했습니다. 그리고 소년은 주위를 두리번거리다가 그 반토막짜리 몸 두 개가 하나로 합쳐지더니 무시무시한 인상을 가진 사람으로 변하는 광경을 보았습니다. 그 사내는 소년의 작업대 위에 걸터앉았습니다.
 소년이 말했습니다.
 "거기 앉으라고 허락해 준 적 없는데. 그 작업대는 내 거야."
 그 사내는 소년을 밀쳐 버리려 했으나 소년은 그대로 당하지 않고 힘껏 그 사내를 떠밀어 버린 뒤 자기가 그 자리를 차지하고 앉았습니다.
 갑자기 굴뚝에서 많은 사람들이 차례차례 뛰어내려왔습니다. 그들은 아홉 구의 시체에서 나온 뼈들과 두개골 두 개를 가지고 와서 아홉 개의 뼈들을 세워 놓고 두개골을 굴려 쓰러뜨리는, 볼링 비슷한 게임을 하기 시작했습니다. 소년은 자기도 그걸 하고 싶어 물었습니다.
 "이봐, 나도 끼워 줄 테야?"
 "돈을 갖고 있다면 끼워주지."
 "돈이야 많지. 하지만 너희들이 갖고 있는 공들은 둥그렇지가 않구나."
 소년은 두개골들을 집어서 갈이기계에다 끼운 뒤 그것들이 둥그렇게 될 때까지 기계를 돌렸습니다.
 "자, 이제는 더 잘 굴러갈거야. 야호! 이제 재미있게 놀아 보자!"
 소년은 그들과 함께 게임을 하여 약간의 돈을 잃었습니다. 그런데 시계가 열두 시를 치자 모든 것들은 말끔히 사라져 버렸고 소년은 그대로 바닥에 누워 편안하게 잠이 들었습니다.
 이튿날 아침, 소년이 무사한가 알아보려고 성으로 온 왕은 소년에게 물었습니다.
 "이번에는 어떻게 지냈지?"
 "볼링을 하다가 돈을 좀 잃었어요."
 "그래 소름이 끼치지는 않았니?"
 "전혀요! 꽤 재미있었는걸요. 아, 소름이 뭔지 알 수만 있다면!"
 사흘째 밤이 되자, 소년은 다시 작업대 위에 앉아 구슬프게 말했습니다.
 "소름 좀 끼쳐 봤으면!"
 밤이 으슥해지자 여섯 명의 거인들이 관 하나를 들고 왔는데, 그걸 본 소년이 말했습니다.
 "아, 저건 며칠 전에 죽은 내 사촌동생임이 분명해."
 소년은 그들에게 손가락으로 신호하면서 소리쳤습니다.

"이리 와, 동생. 이리 와!"

거인들은 관을 바닥에 내려놓았습니다. 소년은 그리로 가서 관뚜껑을 들어 올렸습니다. 관 속에는 시체 하나가 누워 있었습니다. 소년이 시체의 얼굴에 손을 대보니 얼음처럼 찬 기운이 느껴졌습니다.

소년이 말했습니다.

"기다려. 내가 널 따뜻하게 해줄 테니까."

소년은 불 옆으로 가서 손바닥을 따뜻하게 한 뒤 다시 그걸 시체의 얼굴에 갖다 댔습니다. 하지만 시체의 얼굴은 여전히 싸늘했습니다. 그래서 소년은 시체를 관에서 들어내 불 옆으로 끌고 온 뒤 자기 무릎 위에 올려 놓고 시체의 두 팔을 계속 주물러 주었습니다. 마침내 시체의 몸에서 피가 다시 통하기 시작했지만 별로 도움이 되지 않았습니다. 그 때 소년은 두 사람이 한 침대에 누우면 서로의 몸이 더워진다는 말이 기억 나서 시체를 침대로 끌고 갔습니다. 그리고 침대에 눕히고 담요를 덮어 준 뒤 자기도 그 곁에 누웠습니다. 잠시 후 죽은 사람의 몸이 따뜻해졌고 곧이어 꿈틀거리며 움직이기 시작했습니다.

"내가 네 몸을 따뜻하게 해주지 않았으면 어쩔 뻔했어 그래?"

소년이 말을 하자 시체는 버럭 고함을 쳤습니다.

"이제 네 목을 졸라 주지!"

"뭐라구? 고맙다는 인사가 고작 그거냐? 안 되겠다. 널 다시 관 속에 집어넣어 버려야지."

소년은 시체를 번쩍 들어 관 속에 처넣고 뚜껑을 닫았습니다. 그러자 여섯 명의 거인들이 돌아와 관을 메고 나가 버렸습니다.

"소름이 끼치지 않아. 여기서 아무리 오래 지내도 소름 끼치는 법을 배우진 못할 거야."

소년이 그 말을 하자마자 유령처럼 보이는 어떤 사람이 들어 왔습니다. 그는 다른 어떤 자들보다도 더 늙어 보였고, 더 커 보였으며, 턱에는 길고 하얀 수염이 달려 있었습니다. 그 늙은이는 소년에게 소리쳤습니다.

"이 악당놈아! 이제 소름이 뭔지 알게 될거다. 너도 죽을 때가 가까웠으니까."

소년이 말했습니다.

"이렇게 빨리 죽는 건 싫어. 날 죽이려면 먼저 나를 이겨야 할걸."

그러자 늙은이가 말했습니다.

"걱정마. 널 이길 테니까."

"입만 나불거리는군. 허풍 그만 떨어! 난 너만큼 강해. 아니, 더 강할지 몰라."

늙은이가 다시 말했습니다.

"어디 정말 그런가 한번 볼까? 네가 나보다 더 강하다면 널 무사히 내보내 주지. 따라와. 시험해 보자."

그는 소년을 끌고 캄캄한 복도를 여러 곳 지나 대장간으로 갔습니다. 거기서 그는 도끼를 집어 들더니 모루를 내리쳐 단 한 방에 모루를 땅 속에 들어가게 했습니다.

"난 그보다 더 잘할 수 있어."

소년은 그렇게 말하면서 또 다른 모루가 있는 곳으로 갔습니다. 하얀 수염을 늘어뜨린 늙은이는 소년이 하는 짓을 자세히 지켜보기 위해 소년의 곁으로 다가갔습니다. 소년은 도끼를 집어 들더니 단 한 방에 모루를 두 쪽 내고는 늙은이의 수염을 그 갈라진 모루 사이에다 끼워 버렸습니다. 그러고 나서 말했습니다.

"내가 이겼어! 죽을 사람은 바로 너야!"

소년은 쇠몽둥이 하나를 집어 들고는 늙은이를 때리기 시작했습니다. 늙은이는 엉엉 울면서 소년에게 많은 보물을 줄 테니 제발 쇠몽둥이로 때리지는 말아 달라고 사정했습니다. 소년은 쇠몽둥이를 내려놓고 늙은이를 놓아 주었습니다. 늙은이는 소년을 성의 지하실 방으로 데리고 가서 금이 가득 든 세 개의 궤짝을 보여 주며 말했습니다.

"하나는 가난한 사람들 것이고, 또 하나는 왕의 것이고, 남은 것은 당신 것입니다."

그 때 시계가 12시를 쳤습니다. 그 늙은 유령은 소년을 어둠 속에 남겨 둔 채 사라져 버렸습니다.

"나 혼자서도 여기서 나가는 길을 찾을 수 있어."

소년은 그렇게 중얼거리면서 어둠 속을 더듬어 드디어 그의 방으로 돌아가는 길을 찾아냈습니다. 방으로 되돌아온 소년은 불 옆에 누워 잠이 들었습니다.

이튿날 아침에 왕이 와서 말했습니다.

"이제는 소름이 뭔지 배웠겠지?"

소년은 대답했습니다.

"아뇨, 소름이란 게 뭐죠? 죽은 제 사촌동생이 여기 왔었고, 턱수염 난 사람이 와서 제게 지하실에 있는 엄청나게 많은 금을 보여 주기는 했지만 소름이 뭔지 가르쳐 준 사람은 아무도 없는걸요."

그러자 왕은 말했습니다.

"그대는 성을 구했으니 내 딸과 결혼하도록 해라."

소년은 대답했습니다.

"그거 아주 좋죠. 하지만 전 아직도 소름이 뭔지 모르겠어요."

사람들은 지하실에서 황금을 꺼내 왔습니다. 그리고 성대한 결혼식이 거행되었습니다. 소년은 아내를 몹시 사랑했으며 아주 행복했지만 가끔씩 혼자 중얼거리곤 했습니다.

"소름 좀 끼쳐 봤으면! 소름 좀 끼쳐 봤으면 좋겠어!"

그의 아내는 그 일 때문에 은근히 걱정을 하고 있었는데 어느 날 시녀가 말했습니다.

"걱정마세요. 그분은 소름이 뭔지 제대로 아시게 될 테니까요."

시녀는 왕궁 정원을 흐르는 시내로 나가서 양동이 가득 잉어를 잡아 왔습니다. 그 날 밤 젊은 왕이 잠들었을 때 그의 아내는 이불을 걷어 내고 차가운 물과 잉어가 가득 든 양동이를 그의 몸 위에 엎어 버렸습니다. 그러자 그 작은 물고기들이 그의 몸 위에서 펄떡펄떡 뛰기 시작하는 바람에 젊은 왕은 잠에서 깨어나 소리쳤습니다.

"오, 소름 끼친다! 소름 끼쳐! 이제 알았소, 부인. 소름이 뭔지를."

5

늑대와 일곱 마리의 새끼 염소

옛날 옛날에 엄마염소 한 마리가 일곱 마리의 새끼를 데리고 평화롭게 살고 있었습니다. 어머니라면 누구나 다 그렇듯이 엄마염소는 새끼들을 무척 사랑했습니다. 어느 날 엄마염소는 먹을 것을 구하러 숲으로 가야 했습니다. 엄마염소는 걱정이 되어 일곱 마리 새끼염소들을 불러다 놓고 이렇게 말했습니다.

"애들아, 엄마가 숲에 가서 먹을 것을 구해 오마. 그동안 너희들은 늑대를 조심해야 한다. 늑대가 집 안에 들어오게 되면 그 놈은 너희들을 모두 잡아먹어 버릴거야. 뼈도 남기지 않고 말이야. 그 악당놈은 가끔 변장을 하기도 한단다. 그러니까 너희들은 그 놈의 쉰 소리와 검은 발을 보고 금방 그 놈을 알아볼 수 있어야 해."

새끼염소들은 입을 모아 말했습니다. "엄마, 조심하고 있을 테니 염려하지 말고 다녀오세요."

엄마염소는 매애애애 하면서 안심하고 길을 떠났습니다. 그런데 엄마염소가 떠난 지 얼마 되지 않아 누군가 문을 두드리며 소리쳤습니다.

"문 열어라. 애들아, 엄마가 먹을 걸 갖고 왔다."

그러나 새끼염소들은 쉰 목소리를 듣고 그것이 늑대인 줄 대번에 알아차렸습니다. 그래서 다같이 소리쳤습니다.

"문을 열지 않을거야. 너는 우리 엄마가 아니야. 우리 엄마 목소리는 예쁘고 고운데 네 목소리는 잔뜩 쉬었잖아. 넌 늑대야!"

늑대는 가게로 가서 큼직한 분필 한 토막을 먹었습니다. 그러자 늑대의 목소리가 고와졌습니다. 늑대는 다시 새끼염소들이 있는 집으로 돌아와 문을 두드리며 소리쳤습니다.

"애들아, 문 열어라. 엄마가 너희들이 먹을 걸 갖고 돌아왔단다."

하지만 새끼염소들은 창턱에 걸쳐 놓은 늑대의 검은 발을 보고 소리쳤습니다.

"안 열거야. 우리 엄마 발은 그렇게 시커멓지 않아. 넌 늑대야!"

늑대는 빵가게로 달려가 주인에게 말했습니다.

"돌에 채이는 바람에 발을 다쳐 그러니 발에 밀가루 반죽 좀 발라 주슈."

빵가게 주인이 밀가루 반죽을 발라 주자 이번에는 방앗간으로 달려가 주인에게 말했습니다.

"내 발에 하얀 밀가루 좀 뿌려 주슈."

방앗간 주인은 이 늑대가 누군가를 속이려고 한다는 것을 알아차리고 거절했습니다. 늑대가 무서운 얼굴을 하고 주인에게 말했습니다.

"내가 해 달라는 대로 해주지 않으면 잡아먹고 말 테다!"

겁이 난 방앗간 주인은 늑대가 해달라는 대로 늑대의 발을 하얗게 만들어 주었습니다.

늑대는 세 번째로 새끼염소들이 사는 집으로 가서 문을 두드리며 말했습니다.

"애들아, 문 열으렴. 이 엄마가 숲에서 너희들이 먹을 걸 잔뜩 구해 갖고 돌아왔단다."

그러자 새끼염소들이 소리쳤습니다.

5. 늑대와 일곱 마리의 새끼 염소

"진짜 우리 엄만가 아닌가 알아보게 먼저 발을 보여 주세요."

늑대는 창턱에 발을 올려놓았습니다. 새끼염소들은 하얀 발을 보고 진짜 엄마가 왔나 보다 생각하고 문을 열었습니다. 그러자 집 안에 발을 들여놓는 것은 바로 늑대였습니다. 새끼염소들은 겁에 질려 허겁지겁 숨었습니다. 첫째는 식탁 밑으로, 둘째는 침대 밑으로, 셋째는 오븐 속으로, 넷째는 부엌 안으로, 다섯째는 찬장 속으로, 여섯째는 세면기 속으로, 일곱째는 시계 상자 속으로 각각 들어갔습니다.

그러나 늑대는 새끼염소들을 하나하나 통째로 삼켜 버린거죠. 그런데 늑대는 시계 상자 속에 숨은 막내만은 찾아내지 못했습니다. 배가 차자 아주 만족한 늑대는 넓은 초록색 풀밭에 있는 나무 밑으로 뒤뚱뒤뚱 걸어가 그 밑에 누워 잠이 들었습니다.

잠시 후 숲에서 나와 집으로 돌아온 엄마염소는 집 안이 난장판이 되어 있는 것을 보고 깜짝 놀랐습니다. 집 문은 활짝 열려 있고, 식탁, 의자 등 가구들이 모두 뒤집혀 있었으며, 세면기는 바닥에 떨어져 박살이 나 있는 것이었습니다. 게다가 침대시트와 베개들도 침대 밑에 나뒹굴고 있었습니다. 엄마염소는 이곳저곳 새끼들을 찾아보았지만 아무 데도 없었습니다. 그런데 시계 상자를 놓아 두었던 곳에서 막내의 가냘픈 목소리가 들려 왔습니다.

"엄마, 나 시계 상자 속에 있어요."

엄마염소는 막내를 꺼냈습니다. 막내는 늑대가 와서 언니들을 모두 잡아 먹었다고 말했습니다. 그 이야기를 들은 엄마염소는 불쌍한 새끼들을 생각하며 얼마나 슬피 울었는지 모릅니다.

엄마염소는 슬피 울며 밖으로 나왔습니다. 막내도 엄마 곁을 졸졸 따라갔습니다. 풀밭에 이르렀을 때 그들은 늑대가 머리 위에 있는 나뭇가지들이 부르르 떨릴 정도로 코를 크게 골며 자고 있는 광경을 보았습니다. 늑대가 잠들어 있는 그 주위를 빙빙 돌며 이것저것 살펴보던 엄마염소는 늑대의 불룩한 뱃속에서 뭔가가 꿈틀거리며 움직이고 있는 것을 발견했습니다. 엄마염소는 생각했습니다.

'맙소사. 늑대가 저녁거리로 삼켜 버린 내 불쌍한 새끼들이 아직 저 뱃속에 살아 있는 건 아닐까?'

엄마염소는 막내한테 집에 가서 가위와 실과 바늘을 가져오라고 했습니다.

막내가 그것들을 가져오자 엄마염소는 늑대의 배에 가위를 댔습니다. 엄마염소가 가위로 늑대의 배를 살짝 가르자마자 새끼염소의 머리 하나가 튀어나왔습니다. 그리고 좀더 가르자 여섯마리의 새끼염소들이 차례로 늑대의 뱃속에서 튀어 나왔습니다. 새끼들은 모두 털끝만큼도 다치지 않은 채 말짱하게 살아 있었습니다. 그 먹보가 너무나 허기진 나머지 여섯 마리 새끼들을 씹지도 않고 통째로 삼켜 버렸기 때문입니다. 어미와 새끼들이 뛸 듯이 기뻐한 건 새삼 말할 필요도 없지요! 새끼들은 어미를 끌어안고 깡충깡충 뛰었습니다. 그때 엄마염소가 말했습니다.

"자, 애들아. 들에 가서 돌멩이를 주워 오너라. 저 못된 놈이 잠들어 있는 동안 저 놈 뱃속에다 돌멩이들을 가득 채워 놓을 거니까."

일곱 마리의 새끼들은 얼른 흩어져 늑대의 뱃속을 가득 채울 수 있을 만큼 돌멩이들을 주워 왔습니다. 엄마염소는 늑대의 뱃속에 돌멩이들을 꽉 채운 뒤 늑대가 깨어나기 전에 날렵한 솜씨로 늑대의 배를 꿰맸습니다.

늑대는 실컷 자고난 뒤 몸을 일으켰습니다. 뱃속에 돌멩이들이 꽉 들어 차 있었기 때문에 늑대는 몹시 목이 말랐습니다. 샘으로 가서 물을 마시려고 걸음을 옮기던 늑대는 이리 비틀 저리 비틀 했습니다. 늑대의 뱃속에 들어 있는 돌멩이들이 서로 부딪치면서 요란한 소리를 냈습니다. 그러자 늑대가 소리쳤습니다.

"내 뱃속에서 덜거덕거리는 것들이 무엇일까?
내 뼈들이 부서지는 소리일까?
내가 먹은 건 여섯 마리의 새끼염소들뿐인데,
그 놈들은 돌멩이들보다 더 무겁구나."

늑대가 샘가로 겨우 와서 물을 마시기 위해 몸을 앞으로 기울이자 무거운 돌멩이들이 앞으로 우르르 몰리는 바람에 늑대는 그만 거꾸로 물 속에 처박혀 죽고 말았습니다. 이 광경을 본 일곱 마리의 새끼염소들은 일제히 샘가로 달려와 크게 소리쳤습니다.

"늑대가 죽었다! 늑대가 죽었다!"

새끼들은 엄마와 함께 샘 주위를 돌면서 기쁘게 춤을 추었습니다.

6

충신 요하네스

어느 늙은 왕이 병이 들었습니다. 이렇게 앓다가 이번에는 분명히 죽을 것이라고 생각한 왕은 시종들에게 큰 소리로 명령했습니다.

"충신 요하네스를 이리로 들라 해라."

왕이 가장 아끼는 신하인 요하네스는 왕을 평생토록 진심으로 섬겼기 때문에 '충신 요하네스'라는 이름을 얻었습니다. 그가 왕의 침대 곁으로 다가가자 왕이 말했습니다.

"나의 가장 충성스런 요하네스여, 나는 최후가 가까워오는 걸 지금 느끼고 있소. 하지만 나는 다른 것은 아무것도 염려가 되지 않소. 오직 왕자가 걱정될 뿐이요. 아직 너무 어려서 자기한테 이익이 되는 것이 무엇인지, 해가 되는 것이 무엇인지 잘 모르고 있소. 그대가 왕자의 양아버지가 되어 주시오. 만약 그렇지 않으면 나는 안심하고 눈을 감을 수 없을 것이오."

충신 요하네스는 왕에게 다짐했습니다.

"저는 절대로 왕자님을 저버리지 않을 것입니다. 그리고 제 목숨을 바쳐서라도 왕자님을 충실히 모시겠습니다."

그러자 왕은 말했습니다. "아, 그러면 이제 편안히 죽을 수 있겠소."

그러면서 왕은 한 마디를 덧붙였습니다.

"내가 죽은 후 왕자에게 이 성 안의 모든 걸 보여 주시오. 모든 방들, 연회실, 지하실, 그 안에 있는 보물 등등을. 하지만 성의 긴 통로 맨 끝에 있는 방만은 보여 주지 마시오. 그 안에는 '황금 궁전의 공주'의 초상화가 감춰져 있소. 만일 왕자가 그 초상화를 보게 되면 금세 그 공주에게 반해 얼마 동안 정신을 잃을 것이오. 그리고 나서 왕자는 그 공주 때문에 큰 모험을 해야만 할거요. 그렇게 되지 않도록 그대가 기필코 왕자를 막아야만 하오."

충신 요하네스는 약속을 꼭 지키겠노라고 왕에게 다짐을 했습니다. 그러자 왕은 입을 다물더니 이내 숨졌습니다. 왕의 장례식이 끝난 뒤 충신 요하네스는 선왕이 돌아가실 즈음 자신이 왕에게 어떤 약속을 했는지에 대해 왕자에게 들려주고 이렇게 말했습니다.

"저는 꼭 그 약속을 지킬 것이고 부왕께 했던 것과 똑같이 충성을 다하겠습니다. 설사 제 목숨을 잃는 한이 있어도."

문상 기간이 끝나자 충신 요하네스는 새 왕에게 말했습니다.

"이제 전하께서 상속받으신 것들을 돌아보실 때가 왔습니다. 조상 대대로 물려받아 온 성을 둘러보십시오."

그는 왕과 함께 성을 돌아보기 시작했습니다. 계단을 오르내리고 무수히 많은 통로들을 지나면서 그 성 안의 모든 보물과 찬란하게 장식된 방들을 왕에게 보여 드렸습니다. 그러나 그는 한 방의 문만은 열지 않았습니다. 그 방문을 열면 바로 마주 보이는 곳에 돌아가신 왕이 말한 위험한 초상화 한 점이 걸려 있기 때문입니다. 게다가 그 그림은 생생하게 살아 있는 것처럼 뛰어난 작품이라 이 세상에서 그보다 더 아름답고 더 사랑스런 그림은 다시 없을 정도였습니다.

그런데 젊은 왕은 충신 요하네스가 한 개의 방문을 열어 주지 않고 그대로 지나쳐 버리는 것을 재빨리 눈치 채고 말했습니다.

"왜 이 문은 열어 주지 않는거요?"

충신 요하네스가 말했습니다.

"그 안에는 전하께 충격을 드릴 만한 물건이 들어 있기 때문입니다."

"난 이 성 안에 있는 모든 걸 다 보았소. 그러므로 이 방 안에 무엇이 들어 있는지도 알아야겠소."

왕이 문 앞으로 다가가 억지로 문을 열려고 하자 충신 요하네스는 왕을 말리면서 말했습니다.

"부왕이 돌아가시기 전에 저는 부왕께 이 방 안에 있는 것만은 전하께 보여 드리지 않겠다고 약속했습니다. 그 물건은 전하와 제게 커다란 불행을 안겨 줄지도 모릅니다."

그러나 왕은 막무가내였습니다.

"안 돼요, 그럴 순 없어요! 이 안에 들어가 보지 못한다면 난 죽고 말거요. 이 방 안을 들여다보지 못한다면 낮이나 밤이나 안절부절못하게 될 테니 결국 죽지 않고 배기겠소? 그대가 이 방문을 열어 주지 않는다면 난 여기서 꼼짝도 하지 않을거요."

충신 요하네스는 아무리 고집을 부려도 소용이 없다는 걸 깨닫고 들고 다니던 큼직한 열쇠꾸러미에서 열쇠 하나를 빼냈습니다. 그의 마음은 무거웠으며 그 문을 열면서도 그는 몇 번이나 한숨을 내쉬었습니다. 그는 자기가 먼저 그 방 안에 들어가 자기 몸으로 왕의 앞을 가려 초상화를 보지 못하게 하리라 마음 먹었습니다. 그러나 그것은 아무 소용이 없었습니다. 왕은 발 끝으로 서서 그의 어깨 너머로 안을 들여다보고 말았습니다. 그리고 황금과 보석으로 치장하여 찬란하게 빛나고 있는 한 소녀의 찬란한 초상화를 보는 순간 왕은 정신을 잃고 바닥에 쓰러졌습니다. 충신 요하네스는 왕을 안아 침대에 눕혔습니다. 요하네스는 몹시 걱정이 되었습니다.

그는 드디어 재앙이 닥쳐왔다고 생각했습니다. 맙소사, 이제 일이 어떻게 되어 나갈 것인지? 그는 왕의 정신을 차리게 하려고 왕에게 포도주를 조금 먹였습니다. 그러자 곧 정신을 되찾은 왕이 물었습니다.

"오, 그 그림 속에 나오는 아름다운 소녀는 대체 누구요?"

"'황금 궁전의 공주'입니다."

"난 그 그림을 본 순간 그녀를 몹시 사랑하게 되었소. 모든 숲에 있는 나뭇잎들이 모두 혀로 바뀐다 해도 그녀에 대한 내 사랑은 말로 다 표현할 수 없을 것이오. 그 공주를 얻기 위해서라면 난 내 목숨까지도 바칠거요. 그대는 나의 가장 충성스런 신하이니 나를 도와줘야만 하오."

요하네스가 왕의 소원을 풀어주기 위한 방법을 찾아내는 데는 꽤 오랜 시간이 걸렸습니다. 왜냐하면 그 공주에게 접근하기란 쉬운 일이 아니었으니까요. 마침내 그는 한 가지 방도를 생각해 내었습니다.

"그 공주님이 가지고 있는 물건들은 모두 금으로 되어 있습니다. 탁자, 의자, 접시, 컵, 사발, 집 안에 있는 그릇들 할 것 없이 모두 금입니다. 그런데 전하의 보물 창고 속에는 5톤의 금이 있습니다. 그 중 1톤의 금으로 왕국의 모든 금세공인들에게 갖가지 그릇들과 온갖 종류의 새들과 야생동물들, 그밖에 공주님을 기쁘게 할 만한 온갖 신기한 짐승들을 조각해 내라고 명령해 주십시오. 그러면 우리는 그 모든 금세공품을 가지고서 우리의 행운을 시험해 보러 떠날 것입니다."

왕은 나라 안에 있는 모든 금세공인들을 성 안으로 불러모았습니다. 그들은 밤낮으로 일을 하여 뛰어난 금세공품들을 만들어 내었습니다. 그것들이 모두 완성되자 왕과 충신 요하네스는 그것들을 모두 배에 싣고 떠났습니다. 충신 요하네스와 왕은 겉으로 봐서는 도저히 왕이라 짐작할 수 없을 정도로 완벽하게 상인처럼 차려 입었습니다. 그들은 바다를 건너서 계속 항해한 끝에 드디어 '황금 궁전의 공주'가 살고 있는 곳에 도착했습니다. 충신 요하네스는 왕에게 그 배에 남아 자신을 기다려 달라고 하면서 이렇게 말했습니다.

"제가 공주님을 모시고 이 배에 오를 때에는 모든 준비가 다 되어 있어야 합니다. 황금으로 된 물건들을 눈에 잘 띄게 진열해 놓게 하시고 배 전체를 잘 치장해 놓으라고 하셔야 합니다."

그런 뒤 요하네스는 온갖 종류의 황금 장신구들을 보자기 속에 싸들고 배에서 내렸습니다. 그는 왕궁을 향해 걸어갔습니다. 그가 왕궁 안뜰에 도착했을 때 한 아름다운 소녀가 샘가에 서 있었습니다. 그녀는 양 손에 두 개의 황금 물통을 들고 그 곳을 떠나려다 낯선 사람을 발견하고 누구냐고 물었습니다. 충신 요하네스가 대답했습니다.

"전 상인입니다."

그러면서 그는 보자기를 풀어 헤쳐 그 안에 든 것들을 보여 주었습니다.

"어머나, 정말 예쁜 금장신구들이네!"

소녀는 크게 감탄했습니다. 그리고 나서 물통들을 내려놓고 그 장신구들을 하나하나 자세히 들여다보다가 말했습니다.

"공주님이 이걸 보셔야 할 텐데. 우리 공주님은 금으로 된 물건들을 아주 좋아하시기 때문에 댁이 갖고 계신 물건들을 모두 사 주실거예요."

그녀는 그의 팔을 잡고 그를 궁전 안으로 데려갔습니다. 그녀는 공주의 시녀였습니다. 공주 역시 그 금세공품들을 보더니 크게 기뻐하면서 말했습니다.

"물건들이 모두 예쁘고 근사하네요. 내가 모두 사겠어요."

그러자 요하네스가 말했습니다.

"전 부유한 상인의 하인에 불과한 몸입니다. 제가 여기 가져온 물건들은 우리 주인의 배에 실려 있는 물건들에 비하면 아무것도 아닙니다. 사실 그분은 굉장히 예술적으로 만들어진 훌륭한 금세공품들을 많이 가지고 계십니다."

공주가 그 물건들을 모두 성으로 실어 오라고 하자 요하네스는 이렇게 대답했습니다.

"물건이 너무나 많아서 그걸 다 이리로 실어 오려면 며칠이 걸려도 모자랍니다. 게다가 이 궁전은 그리 크지가 않기 때문에 그 물건들을 모두 진열하긴 힘들 것입니다. 훨씬 많은 방들이 필요하거든요."

아름다운 금세공품들을 보고 싶은 마음과 가지고 싶은 욕심이 점점 더 커져서 마침내 참을 수 없게 된 공주가 말했습니다.

"그럼 나를 그 배에다 데려다 줘요. 내가 가서 당신 주인의 보물들을 직접 살펴보겠어요."

충신 요하네스는 그 말에 여간 기쁘지 않았습니다. 그는 공주를 모시고 배로 돌아왔습니다. 공주를 직접 본 왕은 공주의 모습이 초상화 속의 모습보다 훨씬 더 아름답다는 걸 알았습니다. 너무나 가슴이 뛰어서 그의 심장은 금방이라도 터질 것만 같았습니다. 공주가 배에 오르자 왕은 그녀를 선실로 안내했고 충신 요하네스는 키잡이들과 함께 갑판에 남아 있다가 그들에게 배를 띄우라고 지시했습니다.

"모든 돛을 다 올려라! 배가 새처럼 날아갈 수 있도록!"

선실 안에서 왕은 공주에게 금으로 된 물건들을 하나하나 다 보여 주었습니다. 금으로 된 접시며 컵이며 사발, 또 새와 야생동물과 그 밖의 신비스런 동물 등을. 공주가 그 모든 물건들을 보는 데에는 몇 시간이 걸렸습니다. 그녀는 너무나 기뻐서 배가 떠난 사실을 눈치 채지 못했습니다. 마지막 물건까지 살펴본 뒤 공주는 그 상인에게 고맙다는 인사를 하고 나서 돌아가겠다고 말했습니다. 그러나 공주가 막상 갑판으로 나오자 사방에 보이는 것이라고는 드넓은 바다뿐이었습니다.

"세상에! 날 납치한거야, 일개 장사꾼이! 차라리 죽어 버리겠어!"

그러자 왕은 그녀의 손을 붙잡고 말했습니다.

"사실 전 장사꾼이 아닙니다. 전 왕입니다. 저도 당신 못지않게 귀한 집안 출신입니다. 당신을 너무나 사랑했기 때문에 당신을 속여서 우리 배로 오게 한 것입니다. 처음으로 당신의 초상화를 본 순간 저는 정신을 잃고 바닥에 쓰러지고 말았습니다."

'황금 궁전의 공주'는 그 말을 듣자 어느 정도 마음이 진정되는 것 같았습니다. 그리고 서서히 그에게 마음이 쏠려 그와 결혼을 약속하는 데까지 이르렀습니다.

그런데 그들은 아직 넓은 바다를 항해하고 있었고 충신 요하네스는 뱃머리

부근의 갑판에 앉아 음악을 연주하고 있었습니다. 그 때 그는 큰 까마귀 세 마리가 배 쪽으로 날아오는 것을 보았습니다. 까마귀들이 다가오자 그는 연주를 멈추고 그들의 말에 귀를 기울였습니다. 그는 까마귀들의 말을 잘 알아들을 수 있었던 것입니다. 까마귀 중의 하나가 소리쳤습니다.

"왕자는 '황금 궁전의 공주'를 데리고 집으로 가는 중이야!"

두 번째 까마귀가 말했습니다.

"맞아. 하지만 아직 공주를 얻은 건 아냐."

세 번째 까마귀가 말했습니다.

"틀렸어. 왕자는 공주를 얻은거야. 공주는 왕자 바로 곁에 앉아 있는걸."

그러자 첫 번째 까마귀가 다시 말했습니다.

"그래 봤자 좋을 게 하나도 없어. 그들이 육지에 도착하면 적갈색의 멋진 말 한 마리가 달려올 것이고 왕은 그 말 위에 올라타고 싶어할 거야. 그리고 왕이 그 말에 올라타면 말은 왕을 태운 채 내달리다가 하늘 높이 솟아오를거야. 그래서 왕은 다시는 공주를 볼 수 없게 될 텐데, 뭘."

"왕이 구원받을 수 있는 방법이 없을까?"

두 번째 까마귀가 물었습니다.

"있지. 누군가 다른 사람이 그 말 위에 재빨리 올라탄 뒤 안장에 달려 있는 권총집에서 권총을 빼내 말을 쏴 죽이면 돼. 그러면 왕은 무사할 수 있지. 하지만 누가 그 방법을 알겠어? 그리고 설혹 누군가 그 방법을 알고서 왕에게 그 방법을 얘기해 준다고 해도 그 순간 그 사람 자신은 발끝에서 무릎까지 돌로 변해 버릴 텐데, 뭐!"

두 번째 까마귀가 말했습니다.

"난 또 다른 사실을 알고 있지. 그 말이 죽는다 해도 젊은 왕은 새색시를 맞지 못하게 될거야. 그들이 성에 도착하면 왕은 결혼식 때 입을 혼례의상이 커다란 쟁반에 놓여 있는 걸 발견하게 될걸. 그건 금실과 은실로 짠 것처럼 보이지만 사실은 유황과 송진으로 만들어진거지. 왕이 그걸 몸에 걸치는 순간 왕은 뼈와 골수도 남지 않고 다 타버리고 말거야."

"왕의 목숨을 구할 무슨 방법이 없을까?"

세 번째 까마귀가 묻자 두 번째 까마귀가 대답했습니다.

"있지. 누군가 다른 사람이 장갑 낀 손으로 그 옷을 움켜 쥐고 불 속에 던져 태워 버리는거야. 그러면 젊은 왕은 무사할거야. 하지만 그 방법을 안들 무슨 소용 있겠어? 그걸 알고 있는 사람이 그 사실을 왕에게 말하면 그 순간 그 사람의 무릎에서 심장까지 돌로 변해 버릴 텐데."

그 때 세 번째 까마귀가 말했습니다.

"나도 또 다른 사실을 알고 있지. 그 혼례의상이 불타 버린다 해도 여전히 왕은 새색시를 맞아들일 수 없을거야. 결혼식이 끝난 뒤에는 무도회가 열릴 텐데 새 왕비는 춤을 추기 시작하다가 갑자기 안색이 창백해지면서 죽은 사람처럼 바닥에 쓰러져 버리고 말거야. 그 때 누군가가 왕비의 몸을 안고 가서 왕비의 오른쪽 가슴에서 피 세 방울을 빨아 내서 내뱉아야 돼. 그렇지 않으면 왕비는 그대로 죽고 말거야. 하지만 이런 사실을 알고 그걸 입 밖에 내는 사람은 발끝에서 머리 끝까지 온 몸이 다 돌로 변해 버린다구."

이런 이야기를 다한 뒤 까마귀들은 멀리 날아가 버렸습니다. 충신 요하네스는 그들이 나눈 이야기들을 빠짐없이 들었습니다. 그 때부터 그는 입을 꾹 다문 채 슬픔에 잠겼습니다. 그가 자신이 들은 이야기를 왕에게 들려주지 않는다면 왕은 무서운 화를 입을 것이고, 그가 왕에게 그 모든 이야기를 한다면 자기 자신이 목숨을 잃을 테니까요. 마침내 요하네스는 혼자 중얼거렸습니다.

"내가 죽더라도 왕을 구하지 않으면 안 돼."

그들이 해안에 도착한 뒤부터 까마귀들이 예언했던 일들이 차례로 일어나기 시작했습니다. 먼저 육지에 내리자마자 적갈색의 아주 멋진 말 한 마리가 그들을 향해 달려왔습니다. 말을 본 왕이 말했습니다.

"으응? 이게 뭐야? 이 말을 타고 성으로 달려가면 되겠군."

왕이 그 말에 타려는 순간 충신 요하네스는 왕보다 먼저 말 안장 위에 올라앉았습니다. 그러고 나서 그는 안장에 달려 있는 권총집에서 권총을 빼내 그 말을 쏘아 죽였습니다. 요하네스를 싫어했던 다른 신하들은 일제히 소리쳤습니다.

"이 무슨 못된 짓인가! 왜 요하네스는 전하를 성으로 모시고 갈 이 아름다운 말을 쏘아 죽인거야?"

그러나 왕은 단호하게 말했습니다.

"조용히들 하고 요하네스가 하는 대로 가만 내버려 두시오! 그는 내 가장 충성스런 신하인 요하네스요. 이 일이 차라리 우리에게 득이 될지 누가 알겠소?"

그들은 성 안으로 들어갔습니다. 과연 커다란 연회장 안에는 커다란 쟁반 하나가 놓여 있었습니다. 거기에는 혼례식에 입기에 꼭 알맞은 옷이 놓여 있었는데, 그것은 금실과 은실로 짠 것처럼 보였습니다. 젊은 왕이 옷이 있는 데로 가서 그걸 집어 들려는 순간 충신 요하네스가 왕을 옆으로 밀치고 장갑을 낀 손으로 그걸 집어 불 속에 던져 버렸습니다. 그것은 불에 타 버렸습니다. 나시 나른 신하들이 떠들어대기 시작했습니다.

"저것 좀 봐! 저 양반 이제는 전하의 혼례의상까지 태워 버리는구만."

그러나 왕이 다시 소리쳤습니다.

"이 일이 차라리 우리에게 득이 될지 누가 알겠소. 저 사람은 나의 가장 충성스런 신하인 요하네스요."

결혼식이 끝난 뒤 무도회가 시작되었고 신부도 거기에 참석했습니다. 충신 요하네스는 온 신경을 집중해 새 왕비의 얼굴만 뚫어지게 바라보았습니다. 그런데 갑자기 왕비의 얼굴이 창백해지더니 죽은 사람처럼 그대로 바닥에 쓰러져 버렸습니다. 그러자 요하네스는 왕비한테 달려가 왕비를 안고 눈에 띄는 방으로 가 침대에다 눕힌 뒤 그녀의 오른쪽 가슴에서 피 세 방울을 빨아 내 다른 데다 뱉아 버렸습니다. 그가 이렇게 하자마자 왕비는 다시 숨을 쉬기 시작하면서 정신을 되찾았습니다. 왕은 이 모든 광경을 지켜 보았습니다. 그런데 그는 충신 요하네스의 행동에 처음에는 좀 얼떨떨해하다가 드디어 화를 냈습니다. 왕이 소리쳤습니다.

"저 자를 감옥에다 가둬라!"

이튿날 아침 충신 요하네스는 교수대로 끌려갔습니다. 교수대에 서서 처형을 당하기 직전 그는 말했습니다.

"이 나라에서는 죄인들이 처형을 당하기 전에 마지막으로 한 마디 할 수 있도록 허락해 주는 게 관례로 되어 있습니다. 저도 그렇게 할 수 있을까요?"

왕이 대답했습니다.

"그대에게도 그런 권리를 주겠다."

그러자 충신 요하네스가 말했습니다.

"제가 처형을 받게 된 건 억울한 일입니다. 저는 항상 전하를 충성스럽게 섬겨 왔기 때문입니다."

그리고 나서 그는 바다에서 까마귀들로부터 들은 이야기를 자세히 하고 자신은 왕의 목숨을 구하기 위해 그런 행동들을 할 수밖에 없었다고 말했습니다. 그러자 왕이 소리쳤습니다.

"오, 내 충성스런 요하네스여, 용서해 주시오! 용서해 주시오! 저분을 당장 풀어 드려라!"

그러나 요하네스는 이 말을 마치자마자 땅바닥으로 떨어지면서 돌이 되어 버렸습니다. 왕과 왕비는 이 일로 몹시 슬펐습니다.

"오, 충성스런 요하네스여, 그대의 목숨을 다시 살려낼 수만 있다면 얼마나 좋겠는가!"

어느덧 세월이 흘러 왕비는 두 아들을 낳았습니다. 그 아들들은 무럭무럭 자라나 왕비에게 큰 기쁨을 안겨주었습니다. 어느 날 왕비는 교회에 가고 두 아들은 아버지 곁에 앉아서 놀고 있을 때였습니다. 왕은 요하네스 석상을 바라보며 탄식했습니다.

"오, 내 가장 충성스런 요하네스여, 그대의 목숨을 다시 살려낼 수만 있다면 얼마나 좋겠는가!"

그 순간 석상이 입을 열어 말했습니다.

"전하가 가장 아끼는 걸 희생 제물로 바칠 용의가 있으시다면 전 다시 살 수 있습니다."

이에 왕이 대답했습니다.

"그대를 위해서라면 이 세상 모든 걸 다 바칠 수 있소."

석상이 다시 말했습니다.

"전하의 손으로 두 왕자의 목을 베어 그 피를 저에게 문질러 주신다면 저는 다시 살아나게 될 겁니다."

그가 가장 아끼는 두 왕자를 죽여야 한다는 말을 듣는 순간 왕은 공포에 사로잡혔습니다. 그러나 왕은 충신 요하네스의 한없는 충성심과 그가 자기를 위해 목숨을 버렸다는 사실을 떠올렸습니다. 그리하여 왕은 칼을 뽑아 자신의 손으로 두 아들의 목을 베었습니다. 그런 뒤 그는 아들들의 피를 석상에다 문질렀습니다. 그러자 석상이 되어 버렸던 충신 요하네스는 말짱하게 예전의 모습으로 다시 살아나 왕 앞에 서는 것이었습니다.

"전하의 지극한 마음에는 반드시 보상이 따를 겁니다."

그러고 나서 요하네스는 왕자들의 머리를 들어 목 위에 올려놓고는 그들의 피를 상처 부위에다 대고 문질렀습니다. 그러자 잠시 후 칼로 베어졌던 왕자들의 목이 원래대로 돌아가면서 왕자들은 마치 아무일도 없었던 것처럼 방을 빙빙 돌면서 놀기 시작했습니다. 왕은 크게 기뻐했습니다. 그리고 왕비가 교회에서 돌아오는 것을 보고 왕은 충신 요하네스와 두 아들에게 벽장 속에 들어가 있으라고 했습니다. 왕비가 방 안으로 들어오자 왕이 말했습니다.

"교회에 있는 동안 기도를 했소?"

"했지요. 충신 요하네스가 우리 때문에 그렇게 불행한 일을 당한 것을 생각하면서 기도했어요."

"우리는 그 사람을 다시 살려낼 수 있소. 하지만 그 대가로 우리 아이들의 목숨을 바쳐야 하오."

그 순간 왕비의 얼굴은 창백해졌고 가슴은 마구 뛰었습니다. 그러나 왕비는 말했습니다.

"그분의 충성심을 생각한다면 그런 대가라도 치러야 마땅하죠."

왕은 왕비도 자기와 똑같은 생각을 갖고 있다는 것을 알고 크게 기뻐했습니다. 그는 벽장으로 가서 벽장문을 열고 두 아들과 충신 요하네스를 나오게 했습니다.

"하느님께 이 모든 영광을 돌립시다! 충신 요하네스는 되살아났고 우리 두 아들도 다시 우리에게로 돌아왔소."

그리고 나서 왕은 왕비에게 그동안 일어났던 일을 자세히 이야기해 주었습니다. 그들은 오래도록 함께 행복하게 잘 살았습니다.

7

괜찮은 거래

한 농부가 자신이 키우던 암소를 장으로 끌고가 7탈러에 팔았습니다. 집으로 돌아오는 길에 그는 연못 곁을 지나게 되었는데 연못이 그가 있는 데서 꽤 떨어져 있음에도 그의 귀에는 개구리들의 "아앗, 아앗, 아앗." 하는 울음소리가 들려 왔습니다.

그는 이렇게 중얼거렸습니다.

"말도 안 돼! 난 그 거래에서 8탈러가 아니고 7탈러를 받았어."

(동물들의 울음소리를 표현하는 말은 나라마다 조금씩 다른데 독일 사람들의 귀에는 개구리 울음소리가 '아앗, 아앗, 아앗.'으로 들리는가 봅니다. 그리고 독일어로 8은 '아흐트'로 발음되므로 농부는 개구리의 '아앗, 아앗, 아앗.' 하는 울음소리가 '8'을 뜻하는 것이라고 잘못 알아들었던 것입니다 — 옮긴이)

연못 가까이 다가간 농부는 개구리들에게 소리쳤습니다.

"너희들은 정말 멍청한 녀석들이야! 머리가 그 정도밖엔 안 되냐? 내가 받은 건 8탈러가 아니라 7탈러였어."

그러나 개구리들은 여전히 소리치는 것이었습니다.

"아앗, 아앗, 아앗(팔, 팔, 팔)."

"좋아, 너희들이 정 내 말을 믿지 못하겠다면 너희들 앞에서 내가 직접 돈을 세어 보마."

그는 주머니 속에서 은화들을 꺼내 하나하나 세어 보았습니다. 틀림없이 7탈러였습니다. 하지만 개구리들은 그가 돈을 세는 것에도 아랑곳하지 않고 소리치기만 했습니다.

"아앗, 아앗, 아앗(팔, 팔, 팔)."

그러자 농부는 몹시 화가 나서 소리쳤습니다.

"나 원 참! 너희들은 뭐든지 다 안다고 생각하는 모양인데 그렇다면 너희들이 직접 세어봐!"

농부는 개구리들에게 은화들을 던져 버렸습니다. 그것들은 곧 물 속에 가라앉았습니다. 농부는 개구리들이 돈을 다 세고 나서 자기에게 되돌려 줄 때까지 연못가에 서서 기다릴 생각이었습니다. 그런데 개구리들은 계속해서 "아앗, 아앗, 아앗." 하고 소리만 질러 댈 뿐 돈을 돌려주지 않았습니다. 농부는 좀더 기다려보았습니다. 그러다 보니 어느덧 날이 저물어 집으로 돌아가야 할 때가 되었습니다. 농부는 개구리들에게 마구 욕설을 퍼부었습니다.

"흙탕물이나 튀기는 더러운 놈들아! 돌대가리들아! 왕눈깔들아! 그 큰 아가리를 갖고서 너희들이 할 수 있는 거라고는 꽥꽥 소리나 질러 남의 귀청을 따갑게 하는 것뿐이야. 너희들은 7탈러를 셀 줄도 모르는 한심한 놈들이라구. 너희들은 영원히 날 여기다 붙잡아 둘 수 있을 것이라고 생각하는거냐?"

농부는 연못가를 훌쩍 떠나 버렸습니다. 그러나 개구리들은 그의 뒤에다 대고 여전히 소리쳤습니다.

"아앗, 아앗, 아앗(팔, 팔, 팔)."

농부는 기분이 몹시 상한 채 집으로 돌아왔습니다.

얼마 후 농부는 암소 한 마리를 샀습니다. 그리고 그 암소를 자신이 직접 잡으면서 그는 대충 계산을 해보았습니다. 그러고는 이렇게 생각했습니다.

'내가 이 고기를 괜찮은 가격에 잘 팔면 두 마리의 암소를 살 만한 돈이 될 것이고 거기다 가죽은 그대로 내 것으로 남아 있게 되겠군.'

암소 고기를 가지고 도시로 가던 농부는 그 도시의 성문 밖에서 한 떼의 개들을 만났습니다. 그 무리의 우두머리는 커다란 회색빛 사냥개였습니다. 그 개는 농부가 들고 있는 고기 주위를 빙빙 돌면서 껑충껑충 뛰다가 킁킁 냄새를 맡고 "웝, 웝, 웝." 하고 짖어 댔습니다. 그 개가 계속해서 짖어 대자 농부는 그 개한테 말했습니다.

"좋아, 무슨 말인지 알겠어. 조금만 맛보게 해달라고 그러는 거지? (독일 사람들의 귀에는 개 짖는 소리가 '웝웝웝' 하는 소리로 들리는가 봅니다. 그리고 개구리의 경우와 마찬가지로 '웝웝' 하는 소리에는 '조금만'이라는 뜻이 담겨 있습니다 ─ 옮긴이). 하지만 이걸 너희들에게 주면 난 아주 곤란한 지경에 빠지게 돼."

그래도 개들은 "웝, 웝, 웝(조금만, 조금만, 조금만)." 했습니다.

그러자 농부는 다시 그 개한테 말했습니다.

"너 이걸 전부 먹지는 않겠다고 약속해 주겠니? 그리고 저기 있는 네 친구들도 그렇게 하지 못하게 해주겠니?"

그 개는 "웝, 웝, 웝(조금만, 조금만, 조금만)." 했습니다.

"좋아, 그렇게 계속 조른다면 이걸 가져도 돼. 왜냐하면 난 너희들을 알고 있고 너희들 주인이 누군지도 알고 있으니까 말이야. 하지만 한 가지는 분명히 해 두어야겠다. 난 사흘 안에 돈을 받고 싶어. 안 그러면 너희들 아주 혼날 줄 알아! 우리 집으로 직접 그 돈을 가지고 와."

그런 뒤 그는 그 고기를 땅바닥에 내려놓고 집 쪽으로 돌아섰습니다. 개들은 일제히 그 고기를 향해 달려들며 큰 소리로 짖어댔습니다.

"웝, 웝(조금만, 조금만)!"

농부는 멀리서 이 소리를 들으며 중얼거렸습니다.

"저것들 봐라! 이제는 저놈들 모두가 고기를 조금만 먹겠다는군. 하지만 무슨 일이 일어나든 간에 저 큰 개한테 책임을 물으면 돼."

사흘이 지나자 농부는, 그 날 밤에는 어떻게 되든 그 돈을 받게 될 것이라고 생각했습니다. 그 생각을 하니 여간 기쁘지 않았습니다. 그러나 아무도 그에게 돈을 가져오지 않았습니다. 그는 혼자 중얼거렸습니다.

"남을 믿은 내가 잘못이지."

마침내 더 이상 참을 수 없게 된 그는 도시에 있는 푸줏간 주인한테 가서 돈을 내놓으라고 말했습니다. 푸줏간 주인은 처음에 그가 농담을 하고 있다고 생각했습니다. 그러나 농부는 심각하게 말했습니다.

"지금 농담하는 게 아니예요. 난 내 돈을 받아야겠소. 내가 사흘 전에 잡은 암소 고기를 그 큰 개가 당신에게 가져오지 않았소?"

이 말을 듣고 푸줏간 주인은 화가 잔뜩 나서 빗자루를 들고 농부를 후려 갈기며 가게에서 내쫓아 버렸습니다. 농부는 쫓겨 가며 소리쳤습니다.

"좀 참아요! 이 세상에는 아직 정의라는 게 살아 있소!"

농부는 왕궁으로 가서 왕을 만나 뵙고 싶다고 청했습니다. 그리하여 그는 왕과 공주가 나란히 앉아 있는 곳으로 나아가게 되었습니다. 왕은 농부에게 어떤 억울한 일을 당했느냐고 물었습니다. 농부가 말했습니다.

"개구리와 개들이 제 돈과 물건들을 빼앗았고 푸줏간 주인은 돈을 주기는커녕 빗자루로 절 때리기까지 했습니다."

그러고 나서 농부는 그동안에 일어났던 일들을 아주 상세히 이야기했습니다. 그 이야기를 들은 공주는 배꼽을 잡고 웃었습니다. 그러자 왕은 농부에게 말했습니다.

"이번 사건의 경우에 나는 판결을 내릴 수가 없다. 하지만 그대는 내 딸을 그대의 아내로 삼도록 해라. 공주가 이처럼 웃은 건 평생 처음 있는 일이고 그건 순전히 그대 때문이다. 그대에게 행운을 내려주신 데 대해 하느님께 감사하도록 해라. 난 내 딸을 웃게 만드는 사람에게 내 딸을 주겠다고 약속했으니까."

그러나 농부는 정색을 하며 말했습니다.

"오, 안 됩니다. 전 공주님을 전혀 원하지 않습니다. 제게는 이미 아내가 있는걸요. 저는 그 여자 하나만으로도 벅차답니다. 집에만 가면 제 아내가 동에서 번쩍, 서에서 번쩍 하는 게 꼭 사방천지에 아내가 있는 것 같은 걸입쇼."

그러자 왕이 화를 내면서 말했습니다.

"멍청한 촌뜨기 같으니라구!"

농부가 말했습니다.

"아, 전하, 전하께서는 소한테서 쇠고기 말고 또 무엇을 바라실 수 있겠습니까?"

왕이 소리쳤습니다.

"잠깐. 나는 그대에게 또 다른 보상을 내려 주어야 하는데 지금은 꼴보기 싫으니 그냥 가도록 해라. 그리고 사흘 안에 다시 오도록 해라. 내 그 때 그대에게 5백 탈러를 주겠노라."

농부가 성문을 나올 때 보초가 말했습니다.

"전하는 당신께 정말로 후한 보상을 내려 주셔야만 해요. 당신은 공주님을 웃겼거든요."

농부가 말했습니다.

"글쎄 그런가 봐요. 나는 5백 탈러를 받을 겁니다."

보초가 말했습니다.

"그 돈에서 조금만 떼어서 내게도 주세요. 돈을 그렇게 많이 가져서 뭘 하겠소?"

그러자 농부가 말했습니다.

"댁이 그렇게 원한다면 댁한테 2백 탈러를 주지요. 사흘 안에 전하께 가서 그 돈을 당신한테 달라고 하시오."

한 유대인이 그들 근방에 서 있다가 그들의 이야기를 엿들었습니다. 그는 농부의 뒤를 쫓아가서 농부의 옷자락을 붙잡고 말했습니다.

"하느님의 은총이오! 당신은 정말 행운아요! 당신을 위해 그 돈을 잔돈으로 바꿔 드리리다. 그렇게 고액짜리 돈을 어디에다 쓰겠소? 잔돈으로 바꾸는게 낫지."

농부가 말했습니다.

"내 그럼 댁한테 3백 탈러를 주겠소. 하지만 난 잔돈을 지금 받았으면 해요. 그리고 댁은 사흘 안에 왕한테 가서 내가 받을 돈 3백 탈러를 당신한테 달라고 해요."

유대인은 그 거래로 약간의 이득을 얻게 되어 기뻤습니다. 그는 질 나쁜 은화로 3백 탈러에 해당하는 돈을 농부에게 주었는데, 그 은화는 세 개를 받아도 질 좋은 은화 두 개 꼴밖에 되지 않았습니다. 사흘이 지난 뒤 농부는 왕이 명령한 대로 왕 앞에 나갔습니다. 왕이 말했습니다.

"저 사람의 옷을 벗겨라. 거기에다 5백 탈러의 돈을 담아 줄 테니까!"

그러자 농부가 말했습니다.

"그 돈은 이제 제 것이 아닙니다. 전 보초병에게 2백 탈러를 주기로 했고, 잔돈으로 거슬러 받는 조건으로 유대인에게 3백 탈러를 주기로 했으니 이제 법적으로 제가 받을 건 하나도 남아 있지 않습니다."

그러는 동안에 보초를 섰던 보초병과 유대인도 성 안으로 들어와 농부에게서 받기로 한 돈을 달라고 요구했습니다. 그러나 그들은 돈을 받는 대신 그 액수에 해당하는 만큼의 곤장을 맞게 되었습니다. 보초병은 곤장 맛이 어떻다는 걸 알고 있었으므로 아픔을 잘 참고 견뎠지만 유대인은 몹시 난리를 쳤습니다.

"아이구, 아이구, 나 죽는다! 3백 탈러를 준다더니 이게 3백 탈러요?"

왕은 농부가 한 짓 때문에 웃지 않을 수 없었습니다. 그리고 모든 화가 풀려 농부에게 말했습니다.

"그대는 보상금을 받기도 전에 그걸 다 잃었으니 내가 대신 벌충을 해주겠노라. 내 보물 창고로 가서 그대가 원하는 만큼의 돈을 가져가도록 해라."

농부로서는 싫다고 할 이유가 없었습니다. 그래서 그는 보물창고로 가서 그의 큼직한 주머니들 속에 돈을 꽉꽉 채워 넣었습니다. 그 뒤 그는 술집으로 가서 자기가 받은 돈을 세면서 중얼거렸습니다.

"그 엉터리 왕이 나를 속여 먹었어! 왕이 직접 돈을 세어서 내주었더라면 정확히 얼마를 받았는지 알게 되었을 것 아냐. 되는대로 주머니 속에 채워 넣으라니까 정확히 얼마를 받았는지 알 수가 있어야지."

그런데 농부를 몰래 뒤쫓아온 유대인이 농부가 혼자 중얼거리는 소리를 엿들었습니다.

"하느님이 날 도와주시는구나! 저 녀석이 우리 왕에 대해 무례한 소리를 지껄였겠다. 당장 왕에게 달려가서 일러바쳐야지. 그러면 난 상금을 받을게고 저 녀석은 벌을 받겠지."

유대인이 일러바친 이야기를 들은 왕은 몹시 화가 나서 유대인에게 그 못된 녀석을 당장 데려오라고 명령했습니다. 유대인은 농부에게 가서 말했습니다.

"전하께서 당신더러 지금 당장 올라오라고 하십니다. 다른 준비할 것 없이 이대로 가면 돼요."

그러자 농부가 말했습니다.

"그건 안 될 말이오. 몸가짐을 좀더 반듯하게 하고 가야지. 우선 새 외투를 한 벌 장만해야겠고. 그래, 나같이 돈많은 사람이 다 떨어진 이런 낡은 외투를 입고 전하 앞에 나타나서야 되겠소?"

유대인은 농부가 새 옷을 마련하지 않고서는 꼼짝도 하지 않을 것이라는 것을 깨닫고 그 사이에 왕의 화가 가라앉으면 어쩌나 걱정이 되었습니다. 그렇게 된다면 자기는 상금을 못 받을 것이고 농부도 벌을 받지 않게 될 테니까요. 그래서 유대인은 농부에게 말했습니다.

"당신에게 내 근사한 외투를 빌려 주겠소. 당신에 대한 우정 때문에 잠시만 빌려 주는거요. 사람이 다정한 마음을 갖게 되면 참으로 많은 양보를 하게 되지요!"

농부는 유대인의 의견을 기꺼이 받아들여 그의 외투를 입고 그와 함께 왕궁으로 갔습니다. 왕은 유대인이 일러바친 이야기를 농부에게 그대로 되풀이하면서 어찌 그렇게 고약한 소리를 입에 담을 수 있느냐고 꾸짖었습니다. 그러자 농부가 말했습니다.

"제 말 좀 들어 보십시오! 유대인들은 항상 거짓말을 하는 사람들입니다. 유대인의 입에서는 진실된 말이 나오는 법이 없습니다. 저 녀석은 지금 제가 입고 있는 이 외투도 자기 것이라고 주장할걸요."

유대인이 놀라서 소리쳤습니다.

"이게 무슨 소리야? 그건 내 외투야! 당신이 전하 앞에 올 수 있도록 내가 빌려 준 거잖아! 순수한 우정 때문에 그렇게 한건데!"

이 말을 듣고 왕이 말했습니다.

"저 유대인은 확실히 사람을 속이는 자로군. 왕인 나와 이 농부를."

그리하여 왕은 또다시 유대인에게 적절한 보상을 내렸습니다. 호된 곤장맛을 보게 한 것이지요. 농부는 새 외투를 걸치고 주머니 속에는 돈을 잔뜩 넣은 채 집으로 돌아가면서 중얼거렸습니다.

"이번에는 괜찮은 거래를 한 셈이군!"

8

이상한 악사

떠돌이 악사 한 명이 이런저런 생각을 하면서 홀로 숲을 지나고 있었습니다. 이윽고 생각할 거리도 다 떨어지자 그는 중얼거렸습니다.

"숲 속을 혼자 걷자니 따분하군. 곁에 좋은 친구가 있었으면 좋겠어."

그는 등에 메고 있던 바이올린을 내려 한 곡 켜기 시작했습니다. 그 소리는 곧 숲 속에 울려 퍼졌습니다. 얼마 지나지 않아 늑대 한 마리가 덤불 속에서 걸어나왔습니다.

악사가 중얼거렸습니다.

"아, 늑대가 나오는군! 늑대를 만나고 싶은 마음은 전혀 없었는데."

그러나 늑대는 가까이 다가와 그에게 말했습니다.

"오, 친애하는 악사님. 당신이 연주하는 그 곡은 참으로 아름답군요! 저도 그렇게 연주하는 법을 배우고 싶어요."

악사는 대꾸했습니다.

"쉽게 배울 수 있지. 내가 시키는 대로만 하면 돼."

늑대가 말했습니다.

"오, 악사님. 악사님이 가르쳐 주신다면 선생님께 가르침 받는 학생처럼 착실히 배우겠어요."

악사는 늑대에게 따라오라고 말했습니다. 얼마 동안 함께 걸어가다가 이윽고 속이 비고 가운데가 길게 가로로 갈라진 늙은 참나무 한 그루가 있는 곳에 다다랐습니다.

악사가 말했습니다.

"여길 보렴. 악기 연주하는 법을 배우고 싶으면 여기 이 갈라진 틈에다 네 앞발들을 집어넣어야 해."

늑대는 시키는 대로 했습니다. 그러자 악사는 재빨리 돌멩이를 집어 들고 그것으로 늑대의 두 앞발을 내리쳐서 두 발이 참나무의 갈라진 틈에 단단히 박히도록 했습니다. 그 바람에 늑대는 죄수처럼 그 나무에 앞발이 묶인 꼴이 되고 말았습니다.

"내가 돌아올 때까지 여기서 기다리거라."

악사는 그렇게 말하고는 제 갈 길을 갔습니다. 잠시 후 그는 다시 중얼거렸습니다.

"숲 속을 혼자 걷자니 따분하군. 곁에 좋은 친구가 있었으면 좋겠어."

그는 바이올린을 내려 또 다른 곡을 연주했습니다. 그 곡은 숲 속 깊숙이 울려 퍼졌습니다. 오래지 않아 여우 한 마리가 숲 속에서 살금살금 걸어나왔습니다.

"아, 여우가 나오는군! 난 여우를 만나고 싶은 마음은 전혀 없었는데."

여우는 그에게 다가와 말했습니다.

"오, 친애하는 악사님. 당신이 연주하는 그 곡은 참으로 아름답군요! 저도 그렇게 연주하는 법을 배우고 싶어요."

악사가 대꾸했습니다.

"쉽게 배울 수 있지. 내가 시키는 대로만 하면 돼."

그러자 여우가 말했습니다.

"오, 악사님. 악사님이 가르쳐 주신다면 선생님께 가르침 받는 학생처럼 착실히 배우겠어요."

악사는 말했습니다.

"날 따라오렴."

그들이 얼마쯤 함께 걸어가자 양쪽에 키 큰 나무들이 빽빽이 서 있는 오솔길이 나왔습니다. 악사는 걸음을 멈추더니 조그만 개암나무 한 그루를 움켜쥐고 그걸 땅바닥 쪽으로 구부렸습니다. 그리고 나서 그는 발로 그 나무 끝을 밟은 뒤 길 건너편에 서 있는 또 다른 개암나무를 구부렸습니다.

"자, 여우야, 내게서 뭔가를 배우고 싶거든 네 왼쪽 앞발을 내밀어."

여우는 시키는 대로 했고 악사는 그 발을 길 왼편의 개암나무에다 묶었습니다. 악사가 다시 말했습니다.

"이번에는 네 오른쪽 앞발을 내밀어 봐."

악사는 그 발을 길 오른편에 있는 개암나무에다 묶었습니다. 그는 여우의 두 앞발을 묶은 끈들이 잘 묶여 있나 확인한 뒤 발과 손으로 누르고 있던 길 양편의 개암나무들을 놓았습니다. 그러자 그 나무들은 공중으로 튕겨 올라갔습니다. 그 바람에 여우의 몸도 따라 올라가 공중 높은 곳에 매달려 대롱거리게 되었습니다.

"내가 돌아올 때까지 여기서 기다려."

악사는 그렇게 말하고 갈길로 갔습니다. 얼마 지나서 그는 또다시 중얼거렸습니다.

"숲 속을 혼자 걷자니 따분하군. 곁에 좋은 친구가 있었으면 얼마나 좋을까."

그는 바이올린을 내려 다시 한 곡을 켜기 시작했습니다. 그 소리는 숲속 멀리까지 울려 퍼졌습니다. 얼마 지나지 않아 산토끼 한 마리가 악사 앞쪽으로 깡충거리며 뛰어왔습니다.

"아, 산토끼가 나오는군! 산토끼가 오리라고 기대하진 않았는데."

산토끼는 말했습니다.

"오, 친애하는 악사님. 당신이 연주하는 그 곡은 참으로 아름답군요! 저도 그렇게 연주하는 법을 배우고 싶어요."

악사가 대꾸했습니다.

"쉽게 배울 수 있지. 내가 시키는 대로만 하면 돼."

악사의 말을 들은 산토끼가 말했습니다.

"오, 악사님이 가르쳐 주신다면 선생님께 가르침 받는 학생처럼 착실히 배우겠어요."

그들은 얼마쯤 함께 걸어가서 빈 터가 있는 곳에 당도했습니다. 빈 터에는 포플러가 한 그루 서 있었습니다. 악사는 산토끼의 목에 긴 끈을 묶은 뒤 그 끈의 다른 한 끝을 포플러 기둥에다 묶었습니다. 그러고 나서 악사는 소리쳤습니다.

"자, 산토끼야. 깡충깡충 뛰면서 이 나무 주위를 20바퀴쯤 돌아라."

산토끼는 시키는 대로 했습니다. 산토끼가 20바퀴 돌자 목을 맨 줄도 20번 감기는 바람에 산토끼는 포플러 기둥에 찰싹 달라붙어 옴짝달싹 못하게 되었습니다. 산토끼가 발버둥치면서 줄을 당기면 당길수록 줄은 산토끼의 그 연약한 목을 자꾸 죄어들었습니다.

"내가 돌아올 때까지 여기서 기다려."

악사는 그렇게 말하고 갈 길로 가 버렸습니다.

한편 늑대는 참나무의 갈라진 틈에서 발을 빼내려고 애를 썼으나 좀처럼 빠져 나올 수가 없었습니다. 그러나 늑대는 포기하지 않았습니다. 오랫동안 애쓴 결과 마침내 발을 빼내는 데 성공했습니다. 화가 머리 끝까지 솟구친 늑대는 악사를 갈기갈기 찢어 죽이고 싶은 마음뿐이었습니다. 늑대는 그의 뒤를 쫓아갔습니다. 그런데 마침 공중에 매달린 여우가 늑대를 발견하고는 있는 힘을 다해 소리치며 울부짖었습니다.

"우리 형제인 늑대여, 나를 좀 도와줘요! 그 악사 놈이 나를 속였어요!"

늑대는 길 양쪽의 조그만 개암나무를 땅바닥으로 구부리고 줄을 물어 뜯어 간신히 여우를 풀어 주었습니다. 악사에게 복수를 하기 위해 여우는 늑대와 함께 갔습니다. 그들은 또 길을 가다가 포플러에 묶여 있는 조그만 산토끼를 발견하고 산토끼도 풀어 주었습니다. 이제 그들 셋은 그들의 공동 적을 함께 뒤쫓기 시작했습니다.

한편 악사는 길을 가다가 또다시 바이올린을 연주했습니다. 이번에는 운이 좋았습니다. 어느 가난한 나무꾼이 그 소리를 들었던 것입니다. 그 소리를 들은 나무꾼은 자기도 모르게 하던 일을 멈추었습니다. 그는 도끼를 겨드랑이에 낀 채 그 음악소리를 좀더 잘 듣기 위해 소리가 나는 곳을 향해 걸어갔습니다.

나무꾼을 본 악사가 중얼거렸습니다.

"드디어 제대로 된 친구가 오는군! 난 짐승들이 아니라 사람이 와 주기를 기다렸어."

이제 그는 아주 아름답고 황홀한 소리를 내기 시작했고, 나무꾼은 마술에 걸린 사람처럼 멍하니 서서 그 소리에 귀를 기울였습니다. 그의 가슴은 기쁨으로 마구 뛰었습니다. 나무꾼이 그러고 있을 때 늑대와 여우와 산토끼가 그 쪽으로 달려왔습니다.

나무꾼은 그 짐승들이 나쁜 마음을 품고 있다는 걸 대번에 알 수 있었습니다. 그래서 그는 날이 번쩍이는 도끼를 쳐들고는 마치, '이 사람을 상대하고 싶은 녀석들은 조심하는 게 좋을걸. 먼저 나와 상대해야 할 테니까.'라고 말하듯이 악사 앞에 우뚝 섰습니다.

짐승들은 이 나무꾼을 보고 기가 질려 다시 숲 속으로 도망쳐 버렸습니다. 그동안 악사는 고맙다는 뜻에서 나무꾼을 위해 한 곡 더 연주를 했습니다. 그러고 나서 그는 제 갈 길로 갔습니다.

9

열두 왕자

옛날 어느 곳에 열두 아들을 둔 왕과 왕비가 평화롭게 살고 있었습니다. 그러던 어느 날 왕이 왕비에게 말했습니다.

"당신이 열세 번째 아이로 딸을 낳게 되면 위의 열두 오빠들은 죽어야 하오. 그래야 그 애가 이 나라와 이 나라 안에 있는 모든 재산을 차지할 수 있을 테니까."

왕은 거기에 한 술 더 떠서 12개의 관을 만들어 거기다 대팻밥을 채워넣고 또 죽은 사람이 베고 누울 베개까지 하나씩 넣게 한 뒤 그 관들을 왕궁 내의 어느 한 방에 잘 보관하게 했습니다. 왕은 왕비에게 그 방 열쇠를 맡기면서 누구에게도 이에 관한 이야기를 하지 말라고 지시했습니다. 그 후 왕비는 매일

매일을 눈물로 지냈습니다. 어느 날 왕비의 막내 아들이자 성경에 나오는 인물과 똑같은 이름을 가진 베냐민이 왕비에게 물었습니다.

"어머니, 무슨 일로 그렇게 슬퍼하시나요?"

그러자 왕비가 대답했습니다.

"얘야, 난 말할 수 없단다."

그러자 베냐민이 끈질기게 조르자 견디다 못한 왕비는 마침내 그 방문을 열고 대팻밥이 채워진 12개의 관을 막내 아들에게 보여 주면서 말했습니다.

"네 아버지는 너와 네 형들을 위해 이 관들을 만들게 하셨다. 앞으로 딸이 태어나면 너희들은 모두 저 관 속으로 들어가는 처지가 될거야."

왕비는 이 이야기를 하면서 또 슬피 울었습니다.

"울지 마세요, 어머니. 우리 모두 이 왕궁을 탈출해서 우리 스스로 살 길을 찾아볼 테니까요."

막내 아들은 이렇게 어머니를 위로했습니다.

그러자 왕비가 말했습니다.

"네 형들과 함께 숲 속으로 들어가거라. 그리고 숲 속에서 가장 키가 큰 나무를 찾아내 번갈아 그 꼭대기에 올라가 왕궁의 탑을 지켜보도록 해라. 만일 내가 아들을 낳으면 하얀 깃발을 올리도록 할 것이다. 그러면 너희들은 왕궁으로 돌아와도 좋다. 하지만 딸을 낳을 경우에는 빨간 깃발을 올리게 할 테니 너희들은 그걸 보는 즉시 도망쳐야 한다. 우리 선한 주님께서 너희들을 지켜 주실거다. 나는 밤마다 일어나 너희들이 겨울에는 따뜻하게 지내고 여름에는 더위 때문에 고생하지 않게 해 달라고 주님께 기도하겠다."

왕비는 열두 왕자들에게 축복을 내려 주었습니다. 그리고 열두 왕자들은 숲 속으로 들어갔습니다. 그들은 숲 속에서 가장 키가 큰 참나무 위에 번갈아 올라가 왕궁의 탑을 지켜 보았습니다. 열하루가 지나 베냐민이 망볼 차례가 되었을 때 깃발 하나가 올랐습니다. 그런데 그것은 하얀 깃발이 아니라 그들의 죽음을 예고하는 빨간 깃발이었습니다. 그 이야기를 들은 형들은 몹시 화를 내며 그 중의 하나가 말했습니다.

"우리가 왜 계집애 하나 때문에 죽음을 당해야 하지? 우리 복수를 하자. 어디서든 계집애가 눈에 띌 경우에는 무조건 죽여 버리기로."

그러고 나서 왕자들은 더 깊은 숲 속으로 들어갔습니다. 그들이 햇빛도 제대로 비치지 않는 깊은 숲 속으로 들어왔을 때 조그만 오두막집이 하나 눈에 띄었습니다. 주인 없이 버려진 그 오두막집은 사실 마법에 걸린 집이었습니다.

형들 중의 하나가 말했습니다.

"우리 여기서 지내기로 하자. 베냐민, 너는 제일 어리고 몸도 약하니 집을 지키도록 해라. 우리들은 밖에 나가 먹을 것을 구해 올 테니까."

그리고 나서 열한 명의 형들은 밖으로 나가 산토끼와 사슴, 야생비둘기들을 비롯하여 먹을 수 있는 것들을 잡아 왔습니다. 그러는 동안 세월은 화살처럼 빠르게 흘러 열두 왕자들이 그 조그만 오두막집에서 지낸 지도 어느덧 십 년이 되었습니다.

한편 왕비가 낳은 딸은 무럭무럭 자라 열 살짜리 소녀가 되었습니다. 공주는 착한 마음씨와 아름다운 용모를 지녔으며 이마에는 금빛 별 하나가 박혀 있었습니다. 어느 날 공주는 잔뜩 쌓여 있는 빨랫감 속에서 왕자들이 입던 셔츠 열두 벌을 발견하고는 왕비에게 물었습니다.

"저 셔츠들은 누구 거예요? 아버지가 입기에는 너무 작은데요."

왕비는 침울하게 대답했습니다.

"그것들은 네 열두 오빠가 입던 옷들이란다."

"저한테 열두 오빠가 있다구요? 오빠들은 다 어디 갔죠? 저한테 오빠들이 있다는 소리는 처음 듣는데요?"

"그 애들이 어디 있는지는 하느님만 아실게다. 그 애들은 이 세상 어딘가를 헤매고 있을거야."

왕비는 공주를 관이 있는 방으로 데려가서 방문을 열고 대팻밥과 베개 하나씩이 들어 있는 12개의 관을 보여 주었습니다.

"이 관들은 네 오빠들의 시체를 넣어 두기 위한 것들이었다. 그런데 오빠들은 네가 태어나기 직전에 몰래 도망쳐 버렸어."

그리고 나서 왕비는 공주에게 자세한 이야기를 해주었습니다. 이야기를 다 듣고 공주가 말했습니다.

"어머니, 울지 마세요. 제가 나가서 오빠들을 찾아보겠어요."

그래서 공주는 열두 벌의 셔츠를 챙겨 들고 오빠들이 살고 있다는 깊은 숲 속으로 들어갔습니다. 소녀는 하루 온종일을 걸어 저녁 나절이 되어서야 마법에 걸린 오두막집에 도착했습니다. 오두막집 안으로 들어간 소녀는 청년 하나를 만났습니다. 청년이 소녀에게 물었습니다.

"넌 어디서 왔니? 그리고 어디로 가는 중이지?"

청년은 소녀의 아름다운 용모와 왕실 사람들이나 입음직한 화려한 옷, 그리고 소녀의 이마에 박힌 금빛 별을 보고 매우 놀랐습니다.

소녀가 대답했습니다.

"난 공주야. 난 내 열두 오빠들을 찾고 있는 중이야. 오빠들을 만날 때까지 난 해가 하늘에 있는 한 계속 걸을거야."

소녀는 청년에게 열두 벌의 셔츠를 보여 주었고 베냐민은 그 소녀가 자신의 누이동생이라는 것을 알았습니다. 그래서 공주에게 말했습니다.

"난 네 막내오빠 베냐민이란다."

소녀는 너무나 기뻐서 울기 시작했습니다. 오누이는 서로 꼭 끌어안고 키스를 했습니다. 그리고 나서 오빠가 말했습니다.

"그런데 아직 한 가지 문제가 남아 있어. 우리는 여자아이를 만나기만 하면 닥치는 대로 죽이기로 했단다. 여자아이 때문에 우리가 왕궁에서 도망쳐야 했으니까 말이야."

"그렇게 해서 오빠들의 목숨을 구할 수만 있다면 난 기꺼이 죽겠어요."

"아니, 안 돼. 넌 죽으면 안 돼. 여기 목욕통 속에 들어가 형들이 돌아올 때까지 얌전히 앉아 있어. 내가 형들에게 잘 이야기해 볼 테니까."

소녀는 막내오빠가 시키는 대로 했습니다. 이윽고 날이 어두워지자 사냥 나갔던 열한 명의 오빠들이 집으로 돌아왔습니다. 식탁에는 이미 그들이 먹을 음식들이 준비되어 있었습니다. 그들은 식탁에 빙 둘러앉아 저녁을 먹기 시작했습니다. 그 중의 하나가 베냐민에게 물었습니다.

"무슨 새로운 소식 없었니?"

베냐민이 말했습니다.

"모르세요?"

"몰라."

"형들은 하루 온종일 숲 속에 들어가 있고 나는 집에 있으니까 아무래도 내가 형들보다는 더 많은 걸 알고 있을거예요."

그러자 형들이 일제히 소리쳤습니다.

"그러니까 말해달란 말이다!"

"형들이 맨 처음 만나는 여자아이는 죽이지 않겠다고 약속하면 말할게요."

형들은 다시 일제히 소리쳤습니다.

"그렇게 하지! 자, 이야기해 주렴."

"우리 여동생이 여기 와 있어요!"

베냐민이 목욕통을 쳐들었습니다. 그러자 왕실 사람들이 입는 옷을 걸친 소녀가 그 속에서 나왔습니다. 이마에 금빛 별이 박힌 소녀는 매우 아름답고 우아한 모습을 하고 있었습니다. 형제들은 크게 기뻐하면서 차례로 소녀를 끌어안고 키스했습니다. 그들은 진정으로 여동생을 사랑했으니까요.

이제 소녀는 오빠들과 함께 오두막집에 머무르면서 베냐민의 일을 돕게 되었습니다. 열한 명의 오빠들은 숲 속으로 들어가 사슴, 야생비둘기들을 비롯한 온갖 짐승들을 사냥해 먹을 것들을 가져왔으며, 베냐민과 여동생은 그들이 먹을 식사를 준비했습니다. 오누이는 땔나무를 해오거나 각종 야채를 비롯한 여러 가지 식물들을 캐와서 요리를 했습니다. 그래서 사냥 나갔던 이들이 돌아올 때쯤이면 항시 그들이 먹을 식사가 마련되어 있었습니다. 그 뿐이 아니었습니다. 오누이는 집 안을 말끔히 청소하고 침대 시트도 깨끗하게 빨아 덮어놓곤 했습니다. 오빠들은 하나같이 만족스러워했으며 여동생과 사이좋게 잘 지냈습니다.

그러던 어느 날 오누이는 다른 날보다 특히 근사한 식사를 마련했습니다. 사냥 나갔던 이들이 돌아온 뒤 그들은 함께 식탁에 둘러앉아 먹고 마시면서 마음껏 즐겼습니다. 그런데 그 오두막 집 옆에는 조그만 정원이 있었습니다. 거기에는 학생백합이라는 별칭을 가진 12송이의 백합이 자라고 있었습니다. 소녀는 오빠들이 식사를 마치면 한 송이씩 안겨 주어 그들을 기쁘게 하려고 그 12송이의 백합을 뽑았습니다. 그러나 소녀가 화단에서 뽑아내는 순간 오빠들은 12마리의 까마귀로 변해 숲 너머로 날아가 버리고 오두막집과 정원 역시 온데간데없이 사라져 버렸습니다. 이제 그 숲 속에는 소녀만 남았습니다. 소녀가 주위를 두리번거리고 있는데 노파 하나가 다가와서 말했습니다.

"애야, 너 무슨 짓을 저질렀니? 왜 그 12송이의 꽃들을 가만 내버려 두지 않은거냐? 그 꽃들은 바로 네 오빠들이었고 너는 네 오빠들을 까마귀로 변하게 한거야, 영원히."

소녀는 울면서 노파에게 물었습니다.

"오빠들을 구할 방도가 없나요?"

"없어. 음 … 딱 한 가지 방법이 있기는 한데 너무 어려운 일이야. 7년 동안 입을 꼭 다물고 있어야 하거든. 말을 해서도 안 되고 웃어서도 안 돼. 네가 한 마디라도 말을 했다가는 모든 것이 허사로 돌아가고 네 오빠들은 그 즉시 죽게 돼. 7년을 한 시간 앞둔 때라도 말을 해서는 안 돼."

그러자 소녀는 단호하고도 진심 어린 목소리로 말했습니다.

"전 틀림없이 제 오빠들을 구해 낼 거예요."

소녀는 키가 큰 나무를 찾아내 그 위로 올라갔습니다. 그리고 그 나무 위에 앉아 실을 잣기 시작했습니다. 말하는 일도 웃는 일도 없었습니다.

그러던 어느 날 어떤 왕이 그 숲으로 사냥을 나왔습니다. 그는 커다란 사냥개 한 마리를 데리고 왔는데 그 개는 소녀가 올라앉아 있는 나무 쪽으로 달려

오더니 공중으로 껑충껑충 뛰어오르면서 그녀를 보고 짖기 시작했습니다. 그 나무가 있는 곳으로 다가온 왕은 이마에 금빛 별이 박혀 있는 아름다운 소녀를 발견했습니다. 그는 그녀의 아름다움에 반해 자기 아내가 되어 달라고 간청했습니다. 소녀는 아무 말 없이 고개만 끄덕였습니다. 그러자 왕은 몸소 그 나무 위로 올라가 소녀를 데리고 내려와서 말에 태우고 자신의 성으로 데려갔습니다. 성에서는 기쁨으로 가득한 화려한 결혼식이 거행되었습니다. 그러나 신부는 말을 한 마디도 하지 않았고 웃지도 않았습니다.

그들이 결혼한 지 몇 년쯤 지났을 때 마음씨가 고약한 왕의 어머니는 왕에게 젊은 왕비를 욕하고 흉보기 시작했습니다.

"네가 집으로 데려온 그 여자는 천한 거렁뱅이 계집애나 다름없어! 그것이 속으로 무슨 못된 흉계를 꾸미고 있는지 누가 알겠어? 벙어리라 말을 할 수 없다면 가끔씩 웃기라도 해야 할 것 아니냐. 웃지 않는 인간은 악한 마음을 갖고 있는 인간임이 분명해."

처음에는 왕도 그런 말을 믿으려 하지 않았습니다. 하지만 늙은 어머니가 계속해서 왕비를 헐뜯자 결국 왕도 어머니의 말에 넘어가 왕비를 화형시키도록 명령했습니다. 이제 왕비는 왕궁 마당에서 불에 타 죽을 운명이 되었습니다. 왕은 2층 창가에 서서 눈물에 젖은 눈으로 그 광경을 지켜 보고 있었습니다. 아직도 왕은 왕비를 사랑하고 있었습니다. 왕비가 말뚝에 묶이고 곧이어 시뻘건 불길의 혀가 왕비의 옷자락을 핥고 있을 때 만 7년의 기한이 다 찼습니다.

그 때 갑자기 공중에서 새들이 날개치는 소리가 들리더니 12마리의 까마귀가 왕궁을 향해 날아와 쏜살같이 왕궁 마당으로 내려왔습니다. 까마귀들이 땅에 발을 딛자마자 그들은 왕비의 열두 오빠로 변했습니다. 마침내 여동생이 그들을 구해 준 것입니다. 그들은 불붙은 나무들을 헤쳐 불을 끄고 말뚝에 묶인 여동생을 풀어 주었습니다. 그들은 돌아가며 여동생을 껴안고 키스했습니다.

이제 왕비는 입을 열어 말을 해도 되었습니다. 왕비는 왕에게 그동안 자신이 왜 웃지 않았는지에 대해 자세히 말했습니다. 왕은 왕비에게 죄가 없다는 것을 알고 크게 기뻐했습니다. 그리하여 그들은 평생 행복하게 잘 살았습니다. 그리고 심술궂은 마음보를 가진 왕의 어머니는 왕궁 마당에서 끓는 기름과 독뱀들로 가득한 통 속에 갇혀 끔찍한 고통을 겪다가 죽었습니다.

10

불량배들

수탉이 암탉에게 말했습니다.

"지금은 나무열매들이 익을 때니 다람쥐들이 그것들을 모두 거두어 가 버리기 전에 우리 산으로 가서 배를 잔뜩 채워 보자."

암탉도 선선히 찬성했습니다.

"좋아. 우리 가서 근사한 시간을 보내자."

그들은 산으로 올라갔습니다. 공기도 맑고 아주 화창한 날이었기 때문에 그들은 저녁 나절까지 그 곳에서 보냈습니다. 배가 불렀기 때문인지 아니면 기분이 좋아서 의기양양해졌는지는 몰라도 그들은 걸어서 집으로 돌아오고 싶지 않았습니다. 그래서 수탉은 나무열매 껍질로 조그만 마차를 만들었습니다.

마차가 완성되자 암탉은 마차 안으로 들어가 수탉에게 말했습니다..

"자, 이제 네가 이 마차를 몰아 주었으면 좋겠어."

그러자 수탉이 말했습니다.

"너 정말 지독하구나! 이 마차를 끌고 가느니 차라리 걸어서 가겠다. 애초에 내가 마차를 끌겠다고 약속한 일은 없어. 난 마부석에 앉아 마부 노릇은 하겠지만 마차를 끄는 건 사양하겠어!"

그들이 다투고 있을 때 우연히 그 근처를 지나가던 오리가 꽥 하고 소리를

쳤습니다.
"이 도둑놈들! 누가 너희들더러 내 나무열매 산에 와도 좋다고 그러든? 거기서 꼼짝 마라! 너희들은 톡톡히 혼이 나야 돼!"
오리는 넓적한 부리로 수탉을 공격했습니다. 그러나 수탉은 멋지게 몸을 날려 오리에게 돌진했습니다. 수탉이 난폭하게 공격을 해오자 오리는 제발 용서해 달라고 빌면서 그 벌로 자기가 마차를 끌고 가겠다고 했습니다. 그러자 수탉은 마부처럼 마부석에 올라탔습니다. 마차가 출발할 때 수탉은 기세 좋게 소리쳤습니다.
"이랴! 눈썹이 휘날릴 정도로 달려라, 오리야!"
얼마쯤 가다가 그들은 길을 타박타박 걸어가고 있는 바늘과 핀을 만났습니다. 그 두 여행자가 소리쳤습니다.
"여보세요! 마차 좀 세워 주세요!"
두 여행자는 날이 곧 어두워질 것이기 때문에 자기네는 더 이상 걸어갈 수 없고, 또 길이 진창이니 자기네를 마차에 좀 태워 달라고 사정했습니다.
그들은 성문 밖에 있는 재단사의 집에 놀러갔다가 술을 너무 많이 마시는 바람에 늦게 출발하게 되었던 것입니다.
그들은 몸이 호리호리해 별로 많은 공간을 차지하지 않았으므로 수탉은 자기나 암탉의 발을 밟지 않는다는 조건으로 그들을 마차에 태웠습니다.

　그 날 밤 늦은 시간에 그들은 어느 여관 앞에 도착했습니다. 그들은 더 이상 가고 싶지 않았으며, 또 오리 역시 기운이 빠져 비틀거렸으므로 그 곳에서 하룻밤 묵어 가기로 했습니다. 처음에 여관 주인은 여관이 이미 꽉 차서 안된다고 했습니다. 여관 주인은 이들이 지체가 높아 보이지 않았기 때문에 거절을 했던 것입니다. 그래서 그들은 여관 주인에게 아양을 떨면서 오는 도중에 암탉이 낳은 알을 주겠으며, 또 오리도 주겠다고 했습니다. 그 오리는 하루에 알을 하나씩 낳아 줄 것이라고 하면서 말입니다. 마침내 겨우 마음이 누그러진 여관 주인은 하룻밤 묵어 가라고 허락했습니다.

　그들은 갓 요리한 맛있는 음식을 달라고 하여 실컷 먹었습니다. 이튿날 아침, 해뜰 무렵이라 모든 이들이 아직 잠들어 있을 때 수탉은 암탉을 깨웠습니다. 그리고 달걀을 가져와 부리로 쪼아서는 둘이서 모두 마셔 버렸습니다. 그들은 달걀 껍데기를 아궁이 속에다 집어넣어 버린 뒤 아직 깊이 잠들어 있는 바늘에게 갔습니다. 그러고는 바늘의 머리를 잡고 그것을 여관 주인의 안락의자 바닥에 꽂아 넣고 핀은 여관 주인의 수건에다 살며시 꽂아 놓았습니다. 그러고 나서 그들은 살그머니 여관을 빠져 나와 벌판 쪽으로 달아나 버렸습니다.

　원래 바깥에서 자는 것을 좋아하는 오리는 여관 마당에서 잠을 잤는데, 암탉과 수탉이 달아나느라 날개를 휘젓는 소리에 잠을 깼습니다. 오리도 오히려 잘 되었다고 생각하고 얼른 달아났는데 개울이 나타나자 그리로 뛰어들어 둥둥 떠내려 갔습니다. 냇물의 흐름이 빨랐으므로 오리는 마차를 끌고 갈 때보다 훨씬 더 빨리 갈 수 있었습니다.

몇 시간 뒤 잠에서 깬 여관 주인은 세수를 하고 수건을 집어 들어 얼굴을 닦았습니다. 그러나 핀이 그의 얼굴을 긁는 바람에 얼굴에 가로로 뻘건 생채기가 났습니다. 곧이어 그가 파이프 담배에 불을 붙이러 부엌으로 가서 아궁이 위로 몸을 숙이는 순간 달걀 껍데기들이 튀어올라 눈 속으로 들어가 버렸습니다.

"오늘 아침에는 별의별 것들이 다 내 얼굴을 못살게 구네!"

그는 그렇게 투덜거리면서 안락의자에 앉아 고약한 기분을 가라앉히려고 했습니다. 그러나 그는 안락의자에 엉덩이를 대자마자 펄쩍 뛰어오르며 "으악!" 하고 비명을 질렀습니다.

이번에는 핀이 아니라 바늘이, 그것도 바늘의 머리가 아니라 뾰족한 끝이 그의 엉덩이를 세게 찔렀던 것입니다. 그는 머리 꼭대기까지 성이 나서 이 모든 것은 어젯밤 늦게 찾아온 그 녀석들의 소행이라고 단정했습니다. 그러나 그들은 이미 달아나 버리고 없었습니다. 여관 주인은 앞으로 음식을 잔뜩 처먹고 돈을 내지 않는 건 물론이고 특히 그런 못된 장난을 치는 불량배들은 절대로 자기 여관에 들이지 않겠다고 맹세했습니다.

11

어린 오누이

한 소년이 여동생의 손을 꼭 붙잡고 말했습니다.

"어머니가 돌아가신 뒤로 우리는 한순간도 행복한 적이 없었어. 우리 계모는 매일 우리를 때리고 우리가 곁에 가기만 하면 발로 차서 내쫓곤 했어. 우리는 딱딱하게 굳어 버린 빵껍질이나 먹다 남은 찌꺼기밖에 먹지 못했지. 차라리 식탁 밑에 앉아 있는 개가 우리보다 나아. 적어도 그 개는 어쩌다 한 번씩 맛있는 고깃조각이라도 얻어 먹으니까 말이야. 하느님, 저희에게 은혜를 베푸

시어 하늘에 계신 우리 어머니께서 이 사실을 알게 해주세요! 누이야, 우리 여기를 벗어나 넓은 세상으로 나가자."

어린 오누이는 길을 떠났습니다. 하루 종일 풀밭과 들판, 자갈밭을 걷고 또 걸었습니다. 그렇게 가다 보니 비가 내리기 시작했습니다. 여동생이 말했습니다. "하느님께서도 우리 처지를 슬퍼해 주시는거야."

저녁 나절 그들은 깊은 숲 속에 들어가 있었습니다. 슬픔과 배고픔과 긴 여행의 피로로 녹초가 된 어린 오누이는 속이 빈 나무 속으로 기어들어가 그대로 곯아떨어졌습니다. 이튿날 아침 그들이 잠에서 깨어났을 때 태양은 이미 하늘 높이 솟아올라 그들의 잠자리가 되어 준 나무를 따사롭게 비추어 주고 있었습니다. 그 때 오빠가 말했습니다.

"난 몹시 목이 말라. 샘이 있으면 당장 가서 물을 마실 텐데. 가만, 어디선가 물 흐르는 소리가 들리는 것 같아."

자리에서 일어난 오빠는 여동생의 손을 잡고 물 흐르는 소리가 나는 곳을 찾아 나섰습니다. 그런데 그들의 계모이자 마녀이기도 한 그 못된 여자는 그 숲에 있는 모든 샘에 저주를 걸어 놓았습니다. 어린 오누이가 돌들 사이로 맑은 물이 넘쳐 흐르는 샘을 발견하고서 그 물을 마시려고 다가갔을 때 여동생은 샘물이 말하는 소리를 들었습니다.

"나를 마시는 사람은 누구든 호랑이로 변해요."

여동생이 깜짝 놀라 소리쳤습니다.

"오빠, 제발 그 물을 마시지 마. 그걸 마셨다간 오빠는 사나운 짐승으로 변해서 날 물어 죽일거야!"

오빠는 몹시 목이 말랐지만 그 물을 마시지 않았습니다.

"그래, 다른 샘을 찾아낼 때까지 참을게."

그들이 다른 샘을 찾아냈을 때 여동생은 다시 그 샘물이 종알거리는 소리를 들었습니다.

"나를 마시는 사람은 누구든 늑대로 변해요. 나를 마시는 사람은 누구든 늑대로 변해요."

여동생은 또 소리쳤습니다.

"오빠, 제발 그 물을 마시지 마. 그걸 마셨다간 이번에는 오빠가 늑대로 변해서 날 잡아먹을거야."

"그래, 또 다른 샘을 찾아낼 때까지 참아 볼게. 하지만 그 때는 네가 무슨 말을 하든 난 그 물을 마실거야. 너무 목이 말라 더 이상 견딜 수가 없어."

그들이 세 번째 샘가에 도착했을 때 여동생은 이번에도 그 샘이 종알거리는 소리를 들었습니다.

"나를 마시는 사람은 누구든 사슴으로 변해요. 나를 마시는 사람은 누구든 사슴으로 변해요."

여동생이 소리쳤습니다.

"오빠! 제발 그 물을 마시지 마. 그걸 마셨다간 오빠는 사슴으로 변해서 나를 두고 달아나 버릴거야."

그러나 오빠는 샘물가에 무릎을 꿇고 앉아 몸을 숙여 그 샘물을 마시고 말았습니다. 샘물이 오빠의 입술에 닿는 순간 그는 어린 사슴으로 변해 샘가에 웅크리고 앉아 있었습니다. 여동생은 마법에 걸린 오빠가 너무 불쌍해 슬피 울기 시작했습니다. 그녀 곁에 쭈그리고 앉은 어린 사슴 역시 눈물을 흘렸습

니다. 울음을 그치고 여동생이 사슴에게 말했습니다.

"울음을 그쳐, 사슴아. 무슨 일이 있더라도 난 널 버리지 않을 테니까."

소녀는 금실로 짠 양말대님을 풀어 어린 사슴의 목에 감아 주었습니다. 그러고 나서 그녀는 골풀을 여러 가닥 뽑아내 부드러운 줄을 엮어서 그 줄을 어린 사슴의 목에 감긴 양말대님에 묶었습니다. 그런 뒤 소녀는 사슴이 된 오빠를 끌고 숲 속으로 더 깊이 들어갔습니다. 그들은 한참을 걸어 조그만 오두막집이 있는 곳에 도착했습니다. 소녀는 그 집 안을 들여다보았습니다. 집 안이 비어 있었으므로 소녀는 여기서 지내는 것이 좋겠다고 생각했습니다. 소녀는 나뭇잎들과 이끼를 긁어 모아 그것으로 어린 사슴이 누울 푹신한 침대를 만들어 주었습니다.

그리고 매일 아침마다 밖으로 나가 자신이 먹을 식물 뿌리와 산딸기와 나무 열매를, 그리고 어린 사슴이 먹을 부드러운 풀을 구해 왔습니다. 소녀는 그 풀을 자신이 직접 사슴에게 먹여 주었습니다. 먹이를 잔뜩 먹고 기분이 좋아진 사슴은 여동생 주위를 장난하듯 깡충깡충 뛰어다니곤 했습니다. 소녀는 밤이 되어 피곤해지면 기도를 올리고 나서 어린 사슴의 등을 베고 누웠습니다. 어린 사슴의 등은 소녀의 훌륭한 베개가 되어 주었으므로 소녀는 편안하고 달콤한 잠을 자곤 했습니다. 오빠가 다시 인간으로 돌아올 수만 있다면 아주 근사한 생활이 될 것이라고 생각하면서 말입니다.

그들은 인적 없는 숲 속에서 오랫동안 이렇게 지냈습니다. 그러던 어느 날 그 나라의 왕이 그 숲 속에서 대규모의 사냥을 벌이게 되었습니다. 개들이 짖는 소리와 사냥꾼들의 활기찬 외침, 그리고 사냥 나팔 소리가 어린 오누이가 사는 오두막에까지 들려 왔습니다. 어린 사슴은 자기도 그 속에 끼이고 싶어 안달을 했습니다. 오빠는 여동생에게 간곡하게 말했습니다.

"아, 날 좀 내보내 주렴. 나도 사냥하는 데 끼이고 싶어. 더 이상 견딜 수가 없어!"

하도 조르는 바람에 마침내 여동생은 허락을 했습니다.

"하지만 저녁 나절에는 꼭 집으로 돌아와야 해. 난 저 잔인한 사냥꾼들이 집 안에 들어오지 못하게 문을 걸어 잠그고 있을 테야. 집으로 돌아오면 저 문을 세 번 두드리면서 '누이야, 날 좀 들여보내줘.'라고 말해야 해. 그럼 난 오빠가 온 줄 알게 될 테니까. 오빠가 그렇게 말하지 않으면 난 문을 열어 주지 않을

거야."

어린 사슴은 그렇게 하겠다고 약속하고 밖으로 뛰어나가습니다. 신선한 공기가 가득한 숲으로 나온 사슴은 기뻐서 어쩔 줄 몰랐습니다. 그런데 왕과 왕이 데리고 온 사냥꾼들이 이 멋진 사슴을 발견하고 뒤를 쫓기 시작했습니다. 하지만 그들은 사슴을 따라잡을 수 없었습니다. 그들이 잡았다고 생각한 순간 사슴은 번개같이 덤불 속으로 뛰어들어가 감쪽같이 모습을 감추곤 했으니까요. 이윽고 날이 어두워지자 사슴은 오두막으로 돌아와 문을 두드리면서 말했습니다.

"누이야, 날 좀 들여보내줘."

그러자 오두막의 작은 문이 열렸고 사슴은 안으로 뛰어들어갔습니다. 그 날 밤 사슴은 자기 침대에 누워 편안히 잤습니다. 이튿날 아침 다시 사냥이 시작되었을 때 어린 사슴은 다시 사냥 나팔 소리와 사냥꾼들의 외치는 소리를 듣고 안절부절못하면서 여동생에게 말했습니다.

"문 좀 열어줘. 난 또 가고 싶어!"

여동생이 문을 열어 주면서 말했습니다.

"저녁에 돌아와서는 문 밖에서 우리가 정한 암호를 대는 걸 잊지 마."

목에 황금빛 띠를 맨 그 사슴을 다시 발견한 왕과 사냥꾼들은 일제히 그의 뒤를 쫓아갔습니다. 하지만 사슴은 너무나 날쌔고 재빨랐습니다. 그들은 하루 종일 그 사슴의 뒤를 쫓은 끝에 저녁 나절에는 드디어 그 사슴을 포위하는 데 성공했습니다. 그 때 한 사냥꾼이 쏜 화살에 사슴이 발을 조금 다쳤습니다. 어린 사슴은 지친 발을 절룩거리면서 달아났습니다. 사슴이 달리는 속도가 느려진 덕분에 사냥꾼 하나가 뒤를 계속 쫓아갈 수 있었습니다. 결국 사냥꾼도 그 오두막 있는 데까지 이르렀습니다.

"누이야, 날 좀 들여보내줘."

그는 어린 사슴이 외치는 소리를 들었습니다. 그러자 문이 열렸다 이내 닫혀 버렸습니다. 사냥꾼은 모든 일들을 자세히 보아 두었다가 왕에게 돌아가 그가 보고 들은 것들을 이야기했습니다. 그러자 왕이 말했습니다.

"내일 다시 사냥을 하도록 하자."

한편 여동생은 어린 사슴이 부상을 입은 것을 보고 몹시 가슴이 아팠습니다. 그녀는 피를 닦아 내고 상처 부위에다 약초를 붙여 주면서 말했습니다.

"자, 침대로 가서 쉬어. 그 상처를 아물게 해줘야 하니까."

사실 그 상처는 가벼운 것이었기 때문에 이튿날 아침이 되었을 때는 사슴은 자신이 부상을 입었다는 것조차 느끼지 못했습니다. 그리고 사슴은 또다시 밖에서 들려 오는 그 활기찬 외침 소리를 듣고 말했습니다.

"난 도저히 참을 수가 없어. 난 저기로 또 가고 싶어. 저 사람들이 날 잡기는 어려울거야."

여동생이 울면서 말렸습니다.

"이제 저 사람들은 오빠를 죽일거야. 그러면 난 이 숲 속에 홀로 남게 돼. 온 세상으로부터 버림받게 되고. 난 오빠를 내보내지 않을거야."

그러자 사슴이 말했습니다.

"그럼 난 괴로워서 죽고 말거야. 저 사냥 나팔 소리를 들을 때마다 내 온몸이 터져 버릴 것만 같아."

그가 그렇게 말하자 누이동생도 더 이상 그를 막을 수 없어 문을 열어주기는 했지만 마음은 무거웠습니다. 사슴은 기뻐서 껑충껑충 뛰면서 숲 속으로 달려갔습니다. 사슴을 발견한 왕은 사냥꾼들에게 명령했습니다.

"이제 나는 그대들이 오늘 하루 종일, 그리고 밤 늦게까지라도 저 사슴을 쫓기를 바란다. 하지만 절대로 저 사슴을 해치지는 말아라."

어느덧 시간이 흘러 해가 지기 시작하자 왕은 오두막을 찾아낸 사냥꾼에게 말했습니다.

"됐어. 이제 나를 저 오두막으로 안내하도록 해라."

그 오두막 문앞에 다다른 왕은 문을 두드리면서 소리쳤습니다.

"누이야, 날 좀 들여보내줘."

그러자 문이 열렸고 얼른 안으로 들어선 왕은 매우 아름다운 처녀와 마주서게 되었습니다. 왕이 그렇게 아름다운 처녀를 본 건 평생 처음이었습니다. 처녀는 사슴이 아니라 머리에 황금관을 쓴 남자가 집 안으로 들어온 걸 보고 잔뜩 겁을 집어먹었습니다. 그러나 그는 부드럽고 다정한 눈길로 그녀를 쳐다보았습니다. 그는 손을 내밀면서 말했습니다.

"나와 함께 내 성으로 가서 내 아내가 되어 주지 않겠소?"

처녀가 대답했습니다.

"좋아요. 하지만 사슴도 함께 데려가야 해요. 전 절대로 사슴을 버리지 않을

거예요."

"그 사슴은 그대가 살아 있는 동안 내내 그대와 함께 있어도 좋소. 그리고 그 사슴은 편안하게 잘 지내게 될거요."

이윽고 어린 사슴이 달려들어왔습니다. 누이동생은 골풀로 엮어 만든 줄을 사슴의 목에 걸고 그 줄을 잡고 사슴을 집 밖으로 데리고 나왔습니다. 왕은 그 아름다운 처녀를 자신의 말에 태워 성으로 데리고 갔습니다. 성에서는 곧 성대한 결혼식이 열렸습니다. 이제 처녀는 왕비가 되었고 그들 부부는 오랫동안 행복하게 잘 살았습니다. 어린 사슴도 왕궁 정원을 뛰어 놀며 잘 지냈습니다.

한편 마음보가 고약한 계모는 의붓딸은 들짐승들에게 갈기갈기 찢겨 죽었을 것이고, 사슴이 된 의붓아들은 사냥꾼들의 화살에 맞아 죽었을 것이라고 생각하고 있었습니다. 그런데 그들이 행복하게 잘 살고 있다는 사실을 알고는 배가 아파 어쩔 줄 몰랐습니다. 그 날부터 계모는 속이 상해 끙끙 앓으면서 또 다시 그들을 불행 속으로 몰아넣을 방법만 궁리했습니다. 그녀에게는 친딸이 하나 있었는데, 마음이 못된 것만큼이나 얼굴도 못생겼고 눈도 하나밖에 없는 외눈박이였습니다.

"왕비가 될 사람은 바로 나란 말이야! 왜 나한테는 행운이 돌아오지 않는 거지?"

딸은 엄마를 원망하곤 했습니다.

"입닥치고 얌전히 있어 이것아! 적당한 때가 되면 내가 좋은 방도를 생각해 낼 거니까."

마침내 그 적당한 때가 왔습니다. 어느 날 왕이 사냥을 나가고 없을 때 왕비가 아들을 낳자 그 늙은 마녀는 시녀로 변장하고 왕비의 방으로 들어갔습니다. 그리고 아기를 낳고 몸조리를 하고 있는 왕비에게 말했습니다.

"목욕물이 준비되었으니 어서 오세요. 목욕을 하고 나면 기분이 좋아지고 기운도 되살아날거예요. 감기 드시기 전에 어서 서두르세요."

마녀의 친딸도 마녀를 따라 성으로 함께 들어와 있었습니다. 그들 모녀는 힘을 합해 기운 없는 왕비를 욕실로 데리고 가 욕조 속에 집어넣고는 문을 잠근 채 불을 질렀습니다. 왕비는 이내 질식해서 죽고 말았습니다.

무사히 일을 해치운 뒤 마녀는 딸의 머리에 왕비가 잠잘 때 쓰는 모자를 씌우고 왕비가 쓰던 침대에 눕혔습니다. 그리고 딸의 인상과 몸매를 왕비처럼 변하게 했습니다. 하지만 아무리 마녀라 할지라도 외눈박이 모습만은 어찌할 수가 없었습니다. 그래서 그 딸은 눈이 없는 쪽으로 돌아누웠습니다. 그렇게 하면 왕도 눈치 채지 못할 테니까요.

저녁 나절이 되어 성으로 돌아온 왕은 아내가 아들을 낳았다는 소식을 듣고 몹시 기뻐하면서 사랑하는 아내의 침대 곁으로 가서 아내가 괜찮은지 살펴보려 했습니다. 그러자 마녀가 얼른 소리쳤습니다.

"맙소사! 얼른 그 휘장을 닫으세요! 왕비님은 아직 빛을 보면 안 돼요. 왕비님은 조용히 쉬셔야 돼요."

그 말에 왕은 얼른 침대 곁에서 물러섰습니다. 그 바람에 침대에 가짜 왕비가 누워 있다는 사실을 눈치 챌 수 없었습니다. 그러나 자정이 되어 아기 방의 요람 곁에 앉아 아기를 지켜 보고 있는 유모 외에 모두가 잠들었을 때 아기 방문이 열리더니 진짜 왕비가 안으로 들어왔습니다. 그녀는 요람에서 아기를 꺼내 품에 안고 젖을 먹였습니다. 젖을 다 먹인 뒤 그녀는 아기가 베는 조그만 베개를 잘 부풀려 놓고 아기를 다시 요람 속에 눕히고 조그만 담요로 아기의 몸을 덮어 주었습니다.

그녀는 또 사슴도 잊지 않았습니다. 그녀는 사슴이 자는 그 방 한구석으로 가서 사슴의 등을 가만히 두드려 주었습니다. 그러고 나서 그녀는 그 방을 떠났습니다. 아침이 되었을 때 유모는 보초들에게 가서 밤 사이에 성으로 들어온 사람이 있었느냐고 물었습니다. 그들은 아무도 들어오지 않았다고 대답했습니다.

그 뒤에도 왕비는 밤마다 찾아왔지만 말은 한 마디도 하지 않았습니다. 유모는 늘 그녀를 보았지만 그에 관해서는 아무에게도 말하지 않았습니다.

얼마의 시간이 흐른 뒤 왕비는 말을 하기 시작했고, 어느 날 밤에 이렇게 말했습니다.

"우리 아기 잘 있니? 우리 사슴도?
두 밤만 더 오고 나서 난 아주 먼 데로 갈거란다."

유모는 아무런 말도 하지 않았습니다. 하지만 왕비가 사라지고 난 뒤에 유모는 왕에게 가서 이 사실을 모두 이야기했습니다. 이야기를 들은 왕이 놀라 소리쳤습니다.

"오, 하느님 맙소사! 그게 어찌된 일이냐? 오늘밤에는 내가 친히 우리 아기를 지켜 보겠다."

밤이 되자 왕은 아기 방으로 들어갔습니다. 자정이 되자 왕비는 다시 나타나서 말했습니다.

"우리 아기 잘 있니? 우리 사슴도?
한 밤만 더 오고 나서 난 아주 먼 데로 갈거란다."

왕비는 보통 때처럼 아기에게 젖을 먹이고는 사라졌습니다. 왕은 그녀에게 감히 말을 붙이지 못한 채 그는 이튿날 밤에도 아기를 지켜 보았습니다. 왕비는 또다시 말했습니다.

"우리 아기 잘 있니? 우리 사슴도?
이젠 시간이 없어. 난 곧 아주 먼 데로 가야 해."

왕은 더 이상 자신을 억제할 수 없어 앞으로 나아가 말했습니다.
"당신은 내 사랑하는 아내가 분명하오!"

바로 그 순간 하느님의 은총이 내려 왕비는 생명을 되찾았습니다. 그녀는 정말로 살아났으며 그녀의 두 뺨에 어리던 장밋빛 발그레한 빛까지도 되살아났습니다. 왕비는 못된 마녀와 그녀의 친딸이 자신에게 어떤 짓을 저질렀는지를 상세히 이야기했습니다. 왕은 그들을 재판소로 끌고 가게 해서는 그들을 판결했습니다. 마녀의 친딸은 숲으로 끌려가 들짐승들에게 갈기갈기 찢기게 되었고 마녀는 불에 던져져 참혹한 죽음을 당했습니다. 마녀의 몸이 재로 변해 버리자 사슴은 다시 인간으로 변했습니다. 그 후부터 어린 오누이는 오래오래 행복하게 잘 살았습니다.

12

라푼첼

  옛날에 어떤 부부가 있었는데 그들은 오래 전부터 아이를 갖고 싶었지만 웬일인지 좀처럼 아이가 생기지 않았습니다. 그러다 마침내 하느님은 그들의 소원이 성취될 조짐을 아내에게 안겨 주었습니다. 그녀의 뱃속에 아기가 생긴 것입니다. 그들 부부가 사는 집 뒤쪽에는 조그만 창이 하나 나 있었는데, 그 창으로는 매우 아름다운 꽃들과 식물들로 가득한 근사한 정원이 내다보였습니다. 그러나 그 정원은 높은 담으로 둘러싸여 있었으며 정원의 주인은 많은 능력을 가지고 있는, 누구나 두려워하는 여자 마법사였습니다.
  어느 날 그 아내는 창가에 서서 정원을 내다보다가 아주 탐스러운 상추밭을 발견했습니다. 그 상추들이 너무 싱싱해 보여 그녀의 입에는 군침이 돌았습니다. 그녀는 그 상추가 몹시 먹고 싶었습니다. 날이 가면 갈수록 그것을 먹고 싶은 마음이 점점 더 간절해졌습니다. 그것을 먹을 수 없다는 것을 누구보다 잘 알고 있었으므로 그녀는 참느라고 몰라보게 몸이 쇠약해져 갔고 얼굴 역시 보기 딱할 정도로 창백해져 갔습니다. 그 모습을 본 남편이 놀라서 물었습니다.
  "당신 어디 아프오?"
  "우리 집 뒤 정원에서 자라는 저 상추를 조금이라도 먹지 못한다면 난 이대로 죽고 말 것 같아요."
  아내를 사랑하는 남편은 그 말을 듣고 아내를 위해 무슨 짓이라도 해서 그 상추를 따 와야겠다고 생각했습니다. 그 날 어스름녘, 남편은 담을 기어올라가 마법사의 정원으로 뛰어내렸습니다. 그는 급히 상추를 한 움큼 뽑아 아내에게 가져다주었습니다. 그녀는 즉시 그것을 샐러드로 만들어 정신없이 먹어치웠습니다. 그런데 그 상추 맛이 어찌나 희한했던지 그 이튿날이 되자 아내는 그것을 먹고 싶은 마음이 예전보다 몇 배나 더 강해졌습니다.
  남편은 아내를 위해서 다시 한 번 그 정원으로 넘어 들어가야 되겠다고 생각했습니다. 그리하여 어스름녘에 그는 다시 담을 넘어 정원으로 뛰어내렸습

니다. 그러나 그가 땅에 발을 디디는 순간 그는 기절초풍할 정도로 놀랐습니다. 바로 눈 앞에 여자 마법사가 버티고 서 있었기 때문입니다. 여자 마법사는 화난 표정으로 말했습니다.

"어디 감히 도둑처럼 내 정원으로 침입해 들어와 내 상추를 훔쳐간단 말인가? 그대는 그 벌을 받아야 해!"

"오, 제발 자비를 베풀어 주십시오. 전 아주 곤란한 처지에 빠져 있기 때문에 이런 짓을 하게 된 것입니다. 제 아내는 창문을 통해 여기 있는 상추를 보고 이게 너무나 먹고 싶어서 시름시름 앓게 되었습니다. 제가 이걸 좀 가져다 주지 않으면 아내는 얼마 못 살고 곧 죽을겁니다."

그 말을 듣고 여자 마법사는 화를 조금 가라앉혔습니다.

"그대의 말이 사실이라면 얼마든지 상추를 뽑아 가도 좋소. 하지만 한 가지 조건이 있소. 그대의 아내가 아기를 낳으면 그 아기를 내게 주어야 하오. 아기의 앞날에 대해서는 걱정할 필요 없어요. 내가 친엄마처럼 잘 돌봐 줄 테니까."

남편은 그녀를 두려워한 나머지 순순히 그녀의 말에 동의했습니다. 시간이 흘러 아내가 딸을 낳자 여자 마법사는 이내 그들 앞에 나타났습니다. 그녀는 그 아기에게 '라푼첼(상추를 뜻하는 독일어)'이라는 이름을 지어 주고는 아기를 데려가 버렸습니다.

라푼첼은 무럭무럭 자라서 세상에서 가장 아름다운 소녀가 되었습니다. 그러나 그녀가 열두 살이 되었을 때 여자 마법사는 그녀를 어느 숲 속에 있는 탑 속에 가두어 두었습니다. 그 탑에는 문도 계단도 없었고 맨 꼭대기에 조그만 창이 하나 있을 뿐이었습니다. 그 곳으로 들어가고 싶을 때면 여자 마법사는 탑 밑에 서서 크게 소리치곤 했습니다.

"라푼첼, 라푼첼.
네 머리채를 늘어뜨리렴."

라푼첼은 아주 길고 황금처럼 빛나는 탐스러운 머리카락을 가지고 있었습니다. 여자 마법사의 목소리가 들릴 때마다 라푼첼은 땋아서 틀어 올린 머리카락을 내려 창문에 달린 고리 주위에 한 번 감았다가 20미터 이상이나 되는 아래로 늘어뜨렸습니다. 여자 마법사는 그것을 타고 올라갔습니다.

그렇게 몇 년이 흐른 뒤 어떤 왕자가 우연히 말을 타고 그 숲으로 들어왔다가 그 탑 곁을 지나게 되었습니다. 그는 갑자기 아주 아름다운 노랫소리를 듣고는 말을 멈추고 그 노랫소리에 귀를 기울였습니다. 노래를 부른 사람은 바로 라푼첼이었습니다. 그녀는 자신의 고운 목소리를 숲에 울려 퍼지게 하는 것으로 쓸쓸하고 외로운 마음을 달래고 있었습니다. 왕자는 그녀가 있는 곳으로 올라가고 싶어 문을 찾아보았지만 문 같은 것은 어디에도 없었습니다. 그는 할 수 없이 집으로 돌아갔지만 그 노래에 너무나 마음이 끌렸기 때문에 날마다 말을 타고 숲으로 와서 귀를 기울였습니다.

그러던 어느 날 그가 어느 나무 뒤에 서서 탑을 바라보고 있는데 여자 마법사가 다가와 노래의 주인공에게 외치는 소리가 들렸습니다.

"라푼첼 라푼첼,
 네 머리채를 늘어뜨리렴."

그러자 라푼첼은 길게 땋은 머리채를 아래로 늘어뜨렸고 여자 마법사는 그것을 붙잡고 탑으로 올라가는 것이었습니다. 왕자는 그 광경을 보고 결심했습니다.

"저 머리가 저기로 올라가는 데 필요한 사다리 구실을 한다면 나도 한 번 시험해 봐야겠는걸."

이튿날, 날이 어둑어둑해지기 시작했을 때 그는 탑 밑으로 가서 소리쳤습니다.

그러자 기다란 머리채가 아래로 내려왔습니다. 왕자는 그것을 붙잡고 올라갔습니다. 그가 탑 속으로 들어서자 라푼첼은 몹시 두려워했습니다. 남자라고는 생전 처음 보았기 때문입니다. 그러나 왕자는 다정한 말투로, 자신은 그녀의 노래에 너무나 감동한 나머지 그녀를 꼭 보아야만 마음이 진정될 것 같아 이렇게 오게 되었다고 이야기했습니다.

그러자 라푼첼을 사로잡았던 두려움은 가셨습니다. 왕자는 그녀에게 자기를 남편으로 받아들여 주지 않겠느냐고 물었습니다. 라푼첼은 젊고 잘생긴 왕자에게 마음이 끌려 이 사람이라면 늙은 어머니 고텔이 자기를 사랑해 주는

것보다 더 자신을 사랑해 줄 것이 분명하다고 생각했습니다. 그래서 그녀는 고개를 끄덕이고 자신의 손을 그에게 맡기며 말했습니다.

"기꺼이 당신과 함께 가고 싶어요. 하지만 난 여기서 내려갈 수 있는 방법을 몰라요. 그러니 당신이 여기 올 때마다 비단실 한 타래씩을 가져다 주세요. 그것으로 사다리를 엮어서 다 되면 그걸 타고 내려가겠어요. 그러면 당신은 날 당신의 말에 태워서 데려갈 수 있어요."

그들은 사다리가 다 만들어질 때까지 매일 밤마다 만나기로 약속했습니다. 그 노파는 낮에만 찾아오니까요.

한편 여자 마법사는 아무것도 눈치 채지 못하고 있었는데, 어느 날 라푼첼이 그만 무심코 말을 꺼내고 말았습니다.

"어머니가 왕자님보다 훨씬 더 무겁게 느껴지니 웬일일까요? 내가 그분을 끌어올릴 때면 그분은 눈 깜짝할 사이에 이리로 올라오거든요."

여자 마법사는 놀라서 소리쳤습니다.

"이런 빌어먹을 것! 이게 무슨 소리야 그래! 난 네가 바깥 세계와는 아예 접촉을 하지 않았다고 생각했는데 이제 보니 날 속였구나!"

여자 마법사는 너무나 화가 난 나머지 라푼첼의 아름다운 머리채를 휘어잡아 왼손에 몇 번 감은 뒤 오른손으로 가위를 움켜 쥐고 싹둑싹둑 잘라내 버렸습니다. 그녀의 아름다운 머리카락은 그대로 땅바닥에 떨어졌습니다. 그러고 나서 그 잔인한 여자 마법사는 라푼첼을 사람 하나 보이지 않는 황량한 땅으로 데려갔습니다. 그 곳에서 라푼첼은 큰 슬픔과 고통 속에서 지내야만 했습니다.

라푼첼을 추방해 버린 바로 그 날 여자 마법사는 가위로 잘라낸 라푼첼의 머리채를 창문에 달린 고리에 붙잡아맸습니다. 그리고 그 날 밤 왕자가 다시 왔습니다.

"라푼첼, 라푼첼,
네 머리채를 늘어뜨리렴."

왕자가 소리치자 여자 마법사는 그 머리채를 아래로 내려 주었습니다.
왕자가 그것을 붙잡고 막상 올라와 보니 탑 속에는 사랑하는 라푼첼이 아닌 여자 마법사가 서 있는 것이었습니다. 그녀는 분노로 이글거리는 눈으로 왕자를 노려보았습니다. 그리고 조롱하듯 말했습니다.

"아, 왕자님께서 친애하는 부인을 데리러 오셨군 그래. 하지만 이제 그 아름다운 새는 둥지를 떠났어. 더 이상 울지도 않을거야. 고양이가 그 새를 물어가 버렸어. 그 놈은 당신의 눈도 할퀴어 버릴거야. 이제 다시는 그 년을 볼 수 없어. 다시는 그 년을 보지 못할거야!"

왕자는 슬픔으로 넋을 잃고 깊은 절망감 때문에 탑에서 뛰어내렸습니다. 그는 다행히 목숨을 건지기는 했으나 그가 뛰어내린 곳에 자라고 있던 가시나무에 눈을 찔려 장님이 되고 말았습니다. 그 후 왕자는 그 숲을 방황하게 되었습니다. 식물 뿌리와 산딸기만으로 목숨을 이어 언제나 사랑하는 여자를 잃은 슬픔과 비탄에 싸여 지냈습니다. 그렇게 살면서 왕자는 여러 해를 떠돌아다녔습니다.

그러다 마침내 그는 라푼첼이 자신의 아이인 아들 딸 쌍둥이를 낳아 비참하게 살고 있는 그 황량한 땅에 이르렀습니다. 귀에 익은 어떤 여자의 목소리에 이끌려 그 소리가 나는 방향으로 똑바로 나아가 라푼첼이 있는 곳에 당도한 것입니다. 라푼첼은 한눈에 그를 알아보았습니다. 라푼첼은 그를 끌어안고 울었습니다.

그녀의 눈물 두 방울이 그의 두 눈에 떨어지자 왕자의 눈이 다시 밝아졌습니다. 그는 시력을 되찾은 것입니다. 그는 라푼첼과 두 아이들을 자신의 왕국으로 데려갔습니다. 왕국 사람들은 그들을 반갑게 맞이했습니다. 그 후 그들은 오랫동안 매우 행복하게 잘 살았습니다.

13

숲 속의 세 난쟁이

한 홀아비와 과부가 있었습니다. 그들에게는 각기 딸이 하나씩 있었습니다. 딸들은 서로 친한 사이였습니다. 어느 날 둘은 함께 산책을 한 뒤 과부네 집으로 갔습니다. 과부가 홀아비의 딸에게 말했습니다.

"내가 네 아버지와 결혼하고 싶다는 얘기를 네 아버지에게 좀 해주렴. 우리가 결혼하게 되면 넌 매일 아침 우유로 세수를 하게 되고 포도주를 마시게 될 거다. 내 딸은 물로 세수를 하고 물을 마시게 될거고."

홀아비의 딸은 집으로 돌아가 아버지에게 그 이야기를 전했습니다.

"글쎄, 어떻게 하면 좋을까? 결혼 생활이란 건 기쁨 반 고통 반이라는데." 좀처럼 결정을 내리기가 힘들자 아버지는 목이 긴 구두 한 짝을 벗으며 말했습니다.

"이걸 받아라. 이 구두 밑창에는 구멍이 하나 뚫려 있다. 이걸 다락으로 갖고 올라가 큰 못에다 걸어 놓고 이 안에다 물을 부어 봐라. 만일 물이 새지 않으면 난 다시 결혼을 하고 물이 새면 하지 않겠다."

소녀는 아버지가 시키는 대로 했습니다. 그런데 물을 붓자 그 구멍이 막히고 물은 구두 목있는 데까지 가득 차 올랐습니다. 딸은 아버지에게 그 사실을 전했습니다. 그러자 아버지는 다락으로 올라가 직접 구두 속을 들여다보고는 딸의 말이 사실이라는 것을 알았습니다. 그는 과부에게로 가서 자기와 결혼해 달라고 했습니다. 그들은 곧바로 결혼식을 올렸습니다.

결혼식 바로 다음 날 아침에 두 딸은 잠에서 깨어나 홀아비의 딸은 우유로 세수를 하고 포도주를 마셨으며, 과부의 딸은 물로 세수를 하고 물을 마셨습니다. 그러나 둘째날 아침에는 두 딸 모두 물로 세수를 하고 물을 마셨습니다. 그리고 셋째날 아침이 되자 홀아비의 딸은 물로 세수를 하고 물을 마시고 과부의 딸은 우유로 세수를 하고 포도주를 마셨습니다. 그 다음부터는 늘 셋째날과 똑같은 일이 되풀이되었습니다.

과부는 의붓딸에게 더없이 못되게 굴었고 의붓딸을 좀더 괴롭힐 수 있는 방법이 없을까 궁리하기 바빴습니다. 게다가 의붓딸은 아름답고 사랑스럽게 생겼는데 친딸은 보기도 끔찍할 만큼 흉측하게 생겨 그 여자는 여간 속상한 게 아니었습니다.

　겨울이 닥쳐와 바깥의 모든 것들이 바위처럼 꽁꽁 얼어 붙고 언덕과 골짜기가 눈으로 하얗게 덮인 어느 날이었습니다. 과부는 종이로 옷을 만들어 놓고는 의붓딸을 불러 이렇게 말했습니다.

　"자, 이 옷을 입고 숲으로 들어가 딸기 한 바구니를 따 오너라. 딸기가 먹고 싶어 죽을 지경이다."

　홀아비의 딸이 말했습니다.

　"어머니! 겨울에는 딸기가 자라지 않아요. 땅은 얼어 붙었고 눈이 모든 걸 뒤덮고 있는걸요. 게다가 왜 하필 이 종이옷을 입고 나가라는 거예요? 바깥은 너무 추워 입김까지 얼어 붙을 지경인데. 옷 사이로 바람이 마구 들이칠거고 종이옷은 금세 찢어져서 가시가 내 몸을 찌를거예요."

　그러자 계모는 무섭게 소리쳤습니다.

　"저 빌어먹을 것이 어디다 대고 말대꾸야! 어서 나가. 딸기를 한 바구니 가득 따오기 전에는 이 집에 발을 들여놓을 생각도 하지 마."

　그리고 나서 계모는 소녀에게 굳은 빵 한 조각을 주면서 말했습니다.

　"이걸로 요기를 해."

　그러면서 계모는 속으로 생각했습니다.

　'저것은 이제 배가 곯아 얼어 죽고 말거야. 그러면 다시는 저것의 꼴을 안 봐도 되겠지.'

　소녀는 계모가 시키는 대로 종이옷을 입고 조그만 바구니를 팔에 걸고 밖으로 나갔습니다. 사방 어디를 둘러봐도 초록색 점 하나 눈에 띄지 않았습니다. 보이는 것이라고는 그저 하얀 눈밖에 없었습니다. 숲으로 들어간 소녀는 그곳에서 조그만 오두막집 한 채를 발견했습니다. 그 오두막집의 창으로 세 명의 난쟁이들이 밖을 내다보고 있었습니다.

　"안녕하세요."

　소녀는 그들에게 인사를 하고는 조심스럽게 문을 두드렸습니다.

　"들어와요."

　그들이 소리쳤습니다.

소녀는 오두막집 안으로 들어가 난로 옆의 긴 의자에 앉았습니다. 소녀는 몸을 좀 녹인 뒤 자기가 가져온 빵으로 아침식사를 하려고 했습니다. 소녀가 빵을 먹으려 하자 세 난쟁이들이 말했습니다.

"우리한테도 좀 나눠 주렴."

그러자 소녀는 말했습니다.

"네. 그렇게 하죠."

소녀는 빵을 두 조각으로 나누어 한쪽을 난쟁이들에게 주었습니다. 난쟁이들이 물었습니다.

"이 추운 겨울에 그렇게 얇은 옷을 입고 이 숲에 들어와 뭘 하려는 거냐?"

"딸기를 찾으려고요. 딸기를 한 바구니 따지 못하면 집으로 돌아갈 수 없어요."

소녀가 빵을 다 먹었을 때 세 난쟁이들은 소녀에게 빗자루를 건네 주면서 말했습니다.

"저 뒷문 밖에 쌓인 눈을 쓸어 보아라."

소녀가 뒷문 밖으로 나가자 세 난쟁이들은 자기네끼리 이야기를 나누었습니다.

"저렇게 공손하고 상냥하며 또 친절하게 우리한테 빵까지 나눠 준 저 애한테 뭘 해주면 좋을까?"

첫 번째 난쟁이가 말했습니다.

"저 애는 날이 갈수록 점점 더 예뻐지게 될거야. 이것이 내 선물이야."

두 번째 난쟁이가 말했습니다.

"저 애가 말을 할 때마다 저 애의 입 속에서는 금조각들이 튀어나오게 될거야. 이것이 내 선물이야."

세 번째 난쟁이가 말했습니다.

"왕이 와서 저 애를 자기 아내로 삼게 될거야. 이게 내 선물이야."

한편 소녀는 난쟁이들이 시킨 대로 뒷문 밖의 마당에 쌓인 눈을 비로 쓸었습니다. 그랬더니 탐스럽게 익은 새빨간 딸기들이 뒷마당에 잔뜩 널려 있는 것이 눈에 띄었습니다. 소녀는 기뻐서 어쩔 줄 모르며 바구니 속에 딸기를 가득 담았습니다. 그러고 나서 소녀는 난쟁이들과 악수를 하며 고맙다는 인사를 하고 집으로 달려와 딸기가 가득 찬 바구니를 계모에게 건네 주었습니다.

소녀가 집 안으로 들어와 "다녀왔습니다." 하자 소녀의 입에서는 금 한 조각이 튀어나왔습니다. 소녀는 숲속에서 일어난 일들을 계모에게 자세히 이야기해 주었는데, 소녀가 한 마디 할 때마다 금 조각들이 튀어나오는 바람에 금세 온 방 안이 다 금으로 뒤덮일 지경이었습니다. 그것을 본 계모의 친딸이 소리쳤습니다.

"저것의 저 시건방진 꼴을 좀 보라지. 돈을 사방에 뿌리고 다니다니!"

친딸은 겉으로 드러내지는 않았지만 속으로는 몹시 샘이 나서 자기도 숲으로 들어가 딸기를 찾아내고 싶어졌습니다. 그러나 계모는 딸을 만류했습니다.

"안 된다, 애야. 밖은 너무 추워서 얼어 죽을 수도 있어요."

그러나 딸이 하도 조르는 바람에 결국 엄마도 두 손을 들고 말았습니다. 엄마는 두툼하고 멋진 털코트를 지어 입혀 주고 버터를 바른 맛있는 빵과 케이크를 안겨 주었습니다.

숲으로 들어간 친딸은 곧바로 그 오두막집 쪽으로 갔습니다. 이번에도 세 명의 난쟁이들이 창 밖을 내다보고 있었습니다. 친딸은 그들에게 인사도 하지 않고 문을 쾅 열고 들어가 난로 옆의 의자에 털썩 주저앉았습니다.

그리고 나서 그녀는 그들에게 인사를 하기는커녕 아는 척도 하지 않고 혼자서 케이크를 꾸역꾸역 먹기 시작했습니다. 그것을 보고 있던 난쟁이들이 소리쳤습니다.

"우리한테도 좀 나눠 주렴."

"나 먹을 것도 모자라는데 내가 미쳤다고 나눠 줘요?"

친딸이 심술궂게 대꾸를 하고는 혼자서 빵을 모두 먹어 치우자 난쟁이들은 그녀에게 말했습니다.

"이 빗자루를 받아라. 그리고 이걸 들고 나가서 뒷문 밖 주위를 깨끗하게 쓸어라."

"댁들의 일은 댁들이 직접 하세요! 난 댁들의 하녀가 아니예요."

그렇게 톡 쏘아붙인 친딸은 난쟁이들이 자기한테 아무것도 주지 않자 문 밖으로 나가 버렸습니다. 세 난쟁이들은 자기네끼리 이야기를 나누었습니다.

"저렇게 심보가 고약하고 못돼 먹고 욕심 많고 인색한 애한테는 뭘 주는게 좋을까?"

첫 번째 난쟁이가 말했습니다.

"저 애의 얼굴은 날이 갈수록 점점 더 흉해질거야. 이게 내 선물이야."

두 번째 난쟁이가 말했습니다.

"저 애가 말을 할 때마다 저 애의 입 속에서는 두꺼비가 한 마리씩 튀어나오게 될거야. 이것이 내 선물이야."

세 번째 난쟁이가 말했습니다.

"저 애는 비참하게 죽게 될거야. 내 선물은 바로 이거야."

한편 친딸은 오두막 바깥에서 딸기를 찾아보았지만 딸기를 찾을 수 없자 투덜거리면서 집으로 돌아왔습니다. 친딸이 문을 열고 들어가면서 엄마에게 숲 속에서 일어난 일을 이야기하려고 입을 열자마자 그애의 입 속에서 두꺼비 한 마리가 튀어나왔습니다. 말을 하면 할수록 두꺼비가 자꾸만 튀어나와 모든 사람들이 질겁을 하고 달아나 버렸습니다. 이제 계모는 전보다 더 속이 상했습니다. 그래서 날이면 날마다 의붓딸을 더욱 괴롭힐 궁리만 했고 그러면 그럴수록 남편의 딸은 나날이 예뻐지기만 했습니다.

그러던 어느 날 계모는 아궁이에다 솥을 올려놓고 그 안에 실꾸러미를 집어넣고 끓였습니다. 실꾸러미가 다 삶아지자 계모는 실꾸러미를 의붓딸의 어깨에다 걸쳐 주고 도끼 한 자루를 들려 준 뒤 꽁꽁 얼어 붙은 강으로 가서 구멍을 파고 그 실을 말끔히 헹구어 오라고 말했습니다. 계모의 말을 거역할 줄 모르는 의붓딸은 시키는 대로 강으로 가서 얼음에 구멍을 냈습니다. 그녀가 그 구멍 속에 발을 담그고서 열심히 일하고 있는데 그 때 왕이 탄 화려한 마차 한 대가 그 옆을 지나가다 멈추었습니다. 왕이 물었습니다.

"그대는 누구인가? 거기서 무엇을 하고 있는거지?"

"전 천한 집안의 딸입니다. 저는 지금 실꾸러미를 헹구고 있습니다."

왕은 그녀가 불쌍해 보였습니다. 그리고 처녀가 너무나 아름답다는 것을 깨달았습니다.

"나와 함께 내 마차를 타고 가지 않겠는가?"

그러자 의붓딸은 계모와 그녀의 친딸에게서 멀리 떠나고 싶은 마음이 생겨났습니다.

"기꺼이 그렇게 하겠습니다!"

그리하여 의붓딸은 마차를 타고 왕과 함께 그 곳을 떠났습니다. 성에 도착한 뒤 그들은 성대한 결혼식을 올렸습니다. 세 난쟁이들이 없었더라면 이런 행운은 일어날 수 없었을 것입니다.

그로부터 일 년이 지난 후 왕비는 아들을 낳았습니다. 그리고 의붓딸이 왕비가 되었다는 소식을 들은 계모는 친딸과 함께 성으로 가서 왕비가 보고 싶어 왔다고 거짓말을 하고 왕비를 만났습니다. 그런데 마침 왕이 성에 없었기 때문에 왕비의 방에는 왕비 혼자뿐이었습니다. 그래서 못된 계모는 침대에 누워 있는 왕비의 머리채를 움켜 잡고, 계모의 친딸은 왕비의 발을 잡고서는 왕비의 몸을 번쩍 들어 창 밖으로 내던져 버렸습니다.

불쌍한 왕비는 그만 성 밑으로 흐르는 강물 속에 빠져 죽었습니다. 그런 다음 흉하게 생긴 친딸이 왕비의 침대에 대신 누웠습니다. 계모는 침대 시트를 친딸의 머리 꼭대기까지 씌워 주었습니다. 이윽고 왕이 들어와 왕비에게 말을 건네려 하자 계모가 말했습니다.

"쉿, 쉿! 아직은 안 됩니다. 왕비님은 땀을 몹시 흘리고 계시니 오늘은 이대로 그냥 쉬게 내버려 두셔야 합니다."

왕은 아무것도 눈치 채지 못하고 방을 그냥 나갔다가 이튿날에 다시 왕비의 방에 들렀습니다. 그런데 왕이 왕비에게 말을 걸자 그녀가 한 마디 할 때마다 그녀의 입 속에서는 금 조각이 아닌 두꺼비들이 튀어나왔습니다. 그러자 왕은 놀라서 어찌된 영문이냐고 물었습니다. 계모는 왕비가 땀을 몹시 흘리는 증세 때문에 그런 것이며 이 증세는 곧 없어질 거라고 대답했습니다.

한편 주방에서 일하는 소년은 그 날 밤 성 밑의 강에서 오리 한 마리가 헤엄치는 광경을 보았습니다. 그 오리는 이렇게 말했습니다.

"왕이시여, 나의 왕이시여, 당신은 뭘 하고 계시나요?
깨어 있나요, 아니면 자고 있나요?"

소년이 아무 말도 하지 않자 오리가 다시 말했습니다.

"내 손님들은 지금 깊이 잠들어 있나요?"

그러자 소년이 대답했습니다.

"예, 그 사람들은 찍소리 하지 않고 자고 있습니다."

왕비가 다시 물었습니다.

"내 아기는 어떻게 됐나요?"

소년이 대답했습니다.

"오, 아기는 지금 잠들어 있고 아주 잘 지내고 있습니다."

마침내 오리는 왕비의 모습으로 변해 계단을 올라가 아기에게 젖을 먹이고, 아기의 요람을 잘 정돈해 주고, 아기 몸 위에다 이불을 잘 덮어 주고는 강으로 돌아갔습니다. 거기서 왕비는 다시 오리로 변해 강을 헤엄쳐 갔습니다. 이런 일은 다음 날에도 되풀이되었습니다. 셋째날 밤에 왕비는 그 소년에게 말했습니다.

"가서 왕께 말씀드려요. 칼을 뽑아 들고 문 있는 데로 가서 내 모습이 보이거든 칼로 내 머리 위를 세 번 휘두르라고."

소년은 왕비가 시키는 대로 왕에게 가서 말했습니다. 왕은 칼을 뽑아 들고 가서 왕비의 유령 위의 허공을 세 번 갈랐습니다. 그러자 왕비는 전과 다름없이 산 사람의 모습으로 나타났습니다.

왕은 몹시 기뻐했습니다. 그러나 그는 새로 태어난 왕자가 세례를 받을 예정인 일요일까지 왕비를 어느 방에 숨겨 두었습니다. 그리고 아들이 세례를 받고 난 후 계모에게 물었습니다.

"침대에 누워 있는 사람을 끌어내 강물에 내던져 버린 사람은 어떻게 하는 것이 좋겠소?"

그러자 계모는 냉큼 대답했습니다.

"그런 못된 인간은 속에 못이 잔뜩 박힌 통 속에다 집어넣어 언덕 아래 강물 쪽으로 굴려 버리는 것 이상 가는 벌이 없습죠."

"네가 네 자신이 받을 형벌을 정했으렷다."

왕은 속에 못이 잔뜩 박힌 통을 가져오라고 해서 계모와 친딸을 집어넣게

13. 숲 속의 세 난쟁이 145

했습니다. 그러고는 통 뚜껑을 닫고 못을 박은 뒤 언덕 아래 강물 쪽으로 굴리게 했습니다.

14

실 잣는 여자들

　실 잣기를 싫어하는 게으른 처녀가 하나 있었습니다. 이 처녀의 어머니는 딸을 달래 보기도 하고 야단을 치기도 해보았지만 처녀는 한사코 실 잣기를 하지 않으려 했습니다. 몹시 화가 난 어머니는 더 이상 참지 못하고 처녀를 때렸습니다. 처녀는 큰 소리로 울기 시작했습니다.
　때마침 왕비가 마차를 타고 그 집 곁을 지나다가 그 요란한 울음소리를 듣고 마차를 멈추게 했습니다. 왕비는 그 집으로 들어가 사연을 물었습니다. 딸이 너무나 게을러서 때렸다는 이야기는 창피해서 차마 할 수가 없어 처녀의 어머니는 이렇게 말했습니다.
　"이 애가 실 잣는 걸 그만두게 할 수가 없어서 그랬습니다. 이 애는 그저 하루 온종일 실만 잣는데, 저희 집은 너무 가난해서 이 애가 실 잣는 데 쓸 아마를 대줄 수가 없습니다."
　그러자 왕비가 말했습니다.
　"난 이 세상에서 실 잣는 소리를 가장 좋아하오. 물레 돌아가는 소리처럼 듣기 좋은 것도 다시 없지, 댁의 딸을 우리 성으로 데려가게 해주었으면 좋겠소. 우리 성에는 아마가 아주 많이 있기 때문에 댁의 딸이 얼마든지 실 잣기를 할 수 있을거요."
　처녀의 어머니가 선선히 승낙을 하자 왕비는 처녀를 데리고 왕궁으로 갔습니다. 성에 도착한 뒤 왕비는 처녀를 세 개의 방이 있는 2층으로 데려갔습니다. 그 방들에는 바닥에서 천장까지 최상품 아마가 꽉꽉 들어차 있었습니다. 왕비가 말했습니다.

"자, 나를 위해 이 아마로 실을 잣도록 해라. 이 일을 다 끝내고 나면 내 큰 아들과 결혼시켜 주겠다. 네가 가난해도 별 상관이 없다. 그저 부지런히 쉬지 않고 일만 하도록 해. 난 네 부지런함을 지참금으로 생각할 테다."

처녀는 300년을 살아도 그 많은 아마를 다 실로 만들어 낼 수 없을 것같았습니다. 그녀는 한숨을 푹푹 내쉬며 매일 아침부터 밤까지 그저 앉아 있기만 했습니다. 그리고 주위에 아무도 없을 때면 몰래 울었습니다. 그녀는 사흘 동안을 그렇게 손가락 하나 까딱하지 않고 앉아서 보냈습니다.

사흘째 되던 날 왕비는 그 방으로 들어와 보고 실이 전혀 눈에 띄지 않자 어리둥절한 표정이 되었습니다. 그러나 처녀가 어머니 곁을 떠나온 것이 너무나 슬퍼서 일이 손에 잡히지 않는다는 식으로 변명을 하자 왕비는 그럴 법도 하다고 생각했습니다.

"하지만 내일은 꼭 일을 시작해야 한다."

왕비는 처녀에게 이렇게 말하고 그 방을 떠났습니다.

다시 홀로 남게 된 처녀는 무엇을 어떻게 해야 할지 그저 아득하기만 했습니다. 근심에 싸인 채 창 밖을 내다보고 있자니 세 여자가 창 쪽으로 다가오고 있는 광경이 보였습니다. 첫 번째 여자는 아주 넓적한 발을 가지고 있었고, 두 번째 여자는 넓은 아랫입술이 턱을 다 덮을 정도였습니다. 그리고 세 번째 여자는 엄청나게 큰 엄지손가락을 가지고 있었습니다. 그 여자들은 창문 밑에 서서 그녀를 올려다보며 무슨 일 때문에 그렇게 상심해 있느냐고 물었습니다. 처녀가 자신이 처해 있는 어려운 사정을 이야기하자 그 여자들은 처녀를 도와주겠다고 했습니다.

"우리가 단번에 그 아마들을 실로 만들어 주지. 그 대신 아가씨는 우리를 부끄럽게 생각하지 말고 아가씨의 결혼식에 초대해 주어야 해요. 아가씨는 우리를 사촌이라고 부르고 음식 먹을 때도 우리를 끼워 주어야 해요."

"기꺼이 그렇게 하죠. 그러니 어서 들어오셔서 곧바로 일을 시작하도록 하세요."

처녀는 괴상하게 생긴 그 세 여자들을 첫 번째 방으로 들어오게 한 뒤 그 여자들이 일할 수 있게 자리를 마련해 주었습니다. 그 여자들은 자리에 앉자마자 실을 잣기 시작했습니다. 첫 번째 여자가 실을 뽑아내면서 물레의 발판을 밟기 시작하자 두 번째 여자는 입술로 그 실을 축축하게 했으며, 세 번째 여자는 그 실을 꼬고 손가락으로 판을 두드리곤 했습니다. 세 번째 여자가 판을 두드릴 때마다 섬세한 솜씨로 잘 꼬아진 실이 감긴 얼레가 하나씩 바닥에 떨어지는 것이었습니다.

처녀는 그 세 여자들이 왕비의 눈에 띄지 않도록 조심했습니다. 그리고 왕비가 들를 때면 처녀는 그 때까지 자아낸 엄청난 양의 실들을 보여 주었고 그 때마다 왕비는 입에 침이 마르도록 처녀를 칭찬했습니다. 첫 번째 방에 가득 찼던 아마가 다 떨어지자 그들은 두 번째 방으로, 그리고 거기서 다시 세 번째 방으로 옮겨 갔으며 결국은 세 번째 방의 아마도 동이 났습니다.

일을 다 끝마친 세 여자는 그 곳을 떠나면서 처녀에게 말했습니다.

"우리하고 약속한 것 잊지 말우. 아가씨한테 좋은 결과를 가져올 테니."

처녀가 왕비에게 텅 빈 방들과 산같이 쌓인 실들을 보여 주자 왕비는 결혼식 치를 준비를 했습니다. 신랑이 될 왕자는 그렇게 솜씨 좋고 부지런한 아내를 맞아들이게 된 것을 크게 기뻐하면서 거듭 처녀를 칭찬했습니다.

그러자 처녀가 말했습니다.

"제게는 사촌언니가 셋 있는데 그동안 저한테 너무나 고맙게 해준 언니들이라 제 행복을 함께 나누고 싶어요. 그러니 그 언니들을 우리 결혼식에 초대해 우리와 음식을 같이 먹게 허락해 주셨으면 좋겠어요."

"물론이지. 허락하고 말고."

왕비와 왕자가 허락을 해주어 혼인 잔치가 시작되었을 때 그 세 여자들은 괴상한 옷차림을 하고 연회장에 들어왔습니다.

"사촌언니들이 오셨군요. 어서 이리 오세요."

그 때 세 여자들을 본 신랑이 놀라서 소리쳤습니다.

"아니, 당신은 어떻게 이렇게 끔찍하게 생긴 사람들과 함께 어울리는거요."

그리고 나서 신랑은 넓적한 발을 가진 여자에게 다가가 물었습니다.

"당신의 발은 어떻게 해서 그렇게 넓적하게 되었나요?"

첫 번째 여자가 대답했습니다.

"물레의 발판을 하도 밟다 보니 이렇게 됐습니다."

신랑은 두 번째 여자에게 가서 물었습니다.

"당신의 입술은 왜 그렇게 늘어졌습니까?"

두 번째 여자가 대답했습니다.

"실을 하도 훑다 보니 이렇게 됐습니다."
그는 세 번째 여자에게 물었습니다.
"당신의 엄지손가락은 어떻게 해서 그렇게 커다랗게 되었습니까?"
세 번째 여자가 대답했습니다.
"하도 실을 꼬다 보니 이렇게 됐습니다."
세 여자의 말을 들은 왕자는 놀라서 말했습니다.
"내 아름다운 아내가 다시는 물레를 건드리지도 못하게 하겠어."
그리하여 그녀는 실을 잣는 그 끔찍한 일에서 벗어날 수 있었습니다.

15

헨젤과 그레텔

가난한 나무꾼이 아내와 두 아이를 데리고 숲에서 살고 있었습니다. 남자 아이 이름은 헨젤이고 여자 아이 이름은 그레텔이었습니다. 워낙 가난한 살림이라 늘 먹을 것이 부족하곤 했는데, 거기다가 그 해에는 큰 기근이 나라 전체를 휩쓸고 지나가서 나무꾼은 식구들의 먹을거리를 그나마도 마련할 수가 없게 되었습니다. 밤이 되어도 그는 침대에 누워 이런저런 걱정을 하느라 좀처럼 잠을 이루지 못했습니다.

어느 날 밤이었습니다. 그는 한숨을 쉬며 아내에게 말했습니다.

"앞으로 어떻게 될까? 우리 둘이 먹을 것도 없을 지경이니 우리 불쌍한 아이들한테는 뭘 먹이지?"

그러자 아내가 말했습니다.

"방도가 있긴 있어요. 내일 아침 일찍 아이들을 데리고 숲 속 깊숙이 들어가는거예요. 거기 가서 불을 피우고 아이들에게 빵 한 덩어리씩을 나눠 준 뒤 아이들을 거기 내버려 두고 우리는 일을 하러 가서 돌아가지 않는거예요. 아이들은 집으로 오는 길을 모르기 때문에 집으로 돌아오지 못할 것이고 그렇게 되면 우리는 아이들한테서 벗어날 수 있다구요."

"안 돼, 여보. 그럴 수는 없어. 내 아이들을 숲 속에 버리고 올 수는 없어. 그랬다가는 맹수들이 금방 그 애들을 잡아먹고 말 텐데."

그러자 아내가 다시 말했습니다.

"오, 이 바보 같은 사람! 그렇게라도 하지 않으면 우리 네 식구는 이대로 굶어 죽고 만단 말이예요. 일찌감치 관 짤 궁리나 하는 게 좋을걸요!"

아내가 자꾸 이런 말을 되풀이하면서 괴롭히는 바람에 마침내 나무꾼은 아내의 말에 따르기로 했습니다.

"하지만 우리 아이들이 불쌍해."

나무꾼이 말했습니다.

그런데 그 날 밤 두 아이는 너무나 배가 고파서 잠을 이룰 수가 없었습니다.

그러므로 그들은 계모가 아버지에게 하는 말을 다 들었습니다. 그레텔은 너무나 슬퍼서 눈물을 흘리며 헨젤에게 말했습니다.

"이제 우린 죽었어."

그러자 헨젤은 말했습니다.

"조용히 해, 그레텔. 염려하지마. 내가 곧 좋은 방도를 생각해 낼 테니까."

엄마 아빠가 잠이 들자 헨젤은 옷을 걸쳐 입고 살그머니 문을 열고 밖으로 나갔습니다. 밖에는 달이 휘영청 밝았습니다. 집 앞에 널려 있는 자갈들이 마치 순은으로 된 은화처럼 달빛에 하얗게 빛나고 있었습니다. 헨젤은 가능한 한 많은 자갈들을 주워 주머니 속에 집어넣었습니다. 다시 방 안으로 돌아온 헨젤은 그레텔에게 말했습니다.

"걱정하지 말고 그저 편안히 잠이나 자. 하느님은 우리를 버리지 않으실 거야."

그러고 나서 헨젤도 자기 침대에 누웠습니다.

이튿날 새벽이었습니다. 아직 해가 떠오르지도 않았는데 계모가 와서 두 아이를 깨웠습니다.

"일어나, 이 게으름뱅이들아! 나무하러 숲으로 가야 해."

계모는 아이들에게 빵 한 조각씩을 안겨 주며 말했습니다.

"이게 점심이야. 이것 말고는 먹을 게 아무것도 없으니까 점심 때가 되기 전까지는 먹지마."

헨젤의 주머니 속에는 자갈이 가득 들어 있었으므로 그레텔은 그 빵 조각들을 자기 앞치마로 쌌습니다. 그러고 나서 네 식구는 숲 속으로 들어갔습니다. 얼마쯤 걸어갔을 때 헨젤은 걸음을 멈추고 집 쪽을 돌아보았습니다. 그가 이따금 돌아볼 때면 아버지가 한 마디 했습니다.

"뭘 보고 있는거냐, 헨젤? 왜 꾸물거리는거지? 그저 앞만 보고 부지런히 걷도록 해라!"

헨젤은 말했습니다.

"전 우리 집 지붕 위에 앉아 있는 하얀 새끼고양이를 보고 있는거예요. 저 고양이는 저한테 잘 다녀오라는 작별인사를 하고 싶어해요."

그러자 계모가 말했습니다.

"바보 같으니. 그건 고양이가 아냐, 해가 굴뚝 위에서 빛나고 있는거지."

사실 헨젤은 고양이를 본 것이 아니고 주머니 속에서 윤이 나는 하얀 자갈을 꺼내 일정한 간격을 두고 하나씩 떨어뜨리고 있었습니다. 숲 한가운데에 이르렀을 때 아버지가 말했습니다.

"얘들아, 땔나무를 좀 모아 오너라. 너희들이 춥지 않게 불을 피워 줄 테니까."

헨젤과 그레텔은 마른 나뭇가지들을 모아 조그만 나뭇단을 만들어 가지고 왔습니다. 나뭇가지에 이내 불이 활활 살아나자 계모가 말했습니다.

"자, 얘들아, 불 옆에 누워 편히 쉬고 있으렴. 우리는 나무하러 숲 속으로 들어갈 테니까. 일이 다 끝나면 돌아와 너희들을 데려가마."

헨젤과 그레텔은 불 옆에 앉았습니다. 그리고 점심 때가 되자 그들은 빵을 먹었습니다. 도끼질하는 소리가 계속 들려왔으므로 그들은 아버지가 근처에 있는 것으로 생각했습니다. 하지만 그건 도끼질 소리가 아니고 아버지가 죽은 나무에 매달아 놓은 나뭇가지 하나가 바람에 날려 죽은 나무를 탁탁 두드리는 소리였습니다. 오누이는 오랫동안 불 옆에 앉아 있다 보니 그만 졸음이 와서 잠이 들고 말았습니다. 그들이 잠에서 깨어났을 때 날은 이미 칠흑같이 어두워져 있었습니다. 그레텔은 울면서 말했습니다.

"어떻게 이 숲에서 빠져나가지?"

"달이 뜰 때까지 좀 기다려봐. 그러면 길을 찾을 수 있을거야."

헨젤은 동생을 달랬습니다.

얼마 후 보름달이 떴습니다. 헨젤은 누이동생의 손을 잡고 새로 주조된 은화처럼 반짝이면서 그들에게 길을 가르쳐 주는 자갈들을 따라 걸었습니다. 그들은 밤새껏 걸어 날이 샐 무렵에야 아버지의 집에 도착했습니다. 그들이 문을 두드리자 계모가 문을 열고 내다보았습니다. 계모는 헨젤과 그레텔이 밖에 서 있는 것을 보고 대뜸 소리쳤습니다.

"이 못된 것들, 왜 그렇게 숲 속에서 오래 잠을 퍼자? 우린 너희들이 다시는 돌아오지 못하는 줄 알았다."

하지만 아버지는 아이들을 숲 속에 버리고 온 것 때문에 몹시 괴로워하던 터라 크게 기뻐했습니다.

그 뒤로 얼마 지나지 않아 또다시 온 나라에 기근이 닥쳐 왔습니다. 그리고 어느 날 밤 아이들은 잠자리에 누운 계모가 아버지에게 이야기하는 것을 또 들었습니다.

"또다시 먹을 게 떨어졌어요. 집안에 남은 것이라고는 빵 한 덩어리뿐이에요. 그게 다 떨어지고 나면 모두들 손가락만 빨고 지내야 할 형편이라고요. 그러니 아이들을 버려야 해요. 이번에는 집으로 돌아오지 못하게 더 깊은 숲 속으로 데려가도록 합시다. 안 그랬다간 모두 다 굶어 죽을거예요."

이 말을 듣고 아버지는 슬픔에 잠긴 채 '그 마지막 남은 빵을 아이들과 함께 나눠먹는 게 훨씬 더 좋을 텐데.' 하고 생각했지만 아내는 그가 무슨 말을 해도 귀담아듣기는커녕 그를 비난하고 나무라기만 했습니다. 일단 손을 내주게 되면 다음에는 팔을 내줘야 하는 게 세상 이치이므로 이미 한 번 계모의 말을 들은 이상 아버지는 이번에도 계모의 말을 듣지 않을 수가 없었습니다.

아이들은 이번에도 그들의 이야기를 엿들었습니다. 부모님이 잠들었을 때 헨젤은 전처럼 자갈을 모으기 위해 자리에서 일어나 밖으로 나가려 했습니다. 하지만 계모가 문을 잠가 놓았기 때문에 밖으로 나갈 수가 없었습니다. 그래도 헨젤은 누이동생을 달래 주기 위해 말했습니다.

"울지마, 그레텔. 마음 푹 놓고 잠이나 자. 하느님이 우리를 도와주실거야."

이튿날 새벽, 계모는 아이들 방으로 와서 아이들을 두드려 깨웠습니다. 아이들은 계모에게서 빵 한 조각씩을 받았는데 그것들은 전에 받았던 것보다 훨씬 작은 것이었습니다. 숲으로 가는 길에 헨젤은 주머니 속에서 빵을 조금씩 뜯어내 길바닥에다 하나씩 떨구느라 자주 걸음을 멈추곤 했습니다.

아버지가 물었습니다.

"왜 자꾸 멈춰 서서 두리번거리는 거냐, 헨젤? 어서 부지런히 걷기나 하거라!"

헨젤은 대답했습니다.

"우리 집 지붕 위에 앉아 있는 조그만 비둘기를 바라보는거예요. 그 녀석이 저한테 작별인사를 하고 싶어해요."

그러자 계모가 말했습니다.

"바보 같은 녀석! 그건 비둘기가 아냐. 해가 굴뚝 위에서 반짝이고 있는거지."

그러나 헨젤은 일정한 간격을 두고 길 위에 빵부스러기를 떨어뜨렸습니다. 계모는 아이들을 끌고 전보다 더 깊은 숲 속, 아이들이 생전 처음 와 보는 곳

으로 데리고 갔습니다. 또다시 모닥불을 피운 뒤 계모가 말했습니다.

"얘들아, 너희들은 여기 앉아 있도록 해라. 졸리면 눈 좀 붙이고. 우리는 숲 속으로 나무하러 갔다가 저녁에 일이 다 끝나면 너희들을 데리러 이리로 오마."

점심 때가 되었을 때 그레텔은 자기 빵을 헨젤과 나누어 먹었습니다. 헨젤의 빵은 길에다 모두 뿌렸기 때문입니다. 그리고 나서 오누이는 잠이 들었습니다. 마침내 날이 어두워졌는데도 부모님은 불쌍한 아이들 곁으로 오지 않았습니다. 사방이 칠흑처럼 캄캄해졌을 때에야 오누이는 비로소 깨어 일어났습니다.

"달이 뜰 때까지만 기다려, 그레텔. 그러면 내가 뿌려 놓은 빵부스러기들이 잘 보일 것이고 우린 그걸 따라 집으로 갈 수 있어."

헨젤은 누이동생을 달랬습니다. 그리고 달이 떴을 때 집을 향해 출발했습니다. 그러나 빵부스러기는 아무 데도 없었습니다. 그 숲과 벌판에 사는 많은 새들이 그것을 모두 쪼아 먹었기 때문입니다.

헨젤은 그레텔을 위로했습니다.

"걱정하지마. 길을 찾을 수 있을거야."

하지만 그들은 길을 찾을 수 없었습니다. 그들은 밤새도록 걸었습니다. 그 이튿날에도 아침부터 밤까지 꼬박 걸었지만 숲에서 빠져나가지 못했습니다. 그들은 땅바닥에서 자라는 산딸기를 조금 먹었을 뿐 다른 것은 아무것도 먹지 못했기 때문에 배가 몹시 고팠습니다. 결국 지칠 대로 지쳐 더 이상 걸을 수가 없게 되어 어느 나무 밑에 쓰러졌습니다.

다시 아침이 되었습니다. 그들이 아버지의 집을 떠난 뒤로 세 번째 맞는 아침이었습니다. 그들은 간신히 일어나 다시 걷기 시작했습니다. 그러나 그들은 숲 속으로 자꾸 더 깊이 들어갈 뿐이었습니다. 누군가가 나타나 그들을 도와주지 않는다면 그들은 너무 굶주리고 지친 나머지 곧 죽을 지경에 놓였습니다.

그 날 점심 무렵 그들은 아주 예쁘고 눈처럼 하얀 새 한 마리가 나뭇가지 위에 앉아 있는 것을 보았습니다. 그 새가 너무 고운 목소리로 노래를 불렀기 때문에 오누이는 멍청히 서서 그 소리에 귀를 기울였습니다. 노래를 다 부른 새는 날개를 저으며 그들 앞쪽으로 날아왔습니다. 그들은 새를 따라갔습니다. 그러자 조그만 집이 나타났습니다. 그런데 이게 웬일일까요? 빵으로 만들어진 그 집의 지붕은 케이크로, 창문은 설탕으로 만들어진 게 아니겠습니까. 헨젤은 소리쳤습니다.

"우와. 이게 웬거지! 우리 맛 좀 보자. 난 지붕을 좀 뜯어 먹고 싶어. 그레텔, 너는 창문을 좀 먹어 보렴. 아주 달 테니까 말이야."

헨젤은 지붕 위로 올라가 지붕 한 조각을 뜯어 냈고 그레텔은 창문 앞으로 가서 창문을 사각사각 갉아먹었습니다. 그 때였습니다. 집 안에서 귀청을 찢을 듯한 고함소리가 터져 나왔습니다.

"사각사각, 사각사각, 쥐소리가 나는군.
내 집을 갉아먹는 게 누구냐?"

아이들이 대답했습니다.

"바람, 바람이에요.

하늘에서 불어오는 아주 부드러운 바람."

아이들은 다른 일에는 일체 신경 쓰지 않고 그저 정신 없이 먹어대기만 했습니다. 지붕이 어찌나 맛있는지 헨젤은 지붕을 크게 한 조각 떼어 내서 아래로 내려왔고 그레텔은 둥그런 창문을 떼어낸 뒤 바닥에 주저앉아 입맛을 다셔가며 맛있게 먹었습니다. 그 때 갑자기 문이 열리더니 아주 늙은 할멈 하나가 목발에 몸을 의지한 채 슬그머니 집에서 나왔습니다. 헨젤과 그레텔은 몹시 놀라 손에 들고 있던 것들을 떨어뜨렸습니다. 그러나 할멈은 머리를 흔들며 말했습니다.

"애들아, 누가 너희들을 이리로 데려온거냐? 안으로 들어가서 나랑 같이 살자꾸나. 아무도 너희들을 해치지 않을 테니까."

할멈은 두 아이의 손을 잡고 집 안으로 데리고 들어갔습니다. 그리고 나서 할멈은 두 아이에게 우유, 설탕 친 팬케이크, 사과와 호두 등 맛있는 음식을 먹였습니다. 그리고 하얀 시트가 덮인 조그만 침대 두 개를 마련해 주었습니

다. 헨젤과 그레텔은 각자 자기 침대에 누워 여기가 바로 천국이라고 생각했습니다.

그런데 그 할멈은 겉으로는 친절한 체했지만 사실은 아이들을 노리는 못된 마녀였습니다. 그 마녀는 아이들을 유혹하기 위해 빵으로 된 집을 만들었던 것입니다. 그녀는 아이들만 보면 일단 아이들을 꼼짝못하게 해 놓고는 아이들을 죽인 뒤 요리해서 먹어 치우곤 했습니다. 그 마녀에게는 아이들을 죽이는 날이야말로 잔칫날인 셈이었습니다. 그런데 마녀들은 대체로 눈이 빨갛고 시력이 별로 좋지 않은 반면 냄새 맡는 감각만큼은 동물들 못지않게 좋아서 사람이 근처에 있을 경우에는 귀신같이 알아챌 수 있습니다. 그래서 헨젤과 그레텔이 자기집 근처에 왔을 때 마녀는 악마처럼 음흉하게 웃으며 중얼거렸습니다.

"너희들은 이제 내 밥이다! 절대로 내게서 도망치지 못해!"

이튿날 새벽, 마녀는 아이들이 잠깨기 전에 먼저 일어나 장밋빛처럼 발그레한 뺨을 가진 그 아이들이 곤하게 자고 있는 모습을 보면서 혼자 중얼거렸습니다.

"이것들은 정말 맛있는 요릿감이 되겠는걸!"

마녀는 갈퀴같이 억센 두 손으로 헨젤을 움켜 쥐고 조그만 우리로 데리고가 헨젤을 그 안에 가두고 철망으로 된 문을 잠가 버렸습니다. 헨젤은 큰 소리로 비명을 질렀지만 아무 소용이 없었습니다. 마녀는 다시 그레텔에게로 가서 그레텔을 흔들어 깨우며 소리쳤습니다.

"일어나, 이 게으름뱅이야! 물을 길어 와서 네 오빠한테 맛있는 음식을 요리해 줘. 네 오빠는 밖에 있는 우리 속에 갇혀 있어. 그 녀석을 피둥피둥하게 살찌게 해야 해. 제대로 살이 오르면 그 녀석을 잡아먹을거야."

그레텔은 슬픔을 못 이겨 울기 시작했습니다. 하지만 그래 봤자 소용이 없었습니다. 그레텔은 그 못된 마녀가 시키는 대로 해야 했습니다. 그리하여 불쌍한 헨젤은 아주아주 맛있는 요리를 먹게 되었습니다. 하지만 그레텔은 게껍데기밖에 얻어먹지 못했습니다. 매일 아침마다 마녀는 그 조그만 우리로 다가가 소리치곤 했습니다.

"헨젤, 네 손가락을 내밀어 봐. 얼마나 살쪘는지 만져 보게."

헨젤은 그 때마다 조그만 뼈를 내밀었고 마녀는 눈이 아주 나쁜 탓으로 그 뼈를 헨젤의 손가락으로 잘못 알곤 했습니다. 헨젤은 살이 찌지 않자 마녀는 당황했습니다. 한 달이 지났는데도 헨젤은 여전히 깡마른 채로 있자 마녀는 초조해서 어쩔 줄을 모르다가 그냥 잡아먹기로 했습니다.

마녀는 그레텔에게 소리쳤습니다.

"얘, 그레텔! 가서 물 좀 길어 오너라! 이제 헨젤이 살이 쪘건 말랐건 상관없다. 내일은 그 녀석을 잡아서 요리를 해 먹을 테다."

불쌍한 그레텔은 울면서 물을 길어 왔습니다. 두 뺨으로는 눈물이 줄줄 흘러내렸습니다. 그레텔은 탄식했습니다.

"하느님, 우리를 도와주세요! 차라리 그 숲 속에서 맹수들한테 잡아먹혔더라면 적어도 함께 죽을 수는 있었을 텐데!"

이튿날 새벽 그레텔은 밖으로 나가 물을 가득 채운 솥을 걸고 불을 피워야 했습니다. 그 때 마녀가 말했습니다.

"우선 빵을 구워라. 밀가루는 벌써 반죽해 놓았고 오븐도 데워 놓았다."

마녀는 오븐 앞으로 불쌍한 그레텔의 등을 떠밀었습니다. 오븐 속에서는 불

길이 넘실거리고 있었습니다. 마녀가 말했습니다.

"오븐 안으로 기어들어가서 안의 온도가 적당한지 살펴보거라. 온도가 적당하면 밀가루 반죽을 안에다 집어넣어야 하니까."

마녀는 그레텔이 오븐 속으로 기어들어가면 오븐의 문을 닫을 속셈이었습니다. 그레텔도 구워서 먹을 생각이었던 것입니다. 그러나 그레텔은 얼른 그 속셈을 눈치 채고 말했습니다.

"어떻게 해야 하는지 난 잘 모르겠어요. 어떻게 이 안으로 들어가죠?"

"멍청한 년. 그 입구는 아주 넓어서 너 같은 건 얼마든지 들어갈 수 있어. 나까지도 들어갈 수 있단 말이야! 잘 봐."

마녀는 오븐 앞으로 뒤뚱뒤뚱 걸어가 오븐의 입구 속에다 머리를 들이밀었습니다. 그러자 그레텔은 있는 힘을 다해 재빨리 마녀를 오븐 안으로 밀어넣고는 쇠문을 닫고 문의 걸쇠를 잠가 버렸습니다.

"으악!"

마녀는 미친듯이 비명을 지르기 시작했고 그레텔은 달아나 버렸습니다. 그 못된 마녀는 오븐 속에서 비참하게 타 죽었습니다.

한편 그레텔은 곧바로 헨젤에게 달려가 우리의 문을 열고 소리쳤습니다. "오빠, 우리는 살게 됐어. 마녀는 죽었어!"

우리의 문이 열리자 헨젤은 새장 속에서 풀려 나오는 새처럼 가볍게 우리를 빠져나왔습니다. 두 사람은 너무나 기쁘고 행복해 어쩔 줄 몰랐습니다. 서로 끌어안고 빙글빙글 돌면서 춤을 추었습니다. 이제 더 이상 두려워 할 것이 없었으므로 그들은 마녀의 집 안으로 들어갔습니다. 집 안에는 진주와 보석들로 가득 찬 금궤들이 사방에 널려 있다는 것을 그들은 잘 알고 있었습니다.

"자갈보다야 진주와 보석이 훨씬 더 좋지."

헨젤은 주머니 속에 진주와 보석들을 꽉꽉 채워 넣었습니다.

"나도 좀 가져가야지."

그레텔도 진주와 보석들을 앞치마에 가득 담았습니다.

"이제는 이 곳을 떠나는 게 좋겠다. 그래야 무사히 마녀의 숲을 빠져나갈 수 있을 테니까."

헨젤의 말에 따라 그들은 숲 속을 몇 시간 동안 걸어 이윽고 큰 강이 흐르는 곳에 도착했습니다.

"강을 건널 수가 없겠는데. 다리 같은 게 전혀 보이지 않아."
헨젤의 말을 받아 그레텔도 한 마디 했습니다.
"배도 없어. 하지만 저기 헤엄치고 있는 하얀 오리 한 마리에게 도와달라고 부탁하면 들어줄거야."
그레텔은 크게 소리를 쳤습니다.

"오리야, 오리야, 우리를 좀 도와주렴!
우린 헨젤과 그레텔이야. 우리는 큰 곤란에 처했어.
아무리 애써 봐도 여길 건널 수가 없어.
우리를 좀 건너게 해주렴!"

그러자 오리는 그들 쪽으로 헤엄쳐 왔습니다. 헨젤은 오리의 등에 올라타면서 그레텔에게 자기 앞에 앉으라고 말했습니다.
그러자 그레텔이 대답했습니다.
"안 돼. 이 오리는 우리 두 사람이 함께 타기에는 너무 작아. 한 번에 한 사람씩 건너가야 해."

그 친절한 오리는 그렇게 해주었습니다. 오리 덕분에 무사히 강을 건넌 오누이는 다시 숲 속을 걸어갔습니다. 걸으면 걸을수록 점점 더 낯익은 숲들이 나타나기 시작했습니다. 그리고 드디어 멀리 아버지의 집이 보였습니다. 그걸 보고 오누이는 달리기 시작했으며 이내 집 안으로 뛰어들어가 아버지의 목에 매달렸습니다. 아버지는 숲 속에 자식들을 버린 뒤 한시도 행복한 적이 없었습니다.

그동안 아내도 죽어 그는 혼자 지내고 있었습니다. 그레텔이 앞치마를 펼쳐 흔들자 보석과 진주들이 방바닥에 떨어졌습니다. 헨젤도 주머니 속에서 진주와 보석을 계속 끄집어냈습니다. 이제 그들을 괴롭히던 온갖 근심걱정은 모두 사라지고 그들은 더할 수 없이 행복하게 살 수 있게 되었습니다.

이야기는 이걸로 끝입니다. 저기 쥐 한 마리가 달아나고 있군요. 저 놈을 잡는 사람은 그 털가죽으로 큼직한 모자 하나를 만들 수 있을 테지요.

16

생명의 잎사귀

옛날에 가난한 한 사나이가 살고 있었습니다. 그런데 어찌나 가난했던지 하나뿐인 아들을 굶길 처지에 놓이게 되었습니다. 그러자 아들이 말했습니다.

"아버지, 아버지의 사정이 너무 어렵고 저는 아버지의 짐이 되고 있으니 차라리 제가 집을 떠나 스스로 먹고 살 길을 찾아보는 것이 좋겠습니다."

아버지는 아들의 행운을 빌면서 아들이 떠나는 것을 보고 몹시 슬퍼했습니다.

그런데 때마침 어느 부강한 나라의 왕이 전쟁을 벌이고 있어 젊은이는 그 왕의 군대에 들어가 전쟁터로 나가게 되었습니다. 그가 적의 땅에 이르렀을 때 그 곳에서는 전쟁이 한창이어서 매우 위험했습니다. 공중에서 총알이 빗발치듯 날아와 그의 곁에 있던 전우들이 마구 쓰러졌습니다. 그의 사령관 역시 총에 맞아 죽었으며 살아 남은 병사들은 그 곳에서 도망치려 했습니다. 그러나 젊은이는 계속 전진하며 병사들을 격려해 싸움을 계속하게 했습니다.

젊은이는 소리쳤습니다.

"우리의 조국을 이대로 멸망하게 해서는 안 된다!"

그가 용감하게 앞으로 돌격하자 다른 병사들도 그의 뒤를 따랐습니다. 덕분에 그들은 적을 무찌를 수 있었습니다. 왕은 그 젊은이 덕분에 아군이 승리를 거두게 되었다는 소식을 듣고 그를 사령관으로 임명하고 많은 상금을 내려 주었습니다. 그리하여 그는 그 나라에서 아주 중요한 인물이 되었습니다.

그 왕에게는 아름답긴 하지만 성질이 무척 괴팍한 딸이 하나 있었습니다. 그녀는 누구든 자기와 결혼하여 함께 살다가 만일에 자기가 먼저 죽을 경우에는 기꺼이 자기와 함께 산 채로 무덤 속에 들어갈 용기가 있는 사람만을 자기 남편이자 주인으로 받아들이겠다고 맹세하고 있었던 것입니다.

공주는 항상 이렇게 말하곤 했습니다.

"내 남편될 이가 진실로 나를 사랑한다면 내가 죽었는데 왜 구차하게 혼자서 더 살기를 바라겠는가?"

공주는 또 남편이 자기보다 먼저 죽을 경우에는 자기 역시 남편과 함께 무덤으로 들어가겠다고 맹세했습니다. 공주에게 구혼하려고 마음먹었던 젊은이들은 공주가 그런 맹세를 한 것을 알고는 겁이 나서 모두 꽁무니를 빼버렸습니다. 그러나 그 젊은이는 공주의 아름다움에 반해 다른 것은 돌아보지도 않고 무작정 왕에게 가서 공주와 결혼하고 싶다고 말했습니다.

왕이 물었습니다.

"그대가 어떤 약속을 해야 하는지 알고 있는가?"

이에 젊은이가 대답했습니다.

"공주님이 먼저 돌아가실 경우 저는 공주님과 더불어 산 채로 무덤 속으로 들어가야 합니다. 하지만 저는 공주님을 너무나 사랑하기 때문에 그런 것은 아랑곳하지 않습니다."

결국 왕이 그들의 결혼을 허락하여 성대한 결혼식이 거행되었습니다. 그 후 부부는 얼마동안 서로에게 더없이 만족해하면서 행복하게 잘 지냈습니다. 그러던 어느 날 갑자기 그의 아내가 중병이 들었는데 의사들도 그녀의 병을 고치지 못했습니다. 그녀가 죽자 젊은이는 아내가 먼저 죽을 경우에는 자기도 함께 산 채로 무덤에 들어가겠다고 한 약속 때문에 두려움에 떨었습니다.
　하지만 피할래야 피할 방도가 없었습니다. 왕이 성에 있는 모든 문 앞에 경비병들을 세워 놓았기 때문에 그저 가만히 앉아 다가올 운명을 맞이할 수밖에 없었던 것입니다. 공주의 시신을 왕궁의 지하무덤 속에 매장하는 날 그는 공주의 시신과 더불어 지하무덤 속으로 끌려들어 갔으며 곧 그 무덤의 문에는 빗장이 질러졌습니다.
　지하무덤 속에는 관 바로 옆에 탁자가 하나 놓여 있었고 그 위에는 초 네 자루와 빵 네 덩이, 포도주 네 병이 놓여 있었습니다. 그것들이 다 떨어지면 굶어 죽을 수밖에 없는 처지라 그는 슬픔과 번민에 싸인 채 앉아 있었습니다. 매일 그는 빵 한 조각과 포도주 한 모금씩만을 먹었습니다. 죽음은 소리 없이 다가오고 있었습니다.
　그러던 어느 날 그가 어둠 속을 지켜 보고 있는데 그 지하무덤 한 귀퉁이에서 뱀 한 마리가 나타나더니 공주의 시신 쪽으로 기어가는 것이 눈에 들어왔습니다. 그는 뱀이 아내의 시체를 갉아먹으러 가는 것으로 생각하고는 검을 빼들고 소리쳤습니다.
　"내가 살아 있는 한 내 아내를 건드리지는 못한다."
　그는 검으로 그 뱀을 내리쳐 네 토막을 냈습니다. 잠시 후 또 다른 뱀 한 마리가 구석에서 나타났습니다. 그런데 그 뱀은 첫 번째 뱀이 여러 토막으로 잘라져 죽어 있는 것을 보더니 기어나온 곳으로 되돌아갔습니다. 얼마후 그 뱀은 입에 세 개의 초록색 잎사귀를 물고 되돌아나왔습니다. 그러고는 죽은 뱀한테로 다가가서 네 개의 토막을 나란히 이어 놓고 세 군데의 갈라진 틈에다 그 잎사귀들을 한 장씩 붙였습니다. 그러자 검으로 잘렸던 토막들이 금방 서로 달라붙으면서 죽은 뱀이 되살아났습니다. 그리고 나서 두 마리 뱀은 그 잎사귀들을 그대로 땅바닥에 남겨 놓은 채 급히 달아나 버렸습니다.
　그 모든 광경을 유심히 지켜본 그 젊은이의 머리 속에 죽은 뱀을 살아나게 해준 그 기적적인 힘을 지닌 잎사귀들이 혹시 인간도 살려낼 수 있지 않을까 하는 생각이 문득 떠올랐습니다. 그리하여 그는 그 잎사귀들을 집어 들어 한 장은 죽은 아내의 입에, 다른 두 장은 눈에 올려놓았습니다. 그가 그렇게 하자마자 아내의 몸 속의 혈관에서 피가 돌기 시작하면서 아내의 두 뺨이 발그레해졌습니다. 이윽고 아내는 깊은 숨을 몰아쉬더니 눈을 반짝 뜨면서 말했습니다.

"오, 맙소사, 내가 어디에 와 있는거죠?"

"여기 내가 이렇게 함께 있소, 여보."

젊은이는 아내에게 그동안 일어났던 일들을 모두 이야기해 주었습니다. 그가 아내에게 포도주와 빵을 조금 먹이자 그의 아내는 다시 기운을 되찾고 자리에서 일어났습니다. 그들은 문 있는 데로 가서 문을 두드리며 있는 힘껏 소리쳤습니다. 무덤을 지키던 경비병들은 그 소리를 듣고 왕에게 가서 보고를 했습니다. 그러자 왕은 몸소 무덤으로 와서 문을 열어 보고 두 사람이 멀쩡하게 살아 있는 것을 발견하고는 기뻐 어쩔 줄 몰라 했습니다.

젊은이는 그 세 개의 잎사귀들을 하인에게 주면서 말했습니다.

"날 위해 이것들을 잘 보관해 다오. 네가 어딜 가든 이것들을 꼭 갖고 다니도록 해라. 우리가 불행한 일을 당할 때 이것들은 우리에게 큰 도움이 될 것이다."

한편 죽었다 다시 살아난 그의 아내에게는 큰 변화가 일어났습니다. 마치 과거에 남편에게 가지고 있던 모든 사랑이 말라 버린 듯한 것이었습니다.

얼마간 시간이 흐른 뒤 젊은이는 아내와 함께 자기 아버지를 방문하기 위해 큰 바다를 건너는 여행을 떠났습니다. 그러나 그녀는 남편이 자기를 구해 줄 때 얼마나 큰 사랑과 헌신을 베풀었는가를 잊어버리고 그 배의 선장을 좋아하게 되었습니다. 그러던 어느 날 밤 젊은이가 잠들었을 때 그녀는 선장을 불렀습니다. 그녀는 잠든 남편의 머리를 잡고 선장에게는 발을 잡으라고 한 뒤 둘이서 힘을 합해 남편을 바다 속에다 던져 버린 것입니다. 이런 고약한 짓을 한 뒤 그녀는 선장에게 말했습니다.

"자, 이제 고국으로 돌아가 항해하던 중에 남편이 죽었다고 이야기합시다. 아버지께 당신이 내게 큰 도움을 준 좋은 사람이라고 말하면 아버지는 날 당신과 결혼하게 해서 당신을 왕위 계승자로 만들어 주실거예요."

그러나 젊은이의 충성스런 하인은 모든 광경을 빠짐없이 지켜보고 있었습니다. 그는 그들이 눈치 채지 못하게 배에서 조그만 보트 한 척을 풀어 올라타고 주인의 시체가 떠있는 곳으로 저어 갔습니다. 그동안 그 배반자들은 그대로 고국을 향해 항해해 갔습니다. 하인은 바다에서 주인의 시체를 건져낸 뒤 몸에 지니고 있던 그 잎사귀들을 주인의 눈과 입에 붙였습니다. 그러자 주인은 다시 살아났습니다.

두 사람은 있는 힘을 다해 열심히 밤낮으로 노를 저었습니다. 조그만 보트는 쏜살같이 바다를 달려 공주와 선장이 탄 배보다 먼저 장인의 나라에 도착했습니다. 왕은 그들 두 사람만 되돌아온 것을 보고 이상하게 여기고 어떻게 된 일이냐고 물었습니다. 모든 이야기를 듣고 자기 딸이 남편을 배신했다는 것을 알게 된 왕이 말했습니다.

"내 딸이 그렇게 끔찍한 짓을 저질렀다니 도저히 믿을 수 없다. 하지만 진실은 곧 밝혀질 것이다."

왕은 사위와 하인에게 다른 사람이 아무도 눈치 채지 못하게 골방에 숨어 있으라고 명령했습니다. 그로부터 얼마 지나지 않아 큰 배가 고국으로 돌아왔습니다. 못된 공주는 괴로운 표정을 지으며 아버지 앞에 나타났습니다.

왕이 공주에게 물었습니다.

"왜 너 혼자 돌아왔느냐? 네 남편은 어디 있느냐?"

"오, 아버님, 전 크나큰 슬픔을 안고 돌아왔습니다. 제 남편이 항해 중에 갑자기 병들어 죽었습니다. 우리 배의 선장의 도움이 아니었더라면 저는 어떻게 되었을지 모릅니다. 남편이 죽을 때 그 사람이 곁에 있었으니 그 사람을 불러 자세히 알아보세요."

공주의 대답을 들은 왕이 말했습니다.

"죽었다는 네 남편을 내가 되살려낼 테다."

그러면서 왕이 골방 문을 열자 남편과 하인이 나타났습니다.

공주는 남편을 보고 기절초풍할 듯이 놀라 무릎을 꿇고 제발 용서해 달라고 빌었습니다. 그러나 왕이 말했습니다.

"용서할 수 없다. 네 남편은 너와 함께 기꺼이 죽으려 했고 또 네 목숨을 살려 놓았다. 그런데 너는 남편이 잠자는 사이에 그를 죽였으니 이제 그 보상을 달게 받아야 할 것이다."

왕은 공주와 선장을 밑창에 무수히 많은 구멍이 뚫린 배에 태워 바다로 내보냈습니다. 두 사람은 곧 파도 속에 휩쓸리고 말았습니다.

17

하얀 뱀

뛰어난 지혜를 가지고 있다고 소문이 난 왕이 있었습니다. 이 세상의 어떤 비밀도 그가 풀지 못하는 것은 없었습니다. 마치 공기가 그 비밀들을 그에게 알려주기라도 하는 것 같았습니다. 그런데 그에게는 한 가지 이상한 습관이 있었습니다. 매일 저녁식사를 마친 뒤 식탁의 그릇들이 깨끗이 치워지고 왕 혼자 남게 되면 그는 충직한 시종 한 사람에게 접시 하나를 가져오라고 했습니다. 그 접시 위에는 늘 뚜껑이 덮여 있었습니다. 다른 사람들은 물론이고 그것을 날라 오는 시종조차도 거기에 무엇이 놓여 있는지 알지 못했습니다. 왕은 시종이 물러간 뒤에야 뚜껑을 열고 먹기 시작했으니까요. 왕의 이런 습관은 한동안 계속되었습니다.

그러던 어느 날 더 이상 호기심을 억누를 수 없던 시종이 그 접시를 자기 방으로 가져가 문을 꼭 잠근 뒤 뚜껑을 열어 보았습니다. 접시 위에는 하얀 뱀 한 마리가 놓여 있었습니다. 시종은 맛을 보고 싶어 견딜 수가 없었습니다. 그가 그 뱀을 한 토막 썰어 입 속에 넣자마자 창문 밖에서 이상한 속삭임이 아주 선명하게 들려오는 것이었습니다. 그는 창가로 가서 귀를 기울였습니다. 그것은 몇 마리의 참새들이 자기네들끼리 속삭이는 소리였습니다. 참새들은 들판과 숲에서 자기네가 본 광경들에 대해 이야기하고 있었습니다. 그는 하얀 뱀을 먹고 난 후 동물들의 이야기를 들을 수 있는 능력을 가지게 된 것입니다.

바로 그 날, 왕비가 가장 아끼던 아름다운 반지를 잃어버리는 사건이 일어났습니다. 그러자 왕과 왕비의 신임을 받고 있어서 그들의 방에 마음대로 출입할 수 있었던 그 시종이 반지 도둑으로 의심을 받게 되었습니다. 왕은 시종을 불러 무서운 얼굴로 닦달을 하면서 만일 다음 날 아침까지 범인의 이름을 대지 못한다면 그를 도둑으로 생각하고 처형시켜 버리겠다고 했습니다. 시종이 자기에게는 아무 죄가 없다고 아무리 사정을 해도 왕은 그 말을 들으려 하지 않았습니다.

걱정과 두려움에 싸인 시종은 왕궁 정원으로 나가 혼자 왔다 갔다 하며 그

곤경에서 빠져나올 좋은 방도가 없을까 하고 궁리했습니다. 그 때 시종의 눈에 정원을 가로지르며 흘러내리는 시냇물가에서 몇 마리의 오리가 한가롭게 노닐고 있는 광경이 보였습니다. 오리들은 부리로 깃털을 쪼아대면서 자기네들끼리 은밀한 이야기를 속삭이고 있었습니다. 시종은 걸음을 멈추고 그들이 뒤뚱뒤뚱 걸어다니면서 땅바닥에서 먹을 것을 쪼아 대며 주고받는 이야기에 귀를 기울였습니다. 그런데 그 중의 한 마리가 안절부절못하며 이렇게 말하는 것이었습니다.

"내 뱃속에 무거운 게 들어 있어. 먹이를 너무 급히 먹다가 왕의 방 창문 밑에 떨어진 반지 하나를 꿀꺽 삼켜 버렸거든."

시종은 그 소리를 듣자마자 오리의 목을 움켜 쥐고는 왕궁 주방으로 가서 요리사에게 말했습니다.

"이 놈은 통통하게 살이 쪄서 잡아먹기에 아주 그만이오!"

요리사는 두 손으로 오리의 무게를 달아 보면서 말했습니다.

"그렇군. 염치없이 먹어 대서 아주 통통하군. 구워먹기에 아주 제격이야."

그러고는 오리의 목을 자르고 배를 갈랐습니다. 그러자 오리의 뱃속에서 왕비의 반지가 나왔습니다. 덕분에 시종은 자신의 무죄를 쉽게 증명할 수 있었습니다. 왕은 죄없는 사람을 괴롭힌 데 대한 보상을 해주고 싶었습니다. 그에게 받고 싶은 선물이 있으면 무엇이든지 말하고, 또 어떤 자리를 원하든지 그 자리에 앉혀 줄 테니 원하는 자리가 있으면 말해 보라고 했습니다. 그러나 시종은 그런 제안을 모두 거절하고 말 한 마리와 여행할 돈이 좀 있었으면 좋겠다고 했습니다. 시종은 얼마 동안 여행을 하면서 세상을 둘러보고 싶었던 것입니다.

왕이 부탁을 들어주어 그는 길을 떠나게 되었습니다. 어느 날 그는 어느 연못 옆을 지나가다가 세 마리의 물고기가 갈대밭에 갇힌 채 물쪽으로 가려고 허덕이는 광경을 보았습니다. 물고기들은 말을 하지는 못했지만 그는 물고기들이 다가오는 죽음의 고통 속에서 울부짖는 소리는 들을 수 있었습니다. 그는 물고기들이 불쌍해서 말에서 내려 물고기들을 물 속에 집어넣어 주었습니다. 물고기들은 기쁨에 겨워 파닥거리다가 물 밖으로 고개를 내밀고 소리쳤습니다.

"당신이 우리 목숨을 구해 준 걸 잊지 않겠어요. 언젠가는 그 보답을 받게 될거예요."

그가 다시 말을 타고 얼마쯤 가는데 발 밑의 모래땅에서 무슨 소리가 들려오는 듯했습니다. 그는 말을 세우고 귀를 기울여 보니, 그것은 개미왕이 불평하는 소리였습니다.

"그 눈치 없는 짐승을 탄 사람들이 우리 쪽으로 좀 오지 말아 줬으면 좋겠어! 멍청한 말이 그 무거운 발굽으로 우리 백성을 마구 짓밟고 있으니 말이야!"

그 소리를 들은 시종은 자기 말을 그 오솔길로 비껴가게 했습니다. 그러자 개미 왕이 그에게 소리쳤습니다.

"이 일을 잊지 않겠소. 언젠가 꼭 보답을 할거요."

그 오솔길은 숲으로 이어져 있었습니다. 그 숲에서 그는 까마귀 부부가 둥우리에 앉아서 자기네 어린 새끼들을 둥우리 밖으로 밀어내는 광경을 보았습니다.

까마귀 부부가 새끼들에게 소리쳤습니다.

"나가! 너희들은 놀면서 먹이만 축내는 놈들이야! 이제 너희들에게 줄 먹이를 구할 수가 없어. 이제 너희들도 혼자서 먹이를 찾아 먹을 수 있을 만큼 컸으니 어서 나가."

불쌍한 새끼까마귀들은 땅바닥에 내려앉아 날개를 퍼덕이면서 울부짖기 시작했습니다.

"우린 힘 없는 어린 새끼들이에요! 날 수도 없는데 어떻게 먹이를 구하라는 거예요? 우리는 여기 이렇게 앉아서 굶어 죽을 수밖에 없어요."

그 광경을 본 그는 말에서 내려 차고 있던 검으로 자기 말을 죽여서 그 새끼까마귀들에게 먹으라고 먹이로 주었습니다. 새끼까마귀들은 말의 시체에 달려들어 배불리 먹었습니다. 다 먹고 난 뒤에 그들은 큰 소리로 말했습니다.

"이 일을 잊지 않겠어요. 언젠가 꼭 보답을 하겠어요."

이제 그는 걸어가야 했습니다. 그렇게 한참 가다보니 큰 도시 하나가 나타났습니다. 거리에는 수많은 군중들이 몰려다녀서 여간 시끄럽지 않았습니다. 그 때 말 탄 사나이 하나가 지나가면서, 공주님이 남편감을 찾고 있다, 구혼하는 사람은 어려운 일을 해내야 한다, 그 일을 무사히 해내지 못한다면 그는 목숨을 잃게 된다고 소리쳤습니다. 그런데 이미 많은 사람들이 구혼을 했다가 헛되이 목숨을 잃은 터였습니다. 그 젊은 시종은 공주를 보고 그녀의 아름다움에 반해서 목숨을 잃을지도 모른다는 것 따위는 까맣게 잊어버리고 왕 앞에 나아가 공주의 신랑이 되고 싶다고 말했습니다.

그러자 왕은 곧 그를 바다로 데려가 그의 눈 앞에서 금반지 한 개를 바다 속에 빠뜨렸습니다. 왕은 그에게 바다 밑바닥에서 그 반지를 건져 오라고 하면서 한 마디 덧붙였습니다.

"이 반지를 건져 오지 못할 경우 그대는 저 파도 속에서 빠져 죽을 때까지 계속해서 바다 속으로 들어가야 한다."

사람들은 잘생긴 그 젊은이를 딱하게 여기면서 그를 혼자 바닷가에 남겨두고 모두 떠났습니다. 그가 해변에 서서 어떻게 할까 궁리하고 있을 때 갑자기 세 마리의 물고기가 그가 있는 쪽으로 헤엄쳐 오는 것이 보였습니다. 그 물고기들은 지난번에 그가 구해 준 세 마리의 물고기였습니다. 가운데 있는 물고기는 입에 조개 하나를 물고 있다가 그것을 시종의 발 아래 내려놓았습니다.

시종이 그것을 집어 들고 벌려 보니 그 안에 왕이 떨어뜨렸던 금반지가 들어 있었습니다. 젊은이는 무척 기뻐하며 그것을 들고 왕에게 갔습니다. 젊은이는 왕이 약속한 대로 자기를 공주와 결혼시켜 주리라 기대했으나 거만한 공주는 신분이 낮은 젊은이를 깔보고는 또 다른 일을 하나 더 해낼 것을 요구했습니다. 공주는 정원으로 내려가 기장이 가득 담긴 자루 열 개를 풀밭에다 쏟아놓고 말했습니다.

"내일 아침 해가 뜨기 전까지 이 곡식 알들을 한 톨도 남김없이 자루에 다 담아 놓아야 해요."

시종은 정원에 쭈그리고 앉아서 어떻게 그 일을 해낼까 궁리해 보았지만 좀처럼 좋은 생각이 떠오르지 않았습니다. 그는 서글픈 심정으로 앉아 내일 아침에는 꼼짝없이 죽게 생겼다고 생각했습니다. 그러나 아침 첫 햇살이 정원에 내리비칠 무렵 그는 그 많은 기장이 한 톨도 남지 않고 열 개의 자루에 담겨 한 줄로 나란히 서 있는 것을 보았습니다. 전에 만났던 개미 왕이 수많은 개미들을 이끌고 와서 밤새 부지런히 그 곡식들을 자루 속에다 모아 준 것입니다. 공주는 정원으로 나왔다가 젊은이가 그 일을 해낸 것을 보고 놀라서 입을 딱 벌렸습니다. 그래도 공주의 거만한 마음은 누그러지지 않았습니다. 그러고는 다시 말했습니다.

"처음 두 가지 일을 무사히 해냈다고 해도 '생명의 나무'에서 사과 한 알을 따오지 못하면 댁을 내 남편으로 맞아들일 수 없어요."

시종은 그 '생명의 나무'라는 것이 도대체 어디에 있는지도 알지 못했습니다. 그러나 그는 설혹 그 나무를 찾지 못한다 할지라도 다리가 버틸 수 있을 때까지 멀리 가보기로 마음 먹고 길을 떠났습니다. 어느 날 밤, 이미 세 개의 왕국을 거쳐 온 그는 숲 속에 이르러 어느 나무 밑에 털썩 주저앉았습니다. 그는 너무 피곤했기 때문에 잠을 자고 싶었습니다. 그런데 그 나무 위에서 무슨 소리가 들리더니 황금사과 한 알이 그의 손바닥에 떨어지는 것이었습니다. 그와 동시에 세 마리의 까마귀가 그에게로 날아오더니 그의 무릎 위에 앉아서 말했습니다.

"우리는 당신이 구해 준 새끼까마귀들이에요. 다 커서 어른이 되었을 때 우리는 당신이 황금사과를 찾고 있다는 소식을 들었어요. 그래서 우리는 바다를 건너 '생명의 나무'가 자라고 있는 세상 끝으로 날아가 그 사과를 가져왔어요."

시종은 기쁨에 넘쳐 공주가 살고 있는 나라를 향해 떠났습니다. 그는 그 아름다운 공주에게 황금사과를 건네 주었습니다. 공주도 이제는 더 이상 핑계를 댈래야 댈 게 없었습니다. 그들은 그 생명의 사과를 둘로 쪼개 각기 반쪽씩 먹었습니다. 그러고 나자 공주의 가슴은 갑자기 그에 대한 사랑으로 넘치게 되었습니다. 그래서 그들은 평화롭고 행복한 생활을 누리며 오래도록 잘 살았습니다.

18

밀짚, 석탄, 콩

옛날 어느 마을에 가난한 할머니가 살고 있었습니다. 요리를 하기 위해 콩을 주워 모은 할머니는 난로 속에 장작을 집어넣고 불이 빨리 붙게 하기 위해 밀짚 한 움큼을 집어 들어서 불을 붙였습니다. 그런데 냄비 속에 콩들을 집어넣을 때 할머니가 미처 깨닫지 못하는 사이 콩 한 알이 바닥에 떨어져 역시 바닥에 떨어져 있던 밀짚 한 가닥 곁으로 굴러갔습니다. 그 바로 직후 이번에는 불붙은 석탄 한 덩어리가 난로에서 튀어나와 그들과 합세했습니다. 밀짚이 먼저 입을 열었습니다.

"자네들은 어디서 왔나, 친구들?"

석탄이 대답했습니다.

"나는 운좋게도 저 불 속에서 뛰어나왔지. 있는 힘을 다해 뛰어나오지 않았다면 난 흔적도 없이 사라졌을거야. 다 타서 재가 되어 버렸을 테니까."

콩이 그 뒤를 이어 말했습니다.

"나도 운좋게 탈출했지. 저 할멈이 나를 냄비 속에 집어넣었더라면 나 역시 내 친구들처럼 꼼짝없이 수프가 되고 말았을거야."

밀짚이 말했습니다.

"내 운명은 뭐 자네들보다 나았으리라 생각하나? 저 할멈은 내 친구들을 모두 불태워 버렸는걸. 저 할멈은 단번에 예순 가닥의 밀짚을 움켜 쥐고는 난로 속에 처넣어 버렸는데 다행히도 난 손가락 틈으로 새어 나왔지."

석탄이 물었습니다.

"이제 우리는 어떻게 하지?"

그러자 콩이 그 말을 받았습니다.

"우리는 운좋게 죽음을 면했으니 사이좋은 친구들처럼 한데 뭉쳐야지. 우린 이제 새로운 운명이 기다리고 있는 외국으로 나가는 게 좋을 것 같아."

다른 두 친구들은 이 제안에 크게 기뻐했습니다. 그들은 함께 길을 떠났습니다. 하지만 얼마 가지 않아 조그만 시냇물이 그들의 앞을 가로막았습니다. 거기에는 다리도 없었고 그 밖에 냇물을 건널 수 있는 다른 수단이 전혀 없었으므로 그들은 어떻게 건너야 할지 막막했습니다. 그 때 밀짚이 좋은 생각을 떠올렸습니다.

"내가 이 냇물 위에 가로질러 누우면 너희들은 나를 다리로 삼아 여길 건널 수 있어."

밀짚이 냇물의 양쪽 둑 위에 가로눕자 불 같은 성미를 지닌 석탄은 어깨를 으쓱으쓱하고 발을 쿵쿵 구르며 그 위로 행진해 갔습니다. 그런데 냇물을 반쯤 건넜을 때 석탄은 밑으로 졸졸 흐르는 물소리를 듣고는 그만 겁이 덜컥 나서 걸음을 멈추고 더 이상 가지를 못했습니다. 그러자 그 불붙은 석탄 때문에 밀짚이 타기 시작하더니 결국 밀짚의 허리가 꺾여 냇물 속으로 빠지고 말았습니다. 뒤에 남아 조심스럽게 그들을 지켜보던 콩은 그 광경을 보고 웃지 않을 수 없었습니다. 어찌나 우스운지 콩은 배꼽을 잡고 대굴대굴 구르다가 그만 두 쪽으로 갈라져 버렸습니다.

마침 그 때 여행을 하던 재봉사 한 사람이 그 시냇물 가에서 쉬고 있지 않았더라면 콩의 목숨도 그것으로 끝이었을 것입니다. 콩을 불쌍히 여긴 재봉사가 바늘과 실을 꺼내 콩의 배를 꿰매 주었던 것입니다. 콩은 재봉사에게 열두 번도 더 절을 하며 고마워 했습니다. 그런데 재봉사가 콩의 배를 꿰맬 때 검은 실을 사용했기 때문에 그 때 이후로 콩들은 한가운데에 검은 색 이음매를 갖게 되었답니다.

19

어부와 그의 아내

옛날 옛날, 한 어부와 그의 아내가 바닷가의 다 쓰러져 가는 오막살이 집에서 살고 있었습니다. 어부는 매일 고기를 잡으러 바다에 나갔습니다. 그가 하는 일이라고는 그것밖에 없었습니다. 이 날도 그는 바닷물 속에 낚싯대를 드리우고 맑은 물 속을 들여다보고 있었습니다. 그는 한정 없이 그렇게 앉아 있기만 했습니다. 그 때 그의 낚싯대가 물 속으로 푹 가라앉았습니다. 그가 재빨리 낚싯대를 들어올렸더니 커다란 가자미 한 마리가 낚시에 물려 올라왔습니다. 그런데 가자미는 그에게 이렇게 말을 하는 것이었습니다.

"어부 아저씨, 제발 부탁이니 절 좀 살려 주세요. 저는 진짜 가자미가 아니라 요술에 걸린 왕자랍니다. 저를 죽여서 좋은 일이 없잖아요? 저는 맛도 별로 없어요. 제발 저를 물 속에 놔 주세요."

"잠깐만, 그렇게 긴말 할 필요없다. 아무튼 난 말하는 물고기는 원치 않으니 물 속에 다시 놓아 주겠다."

그렇게 말한 어부는 가자미를 맑은 물 속에 놓아 주었습니다. 가자미는 뒤에 기다란 핏자국을 남긴 채 물 속으로 헤엄쳐 들어갔습니다. 어부는 몸을 일으켜 아내가 있는 오막살이집으로 돌아갔습니다.

그를 본 아내가 물었습니다.

"아무것도 잡지 못했어요, 여보?"

"응, 가자미를 한 마리 잡긴 했는데 자기가 요술 걸린 왕자라고 말하길래 그냥 놔 주고 왔소."

그러자 아내가 말했습니다.

"소원을 말하지도 않고 그냥 놔 주었단 말이에요?"

"그랬지. 바라는 게 뭐 있어야 말이지."

"아휴, 이 답답한 양반, 우리가 앞으로도 계속 이런 오막살이집에서 살아야 한다는 게 끔찍하지도 않단 말인가요? 이렇게 더럽고 고약한 냄새만 나는데? 번듯하고 아담한 집 한 채라도 달라고 그랬어야죠. 당장 가서 그 물고기를 불러요. 그리고 우리에게 아담한 집 한 채를 좀 달라고 하세요. 그러면 틀림없이 줄거예요."

어부가 대답했습니다.

"내가 뭘 해주었다고 그런 부탁을 한담."

"왜 안해 주었어요. 당신은 그 물고기를 잡았다가 놔 주었는데. 그러니 그 물고기는 당연히 우리 부탁을 들어주어야 한다구요. 어서 썩 가지 못해요!"

어부는 전혀 가고 싶지 않았지만 아내의 말을 거스르기가 싫어 할 수 없이 다시 바닷가로 나갔습니다. 그가 바닷가에 이르자 조금 전까지 맑고 투명하던 바닷물이 푸르고 노란 빛깔을 띠고 있었습니다. 그는 바닷가에 서서 말했습니다.

"가자미야, 가자미야, 바다에 사는 가자미야,
 와서 내 말을 좀 들어 다오.
 내 아내의 부탁이란다.
 못 들은 척하고 싶지만 어쩔 수 없어 이렇게 왔단다."

그러자 가자미가 그에게로 헤엄쳐 와서 물었습니다.
"그분이 뭘 원하시는데요?"
어부가 말했습니다.
"내 아내는 내가 널 잡았으니 너한테 뭔가 소원을 말해야 한다고 생각해. 아내는 아담한 집 한 채를 가졌으면 한단다."
가자미가 말했습니다.
"댁으로 가 보세요. 그분은 이미 바라던 걸 갖게 되었으니까요."
어부가 집에 돌아와 보니 아내는 오막살이가 아닌 아담한 집의 문 앞에 있는 벤치에 앉아 있었습니다. 아내는 그의 손을 잡고 말했습니다.
"안으로 들어가요, 여보. 봐요, 훨씬 더 근사할 테니까요."
그들은 안으로 들어갔습니다. 작은 현관과 거실, 침실이 있었습니다. 또 부엌은 물론이고, 근사한 접시와 양철과 놋쇠 그릇들을 비롯해서 필요한 온갖 도구들이 가득가득 들어차 있는 찬장도 있었습니다. 집 뒤에는 조그만 마당이 딸려 있었는데 그 곳에서는 닭들과 오리들이 노닐고 있었고 온갖 채소들과 과일나무들이 자라고 있었습니다.
아내가 말했습니다. "근사하지 않아요?"
"그렇군. 이런 상태가 계속 되었으면 좋겠어. 이제 우리는 아주 행복하게 살

수 있게 되었어."

아내가 그의 말을 받았습니다. "그렇고 말고요."

그러고 나서 그들은 밥을 먹고 잠자리에 들었습니다. 그렇게 한두 주일쯤은 그런 대로 잘 지나갔는데 그의 아내가 또 불평을 했습니다.

"여보, 이 집은 너무나 비좁고 마당과 정원도 손바닥만해요. 그 가자미는 우리에게 좀더 큰 집을 줄 수도 있었다구요. 그러니 그 가자미한테 가서 성 하나를 달라고 말해 보세요."

"여보, 우리한테는 이 집도 과분하오. 그런데 왜 굳이 성에서 살고 싶다는 거요?"

어부의 아내는 들은 체도 않고 말하는 것이었습니다. "기가 막혀! 당장 그 가자미한테 가요! 그 녀석은 수월하게 우리 부탁을 들어줄 수 있다구요."

"안 돼요, 여보. 그 가자미한테 집을 한 채 받은 게 며칠이나 됐다고. 난 이렇게 금방 다시 찾아가고 싶지 않소. 그 가자미는 모욕을 당했다고 생각할지도 몰라."

남편이 반대하자 그의 아내는 화를 내며 소리쳤습니다.

"당장 가요! 그 녀석은 우리 부탁을 쉽게 들어줄 수 있고 또 기꺼이 그렇게 할거예요. 그러니 빨리 가요!"

어부는 마음이 무거워졌으며 전혀 가고 싶지 않았습니다. 그러면서 혼자 중얼거렸습니다. "이건 옳은 일이 아니야."

그러나 그는 집을 나설 수밖에 없었습니다. 그가 바닷가에 이르렀을 때 바닷물은 자줏빛과 짙은 푸른빛, 잿빛이었으며 속이 잘 보이지 않을 정도록 탁했습니다. 전의 그 푸르고 노란빛은 사라졌지만 고요하기는 예전과 마찬가지였습니다.

어부는 바닷가에 서서 말했습니다.

"가자미야, 가자미야, 바다에 사는 가자미야.
　와서 내 말을 좀 들어 다오.
　내 아내의 부탁이란다.
　못 들은 척하고 싶지만 어쩔 수 없어 이렇게 왔단다."

다시 나타난 가자미가 물었습니다.
"그분은 뭘 바라시나요?"
어부는 다소 괴로운 표정을 한 채 말했습니다.
"그 사람은 돌로 지은 커다란 성 안에서 살고 싶어한단다."
그러자 가자미가 말했습니다.
"댁으로 가보세요. 그분은 이미 성문 앞에 서 계실거예요."
그가 집으로 돌아오자 원래의 집이 있었던 자리에는 돌로 된 커다란 성이 자리잡고 있었으며, 그의 아내는 막 성 안으로 들어가려고 계단을 오르고 있는 중이었습니다. 그녀는 그의 손을 잡으며 말했습니다.
"안으로 들어가요."
아내와 함께 어부는 안으로 들어갔습니다. 바닥이 대리석으로 된 커다란 현관이 있었으며 그 안에는 수많은 하인들이 커다란 문을 열고 그들을 기다리고 있었습니다. 각 방마다 금으로 된 의자와 식탁들이 놓여 있었고 천장에는 수정으로 된 샹들리에가 늘어져 있었으며 바닥에는 하나같이 카펫이 깔려 있었습니다. 게다가 탁자 위에는 온갖 맛있는 음식들과 최상급 포도주병들이 다리가 휠 정도로 잔뜩 놓여 있었습니다. 왕이 살아도 좋을 만큼 호화로운 그 성

뒤켠에는 말과 소들이 먹을 건초더미와 마차들이 늘어선 드넓은 벌판이 있었으며, 그 벌판 한켠에는 세상에서 가장 맛좋은 열매들이 달리는 과일나무들과 가장 아름다운 꽃들이 자라는 정원이 자리 잡고 있었고, 사슴과 토끼와 그 밖의 온갖 짐승들이 뛰노는 1킬로미터나 되는 근사한 공원도 자리잡고 있었습니다.

아내가 말했습니다. "어때요? 아름답지 않아요?"

"그렇군. 아무쪼록 이런 상태가 계속되었으면 좋겠어. 이제 이 아름다운 성에서 우리 즐겁게 살아봅시다."

아내가 그의 말을 받았습니다. "아, 생각만 해도 즐거워요. 이제 들어가서 잡시다."

그들은 침대로 들어갔습니다.

이튿날 아침에는 아내가 먼저 일어났습니다. 해가 막 뜰 무렵이었습니다. 그녀는 창가에서 눈앞에 펼쳐진 황홀한 정원 풍경을 감상하고 있었습니다. 남편이 잠에서 깨어나 가지개를 펴자 그녀는 팔꿈치로 그의 옆구리를 찌르면서 말했습니다.

"여보, 일어나서 창 밖을 내다봐요. 당신은 당신이 이 나라를 다스리는 왕이 될 수 있다고 생각하지 않으세요? 그 가자미한테 가서 우리는 왕이 되고 싶다고 말해요."

"여보, 왜 우리가 왕이 되어야 하지? 난 왕이 되고 싶지 않아."

"당신은 왕이 되고 싶지 않은지 몰라도 난 되고 싶어요. 그러니 가서 가자미한테 내가 왕이 되고 싶어한다고 말해요."

"여보, 당신이 왜 왕이 되고 싶어하는거지? 난 그 가자미한테 그런 말을 하기 싫소."

그러자 아내가 화를 냈습니다.

"왜 싫다는거예요? 당장 가서 내가 왕이 되고 싶어한다고 말하지 못해욧!"

남편은 할 수 없이 성을 나왔습니다. 하지만 여간 괴롭지 않았습니다. 그는 '이건 옳은 일이 아니야.'라고 생각했고 전혀 가고 싶은 마음이 없었으나 그의 발걸음은 어느덧 바다 쪽으로 향하고 있었습니다.

바닷가에 이르렀을 때 바다는 완전히 짙은 잿빛으로 물들어 있었습니다. 파도가 일고 있었는데 물이 뒤집히면서 고약한 냄새가 났습니다. 어부는 바닷가에 서서 말했습니다.

"가자미야, 가자미야, 바다에 사는 가자미야,
 와서 내 말을 좀 들어 다오.
 내 아내의 부탁이란다.
 못 들은 척하고 싶지만 어쩔 수 없어 이렇게 왔단다."

가자미가 물었습니다.
"그분은 뭘 바라시나요?"
"그 사람은 왕이 되고 싶어한단다."
어부의 말에 가자미가 대답했습니다.
"댁으로 가보세요. 그분은 이미 왕이 되어 있을 테니까요."
그 말을 듣고 어부는 집으로 향했습니다. 성 가까이 다가갔을 때 그는 그 성이 전보다 더 커졌고 번쩍이는 장식들이 붙어 있는 거대한 탑이 하나 더 생겼다는 것을 알았습니다. 성문 앞에는 파수병들과 더불어 북을 치고 트럼펫을 연주하는 군인들이 열지어 서 있었습니다. 왕궁 안으로 들어가니 그 안에 있는 모든 것들은 대리석과 금으로 되어 있었고, 금술들이 늘어진 벨벳 천들이 그 위를 덮고 있었습니다. 커다란 홀로 들어가는 문이 열리자 왕이 머무르고 있는 홀이 한눈에 들어왔습니다. 그의 아내는 금과 다이아몬드로 장식된 높은 옥좌 위에 앉아 있었는데 머리에는 금으로 된 커다란 왕관을 쓰고 한 손에는 순금과 보석들로 장식된 왕홀을 쥐고 있었습니다. 그녀의 양 옆으로는 시녀들이 키 순서대로 죽 늘어서 있었습니다. 어부는 앞으로 걸어가며 말했습니다.
"여보, 이제 당신은 왕이 되었구려. 그렇지 않소?"
어부의 아내가 말했습니다. "그래요. 이제 난 왕이에요."
그는 거기 서서 부드러운 눈길로 아내를 쳐다보았습니다. 그는 그렇게 한동안 그녀를 쳐다보다가 말했습니다.
"당신이 왕이 되었으니 정말 근사하오! 이제 우리 더 이상 아무것도 바라지 말도록 합시다."
그러자 그의 아내는 짜증스러운 표정을 하면서 말했습니다.
"안 돼요. 난 시간이 너무 많아 지루해서 더 이상 견딜 수가 없어요. 가자미한테 가서 이제 내가 황제가 되고 싶어한다고 말해요."

"여보, 왜 당신은 황제가 되고 싶어하는거요?"

"가자미한테 가서 내가 황제가 되고 싶어한다고 말하라니까!"

어부는 아내의 끝없는 욕심이 걱정스러웠습니다.

"여보, 가자미도 당신을 황제로 만들 수는 없어요. 난 그런 이야기는 하고 싶지도 않소. 이 제국에서 황제는 단 한 분뿐이란 말이오. 가자미는 당신을 황제로 만들 수 없어요. 절대로 그렇게 하지 못할거요."

그러자 그의 아내가 소리쳤습니다.

"뭐라구요! 난 왕이에요, 당신은 내 남편이고. 당장 가지 못해요? 지금 당장! 왕이 되게 했는데 왜 황제가 되게는 못하겠어요? 그러니 지금 당장 가요!"

남편은 왕궁을 나와야 했습니다. 어쩔 수 없이 바다로 걸어가는 동안 그는 두려움에 싸인 채 생각했습니다.

'이건 정말 옳지 못한 일이야. 황제가 되고 싶어하다니 이 얼마나 오만한 생각이란 말인가! 가자미도 이제는 지겨워서 진저리를 치고 말거야.'

그가 바닷가에 이르러 보니 바다는 완전히 시커멓게 되어서 아주 혼탁했습니다. 바닷물이 하늘 높이 솟구쳤다 뒤집히는 순간 무수한 거품이 피어올랐고 거센 바람이 불어와 수면을 훑고 지나가자 파도는 미친 듯이 춤을 추었습니다.

어부는 겁이 났으나 앞으로 나아가 말했습니다.

"가자미야, 가자미야, 바다에 사는 가자미야,
와서 내 말을 좀 들어 다오.
내 아내의 부탁이란다.
못 들은 척하고 싶지만 어쩔 수 없이 이렇게 왔단다."

가자미가 다시 물었습니다.

"그분은 뭘 원하시나요?"

"오, 가자미야, 내 아내는 황제가 되고 싶어한단다."

이에 가자미가 대답했습니다.

"댁으로 가 보세요. 그분은 이미 황제가 되어 있을 테니까요."

그 말을 듣고 어부는 왕궁으로 향했습니다. 그가 왕궁 앞에 이르자 전체가 매끄러운 대리석으로 되어 있고 수많은 석고상들과 황금 장식들로 눈부시게 꾸며진 성의 모습이 한눈에 들어왔습니다. 성문 앞에서는 군인들이 행진을 하면서 트럼펫을 불고 심벌즈와 북을 치고 있었습니다. 황궁 안에서는 공작과 백작, 남작들이 시종들처럼 왔다 갔다 하고 있었습니다. 그들이 순금으로 된 문을 열어 주어 안으로 들어간 그는 자신의 아내가 온통 금으로 된 아주 높은 옥좌에 앉아 있는 광경을 보았습니다. 그녀는 다이아몬드와 희귀한 보석으로 뒤덮인 높이가 3미터나 되는 황금관을 쓰고 있었고 한 손에는 황제의 홀을, 다른 한 손에는 제국의 땅이 그려진 황금 공을 들고 있었습니다. 그녀의 양 옆으로는 그녀를 보호해 주는 근위대 병사들이 키 순서대로 죽 늘어서 있었습니다. 바로 곁에는 키가 하늘 높이 솟구친 거인 병사가, 맨 끝에는 키가 웬만한 사람 새끼손가락 길이 정도밖에 되지 않는 난쟁이가 서 있었습니다. 그리고 그녀의 앞에는 수많은 왕족들과 공작들이 서 있었습니다. 어부는 아내 앞으로 다가가 말했습니다.

"여보, 이제 당신은 황제가 되었구려. 그렇지 않소?"

아내는 대답했습니다.

"그래요, 난 황제예요."

그는 거기 서서 눈이 부신듯이 그녀를 쳐다보았습니다. 그는 한동안 그러고 있다가 말했습니다.

"오, 여보, 당신이 황제가 되었다니 정말 놀랍소. 이제 우리 이대로 지내도록 합시다."

이에 아내가 대꾸했습니다.

"여보, 당신은 왜 그렇게 서 있는거죠? 내가 황제가 된 건 사실이에요. 하지만 이제 나는 교황이 되고 싶어요. 그러니 어서 가서 가자미한테 이야기해요."

"아니, 여보. 도대체 당신 지금 무슨 소리를 하는거요? 당신은 교황이 될 수 없어요. 그리스도교인들의 땅에 교황은 오직 한 분뿐이오. 그 가자미라 해도 당신을 교황으로 만들 순 없어요."

"어쨌거나 난 교황이 되고 싶단 말이에요! 그러니 어서 가서 내가 교황이 되게 해 달라고 말해요."

어부는 아내를 설득하려고 했습니다.

"안 돼요, 여보. 난 그런 말 하고 싶지 않아요. 이건 옳은 일이 아니오. 너무 엄청난 요구요. 가자미는 당신을 교황으로 만들 수가 없어요."

"얼간이 같은 소리 작작 지껄여요! 그 녀석은 나를 황제로 만들 수 있었으니 교황이 되게 할 수도 있을거예요. 당장 가지 못해요! 난 황제고 당신은 내 남편이에요. 그러니 어서 시키는 대로나 해요!"

어부는 잔뜩 겁을 집어먹은 채 바다 쪽으로 갔습니다. 그는 몹시 불안해 몸을 부들부들 떨었고 무릎도 휘청거렸습니다. 거센 바람이 벌판과 숲을 뒤흔들며 지나갔고 시커먼 구름이 몰려오면서 날이 컴컴해졌습니다. 숲에서는 나뭇잎들이 떨어져 내렸고 바다에서는 집채만한 파도가 일어나 바다 전체가 온통 들끓고 있는 듯했으며 거센 파도는 단숨에 달려가 해안을 후려쳤습니다.

어부는 저 멀리서 그 무서운 파도에 겁을 집어먹은 뱃사람들이 총을 쏘는 광경을 볼 수 있었습니다. 그 거대한 파도에 비하면 그들이 탄 배들은 가랑잎같이 작고 위태로워 보였으며 금방이라도 뒤집힐 것처럼 쉴새없이 오르락내리락하고 있었습니다. 하늘 한복판에는 아직도 푸르른 기운이 남아 있었지만 수평선 부근은 금방이라도 무서운 폭풍이 몰려올 것처럼 시뻘겠습니다.

어부는 공포에 떨면서도 앞으로 나아가서 말했습니다.

"가자미야, 가자미야, 바다에 사는 가자미야,
와서 내 말을 좀 들어 다오.
내 아내의 부탁이란다.
못 들은 척하고 싶지만 어쩔 수 없어 이렇게 왔단다."

가자미가 물었습니다. "그분이 원하시는 게 뭔데요?"
"그 사람은 교황이 되고 싶어한단다."
이에 가자미가 말했습니다.
"집으로 가보세요. 그분은 이미 교황이 되어 있을 테니까."
어부는 황궁 쪽을 향해 걸어갔습니다. 그가 황궁이 있는 곳이라 생각한 곳에 도착했을 때 그는 그 곳에서 거대한 성당을 발견했습니다. 여러 개의 궁전들이 그 주위를 둘러싸고 있었습니다. 그는 수많은 군중들 틈을 억지로 비집고 들어간 끝에 수천 수만의 촛불들이 환하게 밝히고 있는 실내 풍경을 볼 수 있었습니다. 그의 아내는 전보다 더 높은 옥좌에 앉아 있었고 순금으로 만든 옷을 걸치고 있었으며 머리에는 세 개의 커다란 금관을 쓰고 있었습니다. 수많은 주교들과 사제들이 그녀의 주위를 둘러싸고 있었고 그녀의 양 옆으로는 수많은 촛불들이 죽 늘어서 있었습니다. 가장 큰 촛대는 제국에서 제일 높은 첨탑만큼이나 굵고 컸으며 가장 작은 것은 보통 교회의 촛대만 했습니다. 그리고 이 세상의 모든 황제들과 왕들이 차례로 그녀의 앞에 무릎을 꿇고서 그녀의 발에 입 맞추고 있었습니다. 어부는 조심스럽게 아내를 올려다보면서 말했습니다.
"여보, 이제 당신은 교황이 되었구려."
"그래요, 난 교황이에요."
그는 앞으로 나아가 마치 태양을 우러러보듯이 부신 눈길로 그녀를 올려다보았습니다. 그는 얼마동안 그렇게 바라보다가 다시 입을 열었습니다.
"오, 여보. 당신이 교황이라니 정말 근사하오. 이제는 이대로 지내도록 합시다."
그러나 그녀는 말뚝처럼 뻣뻣하게 앉아 꼼짝도 하지 않았습니다. 잠시 후 그가 다시 말했습니다.

"여보, 이만 만족하도록 해요. 이제 당신은 교황이니 이 이상 더 위대한 존재가 될 수는 없소."

그러자 아내는 말했습니다. "생각해 보겠어요."

이윽고 그들은 함께 침대로 들어갔습니다. 그런데 그녀는 이번에도 만족스럽지 않았습니다. 이글거리는 야심 때문에 좀처럼 잠이 오지 않았습니다. 그녀는 현재의 자신보다 더 위대한 존재가 될 수 있는 무슨 방법이 없을까 해서 생각하고 또 생각했습니다. 그러나 그녀의 남편은 낮 동안 먼 길을 걸은 탓으로 정신 없이 곯아떨어져 있었습니다. 그녀는 현재의 자신보다 더 위대한 존재가 될 수 있는 방도를 생각하느라 밤새 이리 뒤척 저리 뒤척 하며 한숨도 자지 못했습니다. 그러나 아무리 머리를 굴려도 좋은 방도가 떠오르지 않았습니다.

이윽고 태양이 떠오르기 시작하면서 그녀는 시뻘겋게 물든 동녘 하늘을 보고 침대에서 일어나 창가로 가서 해가 뜨는 광경을 지켜보았습니다. 바로 그때 '아, 내가 저 태양과 달을 떠오르게 할 수 있다면.' 하는 생각이 떠올랐습니다. 그러자 그녀는 팔꿈치로 남편의 갈빗대를 쿡쿡 찌르며 말했습니다.

"여보, 일어나서 가자미한테로 가세요. 가서 내가 하느님처럼 되고 싶어한다고 말해요."

남편은 아직 반쯤 잠든 상태에 있었지만 아내의 말에 너무나 큰 충격을 받은 나머지 침대에서 굴러 떨어지고 말았습니다. 그는 자기가 잘못 들었다고 생각하면서 두 눈을 비볐습니다.

"여보, 당신 지금 뭐라고 했소?"

"내 힘으로 태양과 달을 떠오르게 할 수 없다면 난 정말 참을 수 없을 것 같아요, 여보. 내가 그저 그런 광경을 지켜 보고 싶어한다고만 생각하세요? 아뇨. 그것들을 내 힘으로 뜨게 할 수 없다면 난 더 이상 견딜 수 없을거예요."

그녀가 너무나 무섭고 끔찍한 표정으로 자신을 쳐다보는 바람에 어부는 그만 등골이 오싹해졌습니다.

"당장 가요! 난 하느님처럼 되고 싶어요."

어부는 두 무릎을 꿇으며 말했습니다.

"오, 여보! 그 가자미는 그렇게 할 수 없어요. 당신을 황제나 교황이 되게 할 수는 있어도. 제발 부탁이니 교황이 된 걸로 그만 만족하도록 해요."

그녀는 불같이 화를 냈으며 그 바람에 그녀의 머리칼이 거꾸로 일어섰습니다. 그녀는 자기 옷을 찢어 발기고 남편을 발길로 차며 악을 썼습니다.

"난 참을 수 없어, 더 이상 참을 수 없어! 당장 나가지 못해!"

어부는 정신 없이 바지를 입고 미친 사람처럼 달아났습니다. 밖에서는 사나운 폭풍이 휘몰아쳐서 그는 제대로 걷기도 힘들 지경이었습니다. 집들과 나무들이 마구 쓰러지고 산들이 부르르 떨고 있었으며 거대한 돌들이 바다로 굴러 떨어지고 있었습니다. 하늘은 칠흑처럼 캄캄했으며 천둥번개가 쳤습니다. 바다에서는 시커먼 파도가 교회의 첨탑이나 산맥처럼 높이 치솟아올랐으며 그 끝은 하얀 거품으로 뒤덮여 있었습니다. 이윽고 어부가 고래고래 소리를 질렀지만 자기의 목소리조차도 들리지 않았습니다.

"가자미야, 가자미야, 바다에 사는 가자미야,
와서 내 말을 좀 들어 다오.
내 아내의 부탁이란다.
못 들은 척하고 싶지만 어쩔 수 없어 이렇게 왔단다."

가자미가 물었습니다. "그분은 뭘 바라시나요?"

"오, 그 사람은 하느님처럼 되고 싶어한단다."

이에 가자미가 말했습니다. "집으로 가보세요. 그분은 다시 옛날 그 오막살이집 속에 앉아 있을겁니다."

그리하여 그들은 오늘날까지도 그 오막살이집에서 살고 있답니다.

20

용감한 꼬마 재봉사

어느 여름날 아침 키가 자그마한 재봉사가 창가에 있는 작업대 위에 걸터 앉아 있었습니다. 그는 기분 좋게 열심히 바느질을 하고 있는 중이었습니다. 바로 그 때 시골 아낙네 하나가 거리를 걸어가며 소리쳤습니다.

"잼 사세요! 맛좋은 잼이요!"

그 소리는 키 작은 재봉사의 귀에 아주 달콤하게 들렸습니다. 그는 창 밖으로 조그만 머리를 내밀고 소리쳤습니다.

"이리로 올라와요, 아줌마. 듬뿍 사드리다!"

그 여자는 잼이 담긴 무거운 양동이를 들고 3층으로 된 계단을 올라와 갖고 있던 잼들을 그의 앞에 펼쳐 놓았습니다. 그는 잼이 든 병들을 하나하나 들어

냄새를 맡아보다가 마침내 말했습니다.

"잼들이 괜찮은 것 같군. 30그램 정도 사겠어요. 40그램이라도 괜찮고."

그 여자는 그보다 훨씬 더 많이 팔겠거니 하고 생각하고 올라왔기 때문에 그가 원하는 만큼의 잼을 넘겨 주고는 몹시 화가 나 투덜거리면서 가 버렸습니다.

키 작은 재봉사는 잼에 대고 소리쳤습니다.

"하느님께서 내 잼에 축복을 내려 주시길! 이것이 나에게 에너지와 힘을 안겨 주게 하소서!"

그는 찬장에서 빵 한 덩이를 꺼내 큼직하게 한 조각 잘라 그 위에다 잼을 듬뿍 발랐습니다.

"맛이 아주 근사할거야. 하지만 이걸 먹기 전에 우선 윗도리 재단일을 먼저 끝내야지."

그는 빵을 옆에다 내려놓고 바느질을 계속했습니다. 기분이 아주 좋았기 때문에 뜸과 뜸 사이가 점점 더 넓어져 갔습니다. 한편 달콤한 잼 냄새가 벽을 타고 올라가자 그 냄새를 맡고 수많은 파리들이 몰려와 잼 위에 내려앉았습니다.

"이봐, 누가 너희들을 불렀지?"

키 작은 재봉사는 그 불청객들을 쫓았습니다. 그러나 파리들은 독일어를 알아듣지 못했고 또 그 맛 좋은 잼을 단념할 수 없었기 때문에 쫓으면 쫓을수록 더 많은 무리를 이루어 되돌아오곤 했습니다. 마침내 키 작은 재봉사는 화가 머리 끝까지 치솟아 작업대 밑에서 옷 한 벌을 움켜쥐었습니다.

"기다려. 내가 뭔가를 보여 주지!"

그러면서 그는 그 옷자락으로 파리들을 후려 쳤습니다. 나중에 세어 보니 일곱 마리도 더 되는 파리들이 다리를 바르르 떨면서 쓰러져 있었습니다. 그러자 그는 자신의 용맹에 감탄해 중얼거렸습니다.

"난 정말 사나이다운 사나이야! 이 도시의 모든 사람들이 이 사실을 알아야 해!"

그 키 작은 재봉사는 급히 바지에서 혁대를 빼내어 그 위에다 '한 방에 일곱을 처치하다!'라는 글자들을 큼직하게 수놓았습니다.

그리고 그는 다시 중얼거렸습니다.

"왜 이 도시 사람들뿐이야? 전세계 사람들이 알면 안 되나?"

그의 가슴은 강아지 꼬리처럼 기쁨으로 설레었습니다. 그 재봉사는 다시 혁대를 허리에다 맸습니다. 그리고 자기처럼 대단한 용기를 지닌 인물이 이런 곳에서 썩는다는 건 정말 아까운 일이라 생각하고 이제 큰 세상으로 나가야겠다고 결심했습니다. 그 곳을 떠나기 전 그는 가지고 갈 만한 것이 뭐 없을까 하고 찾다가 오래된 치즈 한 덩이를 발견하고는 그것을 주머니 속에 집어넣었습니다. 그리고 그는 힘찬 발걸음으로 전진했습니다. 그는 날씬하고 날랜 몸매를 지니고 있었기 때문에 좀처럼 피곤한 줄을 몰랐습니다.

그 도시의 성문 밖에서 그는 새 한 마리가 덤불 속에 갇힌 것을 보고 그 새도 역시 주머니 속에 집어넣었습니다. 그는 길을 따라 어느 산 속으로 들어갔습니다. 그 산의 가장 높은 봉우리에 이르렀을 때 그는 두 발을 뻗고 앉아 산 아래를 내려다보고 있는 힘센 거인과 마주쳤습니다. 키 작은 재봉사는 그에게 다가가 겁 없이 말을 걸었습니다.

"안녕하시오, 형씨. 거기 앉아 저 넓은 세상을 구경하고 계시는구려. 난 내 운을 시험해 보기 위해 막 세상으로 나왔소이다. 당신도 나랑 같이 가지 않겠소?"

그 거인은 기가 차다는 듯이 재봉사를 쳐다보며 말했습니다.

"요 쥐방울만한 자식이! 불쌍하다 임마!"

"오, 그러셔?"

재봉사는 그렇게 대꾸하고는 외투를 활짝 펼쳐 자신의 혁대를 거인한테 보여 주며 말했습니다.

"이걸 보면 내가 어떤 인간인지 알 수 있을거야."

거인은 '한 방에 일곱을 처치하다!'라는 글귀를 보고 그 재봉사가 일곱 사람을 처치했다는 뜻으로 알았습니다. 그래서 그는 키 작은 사내에게 약간의 존경심을 표시하기 시작했습니다. 그러나 거인은 우선 그 사내를 시험해 보고 싶은 마음에 한 손에 돌을 주워 들고 돌에서 물이 나올 때까지 쥐어짰습니다. 그러면서 재봉사에게 말했습니다.

"네가 정말 힘 있는 친구라면 너도 한번 이렇게 해봐."

그러자 재봉사가 말했습니다.

"겨우 그 정도야? 나 같은 사람에게는 어린애 장난에 불과하지."

재봉사는 주머니 속에서 물렁한 치즈를 꺼내 거기서 물이 흘러나올 때까지 쥐어짰습니다. 그래 놓고 의기양양하게 말했습니다.

"이만하면 자네보다 낫지 않나?"

거인은 할 말을 잊었습니다. 요렇게 쥐방울만한 사내가 그렇게 힘이 세다는 걸 좀처럼 믿을 수 없었기 때문입니다. 이윽고 그는 돌 하나를 집어 들어 공중으로 던졌고 돌은 육안으로는 거의 보이지 않을 정도로 까마득히 높은 곳까지 솟아올랐습니다. 그리고 나서 거인이 재봉사에게 말했습니다.

"자, 너도 해봐. 이 땅꼬마야!"

"그 정도면 괜찮은 솜씨군. 하지만 결국 그 돌은 땅에 떨어지고 말았어. 그렇지만 내가 던지는 돌은 땅에 떨어지는 일이 없을거야."

재봉사는 이렇게 대답하고 주머니 속에서 새를 꺼내 들고 공중으로 던졌습니다. 새는 자유를 되찾은 게 기뻐 하늘 높이 날아올라가 다시 돌아오지 않았습니다.

재봉사가 물었습니다. "어때? 근사하지 않나, 친구?"

그러자 거인이 말했습니다. "던지는 솜씨는 일품이군. 하지만 이번에는 무거운 짐을 져 나를 수 있는지 보기로 할까?"

거인은 재봉사를 데리고 땅바닥에 쓰러져 있는 거대한 참나무 앞으로 다가가서 말했습니다.

"네가 정말 힘이 세다면 나와 함께 나무를 이 숲 밖으로 져 나르자."

재봉사가 대꾸했습니다.

"좋지. 넌 저 굵은 줄기를 어깨에다 걸쳐 메. 나는 나뭇가지들과 잔가지들 쪽을 져 나를 테니까. 그 쪽이 훨씬 더 무겁거든."

거인은 참나무 줄기를 쳐들어 어깨에다 걸쳐 맸고 재봉사는 참나무의 어느 가지 위에 걸터앉았습니다. 거인은 뒤를 돌아볼 수 없었으므로 자기 혼자서 그 무거운 나무뿐만이 아니라 재봉사까지 져 나르고 있다는 걸 눈치 채지 못했습니다. 재봉사는 날아갈 듯이 기분이 좋아져 나무 져 나르는 일쯤은 어린애 장난에 불과하다는 듯이 '말 타러 나간 세 명의 꼬마 재봉사'라는 짧은 노래를 휘파람으로 불러젖혔습니다. 그 무거운 짐을 지고 한참을 걷다가 더 이상 걸을 수 없게 된 거인이 마침내 소리쳤습니다.

"이 나무를 내려놓아야겠어."

재봉사는 재빨리 나무에서 뛰어내려 이제까지 들고 온 것처럼 얼른 두 팔로 나무를 얼싸안으며 거인에게 소리쳤습니다.

"덩치는 산더미만 하면서 이까짓 나무 하나 나르지 못하는군!"

그들은 함께 걸어갔습니다. 그리고 벚나무 있는 데 이르렀을 때 거인은 열매가 잔뜩 달린 그 나무의 꼭대기를 붙잡고 아래로 구부려 재봉사에게 건네주면서 열매를 좀 따 먹으라고 말했습니다. 하지만 키 작은 재봉사는 땅바닥으로 구부러진 그 나무 꼭대기를 혼자서 붙잡고 지탱할 만한 힘이 없어 거인이 거기서 손을 떼자 그만 공중으로 튕겨 올라갔습니다. 그가 다시 무사히 땅바닥으로 내려오자 거인이 말했습니다.

"이게 어찌된 일이지? 저렇게 가느다란 가지 하나도 붙잡고 버틸 수 없을 만큼 기운이 약하단 말이야?"

그러자 재봉사가 대꾸했습니다.

"염려하지 말게나. 나한테는 힘이 넘쳐 주체할 수 없을 정도니까. 아무렴 한 방에 일곱을 처치한 사람한테 그 정도의 일이 정말로 어렵다고 생각하나? 난 저 숲 속에서 사냥꾼들이 총을 쏘고 있길래 구경을 좀 하려고 저 나무 위를 뛰어넘어 갔던걸세. 자네도 저걸 뛰어넘을 수 있는지 한 번 보기로 할까."

거인은 펄쩍 뛰어올랐지만 그 나무를 넘지 못하고 나뭇가지들 사이에 걸리고 말았습니다. 이번에도 키 작은 재봉사가 거인을 이긴 것입니다.

거인이 다시 말했습니다.

"자네가 그렇게 용감하다면 우리가 사는 동굴로 가서 우리와 함께 밤을 보내 보자구."

키 작은 재봉사는 선뜻 그러마 하고 그를 따라갔습니다.

그들이 동굴에 도착했을 때 다른 거인들은 모닥불 곁에 앉아 각자 구운 양 한 마리씩을 들고 열심히 뜯어먹고 있었습니다. 재봉사는 그들을 둘러보고 자기의 작업장보다 여기가 확실히 더 넓다고 생각했습니다.

거인은 그에게 침대 하나를 보여 주면서 거기에 누워 한숨 푹 자라고 말했습니다. 하지만 키 작은 재봉사에게는 그 침대가 너무나 컸으므로 그는 그리로 올라가지 않고 동굴 한구석으로 가서 잤습니다. 자정이 되었을 때 그 거인은 재봉사가 깊이 잠들었을 것이라고 생각하고는 자리에서 일어나 커다란 쇠몽둥이로 그 침대를 내리쳐 단번에 두 조각을 내버렸습니다. 그리고 '이만하면 그 방아깨비 같은 녀석이 찍소리 못하고 뻗었겠지.' 하고 생각했습니다.

이튿날 새벽 그 동굴에 사는 거인들은 숲으로 들어갔습니다. 키 작은 재봉사에 대해서는 곧 까맣게 잊어버리고 말았습니다. 그런데 문득 뒤돌아보니 그 재봉사가 아주 흥겹고도 씩씩한 낯으로 자기들 뒤를 따라오는 것이 아니겠습니까? 거인들은 재봉사가 자기들을 죽일까봐 겁을 잔뜩 집어먹고 꽁지가 빠지게 도망치고 말았습니다.

재봉사는 계속 앞으로 걸었습니다. 한동안 그렇게 여행을 하던 끝에 그는 어느 왕궁의 앞마당에 도착했습니다. 그는 몹시 피로했으므로 풀밭에 쓰러져 누운 채 잠이 들었습니다. 그가 잠들어 있는 동안 몇몇 사람들이 다가와 그를 이리저리 뜯어보다가 그의 혁대에 수놓아진 '한 방에 일곱을 처치하다!'라는 글귀를 발견했습니다. 그러고는 입을 모아 말했습니다.

"지금은 전쟁도 없는 평화로운 때인데 이 위대한 용사는 여기서 뭘 하고 있는걸까? 이 사람은 장차 힘있는 군주가 될 사람임이 분명하다."

사람들은 왕에게로 가서 그 사실을 보고하고 전쟁이 벌어졌을 때 그 용사는 아주 쓸모 있는 인물이 될 것이니 무슨 대가를 치르더라도 그를 붙잡아 두는 게 좋을 거라고 말했습니다. 왕은 그들의 의견을 듣고 자신의 신하 한 사람을 보내 그 용사가 깨어났을 때 군대의 지휘관 자리를 주겠다는 뜻을 전하라고 했습니다. 그 신하는 잠자는 재봉사 곁에 서 기다렸습니다. 이윽고 재봉사가 기지개를 펴면서 눈을 뜨자 신하는 왕의 제안을 상대에게 전했습니다.

키 작은 재봉사는 그 말을 듣고 이렇게 말했습니다.

"내가 여기 온 건 바로 그 때문이오. 기꺼이 그 제안을 받아들이겠소."

그리하여 그는 정중한 영접을 받고 특별히 마련된 집까지 얻었습니다. 그러나 다른 군인들은 재봉사를 시기하여 그를 멀리 쫓아 보내 버렸으면 하고 바랐습니다. 그들은 자기네들끼리 수군거리기 시작했습니다.

"이러다가 앞으로 어떤 일이 벌어질까? 우리가 자칫 잘못하여 그 사람과 다투기라도 할 경우 그 사람은 단칼에 우리 일곱을 베어 버릴거야. 우리는 아무도 그 사람과 맞설 수 없어."

그러다 결국 그들은 한 가지 결론을 내리고 왕에게 가서 군대에서 제대하고 싶으니 허락해 달라고 요청했습니다.

"우리는 단칼에 일곱을 베어 죽일 수 있는 사람과는 함께 있을 수 없습니다."

왕은 한 사람 때문에 충성스런 부하 일곱을 잃는다는 사실이 안타까웠습니다. 그리고 그도 재봉사가 싫었습니다. 그는 사실 재봉사를 쫓아내 버리고 싶었지만 재봉사가 자기와 자기 백성들을 죽이고 왕위에 오를까봐 겁이 나서 감히 그를 쫓아 버리지 못하고 있었던 것입니다. 왕은 오랫동안 이런저런 궁리를 하던 끝에 마침내 좋은 방법을 생각해 냈습니다.

왕은 위대한 용사인 재봉사에게 한 가지 제안을 담은 편지를 보냈습니다. 즉, 그 나라 숲 속에는 두 명의 거인이 살고 있는데 그들은 강도질과 살인과 약탈과 방화를 밥먹듯이 하므로 이 나라에 엄청난 피해를 끼치고 있다, 그 거인들에게 접근하는 사람은 누구나 목숨을 잃을 각오를 해야 한다, 하지만 당신이 이 거인들을 처치해 준다면 당신은 왕의 외동딸을 아내로 맞아들일 수 있고 이 나라의 반을 지참금으로 받을 수 있다, 게다가 당신이 거인들을 죽이러 나갈 때 백 명의 기사들을 딸려 보내 당신을 도와주겠다는 내용의 편지를 보낸 것입니다.

재봉사는 '이거야말로 나 같은 사람에게 딱 알맞은 제안이야! 공주와 왕국의 반을 주겠다는 이런 근사한 제안이 노상 들어오는 건 아니지 않겠는가.' 하고 생각했습니다. 그는 편지를 가져온 사람에게 대답했습니다.

"좋소, 왕께 전하시오. 내가 곧 그 거인들을 없애 버리겠다고. 하지만 백명의 기사들의 도움은 필요없소. 이미 한 방에 일곱을 처치한 이 몸이 둘을 무서워할 리 있겠소."

재봉사는 출발했습니다. 기사 백 명도 그의 뒤를 따라갔습니다. 숲 가장자리에 이르렀을 때 그는 기사들에게 말했습니다.

"그대들은 여기에 머물러 있도록 하시오. 나 혼자 그 거인들을 없애 버릴 테니까."

그는 가벼운 발걸음으로 그 숲 속에 들어가 좌우를 열심히 두리번거렸습니다. 그는 이내 두 명의 거인을 발견했습니다. 그들은 어떤 나무 밑에 누워 잠들어 있었는데 어찌나 심하게 코를 고는지 나뭇가지들이 위아래로 요동을 치고 있었습니다. 재봉사는 그들이 자고 있는 틈을 이용해 주머니 속에 돌멩이를 잔뜩 채워 놓고 재빨리 나무 위로 올라갔습니다. 나무 둥지의 중간쯤에서 나뭇가지를 타고 나아가서는 그 거인들 바로 위쪽의 가지 위에 걸터앉았습니다. 그러고 나서 그는 그 거인들 중 한 사람의 가슴 위에 차례로 돌을 던지기 시작했습니다. 얼마쯤 시간이 흐르고 나서야 그 거인은 돌멩이의 감촉을 느꼈습니다. 잠에서 깨어난 그는 화가 나서 친구를 밀치며 말했습니다.

"왜 날 때리는거야?"

그러자 다른 거인이 말했습니다.

"꿈꾸고 있군. 난 널 때리지 않았어."

그들은 다시 누워 잠이 들었고 재봉사는 이번에는 다른 거인에게 돌을 던졌습니다. 두 번째 거인이 소리쳤습니다.

"이거 왜 이래? 왜 나한테 돌을 던지는거지?"

"난 너한테 아무것도 던지지 않았어." 첫 번째 거인도 으르렁거렸습니다.

그들은 한동안 말다툼을 벌이다 피곤해져서 그냥 넘어가기로 하고 다시 눈을 감았습니다. 재봉사는 다시 일을 벌이기 시작했습니다. 그는 가장 큰 돌멩이를 꺼내 첫 번째 거인의 가슴에 힘껏 내던졌습니다.

"더 이상 못참겠다!"

첫 번째 거인은 미친 사람처럼 벌떡 일어나 그의 친구를 재봉사가 올라가 있는 나무 기둥에다 호되게 밀쳤습니다. 나무가 요란하게 뒤흔들렸습니다. 그러자 두 번째 거인도 상대를 밀쳤고 그 바람에 둘 다 머리 꼭대기까지 화가 뻗쳐 나무를 뿌리째 뽑아 들고 한동안 상대를 후려치다가 결국 둘 다 바닥에 쓰러져 죽고 말았습니다. 그러자 재봉사는 그 나무에서 뛰어내려와서 혼자 중얼거렸습니다.

"내가 올라앉은 저 나무를 뽑아내지 않은 게 천만다행이야. 저걸 뽑아 버렸다면 난 다람쥐처럼 또 다른 나무 위로 점프를 해야 했을 테니까 말이야. 하지만 나야 늘 날쌔지."

그는 검을 뽑아 거인들의 가슴을 몇 차례 힘껏 찌른 뒤 숲을 빠져나가 기사

들에게 가서 말했습니다.

"해치워 버렸어. 둘 다 지옥으로 보내 버렸지. 하지만 대단한 싸움이었어. 그 놈들은 절망에 빠져 서로 싸우느라 나무들을 뿌리째 뽑아 내어 휘둘러댔으니까. 하지만 한 방에 일곱을 처치할 수 있는 나 같은 사람에게는 아무 소용없는 일이지."

기사들이 물었습니다.

"부상은 입지 않으셨나요?"

재봉사는 대답했습니다.

"내게 부상을 입히려면 두 명의 거인 가지고는 어림도 없지. 녀석들은 내 머리카락 하나도 건드리지 못했어."

기사들은 그의 말이 믿기지 않아 말을 타고 숲 속에 들어가 보았습니다. 거기서 그들은 자기들이 흘린 피 웅덩이 속에 쓰러져 있는 두 명의 거인들을 보았습니다. 그리고 뿌리 뽑힌 나무들이 그들 주위에 쓰러져 있는 것도 보았습니다.

한편 재봉사는 왕에게로 가서 약속한 보상을 내려 달라고 요구했습니다. 하지만 왕은 자기가 약속한 일을 후회하면서 재봉사를 죽일 새로운 방법을 생각해 내고는 말했습니다.

"내 딸과 이 왕국의 반을 받기 전에 그대는 다시 한 번 그대의 용맹을 발휘해 주기 바라오. 그 숲 속에는 외뿔짐승(신화나 전설에 나오는 동물) 한 마리가 설치고 돌아다니면서 막대한 피해를 끼치고 있소. 난 그대가 그 놈을 산 채로 잡아 주기를 바라오."

그러자 재봉사는 말했습니다.

"두 명의 거인을 처치해 버린 제가 그까짓 외뿔짐승 한 마리를 두려워할 줄 아십니까? 한 방에 일곱을 처치하는 게 특기인걸요."

그는 밧줄과 도끼를 들고 숲으로 가서 자기를 따라온 기사들에게 다시 그 숲 바깥에서 기다리라고 명령했습니다. 그는 오래 기다릴 필요가 없었습니다. 외뿔짐승은 이내 나타났습니다. 그 놈은 뿔을 아래로 낮추고 곧바로 그를 향해 돌진해 왔습니다. 네까짓 것은 뿔로 한 방에 꿰뚫어 버리겠다는 듯했습니다. 그 외뿔짐승을 향해 재봉사가 말했습니다.

"살살 하라구! 살살해! 그렇게 서두르다간 일을 그르치고 말지."

재봉사는 외뿔짐승이 아주 가까이 다가올 때까지 조용히 서서 기다리다가 재빨리 나무 뒤로 돌아갔습니다. 그 짐승은 온 힘을 다해 그 나무를 향해 돌진해 들어와 뿔로 그 나무줄기를 거세게 들이받았습니다. 그러자 그 뿔은 나무줄기 깊숙이 박혀 아무리 애를 써도 빠지지 않았습니다. 외뿔짐승을 잡으려면 바로 이렇게 해야 하는 것입니다.

"이제 요 녀석을 생포해야지."

재봉사는 나무 뒤에서 나와 외뿔짐승의 목에 밧줄을 걸고 도끼로 나무를 찍어 뿔을 빼냈습니다. 일이 다 끝나자 그는 그 외뿔짐승을 몰고 왕에게로 갔습니다.

그러나 왕은 여전히 약속한 보상을 해주지 않고 또 다른 요구를 해왔습니다. 재봉사는 결혼식을 올리기에 앞서 그 숲 속에서 사람들에게 큰 피해를 끼치고 있는 멧돼지를 생포해 와야 했습니다. 왕은 자신의 전속 사냥꾼들을 딸려 보내 그를 도와주게 했습니다.

재봉사가 말했습니다.

"기꺼이 잡아 오죠. 이런 건 식은 죽 먹기입니다."

그는 사냥꾼들을 숲 속으로 데리고 들어가지 않았고 사냥꾼들은 그것을 큰 다행으로 여겼습니다. 그들은 이미 그 멧돼지한테 호된 맛을 본 탓으로 그 짐승을 쫓고 싶은 마음이 전혀 없었던 것입니다. 그 멧돼지는 재봉사를 발견하자 입에 거품을 물고 이빨을 갈면서 그에게로 돌진해 왔습니다. 멧돼지는 그를 땅바닥에 짓뭉개려 했지만 몸이 날랜 재봉사는 얼른 가까이에 있는 예배당 안으로 뛰어들어가 그 안에 있는 창문들 중의 하나를 통해 다시 그 곳을 빠져 나왔습니다. 멧돼지는 그를 따라 안으로 뛰어들어왔고 재단사는 재빨리 예배당 앞으로 돌아가 문을 닫아 버렸습니다.

그러자 몸이 너무 무겁고 또 동작이 둔해 창 밖으로 뛰어나갈 수 없었던 멧돼지는 그만 예배당 안에 갇혀 오도가도 못하게 되어 버렸습니다. 재봉사는 사냥꾼들을 불러 예배당 안에 갇힌 짐승을 구경하게 하고는 왕에게로 갔습니다. 왕은 이번에는 싫든 좋든간에 약속을 지키지 않을 수 없어 결국 재봉사에게 자기 딸과 왕국의 절반을 주었습니다.

만일 그가 전쟁터의 영웅이 아니라 미천한 재봉사라는 것을 알았더라면 왕은 더 크게 상심했을 것입니다. 결혼식은 성대했지만 분위기는 싸늘했습니다.

비로소 재봉사 출신의 왕이 하나 나오는 큰 사건이 일어난 것입니다.
 그로부터 얼마간 시간이 흐른 뒤 젊은 왕비는 그의 남편이 밤에 잠꼬대하는 소리를 들었습니다.
 "야, 꼬마야, 그 조끼를 끝내고 그 바지 빨리 고쳐놔! 안 그랬다간 이 자로 네 머리통을 후려갈길 테니까."
 그 순간 왕비는 젊은 왕이 아주 낮은 계급 출신이라는 것을 알았습니다. 이튿날 아침 왕비는 아버지에게 가서 자기 남편이 비천한 재봉사 출신이라고 하소연하면서 남편에게서 벗어나게 해 달라고 사정했습니다. 왕은 딸을 달래면서 말했습니다.
 "오늘 밤 네 침실 문을 열어 두거라. 내 하인들이 밖에서 대기하고 있다가 그가 잠들고 나면 안으로 돌아가 그를 꽁꽁 묶은 뒤 배에 태워 먼 세상으로 내보내 버릴 테니까."
 젊은 왕비는 이 계획을 듣고 만족해했습니다. 그러나 왕의 갑옷을 들고 다니는 신하가 이 이야기를 모두 엿들었습니다. 그는 젊은 왕에게 호감을 가지고 있던 터라 그 계획을 젊은 왕에게 낱낱이 고해 바쳤습니다. 그의 이야기를 들은 젊은 왕이 말했습니다.
 "그 계획을 한 방에 박살내 버려야겠군."
 그 날 밤 젊은 왕은 평소 때와 비슷한 시간에 아내와 함께 잠자리에 들었습니다. 남편이 잠들었다고 생각한 왕비는 살그머니 일어나 문을 열어 놓고는 이부자리 있는 데로 되돌아왔습니다. 그 때 잠자는 척하고 있던 젊은 왕은 또렷한 목소리로 소리치기 시작했습니다.
 "야, 꼬마야, 그 조끼를 끝내고 그 바지 빨리 고쳐놔! 안 그랬다간 이 자로 네 머리통을 후려갈길 테니까! 나는 한 방에 일곱을 처치했고, 두 명의 거인을 죽였고, 외뿔짐승을 생포했고, 사나운 멧돼지를 잡아 가뒀단 말이야. 넌 내 방문 밖에서 대기하고 있는 놈들이 내게 겁을 줄 수 있으리라 생각하냐?"
 문 밖에서 대기하고 있던 사람들은 젊은 왕의 그 말을 듣고 까무러칠 듯이 놀라 지옥의 사자가 쫓아오기라도 하듯 정신 없이 내빼 버렸습니다. 이후에는 그들 중 어느 누구도 감히 젊은 왕에게 손댈 엄두를 내지 못했습니다. 그리하여 재봉사 출신의 그 용감한 남자는 평생 동안 왕의 자리에 머물렀습니다.

21

신데렐라
(원제: 재투성이 아이)

한 부자의 아내가 병이 들자 자신의 죽음이 그리 멀지 않았다는 것을 느끼고 외동딸을 머리맡에 불러 놓고 말했습니다.
"애야, 착하고 신앙심 깊은 아이가 되거라. 그러면 하느님께서 항상 너를 도와주실게다. 나도 하늘에서 내려다보며 너를 보살펴 주마."
그런 다음 소녀의 어머니는 세상을 떠났습니다. 어머니가 죽고 난 뒤 소녀는 너무 슬퍼 매일 어머니의 무덤을 찾아가 흐느껴 울었습니다. 그 소녀는 어머니가 당부한 대로 착하고 신앙심 깊은 아이가 되었습니다. 겨울이 와서 눈이 하얀 담요처럼 무덤을 덮고, 봄이 와서 다시 태양이 그 눈을 걷어가 버릴 즈음에 그 부자는 새 아내를 맞아들였습니다. 계모는 딸 둘을 데려왔습니다. 두 딸은 생김새는 아름답고 깨끗했으나 심술궂고 사악한 마음씨를 지니고 있었습니다. 그래서 그 가여운 소녀에게는 험한 앞날이 기다리고 있었습니다.
계모의 두 딸은 말했습니다.
"왜 저 멍청한 계집애를 우리와 함께 거실에 앉아있게 하는거지? 밥을 얻어먹으려면 밥벌이를 해야지. 당장 나가, 이 식모 계집애야!"
그들은 소녀의 아름다운 옷을 벗겨 버리고 낡은 잿빛 작업복을 입히고는 나무 신발을 던져 주었습니다. 그들은 배꼽을 잡고 웃으며 소리쳤습니다.
"저 거만한 공주님 꼴 좀 보라지, 아주 근사하게 차려 입으셨군!"
그리고 나서 그들은 소녀를 부엌으로 밀어넣었습니다.
소녀는 아침부터 밤까지 힘들게 일만 해야 했습니다. 날이 새기 전에 일어나 물을 길어 와야 했고, 불을 때고 요리를 하고 청소도 해야 했습니다. 그 외에도 의붓언니들은 온갖 상상력을 다 동원해서 소녀를 괴롭히고 조롱했습니다. 아궁이의 재 속에다 콩을 잔뜩 쏟아 놓고는 소녀에게 그것을 알알이 주워 담게 했습니다.
그리고 밤이 되어 소녀가 지칠 대로 지쳤을 때 소녀를 침대에서 쫓아내 아궁이 옆의 잿더미에서 자게 했습니다. 소녀가 항상 재투성이의 더러운 모습을 하게 된 것도, 그리고 식구들 모두가 소녀를 '재투성이 아이'라고 부르게 된 것도 바로 그 때문이었습니다.

어느 날 아버지는 장에 가면서 의붓딸들에게 무엇을 사다 줄까 하고 물었습니다.

첫째가 말했습니다. "아름다운 옷이요."

둘째가 말했습니다. "진주와 보석이요."

아버지가 물었습니다. "신데렐라, 너는? 넌 뭘 원하지?"

신데렐라는 말했습니다. "집에 돌아오실 때 아버지의 모자에 닿는 첫 번째 나뭇가지를 꺾어다 주세요."

장에 간 아버지는 두 의붓딸에게 줄 아름다운 옷과 진주와 보석을 샀습니다. 그리고 말을 타고 돌아오는 길에 숲을 지나는데 개암나무 나뭇가지 하나가 가로막더니 아버지의 모자를 툭 치는 것이었습니다. 그래서 아버지는 그 나뭇가지를 꺾었습니다. 집으로 돌아온 아버지는 의붓딸들에게는 그들이 원했던 것들을 주었고, 신데렐라에게는 개암나무 가지를 주었습니다. 신데렐라는 아버지에게 고맙다는 인사를 하고는 어머니의 무덤가로 가서 그 나뭇가지

를 심은 뒤 하염없이 울었습니다. 신데렐라가 흘린 눈물은 그 나뭇가지에 떨어져 나뭇가지를 흠뻑 적셨습니다. 그러자 그 나뭇가지는 쑥쑥 자라기 시작해 금세 아름다운 나무가 되었습니다.

신데렐라는 매일 세 차례씩 어머니의 무덤가로 가서 나무 밑에 앉아 울며 기도를 하곤 했는데, 그럴 때마다 조그맣고 하얀 새 한 마리가 그 나무로 날아오곤 했습니다. 그리고 신데렐라가 소원을 말할 때마다 그 새는 그녀가 바라는 것들을 가져다주곤 했습니다.

한편 그 나라의 왕은 왕자에게 신붓감을 고를 기회를 주기 위해 그 나라 안에 있는 모든 아름다운 처녀들을 초대해 사흘간 잔치를 벌이기로 했습니다. 신데렐라의 두 의붓언니는 자신들도 그 잔치에 초대되었다는 것을 알고 몹시 기뻐하면서 신데렐라를 불러 말했습니다.

"우리 머리 좀 빗겨 주고 구두도 손질해 줘. 그리고 혁대의 버클을 단단히 채워 줘! 우린 임금님의 성에서 벌어지는 잔치에 참석해야 하거든."

신데렐라는 언니들이 시키는 대로 하기는 했으나 마음은 여간 슬프지 않았습니다. 신데렐라도 언니들과 함께 성에서 벌어지는 잔치에 참석하고 싶었던 것입니다. 그래서 그녀는 계모에게 자기도 갈 수 있게 허락해 달라고 말했습니다.

"너같이 더럽고 지저분한 애가 그 잔치에 가고 싶다고? 넌 옷도 구두도 없는데 어떻게 춤을 추지?"

신데렐라의 말을 들은 계모는 어림도 없다는 듯이 말했습니다. 그래도 신데렐라가 계속 애원을 하자 마침내 계모가 말했습니다.

"내가 저 잿더미 속에 콩 한 말을 쏟아 놓았는데, 네가 그 콩들을 2시간 안에 모두 골라 담는다면 가도록 허락하마."

신데렐라는 뒷문을 열고 마당으로 나가 소리쳤습니다.

    "착한 비둘기들아, 산비둘기들아,
      하늘 아래 있는 모든 새들아,
      이리 와서 날 좀 도와주렴.
      좋은 건 저 단지 안에 넣고,
      나쁜 건 너희들이 먹고."

　그러자 맨 먼저 두 마리의 하얀 비둘기들이 부엌 창가로 날아왔고 뒤이어 산비둘기들이 날아왔습니다. 그리고 이어서 하늘 아래 있는 모든 새들이 부엌 안으로 꾸역구역 모여들더니 재 속을 뒤지기 시작했습니다. 비둘기들이 머리를 위아래로 까딱거리며 콕 콕 콕 콕 쪼기 시작하자 다른 새들도 역시 콕 콕 콕 콕 쪼아서 이내 좋은 콩들을 단지 속에 가득 채워 놓았습니다. 새들이 단지를 꽉 채우는 데는 한 시간도 채 걸리지 않았습니다. 그리고 나서 새들은 날아갔습니다.
　이제 파티에 가도 좋다는 허락을 받으리라 생각한 신데렐라는 여간 기쁘지 않아 들뜬 마음으로 그 단지를 들고 계모에게 갔습니다. 그러나 계모는 말했습니다.
　"안 돼, 신데렐라. 넌 옷도 없고 춤을 출 줄도 모르잖니? 가보았자 사람들에게서 비웃음만 살거야."
　신데렐라가 울기 시작하자 계모가 다시 말했습니다.
　"한 시간 안에 저 잿더미 속에서 콩 두 말을 골라 내면 널 데려가마."
　계모는 속으로 그건 절대 불가능할 것이라고 생각했습니다.
　계모가 잿더미 속에 콩 두 말을 쏟아 부어 놓자 신데렐라는 뒷문을 통해서 마당으로 나가 소리쳤습니다.

"착한 비둘기들아, 산비둘기들아,
하늘 아래 있는 모든 새들아,
이리 와서 날 좀 도와주렴.
좋은 건 저 단지 안에 넣고,
나쁜 건 너희들이 먹고."

그러자 맨 먼저 두 마리의 하얀 비둘기가 부엌 창가로 날아왔고 뒤이어 산비둘기들이 날아왔습니다. 그리고 이어서 하늘 아래 있는 모든 새들이 부엌 안으로 꾸역꾸역 모여들더니 재 속을 뒤지기 시작했습니다. 비둘기들이 머리를 위아래로 까딱거리며 콕 콕 콕 콕 쪼기 시작하자 다른 새들도 역시 콕 콕 콕 콕 쪼아서 이내 좋은 콩들을 단지 속에 가득 채워 놓았습니다. 새들이 단지를 꽉 채우는 데는 30분도 채 걸리지 않았습니다. 그리고 나서 새들은 날아갔습니다.

신데렐라는 이제 파티에 가도 좋다는 허락을 받으리라 생각하면서 기쁜 마음으로 그 단지를 들고 계모에게 갔지만 계모는 이번에도 허락하지 않았습니다.

"그래 보았자 소용없다. 넌 입고 갈 옷도 없고 춤을 출 줄도 모르니 널 데리고 갈 수는 없어. 우리는 너 때문에 창피를 당하고 말거야."

그러고 나서 계모는 신데렐라에게 등을 돌리고 두 거만한 딸들과 서둘러 집을 나섰습니다. 그들이 떠나 버리자 신데렐라는 개암나무 밑에 있는 어머니의 무덤가로 가서 울면서 소리쳤습니다.

"온몸을 흔들어라 어린 나무야!
내 몸 위에 금과 은을 떨구어 다오."

그러자 새 한 마리가 금실과 은실로 지은 드레스 한 벌과 비단 수를 놓은 신 한 켤레를 떨구어 주었습니다. 신데렐라는 서둘러 그 옷을 갈아입고 성 안으로 들어갔습니다. 금실 은실로 지은 눈부신 옷을 입은 그녀는 너무나 아름다위 보였으므로 계모와 언니들은 그녀가 신데렐라인 줄 모르고 다른 나라에서 온 공주인가 보다라고 생각했습니다. 그들로서는 그녀가 신데렐라라는 것은 꿈에도 상상할 수 없는 일이었습니다. 지금쯤 신데렐라는 집안의 잿더미 속에서 재묻은 콩을 골라 내고 있을 터였기 때문입니다.

그 때 왕자가 신데렐라에게 다가가 그녀의 손을 잡고 춤을 추었습니다. 왕자는 신데렐라의 손을 놓고 싶지 않았고 신데렐라 외의 다른 처녀들과는 춤을 추고 싶지도 않았습니다. 그리하여 다른 젊은이들이 신데렐라에게 다가와 춤을 추자고 할 때마다 왕자는 이렇게 말했습니다.

"이 분은 내 짝이오."

신데렐라가 왕자와 춤을 추다 보니 어느덧 밤이 되었고 그녀는 이제 집으로 돌아가야 했습니다. 그러자 왕자가 말했습니다.

"당신을 집까지 바래다 드리겠소."

왕자는 그 아름다운 처녀가 어느 집 딸인지 알고 싶었던 것입니다. 하지만 집 앞까지 온 신데렐라는 재빨리 집에 있는 비둘기장 속으로 도망쳐 들어갔습니다. 왕자는 집주인인 신데렐라의 아버지가 올 때까지 기다려서 그녀의 아버지에게 정체를 알 수 없는 그 처녀가 비둘기장 속으로 도망쳐 버렸다고 말했습니다. 그러자 아버지는 '설마 신데렐라는 아니겠지?'라고 생각하고 왕자에게 도끼 한 자루를 가져다 주면서 그것으로 비둘기장을 부수어 보라고 했습니다.

왕자가 비둘기장을 부수었지만 그 안에는 아무도 없었습니다. 그들이 집 안으로 들어가 보니 신데렐라는 더러운 옷을 입고 잿더미에 누워 있었습니다. 그리고 굴뚝에 걸린 기름 등잔의 희미한 빛이 부엌 안을 비추고 있었습니다.

신데렐라는 재빨리 비둘기장 뒷문으로 빠져나와 그 개암나무가 있는 곳으로 달려갔던 것입니다. 그리고 그녀가 입고 있던 아름다운 옷을 벗어 무덤 위에 올려놓자 새가 그걸 물어가 버렸고, 그 뒤에 그녀는 재빨리 자기 집 부엌으로 되돌아와 잿빛 작업복 차림으로 잿더미 위에 누워 있었던 것입니다.

이튿날 다시 파티가 시작되었을 때 신데렐라의 부모님과 두 언니는 일찍 집에서 나갔고 신데렐라는 다시 개암나무 있는 데로 가서 소리쳤습니다.

"온 몸을 흔들어라 어린 나무야!

내 몸 위에 금과 은을 떨구어 다오."

그러자 그 새는 전보다 더 아름답고 화려한 드레스와 신을 떨구어 주었습니다. 신데렐라가 그 드레스를 입고 다시 파티 장소에 나타나자 참석한 모든 사람들은 한결같이 놀랐습니다. 신데렐라를 기다리고 있던 왕자는 그녀가 나타나자 대뜸 그녀의 손을 잡더니 그녀하고만 춤을 출 뿐 다른 처녀들은 거들떠 보지도 않았습니다. 다른 청년들이 그녀에게 다가와 춤을 추자고 하면 왕자는 이렇게 말하곤 했습니다.

"이 분은 내 짝이오."

밤이 되자 그녀는 다시 떠나야 했습니다. 왕자는 그녀가 어느 집으로 들어가는지 알고 싶어 그녀를 따라왔습니다. 그러나 그녀는 이번에도 그에게서 달아나 정원 속으로 사라져 버렸습니다. 거기에서 그녀는 탐스러운 배들이 주렁주렁 열린 키 크고 아름다운 배나무가 있는 데로 가더니 다람쥐처럼 재빨리 그 가지 위로 올라갔습니다. 왕자는 신데렐라가 어디로 사라졌는지 알 수 없어 집주인이 올 때까지 기다렸습니다. 이윽고 집주인이 오자 그는 말했습니다.

"정체를 알 수 없는 그 처녀가 또 달아나 버렸소. 내 생각에는 이 배나무 위로 올라간 것 같소."

신데렐라의 아버지는 '설마 신데렐라는 아니겠지?'라고 생각하고 왕자에게 도끼를 가져다주며 그것으로 배나무를 찍어 넘기라고 했습니다. 그러나 땅바닥에 쓰러진 나무 속에는 아무도 없었습니다. 그들이 부엌으로 들어가 보니 신데렐라는 평소 때처럼 잿더미 위에 누워 있었습니다. 신데렐라는 그 배나무 반대편으로 뛰어내려와 그 아름다운 옷을 새에게 주고 다시 자신의 잿빛 작업복으로 갈아 입었던 것입니다.

사흘째 되던 날, 그녀의 부모님과 두 언니가 집을 떠나자 신데렐라는 다시 어머니의 무덤가로 가서 그 나무에 대고 소리쳤습니다.

"온 몸을 흔들어라 어린 나무야!
　내 몸 위에 금과 은을 떨구어 다오."

그러자 그 새는 이제까지 그녀가 받아 입었던 옷보다 더한층 화려하고 눈부신 드레스와 순금으로 된 신을 떨구어 주었습니다. 그녀가 그런 차림으로 파티 장소에 나타나자 거기에 모인 사람들은 모두 할 말을 잃고 멍한 표정으로 바라보기만 했습니다. 왕자는 오로지 그녀하고만 춤을 추었고 다른 청년들이 신데렐라에게 와서 춤을 청하면 왕자는 이렇게 말하곤 했습니다.

"이 분은 내 짝이오."

밤이 되자 신데렐라는 그만 집으로 돌아가야 했고, 왕자는 또다시 그녀를 바래다주고 싶어했습니다. 그런데 신데렐라가 너무나 급히 그에게서 도망치는 바람에 왕자는 그녀를 놓치고 말았습니다. 하지만 이번에는 왕자도 미리 대책을 세워 두고 있었습니다. 즉, 궁궐에서 밖으로 내려가는 계단에 송진을 발라 놓았던 것입니다. 그래서 신데렐라가 계단을 달려 내려갈 때 그녀의 왼쪽 신이 거기 달라붙고 말았습니다. 그 신을 집어든 왕자는 그것이 작고 우아하며 순금으로 된 신발이라는 것을 알았습니다.

이튿날 아침 그는 그것을 들고 신데렐라의 아버지에게 가서 말했습니다.

"이 황금 신에 꼭 맞는 발을 가진 처녀만이 내 아내가 될 수 있소."

두 언니는 이 말을 듣고 기뻐했습니다. 모두들 아름다운 발을 가지고 있었던 것입니다. 그래서 언니는 그 신을 들고 방으로 들어가 신어 보려 했습니다. 신데렐라의 계모도 옆에서 그 광경을 지켜 보았습니다. 그런데 그녀에게는 그 신이 너무 작아 그녀의 큼직한 엄지발가락을 그 안으로 집어넣을 수가 없었습니다. 그러자 계모는 큰 딸에게 칼을 주며 말했습니다.

"네 엄지발가락을 잘라 버리렴. 왕비가 되고 나면 네 발로 걸을 일은 없을 테니까 말이야."

큰 딸은 자기 엄지발가락을 끊어 버리고는 지독한 아픔을 참으며 억지로 신 속에 왼발을 집어넣은 뒤 왕자에게 갔습니다. 왕자는 그녀를 자기 신붓감으로 생각하고는 말에 태우고 집을 떠났습니다. 그러나 그들이 신데렐라의 어머니 무덤 옆을 지나갈 때 개암나무에 앉아 있던 두 마리의 비둘기가 소리쳤습니다.

"그 처녀가 신고 있는 신발을 좀 보세요.
  온통 피투성이잖아요."

그 처녀의 발에는 신발이 너무 작지요.
그 처녀는 무도회에서 만난 처녀가 아니랍니다."

왕자는 그녀의 발을 내려다보고는 황금 신에서 피가 줄줄 새어 나와 그녀의 하얀 양말이 온통 새빨갛게 물들었다는 것을 알았습니다. 그는 말머리를 돌려 그 가짜 신부를 다시 집으로 데리고 가 그녀는 자기가 만난 처녀가 아니니 다른 딸에게 신겨 보라고 말했습니다. 그러자 둘째 딸도 방으로 들어가 신어 보았습니다. 다행히 그녀의 발가락은 모두 신 속으로 들어갔습니다. 하지만 이번에는 뒤꿈치가 너무 컸습니다. 그러자 그녀의 어머니는 이번에도 칼을 건네주며 말했습니다.

"네 뒤꿈치를 조금 잘라 내렴. 왕비가 되고 나면 네 발로 걸을 일은 없을 테니까."

둘째 딸은 뒤꿈치를 조금 잘라 내고는 지독한 아픔을 참으며 억지로 신 속에 발을 집어넣은 뒤 왕자에게 갔습니다. 왕자는 그녀가 자기 신붓감인줄 알고 말에 태워 떠났습니다. 그런데 그들이 신데렐라의 어머니 무덤 옆을 지날 때 개암나무에 앉아 있던 두 마리의 비둘기가 또 소리쳤습니다.

"그 처녀가 신고 있는 신발을 좀 보세요.
온통 피투성이잖아요.
그 처녀의 발에는 신발이 너무 작지요.
그 처녀는 무도회에서 만난 처녀가 아니랍니다."

왕자는 그녀의 발을 내려다보고는 황금 신에서 피가 줄줄 새어 나와 그녀의 하얀 양말이 온통 새빨갛게 물든 것을 보았습니다. 그는 말머리를 돌려 그 가짜 신부를 다시 집으로 데리고 갔습니다.

"이 처녀도 내가 만난 그 처녀가 아니오. 또 다른 딸이 없나요?"

그러자 아버지는 말했습니다.

"없습니다, 신데렐라밖에는. 그 애는 내 죽은 아내가 낳은 아이인데 아주 못생겨 왕자님의 신붓감이 될 만한 애가 못 됩니다."

왕자는 그래도 그 처녀를 자기에게 데려오라고 말했습니다. 그러자 계모가 말했습니다.

"오, 그 애는 보기에는 끔찍할 정도로 너무나 더러운걸요."

그래도 왕자가 보고 싶다고 하자 그들은 할 수 없이 신데렐라를 데려왔습니다. 신데렐라는 먼저 손과 얼굴을 깨끗이 씻고 나서 왕자 앞으로 나아가 왼발을 뒤로 물리고 오른쪽 무릎을 굽혀 살짝 고개를 숙였습니다. 왕자는 그녀에게 황금 신을 건네 주었습니다. 그녀는 등받이가 없는 의자 위에 앉아 무거운 나무 신을 벗어 버리고 그 황금 신을 신었습니다. 그 신은 그녀의 발에 꼭 들어맞았습니다. 그녀가 의자에서 일어서자 왕자는 신데렐라를 자세히 들여다보고는 그녀가 바로 자신과 춤을 추었던 그 아름다운 처녀라는 것을 알았습니다. 왕자는 기쁨에 넘쳐 소리쳤습니다.

"이 사람이야말로 내 진짜 신붓감이오!"

계모와 두 딸은 너무나 놀라 제자리에 얼어 붙었고 모두들 얼굴이 새파래졌습니다. 그러나 왕자는 신데렐라를 말에 태우고 떠났습니다. 그들이 신데렐라의 어머니 무덤 옆을 지나갈 때 개암나무에 앉아 있던 두 마리의 비둘기가 소리쳤습니다.

"그 처녀가 신고 있는 신발을 좀 보세요.

꼭 맞잖아요.

피도 전혀 나오지 않지요.

그 처녀야말로 왕자님이 무도회에서 만난 처녀랍니다."

비둘기들은 그 사실을 알려 준 뒤 그 나무에서 날아와 신데렐라의 양어깨 위에 한 마리씩 앉았습니다.

왕자님과 신데렐라의 결혼식날, 두 의붓언니는 신데렐라에게 아첨을 해서 신데렐라가 얻은 행운을 좀 나누어 가질 수 있을까 하는 마음으로 신데렐라를 찾아갔습니다. 신랑과 신부가 교회를 향해 출발할 때 큰언니는 신데렐라의 오른편에, 작은 언니는 왼편에 붙어 서 있었는데 갑자기 두 마리의 비둘기가 달려들어 두 사람의 눈알을 하나씩 쪼았습니다.

그리고 신랑과 신부가 교회에서 돌아올 때도 큰언니는 신데렐라의 오른편에, 작은언니는 왼편에 붙어 서 있었는데 비둘기들은 다시 그들의 남은 눈을 쪼았습니다. 그리하여 두 언니는 그들의 심술궂고 못된 마음씨 때문에 남은 평생 동안을 맹인으로 지내야만 했습니다.

22

수수께끼

옛날에 어떤 왕자가 세상을 두루 여행하기 위해 충직한 시종 한 사람만을 데리고 여행길에 올랐습니다. 어느 날 그가 큰 숲 속을 걸어가는데 그만 사방이 어두워지더니 날이 저물고 말았습니다. 그런데 주변에는 하룻밤을 지낼 만한 집이 없어 왕자는 어떻게 해야 할지 모르는 어려운 형편에 처하게 되었습니다. 하룻밤 쉴 곳을 찾아 헤매던 중 그는 한 처녀가 조그만 오두막집 쪽으로 걸어가는 것을 발견했습니다. 처녀에게 가까이 다가간 그는 그녀가 매우 젊고 아름답다는 것을 알았습니다. 그는 그 처녀에게 말을 걸었습니다.

"내 시종과 내가 저 오두막집에서 하룻밤을 보낼 수 있겠소?"

그러자 처녀는 슬픈 어조로 말했습니다.

"그럴 수야 있죠. 하지만 그러시라고 권할 수가 없군요. 들어가지 마세요."

"왜 들어가지 말라는 거죠?"

처녀가 한숨을 쉬며 말했습니다.

"제 의붓어머니는 나쁜 짓을 서슴지 않는 데다가 낯선 사람들에게 친절하게 대해 주지도 않으세요."

왕자는 자신이 마녀의 집 근처에 와 있다는 것을 알았습니다. 하지만 날이 어두워서 더 이상 걸을 수도 없었습니다. 그리고 그는 두려움을 모르는 사람이었으므로 안으로 들어가 보기로 했습니다. 마녀는 난로 옆의 안락의자에 앉아 있다가 시뻘건 눈으로 낯선 사람들을 쳐다보았습니다.

"안녕하시오!"

마녀는 으르렁거리듯 딱딱거리며 말했습니다. 그러고 나서 그녀는 금세 아주 다정한 체하며 말했습니다.

"자리에 앉아 좀 쉬구려!"

그녀는 난로 속의 석탄을 휘저어 불이 잘 올라오게 하면서 그 위에 작은 냄비를 얹어 놓고 무엇인가를 요리하고 있었습니다. 마녀의 의붓딸은 마녀가 음식에 독약을 넣으니 아무것도 먹지 말고 마시지도 말라고 두 사람에게 미리 귀띔을 해주었습니다. 두 사람은 다음 날 아침까지 평화롭게 잘 잤습니다. 이윽고 떠날 채비를 하고 왕자가 말 위에 오르자 마녀가 그들에게 말했습니다.

"잠깐만 기다려요! 당신들에게 이별주 한 잔을 주고 싶소."

마녀가 이별주를 가지러 간 사이에 왕자는 말을 타고 먼저 떠났습니다. 그리고 시종 혼자 안장을 단단히 잡아매려고 애쓰고 있는데 마녀가 이별주가 담긴 잔을 들고 돌아와서 말했습니다.

"이걸 당신 주인에게 가져다주시오."

그 때 갑자기 잔이 깨지면서 독약이 말의 몸에 튀었습니다 그것은 아주 강한 독약이었기 때문에 말의 몸에 닿자마자 말은 그 자리에서 쓰러져 죽고 말았습니다. 시종은 왕자에게 달려가 어떤 일이 일어났었는가 이야기를 하고 나서 안장을 가지러 되돌아갔습니다. 그가 죽은 말이 있는 곳으로 가보니 이미 까마귀 한 마리가 날아와 말의 몸을 파먹고 있었습니다.

"우리는 오늘 먹을 것을 하나도 얻지 못할지도 몰라."

시종은 그렇게 중얼거리면서 그 까마귀를 잡아 가지고 그 장소를 떠났습니다.

그들은 숲 속을 하루 종일 걸었으나 나가는 길을 찾을 수가 없었습니다. 어스름녘, 그들은 겨우 여관 하나를 발견하고 안으로 들어갔습니다. 시종은 가져온 까마귀를 여관 주인에게 주면서 자기네의 저녁식사용으로 요리해 달라고 부탁했습니다. 그러나 그들이 가까스로 찾아낸 그 여관은 살인자들의 소굴이었습니다.

이윽고 날이 어두워지자 살인자들이 돌아왔고, 그들은 왕자와 하인을 죽이고 그들의 물건을 빼앗으려고 했습니다. 그들은 일을 저지르기 전에 저녁식사를 하기 위해 식탁에 둘러앉았습니다. 그 자리에는 여관 주인과 마녀도 끼여 있었습니다. 그들은 까마귀 고기를 토막내어 만든 수프를 한 그릇씩 먹기 시작했습니다. 그러나 몇 모금 먹자마자 모두 그대로 쓰러져 죽고 말았습니다. 독이 묻은 말고기를 먹었기 때문에 까마귀 몸에도 독이 퍼져 있었던 것입니다.

이제 그 큰 집에는 여관 주인의 딸만 남게 되었습니다. 그 딸은 정직했고 또 살인자들의 못된 음모에도 가담하지 않았습니다. 그녀는 여관에 있는 방들의 문을 모두 열어 젖혀 살인자들이 모아 놓은 많은 보물들을 왕자에게 보여 주었습니다. 그러나 왕자는 그 보물들에는 전혀 관심이 없었습니다. 왕자는 그녀에게 그것을 모두 가지라고 말한 뒤 시종과 함께 그 곳을 떠났습니다.

그들은 긴 여행을 한 끝에 한 도시에 도착했습니다. 그 곳에는 아름답기는 하나 거만한 공주가 살고 있었습니다. 그 공주는 자기가 풀 수 없는 아주 어려운 수수께끼를 내는 사람과 결혼하겠다고 선언했습니다. 그러나 그녀가 수수께끼를 풀 경우 문제를 낸 사람은 목이 잘려야만 했습니다. 수수께끼는 사흘 안에 풀게 되어 있었는데, 공주는 워낙 영리해서 늘 사흘이 되기 전에 수수께끼를 풀어내곤 했습니다.

그래서 왕자가 이 도시에 오기 전에 이미 아홉 사람이 목숨을 잃은 상태였습니다. 그럼에도 불구하고 왕자는 그녀의 아름다움에 반해 목숨을 건 그 모험에 기꺼이 뛰어들기로 결심하고 공주에게 가서 자신이 수수께끼를 내겠노라고 말했습니다.

"자, '아무도 건드리지 않았는데 열두 명이 죽었다.'는 수수께끼를 풀 수 있겠소?"

공주는 왕자가 낸 수수께끼가 무엇을 뜻하는지 전혀 알 수가 없었습니다. 그녀는 머리를 쥐어짜며 궁리하고 또 궁리해 보았지만 좀처럼 그 해답을 찾아낼 수 없었습니다. 공주는 자신이 갖고 있던 수수께끼 문제집들을 들여다보았으나 그 책들 속에도 왕자의 수수께끼는 들어 있지 않았습니다. 요컨대 그녀의 지혜도 한계에 다다른 것입니다. 그녀는 어떻게 하면 좋을지 몰라 당황하기 시작했습니다.

그래서 공주는 첫날 밤에 자기 하녀를 시켜 왕자의 침실로 몰래 숨어 들어가 왕자가 무슨 잠꼬대를 하는지 잘 들어보라고 했습니다. 공주는 왕자가 잠을 자다가 혹시 수수께끼의 해답을 말할지도 모른다고 생각했던 것입니다. 그러나 왕자의 시종은 매우 영리한 사람이었으므로 자기가 주인의 침대에 누워 있다가 공주의 하녀가 숨어 들어오자 그녀가 뒤집어쓰고 있던 외투를 벗겨 버리고 흠씬 때려서 내쫓았습니다. 둘째날 밤, 공주는 자신의 시녀가 전날에 보낸 하녀보다 좀더 낫지 않을까 싶어 이번에는 시녀를 보냈지만 그 시녀 역시 시종에게 실컷 매만 맞고 쫓겨났습니다.

셋째날 밤, 이번에는 공주 자신이 직접 왕자의 침실로 갔습니다. 그녀는 잿빛 외투를 머리 위에 뒤집어쓰고 왕자 곁에 앉았습니다. 왕자가 잠들어 꿈을 꾸고 있다는 생각이 들자 그녀는 왕자에게 말을 걸었습니다. 공주는 자다가 누군가 말을 걸면 잠을 자면서 대꾸하는 사람들이 적지 않다는데 희망을 걸었던 것입니다. 그러나 왕자는 자지 않고 있었으므로 공주의 말을 똑똑히 들었습니다.

공주가 물었습니다.

"'아무도 건드리지 않았는데'란 무슨 뜻이죠?"

왕자는 자는 척하면서 대꾸했습니다.

"까마귀가 독약에 오염되어 죽은 말고기를 먹고 죽은 것을 말하는 거요."

공주는 다시 물었습니다.

"'열두 명이 죽었다', 이건 무슨 뜻이죠?"

"열두 명의 살인자들이 그 까마귀 고기를 먹고 죽은 것을 말하는거요."

수수께끼의 해답을 알아낸 공주는 몰래 도망치려 했으나 왕자가 그녀의 외투를 움켜 잡는 바람에 할 수 없이 외투를 남긴 채 도망치고 말았습니다. 이튿날 아침, 그녀는 수수께끼를 풀었다고 이야기하면서 열두 명의 재판관들을 불러오라고 지시했습니다. 재판관들이 오자 그녀는 그들 앞에서 그 수수께끼의 해답을 말했습니다. 그러나 왕자는 기회를 얻어 다음과 같이 말했습니다.

"공주는 어젯밤 내 방에 몰래 숨어 들어와서 나에게 그 수수께끼의 해답을 물었소. 내가 말해 주지 않았다면 공주는 결코 그것을 풀 수 없었을거요."

그러자 재판관들이 말했습니다.

"우리에게 그 증거를 보여 주시오!"

그러자 왕자의 하인이 하녀와 시녀, 그리고 공주의 외투들을 가져왔습니다. 재판관들은 공주가 잘 입고 다니는 그 회색 외투를 보고는 이렇게 말하는 것이었습니다.

"금실과 은실로 수놓은 이 외투를 잘 간직하시오. 이건 그대들의 결혼식 예복이 될 테니 말이오."

23

쥐, 새, 소시지

옛날 옛적에 쥐와 새와 소시지가 만나 한 식구가 되었습니다. 그들은 오랫동안 평화롭고 행복하게 지냈으며 재산도 많이 모았습니다. 새가 맡은 일은 매일 숲 속으로 날아가 땔감을 물고 돌아오는 것이었습니다. 쥐는 물을 긷고 불을 피우고 밥상을 차리는 일을 했고, 소시지는 요리를 했습니다.

그런데 편안하게 살다 보면 항상 좀더 편안해질 방법을 찾는 것이 세상이치지요. 어느 날 숲 속으로 날아간 새는 다른 새를 만나 자기들이 어떻게 살고 있는지 자세히 이야기를 해주었습니다. 그리고 자기네는 아주 근사하게 지내고 있다고 자랑했습니다. 그러자 다른 새는 쥐와 소시지는 집안에서 편히 놀고먹

는데 새만 죽도록 고생한다고 하면서 새에게 바보라고 놀렸습니다.

사실 쥐는 불을 피우고 물을 길어 온 뒤 밥상을 펴기 전까지 자기 방에 가서 편히 쉬는 것이 보통이었습니다. 또 소시지는 늘 냄비 곁에 붙어 서서 음식이 끓고 있는 것을 지켜보다가 식사 시간 직전에 냄비 속에서 끓고 있는 스튜나 야채들 속에 슬쩍 제 몸을 담갔다가 빼냄으로써 간도 맞추고 맛도 내곤 했습니다. 소시지가 하는 일이라고는 그게 전부였습니다.

새가 집에 들어와 땔감을 내려놓으면 그들은 밥상 주위에 둘러앉곤 했으며, 식사가 끝난 뒤에는 이튿날 아침까지 늘어지게 잠을 자곤 했습니다. 그들의 근사한 생활이란 바로 이런 식으로 이루어지고 있었습니다.

그런데 새는 다른 새의 말을 듣고 나자 생각이 달라졌습니다. 그래서 그 이튿날에는 숲에 가지 않겠다고 말했습니다. 새는 자기가 오랫동안 그들의 노예로 지내왔으며 그들은 자기를 바보 취급해 왔다고 주장하면서 이제부터는 하던 일을 서로 바꾸어서 해보자고 했습니다. 쥐와 소시지는 새의 말에 반대했지만 새는 좀처럼 자기 주장을 굽히지 않으면서 새로운 방법을 시험해 보자고 우겼습니다. 그들은 결국 제비를 뽑기로 했는데, 그 결과 소시지는 땔감을 구해 오는 일을 맡게 되었고, 쥐는 요리를, 새는 물을 길어 오는 일을 맡게 되었습니다.

그러자 어떤 일이 일어났을까요?

　소시지가 나무하러 간 뒤 새는 불을 피우기 시작했고 쥐는 난로 위에 솥을 올려놓았습니다. 그리고 그들은 소시지가 돌아오기만을 기다렸습니다. 그러나 소시지가 나간지 한참이 되었는데도 돌아오지 않았으므로 그들은 불안한 마음이 들었습니다. 그래서 새가 소시지를 찾으러 나갔습니다.

　그리고 집에서 얼마 떨어지지 않은 곳에서 개 한 마리를 발견했고, 그 개가 소시지를 임자 없는 먹이로 생각하고는 덥석 물어 삼켜 버렸다는 것을 알았습니다. 새는 너무나 화가 나 그 개에게 날강도라고 욕했습니다. 하지만 그것은 소용없는 짓이었습니다. 그 개는 소시지에 가짜 상표가 붙어 있었으므로 목숨을 잃을 수밖에 없었다고 주장했던 것입니다.

　새는 슬픔에 잠긴 채 소시지가 떨어뜨린 땔감을 물고 집으로 돌아왔습니다. 그는 쥐에게 자기가 보고 들은 것을 이야기해 주었습니다. 그들은 몹시 슬퍼했습니다. 그러나 그들은 둘만이라도 최선을 다해 함께 살아보자고 약속했습니다. 이제 새는 밥상을 차리는 일을 했고 쥐는 음식을 요리했습니다. 쥐는 소시지가 하던 대로 간도 맞추고 맛도 내기 위해 끓고 있는 야채 냄비 속에 슬쩍 제 몸을 담갔습니다. 그러나 그는 야채 속에 제대로 들어가기도 전에 그만 냄비 속에 빠져 목숨을 잃고 말았습니다.

　새가 밥상을 차리기 위해 식탁 앞으로 왔는데 요리하는 일을 맡은 쥐가 보이지 않았습니다. 새는 몹시 걱정이 되어 잔뜩 쌓여 있는 땔감을 이리저리 헤치고 쥐를 소리쳐 부르면서 찾아보았습니다. 그러나 쥐는 어디에서도 보이지 앉았습니다. 그런데 새가 헤쳐 놓은 땔감에 그만 불이 붙어 버려 그들이 살던 집에 불이 났습니다. 새는 물을 길어 오려고 우물가로 달려갔습니다. 그런데 두레박이 우물 속으로 빠지면서 그것을 물고 있던 새까지 끌려 들어갔습니다. 결국 새는 밖으로 나오지 못하고 그대로 우물에 빠져 죽고 말았습니다.

24

홀레 할머니

한 과부에게 딸이 둘 있었는데 아름답고 부지런한 의붓딸과 못생긴 데다 게으른 친딸이었습니다. 그러나 그 과부는 못생기고 게으른 친딸만 예뻐했기 때문에 아름답고 부지런한 의붓딸은 신데렐라처럼 재를 뒤집어쓴 채 혼자서 집안일을 도맡아 해야 했습니다. 그 불쌍한 처녀는 매일 길 옆에 있는 우물가에 앉아 손가락에 피가 나도록 실을 잣고 또 자았습니다. 그러던 어느 날 얼레가 피에 흠뻑 젖자 소녀는 그걸 닦으려고 우물 위로 몸을 숙이다가 그만 그것을 놓치고 말았습니다. 그 바람에 얼레는 우물 속에 가라앉고 말았습니다. 소녀는 울면서 계모에게 달려가 사실대로 이야기했습니다. 그러자 계모는 소녀를 무섭게 꾸짖으면서 말했습니다.

"얼레를 빠뜨렸으면 그걸 다시 건져 오는 게 네 몸에 이로울거다."

소녀는 우물가로 되돌아오긴 했지만 얼레를 어떻게 꺼내야 할지 막막하기만 했습니다. 아무리 해도 좋은 생각이 떠오르지 않자 마음이 다급해진 소녀는 그것을 건지기 위해 우물 속으로 뛰어들었고 그 순간 그만 정신을 잃고 말았습니다. 얼마 후 눈을 뜨고 의식을 되찾은 소녀는 자신이 아름다운 풀밭 위에 누워 있다는 것을 알았습니다. 그 곳에는 태양이 밝게 빛나고 있었고 많은 꽃들이 아름답게 피어 있었습니다. 소녀는 그 풀밭을 가로질러 걷기 시작했습니다. 그리고 얼마 가지 않아 빵이 가득 들어찬 오븐을 발견했습니다. 그런데 그 빵들이 소녀에게 소리쳤습니다.

"우릴 꺼내 주세요! 우릴 꺼내 주지 않으면 우리는 다 타 버리고 말거예요. 우리는 충분히 익었어요!"

소녀는 오븐에 다가가 기다란 나무 주걱으로 빵을 모두 꺼냈습니다. 그러고 나서 소녀는 계속 걸어가 사과가 주렁주렁 열린 사과나무 앞에 이르렀습니다. 그 때 사과나무가 소리쳤습니다.

"날 흔들어 줘요! 날 흔들어 줘요! 내 사과는 모두 익을 만큼 익었어요."

소녀가 그 나무를 흔들어 주자 사과가 비 오듯 떨어졌습니다. 소녀는 사과나무를 계속 흔들어 그 나무에 열린 사과를 모두 떨어뜨렸습니다. 소녀는 그 사과들을 모두 주워 한 무더기로 쌓아 놓은 뒤 다시 걸어갔습니다. 마침내 소녀는 어느 조그만 오두막집 앞에 이르렀는데 그 집 안에서는 늙은 여자 하나가 창 밖을 내다보고 있었습니다. 그 할머니는 대문짝만한 이를 드러내 놓고 있었으므로 소녀는 그만 겁을 집어먹고 도망을 치려 했습니다. 그러자 할머니가 소녀에게 소리쳤습니다.

"왜 날 두려워하지? 나랑 같이 살자. 만일 네가 집안 일을 잘 해낸다면 너한테 좋은 일이 생길게다. 너는 내 이불을 깃털이 날릴 정도로 잘 털어서 깔끔하게 정돈해 주기만 하면 돼. 그러면 그 깃털들은 눈이 되어 지상에 내리게 될거

야. 난 홀레 할머니(옛날 헤센 지방 사람들은 눈이 내릴 때마다 홀레 할머니가 이부자리를 털고 있다고 말하곤 했다)거든."

할머니가 아주 다정하게 말을 건넸으므로 소녀는 용기를 내어 그렇게 하겠다고 했습니다. 소녀는 그 할머니가 만족해할 정도로 집안 일을 아주 잘 해 냈으며 늘 깃털들이 눈송이처럼 휘날릴 정도로 이불을 잘 털었습니다. 할머니도 소녀에게 아주 잘 대해 주었습니다. 항상 친절한 말과 자상한 얼굴로 소녀에게 매일 굽거나 삶은 고기를 주곤 했습니다.

그러나 홀레 할머니와 꽤 오랜 동안 지내게 되자 소녀는 점차 우울증에 빠져들기 시작했습니다. 소녀는 처음에는 무엇 때문에 그렇게 우울한지를 알지 못했으나 결국 자신이 집을 그리워하고 있기 때문이라는 것을 깨닫게 되었습니다. 집에 있는 것보다는 홀레 할머니와 지내는 편이 훨씬 더 나았지만 그래도 소녀는 집으로 돌아가고 싶었습니다. 소녀는 홀레 할머니에게 말했습니다.

"집으로 돌아가고 싶어 죽을 지경이에요. 여기가 집보다 훨씬 더 좋은 줄은 잘 알지만 그래도 가족들에게로 돌아가고 싶어요."

그러자 홀레 할머니는 말했습니다.

"네가 집으로 돌아가고 싶다니 기쁘구나. 네가 그동안 날 위해 충실히 일해 주었으니 널 다시 그 곳으로 보내 주마."

할머니는 소녀의 손을 잡고 대문가로 데리고 갔습니다. 대문이 열리고 소녀가 바로 대문 아래 섰을 때 굉장히 많은 금이 쏟아져 내렸습니다. 그 금은 모두 소녀의 몸에 달라붙어 소녀의 몸은 금으로 빈틈없이 덮이게 되었습니다. 홀레 할머니가 말했습니다.

"넌 아주 부지런히 일해 왔으니 난 네가 그걸 가지고 갔으면 한다."

그러면서 할머니는 우물 속에 빠뜨렸던 얼레도 되돌려 주었습니다. 대문이 닫히는 순간 소녀는 자신이 어느새 지상에 되돌아와 있다는 것을 알았습니다. 그 곳은 집에서 그리 멀지 않았습니다. 소녀가 집 마당으로 들어가자 우물 위에 걸터앉아 있던 수탉이 소리쳤습니다.

"꼬끼요오오!
황금옷을 입은 소녀여, 웬 새 옷을 걸치고 있나요?"

소녀는 계모에게로 갔습니다. 소녀가 엄청난 금으로 덮여 있었으므로 계모와 의붓언니는 그녀를 반갑게 맞아들였습니다. 그들은 소녀에게 어떤 일들이 일어났었는지에 대해 자세히 들었습니다. 계모는 소녀가 그렇게 많은 금을 얻게 된 이유를 알자 자기의 못생기고 게으른 친딸도 그런 행운을 얻게 하고 싶어 친딸을 우물가에 앉히고 물레를 돌리게 했습니다. 계모의 친딸은 가시나무에 자기 손가락들을 눌러 억지로 피를 내서 얼레를 피투성이로 만들었습니다. 그리고 그녀는 그 얼레를 우물 속에 빠뜨린 뒤 우물 속으로 뛰어들었습니다. 그녀도 동생처럼 아름다운 풀밭에 도착했고 그녀 역시 동생이 걸어갔던 길을 따라 걸었습니다.

이윽고 오븐 앞에 이르자 빵들이 다시 소리쳤습니다. "우릴 꺼내 주세요! 우릴 꺼내 주지 않으면 우리는 다 타 버리고 말거예요. 우리는 충분히 익었어요!"

그러나 게으른 그 소녀는 손을 더럽히기 싫다면서 그냥 지나갔습니다. 소녀는 더 걸어갔고 이내 사과나무 앞에 이르렀을 때 사과나무가 소리쳤습니다. "날 흔들어 줘요! 날 흔들어 줘요! 내 사과들은 모두 익을 만큼 익었어요."

그러나 게으른 소녀는 그렇게 하지 않았습니다.

"너 농담하는거지? 잘못했다간 사과에 맞아 내 머리가 깨지고 말거야."

게으른 소녀는 그 할머니의 이가 대문짝만하다는 이야기를 이미 들었으므로 할머니를 보고도 무서워하지 않았습니다 소녀는 할머니에게 청해서 그 날부터 그 집에서 일하게 되었습니다. 첫날, 그 게으른 소녀는 금에 관한 생각이 계속 어른거렸기 때문에 열심히 일하려고 애썼고 홀레 할머니가 지시하는 대로 착실히 따랐습니다. 그러나 둘째날부터 소녀는 빈둥거리기 시작했고 셋째날에 가서는 더 게으름을 피웠습니다. 소녀는 아침 해가 밝아 오는데도 침대에서 일어나려 하지 않았고, 이부자리를 깃털이 날릴 정도로 열심히 털지도 않았습니다. 홀레 할머니는 그만 지겨워져서 그 소녀를 내보내 버렸습니다. 그 게으른 소녀는 일이 그렇게 된 것을 큰 다행으로 여기면서 이제 자신의 몸 위로 금이 쏟아져 내리려니 하고 기대했습니다. 홀레 할머니는 그 소녀를 대문 앞으로 데리고 갔습니다. 그러나 그 소녀가 대문가에 섰을 때 금 대신에 큰 솥에서 시커먼 기름이 쏟아져 내렸습니다.

"이게 네가 일한 데 대한 보상이다."

홀레 할머니는 그렇게 말하면서 대문을 닫아 버렸습니다. 그 게으른 소녀는 시커먼 기름을 뒤집어쓴 채 집으로 돌아왔습니다. 마침 우물 위에 걸터앉아 있던 수탉이 소녀를 보고는 소리쳤습니다.

"꼬끼요오오!
더러운 소녀여, 웬 새 옷을 걸치고 있나요?"

그 시커먼 기름은 게으른 소녀가 죽을 때까지도 벗겨지지 않고 남아 있었습니다.

25

일곱 마리의 까마귀

옛날에 슬하에 일곱 아들을 둔 남자가 살고 있었습니다. 그는 딸이 하나 있었으면 하고 바랐으나 그의 소원은 좀처럼 이루어지지 않았습니다. 그러던 어느 날 그의 아내가 임신을 했는데, 이윽고 아기가 태어난 뒤에 보니 딸이었습니다. 그 부부는 너무 기뻤습니다. 그러나 그 아기는 몸집도 자그마했고 시름시름 앓았습니다. 아기가 너무 허약했기 때문에 아기의 부모는 할 수 없이 집에서 세례식을 치러야 했습니다.

아버지는 한 아들에게 얼른 우물가로 달려가 세례식 때 쓸 물을 길어 오라고 말했습니다. 그러자 다른 여섯 아들들도 그를 따라 우물가로 달려갔습니다. 그런데 일곱 아들들은 서로 먼저 물을 퍼올리려고 다투다가 그만 두레박을 물 속에 빠뜨리고 말았습니다. 모두 어떻게 해야 할지 몰라 우물가에 멍하니 서서 그 누구도 감히 집으로 돌아갈 엄두를 내지 못했습니다. 아들들이 돌아오지 않자 아버지는 화가 나서 말했습니다.

"그 고약한 놈들이 물을 길어 와야 한다는 걸 잊어버린 게 틀림없어! 아마도 딴 데로 가서 놀고 있을거야."

아버지는 딸이 세례도 받지 못하고 죽지나 않을까 걱정이 되어 화가 머리 꼭대기까지 오른 나머지 이렇게 소리쳤습니다.

"그 망할 놈들이 모두 까마귀나 되어 버렸으면 좋겠어!"

그렇게 저주를 퍼붓자마자 그의 머리 위에서 새들의 날갯짓 소리가 들려왔습니다. 고개를 든 아버지는 석탄처럼 새까만 일곱 마리의 까마귀들이 하늘 높이 날아 올라 멀리 사라져 가는 광경을 보았습니다. 한 번 입 밖에 낸 저주를 취소하기에는 이미 늦었습니다. 부모는 일곱 아들을 한꺼번에 잃어 깊은 슬픔에 잠기긴 했지만 그래도 어린 딸이 한가닥 위안이 되어 주었습니다.

딸은 하루가 다르게 무럭무럭 자라 건강하고 아름다운 소녀가 되었습니다. 부모님이 오빠들에 대해서 아무 말도 하지 않았기 때문에 소녀는 자기에게 오빠들이 있다는 사실을 오랫동안 전혀 모르고 지냈습니다.

그러던 어느 날 소녀는 주위 사람들이 자기를 보고 수군거리는 소리를 우연히 듣게 되었습니다. 그들은 소녀가 몹시 아름답기는 하지만 오빠들이 불행한 일을 당한 건 바로 소녀 때문이라고 말했습니다. 이 이야기를 들은 소녀는 몹시 슬퍼하고 괴로워하다가 부모님에게 가서 자기에게 정말 오빠들이 있었는지, 그리고 있었다면 그들에게 어떤 일이 일어났었는지 이야기해 달라고 했습니다. 부모님은 더 이상 숨길 수가 없어 자세히 이야기를 해주었습니다.

그러나 오빠들이 그렇게 된 건 소녀가 태어났기 때문이 아니고 하늘의 뜻이 그랬기 때문이라고 말했습니다. 하지만 오빠들의 비참한 운명은 소녀의 마음을 무겁게 내리눌렀으며, 소녀는 오빠들을 구할 책임이 자신에게 있다고 믿게 되었습니다. 그 때부터 소녀의 마음은 한시도 편할 날이 없었습니다. 마침내 소녀는 오빠들이 있는 곳을 찾아내 어떠한 대가를 치르더라도 기필코 오빠들을 구해 내리라 결심하고 몰래 집을 떠나 넓은 세상으로 나갔습니다.

소녀는 부모님을 기억해 낼 만한 물건으로 조그만 반지 하나를 챙기고, 배고픔을 달래 줄 빵 한 덩어리와 갈증을 달래 줄 물병 하나, 그리고 다리가 아플 때 쉴 수 있는 등받이 없는 조그만 의자 하나만을 가지고 혼자서 길을 떠났습니다.

길을 나선 소녀는 앞을 향해 걷고 또 걸어 마침내 세상 끝에 다다랐습니다. 소녀는 해에게로 갔습니다. 그러나 해는 웬만한 어린아이들은 그냥 삼켜 버릴 정도로 끔찍하게 뜨거웠습니다. 그래서 소녀는 황급히 돌아서서 달에게 달려 갔습니다. 그러나 달은 소름이 끼친다거나 끔찍하다는 정도를 넘어서서 뭐라고 말로 표현할 수 없을 만큼 차가웠습니다. 그 소녀를 본 달이 말했습니다.

"무슨 냄새가 난다! 인간 고기 냄새야!"

소녀는 질겁을 하고 달아나 별들에게 갔습니다. 별들은 소녀에게 친절하고 다정하게 대해 주었습니다. 별들은 각자 자기의 조그만 의자에 앉아 있었습니다. 새벽별이 일어서서 닭다리를 하나 건네 주며 말했습니다.

"이 닭다리가 있어야 유리산으로 올라가는 문을 열 수 있을거야. 네 오빠들을 찾으려면 그리로 가야 하거든."

소녀는 닭다리를 받아 천조각에다 조심스럽게 싼 뒤 여행을 계속해 마침내 유리산 문 앞에 이르렀습니다. 문이 잠겨 있어 소녀는 닭다리를 꺼내기 위해 천조각을 펼쳤습니다. 그런데 그 천 속에는 아무것도 없는 게 아니겠어요? 소녀는 착하고 친절한 별들이 준 선물을 잃어버렸던 것입니다. 이제 어떻게 하면 좋을까요?

소녀는 오빠들을 구하고 싶었지만 유리산으로 들어가는 열쇠를 잃어버렸으므로 다른 방도를 찾아야 했습니다. 결국 소녀는 칼을 꺼내 자기의 새끼손가락의 살을 베어내고 뼈만 남은 손가락을 그 문의 자물쇠 속에 끼워 넣었습니다. 그러자 신기하게도 그 문이 열렸습니다. 소녀가 안으로 들어서자 난쟁이 하나가 소녀에게 다가와 말했습니다.

"뭘 찾고 있는거니, 애야?"

"제 오빠들을 찾고 있어요. 일곱 마리의 까마귀들이에요."

그러자 난쟁이가 말했습니다.

"그 까마귀들은 지금 집에 없어. 하지만 그들이 돌아올 때까지 여기서 기다리고 싶으면 그렇게 하거라."

그 난쟁이는 일곱 개의 작은 접시에 담겨 있는 까마귀들의 밥과 일곱 개의 작은 잔을 가져왔습니다. 소녀는 그 일곱 개의 접시에서 각각 한 숟가락씩 밥을 떠먹었고 일곱 개의 잔에 담긴 물을 한 모금씩 마셨습니다. 그리고 마지막 잔 속에다 손가락에 끼고 있던 반지를 떨어뜨려 놓았습니다.

공중에서 새들이 날개를 휘젓는 소리가 들려오자 난쟁이가 말했습니다.

"이제 곧 까마귀들이 집으로 돌아올거야."

집으로 돌아온 까마귀들은 너무 배가 고파 곧바로 자기들의 접시와 잔 앞으로 달려들더니 차례로 소리쳤습니다.

"누가 내 밥을 먹었지? 누가 내 잔의 물을 마셨지? 인간의 입이 닿은 흔적이 있는데 그래."

막내 까마귀가 자기 잔에 담긴 물을 말끔히 마시고 나자 거기서 작은 반지 하나가 굴러 나왔습니다. 그것을 자세히 들여다본 그는 그것이 자기 부모님의 반지라는 것을 알아보고 기쁘게 말했습니다.

"하느님께서 우리 여동생을 이리로 오게 해주셨나 보다. 그렇다면 우리는 구원받게 될거야!"

소녀는 문 뒤에 서 있다가 그 소리를 듣고 오빠들 앞에 모습을 나타냈습니다. 그 순간 까마귀들은 인간의 모습을 되찾았습니다. 그들은 돌아가며 여동생을 얼싸안았습니다. 그리고 여동생과 더불어 행복한 마음으로 집으로 돌아갔습니다.

26

작은 빨간 모자

옛날에 귀여운 작은 소녀가 있었습니다. 그 소녀를 보는 사람이면 누구나 그 소녀를 사랑하지 않을 수가 없었습니다. 그러나 이 세상에서 소녀를 가장 사랑하는 사람은 소녀의 할머니였습니다. 할머니는 늘 손녀딸에게 무언가를 주고 싶어 안달을 하곤 했습니다. 그러던 어느 날 할머니는 손녀딸에게 빨간 색의 자그마한 모자를 선물했습니다. 모자는 소녀에게 매우 잘 어울려 소녀는 늘 그걸 쓰고 다녔으며, 그로 인해 그 소녀는 '작은 빨간 모자'라는 별명을 가지게 되었습니다.

어느 날 소녀의 어머니가 소녀에게 말했습니다.

"작은 빨간 모자야, 이리 온. 너 이 케이크와 포도주 병을 할머니께 가져다

드리렴. 할머니는 병이 드셔서 몸이 약해지셨는데 이것들을 드시면 건강해지실게다. 한낮이 되어 뜨거워지기 전에 얼른 출발하거라. 숲으로 들어가면 딴 전 부리지 말고 길만 따라 얌전히 걸어가야 해요. 장난을 치다간 넘어져서 포도주 병을 깨뜨릴 거고 그러면 할머니께 드릴 것이 없을 게 아니냐? 할머니 방에 들어갈 때 공연히 여기저기 기웃거리지 말고 먼저 안녕하세요라고 인사해야 하는 것도 잊지 말고."

"엄마가 말씀하신 대로 할게요."

작은 빨간 모자는 어머니에게 굳게 약속했습니다. 할머니의 집은 숲 속에 있었는데 그 집은 마을에서 30분 정도의 거리에 떨어져 있었습니다. 작은 빨간 모자는 숲 속에 들어서자마자 늑대를 만났습니다. 작은 빨간 모자는 늑대가 얼마나 못된 짐승인가를 잘 알지 못했기 때문에 늑대를 무서워하지 않았습니다. 늑대가 말했습니다.

"안녕, 작은 빨간 모자야."

"저한테 다정하게 대해 주셔서 고마워요, 늑대 아저씨."
"이렇게 일찍 어디로 가는거냐?"
"할머니 댁에 가요."
"그 앞치마로 싼 건 뭐지?"
"케이크하고 포도주요. 우리 할머니가 병이 드셔서 어제 우리는 이 케이크를 구웠어요. 할머니께 드려서 기운을 차리시게 하려구요."
"네 할머니는 어디 사시니, 작은 빨간 모자야?"
"여기서 15분쯤 더 가면 되요. 세 그루의 큰 참나무 밑에 있어요. 개암나무 숲 가에 있다고 말해도 좋구요."
　늑대는 속으로 생각했습니다.
　'이 어린 것은 아주 보드랍고 맛이 좋겠어. 그 할멈보다 훨씬 더 맛있을거야. 할멈하고 이 어린 것 둘 다 잡아먹으려면 교묘한 꾀를 써야 할거야.'
　그리고 나서 늑대는 작은 빨간 모자와 얼마간 나란히 걸어가다가 다시 소녀

에게 말을 걸었습니다.

"작은 빨간 모자야, 네 주위에 예쁘게 피어 있는 저 아름다운 꽃들을 좀 보렴! 왜 넌 둘러보지 않니? 그리고 새들이 저렇게 아름답게 노래하는데 넌 신경도 쓰지 않는 것 같구나. 넌 마치 학교로 가는 애처럼 그저 앞만 보고 걸어가는구나. 생각해 보렴, 숲 속을 여기저기 거닌다는 게 얼마나 즐거운 일인지를!"

작은 빨간 모자는 주위를 돌아보고는 나무들 사이로 스며들어 온 햇살이 영롱하게 반짝이고 있다는 것을, 그리고 그 숲에 아름다운 꽃들이 지천으로 피어 있다는 것을 알았습니다. 그래서 소녀는 생각했습니다.

'저 아름다운 꽃들을 한 다발 꺾어 할머니께 가져다 드리면 할머니께서 무척 좋아하실거야. 아직은 좀 이른 시각이니까 제 시간내에 도착할 수 있을거야.'

그리하여 소녀는 길에서 벗어나 꽃들을 찾기 위해 숲 속으로 뛰어들어갔습니다. 소녀가 꽃 한송이를 꺾을 때마다 주위에 더 예쁜 꽃들이 피어 있어서 소녀는 그 꽃을 향해 달려가곤 했습니다. 그러다 보니 숲 속으로 점점 더 깊이 들어가게 되었습니다.

한편 늑대는 할머니의 집으로 곧장 가 그 집 문을 두드렸습니다.

"거기 누구요?"

"작은 빨간 모자예요. 할머니 드릴 케이크와 포도주를 가지고 왔으니 문 좀 열어 주세요."

할머니가 소리쳤습니다.

"그 빗장을 들어올리면 된다. 난 기운이 없어 일어날 수가 없어."

늑대가 빗장을 들어올리자 문이 활짝 열렸습니다. 늑대는 말 없이 할머니의 침대 옆으로 곧장 가서 할머니를 한 입에 꿀꺽 삼켜 버렸습니다. 그리고 나서 할머니의 옷으로 입고 할머니가 잠잘 때 쓰는 모자를 쓴 뒤 할머니의 침대에 누워 커튼을 잡아 내렸습니다.

그동안 작은 빨간 모자는 꽃을 찾아 숲을 헤매고 다녔습니다. 소녀는 한아름 가득 꽃들을 꺾은 뒤에야 비로소 할머니 생각을 떠올리고는 다시 할머니 집을 향해 걸음을 재촉했습니다. 할머니 집 문이 활짝 열린 것을 보고 작은 빨간 모자는 이상한 기분이 들었습니다. 할머니 방으로 들어갔을 때 소녀는 그 방이 아주 낯설게 느껴져 속으로 '보통 때는 할머니 방에 있는 게 좋았는데 오늘은 이상하게 으스스한걸.' 하고 생각했습니다.

"안녕하세요!"

소녀는 크게 소리쳤습니다. 그러나 아무런 대답도 없었습니다. 소녀는 다시 침대로 다가가 커튼을 뒤로 제쳤습니다. 침대에는 할머니가 누워 계시긴 했지만 할머니는 잠잘 때 쓰는 모자를 얼굴 있는 데까지 푹 내려쓴 괴상한 모습을 하고 계셨습니다.

"할머니 귀가 왜 이렇게 커요?"

"귀가 커야 네 말을 좀더 잘 들을 수 있지."

"할머니 손이 왜 이렇게 커요?"

"손이 커야 널 더 잘 잡을 수 있지."

"할머니 입은 왜 이렇게 커요?"

"입이 커야 널 더 잘 잡아먹을 수 있지!"

늑대는 그 말을 끝마치자 침대에서 벌떡 일어나 불쌍한 작은 빨간 모자를 한 입에 꿀꺽 삼켜 버렸습니다. 늑대는 뱃속을 채우고 난 뒤 다시 침대에 누워 잠이 들더니 드르렁드르렁 코를 골기 시작했습니다. 때마침 사냥꾼은 그 집 옆을 지나다가 코고는 소리를 듣고는 이상한 생각이 들었습니다. '할머니께서 저렇게 코를 골다니? 뭔가 안 좋은 일이 생긴 것 같으니 안을 들여다보는 게 좋겠어.'

할머니 집으로 들어가 침대 곁으로 다가간 그는 늑대가 침대에 누워 있는 모습을 보았습니다. 그것을 보고 사냥꾼이 중얼거렸습니다.

"마침내 네 놈을 찾아냈군. 난 널 오랫동안 찾아 다녔어."

사냥꾼은 총으로 늑대를 겨냥하다가 문득 늑대가 할머니를 삼켜 버렸다면 어쩌면 할머니를 살려낼 수 있을지도 모른다는 생각이 들어 총을 쏘지 않았습니다. 그는 가위를 찾아내 그것으로 잠자는 늑대의 배를 가르기 시작했습니다. 그가 두어 번 가위질을 하자 늑대 뱃속에서 작은 빨간 모자가 힐끗 보였습니다. 그가 다시 몇 번 더 가위질을 하자 소녀가 밖으로 튀어나오며 소리쳤습니다.

"오, 얼마나 무서웠는지 몰라요! 이 늑대 뱃속은 정말 캄캄했어요."

이어서 할머니도 밖으로 나왔습니다. 할머니는 아직 살아 있긴 했으나 제대로 숨을 쉬지 못했습니다. 작은 빨간 모자는 얼른 커다란 돌멩이 몇 개를 주워 왔고 그들은 그 돌멩이들을 늑대 뱃속에 채워넣었습니다. 이윽고 잠에서 깨어난 늑대는 얼른 달아나려 했지만 그 돌멩이들이 너무 무거워 폭 고꾸라지더니 그대로 죽고 말았습니다.

세 사람은 모두 기뻐했습니다. 사냥꾼은 그 늑대의 털가죽을 벗겨 내 그것을 들고 집으로 갔습니다. 할머니는 작은 빨간 모자가 가지고 온 케이크와 포도주를 마시고는 기운을 차렸습니다. 그동안 작은 빨간 모자는 '앞으로 어머니가 길에서 벗어나 숲 속으로 들어가지 말라고 하면 꼭 어머니 말씀대로 해야지.' 하고 결심했습니다.

작은 빨간 모자는 그 다음에도 빵을 가지고 할머니를 찾아가다가 또 다른 늑대를 만났습니다. 그 늑대 역시 작은 빨간 모자를 유혹해 길에서 벗어나게 하려 했습니다. 그러나 소녀는 이번에는 조심을 하고 곧바로 할머니 집으로 가 늑대 만난 이야기를 했습니다. 늑대가 다정하게 인사를 했지만 소녀는 그 늑대의 눈빛에서 흉악한 마음을 읽었다고 말했습니다.

"내가 큰 길에서 벗어나기만 했다면 그 늑대는 대번에 나를 잡아먹었을 거예요."

그러자 할머니가 말했습니다.

"들어오너라. 우리 그 녀석이 들어오지 못하게 문을 잠그도록 하자."

잠시 후 늑대가 문을 두드리며 소리쳤습니다.

"문 열어 줘요, 할머니. 작은 빨간 모자예요. 할머니께 드릴 빵을 가져왔어요."

그러나 할머니와 소녀는 아무 대꾸도 하지 않았고 문도 열어 주지 않았습니다. 그러자 그 회색 늑대는 저녁이 되자 작은 빨간 모자가 집으로 돌아갈 때까지 기다렸다가 소녀가 나오면 그 뒤를 살금살금 쫓아가 어둠 속에서 잡아먹어 버릴 속셈이었습니다. 그런데 그 집 앞에는 돌을 깎아 만든 커다란 구유가 있었습니다. 할머니가 손녀딸에게 말했습니다.

"작은 빨간 모자야, 저 양동이를 들고 오너라. 어제 내가 소시지 요리한 게 있는데, 소시지를 넣어 끓인 물을 그 양동이로 퍼담아 저 구유 안에다 부으렴."

작은 빨간 모자는 소시지 끓인 물을 그 큰 구유 속에다 여러 번 부어 구유를 가득 채웠습니다. 그러자 소시지 냄새가 늑대의 코를 자극했습니다. 늑대는 코를 벌름거리며 아래를 내려다보았습니다. 마침내 늑대는 목을 너무 길게 뺀 나머지 균형을 잡지 못하고 지붕에서 미끄러져 그 큰 구유 속에 풍덩 빠져서 그만 끓는 물에 데어 죽고 말았습니다. 그리하여 작은 빨간 모자는 가벼운 마음으로 집에 돌아왔으며 오는 동안 아무도 소녀를 해치려 하지 않았습니다.

27

브레멘 음악대

어떤 남자가 당나귀 한 마리를 가지고 있었는데, 이 당나귀는 오랜 세월 동안 곡식 자루들을 방앗간으로 부지런히 날라 주었습니다. 그러나 세월이 흐름에 따라 당나귀의 힘이 달리게 되어 곡식을 나르면서 허덕이는 일이 점차 잦아졌습니다. 주인은 먹이도 아낄 겸 해서 그 당나귀를 처분할 때가 되었다고 생각했습니다. 그러나 당나귀는 자기에게 어떤 운명이 기다리고 있는지 금방 눈치 채고는 주인집에서 도망쳐 브레멘을 향해 떠났습니다. 그는 자신이 브레멘의 전속음악가가 될 수 있다고 생각했습니다.

당나귀는 얼마쯤 걸어가다가 길가에 쭈그리고 있는 사냥개 한 마리를 만났는데, 그 개는 맹렬하게 달리고 난 뒤처럼 심하게 헐떡이고 있었습니다. 그 모습을 보고 당나귀가 물었습니다.

"왜 그렇게 헐떡이고 있는거니, 늙은 사냥개야?"

"매일 자꾸 늙어 가고 기운도 없어져서 그래. 이제 나는 사냥도 할 수 없는 처지야. 내 주인이 날 죽이고 싶어해서 잽싸게 도망쳐 버리긴 했는데 이제는 어떻게 먹고 살아야 할지 아득하기만 해."

그러자 당나귀가 말했습니다.

"내가 방법을 이야기해 주지. 난 지금 브레멘의 전속음악가가 되기 위해 브레멘으로 가는 길이야. 너도 나랑 같이 가서 전속악단을 조직하자. 난 류트를 불 테니 너는 드럼을 쳐."

개가 좋다고 했으므로 그들은 함께 길을 떠났습니다. 얼마 가지 않아 그들은 길가에 앉아 있는 고양이를 만났는데, 그 고양이는 맥이 빠진 슬픈 얼굴을 하고 있었습니다. 당나귀가 고양이에게 물었습니다.

"안 좋은 일이라도 있니, 늙은 고양이야?"

"내 목이 달랑달랑한 판인데 즐거울 게 뭐 있겠니? 내 여주인은 내가 점점 늙어 가자 날 물에 빠뜨려 죽이고 싶어해. 게다가 난 이빨이 무뎌져서 쥐를 잡으러 쫓아다니기보다는 차라리 난로 옆에 앉아 물레질이나 하는게 더 나을 지경이야. 아무튼 난 집에서 도망쳐 나오긴 했는데 이제 어디로 가서 뭘 해야 할 지 아득하기만 해."

그러자 당나귀가 말했습니다.

"우리랑 같이 브레멘으로 가지 않을래? 넌 밤의 세레나데들을 많이 알고 있으니 브레멘의 전속음악가가 될 수 있어."

고양이는 그 말을 그럴 듯하게 여기고 그들을 따라갔습니다. 이윽고 그 세 도망자들이 어느 농가 곁을 지나는데 수탉 한 마리가 대문 위에 올라앉아 죽을 힘을 다해 울고 있었습니다. 당나귀가 말했습니다.

"네 울음소리 한 번 소름끼치는구나. 왜 그렇게 악을 쓰는거지?"

수탉이 말했습니다.

"오늘 날이 좋을 거라고 알려 준 거야. 오늘은 성모 마리아가 아기 예수의 속옷을 빨아 말리는 날이거든. 그런데 우리 여주인은 자비심이라고는 손톱만큼도 없는 여자야. 내일은 일요일이라 집에 손님들이 오게 되어 있는데 여주인은 요리사에게 오늘 밤 내 목을 치라고 했어. 내일 내 고기로 수프를 만들어 손님들한테 대접하려고. 그러니 내가 왜 목이 터져라 하고 악을 쓰는지 알 만하지. 아직 시간이 있으니 그동안 실컷 악

이나 써야지."

그러자 당나귀가 말했습니다.

"이런 멍청이 같으니! 우리랑 함께 가자. 우리는 브레멘으로 가는 중인데 거기에 가만히 앉아 있다 죽기보다는 우리랑 같이 가는 게 더 나을거야. 너는 좋은 목청을 가지고 있으니 우리와 함께 연주를 하면 근사한 음악이 나올거야."

수탉은 그 말을 그럴 듯하게 여기고 그들과 함께 여행길에 올랐습니다. 그런데 브레멘은 꽤 먼 곳이라 그들은 해지기 전까지 브레멘에 당도할 수가 없었습니다. 밤이 찾아올 무렵 어느 숲 속에 다다른 그들은 그 숲 속에서 하룻밤을 지내기로 했습니다. 당나귀와 개는 큰 나무 밑에 엎드렸고 고양이와 수탉은 나뭇가지 위에 자리잡기 위해 그 나무 위로 뛰어올라갔는데, 수탉은 안전을 고려하여 가장 높은 가지 위로 올라갔습니다. 수탉은 잠들기 전에 사방을 둘러보았습니다. 멀리서 밝은 빛 하나가 보이는 것 같았습니다. 빛이 보이는 것으로 봐서 근처에 집이 있는 게 분명하다고 그는 친구들에게 말했습니다. 그러자 당나귀가 말했습니다.

"이 곳은 그리 편한 곳이 못 되니 우리 그리로 가 보자."

개 역시 뼈다귀와 고기를 먹을 기회가 올지도 모르니 그러는 게 좋겠다고 생각했습니다. 그들은 모두 그 빛을 향해 갔습니다. 그들이 앞으로 걸어갈수록 그 빛은 점점 더 밝아지기 시작했으며, 마침내 그들은 불을 환하게 켠 도둑들의 소굴 앞에 이르렀습니다. 그 중에서 가장 키가 큰 당나귀가 창가로 다가가 안을 들여다보았습니다.

수탉이 물었습니다.

"뭐가 보이니?"

당나귀가 대답했습니다.

"뭐가 보이냐구? 근사한 음식과 마실 것들이 잔뜩 차려져 있는 식탁이 보인다. 도둑들 몇 명이 둘러앉아 신나게 먹고 마시고 있는 중이야."

수탉이 말했습니다.

"그거야말로 우리 몫이야!"

당나귀가 대꾸했습니다.

"네 말이 맞아! 우리가 저 안으로 들어갈 수만 있다면 말이야!"

네 마리의 동물들은 도둑들을 그 집에서 몰아낼 수 있는 방법에 대해 한참 의논한 끝에 마침내 좋은 방법을 하나 생각해 냈습니다. 당나귀가 몸을 곧추 세워 창턱에 두 앞발을 대고 있으면 개가 당나귀의 등 위에 올라타고, 고양이가 다시 개 위에 올라타고, 그러고 나서 수탉이 몸을 날려 고양이의 머리 위에 걸터앉는 것이 바로 그것이었습니다. 그들은 즉각 그 계획을 행동으로 옮겼으며 신호에 맞춰 일제히 음악을 연주하기 시작했습니다.

당나귀는 히이잉 하고 외쳐 댔고, 개는 멍멍 짖어 댔고, 고양이는 야옹야옹 울어 댔고, 수탉은 꼬끼요오 하고 악을 써 댄 것입니다. 그러다가 그들은 창문을 깨부수고 안으로 뛰어들어갔습니다. 이미 무시무시한 소리에 놀란 도둑들은 유령이 집 안에 들어왔다고 믿고 숲 속으로 도망쳐 버렸습니다.

그러자 네 친구들은 아주 흥겨운 기분으로 식탁을 둘러싸고 앉아 도둑들이 먹다 남긴 음식들을 먹기 시작했습니다. 그들은 마치 내일은 없다는 듯이 배가 터지게 먹었습니다.

이윽고 식사를 끝마친 네 음악가들은 집안의 불을 끄고 각자의 습관과 성질에 따라 잠자리를 하나씩 골랐습니다. 당나귀는 마당의 거름더미 위에, 개는

27. 브레멘 음악대

문 뒤에, 고양이는 난로 옆의 따뜻한 재 위에, 수탉은 지붕의 들보 위에 각각 자리를 잡았습니다. 그들은 긴 여행 끝이라 피곤한 상태였으므로 이내 곯아떨어졌습니다.

자정이 지날 무렵 그 집에서 멀리 떨어진 곳에 웅크리고 있던 도둑들은 집 안이 캄캄하고 거기서 더 이상 아무 소리도 들리지 않는다는 것을 알았습니다. 두목이 말했습니다.

"우리가 이렇게 넋을 잃고 무서워 벌벌 떨고만 있다는 건 말이 안 돼."

그는 부하 하나에게 그 집에 가서 살펴보고 오라고 명령했습니다. 그 부하는 집 안이 조용하다는 것을 알고 부엌으로 가서 촛불을 켜려고 했습니다. 그런데 그는 고양이의 이글거리는 두 눈을 보고 그것을 불붙은 석탄인 줄 잘못 알고서 불을 붙이기 위해 성냥개비를 거기에 갖다 댔습니다. 그런데 고양이는 그걸 장난으로 여기고 그냥 넘길 마음은 전혀 없었으므로 그 도둑한테 냅다 달려들어 침을 뱉고 할퀴었습니다.

도둑은 기겁을 할 듯이 놀라 뒷문으로 달아났습니다. 그러나 거기에 엎드려 있던 개가 그의 다리를 물었습니다. 도둑은 다시 마당을 가로질러 달려갔는데 그가 거름더미 옆을 지나칠 때 당나귀가 뒷발로 그를 호되게 걷어찼습니다. 이런 소란통에 잠에서 깨어난 수탉은 기운을 차리고는 "꼬끼요오오오!" 하고 악을 썼습니다.

도둑은 걸음아 나 살려라 하고 도망쳐 가서 두목에게 말했습니다.

"그 집에는 무시무시한 마녀가 살고 있어요! 그 마녀는 제게 침을 뱉고 긴 손톱으로 제 얼굴을 할퀴었어요. 그리고 문 앞에 칼을 든 사내가 서 있다가 제 다리를 찔렀습니다. 제가 다시 마당으로 도망쳐 나오니까 시커먼 괴물이 몽둥이로 저를 후려쳤어요. 그리고 지붕 꼭대기에 재판관이 앉아 있다가 '저 악당 놈을 이리로 데리고 와!'라고 소리치더라구요. 그래서 저는 걸음아 나 살려라 하고 도망쳐 나왔습니다요!"

그 때부터 도둑들은 다시는 그 집에 얼씬도 하지 않았습니다. 그러나 브레멘의 음악가들은 그 집이 매우 마음에 들었으므로 그들은 계속 그 집에서 살았습니다.

그리고 최근에 이 이야기를 한 그 사람은 아직도 이 이야기를 하고 다닌답니다.

28

노래하는 뼈

멧돼지가 농부들의 밭을 뒤엎고 가축들을 마구 죽이고 이빨로 사람들을 찢어 죽이곤 하는 바람에 큰 근심에 싸인 나라가 있었습니다. 그 나라 왕은 멧돼지를 잡아 없애는 사람에게는 큰 보상을 내리겠다고 약속했습니다.

그러나 그 짐승이 워낙 덩치가 크고 힘이 세었기 때문에 누구도 감히 그 짐승이 사는 숲 근처에 얼씬거릴 엄두조차 내지 못했습니다. 마침내 왕은 그 짐승을 사로잡거나 죽이는 사람에게는 자기 외동딸을 아내로 맞게 해주겠다고 발표했습니다.

마침 그 나라에는 슬하에 두 아들을 둔 가난한 사람이 살고 있었는데, 그의 아들들이 그 위험한 일을 해보겠다고 나섰습니다. 교활하고 영리한 형은 자만심에서, 마음이 맑고 천진한 동생은 사람들의 근심을 덜어주겠다는 착한 마음에서 그 일을 하겠다고 나선 것입니다.

왕이 말했습니다.

"그대들은 각자 숲 양쪽에서 그 숲 속으로 들어가도록 해라. 그래야 그 짐승을 발견할 가능성이 더 높아질 것이다."

그리하여 형은 서쪽에서, 동생은 동쪽에서 그 숲으로 들어가기로 했습니다. 동생이 얼마쯤 걸어 들어갔을 때 검은 창을 가진 난쟁이 하나가 그에게 다가와 말했습니다.

"너는 착하고 순수한 마음을 가졌으니 창을 네게 주마. 이 창으로 너는 그 멧돼지를 공격할 수 있다. 이 창만 가지고 있으면 그 짐승한테 해를 당할 염려는 하지 않아도 돼."

동생은 난쟁이에게 고맙다고 말하고는 그 창을 어깨에 둘러메고 아무 두려움 없이 계속 숲 속을 걸어갔습니다. 그렇게 걷기 시작한 지 얼마 되지 않아 그는 그 멧돼지를 발견했습니다.

멧돼지가 그에게로 달려오자 그는 그 창을 불쑥 내밀었고 멧돼지는 엄청난 힘으로 돌진해 오다가 창에 찔려 머리가 두 쪽이 나고 말았습니다. 동생은 그 짐승을 어깨에 둘러메고는 왕에게 가져갈 생각으로 성을 향해 걸었습니다.

숲 반대편으로 나온 동생은 어느 집 앞에 이르렀습니다. 그 집에서는 사람들이 술을 마시고 춤을 추면서 즐겁게 놀고 있었습니다. 한편 형은 멧돼지가 자기를 발견할 경우 자기에게서 도망치지는 않으리라 생각하고는 우선 그 집으로 가서 술을 몇 잔 얻어 마시고 용기를 복돋워야겠다고 생각했습니다.

그러던 차에 동생이 그 멧돼지를 둘러메고 숲에서 나오는 것을 본 형은 질투심과 못된 마음이 일어나 속이 부글부글 끓었습니다. 그래서 형은 동생에게 말했습니다.

"이리로 들어와, 여기서 쉬면서 포도주로 기분을 좀 돋궈 보렴."

동생은 형을 전혀 의심하지 않았으므로 집 안으로 들어가 형에게 어느 난쟁이가 창을 주어서 그것으로 멧돼지를 죽일 수 있었다고 이야기해 주었니다. 형은 밤이 올 때까지 동생을 그 집에 붙잡아 두었다가 날이 어두워지자 동생과 함께 길을 떠났습니다. 둘이서 캄캄한 어둠 속을 걷다가 이윽고 다리가

놓여 있는 시냇가까지 왔을 때 형은 동생에게 앞서 걸어가라고 했습니다. 그리고 동생이 다리 중간쯤에 이르렀을 때 형이 뒤에서 동생을 후려치자 동생은 그만 다리 아래로 떨어져 죽고 말았습니다.

형은 다리 아래에 동생의 시체를 묻은 뒤 자기가 그 멧돼지를 어깨에 둘러메고 왕에게 갔습니다. 그리고 마치 자기가 그 멧돼지를 잡은 것처럼 말했습니다. 그러자 왕은 그를 사위로 맞아들였습니다. 그 후 아무리 기다려도 동생이 돌아오지 않자 형은 이렇게 말했습니다.

"아마 멧돼지가 동생을 들이받아 죽여 버렸나 봅니다."

사람들은 모두 형의 말을 믿었습니다. 그러나 이 세상의 어떤 비밀도 하느님이 모르고 지나갈 수는 없는 법입니다. 하느님은 형의 못된 행동을 환하게 알고 계셨습니다.

여러 해가 지난 뒤 한 목동이 양 떼를 몰고 그 자리를 건너가다 다리 밑에서 눈처럼 하얀 뼈 하나를 발견했습니다. 목동은 그것을 자기 나팔의 주둥이로 써야겠다고 생각했습니다. 그래서 다리 밑으로 내려가 그것을 주워 와서 칼로 깎아서 근사한 주둥이를 만들었습니다. 그런데 그것을 나팔에 끼워 불자 갑자기 뼈가 제 마음대로 노래를 부르기 시작하는 바람에 목동은 깜짝 놀랐습니다.

"오, 목동이여, 목동이여, 그대는 모르는가.
그대가 내 뼈를 불고 있다는 것을!
오래 전에 내 형이 날 죽여,
저 시냇가에 묻은 뒤
내가 잡은 그 사나운 멧돼지를 둘러메고 가
아름다운 공주와 결혼했다오."

노래를 듣고 난 목동이 중얼거렸습니다.

"이거 굉장한 나팔이로군! 저 혼자 노래를 하다니! 어서 임금님께 가져가야겠어."

그가 나팔을 가지고 왕에게 가자 그 작은 나팔은 다시 노래하기 시작했습니다. 왕은 그 노래의 내용을 제대로 이해하고는 신하들에게 그 다리 밑의 땅을 파헤쳐 보라고 명령했습니다. 그러자 그 속에서 죽은 사람의 뼈가 제 모습 그대로 나왔습니다.

그 못된 형은 자기가 저지른 짓을 변명하지 못했으며, 왕은 그 즉시 형을 자루 속에 집어넣고 꿰매게 한 뒤 물 속에 처넣게 했습니다. 그리고 죽은 동생의 뼈는 교회의 공동묘지에 있는 아름다운 무덤에서 편히 쉬게 해주었습니다.

29

황금 머리카락을 지닌 악마

매우 가난하게 살고 있던 여자가 아들을 낳았는데, 그 아들은 이상하게도 태반을 뒤집어쓰고 나왔습니다. 점쟁이는 그 애가 열네 살이 되면 공주와 결혼하게 될 것이라고 예언했습니다. 그 애가 태어난 직후 우연히 왕이 그 마을에 들렀는데, 마을 사람들 중에서 왕을 알아본 사람은 아무도 없었습니다. 왕이 마을 사람들에게 이 마을에서 가장 최근에 일어난 일이 무엇이냐고 묻자 사람들은 이렇게 대답했습니다.

"최근에 한 아이가 태반을 쓰고 태어났는데 이제 그 아이는 무엇을 하든 행운이 따를겁니다. 실제로 그 애가 열네 살이 되면 공주님과 결혼하게 될 것이라는 점쟁이의 예언도 있었답니다."

왕은 고약한 마음보를 지닌 사람이었습니다. 그는 예언이 아무래도 신경이 쓰여 그 소년의 부모를 찾아가서 친절한 사람인 척하며 말했습니다.

"난 당신네가 아주 가난하다는 것을 잘 알고 있소. 그러니 그 애를 내게 주시오. 내가 잘 돌봐 주겠소."

아이의 부모는 처음에는 거절했지만 그 손님이 아이를 데려가는 대신 많은 황금을 주겠다고 하자 마음이 변했습니다. 그들은 '우리 애는 행운을 안고 태어났으니 어디서 살든 앞으로 잘 될거야.'라고 생각하며 마침내 아기를 그 사람에게 넘겨 주었습니다.

왕은 아이를 상자 속에다 집어넣고 말을 달려 강이 흐르는 곳까지 갔습니다. 왕은 그 상자를 강물에 내던지면서 '이제 내 딸이 내 마음에 들지 않는 녀석과 결혼하는 일은 없을거야.'라고 생각했습니다. 그러나 그 상자는 물 속에 가라앉지 않고 조그만 배처럼 강물 위를 둥둥 떠내려갔습니다. 그 상자 속으로는 한 방울의 물도 새어 들어오지 않았습니다. 그 상자는 왕이 살고 있는 도시에서 3킬로미터도 채 안 되는 곳까지 떠내려가다가 물방앗간 앞에서 걸려 더 이상 나가지 못하게 되었습니다.

그런데 다행히도 방앗간에서 일하는 청년이 둑 위에 서 있다가 그 상자를 발견했습니다. 청년은 큰 보물을 찾아냈다고 생각하고는 갈고리를 이용해서 상자를 강가로 끌어냈습니다. 두근거리는 마음으로 그 상자를 열어 본 청년은 그 안에서 보물대신 생긋생긋 웃고 있는 예쁜 아이를 발견했습니다. 청년은 그 아이를 방앗간 주인 부부한테 데려다 주었습니다. 그 부부에게는 아이가 없었습니다. 그 부부는 아이를 보고 기뻐하면서 말했습니다.

"이 아이는 하느님이 우리에게 안겨 주신 선물이야."

그들이 정성껏 키운 덕분에 아이는 지혜롭고 착한 성품을 지닌 튼튼한 소년으로 자라났습니다. 그러던 어느 날 왕은 폭풍을 만나 우연히 물방앗간으로 몸을 피하게 되었습니다. 방앗간 집에서 왕은 그 소년을 가리키며 부부에게 소년이 그들의 아들이냐고 물었습니다.

"아닙니다. 사실 저 애는 주운 아이입니다. 14년 전에 저 강 위에서 흘러 내려와 우리 물방앗간 앞에 걸린 것을 우리 집에서 일하는 아이가 끌어 왔답니다."

방앗간집 부부의 말을 들은 왕은 그 소년이 바로 자기가 강물에다 버린 아이라는 것을 알아채고 말했습니다.

"왕비에게 편지를 전해야 하는데 그 일을 저 소년에게 맡겨도 되겠소? 수고한 대가로 소년에게 금화 두 닢을 주겠소."

"임금님께서 명령하시는 일인데 싫고 좋고가 있겠습니까?"

부부는 그렇게 대답하고는 소년에게 떠날 준비를 하라고 말했습니다. 왕은 왕비에게 보내는 편지에 이렇게 썼습니다.

"이 편지를 지닌 소년이 오거든 그 즉시 죽여 파묻어 버리시오. 이 일은 내가 돌아가기 전에 해치워야 하오."

그런데 소년은 편지를 가지고 가던 도중에 그만 길을 잃고 말았습니다. 캄캄한 밤중에 소년은 큰 숲 속으로 들어갔습니다. 어둠 속에서 조그만 불빛을 본 소년은 그 불빛을 향해 걷기 시작해 얼마 안 가서 조그만 오두막 앞에 이르렀습니다. 안으로 들어가 보니 할머니가 불 옆에 앉아 있었습니다. 할머니는 그를 보고 놀라서 물었습니다.

"어디서 오는거냐? 그리고 어디로 가는 길이지?"

"저는 방앗간집 아이인데 왕비님께 편지를 전하러 가는 중에 그만 길을 잃었습니다. 여기서 하룻밤 신세를 졌으면 합니다만 … ."

그러자 할머니가 말했습니다.

"너는 도둑들의 소굴에 잘못 들어왔어. 그들이 돌아오면 너를 죽이고 말거야."

그러자 소년이 대답했습니다.

"그 사람들이 와도 상관없어요. 전 무섭지 않아요. 게다가 전 너무 피곤해서 더 이상 걸을 수도 없는걸요."

소년은 긴 의자 위에 드러눕더니 바로 잠들어 버렸습니다. 얼마 뒤에 도둑들이 돌아왔습니다. 그들이 자기네 집에서 낯선 소년이 자고 있는 것을 보고 화가 나서 누구냐고 묻자 할머니가 말했습니다.

"숲 속에서 길을 잃은 순진한 아이야. 불쌍해서 내가 들어오게 했어. 왕비에게 편지를 전하러 가는 길이라더군."

도둑들은 그 편지를 뜯어서 읽어 보았습니다. 그들은 소년이 궁에 도착하는 즉시 죽게 될 운명이라는 것을 알았습니다. 마음씨가 사나운 도둑들이었지만 편지를 읽고 나서는 소년을 불쌍히 여기게 되었습니다. 도둑들의 두목은 그 편지를 찢어 버리고는 '소년이 궁에 도착한 즉시 공주와 결혼시키라'는 내용의 편지를 새로 썼습니다. 그들은 소년을 그 이튿날 아침까지 평화롭게 자도록 내버려 두었습니다. 다음 날 소년이 깨어나자 그들은 소년에게 그 숲에서 빠져나가는 길을 가르쳐 주었습니다.

소년에게서 받은 편지를 읽고 난 왕비는 편지에 적힌 대로 했습니다. 즉, 성대한 결혼식 준비를 갖춘 뒤 공주와 그 소년을 결혼시킨 것입니다. 그는 생기기도 잘 생겼고 또 매우 다정하게 대해 주었으므로 공주는 아주 행복해하고 만족해했습니다. 얼마간 시간이 흐른 뒤 성에 도착한 왕은 점쟁이가 예언한

대로 그 소년이 자기 딸과 결혼했다는 사실을 알았습니다. 깜짝 놀란 왕이 물었습니다.

"도대체 이게 어떻게 된 일이요? 내가 편지에서 지시한 것과는 정반대로 했잖소?"

왕비는 왕에게 편지를 건네 주면서 직접 읽어 보라고 했습니다. 왕은 그 편지를 읽고 나서 누군가가 중간에서 편지를 바꿔쳤다는 것을 알았습니다. 왕은 젊은이를 불러 자기가 맡긴 그 편지 대신에 왜 다른 편지를 전했느냐, 중간에 무슨 일이 있었느냐고 물었습니다.

이에 젊은이가 대답했습니다.

"저로서는 모르는 일입니다. 제가 숲 속에서 잠자고 있는 동안 누군가가 편지를 바꿔친 게 틀림없습니다."

왕은 화가 나서 소리쳤습니다.

"모든 일이 네가 생각하는 것처럼 그리 쉽게 이루어지지는 않을 것이다. 내 딸과 살기를 원하는 사람은 먼저 지옥으로 가서 악마의 머리에서 세 올의 황금 머리카락을 뽑아 와야 한다. 만일 네가 내가 원하는 걸 가져올 경우에는 내 딸과 계속 살아도 좋다."

왕은 이런 식으로 해서라도 젊은이를 완전히 처치해 버리고 싶었던 것입니다. 그러나 젊은이는 선선히 대답했습니다.

"기필코 황금 머리카락을 가지고 돌아오겠습니다. 전 악마도 두렵지 않습니다."

그리고 나서 젊은이는 궁을 떠나 여행을 시작했습니다. 그는 어느 큰 도시의 성문 앞에 이르렀는데 성문을 지키는 보초병이 그에게 직업이 뭐냐, 아는 게 많은지 물었습니다.

"나는 무엇이든지 다 잘 알고 있습니다."

젊은이의 말을 듣고 보초병이 말했습니다.

"그렇다면 우리 부탁을 들어 줄 수 있겠군. 우리 도시의 장터에는 샘이 하나 있어서 늘 포도주가 펑펑 흘러나오곤 했는데, 요즘에는 그 샘이 바싹 말라 버려 물조차 나오지 않는다오. 그 이유가 무엇인지 우리에게 가르쳐 줄 수 있겠소?"

그러자 젊은이가 대답했습니다.

"내가 돌아올 때까지만 기다려 주세요. 그 때 그 이유를 알려 드릴테니까요."

젊은이는 계속 걷다가 또 다른 도시의 성문 앞에 이르렀습니다. 그 성문을 지키는 보초병이 역시 그에게 직업이 뭐냐, 아는 게 많으냐고 물었습니다.

"나는 무엇이든지 다 잘 알고 있습니다."

젊은이의 대답을 들은 보초병이 말했습니다.

"그렇다면 우리 부탁을 들어 줄 수 있겠군. 우리 도시 안에는 황금 사과들이 열리곤 하는 사과나무가 한 그루 있는데, 요즘에는 사과는커녕 이파리조차 나오지 않는다오. 그 이유가 뭔지 우리에게 말해 줄 수 있겠소?"

그러자 젊은이가 대답했습니다.

"내가 돌아올 때까지만 기다려 주세요. 그 때 이유를 가르쳐 드릴 테니까요."

젊은이는 계속 걸어가다가 강가에 이르렀습니다. 그가 배를 타려고 하자 뱃사공도 그에게 직업이 뭐냐, 아는 게 많으냐고 물었습니다.

"나는 무엇이든지 다 알고 있습니다."

"그렇다면 내 부탁을 들어 줄 수 있겠군. 왜 내가 내 일을 대신해 줄 사람도 없이 혼자서 이 강을 오락가락하며 사람들을 끊임없이 건네게 해주어야 하는지 말해 주시오."

그러자 젊은이가 대답했습니다.

"내가 돌아올 때까지만 기다려 주세요. 그 때 이유를 가르쳐 드릴 테니까요."

강 건너편에 도착한 젊은이는 지옥으로 들어가는 입구를 발견했습니다. 지옥은 어둡고 칙칙했습니다. 악마는 집에 없고 대신 악마의 할머니가 커다란 안락의자에 앉아 있었습니다. 그를 본 할머니가 물었습니다.

"젊은이는 뭘 원하우?"

그런데 그 할머니가 그리 고약하게 생기지는 않았으므로 젊은이는 솔직하게 털어놓았습니다.

"전 악마의 머리에서 황금 머리카락 세 올을 뽑아 가고 싶어요. 그렇지 않으면 아내와 살 수 없게 되거든요."

"그건 어렵겠는데. 악마가 집에 돌아와 젊은이를 발견하면 젊은이를 죽이려

들거야. 하지만 어쩐지 젊은이가 불쌍해 보이니 내가 도울 수 있나 알아보도록 하지."

그러더니 할머니는 젊은이를 개미로 변하게 하고 나서 말했습니다.

"내 치마 주름 속으로 기어들어가 있게. 그러면 안전할 테니까."

그러자 젊은이가 말했습니다.

"그렇게 하죠. 그리고 또 제가 알고 싶은 게 세 가지가 있습니다. 포도주가 나오곤 하던 샘이 왜 말라붙어서 지금은 물조차 나오지 않는가 하는 것, 황금 사과가 열리곤 하던 나무에서 왜 이파리조차도 나오지 않는가 하는 것, 왜 뱃사공이 교대할 사람도 없이 혼자서 늘 강을 오락가락해야 하는가 하는 것입니다."

"그것 참 어려운 문제들이군. 하지만 숨죽이고 조용히 있으면서 내가 황금 머리카락 세 올을 뽑아 낼 때 악마가 무슨 이야기를 하는지 잘 들어 보도록 하게나."

밤이 되자 악마가 집으로 돌아왔습니다. 악마는 집에 돌아오자마자 집안 공기에 무슨 냄새인가가 섞여 있다는 것을 눈치 채고 말했습니다.

"냄새가 나는 걸. 사람 고기 냄새가 나요. 집 안에 뭔가 안 좋은 게 들어와 있는 것 같아."

그는 집 안을 샅샅이 둘러보고 여기저기 기웃거려 보았지만 아무것도 보이지 않았습니다. 할머니는 그를 꾸짖었습니다.

"방금 집안 청소를 했고 모든 걸 말끔히 정리해 놓았는데 또다시 집안을 어질러 놓는구나. 넌 무슨 애가 항상 사람 고기 냄새가 난다고만 하는거냐. 제발 조용히 앉아서 저녁이나 먹어라!"

밥을 먹고 나서 몸이 나른해지자 악마는 할머니의 무릎을 베고 누운 뒤 할머니에게 자기 머리에서 이를 좀 잡아 달라고 했습니다. 잠시 후 그는 할머니의 무릎을 베고 누운 채 잠이 들어 코를 드르렁드르렁 골았습니다. 그러자 할머니는 그의 황금 머리카락 한 올을 잡아 뽑아 옆에다 내려놓았습니다.

악마가 비명을 질렀습니다.

"으와! 뭘 하시는 거예요?"

"내가 나쁜 꿈을 꾸었단다. 그래서 네 머리를 움켜 잡았지."

악마가 물었습니다.

"무슨 꿈을 꾸셨는데요?"

"장터의 포도주가 나오는 샘이 말라붙은 꿈을 꾸었지. 거기서는 물조차 나오지 않는거야. 왜 그런지 그 이유를 아니?"

그러자 악마가 대답했습니다.

"아, 그거요! 사람들이 그걸 모르고 있구만! 그 샘 속의 돌 밑에는 두꺼비 한 마리가 웅크리고 있다구요. 그 두꺼비를 죽이면 다시 포도주가 흘러나올 거예요."

할머니는 다시 이를 잡기 시작했고 악마는 다시 잠이 들어 창문이 들썩들썩 할 정도로 코를 골았습니다. 할머니는 다시 두 올째의 머리카락을 뽑았습니다.

악마가 화가 나서 소리쳤습니다.

"아야! 도대체 뭘 하시는거예요?"

"널 아프게 할 생각은 없었다. 꿈결에 그랬던거야."

"이번에는 무슨 꿈을 꾸셨는데요?"

"어느 나라에 황금사과가 열리는 사과나무 한 그루가 있는데, 이게 이제 황금사과는커녕 이파리도 나지 않는거야. 왜 그런 일이 일어난거지?"

그러자 악마가 말했습니다.

"아, 그거요! 사람들이 그걸 모르고 있구만! 쥐가 그 나무 뿌리를 갉아 먹고 있어서 그래요. 그 쥐를 죽이면 그 나무에서 다시 황금사과가 열릴거예요. 그 걸 그대로 내버려 두면 그 나무는 완전히 말라 죽고 말지요. 자, 이제 꿈 때문에 절 괴롭히는 짓일랑 그만 두세요. 또다시 제가 잠자는 걸 방해하면 한 대 때려줄 거예요!"

할머니는 악마를 달래고는 다시 이를 잡아 주었고 악마는 또다시 잠이 들어 코를 골기 시작했습니다. 할머니는 세 번째 머리카락을 잡아 뽑았습니다. 악마는 비명을 지르며 펄쩍 뛰어 일어나 할머니를 한 대 때리려고 했습니다. 하지만 할머니는 다시 악마를 달래면서 말했습니다.

"자꾸 나쁜 꿈을 꾸게 되는데 난들 어쩌겠냐?"

악마는 화가 났지만 호기심 때문에 다시 물었습니다.

"도대체 무슨 꿈을 꾸셨는데요?"

"어느 뱃사공이 교대할 사람도 없이 혼자서 매일 사람들을 태우고 강을 오락가락하는 것에 대해 불평하는 꿈을 꾸었어. 그 사람은 어떻게 하면 그 일에서 벗어날 수 있는거지?"

그러자 악마가 말했습니다.

"아, 그거요! 그 멍청이! 강을 건너고 싶어하는 사람의 손에 노를 쥐어 주면 되는거예요. 그러면 그 사람이 노 젓는 일을 해야만 한다구요. 그 뱃사공은 자유로워지구요."

이제 할머니는 황금 머리카락 세 올을 뽑았고 세 가지 문제에 대한 답도 얻었으므로 이튿날 아침까지 악마가 편히 자도록 내버려 두었습니다. 이튿날 아침 해가 뜨자 악마는 집을 떠났습니다.

할머니는 자신의 치맛자락의 주름 속에서 개미를 떼어 내 사람으로 변하게 했습니다.

"여기 세 올의 황금 머리카락이 있다. 악마가 세 가지 문제에 대해서 이야기해 준 해답도 잘 들었겠지?"

젊은이는 대답했습니다.

"예, 잘 들었구말구요. 절대로 잊지 않을게요."

젊은이는 할머니에게 어려움에서 벗어날 수 있게 도와주어서 고맙다고 인사하고는 즐거운 마음으로 지옥을 벗어났습니다. 자신이 바라던 것들을 다 얻었으니까요. 이윽고 뱃사공이 있는 곳에 이르렀을 때 뱃사공은 그에게 애초에 했던 약속을 지키라고 말했습니다.

"먼저 날 건너다 주세요. 그럼 당신이 어떻게 하면 이 일에서 벗어날 수 있는지 말씀드릴 테니까요."

뱃사공이 강을 건너게 해주자 젊은이는 그에게 말했습니다.

"누군가가 이 강을 건너고 싶어할 때 이 노를 그 사람 손에 쥐어 주기만 하면 돼요."

그러고 나서 행운을 타고난 그 젊은이는 계속 걸어 시든 사과나무가 서 있는 도시에 도착했고, 보초병은 약속한 대로 그 이유를 들려 달라고 했습니다. 젊은이는 악마에게서 들은 이야기를 해주었습니다.

"저 나무 뿌리를 갉아 먹고 있는 쥐를 죽이면 나무에는 다시 황금사과가 열릴겁니다."

보초병은 그에게 고맙다고 하면서 황금을 잔뜩 실은 두 마리의 당나귀를 선물로 주었습니다. 이어서 젊은이는 샘이 마른 도시의 보초병에게도 악마에게서 들은 이야기를 해주었습니다.

"저 샘 속의 돌 밑에는 두꺼비가 한 마리 살고 있는데, 그걸 찾아내서 죽이면 저 샘에서는 다시 포도주가 펑펑 쏟아져 나올겁니다."

그 보초병 역시 고맙다고 하면서 젊은이에게 황금을 잔뜩 실은 두 마리의 당나귀를 선물로 주었습니다.

마침내 행운을 타고난 젊은이는 아내가 있는 성으로 돌아왔습니다. 그의 아내는 다시 그를 만나게 되었고, 또 그가 큰 성공을 거두고 돌아왔다는 이야기를 듣고 매우 기뻐했습니다. 그는 왕이 요구한 황금 머리카락 세 올을 들고 왕에게로 갔습니다. 왕은 금이 잔뜩 실린 네 마리의 당나귀를 보고 크게 기뻐하면서 말했습니다.

"이제 내 딸의 남편이 될 만한 조건을 다 갖추었으니 내 딸과 계속 살아도 좋다. 하지만 사위여, 어디서 이 황금을 얻었는지 나에게 말해 줄 수 없겠는가? 이건 정말 굉장한 보물인데!"

그러자 젊은이는 말했습니다.

"저는 이것들을 땅에서 주웠습니다. 어떤 강을 건넌 뒤에 발견했지요. 그 강둑은 모래가 아니라 온통 금으로 뒤덮여 있더군요."

그러자 욕심이 아주 많은 왕이 물었습니다.

"나도 그 금을 얻을 수 있을까?"

"그럼요. 원하시는 만큼 얻으실 수 있습니다. 그 강가에는 뱃사공이 하나 있으니 그 사람에게 강을 건너게 해 달라고 부탁하십시오. 그러면 자루 속에 금을 꽉꽉 채워 올 수 있을 겁니다."

욕심 많은 왕은 재빨리 떠날 준비를 갖추고 곧 성을 출발했습니다. 그 강가에 도착했을 때 그는 강 건너편에 있는 뱃사공에게 강을 건너게 해 달라고 손짓했습니다. 그러자 뱃사공은 왕이 서 있는 쪽으로 노를 저어 와서 그를 배에 태웠습니다. 그리고 건너편에 도착하자 뱃사공은 들고 있던 노를 왕의 손에 쥐어 주고는 쏜살같이 달아나 버렸습니다. 그 때부터 왕은 자기가 지은 죄값으로 늘 그 강을 오락가락하며 사람들을 건네 주는 일을 하지 않으면 안 되었습니다.

"왕은 아직도 노를 젓고 있을까요."

"물론이지요, 이 세상에 그 사람에게서 노를 넘겨받으려고 하는 사람이 어디 있겠습니까?"

30

이와 벼룩

이와 벼룩이 한 집에서 살고 있었습니다. 그런데 어느 날 달걀 껍데기 속에 맥주를 빚다가 이가 그만 그 속에 빠져 온몸을 데었습니다. 그러자 벼룩이 놀라 온 동네가 떠나가게 비명을 질렀습니다. 그 소리를 듣고 문짝이 물었습니다.

"왜 그렇게 비명을 지르는거니, 벼룩아?"

"이가 데었기 때문이야."

벼룩의 대답을 들은 문짝은 삐걱거리기 시작했습니다. 그 소리를 듣고 방 한구석에 있던 빗자루가 물었습니다.

"왜 그렇게 삐걱거리는거니, 문짝아?"

"어떻게 내가 삐걱거리지 않을 수가 있겠어.

 이는 데었지,

 벼룩은 울고 있는데."

그러자 빗자루도 놀라서 방을 쓸기 시작했습니다. 조그만 마차가 지나가다가 물었습니다.

"왜 비질을 하고 있니, 빗자루야?"

"어떻게 내가 비질을 하지 않을 수가 있겠어.

 이는 데었지,

 벼룩은 울고 있지,

 문짝은 삐걱거리고 있는데."

"그렇다면 난 달려야겠군."

마차는 그렇게 말하고 미친 듯이 내달리기 시작했습니다. 거름더미가 달리는 마차를 보고 물었습니다.

"왜 그렇게 달리는거니, 마차야?"

"어떻게 내가 달리지 않을 수가 있겠어.

 이는 데었지,

 벼룩은 울고 있지,

 문짝은 삐걱거리지,

 빗자루는 비질을 하고 있는데."

"그렇다면 나는 미친 듯이 타올라야겠군."

그러면서 거름더미는 밝은 불꽃을 내면서 타오르기 시작했습니다. 그 때 근처에 있던 작은 나무가 물었습니다.

"왜 그렇게 타고 있는거니, 거름더미야?"

"어떻게 내가 타지 않을 수 있겠어.

이는 데었지,
　　　벼룩은 울고 있지,
　　　문짝은 삐걱거리지,
　　　빗자루는 비질을 하지,
　　　마차는 내달리고 있는데."

"그렇다면 나는 온몸을 흔들어야겠군."
　나무가 그렇게 말하고 온몸을 거세게 흔들자 나뭇잎들이 떨어지기 시작했습니다. 그 때 물동이를 이고 오던 처녀가 지나가다 물었습니다.
"왜 그렇게 온몸을 흔드는거니, 나무야?"
"어떻게 내가 온몸을 흔들지 않을 수 있겠어.
　　　이는 데었지,
　　　벼룩은 울고 있지,
　　　문짝은 삐걱거리지,
　　　빗자루는 비질을 하지,
　　　마차는 내달리지,
　　　거름더미는 타고 있는데."

그러자 처녀가 말했습니다.
"그렇다면 난 내 물동이를 깨뜨려야겠군."
　처녀가 물동이를 깨뜨리고 있을 때 샘이 물었습니다.
"왜 물동이를 깨뜨리고 있는거니?"
"어떻게 내가 물동이를 깨뜨리지 않을 수 있겠어.
　　　이는 데었지,
　　　벼룩은 울고 있지,
　　　문짝은 삐걱거리지,
　　　빗자루는 비질을 하지,
　　　마차는 내달리지,
　　　거름더미는 타고 있지,
　　　나무는 온몸을 흔들고 있는데."

그러자 샘이 말했습니다.
"맙소사, 큰일이로군! 그렇다면 나는 마구 흘러 내려가야겠군."
그러면서 샘은 미친 듯이 물을 쏟아내기 시작했고 그 바람에 처녀, 나무, 거름더미, 마차, 빗자루, 문, 벼룩, 이는 누구라 할 것 없이 모두 그 물에 빠져 죽고 말았답니다.

31

손 없는 처녀

한 물방앗간 주인이 점점 가난해져서 나중에는 방앗간과 그 뒤에 있는 커다란 사과나무 한 그루 외에 아무것도 남지 않게 되었습니다. 그러던 어느 날 그는 숲 속에서 도끼로 나무를 찍고 있다가 생전 처음 보는 노인을 만났습니다. 노인이 방앗간 주인에게 말했습니다.

"그렇게 힘들게 나무를 찍을게 뭐 있겠소? 물방앗간 뒤에 있는 걸 나한테 주겠다고 약속만 하면 내가 당신을 부자로 만들어 줄 텐데."

물방앗간 주인이 생각해 보니 방앗간 뒤에 있는 것은 사과나무 한 그루뿐이었습니다. 그래서 그는 낯선 노인에게 글로 써서 약속을 했습니다.

"3년 후에 와서 그걸 가져가겠소."

낯선 노인은 음흉하게 웃으며 그렇게 말하고 그 곳을 떠났습니다.

방앗간 주인이 집으로 돌아오자 그의 아내가 그를 맞으며 말했습니다.

"갑자기 우리 집에 엄청나게 많은 보물이 생겼으니 이게 웬일이죠? 우리집 장롱 안과 상자 안이 보물로 꽉 찼어요. 보물을 갖고 온 사람도 없는데 그 많은 보물이 어떻게 생겼는지 알 수가 없어요."

방앗간 주인이 말했습니다.

"내가 숲 속에서 만난 낯선 사람이 준거요. 그 사람은 내가 우리 물방앗간 뒤에 있는 걸 자기한테 주겠다는 약속을 글로 써 주면 나를 큰 부자로 만들어

주겠다고 약속했소. 우린 그 사과나무 없이도 잘 지낼 수 있잖소?"

그러자 그의 아내는 두려움에 질려 소리쳤습니다.

"오, 여보! 그 노인은 바로 악마예요! 악마는 사과나무가 아니라 우리 딸을 노린거예요. 아이가 방앗간 뒤에서 마당을 쓸고 있었단 말이에요."

방앗간 주인의 딸은 예쁘고 신앙심 깊은 처녀였습니다. 그녀는 그 일이 있은 후 3년 동안에도 하느님을 공경하며 지냈고 아무런 죄도 짓지 않았습니다. 약속한 기한이 다가와 악마가 그녀를 데리러 오기로 한 날이 되자 그녀는 말끔히 목욕을 하고 자신의 몸 둘레의 땅에 백묵으로 원을 그렸습니다. 악마는 아침 일찍 나타났지만 그녀의 주위에 다가갈 수가 없었습니다. 악마는 화가 나서 방앗간 주인에게 말했습니다.

"당신 딸이 다시는 목욕을 하거나 세수를 하지 못하게 하시오. 당신 딸이 몸에 물을 묻히면 나는 그 애한테 힘을 쓸 수가 없으니까."

방앗간 주인은 악마가 두려웠으므로 악마가 시키는 대로 했습니다. 그 이튿날 아침 악마는 다시 찾아왔습니다. 하지만 방앗간 주인의 딸은 자신이 흘린 눈물을 두 손에 받아 그것으로 말끔히 세수를 했습니다. 악마는 또다시 그녀에게 다가갈 수 없게 되자 방앗간 주인에게 불같이 화를 내면서 말했습니다.

"당신 딸아이의 손목을 잘라 버리시오. 그렇게 하지 않으면 난 그 애에게 다가갈 수가 없으니까."

이에 잔뜩 겁을 집어먹은 방앗간 주인이 말했습니다.

"어떻게 내가 내 딸아이의 손목을 잘라 버릴 수 있단 말입니까!"

"당신이 정 그렇게 하지 못하겠다면, 좋소 대신 당신을 데려갈 테니까!"

방앗간 주인은 두려움에 질린 나머지 시키는 대로 하겠다고 약속했습니다. 그는 딸아이에게 가서 말했습니다.

"애야, 내가 네 두 손목을 잘라 버리지 않으면 악마가 날 데려가겠단다. 난 그게 무서워 시키는 대로 하기로 약속하고 말았단다. 이런 끔찍한 상황에서 벗어날 수 있게 제발 날 도와다오. 너에게 끔찍한 짓을 할 수밖에 없는 이 아비를 용서해 다오."

그러자 딸이 말했습니다.

"아버지, 아버지가 하고 싶은 대로 하세요, 전 아버지 딸이니까요."

결국 딸은 자신의 두 손을 내밀었고 아버지는 딸의 두 손목을 잘랐습니다.

그 후 악마가 또다시 찾아왔지만, 그녀가 너무나 오랫동안 흐느껴 우는 바람에 그녀의 온몸은 눈물에 흠뻑 젖고 말았습니다. 마침내 악마는 그녀에 대한 모든 권리를 포기하고 고스란히 물러서고 말았습니다.

악마가 물러간 뒤 방앗간 주인은 딸에게 말했습니다.

"난 너 때문에 큰 부자가 되었으니 앞으로 남은 평생 동안 네가 온갖 즐거움을 다 누리면서 살게끔 해주마."

그러자 딸이 대답했습니다.

"안 돼요, 아버지. 저는 집에 머무를 수 없어요. 전 집을 떠나서 세상 사람들이 저한테 베푸는 친절에 의지해서 살아가겠어요."

딸은 손목이 잘려진 두 팔을 등 뒤에다 묶어 달라고 하고는 새벽녘에 집을 떠났습니다. 그리고 하루 온종일 걸어 해가 질 무렵이 되었을 때 어느 왕궁의 정원 밖에 이르렀습니다. 그녀는 환한 달빛 덕분에 아름다운 열매가 주렁주렁 열린 과일나무들을 볼 수 있었습니다. 그런데 왕궁의 정원은 호수로 둘러싸여 있어 그 안으로 들어갈 수가 없었습니다. 그녀는 아무것도 먹지 못하고 하루 온종일 걸었기 때문에 몹시 배가 고팠습니다.

그녀는 '저 안으로 들어갈 수만 있다면 얼마나 좋을까! 저 과일을 먹지 못한다면 난 이대로 죽고 말 거야!' 하고 생각했습니다. 그녀는 두 무릎을 꿇고 하느님께 간절히 기도했습니다. 그러자 갑자기 한 천사가 나타나 그 정원을 둘러싸고 있는 호수로 흘러 들어오는 시냇물의 수문을 막아 버렸습니다. 그 때문에 호수가 말라 그녀는 무사히 건널 수 있었습니다.

그녀는 천사를 따라 정원 안으로 들어갔습니다. 그녀는 배가 주렁주렁 열린 아름다운 나무 앞에 섰습니다. 그런데 왕궁에서는 그 배의 숫자를 일일이 세어 놓고 있었습니다. 하지만 그것을 알 리 없는 그녀는 배나무에 다가가 입을 대고 많은 배들 중 한 개를 먹었습니다. 그녀는 배 한 개를 먹었지만 그것만으로도 굶주림이 말끔히 가셨습니다. 마침 정원사가 그 광경을 보고 있었는데, 천사가 그녀의 곁에 서 있었으므로 그는 그녀를 유령이라고 생각했습니다. 그래서 두려운 나머지 소리치거나 말을 걸 엄두를 내지 못하고 그저 조용히 지켜보기만 했습니다. 배를 먹어 허기를 채운 그녀는 정원의 수풀 속에 들어가 몸을 감추었습니다.

이튿날 아침, 정원의 주인인 왕이 와서 배의 숫자를 세어 보고는 배 하나가 없어진 것을 알고 정원사를 불러 어떻게 된 일이냐고 물었습니다. 땅바닥에도 배가 보이지 않으니 그 배는 어디론가 감쪽같이 사라진 것이 틀림없었습니다. 정원사가 대답했습니다.

"간밤에 유령이 나타났습니다. 그 유령은 손이 없어 입만 대고 배 하나를 먹어 치웠습니다."

그러자 왕이 다시 물었습니다.

"그 유령이 어떻게 저 호수를 건너왔지? 그리고 배를 먹은 뒤 어디로 사라졌지?"

"눈처럼 하얀 옷을 입은 어떤 사람이 하늘에서 내려오더니 저 수문을 잠가 시냇물이 흘러들어오는 걸 막는 바람에 그 유령은 저 호수를 건너올 수 있었습니다. 하얀 옷을 입은 사람은 천사임이 분명하므로 저는 감히 누구냐고 물어 보거나 소리칠 수가 없었습니다. 그 유령은 배를 다 먹은 다음에 어디론가 감쪽같이 사라져 버리고 말았습니다."

왕이 말했습니다.

"오늘 밤에는 나도 그대와 함께 정원을 지켜보면서 그대의 말이 사실인지 아닌지 직접 확인해 보겠다."

밤이 되자 왕은 유령에게 말을 걸 사제 한 사람을 데리고 정원으로 나왔습니다. 왕과 사제, 정원사, 이 세 사람은 그 배나무 밑에 쭈그리고 앉아 망을 보았습니다. 이윽고 자정이 되자 처녀가 숲에서 나오더니 배나무 있는 데로 걸어와 입만 대고 배 하나를 먹었습니다. 그녀 곁에는 하얀 옷을 입은 천사가 서 있었습니다. 그러자 사제가 앞으로 나아가 말을 걸었습니다.

"그대는 하늘에서 내려왔소, 아니면 이 지상에 살고 있소? 그대는 유령이오, 인간이오?"

"저는 유령이 아니라 하느님을 제외한 모든 이로부터 버림받은 불쌍한 인간입니다."

그러자 왕이 말했습니다.

"모든 세상 사람들이 그대를 저버렸는지는 몰라도 나는 그대를 저버리지 않을 것이오."

왕은 그녀를 왕궁으로 데려갔습니다. 그녀는 매우 아름다웠고 또 한없이 착한 성품을 지니고 있었으므로 왕은 그녀를 깊이 사랑하게 되었습니다. 왕은 그녀를 아내로 삼고 또 그녀를 위해 은으로 만든 두 개의 손을 마련해 주었습니다.

결혼한지 일 년쯤 지났을 때 왕은 전쟁터로 나가게 되었습니다. 그는 자기 어머니에게 젊은 왕비를 부탁하면서 말했습니다.

"왕비가 아기를 낳거든 어머니께서 잘 돌봐 주시고 보호해 주십시오. 그리고 제게 즉시 그 소식을 알려 주십시오."

왕이 떠난 뒤 얼마 지나지 않아 젊은 왕비는 잘생긴 아들을 낳았습니다. 왕의 어머니는 그 기쁜 소식을 왕에게 알려 주기 위해 즉시 편지를 썼습니다. 그런데 편지를 전하는 전령이 전쟁터로 가는 길에 잠시 쉬기 위해 시냇가에 앉아 있다가 긴 여행으로 피곤한 나머지 그만 깜박 잠이 들었습니다. 그 때 악마가 나타났습니다. 악마는 신앙심 깊은 왕비를 해치고 싶은 마음이 생겨 왕비가 작고 못생긴 괴물을 낳았다는 편지로 바꿔치기했습니다.

왕은 그 편지를 받고 몹시 놀라고 슬퍼했습니다. 하지만 그는 어머니에게 자기가 돌아갈 때까지 왕비를 잘 보호하고 보살펴 달라는 편지를 써 보냈습니다. 편지를 전하는 전령은 그 편지를 들고 다시 길을 가다가 이번에도 같은 장소에 도착해서 잠이 들었습니다. 그리고 악마는 또다시 나타나 그 편지를 왕비와 아기를 죽이라는 내용을 담은 편지와 바꿔치기 했습니다.

왕의 어머니는 그 편지를 받고 몹시 놀랐으며 좀처럼 그 내용을 믿을 수가 없었습니다. 그녀는 다시 왕에게 편지를 써 보냈지만 같은 답장만을 받았습니다. 악마가 매번 중간에서 가짜 편지로 바꿔치기를 했기 때문입니다. 왕이 보낸 마지막 편지에는 왕의 어머니가 왕의 명령을 따랐다는 증거로 왕비의 혀와 두 눈알을 뽑아 잘 간직해 두라는 내용이 적혀 있었습니다.

하지만 왕의 어머니는 아무 죄 없는 왕비에게 그런 잔인한 짓을 해야 한다는 것이 끔찍해 눈물을 흘렸습니다. 그래서 그녀는 밤에 암사슴 한 마리를 데려오게 해서 그 사슴의 혀와 눈을 뽑아 내어 잘 간직해 두었습니다. 그리고 나서 그녀는 왕비에게 말했습니다.

"난 왕이 명령한 대로 너를 죽일 수는 없다. 하지만 너는 더 이상 여기서 머무를 수 없으니 아이를 데리고 넓은 세상으로 나가 다시는 돌아오지 말도록 해라."

그녀는 왕자를 왕비의 등에 묶어 주었고 불쌍한 왕비는 눈물을 흘리며 궁을 떠났습니다. 아주 크고 깊은 숲에 다다랐을 때 그녀는 두 무릎을 꿇고 하느님께 기도를 올렸습니다. 그러자 하느님의 천사가 그녀 앞에 나타나 그녀를 '누구나 마음대로 들어올 수 있는 집'이라는 문패가 달린 조그만 오두막집으로 안내했습니다. 그리고 눈처럼 하얀 옷을 입은 한 처녀가 그 오두막집에서 나왔습니다.

"어서 오세요, 왕비님."

처녀는 그녀를 안으로 데리고 들어갔습니다. 그리고는 왕비의 등에 묶여 있는 아기를 풀어 내려 자신의 품에 안고 젖을 먹였습니다. 젖을 다 먹인 뒤 처녀는 아름다운 침대에 아기를 눕혔습니다.

왕비가 처녀에게 물었습니다.

"내가 왕비라는 걸 어떻게 알았소?"

그러자 하얀 옷을 입은 처녀가 대답했습니다.

"전 하느님께서 왕비님과 아기를 돌봐 주라고 보내신 천사입니다."

그리하여 왕비는 그 오두막집에서 7년의 세월을 편히 잘 보냈습니다. 그리고 그녀의 깊은 신앙심과 하느님의 은총에 힘입어 잘렸던 그녀의 두 손은 다시 자라났습니다.

마침내 전쟁터에서 돌아온 왕은 궁에 도착하자마자 아내와 아기부터 보고 싶어했습니다. 하지만 왕의 어머니는 슬피 울면서 말했습니다.

"아! 사나운 왕이여, 왜 내게 그 불쌍한 왕비와 왕자를 죽이라 명령한거요?"

그녀는 왕에게 악마가 바꿔치기한 두 통의 편지를 보여 주면서 말을 이었습니다

"난 왕이 지시한 대로 했소."

그러면서 그녀는 왕에게 사슴의 혀와 눈알들을 보여 주었습니다.

편지 두 통과 혀와 눈알을 보고 난 뒤 왕은 불쌍한 왕비와 어린 아들을 생각하고 몸부림치며 울었습니다. 그걸 본 왕의 어머니는 한편으로는 놀라고 다른 한편으로는 아들을 불쌍하게 여기며 말했습니다.

"마음을 가라앉히시오. 왕비는 살아 있소. 내가 몰래 암사슴을 죽여 그 혀와 눈알들을 왕비를 죽였다는 증거로 남겨 두었던거요. 그리고 나서 난 왕비의 등에 아기를 묶어 주고 넓은 세상으로 나가라고 했소. 그대가 왕비에게 불같이 화를 내고 있으니 다시는 궁으로 돌아오지 말라는 말과 함께."

이에 왕이 대답했습니다.

"전 왕비와 왕자를 찾아내기 위해 저 하늘 끝까지라도 갈 겁니다. 그들을 찾아낼 때까지는 아무것도 먹지도 마시지도 않을 겁니다. 제발 그들이 누군가에게 죽음을 당했거나 굶주려 죽지만 않았으면 좋겠습니다."

왕은 7년 동안 세상을 떠돌아다니면서 온갖 곳을 다 찾아보았습니다. 험한 절벽이건 동굴 속이건 가리지 않았습니다. 그래도 왕비를 찾을 수 없자 그는 왕비가 죽었다고 생각했습니다. 그동안 그는 먹지도 마시지도 않았지만 하느님께서는 그를 살려 두셨습니다. 마침내 어느 큰 숲에 다다른 그는 '누구나 마음대로 들어올 수 있는 집'이라는 문패가 걸린 그 조그만 오두막집을 발견했습니다. 그 때 하얀 옷을 입은 처녀가 나오더니 그의 손을 잡고 안으로 데리고 들어갔습니다.

"잘 오셨습니다."

그 처녀는 그렇게 말하고는 그에게 어디서 오는 길이냐고 물었습니다.

"난 내 아내와 아기를 찾아 7년 동안 세상을 떠돌아다녔지만 아직도 그들을 찾지 못했소."

천사는 그에게 음식과 마실 물을 주었습니다. 그러나 그는 거절하면서, 자기는 그저 좀 쉬었다 가고 싶을 뿐이라고 말했습니다. 그는 자리에 누워 손수건으로 얼굴을 덮은 채 잠이 들었습니다. 그러자 천사는 왕비와, 왕비가 '슬픔'이라 부르곤 하는 아들이 있는 방으로 들어가서 말했습니다.

"아이와 함께 옆방으로 가보세요. 왕이 오셨어요."

그러자 왕비는 왕이 누워 자고 있는 방으로 들어가서 그의 얼굴을 덮고 있던 손수건을 걷어내 바닥에 떨어뜨렸습니다. 왕비가 말했습니다.

"슬픔아, 손수건을 집어 다시 네 아버지의 얼굴에 덮어 드리렴."

아이는 손수건을 집어 아버지의 얼굴을 덮었습니다. 왕은 잠결에 이 모든 이야기를 듣고 크게 기뻐하면서 다시 그 손수건을 슬쩍 바닥에 떨어뜨렸습니다. 아이는 짜증이 나서 말했습니다.

"어머니, 제게는 이 지상에 살고 있는 아버지가 없는데 어떻게 제 아버지의 얼굴을 덮어 드릴 수가 있겠습니까? 저는 '하늘에 계신 우리 아버지'께 기도하는 법을 배웠으며, 어머니는 저에게 제 아버지는 하늘에 계시고 그분은 우리의 위대한 하느님이라고 말씀하셨습니다. 그런데 어떻게 제게 이 지저분하고 흉한 사람을 아버지로 인정하라고 하십니까? 이 사람은 제 아버지가 아닙니다."

왕은 이 이야기를 듣고 자리에서 일어나 왕비에게 물었습니다.

"당신은 누구요?"

그러자 왕비가 대답했습니다.

"전 당신의 아내입니다. 이 애는 당신의 아들, 슬픔이구요."

왕은 그녀의 손이 진짜인 것을 보고 말했습니다.

"내 아내는 은으로 된 손을 가졌소."

왕비가 다시 대답했습니다.

"우리의 자비로우신 주님께서 제 손을 원래대로 다시 자라나게 해주셨답니다."

천사는 거실로 가더니 은으로 된 손 두 개를 들고 돌아와 왕에게 보여주었습니다. 이제 그들이 자신의 사랑하는 아내요, 아들이라는 것을 확실히 알게 된 왕은 그들을 껴안고 입을 맞추며 몹시 행복해했습니다. 그리고 기쁘게 말했습니다.

"내 가슴에서 무거운 짐이 벗겨졌소."

그들은 주의 천사와 더불어 음식을 먹고 난 뒤 궁으로 돌아가 왕의 어머니와 다시 만났으며 이로 인해 온 나라가 기쁨으로 가득 찼습니다.

왕과 왕비는 두 번째 결혼식을 올리고 그 후 행복하게 잘 살았습니다.

32

영리한 한스

어머니가 물었습니다.
"어디 가니, 한스야?"
한스는 대답했습니다.
"그레텔네 집에 가요."
"조심해라, 애야."
"걱정하지 마세요, 엄마. 다녀올게요."
한스는 그레텔네 집에 도착했습니다.
"안녕, 그레텔."
"안녕, 한스. 나한테 줄 무슨 근사한 것 좀 가져왔니?"
"아무것도 가져오지 않았어. 너한테서 뭘 좀 얻었으면 해."
그레텔은 그에게 바늘 한 개를 주었습니다.
한스는 말했습니다.
"잘 있어, 그레텔."
"잘 가, 한스."
한스는 그 바늘을 건초를 실은 마차에다 꽂아 놓고는 그 마차 뒤를 따라 집으로 돌아왔습니다.
"다녀왔어요, 엄마."
"어서 와라. 이제까지 어디 있었니?"
"그레텔네 집에요."
"그 애한테 뭘 가져다 주었니?"
"그 애한테 뭘 가져다 준 게 아니고 제가 그 애한테서 뭘 얻었어요.."
"뭘 얻었는데?"
"바늘이요."
"그래, 그 바늘은 어디다 두었니?"
"건초를 실은 마차에다 꽂아 놓았어요."

"저런, 바보 같은 짓을 했구나. 네 소매에다 꽂았어야지."
"괜찮아요. 다음 번에는 잘할게요."

"어디 가니, 한스야?"
"그레텔네 집에 가요, 엄마."
"조심해라, 애야."
"걱정하지 마세요, 엄마. 다녀올게요."
한스는 그레텔네 집에 도착했습니다.
"안녕, 그레텔."
"안녕, 한스. 나한테 줄 무슨 근사한 것 좀 가져왔니?"
"아무것도 가져오지 않았어. 너한테서 뭘 좀 얻었으면 해."
그레텔은 그에게 칼 한 자루를 주었습니다.
"잘 있어, 그레텔."
"잘 가, 한스."
한스는 그 칼을 소매 속에 찔러 넣고는 집으로 돌아왔습니다.
"다녀왔어요, 엄마."
"어서 와라. 이제까지 어디 있었니?"
"그레텔네 집에요."
"그 애한테 뭘 가져다주었니?"
"그 애한테 뭘 가져다준 게 아니고 제가 그 애한테서 뭘 얻었어요."
"뭘 얻었는데?"
"칼이요."
"그 칼을 어디다 두었니?"
"내 소매 속에요."
"저런, 바보 같은 짓을 했구나. 네 주머니 속에다 넣었어야지."
"괜찮아요. 다음 번에는 잘할게요."

"어디 가니, 한스야?"
"그레텔네 집에 가요, 엄마."
"조심해라, 애야."

"걱정하지 마세요, 엄마. 다녀올게요."
한스는 그레텔네 집에 도착했습니다.
"안녕, 그레텔."
"안녕, 한스. 나한테 줄 무슨 근사한 것 좀 가져왔니?"
"아무것도 가져오지 않았어. 너한테서 뭘 좀 얻었으면 해."
그레텔은 그에게 새끼염소 한 마리를 주었습니다.

"잘 있어, 그레텔."
"잘 가, 한스."
한스는 새끼염소의 네 다리를 묶어 주머니 속에다 집어넣었습니다. 그 새끼염소는 한스가 집으로 돌아오는 길에 숨이 막혀서 죽어 버렸습니다.
"다녀왔어요, 엄마."
"어서 와라. 이제까지 어디 있었니?"
"그레텔네 집에요."
"그 애한테 뭘 가져다주었니?"
"그 애한테 뭘 가져다준 게 아니고 제가 그 애한테서 뭘 얻었어요."
"뭘 얻었는데?"
"새끼염소요."
"그 짐승을 어디다 두었니?"

"내 주머니 속에 넣어 두었어요."
"저런, 바보 같은 짓을 했구나. 염소라면 줄로 묶어 끌고 왔어야지."
"괜찮아요. 다음 번에는 잘할게요."

"어디 가니, 한스야?"
"그레텔네 집에 가요, 엄마."
"조심해라, 애야."
"걱정하지 마세요, 엄마. 다녀올게요."
한스는 그레텔네 집에 도착했습니다.
"안녕, 그레텔."
"안녕, 한스. 나한테 줄 무슨 근사한 것 좀 가져왔니?"
"아무것도 가져오지 않았어. 너한테서 뭘 좀 얻었으면 해."
그레텔은 그에게 베이컨 한 조각을 주었습니다.
한스는 그 베이컨을 줄로 묶어 땅바닥에 질질 끌면서 걸어갔습니다. 그러자 개들이 달려들어 그 베이컨을 먹어 버렸습니다. 집에 도착했을 무렵, 한스는 아무것도 달려 있지 않은 빈 줄만
쥐고 있었습니다.
"다녀왔어요, 엄마."

32. 영리한 한스

"어서 와라. 이제까지 어디 있었니?"
"그레텔네 집에요."
"그 애한테 뭘 가져다주었니?"
"그 애한테 뭘 가져다준 게 아니고 제가 그 애한테서 뭘 얻었어요."
"뭘 얻었는데?"
"베이컨 한 조각이요?"
"그걸 어떻게 했니?"
"줄로 묶어 끌고 오는데 중간에 개들이 먹어 버렸어요."
"저런, 바보 같은 짓을 했구나. 베이컨이라면 네 머리 위에 얹어서 가져와야지."
"괜찮아요. 다음 번에는 잘할게요."

"어디 가니, 한스야?"
"그레텔네 집에 가요, 엄마."
"조심해라, 애야."
"걱정하지 마세요, 엄마. 다녀올게요."
한스는 그레텔네 집에 도착했습니다.
"안녕, 그레텔."
"안녕, 한스. 나한테 줄 무슨 근사한 것 좀 가져왔니?"
"아무것도 가져오지 않았어. 너한테서 뭘 좀 얻었으면 해."
그레텔은 그에게 송아지 한 마리를 주었습니다.
한스는 그 송아지를 머리 위에 얹었고 송아지는 그의 얼굴을 발길로 막 찼습니다.
"다녀왔어요, 엄마."
"어서 와라. 이제까지 어디 있었니?"
"그레텔네 집에요."
"그 애한테 뭘 가져다주었니?"
"그 애한테 뭘 가져다준 게 아니고 제가 그 애한테서 뭘 얻었어요."
"뭘 얻었는데?"
"송아지 한 마리요."

"그래 그 송아지를 어떻게 했니?"
"내 머리에 얹었는데 그 놈이 내 얼굴을 발길로 막 찼어요."
"저런, 바보 같은 짓을 했구나. 송아지라면 외양간으로 끌고 갔어야지."
"괜찮아요. 다음 번에는 잘할게요."

"어디 가니, 한스야?"
"그레텔네 집에 가요, 엄마."
"조심해라, 애야."
"걱정하지 마세요, 엄마. 다녀올게요."
한스는 그레텔네 집에 도착했습니다.
"안녕, 그레텔."
"안녕, 한스. 나한테 줄 무슨 근사한 것 좀 가져왔니?"
"아무것도 가져오지 않았어. 너한테서 뭘 좀 얻었으면 해."
그레텔이 말했습니다.
"내가 너랑 같이 가 줄게."
그러자 한스는 그레텔의 목에 줄을 매고 그녀를 끌고 외양간으로 가서는 그녀를 외양간에다 붙잡아 매두고 풀을 던져 주었습니다. 그런 다음 그는 어머니에게로 갔습니다.
"다녀왔어요, 엄마."
"어서 와라. 이제까지 어디 있었니?"
"그레텔네 집에요."
"그 애한테 뭘 가져다주었니?"
"아무것도 주지 않았어요."
"그레텔이 너한테 뭘 주던?"
"아무것도 주지 않고 절 따라오기만 했어요."
"그레텔은 어디 있는데?"
"줄로 그 애의 목을 묶어 외양간으로 데리고 가서 외양간 기둥에다 그 줄을 붙잡아 매놓고는 그 애한테 풀을 던져 주었어요."
"저런, 바보 같은 짓을했구나. 그 애한테는 다정한 눈빛을 던져 주었어야지."

그 말을 들은 한스는 외양간으로 가서 소와 양의 눈알을 모두 빼내 그 눈알들을 그레텔의 얼굴에다 던져 주었습니다. 그러자 그레텔은 불같이 성을 내더니 제 힘으로 줄을 풀고 도망쳐 버렸습니다. 한스는 그렇게 해서 제 신붓감을 잃어버리고 말았답니다.

33

세 가지 언어

스위스에 늙은 백작이 살고 있었는데 그에게는 아들이 하나 있었습니다. 그런데 아들이 어찌나 미련한지 아무것도 가르쳐 줄 수가 없었습니다. 하루는 아버지가 그의 아들에게 말했습니다.

"애야, 내가 아무리 애써 봐도 네 머리통 속에는 아무것도 집어넣어 줄 수가 없구나. 그러니 널 여기서 내보내 유명한 스승님 밑에 두고 싶다. 그분이 너에게 뭘 가르쳐 줄 수 있는지 알아보기로 하자."

그리하여 그 젊은이는 어느 낯선 도시로 가서 유명하다는 스승님 밑에서 꼬박 일 년 동안 지냈습니다. 그 뒤 집으로 돌아온 아들에게 아버지가 물었습니다.

"그래, 뭘 배워 왔느냐?"

아들이 대답했습니다.

"개들이 짖는 소리를 알아듣는 법을 배워 왔습니다."

그러자 아버지는 한탄을 했습니다.

"오, 하느님 맙소사! 네가 배워 왔다는 게 고작 그거냐? 안 되겠다. 이번에는 다른 도시에 있는 스승님에게 보내야겠다."

젊은이는 그 도시로 가서 다시 일 년 동안 그 스승님 밑에서 지냈습니다. 그가 집에 돌아오자 아버지는 다시 물었습니다.

"애야, 뭘 배워 왔느냐?"

"새들의 말을 알아듣는 법을 배워왔습니다."

그러자 아버지는 몹시 화를 내면서 말했습니다.

"넌 정말 구제받기 어려운 애로구나! 왜 아무것도 배우지 않고 그 귀중한 시간을 헛되이 보냈느냔 말이다! 그러고도 뻔뻔스럽게 내 눈 앞에 나타나다니. 좋다. 널 세 번째 스승님에게 보내겠다. 만일 이번에도 제대로 배워 오지 못한다면 넌 내 아들이 아니다."

아들은 세 번째 스승 밑에서도 일 년을 보냈습니다. 그리고 그가 집에 돌아오자 아버지가 또다시 물었습니다.

"애야, 뭘 배워 왔느냐?"

"개구리들의 울음소리를 알아듣는 법을 배워 왔습니다, 아버지."

이제 아버지는 화가 머리 끝까지 나서 펄쩍 뛰면서 시종들을 불러 놓고 말했습니다.

"이 놈은 이제 내 아들이 아니다. 이 놈을 숲 속으로 끌고 가 없애 버리도록 해라."

백작의 시종들은 그 아들을 숲 속으로 데려갔습니다. 하지만 그들은 그 아들이 불쌍해 차마 죽이지 못하고 그냥 살려 보냈습니다. 그리고 그들은 아들을 죽였다는 증거로 백작에게 사슴의 혀와 눈을 가져다 바쳤습니다.

한편 그 젊은이는 세상을 떠돌아다니다가 어느 성에 이르러 하룻밤만 재워 달라고 부탁했습니다. 그 성의 성주는 그의 부탁을 듣고 이렇게 말했습니다.

"만일 그대가 낡은 탑에서 하룻밤을 보낼 각오가 되어 있다면 거기서 묵어도 좋다. 하지만 목숨을 잃을지도 모른다는 사실을 미리 알아 두는 게 좋을 것이다. 그 탑 속에는 사나운 개들이 우글거리는데 그 놈들은 끊임없이 짖어 대며 울부짖고 있다. 그 놈들한테는 이따금 한 번씩 산 사람을 던져 주어야 하는데 던져 주면 눈 깜박할 사이에 다 뜯어먹고 만다."

이 곳 사람들은 그것 때문에 큰 두려움과 고통을 겪으며 살고 있지만 아무도 이 일을 해결하지 못하고 있었습니다. 그러나 그 젊은이는 두려워하는 기색이 없이 말했습니다.

"그 탑으로 가서 그 개들과 부딪쳐 보겠습니다. 다만 그 개들한테 던져 줄 먹이를 좀 주셨으면 합니다. 그 개들은 저를 해치지 않을 겁니다."

그가 계속 들어가겠다고 우기자 그들은 그에게 개들의 먹이를 주고 그를 탑

속으로 들여보내 주었습니다. 그가 들어서자 개들은 짖지 않고 다정하게 꼬리를 흔들면서 그의 주위에 모여들었습니다. 개들은 그가 던져주는 먹이만 받아 먹을 뿐 그의 머리카락 하나 건드리지 않았습니다. 이튿날 아침 그가 멀쩡하게 산 채로 씩씩하게 걸어나오자 사람들은 모두 놀랐습니다. 그는 성주에게 가서 말했습니다.

"저 개들은 제게 자기네 말로 자기네가 왜 이 곳에 머무르면서 이 곳 사람들을 두려움에 떨게 하는지 말해 주었습니다. 저 개들은 저주를 받고 저 탑 밑에 묻혀 있는 엄청난 양의 보물을 보호하는 일을 억지로 떠맡게 되었습니다. 저 개들은 누군가가 그 보물을 파갈 때까지는 한시도 편하게 지낼수가 없으므로 제게 그걸 파내는 방법을 알려 주었습니다."

이 말을 들은 모든 사람들은 크게 기뻐했습니다. 그리고 성주는 만일 그가 무사히 그 보물을 파낸다면 그를 자기 아들로 삼겠다고 말했습니다. 젊은이는 다시 탑 속으로 되돌아갔습니다. 그는 어떻게 그 일을 해내야 할지 잘 알고 있었으므로 무사히 일을 끝내고는 금이 가득 들어 차 있는 큰 궤짝을 끌어내 왔습니다.

그 때부터 그 사나운 개들은 더 이상 울부짖지 않았을 뿐 아니라 다시는 모습을 드러내지도 않았습니다. 그래서 그 지역은 개들로 인한 괴로움에서 완전히 벗어났습니다.

얼마 후 그 젊은이는 로마로 가기로 결심하고 길을 떠났는데, 그가 가는 길목에 늪이 하나 있었습니다. 그는 걸음을 멈추고 귀를 기울였습니다. 이윽고 그는 개구리들이 말하는 소리를 알아듣고는 아주 우울한 표정이 되었습니다.

마침내 로마에 도착한 그는 교황이 막 죽었다는 소식을 들었습니다. 그런데 추기경들은 누구를 새 교황으로 앉힐지 아직 결정을 못하고 있었습니다. 결국 추기경들은 하느님께서 새로 교황이 될 사람을 정해 줄 때까지 기다리기로 했습니다.

그들이 이런 결정을 내린 바로 그 순간 우연히 그 젊은이가 성당 안으로 들어왔으며, 두 마리의 하얀 비둘기가 그에게로 날아와 그의 양쪽 어깨에 내려앉았습니다. 추기경들은 이것을 하느님의 계시로 여기고 그에게 교황이 되고 싶은 마음이 있느냐고 물었습니다. 그는 처음에는 자신이 교황이 될 만한 자격이 있는지 알 수가 없어 좀처럼 마음을 정하지 못했습니다.

그러나 비둘기들이 그에게 그 제안을 받아들이라고 자꾸 권하는 바람에 마침내 그는 교황이 되기로 결심했습니다. 그는 교황이 되는 의식을 치렀으며 그로 인해 그가 로마로 오는 도중에 개구리들에게서 들었던 예언은 성취되었습니다.

사실 그가 우울해했던 것은 바로 개구리들로부터 자신이 교황이 되리라는 말을 들었기 때문이었습니다. 그는 자신이 성스러운 교황이 된다는 것을 도저히 믿을 수 없었던 것입니다. 그 후 그는 가사를 한 줄도 알지 못하면서 미사곡을 불러야 했는데, 그에게는 이것도 별 문제가 아니었습니다. 두 마리의 비둘기가 여전히 그의 양쪽 어깨 위에 앉아 가사들을 그의 귀에다 속삭여 주었던 것입니다.

34

영리한 엘제

'영리한 엘제'라고 불리는 딸을 둔 사람이 있었습니다. 딸이 다 컸을 때 아버지는 그의 아내에게 말했습니다.

"이제 딸아이를 시집보낼 때가 되었소."

"맞아요. 누군가 나타나 저 애를 데려가 주었으면 좋겠어요."

그러던 중 마침내 한스라고 하는 젊은이가 먼 곳에서 와 엘제와 결혼하고 싶다고 했습니다. 그런데 그는 영리한 엘제가 이름 그대로 영리한지를 보여주어야 한다는 조건을 내걸었습니다.

아버지는 말했습니다.

"오, 우리 애는 길에서 바람이 이는 걸 볼 수 있고 파리가 재채기하는 소리도 들을 수 있다네."

그들이 식탁에 둘러앉아 식사를 하고 난 다음에 어머니는 엘제에게 말했습니다.

"애야, 지하실로 내려가 맥주 좀 가져오너라."

"예, 어머니."

영리한 엘제는 주전자를 들고 지하실로 내려갔습니다. 지하실로 가는 동안 엘제는 심심한 기분을 달래기 위해 주전자 뚜껑을 열었다 닫았다 했습니다. 이윽고 지하실에 내려간 엘제는 웅크리고 앉지 않으려고 등받이 없는 의자를 맥주통 앞에다 놓고 앉았습니다. 웅크리고 앉았다가는 허리를 다치거나 그 밖의 뜻하지 않은 일을 당할까 염려가 되었기 때문입니다.

엘제는 주전자를 맥주통 앞에 들이대고 꼭지를 돌렸습니다. 맥주가 주전자 속으로 쏟아지는 동안 엘제는 바쁘게 사방을 둘러보다가 이윽고 벽 위를 바라보았습니다. 그녀는 얼마 동안 벽 위쪽을 두리번거리다가 마침내 그녀의 머리 바로 위에 걸린 곡괭이를 발견했습니다. 석공이 무심코 거기다 곡괭이를 걸어 놓고 그냥 가 버린 모양이었습니다. 영리한 엘제는 갑자기 울기 시작했습니다. 그녀는 흐느껴 울면서 중얼거렸습니다.

"내가 한스와 결혼해 아이를 낳은 뒤 장차 그 아이가 자라 우리가 그 아이에게 지하실로 내려가 맥주를 가져오라고 했을 때 저 곡괭이는 그 아이의 머리 위에 떨어져 그 아이를 죽이고 말거야."

엘제는 앞으로 다가올 그 끔찍한 일을 생각하고는 바닥에 주저앉아 통곡을 하기 시작했습니다.

위층에 있던 사람들은 맥주가 오기만을 기다리고 있었는데 아무리 기다려도 엘제는 돌아올 줄을 몰랐습니다. 이윽고 어머니가 하녀에게 말했습니다.

"지하실로 내려가서 엘제가 뭘 하고 있나 좀 알아보렴."

지하실로 내려간 하녀는 엘제가 술통 앞에 앉아 통곡을 하고 있는 광경을 보았습니다.

"왜 그렇게 울고 있는거니, 엘제?"

하녀가 물었습니다.

"내가 울지 않을 수 있어? 내가 한스와 결혼해 아이를 낳은 뒤 장차 그 아이가 자라 우리가 그 아이에게 지하실로 내려가 맥주를 가져오라고 했을 때 저 곡괭이가 머리 위에 떨어져 그 아이를 죽이면 어떻게 해."

"엘제는 정말 총명하구나!"

하녀는 그렇게 말하고는 그녀 옆에 털썩 주저앉아 장차 다가올 그 끔찍한 일 때문에 목놓아 울기 시작했습니다.

엘제를 찾으러 간 하녀도 돌아오지 않자 위층에 있던 다른 사람들은 맥주 생각이 더 간절해졌고 참다못한 아버지가 하인에게 말했습니다.

"자네가 지하실로 내려가 엘제와 하녀가 뭘 하고 있나 알아보도록 하게."

지하실로 내려간 하인은 엘제와 하녀가 함께 쭈그리고 앉아 울고 있는 광경을 보고 그들에게 물었습니다.

"왜들 그렇게 울고 있는거지?"

그러자 엘제가 말했습니다.

"내가 울지 않을 수 있어? 내가 한스와 결혼해 아이를 낳은 뒤 장차 그 아이가 자라 우리가 그 아이에게 지하실로 내려가 맥주를 가져오라고 했을 때 저 곡괭이가 머리 위에 떨어져 그 아이를 죽이면 어떻게 해."

"엘제는 정말 총명하구나!"

하인도 그렇게 말하고 엘제 곁에 주저앉아 엉엉 울기 시작했습니다.

위층에 있던 다른 사람들은 하인을 기다렸습니다. 그러나 하인도 돌아오지 않자 아버지가 아내에게 말했습니다.

"당신이 좀 내려가서 무슨 일이 있나 알아보는 게 좋겠소."

지하실로 내려간 엘제의 어머니는 세 사람이 엉엉 울고 있는 광경을 보고 무슨 일인지 물어보았습니다. 그러자 엘제는 앞으로 태어날 아이가 자라서 맥주를 가지러 왔을 때 곡괭이가 그 아이의 머리 위로 떨어질 게 걱정이라고 말했습니다. 그러자 어머니는 감탄한 듯이 말했습니다.

"우리 엘제 정말 총명하구나!"

그러더니 그녀도 엘제 곁에 주저앉아 울기 시작했습니다.

한편 아버지는 아내마저 돌아오지 않자 목이 말라 더 이상 참을 수 없게 되어 한스에게 말했습니다.

"내가 직접 지하실로 내려가 엘제가 뭘 하고 있는지 알아보고 오겠네."

지하실로 내려간 그는 앞서 내려간 네 사람이 모두 바닥에 주저앉아 울고 있는 광경을 보았으며, 그 역시 엘제로부터 장차 태어날 손자가 지하실로 맥주를 가지러 내려갔다가 곡괭이에 맞아 죽을지도 모른다는 이야기를 듣게 되었습니다.

"우리 엘제 정말 똑똑하구나!"

그는 그렇게 소리치고는 바닥에 주저앉아 엉엉 울기 시작했습니다.

신랑될 사람은 혼자서 오랫동안 2층에 앉아 있었지만 아무도 돌아오지 않자 그들 모두가 아래층에서 그가 내려오기를 기다리나보다 하고 생각했습니다. 그래서 자기가 직접 내려가 살펴보기로 했습니다.

지하실로 내려간 그는 그들 다섯 사람이 매우 구슬프게 울고 있는 광경을 보고 물었습니다.

"무슨 큰 사고가 일어났나요?"

그러자 엘제가 말했습니다.

"오, 한스. 우리가 결혼해 아이를 낳은 뒤 장차 그 아이가 자라 우리가 그 아이더러 지하실로 내려가 맥주를 가져오라고 했을 때 저 곡괭이가 그 아이의 머리 위에 떨어져 그 아이의 머리를 갈라놓을 걸 생각해 봐요! 당신인들 울지 않을 수 있겠어요?"

이에 한스가 대답했습니다.

"내 아내될 사람으로 이보다 더 머리가 좋은 사람은 아마 없을거요. 당신이 그처럼 영리하니 당신을 내 아내로 맞아들이겠소."

그는 그녀의 손을 잡고 2층으로 올라가 그 자리에서 당장 그녀와 결혼했습니다. 엘제와 결혼해서 살기 시작한 지 얼마쯤 지난 어느 날 한스는 엘제에게 말했습니다.

"여보, 난 돈을 벌기 위해 일하러 나갈거요. 내가 없는 동안 당신이 들로 나가 밀을 좀 베었으면 좋겠소. 그걸로 빵을 만들어 먹게."

"그럴게요, 여보."

한스가 나가고 난 뒤 엘제는 죽을 끓여서 들로 나갔습니다. 들에 닿은 그녀는 혼자 중얼거렸습니다.

"먼저 밀을 베는 게 좋을까, 잠을 자는 게 좋을까? 아무래도 먼저 한숨 자는 게 좋겠어."

그리하여 그녀는 밀밭에 누워 그대로 잠이 들었습니다.

한편 한스는 일을 끝내고 집에 돌아와 얼마 동안 있었는데도 엘제가 돌아오지 않자 혼자 중얼거렸습니다.

"엘제는 정말 빈틈 없는 여자야! 너무나 부지런한 나머지 밥 먹으러 집으로 올 생각도 하지 않는군."

하지만 저녁 때가 되어도 엘제가 돌아오지 않자 한스는 엘제가 무엇을 하는지 알아보기 위해 들로 나갔습니다. 그러나 들판의 밀밭은 손 하나 댄 흔적이 없었으며 엘제는 밀밭에 누워 자고 있었습니다. 한스는 급히 집으로 돌아와 새들을 잡기 위해 사용하곤 하던 종들이 달린 그물을 가지고 왔습니다. 그는 그물을 엘제의 몸 위에 펼쳐 놓았지만 엘제는 끄떡도 하지 않고 잠만 잤습니다. 그러자 한스는 집으로 돌아와 현관문을 잠그고는 의자에 앉아 일을 하기 시작했습니다.

마침내 날이 칠흑처럼 어두워지자 영리한 엘제는 잠에서 깨어났습니다. 몸을 일으켜 보니 사방에서 종들이 짤랑거리는 소리가 들려왔습니다. 그리고 그녀가 한걸음 걸을 때마다 작은 종들이 요란하게 울렸습니다. 그녀는 겁이 덜컥 났고 머릿속이 뒤죽박죽이 되어 자기가 정말로 엘제인지 아닌지 알 수가 없었습니다. 그래서 혼자 중얼거렸습니다.

"이게 나일까, 아니면 나 아닌 다른 사람일까?"

좀처럼 해답이 나오지 않자 그녀는 제자리에 우두커니 서 있었습니다. 마침내 그녀는 생각했습니다. '집으로 돌아가서 남편이나 동네 사람들에게 이게 나인지 내가 아닌 다른 사람인지 물어보자. 그 사람들은 알거야.'

그녀는 자기 집 현관문 앞으로 달려갔습니다. 그러나 문은 잠겨 있었습니다. 그녀는 창문으로 가서 창문을 두드리며 소리쳤습니다.

"한스, 엘제는 안에 있나요?"

그러자 한스가 대답했습니다.

"그렇소, 엘제는 여기 있어요."

그 말에 엘제는 잔뜩 겁에 질려 말했습니다.

"오, 하느님, 이제 난 내가 아니예요."

그녀는 다른 집으로 달려가 보았지만 다른 집사람들은 들판에서 들려오는 요란한 종소리를 듣고 기분이 꺼림칙해 모두들 문을 열어 주고 싶어 하지 않았습니다. 달리 찾아갈 만한 곳이 없자 엘제는 마구 달려 그 동네를 벗어났습니다. 그 뒤로는 그 누구도 엘제를 다시 보지 못했습니다.

35

천국으로 간 재단사

어느 화창한 날, 주님은 천국의 정원으로 산책을 나가기로 결정했습니다. 주님은 성 베드로 한 사람만 천국에 남겨 놓고 모든 사도들과 성인들을 함께 데리고 가기로 했습니다. 주님은 성 베드로에게 자기가 없는 동안 아무도 천국에 들여놓지 말라고 지시했습니다. 그래서 성 베드로가 천국의 문 앞에 서서 문을 지키고 있는데, 누군가가 천국 밖에서 그 문을 두드렸습니다. 성 베드로가 물었습니다.

"누구냐, 무엇 때문에 문을 두드리느냐?"

그러자 간사한 목소리가 들려 왔습니다.

"전 가난하긴 하지만 정직한 재단사입니다요. 저를 안으로 들여보내 주세요."

성 베드로가 말했습니다.

"꽤나 정직하겠다! 교수대에 서 있는 도둑도 너만큼은 정직할게야. 네 그 날렵한 손가락들은 사람들에게서 엄청나게 많은 천조각들을 훔쳐 냈지. 난 널 천국에 들여놓을 수 없어. 주님께서 외출하신 동안 아무도 천국에 들여놓지 말라고 하셨거든."

그러자 재단사가 애타게 소리쳤습니다.

"제발 자비를 베푸소서. 그것들은 저절로 작업대 밑으로 떨어진 천조각들에 불과합니다요. 절대로 훔친 게 아니고 또 아주 보잘것없는 것들에 불과한 것입니다. 게다가 전 다리를 절고 있습니다. 여기까지 걸어오느라 발이 온통 물집투성이가 되어 돌아갈래야 돌아갈 수가 없습니다. 저를 들여보내 주시면 온갖 궂은 일들을 도맡아서 하겠습니다. 아기들을 기르고, 기저귀를 빨고, 아기들이 노는 방을 청소하고, 아기들의 떨어진 옷들을 모두 기워 주겠습니다요."

성 베드로는 그가 불쌍해서 여윈 몸을 지닌 재단사가 겨우 들어올 수 있을 정도로 천국의 문을 조금 열어 주었습니다. 재단사가 잽싸게 안으로 들어오자 성 베드로는 주님이 돌아오실 때 눈치 채지 못하게 그 문 한켠에 얌전히 숨어 앉아 아무 소리도 내지 말라고 명령했습니다. 주님이 아셨다간 화를 내실 거라는 말과 함께. 재단사는 그 말에 복종했습니다.

그러나 성 베드로가 문 밖으로 나가자 재단사는 호기심에 못 이겨 몸을 일으켰습니다. 그는 천국을 부지런히 쏘다니면서 그 안에 있는 모든 것들을 자세히 구경했습니다. 마침내 그는 훌륭한 솜씨로 만들어진 아름답고 우아한 의자들이 잔뜩 늘어서 있는 곳에 이르렀는데, 그 한가운데에 놓여 있는 안락의자는 다른 의자들보다 훨씬 더 높았으며 그 앞에는 황금으로 된 발판이 놓여 있었습니다. 그것은 주님이 천국에 있을 때 앉곤 하는 주님의 안락의자였는데, 주님이 이 의자에 앉으면 지상에서 일어나는 모든 일들이 잘 보였습니다.

재단사는 한동안 멍하니 서서 그 안락의자를 바라보았습니다. 그 의자는 그가 본 어떤 것보다도 매혹적으로 보였습니다. 마침내 호기심을 이기지 못한 그는 발판을 딛고 올라가 그 의자에 앉았습니다. 그러자 그는 지상에서 일어나는 모든 일들을 볼 수 있었습니다. 그 때 흉하게 생긴 한 여자가 시냇가에서 빨래를 하고 있는 광경이 눈에 들어왔습니다. 그런데 그녀가 빨래를 하다 말고 두 개의 베일을 슬쩍 감추자 재단사는 몹시 화가 나서 황금으로 된 발판을 집어 들어 지상에 있는 그 여자에게 내던졌습니다. 그러고 나서 그 발판을 되찾을 수 없다는 것을 깨달은 재단사는 살그머니 그 의자에서 내려와 다시 문 옆에 있는 자기 자리로 되돌아와서 아무 짓도 하지 않은 것처럼 시치미를 떼고 앉았습니다.

이윽고 주님이 함께 갔던 이들과 함께 돌아왔습니다. 주님은 문 옆에 숨어 있는 재단사를 보지 못했습니다. 그러나 전용의자에 앉았을 때 주님은 발판이 없어진 것을 눈치 채고는 성 베드로에게 어떻게 된 일이냐고 물었습니다. 베드로도 알지 못하는 일이었습니다. 그러자 주님은 자기가 외출한 동안 누군가를 들여보냈느냐고 물었습니다. 주님의 물음에 성 베드로가 대답했습니다.

"저 문 옆에 얌전히 앉아 있는 재단사 이외에는 아무도 들여보내지 않았습니다."

그러자 주님은 재단사에게 앞으로 나오라고 하더니 그에게 발판을 건드렸는지, 건드렸다면 그걸 어떻게 했는지에 대해 물었습니다.

재단사는 의기양양하게 대답했습니다.

"오, 주님, 지상에 있는 한 늙은 여자가 빨래감들 속에서 베일 두 개를 훔치는 걸 보고 화가 나서 그걸 던져 버렸습니다."

그러자 주님은 재단사를 나무라며 말했습니다.

"정말 어리석은 자로고! 내가 그대가 한 것처럼 지상에 있는 사람들에게 심판을 내렸다면 지금쯤 어떤 일이 일어났으리라 생각하는가? 지상의 모든 죄인들에게 손에 잡히는 대로 내던지는 바람에 아마 이 천국에는 의자건 벤치건 안락의자건 부지깽이건 남아나는 게 없었을 것이다. 이것으로 그대가 여기서 더 이상 머무를 수 없다는 게 분명해졌다. 난 그대가 저 천국의 문으로 나가주기 바란다. 저기를 나간 뒤에는 어디든 그대가 가고 싶은 곳으로 가도 좋다. 나말고는 이 세상 그 누구도 남을 벌할 수 없다."

성 베드로는 재단사를 천국 문 밖으로 데리고 나가야 했습니다. 그 재단사는 구두가 다 떨어지고 발은 물집투성이였으므로 막대기 하나를 지팡이 삼아 짚고는 절룩이며 걸어가 마음 착한 군인들이 앉아 술을 마시며 즐기는 '잠깐 기다려'라는 곳으로 갔습니다.

36

요술 식탁, 황금 당나귀, 자루 속의 몽둥이

옛날에 슬하에 세 아들을 둔 재단사가 있었습니다. 그의 집에는 염소 한 마리가 있었는데 식구들이 모두 그 염소의 젖을 먹었으므로 그들은 그 염소를 잘 먹여야 했습니다. 그리하여 세 아들이 매일 번갈아 가며 그 염소를 풀밭으로 데리고 나가는 일을 맡았습니다.

어느 날 큰아들이 데리고 나갈 차례가 되어 그는 염소를 데리고 교회 묘지로 갔습니다. 그 곳에는 좋은 풀이 무성했기 때문에 염소를 먹이기에는 안성맞춤이었습니다. 그는 거기서 염소를 자유롭게 풀어 주어 마음껏 풀을 뜯어먹게 했습니다.

저녁 무렵, 집으로 돌아갈 때가 되자 그는 염소에게 물었습니다.

"염소야, 실컷 먹었니?"

그러자 염소가 대답했습니다.

"오, 아주 배불리 먹었어요!
배가 터질 만큼요.
매애애! 매애애!"

그 소리를 듣고 큰아들이 말했습니다.

"그럼 집으로 가자."

그는 줄을 잡고 염소를 몰고 가 헛간에다 매 놓았습니다.

큰 아들을 보고 재단사가 말했습니다.

"염소한테 풀을 제대로 먹였니?"

"그럼요, 배불리 먹였어요. 배가 터질 만큼요."

그러나 아버지는 자신이 직접 확인해 보고 싶어 헛간으로 가서 그 소중한 짐승의 등을 토닥거리면서 물었습니다.

"염소야, 실컷 먹었니?"

그러자 염소가 대답했습니다.

"그 곳 땅은 바싹 마르고 몹시 거칠며
나뭇잎들과 풀들이 너무나 질긴데
제가 어떻게 실컷 먹을 수 있겠어요?
매애애! 매애애!"

재단사는 화가 나서 소리쳤습니다.
"이게 무슨 소리야!"
재단사는 곧바로 2층으로 달려올라가 큰아들에게 소리쳤습니다.
"이 거짓말쟁이 같으니! 넌 염소한테 실컷 먹였다고 했는데 알고 보니 염소를 굶주리게 했잖아!"
그는 화가 나 벽에서 재단용 자를 빼들고 큰아들을 흠씬 때려 준 뒤 집에서 내쫓았습니다.
이튿날은 둘째 아들의 차례였습니다. 둘째 아들은 가장 좋은 풀이 자라는 정원 울타리 부근으로 염소를 데리고 가 풀을 뜯긴 것은 물론 염소의 털을 곱게 빗질해 주었습니다.
저녁 무렵, 집으로 돌아갈 때가 되자 둘째 아들도 큰아들이 했던 것처럼 염소에게 물었습니다.
"염소야, 실컷 먹었니?"
그러자 염소가 대답했습니다.

"오, 아주 배불리 먹었어요!
배가 터질 만큼요.
매애애! 매애애!"

그 소리를 듣고 둘째 아들이 말했습니다.
"그럼 집으로 가자."
그는 염소를 집으로 데리고 가 헛간에다 매 놓았습니다. 둘째 아들을 보고 아버지가 물었습니다.

"염소한테 풀을 제대로 먹였니?"
"그럼요, 배불리 먹였어요. 배가 터질 만큼요."
그러나 아버지는 둘째 아들의 말을 믿을 수 없어서 직접 헛간으로 내려가 염소한테 물었습니다.
"염소야 실컷 먹었니?"
그러자 염소가 대답했습니다.

"그 곳 땅은 바싹 마르고 몹시 거칠며
나뭇잎들과 풀들이 너무나 질긴데
제가 어떻게 실컷 먹을 수 있겠어요?
매애애! 매애애!"

재단사는 놀라서 소리쳤습니다.
"이런 나쁜 놈 같으니! 어떻게 이렇게 착한 짐승을 굶주리게 할 수 있어 그래?"
재단사는 곧바로 2층으로 달려올라가 재단용 자를 빼들고는 둘째 아들을 흠씬 때린 후 집에서 내쫓았습니다.
이제 셋째 아들의 차례가 되었습니다. 그는 염소 먹이는 일을 잘 해내고 싶어 가장 좋은 나무 이파리들이 달린 숲으로 염소를 데리고 갔습니다. 저녁이 되자 셋째 아들도 염소에게 물었습니다.
"염소야, 실컷 먹었니?"
그러자 염소가 대답했습니다.

"오, 아주 배불리 먹었어요!
배가 터질 만큼요.
매애애! 매애애!"

그 소리를 듣고 셋째 아들이 말했습니다.
"그럼 집으로 가자."
그는 염소를 집으로 데리고 가서 헛간에다 매 놓았습니다.

셋째 아들을 보고 아버지가 물었습니다.
"염소한테 풀을 제대로 먹였니?"
"그럼요. 배불리 먹였어요. 배가 터질 만큼요."
재단사는 아들의 말을 믿을 수 없어 헛간으로 내려가 염소에게 다시 물었습니다.
"염소야 실컷 먹었니?"
그러자 그 못된 염소가 대답했습니다.

"그 곳 땅은 바싹 마르고 몹시 거칠며
나뭇잎들과 풀들이 너무나 질긴데
제가 어떻게 실컷 먹을 수 있겠어요?
매애애! 매애애!"

재단사는 기가 막혀 소리쳤습니다.
"아들들이라고 있는 게 하나같이 못된 놈들에 거짓말쟁이들뿐이로구나! 네 놈들은 이제 더 이상 나를 조롱할 수 없을게다!"
그는 정신을 잃을 정도로 화가 나서 2층으로 달려올라가 재단용 자로 셋째 아들을 죽지 않을 만큼 때려 주고는 집에서 내쫓았습니다. 그래서 이제 그 집에는 늙은 재단사와 염소만 남게 되었습니다.
이튿날 아침 그는 헛간으로 가 염소의 등을 두드려 주며 말했습니다.
"가자, 내 귀여운 염소야. 오늘은 내가 직접 데리고 나가 풀을 뜯어먹게 해 주마."
그는 염소의 목에 걸린 줄을 잡고서 염소가 좋아하는 풀들이 잔뜩 자라고 있는 풀밭으로 염소를 데리고 갔습니다.
그는 염소한테 말했습니다.
"이번에는 마음껏 풀을 뜯어먹을 수 있을게다."
저녁 무렵까지 풀을 뜯긴 뒤 그가 염소에게 물었습니다. "실컷 먹었니, 염소야?"
그러자 염소가 대답했습니다.

"오, 아주 배불리 먹었어요!

배가 터질 만큼요.

매애애! 매애애!"

"그럼 집으로 돌아가자."

재단사는 그렇게 말하고는 염소를 집으로 데려와 헛간에다 매 놓았습니다. 헛간에서 나오기 전에 그는 몸을 돌려 또다시 물어 보았습니다.

"이제 정말 배불리 먹었겠지?"

그러자 염소는 평소와 다름없이 못된 말을 내뱉었습니다.

"그 곳 땅은 바싹 마르고 몹시 거칠며

나뭇잎들과 풀들이 너무나 질긴데

제가 어떻게 실컷 먹을 수 있겠어요?

매애애! 매애애!"

그 소리를 들은 재단사는 기절할 듯 놀랐습니다. 그리고 자신이 아무 죄 없는 아들들을 내쫓았다는 것을 깨달았습니다. 재단사는 화가 나서 염소에게 소리쳤습니다.

"이런 은혜도 모르는 못된 짐승 같으니! 널 그냥 내쫓는 것 정도로는 제대로 벌을 주었다고 할 수가 없지. 앞으로 정직한 재단사들 앞에는 얼씬도 못하게 아주 근사한 모양으로 만들어 주겠다."

그는 2층으로 달려 올라가 면도칼을 가져와서 염소의 머리에 비누칠을 하고는 염소의 머리를 파리가 미끄럼을 탈 수 있을 정도로 빡빡 깎아 버렸습니다. 그러고 나서 그는 자로 때려 주는 것 정도는 너무 점잖은 벌이라 생각하고 채찍을 가져와 흠씬 때려 주었습니다. 염소는 매질을 견디다 못해 공중으로 펄쩍 뛰어오르더니 꽁지가 빠지게 달아나 버렸습니다.

이제 혼자 남게 된 재단사는 큰 슬픔에 젖어 아들들이 다시 집으로 돌아와 주기만을 바랐습니다. 그러나 그들이 어디로 갔는지 아는 사람은 아무도 없었습니다.

한편 아버지에게서 쫓겨난 큰아들은 목공 일을 배우기 위해 어느 목수 밑으

로 들어갔습니다. 그는 열심히 일하고 부지런히 배웠습니다. 이윽고 정식 목수가 되어 여기저기로 다니면서 목공일을 하기 위해 그 곳을 떠날 때가 되자 그의 스승은 그에게, 그다지 특별하게 보이지 않는 작은 나무 식탁 하나를 선물로 주었습니다. 그러나 그 식탁은 한 가지 신기한 능력을 가지고 있었습니다.

그것을 가지고 있는 사람이 그걸 내려놓고, "식탁아, 한 상 차려 내라."고 하면 식탁 위에는 즉시 깨끗한 식탁보가 덮이고 접시와 수저가 놓였으며, 구운 고기와 고깃국, 맑은 포도주 잔들이 상다리가 휘어질 정도로 가득 놓이곤 했습니다. 젊은 목수는 그것을 보고, '이것만 있으면 평생 먹을 것은 걱정하지 않아도 되겠다!'고 생각했습니다.

그래서 그는 즐거운 마음으로 여행을 떠났습니다. 그는 좋은 여관인지 아닌지, 그리고 먹을 게 있는지 없는지에 대해서는 별로 걱정하지 않았습니다. 그리고 여관에 묵을 마음이 없으면 들판이건 숲이건 풀밭이건 가리지 않고 아무데로나 가서 등에 지고 있던 작은 식탁을 내려놓고 말했습니다.

"식탁아, 한 상 차려내라!"

그러면 순식간에 그가 바라던 음식들이 한 상 가득 차려지곤 했습니다. 그렇게 세상을 떠돌아다니다 마침내 그는 지금쯤은 아버지의 화가 가라앉았을 것이고, 그 요술 식탁을 가지고 온 걸 보면 기뻐하시리라 생각하고 집으로 돌아가기로 했습니다. 집으로 가는 도중에 그는 어느 여관에서 묵게 되었는데 그 여관에는 손님들이 가득 들어차 있었습니다.

그들은 그를 따뜻하게 맞으며 식탁 한 귀퉁이를 비워 주며 그에게 같이 밥을 먹자고 했습니다. 그런데 그는 너무 늦게 온 터라 그들이 다 먹기를 기다렸다가는 음식을 얻어 먹기 힘든 형편이었습니다. 그러자 그 젊은 목수가 말했습니다.

"아뇨, 전 여러분들이 손댄 음식을 먹고 싶지 않습니다. 그 대신 저는 여러분들을 제 손님으로 초대하고 싶습니다."

손님들은 모두 웃음을 터뜨리며 그가 농담을 하고 있다고 생각했습니다. 그러나 그 젊은이는 조그만 식탁을 방 한가운데 내려놓더니 그것을 보고 말했습니다.

282 그림 형제 동화전집

"식탁아, 한 상 가득 차려 내라!"

그의 말이 떨어지기가 무섭게 그 식탁에는 여관 주인이 내온 음식보다 훨씬 더 맛있는 음식들이 가득 차려졌습니다. 손님들은 상에 차려진 음식에서 풍기는 기막힌 냄새에 코를 벌름거렸습니다.

젊은이가 손님들에게 말했습니다.

"여러분, 마음껏 드십시오."

손님들은 그의 말이 떨어지자마자 더 이상 물어보지도 않고 식탁 앞으로 달려들어 수저를 집어 들더니 정신없이 먹고 마셨습니다. 접시를 비우기가 무섭게 새 요리접시가 나타나서 손님들은 또다시 놀랐습니다. 여관 주인은 한 구석에 서서 입을 딱 벌린 채 그 광경을 모두 지켜보았습니다. 그는 '우리 여관에도 저런 근사한 요리사가 있으면 얼마나 좋을까.' 하고 생각했습니다.

목수와 새로 사귄 그의 친구들은 밤늦게까지 마음껏 먹고 즐겼습니다. 이윽고 그들이 모두 잠자러 들어가자 젊은 목수도 자신의 요술 식탁을 벽에 세워 두고는 자기 침대로 올라갔습니다. 그런데 여관 주인은 그 식탁이 너무나 탐나 안절부절못하다가 마침내 자기 집 창고 안에 그것과 똑같이 생긴 낡은 식탁이 하나 있다는 것을 기억해 냈습니다. 그는 창고에서 낡은 식탁을 가져와 요술 식탁과 슬쩍 바꿔치기했습니다.

이튿날 아침 젊은 목수는 숙박비를 내고 가짜 요술 식탁을 등에 지고 여관을 떠났습니다. 그 날 정오쯤 그는 집에 도착을 했습니다. 돌아온 아들을 보자 아버지는 몹시 기뻐하면서 그를 맞아들였습니다.

아버지가 물었습니다.

"애야, 그동안 뭘 배웠니?"

"전 목수가 되었어요, 아버지."

"그거 좋은 직업이지. 그런데 네가 가져온 게 뭐냐?"

"이 식탁이야말로 제가 가져온 것 중 가장 귀중한 겁니다."

재단사는 그 식탁을 요리조리 살펴보다가 말했습니다.

"네가 기막힌 식탁을 만들어 냈다는 생각은 안 드는구나. 이건 초라한 낡은 식탁에 불과한걸."

"하지만 이건 요술 식탁이에요, 아버지. 제가 이걸 내려놓고 '한 상 차려내라' 하면 아주 맛좋은 음식들과 포도주가 곧바로 나타나요. 음식들이 모두 입에서 살살 녹는게 아주 기가 막혀요. 지금 당장 우리 친척들과 아버지의 친구 분들을 모두 초대하세요. 그분들께 아주 근사한 음식들을 대접할 테니까요. 그분들이 다 드시고도 남을 만큼의 음식들이 나올거예요."

사람들이 모두 모이자 그는 거실 중앙에 그 식탁을 놓고 말했습니다.

"식탁아, 한 상 가득 차려 내라!"

그러나 그 식탁은 꼼짝도 하지 않았습니다. 그것은 그의 말을 이해할 수 없는 보통의 식탁처럼 아무것도 차려 내지 않았습니다.

그 불쌍한 젊은이는 그제서야 누군가가 자신의 요술 식탁을 바꿔치기했다는 것을 깨닫고는 자기가 거짓말을 한 것처럼 되어 버린 사실에 얼굴을 붉혔습니다. 그의 친척들은 어처구니없다는 듯이 웃기만 했으며 아무것도 얻어 먹지 못한 채 각자 자기 집으로 돌아가야 했습니다. 그의 아버지는 다시 천들을 찾아내 재단하는 일을 시작했고 그의 아들은 근처에서 목수 일을 찾아 다녔습니다.

한편 둘째 아들은 제분업자에게서 곡식 빻는 기술을 익혔습니다. 그가 기술을 다 배우자 방앗간 주인이 말했습니다.

"네가 지금까지 열심히 일했으니 너한테 특별한 당나귀 한 마리를 주겠다. 그런데 그 당나귀는 마차를 끌거나 곡식을 나르지는 못한다."

그러자 젊은이는 물었습니다.

"그렇다면 그 당나귀를 어디에 쓰나요?"

"그 녀석은 금화를 쏟아 낸단다. 네가 그 당나귀 밑에 천 자락을 펼쳐 놓고 '브리클레브리트'라고 하면 그 착한 짐승은 입과 항문으로 금화를 쏟아 내지."

"그거 아주 근사한 짐승이군요."

젊은이는 방앗간 주인에게 고맙다는 인사를 하고 넓은 세상으로 나갔습니다. 돈이 필요할 때마다 그가 당나귀에게 '브리클레브리트'라고 하기만 하면 당나귀는 금화를 마구 쏟아 냈고 그는 그것을 줍기만 하면 되었습니다. 그는 어디를 가든지 가장 맛좋은 음식만 먹었고 가장 좋은 여관에서만 묵었으며, 돈을 쓰고 또 써도 그의 돈주머니는 늘 금화가 가득 차 있었습니다. 그는 얼마 동안 세상을 떠돌아다닌 뒤, 이제 그 마술 당나귀를 보면 아버지도 화를 풀고 자신을 환영해 주시리라 생각하고는 아버지에게 가기로 결심했습니다.

그리하여 아버지가 계신 집을 향해 떠난 둘째 아들은 우연히 자기 형이 요술 식탁을 잃어버린 바로 그 여관에 묵게 되었습니다. 그가 황금 당나귀의 고삐를 잡고 그 여관으로 들어가자 여관 주인은 자기가 그 고삐를 넘겨받아 당나귀를 마구간으로 데리고 가려 했습니다. 그 때 그 젊은이가 말했습니다.

"그런 수고 하실 필요없습니다. 이 녀석은 내가 직접 마구간으로 데리고 가겠습니다. 이 녀석이 어디 있는지 잘 알아 두어야 하니까요."

여관 주인은 그 말을 듣자 이상한 생각이 들었습니다. 그러고는 여관 주인한테 당나귀를 돌보라고 하지 않고 자기가 직접 당나귀를 돌보겠다고 하는 것

을 보니 돈이 별로 없는 친구인가 보다라고 생각했습니다. 그러나 그 손님이 주머니 속에서 금화 두 닢을 꺼내 가장 좋은 음식을 준비해 달라고 하자 여관 주인은 놀라서 눈이 휘둥그레졌습니다. 그는 즉시 달려가 그의 집에서 가장 좋은 음식을 차려내 왔습니다.

식사를 마친 손님이 얼마냐고 묻자 여관 주인은 주저하지 않고 음식값의 두 배에 해당되는 액수를 불렀습니다. 젊은이는 다시 금화 두 닢을 더 내야 했습니다. 그런데 돈을 지불하기 위해 주머니 속에 손을 집어넣어 보니 금화가 하나도 없었습니다. 그러나 그는 여관 주인에게 말했습니다.

"잠깐만 기다려 주시오. 가서 금화를 가져올 테니까요."

젊은이가 식탁보를 가지고 그 자리를 뜨자 여관 주인은 젊은이가 그것으로 뭘 하려는지 도저히 짐작이 가지 않아 궁금한 마음에 몰래 그 젊은이의 뒤를 밟았습니다. 젊은이는 마구간 안으로 들어가 문을 잠갔고 여관 주인은 옹이 구멍에다 눈을 대고 안을 들여다보았습니다. 젊은이는 그 당나귀 밑에다 식탁보를 펼치더니 '브리클레브리트'라고 외쳤습니다. 그러자 그 즉시 당나귀는 입과 항문으로 금화를 쏟아 내기 시작했습니다.

그 광경을 본 여관 주인은 혼자 중얼거렸습니다.

"내가 악마한테 홀린거야! 정말 희한하게 금화를 만들어 내네! 나한테도 저런 당나귀가 있었으면!"

젊은이가 돈을 치르고 잠을 자러 가자 여관 주인은 몰래 마구간 안으로 기어들어갔습니다. 그러고는 돈을 쏟아 내는 그 희한한 짐승을 데려가고 그 곳에 다른 당나귀를 잡아매 놓았습니다. 이튿날 새벽, 그 젊은이는 아무것도 모른 채 바뀐 당나귀를 끌고 여관을 떠나 정오경에 아버지 집에 도착했습니다. 아버지는 둘째 아들이 다시 돌아온 것을 보고 크게 기뻐하며 물었습니다.

"넌 나가서 뭘 배워 왔니?"

"밀가루 빻는 기술을 배워 왔어요, 아버지."

"그래 뭘 가지고 돌아왔지?"

"당나귀 한 마리요."

"당나귀는 여기에도 많은데. 차라리 착한 염소나 한 마리 끌고 오지 그랬니?"

아들이 대답했습니다.

"하지만 저건 보통 당나귀가 아니예요. 저건 황금 당나귀라구요. 제가 '브리클레브리트'라고 외치면 저 당나귀는 넓은 천 조각 하나 가득 금화를 쏟아 내요. 그러니 우선 친척들을 불러오세요. 제가 그 사람들을 모두 부자로 만들어 줄 테니까요."

아버지는 기뻐하며 말했습니다.

"그거 좋은 생각이로구나. 그럼 나도 이제는 지겨운 재단 일을 하지 않아도 되겠구나."

그는 친척들을 불러모으기 위해 밖으로 나갔습니다. 친척들이 다 모이자마자 둘째 아들은 그들에게 당나귀를 데려다 놓을 자리를 만들어 달라고 했습니다. 그런 다음 그는 그 빈 자리에 넓은 천을 펼쳐 놓고 당나귀를 데리고 와서는 당나귀에게 말했습니다.

"자, 정신 똑바로 차리고 내 말을 잘 들어. 브리클레브리트!"

그러나 당나귀한테서는 아무것도 나오지 않았습니다. 그 당나귀는 금화를 만들어 내는 재주를 알지 못하는 것이 분명했습니다. 세상에 그런 당나귀는 아주 드무니까요. 그 젊은이는 그만 코가 쑥 빠졌습니다. 젊은이는 자기가 여관 주인한테 사기당했다는 것을 깨닫고 친척들에게 미안하게 됐다고 말했습니다. 결국 친척들은 빈손인 채로 각자 자기 집으로 돌아갔습니다. 재단사인 아버지는 여전히 양복 재단일을 해야 했고, 둘째 아들은 그 동네의 방앗간으로 가서 그 집 일꾼이 되었습니다.

셋째 아들은 선반 기술자의 조수가 되었는데 그건 아주 많은 기술을 필요로 하는 직업이라 그의 조수 생활은 두 형들보다 훨씬 더 길었습니다. 이 기간 동안 그는 형들한테서 각기 편지 한 통씩을 받았습니다. 그 편지에는 그들이 어느 여관에 들렀는데 집으로 떠나기 전날 밤 여관 주인이 자기네가 가지고 있던 요술 식탁과 황금 당나귀를 훔쳤다는 내용이 적혀 있었습니다. 셋째 아들이 마침내 조수 과정을 마치고 떠날 때가 되자 그의 스승은 그동안 수고했다고 하면서 그에게 자루 하나를 주었습니다.

"그 자루 속에는 몽둥이 하나가 들어 있다."

"이 자루는 가져가면 언젠가 쓸 데가 있겠지만 이 몽둥이는 뭐에 쓰지요? 괜히 자루만 무겁게 할 텐데요."

스승이 말했습니다.

"누군가가 널 해치려들 때 네가 '몽둥이야, 자루에서 나오너라.'라고만 하면 그 몽둥이는 자루에서 튀어나오자마자 상대에게 달려들어 상대가 일 주일 동안 아파서 꼼짝도 못할 정도로 흠씬 두들겨 패 줄거다. 그리고 네가 '몽둥이야, 그만 자루 속으로 들어가라.' 해야만 몽둥이질을 그칠거다."

조수는 스승께 고맙다는 인사를 한 뒤 자루를 어깨에 메고 길을 떠났습니다. 누군가에 그에게 가까이 다가와 그를 협박하기라도 할라치면 그는 '몽둥이야, 자루에서 나오너라.'라고 말할 것이고 그러면 그 몽둥이는 대번에 튀어나와 상대의 외투나 윗도리의 먼지를 신나게 털어 줄 것이며, 상대가 하나가 아니고 여럿이면 돌아가며 번개같이 그들의 먼지를 털어 줄 테니 그로서는 세상에 무서울 것이 하나도 없었습니다.

이윽고 저녁 무렵이 되었을 때 그는 두 형들이 사기를 당했던 문제의 그 여관에 도착했습니다. 그는 자루를 자기 앞에 놓여 있는 테이블 위에 올려 놓고는 이제까지 자신이 보고 들은 놀라운 일들에 관한 이야기를 여관 주인에게 들려주기 시작했습니다.

"어떤 사람들은 요술 식탁이나 황금 당나귀 같은 것들을 봤다고 합니다. 그런 것들도 정말 놀라운 것들이긴 하지만 내가 얻은 이 보물에 비한다면 아무것도 아닙니다. 난 그걸 이 자루 속에 넣어 놓았답니다."

여관 주인은 귀를 쫑긋 세우고 그의 말을 귀담아 듣고는 '세상에 그런 귀한 것이 다 있을 수 있을까? 아마도 그 자루 속에는 보석들이 가득 차 있을거야. 좋은 일은 삼세 번 일어나는 법이니 그건 당연히 내 것이 되어야 하지 않겠어?' 하고 생각했습니다.

잠잘 때가 되자 젊은이는 자기 침대로 올라가 자루를 베개 대신 베고 누웠습니다. 손님이 깊이 잠든 듯하자 여관 주인은 살그머니 그의 곁으로 다가가서는 그 자루를 다른 것으로 바꿔치기하기 위해 먼저 그 자루를 빼내려 했습니다. 그런데 이 순간을 기다려 온 젊은이는 여관 주인이 자루를 거의 다 빼냈을 즈음 벼락같이 소리쳤습니다.

"몽둥이야, 자루에서 나오너라!"

그 말이 떨어지기가 무섭게 몽둥이가 자루에서 튀어나오더니 여관 주인을 그가 입고 있던 옷의 실밥이 모두 터져 나가도록 흠씬 두들겨 팼습니다. 여관 주인은 제발 살려 달라고 비명을 질러 댔지만 그의 비명소리가 커지면 커질수록 몽둥이는 더 신나게 그의 등을 두들겼으며, 마침내 여관 주인은 바닥에 쭉 뻗어 버렸습니다. 그때서야 젊은이가 말했습니다.

"요술 식탁과 황금 당나귀를 내놓지 않으면 다시 몽둥이 춤을 보여 주겠다."

그러자 여관 주인은 비명을 질렀습니다.

"오, 안 돼요! 당신에게 모든 걸 기꺼이 드리겠으니 제발 저 악마 같은 도깨비 방망이를 자루 속에 들어가게만 해주십시오!"

"이번 한 번은 용서해 주기로 하지. 하지만 앞으로는 몸가짐을 조심하는게 좋을거야."

그리고 나서 젊은이는 소리쳤습니다.

"몽둥이야, 그만 자루 속으로 들어가거라!"

이튿날 아침, 그 젊은이는 요술 식탁과 황금 당나귀를 가지고 아버지가 계신 집으로 떠났습니다. 아버지는 막내 아들을 다시 만나게 되자 크게 기뻐하면서 그동안 무엇을 배웠느냐고 물었습니다.

"전 선반공이 되었습니다, 아버지."

"그건 아주 많은 기술을 필요로 하는 직업이지. 그건 그렇고 넌 뭘 가져왔느냐?"

막내 아들이 대답했습니다.

"아주 귀한 걸 가져 왔어요. 자루 속에 든 몽둥이요."

그러자 아버지는 실망해서 소리쳤습니다.

"뭐라구! 몽둥이를! 아주 하찮은 걸 가져 왔구나! 몽둥이라면야 큰 나무에서 잘라 오면 그만인 것을."

"하지만 이건 보통 몽둥이가 아니예요, 아버지. 제가 '몽둥이야, 자루에서 나오너라.'라고 하면 그 몽둥이는 즉각 튀어나와 저를 협박하는 못된 놈들을 마구 두들기기 시작해서 상대가 바닥에 완전히 뻗어 목숨만 살려 달라고 싹싹 빌어야만 몽둥이질을 그쳐요. 저는 이 몽둥이 덕에 그 못된 여관 주인이 형들한테서 훔쳐간 요술 식탁과 황금 당나귀를 되찾아왔어요. 그러니 형님들과 우리 친척 모두를 불러 주세요. 그분들께 좋은 음식과 좋은 술을 대접하고 또 그분들 주머니 속을 금화로 두둑이 채워 드리게."

늙은 아버지는 좀처럼 그의 말이 믿어지지 않았으나 일단 친척들을 불러 모았습니다. 친척들이 다 모이자 막내는 거실 한복판에 넓은 천을 펼쳐 놓고는 황금 당나귀를 거실로 데리고 와서 작은 형에게 말했습니다.

"자, 형님, 당나귀한테 명령을 내리세요."

이에 둘째가, '브리클레브리트'라고 말하자 소나기가 내리듯 금화가 천 위로 쏟아져 내렸습니다. 그 당나귀는 친척들이 가져가고도 남을 만큼의 금화를 쏟아 낸 뒤에야 멈추었습니다. 이어서 막내는 요술 식탁을 가져와서 큰형에게 말했습니다.

"자, 형님, 식탁한테 명령을 내리세요."

목수인 큰형이 말했습니다.

"식탁아, 한 상 가득 차려 내라."

그러자 그 식탁 위에는 가장 맛있고 진귀한 음식들이 상다리가 휘어질 정도로 가득 놓였습니다. 늙은 재단사가 그렇게 맛있는 음식을 먹어보기는 평생 처음이었습니다. 친척들은 밤늦게까지 그 집에 머무르면서 즐겁게 먹고 마셨습니다. 그 후 늙은 재단사는 바늘과 실과 재단용 자와 다리미를 벽장 속에다 집어넣고는 세 아들과 함께 즐겁고 행복하게 살았습니다.

그런데 재단사로 하여금 세 아들을 쫓아내게 한 문제의 그 염소는 어떻게 되었을까요? 이제부터 그 이야기를 해 드리겠습니다.

그 염소는 대머리가 된 자신의 머리가 너무나 창피해 마구 달려가 여우가 사는 구멍 속으로 기어들어갔습니다. 그런데 여우가 집에 들어와 보니 어둠 속에서 두 개의 눈알이 자기를 노려보는 게 아니겠습니까? 여우는 너무 놀라 무작정 달아났습니다. 그러다 여우는 곰을 만났는데, 여우가 정신이 나간 얼굴을 하고 있자 곰이 물었습니다.

"무슨 일이 있니, 여우야? 왜 그런 얼굴을 하고 있니?"

여우가 대답했습니다.

"오, 말도 마. 내 굴 속에 무시무시한 짐승이 앉아 시뻘겋게 이글거리는 눈으로 날 노려보는게 아니겠어!"

그러자 곰이 말했습니다.

"내가 그 녀석을 당장 처치해 주지."

곰은 여우굴로 가서 안을 들여다보았습니다. 그런데 그 이글거리는 눈을 보자 곰 역시 겁이 났습니다. 곰은 그렇게 무서운 짐승과 상대하고 싶지 않아 이내 도망쳐 버렸습니다. 이윽고 곰은 길에서 벌을 만났는데 벌은 곰의 표정이 창백한 것을 보고 물었습니다.

"곰아, 너 얼굴이 참 안됐다. 그 당당하던 얼굴은 어디 가고 그렇게 다 죽어 가는 상이 됐니? 무슨 일이 있었니?"

곰이 대답했습니다.

"말은 납죽납죽 잘 하는구나. 하지만 너도 여우굴 속에 있는 그 무시무시한 눈을 가진 짐승을 한 번 봐. 우린 그 녀석을 쫓아낼 수가 없었어."

그러자 벌이 말했습니다.

"너희들, 참 가엾구나. 너와 여우는 내가 힘없는 약한 동물이라고 날 볼 때마다 아는 척도 하지 않았지. 하지만 난 너희들을 도와줄 수 있을거야."

벌은 여우굴 속으로 날아 들어가 염소의 매끄러운 대머리 위에 앉아 세게 침을 놓았습니다. 그러자 염소는 "매애애! 매애애!" 하고 비명을 지르며 펄쩍 뛰어 일어나더니 미친 듯이 바깥으로 내달렸습니다. 그리고 그 날 이후로 그 염소한테 어떤 일이 일어났는지 아는 사람은 아무도 없답니다.

37

엄지둥이

한 가난한 농부가 난롯가에 앉아 불을 헤집고 있었고 그의 아내는 그 곁에서 물레질을 하던 어느 저녁 나절이었습니다.
　농부가 말했습니다.
　"우리에게 아이가 하나도 없으니 너무나 쓸쓸해. 우리 집은 너무 조용해. 다른 집은 시끌벅적하고 활기에 넘쳐 있는데 말이오."
　그러자 그의 아내도 한숨을 쉬면서 말했습니다.
　"맞아요. 아이가 하나라도 있었으면 좋겠어요. 우리에게 내 엄지손가락만큼 작은 아이라도 있다면 온 정성을 다해서 키우고 누구보다도 더 사랑해 줄 텐데…."
　그러던 어느 날 그의 아내가 갑자기 앓아 눕더니 일곱 달이 지난 뒤 아기를 하나 낳았습니다. 그 아기는 어느 모로 보나 보통 아이와 하나도 다를 것이 없었으나 다만 한 가지, 몸집이 엄지손가락만하다는 게 다른 아이들과 달랐습니다.
　그들은 입을 모아 말했습니다.
　"우리가 바라던 대로요. 우리 이 아기를 정성을 다해 키웁시다."
　아기의 몸집이 엄지손가락만하므로 그들은 아기를 엄지라 불렀습니다. 그들은 아기를 잘 먹였지만 웬일인지 그 아기는 태어날 때의 크기 그대로인 채 더 이상 크지 않았습니다. 그러나 그 아이는 총명해 보이는 눈을 지니고 있었으며, 실제로 자라면서 영리하고 날렵한 아이가 되어 무슨 일이든지 척척 해치우곤 했습니다.
　어느 날 농부는 숲으로 나무를 하러 갈 채비를 하다 말고 혼자 중얼거렸습니다.
　"숲으로 마차를 몰아다 줄 사람이 하나 있었으면 얼마나 좋을까?"
　그러자 엄지가 말했습니다.
　"아버지, 제가 마차를 몰겠어요. 저를 믿으세요. 아버지가 원할 때마다 마차를 숲으로 몰고 가겠어요."

농부는 그 말을 듣고 껄껄 웃으며 말했습니다.

"네가 어떻게 마차를 몰겠다는거냐? 넌 너무나 작아 말고삐를 쥘 수도 없을 텐데."

"그런 건 중요하지 않아요. 어머니가 말을 마차에 붙잡아 매주기만 하면 돼요. 그럼 전 말의 귀 속에 들어가 앉아 말한테 어디로 가야 할지 알려 주기만 하면 되고요."

그러자 아버지가 대답했습니다.

"알았다. 한 번 해보자꾸나."

드디어 아버지가 도끼로 찍어 넘긴 나무들을 마차로 실어내 가야 할 때가 되었을 때 그의 어머니는 말을 마차에 붙잡아매 주고는 엄지를 말의 귀 속에 집어넣어 주었습니다. 엄지는 큰 소리로 명령했습니다.

"이랴! 어서 가자! 이랴!"

그러자 마치 주인이 말고삐를 잡은 것처럼 마차는 숲을 향해 제대로 달려 갔습니다. 길 모퉁이에 이르렀을 때 엄지는 다시, "이랴! 이랴!" 하고 소리쳤습니다. 그 때 마침 낯선 사람 둘이 마차 곁을 지나가고 있었습니다.

그 중의 한 사람이 말했습니다.

"맙소사! 저게 뭐지? 마부도 없는 마차 아닌가. 그런데 누군가가 말한테 외치는 소리가 들려."

또 한 사람이 그 말을 받았습니다.

"이상한 일이 벌어지고 있군. 우리 저 마차 뒤를 따라가 저 마차가 어디로 가는지 알아보기로 하세."

마차는 숲 속으로 들어가 나무들이 잔뜩 베여 있는 곳으로 갔습니다. 엄지는 아버지를 보고 소리쳤습니다.

"보세요, 아버지. 제가 마차를 몰고 왔잖아요! 이제 절 좀 내려 주세요."

아버지는 왼손으로 말을 붙잡고 오른손으로 말의 귀에서 엄지를 꺼내 주었습니다. 그러자 엄지는 밀짚 위로 껑충 뛰어내렸습니다. 낯선 사람들은 그 꼬마를 보고 너무나 놀란 나머지 좀처럼 벌어진 입을 다물지 못했습니다. 그 중의 한 명이 다른 사람의 팔을 붙잡고 말했습니다.

"우리가 큰 도시로 가서 돈을 받고 저 꼬마를 보여 주면 큰 돈이 굴러 들어

올거야. 그러니 우리 저 꼬마를 사도록 하자구."
　그들은 농부에게 가서 말했습니다.
　"저 꼬마를 우리에게 파시오. 잘 돌봐 주겠소이다."
　그러자 아버지가 정색을 하며 말했습니다.
　"안 돼요. 저 아이는 눈에 넣어도 아프지 않을 만큼 사랑스런 아이요. 온 세상의 금을 다 준다고 해도 저 애를 팔지는 않을거요."
　그러나 엄지는 그들의 말을 듣고 아버지의 외투 주름을 잡고 기어올라가 아버지의 어깨 위에 서서 아버지의 귀에다 대고 속삭였습니다.
　"아빠, 걱정하지 마세요. 저를 저 사람들한테 넘겨 주기만 하세요. 전 곧 아빠 곁으로 돌아올 테니까요."
　그래서 아버지는 많은 돈을 받고 두 사람에게 엄지를 넘겨 주었습니다. 그들은 엄지한테 물었습니다.
　"널 어디다 앉혀 줄까?"
　"아저씨 모자 챙 위에 얹어 주세요. 그러면 전 그 위에서 이리저리 걸어다닐 수도 있고 시골풍경을 구경할 수도 있으니까요. 떨어질 염려는 없으니까 걱정하지 마세요."
　그들은 엄지가 부탁하는 대로 해주었습니다. 엄지가 아버지와 작별을 한 뒤 그들은 곧 그 곳을 떠났습니다. 그들은 어스름녘까지 걸었습니다. 그 때 엄지가 말했습니다.
　"저를 좀 내려 주세요. 오줌이 마려워요."
　그러자 엄지를 보자 위에 얹어 준 남자가 말했습니다.
　"거기서 그냥 싸거라. 네가 그 위에서 쉬를 한다 해도 난 아무 상관 없으니까. 난 이따금 새들이 내 머리 위에 똥을 싸는 일도 겪곤 했는걸."
　엄지는 다시 말했습니다.
　"안 돼요. 그건 예의에 어긋나는 일이라구요. 어서 빨리 저를 좀 내려주세요!"
　그 남자는 모자를 벗어 엄지를 길 옆에 들판에 내려 주었습니다. 그러자 엄지는 팔짝 뛰어내리더니 들판 여기저기에 흩어진 흙덩이 사이로 기어가서는 쥐구멍 속으로 들어가 버렸습니다. 엄지는 바로 그런 곳을 찾고 있었던 것입니다. 구멍 속에 들어간 엄지는 깔깔거리고 웃으며 소리쳤습니다.

"안녕히 가세요, 아저씨들! 저는 이대로 내버려 두시고 집으로 가 보세요."

두 사람은 소리나는 곳으로 달려가 막대기로 그 쥐구멍을 쑤셔 보았습니다. 그러나 헛수고였습니다. 엄지는 쥐구멍 속으로 더 깊이 들어갔으니까요. 이윽고 날이 칠흑처럼 어두워지자 두 남자는 어쩔 수 없이 빈 지갑만 가진 채 화가 나서 씩씩거리며 집으로 돌아가야 했습니다.

그들이 가는 것을 본 엄지는 쥐구멍 밖으로 기어나와 혼자 중얼거렸습니다.

"어두운 들판을 걸어가는 건 너무 위험해. 목이나 다리를 부러뜨릴지도 모르니까."

그런데 다행히도 엄지는 빈 달팽이 껍데기를 발견했습니다.

"주여, 감사합니다. 이제 이 속에서 안전하게 밤을 보낼 수가 있게 됐군."

엄지가 달팽이 껍데기 속으로 들어가 잠을 자려고 하는데 두 남자가 그 옆을 지나가며 말하는 소리가 들려 왔습니다.

그들 중의 하나가 말했습니다.

"어떻게 그 부자 목사의 돈과 은을 훔쳐 낸다지?"

그 때 엄지가 그들의 말을 중간에서 가로챘습니다.

"제가 방법을 알려 드릴 수 있어요."

또 다른 도둑이 놀라서 말했습니다.

"이게 무슨 소리지? 누가 말하는 소리를 들었어!"

두 남자는 제자리에 서서 소리가 난 쪽에 귀를 귀울였습니다. 이윽고 엄지는 다시 말했습니다.

"저를 데려가 주면 아저씨들을 도와드리겠어요."

"그런데 넌 어디에 있니?"

"땅바닥을 내려보시고 소리가 나는 쪽을 잘 살펴보세요."

잠시 후 도둑들은 엄지를 발견하고는 엄지를 들어올렸습니다. 그리고 그들 중의 하나가 말했습니다.

"요 꼬마 녀석아, 네까짓 게 어떻게 우리를 도와주겠다는거지?"

엄지가 대답했습니다.

"쇠창살 사이로 그 목사님의 방에 기어들어가 아저씨들이 원하는 물건들을 넘겨 드릴게요."

그러자 다른 하나가 말했습니다.

"좋다. 과연 네가 그 일을 해낼 수 있나 알아보기로 하자."

목사의 집에 도착하여 목사가 낮에 일하는 방으로 기어들어간 엄지는 있는 힘을 다해 소리쳤습니다.

"여기 있는 모든 물건들을 다 넘겨 드려요?"

도둑들은 놀라서 말했습니다.

"살살 말해라. 사람들 깰라."

그러나 엄지는 못 들은 척하고 또다시 소리쳤습니다.

"뭘 원하세요? 여기 있는 걸 모두 넘겨 드려요?"

그 때 목사의 방 바로 옆에 딸린 방에서 자고 있던 하녀가 그 소리를 들었습니다. 그녀는 침대에서 일어나 앉아 귀를 기울였습니다. 그러나 도둑들이 겁이 나서 그 집에서 멀찍감치 물러나는 바람에 이제 아무 소리도 들리지 않았습니다. 잠시 후 도둑들은 다시 용기를 내어 그 꼬마녀석이 자기네를 놀리고 있다고 생각하고는 그 집으로 되돌아와 엄지에게 속삭였습니다.

"장난치지 말고 우리에게 물건들을 넘겨."

엄지는 다시 있는 힘껏 소리쳤습니다.

"알았어요. 아저씨들이 원하는 물건들을 뭐든지 넘겨 드릴게요! 우선 아저씨들의 손을 이리로 내미세요!"

하녀는 계속 귀를 귀울이고 있다가 그들이 주고받는 이야기를 똑똑히 들었습니다. 하녀는 침대에서 뛰어내려와 더듬거리며 목사의 방 안으로 들어갔습니다. 그러자 도둑들은 사냥꾼들에게 쫓기는 짐승들처럼 부리나케 도망쳐 버렸습니다. 하녀는 어두워서 방 안이 보이지 않았으므로 초를 찾으러 밖으로 나갔습니다. 하녀가 촛불을 켜들고 다시 돌아왔을 때는 엄지가 이미 그 방을 빠져나가 외양간으로 간 뒤였습니다. 하녀는 온 방 안을 샅샅이 뒤져 보았지만 아무것도 발견하지 못했습니다. 그녀는 아무래도 자기가 꿈을 꾼 모양이라고 생각하고는 침대로 되돌아갔습니다.

한편 엄지는 건초더미 위로 기어올라가 근사한 잠자리를 찾아냈습니다. 그는 거기서 잠을 자다가 날이 밝은 뒤 집으로 돌아갈 생각이었습니다.

그러나 인생이란 우리가 기대하는 대로만 되어 가지는 않는 법입니다! 그래서 우리 인생에는 많은 슬픔과 고통이 따르는 것이지요!

날이 밝자 하녀는 소들한테 여물을 주기 위해 침대에서 빠져나왔습니다. 그녀는 우선 외양간으로 들어와 건초를 한아름 집어 들었는데 하필이면 그녀는 엄지가 자고 있는 곳의 건초더미를 한꺼번에 들어냈습니다. 그러나 엄지는 너무 깊이 잠이 들어 아무것도 알지 못했습니다. 그리고 소가 건초와 더불어 자신마저 입 속으로 넣었을 때에야 비로소 잠에서 깨어났습니다. 엄지는 깜짝 놀라서 소리쳤습니다.

"오, 맙소사! 어떻게 내가 이 방앗간 속에 들어와 있을까?"

그러나 엄지는 자기가 어디에 와 있는지 이내 깨닫고는 그 맷돌짝 같은 이빨 사이에 끼지 않으려고 조심했습니다. 그러지 않으면 그 사이에 끼여 가루가 될 판이었으니까요. 소는 곧 건초와 더불어 엄지를 뱃속으로 삼켜 버렸습니다. 소의 뱃속에 들어간 엄지는 혼자 중얼거렸습니다.

"이 방 안에는 창문도 내달지 않았군! 햇빛 한 점 새어 들어오지 않아. 촛불도 가져오지 않을 모양이로군."

엄지는 그 방이 별로 마음에 들지 않았습니다. 가장 고약한 건 그 방문으로 건초가 자꾸 꾸역꾸역 밀려들어와 그 곳이 점점 더 비좁아지고 있다는 점이었습니다. 공포에 질린 나머지 마침내 있는 힘껏 소리쳤습니다.

"여물을 그만 줘요! 여물을 그만 줘요!"

하녀가 그 소의 젖을 짜다 말고 그 소리를 들었습니다. 그런데 주위에는 아무도 없었습니다. 이윽고 하녀는 그 목소리가 간밤에 들었던 것과 같은 목소리라는 것을 깨닫고는 그만 간이 콩알만해져 앉아 있던 등받이 없는 의자에서 뒤로 벌렁 나가자빠졌으며 그 바람에 우유를 모두 엎질렀습니다. 그녀는 정신없이 목사에게 뛰어가 소리쳤습니다.

"오, 목사님! 방금 전에 소가 말을 했어요!"

그러자 목사가 말했습니다.

"너 어디가 잘못되었구나."

그러나 그는 그 말이 사실인지 아닌지 알아보기 위해 직접 외양간으로 가보기로 했습니다. 그가 외양간으로 발을 들여놓자마자 엄지는 다시 소리쳤습니다.

"여물을 그만 줘요! 여물을 그만 주라구요!"

그러자 목사도 겁을 집어먹었습니다. 그는 소의 몸 속에 마귀가 깃들였다고 생각하고는 그 소를 죽이라고 명령했습니다. 그리하여 사람들은 소를 잡은 뒤 엄지가 들어 있던 소의 위장은 거름더미에다 내버렸습니다. 엄지는 있는 힘을 다해 빠져나가려 애쓴 끝에 겨우 거기서 빠져나갈 길을 찾아냈습니다.

그런데 엄지가 그 위장 밖으로 머리를 쑥 내밀려고 하는 순간 또 다른 불행한 일이 일어났습니다. 굶주린 늑대 한 마리가 우연히 그 거름더미 옆을 지나다가 소 위장을 보고는 단번에 꿀꺽 삼켜 버리고 만 것입니다. 그래도 엄지는 용기를 잃지 않았습니다. 엄지는 늑대를 살살 구슬리면 늑대가 자기 말을 들을 것이라고 생각했습니다. 그래서 그는 늑대의 뱃속에서 늑대한테 소리쳤습니다.

"늑대야, 난 네가 아주 좋아하는 먹이가 어디 있는지 알고 있어."

늑대는 말했습니다.

"거기가 어딘지 말해 봐."

"요렇게 저렇게 요렇게 저렇게 가면 그 집이 나오지. 그런데 그 집으로 들어가려면 하수구를 통해 들어가야 해. 그 안으로 들어가면 케이크도 있고 베이컨도 있고 소시지도 있어. 그 밖에도 네가 먹고 싶어하는 건 뭐든지 다 있단다."

엄지는 늑대한테 부모님이 계신 집으로 가는 길을 자세히 설명해 주었고 늑대는 두말하지 않고 그리로 달려갔습니다. 이윽고 밤이 되자 늑대는 하수도를 통해 식료품 저장실로 몰래 숨어 들어가 거기 있는 것들을 정신없이 먹어댔습니다. 이윽고 배가 꽉 차자 늑대는 그만 밖으로 나가고 싶어졌습니다. 그런데 너무 많이 먹어 배가 부풀어올라 그는 하수도를 통해 빠져 나갈 수가 없었습니다. 엄지는 이런 사태를 미리 예상하고 있었기 때문에 늑대의 뱃속에서 발길질을 하고, 있는 힘을 다해 소리치며 소동을 피우기 시작했습니다.

늑대가 엄지에게 말했습니다.

"조용히 해! 사람들을 모두 깨우겠다."

그러자 엄지가 대꾸했습니다.

"무슨 상관이야! 넌 실컷 배를 채웠으니 이제 나도 재미 좀 봐야겠어."

그러면서 엄지는 있는 대로 악을 썼습니다.

마침내 그의 어머니와 아버지가 깨어 일어났습니다. 그들은 식료품 저장실 쪽으로 달려와 문틈으로 안을 들여다보았습니다. 그리고 그 안에 늑대가 있는 것을 보고 되돌아가 아버지는 도끼를, 어머니는 풀 베는 큰 낫을 가져왔습니다. 아버지는 식료품 저장실 앞으로 다가가면서 말했습니다.

"당신은 내 뒤에 있다가 내가 한 방에 녀석을 처치하지 못하거든 낫을 휘둘러 녀석의 몸을 두 토막 내도록 해요."

엄지는 아버지의 목소리를 듣고 소리쳤습니다.

"아빠, 나 여기 있어요! 늑대의 몸 속에서 소리치고 있는거라구요."

그러자 아버지는 기뻐서 어쩔 줄 모르며 말했습니다.

"오, 주여, 감사합니다! 우리 아들이 우리 곁으로 돌아왔어."

그는 엄지가 다칠지도 모르니 낫을 치우라고 말했습니다. 그리고 나서 그는 도끼를 든 두 팔을 치켜든 뒤 늑대의 머리를 내리쳐 그 자리에서 죽여 버렸습니다. 아버지와 어머니는 가위와 칼을 가져와 늑대의 배를 가르고는 아들을 꺼냈습니다. 엄지를 다시 만난 아버지가 말했습니다.

"우리는 너 때문에 몹시 걱정을 했단다!"

"전 많은 곳을 여행했어요, 아빠. 주님의 덕으로 이제 다시 신선한 공기를 마실 수 있게 되었군요!"

"도대체 넌 어디 있었니?"

"전 쥐구멍 속에도 있었고 소의 위장 속에도 있었고 늑대 뱃속에도 있었어요. 이제는 아버지 어머니와 함께 지내겠어요."

"이제는 누가 온 세상의 재물을 다 준다고 해도 너를 팔지 않겠다."

부모님은 엄지를 꼭 끌어안고 입을 맞추었습니다. 그런 뒤 그들은 엄지에게 먹을 것과 마실 것을 주고 새 옷을 지어 주었습니다. 전에 입던 옷은 여행하는 동안 다 해어졌던 것입니다.

38

여우 마나님의 결혼식

첫 번째 이야기

옛날 어느 곳에 꼬리가 아홉 개 달린 늙은 여우가 살고 있었습니다. 늙은 여우는 젊은 아내가 자기에게 충실하지 못하다고 믿었기 때문에 한 번 시험해 보고 싶었습니다. 그래서 기다란 의자 밑에서 몸을 쭉 뻗고 죽은 듯이 꼼짝 않고 누워 있었습니다. 그러자 여우 마나님은 자기 방에 틀어박혀 버렸습니다. 그리고 여우 마나님의 하녀인 고양이 처녀는 화덕으로 가서 요리를 하기 시작했습니다.

얼마 뒤 늙은 여우가 죽었다는 사실이 알려지자 여우 마나님을 위로하기 위해 사람들이 하나 둘 모여들기 시작했습니다. 누군가가 문을 두드리는 소리를 듣고 고양이 하녀가 문을 열자 젊은 여우가 한 마리 나타나더니 이렇게 말했습니다.

"당신은 어떻습니까?
자고 있습니까, 깨어 있습니까?"

고양이 하녀가 대꾸했습니다.

"자다니요. 물론 깨어 있지요.
제가 하는 일을 알고 싶나요?
맥주를 따뜻하게 데워서 버터를 집어넣지요.
맛있는 저녁을 차려 드릴까요?"

"아니 괜찮습니다. 그건 그렇고 여우 마나님은 무얼 하고 계십니까?"
젊은 여우가 물었습니다.

"방에 앉아 계십니다.
슬픔에 젖어 흐느끼고 계세요.
두 눈이 새빨개졌답니다.
여우 아저씨가 돌아가셨거든요."

"미안하지만 부인을 사모하는 젊은 여우가 구혼하러 왔노라고 전해 주시겠소?"
"어려울 것 없지요."
고양이는 깡충깡충 2층으로 올라가서 똑똑 문을 두드렸습니다.
"마님, 안에 계세요?"
"방에 있지, 가긴 어딜 가."
"어떤 구혼자가 마님을 만나러 왔어요."
"어떻게 생겼던? 돌아가신 그 양반처럼 꼬리가 아홉 개 달렸더냐?"
"웬걸요. 꼬리가 하나밖에 없던데요."
"그럼 나에게는 맞지 않아."
고양이 하녀는 아래층으로 내려가서 구혼하러 온 젊은 여우를 돌려보냈습니다. 조금 후 다시 문 두드리는 소리가 났습니다. 여우 마나님에게 구혼하겠다는 여우가 또 한 마리 서 있었습니다. 이 여우도 역시 꼬리가 두 개였기 때문에 앞서 왔던 여우보다 유리할 것이 없었습니다. 그 뒤에도 계속해서 다른 여우들이 왔고 꼬리도 앞의 것보다 하나씩 늘어났지만 모두 퇴짜를 맞았습니다. 마지막으로 늙은 여우처럼 꼬리가 아홉 개 달린 여우가 나타났습니다. 여우 마나님은 그 말을 듣고 신이 나서 하녀에게 말했습니다.

"자, 대문도 방문도 활짝 열고
주인 아저씨를 밖으로 내가거라."

그러나 막 결혼식이 벌어지려고 하는 순간 늙은 여우는 긴의자 밑에서 몸을 꿈틀거리더니 벌떡 일어나서 그 자리에 있던 사람들을 모두 두들겨 팼습니다. 그러고는 부인을 포함해서 모두를 집 밖으로 내쫓았습니다.

두 번째 이야기

늙은 여우가 죽은 다음 늑대가 청혼을 하러 왔습니다. 문 두드리는 소리가 나자 여우 마나님의 하녀인 고양이가 문을 열었습니다. 늑대가 인사를 던지더니 이렇게 말했습니다.

"안녕하시오. 케레비트의 고양이 처녀.
웬일로 혼자 계신가?
뭐 맛난 거라도 만들고 있는 모양이지?"

그러자 고양이가 대꾸했습니다.

"빵을 뜯어서 우유 안에 넣고 있어요.
오셔서 맛이라도 보세요."

"아니, 됐소. 그런데 여우 마나님은 안에 계신가?"
그러자 고양이가 말했습니다.

"방에 앉아 계시지요.
슬픔에 젖어 흐느끼고 계세요.
어찌나 눈물을 많이 흘리시는지.
주인 아저씨가 돌아가셨거든요."

그러자 늑대가 말했습니다.

"마음씨가 비단결 같은 남편감을 원한다면
이 몸이 왔다고 전해 주게나."

고양이는 쏜살같이 달려 올라가서 꼬리를 잠시 뱅뱅 돌리다가 거실 문 앞에 이르렀습니다.

다섯 개의 금가락지로 문을 두드렸습니다.
"마님, 안에 계세요?"
그러고는 다시 한 번 문을 두드렸습니다.

"마음씨가 비단결 같은 남편감이 필요하시면
마침 적당한 분이 오셨는데요."

여우 마나님이 물었습니다.
"빨간 바지를 입고 입이 뾰족하더냐?"

"아뇨."

"그럼 나와는 맞지 않는다."

늑대가 퇴짜를 맞고 돌아간 다음 계속해서 개, 사슴, 산토끼, 곰, 사자, 그리고 숲의 모든 동물들이 차례차례 나타났습니다. 그러나 모두들 죽은 여우가 가졌던 여러 가지 좋은 점 중에서 한 가지도 갖추고 있지 않았습니다. 그래서 고양이는 매번 구혼자를 돌려보내야 했습니다. 마지막으로 젊은 여우가 나타났을 때 여우 마나님은 물었습니다.

"그 신사분이 빨간 바지를 입었더냐? 입이 뾰족하더냐?"

"네."

"그럼 모시고 올라와라."

여우 마나님은 그렇게 말하고 혼인 잔치를 준비하도록 일렀습니다.

"자, 창문을 활짝 열어라.
주인 아저씨가 확실히 나가도록.
그 양반이 쥐를 많이 잡아온 것은 사실이지만
모두 혼자서 먹어 치웠단다.
나는 입도 못 댔어."

그리고 나서 젊은 여우와 여우 마나님은 결혼을 했습니다. 춤과 환호가 이어졌습니다. 도중에 그만두지 않았다면 지금도 춤이 계속되고 있을 것입니다.

39

꼬마 요정

첫 번째 이야기

옛날 어느 곳에 구두장이가 있었습니다. 본인의 잘못은 아니었지만 워낙 가난했기 때문에 겨우 구두 한 켤레를 만들 수 있는 가죽만 가지고 있었습니다. 구두장이는 날이 저물자 가죽을 재단하고 내일 아침에 있을 일을 시작하기로 했습니다. 구두장이는 티없이 맑은 양심을 가지고 있었으므로 조용히 잠자리에 들어가 모든 것을 하느님의 은총에 맡기고 나서 잠을 청했습니다. 아침이 되어 기도를 드리고 막 일을 시작하려고 했을 때입니다. 완성된 구두 한 켤레가 작업대 위에 얹혀 있었습니다. 구두장이는 너무 놀라서 할 말을 잊었습니다. 구두를 이모저모 자세히 뜯어보았지만 아무 이상이 없었습니다. 한 군데도 잘못 기워진 구석이 없었습니다. 매우 공을 많이 들인 듯한 구두였습니다.

조금 있으려니 손님 한 사람이 가게로 들어왔습니다. 손님은 그 구두를 몹시 탐내면서 보통의 구두 값보다 훨씬 많은 돈을 치렀습니다. 그 돈으로 구두장이는 구두 두 켤레 분의 가죽을 살 수 있었습니다. 날이 저물어 다시 가죽을 재단하고 다음 날 아침 상쾌한 기분으로 일을 하기로 마음 먹었습니다. 그러나 그럴 필요가 없었습니다. 다음 날 눈을 떠 보니 구두는 벌써 완성되어 있었으니까요. 다시 손님들이 찾아왔고 구두장이는 구두 네 켤레분의 가죽을 살 수 있는 돈을 얻게 되었습니다. 그리고 다음 날 아침 다시 구두 네 켤레가 완성되어 있었습니다. 이런 일이 계속되었습니다. 저녁 때 재단해 놓기만 하면 아침에는 말끔히 완성되어 있었던 것입니다. 구두장이는 다시 벌이가 좋아졌고 마침내 부자가 되었습니다.

크리스마스를 얼마 앞둔 어느 날 밤이었습니다. 구두장이는 가죽을 잘라 놓고 나서 잠자리에 막 들기 전에 아내에게 말했습니다.

"오늘은 밤을 꼬박 새우기로 합시다. 그럼 우리를 그렇게 도와주는 사람이 누군지 알 수 있을지도 모르니까."

구두장이의 아내도 좋다고 하면서 촛불을 켰습니다. 그런 다음 두 사람은 방 한구석에 걸려 있던 옷가지들 뒤로 몸을 숨기고 말똥말똥 지켜 보았습니다. 밤이 이슥해지자 옷을 모두 벗은 깜찍한 꼬마 요정들이 방 안으로 헐레벌떡 뛰어들어왔습니다. 그러고는 작업대 앞에 앉더니 잘라 놓은 가죽을 가지고 그 작은 손가락들로 능숙하게 바늘을 찌르고 꿰매고 망치를 두드렸습니다. 구두장이는 기가 막혀서 거기서 눈을 뗄 수가 없었습니다. 요정들은 잠시도 쉬지 않고 일에만 매달렸습니다. 그리고 완성된 구두들을 작업대에 올려놓은 다음 다시 허둥지둥 모습을 감추었습니다.

다음 날 아침 아내가 말했습니다.

"그 꼬마 요정들 덕분에 우리는 부자가 되었어요. 우리가 고맙게 생각한다는 것을 알려야 해요. 어려운 일이 아니예요. 옷을 안 입고 돌아다니니 얼마나 춥겠어요? 저는 그 요정들을 위해 셔츠와 상의, 외투와 바지를 만들겠어요. 양말도 한 켤레씩 짤테니 당신은 구두를 한 켤레씩 준비하세요."

"좋은 생각이구려."

하루의 일이 끝나고 저녁이 되었습니다. 구두장이 부부는 재단한 가죽 대신 선물을 작업대 위에 놓고 꼬마 요정들의 반응을 지켜보기 위해서 몸을 숨겼습니다. 밤이 이슥해지자 꼬마 요정들은 방으로 뛰어들어와서 바로 일을 시작하려 했습니다. 그러나 가죽은 보이지 않고 멋진 옷만 보였습니다. 처음에는 어리둥절한 표정이었으나 이내 몹시 즐거운 표정을 지었습니다. 꼬마 요정들은 재빨리 옷을 입더니 옷 매무새를 만지면서 말했습니다.

"이제 우리는 말쑥한 신사가 되었으니
더 이상 힘들여 구두를 만들 필요가 없어!"

그러더니 춤을 추고 깡충거리면서 의자 위로 뛰어올랐습니다. 꼬마 요정들은 춤추며 문을 빠져나가더니 두 번 다시 모습을 나타내지 않았습니다. 그러나 구두장이는 그 뒤로도 평생 영화를 누렸고 하는 일마다 잘 풀려나갔습니다.

두 번째 이야기

옛날 어느 집에 가난하지만 부지런하고 깔끔한 하녀가 있었습니다. 하녀는 매일 집안을 청소하고 문 밖에 쓰레기를 가득 쌓았습니다. 어느 날 아침 하루일을 막 시작하려던 하녀는 쓰레기더미 위에 놓인 편지를 보았습니다. 하녀는 글을 읽을 줄 몰랐기 때문에 비를 한 구석에 놓고 편지를 주인에게 가져갔습니다. 그것은 꼬마 요정들이 보낸 초청장이었습니다. 세례식 때 아기를 들고 있어 달라는 부탁이었습니다. 하녀는 어떻게 해야 할지 몰랐지만 요정의 부탁을 거절하는 것은 현명한 일이 아니라고 주인이 거듭 말했기 때문에 순순히 따르기로 했습니다.

꼬마 요정 셋이 와서 하녀를 자기들이 사는 깊은 산 속으로 데려갔습니다. 산 속은 한결같이 조그맣고 이루 말할 수 없을 만큼 예쁘고 화려한 것들로 가득했습니다. 아기 엄마는 진주 손잡이가 달린 흑단으로 만든 침대에 누워 있었습니다. 이불은 금으로 수놓았고 요람은 상아로 되어 있었습니다. 목욕통은 금으로 되어 있었습니다. 하녀는 맡은 일을 끝낸 뒤 집으로 돌아가려 했지만 요정들은 사흘만 함께 있어 달라고 간곡히 요청했습니다.

그래서 하녀는 그 곳에 더 머무르면서 매우 즐겁고 유쾌한 시간을 가졌습니다. 꼬마 요정들은 하녀를 극진하게 대접했습니다. 이제는 돌아가야 할 시간

이라고 하녀가 말하자 요정들은 하녀의 주머니에 금을 가득 채워 주고 산 입구까지 바래다주었습니다.

하녀는 집에 도착하자마자 일부터 하고 싶었습니다. 그래서 구석에 놓여 있던 비를 들고 청소하기 시작했습니다. 그러자 이상한 사람들이 집 안에서 나오더니 누구며, 어디서 왔느냐고 물었습니다. 알고 보니 하녀는 사흘 동안 집을 비운 것이 아니었습니다. 하녀가 산 속에서 꼬마 요정들과 지낸 시간은 7년이었습니다. 그동안 하녀의 주인은 세상을 뜨고 없었습니다.

세 번째 이야기

요정들이 요람에서 예쁜 아기를 훔쳐가고 그 대신 큰 머리와 부리부리한 눈을 가진 아기를 놓아두었습니다. 바뀐 아기는 오로지 먹고 마시는 것밖에는 몰랐습니다. 고민에 빠진 엄마는 이웃들에게 하소연했습니다. 이웃들은 아기 엄마에게 바뀐 아기를 부엌으로 데려가서 아궁이 위에 놓고 불을 지핀 후 달걀 껍데기 두 개에다 물을 끓이라고 말했습니다. 그렇게 하면 아기가 웃을 것이고 일단 아기가 웃게 되면 힘을 잃게 되리라는 것이었습니다. 엄마는 이웃 사람이 시키는 대로 했습니다. 물을 채운 달걀 껍데기를 불 위에다 얹어놓자 멍청한 아기가 말했습니다.

"나는 서쪽 숲만큼이나 나이를 먹었지만
달걀 껍데기로 하는 이런 요리는
생전 처음 본다."

그러면서 깔깔 웃기 시작했습니다. 그러자 어디선가 꼬마 요정 한 무리가 나타나 자기들이 데려갔던 아기를 아궁이 위에 내려놓고 바꿔친 아기를 도로 데려갔습니다.

40

강도 신랑

옛날 어느 곳에 아리따운 딸을 둔 방앗간 주인이 있었습니다. 그는 혼기가 찬 딸이 좋은 곳으로 시집가기를 원했습니다. 그러므로 믿음직한 청년이 나타나서 결혼을 요청해 온다면 기꺼이 허락해 주리라고 마음을 먹고 있었습니다.

그러던 어느 날 매우 부유해 보이는 구혼자가 나타났습니다. 방앗간 주인은 청년이 흠잡을 데가 없었기 때문에 딸을 주기로 약속했습니다. 그러나 딸은 배우자에게 당연히 품어야 할 사랑을 느끼지 못했습니다. 어쩐지 그를 믿을 수 없는 심정이기도 했습니다. 신랑될 사람을 보기만 해도, 그리고 생각만 해도 소름이 끼쳤습니다.

어느 날 남자가 처녀에게 말했습니다.

"당신은 나의 신부가 될 사람인데 나를 한 번도 찾아오지 않는구려."

"저는 당신 집을 모릅니다."

"내 집은 저기 울창한 숲 속에 있소."

그러나 그녀는 길을 찾지 못할 것이라고 말하면서 애써 핑계를 대려고 했습니다. 그러자 그가 말했습니다.

"다음 일요일에 내 집으로 오시오. 이미 손님들을 많이 초대해 놓았소. 당신이 길을 찾을 수 있도록 땅바닥에 재를 뿌려 놓겠소."

일요일이 되자 그녀는 길을 떠났습니다. 몹시 불안한 생각이 들었지만 왜 그런 생각이 드는지 그 자신도 알 수 없었습니다. 그녀는 길에다 표시를 해놓기 위해 완두콩을 주머니에 가득 채웠습니다. 숲의 입구에 이르니 재가 뿌려져 있었습니다. 그녀는 재를 따라 한 걸음 내디딜 때마다 양편에 콩을 떨어뜨렸습니다. 하루 종일 걸어서 숲 한가운데에 이르자 외딴집이 보였습니다. 그러나 너무 어둡고 음산해서 그녀는 그 집이 마음에 들지 않았습니다. 집 안에는 아무도 없었고 쥐죽은 듯 고요했습니다. 그때 난데없이 어디선가 소리가 들렸습니다.

"새색시, 돌아가요, 돌아가.
여기는 살인마의 소굴이야.
조금 있으면 놈들이 온다니까!"

처녀가 고개를 들어보니 목소리의 주인공은 벽에 매달린 새장 속의 새였습니다. 새가 다시 부르짖었습니다.

"새색시, 돌아가요, 돌아가.
여기는 살인마의 소굴이야.
조금 있으면 놈들이 온다니까!"

아리따운 처녀는 이 방 저 방 돌아다니면서 샅샅이 뒤져보았지만 집안은 텅 비어 있었습니다. 쥐새끼 한 마리도 보이지 않았습니다. 그녀는 지하실로 내려갔습니다. 거기에는 고개를 계속 흔드는 늙은 노파가 있었습니다.

"저의 약혼자가 여기에 살고 있나요?"

"불쌍하게도 여기가 어딘 줄도 모르는 모양이구려. 여기는 살인마들의 소굴이야! 색시는 자기가 곧 결혼식을 올릴 신부라고 생각할지 모르지만 결혼하는 순간 곧 죽음이 기다리고 있다우. 보라구! 이 커다란 솥에다 물을 가득 부어 끓여 놓으라고 나한테 명령했다구. 그 자들은 색시를 잡기만 하면 인정사정 없이 몸을 토막 낼거야. 그러고는 요리를 해서 먹겠지. 그들은 식인종이거든. 이 늙은이가 색시를 불쌍히 여겨 구해 주지 않으면 색시는 죽은 목숨이라오."

그러더니 노파는 처녀를 커다란 통 뒤로 데리고 갔습니다. 여기라면 누구의 눈에도 띄지 않을 것이라고 생각한 것입니다.

"쥐죽은 듯이 조용히 있어야 해. 절대로 움직이거나 꼼지락거리면 안 돼! 그랬다간 색시는 끝장인 줄 아시우. 오늘 밤 강도들이 곯아떨어지거든 여기를 달아납시다. 이런 기회가 오기를 나도 기다렸다우."

처녀가 통 뒤로 숨자마자 무리들이 돌아왔습니다. 또 다른 여자가 질질 끌려 왔습니다. 술에 취한 강도들은 여자가 지르는 비명과 애원은 들은 척도 않고 여자에게 술을 먹였습니다. 모두 세 잔 가득 따랐는데 한 잔은 하얀 술, 한 잔은 붉은 술, 한 잔은 노란 술이었습니다. 그 술을 마시자 여자는 심장이 터져 버렸습니다. 그러자 강도들은 여자의 고운 옷을 갈기갈기 찢더니 여자를 식탁 위에 올려놓고 그 아름다운 몸을 토막토막 썰어 거기다 소금을 뿌렸습니다.

통 뒤에 숨어 이 광경을 지켜본 불쌍한 처녀는 충격을 받고 덜덜 떨기만 했습니다. 이제 강도들 손에 자기의 운명이 어떻게 끝장날지 잘 알 수 있었기 때문입니다. 한 강도가 살해당한 여자의 가녀린 손가락에 끼어 있던 반지를 보고 눈독을 들였습니다. 반지가 쉽게 빠지지 않자 그 강도는 손도끼를 휘둘러 손가락을 잘라냈습니다. 그런데 손가락이 공중으로 튀어 오르더니 통을 넘어 그만 처녀의 무릎에 그대로 떨어졌습니다. 강도가 촛불을 들고서 손가락을 찾으러 다녔지만 찾지를 못하자 다른 강도가 말했습니다.

"저 통 뒤도 살펴봤나?"

그 때 노파가 소리쳤습니다.

"와서들 드슈! 손가락일랑은 내일 찾고. 어디 도망갈 리는 없지 않수."

"할망구 말이 맞아."

강도들은 이구동성으로 말하면서 찾는 것을 포기하고 앉아서 먹기 시작했습니다. 노파가 술에다 수면제를 타 놓았기 때문에 강도들은 얼마 안 가서 지하실 곳곳에 나동그라져 코를 골기 시작했습니다. 처녀는 코고는 소리를 듣고 나서야 통 뒤에서 나왔습니다. 밖으로 나가려면 아무래도 바닥에 포개져서 잠든 사람들을 타고 넘어야 했습니다. 혹시 누구를 깨우지나 않나 가슴이 콩알만해졌지만 하늘이 도왔는지 처녀는 무사히 빠져나왔습니다. 노파와 처녀는 계단을 올라가서 문을 열었습니다. 살인마의 소굴을 빠져나온 두 사람은 젖먹던 힘을 다해 도망쳤습니다. 재는 바람에 날려가고 없었지만 처녀가 뿌려둔 완두콩에서는 싹이 돋아나 달빛을 받으면서 길을 알려 주었습니다. 두 사람은 밤새도록 걸어 아침에는 방앗간에 도착했습니다. 처녀는 아버지에게 자초지종을 낱낱이 들려주었습니다.

결혼식을 올리기로 한 날짜가 되자 신랑이 나타났습니다. 방앗간 주인은 친척과 친구도 초대했습니다. 식탁 앞에 앉은 사람들은 돌아가면서 하나씩 이야기를 했습니다. 그러나 신부는 가만히 앉아서 아무 말도 하지 않았습니다. 답답했던지 신랑이 한 마디 했습니다.

"당신은 아무것도 아는 게 없소? 재미난 이야기 좀 들려주구려."

그러자 신부가 말했습니다.

"좋아요. 꿈 이야기를 하겠어요. 혼자서 숲길을 걷다 보니 집이 나타났어요. 그 집에서는 벽에 걸린 새장의 새만 빼놓고는 사람의 그림자는 볼 수도 없었어요. 새가 이렇게 소리쳤어요.

'새색시, 돌아가요, 돌아가.
여기는 살인마의 소굴이야.
조금 있으면 놈들이 온다니까!'

새는 이 말을 다시금 되풀이했어요. 아시겠어요? 나는 꿈 이야기를 하고 있을 뿐이에요. 그런 다음 이 방 저 방 돌아다녔어요. 방들은 모두 비어 있었고 이상스럽게 을씨년스러웠어요. 마지막으로 지하실로 내려가니 아주 나이가 많은 노파가 한 분 계셨어요. 고개를 흔들고 있었어요. 나는 그분에게 여쭈어 보았어요. '저의 약혼자가 이 집에 사나요?'

노파가 말했어요. '오, 불쌍도 해라. 살인마의 소굴로 찾아들었구려. 당신 약혼자가 여기서 사는건 맞지만 그 사람은 당신을 토막내 죽인 다음 요리해서 먹을거유.'

아시겠어요? 나는 꿈 이야기를 하고 있을 뿐이에요. 노파는 나를 통 뒤에 숨겨 주었어요. 그 때 강도들이 여자 하나를 끌고 집으로 돌아왔어요. 여자는 하얀 술, 붉은 술, 노란 술을 억지로 받아 먹고 심장이 터졌어요. 아시겠어요? 나는 꿈 이야기를 하고 있을 뿐이에요. 강도 하나가 여자가 손가락에 낀 금반지에 눈독을 들였어요. 반지가 쉽사리 빠지지 않자 강도는 손도끼를 휘둘러 손가락을 잘랐어요. 손가락은 솟아올라 통을 넘어 바로 내 무릎에 떨어졌어요. 자, 이게 그 손가락이에요!"

그렇게 말하면서 처녀는 손가락을 꺼내 사람들 앞에 내보였습니다.

백지장처럼 얼굴이 하얗게 질린 강도는 자리를 박차고 달아나려 했습니다. 그러나 손님들이 붙잡아 재판관에게 넘겼습니다. 그리하여 그 강도들은 흉악한 범죄를 저지른 벌로 처형당했습니다.

41

코르베스 씨

암탉 한 마리와 수탉 한 마리가 있었습니다. 그들은 함께 여행을 떠나기로 했습니다. 수탉은 붉은 바퀴가 네 개 달린 아름다운 마차를 만들어 생쥐 네 마리에게 끌도록 했습니다. 암탉은 수탉과 함께 마차를 타고 여행길에 올랐습니다.

얼마 안 가서 고양이를 만났습니다.

"어디로 가시오?"

고양이가 물었습니다.

"오늘 중으로 코르베스 씨를 만나려고요. 쉬지 않고 곧장 갈겁니다."

수탉의 대답을 듣고 고양이가 말했습니다.

"나도 같이 갑시다."

수탉은 선선히 응했습니다.

"좋으실 대로. 앞으로 떨어질지 모르니 뒷자리에 앉아요.

신경 좀 써 주세요.

깨끗한 저 붉은 바퀴가 더러워지지 않도록.

잘도 간다 바퀴야, 이랴!

잘도 운다 생쥐야, 이랴!

우리는 코르베스 씨를 만나러 갑니다.

쉬지 않고 곧장 갈겁니다."

얼마를 가니 맷돌이 나타났습니다. 그 다음에는 달걀이, 그 다음에는 오리가, 그 다음에는 핀이, 그리고 마지막으로 바늘이 나타나서 모두 마차에 올라타고 함께 길을 떠났습니다. 그러나 코르베스 씨 집에 도착하니 집주인은 없었습니다. 생쥐들은 마차를 헛간으로 끌고 갔습니다. 암탉과 수탉은 횃대로 날아올랐습니다. 고양이는 화덕 옆에 쪼그리고 앉았습니다. 오리는 두레박 안에 들어가고 달걀은 수건을 제몸에 돌돌 말았습니다. 핀은 푹신한 의자에 박혔고 바늘은 침대로 가서 베개에 자리를 잡았습니다. 맷돌은 문 위에 죽치고 있었습니다.

집에 돌아온 코르베스 씨는 불을 지피려고 화덕으로 갔습니다. 그러자 고양이가 코르베스 씨의 얼굴에 재를 날려 보냈습니다. 코르베스 씨는 얼굴에 묻은 재를 씻어 내려고 허둥지둥 부엌으로 갔습니다. 그랬더니 이번에는 오리가 물을 철퍼덕 튀겼습니다. 물기를 수건으로 닦으려는 순간 달걀이 떼구루루 굴러와 톡 깨지면서 코르베스 씨의 눈은 달걀 범벅이 되었습니다.

이제는 좀 쉬려고 의자에 앉으니 웬걸, 핀이 콕 찔렀습니다. 코르베스 씨는 씩씩거리면서 침대로 가 누웠지만 머리가 베개에 닿는 순간 바늘에 따끔 찔렸습니다. 코르베스 씨는 울부짖으면서 어찌나 화가 났던지 어서 확 트인 바깥 세상으로 나가기로 마음먹었습니다. 그러나 막 앞문을 여는 순간 맷돌이 떨어져 그만 죽고 말았습니다.

코르베스 씨는 아주 나쁜 사람이었던가 봅니다.

42

대부

어떤 가난한 사나이가 있었습니다. 그에게는 아이가 너무 많아서 세례식때 이 사람 저 사람에게 아기의 대부가 되어 달라는 부탁을 많이 한 터라 다시 아기가 태어났을 때는 더 이상 그런 부탁을 할 만한 사람이 없었습니다. 사나이는 답답한 가슴을 쓸어내리다가 깜빡 잠이 들었습니다. 그런데 꿈 속에서, 성문 앞으로 나가 맨 처음 만나는 사람에게 부탁을 해보라는 말을 들었습니다. 사나이는 잠에서 깨자 꿈에서 일러준 대로 하기로 마음먹었습니다. 그래서 성문으로 가서 처음 만난 남자에게 부탁했습니다. 낯모르는 그 남자는 사나이에게 작은 물병을 주면서 말했습니다.

"이 물은 기적의 물이라서 병을 고칠 수 있소. 당신은 죽음의 신이 어디 서 있는지만 잘 보면 되오. 죽음의 신이 환자의 머리맡에 있으면 이 물 한두 모금으로 환자의 병은 낫지만 죽음의 신이 환자의 발치에 있으면 별의별 수를 써도 소용없고 환자는 영락없이 죽게 되오."

그 때부터 사나이는 병든 사람이 살지 죽을지 언제나 족집게처럼 알아맞힐 수 있게 되었습니다. 그 기술로 이름이 널리 알려졌고 돈도 많이 벌었습니다. 어느 날 사나이는 왕자에게 불려나갔습니다. 방으로 들어섰을 때 죽음의 신이 왕자의 머리맡에 있었습니다. 사나이가 준 물을 마시고 왕자의 병은 나았습니다. 두 번째도 같았습니다. 그러나 세 번째는 죽음의 신이 발치에서 있어서 왕자는 죽고 말았습니다.

사나이는 자기의 성공담을 들려주려고 대부를 찾아갔습니다. 그런데 집으로 들어서니 아주 이상한 일이 벌어졌습니다. 첫 번째 층계가 있는 곳에서는 삽과 비가 서로 티격태격하며 우격다짐을 벌이고 있었습니다.

"대부는 어디 계신가?"

사나이가 물었습니다.

"하나 더 올라가슈."

비가 대꾸했습니다. 두 번째 층계 위에 올라서니 죽은 손가락들이 한 무더기 널려 있었습니다.

"대부는 어디 계신가?"

"하나 더 올라가슈."

손가락 하나가 대꾸했습니다. 세 번째 층계 위에 널려 있던 해골들도 하나 더 올라가라고 말했습니다. 네 번째 층계 위에서 사나이는 불 위에 얹은 프라이팬에서 생선 몇 마리가 지글지글 튀겨지고 있는 것을 보았습니다. 생선들은 스스로 몸을 뒤집어 골고루 튀겨지면서 사나이에게 말했습니다.

"하나 더."

다섯번째 층계를 올라가자 방문이 나타났습니다. 사나이는 열쇠 구멍으로 안을 들여다보았습니다. 방 안에는 대부가 있었습니다. 그런데 긴 뿔을 두 개나 달고 있었습니다. 문을 열고 안으로 들어서니까 대부는 잽싸게 침대로 뛰어들며 몸을 숨겼습니다.

"이 집안은 참 이상도 합니다! 첫 번째 층계가 있는 곳엘 도착하니까 비와 삽이 핏대를 올리면서 우격다짐을 벌이고 있더라구요."

"이렇게 어리숙해서야! 그건 부엌데기들끼리 서로 이야기한 거라오."

"두 번째 층계가 있는 곳에서는 죽은 손가락들을 봤는데."

"어이구! 그건 우엉 뿌리라니까."
"세 번째 층계가 있는 곳에는 해골이 널려 있던데."
"이런 멍청이, 양배추도 몰라?"
"네 번째 층계가 있는 곳에는 생선이 자기 몸을 요리하고 있던데."

사나이의 말이 끝나자 생선이 나타나서 어서 드십시오 하듯이 접시에 척 뛰어올랐습니다.

"다섯 번째 층계가 있는 곳에 올라와서 열쇠구멍으로 들여다보았더니 당신이 무지막지한 뿔을 달고 있던데."
"말 같지 않은 소리를 자꾸 지껄일 테냐!"

사나이는 혼비백산하여 도망갔습니다.

아닌게 아니라 그 때 도망가지 않았으면 무슨 일을 당했을지 아무도 모르는 일입니다.

43

트루데 부인

옛날 어느 곳에 어린 소녀가 있었습니다. 소녀는 고집이 센 데다 호기심이 많아서 부모님이 무어라고 하면 꼭 옆길로 나갔습니다. 그러니 일이 제대로 되긴 어렵지 않겠어요?

어느 날 소녀는 부모님께 말했습니다.

"트루데 부인 이야기를 하도 많이 들어서 한 번 만나 보고 싶어요. 사람들 이야기로는 부인은 보통 사람이 아니고 그 집에는 신기한 것들이 많대요. 궁금해서 견딜 수가 없어요."

그렇지만 소녀의 부모님은 그 집에 절대로 가서는 안 된다고 단단히 일렀습니다.

"트루데 부인은 나쁜 여자야. 못된 짓만 저지른단다. 네가 거기 가는 날에는 우리 자식이 아니다."

그러나 소녀는 부모님의 당부를 듣는둥 마는둥 하고 앞 뒤 생각없이 트루데 부인의 집으로 갔습니다. 집에 닿자 트루데 부인이 물었습니다.

"얼굴이 왜 그렇게 파리하니?"

"그거, 방금 본 것이 너무 무서워서요."

소녀는 벌벌 떨면서 대답했습니다.

"무얼 보았길래?"

"층계에서 시커먼 남자를 보았어요."

"그건 숯쟁이야."

"새파란 남자도 보았어요."

"그건 사냥꾼이고."

"시뻘건 남자도 보았어요."

"짐승을 잡는 백정이야."

"오, 트루데 부인. 전 기절초풍했어요. 창문으로 보니 부인은 보이지 않고 머리에 시뻘건 불이 붙은 악마가 있는 거예요."

"오호라! 마녀가 맵시 있게 단장한 모습을 보았구나. 나는 네가 오기를 얼마나 기다렸는지 모른단다. 네가 필요해. 나에게 빛을 베풀어 다오!"

그러더니 트루데 부인은 소녀를 나무토막으로 만들어 불길에 던져 넣었습니다. 나무가 활활 타오르자 부인은 그 옆에 바짝 다가앉아 불을 쪼이면서 이렇게 말했습니다.

"그것 참 밝기도 하다."

44

죽음의 신

가난한 사나이는 아이가 열둘이나 딸려 있어 밤낮 없이 일을 해야 겨우 입에 풀칠을 할 형편이었습니다. 그런데 또 열세 번째 아이가 태어나자 걱정이 태산 같았습니다. 사나이는 큰길로 나가 처음 만나는 사람에게 세례식때 아기의 대부가 되어 달라고 부탁하기로 마음 먹었습니다. 처음 만난 이는 하느님이었습니다. 하느님은 사나이의 속마음을 벌써 알고 이렇게 말했습니다.

"불쌍하구나. 세례식에서 아기의 대부가 되어 주마. 그 아이가 행복한 삶을 누리도록 잘 보살피겠다."

"당신은 누구죠?"

사나이가 물었습니다.

"나는 너의 하느님이다."

"그렇다면 당신을 원하지 않습니다. 당신은 있는 사람에게만 주고 가난한 사람은 굶주리게 놓아 두니까요."

사나이는 하느님께서 부와 가난을 얼마나 지혜롭게 분배하시는지 몰랐기 때문에 그런 식으로 말했습니다. 사나이는 하느님을 등지고 계속 걸어갔습니다.

얼마를 가니 악마가 나타나서 말을 걸어 왔습니다.

"무얼 찾고 있나? 만일 아기와 인연만 맺으면 나는 산더미 같은 금화와 이 세상의 온갖 쾌락을 그 아이에게 선사할게다."

"당신은 누구죠?"

"나는 악마다."

"그렇다면 당신을 원하지 않습니다. 당신은 사람들을 속이고 못된 길로 빠뜨리니까요."

사나이는 계속 걸어갔습니다. 얼마 안 가서 젓가락처럼 가는 다리가 쪽빠진 죽음의 신이 다가와서 말을 걸었습니다.

"역시 나밖에 없을걸."

"당신은 누구죠?"

사나이가 물었습니다.

"나는 죽음의 신이다. 어떤 사람에게나 공평하지."

"당신이라면 안성맞춤이겠군요. 당신은 부자건 가난뱅이건 차별을 두지 않으니까요. 우리 아이의 세례식에 와 주십시오."

"너의 아이를 돈 많고 이름난 사람으로 만들어 주지. 나를 친구로 둔 사람은 평생 아쉬운 것을 모르고 살게 되거든."

"다음 일요일이 세례식입니다. 잊지 말고 꼭 오세요."

죽음의 신은 약속한 대로 나타나서 아이에게 축복을 내렸습니다.

아이가 장성하자 어느 날 죽음의 신이 나타나더니 자기를 따라오라고 일렀습니다. 죽음의 신은 청년을 숲으로 데려가서 그 곳에 자라는 약초를 보여 주면서 이렇게 말했습니다.

"이제 세례식 선물을 주지. 너를 이름난 의사로 만들어 주마. 네가 병든 사람에게 불려갈 때마다 나도 거기 나타나겠다. 내가 환자의 머리맡에 있으면 너는 병을 고칠 수 있다고 자신 있게 말해라. 그러고 나서 환자에게 이 약초를 조금 주어라. 그럼 나을거다. 하지만 내가 환자의 발치에 있으면 환자는 내 사람이다. 가망이 없다고 말해야 한다. 제 아무리 명의라도 그의 병을 고치지 못한다. 다만, 약초를 네 멋대로 사용해서는 안 된다는 것을 명심해라. 그렇지 않았다간 네가 큰 봉변을 당할 것이야!"

얼마 안 가서 젊은이는 세상에서 가장 유명한 의사가 되었습니다. 사람들은 이렇게 찬사를 보냈습니다.

"아픈 사람을 보기만 해도 증세를 알아 보고 그 사람이 나을지 죽을지를 알 수 있다는거야."

사람들은 병을 고치기 위해 아무리 먼 곳이라도 찾아와서 많은 돈을 내고 갔기 때문에 젊은이는 곧 부자가 되었습니다.

그러는 동안 왕이 몸져 누웠습니다. 의사는 부름을 받고 가서 병이 나을 수 있을 것인지 판정을 내려야 했습니다. 의사가 가까이 다가서 보니 죽음의 신이 왕의 발치에 서 있었습니다. 치료할 수 없다는 뜻이었습니다.

죽음의 신을 속이는 방법이 없을까! 의사는 생각에 잠겼습니다. 나중에 꾸지람이야 듣겠지만 그분은 나와 특별한 사이니까 눈감아 주겠지. 그래서 의사는 환자의 몸을 돌려 죽음의 신이 머리맡에 가 있도록 만들었습니다. 그런 다음 약초를 주었더니 왕은 차츰 기운을 차려서 마침내 건강을 되찾았습니다. 그러나 죽음의 신은 의사를 찾아가 삿대질을 하면서 험상궂은 얼굴로 으름장을 놓았습니다.

"잘도 속여넘겼겠다. 너와 특별한 사이라는 점을 생각해서 이번 한 번은 눈감아 주지. 하지만 다시 한 번 그런 짓을 했다간 네 몸도 성치 못한다. 내가 직접 와서 너의 목숨을 빼앗겠어!"

얼마 안 가서 공주가 몹쓸 병에 걸렸습니다. 무남독녀가 앓아 눕자 왕은 밤낮 없이 흐느껴 나중에는 눈이 퉁퉁 부어 잘 보이지 않을 지경이었습니다. 마침내 왕은 누구든지 공주를 살리는 사람은 사위로 삼고 왕위를 물려주겠다는 포고를 내렸습니다. 공주가 누워 있는 침대로 간 의사는 죽음의 신이 공주의 발치에 있는 것을 보았습니다. 의사는 공주의 빼어난 아름다움을 보고 공주의 남편이 되면 얼마나 행복할까 하는 황홀한 생각에 젖은 나머지 그만 죽음의 신과의 약속을 잊고 말았습니다. 죽음의 신은 눈을 부라리며 손을 치켜들고 여윈

주먹을 움켜쥐어 으름장을 놓았지만 의사는 본 척도 하지 않았습니다. 대신에 아픈 공주를 들어올려 머리가 발이 있던 자리에 놓고 약초를 주었습니다. 공주는 뺨이 금세 발그스름해지면서 다시 생명을 되찾았습니다.

죽음의 신은 또다시 우롱당했음을 알아차리고 의사에게 성큼성큼 다가가서 말했습니다.

"너와는 끝장이다! 이제 네가 죽어야 할 차례야."

죽음의 신은 얼음장 같은 손으로 의사를 움켜잡았습니다. 의사는 저항할 수가 없었습니다. 죽음의 신은 젊은이를 지하의 동굴로 끌고 갔습니다. 그 곳에는 수없이 많은 양초들이 무수히 많은 줄을 이루면서 타오르고 있었습니다. 긴 양초, 짧은 양초, 중간치 양초가 섞여 있었습니다. 순간순간 어떤 양초는 불이 꺼지고 어떤 양초는 새로 불이 붙었습니다. 작은 불꽃들은 끊임없이 모양을 바꾸면서 타올랐다가 가라앉았다 하고 있었습니다.

"보다시피 이 양초들은 사람의 생명의 불꽃이다. 긴 양초는 아이들 것이고 중간치는 결혼해서 한참 재미있게 사는 부부, 짧은 양초는 나이든 사람들 것이다. 하지만 때로는 아이와 젊은이도 짧은 양초를 가질 때가 있지."

"제 생명의 양초를 보여 주세요."

자기 것은 아직도 제법 길 거라고 여기면서 의사가 말했습니다.

"저거다. 보이지?"

죽음의 신은 밑동만 남아 꺼지기 직전에 있는 양초를 가리켰습니다.

"아, 저에게 새 양초를 주세요! 저도 행복을 누리고 싶습니다. 왕도 되고 아리따운 공주와 결혼도 하고 싶습니다. 제발 그렇게 해주세요."

"안 된다. 한 양초가 꺼지기 전에는 새 양초를 켤 수가 없는 법이야."

"헌 양초를 새 양초에 갖다 대세요. 그럼 헌 양초가 꺼져도 새 양초에 불이 옮겨 붙을 것 아닙니까."

젊은 의사는 애처롭게 매달렸습니다. 그러자 죽음의 신은 의사의 소원을 들어주는 척하고 길쭉한 새 양초를 집었습니다. 그러나 사실은 복수를 할 셈이었던지라 일부러 헌 양초를 떨어뜨려 불꽃을 꺼뜨렸습니다. 의사는 갑자기 바닥에 쓰러져 결국 죽음의 신의 손으로 넘어갔습니다.

45

엄지둥이의 여행

어느 재단사에게 아들이 하나 있었습니다. 아들은 너무 작아 엄지손가락 크기밖에 안 되었습니다. 그래서 사람들은 그를 엄지둥이라고 불렀습니다. 비록 키는 작지만 엄지둥이는 겁이 없는 성격이었습니다. 어느 날 엄지둥이는 아버지에게 이렇게 말했습니다.

"저는 세상에 나가도록 태어났으므로 반드시 나가고야 말겠어요."

"그것도 좋지."

아버지는 그렇게 말하고 나서 기다란 짜깁기 바늘을 가지고 와서 양초불 위에 굴려 바늘 끝에 조그만 봉랍 혹을 만들었습니다.

"자, 이 칼을 가지고 떠나거라."

꼬마 재단사는 마지막으로 가족과 식사를 하고 싶었습니다. 그래서 부엌으로 뛰어들어가 어머니가 만드는 요리를 구경했습니다. 어머니는 막 요리를 끝냈습니다. 아궁이 위에는 접시가 놓여 있었습니다.

"어머니, 오늘 요리는 뭐예요?"

"와서 직접 보렴."

엄지둥이는 아궁이 위로 뛰어올라 접시 안을 들여다보았습니다. 하지만 목을 너무 길게 빼는 바람에 요리의 뜨거운 김에 휘말려 지붕으로 솟아오르고 말았습니다. 그렇게 얼마 동안 뜨거운 김에 싸여 날아가다가 결국 땅바닥에 떨어졌습니다. 이제 꼬마 재단사는 넓은 세상에 발을 들여놓은 것입니다. 한동안 여기저기 떠돌아다니다가 어느 재단사의 견습생으로 들어갔지만 음식이 영 마땅치가 않았습니다. 그래서 안주인에게 말했습니다.

"사모님. 좀더 나은 음식을 주지 않으면 내일 아침 이 곳을 떠나면서 이 집 문에다 백묵으로 이렇게 써 놓겠어요. '고기는 간 데 없고 감자만 풍년이라! 감자 대왕 안녕!'"

"뭐가 부족하다는거냐, 이 베짱이 녀석아!"

안주인은 노발대발하면서 들고 있던 행주를 휘둘러 댔습니다. 그러나 꼬마 재단사는 날쌔게 골무 밑으로 기어들어가서 얼굴을 삐죽 내밀고는 혀를 날름거렸습니다. 안주인은 골무를 집어 엄지둥이를 움켜 잡으려고 하자 엄지둥이는 식탁에 파인 홈으로 쏙 들어갔습니다.

"용용 죽겠지!"

엄지둥이는 소리를 지르면서 머리를 들었습니다. 안주인이 주먹으로 내려치려는 순간 엄지둥이는 서랍으로 뛰어들었습니다. 마침내 안주인은 엄지둥이를 붙잡아 집 밖으로 차냈습니다.

꼬마 재단사는 여행을 계속하다가 큰 숲에 이르렀습니다. 거기서 한 무리의 도둑을 만났습니다. 도둑들은 왕의 보물을 털 작정이었습니다. 꼬마 재단사를 본 도둑들은 저런 꼬맹이라면 열쇠구멍으로 기어들어갈 수 있을 것이라고 생각했습니다.

"여보게, 거인 양반! 우리와 같이 보물을 털러 가지 않겠나? 자네가 기어 들어가서 돈을 던져 주면 좋겠는데."

엄지둥이는 잠시 생각에 잠겼다가 선선히 그들을 따라 보물함이 있는 곳으로 갔습니다. 엄지둥이는 혹시 갈라진 틈이 없는지 문을 위아래로 구석구석 살폈습니다. 얼마 지나지 않아 제법 커다란 홈을 찾아낼 수 있었습니다. 그러나 엄지둥이가 막 들어가려고 하는 순간 문 앞에 서 있던 파수꾼에게 발각되고 말았습니다. 파수꾼은 동료에게 소리쳤습니다.

"저기 기어가는 거미 좀 봐! 밟아 죽여야겠어."

"불쌍한 생명이니 그냥 두라구. 자네한테 해를 끼친 건 아니잖아."

동료가 말했습니다. 그래서 엄지둥이는 무사히 보물실로 들어가 창문을 열고 밑에서 기다리는 도둑들에게 금화를 하나둘 던져 주었습니다. 한창 일에 열중해 있던 꼬마 재단사는 왕이 보물을 살펴보기 위해 다가오는 소리를 들었습니다. 엄지둥이는 부리나케 구석진 곳으로 숨었습니다. 왕은 금화가 많이 없어진 것을 알아차렸지만 도대체 어떻게 훔쳐갔는지 영문을 알 수가 없었습니다. 문은 모두 빈틈없이 잠겨 있었고 경비도 철통 같았기 때문입니다. 왕은 방을 떠나면서 두 파수꾼에게 당부했습니다.

"정신 똑바로 차려! 누군가 돈을 노리고 있다."

엄지둥이가 다시 일을 시작했을 때 파수꾼들은 짤랑짤랑 동전 부딪치는 소리를 들었습니다. 하지만 꼬마 재단사는 벌써 눈치를 채고 방 한구석으로 가서 금화 뒤에 몸을 숨겼습니다. 그러더니 파수꾼들을 약올리기 시작했습니다.

"여기야!"

파수꾼들이 헐레벌떡 달려갔지만 엄지둥이는 벌써 다른 곳으로 피하고 없었습니다. 그러더니 또 약을 올리는 것이었습니다.

"여기라니까!"

파수꾼들이 다시 달려갔지만 엄지둥이는 벌써 또 다른 구석으로 달아나서 계속 약을 올렸습니다.

"여기라고!"

그렇게 방안을 빙빙 돌아다니면서 파수꾼들을 놀렸습니다. 파수꾼들은 마침내 지쳐서 가 버렸습니다. 엄지둥이는 계속해서 금화들을 창문 밖으로 던졌습니다. 마지막 금화를 던지면서 힘을 모아 사뿐히 그 위로 뛰어올랐습니다. 도둑들은 입에 침이 마르도록 엄지둥이를 칭찬했습니다.

"당신은 호걸입니다. 우리의 지도자가 되어 주지 않겠습니까?"

엄지둥이는 고맙지만 먼저 세상을 둘러보고 싶다고 대답했습니다. 그런 다음 그들은 훔친 돈을 나누어 가졌습니다. 그러나 엄지둥이는 동화 한 닢만 달라고 했습니다. 그 이상은 들고 다닐 수도 없었습니다.

엄지둥이는 다시 허리춤에 칼을 꽂고 나서 도둑들에게 작별을 고하고 길을 떠났습니다. 여러 재단사 밑에서 견습생으로 일했지만 하는 일이 마음에 들지 않았습니다. 결국에는 여관 종업원으로 들어갔습니다. 그러나 여관에서 일하는 하녀들에게는 엄지둥이가 눈에 가시였습니다. 자기들 눈에는 엄지둥이가 보이지 않는데 엄지둥이는 자기들이 몰래 하는 일을 빠짐없이 들여다보기 때문입니다. 게다가 엄지둥이는 여관 주인에게 하녀들이 접시에서 무언가를 훔치고 지하실에서 몰래 무언가를 빼내다 자기들 주머니를 채운다는 사실을 일러바쳤습니다.

"두고보자! 단단히 혼을 내줄 테니!"

하녀들은 이렇게 엄지둥이를 별렀습니다.

마침내 하녀들은 계략을 꾸몄습니다. 얼마 뒤 한 하녀가 뜰에서 풀을 자르다가 엄지둥이가 풀밭으로 뛰어다니면서 풀 위를 오르락내리락 하는 모습을 보았습니다. 하녀는 재빨리 엄지둥이를 풀과 함께 들어올려 커다란 보자기에 싸서는 몰래 암소들에게 던져 주었습니다. 그 중에 덩치 큰 검은 암소가 엄지둥이를 꿀꺽 삼켰습니다. 다행히 다친 데는 없었지만 엄지둥이는 암소의 뱃속이 마음에 들지 않았습니다. 사방이 칠흑처럼 어두웠기 때문입니다. 암소의 젖을 짤 때 엄지둥이는 목청껏 소리를 질렀습니다.

"쭈욱 쭈욱 좌악
언제나 우유통이 채워지나?"

그러나 엄지둥이의 말은 우유 짜는 소리에 묻혀서 들리지 않았습니다. 얼마 뒤 집 주인이 외양간으로 들어와서 이렇게 말했습니다.
"내일 이 소를 잡는다."
엄지둥이는 기절초풍하여 더 크게 외쳐 댔습니다.
"나부터 꺼내 주세요! 이 안에 있어요!"
이번에는 주인이 목소리를 또렷이 들었지만 도대체 어디서 나는 소리인지 알 수가 없었습니다.
"어디라구?"
"검은 소 안이요!"
엄지둥이가 말했지만 주인은 영문을 몰라 그냥 나가 버렸습니다.
다음 날 아침 사람들이 검은 소를 잡아서 고기를 썰고 베어냈지만 다행히 엄지둥이는 털끝 하나 다치지 않았습니다. 엄지둥이는 순댓감으로 쓸 고기에 섞이게 되었습니다. 막 작업이 시작되려고 할 때 엄지둥이는 목청껏 소리를 질렀습니다.
"너무 깊이 썰지 마세요! 너무 깊이 썰지 마세요! 이 안에 사람이 있어요."
그러나 고기 다지는 소리가 너무 요란해서 엄지둥이의 말소리를 삼켜 버렸습니다. 불쌍한 엄지둥이는 위기일발의 상태에 놓였습니다. 내려치는 칼을 엄지둥이는 요리조리 날쌔게 피했습니다. 그러나 고깃더미에서 빠져나오지는 못하고 비계와 함께 붉은 순대 속에 처박혔습니다. 옴짝달싹하기가 힘들었습니다. 게다가 순대를 연기에 그슬리기 위해 굴뚝 안에 매달아 놓았습니다. 지루한 시간이 흘렀습니다.
드디어 겨울이 되자 손님들 상에 순대를 내놓게 되었습니다. 여관 안주인이 순대를 썰기 시작했습니다 엄지둥이는 칼을 피하기 위해 무척 조심해야 했습니다. 그러고는 기회를 잡아서 재빨리 몸을 날려 뛰어나왔습니다.

나쁜 일들만 당한 엄지둥이는 그 집이 싫어져서 다시 길을 떠났습니다. 그러나 자유는 그리 오래가지 못했습니다. 빈터에서 여우와 마주친 것입니다. 여우는 별 생각 없이 엄지둥이를 덥석 물었습니다.

"여우님! 여우님 목구멍에 제가 걸렸습니다! 풀어 주세요!"

엄지둥이가 소리쳤습니다.

"그런가. 하긴 먹을 데도 없군. 살려 주마. 하지만 네 아버지의 헛간에서 키우는 닭들을 모두 나한테 준다고 약속해야 한다."

"그러고 말고요! 한 마리도 빼놓지 않고 다 드리겠어요. 맹세합니다!"

여우는 엄지둥이를 풀어 준 다음 집까지 태워다 주었습니다. 아버지는 귀한 아들이 돌아온 것을 보고 여우에게 닭들을 선뜻 내주었습니다.

"그 대신 제가 돈을 좀 가져왔어요."

엄지둥이는 여행 중에 번 동전 한 닢을 아버지께 드렸습니다.

"그런데 여우에게 왜 불쌍한 닭들을 모두 주셨어요?"

"무슨 소리냐! 아무리 헛간에 닭들이 많아도 아버지에게는 사랑하는 자식이 더 소중하다는 걸 이해하지 못하겠니?"

46

하얀 새

옛날 어느 곳에 가난뱅이처럼 꾸미고 이 집 저 집 구걸을 다니면서 아름다운 처녀들을 잡아가던 마법사가 있었습니다. 잡혀간 처녀들은 그 후 두 번 다시 나타나지 않았기 때문에 마법사가 처녀들을 어디로 데려가는지는 아무도 몰랐습니다.

어느 날 아름다운 딸이 셋 있는 집 앞에 마법사가 나타났습니다. 마법사는 힘 없고 불쌍한 거지처럼 보였고 등에는 소쿠리를 지고 있었습니다. 사람들이 주는 것을 그 안에다 담으려는 듯이 말이지요. 음식을 구걸하자 맏딸이 나와서 빵 한 조각을 주었습니다. 마법사는 그녀를 슬쩍 건드렸습니다. 그러자 그녀는 자기도 모르게 소쿠리 안으로 뛰어들었습니다. 마법사는 허둥지둥 물러나서 처녀를 어두운 숲 한복판에 있는 자기 집으로 데려갔습니다. 집 안은 매우 화려했습니다. 마법사는 처녀가 원하는 것을 다 주었습니다.

"예쁜 것 같으니. 여긴 네가 원하는 것은 뭐든지 다 있으니 마음에 들 것이라고 난 믿는다."

며칠이 지나자 마법사가 말했습니다.

"내가 어디를 다녀와야 하니 당분간 너 혼자 있어야겠다. 여기 집안 열쇠가 있다. 어디를 가도 좋고 무엇이든 다 봐도 좋은데 이 작은 열쇠로 열리는 방만은 들어가지 마라. 내 말을 듣지 않으면 죽음으로 벌을 내리겠다."

그러고는 달걀 한 알도 주면서 이렇게 덧붙였습니다.

"이 달걀을 잘 간수하고 있거라. 어딜 가든지 이 달걀을 가지고 다녀야 한다. 달걀을 잃어버리는 날에는 큰일 나는 줄 알아라."

처녀는 열쇠와 달걀을 받아들고서 염려 놓으시라고 큰소리쳤습니다. 마법사가 떠나자 처녀는 집안을 구석구석 살피고 다녔습니다. 방이란 방은 모두 번쩍거리는 금은으로 덮여 있었습니다. 난생 처음 보는 화려한 구경거리였습니다. 처녀는 드디어 금지된 방 앞에 도착했습니다. 처음에는 그냥 지나치려 했지만 도저히 호기심을 억누를 수가 없었습니다. 열쇠도 여느 열쇠와 다를 바 없었습니다.

처녀는 열쇠를 밀어넣고 슬쩍 돌렸습니다. 방문이 활짝 열렸습니다. 방 한복판에 커다란 대야가 놓여 있고 그 안에는 토막토막 썰린 시체가 가득 들어 있었습니다. 대야 옆으로 시퍼런 도끼날이 달린 나무토막도 보였습니다. 기겁을 한 처녀는 들고 있던 달걀을 그만 떨어뜨렸습니다. 그 바람에 달걀이 대야 안으로 쏙 들어갔습니다. 처녀는 달걀을 꺼내서 피를 닦았지만 소용이 없었습니다. 닦아도 닦아도 피는 다시 나타났습니다. 씻고 또 씻어서 문질렀지만 얼룩은 없어지지 않았습니다.

얼마 뒤 마법사가 여행을 마치고 돌아왔습니다. 마법사는 대뜸 열쇠와 달걀을 내놓으라고 말했습니다. 처녀는 벌벌 떨면서 그것들을 내밀었습니다. 마법사는 달걀에 묻은 핏자국을 보고 처녀가 금지된 방에 들어갔다는 것을 당장 알아차렸습니다.

"내 뜻을 거스르고 그 방에 들어갔으니, 가고 싶지 않겠지만 그 방에 들어가야겠다. 네 목숨은 이제 끝이야."

마법사는 처녀를 바닥에 메치더니 머리채를 잡아끌어 도끼로 머리를 자르고 온몸을 난도질했습니다. 처녀의 피가 바닥에 흥건히 고였습니다. 처녀의 시체도 다른 시체들처럼 대야로 던지고 마법사는 혼자 중얼거렸습니다.

"이제 둘째 딸을 데려와야겠군."

다시 불쌍한 거지로 변장을 하고 그 집으로 갔습니다. 빵 한 조각을 건네주는 둘째 딸을 마법사는 이번에도 슬쩍 건드렸습니다. 그러고는 소쿠리에 담아 왔습니다. 둘째 딸도 언니와 다를 것이 없었습니다. 호기심을 누르지 못한 것입니다. 금지된 방의 문을 열고 안을 들여다본 것이 탄로나는 바람에 마법사의 손에 죽고 말았습니다.

마법사는 막내딸을 데려왔습니다. 그러나 막내딸은 재치있고 영리했습니다. 마법사가 열쇠와 달걀을 주고 떠나자 달걀을 안전한 곳에 치워 놓았습니다. 그런 다음 집안 구석구석을 살피다가 금지된 방까지 왔습니다. 막내딸도 두 언니처럼 그 방문을 열고 들어갔습니다. 그런데 이게 웬일입니까? 사랑하는 두 언니가 잔인하게 난도질당한 채 대야 안에 누워 있는 것이었습니다.

그러나 막내딸은 침착했습니다. 머리, 몸통, 팔, 다리 등등 잘려진 토막들을 끌어모아 원래 순서대로 가지런히 놓았습니다. 제 위치에 모두 놓이자 토막들이 움직이기 시작하더니 척척 달라붙었습니다. 두 언니는 눈을 떴습니다. 다시 살아난 것입니다. 세 자매는 뛸 듯이 기뻐하면서 서로 부둥켜안고 입을 맞추었습니다.

집으로 돌아온 마법사는 당장 열쇠와 달걀을 내놓으라고 야단이었습니다. 그러나 핏자국이 조금도 안 나타나자 이렇게 말했습니다.

"너는 시험에 통과했으니 너를 내 신부로 삼겠다."

그러나 마법사는 예전처럼 처녀를 함부로 다루지 못했습니다. 막내딸의 요구를 들어주어야 했습니다.

"좋아요. 그럼 먼저 소쿠리에 금을 가득 담아 우리 부모님께 가져다 드리세요. 그런데 그 금을 당신이 직접 지고 가야 해요. 그동안 나는 혼례 치를 준비를 하겠어요."

막내딸이 말했습니다. 그런 다음 막내딸은 작은 방에 숨겨둔 두 언니에게 갔습니다.

"이제 언니들은 살았어요. 저 악당놈이 직접 언니들을 업고 갈거예요. 집에 닿는 대로 사람들을 이리로 보내 줘요."

막내딸은 언니들을 소쿠리에 밀어넣고 금으로 감쪽같이 숨겼습니다. 그리고 마법사를 불렀습니다.

"이제 소쿠리를 나르세요. 절대로 중간에 멈추거나 쉬어서는 안 돼요! 내가 창문으로 내다볼거예요."

마법사는 소쿠리를 짊어지고 길을 떠났습니다. 소쿠리가 너무 무거워서 땀

이 비오듯 흘렸습니다. 참다가 참다가 잠시 앉아서 숨을 돌리려는데 소쿠리 안에서 두 딸 중 하나가 소리를 질렀습니다.

"거기서 쉬면 누가 모를 줄 알고? 창문으로 다 보인다니까! 빨리 가요!"

발길을 멈출 때마다 그 목소리가 들려오는 바람에 다시 걸음을 떼야 했습니다. 그렇게 기진맥진 헉헉거리다가 마법사는 마침내 두 딸과 금이 든 소쿠리를 지고 자매의 집에 도착했습니다.

마법사의 집에 남은 막내딸은 잔치 준비를 하고 마법사의 친구들에게 초청장을 띄웠습니다. 그런 다음 이빨이 히죽 드러난 해골을 보석과 꽃으로 치장해서 다락방의 창문으로 가져다 얼굴이 밖을 향하도록 놓았습니다. 모든 준비가 끝나자 막내딸은 꿀통에다 몸을 푹 담근 다음 요를 뜯어 그 위로 몸을 뒹굴렸습니다. 그러자 온몸에 털이 달라붙어 이상한 새처럼 보였습니다. 감쪽 같은 변장이었습니다.

그러고 나서 집을 나섰는데 도중에 혼례식에 참석하러 온 손님들과 만났습니다. 손님들이 물었습니다.

"하얀 새야, 너는 어디서 오느냐?"
"어디긴 어디야, 하얀 집에서 오지."
"어린 신부는 지금 무엇을 한다더냐?"
"집안을 구석구석 깨끗이 닦고 나서
 지금은 다락 창문에서 밖을 내다보고 있지."

그러다가 막내딸은 집으로 어슬렁어슬렁 돌아오고 있던 마법사를 만났습니다. 마법사도 물었습니다.

"하얀 새야, 너는 어디서 오느냐?"
"어디긴 어디야, 하얀 집에서 오지."
"어린 신부는 지금 무엇을 한다더냐?"
"집안을 구석구석 깨끗이 닦고 나서
 지금은 다락 창문에서 밖을 내다보고 있지."

마법사가 위를 올려다보니 장식된 해골이 있었습니다. 마법사는 자기 신부려니 생각하고 고개를 끄덕이고 다정하게 인사를 했습니다. 마법사와 손님들이 모두 집 안에 들어갔을 때 신부의 오빠와 친척들도 도착했습니다.

신부를 구하러 온 것입니다. 그들은 아무도 빠져나오지 못하게 집에 달린 문이란 문은 모두 잠근 다음 불을 질렀습니다. 마법사와 친구들 모두 죽고 말았습니다.

47

향나무

아주 오래 전, 어쩌면 2천년도 더 전에 일어난 일입니다. 한 부자가 있었는데 그에게는 아름답고 정숙한 부인이 있었습니다. 두 사람은 서로 매우 사랑했습니다. 단 하나 아쉬운 것이 있다면 자식이 없다는 것이었습니다. 부인은 낮이고 밤이고 자식을 낳게 해 달라고 열심히 기도 했지만 자식은 여전히 태어나지 않았습니다.

집 앞에는 뜰이 있었는데 거기에는 향나무가 한 그루 서 있었습니다. 어느 겨울날 나무 밑에서 사과를 깎고 있던 부인은 그만 손가락을 베었습니다.

피가 눈 위에 뚝뚝 떨어졌습니다.

"아!"

부인은 한숨을 쉬었습니다. 눈 위에 떨어진 피를 보고 있으려니까 더욱 슬퍼졌습니다.

"피처럼 빨갛고 눈처럼 하얀 아기가 있다면 얼마나 좋을까!"

그런 말을 내뱉고 나니 웬일인지 기분이 달

라졌습니다. 마음이 아주 밝아지는 느낌이었습니다. 왠지 좋은 일이 생길 것 같은 느낌도 들었습니다.

부인은 집으로 들어갔습니다.

한 달이 지나자 눈은 사라졌습니다. 두 달이 지나자 만물은 초록으로 변했습니다. 석 달이 지나자 꽃들이 피어나기 시작했습니다. 넉 달이 지나자 숲의 나무에 물이 오르고 초록빛 가지들은 서로 뒤엉켰습니다. 새소리도 들리기 시작했습니다. 다섯 달이 막 지났을 때 부인은 향내를 맡기 위해 향나무 밑에 섰습니다. 달콤한 향내에 가슴이 벅차 올랐습니다. 기쁨에 겨운 나머지 자기도 모르게 땅 위에 무릎을 꿇었습니다. 여섯 달이 지나면서 향나무의 열매가 크고 단단히 영글어 갔습니다. 부인은 말이 없어졌습니다. 일곱 달이 지났을 때 향나무에 달린 열매를 먹을 수 있게 되자 부인은 그 열매를 탐욕스럽게 먹어 치웠습니다. 그러더니 부인은 갑자기 울적해하면서 몸져 누웠습니다.

여덟 달 후 부인은 남편을 부르더니 흐느껴 울었습니다.

"제가 죽거든 향나무 밑에 묻어 주세요."

그 말을 한 뒤로 부인은 아홉 달이 지나갈 때까지 근심걱정에서 벗어난 듯이 하루하루를 편안하게 보냈습니다. 마침내 부인은 눈처럼 하얗고 피처럼 빨간 아이를 낳았습니다. 아이를 본 부인은 너무 감격한 나머지 죽고 말았습니다.

남편은 부인을 향나무 밑에 묻은 뒤 땅을 치며 통곡했습니다. 어느 정도 시간이 흐르면서 남편은 기운을 되찾았지만 그래도 이따금씩 울음을 터뜨리곤 했습니다. 그러다가 차츰 슬픔도 가라앉고 좀더 시간이 흐르자 새 사람을 아내로 맞아들였습니다. 두 번째 부인과의 사이에는 딸을 하나 두었습니다. 첫 번째 부인에게서 얻은 사내아이는 피처럼 빨갛고 눈처럼 하얀 아이였습니다. 새엄마는 딸을 볼 때면 지극한 사랑이 샘솟는 것을 느꼈지만 사내아이를 볼 때면 기분이 몹시 언짢았습니다. 재산을 모두 딸에게 물려주어야겠다는 생각을 늘 하고 있었는데 전부인에게서 태어난 아들이 그 일을 방해할 것만 같아 견딜 수가 없었던 것입니다.

드디어 악마가 새엄마의 마음 속으로 들어와 아들에 대해 좋지 않은 감정을 갖도록 부추겼습니다. 새엄마는 아들에게 몹시 잔인하게 굴었습니다.

이 구석에서 저 구석으로 떠미는가 하면 이리저리 후려갈기기 일쑤였습니다. 불쌍하게도 소년은 늘 불안에 떨면서 지냈습니다. 학교에서 돌아와도 마음 붙일 곳이 없었습니다.

어느 날 엄마가 2층 방으로 올라가니까 어린 딸이 쪼르르 뒤따라가서 말했습니다.

"사과 한 개만 주세요."

"오냐, 내 귀여운 것."

엄마는 크고 날카로운 자물쇠가 달린 무거운 뚜껑이 달린 궤짝에서 먹음직스러운 사과 한 개를 꺼내 주었습니다.

"엄마, 오빠도 주면 안 돼요?"

어린 딸이 물었습니다.

엄마는 그 말을 듣고 은근히 화가 났지만 억지로 참으며 말했습니다.

"오빠가 학교에서 돌아오는 대로 주마."

그 때였습니다. 창 밖을 내다보니 아들이 돌아오고 있었습니다. 악마가 새엄마에게 속삭였습니다. 새엄마는 얼른 딸아이한테서 사과를 빼앗아 들었습니다.

"오빠가 보면 안 된다."

그렇게 말하고는 사과를 궤짝에 던져넣고 뚜껑을 닫았습니다.

소년이 막 문을 열고 들어오자 악마는 새엄마에게 싹싹하게 굴도록 시켰습니다.

"애야, 사과 먹으련?"

말은 그렇게 했지만 표정은 험상궂었습니다.

"엄마, 얼굴이 너무 무서워 보여요! 네, 사과 하나만 주세요."

소년이 말했습니다.

새엄마는 억지로라도 상냥한 척해야 된다고 생각했습니다.

"이리 와서 네가 직접 사과를 꺼내렴."

뚜껑을 열면서 새엄마가 말했습니다. 소년이 궤짝 위로 몸을 숙이는 순간, 악마가 다시 새엄마를 충동질했습니다. 탕! 새엄마가 뚜껑을 세게 내리닫았습니다. 소년의 목이 잘리면서 사과들 속으로 떨어졌습니다. 새엄마는 걱정과 불안에 떨기 시작했습니다. 이 일을 어쩐다! 새엄마는 자기 방으로 들어가서 화장대로 곧장 달려가더니 서랍에서 하얀 손수건을 꺼냈습니다.

그런 다음 아들의 머리를 도로 목 위에 올려놓고 손수건을 목에 감아 아무것도 보이지 않게 만들었습니다. 그러고는 아들을 문 앞의 의자에 앉히고 손에 사과를 쥐어 주었습니다.

얼마 후 딸 마를렌이 부엌에 있는 엄마에게 왔습니다. 엄마는 불 옆에 서서 뜨거운 물이 끓는 솥을 계속 휘젓고 있었습니다.

"엄마, 오빠가 문 옆에 앉아 있는데 얼굴빛이 안 좋아요. 손에 사과를 쥐고 있길래 사과를 달라고 했더니 들은 척도 하지 않아요."

"오빠한테 다시 가거라. 만약 대답하지 않거든 따귀를 쳐."

어린 마를렌은 오빠에게 가서 말했습니다.

"오빠, 그 사과 나 줘."

그러나 대답이 없었습니다. 마를렌은 따귀를 쳤습니다. 그러자 오빠의 머리가 떨어졌습니다. 어린 소녀는 공포에 질려 악을 쓰며 울기 시작했습니다. 그런 다음 엄마에게 가서 말했습니다.

"엄마, 나 때문에 오빠 머리가 잘라졌어요!"

그러더니 다시 흐느껴 울었습니다. 아무리 달래도 소용이 없었습니다.

"이를 어째! 이 일을 절대 입 밖에 내서는 안 된다. 다른 사람이 알면 안 돼. 달리 방법이 없구나! 그 아이를 끓여 먹도록 해야겠다."

엄마는 소년을 들어다가 토막토막 썰었습니다. 그러고 나서 솥에다 넣고 끓였습니다. 그러나 마를렌은 옆에 서서 계속 울기만 했습니다. 눈물이 모두 솥 안에 들어가서 소금도 필요 없었습니다.

집으로 돌아온 아버지는 식탁에 앉으면서 물었습니다.

"그 녀석은 어디 있나?"

엄마는 큼지막한 고깃덩어리를 아버지 앞에 내놓았습니다. 마를렌은 하염없이 울기만 했습니다.

"그 녀석 어디 있냐니까?"

아버지가 다시 물었습니다.

"아, 시골 외할아버지 댁에 갔어요. 한동안 거기 있으려나 봐요."

"거긴 뭣 하러? 나한테는 한 마디도 말이 없었는데."

"몹시 가고 싶었던 모양이에요. 6주 가량 있다 오겠다는군요. 잘들 보살펴 주실거예요."

"기분이 안 좋군. 그러는 게 아니야. 나한테 인사는 하고 갔어야지."

아버지는 음식을 먹기 시작하더니 다시 입을 열었습니다.

"마를렌, 왜 우는거냐? 오빠는 얼마 있다가 돌아온다니까."

그러고는 곧바로 부인에게 말했습니다.

"음식 맛이 그만이군! 좀더 주구려!"

아버지는 먹을수록 더 맛이 나는 모양입니다.

"좀더 주구려. 왠지 이 음식은 모두 내 것 같은 기분이 들어."

아버지는 뼈에 붙은 살점까지 남김없이 발라 먹은 뒤에야 식사를 끝냈습니다. 뼈는 식탁 밑에 흩어졌습니다. 마를렌은 화장대로 가서 맨 밑 서랍에서 자기가 가장 아끼는 비단 목도리를 꺼냈습니다. 그러고는 식탁 밑에 있는 뼈를 추려 모아 그것을 비단 목도리로 정성껏 묶은 다음 뜰로 나갔습니다. 마를렌은 눈물을 흘리면서 뼈를 향나무 밑에 놓았습니다. 그러자 갑자기 마음이 편안해지는지 울음을 그쳤습니다.

가만히 보니 향나무가 움직이고 있었습니다. 가지가 벌어졌다가는 마치 즐거움에 겨워 박수라도 치는 듯이 다시 하나로 모였습니다. 동시에 나무에서 연기가 모락모락 피어 오르더니 연기 한가운데에서 활활 타오르는 듯한 불꽃이 보였습니다. 예쁜 새 한 마리가 그 불길에서 튀어나와 꾀꼬리 같은 노래를 부르기 시작했습니다. 새는 하늘 높이 솟아오르더니 그대로 종적을 감추었습니다. 향나무는 그대로 서 있었지만 비단 목도리가 보이지 않았습니다. 마를렌은 너무 신나고 즐거웠습니다. 오빠가 아직도 살아 있는 듯한 느낌이 들었습니다.

마를렌은 명랑하게 집으로 들어와 식탁에 앉아 밥을 먹었습니다.
 그러는 동안 멀리 멀리 날아간 새는 금세공사 집 앞에 내려앉아 노래를 부르기 시작했습니다.

"우리 엄마는 나를 죽였고,
우리 아빠는 나를 먹었네.
누이동생 마를렌은 내 뼈를 빠짐없이 추스려서
곱디고운 비단으로 정성껏 싸서
향나무 밑에 두었네.
짹짹 짹짹! 나같이 예쁜 새가 또 어디 있을까!"

  금세공사는 작업장에서 금목걸이를 만들고 있었습니다.
  지붕 위에서 들리는 새소리로 보아 틀림없이 아름다운 새일 것이라고 생각했습니다. 금세공사는 자리에서 벌떡 일어나 밖으로 나갔습니다. 문턱에 걸리는 바람에 슬리퍼 한 짝이 벗겨졌지만 거들떠보지도 않고 계속 앞으로 걸어갔습니다. 양말 한 짝, 슬리퍼 한 짝만 신고 길 한복판으로 나갔습니다. 일을 하다가 나왔기 때문에 앞치마도 둘렀고 한 손에는 금목걸이를, 다른 손에는 부젓가락을 들고 있었습니다. 해는 쨍쨍 내리쬐고 있었습니다. 금세공사는 새가 보이는 곳에 이르자 걸음을 멈추었습니다.
  "새야 새야, 어쩌면 그렇게 노래를 잘 부르니? 한 번 더 들려주렴."
  "싫어요. 같은 노래는 절대로 두 번 안 불러요. 하지만 금목걸이를 주면 다시 부를 수도 있어요."
  "좋아. 옛다, 금목걸이. 자, 다시 불러라."
  새는 쏜살같이 내려와서 오른쪽 발톱으로 금목걸이를 낚아챈 다음 금세공사 어깨에 앉아 노래를 부르기 시작했습니다.

"우리 엄마는 나를 죽였고,
우리 아빠는 나를 먹었네.
누이동생 마를렌은 내 뼈를 빠짐없이 추스려서
곱디고운 비단으로 정성껏 싸서
향나무 밑에 두었네.
짹짹 짹짹! 나같이 예쁜 새가 또 어디 있을까!"

  그러고 나서 다시 구두 수선공에게 날아간 새는 지붕 위에 내려앉아 노래를 불렀습니다.

"우리 엄마는 나를 죽였고,
우리 아빠는 나를 먹었네.
누이동생 마를렌은 내 뼈를 빠짐없이 추스려서
곱디고운 비단으로 정성껏 싸서
향나무 밑에 두었네.
쩍쩍 쩍쩍! 나같이 예쁜 새가 또 어디 있을까!"

이 노래를 들은 구두수선공은 셔츠 바람으로 문 밖으로 달려나가서 따가운 햇살을 두 손으로 가리면서 지붕 위를 올려다보았습니다.
"노래 한 번 잘 부른다."
그렇게 말하고 나서 다시 집 안에 대고 소리를 질렀습니다.
"여보. 잠깐 나와 보구려! 지붕 위에 새가 있어. 저 봐. 얼마나 노래를 잘 부르는가."
그러고는 아이들과 제자들과 하녀를 불렀습니다. 그들은 모두 달려나와서 새를 보고 그 노래 솜씨에 감탄했습니다. 빨갛고 푸른 깃털을 가진 새의 목은 순금처럼 반짝반짝 빛났고 두 눈은 샛별처럼 초롱초롱했습니다.
"새야. 나를 위해서 그 노래를 다시 불러주렴."
구두수선공이 말했습니다.
"싫어요. 같은 노래는 절대로 두 번 안 불러요. 선물을 주셔야 해요."
"여보. 가게로 들어가서 선반 위의 빨간 구두 한 켤레를 가져오구려."
부인은 안으로 들어가서 구두를 가져왔습니다.
"옛다. 이제 노래를 다시 불러라."
구두수선공이 말했습니다.
새는 포르르 밑으로 내려와 왼쪽 발톱으로 구두를 채어서 다시 지붕 위로 올라가서 노래를 불렀습니다.

"우리 엄마는 나를 죽였고,
우리 아빠는 나를 먹었네.

누이동생 마를렌은 내 뼈를 빠짐없이 추스려서
곱디고운 비단으로 정성껏 싸서
향나무 밑에 두었네.
짹짹 짹짹! 나같이 예쁜 새가 또 어디 있을까!"

노래를 다 부른 새는 오른쪽 발톱으로는 목걸이, 왼쪽 발톱으로는 구두를 잡고는 멀리 방앗간으로 날아갔습니다. 방앗간에는 방아가 덜컹덜컹 돌아가고 있었으며 20명의 일꾼들이 일을 하고 있었습니다. 새는 방앗간 앞의 보리수에 포르르 내려와 앉더니 노래를 불렀습니다.

"우리 엄마는 나를 죽였고,"

그러자 일꾼 하나가 일손을 멈추었습니다.

"우리 아빠는 나를 먹었네."

그러자 일꾼 둘이 다시 일손을 멈추고 귀를 기울였습니다.

"누이동생 마를렌은,"

그러자 일꾼 넷이 다시 일손을 멈추었습니다.

"내 뼈를 빠짐없이 추스려서
곱디고운 비단으로 정성껏 싸서,"

이제 일을 하는 사람은 여덟 명밖에 안 되었습니다.

"향나무 밑에 …"

이제 일을 하는 사람은 다섯.

"두었네."

이제 겨우 하나.

"짹짹 짹짹! 나같이 예쁜 새가 또 어디 있을까!"

마지막 남은 사람도 일손을 멈추고 가만히 귀를 기울였습니다.
"노래 한 번 잘 부른다! 다시 한 번 듣고 싶다. 나를 위해서 불러 주렴."
"싫어요. 절대 공짜로는 다시 안 부릅니다. 맷돌을 주면 노래를 다시 부르겠어요."
"그러고는 싶다만, 맷돌은 나 혼자만의 것이 아니야."
일꾼이 말했습니다.
"노래만 다시 불러 준다면 맷돌을 줄 수 있지."
다른 일꾼들이 말했습니다. 그러자 새는 포르르 내려왔습니다. 일꾼들은 맷돌을 들어올렸습니다.
"짹짹 짹짹 짹짹!"
새는 맷돌 구멍으로 목을 쏙 집어넣었습니다. 맷돌은 목걸이처럼 새의 목에 걸렸습니다. 새는 다시 나무 위로 올라가 노래를 불렀습니다.

"우리 엄마는 나를 죽였고,
우리 아빠는 나를 먹었네.
누이동생 마를렌은 내 뼈를 빠짐없이 추스려서
곱디고운 비단으로 정성껏 싸서
향나무 밑에 두었네.
짹짹 짹짹! 나같이 예쁜 새가 또 어디 있을까!"

노래를 끝마친 새는 오른쪽 발톱에 목걸이, 왼쪽 발톱에 구두, 목에 맷돌을 걸고 아버지의 집으로 날아갔습니다. 아버지, 엄마, 마를렌은 거실 의자에 앉아 있었습니다. 아버지가 입을 열었습니다.
"너무너무 행복한데! 기분 만점이야!"

그러자 엄마가 말했습니다.
"난 달라요. 왜 이렇게 불안할까요?"
마를렌은 가만히 앉아서 하염없이 울고만 있었습니다. 그 때 새가 날아와 지붕 위에 앉았습니다. 아버지가 말했습니다.
"왜 이리도 기분이 좋을까. 밖에서는 밝은 햇살이 비추고 마치 옛 친구를 다시 만날 것 같은 느낌이야."
"난 달라요. 왜 이렇게 떨릴까요? 뜨거운 불꽃이 피 속을 흐르는 느낌이에요."
새엄마는 옷깃을 풀어 헤쳤습니다. 마를렌은 한구석에 쪼그리고 앉아 울고만 있었습니다. 눈 앞의 손수건은 눈물로 흠뻑 젖었습니다. 새는 향나무로 내려와서 가지 위에서 노래를 불렀습니다.

"우리 엄마는 나를 죽였고,"

엄마는 귀를 막고 눈을 감았습니다. 그렇지만 귀에서는 격렬한 외침이 울리고 눈에서는 불꽃이 일었습니다.

"우리 아빠는 나를 먹었네."

"여보. 저 아름다운 새소리 좀 들어 보구려! 포근한 햇살, 향긋한 향기."

"누이동생 마를렌은,"

마를렌은 무릎에 손을 얹고 하염없이 울었습니다. 그때 아버지가 말했습니다.
"난 밖으로 나가겠소. 새 구경이나 해야지."
"가지 말아요! 온 집안이 뒤흔들리고 화염에 휩싸일 것만 같아요!"
그렇지만 아버지는 밖으로 나가서 새를 보았습니다.

"내 뼈를 빠짐없이 추스려서
　곱디고운 비단으로 정성껏 싸서
　향나무 밑에 두었네.

"짹짹 짹짹! 나같이 예쁜 새가 또 어디 있을까!"

　노래를 마친 새는 금목걸이를 떨어뜨렸습니다. 금목걸이는 아버지의 목에 바로 걸렸습니다. 그렇게 잘 맞을 수가 없었습니다. 아버지는 안으로 들어가 말했습니다.
　"저 새 좀 보라니까! 이 멋진 금목걸이를 나한테 주지 뭐야. 예쁘기도 해라."
　엄마는 돌처럼 굳어지더니 쿵 하고 바닥에 쓰러졌습니다. 머리에 쓴 모자가 흘러 내렸습니다. 새는 다시 노래를 불렀습니다.

　　　"우리 엄마는 나를 죽였고,"

　"아! 천길 땅속으로 들어가서 저 소리를 안 들었으면 좋으련만!"

　　　"우리 아빠는 나를 먹었네."

　그러나 엄마는 또다시 바닥에 쓰러지더니 죽은 사람처럼 꼼짝도 하지 않았습니다.

　　　"누이동생 마를렌은,"

　"아. 나도 밖으로 나갈 테야. 새가 무언가 줄 것 같아."
　그러더니 밖으로 나갔습니다.

　　　"내 뼈를 빠짐없이 추스려서
　　　곱디고운 비단으로 정성껏 싸서"

　그러더니 새가 구두를 떨어뜨렸습니다.

　　　"향나무 밑에 두었네.
　　　짹짹 짹짹! 나같이 예쁜 새가 또 어디 있을까!"

마를렌은 기분이 좋았습니다. 빨간 새구두를 신고 춤을 추면서 집 안을 팔짝팔짝 뛰어다녔습니다.

"아까 밖으로 나올 때만 해도 몹시 슬펐는데 지금은 떨 듯이 기쁘네. 참 매력 있는 새야. 나한테 구두 한 켤레를 선물로 주었어."

"난 달라."

엄마는 그렇게 말하면서 껑충껑충 뛰었습니다. 머리카락은 시뻘건 불꽃처럼 휘날렸습니다.

"세상이 끝날 것 같은 기분이야. 밖으로 나가면 좀 나아질까."

엄마가 밖으로 나가자, 쿵! 새는 엄마의 머리 위에 맷돌을 떨어뜨렸습니다. 엄마는 그 자리에서 죽었습니다. 아버지와 마를렌은 쿵 소리를 듣고 밖으로 나갔습니다. 연기와 시뻘건 불꽃이 피어오르고 있었습니다. 불길이 사그러지자 그 곳에 오빠가 서 있었습니다. 오빠는 아버지와 마를렌의 손을 잡았습니다. 셋은 무척 행복했습니다. 셋은 집 안으로 들어가서 식탁에 앉아 밥을 먹기 시작했습니다.

48

늙은 개

한 농부에게 술탄이라는 충직한 개가 있었습니다. 술탄은 나이가 들어 이가 다 빠지는 바람에 물건 하나 단단히 물지 못하는 처지가 되었습니다.

어느 날 농부는 아내와 같이 문 앞에 서 있다가 말했습니다.

"내일 술탄 녀석을 총으로 쏴야겠어. 너무 늙어 우리에게는 더 이상 쓸모가 없어요."

아내는 충직한 동물이 불쌍하다는 생각이 들어 이렇게 말했습니다.

"그냥 데리고 있으면서 먹여 살리면 안 되나요? 오랜 세월 동안 우리를 위해 봉사했잖아요."

"나 원! 지금 제 정신으로 하는 소리요? 이빨 하나 남아 있지 않은 저 개를 어떤 도둑놈인들 무서워하겠소? 이젠 물러날 시간이야. 그동안 우리가 저 녀석에게 도움을 많이 받았지만 저 녀석도 우리 덕에 잘 먹고 살지 않았소."

불쌍한 개는 따뜻한 햇볕을 쬐면서 옆에서 두 사람이 나누는 대화를 모두 엿들었습니다. 다음 날이 마지막이라고 생각하니 슬프기 짝이 없었습니다.

술탄에게는 친한 늑대 친구가 있었습니다. 날이 어두워지자 술탄은 숲으로 가서 늑대에게 자기의 처량한 신세를 하소연했습니다.

"기운 차려 이 친구야. 잘 듣고 내 말대로만 하면 궁지에서 벗어날 수 있어. 내 머릿속에 벌써 좋은 수가 떠올랐으니까 말이야. 내일 아침 일찍 너희 주인 아저씨 부부가 꼴을 베러 갈 때 아기도 지키려는 것처럼 바짝 옆에 붙어 있으라구. 나는 숲에서 나와 아기를 채어 가겠어. 그럼 너는 발딱 일어나야 해. 마치 그 아기를 되찾아오려는 것처럼 말이야. 그러면 나는 아기를 슬쩍 떨어뜨리겠어. 네가 아기를 데려가면 아기 부모는 네가 구해 주었다고 생각할거야. 자기 아기를 구해 준 생명의 은인한테 섭섭한 일을 할 수 있겠어? 너한테 완전히 푹 빠져서 무슨 소원이든지 다 들어줄거라구. 그러니 기운을 내."

개는 그 계획이 마음에 들었습니다. 그래서 그대로 실천에 옮겼습니다. 늑대가 아기를 훔쳐서 들판을 가로지르는 것을 보고 농부는 비명을 질렀습니다. 늙은 술탄이 아기를 도로 찾아오자 농부는 기뻐하면서 개를 쓰다듬어 주었습

니다.

"이제부터 너를 털끝 하나 건드리는 사람이 없도록 하겠다. 여기 있으면서 앞으로 사는 날까지 배불리 먹도록 해라."

그러더니 다시 아내에게 말했습니다.

"당장 집으로 가서 옥수수죽을 쑤어요. 씹지를 못하잖아. 그리고 내 침대에서 베개도 가져오고. 편히 누울 수 있게 선물로 주겠어."

그 때부터 늙은 술탄은 더없이 편안하게 지낼 수 있었습니다. 얼마 뒤 늑대가 일이 꾸민 대로 잘 되었는가 확인하기 위해서 찾아왔습니다.

"이젠 내 차례야. 가끔 내가 너희 주인의 양을 훔치더라도 눈감아 주면 좋겠어. 먹고 살기가 너무 힘겨워서 그래."

늑대가 말했습니다. 그러자 개가 단호하게 말했습니다.

"나를 믿으면 안 돼. 나는 주인을 충실히 모실 생각이니까 그리 알아."

늑대는 개의 말을 곧이곧대로 받아들이지 않았습니다. 그러나 충직한 술탄으로부터 이미 늑대의 계획을 들은 농부는 몰래 숨어서 기다리고 있다가 도리깨로 늑대를 냅다 후려갈겼습니다. 늑대는 허둥지둥 달아나면서 개한테 소리쳤습니다.

"두고 보자, 이 배신자야! 반드시 앙갚음을 할 테니까!"

다음 날 아침이었습니다. 늑대는 술탄에게 멧돼지를 보내 숲 밖에서 만나 담판을 짓자고 했습니다. 늙은 술탄은 다리가 세 개인 고양이 이외에 함께 갈 동료가 없었습니다. 개와 고양이는 밖으로 나갔습니다. 절름거리는 불쌍한 고양이는 너무 아파서 꼬리를 치켜세웠습니다. 늑대와 멧돼지는 벌써 약속 장소에 와 있었습니다. 그런데 가만히 보니까 적이 칼을 차고 오는 것 아니겠어요? 고양이의 꼬리를 칼로 잘못 보았던 것입니다. 게다가 고양이가 세 발로 절뚝거리는 것을 보고는 개가 돌을 주워서 던지려는 것으로 착각했습니다.

늑대와 멧돼지는 기겁을 했습니다. 멧돼지는 덤불 숲으로 기어들고 늑대는 나무로 기어올라갔습니다. 개와 고양이는 약속 장소에 도착했지만 아무도 보이지 않았습니다. 이상한 일이었습니다. 그런데 멧돼지는 덤불 숲으로 몸을 완전히 숨기지 못했습니다. 귀 하나가 살며시 드러난 것이었습니다. 고양이는 무심결에 그 귀가 쫑긋거리는 것을 보고는 쥐라고 생각했습니다. 그래서 그대로 덮쳐서 힘껏 깨물었습니다. 멧돼지는 꽥꽥 비명을 지르면서 달아났습니다.

"범인은 나무 위에 있다!"

멧돼지가 소리질렀습니다.

개와 고양이는 나무 위를 올려다보았습니다. 과연 늑대가 있었습니다. 늑대는 얼굴이 후끈 달아올랐습니다. 자기가 겁쟁이라는 사실이 탄로났으니까요. 그래서 늑대는 사이좋게 지내자는 개의 제안을 받아들였습니다.

49

여섯 마리 백조

어느 넓은 숲에서 왕이 사냥을 하고 있었습니다. 왕이 너무 열심히 사슴을 쫓아가는 바람에 뒤따르던 신하들이 왕을 놓치고 말았습니다. 날이 어두워지자 왕은 발길을 멈추고 사방을 둘러보았습니다. 그제서야 왕은 자기가 길을 잃었음을 깨달았습니다. 숲에서 빠져나가는 길을 찾아보았지만 막막할 뿐이었습니다. 그 때 늙은 여자 하나가 나타났습니다. 그녀는 고개를 건들건들거리면서 왕에게로 다가오고 있었습니다. 그런데 그 늙은 여자는 마녀였습니다.

"부인, 숲에서 나가는 길을 가르쳐 주겠소?"

"아무렴 그러구말굽쇼, 폐하. 다만, 한 가지 조건을 들어 주신다면요. 만약 조건을 안 들어 주시면 숲에서 빠져나가는 길을 영영 못찾고 굶어 죽고 말거예요."

"무슨 조건인가?"

"제게는 딸이 하나 있습니다. 이 세상 어떤 처녀 못지않게 아름답지요. 폐하의 아내가 되어도 남부끄럽지 않을 정도입니다. 만약 그 애를 왕비로 맞아 주신다면 숲에서 나가는 길을 가르쳐 드리겠어요."

왕은 그러마고 약속했습니다. 그러자 늙은 여자는 자기의 작은 오두막으로 왕을 데려갔습니다. 딸은 벽난로 옆에 앉아 있었습니다. 처녀는 마치 기다리고 있었다는 듯이 왕에게 인사를 했습니다. 생김새는 말대로 아름다웠으나 왕은 처녀가 마음에 들지 않았습니다. 처녀를 볼 때마다 왠지 가슴이 섬뜩해졌습니다. 왕이 처녀를 말에 태우자 그제서야 늙은 여자는 길을 가르쳐 주었습니다. 왕궁으로 돌아온 왕은 결혼식을 올렸습니다.

왕은 이미 결혼한 몸이어서 첫 번째 부인과의 사이에 일곱 아이를 두었습니다. 여섯 아들과 외동딸이었습니다. 왕은 자식들을 이 세상 누구보다도 귀하게 여겼습니다. 왕은 새왕비가 아이들을 잘 보살피지 않거나 또 구박을 할 것 같은 불안한 마음이 들었기 때문에 아이들을 숲 가운데에 외따로 있는 성으로 데려갔습니다. 그 성은 워낙 감쪽같이 감춰져 있었기 때문에 찾기가 매우 까다로웠습니다. 어떤 현명한 여자가 준 마법의 실뭉치가 없었더라면 왕도 그 성을 아마 찾아내지 못했을 것입니다. 왕이 실뭉치를 던지자 실이 저절로 슬슬 풀려 나가면서 길을 가리켰습니다.

왕은 짬이 날 때마다 사랑하는 아이들을 보러 다녔기 때문에 새왕비는 조금씩 수상한 생각이 들었습니다. 혼자 무엇을 하러 숲 속으로 들어가는지 궁금해서 견딜 수가 없었습니다. 새왕비는 신하들에게 돈을 듬뿍 주어 마침내 비밀을 알아냈습니다. 신하들은 또 마법의 실뭉치가 있어야 길을 찾을 수 있다는 이야기도 덧붙였습니다. 새왕비는 한동안 마음이 편하지 않았습니다.

그러던 어느 날 드디어 왕이 실뭉치를 어디에 두는지를 알아냈습니다. 새왕비는 작고 새하얀 비단 옷들을 만들어서 엄마에게서 배운 요술로 거기다 마법의 주문을 짜넣었습니다.

어느 날 왕이 사냥을 떠난 틈을 타서 새왕비는 옷들을 챙겨 숲으로 갔습니다. 그러고는 실뭉치가 가리키는 방향으로 걸어갔습니다. 성에 있던 아이들은 멀리서 누군가 다가오는 것을 보고 사랑하는 아버지가 자기들을 보러왔다고 여기고 신이 나서 아버지를 맞으러 뛰어갔습니다. 새왕비는 기다렸다는 듯이 아이들에게 옷을 하나씩 던져 주었습니다. 옷이 몸에 닿자마자 아이들은 백조로 변하여 저 멀리 숲 너머로 날아갔습니다. 하지만 공주는 오빠들처럼 뛰어나가지 않고 성에 남아 있었습니다. 새왕비는 공주 생각은 꿈에도 못했습니다.

다음 날 아이들을 보기 위해 성으로 온 왕은 딸밖에 보이지 않자 공주에게 물었습니다.

"오빠들은 모두 어디 갔니?"

"다 가 버리고 저 혼자밖에 안 남았어요."

공주는 아버지에게 오빠들이 백조로 변해 훨훨 날아가는 것을 창문으로 보았노라고 말했습니다. 그러고는 오빠들이 떨어뜨린 깃털을 아버지에게 보여 주었습니다.

왕은 몹시 슬펐지만 새왕비가 이 못된 짓을 저질렀으리라고는 꿈에도 생각하지 못했습니다. 왕은 하나밖에 남지 않은 딸마저 어디로 사라질까봐 왕궁으로 데려가기로 마음 먹었습니다. 그러나 딸은 새왕비가 너무 무서워 왕궁으로 가고 싶지 않았습니다. 딸은 아버지에게 숲의 성에서 하룻밤만 더 보내게 해달라고 사정했습니다. '이제 더 이상 이 속에 있을 수 없어. 오빠들을 찾아 나서야지.' 하고 그 가엾은 공주는 생각했습니다.

밤이 깊어지자 공주는 성을 빠져나와 숲 속 깊이 들어갔습니다. 밤새도록, 그리고 다음 날도 하루 종일 쉬지 않고 걸었습니다. 마침내 너무 기진맥진해서 더 이상 발걸음을 옮길 수 없는 지경에 이르렀습니다. 그 때 오두막이 한 채 보였습니다. 안으로 들어가니 방 안에 작은 침대 여섯 개가 놓여 있었습니다. 공주는 침대 위에 눕기가 겁이 났습니다. 그래서 침대 밑으로 기어들어가 딱딱한 마루에서 하룻밤을 보내기로 마음 먹었습니다.

그런데 날이 막 저물기 시작하자 바스락바스락 소리가 나면서 여섯 마리의 백조가 창문으로 날아 들어왔습니다. 백조들은 마루에 내려앉아 깃털이 모두 빠져나갈 때까지 서로의 몸을 훅훅 불어댔습니다. 그러더니 백조의 깃털이 옷처럼 모두 벗겨졌습니다. 공주는 꼼짝 않고 이 모든 과정을 지켜보고 있었습니다. 마침내 오빠들임을 확인하고는 감격에 겨워하며 침대 밑에서 기어나왔습니다. 오빠들도 어린 누이동생을 보고 뛸 듯이 기뻐했습니다. 그러나 기쁨은 오래가지 않았습니다.

"너는 여기 있으면 안 돼. 여기는 도둑들의 소굴이란다. 놈들에게 발각당하면 너는 죽게 돼."

오빠들이 말했습니다.

"오빠들이 지켜 줄 텐데, 뭘."

동생이 말했습니다.

"그게 말이다. 우리가 백조의 가죽을 벗을 수 있는 시간은 해질 무렵 겨우 15분밖에 안 돼. 이 동안에는 사람 모습을 하고 있지만 그 뒤에는 다시 백조로 돌아간단다."

누이동생은 흐느껴 울면서 물었습니다.

"풀려날 방법은 없나요?"

"없다고 봐야지. 그게 이만저만 까다로운 일이 아니란다. 우리가 풀려나려면 네가 6년 동안 누구하고도 말하지도 웃지도 않으면서 우리를 위해 과꽃으로 옷 여섯 벌을 만들어야 해. 만일 네가 한 마디라도 입술을 떼는 날에는 그동안의 모든 노력이 허사가 되지."

공주는 자기의 일생을 바쳐서라도 오빠들을 풀어 주기로 마음먹었습니다. 오두막을 떠난 공주는 숲 한복판으로 들어가 나무 위로 기어올라가서 거기서 그 날 밤을 지냈습니다. 다음 날 아침 밑으로 내려온 공주는 과꽃을 모아 옷을 짓기 시작했습니다. 아무에게도 말을 하지 않았습니다. 웃어야 할 일도 없었습니다. 그냥 가만히 앉아서 일에만 몰두했습니다.

그렇게 날을 보내던 어느 날 그 나라의 왕이 우연히 숲으로 사냥을 나왔습니다. 사냥꾼들은 공주가 꼼짝 않고 앉아 있는 나무로 다가와서 공주에게 물었습니다.

"너는 누구냐?"

공주는 대답을 하지 않았습니다.

"해치지 않을 테니 밑으로 내려오너라."

공주는 고개만 가로 저을 뿐이었습니다. 그래도 자꾸 질문을 던지자 공주는 사냥꾼들에게 금목걸이를 던져 주었습니다. 그러면 그들이 만족하리라고 생각했습니다. 그렇지만 사냥꾼들은 끈질겼습니다. 공주는 다시 허리띠를 끌러 주었습니다. 그것도 소용이 없자 이번에는 양말 대님을 풀어 주었습니다. 이런 식으로 하나씩 주다 보니까 마지막에는 속옷밖에 남지 않게 되었습니다. 그런데도 사냥꾼들은 물러갈 생각을 하지 않았습니다. 사냥꾼들은 나무 위로 올라와 공주를 끌고 내려가서는 왕에게로 데려갔습니다. 왕이 물었습니다.

"너는 누구이며 그 나무 위에서 무엇을 하고 있었느냐?"

공주는 대답이 없었습니다. 왕은 자기가 알고 있는 온 나라 말을 동원해 질문을 던져 보았지만 공주는 굳게 입을 다물고 있었습니다. 그렇지만 공주의 아름다움은 왕의 가슴을 흔들어 놓았습니다. 왕은 공주를 깊이 사랑하게 되었습니다. 망토로 공주의 몸을 덮어 주고는 말에 태워 성으로 데려갔습니다. 왕은 공주에게 화려한 옷들을 입혔습니다. 처녀의 아름다운 얼굴은 대낮처럼 밝게 빛났습니다. 그렇지만 처녀는 여전히 한 마디 말도 하지 않았습니다. 식탁에서도 왕은 처녀를 자기 옆자리에 앉게 했습니다. 처녀의 겸손함과 예절바른 행동이 왕의 마음에 쏙 들었습니다.

"내가 결혼해야 할 사람은 이 세상 그 어떤 여자도 아니고 바로 이 여자다."

며칠 뒤에 두 사람은 결혼을 했습니다. 그러나 왕에게는 못된 어머니가 있었습니다. 그녀는 왕의 결혼에 불만을 품고 어린 왕비의 험담만 늘어놓았습니다.

"그 못된 계집애! 왜 말을 않는거야? 도대체 어디 출신이야? 왕비가 될 자격이 없어."

일 년 뒤 왕비는 첫아이를 낳았습니다. 시어머니는 며느리가 자고 있는 동안 아이를 빼앗아 가면서 며느리의 입가에 피를 덕지덕지 발라 놓았습니다. 그러고는 왕 앞에 가서 어린 왕비가 식인종이라고 일러바쳤습니다. 왕은 이 말을 그냥 흘려 버렸습니다. 그러면서 자기 아내를 해치려는 사람은 그 누구든 용납하지 않겠다고 말했습니다. 그러는 동안에도 왕비는 한 자리에 앉아 오직 옷 만드는 일에만 열중하고 있었습니다.

다시 어여쁜 아기가 태어났습니다. 못된 시어머니는 똑같은 속임수를 썼지만 왕은 그 말을 받아들이지 않았습니다.

"그 여자는 신앙이 매우 깊고 선량합니다. 결코 그런 일은 하지 않습니다. 만약에 말만 할 수 있어도 자기를 변호할 수 있을 테고 그러면 결백하다는 것이 밝혀지련만."

그러나 시어머니는 갓 태어난 셋째 아이도 훔쳐간 뒤 며느리를 비난했습니다. 그러나 왕비는 여전히 아무 말이 없었습니다. 왕은 결국 왕비를 재판에 넘길 수밖에 없었습니다. 재판관은 왕비를 화형에 처한다는 판결을 내렸습니다.

사형을 집행하는 날이 되었습니다. 그 날은 공주가 웃어서도 말해서도 안 되었던 6년이 되는 마지막 날이기도 했습니다. 오빠들이 마법의 힘으로부터 풀려나게 될지가 결정되는 순간이었습니다. 마지막 한 벌의 왼쪽 소매만 빼놓고는 여섯 벌의 옷은 모두 완성되었습니다. 왕비는 화형대로 가면서도 옷들을 팔에 걸치고 갔습니다. 장작더미에 올라섰습니다. 이제 조금 있으면 불이 붙게 됩니다. 왕비는 하늘을 올려다보았습니다. 백조 여섯 마리가 날아오고 있었습니다. 왕비는 자기가 구출될 시간이 다가왔다는 것을 알았습니다. 가슴은 기쁨으로 넘쳤습니다.

백조들은 왕비가 옷을 던져줄 수 있도록 가까이 내려앉았습니다. 옷이 닿자마자 백조의 피부는 떨어져 나가고 왕비 앞에는 살아 있는 오빠들이 서 있었습니다. 그렇게 늠름하고 씩씩해 보일 수가 없었습니다. 오직 막내 오빠만 왼쪽 팔이 없고 그 대신 백조의 날개가 달려 있었습니다. 오누이들은 서로 부둥켜안고 입맞춤을 했습니다. 왕비는 왕 앞으로 갔습니다. 왕은 어리둥절해했습니다.

"사랑하는 당신, 이제 저는 말할 수 있어요. 저는 결백합니다. 모함을 받은 거예요."

왕비는 시어머니의 말은 모두 거짓이었다는 것, 시어머니가 세 아이를 데려가서 숨겨 놓았다는 것을 모두 털어놓았습니다. 아니나 다를까, 죽은 줄로만 알았던 세 아이가 왕 앞에 다시 나타났습니다. 못된 시어머니는 화형대에 묶여 불에 타 죽었습니다. 그 뒤 왕과 왕비는 여섯 오빠와 함께 오래오래 평화롭고 행복하게 살았습니다.

50

잠자는 숲 속의 공주
(원제:들장미 공주)

옛날에 어떤 왕과 왕비가 살고 있었는데, 그들은 매일같이 이렇게 말했습니다.
"아기가 있었으면!"

하지만 아기는 생기지 않았습니다.

어느 날 왕비가 목욕을 하러 밖으로 나갔더니 개구리 한 마리가 물가로 기어와서 말했습니다.

"소원이 이루어질 것입니다. 올해가 가기 전에 딸이 태어날 것입니다."

개구리의 예언은 그대로 들어맞았습니다. 왕비는 예쁜 딸을 낳았습니다. 왕은 너무 기뻐서 잔치를 크게 벌였습니다. 친척과 친구와 친지는 물론 지혜로운 여인들도 초대했습니다. 딸에게 자상하고 친절하게 대해 줄 것이라는 기대에

서였습니다. 그런데 나라 안에는 13명의 지혜로운 여인이 있었는데 이들에게 요리를 대접할 금접시는 12개밖에 없었습니다. 그래서 부득이 한 사람은 초대를 받지 못했습니다.

잔치는 성대하게 벌어졌습니다. 잔치가 끝나갈 무렵 지혜로운 여인들은 아기에게 기적의 선물을 주었습니다. 한 사람은 미덕을, 한 사람은 아름다움을, 또 한 사람은 재산을 …. 그래서 결국 아이는 사람이 이 세상에서 가질 수 있는 모든 것을 갖게 되었습니다. 열한 번째의 여인이 막 선물을 주고 났을 때 열세 번째의 여인이 나타났습니다. 초대를 받지 못한 것에 앙심을 품고 복수를 하러 온 것이었습니다. 그 여인은 인사를 하기는커녕 주위를 거들떠보지도 않고 냅다 큰 소리로 외쳤습니다.

"열다섯 살이 되면 저 아이는 물레의 북바늘에 찔려 죽을 것이다!"
이 말만 던지고는 뒤돌아서서 궁전을 나갔습니다. 사람들은 너무 놀라 어쩔 줄 몰라 했습니다. 그러자 열두 번째 여인이 앞으로 나섰습니다. 아직 아기에게 줄 기적의 선물이 남아 있었던 것입니다. 여인은 악마의 주문을 풀 힘은 없었지만 그것을 누그러뜨릴 수는 있었습니다.

"공주는 죽지 않고 그 대신 백 년 동안 깊은 잠에 빠질 것입니다."

여인은 이렇게 말했습니다.

왕은 사랑하는 딸을 그런 재난으로부터 지키기 위해 온 나라의 북바늘을 불태우라는 명령을 내렸습니다. 한편 지혜로운 여인들의 선물은 약속대로 이루어져서 공주는 아름답고 예절바르고 친절하고 현명하기 이를 데 없는 소녀로 자랐습니다. 누구라도 공주를 한 번 보면 반해 버렸습니다.

열다섯 살로 접어드는 날이었습니다. 그 날은 공교롭게도 왕과 왕비가 궁전에 없었습니다. 공주는 넓은 궁 안에 홀로 남게 되었습니다. 공주는 궁 안을 이러저리 돌아다니며 많은 방들을 마음껏 구경했습니다. 마침내 오래된 탑이 보였습니다. 공주는 꼬불꼬불 비좁은 계단을 올라갔습니다. 작은 문이 나타났고 거기에는 녹슨 열쇠가 걸려 있었습니다. 열쇠를 돌리자 문이 열렸습니다. 작은 방 안에는 늙은 여자가 물레 앞에 앉아 북바늘로 부지런히 베를 짜고 있었습니다.

"안녕하세요, 할머니. 거기서 뭐 하시는거예요?"

"베를 짠다우."

늙은 여자가 머리를 흔들며 말했습니다.

"거기 까딱까딱거리는 우스꽝스러운 물건은 뭐예요?"

공주는 이렇게 물으면서 북바늘을 집어 들어 돌려보려고 했습니다. 그러나 북바늘을 만지는 순간 마법의 주문이 살아나 손가락을 찔렸습니다.

따끔 하는 순간 공주는 그대로 침대 위에 쓰러져 깊은 잠에 빠져 들어갔습니다. 잠은 이내 온 궁전 안으로 퍼졌습니다. 왕과 왕비도 궁 안으로 발을 들여놓는 순간 그대로 잠이 들었습니다. 궁 안의 모든 사람들도 마찬가지였습니다. 마구간의 말도 마당의 개도 지붕 위의 비둘기도 벽에 달라붙은 파리도 모두 잠이 들었습니다. 난로에서 타닥타닥 타오르던 불도 잠잠해졌습니다. 지글지글 볶이던 고기도, 무슨 잘못을 저질렀는지 막 심부름하는 아이의 머리카락을 잡아당기던 요리사도 맥없이 잠들었습니다. 드디어는 바람도 잦아져서 성 밖의 나무에서도 잎새 하나 움직이지 않았습니다.

성 주위로 들장미가 자라기 시작했습니다. 들장미는 해마다 쑥쑥 자랐습니다. 마침내는 온 성을 에워싸고 뒤덮어 아무도 성의 모습을 볼 수 없게 되었습니다. 지붕 위의 깃발도 보이지 않았습니다. 공주는 잠자는 아름다운 들장미로 불려졌고 공주에 관한 이야기는 온 나라에 퍼지게 되었습니다. 이따금 왕자들이 와서 장미 울타리를 뚫고 성 안으로 들어가려고 애를 썼습니다. 그러면 장미가시가 마치 손이라도 달린 것처럼 억척스럽게 달라붙어서 젊은 왕자들은 오도가도 못하고 그 안에 갇혔습니다. 왕자들은 옴짝달싹 못한 채 그렇게 비참한 죽음을 맞이했습니다.

아주 오랜 세월이 흘렀습니다. 한 왕자가 이 나라에 왔다가 어떤 노인에게 들장미 이야기를 들었습니다. 장미 울타리 속에는 성이 있고 그 성 안에는 들장미라는 아름다운 공주가 있으며 공주는 부모님과 신하들과 함께 벌써 백년째 잠들어 있다는 것이었습니다. 노인은 또 자기 할아버지로부터 많은 왕자들이 왔다가 장미덩굴에 갇혀서 비참하게 죽어 갔다는 이야기도 들었다고 이야기했습니다.

"난 두렵지 않습니다. 가서 아름다운 들장미를 보아야겠어요."

젊은 왕자가 말했습니다.

선량한 노인은 왕자를 만류하려고 갖은 애를 썼지만 왕자는 자기의 뜻을 굽히지 않았습니다.

마침내 백 년이 지나고 들장미가 다시 눈을 뜨게 될 날이 왔습니다. 왕자가 장미 울타리로 다가서자 아름다운 꽃들이 저절로 길을 터주었다가 왕자가 들어서자 다시 문을 닫았습니다. 마당에서 왕자는 말과 사냥개가 그대로 잠들어 있는 광경을 보았습니다. 지붕 위에 둥지를 튼 비둘기들은 날개 깊숙이 머리를 처박고 있었습니다.

궁전으로 들어서 보니 파리는 벽에 달라붙은 채 잠들어 있고, 요리사는 심부름하는 아이를 움켜 잡으려는 듯이 손을 뻗고 있고, 하녀는 막 깃털을 뽑으려는 듯 검은 닭을 들고 있었습니다. 온 궁전이 잠들어 있었습니다. 왕과 왕비도 예외는 아니었습니다. 사방이 너무나도 조용해서 왕자의 귀에는 자신의 숨소리가 들릴 정도였습니다.

드디어 왕자는 탑으로 가서 작은 방에 달린 문을 열었습니다. 들장미는 그곳에 누워 있었습니다. 왕자는 공주의 아름다움에 반해 눈길을 다른 데로 돌릴

50. 잠자는 숲 속의 공주 (원제:들장미 공주)

수가 없었습니다. 왕자는 허리를 숙여 공주에게 입맞춤했습니다. 왕자의 입술이 닿자 들장미는 눈을 뜨더니 자리에서 일어나 그윽한 눈길로 왕자를 바라보았습니다. 두 사람은 탑 아래로 함께 내려갔습니다.

바로 그 때 왕과 왕비는 물론 온 궁전이 잠에서 깨어났습니다. 사람들은 서로를 놀란 눈으로 바라보았습니다. 마당의 말도 자리를 털고 일어나 푸르르 몸을 떨었습니다. 사냥개도 껑충껑충 뛰어다니면서 꼬리를 흔들었습니다. 지붕 위의 비둘기는 날갯죽지에 파묻었던 머리를 들고 사방을 둘러보더니 들판으로 날아갔습니다. 벽에 붙은 파리도 꼬물꼬물 기어다녔습니다. 부엌의 장작불도 활활 타올랐고 요리사는 고기를 구웠습니다. 요리사가 따귀를 때리자 심부름하는 아이는 비명을 질렀습니다. 하녀는 열심히 닭털을 뽑았습니다.

들장미와 왕자의 결혼식은 성대하게 치러졌습니다. 두 사람은 오래오래 행복하게 잘 살았습니다.

51

주운 아이

어떤 산림관이 숲으로 사냥을 하러 갔습니다. 숲으로 막 들어서려는데 어디선가 어린아이의 울음 소리가 들렸습니다. 소리가 나는 곳으로 가 보니 커다란 나무 꼭대기 위에 어린아이가 앉아 있었습니다. 아이의 엄마가 나무 밑에서 깊이 잠들어 있는 사이 매가 엄마의 무릎에 있던 아이를 보고 쏜살같이 내려와서 날카로운 부리로 아이를 물어다가 나무 꼭대기에 올려놓은 것입니다. 산림관은 나무로 기어올라가 아이를 데리고 내려왔습니다. 그리고 집으로 데려가서 어린 딸 레나와 함께 키워야겠다고 마음먹었습니다.

그렇게 해서 소년은 산림관의 집으로 오게 되었습니다. 두 아이는 서로 사이 좋게 지냈습니다. 나무 꼭대기에서 발견된 소년은 새에게 물려갔었던 것을 다시 데려왔다고 해서 주운 아이라고 불렸습니다. 주운 아이와 레나는 서로를 무척 아꼈습니다. 둘은 너무나 좋아해서 잠시라도 서로의 얼굴을 못 보면 슬픔에 젖곤 했습니다.

산림관에게는 늙은 여자 요리사가 있었습니다. 어느 날 저녁 요리사가 물동이 두 개를 가져오더니 물을 퍼 오기 시작했습니다. 그런데 쉬지 않고 계속 물을 퍼 왔습니다. 레나는 궁금해서 물었습니다.

"아줌마, 뭘 하려고 그렇게 물을 많이 퍼 와요?"

"절대 입을 안 연다고 약속하면 내가 비밀을 말해 주지."

레나는 당연히 그러겠다고 약속했습니다. 그러자 요리사가 말했습니다.

"내일 아침 일찍 네 아빠가 사냥을 가면 나는 장작 위에 물을 올려놓을거란다. 물이 끓기 시작하면 주운 아이를 그 속에 집어넣어 요리를 할거야."

다음 날 아침 일찍 산림관은 사냥을 떠났습니다. 아이들은 침대에 있었습니다. 아빠가 없어지자 레나가 주운 아이에게 말했습니다. "네가 날 안 버리면 나도 널 안 버릴게."

"그런 일은 절대로 없어."

"좋아. 그럼 너한테 해줄 이야기가 있어. 어제 저녁

아줌마가 물을 많이 길어 오길래 왜 그러냐고 내가 물었지. 아줌마는 내가 입만 다물어 주면 비밀을 알려 주겠다고 했어. 나는 죽어도 말 안 한다고 약속했지. 아줌마는 오늘 아침 일찍 아빠가 사냥을 떠나면 물을 잔뜩 끓여서 너를 그 안에 넣어서 요리하겠다고 말했어. 그러니 어서 일어나서 옷을 입고 도망가자."

두 아이는 일어나서 재빨리 옷을 입고 밖으로 나갔습니다. 물이 끓기 시작하자 요리사는 주운 아이를 삶아서 요리하기 위해 침대방으로 갔습니다.

그런데 방문을 열고 들어가니 두 아이는 벌써 달아나고 없었습니다. 요리사는 매우 놀랐습니다.

"산림관이 집에 와서 아이들이 없어진 것을 알면 어쩐담? 사람들을 보내서 아이들을 붙잡아 와야겠다."

요리사는 하인 셋을 보내 아이들을 잡아오라고 일렀습니다. 아이들은 숲 어귀에 앉아 있다가 멀리 하인 셋이 오는 것을 보았습니다. 레나가 말했습니다.

"네가 날 안 버리면 나도 널 안 버릴게."

"그런 일은 절대로 없어."

"그럼 장미덤불로 변해. 나는 거기 달린 장미가 될 테니까."

숲 어귀에는 장미덤불과 꽃 한 송이 이외에는 아무것도 없었습니다. 어디로 갔는지 아이들은 보이지 않았습니다.

"여기 있어 보아야 헛일이다."

그들은 집으로 가서 요리사에게 장미덤불과 꽃 한 송이 이외에 아무것도 없다고 보고했습니다. 요리사는 호통을 쳤습니다.

"머저리들 같으니! 장미덤불을 자르고 꽃을 꺾어 왔어야지. 어서 다시 가봐!"

하인들은 다시 그 곳으로 가서 아이들을 찾아야 했습니다. 아이들은 멀리서 하인들이 오는 것을 보았습니다. 레나가 말했습니다.

"네가 날 안 버리면 나도 널 안 버릴게."

"그런 일은 절대로 없어."

"그럼 교회로 변해. 나는 교회 천장에 달린 샹들리에가 될 테니까."

세 하인은 다시 그 자리로 왔지만 교회와 그 안의 샹들리에 이외에 아무것도 없었습니다.

"여기 있어 보아야 헛일이다. 집으로 가자."

요리사는 아이들을 찾아냈느냐고 물었습니다. 하인들은 고개를 저으면서 교회와 샹들리에 이외에 아무것도 없더라고 말했습니다.

"이런 밥통들! 교회를 부수고 샹들리에를 가져왔어야지!"

요리사가 호통을 쳤습니다.

이번에는 하인 셋을 데리고 늙은 요리사가 직접 나섰습니다. 그러나 아이들은 멀리서 요리사가 하인들을 앞세우고 뒤뚱뒤뚱 걸어오는 모습을 보았습니다. 레나가 말했습니다.

"네가 날 안 버리면 나도 널 안 버릴게."

"그런 일은 절대로 없어."

"그럼 연못으로 변해. 나는 그 안에서 헤엄치는 오리가 될 테니까."

요리사는 연못가에 닿자 물을 벌컥벌컥 들이키기 시작했습니다. 그러자 오리가 재빨리 헤엄쳐 와서 부리로 요리사의 머리를 물고 물 속으로 잡아당겼습니다. 늙은 마녀는 물 속에 빠져 죽고 두 아이는 집으로 돌아갔습니다.

둘은 매우 행복했습니다. 만일 죽지 않았다면 지금도 살아 있겠지요.

52

지빠귀 부리 왕

한 왕에게 어느 누구와도 비교할 수 없을 만큼 아름다운 딸이 있었습니다. 그러나 그녀는 너무도 오만하고 자존심이 강해서 구혼자들에게 모두 퇴짜를 놓았습니다. 그녀는 찾아오는 구혼자들에게서 약점을 찾아내어 비웃곤 했습니다.

어느 날 왕은 딸과 결혼할 만한 젊은이들을 모두 한자리로 불러 모아 큰 잔치를 벌였습니다. 젊은이들은 계급과 신분에 따라 줄지어 늘어서 있었습니다. 처음에는 왕들이, 그 다음에는 왕자, 백작, 남작, 그리고 마지막으로 신사 계급이 나타났습니다. 공주는 줄지어 선 젊은이들을 차례차례 둘러보면서 이번에도 하나같이 흠을 잡았습니다.

뚱뚱한 사람에게는 이렇게 말했습니다. "이런 술통!"

또 어떤 사람은 너무 키가 크다고 이런 말을 들어야 했습니다. "길고 가느다란 것이 꼬챙이 같네."

어떤 사람은 키가 너무 작았습니다. "피둥피둥 땅딸막한 것이 꼭 물통 같네!"

어떤 사람은 몸이 마르고 해쓱했습니다. "시체가 따로 없군!"

어떤 사람은 얼굴빛이 너무 붉었습니다. "완전히 수탉 아냐!"

어떤 사람은 등이 굽었나 봅니다. "불에 말린 나무토막처럼 휘었군!"

사사건건 꼬투리를 잡아 그냥 지나치는 사람이 없었습니다. 그 중에서도 가장 망신을 당한 사람은 턱이 약간 뒤틀렸지만 선량해 보이는 맨 앞에 서 있던 다른 나라의 젊은 왕이었습니다.

"어머! 턱이 꼭 지빠귀(새 이름) 부리 같네!"

그 때부터 그 왕은 지빠귀 부리로 불렸습니다. 아버지는 딸이 거기 모인 사람들을 오직 비웃고 조롱하기만 하는 것을 보고 불같이 화를 내면서 궁전으로 처음 찾아오는 거지에게 딸을 주겠다고 맹세했습니다. 며칠 뒤 떠돌이 가수가 창문 아래로 와서 돈을 구걸하면서 노래를 부르기 시작했습니다. 왕은 그 노래를 듣고서 말했습니다. "저 친구를 불러들여라."

누더기 옷을 걸친 떠돌이 가수는 궁전으로 들어가서 왕과 공주 앞에서 노래를 불렀습니다. 노래를 마친 가수는 대가를 요구했습니다.

"너의 노래가 마음에 들었다. 너에게 내 딸을 줄 테니 아내로 삼아라."

공주의 눈이 휘둥그레졌지만 왕은 거듭 말했습니다.

"처음 궁전을 찾은 거지에게 너를 주기로 한 나의 약속을 지킬 뿐이다."

딸이 아무리 애원을 해도 소용이 없었습니다. 두 사람은 결혼식을 올려야 했습니다. 식이 끝나자 왕이 말했습니다.

"너는 이제 거지의 아내가 되었으니 궁전에서 살기에는 어울리지 않는다. 남편을 따라가 주었으면 좋겠다."

딸은 거지의 손을 붙잡고 따라 나설 수밖에 없었습니다. 커다란 숲에 이르자 아내가 물었습니다. "이 숲의 주인은 누구인가요?"

"이 숲과 이 일대 전부는 지빠귀 부리 왕의 것이오. 그 사람을 남편으로 맞았으면 당신 것이겠지."

"아, 가엾은 신세! 이를 어쩌지? 진작에 알았더라면 지빠귀 부리 왕과 결혼하는건데!"
　얼마 안 가서 들판이 나타났습니다. 아내가 또 물었습니다. "이 들판의 주인은 누구인가요?"
　"이 들판과 이 일대 전부는 지빠귀 부리 왕의 것이오. 그 사람을 남편으로 맞았으면 당신 것이겠지."
　"아, 가엾은 신세! 이를 어쩌지? 진작에 알았더라면 지빠귀 부리 왕과 결혼하는건데!"
　그들은 큰 도시에 들어섰습니다. 그러자 아내가 또 물었습니다.
　"이 도시의 주인은 누구인가요?"
　"이 도시와 이 일대 전부는 지빠귀 부리 왕의 것이오. 그 사람을 남편으로 맞았으면 당신 것이겠지."
　"아, 가엾은 신세! 이를 어쩌지? 진작에 알았더라면 지빠귀 부리 왕과 결혼하는건데!"
　"듣고 보니 은근히 기분이 나쁜걸. 왜 당신은 늘 다른 남자를 그리워하는 거요? 내가 부족하기라도 하단 말이오?"
　드디어 두 사람은 작은 오두막집에 도착했습니다. 아내가 말했습니다.
　"맙소사! 집이 이렇게 누추하고 작은 줄이야! 생쥐한테도 비좁겠다."
　그러자 떠돌이 가수가 대꾸했습니다.
　"이 집은 당신과 나의 것이야. 여기서 함께 삽시다."
　아내는 낮은 문으로 들어가기 위해 몸을 잔뜩 웅크려야 했습니다.
　"하인들은 어디 있나요?"
　"하인이라니? 무슨 일이든 하나부터 열까지 당신이 다 해야 하오. 이제부터 불을 피우고 물을 올려놓아요. 그래야 나한테 요리를 만들어 주지. 난 무척 피곤해."
　그러나 공주는 불을 피울 줄도, 요리를 할 줄도 몰랐습니다. 그래서 거지가 일일이 도와주어야 변변치 않으나마 일이 겨우 돌아갔습니다. 초라한 식사를 끝내고 두 사람은 잠자리에 들었습니다. 그러나 남편은 다음 날 꼭두새벽부터 아내를 깨워 집안 일을 시켰습니다. 며칠 동안 어렵게 간신히 살았습니다. 그러다가 양식이 떨어지자 남자가 말했습니다.
　"여보. 더 이상 이렇게 살아갈 수는 없소. 한 푼도 벌지는 못하고 모두 까먹었어. 당신이 바구니를 짜 보구려."

남자는 밖에 나가서 버드나무 가지를 잘라 왔습니다. 그러나 거친 버드나뭇 가지에 공주의 고운 손이 상처투성이로 변했습니다.

"이건 안 되겠군. 베를 짜 보구려. 그건 잘할 수 있을거야."

공주는 베틀에 앉아서 안간힘을 썼지만 거친 실에 연약한 손가락을 자꾸 베였습니다. 피가 흘러나왔습니다.

"음, 그런 일은 맞지 않는구만. 당신을 데려온 건 나의 실수였어. 그럼 어디 항아리 장사를 해봅시다. 시장에 앉아서 항아리를 팔아 보구려."

아, 공주는 한숨을 내쉬며 생각했습니다. 아버지 나라에서 온 사람들이 시장에 들렀다가 내가 항아리 파는 것을 보면 얼마나 나를 비웃을까!

하지만 피할 도리가 없었습니다. 남자의 말에 따르지 않았다간 굶어 죽을게 뻔했습니다. 처음에는 순조롭게 일이 풀렸습니다. 그녀가 아름다워서인지 사람들은 군말 없이 항아리를 척척 사 갔습니다. 어떤 사람들은 돈만 주고 항아리를 가져가지도 않았습니다. 그렇게 번 돈으로 얼마동안 살다가 돈을 다 써 버리면 남자는 다시 항아리를 사 왔습니다. 여자는 또 시장 한구석에 항아리들을 쌓아 놓고 장사를 했습니다.

어느 날 술에 취한 군인이 말을 타고 가다가 쌓아 놓은 항아리를 툭 건드렸습니다. 항아리들은 와르르 무너지면서 모두 박살이 났습니다. 여자는 훌쩍훌쩍 울면서 두려움에 몸을 떨었습니다.

"아, 이 일을 어쩌면 좋담! 남편이 뭐라고 할까?"

여자는 집으로 달려가서 자초지종을 털어놓았습니다.

"세상 천지에 항아리를 그런 곳에다 쌓아두는 사람이 어디 있소? 이제 울음일랑 그쳐요. 당신이 아무짝에도 쓸모없다는 것을 잘 알았소. 그럴 줄 알고 임금님의 성으로 가서 당신을 부엌데기로 써 달라고 부탁해 놓았소. 써 주겠다고 약속합디다. 일을 해주면 밥은 먹여 준다니까."

이제 공주는 부엌데기가 되어 요리사를 도와야 했습니다. 더럽고 천한 일이었습니다. 여자는 옷 안에 작은 단지 두 개를 꿰매어 놓고 남은 음식을 담아 집으로 가져갔습니다. 그래야 먹고 살 수 있었기 때문입니다.

어느 날 왕의 맏아들이 결혼식을 치르게 되었습니다. 불쌍한 여자는 2층으로 올라가서 커다란 연회실 문 밖에 서서 안을 흘끔흘끔 들여다보았습니다. 촛불이 켜지자 손님들이 하나 둘 들어왔습니다. 모두들 화려한 옷차림이었습니다. 하나같이 휘황찬란했습니다. 여자는 자기의 신세를 처량하게 여기면서 이런 창피와 가난은 모두 자기가 거만했기 때문이라고 후회했습니다.

이따금 하인들이 접시를 나르다가 거기에 남아 있던 음식을 던져 주었습니다. 맛있는 냄새가 났습니다. 여자는 음식 찌꺼기를 집에 가져갈 생각으로 주머니에 넣었습니다.

그 때 왕자가 들어왔습니다. 그는 벨벳과 비단으로 만든 옷에 금 목걸이를 두르고 있었습니다. 문 앞에 아름다운 여자가 서 있는 것을 보고 여자의 손을 잡고는 춤을 추려고 했습니다. 여자는 거절하다가 화들짝 놀랐습니다. 상대는 자기에게 구혼을 했다가 실컷 망신만 당한 지빠귀 부리 왕이었습니다. 여자는 저항했지만 소용이 없었습니다. 남자는 자꾸만 연회실 안으로 끌고 들어갔습니다.

그 때 주머니의 실이 풀어지면서 단지가 떨어졌습니다. 바닥에 국이 쏟아지고 음식 찌꺼기가 사방에 흩어졌습니다. 그것을 보고 사람들은 손가락질을 하면서 껄껄 웃었습니다.

여자는 너무 창피해서 땅 속으로 숨어들고 싶었습니다. 여자는 문 밖으로 뛰어나와 달아나려 했지만 계단에서 남자에게 붙들려 다시 돌아올 수밖에 없었습니다. 이번에도 지빠귀 부리 왕이었습니다. 그는 자상하게 말했습니다.

"두려워하지 마오. 당신이 누추한 오두막에서 함께 살았던 떠돌이 가수와 나는 같은 사람이라오. 당신을 사랑하기에 변장한 것이오. 시장에서 항아리를 엎어서 박살냈던 군인도 사실은 나였소. 당신의 콧대를 꺾고 당신이 내게 했던 무례한 행동을 벌하기 위한 것이었소."

여자는 눈물을 뚝뚝 흘리면서 말했습니다.

"난 너무 못된 짓을 했기 때문에 당신의 아내가 될 자격이 없어요."

그러자 남자가 말했습니다.

"그런 말 마오. 불행한 날은 지나갔소. 이제 우리의 결혼을 축하합시다."

시녀들이 나타나서 여자에게 어여쁜 옷을 입혀 주었습니다.

신부의 아버지도 예복을 입고 나타나서 딸에게 축복을 베풀어 주었습니다. 환호성이 울려 퍼졌습니다. 우리도 그 자리에 있었더라면 얼마나 좋았을까요!

53

백설공주

먼 옛날 어느 한겨울 하늘에서 눈송이가 깃털처럼 흩날리던 날이었습니다. 새까만 창틀이 달린 창문 앞에 앉아 왕비가 바느질을 하고 있었습니다. 그런데 바느질을 하면서 창 밖을 내다보느라 그만 바늘에 손가락을 찔리고 말았습니다. 세 방울의 붉은 피가 눈 위에 떨어졌습니다. 새하얀 눈 위에 떨어진 붉은 핏방울이 너무도 아름다워서 왕비는 속으로 생각했습니다.

'눈처럼 희고 피처럼 붉고 숯처럼 검은 아이가 있었으면!'

얼마 후 왕비는 딸을 낳았습니다. 아기는 눈처럼 하얀 살결과 피처럼 붉은 입술과 숯처럼 검은 머리카락을 가지고 있었습니다. 그래서 아기는 백설공주라고 불렸습니다. 아기가 태어난 지 얼마 뒤 왕비는 세상을 떠났습니다. 일 년이 지난 다음 왕은 다른 여자와 결혼을 했습니다. 그 여자는 아름답긴 하지만 자존심이 강하고 거만해서 자기보다 아름다운 여자는 눈뜨고 보지 못하는 성미였습니다. 여자에게는 마법의 거울이 있어서 때때로 거울에다 자기 얼굴을 비추면서 이렇게 물었습니다.

"거울아, 거울아, 벽에 달린 거울아,
이 나라에서 누가 제일 예쁘니?"

그러자 거울이 대답했습니다.

"왕비님이지요."

그런 대답을 들으면 왕비는 뿌듯했습니다. 거울은 절대 거짓말을 하지 않는다는 사실을 알고 있었기 때문입니다.

그러는 사이에 백설공주는 무럭무럭 자라면서 하루가 다르게 아름다워졌습니다. 일곱 살이 되자 더욱 예뻐져서 왕비의 아름다움을 앞지르게 되었습니다.

어느 날 왕비가 거울에게 물었습니다.

"거울아, 거울아, 벽에 달린 거울아,
이 나라에서 누가 제일 예쁘니?"

거울이 대답했습니다.

"왕비님도 보기 드문 미인이지만,
백설공주는 그보다 천 배는 더 예쁩니다."

왕비는 파르르 몸을 떨면서 질투심으로 얼굴이 새파래졌습니다. 그 이후로 백설공주에 대한 미움은 더해만 가서 백설공주의 얼굴을 볼 때마다 왕비는 속으로 치를 떨었습니다. 마치 잡초처럼 쑥쑥 자라난 질투와 오만이 왕비의 가슴

을 가득 채워 왕비는 낮이고 밤이고 한시도 마음이 편할 날이 없었습니다. 마침내 사냥꾼을 불러 이렇게 말했습니다.

"저 아이를 숲으로 데려가거라. 두 번 다시 저 꼬락서니를 보기 싫으니 저 아이를 죽인 다음 그 증거로 허파와 간을 내게 가져오너라."

사냥꾼은 머리를 조아리고 백설공주를 데리고 숲으로 갔습니다. 칼을 꺼내 막 순결한 가슴을 찌르려는 찰나 백설공주가 울면서 말했습니다.

"저를 살려 주시면 저 숲 속 깊이 들어가서 다시는 나타나지 않겠어요."

사냥꾼은 아름다운 백설공주가 가여워졌습니다.

"불쌍한 것, 어서 가거라."

그러면서 속으로 생각했습니다. 곧 사나운 짐승에게 잡아먹힐 것이라고. 그렇지만 소녀를 죽이지 않아도 되었기 때문에 무거운 짐을 덜어낸 듯 마음은 홀가분했습니다. 때마침 어린 멧돼지가 나타나서 사냥꾼은 그 녀석을 찔러 죽였습니다. 그러고는 허파와 간을 꺼내어 백설공주가 죽었다는 증거로 왕비에게 들고 갔습니다. 요리사가 소금으로 간을 맞춰 끓여온 요리를 먹은 왕비는 백설공주의 허파와 간을 먹었다고 생각했습니다.

한편 불쌍한 백설공주는 커다란 숲에 홀로 남겨졌습니다. 우거진 나무 잎사귀를 바라보며 돌처럼 굳어 있었습니다. 앞일이 막막했습니다. 백설공주는 달리기 시작했습니다. 뾰족한 돌을 타넘고 가시덤불을 헤치고 나아갔습니다. 때때로 사나운 짐승들과 마주쳤지만 짐승들은 백설공주를 해치지 않았습니다. 그렇게 얼마 동안 달리다 보니까 어느새 날이 어둑해졌습니다. 그 때 작은 오두막이 보였습니다. 백설공주는 숨을 돌리기 위해 안으로 들어갔습니다.

오두막 안은 모든 것이 조그맣고 믿기 어려울 만큼 깔끔하고 깨끗하게 정돈되어 있었습니다. 식탁에는 하얀 보자기가 깔려 있고 그 위에는 일곱 개의 작은 그릇이 놓여 있었습니다. 그릇 옆에는 작은 숟가락이 있었습니다. 일곱 개의 작은 나이프와 포크, 일곱 개의 작은 컵도 있었습니다. 한쪽 벽에는 작은 침대가 일곱 개 가지런히 놓여 있고 그 위에 새하얀 요가 덮여 있었습니다.

목이 마르고 배가 너무 고팠기 때문에 백설공주는 그릇에서 조금씩 골고루 야채와 빵을 덜어내 먹고 작은 컵에서 포도주를 한 방울씩 입 안에 떨어뜨렸습니다. 한 사람분만 모두 먹어 없애고 싶지는 않았기 때문입니다. 허기를 채우고 나니 피곤이 몰려와서 침대에 누우려고 했지만 처음에는 잘 되지 않았습니다. 하나는 너무 길고 하나는 너무 짧고, 그러다가 드디어 일곱 번째의 침대가 꼭 맞는다는 것을 알아냈습니다. 소녀는 침대에 앉아 기도를 한 다음 달콤한 잠에 빠졌습니다.

날이 칠흑같이 어두워지자 오두막의 주인들이 돌아왔습니다. 그들은 곡괭이와 삽을 가지고 산에서 광물을 캐내는 일곱 명의 난쟁이였습니다. 난쟁이들은 일곱 개의 촛불을 밝혔습니다. 방 안이 환해지자 난쟁이들은 누군가가 왔었다는 것을 알아차렸습니다. 제자리에 놓여 있는 물건이 하나도 없었기 때문입니다.

첫째 난쟁이가 말했습니다. "내 의자에 누가 앉았나?"
둘째 난쟁이가 말했습니다. "내 그릇에 누가 손을 댔나?"
셋째 난쟁이가 말했습니다. "내 빵을 누가 먹었나?"
넷째 난쟁이가 말했습니다. "내 야채를 누가 먹었나?"
다섯째 난쟁이가 말했습니다. "내 포크를 누가 건드렸나?"
여섯째 난쟁이가 말했습니다. "내 나이프를 누가 만졌나?"
일곱째 난쟁이가 말했습니다. "내 포도주를 누가 마셨나?"

첫째 난쟁이는 방안을 둘러보다가 자기 침대가 주름져 있는 것을 보고 말했습니다. "내 침대에서 누가 잠을 잤을까?"

다른 난쟁이들도 침대로 가 보고는 저마다 소리를 질렀습니다.
"내 침대에서도 누군가 잠을 잤어!"

그러나 일곱째 난쟁이는 자기 침대에서 백설공주가 잠든 모습을 보았습니다. 그가 소리를 지르니까 다른 난쟁이들이 그리로 몰려 왔습니다. 놀란 난쟁이들은 백설공주를 자세히 들여다보기 위해 촛불을 가지고 왔습니다.

"저런! 저런! 어쩌면 이리도 아름다울까!"

난쟁이들은 너무 신이 나서 미처 백설공주를 깨울 생각도 하지 못했습니다. 일곱째 난쟁이는 친구들의 침대에서 번갈아 한 시간씩 눈을 붙이면서 밤을 보냈습니다. 아침이 되어 잠에서 깨어난 백설공주는 일곱 난쟁이를 보고 깜짝 놀랐습니다. 난쟁이들은 친절하게 물었습니다.

"이름이 뭔가요?"
"제 이름은 백설공주랍니다."
"어떻게 우리 집으로 오게 되었지요?"

난쟁이들이 다시 물었습니다.

백설공주는 계모가 자기를 죽이라고 명령했지만 사냥꾼이 목숨을 살려주었고 하루 종일 걷다가 마침내 여기까지 오게 되었다고 말했습니다.

"당신이 집에서 살림을 하면서 우리를 위해 요리를 하고 잠자리를 보아 주고 씻어 주고 바느질과 뜨개질을 하고 집안을 깔끔하게 정돈해 주신다면 우리와 함께 살아도 좋아요. 그 대신 우리는 당신이 원하는 모든 것을 드리겠어요."

"그렇게 하겠어요."

그래서 백설공주는 난쟁이들과 함께 살면서 살림을 하게 되었습니다. 아침이면 난쟁이들은 광물과 금을 캐러 산으로 갔습니다. 저녁에 난쟁이들이 돌아오면 벌써 요리가 준비되어 있었습니다. 낮에는 백설공주 혼자 있기 때문에 마음씨 고운 난쟁이들은 이렇게 당부의 말을 했습니다.

"당신의 계모를 조심하세요. 그 여자는 당신이 여기 있다는 것을 곧 알게 될 겁니다. 아무도 집 안에 들여보내서는 안 됩니다!"

왕비는 백설공주의 허파와 간을 먹었다고 생각했기 때문에 자기가 다시 나

라 안에서 가장 아름다운 여자가 되었다고 확신했습니다. 그래서 거울에게 가서 물었습니다.

"거울아, 거울아, 벽에 달린 거울아,
이 나라에서 누가 제일 예쁘니?"

그러자 거울이 대답했습니다.

"왕비님도 보기 드문 미인이지만,
저 산 너머 일곱 난쟁이가 사는 곳에
백설공주가 무럭무럭 자라고 있습니다.
이 나라에서는 아직도 백설공주가
누구보다도 천 배는 아름답지요."

왕비는 기가 막혔습니다. 거울은 거짓말을 하지 않았습니다. 그렇다면 사냥꾼이 자기를 속이고 백설공주를 살려 두었다는 소리였습니다. 왕비는 다시 백설공주를 죽일 궁리를 했습니다. 백설공주가 이 나라에서 가장 아름다운 한 왕비는 시기심 때문에 하루도 마음 편할 날이 없을 테니까요. 드디어 좋은 수가 생각났습니다. 왕비는 아무도 알아보지 못하게 떠돌이 장사꾼으로 감쪽같이 변장을 했습니다. 그런 차림으로 왕비는 일곱 개의 산을 넘어 일곱 난쟁이가 사는 오두막에 도착한 다음 문을 쾅쾅 두드리며 소리를 질렀습니다.
"진짜요, 진짜! 좋은 게 왔어요!"
백설공주는 창 밖을 내다보더니 큰 소리로 말했습니다.
"안녕하세요, 아주머니. 무얼 파시는데요?"
"진짜 좋은 물건이라우! 허리를 날씬하게 졸라매는 레이스 띠인데 빛깔이 참 화려하고 아름답다우!"
그러면서 온갖 빛깔의 비단실로 짠 띠를 꺼냈습니다.
이 여자는 선량해 보이니까 집 안에 들어오게 해도 괜찮겠다고 백설공주는 생각했습니다. 백설공주는 문을 열어 주었습니다. 그리고 레이스 띠를 샀습니다.

"어머! 예쁘기도 해라! 이리 와 봐요. 내가 잘 졸라매 줄 테니까."

백설공주는 털끝만큼도 의심하지 않고 늙은 여자 앞에 서서 새 레이스 띠를 졸라매도록 했습니다. 그러나 늙은 여자가 번개처럼 레이스 띠를 꽉 졸라매는 바람에 백설공주는 숨이 막혀 그만 쓰러지고 말았습니다.

"전에는 네가 이 나라에서 제일 아름다웠지만 이제는 아니야!"

늙은 여자는 그렇게 말하고는 달아났습니다.

얼마 뒤 해가 저물자 난쟁이들이 집으로 돌아왔습니다. 난쟁이들은 어여쁜 백설공주가 바닥에 쓰러져 있는 것을 보고 깜짝 놀랐습니다. 백설공주는 마치 죽은 사람처럼 꼼짝도 하지 않았습니다. 난쟁이들은 백설공주를 들어 올린 다

음 허리가 너무 꽉 죄어 있는 것을 보고 허리띠를 싹둑 잘랐습니다. 허리띠가 잘리자마자 백설공주는 숨을 가늘게 내쉬더니 조금 뒤에는 완전히 정신을 차렸습니다. 난쟁이들은 낮에 있었던 일들에 대해 다 듣고 난 후 이렇게 말했습니다.

"그 떠돌이 장사꾼은 바로 왕비입니다. 우리가 없을 때는 절대 아무도 집으로 들어오지 못하게 해요!"

집으로 돌아온 왕비는 거울에게 가서 물었습니다.

　"거울아, 거울아, 벽에 달린 거울아,
　 이 나라에서 누가 제일 예쁘니?"

그러자 거울이 여느 때처럼 대답했습니다.

　"왕비님도 보기 드문 미인이지만,
　 저 산 너머 일곱 난쟁이가 사는 곳에
　 백설공주가 무럭무럭 자라고 있습니다.
　 이 나라에서는 아직도 백설공주가
　 누구보다도 천 배는 아름답지요."

이 소리를 들은 왕비는 미칠 것 같았습니다. 가슴이 부글부글 끓어올랐습니다. 백설공주가 살아났다는 소리니까요.

"이번에는 아주 확실히 없애는 방법을 궁리해야겠다."

왕비는 그렇게 혼잣말을 하고는 온갖 마법을 동원해서 독빗을 만들었습니다. 왕비는 다시 늙은 여자로 변장한 다음 일곱 개의 산을 넘어 일곱 난쟁이가 사는 오두막에 도착하여 쾅쾅 문을 두드리며 소리를 질렀습니다.

"진짜요, 진짜! 좋은 게 왔어요!"

백설공주는 창 밖을 내다보더니 말했습니다.

"가세요! 아무도 들여보내지 말랬어요!"

"한 번 구경만 하라니까 그러네."

늙은 여자는 그렇게 말하면서 독빗을 꺼내 높이 들어올렸습니다. 백설공주는 빗이 너무 마음에 들어 자기도 모르게 문을 열어 주었습니다. 홍정이 끝나자 늙은 여자가 말했습니다.

"어떻게 빗는 건지 내가 시범을 보여 주겠수."

불쌍한 백설공주는 이번에도 조금도 의심을 하지 않고 늙은 여자가 하는 대로 놓아두었습니다. 그러나 빗이 머리카락에 닿자마자 독이 퍼져 백설공주는 정신을 잃고 바닥에 쓰러졌습니다.

"절세의 미인도 이제는 끝났다!"

늙은 여자는 그렇게 말하고는 가 버렸습니다.

저녁 나절이 되어 난쟁이들이 집으로 돌아왔습니다. 집에 도착한 난쟁이들은 백설공주가 죽은 듯이 쓰러져 있는 것을 발견하고 대뜸 계모의 짓이라고 생각하고 몸을 구석구석 뒤졌습니다. 백설공주의 머리에서 독빗을 찾아낸 난쟁이들이 그것을 꺼내자 백설공주는 곧바로 정신을 되찾았습니다. 백설공주가 자초지종을 털어놓자 난쟁이들은 다시 몸조심하고 절대 문을 열어 주지 말라고 당부했습니다.

한편 집으로 돌아간 왕비는 거울 앞에 가서 말했습니다.

"거울아, 거울아, 벽에 달린 거울아,
이 나라에서 누가 제일 예쁘니?"

그러자 거울이 전처럼 대답했습니다.

"왕비님도 보기 드문 미인이지만,
저 산 너머 일곱 난쟁이가 사는 곳에
백설공주가 무럭무럭 자라고 있습니다.
이 나라에서는 아직도 백설공주가
누구보다도 천 배는 아름답지요."

거울의 말을 들은 왕비는 화가 치밀어 부르르 몸을 떨었습니다.

"백설공주를 죽이고 말겠어! 설령 내가 죽는 한이 있더라도!"

이제 왕비는 아무도 들어가 본 적이 없는 외딴 비밀의 방으로 갔습니다. 그

방에서 왕비는 무서운 독사과를 만들었습니다. 겉에서 보면 하얗고 발그스름한 것이 아주 먹음직스러웠습니다. 그러나 침을 꼴깍 삼키면서 한 입 베어문 사람은 그 자리에서 죽게 됩니다. 사과가 준비되자 왕비는 시골 아낙네로 변장을 한 다음 일곱 개의 산을 넘어 일곱 난쟁이가 사는 오두막에 도착했습니다. 문을 쾅쾅 두드리자 백설공주가 창문으로 머리를 쏙 내밀고는 말했습니다.

"아무도 들여보내지 말랬어요. 일곱 난쟁이가 신신당부했거든요."

"나는 괜찮은 사람이라우. 어서 이 사과들을 팔아치워야 하는데, 선물로 내가 하나 드리리다."

"아니예요. 전 아무것도 받으면 안 돼요."

"독이라도 묻었을까봐? 봐요. 내가 이 사과를 둘로 자를 테니 아가씨는 붉은 쪽을 먹어요. 난 하얀 쪽을 먹을 테니."

그러나 교묘하게 만들어진 사과는 붉은 쪽에만 독이 묻어 있었습니다. 싱싱한 사과에 군침을 흘리고 있던 백설공주는 시골 아낙네가 사과 한 쪽을 먹는 것을 보고는 참지 못하고 한 손을 뻗어 독이 든 반쪽을 집었습니다. 한 입 깨물자마자 그대로 죽은 듯이 쓰러졌습니다. 왕비는 모진 눈길로 백설 공주를 쳐다보면서 깔깔 웃었습니다.

"눈처럼 희고 피처럼 붉고 숯처럼 검다구! 이번에는 난쟁이들도 너를 살려내지는 못할걸!"

왕비는 집에 오자마자 거울 앞에 갔습니다.

"거울아, 거울아, 벽에 달린 거울아,
이 나라에서 누구 제일 예쁘니?"

드디어 거울이 말했습니다.

"지금은 왕비님이 제일 예쁩니다."

질투심 많은 왕비는 그제서야 만족했습니다. 저녁이 되어 집에 돌아온 난쟁이들은 백설공주가 쓰러져 있는 것을 발견했습니다. 입술에서 숨이 새어나오지 않는 것으로 보아 죽은 것 같았습니다. 난쟁이들은 백설공주의 몸을 들어올

려 혹시 독 같은 것이 없나 찾아보았습니다. 허리띠를 끄르고 머리를 빗어 보고 물과 포도주로 몸을 씻겨도 보았지만 소용이 없었습니다. 불쌍한 백설공주는 죽어 있었습니다. 난쟁이들은 들장미 위에 공주의 몸을 누이고 가장자리에 둘러앉아 슬피 울었습니다. 그렇게 사흘을 꼬박 울었습니다. 마침내 난쟁이들은 백설공주를 묻기로 했습니다. 그러나 어여쁜 붉은 뺨하며 여전히 살아 있을 때와 똑같은 모습이었습니다.

"도저히 칙칙한 땅 속에 묻을 수는 없겠다."

난쟁이들은 그렇게 말했습니다. 대신에 사방이 훤히 들여다보이는 투명한 유리관을 준비했습니다. 난쟁이들은 백설공주를 그 안에 넣고 관 위에다 금으로 이름을 써넣은 다음 공주였다고 밝혔습니다. 난쟁이들은 산꼭대기로 관을 가져갔습니다. 그 때부터 늘 한 사람이 옆에 붙어 서서 관을 지켰습니다. 동물들도 와서 백설공주를 보며 울었습니다. 올빼미도 까마귀도 비둘기도 왔습니다. 백설공주는 아주 오랜 세월 관 속에 누워 있었지만 몸은 썩지 않았습니다. 여전히 눈처럼 희고 피처럼 붉고 숯처럼 검은 그 모습은 잠을 자는 듯했습니다.

그러던 어느 날 한 왕자가 숲에 왔습니다. 난쟁이들의 오두막을 발견한 왕자는 거기서 하룻밤을 묵기로 했습니다. 그런 다음 산으로 가서 아름다운 백설공주가 누워 있는 관을 보았습니다. 관 위에 금으로 적힌 글씨를 본 왕자는 난쟁이들에게 말했습니다.

"나에게 관을 다오. 원하는 것은 뭐든 다 줄 테니."

그러자 난쟁이들이 말했습니다.

"이 세상 금을 전부 준다고 해도 그것만은 안 됩니다."

"그럼 나에게 선물로 다오. 백설공주를 보지 않고는 살아갈 수가 없을 것 같구나. 내가 정성을 다해 아껴 줄 테니 염려 말고."

왕자의 말이 너무 진지했기 때문에 난쟁이들은 왕자에게 관을 내주었습니다. 왕자는 시종들의 어깨에 관을 메도록 했습니다.

그런데 시종들이 덤불을 타넘다가 비틀거리는 바람에 백설공주 목에 걸려 있던 독 묻은 사과 조각이 목구멍에서 나왔습니다. 얼마 안 가서 백설공주는 눈을 뜨고 관뚜껑을 밀어 올린 다음 일어나 앉았습니다. 다시 살아난 것입니다.

"아! 여기가 어딘가요?"

"당신은 나와 함께 있는거요."

왕자는 환호성을 지르면서 자초지종을 말해 주었습니다. 그러고는 이렇게 덧붙였습니다.

"이 세상 어느 누구보다도 당신을 사랑하오. 나와 함께 우리 아버지 성으로 갑시다. 나의 아내가 되어 주오."

백설공주는 왕자가 믿음직한 생각이 들어 따라갔습니다. 두 사람은 성대한 결혼식을 올렸습니다.

그런데 백설공주의 계모도 결혼식에 초대를 받았습니다. 계모는 화려한 옷
으로 한껏 멋을 부린 다음 거울 앞으로 가서 말했습니다.

"거울아, 거울아, 벽에 걸린 거울아,
　이 나라에서 누가 제일 예쁘니?"

거울이 말했습니다.

"왕비님도 보기 드문 미인이지만,

백설공주가 천 배는 더 아름답습니다."

계모는 욕설을 내뱉었습니다. 그러고는 너무나 무서워서 갈팡질팡 어쩔 줄을 몰랐습니다. 처음에는 결혼식에 가고 싶지가 않았습니다. 그러나 젊은 왕비를 보고 싶어 견딜 수가 없었습니다.

연회장에 들어선 계모는 백설공주를 알아보고 가슴이 철렁 했습니다. 두 발이 얼어 붙어 도무지 떨어지지를 않았습니다. 누군가가 뜨겁게 달군 쇠신발을 불집게로 집어다 계모 앞에 가져 왔습니다. 계모는 시뻘건 쇠신발을 신고 땅에 쓰러져 죽을 때까지 춤을 추어야 했습니다.

54

배낭, 모자, 뿔피리

옛날 어느 곳에 삼형제가 살고 있었습니다. 그런데 하루가 다르게 집안 형편이 어려워지더니 나중에는 먹을 것이 없어 쫄쫄 굶어야 할 지경에 이르렀습니다.

"도저히 이대로는 살 수가 없다. 세상으로 나가서 우리의 운명을 바꿔보는 것이 좋겠다."

형제들은 입을 모아 말했습니다.

그래서 삼형제는 길을 떠났습니다. 곡식이 자라는 푸른 들판을 수없이 지나갔지만 삼형제에게는 별로 운이 따라 주지 않았습니다. 그러던 어느 날 그들은 커다란 숲에 도착했습니다. 숲 한가운데에는 산이 솟아 있었습니다. 가까이 가서 보니 온통 은으로 된 산이었습니다.

"그렇게 애태워 찾았던 행운이 여기에 있었구나. 난 이거면 됐다."

첫째가 말했습니다. 맏형은 은을 잔뜩 짊어지고는 집으로 발길을 돌렸습니다. 그러나 두 동생의 생각은 달랐습니다.

"우리 행운은 그까짓 은 정도가 아닐거야."

두 형제는 은 따위는 거들떠보지도 않고 계속 앞으로 나아갔습니다. 며칠을 걸어갔더니 온통 금으로 된 산이 나타났습니다. 둘째는 걸음을 멈추고 요리조리 머리를 굴렸습니다. 얼른 판단이 서지 않았습니다.

"이를 어쩐다? 금을 잔뜩 가지고 가서 평생을 걱정 없이 살아야 하나, 아니면 이대로 계속 가야 하나?"

마침내 둘째는 주머니란 주머니에는 모두 금을 가득 채우고 동생에게 작별을 고한 다음 집으로 갔습니다. 그러나 막내의 생각은 달랐습니다.

"그까짓 금은이 별건가. 나는 행운을 잡을 테야. 나에게는 더 큰 행운이 나타날거야."

막내는 계속 앞으로 나아갔습니다. 그렇게 사흘을 걷자 끝없이 펼쳐진 어마어마하게 큰 숲이 나타났습니다. 막내는 먹고 마실 것이 아무것도 없었기 때문에 쓰러지기 일보 직전이었습니다. 그래서 도대체 숲이 어디쯤에서 끝나는지 알아나 보려고 나무 위로 기어올라갔습니다. 사방을 아무리 둘러 보아도 보이는 것은 나무 또 나무뿐이었습니다. 굶주림을 견디다 못해 밑으로 내려오면서 막내는 혼잣말로 중얼거렸습니다.

"무엇이든 좋으니 배를 한 번만 채울 수 있었으면!"

나무 밑둥에 다다른 막내는 눈이 휘둥그레졌습니다. 맛있는 음식이 한 상 잘 차려져 있는 것이었습니다. 막내는 코를 벌름거렸습니다.

"소원 한번 때맞춰 이루어졌구나!"

막내는 누가 음식을 가져왔고 누가 요리를 했는지 생각할 겨를도 없이 음식상으로 가서 게걸스럽게 주린 배를 채웠습니다. 음식을 다 먹고 나자 그는 식탁에 깔린 식탁보를 숲 속에 그냥 두고 간다는 것이 아깝다는 생각이 들었습니다. 그래서 식탁보를 잘 접어서 배낭에 집어넣었습니다. 얼마를 더 가니까 날이 저물고 다시 배가 고파졌습니다. 막내는 그 식탁보를 실험해 보기로 했습니다. 땅 위에 식탁보를 펴 놓고 이렇게 말했습니다.

"맛있는 음식을 또 한 상 받아 보았으면!"

말이 끝나자마자 식탁보 위에는 먹음직스런 음식이 잔뜩 차려졌습니다.

"솜씨 한 번 기막히구나. 너만 있으면 산더미 같은 금은도 부럽지 않아."

막내는 마법의 보자기를 갖게 된 것입니다. 그러나 보자기 하나만 덜렁 가지고 집에 돌아가서 살기에는 왠지 억울하다는 생각이 들었습니다. 막내는 세상 구석구석 돌아다니면서 자신의 행운을 끝까지 좇고 싶었습니다.

어느 날 저녁 호젓한 숲길을 걷고 있는데 온몸에 검댕칠을 한 숯장이가 보였습니다. 숯장이는 감자를 막 먹으려던 참이었습니다.

"안녕하시오, 검둥이 양반. 이 외딴 곳에서 무엇 하나요?"

막내가 물었습니다.

"보시다시피 매일매일 같은 일의 반복이지요. 저녁은 늘 감자랍니다. 좀 드시려우? 이리 와요."

숯장이가 말했습니다.

"아니, 됐습니다. 혼자 먹기도 모자랄 텐데 귀한 양식을 축낼 수야 없지요. 괜찮으시다면 오히려 제가 한턱 내고 싶은데요."

"누가 요리를 한다는겁니까? 내가 보기에는 댁 이외에는 아무도 없는데. 이 근방에서 댁한테 요리를 갖다 줄 사람도 없을 테고."

"어쨌든 평생 처음 맛보는 기가 막힌 요리가 나올 테니 두고 보세요."

그러면서 막내는 배낭에서 보자기를 꺼내 바닥에 펼친 다음 명령을 내렸습니다.

"한 상 차려다오, 보자기야!"

눈 깜짝할 사이에 보글보글 하는 소리를 내며 요리가 나오는 것이었습니다. 방금 주방에서 내온 것처럼 김도 모락모락 났습니다. 숯장이는 어안이 벙벙했지만 군침이 도는 것은 어쩔 수 없었습니다. 와락 달려들더니 그 검은 입으로 커다란 고깃점을 넙죽넙죽 잘도 삼켰습니다. 배가 터지도록 먹은 뒤 숯장이는 씩 웃으면서 말했습니다.

"그 보자기가 썩 마음에 드는구려. 요리사라곤 구경도 못하고 이런 숲 속에 사는 나 같은 사람에게는 그런 보자기가 안성맞춤이외다. 내가 제안을 하지요. 저기 보면 늙은 군인이 메던 배낭이 하나 걸려 있소. 무척 낡기는 했지만 저래 뵈도 마법을 가졌어요, 나한테는 더 이상 필요없으니 그 보자기와 바꿉시다."

"어떤 종류의 마법을 가졌는지 먼저 알고 싶은데요."

여행자가 물었습니다.

"손으로 톡톡 두드리면 하사가 머리 끝에서 발 끝까지 무장한 부하 여섯 명을 데리고 나타날겁니다. 뭐든지 명령만 내리면 시키는 대로 합니다."

"그거 괜찮군요. 좋아요. 바꿉시다."

막내는 숯장이에게 보자기를 주고 고리에 걸려 있던 배낭을 꺼내 어깨에 둘러멘 다음 작별 인사를 했습니다. 얼마 동안 걷다가 막내는 마법의 배낭을 시험해 보고 싶었습니다. 배낭을 톡톡 두드리자 일곱 명의 우람한 병사가 나타나더니 그 중에서 하사가 물었습니다.

"주인님, 무슨 일을 할까요?"

"당장 숯장이에게 가서 내 마술 보자기를 가져오너라."

병사들은 일제히 '좌로 돌아'를 하더니 어느새 보자기를 가지고 나타났습니다. 숯장이에게서 보자기를 빼앗아 오는 그런 정도의 일은 식은죽 먹기인가 봅니다. 막내는 이제 물러가라고 이른 다음 여행을 계속했습니다. 그러면서 더 큰 행운이 기다릴 것이라는 희망에 부풀어 있었습니다.

해질 무렵 또 다른 숯장이를 만났습니다. 그 사람 역시 저녁 준비를 하고 있었습니다. "소금에 감자뿐이지만 이리 와서 같이 먹읍시다. 기름은 없소. 내 옆에 와서 앉으시우." 검댕칠을 한 숯장이가 말했습니다.

"아니, 됐습니다. 사실은 제가 한턱 내고 싶은데요."

그러더니 땅 위에 보자기를 펼쳤습니다. 맛있는 요리가 순식간에 차려졌습니다. 두 사람은 신나게 먹고 마셨습니다. 배를 가득 채운 뒤 숯장이가 말했습니다.

"저기 선반 위에 낡은 모자가 하나 있는데 신기한 힘을 가졌다오. 누구든지 저 모자를 쓴 다음 머리 위에서 뱅글뱅글 돌리면 대포알이 쏟아지기 시작합니다. 열두 문의 대포를 동시에 쏘는 것과 맞먹는 엄청난 포격이지요. 저 대포를 당해낼 장사는 아무도 없어요. 눈에 보였다 하면 뭐든지 때려 부수니까요. 나한테는 필요없는 모자니까 당신 보자기와 바꿉시다."

"좋습니다."

막내는 모자를 쓴 다음 보자기를 남겨 두고 떠났습니다. 그리고 이번에도 얼마 가지 않아 배낭을 톡톡 두드렸습니다. 잠시 후 병사들이 다시 보자기를 가지고 왔습니다.

"좋은 일만 계속되는군. 아직 내 행운은 끝나지 않은 모양이야."

옳은 말이었습니다. 하루를 더 걸으니까 세 번째 숯장이가 나타났습니다. 그 숯장이도 기름 없는 감자를 권했습니다. 막내는 다시 마술 보자기로 기름진 요리를 숯장이에게 대접했습니다. 숯장이는 음식을 배불리 먹고 나더니 뿔피리와 보자기를 바꾸자고 했습니다. 그 뿔피리는 모자와 또 다른 엄청난 힘을 가지고 있었습니다.

뿔피리를 세게 불면 먼저 담과 성벽이, 그 다음에는 마을과 도시가 무너져 내리는 힘을 가지고 있었습니다. 막내는 서슴지 않고 마술 보자기를 내주고 뿔피리를 받았습니다. 그리고 나중에 다시 병사들을 보내어 보자기를 찾았습니다. 이렇게 해서 배낭과 모자와 뿔피리를 가지게 되었습니다.

"이젠 부러울 것이 없다. 집에 가서 형들이 어떻게 사는지 보자."

집에 와서 보니 두 형은 금과 은으로 지은 집에서 떵떵거리며 잘 살고 있었습니다. 형들은 누더기 옷에 다 떨어진 모자, 닳고 닳은 배낭을 메고 나타난 막내를 동생으로 받아들이지 않으려고 했습니다. 두 형은 동생을 비웃었습니다.

"꼴 좋다! 금과 은을 비웃고 행운의 별을 좇아간다더니. 화려한 옷을 입고 임금님이 마차를 타고 오시려나 했더니 웬걸, 영락없는 거지 몰골이로군 그래."

이렇게 야멸차게 쏘아붙이고는 두 형은 동생을 쫓아냈습니다. 화가 난 막내는 배낭을 두드렸습니다. 미친 듯이 배낭을 계속 두드리다 보니 어느새 150명의 병사가 나란히 줄지어 서 있는 게 아니겠어요. 막내는 형들의 집을 에워싸라고 명령한 다음 그 중 두 사람에게 형들이 제정신을 차릴 때까지 개암나무 회초리로 매질을 하라고 시켰습니다. 엄청난 소동이 벌어졌습니다.

곤경에 빠진 두 형을 도우려고 사람들이 몰려왔지만 병사들을 당해낼 재간이 없었습니다. 결국 왕도 이 사실을 알게 되었습니다. 왕은 노발대발하면서 장군에게 군사를 거느리고 가서 말썽꾼을 도시 밖으로 몰아내라고 명령했습니다. 그러나 막내는 배낭을 두드려 병사의 수를 더욱더 늘렸습니다. 장군이 거느리고 온 부대는 제대로 싸우지도 못하고 물러났습니다.

"내가 그 깡패 녀석을 혼내 주고야 말 테다!"

왕은 화가 나서 소리쳤습니다.

다음 날 왕은 더 많은 군사를 보냈지만 오히려 더 형편없이 당하기만 했습니다. 막내는 배낭을 두드려 더욱 많은 군사를 만들어 냈던 것입니다. 게다가 싸움을 빨리 끝내기 위해 모자를 뱅글뱅글 돌렸습니다. 대포알이 우박처럼 쏟아지자 왕의 군사들은 뿔뿔이 흩어져 달아날 수밖에 없었습니다.

"공주를 내 아내로 맞이하고 내가 왕의 이름으로 온 나라를 다스리기 전에는 싸움을 끝내지 않겠다."

막내는 호통을 쳤습니다.

왕은 이 소식을 듣고 딸에게 말했습니다.

"어려운 일이 닥쳤구나. 그 자의 요구를 들어주지 않을 수가 없겠다. 평화를 되찾고 왕위를 지키려면 너를 보내야겠다."

그래서 결혼식이 치러졌습니다. 그러나 공주는 속이 상했습니다. 남편이라는 사람이 촌놈처럼 초라한 보자기에 낡은 배낭을 메고 다니기 때문입니다. 어떻게 하면 이 남자를 없앨 수 있을까 그 방법만 궁리했습니다. 마침내 그녀는 배낭 안에 마법이 담겨 있을지도 모른다는 생각을 하기에 이르렀습니다. 아내는 남편을 사랑하는 척하면서 애교를 부렸습니다. 남편의 마음이 부드러워지기를 기다려 아내가 말했습니다.

"그 가방 보기 싫으니 제발 벗을 수 없어요? 부끄러울 정도예요."

그러자 남편이 말했습니다.

"이 배낭은 나한테 가장 소중한 물건이오, 이것만 메고 있으면 세상 어느 것도 무섭지 않아."

그러면서 그 배낭에 담겨 있는 마법을 털어놓았습니다. 아내는 입맞춤을 하려는 척 남편을 끌어안다가 남편의 어깨에서 배낭을 슬쩍 들어내서 그것을 가지고 도망을 쳤습니다. 혼자가 되자 아내는 배낭을 두드려 병사들을 불러낸 다음 전 주인을 붙잡아 왕궁 밖으로 끌어내라고 말했습니다. 병사들은 시키는 대로 했습니다. 그래도 마음을 못 놓은 아내는 다시 더 많은 병사들에게 남편의 뒤를 쫓아가 나라 밖으로 몰아내라고 일렀습니다.

만약에 모자를 쓰고 있지 않았더라면 남자는 그렇게 당하기만 했을 것입니다. 두 손이 자유로워지자마자 남자는 모자를 몇 번 뱅글뱅글 돌렸습니다. 그러자 대포알이 튀어나오면서 눈에 보이는 모든 것을 박살냈습니다. 공주가 직접 가서 용서를 빌어야 했습니다. 애걸복걸하면서 애원을 하자 남자는 겨우 화를 풀고 아내를 용서했습니다.

그 뒤로 여자는 살랑살랑거리면서 남편을 사랑하는 것처럼 굴었습니다. 얼마 지나자 남편은 아내에게 또 넘어갔습니다. 그는 설령 누가 배낭을 훔쳐간다고 하더라도 이 낡은 모자가 있으니까 끄떡없다고 비밀을 털어놓았던 것입니다. 비밀을 알아낸 아내는 남편이 잠들기를 기다렸다가 모자를 빼앗은 다음 남편을 밖으로 몰아냈습니다.

그러나 뿔피리가 있는 것은 꿈에도 몰랐습니다. 화가 머리 끝까지 치솟은 남편은 온 힘을 다해 뿔피리를 불었습니다. 그러자 담도 성벽도 마을도 도시도 와르르 무너져 내렸습니다. 왕과 공주는 그 바람에 깔려 죽고 말았습니다. 남편이 뿔피리를 멈추지 않았더라면 모든 것이 부서지고 지금쯤 돌멩이 하나 변변히 남아 있지 않았을 것입니다.

그 뒤로 사람들은 그 남자에게 감히 대들지 못했습니다. 남자는 왕이 되어 온 나라를 다스렸습니다.

55

룸펠슈틸츠헨

옛날에 가난한 방앗간 주인이 살았습니다. 방앗간 주인에게는 예쁜 딸이 있었습니다. 그는 우연히 왕과 이야기를 나누다가 이렇게 으스댔습니다.

"제 딸은 짚을 자아 금실을 만든답니다."

"듣던 중 반가운 소리로군! 너의 딸이 그런 재주를 가졌다면 내일 당장 성으로 데려오너라. 시험을 해 봐야겠다."

다음 날 왕은 처녀를 짚이 가득 쌓인 곳으로 데려가서 물레를 주면서 말했습니다.

"그럼 일을 시작하도록 해라! 내일 아침까지 이 짚을 금으로 바꾸지 못하면 죽을 줄 알아라."

그러고는 문을 잠갔습니다. 처녀는 혼자 방 안에 남게 되었습니다.

방앗간 주인의 불쌍한 딸은 캄캄했습니다. 그녀는 짚으로 금을 만드는 재주 따위는 없었습니다. 두려움은 점점 커져만 갔습니다. 처녀가 훌쩍거리기 시작하자 갑자기 문이 열리면서 난쟁이가 들어왔습니다.

"안녕하시오, 방앗간 아가씨. 그런데 왜 그리 슬피 우시나?"

"짚으로 금실을 만들어야 하는데 전 그런 재주가 없거든요."

그러자 난쟁이가 물었습니다.

"내가 대신 금실을 자아 주면 나한테 무엇을 주겠소?"

"목걸이를 드릴게요."

목걸이를 받은 난쟁이는 물레 앞에 앉더니 윙 윙 윙 세 번만에 실패 하나를 다 감았습니다. 다시 갈아끼우고 윙 윙 윙 두 번째 실패가 다 감겼습니다. 이런 식으로 아침까지 계속 일을 하니까 그 많던 짚이 모두 금으로 변했습니다. 해

가 뜨자마자 달려온 왕은 금을 보고 깜짝 놀라면서도 한편으로는 흐뭇한 생각이 들었습니다. 그러면서 더욱 욕심이 생겨 방앗간 딸을 전보다 훨씬 큰 방에 가두어 놓은 뒤 목숨이 아깝거든 그 안에 있는 짚을 모두 금으로 바꾸라고 명령했습니다. 처녀는 또 앞일이 막막하여 훌쩍거리기 시작했습니다. 그러자 다시 문이 열리더니 난쟁이가 나타났습니다.

"내가 이 짚을 금실로 자아 주면 나한테 무엇을 주겠소?"

"손가락에 낀 반지를 드리지요."

난쟁이는 반지를 받고 부지런히 물레를 돌렸습니다. 아침이 되자 짚이란 짚이 모두 반짝이는 금으로 변해 있었습니다. 왕은 이번에도 크게 놀랐지만 금에 대한 욕심은 그칠 줄 몰랐습니다. 그래서 더 큰 방에다 짚을 가득 채운 다음 방앗간 딸을 그 안에 가두면서 말했습니다.

"밤새 이걸 모두 금으로 만들어야 한다. 이번 일도 성공하면 내 아내로 맞아 들이지."

그러면서 왕은 속으로 '비록 미천한 방앗간집 딸이기는 하지만 이 세상 그 누구보다도 재산이 많은 여자야.'라고 생각했습니다.

처녀가 혼자 남게 되자 세 번째로 난쟁이가 나타나서 물었습니다.

"내가 이 짚을 다시 금실로 자아 주면 나한테 무엇을 주겠소?"

"이젠 아무것도 드릴 것이 없어요."

"그럼, 왕비가 되어서 낳은 첫아이를 나에게 준다고 약속하시오."

도대체 왕비가 된다는 게 말이나 될 법한 소리인가요? 방앗간 딸은 그렇게 생각했습니다. 그런데다가 달리 궁지에서 벗어날 방법도 없었기 때문에 처녀는 난쟁이에게 그렇게 하겠다고 약속했습니다. 그 대신 난쟁이는 다시 짚을 금으로 만들어 주었습니다.

아침이 되어 모습을 나타낸 왕은 모든 것이 자기 말대로 되어 있는 것을 보고는 두말 않고 결혼식을 올렸습니다. 아름다운 방앗간 집 딸은 왕비가 되었습니다.

일 년 뒤에 왕비는 예쁜 아기를 낳았습니다. 그런데 그동안 까맣게 잊고 지냈던 난쟁이가 불쑥 나타났습니다.

"이제 약속을 지키셔야죠."

왕비는 가슴이 무너져내리는 것 같았습니다. 온 나라의 보물을 다 줄 테니

아기만은 손대지 말아 달라고 사정사정했지만 난쟁이는 들은 척도 하지 않았습니다.

"이 세상 보물을 다 준다고 해도 내게는 살아 있는 것이 더 소중해."

그러나 왕비가 너무 애처롭게 울자 난쟁이는 가여운 생각이 들었습니다. "사흘의 시간을 주겠소. 앞으로 사흘 동안에 내 이름을 알아맞히면 아기를 달라고 하지 않겠소."

왕비는 지금까지 들어 본 적이 있는 모든 이름을 떠올리느라고 온 밤을 지샜습니다. 또 몰래 지방으로 사람을 보내어 신분이 높고 낮음을 따지지 않고 다른 이름들을 알아오도록 시켰습니다.

다음 날 난쟁이가 나타났을 때 왕비는 먼저 카스파르, 발처부터 시작해서 자기가 알아둔 이름을 잇달아 죽 말했습니다. 그러나 난쟁이의 대답은 한결 같았습니다.

"내 이름은 그게 아닙니다."

둘째날에는 신하에게 부근에서 쓰이는 이름들을 모두 알아오라고 일렀습니다. 온갖 기묘한 이름들을 왕비가 알아냈을 때 난쟁이가 나타났습니다.

"당신 이름은 소갈비 아니면 넓은 구레나룻 아니면 띠 달린 다리 아닌가요?"

"그건 내 이름이 아닙니다."

셋째날에 신하가 돌아와서 말했습니다.

"새로운 이름을 하나도 찾아내지 못했습니다. 그런데 여우와 산토끼가 서로 인사를 하고 있는 숲 가장자리에서 높은 산을 올라가고 있자니 작은 오두막이 나타났습니다. 오두막 앞에는 모닥불이 피워 있었고 우스꽝스럽게 생긴 난쟁이가 모닥불 주위에서 한 쪽 다리로 폴딱폴딱 춤을 추면서 소리를 빽빽 지르고 있었습니다.

'오늘은 술을 빚고 내일은 빵을 굽자.
얼마 있으면 왕비의 아기를 갖게 될 몸.
내 이름이 룸펠슈틸츠헨이라는 걸
아무도 모르니 얼마나 좋으냐.'"

신하의 이야기를 듣고 왕비는 너무나 기뻤습니다. 난쟁이는 다시 나타나서 다짜고짜 물었습니다.

"내 이름을 알아냈소?"

왕비는 먼저 엉뚱한 이름을 말해 보았습니다.

"쿤츠인가요?"

"아니."

"하인츠인가요?"

"아니."

"그럼 룸펠슈틸츠헨 아닌가요?"

"악마한테 들었구나! 악마한테 들었구나!"

난쟁이는 고래고래 소리를 지르면서 오른발을 쿵쿵 찧었습니다. 그 바람에 그의 다리가 땅 속으로 쑥 들어가 허리까지 파묻혔습니다. 그러자 그는 두 손으로 왼쪽 다리를 미친 듯이 잡아당겼습니다. 그 때문에 난쟁이의 몸은 둘로 찢어졌습니다.

56

사랑하는 롤란트

옛날 어떤 곳에 못된 마녀가 살고 있었는데 그에게는 딸이 둘 있었습니다. 딸 하나는 못생기고 마음씨도 나빴으나 자기 친딸이었으므로 마녀는 이 딸을 좋아했습니다. 그러나 다른 딸은 아름답고 마음씨도 고왔지만 마녀는 그 딸을 미워했습니다. 자기가 낳은 딸이 아니었기 때문입니다. 한 번은 마음씨 고운 딸이 예쁜 앞치마를 두르고 있었습니다. 못된 딸은 이것이 너무 탐나서 엄마에게 앞치마를 갖고 싶다고 말했습니다.

"염려 말아라. 곧 갖도록 해줄 테니까. 저 아이는 벌써 오래 전에 죽어야 마땅했어. 오늘 밤 저 아이가 잠들었을 때 내가 이 방으로 와서 저 아이의 머리를 자르겠다. 그러니 꼭 네가 침대 안쪽에 눕고 저 아이를 앞으로 밀어내야 한다."

불쌍한 처녀는 그렇게 억울하게 죽을 뻔했지만 다행히 한 구석에 서서 이 이야기를 다 듣고 있었습니다. 그 날은 하루 종일 밖으로 나가지도 못했습니다. 잠자리에 들 시간이 되자 마녀의 딸이 먼저 침대로 기어올라가 안쪽 자리를 차지했습니다. 처녀는 잠에 곯아떨어진 마녀의 딸을 슬며시 바깥쪽으로 밀어내고 자기는 벽에 바짝 붙어 누웠습니다. 한밤중이 되자 마녀가 방으로 들어왔습니다. 오른손에 도끼를 들고 나타난 마녀는 침대 바깥쪽에 사람이 누워 있는지를 알아보려고 왼손으로 이불 위를 더듬거렸습니다. 그런 다음 두 손으로 도끼를 단단히 움켜 쥐더니 자기 딸의 머리를 사정없이 내리쳤습니다.

마녀가 방을 나가자 처녀는 자리에서 일어나서 사랑하는 남자 롤란트에게 가서 방문을 두드렸습니다.

롤란트가 밖으로 나오자 처녀가 말했습니다.

"롤란트, 우리 어서 도망가요. 새엄마가 나를 죽이려다가 자기 친딸을 죽이고 말았어요. 해가 뜬 다음 자기가 저지른 일을 알고 나면 우릴 다시 해치려 들거예요."

"가긴 가는데 그 여자의 마술지팡이도 함께 가져갑시다. 그럼 우리를 쫓아오지 못할거야."

처녀는 마술지팡이와 죽은 동생의 머리를 가져왔습니다. 그 바람에 피가 침대 앞에 한 방울, 부엌에 한 방울, 계단에 한 방울, 모두 세 방울 떨어졌습니다. 그런 다음 두 사람은 허둥지둥 달아났습니다.

다음 날 자리에서 일어난 마녀는 앞치마를 주려고 딸을 불렀지만 아무 대답이 없었습니다.

"애야, 어디 있니?"

마녀가 소리쳤습니다.

"여기예요! 계단에서 청소하는 중이에요!"

핏방울 하나가 대답했습니다.

마녀가 밖으로 나가 보았지만 계단 위에는 아무도 없었습니다. 그래서 다시 소리를 쳤습니다.

"애야, 어디 있니?"

"여기예요! 부엌에서 몸을 녹이는 중이에요!"

두 번째 핏방울이 대답했습니다.

마녀는 부엌으로 들어가 보았지만 역시 아무도 없었습니다. 그래서 다시 불렀습니다.
"얘야, 어디 있니!"
"여기예요! 침대에서 자는 중이에요!"
세 번째 핏방울이 대답했습니다.
마녀는 방으로 들어가서 침대로 다가갔습니다. 그런데 이게 웬일입니까? 자기 딸이 피범벅이 된 채 누워 있는 게 아니겠습니까? 자기 손으로 자기 딸의 머리를 잘라낸 것이었습니다.
마녀는 화가 머리 끝까지 치솟아 창문으로 달려갔습니다. 마녀는 아주 멀리까지 볼 수 있는 힘을 가지고 있었습니다. 마녀의 눈에는 남자와 달아나고 있는 의붓딸이 보였습니다.
"그래 보았자 소용없지! 아무리 기를 쓰고 달아나도 내 손아귀에서 빠져나가지는 못해!"
마녀는 어마어마하게 큰 신발을 신었습니다. 한 걸음 뗄 때마다 한 시간 거리를 갈 수 있었습니다. 마녀는 얼마 안 가서 두 사람을 따라잡을 수 있었습니다. 마녀가 따라온 것을 본 처녀는 마술지팡이를 써서 롤란트를 호수로 바꾸고, 자기는 호수 한가운데서 헤엄치는 오리로 변하게 했습니다. 마녀는 물가에 서서 빵 부스러기를 던지면서 오리를 꾀어내려고 안간힘을 썼습니다. 그렇지만 오리는 좀처럼 걸려들지 않았습니다. 밤이 되자 마녀는 할 수 없이 빈 손으로 집에 돌아가야 했습니다.
한편 서로 사랑하는 두 연인은 원래의 모습으로 돌아온 다음 동이 틀 때까지 밤새도록 걸었습니다. 날이 밝자 처녀는 들장미 울타리 한복판에 핀 아름다운 꽃으로 변하고 남자는 바이올린 켜는 사람으로 변했습니다. 얼마 있으니까 마녀가 성큼성큼 다가와서 남자에게 말을 걸었습니다.
"저 예쁜 꽃을 따 가도 되겠수?"
"되고 말고요. 꽃을 따시는 동안 제가 노래 한 곡을 들려 드리지요."
남자가 말했습니다.
마녀는 꽃의 정체를 알고 있었기 때문에 재빨리 울타리로 걸어갔습니다. 그러나 롤란트가 연주를 시작하자 마녀는 자신도 모르게 저절로 춤을 추는 것이었습니다. 마법의 곡조였기 때문입니다. 곡조가 빨라질수록 쿵쿵 뛰면서 더욱 요란하게 춤을 추게 되었습니다. 장미가시에 옷이 갈가리 찢겨나가고 가시에 긁힌 상처에서는 피가 흘러나왔습니다. 그런데도 연주자는 곡을 멈추지 않았습니다. 마침내 마녀는 기진맥진하여 바닥에 쓰러졌습니다.

일단 숨을 돌리게 되자 롤란트가 말했습니다.

"이제 우리 아버지 앞에 가서 식을 올리도록 합시다."

"그동안 저는 여기서 당신을 기다리고 있겠어요. 혹시 누가 나를 알아보면 안 되니까 붉은 돌로 변해 있겠어요."

처녀가 말했습니다.

롤란트는 떠나고 처녀는 붉은 돌로 변하여 연인을 기다렸습니다. 그러나 집으로 돌아간 롤란트는 다른 여자의 유혹에 넘어가 처녀를 잊어버리게 되었습니다. 불쌍한 처녀는 눈이 빠지도록 기다려도 남자가 돌아오지 않자 슬퍼서 꽃으로 변했습니다. 그리고 누군가 와서 자신을 꺾어갈 것이라고 생각했습니다.

아니다 다를까. 어느 날 양치기가 양을 몰고 왔다가 들에 핀 예쁜 꽃을 보았습니다. 양치기는 꽃을 꺾어서 집으로 가져와서는 상자에 넣어 두었습니다. 그때부터 양치기의 오두막에서는 신기한 일들이 벌어졌습니다. 아침에 일어나 보면 집안이 말끔하게 정돈되어 있는 것이었습니다. 방안은 깨끗이 청소되어 있고 식탁과 의자에는 먼지 한 톨 없었습니다. 화로에는 불이 피워져 있고 누군가 벌써 물도 길어다 놓았습니다. 점심 때 집으로 돌아와 보면 식탁에 맛있는 음식이 가득 차려져 있었습니다.

양치기는 도대체 영문을 알 수가 없었습니다. 이 곳에서는 고양이 새끼 한 마리 본 적이 없기 때문입니다. 너무 작은 오두막이라 누가 숨어 있을 리도 없었습니다. 이 극진한 대접을 받아서 기분은 좋았지만 아무래도 이상한 생각이 들어서 도움을 받기 위해 지혜로운 여인에게 갔습니다.

"마술의 힘입니다. 아침 일찍 일어나서 집 안에서 움직이는 것이 있는지 지켜보세요. 무언가 움직이는 게 보이면 재빨리 흰 옷을 그리 던져요. 그러면 마술이 풀릴겁니다."

양치기는 시키는 대로 했습니다. 다음 날 새벽 양치기는 동이 트자마자 상자가 열리면서 꽃이 나오는 것을 보았습니다. 양치기는 재빨리 달려가서 흰 옷을 그 위에 던졌습니다. 그러자 꽃이 아름다운 처녀로 변하는 것이었습니다. 처녀는 꽃은 자기였고 양치기를 위해 집안 일을 했다고 털어놓았습니다. 그리고 자기가 겪은 모험도 들려주었습니다.

　양치기는 처녀에게 결혼하자고 말했습니다. 그러나 처녀는 거절했습니다. 비록 자기를 버리기는 했지만 사랑하는 롤란트를 잊을 수 없기 때문이었습니다. 그렇지만 집안 일은 계속 해주겠다고 약속했습니다.

　드디어 롤란트가 장가 가는 날이 왔습니다. 그 나라의 오래된 관습에 따라서 나라 안의 모든 처녀들은 결혼식에 참석하여 신랑 신부에게 축하의 노래를 들려주어야 했습니다. 이 소식을 들은 처녀는 가슴이 터질 것만 같았습니다. 결혼식에 가지 않으려 했으나 다른 처녀들이 와서 그녀를 억지로 데려갔습니다. 처녀는 노래할 차례가 될 때마다 뒤로 물러섰습니다.

　마침내 다른 사람들은 노래를 다 불러 그녀가 노래를 불러야 할 차례가 되었습니다. 처녀가 노래를 시작하자 노랫소리를 들은 롤란트는 깜짝 놀라 소리쳤습니다.

　"저 목소리! 나의 진짜 신부는 저 여자야. 다른 사람은 안 돼."

　그 때까지 까맣게 잊고 있던 모든 감정들이 남자의 마음을 다시 가득 채웠습니다. 마침내 처녀는 사랑하는 롤란트와 결혼을 하게 되었습니다. 슬픔은 끝나고 기쁨이 뭉게구름처럼 피어올랐습니다.

57

황금새

아주 먼 옛날 성 뒤쪽에 아름다운 기쁨의 정원을 가진 왕이 있었습니다. 그 정원에는 황금 사과가 주렁주렁 열리는 나무가 있었습니다. 왕은 그 사과가 다 익으면 하나하나 갯수를 세어 놓았습니다. 그런데 어느 날 세어 보니 사과 하나가 모자라는 것이었습니다. 왕은 이제부터 매일 밤 사과나무를 지키라고 명령했습니다.

왕에게는 세 명의 아들이 있었습니다. 밤이 되자 왕은 첫째 아들을 정원으로 보냈습니다. 그러나 첫째 아들은 졸음을 이겨 내지 못했습니다. 다음 날 아침 눈을 떠 보니 사과 한 개가 또 없어졌습니다. 이번에는 둘째 아들이 불침번을 섰지만 마찬가지였습니다. 시계가 12시를 땡 치자 곧 잠이 든 것입니다. 다음 날 아침에 보니 사과 한 개가 또 없어졌습니다.

이번에는 막내아들이 지킬 차례였습니다. 막내아들은 마음속으로 단단히 준비를 했지만 왕은 형만한 아우가 없을 것이라면서 탐탁지 않게 여겼습니다. 겨우 허락을 받아낸 막내는 나무 아래에 누워서 두 눈을 부릅뜨고 졸음과 싸웠습니다.

시계가 밤 12시를 치자 위에서 바스락거리는 소리가 들렸습니다. 달빛 아래로 새가 날아오는 모습이 보였습니다. 새의 깃털은 온통 황금으로 되어 있어서 나무 위에 내려앉은 그 새는 눈부시게 반짝거렸습니다. 새가 사과 한 개를 따자 어린 왕자는 화살을 쏘았습니다. 새는 맞히지 못했지만 황금 깃털 하나가 화살에 꽂혀 땅에 떨어졌습니다.

깃털을 주운 왕자는 날이 밝자 그것을 왕 앞에 가져가서 어젯밤 일어난 일을 자세히 설명했습니다. 왕은 신하들을 불러서 의견을 들었습니다. 신하들은 이 깃털 하나가 이 나라 전체보다 값어치가 나간다고 이구동성으로 말했습니다.

"그토록 귀중한 깃털이라면 하나만으로는 부족하지. 그 새를 통째로 가져야겠다."

그 새를 찾기 위해 처음 출발한 것은 맏아들이었습니다. 맏아들은 자기 머리를 믿고서 틀림없이 새를 찾아낼 수 있다고 자신했습니다. 얼마 안 가서 보니 숲 어귀에 여우 한 마리가 앉아 있었습니다. 맏아들이 총을 겨누고 막 쏘려고 하니까 여우가 비명을 질렀습니다.

"쏘지 마세요! 총만 안 쏘신다면 제가 도움을 줄 수 있어요. 황금새를 찾으시나 본데 길은 제대로 잡으셨어요. 계속 가다 보면 오늘 밤쯤 마을이 나타날 텐데 두 개의 여인숙이 서로 마주 보고 있을겁니다. 하나는 불이 환히 켜져 있고 왁자지껄하지요. 거긴 절대로 들어가지 마세요. 대신 좀 을씨년스럽긴 해도 맞은편 여인숙으로 들어가야 합니다."

저런 머저리 같은 짐승의 말을 어떻게 믿겠어? 왕자는 속으로 생각하면서 방아쇠를 당겼습니다. 그러나 총알은 빗나갔습니다. 여우는 꼬리를 쭉 뻗고 숲 속으로 달아났습니다. 왕자는 여행을 계속했습니다. 날이 저물자 여우의 말대로 두 개의 여인숙이 마주 서 있는 마을이 나타났습니다. 한 여인숙에서는 사람들이 춤추며 노래를 부르는데 다른 여인숙은 낡은 데다가 왠지 을씨년스러웠습니다.

'이런 좋은 곳을 두고 저런 형편없는 곳으로 기어들어가는 머저리 바보가 세상에 어디 있을까.'

왕자는 그렇게 생각하면서 밝은 여인숙으로 들어갔습니다. 그는 신나는 여인숙에서 왕처럼 세상 모르고 지내면서 새와 아버지와 그동안 배웠던 모든 가르침을 잊어버리고 말았습니다.

시간이 많이 흘렀는데도 맏아들은 돌아올 생각을 하지 않았습니다. 그래서 둘째 아들이 황금새를 찾으러 떠났습니다. 둘째도 형처럼 여우를 만났고 여우의 충고를 건성으로 들었습니다. 두 개의 여인숙 앞에 이르러 보니 왁자지껄한 함성이 터져나오는 여인숙 창문으로 형의 모습이 보였습니다. 형이 부르자 군소리없이 따라들어가 흥청망청 지내기 시작했습니다.

다시 시간이 흘렀습니다. 막내 아들은 자기의 운명에 도전해 보고 싶어서 안절부절인데 아버지는 허락을 하지 않았습니다.

"그래 봐야 헛수고지, 형들이 못한 일을 제가 어떻게 한다고. 사고라도 터지면 제 몸 하나 제대로 지키지 못할 텐데. 저 녀석은 좀 둔한 편이거든."

왕은 이렇게 혼잣말을 했습니다.

그렇지만 왕자는 계속 우겨 댔습니다. 마침내 왕은 가도 좋다는 허락을 내렸습니다. 이번에도 여우가 나타나 총을 쏘려는 막내에게 한 번만 살려 달라고 빌면서 도움말을 주었습니다. 어린 왕자는 마음이 어질었습니다.

"걱정마라, 여우야. 너를 해치진 않을 테니."

"저도 보답을 하겠습니다. 제 꼬리를 올라타세요. 그 곳까지 데려다 드릴 테니."

왕자가 여우의 꼬리에 올라타자마자 여우는 달리기 시작했습니다. 언덕을 올라가는가 싶으면 어느새 쏜살같이 내리막길을 달리고 있었습니다. 바람이 귓전을 때렸습니다. 마을에 도착하자 왕자는 꼬리에서 내려 여우의 충고대로 뒤도 돌아보지 않고 초라한 여인숙으로 들어갔습니다. 거기서 하룻밤을 푹 잔 다음 아침 일찍 들판으로 나가니까 벌써 여우가 와서 기다리고 있었습니다.

"몇 가지 당부의 말씀을 더 드리고 싶어요. 이리로 쭉 나가면 성이 한 채 나올 겁니다. 성 앞에는 병사들이 한떼 진을 치고 있지만 신경 쓸 필요는 없습니다. 모두 쿨쿨 잠을 자고 있으니까요. 병사들을 지나쳐서 성 안으로 들어가세요. 이 방 저 방 보면 나무로 된 새장 안에 황금새가 앉아 있는 방이 나타날겁니다. 그 옆에는 장식만 요란한 황금으로 된 새장이 있습니다. 그런데 초라한 새장에서 그 새를 꺼내서 화려한 새장에 집어넣으면 절대 안 됩니다. 그랬다가는 봉변을 당하게 됩니다."

그 말을 마친 여우는 다시 꼬리를 쭉 뻗었습니다. 왕자는 그 위에 올라탔습니다. 여우는 언덕을 올라 다시 쏜살같이 내달았습니다. 바람이 귓전을 때렸습니다. 성 앞에 도착해 보니 과연 여우가 말한 그대로였습니다. 맨 끝 방으로 들어가니 나무 새장 안에 황금새가 들어 있고 그 옆에 황금 새장이 놓여 있었습니다. 사과 세 개도 방 한 구석에 있었습니다.

왕자는 이렇게 아름다운 새를 초라하고 볼품없는 새장 안에 두어서는 안 된다고 생각했습니다. 그래서 새장을 열고 황금새를 꺼내서 황금 새장 안에 넣었습니다. 그 순간 새가 찢어질 듯한 비명을 질렀고 그 바람에 병사들이 잠에서 깨어났습니다. 병사들은 방으로 몰려와서 왕자를 붙잡아 감옥으로 데려갔습니다.

다음 날 아침 왕자는 재판정으로 끌려갔습니다. 왕자는 그동안의 일을 숨김없이 털어놓았지만 사형 언도를 받았습니다. 그런데 그 나라 왕은 바람보다도 빨리 달리는 황금말을 가져오면 목숨을 살려 주고 황금새도 주겠다고 말했습니다.

　왕자는 무작정 길을 떠났지만 한심한 생각이 들어 한숨이 절로 나왔습니다. 도대체 어디로 가야 황금말을 찾을 수 있을까? 그 때 길가에 앉아 있던 여우가 눈에 띄었습니다.
　"이게 다 제 말을 듣지 않았기 때문에 당하는 일입니다. 하지만 기운을 차리세요. 제가 황금말을 손에 넣는 비결을 알려 드릴 테니까. 이리로 곧장 가면 성한 채가 나오는데 그 성의 마구간에 황금말이 있습니다. 마구간 앞에는 마부들이 누워 모두 잠들어 있으므로 마구간에서 황금말을 꺼내 오는 것은 식은죽 먹기랍니다. 한 가지 조심할 것은 나무와 가죽으로 된 초라한 안장을 말 위에 얹어야지 그 옆의 황금 안장을 얹어서는 절대 안 됩니다. 그랬다가는 봉변을 당하게 됩니다."
　여우는 다시 꼬리를 쭉 폈고 왕자는 그 위에 올라탔습니다. 여우는 한달음에 언덕을 올라갔다가 쏜살같이 내달았습니다. 바람이 귓전을 때렸습니다. 얼마 안 가서 여우의 말대로 성 한 채가 나타났습니다. 왕자는 황금말이 서 있는 마구간으로 들어갔습니다. 그런데 막상 안장을 얹으려니까 이 멋진 말에 초라한 안장을 얹기가 왠지 미안하다는 생각이 들었습니다. 황금 안장이 닿자마자 말은 히잉 히잉 소리를 질렀습니다. 그 바람에 마부들이 눈을 떴고 왕자는 붙잡혀서 다시 감옥으로 끌려갔습니다.
　다음 날 아침 그는 재판정에서 사형 언도를 받았습니다. 그 나라의 왕은 황금으로 지은 성에서 아름다운 공주를 데려오면 목숨을 살려 주고 황금말도 주겠다고 말했습니다.
　왕자는 무거운 마음으로 길을 떠났습니다. 그러나 다행히 착한 여우를 금세 만났습니다.
　"당신이 불행하건 말건 나는 이제 손을 떼고 싶은 심정이에요. 하지만 불쌍한 당신을 돕지 않을 수가 없네요. 이리로 쭉 가면 황금성이 나와요. 해가 떨어질 무렵이면 도착할거예요. 날이 어두워지고 사방이 조용해지면 아름다운 공주가 목욕을 하러 나온답니다. 공주가 나타나거든 가서 입맞춤을 하세요. 그럼 공주가 당신을 따라올겁니다. 하지만 공주가 부모님께 작별 인사를 할 기회를 주어서는 안 돼요. 그랬다가는 봉변을 당하게 됩니다."
　여우는 꼬리를 쭉 폈고 왕자는 그 위에 올라탔습니다. 여우는 한달음에 언덕을 올라갔다가 쏜살같이 내달았습니다. 바람이 귓전을 때렸습니다. 황금성에 닿고 보니 여우가 말한 그대로였습니다.

왕자는 밤이 이슥해지기를 기다렸습니다. 모두들 깊이 잠들었을 때 아름다운 공주가 욕실로 갔습니다. 왕자는 따라가서 입맞춤을 했습니다. 공주는 왕자를 따라 나서겠다고 말하더니 눈물이 그렁그렁한 눈으로 부모님께 작별 인사를 하게 해 달라고 애원했습니다. 처음에는 왕자도 거절했지만 공주가 눈물을 뚝뚝 흘리면서 무릎을 꿇고 매달리자 마침내 허락하고 말았습니다. 공주가 부모님의 침상으로 가자마자 성 안의 모든 식구들이 눈을 떴고 왕자는 다시 감옥으로 붙잡혀 갔습니다. 다음 날 아침 왕이 말했습니다.

"너는 이제 파리 목숨이다. 만일 네가 나의 창문 앞에 버티고 서 있어 시야를 가로막는 저 산을 없앤다면 너를 살려 주마. 여드레 안에 그 일을 해내면 내 딸을 너에게 주겠다."

왕자는 부지런히 땅을 파기 시작했습니다. 그러나 이레 동안 쉬지 않고 한 일이 다람쥐 눈곱만큼도 되지 않았다는 사실을 깨닫고는 그만 낙담을 했습니다. 그러나 이레째 되는 날 저녁 여우가 나타나서 말했습니다.

"당신은 내 도움을 받을 자격이 없지만 가서 푹 쉬도록 해요. 내가 대신 일을 해 줄 테니."

다음 날 아침 잠에서 깬 왕자는 창 밖을 내다보았습니다. 산은 사라지고 없었습니다. 왕자는 뛸 듯이 기뻐하면서 왕 앞에 달려가 무사히 일을 마쳤다고 보고했습니다. 왕은 좋든 싫든 약속대로 딸을 줄 수밖에 없었습니다.

왕자와 공주는 함께 길을 떠났습니다. 얼마 못 가서 다시 착한 여우가 나타났습니다.

"당신은 더없이 행복한 시간을 보내고 있군요. 하지만 황금성에서 온 공주에게는 황금말이 어울립니다."

"어떻게 황금말을 손에 넣을 수 있을까?"

왕자가 물었습니다.

"말씀 드리지요. 먼저 당신을 황금성으로 보낸 왕에게 이 아름다운 공주를 데려가세요. 보나마나 당신을 극진하게 대접하면서 선뜻 황금말을 내놓을 테니까요. 그들이 황금말을 끌고 오면 재빨리 올라타서 사람들과 악수를 나누고 작별 인사를 하세요. 그리고 마지막으로 이 아름다운 공주와 인사를 하는 척하면

서 번쩍 들어올려 말 등에 태운 다음 달아나는겁니다. 아무도 쫓아오지 못할겁니다. 바람보다 빠른 말이니까요."

모든 일이 술술 풀려나가서 왕자는 아름다운 공주를 황금말에 태우고 갈 수 있었습니다. 여우는 뒤쫓아와서 왕자에게 말했습니다.

"이번에는 황금새를 갖도록 해 드리지요. 황금새가 있는 성으로 가시되 아름다운 공주는 여기 그냥 두세요. 제가 잘 보살펴 드릴 테니까요. 황금말을 타고 성으로 들어가세요. 황금말을 보면 사람들이 환호성을 지르면서 황금새를 가져올겁니다. 새장을 받거든 쏜살같이 내빼면서 공주를 데려가세요."

이번에도 일이 순조롭게 풀려나가 왕자는 이제 값진 보물들을 가지고 집으로 돌아가기만 하면 되었습니다. 그러자 여우가 말했습니다.

"이제는 제가 부탁을 드려야겠네요."

"무슨 부탁인데?"

왕자가 물었습니다.

"숲에 닿는 대로 저를 쏘아 죽인 다음 머리와 발을 잘라 주세요."

"무슨 끔찍한 소리를! 그런 부탁은 도저히 못 들어준다!"

"그렇다면 저는 그냥 가야겠군요. 가기 전에 마지막으로 충고 하나만 더 하겠어요. 두 가지를 조심하세요. 목 매달려 죽을 목숨을 사지 말고 우물가에 앉지 마세요."

여우는 그 말을 마치고 숲으로 사라졌습니다.

'별 뚱딴지 같은 녀석 다 보겠네!' 왕자는 속으로 생각했습니다. 참으로 알 수 없는 소리였습니다. 목 매달려 죽을 목숨을 사지 말라니요? 우물가에 앉지 말라는 엉뚱한 소리는 또 뭡니까?

왕자는 아름다운 공주와 여행을 계속했습니다. 어느덧 두 형이 머무르던 마을에 닿게 되었습니다. 마을은 와글와글 시끌시끌 온통 난리였습니다. 왕자가 그 이유를 묻자 두 사내의 목을 매단다는 것이었습니다. 가까이 다가가서 보니 두 사내는 바로 왕자의 형들이었습니다. 갖고 있던 돈을 모두 써 버리고 온갖 못된 짓을 도맡아 저지른 모양이었습니다. 왕자는 어떻게 용서받을 수 없느냐고 물었습니다.

"저 놈들의 자유를 당신이 산다면 가능하지요. 하지만 저런 악당 놈들을 풀어주기 위해 왜 아까운 돈을 낭비하려는거요?"

사람들이 그렇게 말을 해도 왕자는 서슴없이 두 형의 몸값을 치렀습니다. 풀려난 형들은 왕자와 길을 떠나게 되었습니다. 얼마 못 가서 그들이 처음으로 여우를 만났던 숲에 다다랐습니다. 따가운 햇볕 아래 땀을 뻘뻘 흘리던 두 형은 시원한 숲이 나타나자 이렇게 말했습니다.

"우물에 가서 좀 쉬다 가자. 목도 적시고 배도 채우고 말이야."

왕자도 그러자고 했습니다. 형들과 이야기를 하다 보니 우물가에 앉지 말라던 여우의 당부를 까맣게 잊었습니다. 못된 형들은 왕자를 우물에 밀어넣고 공주와 황금말과 황금새를 데리고 아버지의 성으로 갔습니다.
"저희는 황금새말고도 황금말, 거기에다 황금성에서 공주도 데리고 왔습니다."
두 아들이 말했습니다.
떠들썩한 잔치가 벌어졌습니다. 그러나 말은 먹지를 않았으며 새는 노래를 부르지 않았습니다. 또한 공주는 앉아서 울기만 했습니다.
한편 우물에 빠진 왕자는 겨우 목숨을 건졌습니다. 다행히 우물이 말라 있었던 데다가 보드라운 이끼 위에 떨어져 몸이 상하지 않았던 것입니다. 그래도 한동안 빠져나오지 못하고 있었는데 착한 여우가 또 나타나서 도움을 주었습니다. 여우는 우물 속으로 뛰어내리더니 자기의 충고를 듣지 않았다고 왕자를 나무랐습니다.
"하지만 당신을 버리지는 않겠어요. 곧 밝은 세상을 보게 될거예요."
여우는 자기 꼬리를 단단히 붙잡으라고 일렀습니다. 그러더니 왕자를 꼭대기로 끌어올렸습니다.
"아직 안심할 형편이 못 돼요. 형들은 당신이 죽지 않았을지도 모른다고 생각해요. 감시원들에게 숲을 빙 에워싸고 있다가 당신이 나타나면 쏘아 죽이라고 명령을 내렸어요."
도중에 왕자는 가난한 사나이를 만나 옷을 바꾸어 입었습니다. 그래서 사람들 눈에 띄지 않고 무사히 왕의 궁전에 닿았습니다. 그러자 새가 노래를 부르기 시작하고 말이 먹기 시작하고 아름다운 공주가 울음을 뚝 그쳤습니다. 왕은 깜짝 놀라서 물었습니다.
"이게 어떻게 된 영문인고?"
"저도 모르겠습니다. 전에는 슬펐는데 지금은 무척 즐겁답니다. 저의 진짜 낭군이 돌아온 것 같아요."
아름다운 공주가 말했습니다.
공주는 형들에게서 사실을 말했다가는 당장 죽여 버리겠다는 협박을 받았지만 왕에게 그동안 있었던 일을 그대로 털어놓았습니다. 왕은 성 안에 있는 사람들을 모두 불러 모았습니다. 그 때 왕자가 다 떨어진 옷을 입고 나타났습니다. 공주는 당장에 왕자를 알아보고 그를 끌어안았습니다. 죄많은 두 형은 붙잡혀서 처형을 당했습니다. 막내는 아름다운 공주와 결혼했고 왕의 후계자로 지명되었습니다.

그런데 불쌍한 여우는 어떻게 되었을까요? 오랜 세월이 흐른 뒤 숲을 다시 찾은 왕자는 여우와 마주쳤습니다. 여우가 말했습니다.

"당신은 원하던 것을 모두 얻었지만 저의 불행은 끝이 없군요. 저를 구해 줄 분은 당신뿐입니다."

여우는 자기를 쏘아 죽인 뒤 머리와 발을 잘라 달라고 사정사정했습니다. 왕자는 할 수 없이 여우의 소원을 들어주었습니다. 그런데 이게 웬일입니까? 여우는 다름아닌 아름다운 공주의 오빠로 변했습니다. 마법의 주문에 걸려 있다가 마침내 풀려난 것입니다. 그들은 털끝만한 불행도 없이 오래도록 행복하게 살았습니다.

58

참새와 개

양몰이 개가 있었습니다. 그런데 마음씨 고약한 주인은 먹을 것을 주지 않고 개를 쫄쫄 굶겼습니다. 개는 참다 못해 집을 나왔습니다. 길을 터덜터덜 걷다가 참새를 만났습니다.

"개야 개야, 왜 그렇게 슬픈 얼굴을 하고 있니?"

참새가 물었습니다.

"배가 고픈데 먹을 것이 없어서 그런단다."

"나를 따라 도시로 가자꾸나. 그럼 먹을 것이 얼마든지 있단다."

그래서 둘은 함께 도시로 갔습니다. 푸줏간이 보이자 참새가 개에게 말했습니다.

"여기서 기다려. 고기를 한 점 쪼아서 떨어뜨릴 테니까."

참새는 포르르 날아가더니 사방을 두리번거렸습니다. 아무도 보는 사람이 없었습니다. 그러자 참새는 가게 한구석에 놓여 있던 고깃덩어리를 쪼고 당기고 잡아채서 마침내 고기 한 점을 떼어 밑으로 떨어뜨렸습니다. 개는 그것을 덥석 집어물더니 한구석에 가서 게걸스럽게 먹어 치웠습니다. 그것을 보고 참새가 말했습니다.

"이제 다른 가게로 가자. 배가 아직 안 찼을 테니 고기 한 점을 더 줄게."

개가 두 번째 고깃점을 먹어 치우자 참새가 물었습니다.

"이젠 배가 부르니?"

"고기는 이제 됐어. 그런데 아직 빵을 못 먹었거든."

"걱정 말고 나만 따라와."

참새는 빵집으로 가서 둥근 빵을 쪼아 떨어뜨렸습니다. 그리고 개가 더 먹고 싶어하자 다른 빵집으로 가서 다시 배를 채워 주었습니다. 얼마 뒤 참새가 다시 물었습니다.

"이젠 배가 부르니?"

"그래, 이제 도시 밖으로 산책이나 가자."

그래서 참새와 개는 한가롭게 걸어다녔습니다. 그런데 날씨가 푸근해서인지 얼마 못 가서 개가 엄살을 부렸습니다.

"너무 피곤해. 잠이나 한숨 푹 자고 싶어."

"좋아. 네가 자는 동안 나는 가지에 앉아 있을게."

개는 길 위에 눕더니 곧바로 잠이 들었습니다. 그 때 개가 누워 있는 길 위로 세 마리의 말이 끄는 마차가 달려왔습니다. 마차에는 포도주 두 통이 실려 있었습니다. 참새는 마차가 그대로 곧장 달려가면 개가 위험하다는 생각이 들었습니다. 그래서 다급하게 소리쳤습니다.

"이봐요, 돌아서 가요. 그러지 않으면 망하게 될거예요."

"누가 누구를 망하게 한다는거야!"

마부는 소리를 버럭 지르고는 말에 채찍질을 했습니다. 마차가 그대로 개를 덮쳐서 개는 마차 바퀴에 깔려 죽고 말았습니다. 그 광경을 본 참새가 외쳤습니다.

"내 친구를 치어 죽였겠다! 당신 마차와 말도 무사하지 못할걸!"

"웃기지 말아라! 내 말과 마차가 어쩌고 어째? 털끝 하나 건드리지 못할 녀석이!"

마부는 비웃으며 계속 달려갔습니다. 참새는 마차를 덮은 천막 밑으로 기어 들어가서 부리로 술통 마개를 콕콕 쪼아 구멍을 냈습니다. 술이 콸콸 흘러나왔지만 마부는 아무것도 몰랐습니다. 결국 길이 꼬부라질 때가 되어서야 마차에서 술이 뚝뚝 떨어지는 것을 알아차렸습니다. 술통을 살펴보았더니 이미 하나가 텅 비어 있었습니다.

"난 망했다!"

마부는 탄식했습니다.

"아직은 망한 게 아니지."

참새는 톡 쏘아붙이더니 말의 머리로 날아가서 눈을 쪼았습니다 마부는 그것을 보고 참새에게 도끼를 휘둘렀습니다. 그러나 참새는 포르르 날아가고 도끼는 애꿎은 말의 머리를 쳤습니다. 말은 그 자리에서 고꾸라져 죽고 말았습니다.

"난 망했다!"

마부가 탄식했습니다.

"아직은 망한 게 아니지."

참새는 톡 쏘아붙였습니다. 그러고는 마부가 두 마리의 말을 몰고 나가는 동안 천막 밑으로 다시 기어들어가 두 번째 술통의 마개에 구멍을 뚫었습니다. 술이 콸콸 쏟아져 나왔습니다. 마부는 그 사실을 알아차리고 다시 한 번 탄식을 했습니다.

"난 망했다!"

그러자 이번에도 참새가 한 마디 했습니다.

"아직은 망한 게 아니지."

참새는 두 번째 말의 머리에 내려앉더니 또 눈을 쪼았습니다. 마부는 다시 도끼를 휘둘렀지만 참새는 포르르 날아가고 애꿎은 말만 또 한 마리 죽이고 말았습니다.

"난 망했다."

"아직은 망한 게 아니지."

참새는 다시 세 번째 말의 머리에 내려앉아 눈을 쪼았습니다. 마부는 불같이 화가 치밀어 냅다 도끼를 휘둘렀습니다. 새는 포르르 날아가고 결국 마지막 남은 말도 죽고 말았습니다.

"난 망했다!"

"아직은 망한 게 아니지. 이제 네 집이 망하는 꼴을 보여 주마."

그러더니 어디론가 날아갔습니다.

마부는 마차를 버려두고 씩씩 화를 내며 걸어서 집까지 올 수밖에 없었습니다.

"왜 이리 안 좋은 일만 생기는걸까! 술은 모두 흘려 버렸고 말도 모두 죽었지 뭐요!"

마부가 아내에게 넋두리를 하자 아내가 말했습니다.

"오, 여보. 못된 새가 집 안에 날아 들어왔어요! 이 세상의 새란 새는 모두 끌고와서는 다락에 두었던 밀을 먹어 치우는 거예요."

마부는 다락으로 올라갔습니다. 과연 수천 마리의 새들이 열심히 밀을 쪼아 먹고 있었고, 참새는 그 한복판에 있었습니다.

"아직은 망한 게 아니지. 네 목숨도 성치 않을 줄 알아라!"

참새는 어디론가 훌쩍 날아갔습니다.

재산을 모두 잃은 마부는 아래층으로 내려가 화롯가에 앉았습니다. 생각할수록 분하고 억울했습니다. 그 때 참새가 창틀에 내려앉더니 고래고래 소리를 질렀습니다.

"네 목숨도 성치 않을 줄 알아라!"

이제 마부는 불같이 화가 치밀어 올랐습니다. 요리조리 피하는 참새를 겨냥하여 미친 듯이 도끼를 휘둘렀습니다. 화로가 두 동강 나고 이어서 거울, 의자, 식탁 등 가구란 가구가 모두 부서졌습니다. 그리고 벽까지 무너져 내렸습니다. 마침내 마부는 참새를 움켜 잡았습니다.

"내가 죽일까요?"

아내가 물었습니다.

"안 돼! 이 놈은 잔인하게 죽여야 해. 내가 삼켜 버리겠어."

그러더니 새를 통째로 삼켰습니다. 참새는 사나이의 몸 속에서 퍼덕거리더니 목구멍까지 다시 기어나왔습니다. 참새는 거기서 머리를 삐죽 내밀고 소리를 질렀습니다.

"네 목숨도 성치 않을 줄 알아라!"

마부는 아내에게 도끼를 건네면서 말했습니다.

"내 입 안의 새를 죽여!"

아내는 도끼를 휘둘렀습니다. 그러나 빗맞은 도끼가 마부의 머리를 정통으로 내리치고 말았습니다. 결국 마부는 쓰러져 죽고 참새는 멀리멀리 날아갔습니다.

59

프리더와 카터리제

옛날에 프리더라는 남자와 카터리제라는 여자가 있었습니다. 두 사람은 결혼해서 함께 살게 되었습니다.

어느 날 프리더가 말했습니다.

"난 밭으로 가겠소. 집에 돌아오거든 허기와 갈증을 채울 수 있도록 구운 고기와 시원한 맥주를 식탁에 올려놓으시오."

"걱정 말고 다녀오세요. 제가 알아서 다 준비해 놓을 테니까요."

카터리제가 대답했습니다.

점심 때가 다가오자 카터리제는 굴뚝에서 소시지를 하나 꺼내어 프라이팬에 넣고 버터를 쳐서 불 위에 올려놓았습니다. 소시지는 지글지글 맛있게 익기 시작했습니다. 카터리제는 프라이팬 손잡이를 잡고 서 있다가 문득 소시지가 익을 동안 지하실에 내려가서 맥주를 가져와야겠다고 생각했습니다. 카터리제는 프라이팬이 기울어지지 않도록 잘 놓은 다음 큰 컵을 들고 지하실로 내려가서 맥주를 담기 시작했습니다. 맥주가 컵으로 흘러 들어가는 것을 지켜보던 카터리제는 갑자기 아차 하고 무릎을 쳤습니다. 위에 개가 있는데 깜빡 잊고 묶어두지를 않았던 것입니다. 마음만 먹으면 언제라도 프라이팬에서 소시지를 물어갈 수 있었습니다. 뒤늦게나마 생각이 나서 다행이었지요!

카터리제는 부랴부랴 지하실 계단을 달려 올라와 보니 개는 벌써 소시지를 질질 끌어가고 있었습니다. 카터리제도 지지 않았습니다. 그녀는 들판을 지나서 멀리까지 개를 쫓아갔습니다. 그러나 개는 소시지를 물고 어디론가 사라졌습니다.

"지나간 일은 생각하지 말자."

카터리제는 이렇게 중얼거리면서 집으로 걸음을 옮겼습니다. 달음박질을 했더니 힘이 들어서 아주 느릿느릿 걸으면서 땀을 식혔습니다. 그러는 동안 맥주 통에서는 맥주가 계속 흘러나오고 있었습니다. 카터리제가 마개 잠그는 것을 깜빡 잊었던 것입니다. 컵이 다 차자 맥주가 지하실 바닥으로 흘러 내려 마

침내 맥주 통이 텅텅 비게 되었습니다. 지하실 계단 입구에 도착한 카터리제는 이 광경을 보고 기겁을 했습니다.

"이를 어째! 프리더한테 뭐라고 둘러대지?"

곰곰이 생각하던 끝에 카터리제는 다락방에 아직 남아 있는 하얀 밀가루 한 부대를 떠올렸습니다. 지난번 장이 섰을 때 산 것이었습니다. 카터리제는 맥주 위에다 그 가루를 뿌려야겠다고 마음먹고는 신이 나서 '제때 한 바늘을 꿰매면 나중에 아홉 바늘을 덜게 되는 법이야.' 하고 생각했습니다. 그녀는 다락방에 올라가서 밀가루 부대를 가져와서는 지하실 바닥에 탁 던져 놓았습니다. 그런데 공교롭게도 그 밀가루 부대가 맥주가 가득 든 컵에 부딪치고 말았습니다. 이제 프리더가 마실 맥주마저 쏟아져 지하실 바닥에 흥건히 고였습니다.

"차라리 잘됐지 뭐야."

이렇게 말하면서 카터리제는 지하실에다 골고루 밀가루를 뿌렸습니다. 일을 끝마치자 그렇게 뿌듯할 수가 없었습니다.

"모두 다 말끔히 치워졌네!"
점심 때가 되자 프리더가 와서 물었습니다.
"나를 위해서 어떤 요리를 해 놓았소?"
"아, 오셨군요. 당신을 위해서 소시지를 튀기고 있었는데 지하실에서 맥주를 따르는 동안 개가 와서 소시지를 물고 달아나는 거예요. 개의 뒤를 쫓고 있는 동안 맥주가 철철 흘러 넘쳤어요. 그래서 하얀 밀가루로 맥주를 빨아들이려고 했는데 그 바람에 맥주 컵이 쏟아졌어요. 하지만 걱정 마세요. 지하실은 벌써 다 말랐으니까요."
"이것 봐요! 어떻게 그런 짓을 할 수 있단 말이오! 생각해 봐요! 소시지를 빼앗기고 맥주를 모두 쏟아 버리고, 그것도 모자라서 그 좋은 밀가루를 다 없애 버리다니!"
"나야 몰랐죠. 당신이 미리 말해 주지 않았으니까."
이런 여자를 아내로 맞았으니 앞으로는 조심해야겠다고 프리더는 생각했습니다. 그래서 부지런히 돈을 모아 그것을 금으로 바꾼 다음 카터리제에게 가지고 가서 말했습니다.
"이건 노란 조각들이오. 이것들을 항아리에 담아서 마구간의 소 여물통 밑에다 파묻어 두겠소. 거기에 손을 댔다간 혼날 줄 알아요!"
"걱정 마세요. 절대로 손을 대지 않을 테니."
프리더가 가고 나서 얼마 뒤 떠돌이 장사치들이 항아리와 그릇을 팔러 마을에 왔습니다. 장사꾼들은 카터리제에게 물건을 팔기 위해 온갖 아양을 다 떨었습니다.
"친절하기도 하셔라. 하지만 전 돈이 없어서 물건을 살 수가 없답니다. 노란 조각들을 쓸 수 있다면 또 모르지만."
"노란 조각이라고 했습니까? 어디 한 번 구경이나 합시다."
"그럼 마구간으로 가서 소 여물통 밑을 파 보세요. 거기 노란 조각들이 있을 테니까요. 하지만 저는 가면 안 돼요."
장사꾼들이 그 곳에 가서 파 보니 순금 덩어리가 나왔습니다. 그들은 금을 가방에 넣고 항아리와 그릇을 남겨 놓은 채 뺑소니를 쳤습니다. 카터리제는 새로 산 그릇들을 쓰고 싶었지만 부엌은 이미 그릇들로 꽉 차서 더 이상 들여놓을 자리가 없었습니다. 그래서 밑을 잘라 내서는 집을 둘러싸고 있는 울타리에다 장식물로 주렁주렁 매달아 놓았습니다. 집에 돌아온 프리더는 낯선 장식물들을 보고 물었습니다.

"어떻게 된 일이오?"

"소 여물통 밑에 파묻었던 노란 조각들로 샀어요. 제가 직접 가지는 않고 장사꾼들더러 파게 했지요."

"어이쿠 골치야! 미쳐도 단단히 미쳤군. 그것들은 노란 조각이 아니라 순금이오. 우리의 전재산이란 말이오! 어쩌자고 그런 짓을 한거요."

"나야 몰랐죠. 당신이 미리 말해 주지 않았으니까."

카터리제는 가만히 서서 골똘히 생각에 잠겼습니다. 그러더니 마침내 입을 열었습니다.

"금을 도로 찾는 방법이 있어요. 뒤를 쫓는거예요."

"그럽시다. 길을 가다가 배를 채워야 하니까 버터와 치즈도 좀 준비하고."

"걱정 말아요."

두 사람은 길을 떠났습니다. 프리더의 걸음이 빨랐기 때문에 카터리제는 뒤쫓아가기가 벅찼습니다. 카터리제는 뒤돌아가면 자기가 앞설 수 있으니 유리할 것이라고 생각했습니다. 가다 보니 길 양쪽편에 바퀴자국이 깊게 패인 언덕이 나왔습니다. 그러자 카터리제가 말했습니다.

"쯧쯧! 불쌍한 흙이 무슨 죄가 있다고 온통 짓밟아 놓았구나. 이런 꼴을 하고 평생 어떻게 살아갈까."

카터리제는 그냥 볼 수가 없어서 버터를 꺼낸 다음 푹 패인 바퀴자국에 덕지덕지 발랐습니다. 이 착한 일을 하느라고 허리를 굽히자 주머니에 넣어 두었던 치즈 덩어리 하나가 빠져나와서는 언덕 아래로 굴러 내려갔습니다.

"나는 일단 언덕에 올라왔으니까 내려갈 수 없어. 그러니 다른 치즈를 보내서 가져오라고 시켜야겠다."

그래서 다른 치즈 덩어리를 꺼내서 언덕 아래로 굴렸습니다. 하지만 그 치즈도 감감무소식이자 다시 치즈 덩어리를 밑으로 굴리면서 '아마 혼자 걷기가 싫어서 친구를 기다리는 모양이야.' 하고 생각했습니다. 셋 다 돌아올 생각을 안 하자 카터리제는 이렇게 중얼거렸습니다.

"영문을 모르겠어. 아마 세 번째 치즈가 길을 못 찾고 헤매는 모양이야. 네 번째 치즈를 보내서 모두 불러와야지."

그러나 네 번째 치즈도 세 번째 치즈와 다를 바 없었습니다. 카터리제는 신경질이 나서 다섯 번째 여섯 번째 치즈를 계속해서 언덕 밑으로 굴렸습니다. 이제는 남은 치즈도 없었습니다. 카터리제는 가만히 서서 치즈들이 돌아오기를 기다렸지만 치즈들은 결국 돌아오지 않았습니다.

"너희같이 꾸물거리는 녀석들에게는 죽음의 사자나 찾아오라는 명령을 내리는게 제격인데. 그건 늦게 올수록 좋은거니까. 내가 너희들을 계속 기다릴 줄 아니? 나는 갈 테니 어서 따라와. 나보다 다리가 튼튼하니까."

카터리제는 얼마 뒤 프리더와 만났습니다. 프리더는 배가 고파서 카터리제를 기다리고 있었습니다.

"이제 가져온 음식을 좀 먹읍시다."

카터리제는 마른 빵을 내놓았습니다.

"버터와 치즈는?"

남편이 물었습니다.

"땅이 패었길래 버터로 메웠지요. 치즈는 곧 도착할거에요. 한 녀석이 달아나는 바람에 나머지 녀석들을 뒤쫓아 보냈거든요."

"어쩌자고 그런 짓을. 미쳐도 단단히 미쳤군! 길에다 버터를 바르고 언덕 아래로 치즈를 굴리다니!"

"당신이 미리 말해 주지 않았으니 나야 몰랐죠."

두 사람은 마른 빵을 질겅질겅 씹었습니다. 프리더가 말했습니다.

"집에서 나올 때 문은 단단히 잠갔소?"

"당신이 미리 말해 주지 않았잖아요?"

"그럼 어서 가서 문을 잠그고 와요. 그러기 전에는 못 가. 돌아올 때는 먹을 것도 좀 챙겨 와요. 나는 여기서 기다릴 테니까."

카터리제는 집으로 돌아가면서 '프리더는 분명히 배가 출출한 모양이야. 버터와 치즈 생각은 별로 없는 것 같으니 마른 콩 한 보자기와 식초 한 병을 가지고 가자' 하고 생각했습니다.

다시 집을 나서면서 카터리제는 문의 위쪽 절반은 자물쇠를 채우고 아래쪽 절반은 떼어 냈습니다. 그리고는 떼어 낸 문 반쪽을 끙끙 짊어지고 나섰습니다. 그래야 집이 더 안전할 거라고 생각했던 것입니다. 그리고 될 수 있는 대로 천천히 걸었습니다. 남편에게 충분히 쉴 수 있는 시간을 주려고 나름대로 머리를 쓴 것이지요.
 남편이 있는 곳으로 돌아온 카터리제가 말했습니다.
 "자, 여기 문을 가져왔으니 집 걱정은 하지 않아도 돼요."
 "맙소사! 똑똑도 하셔라! 반쪽만 단단히 잠가 놓으면 뭘 하누? 나머지 반쪽을 뜯어 왔으니 누구나 마음대로 드나들 수 있을 텐데. 다시 집에 가기엔 너무 늦었으니 이왕 가져온 문일랑 당신이 지고 가요."
 어느덧 두 사람은 숲으로 들어섰습니다. 도둑들은 보이지 않았습니다. 날이 점점 어두워지자 부부는 밤을 보내기 위해 나무 위로 올라갔습니다. 그들이 나무 위에 올라앉자마자 도둑 몇 명이 나타났습니다. 그들은 프리더와 카터리제가 앉아 있는 나무 바로 밑에다 천막을 쳤습니다. 그러고 나서 불을 피우고 훔친 금을 나누기 시작했습니다. 프리더는 나무 뒤쪽으로 살금살금 내려가서 돌을 주워 가지고 올라왔습니다. 돌을 던져서 도둑들을 죽일 셈이었습니다. 그러나 돌은 빗나가고 말았습니다. 도둑들이 웅성거렸습니다.
 "이제 곧 아침이 오려나 봐. 바람이 솔방울을 떨어뜨리는군."
 카터리제는 여전히 문짝을 지고 있었습니다. 그러므로 무게에 완전히 짓눌려 있었습니다. 그러나 마른 콩 때문에 무겁다고 생각하고는 프리더에게 말했습니다.
 "마른콩을 내던져야겠어요."
 "지금은 안 돼. 저 놈들에게 들킨다구."
 "제발! 너무 무겁단 말이에요!"
 "난 모르니까 마음대로 해!"
 카터리제가 가지 사이로 콩을 떨어뜨리자 도둑들이 말했습니다.
 "새똥이 떨어지네."
 잠시 후 여전히 문짝의 무게에 짓눌린 카터리제가 다시 말했습니다.
 "식초를 밑으로 부어야겠어요."
 "그건 안 돼. 놈들에게 들킨다니까."
 "제발! 너무 무겁단 말이에요."
 "난 모르니까 마음대로 해!"
 카터리제가 식초를 붓자 식초가 도둑들 머리 위에 쏟아졌습니다.
 "벌써 이슬이 내리나 본데."

도둑들이 쑥덕거렸습니다. 마침내 카터리제는 문 때문에 무겁다는 사실을 깨닫고는 이렇게 말했습니다.

"이 문을 밑으로 던져야겠어요."

"그건 안 돼. 놈들에게 들킨다구."

"제발! 너무 무겁단 말이에요."

"좋아! 난 모르니까 마음대로 하라구!"

프리더가 신경질적으로 내뱉았습니다. 쿵 하고 문이 떨어지자 도둑들은 기절초풍을 했습니다.

"나무에서 악마가 내려온다!"

그러더니 짐을 남겨 두고 모두 줄행랑을 쳤습니다. 다음 날 아침 일찍 프리더와 카터리제가 내려와 보니 금은 그대로 있었습니다. 두 사람은 금을 가지고 집으로 향했습니다. 집에 도착하자 프리더가 말했습니다.

"이제는 당신도 게으름 피우지 말고 부지런히 일해야 하오."

"두말하면 잔소리지요. 밭에 나가 과일을 따 오겠어요."

밭으로 나간 카터리제는 이렇게 중얼거렸습니다.

"따기 전에 먹어야 할까, 아니면 따기 전에 잠을 자야 할까. 에라, 먹고 보자!"

그래서 카터리제는 신물이 나도록 과일을 먹었습니다. 그러고 나서 이제 과일을 좀 따야겠다고 생각하니 졸음이 밀려왔습니다. 카터리제는 잠결에 자기 치마와 블라우스를 갈기갈기 찢어 놓고 말았습니다. 잠에서 깨어나 반벌거숭이가 된 자기의 모습을 본 그녀는 넋을 잃고 중얼거렸습니다.

"이게 나일까, 다른 사람일까? 틀림없이 나는 아니야!"

그러는 사이에 날이 어두워졌습니다. 카터리제는 마을로 달려가서 자기집 창문을 두드렸습니다.

"프리더!"

"무슨 일이오?"

"카터리제가 안에 있나 궁금해서요."

"있지. 아마 자고 있을거요."

"옳아, 그럼 난 벌써 집에 와 있는거구나."

카터리제는 그렇게 중얼거리고는 마을 밖으로 달아났습니다. 그리고 거기서 도둑질 궁리를 하고 있던 도둑들과 마주쳤습니다. 카터리제는 선뜻 그들에게 가서 말했습니다.

"내가 당신들 훔치는 일에 도움을 줄게요."

도둑들은 카터리제가 이 부근의 지리를 잘 알고 있다고 생각하고 끼워넣어 주었습니다. 그러자 카터리제는 마을 사람들의 집 앞에 가서 큰 소리로 외쳤습니다.

"여러분, 누가 훔쳐 갔으면 하는 물건 없으세요?"

도저히 안 되겠다고 생각한 도둑들은 카터리제를 따돌리려고 이렇게 말했습니다.

"마을 밖으로 나가면 목사님 소유의 무밭이 있소. 거기서 무를 좀 뽑아 오시오."

카터리제는 도둑들의 부탁대로 밭으로 가서 무를 뽑기 시작했습니다. 그러나 몸이 워낙 느리다보니 마냥 엎드린 자세였습니다. 지나가던 남자가 이 모습을 보고는 악마가 무밭을 쑥대밭으로 만드는 중이라고 생각했습니다. 그래서 마을의 목사에게 가서 말했습니다.

"목사님, 악마가 목사님의 무밭을 엉망진창으로 만들고 있어요."

"맙소사! 나는 절름발이라 거기에 가서 악마를 혼낼 수도 없는데."

목사가 탄식을 했습니다.

"제가 업어다 드릴게요."

그는 목사를 업고 밭으로 갔습니다. 그들이 무밭에 다다르자 카터리제는 그제서야 허리를 쭉 폈습니다.

"영락없이 악마로군!"

목사가 비명을 질렀습니다. 두 사람은 걸음아 나 살려라 하고 도망을 갔습니다. 얼마나 무서웠던지 다리가 불편한 목사가 멀쩡한 두 다리로 자기를 업어다 준 사람보다 더 빨리 달음박질을 쳤다지 뭡니까!

60

두 형제

옛날에 두 형제가 있었는데 한 사람은 부자였고 한 사람은 가난했습니다. 부자인 형은 금세공인으로서 심술이 많았습니다. 그러나 비를 만들어서 먹고 사는 가난한 동생은 마음씨가 곱고 정직했습니다. 동생에게는 쌍둥이 아들이 있었는데 둘은 마치 한 깍지 안에 든 두 개의 콩처럼 생김새가 너무도 닮았습니다. 이따금 쌍둥이 형제는 큰아버지의 집으로 가서 먹다 남은 음식을 받아오곤 했습니다.

어느 날 가난한 동생이 숲에서 나무를 하고 있었습니다. 그런데 지금까지 한 번도 본 적이 없는 순금으로 된 아름다운 새가 어디선가 나타났습니다. 동생은 작은 돌을 주워 새에게 던졌지만 새는 용케도 피했습니다. 새는 금 깃털 하나만 떨어뜨리고 날아갔습니다. 동생은 깃털을 주워 형에게 가져갔습니다.

"이건 순금이야."

형은 자세히 살펴보고 나서 아우에게 돈을 주었습니다.

다음 날 동생은 나뭇가지를 꺾으러 자작나무를 기어 올라갔습니다. 바로 그때 전날 본 새가 나타났습니다. 그 뒤를 쫓아가 보니 새둥지가 나오고 그 안에는 알이 있었습니다. 순금으로 된 알이었습니다. 동생은 알을 가지고 집으로 왔습니다. 형에게 보여 주자 이번에도 약간의 돈을 쥐어 주었습니다. 그러더니 형은 이렇게 덧붙였습니다.

"그 새를 갖고 싶다."

동생은 세 번째로 숲으로 갔습니다. 황금새는 나무 위에 앉아 있었습니다. 그가 돌을 던지자 새는 밑으로 떨어졌습니다. 동생이 새를 가지고 가자 형은 매우 많은 금을 주었습니다.

그는 '이제 내 일을 할 수 있겠구나.'라고 생각하면서 즐거운 마음으로 집으로 돌아갔습니다.

형은 영리하고 약삭빠른 사람이어서 그 새가 어떤 새인지 속속들이 잘 알고 있었습니다. 그는 아내를 불러 말했습니다.

"이 황금새를 먹을 수 있도록 구워 주오! 누가 털끝 하나 건드리게 해선 안 돼! 나 혼자 다 먹어야 하니까!"

사실 황금새는 보통 새가 아니었습니다. 그 새의 심장과 간은 기적의 힘을 가지고 있었는데, 그것을 먹은 사람은 자고 나면 베개 밑에서 금 한 조각씩을 발견하게 되는 것입니다. 금세공인의 부인은 새를 꼬치에 꿰어 굽기 시작했습니다. 그런데 새가 구워지고 있는 동안 다른 볼 일이 있어서 잠시 부엌을 비우게 되었습니다. 바로 그 때 동생의 두 아들이 부엌으로 들어왔습니다. 두 형제는 꼬치 앞에 서더니 그것을 앞뒤로 뒤집어 보았습니다. 그러자 새로부터 고기 두 점이 떨어져 나왔습니다. 한 사람이 말했습니다.

"배가 고프니 아무도 없을 때 저 고기 두 점을 먹어 치우자."

두 형제는 고기를 얼른 집어먹었습니다. 잠시 후 돌아온 부인은 두 조카가 무언가를 먹었다는 것을 알아차렸습니다.

"너희들 무엇을 먹었니?"

"새한테서 떨어져 나온 고깃점이요."

"그건 심장과 간이었을 텐데."

부인은 기가 막혔습니다. 재빨리 수탉을 잡은 다음 간과 심장을 빼내서 황금새 안에 박아 두었습니다. 간과 심장이 없어진 것을 알면 보나마나 남편이 노발대발할 테니까요. 부인은 잘 익은 황금새를 남편에게 가져갔습니다. 남편은 부인에게 먹어 보라는 소리도 없이 혼자서 남김없이 먹어 치웠습니다. 그런데 다음 날 아침 남편이 금 조각을 기대하면서 베개 밑을 보니 이상하게 아무것도 없었습니다.

한편 두 형제는 자기들이 얼마나 운이 좋은지를 모르고 있었습니다. 다음 날 아침 형제가 눈을 뜨니 무언가 또그르르 하고 바닥으로 떨어졌습니다. 무엇인가 하고 자세히 보니 그것은 두 개의 금 조각이었습니다. 형제는 아버지에게 금 조각을 가지고 갔습니다. 아버지는 깜짝 놀라서 물었습니다.

"어떻게 된 일이냐?"

다음 날 아침에도, 그 다음 날 아침에도 금 조각은 어김없이 베개 밑에 있었습니다. 아버지는 형에게 가서 자초지종을 털어놓았습니다. 형은 두 조카가 간과 심장을 먹었다는 것을 금세 알아차렸습니다. 그는 남이 잘 되는 것을 보지 못하는 성미였기 때문에 동생에게 이렇게 말했습니다.

"네 아이들은 악마의 조종을 받고 있다. 금은 내다 버리고 아이들은 집 안에 두면 안 돼. 잘못하면 악마가 너까지 망쳐 놓을 수 있으니까."

아버지는 악마가 두려웠기 때문에 쌍둥이를 숲에다 두고 슬픈 마음으로 돌아섰습니다. 가슴이 찢어질 것 같았지만 어쩔 수가 없었습니다. 두 소년은 숲속을 헤매면서 집으로 가는 길을 찾아보았지만 번번이 길을 잃고 말았습니다. 그러다가 마침내 사냥꾼과 마주쳤습니다. 사냥꾼이 물었습니다.

"너희들은 어느 집안 아이들이냐?"

"우리 아버지는 비를 만드는 가난한 분입니다."

그러면서 두 소년은 매일 아침 베개 밑에서 금 조각이 생기는 것을 보고 아버지가 집안에 둘 수 없다면서 자기들을 이 숲으로 데려왔다고 말했습니다.

"착하고 바르고 부지런하게만 살면 그런 것은 문제가 안 되는 것이다."

사냥꾼이 말했습니다. 그 친절한 사냥꾼은 두 소년이 마음에 들었습니다. 마침 자식도 없었던 터라 형제를 집으로 데려가서 말했습니다.

"이제부터 내가 너희들의 아버지가 되어서 너희를 키우마."

쌍둥이 형제는 새아버지에게서 사냥하는 요령을 모두 배웠습니다. 새 아버지는 매일 아침 아이들의 잠자리에서 찾아낸 금 조각을 착실히 모았습니다. 아이들이 커서 필요할 때 줄 작정이었습니다. 어느덧 소년들은 늠름한 청년으로 자랐습니다. 어느 날 새아버지가 말했습니다.

"이제 너희들도 세상으로 나가서 어엿한 사냥꾼으로 일할 수 있는 나이가 되었으니 오늘은 이 아버지가 너희들의 총 쏘는 능력을 알아봐야겠다."

형제는 몸을 숨기고 사냥감을 기다렸지만 쥐새끼 한 마리 나타나지 않았습니다. 사냥꾼이 고개를 들어 보니 기러기 몇 마리가 삼각형 모양을 만들며 날아오고 있었습니다. 사냥꾼이 한 아들에게 말했습니다.

"모퉁이에 있는 놈을 하나 쏘아라."

지시를 받은 아들은 시키는 대로 했고 시험에 무사히 합격했습니다. 얼마 후 또 다른 기러기들이 2자형을 이루면서 날아왔습니다. 사냥꾼은 남은 아들에게도 마찬가지로 모퉁이에 있는 녀석을 한 마리 쏘라고 명령했습니다. 그리고 그 아들도 역시 시험을 통과했습니다. 그러자 새아버지가 말했습니다.

"너희들은 나에게 배울 만큼 배웠다. 지금 이 순간부터 너희 모두 어엿한 사냥꾼임을 선언한다."

두 형제는 숲으로 들어가서 뭐라고 의논을 하더니 앞으로의 행동방침을 정했습니다. 저녁 밥을 먹는 자리에서 쌍둥이 형제는 새아버지에게 말했습니다.

"저희 부탁을 들어주시지 않으면 저희는 음식을 한 숟가락도 입에 대지 않겠어요."

"무슨 부탁인데?"

"우리도 어엿한 사냥꾼이니만큼 이제 당당한 실력을 인정받고 싶습니다. 세상으로 나갈 수 있도록 허락해 주세요."

"진짜 사냥꾼이라도 된 것처럼 말하는구나. 너희들의 소망은 나의 뜻이기도 하다. 떠나거라. 모든 게 잘 풀릴 테니."

새아버지가 흐뭇한 표정으로 승낙하자 형제는 신이 나서 배불리 먹고 마셨습니다. 출발하기로 한 날이 되자 새아버지는 형제에게 총 한 자루와 개 한 마리씩을 주고 나서 그동안 모아 놓은 금 조각을 원하는 만큼 가져가도록 했습니다. 그는 멀리까지 따라나와서는 형제가 하직 인사를 하려 하자 품안에서 반짝반짝 빛나는 칼을 주면서 말했습니다.

"부득이 헤어져야 할 때가 오거든 갈라지는 길 복판에 서 있는 나무에 이 칼을 꽂아라. 너희들 중 누가 먼저 돌아와서 이 칼을 보면 서로 각자 어떻게 지내고 있는지 알 수 있다. 만일 죽어 가고 있으면 그 쪽 방향의 날에 녹이 슬어 있을 테고, 건강하게 잘 지내고 있으면 반짝반짝 빛날 것이다."

두 형제는 여행을 계속하다가 이윽고 거대한 숲에 도착했습니다. 도저히 그 숲을 하루 안에 지나갈 수 없을 것 같았습니다. 그래서 그날 밤은 그 곳에서 지내면서 사냥 가방에 넣어 온 음식을 먹었습니다. 다음 날도 하루 종일 걸었지만 숲은 끝없이 이어졌습니다. 먹을 것이 다 떨어지자 쌍둥이 중 하나가 말했습니다.

"사냥이라도 해야지, 이러다간 굶어 죽겠어."

그는 총알을 재우고 사방을 두리번거렸습니다. 늙은 산토끼 한 마리가 달려가고 있었습니다. 그가 총구를 겨누자 산토끼가 소리를 질렀습니다.

"사냥꾼 나리, 목숨만 살려 주신다면
　제 새끼 두 마리를 드리겠어요."

그러더니 산토끼는 덤불로 깡충 뛰어들어가서 새끼 두 마리를 데리고 나타났습니다. 형제는 새끼들이 너무 귀엽고 안쓰러워서 차마 총으로 쏠 수가 없었습니다. 형제는 새끼들을 살려 주었습니다. 그러자 산토끼 두 마리는 형제의 뒤를 졸졸 쫓아왔습니다. 얼마 못 가서 이번에는 여우와 마주쳤습니다. 형제가 총을 겨누자 여우가 소리를 질렀습니다.

"사냥꾼 나리, 목숨만 살려 주신다면
제 새끼 두 마리를 드리겠어요."

여우는 새끼 두 마리를 데려왔고 이번에도 사냥꾼들은 어린 여우 새끼를 차마 죽이지 못했습니다. 여우 새끼 두 마리는 산토끼와 함께 사냥꾼 형제의 뒤를 따라왔습니다. 잠시 후 늑대가 덤불 속에서 나타났습니다. 사냥꾼들이 총을 겨누자 늑대가 소리를 질렀습니다.

"사냥꾼 나리, 목숨만 살려 주신다면
제 새끼 두 마리를 드리겠어요."

이제 두 마리의 새끼 늑대가 더해졌습니다. 동물들은 사이좋게 사냥꾼들의 뒤를 쫓아왔습니다. 이어서 곰이 나타났습니다. 곰은 어슬렁어슬렁 돌아다니면서 계속 살고 싶었기 때문에 소리를 질렀습니다.

"사냥꾼 나리, 목숨만 살려 주신다면
제 새끼 두 마리를 드리겠어요."

두 마리의 새끼 곰이 따라 나서서 이제 동물은 모두 여덟 마리가 되었습니다. 마지막으로 갈기를 흔들면서 나타난 것은 다름 아닌 사자였습니다.

"사냥꾼 나리, 목숨만 살려 주신다면
제 새끼 두 마리를 드리겠어요."

사자도 두 마리의 새끼를 데리고 나타나서 이제 사냥꾼 뒤로 사자 두 마리, 곰 두 마리, 늑대 두 마리, 여우 두 마리, 산토끼 두 마리가 졸졸 따라다녔습니다. 그렇게 걷다 보니 두 형제는 목이 말랐습니다. 그래서 여우에게 말했습니다.

"너는 꾀가 많은 짐승이니 우리에게 먹을 것을 가져다주렴. 네가 약삭빠르고 영리하다는 소리는 이미 들어서 알고 있어."

"조금만 더 가면 마을이 나온답니다. 옛날에는 친구들과 거기서 닭서리를 많이 했지요. 길은 저희가 알려 드릴게요."

두 형제는 마을로 가서 먹을 것을 샀고 동물들도 배불리 먹었습니다. 그런 다음 계속 길을 갔습니다. 여우들은 그 근방의 지리를 잘 알았기 때문에 닭장이 있는 곳으로 사냥꾼들을 정확히 안내했습니다. 그런데 그렇게 하염없이 몰려다니다 보니 일자리를 얻을 수가 없었습니다.

"할 수 없다. 갈라져야겠다."

형제는 마침내 헤어지기로 했습니다.

그래서 동물도 각각 한 마리씩 나누었습니다. 형제는 작별 인사를 나누고 죽을 때까지 형제의 우애를 나누자는 굳은 맹세를 하고 난 다음 새아버지가 준 칼을 나무에 꽂았습니다. 그러고 나서 한 사람은 동쪽으로, 한 사람은 서쪽으로 갔습니다.

얼마 뒤 동생은 죽은 사람을 애도하는 검은 띠가 주렁주렁 걸린 도시에 닿았습니다. 그는 여관으로 가서 주인에게 동물들을 재울 만한 곳이 없느냐고 물었습니다. 여관 주인은 벽에 구멍이 뻥 뚫린 헛간을 내주었습니다. 산토끼는 양배추덩이를 물고 그 구멍으로 쏙 들어갔습니다. 여우는 암탉을 물고 와서 냠냠 해치운 다음 다시 수탉을 가져와서 먹어 치웠습니다. 그러나 늑대, 곰, 사자는 너무 커서 구멍으로 들어갈 수가 없었습니다. 여관 주인은 덩치 큰 짐승들을 소가 풀을 뜯어먹고 있는 들판으로 데려갔습니다. 덩치 큰 짐승들은 거기서 잔뜩 배를 채웠습니다. 사냥꾼은 동물들을 하나하나 보살피고 나서 주인에게 도시 전체가 침울한 이유를 물었습니다.

여관 주인이 대답했습니다.

"임금님의 하나뿐인 딸이 내일이면 없어지기 때문이지요."

"깊은 병이 들었나요?"

"도시 밖의 저 높은 산 속에 용이 한 마리 살지요. 용은 해마다 순결한 처녀를 바치지 않으면 온 나라를 쑥밭으로 만들어 버리겠다고 으름장을 놓는답니다. 그래서 처녀란 처녀는 모두 바치고 이제 남은 처녀라고는 임금님의 딸밖에 없답니다. 그런데도 용은 인정사정 없이 무조건 내일까지 바치라는거예요."

"용을 해치우겠다고 나서는 사람도 없단 말이오?"

"수많은 기사들이 나섰지요. 하지만 모두 힘없이 쓰러지고 말았습니다. 임금님께서는 용을 해치우는 젊은이를 사위로 맞겠다고 선언하셨지요. 임금님이 돌아가시면 나라를 전부 물려받게 되는 것입니다."

사냥꾼은 잠자코 듣고 있었습니다. 다음 날 아침 그는 동물들을 거느리고 용이 산다는 산으로 올라갔습니다. 산꼭대기에는 작은 교회가 있었습니다. 제단 위에는 술이 가득 든 술잔이 세 개 놓여 있었고, 그 옆에는 다음과 같이 씌어진 종이 쪽지가 있었습니다.

"이 술을 마시는 사람은 이 세상에서 가장 힘센 사람이 될 것이며, 문지방 밑에 파묻혀 있는 칼을 자유자재로 쓸 수 있게 될 것이다."

사냥꾼은 술잔은 입에 대지도 않고 밖으로 나가서 땅 속에 묻혀 있다는 칼을 찾아냈지만 칼은 꼼짝도 하지 않았습니다. 다시 안으로 들어가서 술을 마시자 그제서야 힘이 솟아났고 힘들이지 않고 칼을 뽑을 수 있었습니다.

처녀를 용에게 바쳐야 할 시간이 되자 왕과 장군과 신하 모두가 공주와 함께 나타났습니다. 공주는 멀리 산꼭대기에 서 있는 사냥꾼의 모습을 보고는 용이 서서 자기를 기다리는 줄로만 알았습니다. 차마 발걸음이 떨어지지 않았지만 어쩔 수 없었습니다. 그러지 않았다가는 나라 전체가 쑥밭이 되어 버릴 테니까요. 왕과 신하들은 무거운 마음으로 발길을 돌렸으나 장군은 멀리서 지켜 보고 있으라는 명령을 받았습니다.

산꼭대기에 도착해 보니 공주를 기다린 것은 용이 아니라 젊은 사냥꾼이었습니다. 사냥꾼은 공주를 따뜻하게 맞으면서 그녀를 구하고 싶다고 말했습니다. 그러고는 교회로 데리고 들어가 문을 단단히 잠갔습니다. 얼마 후 요란한 괴성과 함께 머리가 일곱 달린 용이 하늘에서 내려왔습니다. 사냥꾼을 본 용은 어이없다는 듯이 물었습니다.

"이 산꼭대기에는 무슨 일로 왔느냐?"

"네 녀석과 싸우러 왔다."

사냥꾼이 되받았습니다.

"너 같은 놈들이 수도 없이 죽었어. 네 놈도 한 방에 끝내 주마!"

용이 호통을 치면서 일곱 개의 발에서 불꽃을 뿜어내자 불꽃은 마른 풀잎에 옮겨 붙었습니다. 거센 불길과 연기로 사냥꾼이 숨을 못 쉬도록 만들 생각이었던 것입니다. 그 때 사냥꾼의 동물들이 우르르 몰려와서 불을 껐습니다. 용은 다시 사냥꾼을 공격했지만 그는 날쌔게 칼을 휘둘러 용의 머리 세 개를 잘라 냈습니다. 화가 난 용은 길길이 날뛰면서 벌떡 일어서더니 사냥꾼에게 곧장 불꽃을 토해 내면서 와락 덤벼들었습니다. 그러나 사냥꾼은 다시 칼을 이리저리 휘둘러 용의 머리를 세 개 더 잘라 냈습니다. 용은 기진맥진하여 바닥에 쓰러졌습니다. 그러면서도 다시 덤벼들려고 기를 썼지만 젊은 사냥꾼은 젖먹던 힘까지 동원하여 용의 꼬리를 싹둑 잘랐습니다. 사냥꾼은 더 이상 싸울 기력이 없었기 때문에 동물들을 불렀습니다. 그러자 동물들이 용을 갈기갈기 찢어 놓았습니다.

싸움이 끝나고 사냥꾼이 교회 문을 열었을 때 공주는 바닥에 쓰러져 있었습니다. 밖에서 벌어지는 싸움을 보고 너무 놀라고 무서워서 그만 기절하고 만 것입니다. 사냥꾼은 공주를 밖으로 옮겼습니다. 공주는 다시 정신을 차리고 눈을 떴습니다. 사냥꾼은 엉망이 된 용의 시체를 공주에게 보여 주면서 이제는 자유의 몸이 되었다고 말했습니다. 공주는 뛸 듯이 기뻐하며 말했습니다.

"그렇다면 당신은 저를 아내로 맞으실 수 있어요. 아버지는 용을 무찌르는 사람에게 저를 시집보내기로 약속하셨거든요."

공주는 산호 목걸이를 꺼내더니 그것을 작은 목걸이들로 갈라서 동물들에게 나누어 주었습니다. 사자는 황금 걸쇠를 목걸이로 받았습니다. 그리고 사냥꾼에게는 공주의 이름이 수놓인 손수건을 주었습니다. 사냥꾼은 일곱 개의 용 머리에서 각각 혀를 잘라 낸 다음 그것들을 손수건에 싸서 잘 두었습니다.

일을 모두 끝낸 사냥꾼은 녹초가 되어 공주에게 말했습니다.

"우리 모두 지칠 대로 지쳤으니 잠시 눈을 붙이고 쉬는 게 좋겠습니다."

공주는 고개를 끄덕였습니다. 두 사람은 바닥에 누웠습니다. 사냥꾼이 사자에게 당부했습니다.

"우리가 자는 동안 혹시 누가 오는지 잘 지키고 있어라."

사냥꾼과 공주는 깊이 잠들었습니다. 사자는 그 옆에 누워서 지키고 있었지만 싸움을 한 뒤라 역시 피곤했습니다. 그래서 곰을 불러 말했습니다.

"내 옆에 누워라. 나도 잠 좀 자야겠다. 무슨 일이 생기면 나를 깨우고."

곰은 사자 옆에 누웠지만 곰도 피곤하기는 마찬가지였습니다. 그래서 늑대를 불러 말했습니다.

"내 옆에 누워라. 나도 잠 좀 자야겠다. 무슨 일이 생기면 나를 깨우고."

늑대는 곰 옆에 누웠지만 늑대 역시 피곤하기는 마찬가지였습니다. 그래서 여우를 불러 말했습니다.

"내 옆에 누워라. 나도 잠 좀 자야겠다. 무슨 일이 생기면 나를 깨우고."

여우는 늑대 옆에 누웠지만 여우 역시 피곤하기는 마찬가지였습니다. 그래서 산토끼를 불러 말했습니다.

"내 옆에 누워라. 나도 잠 좀 자야겠다. 무슨 일이 생기면 나를 깨우고."

산토끼는 여우 옆에 누웠지만 산토끼 역시 피곤하기는 마찬가지였습니다. 하지만 도움을 청할 상대가 아무도 없었으므로 그냥 잠이 들고 말았습니다. 이렇게 해서 공주, 사냥꾼, 사자, 곰, 늑대, 여우, 산토끼가 모두 곤한 잠에 빠지게 되었습니다.

한편 멀리서 지켜 보는 임무를 맡았던 장군은 용이 날아가는 모습을 보지 못했으므로 몹시 궁금해졌습니다. 그래서 산꼭대기가 잠잠해지자 용기를 내어 위로 올라가 보았습니다. 용은 몸이 갈기갈기 찢긴 채 죽어 있었습니다. 그런데 장군은 마음씨가 매우 고약한 사람이었습니다. 그는 칼을 꺼내 사냥꾼의 목을 벤 다음 공주를 안고 산 밑으로 내려갔습니다. 잠에서 깬 공주는 기가 막혀 말이 나오지 않았습니다. 그러자 장군이 말했습니다.

"너는 이제 내 손아귀에 들어왔다. 그러니 용을 해치운 것은 나라고 말하는 게 좋을 거야."

"그럴 수는 없어요. 용을 해치운 것은 사냥꾼과 동물들이에요."

장군은 칼을 뽑더니 말을 듣지 않으면 죽이겠다고 협박을 했습니다. 공주는 시키는 대로 하겠다고 약속할 수밖에 없었습니다. 장군은 공주를 왕 앞으로 데려갔습니다. 용에게 갈가리 찢겨 죽은 줄로만 알았던 딸이 무사히 살아 돌아온 모습을 보고 왕은 기뻐서 어쩔 줄을 몰랐습니다.

"제가 용을 해치우고 공주님과 온 나라를 구했습니다. 그러니 말씀하신 대로 따님을 저에게 주십시오."

장군이 말했습니다.

"그게 사실이냐?"

왕이 딸에게 물었습니다.

"아, 예. 아마 사실일거예요. 하지만 결혼식은 앞으로 일년하고도 하루가 지난 다음에 올리겠어요."

그 때까지는 사랑하는 사냥꾼으로부터 무슨 소식이 있을 것이라고 생각한 것입니다.

한편 동물들은 죽은 주인 옆에서 여전히 쿨쿨 자고 있었습니다. 그 때 호박벌이 나타나서 산토끼 콧잔등에 내려앉았습니다. 산토끼는 앞발로 콧잔등을 비볐습니다. 호박벌이 또 와서 산토끼는 다시 콧등을 비볐지만 여전히 깨어날 기미는 보이지 않았습니다. 마지막으로 호박벌이 콕 침을 쏘니까 그제서야 잠에서 깨어났습니다. 산토끼는 일어나자마자 여우를 깨우고 여우는 늑대를 깨우고 늑대는 곰을 깨우고 곰은 사자를 깨웠습니다. 사자는 공주가 없어지고 주인이 죽어 있는 것을 보더니 벼락같이 소리를 질렀습니다.

"누가 이랬어? 곰아 왜 나를 깨우지 않았지?"

곰은 늑대에게 물었습니다.

"너는 왜 나를 깨우지 않았지?"

늑대는 여우에게 물었습니다.

"너는 왜 나를 깨우지 않았지?"

여우는 산토끼에게 물었습니다.

"너는 왜 나를 깨우지 않았지?"

불쌍한 산토끼는 혼자서 죄를 뒤집어쓰게 되었습니다. 동물들이 일제히 덤벼들려고 하자 산토끼는 애걸하면서 말했습니다.

"제발 죽이지 마! 주인님을 도로 살려 놓을 테니까. 어떤 병이나 상처도 말끔히 낫게 할 수 있는 뿌리가 자라는 산을 알고 있거든. 아픈 사람의 입에 그 뿌리를 넣기만 하면 된다고. 하지만 그 산까지 갔다오려면 2백 시간은 걸려야 해."

"잔말 말고 24시간 안에 가져와."

사자가 호통을 쳤습니다.

산토끼는 쏜살같이 뛰어가서 24시간 안에 뿌리를 가지고 왔습니다. 사자가 사냥꾼의 머리를 제자리에 놓자 산토끼가 사냥꾼의 입에 뿌리를 쑤셔 넣었습니다. 사냥꾼은 갑자기 정상으로 돌아왔습니다. 가슴이 쿵쿵 뛰면서 생명을 되찾은 것입니다. 눈을 뜬 사냥꾼은 공주가 자기 옆에 없는 것을 알고는 매우 낙심했습니다. 그는 잠자는 동안 공주가 그를 버리고 도망간 것이라고 생각했던 것입니다.

그런데 사자가 너무 서두른 나머지 주인의 머리를 반대 방향으로 놓았습니다. 그러나 사냥꾼은 공주 생각에만 골몰한 나머지 그것도 알아차리지 못하고 있었습니다. 사냥꾼은 하도 어이가 없어서 동물들에게 어떻게 된 일이냐고 물었습니다. 사자는 너무 피곤한 나머지 모두들 잠에 곯아떨어졌고, 잠에서 깨어나 보니 주인님의 머리가 잘려 있더라는 이야기를 했습니다. 산토끼가 생명의 뿌리를 가져왔고 사자가 서두르다가 머리를 잘못 놓았다는 소리도 빠뜨리지 않았습니다. 속시원히 다 털어놓은 사자는 사냥꾼의 머리를 바로잡고 싶었습니다. 그래서 사냥꾼의 머리를 다시 떼어 내어 바로 놓았습니다. 산토끼는 다시 뿌리로 상처를 치료했습니다.

그렇지만 사냥꾼은 울적한 마음을 달랠 수가 없었습니다. 그래서 여기저기 세상을 떠돌아다니면서 사람들에게 동물들의 춤을 구경시켜 주었습니다. 그로부터 일 년이 지난 후에 사냥꾼은 자기가 용으로부터 공주를 구했던 도시로 되돌아오게 되었습니다. 그런데 이번에는 도시 전체가 분홍빛으로 뒤덮여 있었습니다. 사냥꾼은 놀라 여관 주인에게 물었습니다.

"이게 웬일인가요? 일 년 전에는 온통 검은빛이더니 지금은 왜 분홍빛 천지가 된거죠?"

"일 년 전에는 공주님을 용에게 잃을 줄로만 알았지요. 하지만 장군이 용과 싸워 무찔렀답니다. 내일은 공주님과 장군이 결혼식을 올리는 날입니다. 슬픔에 잠겨 검은빛으로 뒤덮였던 도시가 기쁨에 넘쳐 분홍빛으로 뒤덮인 것도 그 때문이지요."

다음 날 점심 무렵 결혼식이 시작되려고 할 때 사냥꾼은 여관 주인에게 말했습니다.

"여보시오, 주인. 당신은 내가 임금님의 식탁에 오를 빵을 바로 이 자리에서 먹을 수 있다고 생각하시오?"

"절대 불가능합니다. 금 백 냥을 걸지요."

사냥꾼은 내기를 받아들여 금 백 냥이 든 자루를 내놓았습니다. 그리고 산토끼를 불러 말했습니다.

"발 빠른 산토끼야. 가서 임금님이 드실 빵을 가져오렴."

산토끼는 제일 힘이 약했기 때문에 다른 동물에게 책임을 떠넘길 수가 없어서 어쩔 수 없이 혼자 힘으로 해야 했습니다. 하지만 거리로 나서자마자 뒤쫓아올 푸줏간의 개들을 생각하니 산토끼는 걱정이 태산 같았습니다.

아니나 다를까, 개들은 산토끼의 고운 털가죽을 갈기갈기 찢어 놓으려는 듯 맹렬하게 쫓아왔습니다. 하지만 앉아서 당하고만 있을 산토끼가 아니었습니다. 성 안으로 쏜살같이 뛰어서 초소로 뛰어들었습니다. 아무도 본 사람이 없었습니다. 얼마 뒤 개들이 와서 열심히 짖어 대자 아무것도 모르는 보초병들은 총 개머리판으로 개들을 두들겨 팼습니다. 개들은 깨갱거리며 달아났습니다. 훼방꾼이 사라지자 산토끼는 궁으로 뛰어들어가서 막바로 공주를 찾아갔습니다. 그러고는 의자 밑에서 공주의 발을 긁었습니다.

"당장 나가!"

공주는 자기 개인 줄 알고 버럭 소리를 질렀습니다. 산토끼는 다시 공주의 발을 긁었습니다.

"당장 나가라니까!"

공주는 여전히 자기 개인 줄로만 알았습니다. 그러나 산토끼는 조금도 주눅들지 않고 다시 공주의 발을 긁었습니다. 마침내 밑을 내려다본 공주가 목에 산호 목걸이를 단 산토끼를 알아보았습니다. 공주는 산토끼를 안고 자기 방으로 가서 말했습니다.

"무슨 일로 여기까지 왔니?"

"용을 해치운 저희 주인님이 돌아오셨어요. 주인님 하시는 말씀이 임금님이 드실 빵을 좀 가져오래요."

공주는 뛸 듯이 기뻐하며 당장 요리사를 불러 임금님이 드실 빵 한 덩이를 가져오라고 일렀습니다.

"이왕 가져오신 김에 저와 같이 가시죠. 안 그러면 푸줏간 개들이 쫓아오거든요."

산토끼가 요리사에게 말했습니다.

그래서 요리사는 빵을 들고 여관 문 앞까지 산토끼를 바래다주었습니다. 산토끼는 뒷다리로 선 채 앞발로 빵을 들고 주인 앞에 갔습니다.

"어떻소, 주인 양반. 이제 금 백 냥은 내 차지요."

사냥꾼이 말했습니다.

여관 주인은 어리벙벙한 표정을 지었습니다. 사냥꾼은 말을 이었습니다.

"빵을 손에 넣었으니 임금님이 드실 고기도 좀 얻어야겠소."

"좋도록 하시지요."

그러면서 여관 주인은 더 이상 내기를 걸려고 하지 않았습니다.

사냥꾼이 이번에는 여우를 불러 말했습니다.

"여우야, 가서 임금님이 드실 고기를 좀 가져오렴."

붉은 여우는 산토끼가 모르는 지름길을 알고 있었습니다. 여우는 요리조리 구멍과 모퉁이로만 다니면서 개들의 눈을 피했습니다. 성에 도착하자 여우도 공주의 의자 밑에 앉아 발을 긁었습니다. 아래를 본 공주는 산호 목걸이를 단 여우를 알아보았습니다.

"무슨 일로 여기까지 왔니?"

"용을 해치운 저희 주인님이 오셨어요. 주인님 하시는 말씀이 임금님이 드실 고기를 좀 가져오래요."

공주는 당장 요리사를 불러 임금님이 드실 고기 한 덩어리를 가져와서 여우를 위해 여관 문 앞까지 들고 가라고 일렀습니다. 여관에 닿자 여우는 요리사에게 그릇을 받아들고 꼬리를 살살 흔들어 고기 위에 꾄 파리를 쫓은 다음 주인에게 가져갔습니다.

"어떻소, 주인 양반. 빵과 고기가 준비되었으니 이제는 임금님이 드실 야채를 좀 얻어야겠군."

사냥꾼은 늑대를 불러 말했습니다.

"귀여운 늑대야, 당장 성으로 가서 임금님이 드실 야채를 좀 가져오렴."

늑대는 곧바로 성으로 갔습니다. 늑대는 아무도 두려운 상대가 없었기 때문에 공주가 눈에 띄자 공주의 치맛자락을 끌어당겼습니다. 뒤를 돌아본 공주는 산호 목걸이를 단 늑대를 알아보았습니다. 공주는 늑대를 방으로 데려가서 말했습니다.

"무슨 일로 여기까지 왔니?"

"용을 해치운 저희 주인님이 오셨어요. 주인님 하시는 말씀이 임금님이 드실 야채를 좀 가져오래요."

공주는 당장 요리사를 불러 임금님이 드실 야채를 한 접시 가져와서 늑대를 위해 여관 문 앞까지 들고 가라고 일렀습니다. 여관에 닿자 늑대는 요리사에게서 접시를 받아들고 주인에게 갔습니다.

"어떻소, 주인 양반. 이제 빵, 고기, 야채를 얻었으니 임금님이 드실 사탕도 좀 있어야겠군."

사냥꾼은 곰을 불러 말했습니다.

"귀여운 곰아, 너는 단 것을 잘 핥아먹으니 가서 임금님이 드실 사탕을 가져오렴."

곰은 뒤뚱뒤뚱거리며 성으로 갔습니다. 모두들 곰 앞에서는 길을 비켜 주었습니다. 초소에 닿자 총을 든 보초병들은 겁이 나서 뿔뿔이 흩어졌습니다. 곧바로 공주에게 간 곰은 뒤에 서서 나지막이 그르렁거렸습니다. 뒤돌아본 공주가 곰을 알아보고 방으로 데려갔습니다.

"무슨 일로 여기까지 왔니?"

"용을 해치운 저희 주인님이 오셨어요. 주인님 하시는 말씀이 임금님이 드실 사탕을 가져오래요."

공주는 당장 요리사를 불러 임금님이 드실 사탕을 가지고 와서 곰을 위해 여관 문 앞까지 들고 가라고 일렀습니다. 여관에 닿자 곰은 사탕과자를 슬쩍슬쩍 핥으면서 뒷발로 서서 주인에게 가지고 갔습니다.

"어떻소, 주인 양반. 이제 빵, 고기, 야채, 사탕을 얻었으니 임금님이 드실 술도 좀 있어야겠군."

사냥꾼은 사자를 불러 말했습니다.

"귀여운 사자야, 너는 술을 거나하게 마시기를 좋아하니 어서 가서 임금님이 드실 술을 가져오렴."

사자가 거리로 나서니 사람들은 슬금슬금 도망을 갔습니다. 초소에 닿자 보초병들이 길을 막아 섰지만 사자가 한 번 으르렁거리자 걸음아 나 살려라 하고 달아났습니다. 사자는 궁전으로 들어가서 꼬리로 방문을 두드렸습니다. 그러자 공주가 나왔습니다. 자기가 준 황금 걸쇠를 알아보지 못했더라면 공주는 기절을 했을지도 모릅니다. 공주는 사자를 방으로 불러들여 말했습니다.

"무슨 일로 여기까지 왔니?"

"용을 해치운 저희 주인님이 오셨어요. 주인님 하시는 말씀이 임금님이 드실 술을 가져오라고 하셔서 왔습니다."

공주는 술을 따르는 시종을 불러 사자에게 임금님이 드실 술을 가져다 주라고 일렀습니다.

"제대로 된 술을 따르는지 가서 두 눈으로 확인해야겠어요."

사자는 그렇게 말하고 술 따르는 시종을 따라 아래층으로 내려갔습니다. 밑에 내려오자 술 따르는 시종은 처음에 왕의 신하들이 주로 마시는 평범한 술을 따르려고 했습니다.

그러자 사자가 말했습니다.

"잠깐! 내가 맛을 봐야겠어."

그러면서 반 잔을 꿀꺽 삼켰습니다.

"이 술이 아니잖아?"

술 따르는 시종은 물끄러미 사자를 보면서 시무룩한 표정을 지었습니다. 그러더니 다른 술통으로 가서 장군이 마시는 술을 따르려고 했습니다.

"잠깐! 내가 맛을 봐야겠어."

사자는 다시 반 잔을 꿀꺽 삼켰습니다.

"먼젓번보다는 낫지만 이 술도 진짜가 아니야."

그러자 술 따르는 시종은 화를 내면서 말했습니다.

"네까짓 어리석은 짐승이 술에 대해서 뭘 안다고 큰소리야."

그 말을 들은 사자는 시종의 목덜미를 후려갈겼습니다. 그 바람에 술 따르는 시종은 바닥에 나둥그라졌습니다. 자리에서 일어난 시종은 군소리없이 사자를 왕이 마시는 술만 따로 보관하는 작은 특별 지하실로 데리고 갔습니다. 사자는 반 잔을 쭉 들이켜 술 맛을 본 다음 말했습니다.

"바로 이 맛이야."

그러고는 시종에게 여섯 병을 채우라고 일렀습니다. 사자와 시종은 지하실에서 올라왔습니다. 사자는 지하실을 나서면서 비틀비틀 갈짓자 걸음을 걸었습니다. 술이 과했던 모양이었습니다. 할 수 없이 시종이 여관 문 앞까지 술병을 들고 가야 했습니다. 여관에 닿자 사자는 술병이 든 바구니를 입에 물고서 주인에게 갔습니다.

"어떻소, 주인 양반. 임금님이 드실 빵, 고기, 야채, 사탕, 술을 모두 얻었으니 이제 나의 동물들과 식사를 해야겠소."

사냥꾼은 그렇게 말하고 식탁에 앉아서 신나게 먹고 마셨습니다. 산토끼, 여우, 늑대, 곰, 사자도 음식을 나누어 먹었습니다. 사냥꾼은 기분이 좋았습니다. 공주가 자기를 좋아한다는 것을 알았기 때문입니다. 사냥꾼은 식사를 마치자 여관 주인에게 말했습니다.

"이제 임금님 부럽지 않게 배불리 먹고 마셨으니 궁전으로 가서 임금님의 딸과 결혼해야겠소."

여관 주인이 기가 막힌 표정으로 물었습니다.

"그게 될 법이나 한 소리인가요? 벌써 신랑이 정해졌다 이 말입니다. 결혼식은 오늘 있구요."

사냥꾼은 공주가 용의 산에서 준 손수건을 꺼냈습니다. 그 안에는 일곱 개의 혀가 아직 그대로 있었습니다.

"나에게는 지금 손에 들고 있는 것만 있으면 되오."

사냥꾼이 자신있게 말하자 여관 주인은 손수건을 쳐다보더니 한 마디 던졌습니다.

"다른 건 다 믿어도 그 말만은 믿을 수 없습니다. 내 집과 나의 전재산을 걸겠소이다."

그 말을 들은 사냥꾼은 금 천 냥이 든 자루를 꺼내 탁자 위에 올려놓고 말했습니다.

"당신이 집과 전재산을 걸었다면 나는 이것을 걸지요."

한편 왕과 공주는 왕실의 탁자 앞에 앉아 있었습니다. 왕이 딸에게 물었습니다.

"성 안을 바쁘게 돌아다니던 그 동물들은 도대체 무엇 때문에 너를 찾아 왔다더냐?"

"말씀드릴 수 없어요. 아버님께서 그 동물들의 주인을 불러 주셨으면 좋겠어요."

그래서 왕은 여관으로 신하를 보내 낯선 젊은이를 궁전으로 초대하게 했습니다. 신하가 도착했을 때 사냥꾼은 여관 주인과의 내기를 막 마무리짓고 있었습니다.

"어떻소, 주인 양반. 임금님께서 신하를 보내 나를 궁전으로 초대하셨잖소? 하지만 이런 꼴로 갈 수는 없지요. 임금님께 가서 왕족이 입는 옷과 여섯 마리의 말이 끄는 마차, 그리고 시종들을 보내 달라고 말씀드려 주시오."

사냥꾼이 신하에게 말했습니다.

왕은 이 말을 듣고 딸에게 물었습니다.

"어쩌면 좋겠니, 애야?"

"그 사람 부탁을 들어주시는 게 좋겠어요."

그래서 왕은 왕족이 입는 옷과 여섯 마리의 말이 끄는 마차와 시종들을 보냈습니다. 사냥꾼은 그 광경을 보고 여관 주인에게 말했습니다.

"어떻소, 주인 양반. 내 부탁을 들어주시는 걸 당신 눈으로 봤을 테지?"

그러더니 왕족의 옷으로 갈아입은 다음 용의 혀 일곱 개가 들어 있는 손수건을 들고 왕궁으로 갔습니다. 왕은 젊은이가 다가오는 것을 보고 딸에게 속삭였습니다.

"저 사람을 어떻게 맞았으면 좋겠니?"

"가서 직접 만나 보시는 게 좋겠어요."

왕은 젊은이를 직접 맞아서 궁으로 데리고 올라왔습니다. 동물들도 그 뒤를 따랐습니다. 왕은 젊은 사냥꾼을 자신과 딸의 옆자리에 앉혔습니다.

반대편 자리에는 장군이 있었지만 장군은 사냥꾼을 알아보지 못했습니다.

바로 그 때 잘려진 용의 머리 일곱 개가 날라져 왔습니다. 왕이 입을 열었습니다.

"용의 머리 일곱 개를 자른 장군에게 오늘 나의 딸을 주겠다."

그러자 사냥꾼이 벌떡 일어나서 일곱 개의 턱을 모두 벌리고 나서 말했습니다.

"용의 혀 일곱 개는 어디 있지요?"

그 말을 들은 장군은 가슴이 철렁했습니다. 얼굴은 새파랗게 질리고 무슨 말을 해야 할지 갈피를 잡을 수가 없었습니다. 궁리 끝에 그는 이렇게 대꾸했습니다.

"용들은 혀가 없습니다."

"거짓말쟁이나 혀가 없겠지."

사냥꾼이 빈정거렸습니다.

"진짜 용을 해치운 사람이 누구인지는 용의 혀가 증명할 것입니다."

사냥꾼은 손수건을 풀어 용의 혀 일곱 개를 내보였습니다. 혀들을 원래 달려 있던 입에다 꽂아 넣자 하나같이 꼭 들어맞았습니다. 이어서 사냥꾼은 공주의 이름이 수놓인 손수건을 들어서 공주에게 보여 준 다음 이 손수건을 누구에게 주었는지 말해 달라고 했습니다. 그러자 공주가 대답했습니다.

"용을 해치운 분에게 주었지요."

사냥꾼은 동물들을 불러 산호 목걸이를 풀게 했습니다. 사자의 목에 걸려 있던 황금 걸쇠도 풀었습니다. 그리고 공주에게 그것들이 누구의 것이냐고 물었습니다.

"산호 목걸이와 황금 걸쇠는 제 것이었어요. 용을 해치울 때 옆에서 도운 동물들에게 나누어 준 것이랍니다."

다시 사냥꾼이 입을 열었습니다.

"싸움을 끝내고 녹초가 된 저는 잠시 누워 쉬면서 눈을 붙이고 있었습니다. 그 때 장군이 와서 저의 머리를 잘랐습니다. 그러고는 자기가 용을 죽인 것처럼 꾸몄지요. 장군의 말이 거짓이라는 것을 증명하기 위해 저는 혀와 손수건과 목걸이를 가져왔습니다."

이어서 동물들이 기적의 뿌리로 자기를 치료해 주었고 일 년 동안 사방을 돌아다니다가 마침내 이 곳에 와서 여관 주인이 들려준 이야기를 통해 장군의 거짓말을 알게 되었다고 덧붙였습니다.

"이 젊은이가 용을 해치웠다는 게 사실이냐?"

왕이 딸에게 물었습니다.

"사실이에요. 이제야 저도 장군의 부끄러운 범죄를 털어놓을 수 있겠군요. 제가 말 안 해도 사실은 밝혀졌으니까요. 장군은 말하지 않겠다는 맹세를 하라고 저를 윽박질렀어요. 그래서 일 년 하고도 하루 뒤로 결혼식을 미루겠다고 고집을 부린거랍니다."

왕은 열두 명의 고문관을 불러 장군을 재판하라고 일렀습니다. 고문관들은 네 마리의 황소로 갈가리 찢어 죽이는 형벌을 내렸습니다. 그렇게 해서 장군은 죽고 왕은 사냥꾼에게 딸을 준 다음 온 나라의 부왕으로 임명했습니다. 성대한 결혼식이 벌어졌습니다. 젊은 왕은 친아버지와 양아버지를 모셔온 다음 대단한 선물을 안겼습니다. 물론 여관 주인도 잊지 않았습니다.

젊은 왕은 여관 주인을 불러 와서 이렇게 말했습니다.

"어떻소, 주인 양반. 공주와 결혼을 했으니 이제 당신의 집과 재산은 내 차지요."

"그렇고 말고요. 지당한 말씀이십니다."

그러나 젊은 왕은 말했습니다.

"허나 나는 그렇게 모진 사람이 아니라오. 집과 재산은 그대로 당신이 가지시오. 거기에 황금 천 냥도 선물로 주리다."

젊은 왕과 젊은 왕비는 더없이 행복한 생활을 했습니다. 젊은 왕은 사냥을 즐겼고, 충직한 동물들은 늘 그 왕의 뒤를 따라다녔습니다. 그런데 왕궁 근처에는 마법에 걸렸다는 숲이 있었습니다. 한 번 그 숲에 들어간 사람은 누구든지 쉽게 빠져나오지 못한다고 했습니다. 그러나 젊은 왕은 거기서 사냥을 해 보고 싶었습니다. 그래서 늙은 왕을 졸라댄 끝에 마침내 숲에 들어가도 좋다는 허락을 얻어냈습니다. 젊은 왕은 시종들에게 당부했습니다.

"내가 돌아올 때까지 여기서 기다려라. 저 멋진 암사슴을 사냥해야겠다."

젊은 왕은 암사슴을 쫓아 숲으로 들어갔습니다. 동물들만이 그의 뒤를 따랐습니다. 시종들은 그 자리에서 계속 기다렸지만 밤이 되어도 왕은 돌아올 줄 몰랐습니다. 시종들은 궁으로 돌아가서 젊은 왕비에게 말했습니다.

"아름다운 하얀 암사슴을 사냥하러 마법의 숲으로 들어가셨는데 돌아오시지를 않는군요."

그 말을 들은 왕비는 몹시 걱정이 되었습니다.

한편 젊은 왕은 아름다운 암사슴의 뒤를 계속 뒤쫓았지만 도저히 따라잡을 수가 없었습니다. 겨우 사정거리 안에 들어왔구나 생각하면 암사슴은 팔딱 뛰어 멀리 달아나곤 했습니다. 그러고는 감쪽같이 모습을 감추었습니다. 사냥꾼은 너무 숲 속 깊은 곳까지 들어왔다는 사실을 깨닫고 뿔피리를 꺼내 힘차게 불었습니다. 그러나 아무런 응답이 없었습니다. 시종들의 귀에는 들리지 않던 것입니다. 밤이 깊어지자 그 날 안으로 성에 들어가기는 틀렸다는 생각이 들었습니다. 젊은 왕은 숲 속에서 밤을 보내기로 하고 말에서 내린 다음 나무 옆에다 모닥불을 피웠습니다. 동물들도 불가에 앉아 있는 주인 옆에 쪼그리고 앉았습니다. 그 때 어디선가 사람의 목소리가 들렸습니다. 사방을 두리번거렸지만 아무도 보이지 않았습니다. 얼마 뒤 다시 신음소리 같은 것이 났습니다. 가만히 들어 보니 위에서 들리는 것 같았습니다. 젊은 왕은 위를 올려다 보았습니다. 늙은 여자가 나무 위에 앉아 신음소리를 내고 있었습니다.

"으으으! 으으으! 얼어 죽겠다."

노파가 기어들어가는 목소리로 말했습니다.

"그렇게 추우면 내려와서 불을 좀 쬐지 그러시오."

"동물들한테 물릴까봐 겁이 나서 못 그러겠수."

"이 녀석들은 할머니를 해치지 않습니다. 어서 내려오시라니까요."

그러나 이 노파는 사실 마녀였습니다.

"내가 어린 가지를 하나 던져 줄 테니 그것으로 동물들의 등을 치시우. 그럼 나를 해치지 않을거유."

그러면서 마녀는 어린 가지를 던졌습니다. 젊은 왕이 그것으로 치니까 동물들은 그 자리에서 돌로 굳었습니다. 동물들이 꼼짝못하게 되자 마녀는 안심하고 나무에서 뛰어내려와서는 어린 가지로 젊은 왕을 건드렸습니다. 젊은 왕도 돌로 변했습니다. 마녀는 낄낄거리면서 왕과 동물들을 구덩이로 질질 끌고 갔습니다. 구덩이 안에는 그런 돌들이 수북히 쌓여 있었습니다.

젊은 왕이 여전히 돌아오지 않자 젊은 왕비의 걱정과 두려움은 커져만 갔습니다. 바로 그 때였습니다. 헤어질 때 동쪽으로 갔던 쌍둥이 형이 이 나라에 왔습니다. 형은 일자리를 찾아다녔지만 끝내 일자리를 얻지 못한 채 사람들 앞에서 동물들의 춤을 보여 주면서 여기저기 떠돌아다니고 있었습니다. 그러다가 동생과 헤어질 때 나무에 꽂아둔 칼을 보고 동생이 잘 있는지 알아봐야겠다는 생각이 들었던 것입니다. 그 자리에 가서 보니 동생쪽의 칼날은 반은 녹이 슬고 반은 아직 반짝거리고 있었습니다. 형은 깜짝 놀랐습니다.

'동생에게 큰일이 닥친 모양이구나. 하지만 반 쪽 날은 싱싱하니 지금이라도 구할 수 있을지 모르지.'

형은 동물들을 데리고 서쪽으로 향했습니다. 성 문에 닿으니 보초병들이 와서 도착하신 것을 왕비님께 알려 드리냐고 물었습니다. 젊은 왕비가 남편이 마법의 숲에서 죽은 줄 알고 벌써 여러 날째 근심 걱정에 휩싸여 있었으니 그렇게 물어보는 것도 무리는 아니었습니다. 보초병들은 당연히 이 사내가 젊은 왕이라고 믿고 있었습니다. 둘은 너무나 닮았고, 또 꽁무니를 졸졸 쫓아다니는 동물들도 같았던 것입니다. 형은 보초병들이 자기를 동생으로 착각하고 있다는 것을 깨닫고 동생처럼 행세하는 것이 지금으로서는 가장 좋은 방법이라고 생각했습니다. 그러면 동생을 구하는 데도 유리할 것 같았습니다.

보초병들의 호위를 받으면서 궁전으로 들어간 형은 뜨거운 환영을 받았습니다. 젊은 왕비는 이 남자가 자기 남편이라고 철썩같이 믿고 왜 그렇게 오래 머물러 있었느냐고 물었습니다.

"숲 속에서 길을 잃고 오랫동안 이리저리 헤매다녔지 뭐요."

형이 말했습니다.

밤이 되어 침실로 들어갔습니다. 형은 양쪽 날이 선 칼을 자기와 왕비 사이에 두었습니다. 왕비는 영문을 알 수 없었지만 잠자코 묻지 않았습니다. 형은 그 곳에서 며칠을 더 있으면서 마법의 숲에 관한 것을 모두 캐낸 다음 마침내 이렇게 말했습니다.

"다시 한 번 사냥을 하러 그 곳으로 가겠소."

늙은 왕과 젊은 왕비가 말리느라 애를 썼지만 형은 고집을 굽히지 않고 많은 부하들을 데리고 떠났습니다. 숲에 닿은 형은 동생이 겪었던 것과 똑같은 일을 겪었습니다. 하얀 암사슴을 본 형은 시종들에게 당부했습니다.

"내가 돌아올 때까지 여기서 기다려라."

형은 말을 타고 숲 속으로 들어갔습니다. 동물들이 그 뒤를 쫓았습니다. 하지만 도저히 암사슴을 따라잡을 수가 없었습니다. 어느새 숲 속 깊이 들어가게 되어 할 수 없이 그 곳에서 밤을 보내야 했습니다. 모닥불을 피우자 어디에선가 신음소리가 들렸습니다.

"으으으! 으으으! 얼어 죽겠다."

위를 올려다 보니 나무 위에 노파가 앉아 있었습니다.

"그렇게 춥거든 내려와서 불을 좀 쬐시오."

"당신의 동물들이 나를 물텐데."

노파가 대꾸했습니다.

"절대 해치지 않을겁니다."

"내가 어린 가지를 던질 테니 그것으로 동물들을 치면 나를 물지 않을거유."

그러나 사냥꾼은 노파의 말을 믿을 수가 없었습니다.

"내 동물을 어떻게 친단 말이야. 당장 내려오지 않으면 내가 끌어내리겠어!"

"어림 반푼어치도 없는 소리! 털끝 하나 내 몸에 손을 댔단 봐라!"

노파가 고래고래 소리를 질렀습니다.

그러나 사냥꾼도 지지 않았습니다.

"내려오지 않으면 너를 쏠 테다!"

"어서 쏘아 보시지. 그깟 놈의 총알은 무섭지 않으니까."

사냥꾼은 겨냥을 하고 노파를 쏘았지만 납으로 된 총알을 맞고도 노파는 끄떡도 하지 않았습니다. 노파는 찢어지는 듯한 웃음을 터뜨리면서 약을 올렸습니다.

"헛수고 그만 하라니까!"

그러나 사냥꾼에게도 생각이 있었습니다. 그는 옷에서 은단추 세 개를 떼어 내어 총알 대신 그것을 집어넣었습니다. 은단추 앞에서는 마법이 먹혀들어가지 않으니까요. 방아쇠를 당기자 마녀는 비명을 지르며 나무에서 떨어졌습니다. 사냥꾼은 노파를 한 발로 밟고 서서 다그쳤습니다.

"요망한 마녀 같으니. 내 동생이 어디 있는지 어서 대지 않으면 이 두 손으로 너를 번쩍 들어올려 불구덩이에 처넣겠다!"

마녀는 덜덜 떨면서 살려 달라고 손이 닳도록 싹싹 빌면서 자초지종을 털어놓았습니다.

"동물들과 함께 돌로 변했습니다. 구덩이 안에 있지요."

사냥꾼은 마녀를 앞세우고 가서 구덩이 앞에 서더니 이렇게 으름장을 놓았습니다.

"저 안에 있는 내 동생과 모든 생명을 다시 살려 놓지 않으면 너를 불구덩이에 던져 넣겠다!"

마녀는 어린 가지를 집어 들고 돌들을 건드렸습니다. 그러자 동생과 동물들이 살아났습니다. 그뿐 아니라 상인, 기능공, 양치기들도 자리에서 일어나더니 풀어 주어서 고맙다고 사냥꾼에게 인사를 한 다음 집으로 돌아갔습니다. 다시 얼굴을 보게 된 쌍둥이 형제는 서로 얼싸안고 입맞춤을 했습니다. 그들은 가슴이 터질 듯이 기뻤습니다. 마녀는 꽁꽁 묶어서 불구덩이에 처넣었습니다. 마녀가 불에 타서 죽자 숲은 저절로 활짝 열리면서 밝고 깨끗해졌습니다. 덕분에 왕궁이 있는 성도 한눈에 보였습니다. 숲에서 성까지는 3시간은 걸어야 했습니다.

두 형제는 왕궁으로 가면서 각자의 모험에 대해 주거니받거니 이야기를 나누었습니다. 동생이 자기가 나라의 부왕이라고 말하자 형이 말했습니다.

"나도 그건 척 보고 알아차렸다. 성에 가보니 나를 너로 착각하고 온갖 환대를 베풀어 주더구나. 젊은 왕비도 나를 남편으로 여기더라. 나는 어쩔 수 없이 네 침대에서 자야 했지."

이 말을 들은 동생은 질투에 눈이 멀어 칼로 형의 머리를 베었습니다. 그러나 죽은 형의 몸에서 시뻘건 피가 철철 흘러나오는 것을 보니 후회가 되어 견딜 수가 없었습니다.

"형은 나를 구해 주었다. 그런데도 나는 형을 죽이고 말았어!"

동생은 한탄을 했습니다. 동생이 땅을 치며 통곡을 하고 있는데 산토끼가 쪼르르 달려오더니 기적의 뿌리를 가져오겠다고 말했습니다. 산토끼는 휙 달려가더니 번개처럼 돌아왔습니다. 죽은 형은 다시 살아났습니다. 형은 자기가 다친 것도 몰랐습니다. 여행을 계속하면서 동생이 말했습니다.

"형은 나와 똑같이 생겼어. 나처럼 왕의 옷을 입었고 나와 똑같은 동물들을 데리고 다니지. 우리 서로 반대편 문으로 들어가서 똑같은 시간에 반대편 방향에서 궁전으로 들어가기로 하자."

그래서 형제는 각각 다른 길을 향했습니다. 반대편 문들을 지키고 있던 보초병들은 각각 늙은 왕에게 가서 사냥에 나갔던 젊은 왕이 동물들과 함께 막 도착했다고 보고했습니다.

"그럴 리가 있나. 두 개의 문은 걸어서 한 시간 거리는 떨어져 있는데."

바로 그 때 두 형제가 궁전 안뜰의 좌우에서 나타나 계단을 올라왔습니다. 그러자 왕이 딸에게 말했습니다.

"네가 판단하거라. 어느 쪽이 너의 남편인지 너무 똑같이 생겨서 나는 구별할 수가 없구나."

젊은 왕비는 무척 속이 상했습니다. 누가 누구인지 알 수가 없었던 것입니다. 그때 마침 동물들에게 주었던 목걸이가 생각났습니다. 왕비는 사자의 목에 걸린 황금 걸쇠를 찾아내고 기뻐서 외쳤습니다.

"이 사자가 따르는 사람이 제 남편이에요!"

그러자 젊은 왕이 웃으면서 말했습니다.

"바로 맞혔소."

그들은 모두 식탁에 둘러앉아서 먹고 마셨습니다. 흥겨운 분위기였습니다. 그 날 밤 젊은 왕이 잠자리에 들었을 때 아내가 물었습니다.

"지난 며칠 동안 왜 양날이 선 칼을 우리 침대 사이에 항상 놓아둔거죠? 당신이 절 찌르는 게 아닌가 생각했단 말이에요."

그래서 동생은 형이 얼마나 믿음직한 사람인지를 다시금 깨달았습니다.

61

작은 농부

옛날 어느 곳에 부자 농부들이 사는 마을이 있었습니다. 그런데 이 곳에도 딱 한 사람 가난한 농부가 있었습니다. 그 사람의 별명은 '작은 농부'였습니다. 작은 농부는 소도 한 마리 없었고 소를 살 돈 같은 것은 더더구나 없었습니다. 그렇지만 작은 농부 내외는 소가 너무 갖고 싶었습니다. 어느 날 남편이 아내에게 말했습니다.

"나한테 좋은 생각이 있네. 목수 일을 하는 사촌에게 나무로 송아지를 만들어 달라고 해서 그걸 갈색으로 칠하는거야. 그럼 다른 소들과 똑같이 보일거야. 그리고 얼마가 지나면 그것이 커져서 암소가 될 테구."

아내는 남편의 생각이 그럴 듯하고 마음에 들었습니다. 목수인 사촌은 대패로 나무를 깎아 살아 있는 것처럼 보이는 송아지를 만들었습니다. 그런 다음 갈색으로 칠했습니다. 송아지 머리는 밑으로 숙이게 해서 마치 풀을 뜯어먹는 것처럼 보였습니다. 다음 날 아침 소들을 목장으로 몰고 나갈 때 작은 농부는 목동을 불러 이렇게 말했습니다.

"내게 작은 송아지 한 마리가 있습니다. 너무 작아서 안고 가야 해요."

"그렇군요."

목동은 시원스럽게 대답하면서 송아지를 안고 목장으로 나갔습니다. 풀밭에 내려놓자 작은 송아지는 열심히 풀을 뜯어먹는 것처럼 그 자리에서 꼼짝도 하지 않았습니다.

"조금 있으면 저 혼자 돌아다니겠지. 잠시도 쉬지 않고 먹어대는구나!"

목동은 혼자 중얼거렸습니다.

날이 저물어 소 떼를 몰고 집으로 돌아가야 할 시간이 되자 목동은 송아지에게 말했습니다.

"거기 그렇게 서서 배를 채우는 것을 보니 네 다리로 집에 돌아갈 수도 있겠구나. 널 다시 안고 갈 기운이 없단다."

한편 작은 농부는 대문 앞에 서서 어린 송아지가 돌아오기를 기다리고 있었습니다. 그러나 목동이 마을로 몰고 온 소 떼 중에서는 어린 송아지의 모습을 찾을 수 없었습니다. 작은 농부는 목동에게 송아지를 왜 데려오지 않았느냐고 물었습니다.

"아직도 목장에서 풀을 뜯어먹고 있습니다. 따라올 생각이 없는지 계속 먹기만 하더라구요."

"맙소사! 내 송아지를 데려와야겠어."

그들이 다시 풀밭으로 가 보았지만 송아지는 보이지 않았습니다.

"길을 잃고 어디선가 헤매는 모양입니다."

목동이 말했습니다.

"말도 안 되는 소리 말아요!"

작은 농부는 버럭 소리를 지른 다음 목동을 마을 시장에게 데려갔습니다. 시장은 목동이 소홀한 탓이라는 판정을 내리고 잃어버린 송아지 대신 작은 농부에게 암소 한 마리를 주라고 명령했습니다.

그래서 작은 농부 내외는 꿈에도 그리던 암소를 가지게 되었습니다. 그렇지만 작은 농부에게는 소에게 먹일 꼴이 없어서 소를 굶겨야 했습니다. 그래서 얼마 후 작은 농부는 소를 잡아서 고기를 소금에 절였습니다. 그래야 오래 보관할 수 있으니까요. 작은 농부는 쇠가죽을 들고 도시로 갔습니다. 그 곳에서 쇠가죽을 팔아 그 돈으로 다시 송아지를 살 작정이었습니다.

도중에 작은 농부는 방앗간을 지나가게 되었는데 방앗간에는 날개가 부러진 까마귀가 앉아 있었습니다. 작은 농부는 불쌍한 까마귀를 들어올려서 쇠가죽으로 쌌습니다. 바로 그 때 날씨가 갑자기 험해지면서 거센 비바람과 함께 폭풍우가 몰려왔습니다. 농부는 계속 길을 갈 수가 없을 것 같아 방앗간 안주인에게 하루 묵어 갈 수 없겠느냐고 물었습니다. 집에 혼자 있던 방앗간 안주인은 작은 농부에게 말했습니다.

"저기 짚더미 위에서 주무세요."

그러고는 빵과 치즈를 가져다주었습니다. 작은 농부는 음식을 다 먹고나서 쇠가죽을 옆에다 놓았습니다. 방앗간 안주인은 작은 농부가 몹시 피곤해 보였으므로 곧 잠이 들 것이라고 생각했습니다.

조금 있으니까 그 집에 신부가 왔습니다. 안주인은 신부를 따뜻하게 맞이했습니다.

"남편은 지금 집에 없어요! 우리끼리 파티를 열어요!"

작은 농부는 파티라는 소리에 귀를 바짝 곤두세웠습니다. 그러면서 자기에게는 빵과 치즈만 주었다고 생각하니 몹시 섭섭한 마음이 들었습니다. 방앗간 안주인은 식탁에 네 가지 음식을 펼쳐 놓았습니다. 고기, 샐러드, 케이크, 술이 있었습니다. 두 사람이 막 자리에 앉아 음식을 먹으려는데 갑자기 문 두드리는 소리가 났습니다.

"어머! 남편이 돌아왔어요."

부인은 재빨리 고기는 스토브 안에, 술은 베개 밑에, 샐러드는 침대 위에, 케이크는 침대 밑에 숨겼습니다. 그리고 신부는 복도 찬장 안에 숨었습니다. 부인은 남편에게 문을 열어 주면서 말했습니다.

"도로 돌아오셨네요! 날씨가 왜 이 모양이지. 당장이라도 세상이 끝날 것 같잖아요!"

방앗간 주인은 짚더미 위에 누워 있는 작은 농부를 보더니 아내에게 물었습니다.

"저 사람 저기서 뭐 하는거지?"

"불쌍한 사람이 폭풍우를 뚫고 와서 잠자리를 청하지 뭐예요. 그래서 빵과 치즈를 준 다음 짚더미 위에 자리를 마련해 주었지요."

"그런 걸 탓하자는 건 아니오. 어쨌든 나한테도 빨리 먹을 것을 좀 가져다주구려."

남편이 말했습니다.

"빵하고 치즈밖에 없어요."

부인이 말했습니다.

"아무거나 좋아요. 빵과 치즈라도 상관없다구."

남편은 작은 농부를 물끄러미 쳐다보더니 말했습니다.

"이리 와서 나와 같이 먹읍시다."

작은 농부는 기다렸다는 듯이 자리에서 벌떡 일어나 방앗간 주인과 함께 음식을 먹었습니다. 배를 채운 방앗간 주인은 까마귀를 싼 쇠가죽이 있는 바닥으로 눈길을 돌렸습니다.

"저 안에 뭐가 들어 있소?"
"점쟁이가 들어 있지요."
작은 농부가 대꾸했습니다.
"나의 미래도 점칠 수 있겠소?"
"있다마다요."
작은 농부가 자신있게 말했습니다.
"하지만 네 가지밖에 못 맞춘답니다. 다섯 번째는 남에게 털어놓지 않거든요."
방앗간 주인은 궁금했습니다.
"그렇다면 나의 미래를 알아맞혀 보시오."
작은 농부가 까마귀의 머리를 누르자 까마귀는 "까악! 까악!" 하고 울었습니다.
"뭐라고 하는건가요?"
방앗간 주인이 물었습니다.
"첫 번째 점괘는 베개 밑에 술이 있다는 겁니다."
작은 농부가 말했습니다.
"신난다!"
방앗간 주인은 베개 밑에서 술을 찾아냈습니다.
"그 다음."
작은 농부는 까마귀를 다시 울리고 나서 말했습니다.
"두 번째 점괘는 스토브 안에 고기가 있다는 겁니다."
"신난다!"
방앗간 주인은 소리를 지르며 그 곳으로 갔습니다. 과연 스토브 안에 고기가 있었습니다.
작은 농부는 까마귀를 다시 울리고 나서 말했습니다.
"세 번째 점괘는 침대 위에 샐러드가 있다는군요."
"신난다!"
방앗간 주인은 소리를 지르며 그 곳으로 갔습니다. 과연 샐러드가 있었습니다.

　마지막으로 작은 농부는 까마귀의 머리를 눌러 한 번 울게 한 다음 이렇게 말했습니다.
　"네 번째는 침대 밑에 케이크가 있다는군요."
　"신난다!"
　방앗간 주인은 소리를 지르며 그 곳으로 갔습니다. 과연 케이크가 있었습니다.
　방앗간 주인과 작은 농부는 식탁에 앉아 있었습니다. 그러나 부인은 안절부절못했습니다. 그래서 침대로 가서 열쇠란 열쇠는 모두 가져왔습니다.
　방앗간 주인은 다섯 번째 점괘가 무엇인지 알고 싶었지만 작은 농부는 이렇게 말했습니다.
　"먼저 이 음식들이나 느긋하게 드세요. 다섯 번째 예언은 좀 끔찍한거니까."
　그들은 음식을 먹었습니다. 식사를 끝낸 두 사람은 방앗간 주인이 다섯번째 점을 치는 대가로 작은 농부에게 얼마나 주어야 할지 홍정을 하기 시작했습니다. 마침내 두 사람은 삼백 탈러로 합의를 보았습니다. 작은 농부는 까마귀의 머리를 다시 눌렀습니다. 까마귀가 까악 하고 다시 큰 소리로 울었습니다.
　"뭐라고 하는겁니까?"
　"악마가 바깥 복도의 찬장 안에 숨어 있다는군요."
　"당장 그 악마 녀석을 끌어내야겠어!"
　방앗간 주인은 이렇게 말하고 방문을 열었습니다. 부인은 어쩔 수 없이 열쇠를 내주어야 했습니다. 작은 농부가 찬장을 열었습니다. 그러자 신부가 쏜살같이 빠져나갔습니다. 그것을 본 방앗간 주인이 소리쳤습니다.
　"그 말이 맞았군! 내 눈으로 검은 악마를 직접 보았어!"
　다음 날 아침 동틀녘에 작은 농부는 돈 삼백 탈러를 가지고 떠났습니다.
　집으로 돌아온 다음부터 일은 술술 잘 풀려나가기 시작했습니다. 작은 농부가 근사한 집을 짓자 이웃 농부들은 이렇게 수군거렸습니다.
　"작은 농부는 틀림없이 황금 눈이 쏟아지고 사람들이 돈을 삽으로 퍼담아 집으로 가져가는 그런 나라에 다녀온 게 틀림없어."
　마침내 작은 농부는 시장에게 불려 가서 어디서 그렇게 많은 재산을 모았는지 밝혀야 할 처지가 되었습니다.

"도시에 가서 삼백 탈러에 내 쇠가죽을 팔았지요."

이 말을 들은 농부들은 이 좋은 기회를 놓치지 않으려고 저마다 눈에 불을 켜고 덤벼들었습니다. 그들은 집으로 가서 소들을 모두 죽인 다음 도시에 나가서 좋은 값으로 팔기 위해 가죽을 벗겨 냈습니다.

"우리 집사람부터 먼저 보내야 해."

시장이 떠벌렸습니다.

그러나 막상 도시에 가 보니 상인은 가죽 한 장에 겨우 3탈러밖에 쳐주지 않았습니다. 그나마 나중에 온 사람들은 그 값도 못 받았습니다.

"이 쇠가죽을 나더러 다 어떻게 하라는거야?"

상인이 어이없다는 듯이 물었습니다.

작은 농부가 자기들을 감쪽같이 속였다는 사실을 안 마을 사람들은 노발대발하면서 복수를 다짐했습니다. 그래서 시장에게 몰려가서 작은 농부를 사기죄로 고소했습니다. 재판부는 작은 농부에게 만장일치로 사형 언도를 내렸습니다. 그것은 작은 농부를 구멍이 숭숭 뚫린 통 안에 넣은 다음 물 속에 밀어넣는 것이었습니다. 작은 농부는 물가로 끌려갔습니다. 그리고 마지막으로 기도를 해주기 위해 신부가 왔습니다. 사람들이 모두 가 버리자 작은 농부는 신부를 쳐다보았습니다. 방앗간 주인의 아내와 같이 있었던 바로 그 신부였습니다.

"내가 당신을 찬장에서 꺼내 주었으니 당신도 나를 이 통에서 꺼내 주시오."

작은 농부가 말했습니다. 그러나 신부는 마지막 기도를 올리고 마을로 가 버렸습니다.

바로 그 때 양치기가 양 떼를 몰고 우연히 그 곳을 지나갔습니다. 작은 농부는 오래 전부터 이 남자의 평생 소원이 시장이 되어 보는 것이라는 사실을 알고 있었습니다. 그래서 작은 농부는 고래고래 비명을 질렀습니다.

"난 싫어! 이 세상 사람이 다 좋다고 해도 난 싫어!"

비명을 듣고 달려온 양치기는 고개를 갸웃거리며 물었습니다.

"무슨 일인데 그러는거요? 도대체 뭐가 싫다는겁니까?"

"나더러 통 속에 들어가기만 하면 시장을 시켜 주겠다는거요. 그런데 난 통 속에 들어가기가 싫거든."

"시장되는 게 그렇게 간단한 일이라면 나는 얼마든지 들어가겠습니다."

양치기가 말했습니다.

"당신이 들어가면 틀림없이 시장이 될 수 있을겁니다."

양치기는 신이 나서 통 안으로 들어갔습니다. 작은 농부는 뚜껑을 꽝 닫은 다음 양 떼를 몰고 집으로 갔습니다. 그 사이 신부는 마을 사람들에게 가서 마지막 기도를 끝냈다고 말했습니다. 물가로 돌아온 마을 사람들은 통을 물쪽으로 굴리고 갔습니다. 통이 굴러가기 시작하자 양치기는 환호성을 질렀습니다.

"이제 나는 시장이 된다!"

마을 사람들은 작은 농부가 소리치는 것이라고 생각하고는 이렇게 말했습니다.

"그것도 좋겠지만 그 전에 먼저 물 속 구경이나 하시지."

농부들은 통을 물 속에 빠뜨리고 집으로 발길을 돌렸습니다. 그런데 마을에 들어서니 이게 웬일입니까? 작은 농부가 휘파람을 불며 양 떼를 몰고 가는 것이었습니다. 농부들은 깜짝 놀라서 물었습니다.

"자네 지금 어디서 오는건가? 물 속에서 살아 돌아온건가?"

"물론이지. 물 속 깊이 들어가서 마침내 바닥에 닿았지. 나는 뚜껑을 발로 뻥 찬 다음 기어나왔어. 물 속 밑바닥에서는 수많은 양 떼들이 풀을 뜯어먹고 있더라구. 그래서 한 떼 몰고 왔지."

"아직도 남아 있나?"

농부들이 물었습니다.

"그야 물론. 도저히 상상할 수 없을 만큼 많지."

작은 농부의 말을 들은 농부들은 너도나도 양 떼를 몰고 와야겠다고 생각했습니다.

"내가 먼저다!"

이번에도 시장이 앞장섰습니다. 마을 사람들은 함께 물가로 갔습니다.

바로 그 때 하늘에는 양털구름이 뭉게뭉게 피어올라 있었습니다. 물 위에 비친 양털구름을 보고 사람들은 환호성을 질렀습니다.

"벌써 저 밑의 양 떼가 눈에 보이는구나!"

시장이 사람들을 밀치고 앞으로 나서면서 말했습니다.

"내가 먼저 잠수해 들어가서 살펴보겠어. 아무 이상 없으면 내가 부르러오지."

그는 말을 마치자마자 물 속으로 뛰어들었습니다. 첨벙! 첨벙! 사방에서 물방울이 튀었습니다. 마치 "돌격!" 하고 외치는 소리처럼 들렸습니다. 농부들은 그 뒤를 따라 너도나도 물 속으로 뛰어들었습니다. 결국 온 마을이 텅텅 비게 되었습니다. 그리고 혼자 살아 남은 작은 농부는 모든 재산을 차지하여 부자가 되었습니다.

62

여왕벌

두 왕자가 모험을 하러 떠났습니다. 그러나 두 왕자는 모진 풍파를 겪은 뒤에 결국 다시는 집으로 돌아가지 못했습니다. 그런데 그들에게는 얼간이라고 불리는 막내동생이 있었습니다. 그는 두 형을 찾으러 길을 떠나서 고생 끝에 마침내 두 형을 찾았습니다. 그가 두 형에게 자기는 세상을 돌아다니면서 이름을 날리겠다고 하자 두 형은 동생을 비웃었습니다. 자기들처럼 똑똑한 사람들도 실패를 했는데 얼간이 같은 녀석이 무슨 수로 성공을 하겠느냐는 것이었지요.

함께 길을 떠난 삼형제는 한참을 가다가 개미탑을 보게 되었습니다. 두 형은 개미탑을 부순 다음 조그만 개미들이 겁에 질려서 알을 이리저리 운반하는 모습을 구경하고 싶어했습니다. 그러나 정이 많고 착한 막내의 생각은 달랐습니다.

"평화롭게 살게 내버려 둡시다. 나는 형들이 개미들을 괴롭히는 걸 원치 않아요."

삼형제는 계속 앞으로 나아갔습니다. 그러자 수없이 많은 오리들이 헤엄치고 있는 호수가 나타났습니다. 두 형이 몇 마리 잡아서 구워 먹자고 했지만 막내가 한사코 말렸습니다.

"평화롭게 살게 내버려둡시다. 나는 형들이 오리를 죽이는 걸 원치 않아요."

다음에는 벌집이 나타났습니다. 벌집에 가득 찬 꿀이 밖으로 흘러넘쳐서 나무 줄기를 따라 흘러내리고 있었습니다. 두 형은 밑에다 불을 피워 벌들을 연기로 쫓은 다음 꿀을 가로채자고 말했습니다. 그러나 막내는 형들이 그렇게 하지 못하도록 막았습니다.

"평화롭게 살게 내버려 둡시다. 나는 형들이 벌들을 태우는 걸 원치 않아요."

드디어 삼형제는 성에 도착했습니다. 그런데 성 안에는 돌처럼 굳어 버린 마구간의 말 몇 마리 외에는 아무것도 눈에 띄지 않았습니다. 살아 있는 것이라고는 쥐새끼 한 마리도 보이지 않았습니다. 삼형제는 방이란 방은 모두 샅샅이 뒤지고 다니다가 마침내 세 개의 자물쇠가 달린 맨 끝 방에 도착했습니다. 문 한복판에는 구멍이 나 있어 그 구멍으로 방 안을 들여다볼 수 있었습니다. 방 안을 들여다보니 회색 난쟁이가 탁자 앞에 앉아 있었습니다.

삼형제가 두 번씩이나 불렀지만 난쟁이는 듣지 못했습니다. 마지막으로 한 번 더 부르자 그제서야 난쟁이는 자리에서 일어나더니 자물쇠를 열고 밖으로 나왔습니다. 그러나 입을 굳게 다문 채 이렇다 저렇다 도무지 말이 없었습니다. 난쟁이는 음식이 차려진 상으로 삼형제를 데리고 갔습니다. 삼형제가 어느 정도 배를 채우고 나자 난쟁이는 형제들을 한 사람씩 침실로 데려다 주었습니다.

다음 날 아침 회색 난쟁이는 맏형에게 따라오라고 손짓해서는 어떤 돌판이 있는 곳으로 데려갔습니다. 그 돌판에는 성을 마법에서 풀려나게 하기 위해서 해야 할 일이 세 가지 새겨져 있었습니다. 첫 번째 일은 숲 속의 이끼 속에 널려 있는 천 개의 진주를 모으는 일이었습니다. 이 진주는 공주님의 것인데 해가 지기 전까지 모두 모아 놓아야 하고, 만일 하나라도 빠뜨리면 진주를 찾던 사람까지 돌로 변한다고 적혀 있었습니다.

맏형은 이끼가 펼쳐진 곳으로 가서 하루 종일 뒤지고 다녔지만 날이 저물 때까지 겨우 백 개밖에 찾지 못했습니다. 그래서 돌판에 새겨진 대로 딱딱한 돌로 변해 버렸습니다.

다음 날에는 둘째형이 모험에 나섰지만 맏형보다 크게 나을 것이 없었습니다. 겨우 이백 개밖에 찾지 못하여 둘째형도 돌로 변했습니다.

마지막으로 막내가 이끼에서 진주를 찾아야 할 차례였습니다. 진주 찾기가 너무 힘들고 시간이 걸려 막내는 그만 돌 위에 걸터앉아 슬피 울기 시작했습니다. 한참을 그렇게 울고 있으니까 언젠가 막내가 형들로부터 목숨을 살려 주었던 개미들의 왕이 개미 오천 마리를 데리고 나타났습니다. 개미들은 순식간에 진주를 긁어 모아서 수북히 쌓아 놓았습니다.

두 번째 일은 공주님의 침실 열쇠를 호수에 빠뜨렸는데 그것을 호수 밑바닥에서 가져오는 것이었습니다. 막내가 호수로 가 보니 언젠가 목숨을 살려 주었던 오리들이 헤엄쳐 왔습니다. 그러고는 물 속으로 쑥 들어가 열쇠를 물고 나왔습니다.

세 번째 일이 가장 어려웠습니다. 왕에게는 세 딸이 있었는데, 잠든 세 딸 중에서 가장 아리따운 막내딸을 가려내야 했습니다. 그러나 워낙 생김새가 비슷해 가려내기가 힘들었습니다. 세 자매가 유일하게 다른 점은 자기 전에 각각

다른 종류의 군것질을 했다는 것이었습니다.

맏딸은 사탕을 한 알 먹었고, 둘째딸은 시럽을 먹었고, 막내딸은 꿀 한 숟가락을 먹었습니다. 바로 그 때 막내동생이 불에 타 죽지 않게 도와주었던 여왕벌이 나타났습니다. 여왕벌은 세 공주의 입술을 혀 끝에 대 보았습니다. 그러더니 꿀을 먹은 공주의 입가에 사뿐히 앉았습니다. 그래서 동생은 막내 공주가 누구인지 알아맞힐 수 있었습니다. 이제 마법은 풀리고 사람들은 모두 깊은 잠에서 깨어났습니다. 돌로 변했던 사람들은 모두 본래의 모습을 되찾았습니다. 얼간이 막내동생은 가장 아리따운 막내딸과 결혼했으며 왕이 죽은 뒤에는 왕국을 물려받았습니다. 두 형도 다른 두 자매와 결혼을 했습니다.

63

세 개의 깃털

옛날 어느 곳에 세 명의 아들을 둔 왕이 있었습니다. 위로 두 아들은 영리하여 머리 회전도 빨랐지만 막내 아들은 말주변도 없는 데다 어리숙하기 짝이 없어서 얼간이라고 불렀습니다. 왕은 나이가 들어 하루가 다르게 기운이 떨어지자 자기가 죽고 난 뒤의 일을 걱정하기 시작했습니다. 어느 아들에게 왕위를 물려주어야 할지 고민이었습니다.

"너희들 중에서 밖에 나가 이 세상에서 가장 고운 양탄자를 가져오는 사람에게 왕위를 물려주겠다."

그러고 나서 왕은 세 아들이 다투지 않도록 성 밖으로 몸소 데리고 나가 깃털 세 개를 공중으로 불어 날린 다음 이렇게 말했습니다.

"이 깃털이 날아가는 방향으로 각자 가도록 해라."

깃털 하나는 동쪽으로, 또 하나는 서쪽으로 날아갔습니다. 그러나 세 번째 깃털은 곧장 앞으로 날아가다가 얼마 못 가서 툭 떨어졌습니다. 한 형은 오른쪽으로, 한 형은 왼쪽으로 길을 잡았습니다. 두 형은 얼간이를 비웃었습니다. 깃털이 떨어진 자리에 그대로 머물러 있어야 했으니까요.

얼간이는 그 자리에 주저앉아서 슬픔에 잠겼습니다. 그런데 자세히 보니 깃털 옆에 뚜껑 달린 문이 있었습니다. 얼간이가 뚜껑을 들어올리자 계단이 나왔습니다. 그는 계단을 따라 밑으로 내려갔습니다. 얼마를 가니까 또 하나의 문이 나왔습니다. 얼간이가 문을 똑똑 두드리자 안에서 어떤 목소리가 들려 왔습니다.

"애야 애야, 푸른 꼬맹이야,
빨랑빨랑, 넘어지지 말고,
왔다갔다, 폴짝폴짝,
밖에 누가 왔는지, 어서 나가 보렴."

문이 열려 안을 들여다보니 뚱뚱하고 커다란 두꺼비 한 마리가 작은 두꺼비들에게 둘러싸여 있었습니다. 큰 두꺼비가 무슨 일로 왔느냐고 묻자 얼간이는 대답했습니다.

"이 세상에서 가장 아름답고 고운 양탄자가 필요해서요"

그러자 큰 두꺼비는 어린 두꺼비 한 마리를 불러 이렇게 말했습니다.

"애야 애야. 푸른 꼬맹이야,
빨랑빨랑, 넘어지지 말고,
날쌔게 폴짝, 기운차게 폴짝,
번개처럼 상자를 가져오렴."

두꺼비가 상자를 가져왔습니다. 뚱뚱한 두꺼비는 상자를 열어 얼간이에게 도저히 사람이 짰다고는 생각할 수 없을 만큼 곱고 아름다운 양탄자를 꺼내 주었습니다. 얼간이는 고마움을 표시하고 계단을 올라왔습니다.

한편 두 형은 멍청한 동생이 양탄자를 찾아낼 리도, 그것을 집에 가지고 올 리도 없다고 생각했습니다.

"그런 걸 찾느라고 죽을 둥 살 둥 애를 쓸 게 뭐가 있어?"

형들은 이렇게 말하고 길을 가다가 첫 번째로 만난 목부의 아내로부터 헝겊 쪼가리를 빼앗아 집으로 가지고 왔습니다. 같은 시간에 얼간이는 아름다운 양탄자를 가지고 아버지 앞에 갔습니다. 왕은 그것을 보고 깜짝 놀라며 말했습니다.

"앞서 약속한 바에 따라 왕위를 막내에게 물려주겠다."

그러나 두 형은 가만히 있지 않았습니다. 제대로 아는 게 아무것도 없는 얼간이가 왕이 된다는 것은 얼토당토 않은 일이라는 것이었습니다. 두 형은 아버지에게 다른 새로운 조건을 걸어 달라고 졸라댔습니다. 할 수 없이 왕이 말했습니다.

"이 세상에서 가장 아름다운 반지를 가져오는 사람에게 왕국을 물려주겠다."

왕은 세 아들을 데리고 밖으로 나가서 다시 깃털 세 개를 바람에 날렸습니다. 그러고는 깃털이 날아간 방향으로 가라고 일렀습니다. 이번에도 두 형은 동쪽과 서쪽으로 가고 얼간이는 앞쪽이었습니다. 그런데 얼간이의 깃털은 얼마 못 가서 떨어졌고 그 옆에는 또 뚜껑 달린 문이 있었습니다. 얼간이가 문을 열고 내려가니까 뚱뚱한 두꺼비가 맞아 주었습니다. 얼간이는 이 세상에서 가장 아름다운 반지가 필요하다고 말했습니다. 두꺼비는 당장 커다란 상자를 가져오게 하더니 그 안에서 반지를 꺼내 얼간이에게 내밀었습니다. 반지에는 값비싼 보석들이 박혀 있었습니다. 도저히 사람이 만들었다고는 생각할 수 없을 만큼 아름다웠습니다.

그러는 동안 두 형은 황금 반지를 찾으러 다닐 얼간이를 비웃고 있었습니다. 그들은 이번에도 아무 노력을 하지 않고 낡은 마차 고리에서 못만 빼내서는 왕 앞에 가지고 갔습니다. 그러나 얼간이가 황금 반지를 꺼내 놓자 왕은 감격해서 말했습니다.

"이제 왕국은 저 아이의 것이다."

그렇지만 두 형은 다시 아버지를 못살게 굴었습니다. 왕은 견디다 못해 세 번째 조건을 내걸었습니다. 이 세상에서 가장 아름다운 여자를 데려오는 사람에게 왕국을 준다는 약속이었습니다. 왕은 다시 깃털 세 개를 하늘에 날렸고 세 아들은 전처럼 깃털이 날아간 방향으로 갔습니다.

얼간이는 시간 낭비를 하지 않고 곧바로 두꺼비한테 가서 말했습니다.

"이 세상에서 가장 아름다운 여자를 집으로 데려가야 합니다."

"그것 참! 가장 아름다운 여자라 … 지금 당장은 없지만 내가 곧 구해드리지."

두꺼비는 속을 파낸 노란 무를 얼간이에게 준 다음 여섯 마리의 생쥐에게 그 무를 끌게 했습니다.

"이걸로 뭘 어쩐다는겁니까?"

얼간이는 풀이 죽어 물었습니다.

"잔말 말고 그 안에 작은 두꺼비를 태워 봐요."

큰 두꺼비가 말했습니다.

얼간이는 작은 두꺼비 중에서 아무거나 한 마리 골라 노란 무 안에 놓았습니다. 작은 두꺼비는 그 안에 들어가자마자 눈부시게 아름다운 처녀로 변했습니다. 무는 마차로, 여섯 마리의 생쥐는 늠름한 말로 변했습니다. 얼간이는 여자에게 입맞춤을 하고 번개처럼 빠른 속도로 마차를 몰아 여자를 왕 앞에 데려갔습니다. 형들도 돌아왔지만 별다른 노력을 기울이지 않은 것은 지난번과 마찬가지였습니다. 두 형은 길을 가다가 첫 번째로 마주친 곱상한 시골 처녀들을 데리고 왔던 것입니다. 왕은 여자들을 보고 나서 말했습니다.

"내가 죽으면 왕국은 막내에게 돌아갈 것이다."

이번에도 형들은 아우성을 쳤습니다. 왕의 귀가 다 멍멍해질 지경이었습니다.

"저희는 얼간이를 왕으로 받아들일 수 없습니다!"

두 형은 방 한가운데에 걸린 둥근 고리를 가장 잘 빠져나가는 여자를 데려온 사람이 왕위를 물려받아야 한다고 우겼습니다. 형들은 시골 처녀들의 몸놀림이 훨씬 날랠 것이라고 생각했습니다. 시골 처녀들은 잘할 것이고 아름다운 처녀는 뛰다가 넘어져 죽을 것이라고 생각했던 것입니다.

늙은 왕은 이번에도 마음이 약해져서 형들의 말대로 했습니다. 두 시골 처녀는 둥근 고리를 잘 통과했습니다. 그러나 몸을 제대로 가누지 못하고 넘어지는 바람에 오동통한 팔과 다리가 부러졌습니다. 얼간이의 아름다운 처녀는 사슴처럼 날렵하게 고리를 통과하여 사뿐히 내려앉았습니다. 이제는 두 형도 입을 다물 수밖에 없었습니다. 결국 얼간이가 왕위를 물려받아 오래오래 나라를 잘 다스렸다고 합니다.

64

황금 거위

옛날 어느 곳에 세 아들을 둔 남자가 있었습니다. 세 아들들 가운데 얼간이라고 불리는 막내는 언제나 조롱받고 무시당하며 놀림감이 되었습니다. 어느 날 맏아들이 숲으로 나무를 하러 가게 되었습니다. 숲으로 가기 전에 어머니는 맏아들에게 배가 고프거나 목이 마르면 먹으라고 먹음직스러운 팬케이크 하나와 술 한 병을 챙겨 주었습니다. 숲에 도착한 맏아들은 늙은 회색 난쟁이를 만났습니다. 난쟁이는 맏아들에게 인사를 하더니 허기진 목소리로 사정을 했습니다.

"주머니에 들어 있는 팬케이크 한 조각과 술 한 모금만 주슈. 목이 타고 배가 고파서 죽을 지경이라오."

"당신에게 팬케이크와 술을 주면 난 뭘 먹으란 말이에요? 어서 길이나 비켜요."

영리한 맏아들은 툭 쏘아붙이고는 난쟁이를 남겨 두고 깊은 숲 속으로 들어갔습니다. 도끼로 나무를 자르던 맏아들은 얼마 못 가서 도끼를 잘못 휘두르는 바람에 그만 팔을 다치게 되었습니다. 할 수 없이 팔에 붕대를 칭칭 감고 집으로 돌아와야 했습니다. 그런데 사실은 이게 다 회색 난쟁이 때문에 일어난 일이었습니다.

얼마 뒤 둘째 아들이 숲으로 가게 되었습니다. 어머니는 맏아들에게 했던 것처럼 이번에도 팬케이크와 술 한 병을 챙겨 주었습니다. 둘째 아들도 늙은 회색 난쟁이를 만났습니다. 난쟁이는 팬케이크 한 조각과 술 한 모금만 달라고 사정했습니다. 그러나 둘째 아들도 맏아들 못지않게 약삭빠르고 매정했습니다.

"당신에게 주고 나면 그만큼 내 몫이 없어지지 않소? 그러니 어서 길이나 비키시우."

그러고는 난쟁이를 그 자리에 남겨 두고 깊은 숲 속으로 들어갔습니다. 얼마 안 가서 둘째 아들 역시 벌을 받게 되었습니다. 도끼로 나무를 몇 번 찍지도 못

했는데 그만 손이 헛나가서 다리를 쳤던 것입니다. 둘째 아들은 걷지도 못하고 집까지 실려 와야 했습니다.

"아버지, 저도 가서 나무를 해 오겠어요."

"네 형들이 나무를 하다가 다치는 걸 보고서도 그러니? 너는 아예 나무 옆에 갈 생각도 말아라. 게다가 너는 나무를 벨 줄도 모르지 않니?"

그래도 얼간이가 계속 조르자 아버지는 할 수 없이 승낙을 했습니다.

"정 그렇다면 가거라. 한 번 다쳐야 제정신을 차리려나 보구나."

어머니는 막내에게 물과 재로 만든 팬케이크와 쓰디쓴 맥주 한 병을 챙겨 주었습니다. 숲에 닿자 역시 늙은 회색 난쟁이와 마주쳤습니다. 난쟁이는 인사를 하더니 말했습니다.

"팬케이크 한 조각과 술 한 모금만 주구려. 목이 타고 배가 고파서 그래요."

"저는 재로 만든 팬케이크와 쓰디쓴 맥주밖에는 없습니다. 그거라도 괜찮다면 이리 와서 함께 드시지요."

두 사람은 자리에 앉았습니다. 그런데 얼간이가 재로 만든 팬케이크를 꺼내자 그것은 먹음직스러운 팬케이크로 변했습니다. 쓰디쓴 맥주도 맛있는 술로 변해 있었습니다. 두 사람은 배불리 먹고 마셨습니다. 난쟁이가 입을 열었습니다.

"당신은 마음씨가 고운 사람입니다. 자기 것을 아까워하지 않고 나와 나누어 먹었으니 나도 당신에게 행운을 드려야겠소이다. 저리 가면 늙은 나무가 한 그루 있는데, 그 나무를 베면 뿌리 사이에서 뭐가 나올거요."

그 말을 남기고 난쟁이는 가 버렸습니다.

얼간이는 난쟁이가 말한 곳으로 가서 나무를 베어 넘어뜨렸습니다. 나무가 쓰러지면서 드러난 뿌리 사이에 황금 깃털을 가진 거위 한 마리가 있었습니다. 얼간이는 거위를 안고 여관으로 갔습니다. 그 곳에서 하룻밤을 묵을 작정이었습니다. 그런데 여관 주인에게는 딸이 셋 있었습니다. 거위를 본 처녀들은 이것이 어떤 새인지 알고 싶어서 견딜 수가 없었습니다. 세 딸들은 황금 깃털이 하나씩 가지고 싶었습니다. 맏이는 속으로 '틈을 봐서 깃털 하나를 꼭 뽑아야지.' 하고 생각했습니다.

얼간이가 밖으로 나가자 맏이는 거위의 날개를 움켜 잡았습니다. 그러자 손과 손가락이 거위에 달라붙은 채 꼼짝도 하지 않았습니다. 얼마 뒤 둘째도 와서 깃털을 뽑으려고 했습니다. 그런데 언니의 몸에 손이 닿자마자 둘째도 그대로 언니에게 달라붙어 버렸습니다. 마지막으로 막내도 똑같은 생각으로 다가오자 언니들은 소리를 질렀습니다.

"오면 안 돼! 절대 오면 안 돼!"

그렇지만 막내는 언니들이 왜 오지 말라는 건지 알 수가 없었습니다. '자기들은 갔으면서 왜 나더러는 오지 말라는거야.' 하고 막내는 생각했습니다. 그래서 언니들 쪽으로 달려갔습니다. 언니를 만지는 순간 막내의 몸도 그대로 달라붙어 버려 세 자매는 꼼짝없이 거위와 함께 하룻밤을 새우게 되었습니다.

다음 날 얼간이는 거위를 안고 출발했습니다. 거위에 달라붙은 세 자매에 대해서는 신경도 쓰지 않았습니다. 세 자매는 얼간이가 오른쪽으로 가면 오른쪽으로, 왼쪽으로 가면 왼쪽으로 어디를 가든 졸졸 쫓아다녀야만 했습니다. 일행은 밭 한가운데를 지나가다가 목사를 만났습니다. 목사는 나란히 붙어서 가는 네 남녀를 보더니 호통을 쳤습니다.

"처녀들 몸가짐이 그렇게 헤퍼서야 쓰겠나! 도대체 무슨 짓들이야."

그러더니 막내의 손을 붙잡아 끌어당기려고 했습니다. 그러나 처녀의 몸에 손이 닿는 순간 목사도 꼼짝없이 거기에 달라붙어 함께 뛰어야 했습니다. 조금 있다가 교회지기가 나타나서 세 처녀의 꽁무니를 뒤쫓는 목사를 보고 기가 막혀서 소리를 질렀습니다.

"목사님, 어딜 그리 바쁘게 가시나요? 오늘 세례식이 있는 것도 모르시나요?"

교회지기는 목사에게 달려왔습니다. 목사의 소매에 손이 닿자마자 교회지기 역시 딱 달라붙었습니다. 이제 얼간이 뒤로 다섯 명이 나란히 달라붙어 뛰었습니다. 그 때 괭이로 밭에서 일을 하던 농부들이 보였습니다. 목사는 농부들에게 좀 풀어 달라고 소리를 질렀습니다. 그러나 교회지기의 몸에 손이 닿자마자 그들 역시 달라붙어서 이제 모두 일곱 사람이 얼간이와 거위의 꽁무니를 쫓아다니게 되었습니다.

얼마 뒤 얼간이는 늘 어두운 얼굴을 하고 웃은 적이 한 번도 없는 딸을 둔 왕이 다스리는 도시에 닿았습니다. 왕은 걱정이 된 나머지 자기 딸을 웃기는 사람은 누구든지 사위로 삼겠다고 선언했습니다. 얼간이는 그 말을 듣고 거위와 자기 꽁무니를 따르는 사람들과 함께 공주 앞으로 나아갔습니다. 공주는 일곱 사람이 나란히 붙어서 뛰어가는 것을 보더니 배꼽을 잡고 웃었습니다. 언제까지고 끝날 것 같지 않은 웃음이었습니다.

얼간이는 약속대로 공주를 아내로 삼게 해 달라고 요구했습니다. 그러나 왕은 얼간이를 사위로 맞을 생각이 없으므로 여러 가지 구실을 들어 반대했습니다. 마침내 왕은 얼간이가 지하실에 있는 술을 모두 마실 수 있는 남자를 데려와야 딸을 주겠다는 조건을 내걸었습니다.

얼간이는 언뜻 회색 난쟁이를 떠올렸습니다. 그 난쟁이라면 도움을 줄 수 있을 것 같았습니다. 그래서 당장 숲으로 가서 나무를 베었던 자리로 갔습니다. 거기에는 슬픈 표정의 남자가 풀이 죽어 앉아 있었습니다. 얼간이는 무슨 걱정이 그리도 많으냐고 그에게 물었습니다. 그가 대답했습니다.

"목이 말라서 견딜 수가 없어요. 어떻게 하면 이 갈증을 채울 수 있을지 모르겠어요. 전 찬 물은 못 먹거든요. 방금 남아 있던 술을 다 먹었지만 새발의 피예요."

"그것 잘됐군요. 나와 같이 갑시다. 실컷 술을 먹도록 해줄 테니까."

얼간이는 그 남자를 데리고 왕의 지하실로 갔습니다. 그는 커다란 술통으로 달려가서 마시기 시작했습니다. 너무 많이 들이켜서 옆구리가 쑤실 정도였지만 날이 저물기 전에 지하실에 있던 술을 모두 마셨습니다. 얼간이는 다시 공주를 달라고 요구했습니다. 왕은 여전히 사람들에게 얼간이라고 불리는 별 볼일 없는 사람에게 자기의 딸을 줄 수는 없다고 생각했습니다. 그래서 다시 다른 조건을 내세웠습니다. 이번에는 산더미 같은 빵을 먹어 치울 수 있는 남자를 데리고 와야 했습니다.

얼간이는 무작정 숲으로 가 보았습니다. 전에 갔던 자리에 가 보니까 어떤 남자가 앉아서 허리띠를 당기고 있었습니다. 사내는 처량한 얼굴로 말했습니다.

"바구니 하나 가득 든 빵을 먹었는데 간에 기별도 안 갑니다. 배가 텅 비어서 죽지 않으려고 이렇게 허리띠를 당기는 중이지요."

얼간이는 잘됐구나 싶어서 사내에게 말했습니다.

"일어나서 나와 갑시다. 원없이 먹을 수 있도록 해줄 테니까."

얼간이는 사내를 궁전 뜰로 데려갔습니다. 왕은 나라 안의 밀가루란 밀가루는 모두 긁어 모아 그것으로 산더미 같은 빵을 구워 놓았습니다. 그러나 숲에서 온 사내는 저벅저벅 걸어가더니 군소리 없이 빵을 먹기 시작했습니다. 그래서 산 같은 빵이 하루 안에 다 없어져 버렸습니다. 얼간이는 세 번째로 공주를 달라고 요구했습니다. 그러나 왕은 땅에서도 물에서도 갈 수 있는 배를 가져와야 한다고 또다시 억지를 부렸습니다.

"그런 배를 타고 오면 내 딸을 자네에게 주겠네."

얼간이는 곧장 숲으로 가서 케이크를 주었던 회색 난쟁이에게 하소연했습니

다.

"저는 당신을 위해 배가 터지도록 먹고 마셨습니다. 이제는 배를 드릴 차례로군요. 모두 제게 친절을 베풀어 주셨기 때문에 해드리는 일입니다."

난쟁이는 얼간이에게 배를 주었습니다. 배를 본 왕은 더 이상 딸을 안 주겠다고 버틸 수가 없었습니다. 성대한 결혼식이 치러졌습니다. 왕이 죽은 뒤 얼간이는 왕국을 물려받아 아내와 함께 행복하게 살았습니다.

65

털북숭이 공주

옛날 어느 곳에 금발 머리의 아내를 둔 왕이 있었습니다. 왕비는 이 세상 그 누구보다도 아름다웠습니다. 그런데 어느 날 왕비가 앓아 눕게 되었습니다. 왕비는 앞으로 얼마 살지 못할 것 같은 느낌이 들었습니다. 그래서 왕에게 이렇게 말했습니다.

"제가 죽은 다음 당신이 다시 결혼하게 되면 저처럼 금발 머리의 아름다운 사람과 맺어졌으면 좋겠어요. 그러겠다고 약속해 주세요."

왕이 약속을 하자 왕비는 숨을 거두었습니다. 오랫동안 왕은 슬픔에서 헤어나지 못했고 새 왕비를 맞을 생각은 꿈에도 없었습니다. 마침내 고문관들이 말했습니다.

"이대로는 안 됩니다. 폐하께서는 백성들을 위해 새로 왕비를 맞으셔야 합니다."

죽은 왕비의 아름다움에 못지 않은 신붓감을 구하기 위해 신하들은 온 나라를 뒤지고 다녔습니다. 그러나 도저히 그렇게 아름다운 여자는 찾아낼 수가 없었습니다. 어쩌다 그런 여자가 나타났다 싶으면 이번에는 금발 머리가 아니었습니다. 그래서 신하들은 그냥 돌아올 수밖에 없었습니다.

그런데 왕에게는 딸이 하나 있었습니다. 그 딸은 죽은 어머니 못지 않게 아름다웠고 죽은 어머니처럼 금발 머리였습니다. 어느 날 왕은 다 큰 처녀로 자란 딸을 보고 얼굴 생김새가 죽은 아내와 똑같다는 것을 깨달았습니다. 왕은 느닷없이 딸에게 뜨거운 사랑을 느끼고 고문관들에게 이 사실을 털어놓았습니다.

"딸 아이와 결혼해야겠네. 그 아이를 보면 죽은 아내가 살아 온 것만 같은 느낌이 들어."

고문관들은 이 말을 듣고 놀라 어쩔 줄 몰랐습니다.

"하느님께서는 아버지가 딸과 혼인하는 것을 금하셨습니다. 그런 죄를 저지르시면 좋지 않은 일이 일어날 것입니다. 결국 온 나라가 망하게 될 것입니다."

아버지의 결심을 전해 들은 딸을 더욱 기가 막혔습니다. 하지만 딸은 아버지가 마음을 고쳐 먹도록 어떻게든 설득할 수 있을 것이라는 희망을 잃지 않고 있었습니다. 그래서 아버지에게 가서 말했습니다.

"제가 아버지의 소원을 들어 드리려면 그 전에 해와 같은 금빛의 옷과, 달과 같은 은빛의 옷과, 별과 같이 빛나는 옷을 가져야만 해요. 그리고 수없이 많은 짐승의 털로 만든 망토도 있어야겠구요. 나라 안에 있는 모든 동물의 모피를 조금씩 잘라 붙여서 만든 망토라야 해요."

아버지가 그 모든 짐승의 털을 구하실 리가 만무하니 그렇게 요구하면 아버지의 뜻을 꺾을 수 있을 것이라고 딸은 생각한 것입니다.

그러나 왕은 매우 끈질긴 사람이었습니다. 나라 안에서 솜씨 좋다는 여인들을 다 불러모아서 해와 같은 금빛의 옷과 달과 같은 은빛의 옷과 별과 같이 빛나는 옷을 짜도록 시켰습니다. 그리고 사냥꾼들은 뿔뿔이 흩어져서 짐승이란 짐승은 모두 잡아다가 모피를 조금씩 떼어냈습니다. 그리하여 수없이 많은 모피 조각들로 망토를 만들었습니다.

모든 준비가 끝나자 왕은 망토를 가져오게 해서 딸 앞에 펼쳐 놓은 다음 당당하게 말했습니다.

"내일은 결혼식을 치르겠다."

공주는 아버지의 마음을 돌리기에는 이미 늦었다고 생각하고 달아나기로 마음먹었습니다. 그 날 밤 모두가 잠들었을 때 공주는 살며시 자리에서 일어나 자기의 소중한 물건 세 가지를 꾸렸습니다. 그것은 금가락지와 작은 황금물레, 작은 황금 실패였습니다. 공주는 해와 달과 별의 세 옷도 꾸리고 온갖 모피 조각으로 만든 망토를 걸친 다음 숯 검댕으로 얼굴과 손을 검게 칠했습니다.

그러고는 하느님께 모든 것을 맡기고 떠났습니다. 밤새도록 걸어서 커다란 숲에 닿았습니다. 피로에 지친 공주는 속이 빈 나무로 기어들어가 그대로 잠이 들었습니다.

해가 떴는데도 공주는 계속 잠을 잤습니다. 어느덧 날이 환하게 밝았습니다. 때마침 이 숲을 다스리는 왕이 그 곳으로 사냥을 나왔습니다. 왕이 데리고 온 사냥개들은 나무로 달려가서 냄새를 맡고는 나무 주위를 뱅뱅 돌면서 컹컹 짖어 댔습니다.

"가서 어떤 짐승이 숨어 있는지 보고 오너라."

왕은 사냥꾼들에게 명령했습니다.

왕의 명령에 따랐던 사냥꾼들은 돌아와서 이렇게 보고했습니다.

"속이 빈 나무 안에 이상한 짐승이 누워 있습니다. 난생 처음 보는 종류입니다. 피부는 수천 가지의 모피로 되어 있는데 아직 곤히 잠들어 있습니다."

"산 채로 잡아오도록 하라. 마차에 단단히 묶어서 데려가자."

왕의 명대로 사냥꾼들이 움켜잡자 공주는 기겁을 하며 눈을 뜨더니 비명을 질렀습니다.

"저는 부모님에게 버림받은 불쌍한 계집아이랍니다! 제발 저를 불쌍히 여겨 보살펴 주세요."

"너 같은 털북숭이는 부엌데기를 하면 안성맞춤이겠다. 우리와 같이 가자. 마침 재를 청소할 사람도 필요하니까."

그래서 그들은 공주를 마차에 태우고 왕궁으로 돌아갔습니다. 사람들은 계단 밑의 작은 벽장으로 공주를 데려 갔습니다. 그 곳은 낮에도 빛이 들어오지 않는 곳이었습니다.

"털북숭이는 여기서 지내거라."

사람들이 말했습니다. 그러고 나서 공주는 부엌으로 보내졌습니다. 공주는 그 곳에서 아주 오랫동안 고생을 하면서 지냈습니다. 아, 아름다운 공주는 어떻게 되는걸까요?

그러던 어느 날 성에서 무도회가 열렸습니다. 털북숭이는 요리사에게 물었습니다.

"위에 올라가서 잠시만 구경하면 안 될까요? 문 밖에 서 있기만 할게요."

"그러럼. 하지만 30분 안에 돌아와야 한다. 재를 말끔히 치워야 하니까."

털북숭이 공주는 작은 등잔불을 들고 벽장으로 가서 망토를 벗었습니다. 그리고 얼굴과 손에 묻은 검댕을 말끔히 씻었습니다. 아름다운 얼굴이 다시 살아났습니다. 공주는 해처럼 눈부신 옷을 입었습니다. 몸단장을 끝낸 공주는 계단을 올라가 무도회장으로 갔습니다. 모두가 길을 열어 주었습니다. 사정을 모르는 사람들은 당연히 진짜 공주인 줄로만 알았겠지요.

왕이 다가오더니 손을 내밀었습니다. 공주는 왕과 함께 춤을 추기 시작했습니다. 왕은 이렇게 아름다운 여자를 보기는 평생 처음이라고 생각했습니다. 춤이 끝나자 공주는 왕에게 예의바르게 절을 했습니다. 왕은 공주가 사라지는 모습을 넋을 잃고 바라보았습니다. 공주가 어디로 갔는지 아는 사람은 아무도 없었습니다. 성문을 지키고 있던 보초병들을 불러다 물어 보았지만 공주를 본 사람은 아무도 없었습니다.

그 사이 공주는 자기 벽장으로 가서 재빨리 옷을 갈아입었습니다. 그런 다음 얼굴과 손을 검게 칠했습니다. 다시 털북숭이가 된 것입니다. 공주는 부엌으로 다시 돌아와서 하던 일을 계속하고 재를 치우기 시작했습니다.

"그 일은 내일 하고 임금님이 드실 수프를 끓여라. 네가 수프를 만드는 동안 나는 위에 올라가서 구경을 좀 할 테니까. 수프에 머리카락 한 올이라도 떨어뜨렸다간 나중에 밥 한 톨 얻어먹지 못할 줄 알아!"

요리사는 이렇게 말하고는 가 버렸습니다. 공주는 임금님을 위해 정성들여 수프를 만들었습니다. 수프가 다 되자 벽장에서 금가락지를 가져와 수프가 담긴 접시 안에 그것을 넣었습니다. 무도회가 끝나자 왕은 수프를 가져오라고 명령했습니다. 왕은 수프를 먹었습니다. 그렇게 맛있는 수프를 먹어보기는 난생 처음이었습니다.

그런데 다 먹고 나서 보니 접시 바닥에 반지가 하나 있었습니다. 어떻게 그릇에 반지가 들어가 있는지 도무지 알 수가 없었습니다. 왕은 당장 요리사를 불렀습니다. 요리사는 왕이 자기를 찾는다는 소리를 듣고 바들바들 떨었습니다. 요리사는 공주에게 말했습니다.

"틀림없이 네가 수프에 머리카락을 떨어뜨린게로구나! 만약 그게 사실이면 너를 가만두지 않겠다!"

왕은 수프를 누가 만들었느냐고 물었습니다.

"제가 만들었습니다." 요리사가 말했습니다.

그러나 왕은 믿지 않았습니다.

"거짓말하지 마라. 네가 보통 때 내오던 수프와는 맛이 전혀 달라. 훨씬 맛이 있어."

"사실은 제가 끓이지 않았습니다. 털북숭이가 끓였습니다."

요리사가 실토했습니다.

"당장 이리로 데려오너라."

왕의 명령이 떨어졌습니다.

털북숭이가 나타나자 왕이 물었습니다.

"너는 누구냐?"

"저는 부모님을 여읜 불쌍한 소녀에 지나지 않습니다."

"이 성에는 왜 있는거지?"

왕의 물음은 계속되었습니다.

"저는 부엌데기말고는 아무 짝에도 쓸모가 없거든요."

"수프 안의 반지는 어디서 났느냐?"

"반지에 관해서는 전혀 모르는데요."

공주는 시치미를 뚝 뗐습니다. 속시원한 대답을 듣지 못한 왕은 어쩔 수 없이 공주를 돌려보내야 했습니다.

몇 달 뒤 다시 무도회가 열렸습니다. 공주는 지난 번처럼 구경을 가게 해달라고 요리사에게 부탁했습니다.

"좋아. 하지만 30분 안에 돌아와야 한다. 임금님이 네가 끓인 수프를 무척 좋아하시니까 말이야."

요리사의 허락을 받은 공주는 벽장으로 달려가서 재빨리 몸을 깨끗이 씻었습니다. 그리고 가방에서 달 같은 은빛의 옷을 꺼내 입었습니다. 그녀가 무도회장에 모습을 나타내니 영락없이 진짜 공주처럼 보였습니다. 왕은 공주에게 다가와서 만나게 되어 기쁘다고 말했습니다.

춤이 막 시작되었기 때문에 두 사람도 춤을 추기 시작했습니다. 춤이 끝나자 공주는 재빨리 사라졌고 왕은 공주가 어디로 사라졌는지 알 수가 없었습니다. 그 사이에 공주는 작은 벽장으로 돌아와 다시 털북숭이 짐승으로 변장했습니다. 그리고는 부엌에 가서 수프를 끓였습니다.

요리사는 아직 무도회를 구경하고 있었습니다. 공주는 작은 황금 물레를 가져와서 그것을 접시 안에 넣고 그 다음에 수프를 부었습니다. 왕은 가져온 수프 맛을 보고 또다시 반했습니다. 그래서 요리사를 불렀고 요리사는 털북숭이가 수프를 만들었다고 말했습니다. 공주는 이번에도 왕 앞에 불려 가야 했습니다. 그러나 이번에도 자기는 부엌데기 말고는 아무 짝에도 쓸모가 없는 계집아이며 작은 황금 물레 같은 것은 알지도 못한다고 잡아뗐습니다.

얼마 후 왕은 세 번째 무도회를 열었습니다. 전과 똑같은 일이 되풀이되었습니다. 요리사는 무언가 낌새를 알아차리고 이렇게 말했습니다.

"털북숭이 짐승, 너는 마녀가 틀림없어. 그래서 언제나 수프 안에 무언가를 집어넣어서 맛을 내니까 임금님께서 내가 끓인 수프보다 더 좋아하시는거야."

그러나 공주가 하도 사정하는 바람에 요리사는 잠깐 동안 무도회 구경을 하고 와도 좋다고 허락했습니다. 공주는 별처럼 빛나는 옷을 입고 무도회장으로 들어갔습니다. 이번에도 왕은 아름다운 공주와 춤을 추면서 그녀의 눈부신 아름다움에 넋을 잃었습니다. 왕은 공주와 춤을 추다가 상대방이 눈치 채지 못하게 살며시 금가락지를 공주의 손가락에 끼워 보았습니다. 그러면서 이번에는 춤을 아주 오랫동안 끌라고 명령했습니다.

춤이 끝나자 왕은 공주의 손을 움켜잡으려고 했지만 공주는 있는 힘을 다해 뿌리치고 사람들 틈으로 뛰어들어가더니 재빨리 모습을 감추었습니다. 하지만 위에서 30분이 훨씬 넘도록 머물러 있었기 때문에 아름다운 옷을 벗을 시간이 없었습니다. 할 수 없이 망토를 그 위에 걸쳐 입어야 했습니다. 그런데다가 너무 서두르는 바람에 온몸에 검정칠을 하지 못하고 손가락 하나가 하얗게 남았습니다.

그런 다음에 부엌으로 가서 왕을 위해 수프를 만들었습니다. 공주는 요리사가 없는 틈을 타서 황금 실패를 접시 안에 넣었고, 왕은 접시 밑바닥에 놓인 황금 실패를 보고 털북숭이를 불렀습니다. 그리고는 춤출 때 공주에게 끼운 금반지가 털북숭이의 손가락에 있는 것을 보았습니다.

왕은 공주의 손을 꽉 움켜 쥐었습니다. 공주는 뿌리치고 달아나려고 발버둥을 쳤습니다. 그 바람에 망토가 조금 벗겨지면서 별처럼 눈부신 옷이 드러났습니다. 왕은 망토를 북북 찢어 공주의 몸에서 벗겨냈습니다. 갑자기 공주의 금발머리가 치렁치렁 늘어뜨려졌습니다. 더 이상 자기를 숨길 수 없게 된 공주는 황홀한 옷에 싸여 그 자리에 서 있었습니다. 공주는 얼굴에서 재와 검댕이를 닦아냈습니다. 그러자 이 세상 그 누구도 따라오지 못할 만큼 아름다운 처녀가 거기에 있었습니다.

"그대를 신부로 맞이하고 싶소! 우리 영원히 함께 삽시다!"

왕이 말했습니다. 그래서 성대한 결혼식이 치러지고 두 사람은 오래도록 행복하게 살았습니다.

66

토끼의 신부

옛날 어느 곳에 어머니와 딸이 살았습니다. 집 옆에는 아름다운 양배추 정원이 있었습니다. 그런데 겨울이 되자 작은 토끼가 정원으로 들어와 양배추를 먹기 시작했습니다. 어머니는 딸에게 말했습니다.

"정원으로 가서 토끼를 쫓아라!"

"슛! 슛! 우리 양배추를 먹으면 안 돼!"

처녀는 토끼를 몰았습니다.

"이리 오세요, 아가씨. 제 꼬리에 올라타면 저의 작은 오두막을 구경시켜 드릴게요."

토끼가 말했습니다.

처녀는 마음이 내키지 않았습니다. 다음 날 토끼가 다시 나타나서 양배추를 먹었습니다.

"정원에 가서 토끼를 쫓아내렴."

어머니가 말했습니다.

"슛! 슛! 우리 양배추를 먹으면 안 돼!"

처녀가 소리쳤습니다.

"이리 오세요, 아가씨. 제 꼬리에 올라타면 저의 작은 오두막을 구경시켜 드릴게요."

토끼가 말했습니다.

처녀는 마음이 내키지 않았습니다. 그 다음 날에도 토끼는 다시 와서 양배추를 먹었습니다. 그러자 어머니가 딸에게 말했습니다.

"정원에 가서 토끼를 쫓아내렴."

"슛! 슛! 우리 양배추를 먹으면 안 돼!"

처녀가 소리쳤습니다.

"이리 오세요, 아가씨. 제 꼬리에 올라타면 저의 작은 오두막을 구경시켜 드릴게요."

토끼가 말했습니다.

마침내 처녀는 토끼의 꼬리에 올라탔습니다. 토끼는 멀리 자기 오두막으로 데려가더니 이렇게 말했습니다.

"이제 푸른 양배추와 수수로 음식을 만드세요. 나는 결혼식에 올 손님들을 부르러 갈 테니까."

그래서 결혼식 손님들이 모두 모였습니다(손님들이 누구였느냐고요? 저도 직접 보지는 못하고 누구한테 들은 것이에요. 토끼들은 다 왔고 까마귀는 주례를 설 목사님으로 왔고 여우는 교회지기로 왔대요. 제단은 무지개 아래 있었답니다). 그렇지만 처녀는 혼자 있게 되자 매우 슬펐습니다. 그러자 토끼가 돌아와서 말했습니다.

"문을 열어요! 문을 열어요! 손님들은 모두 마음씨 좋고 명랑하니까."

처녀는 아무 말 않고 울기만 했습니다. 토끼는 어디론가 갔다가 다시 왔습니다.

"문을 열어요! 문을 열어요! 손님들이 배가 고프답니다."

그래도 처녀는 아무 말 않고 울기만 했습니다. 토끼는 어디론가 갔다가 다시 왔습니다.

"문을 열어요! 문을 열어요! 손님들이 기다리고 있어요."

처녀는 여전히 아무 말이 없었습니다. 토끼는 어디론가 갔습니다. 그런데 이번에는 처녀가 밀짚 인형을 만들어 자기 옷을 입힌 다음 커다란 주걱을 손에 쥐어 주고 수수가 든 냄비 앞에 세워 두었습니다. 그리고 자기는 어머니가 있는 집으로 갔습니다.

다시 토끼가 와서 말했습니다.

"문을 열어요! 문을 열어요!"

마침내 토끼는 문을 박차고 들어가 인형의 머리를 냅다 쳤습니다. 인형의 머리에서 모자가 떨어졌습니다. 토끼는 자기 신부가 아닌 걸 알고 슬퍼하면서 어디론가 가 버렸습니다.

67

열두 명의 사냥꾼

옛날 어느 곳에 한 처녀와 약혼을 한 왕자가 있었습니다. 왕자는 그녀를 몹시 사랑했습니다. 어느 날 사랑하는 약혼녀와 행복에 잠겨 앉아 있던 왕자는 아버지가 깊은 병에 들어 죽기 전에 아들의 얼굴을 보고 싶어 한다는 연락을 받았습니다. 왕자는 약혼녀에게 말했습니다.

"나 좀 다녀와야 할 것 같소. 반지를 두고 갈 테니 내 생각이 나면 그 반지를 보도록 해요. 왕이 된 다음 당신에게 다시 돌아오겠소."

왕자는 말을 타고 떠났습니다. 집에 도착해 보니 예상대로 아버지의 병은 매우 깊었습니다. 숨이 간신히 붙어 있을 뿐이었습니다. 왕은 간신히 입을 열었습니다.

"사랑하는 내 아들아, 죽기 전에 마지막으로 너를 보고 싶었다. 내 뜻대로 결혼한다고 약속해 다오."

그러더니 아버지는 어느 왕의 딸을 아내로 맞이하라고 당부했습니다. 아들은 몸져누운 아버지가 너무도 가여워서 어떻게 할지 미처 생각할 틈도 없이 선뜻 대답하고 말았습니다.

"알겠습니다. 아버님 뜻대로 하겠습니다."

왕은 그제서야 눈을 감았습니다. 얼마 뒤 아들은 왕이 되었습니다. 어느덧 슬픔의 시간도 흘러가고 아들은 아버지와의 약속을 지켜야만 했습니다. 온 나라 안에 아버지가 말한 나라의 공주와 결혼한다고 알리고 공주에게도 그 사실을 전했습니다. 약혼녀는 그 소식을 전해 듣고 마음이 변한 왕자를 원망했습니다. 그저 죽고만 싶었습니다. 그러던 어느 날 처녀의 아버지가 말했습니다.

"애야, 왜 그리 슬퍼하느냐? 소원을 말해 보렴. 내가 들어줄 테니."

처녀는 잠시 생각에 잠겼다가 마침내 입을 열었습니다.

"저와 똑같은 얼굴과 몸매를 가지고 키도 똑같은 젊은 여자로 열한 명만 구해 주세요."

"어디 한 번 힘써 보마."

아버지는 사람들을 방방곡곡으로 보내 자기 딸과 얼굴, 몸매, 키가 똑같은 처녀 열한 명을 간신히 구했습니다.

열한 명의 처녀가 모두 모이자 딸은 그들에게 사냥복을 입으라고 명령했습니다. 모두 똑같은 옷이었습니다. 열한 명의 처녀는 딸이 사냥복을 입는 동안 자기들도 부지런히 옷을 입어야 했습니다. 옷을 다 입은 딸은 아버지에게 작별 인사를 한 다음 처녀들과 함께 말을 타고 떠났습니다.

얼마 뒤 사랑하는 왕자가 사는 성이 나타났습니다. 약혼녀는 왕에게 가서 혹시 사냥꾼이 필요하지 않은지, 필요하다면 열두 명의 사냥꾼을 모두 써 줄 수 없겠는지 물어보았습니다. 왕은 자기의 약혼녀를 알아보지 못했습니다. 그런데 모두들 말쑥하게 생겼던지라 왕은 기꺼이 쓰겠노라고 말했습니다. 그래서 처녀들은 왕의 사냥꾼이 되었습니다.

왕에게는 놀라운 힘을 가진 사자가 있었습니다. 그 사자는 무엇이든지 숨겨진 비밀을 알아맞힐 수 있었습니다. 어느 날 밤 사자가 왕에게 가서 말했습니다.

"임금님께서는 사냥꾼 열두 명을 새로 얻었다고 생각하시겠지요?"

"그렇고 말고."

"그런데 그게 아닙니다. 모두 여자들이에요."

"그럴 리가 있나. 무엇으로 그걸 증명할 수 있는가?"

"대기실에다 콩을 좀 뿌려 놓으세요. 그럼 당장에 알 수 있지요. 남자들은 콩을 밟아도 성큼성큼 걸어갑니다. 콩은 조금도 움직이지 않구요. 그런데 여자들은 비틀거리거나 미끄러지기 일쑤지요. 콩도 이리저리 굴러가구요."

왕은 그럴 듯한 생각이라고 여기고 바닥에 콩을 뿌리라고 명령했습니다. 그런데 왕의 신하 중에 사냥꾼들과 친한 사람이 있었습니다. 그는 콩으로 시험을 한다는 소리를 듣자마자 사냥꾼들에게 달려가서 알려 주었습니다.

"당신들이 여자라는 걸 사자가 임금님에게 증명하려나 봐요."

약혼녀는 그 신하에게 고맙다고 인사하고 나서 여자 사냥꾼들에게 말했습니다.

"콩 위로 걸어갈 때 조심해야 해. 콱 밟고 가면 돼"

다음 날 아침 왕은 열두 사냥꾼을 불렀습니다. 사냥꾼들은 콩이 뿌려져 있는 대기실로 들어갔습니다. 그들은 모두 있는 힘껏 콩을 콱콱 밟았기 때문에 옆으로 움직이거나 떼구루루 굴러가는 콩은 한 알도 없었습니다. 사냥꾼들이 돌아가고 나자 왕은 사자에게 호통을 쳤습니다.

"너는 나에게 거짓말을 했다. 다들 남자답게 걷잖아?"

"자기들을 시험하고 있다는 걸 알고 있었습니다. 그래서 조심조심 걸어간 것입니다. 이번에는 대기실에다 열두 개의 물레를 갖다 놓아 보세요. 그럼 도저히 그냥 지나치지 못하고 그 쪽으로 갈 테니까요. 남자는 절대 그러지 않지요."

그럴싸하다고 생각한 왕은 열두 개의 물레를 대기실에 갖다 놓으라고 명령했습니다. 그러나 이번에도 사냥꾼들과 친한 신하가 몰래 가서 사자의 꿍꿍이를 알려 주었습니다. 약혼녀는 자기들끼리만 남게 되자 열한 명의 여자 사냥꾼들에게 말했습니다.

"방으로 들어가면서 절대 물레를 쳐다보지 않도록 조심해야 돼."

다음 날 아침 왕이 열두 사냥꾼을 불러들이자 그들은 대기실로 들어가면서 물레 쪽으로는 눈길 한 번 던지지 않았습니다. 그러자 왕은 사자에게 화를 냈습니다.

"너는 나에게 거짓말을 했다. 저들은 분명히 남자라고. 물레를 거들떠보지도 않잖아?"

"자기들을 시험하고 있다는 걸 알고 있어서 일부러 조심스럽게 행동한겁니다."

그러나 왕은 더 이상 사자의 말을 믿지 않았습니다. 왕은 열두 사냥꾼을 애지중지하게 여겨 사냥하러 갈 때마다 꼭 데리고 갔습니다. 왕은 시간이 지날수록 사냥꾼들이 점점 마음에 들었습니다.

어느 날 왕과 결혼할 공주가 곧 도착한다는 연락이 왔습니다. 이 말을 들은 왕자의 약혼녀는 가슴이 무너져 내리는 기분이었습니다. 그래서 그만 정신을 잃고 쓰러졌습니다. 왕은 자기가 애지중지하는 사냥꾼에게 무슨 일이 생겼다고 여기고는 쓰러진 사냥꾼에게 달려가 장갑을 벗겼습니다. 그랬더니 그 손에는 자기가 약혼녀에게 주었던 반지가 끼워져 있었습니다. 왕은 마침내 약혼녀의 얼굴을 알아보았습니다. 왕은 가슴이 뭉클해져서 약혼녀에게 입맞춤을 했습니다. 그녀가 눈을 뜨자 왕은 이렇게 말했습니다.

"당신은 내 사람이고 나는 당신 사람이오. 이 세상 누구도 우리를 갈라놓을 수는 없소."

그래서 왕은 새로 신부가 될 공주에게 자기는 부인이 있는 사람이고, 이미 열쇠가 있는 사람은 새 열쇠가 필요하지 않은 법이므로 집으로 돌아가라는 전갈을 보냈습니다. 그리고 곧 성대한 결혼식이 벌어졌습니다. 그리고 사자도 왕의 사랑을 다시 받게 되었습니다. 사실 사자가 한 말은 모두 옳았으니까요.

68

도둑과 그의 사부

얀은 아들에게 한 가지 기술을 가르쳐 주고 싶었습니다. 그래서 교회에 가서 아들에게 무엇을 가르치면 좋겠는지 하느님에게 물었습니다. 그러자 제단 옆에 서 있던 교회지기가 말했습니다.

"도둑질, 도둑질."

그러자 얀은 아들에게 하느님께서 원하시니 너는 도둑질하는 법을 배워야 한다고 말했습니다. 그 길로 얀은 아들과 함께 도둑질에 대해서 잘 알고 있는 사람을 찾아 나섰습니다. 집을 떠난지 꽤 여러 날이 지난 다음 아버지와 아들은 마침내 커다란 숲에 닿았습니다. 숲에는 작은 오두막이 있었는데 그 안에는 늙은 여자가 앉아 있었습니다.

"혹시 도둑질 잘하는 사람을 아시나요?"

얀이 물었습니다.

"멀리 갈 것 없수. 내 아들이 도둑질의 명수니까."

그래서 얀은 그 아들이라는 사람에게 말을 걸면서 정말 도둑질을 잘하느냐고 물었습니다.

"아드님을 잘 가르쳐 드리겠습니다. 일 년 뒤에 돌아오셔서 아드님을 알아 보시면 그 땐 제가 수업료를 받지 않겠습니다. 하지만 아드님을 알아보지못하면 선생은 저에게 이백 탈러를 주셔야 합니다."

아버지는 다시 집으로 돌아가고 아들은 온갖 마술과 도둑질을 배웠습니다. 이럭저럭 일 년이 되어 아버지는 혼자서 아들을 만나러 갔습니다. 그런데 길을 걸으면서도 조금씩 걱정이 되기 시작했습니다. 아들이 이상하게 변했으면 무슨 수로 알아볼지 영 자신이 없었던 것입니다. 그렇게 애를 태우면서 걷고 있을 때 작은 난쟁이가 나타나서 말을 걸어 왔습니다.

"무슨 걱정거리라도 있나요? 아주 울적해 보이는데."

"아, 사실은 일 년 전에 도둑질의 명수라는 사람에게 한 수 배우라고 아들 녀석을 그 밑으로 들여보내지 않았겠소. 그 사람 말이 일 년 뒤에 다시 와서 아들 녀석을 내가 알아보지 못하면 이백 탈러를 내야 한다는거요. 물론 그 녀석을 알아보면 아무것도 줄 필요가 없지만. 오늘이 바로 일 년째 되는 날이죠. 그런데 과연 아들 녀석을 알아볼 수 있을지 슬슬 걱정이 되기 시작한단 말이오. 보다시피 난 빈털터리거든."

난쟁이는 빵 한 조각을 들고 굴뚝 밑으로 가서 서 있으라고 말했습니다.

"대들보 위에 바구니가 하나 있고 그 안에서 새 한 마리가 고개를 삐죽 내밀겁니다. 그게 선생의 아들입니다."

얀은 난쟁이의 말대로 굴뚝 밑으로 가서 바구니 옆에 검은 빵 조각을 던졌습니다. 그랬더니 새가 나와서 물끄러미 쳐다보았습니다.

"잘 있었느냐? 네가 내 아들이지?"

아들은 아버지를 만나서 기뻤지만 도둑질의 명수는 화가 나서 아버지에게 말했습니다.

"틀림없이 악마가 당신에게 귀띔해 주었어! 그렇지 않고서야 어떻게 알아볼 수 있단 말인가?"

"가요, 아버지."

아버지와 아들은 집을 향해 출발했습니다. 도중에 마차 한 대가 옆으로 지나가자 아들이 입을 열었습니다.

"제가 커다란 개로 변할 테니 아버지는 저를 비싼 값에 파세요."

마차에 탄 신사가 말을 걸었습니다.

"안녕하시오. 당신의 개를 나한테 팔지 않겠소?"

"그러지요."

"얼마 드리면 되겠소?"

"30탈러"

"꽤 비싸게 부르는군. 하지만 그만한 값어치는 있겠어. 좋소."

신사는 개를 마차로 데려갔습니다. 개는 얼마 못 가서 마차에 난 창으로 뛰어내렸습니다. 그러더니 사람으로 변하여 아버지에게 돌아왔습니다.

아버지와 아들은 집을 향해 걸었습니다. 다음 날 이웃 마을에 장이 섰습니다. 아들은 아버지에게 말했습니다.

"제가 멋진 말로 변할 테니까 아버지는 저를 장에 내다 파세요. 하지만 파실 때 재갈은 꼭 벗겨 주셔야 해요. 그래야 다시 사람으로 돌아올 수 있거든요."

아버지는 장으로 말을 몰고 갔습니다. 도둑질의 명수가 와서 그 말을 천 탈러에 샀습니다. 그런데 아버지는 깜빡 잊고 재갈을 벗기지 않았습니다. 도둑질의 명수는 말을 집으로 데려와서 마구간에 넣었습니다. 한 처녀가 마구간 문 앞으로 지나가자 말이 소리쳤습니다.

"재갈을 풀어 줘! 재갈을 풀어 줘!"

처녀는 마구간으로 들어가서 재갈을 풀어 주었습니다. 말은 참새로 변해 문 밖으로 날아갔습니다. 그러자 도둑질의 명수도 참새로 변하여 그 뒤를 쫓았습니다. 둘은 공중에서 맞붙었습니다. 결국 도둑질의 명수가 싸움에 져서 수탉으로 변했습니다. 그러자 아들은 여우로 변하여 수탉의 머리를 물어뜯었습니다. 결국 도둑질의 명수는 죽임을 당했고 그 뒤로 다시 살아났다는 소식은 들리지 않았습니다.

요린데와 요링겔

어느 거대하고 울창한 숲 한가운데에 낡은 성이 한 채 있었습니다. 성에는 늙은 여자가 혼자 살고 있었는데 이 여자는 엄청난 마술을 쓰는 마법사였습니다. 낮에는 고양이나 올빼미로 변했다가 밤이면 도로 인간의 모습으로 돌아왔습니다. 마법사에게는 새나 그 밖의 사냥감을 꾀어내는 능력이 있었습니다. 마법사는 걸려든 동물들을 죽여서 구워 먹었습니다.

성에서 백 보 이내의 거리 안에 남자가 들어오면 마법사는 즉시 마법을 걸었습니다. 그러면 남자는 마법이 풀릴 때까지 꼼짝없이 그 자리에 서 있어야 합니다. 또한 마법을 걸 수 있는 범위 안에 순결한 처녀가 들어오면 새로 변하게 만들어서 버드나무 바구니에 집어넣었습니다. 그런 다음 성 안에 있는 한 방으로 바구니를 들고 갔습니다. 그 방에는 그런 보기 드문 종류의 새가 든 바구니가 줄잡아 7천 개 이상이나 있었습니다.

한편 그 나라에는 요린데라는 처녀가 있었습니다. 그녀는 나라 안의 그 어떤 여자보다도 아름다웠으며, 또한 그녀는 요링겔이라는 잘생긴 젊은이와 결혼을 약속한 사이였습니다. 결혼을 기다리면서 두 사람은 함께 지내는 것이 무척이나 즐거웠습니다.

어느 날 요린데와 요링겔은 숲으로 산책을 나갔습니다. 호젓한 숲 길에서 단둘이서만 이야기를 나누고 싶었던 것입니다.

"성에 너무 가까이 가지 않도록 조심해요."

요링겔이 말했습니다.

저녁 해는 나무줄기를 환히 비추고 짙푸른 숲에 빛을 던져 주었습니다. 멧비둘기는 늙은 자작나무에서 구슬픈 노래를 부르고 요린데는 이따금 눈물을 떨구었습니다. 요린데는 양지바른 곳에 앉아 한숨을 쉬었습니다. 요링겔도 한숨을 쉬었습니다. 그들은 마치 죽을 날을 얼마 앞둔 사람처럼 한없는 슬픔에 잠겼습니다. 그러다가 주위를 둘러본 두 사람은 깜짝 놀랐습니다. 집으로 가는 길을 잊어버린 것입니다. 해는 아직 산 중턱에 걸려 있었습니다. 요링겔이 덤불 사이를 헤치고 보니 그리 멀지 않은 곳에 낡은 성벽이 보였습니다. 요링겔은 기겁을 하고 요린데는 노래를 불렀습니다.

"붉은 목걸이를 한 나의 작은 새가
　슬피 슬피 슬피 우누나!
　비둘기가 곧 죽는다고.
　구슬피 우누나, 구슬피 우누나!"

바로 그 때였습니다. 요링겔이 요린데를 보니 어느 새 요린데는 지빠귀새로 변해 있었습니다. 이글거리는 눈매를 가진 밤 올빼미가 요린데 주위를 세 번 뱅뱅 돌면서 한 번 돌 때마다 "슈" 하고 울었습니다.

요링겔은 옴짝달싹할 수 없었습니다. 그대로 돌처럼 굳어 버려서 울 수도 말할 수도 손발을 움직일 수도 없었습니다. 해가 지자 올빼미는 덤불로 날아 들어가더니 빼빼 마른 노파가 되어 금세 돌아왔습니다. 노리끼리한 얼굴빛에 큼지막한 눈은 시뻘겋고 매부리코는 거의 턱까지 닿을 정도였습니다. 노파는 뭐라고 뇌까리더니 지빠귀 새를 움켜잡고 어디론가 들고 갔습니다. 요링겔은 여전히 입도 뻥끗 못 하고 움직이지도 못했습니다. 지빠귀 새는 없어졌습니다.

잠시 후 다시 돌아온 노파는 숨죽여 말했습니다.

"안녕, 자히엘. 달빛이 바구니를 비추거든 그 때 저 남자를 풀어 주어라. 조금이라도 시간을 어기면 안 돼."

얼마 뒤 마법에서 풀려난 요링겔은 노파 앞에 무릎을 꿇고 요린데를 돌려 달라고 사정했습니다. 그러나 노파는 다시는 요린데를 보지 못할 것이라고 말하면서 훌쩍 가 버렸습니다. 요링겔은 울부짖으며 탄식했지만 모두 소용이 없었습니다.

"앞으로 어떻게 살아간담?"

요링겔은 그 곳을 떠나 낯선 마을로 가서 그 곳에서 오랫동안 양을 쳤습니다. 틈나는 대로 성에 자주 가 보았지만 가까이 가지는 못하고 멀리서 바라보기만 했습니다. 그러던 어느 날 밤 요링겔은 꿈을 꾸었습니다. 피처럼 새빨간 꽃을 발견했는데 그 한복판에 진주가 박혀 있는 꿈이었습니다. 꿈 속에서 요링겔은 꽃을 꺾은 다음 성으로 가지고 갔습니다. 꽃이 닿는 것마다 마법에서 풀려났습

니다. 꿈에서 요링겔은 고생고생하다가 그 꽃 덕분에 요린데를 다시 찾았습니다.

　다음 날 아침 눈을 뜨자마자 요링겔은 산이란 산, 골짜기란 골짜기는 모두 뒤지면서 꿈에서 본 꽃을 찾아 돌아다녔습니다. 아흐레 동안이나 헤매던 끝에 열흘째 되던 날 이른 아침 요링겔은 마침내 피처럼 새빨간 꽃을 찾아냈습니다. 요링겔은 밤낮을 가리지 않고 부지런히 걸어 성에 닿았습니다. 성에서 백 걸음 안으로 들어갔지만 마법에 걸리지 않고 무사히 성문 앞에 올 수 있었습니다. 요링겔은 몹시 기뻐하면서 문에다 꽃을 댔습니다. 문이 활짝 열렸습니다.

　안으로 들어가 정원을 가로질렀습니다. 새 소리가 들리지 않나 가만히 귀를 기울여 보았습니다. 마침내 새 소리가 들렸습니다. 요링겔은 마법사가 7천 개의 바구니 안에 든 새들에게 모이를 주고 있는 방 안으로 들어갔습니다. 마법사는 요링겔을 보더니 불같이 화를 내며 호통을 쳤습니다. 독까지 뿜어 댔습니다. 그렇지만 요링겔의 몸 가까이로는 접근하지 못했습니다. 요링겔은 마법사를 무시하고 방 안의 바구니들을 하나하나 뒤졌습니다. 지빠귀만 해도 수백 마리가 있었기 때문에 어디서 요린데를 찾아낼지 눈 앞이 캄캄했습니다.

　바구니를 열심히 뒤지고 있던 요링겔은 마법사가 몰래 바구니 하나를 집어 들고 문 쪽으로 가는 것을 보았습니다. 요링겔은 번개처럼 그리로 달려가서 바구니와 마법사의 몸에 꽃을 갖다 댔습니다. 그러자 마술이 풀리면서 요린데가 모습을 나타냈습니다. 요린데는 요링겔의 목을 두 팔로 얼싸안았습니다. 요린데는 여전히 눈부신 아름다움을 간직하고 있었습니다. 요링겔은 다른 새들의 마법도 풀어 아름다운 처녀의 모습으로 되돌려준 다음 요린데와 함께 집으로 돌아갔습니다. 그리고 둘은 오래오래 행복하게 살았습니다.

70

삼형제의 행운

한 아버지가 세 아들을 불러서 맏아들에게는 수탉, 둘째 아들에게는 낫, 막내 아들에게는 고양이를 주었습니다.

"나는 이제 너무 늙어서 죽을 날이 얼마 남지 않았다. 죽기 전에 너희에게 뭐든 주고 싶지만 너희도 알다시피 아버지에게는 돈이 없다. 아버지가 너희에게 준 것은 대단한 물건이 아니야. 하지만 문제는 너희가 그 물건들을 얼마나 지혜롭게 쓰느냐에 달려 있다. 그 물건들이 아직 알려지지 않은 나라를 찾아가거라. 그럼 돈을 벌 수 있을 것이다."

아버지가 죽은 뒤 맏아들은 수탉을 가지고 길을 떠났습니다. 그러나 어디를 가 보아도 사람들은 이미 수탉을 잘 알고 있었습니다. 도시가 가까워지면 벌써 높은 탑 위에 수탉들이 바람을 등지고 올라앉아 있는 모습이 눈에 들어 왔습니다. 마을에 다가가면 벌써 사방에서 수탉들이 요란하게 울어댔습니다. 그러므로 아무도 맏아들의 수탉에 관심을 기울이지 않았습니다. 수탉을 가지고 성공할 길은 도무지 없는 것처럼 보였습니다.

그러던 어느 날 맏아들은 드디어 수탉에 대해서도 전혀 모르고 하루의 시간을 정하는 방법도 모르는 사람들이 사는 섬에 닿았습니다. 물론 그들도 아침이 언제이고 저녁이 언제인지는 알았습니다. 그렇지만 한밤중에 눈을 떴을 때 그 때가 언제쯤인지는 알지 못했습니다. 맏아들은 섬 사람들에게 이렇게 말했습니다.

"이 멋진 짐승을 보십시오! 머리에 붉은 왕관을 썼고 기사처럼 박차를 달고 있습니다. 밤이면 정해진 시간에 세 번 웁니다. 마지막으로 울면 그 때가 동트는 시간입니다. 날씨가 이상해질 것 같으면 한낮에도 울기 때문에 미리 대비를 할 수가 있습니다."

사람들은 이 수탉에 마음을 모두 빼앗겼습니다. 그래서 밤이 되어도 잠 한숨 자지 않고 수탉의 울음소리에 가만히 귀를 기울였습니다. 수탉은 새벽 2시, 4시, 6시에 크고 또랑또랑한 울음소리로 시간을 알려 주었습니다. 섬 사람들은 수탉을 파는 것이냐고 묻고 다시 얼마나 주면 되겠느냐고 물었습니다.

"당나귀 한 마리가 지고 갈 만큼의 금을 주시면 됩니다."

맏아들이 대답했습니다.

"이런 귀중한 새의 몸값으로는 너무 싸군요!"

사람들은 입을 모아 합창을 했습니다. 그러고는 맏아들이 원하는 것을 선뜻 내주었습니다. 부자가 되어 돌아온 형을 보고 두 동생은 깜짝 놀랐습니다. 둘째가 이야기했습니다.

"이젠 내가 떠나야 할 차례야. 두고봐, 형이 수탉으로 번 만큼 나도 낫으로 돈을 벌어 올 테니까."

둘째 아들은 곧 길을 떠났습니다. 처음에는 도무지 성공할 것 같지 않았습니다. 어디를 가도 자기처럼 어깨에 낫을 멘 농부들을 볼 수 있었습니다. 그러다가 마침내 둘째도 낫에 대해서 전혀 모르는 사람들이 사는 섬에 닿았습니다. 그 곳에서는 곡식이 익으면 밭에다 대포를 쏘아서 낟알을 떨어뜨렸습니다. 정말이지 엉뚱한 방법이었습니다. 어떤 대포알은 밭을 훌쩍 뛰어넘어 마을을 덮쳤고 어떤 대포알은 사람들을 귀머거리로 만들었습니다. 추수를 한 번 하면 별의별 사고가 다 일어났습니다. 무엇보다도 견디기 힘든 것은 소음이었습니다.

둘째 아들은 밭으로 가서 낫으로 곡식을 척척 거두어들였습니다. 사람들은 넋을 잃고 그 모습을 지켜보았습니다. 그러더니 무엇이든 줄 테니 제발 낫을 팔라고 졸라댔습니다. 결국 둘째 아들은 말 한 마리에 가득 실을 수 있는 만큼의 금을 받았습니다.

그러자 막내 아들도 자기 고양이를 가지고 무언가 해보고 싶어졌습니다. 막내는 두 형과 똑같은 일을 겪었습니다. 아무리 사방을 돌아다녀도 별 볼일 없었습니다. 고양이는 어딜 가나 있으니까요. 고양이가 너무 많아서 갓 태어난 새끼 고양이를 물에다 던져 넣을 정도였습니다. 할 수 없이 막내는 배를 타고 섬으로 갔습니다. 다행히 그 섬 사람들은 고양이의 고 자도 몰랐습니다. 그러므로 그 섬은 쥐들의 천국이었습니다. 식탁에도 의자에도, 주인이 있건 없건 쥐들은 멋대로 기어올랐습니다. 사람들은 쥐 때문에 골치가 아팠지만, 나라의 왕에게조차도 뾰족한 방법이 없었습니다. 쥐들은 가지 않는데가 없었고 이빨을 댈 수 있는 것이면 무엇이든지 갉아먹었습니다.

쥐 사냥을 시작한 고양이는 순식간에 성 안의 방 몇 개에 우글거리던 쥐를 모두 없앴습니다. 사람들은 나라를 위해 이 기적의 짐승을 사 달라고 왕에게 매달렸습니다. 왕은 막내 아들이 요구한 것을 주었습니다. 그것은 노새에 가득 실은 금이었습니다. 마침내 막내도 값진 보물을 가지고 집으로 돌아갔습니다.

고양이는 성 안을 샅샅이 훑고 다니면서 쥐를 엄청나게 잡아먹어서 죽인 숫자를 헤아릴 수조차 없었습니다. 그러나 이렇게 많은 쥐를 한 마리의 고양이가 처리하기에는 벅찬 일이었습니다. 마침내 지친 고양이는 목이 탔습니다. 그래서 쥐 사냥을 그만두고 애처롭게 울었습니다.

"야옹! 야옹!"

이상한 울음소리가 들리자 왕과 신하들은 덜컥 겁이 나서 성에서 도망쳤습니다. 일단 성 밖으로 나온 뒤 왕은 회의를 열어 신하들과 대책을 궁리했습니다. 궁리 끝에 고양이에게 사람을 보내서 고양이가 제 발로 성을 나가지 않으면 힘으로 쫓아내겠다는 말을 전하기로 결정했습니다. 신하들이 말했습니다.

"저희는 어차피 쥐에 익숙해 있는 몸이니 저런 괴물한테 눌려 지내는 것보다 쥐한테 시달리는 편이 백 번 낫습니다."

성으로 간 연락병은 고양이에게 제 발로 걸어나갈 뜻이 있느냐고 물었습니다. 그러나 미칠 것처럼 목이 마른 고양이는 고작 한다는 말이 "야옹! 야옹!"이었습니다.

연락병은 그 말을 "아니요! 아니요!"로 알아듣고 왕 앞에 가서 그렇게 전했습니다.

"그렇다면 힘으로 몰아내는 수밖에 없지." 신하들이 말했습니다.

곧 성을 향해 대포를 쏘기 시작했습니다. 대포알은 고양이가 앉아 있던 방에도 떨어졌지만 고양이는 창문으로 사뿐히 달아났습니다. 그러나 사람들은 성이 와르르 무너질 때까지도 포격을 멈추지 않았습니다.

71

여섯 사나이의 모험

옛날 어느 곳에 온갖 종류의 기술에 도통한 사람이 있었습니다. 그 사람은 전쟁에 나가 용맹스럽게 잘 싸웠지만 전쟁이 끝나자 여비로 겨우 세 푼을 받고 군대에서 쫓겨났습니다.

'두고 보자! 내가 이대로 가만 있을 줄 알고. 적당한 사람들을 찾아내어 왕에게서 나라 안의 모든 보물을 받아 내고야 말 테다.'

그는 속으로 다짐했습니다.

그는 분을 삭이지 못하고 씩씩거리면서 숲으로 갔습니다. 그 곳에는 나무 여섯 그루를 마치 풀잎을 베듯 쉽게 자르고 있는 거한이 있었습니다.

"내 부하가 되어 따라 나설 생각 없나?"

그가 물었습니다.

"그럽시다."

거한이 대답했습니다.

"하지만 먼저 이 땔감을 어머니에게 갖다 드려야겠습니다."

거한은 나무 한 그루를 집어 그것으로 다른 나무들을 묶어 다발로 만들어 어깨에 얹더니 어디론가 사라졌다가 잠시 후 돌아와서 그와 함께 길을 떠났습니다. 대장이 말했습니다.

"우리 둘이서 뭉치면 이 세상에 못할 일이 없을 거야."

얼마 안 가서 두 사람은 사냥꾼을 만났습니다. 사냥꾼은 무릎을 꿇고 총으로 무엇인가를 겨누고 있었습니다.

대장이 물었습니다.

"무엇을 쏘려는 거요?"

그러자 사냥꾼이 말했습니다.

"십 리 떨어진 저 참나무 가지 위에 파리 한 마리가 앉아 있는데 그 파리 왼쪽 눈을 맞히려구요."

"우리와 같이 가세. 우리 셋이서 뭉치면 이 세상에 못할 일이 없을거야."

사냥꾼은 기꺼이 따라 나섰습니다. 세 사람은 일곱 개의 방앗간을 지나갔습니다. 그런데 사방 어디를 둘러보아도 바람 한 점 불어오지 않고 나무 잎새 하나 흔들리지 않는데 풍차들이 잘 돌아가고 있었습니다.

"도대체 풍차가 어떻게 돌아가는거지? 산들바람조차 불지 않는데."

대장이 중얼거렸습니다. 대장은 부하들과 함께 십 리를 더 걸었습니다. 거기서 나무 위에 앉아 있는 사나이를 보았습니다. 사나이는 콧구멍 한쪽을 막고 다른 콧구멍으로 콧김을 뿜어 대고 있었습니다.

"맙소사! 당신 거기서 뭘 하는거요?"

대장이 물었습니다.

"여기서 십 리쯤 떨어진 곳에 방앗간이 일곱 개 있지요. 콧김으로 그것들을 돌리고 있는 것입니다."

"우리와 같이 가세. 우리 넷이서 뭉치면 이 세상에 못할 일이 없을거야."

그래서 콧김 잘 부는 사람은 나무에서 내려와 일행을 따라 나섰습니다. 얼마 못가서 그들은 외발로 서 있는 사나이를 보았습니다. 그는 한쪽 발을 풀어서 땅에 눕혀 두고 있었습니다.

"그것 참 편리하구려. 쉬는 시간인가?"

대장이 말했습니다.

"전 달리기 선수인데 너무 속도가 빨라서 다리 하나는 풀어 놓았습니다. 두 다리로 달리면 하늘을 나는 어떤 새보다도 빠릅니다."

"우리와 같이 가세. 우리 다섯이서 뭉치면 이 세상에 못할 일이 없을거야."

그래서 달리기 선수도 따라 나섰습니다. 얼마 뒤 일행은 한쪽 귀가 완전히 덮이도록 모자를 눌러 쓴 사나이를 만났습니다.

"통 뭘 모르는 사람이군. 세상에 한쪽 귀가 덮이도록 모자를 눌러 쓰는 사람이 어디 있소? 얼간이처럼 보인단 말이오."

대장이 혀를 차며 말했습니다.

"안 그럴 수가 없습니다. 내가 모자를 바로 쓰면 매서운 추위가 몰려와서 공중의 새들이 꽁꽁 얼어 붙어 땅으로 떨어져 죽을겁니다."

그 사나이가 대꾸했습니다.

"우리와 같이 가세. 우리 여섯이서 뭉치면 이 세상에 못할 일이 없을거야."

함께 뭉친 여섯 사나이는 어느 도시에 닿았습니다. 그 도시의 왕은 누구든지 자기 딸과 달리기 시합을 벌여서 이긴 사람을 사위로 삼겠다고 선언했습니다. 그러나 지는 사람은 자기의 머리를 바쳐야만 했습니다. 대장은 왕 앞에 나아가서 말했습니다.

"제 부하 중 하나가 저 대신 달릴 수 있도록 허락해 주시면 따님과 시합을 벌여 보고 싶습니다."

왕이 대답했습니다.

"그럼 자네 부하의 목숨도 걸어야 하네. 시합에 지면 두 사람은 생명을 잃게 되는거지."

그래서 양쪽은 시합을 하기로 했습니다. 모든 준비가 끝나자 대장은 달리기 선수의 한쪽 다리를 붙여 준 다음 이렇게 속삭였습니다.

"자네가 얼마나 빠른지 어디 한번 보여 주게나. 아무쪼록 꼭 이기게."

달리기 선수와 공주는 항아리를 하나씩 받아 들고 똑같은 시간에 출발했습니다. 그러나 공주가 미처 몇 걸음 떼어 놓지도 않았는데 구경꾼들은 달리기 선수의 모습을 볼 수가 없었습니다. 달리기 선수는 총알처럼 날아갔습니다. 순식간에 샘물에 닿은 달리기 선수는 항아리에 물을 가득 채우고 왔던 길을 되돌아갔습니다.

그런데 반쯤 가니 피로가 쌓였습니다. 그러자 항아리를 내려놓고 잠시 누워 있다가 잠이 들었습니다. 달리기 선수는 죽은 말의 해골을 베개 삼아 누워 있었습니다. 그렇게 불편한 상태로 있어야 잠에서 깨어 다시 달려야 할 때 금방 정신을 차릴 수 있으니까요. 한편 만만치 않은 달리기 실력을 가진 공주는 샘물에 도착하여 물을 가득 채우고 다시 출발점으로 향했습니다. 달리기 선수가 길에 누워 잠들어 있는 것을 본 공주는 속으로 만세를 불렀습니다.

"이제 적은 내 손아귀에 들어온거야."

공주는 달리기 선수의 항아리를 비우고 나서 계속 앞으로 내달렸습니다. 이제 공주의 승리는 따 놓은 것이나 마찬가지였습니다. 그러나 때마침 사냥꾼이 성 꼭대기에 올라갔다가 그 날카로운 눈으로 이 모든 광경을 하나도 놓치지 않고 보았습니다.

"무슨 일이 있어도 공주에게 질 수야 없지!"

사냥꾼은 그렇게 중얼거리면서 총알을 잰 다음 달리기 선수에게 총구를 겨누었습니다. "탕" 소리를 내며, 총알은 달리기 선수의 머리를 받치고 있던 말의 해골을 박살냈습니다. 달리기 선수는 말짱했습니다. 잠에서 깨어난 달리기 선수는 후닥닥 일어났습니다. 일어나 보니 항아리는 텅 비어 있고 공주는 저만치 앞서가고 있었습니다. 그러나 달리기 선수는 포기하지 않고 다시 샘물로 돌아가서 항아리에 물을 가득 채웠습니다. 그러고는 부지런히 달려서 공주보다 10분 먼저 결승점을 통과했습니다.

"오래간만에 제대로 두 다리로 달려 봤네. 잠들기 전까지 달린 건 사실 달린 게 아니었어요."

달리기 선수는 으스댔습니다.

왕은 입장이 난처해졌습니다. 공주는 자존심이 상했습니다. 군대에서 쫓겨난 별 볼일 없는 사내에게 시합에서 졌으니 말입니다. 아버지와 딸은 서로 머리를 맞대고 저 버르장머리없는 사나이와 그의 친구들을 없애 버릴 수 있는 방법이 무엇일까 궁리에 궁리를 했습니다. 마침내 아버지가 입을 열었습니다.

"좋은 생각이 떠올랐으니 걱정 말아라. 놈들이 다시는 여기에 얼씬거리지 못하도록 만들겠어."

왕은 여섯 사나이들에게 가서 말했습니다.

"자, 흥겹게 마음껏 먹고 마시기 바라네."

그러고는 바닥이 쇠로 된 방으로 데려갔습니다. 그 방은 문도 쇠문이었고 창은 쇠창살로 되어 있었습니다. 방에는 먹음직스런 음식이 한 상 가득 차려져 있었습니다. 왕은 사나이들에게 말했습니다.

"안에 들어가서 마음껏 들게."

그들이 방으로 들어가자 왕은 문을 꼭 닫고 자물쇠를 채우라고 했습니다. 그런 다음 요리사를 불러 쇠가 시뻘겋게 달아오를 때까지 방을 뜨겁게 달구라고 일렀습니다. 요리사는 시키는 대로 했습니다. 방이 점점 뜨거워지기 시작했습니다. 식탁 앞에 앉아 있던 사나이들은 땀을 뻘뻘 흘렸지만 음식 탓이려니 생각했습니다. 그런데 숨이 막히도록 계속 방 안이 뜨거워지기만 하자 견디다 못해 방에서 나가기로 마음 먹었습니다. 그러나 문이란 문, 창이란 창은 모두 굳게 닫혀 있었습니다. 사나이들은 그제서야 왕이 농간을 부렸다는 사실을 알아차렸습니다. 왕은 사나이들을 숨을 못 쉬게 해서 죽일 참이었습니다.

"어림없지!"

모자를 쓴 사나이가 말했습니다.

"불길이 얼굴을 붉히고 엉금엉금 기어나가도록 매서운 서리를 내릴 테다!"

사나이는 모자를 똑바로 썼습니다. 그러자 당장 서리가 내리면서 방 안 온도가 뚝 떨어지고 음식이 꽁꽁 얼어붙었습니다. 두 시간이 흐른 후 왕은 지금쯤 모두들 통닭구이가 되었으려니 생각하고 문을 열도록 명령한 다음 직접 방 안을 들여다보았습니다. 그러나 여섯 사나이는 모두 멀쩡하게 살아 있었습니다. 사나이들은 문이 열리자 매우 반가워했습니다. 방 안이 너무 추워서 음식이란 음식은 모두 얼어붙은 데다 따뜻한 바깥 공기에 몸도 좀 녹이고 싶었습니다. 왕은 불같이 화를 내면서 계단을 쿵쾅쿵쾅 내려가서 애꿎은 요리사에게 호통을 쳤습니다. 그러나 요리사는 너무 억울하다는 듯이 말했습니다.

"불은 엄청나게 많이 때고 있습니다. 직접 가서 보시지요."

왕은 쇠로 된 방 밑에서 어마어마한 불길이 치솟고 있는 것을 두 눈으로 보았습니다. 그런 얄팍한 수로는 여섯 사나이를 당할 수 없을 것 같았습니다. 그래서 이 반갑지 않은 손님들을 쫓아 보낼 수 있는 묘수가 없을까 고민 고민하던 끝에 여섯 사나이 중 대장을 불러서 말했습니다.

"자네가 내 딸을 포기하기만 한다면 내 자네에게 금을 듬뿍 주지. 금은 얼마든지 있다네."

"듣던 중 반가운 소리로군요, 임금님. 만약에 제 부하 한 사람이 들고 갈 수 있을 만큼만 금을 주신다면 따님을 포기하겠습니다."

왕은 10년 묵은 체증이 내려가는 기분이었습니다. 대장은 한 마디 덧붙였습니다.

"2주일 뒤에 금을 가지러 오겠습니다."

대장은 나라 안의 재단사란 재단사는 모두 불렀습니다. 재단사들은 2주일 동안 꼬박 자리에 앉아서 커다란 자루를 만들었습니다. 자루가 완성되자 나무를 풀잎 자르듯 자르던 거한이 자루를 어깨에 둘러메고 왕에게 갔습니다. 왕은 기겁을 했습니다.

"어마어마한 자루를 메고 오는 저 거한은 누구냐? 자루가 집채만하구나."

왕은 그 자루에 금이 얼마나 들어갈지 덜컥 겁부터 났습니다. 왕은 1톤의 금을 가져오게 했습니다. 16명의 힘센 장정이 끙끙거리며 날라온 금을 거한은 한 손으로 들어서 자루에 넣은 다음 불만스럽게 말했습니다.

"이걸 금이라고 가져온겁니까? 아직 바닥도 차지 않았는데."

왕은 자기의 보물을 모두 가져오게 했습니다. 거한이 자루에 모두 집어넣었지만 자루는 겨우 절반밖에 차지 않았습니다.

"아직 모자라요! 쥐꼬리만한 금으로 뭘 하겠다고."

거한의 불호령이 떨어졌습니다.

결국 1만 7천대의 마차가 온 나라의 금을 싣고 와야 했습니다. 거한은 금은 물론 마차를 끌고 온 황소까지 자루에 차곡차곡 쟁여 넣었습니다.

"이런 식으로 하다가는 끝이 없겠네. 뭐든지 집어넣어 자루부터 채우고 봐야지."

그러나 별의별 것을 다 집어넣었는데도 자루에는 아직 빈 틈이 있었습니다. 마침내 거한은 그 정도 선에서 끝내기로 마음 먹었습니다.

"이쯤에서 끝내도록 하겠습니다. 꼭 채워야 맛은 아니니까요."

그러더니 자루를 어깨에 짊어지고 동료들에게로 갔습니다.

거한 혼자서 온 나라의 보물을 모두 메고 가는 것을 보고 있자니 왕은 분통이 터져서 견딜 수가 없었습니다. 그래서 기마대에게 여섯 사나이를 뒤쫓아가서 거한이 들고 있는 자루를 빼앗아 오라는 명령을 내렸습니다.

왕의 2개 연대는 곧바로 여섯 사나이를 따라가서 소리쳤습니다.

"너희들은 죄인이다! 자루를 두고 가지 않으면 온몸을 가루로 만들겠다!"

그러자 콧김의 일인자가 어이없다는 듯이 말했습니다.

"무슨 소리야? 우리가 죄인이라고? 우리 몸을 가루로 만들기 전에 네 놈들 모두 하늘에서 훨훨 춤이나 춰 봐라!"

말을 마치더니 그는 한쪽 콧구멍을 막고 다른 콧구멍으로 힘차게 콧김을 불어 댔습니다. 2개 연대 병사들은 하늘로, 언덕으로, 골짜기로, 사방팔방으로 날아갔습니다. 병사들이 여기저기로 흩어지고 있는 동안에 한 중사가 살려 달라고 빌었습니다. 그 중사는 상처가 아홉 군데나 나 있는 용감한 군인이었습니다. 콧김의 일인자는 그런 사람에게 모욕을 줄 필요는 없다고 생각하고 콧김을 약간 누그러뜨렸습니다. 그러고는 중사에게 말했습니다.

"너희 왕에게 가서 똑바로 전해라! 부대를 얼마든지 더 보내라고. 모두 하늘 높이 날려 줄 테니까."

왕은 이 소식을 듣고 말했습니다.

"그 사나이들을 가게 내버려 두어라. 보통 사람들이 아니야."

부자가 된 사나이들은 사이좋게 금을 나누었습니다. 그리고 오래오래 행복하게 살았습니다.

72

늑대와 인간

어느 날 여우가 늑대에게 사람의 힘이 얼마나 센지에 대해서 이야기하면서 이 세상의 어떤 동물도 사람에게는 당하지 못한다고 말했습니다. 그러면서 동물은 꾀를 써야 사람으로부터 자기를 지킬 수 있다고 했습니다.
"아무리 힘이 세다고 해도 사람을 만날 기회가 생기면 나는 반드시 그 뒤를 쫓아가고 말 테야!"
늑대가 말했습니다.
"그렇다면 내가 너를 도와줄게. 내일 아침 일찍 내 뒤를 따라와 봐. 사람을 만나게 해줄 테니."
여우가 말했습니다.
늑대는 다음 날 꼭두 새벽에 어김없이 나타났습니다. 여우는 사냥꾼이 매일 다니는 길로 늑대를 데려다 주었습니다. 처음 나타난 사람은 군대에서 제대한 늙은 군인이었습니다.
"저게 사람이냐?"
늑대가 물었습니다.
"아니, 전에는 그랬었지."
여우가 대답했습니다.
다음에는 학교로 가는 어린 소년이 나타났습니다.
"저게 사람이냐?"
"아니, 하지만 언젠가는 사람이 될거야."
마지막으로 총신이 두 개인 총을 어깨에 메고 옆구리에는 사냥칼을 찬 사냥꾼이 나타났습니다. 그러자 여우가 늑대에게 말했습니다.

"저기 사람이 온다. 나는 뒤로 빠질 테니 어디 한번 쫓아가 보렴."

늑대는 사냥꾼의 뒤를 쫓아갔습니다. 사냥꾼은 늑대가 오는 것을 보고 말했습니다.

"탄환들을 장전해 두었어야 하는건데."

그러더니 사냥꾼은 총을 겨누어 납으로 된 굵은 산탄 총알 한 방을 늑대의 얼굴에 명중시켰습니다. 늑대는 움찔했지만 무섭지는 않았습니다. 그래서 물러서기는커녕 오히려 덤벼들었습니다. 사냥꾼은 또 한 방을 쏘았습니다. 그러나 늑대는 아픔을 참고 계속해서 사냥꾼에게 달려들었습니다.

그러자 사냥꾼은 번쩍거리는 칼을 꺼내더니 좌우로 휘둘러 늑대의 몸에 큰 상처를 입혔습니다. 늑대는 피를 철철 흘리며 울면서 여우에게 갔습니다.

"늑대야, 사람은 해치웠니?"

여우가 물었습니다.

"아, 사람이 그렇게 강한 줄은 몰랐어. 어깨에서 막대기를 내리더니 막대기를 휙 불더라구. 그랬더니 뭐가 톡 튀어나와서 내 얼굴에 박혔는데 어찌나 가렵던지 혼났어. 막대기를 다시 한 번 부니까 또 뭐가 나와서 내 코에 박혔어. 하늘이 노랗더라. 그래도 내가 덤볐더니 이번에는 반짝거리는 갈빗대를 하나 뽑아 나를 마구 두들겨 패지 않겠어? 까딱하면 죽을 뻔했어."

"허풍선이 같으니라구! 넌 언제나 허풍을 떨어서 말과 행동이 맞지가 않아."

여우가 비웃었습니다.

73

늑대와 여우

늑대와 여우가 함께 살았습니다. 그러나 늑대가 여우보다 힘이 더 셌기 때문에 여우는 언제나 늑대가 하라는 대로 해야만 했습니다. 그래서 여우는 늑대의 굴레에서 벗어나는 것이 가장 큰 소원이었습니다.

어느 날 둘이 우연히 숲 속을 걷게 되었을 때 늑대가 말했습니다.

"여우야, 먹을 것을 좀 구해 와라. 그렇지 않으면 너를 잡아먹을거야."

여우가 말했습니다.

"어린 양 두 마리가 있는 농가를 알고 있는데 원한다면 우리 가서 한 마리 잡아 오자."

늑대는 얼씨구나 하고 좋아했습니다. 그래서 둘은 농장으로 갔습니다. 여우는 어린 양 한 마리를 훔쳐서 늑대에게 가져다준 다음 집으로 갔습니다. 늑대는 양 한 마리를 혼자 다 먹었지만 그래도 배가 차지 않았습니다. 남은 한 마리마저 욕심이 난 늑대는 혼자서 양을 훔치러 갔습니다. 그런데 여우만큼 재주가 없어서인지 그만 어미양에게 들키고 말았습니다. 어미양이 매애매애 애처롭게 울자 농장 사람들이 달려나왔습니다. 그들은 늑대를 보더니 사정없이 두들겨 팼습니다. 늑대는 절뚝거리며 눈물을 뚝뚝 흘리면서 여우가 기다리는 집으로 돌아왔습니다.

"네가 나를 함정에 빠뜨린거야!"

늑대가 여우에게 화풀이를 했습니다.

"남은 양을 가지러 갔다가 사람들한테 붙잡혀서 실컷 두들겨 맞았어."

"네가 식충이란 건 생각 안 하니?"

여우가 꼬집어 말했습니다.

다음 날 둘은 다시 농장으로 갔습니다. 여우가 집 주위를 살금살금 돌면서 여기저기서 냄새를 킁킁 맡더니 드디어 음식이 있는 곳을 알아냈습니다. 그러고는 밀가루 부침 여섯 개를 늑대에게 가져왔습니다.

"이제 실컷 먹어라."

여우는 그렇게 말하고 집으로 갔습니다.

늑대는 밀가루 부침을 게걸스럽게 다 먹고 나더니 혼자서 넋두리를 했습니다.

"간에 기별도 안 가네."

늑대는 이번에도 농장으로 가서 음식이 있는 곳으로 몰래 들어갔습니다. 그런데 그만 접시가 바닥에 떨어져 쨍그랑 소리를 내며 깨졌고 그 바람에 농장 안주인에게 들키고 말았습니다. 그녀는 늑대를 보자 사람들을 불렀습니다. 사람들은 부리나케 달려와서 늑대를 흠씬 두들겨 팼습니다. 늑대는 두 다리를 절뚝거리며 애처롭게 울면서 여우가 있는 숲 속 집으로 돌아왔습니다.

"네가 비열하게 함정을 판거야!"

늑대가 울분을 터뜨렸습니다.

"농부들한테 잡혀서 죽도록 얻어맞았다구!"

그러나 여우는 결백했습니다.

"네가 식충이라는 걸 모르니?"

사흘째 되는 날 둘은 다시 밭으로 나갔습니다. 절뚝거리면서 간신히 걸음을 옮기던 늑대가 말했습니다.

"여우야. 나한테 먹을 것을 가져다 주렴. 그렇지 않으면 너를 잡아먹고 말 테야."

"푸줏간 주인을 알고 있는데 소금에 절인 고기가 그 집 지하 저장실에 있어. 가서 그걸 가져오자."

"이번에는 너랑 같이 가야겠어. 그래야 내가 혹시 도망을 가지 못하게 되면 도움을 받을 수 있을 테니까."

늑대가 말했습니다.

"염려마."

여우는 늑대를 안심시킨 다음 지름길로만 데리고 가서 무사히 지하실에 닿았습니다. 그 곳에는 고기가 매우 많이 널려 있었습니다. 늑대는 고기를 보자마자 게걸스럽게 먹어 치우기 시작했습니다. 지금 먹어 두지 않으면 언제 다시 먹게 될지 모른다는 생각에 늑대는 다급했습니다.

여우도 고기를 맛있게 먹었지만 계속 사방을 둘러보고 가끔씩 늑대와 함께 들어온 구멍으로 쪼르르 달려가서 아직 자기 몸이 그리로 빠져나갈 수 있는지 확인해 보곤 했습니다.

"여우야. 넌 왜 점잖지 못하게 지하실을 왔다 갔다 하면서 정신없게 만드는거냐?"

"혹시 누가 오지 않나 보려구."

꾀많은 여우가 대답했습니다.

"너무 많이 먹지는 마."

바로 그 때 주인이 들어왔습니다. 그는 여우가 지하실에서 쿵쾅대며 뛰어다니는 소리를 듣고 온 것입니다. 주인이 오는 것을 본 여우는 재빨리 구멍으로 쏙 빠져나가 밖으로 나왔습니다. 늑대도 여우의 뒤를 따라가고 싶었지만 몸이 너무 뚱뚱해져서 도저히 구멍으로 빠져나올 수가 없었습니다. 늑대의 몸은 구멍에 끼여 옴짝달싹 못하게 되었습니다. 결국 늑대는 주인이 휘두른 곤봉에 맞아 죽고 말았습니다. 여우는 못된 식충이가 없어진 것을 고소해하면서 숲으로 갔습니다.

74

여우와 사촌

어미늑대가 새끼를 낳았습니다. 어미늑대는 여우에게 자기 새끼가 평생 믿고 의지할 수 있는 대부가 되어 달라고 그를 초대했습니다.

"사실 여우는 우리 늑대의 가까운 친척이야."

어미늑대가 말했습니다.

"여우의 머리는 누구나 알아주지. 그렇게 영리할 수가 없거든. 아이에게 세상을 살아가는 지혜를 가르쳐 줄 수 있을거야."

초대를 받고 온 여우는 늑대 가족에게 깍듯이 인사를 하고 말했습니다.

"제가 마음속으로 존경하는 늑대 사촌님, 저에게 이런 영광을 베풀어 주셔서 감사합니다. 여러분이 행복하게 살 수 있도록 제가 힘껏 노력을 하겠으니 저를 믿어 주십시오."

새끼늑대에게 세례를 주는 자리였기 때문에 음식이 잔뜩 있었으므로 배불리 먹고 난 여우는 기분이 좋았습니다.

"늑대 사촌님, 우리는 아이를 잘 키워야 할 의무가 있습니다. 저 아이가 무럭무럭 튼튼하게 자라려면 좋은 음식이 많이 있어야 해요. 양고기로 가득 찬 헛간 하나를 제가 알고 있습니다. 가서 얼마든지 훔쳐올 수 있답니다."

늑대로서는 듣던 중 반가운 소리였습니다. 그래서 여우와 함께 헛간으로 갔습니다. 여우는 멀리서 헛간을 가리키면서 늑대에게 말했습니다.

"늑대 사촌님은 몰래 헛간으로 기어들어가세요. 저는 반대편에 가서 닭을 잡아 볼 테니까요."

그러나 여우는 그 자리에 네 발을 뻗고 누워 꼼짝도 하지 않았습니다.

숲 어귀에서 한 발짝도 나가지 않은 것입니다. 늑대는 헛간으로 기어들어가다가 그 곳을 지키고 있던 개한테 들켰습니다. 개가 요란하게 짖어 대자 사람들이 몰려나왔습니다. 그들은 늑대를 붙잡아 양잿물을 뿌렸습니다. 늑대는 간신히 도망쳐나와 기다시피 하며 숲으로 왔습니다. 그러자 여우는 누운 채 당장 숨이 넘어갈 것처럼 엄살을 부렸습니다.

"아! 늑대님. 저는 죽다 살아났어요! 농부들이 덤벼들더니 제 다리를 모두 분질러 놓았어요! 제가 여기서 죽는 모습을 보고 싶지 않으시거든 저를 좀 데려가 주세요."

늑대는 자기도 죽을 지경이었지만 여우가 몹시 걱정되었습니다. 그래서 아픈 데라곤 한 군데도 없이 온몸이 멀쩡한 여우를 등에 업고 있는 힘을 다해 집으로 갔습니다. 집에 닿자 여우가 입을 열었습니다.

"안녕, 늑대 사촌. 양잿물에 덴 소감이 어떠신가?"

여우는 까르르 웃고는 달아났습니다.

75

여우와 고양이

어느 날 고양이가 숲에서 여우와 마주쳤습니다. 고양이는 여우가 영리하고 경험도 많고 남들에게 존경을 받고 있다고 생각했으므로 여우에게 다정하게 말을 걸었습니다.
"여우야 안녕. 요즘 어떻게 지내니? 다들 살기가 힘들다는데 넌 괜찮니?"
그러나 남달리 자존심이 센 여우는 고양이를 머리 끝에서부터 꼬리 끝까지 뜯어보면서 뭐라고 대답해야 할지 몰라 한동안 잠자코 있었습니다. 그러다가 마침내 입을 열었습니다.
"볼썽 사납게 수염이나 핥고 얼룩덜룩한 몸뚱이로 쥐새끼 꽁무니나 쫓는 주제에 나한테 그런 질문을 왜 하는거냐? 어떻게 지내느냐고? 건방진 녀석 같으니! 네가 아는 게 도대체 뭐가 있어? 배운 기술이 몇 가지나 되냐구?"

"난 할 줄 아는 게 한 가지밖에 없어."

고양이가 풀죽은 목소리로 말했습니다.

"그게 뭔데?"

여우가 물었습니다.

"개들이 쫓아올 때 나무로 기어 올라가는 것."

"애걔, 겨우 그거?"

여우가 코웃음을 쳤습니다.

"나는 백 가지가 넘는 기술이 있고 잔재주도 수없이 많아. 네가 불쌍해서 눈물이 다 나올 지경이다. 야. 어쨌든 개들한테서 도망치는 재주를 한 번 보여 주기나 하렴."

바로 그 때 사냥꾼이 네 마리의 개를 데리고 나타났습니다. 고양이는 재빨리 나무 위로 기어 올라가서 나무 꼭대기에 앉았습니다. 무성한 가지와 잎새가 고양이의 몸을 하나도 안 보이게 숨겨 주었습니다.

"특기를 써! 특기를 써먹으라구!"

고양이가 여우에게 소리쳤지만 개들은 벌써 여우를 덮쳐 단단히 물고 늘어지고 있었습니다. 여우의 그런 모습을 보며 고양이가 말했습니다.

"네가 안다는 백 가지 기술이 지금은 하나도 쓸모가 없구나. 나처럼 나무에 기어오르는 기술 하나만 제대로 알았어도 그런 개죽음은 당하지 않았을 텐데."

76

분홍꽃

옛날 어떤 곳에 아이를 낳지 못하는 왕비가 살고 있었습니다. 왕비는 매일 아침 정원으로 가서 하느님께 아들이든 딸이든 자식을 하나 낳게 해 달라고 빌었습니다. 그러던 어느 날 하늘에서 천사가 내려와 말했습니다.

"이제는 마음 편히 기다려라. 얼마 뒤 아들을 낳을 것이다. 그리고 그 아이는 자기가 원하는 것은 무엇이나 이루게 되는 힘을 갖게 될 것이다."

왕비는 왕에게 이 기쁜 소식을 전했습니다. 얼마 뒤 왕비는 아들을 낳았습니다. 왕은 기뻐서 어쩔 줄 몰랐습니다. 왕비는 매일 아이를 데리고 동물원으로 산책을 나갔습니다. 또한 맑은 샘물로 목욕을 시켰습니다. 아이도 무럭무럭 자랐습니다. 그러던 어느 날 왕비가 아이를 무릎에 안고 있다가 그만 깜빡 잠이 들었습니다. 그 때 아이에게 소원을 이루는 마법의 힘이 있다는 것을 알고 있던 늙은 요리사가 와서 아이를 훔쳐 갔습니다.

요리사는 닭을 잡아서 배를 가른 다음 왕비의 옷에 닭의 피를 뚝뚝 떨어뜨려 놓았습니다. 그리고 아이를 아무도 모르는 장소로 데려갔습니다. 아이는 그 곳에서 유모의 젖을 먹으며 자라게 되었습니다. 요리사는 왕 앞으로 달려가서 왕비의 부주의로 사나운 짐승이 아이를 물어 갔다고 일러바쳤습니다. 왕비의 옷에 묻은 피를 본 왕은 요리사의 말을 그대로 믿었습니다.

왕은 불같이 화를 내면서 햇빛 한 점 달빛 한 점 새어들지 않는 높은 탑을 쌓게 해서 왕비를 그 탑 안에 가두었습니다. 왕비는 그 안에서 먹을 것도 마실 것도 없이 7년을 지내야 했습니다. 그러나 하느님은 천사 둘을 내려보냈습니다. 그들은 하얀 비둘기의 모습으로 하늘에서 내려와 왕비에게 7년 동안 하루에 두 번씩 음식을 가져다주었습니다.

한편 요리사는 앞으로 어떻게 해야 할지 이리저리 많은 궁리를 했습니다. '우선 저 아이에게 소원을 이루는 힘이 있다니까 성에서 요리사로 이렇게 썩느니 당장 나의 소원을 이루어야겠다.'고 생각한 그는 성을 떠나 아이에게 갔습니다. 왕자는 어느새 의젓한 젊은이가 되어 있었습니다

"정원과 그 밖에 부족한 것이 없는 아름다운 성을 하나 갖게 해 달라고 빌어 보렴."

요리사가 아이에게 말했습니다.

왕자가 소원을 빌자마자 모든 것이 그대로 눈 앞에 나타났습니다. 얼마의 시간이 흐르자 요리사가 다시 말했습니다.

"너 혼자 지내기에는 외로울 것 같으니 말 동무라도 삼을 겸 아름다운 아가씨라도 있으면 좋겠다고 빌어 보렴."

왕자는 요리사가 시키는 대로 했습니다. 그러자 어느 화가가 그린 그림보다 아름다운 아가씨가 눈 앞에 나타났습니다. 두 사람은 사이좋게 지내다가 서로

깊은 사랑에 빠졌습니다. 늙은 요리사는 귀족처럼 사냥을 하러 다녔습니다. 그러나 요리사는 슬그머니 걱정이 되기 시작했습니다. 왕자가 언제 아버지 곁으로 갔으면 좋겠다는 소원을 내뱉을지 알 수 없었기 때문입니다. 그래서 어느 날 아가씨를 불러내어 넌지시 속삭였습니다.

"오늘 밤 저 왕자가 깊이 잠들었을 때 침대로 가서 이 칼을 심장에 꽂아라. 그리고 그 증거로 심장과 혀를 나에게 가져와라. 내 말을 안 들었다간 너까지 죽을 줄 알아."

이 말을 남기고 요리사는 나갔습니다. 다음 날 요리사가 돌아와 보니 아가씨는 아직 그 일을 하지 않고 있었습니다.

"살아 있는 생명에게 털끝만큼도 해를 안 끼치는 저 사람의 순결한 피를 왜 제가 더럽혀야 하나요?"

아가씨는 애원했습니다.

"그렇게 하지 않으면 네 목숨도 안전하지 못할 것이다."

요리사가 다시 으름장을 놓았습니다. 요리사가 가고 난 뒤 아가씨는 새끼 사슴을 한 마리 죽였습니다. 그리고 그 심장과 혀를 접시에 담아 놓았습니다. 요리사가 돌아오자 아가씨는 왕자에게 속삭였습니다.

"이불을 머리까지 뒤집어 쓰고 침대에 누워 계세요."

요리사가 들어와서 물었습니다.

"그 녀석의 심장과 혀는 어디에 있느냐?"

아가씨가 접시를 내놓는 순간 왕자가 자리를 박차고 일어나 벼락같이 소리를 질렀습니다.

"이 못된 영감태기! 왜 나를 죽이려는거냐? 나야말로 너에게 벌을 내려야겠다. 너는 이제부터 검은 푸들강아지가 되어 목에 금목걸이를 두르고 목구멍에서 불길이 솟아 나올 때까지 벌겋게 단 숯을 먹게 될 것이다."

이 말이 끝나기가 무섭게 늙은이는 목에 금사슬을 단 푸들강아지로 변했습니다. 그리고 성 안의 모든 요리사들에게 숯을 있는 대로 가져오라는 명령이 떨어졌습니다. 푸들은 시뻘건 숯을 먹다가 드디어 주둥이에서 불을 뿜어 냈습니다. 왕자는 그 후에도 계속 성에 남아 있었지만 점점 어머니 생각이 간절했습니다. 아직도 살아 계신지 궁금해서 견딜 수가 없었습니다. 마침내 왕자는 아가씨에게 말했습니다.

"나는 고향으로 돌아갈 생각이오. 나와 같이 가면 내가 당신을 잘 보살펴 주리다."

"아, 너무나 먼 길인 데다가 저를 아는 이가 아무도 없는 낯선 땅에서 제가 어떻게 살아갈 수 있을지 자신이 없어요."

아가씨는 떠나기를 망설였습니다. 두 사람은 헤어지기가 싫었습니다.

그래서 왕자는 소원을 빌어 아가씨를 어여쁜 분홍꽃으로 만들어 주머니에 집어넣었습니다. 그리고 고향으로 떠났습니다. 푸들도 함께 떠났습니다.

왕자가 첫 번째로 닿은 곳은 어머니가 갇혀 있는 탑이었습니다. 탑이 너무 높았기 때문에 왕자는 소원을 빌어 꼭대기까지 닿는 사다리를 놓았습니다. 사다리를 타고 올라간 왕자는 안에다 대고 어머니를 불렀습니다.

"어머니! 아직 살아 계신가요, 아니면 돌아가셨나요?"

"지금 막 먹어서 배가 부른데."

왕비는 천사가 온 줄 알고 그렇게 대꾸했습니다.

"저는 당신의 무릎에 앉아 있다가 사나운 짐승들에게 물려갔다던 어머니의

76. 분홍꽃

사랑스런 아들입니다. 이렇게 멀쩡하게 살아 있습니다. 곧 어머니를 구해 드리겠어요."

왕자는 사다리를 타고 내려가서 아버지 앞으로 갔습니다. 그리고 먼 나라에서 일자리를 찾아온 사냥꾼이라고 말했습니다. 왕은 그에게 그가 유능한 사냥꾼이라는 것을 증명할 수 있도록 사냥감을 몰아온다면 받아들이겠노라고 대답했습니다. 그러나 이 나라에는 어디를 가도 사슴이라든지 사냥할 만한 동물을 구경조차 할 수가 없었습니다. 그 이웃 나라들도 마찬가지였습니다. 그러나 사냥꾼은 궁전의 잔칫상에 올리는 데 쓰는 사슴고기를 얼마든지 구해 오겠다고 큰소리쳤습니다.

왕자는 모든 사냥꾼들을 불러 모은 다음 말을 타고 숲으로 갔습니다. 일단 성 밖으로 나오자 왕자는 사냥꾼들을 반원을 만들어 둘러서게 했습니다. 그러고는 원 한가운데로 걸어들어가서 소원을 빌었습니다. 갑자기 2백 마리도 넘는 사슴이 원 안으로 쏟아져 들어왔습니다. 사냥꾼들은 그 사슴들을 모두 쏘아 죽였습니다. 잡은 사슴들을 60대의 마차에 실어 왕 앞에 가지고 갔습니다. 몇십 년째 사슴이라곤 한 마리도 구경하지 못하고 지내온 왕은 처음으로 사슴 요리를 실컷 먹을 수 있었습니다.

왕은 신바람이 났습니다. 그래서 다음 날 신하들을 모두 불러 떠들썩하게 잔치를 벌였습니다. 신하들이 모두 모이자 왕은 사냥꾼에게 말했습니다.

"모든 게 자네 솜씨 덕이니 내 옆자리에 앉도록 하게."

"아닙니다, 폐하. 저는 보잘것없는 사냥꾼에 지나지 않습니다."

그러나 왕은 한사코 우겼습니다.

"내 옆에 앉으라니까."

할 수 없이 사냥꾼은 왕이 시키는 대로 했습니다.

왕의 옆자리에 앉은 사냥꾼은 어머니 생각이 간절했습니다. 그래서 왕의 신임을 받고 있는 신하 중 한 사람이 탑에 갇힌 왕비가 어떻게 지내는지, 아직 살아 있는지 아니면 죽었는지, 왕비의 안부를 묻게 해 달라고 소원을 빌었습니다. 사냥꾼이 마음속으로 소원을 빌자마자 한 장군이 입을 열었습니다.

"폐하, 이렇게 즐거운 자리가 마련되고 보니 문득 생각나는 분이 있습니다. 왕비께서는 탑에서 어떻게 지내시는지요? 아직 살아 계신가요, 아니면 돌아가셨나요?"

"내 사랑하는 아들을 사나운 짐승의 손에 던져준 여자다. 그러니 그 여자를 다시는 입에 올리지 말라."

왕이 퉁명스럽게 대꾸했습니다. 그때 사냥꾼이 벌떡 일어서면서 말했습니다.

"아버님, 어머니는 아직 살아 계시고 제가 바로 아버님의 아들입니다. 저는 사나운 짐승에게 물려간 것이 아니었습니다. 못된 늙은 요리사가 어머니가 잠든 틈을 타서 어머니의 품 속에 있던 저를 데려간 것입니다. 그런 다음 어머니의 옷에 닭의 피를 뿌려 두었지요."

사냥꾼은 금사슬을 목에 건 강아지를 끌고 오더니 말을 이었습니다.

"이 강아지가 바로 그 못된 늙은 요리사입니다."

사냥꾼은 시뻘건 숯을 가져오라고 했습니다. 푸들은 모든 신하가 지켜보는 가운데 숯을 삼켜야 했습니다. 목구멍에서 불길이 치솟았습니다. 사냥꾼은 왕에게 이 강아지가 진짜 요리사인지 확인해 보고 싶으냐고 물은 다음 강아지를 본래의 모습으로 바꿔 달라고 마음속으로 빌었습니다. 그러자 하얀 앞치마를 두른 요리사가 그의 옆에 나타났습니다. 왕은 요리사를 보자 불같이 화를 내면서 지하감옥에 처넣으라고 명령했습니다.

"아버님, 저를 극진히 보살펴 준 아가씨를 만나 보고 싶지 않으십니까? 그 아가씨는 저를 죽이라는 요리사의 협박을 목숨을 걸고서 끝끝내 물리쳤습니다."

"그러자꾸나. 어서 데려오렴."

아들이 다시 말했습니다.

"아버님, 그 아가씨를 예쁜 꽃의 모습으로 보여 드리겠습니다."

왕자는 주머니에서 분홍꽃을 꺼내 탁자 위에 놓았습니다. 왕도 이렇게 아름다운 꽃은 난생 처음 보는 것이었습니다. 그러자 아들이 말했습니다.

"이제 본래의 모습을 보여 드리겠습니다."

그러고는 꽃을 본래의 모습으로 바꾸어 달라고 빌었습니다. 어느 화가도 그렇게 어여쁘게 그릴 수 없을 정도로 눈부시게 아름다운 아가씨가 나타났습니다.

이윽고 왕은 두 명의 시녀와 두 명의 시종을 탑으로 보내 왕비를 궁전으로 데려오라고 일렀습니다. 그러나 궁전에 들어선 왕비는 아무것도 입에 대지 않고 이렇게 말했습니다.

"탑에서 내내 저를 보살펴 주신 위대하고 자비로우신 주님께서 곧 저를 구원해 주실 것입니다."

왕비는 사흘을 더 살다가 평화롭게 눈을 감았습니다. 왕비가 땅에 묻힌 뒤 탑으로 음식을 가져다 주던, 사실은 하늘에서 내려온 천사였던 두 마리의 비둘기가 왕비의 무덤에 내려앉았습니다. 왕은 요리사를 갈기갈기 찢어 죽였지만 왕비를 잃은 슬픔을 끝내 이기지 못하고 얼마 뒤 세상을 떠났습니다. 그리고 왕자는 꽃의 모습으로 궁전에 데려온 아가씨와 결혼했습니다.

두 사람이 지금 어디서 살고 있는지는 오직 하느님만이 아실 것입니다.

77

꾀많은 그레텔

그레텔이라는 이름을 가진 요리사가 있었습니다. 그레텔은 빨간 굽이 달린 구두를 신고 밖으로 나가서 혼자 이리 빙글 저리 빙글 돌면서 종달새처럼 즐거워했습니다. 그리고 이렇게 중얼거리기도 했습니다.
"넌 참 예쁘기도 하다!"
집에 돌아오면 절로 흥에 겨워서 술을 마셨습니다. 술은 식욕을 돋우었기 때문에 그레텔은 자기가 요리한 맛난 음식들을 배가 부르도록 먹었습니다.
그러고는 이렇게 중얼거리곤 했습니다.
"모름지기 요리사는 음식 맛을 알아야 하는 법이거든!"
어느 날 주인이 그레텔에게 말했습니다.
"오늘 저녁 식사에 손님을 초대했으니 닭 두 마리를 맛있게 요리해 두거라."
"걱정하지 마세요."
그레텔은 자신있게 말하고 나서 닭 두 마리를 잡아서 뜨거운 물에 데치고 털을 뽑은 다음 꼬치에 꽂았습니다. 저녁 때가 되어 그것을 불 위에 얹고 굽기 시작했습니다. 닭은 갈색으로 변하면서 거의 다 익었습니다. 그러나 손님은 도무지 나타나지 않았습니다. 그레텔은 참다 못해 주인에게 말했습니다.

"손님이 빨리 안 오시면 닭이 모두 타 버릴거예요. 지금이 제일 맛있을 때인데 어쩌죠?"

"그럼 내가 가서 그분을 직접 모셔오마."

주인이 밖으로 나간 뒤 그레텔은 닭 꼬치를 한쪽으로 밀어 놓으며 속으로 생각했습니다.

'불 앞에 계속 서 있자니 땀만 나고 목만 타네. 하염없이 기다린다고 손님이 당장 오는 것도 아니니. 이럴 게 아니라 지하실로 내려가서 술로 목이나 좀 축여야겠다.'

그레텔은 지하실 계단을 쪼르르 달려 내려가 잔에 술을 가득 채우고는 외쳤습니다.

"그레텔을 위해서 한 잔!"

그레텔은 잔에 가득 찬 술을 한 번에 쭉 들이켰습니다.

"술 한 번 잘 넘어간다. 모처럼 먹는 술인데 한 잔 더 해야지."

그레텔은 또 한 잔 쭉 들이켰습니다. 그러더니 부엌으로 올라가서 닭 꼬치를 다시 불 위에 올려놓은 다음 버터를 골고루 바르고 콧노래를 부르며 꼬치를 빙글빙글 돌렸습니다. 고기 익는 냄새가 고소했습니다.

그레텔은 다시 생각에 잠겼습니다.

'혹시 빠뜨린 양념이 있을지도 몰라. 한 번 맛을 보는 게 좋겠다.'

그레텔은 닭고기를 손가락으로 꾹 눌러 보았습니다.

"그만이야! 기가 막히게 잘 됐어! 둘이 먹다가 하나가 죽어도 모를 정도로 맛이 좋군!"

그레텔은 창문으로 달려가서 주인이 손님과 함께 오는지 내다보았습니다. 아무도 오는 사람이 없자 다시 닭고기가 있는 데로 되돌아왔습니다.

그런데 한쪽 날개가 타고 있었습니다. 그레텔은 속으로 생각했습니다.

'저건 내가 먹어야겠어.'

그래서 날개 한 쪽을 잘라서 먹었습니다. 꿀맛이었습니다. 그런데 날개를 다 먹고 나니 걱정이 되었습니다.

'남은 날개도 먹어 버려야지. 그렇지 않으면 주인 아저씨가 알아차릴거야.'

다른 쪽 날개도 마저 먹어 치운 다음 창문으로 가서 밖을 내다보았지만 주인 아저씨는 여전히 돌아올 낌새가 보이지 않았습니다.

'혹시 누가 알아? 손님이랑 오다가 갑자기 마음이 바뀌어서 다른 데로 발길을 돌렸을지?'

그레텔은 문득 그런 생각이 들었습니다. 그러고는 혼잣말을 했습니다.

"기운을 내, 그레텔! 넌 벌써 큰 덩어리를 먹었어! 술을 한 잔 더 마시면서 남은 고기를 먹어 치우자구! 이미 엎질러진 물이니 후회할 것도 없어! 왜 하느님께서 주신 선물을 헛되이 하는거냐구!"

그레텔은 다시 지하실로 내려가서 술을 한 잔 쭉 들이킨 다음 부엌으로 돌아와서 남은 닭을 맛있게 먹어 치웠습니다. 그런데도 주인은 돌아올 기미가 보이지 않았습니다. 그레텔은 남은 닭 한 마리를 쳐다보면서 중얼거렸습니다.

"바늘 가는 데 실이 안 따라 갈 수 있나. 둘은 한 묶음이야. 하나가 당하면 남은 하나도 당해야 하는거야. 술 한 잔 더 들이키고 나서 먹으면 괜찮겠는걸."

그레텔은 술 한 잔을 더 마시고 와서는 남은 닭마저 먹기 시작했습니다.

한참 맛있게 먹고 있는데 주인이 돌아왔습니다.

"서둘러라, 그레텔! 손님이 곧 오실거야!"

"예, 준비는 다 끝났습니다."

그레텔이 대답했습니다.

주인은 저녁식사 준비가 제대로 되었는지 물어보고 나서 닭고기를 자를 커다란 칼을 꺼내 복도 계단에다 쓱쓱 갈기 시작했습니다. 그 때 손님이 와서 점잖게 문을 똑똑 두드렸습니다. 쪼르르 달려나간 그레텔은 손님이 온 것을 보고 입에 손을 갖다 댄 다음 속삭였습니다.

"쉿! 조용히 하세요. 어서 달아나셔야 해요! 주인 아저씨한테 잡히면 큰일나요. 저녁식사에 초대받고 오셨겠지만 사실은 댁의 양쪽 귀를 자르려는 거예요. 저기 칼 가는 소리가 들리지 않으세요?"

손님은 칼 가는 소리를 듣고 기겁을 하며 뺑소니를 쳤습니다. 그레텔은 그 길로 고함을 지르면서 주인에게 달려갔습니다.

"무슨 저런 손님이 다 있어요!"

"그게 무슨 말이냐? 도대체 무슨 일인데 그래?"

"제가 식탁으로 들고 가던 닭고기 두 마리를 휙 잡아채더니 그대로 뺑소니를 치지 않겠어요?"

"점잖지 못한 사람 같으니라구!"

주인은 맛있는 닭고기를 못 먹게 되어서 매우 실망이 컸습니다.

"한 마리는 남겨 두고 가야 내가 먹을 수 있잖아!"

그러더니 손님의 뒤에다 대고 당장 그 자리에 서라고 고래고래 소리를 질렀습니다. 하지만 손님은 들은 척도 하지 않았습니다. 그러자 주인은 한 손에 칼을 든 채 손님의 뒤를 쫓아갔습니다.

"하나만! 하나만!"

이렇게 소리치면서요. 두 마리 다 가져가지 말고 한 마리는 남겨 놓고 가라는 소리였지요. 그러나 손님은 주인이 귀 하나를 노리고 쫓아오는 줄로만 알았습니다. 그래서 양쪽 귀를 달고 무사히 집까지 가기 위해서 총알같이 달아났습니다.

78

노인과 손자

옛날 어떤 곳에 나이가 아주 많이 든 노인이 있었습니다. 노인은 너무 늙어서 눈이 침침했고 귀도 어두웠으며 무릎은 후들후들 떨렸습니다. 밥상 앞에 앉으면 숟가락도 제대로 들지 못해 수프를 줄줄 흘렸고 입에서는 음식이 뚝뚝 떨어지기 일쑤였습니다. 노인의 아들 내외는 이것이 꼴보기 싫어 늙은 아버지를 난로 뒤편 한쪽 구석에 쭈그리고 앉아서 밥을 먹게 했습니다.

또 진흙으로 빚은 접시에다 음식을 주었는데 그것도 쥐꼬리만큼 주었습니다. 그래서 슬픈 표정으로 아들 내외가 앉은 밥상을 쳐다보는 노인의 두 눈에는 눈물이 가득 고이곤 했습니다.

어느 날 노인의 두 손이 접시조차 제대로 붙잡지 못할 정도로 심하게 떨리는 바람에 접시가 바닥에 떨어져 깨졌습니다. 며느리가 잔소리를 퍼부었지만 노인은 아무 말도 못하고 한숨만 내쉬었습니다.

그 때부터 노인은 며느리가 몇 푼을 주고 산 싸구려 나무 접시에다 밥을 먹어야 했습니다.
얼마 후 가족이 모여 앉아 밥을 먹고 있는데, 네 살 먹은 어린 손자가 방바닥에서 나뭇조각을 짜맞추고 있었습니다.
"너 지금 뭐 하는거냐?"
아버지가 물었습니다.
"작은 여물통을 만드는거예요."
아이가 대답했습니다.
"제가 크면 어머니 아버지한테 드릴 음식을 담으려고요."
아들과 며느리는 말없이 서로의 얼굴을 쳐다보다가 이윽고 눈물을 흘리기 시작했습니다. 두 사람은 아버지를 당장 밥상으로 모셨습니다. 그 때부터 노인은 가족과 한자리에서 밥을 먹게 되었습니다. 노인이 여기저기에 음식을 마구 흘려도 아들 내외는 아무 말도 하지 않았습니다.

79

물의 요정

어린 오누이가 우물가에서 놀고 있었습니다. 놀이에 넋이 빠진 두 아이는 그만 발을 헛디뎌 우물 속에 빠지고 말았습니다. 우물 밑바닥에 살고 있던 물의 요정이 그들에게 말했습니다.
"이제 너희는 내 손에 들어왔으니, 나를 위해 열심히 일해야 한다."
물의 요정은 두 아이를 데리고 갔습니다.
물의 요정은 누이동생에게 어지럽게 헝클어진 더러운 아마 실로 옷감을 짜고 밑바닥이 없는 물통으로 물을 길어 오라고 시켰습니다. 오빠는 뭉툭한 도끼로 나무를 패야 했습니다. 또한 돌처럼 딱딱한 음식을 먹어야만 했습니다. 견디다 못한 아이들은 어느 일요일에 물의 요정이 교회에 간 틈을 타서 도망쳤습니다.

  교회에서 돌아온 물의 요정은 아이들이 도망간 것을 알고 번개처럼 쫓아갔습니다. 아이들은 멀리서 물의 요정이 쫓아오는 것을 보았습니다. 누이동생은 등 위로 솔(브러시)을 던졌습니다. 그러자 솔은 빳빳한 털이 수없이 박힌 커다란 산으로 변했습니다. 물의 요정은 그것을 타고 넘느라 낑낑대야 했습니다.

  물의 요정이 산을 넘는 것을 보고 이번에는 오빠가 등 뒤로 빗을 던졌습니다. 빗은 이빨이 수없이 나 있는 커다란 산으로 변해 물의 요정은 이빨을 움켜잡고 낑낑대면서 힘겹게 산을 넘었습니다. 이번에는 누이동생이 등 뒤로 거울을 던졌습니다. 거울은 유리산이 되었습니다. 너무 미끄러워서 요정은 유리산을 오를 수가 없었습니다.

  물의 요정은 집에 가서 도끼를 가져와야겠다고 생각했습니다. 도끼로 유리산을 두 토막 낼 생각이었습니다. 그러나 도끼를 가지고 왔을 때는 아이들이 달아난지 한참 뒤였습니다. 할 수 없이 물의 요정은 터벅터벅 집으로 되돌아갈 수밖에 없었습니다.

80

암탉의 죽음

암탉이 수탉과 함께 호두나무가 있는 산으로 놀러 갔습니다. 누구든지 호두를 먼저 찾아내면 그것을 사이좋게 나누어 먹기로 약속을 했습니다.

  그러나 먼저 호두를 찾아낸 암탉은 시치미를 뗐습니다. 그 안에 박힌 알갱이를 혼자서 먹고 싶었기 때문입니다. 그러나 알갱이가 너무 커서 삼킬 수가 없었습니다. 마침내 알갱이가 암탉의 목구멍에 걸리고 말았습니다. 암탉은 숨이 막혀 죽을지도 모른다는 생각이 들자 더럭 겁이 나서 비명을 질렀습니다.

  "수탉아, 빨리 나한테 물 좀 갖다줘. 그러지 않으면 나는 숨이 막혀서 죽을 것 같아!"

수탉은 부리나케 우물로 달려가서 말했습니다.

"물 좀 줘야겠다. 언덕에 누워 있는 암탉이 당장이라도 숨이 넘어갈 것 같아."

"그럼 먼저 새색시에게 달려가서 붉은 비단을 가지고 와야 해."

우물이 말했습니다. 수탉은 새색시한테 달려가서 사정했습니다.

"붉은 비단이 필요합니다. 목구멍에 알갱이가 걸려서 암탉이 언덕에 누워 있는데 암탉에게 물을 주려고 우물에 가니까 우물이 저더러 비단을 갖고 오라지 뭡니까."

그러자 새색시가 말했습니다.

"그럼 먼저 버드나무 가지에 걸린 내 화환을 가지고 오렴."

수탉은 버드나무가 있는 곳으로 달려가서 가지에 걸린 화환을 끌어내린 다음 새색시에게 가져왔습니다. 새색시는 수탉에게 붉은 비단을 주었고 수탉은 그 비단을 우물에게 갖다주었습니다. 우물은 그 대신 물을 주었습니다. 그런데 수탉이 물을 가지고 와보니 암탉은 이미 숨이 막혀 축 늘어진 채 죽어 있었습니다. 수탉은 너무 슬퍼서 꺼이꺼이 울었습니다. 그러자 모든 동물이 나타나서 함께 슬퍼해 주었습니다. 여섯 마리의 생쥐가 암탉을 무덤까지 싣고 갈 마차를 만들었습니다. 마차가 완성되자 생쥐들은 마차를 끌고 수탉은 마차를 몰았습니다. 도중에 만난 여우가 물었습니다.

"어디를 가는거냐?"

"암탉을 묻으러 가는 길이야."

"나도 같이 타고 갈까?"

"좋을 대로. 하지만 너는 무거우니 뒷자리에 앉아라. 앞에 앉으면 내 말들이 견뎌내지 못할 테니까."

여우는 뒷자리에 앉았습니다. 그러자 늑대, 곰, 사슴, 사자를 비롯하여 숲에 사는 온갖 짐승이 덩달아 뒷자리에 앉았습니다. 얼마 안 가서 개울이 나타났습니다.

"어떻게 건너지?"

수탉이 물었습니다.

개울가에 누워 있던 지푸라기가 말했습니다.

"내가 드러누울 테니 나를 타고 건너가라구."

그러나 여섯 마리의 생쥐가 지푸라기에 닿자마자 지푸라기는 미끄러지듯 물에 잠기고 여섯 마리의 생쥐는 덩달아 물 속에 첨벙첨벙 빠졌습니다. 바로 그 때 뜨거운 숯조각이 나타나서 말했습니다.

"크기가 나만큼은 되어야지. 내가 드러누울 테니 나를 타고 건너라고."

그러더니 물 위에 드러누웠습니다. 그러나 불행하게도 물과 살짝 맞닿는 순간, 숯은 피시식 하면서 눈깜빡할 사이에 죽어 버리고 말았습니다. 그 광경을 보고 있던 돌이 수탉이 불쌍했는지 자기가 돕겠다고 나섰습니다. 돌이 드러눕자 수탉은 자기가 직접 마차를 끌고 개울을 건넜습니다. 맞은편 기슭에 닿아 암탉을 땅 위에 내려놓은 수탉은 마차 뒷자리에 앉은 짐승들의 도움을 받기로 마음먹었습니다.

그러나 마차는 짐승들의 무게를 이기지 못하고 슬슬 뒷걸음질치다가 짐승들과 함께 물 속으로 가라앉고 말았습니다. 이제 죽은 암탉과 수탉만 남게 되었습니다. 수탉은 무덤을 파기 시작했습니다. 파낸 땅에 암탉을 묻은 다음 그 위에 봉분을 만들었습니다. 그리고 나서 봉분 위에 앉아서 한없이 울다가 자기도 따라 죽었습니다. 그리하여 모두 죽고 말았습니다.

81

루스티히라는 남자

옛날 어느 곳에서 큰 전쟁이 있었습니다. 전쟁이 끝나자 많은 군인들이 군대를 나와 집으로 돌아가야 했습니다. 루스티히 역시 통행증과 작은 빵 한 덩어리, 그리고 동전 네 닢을 받아들고 군대 문을 나섰습니다.

한편 성자 베드로는 초라한 거지로 변장하여 길가에 쪼그리고 앉아 있다가 루스티히가 지나가자 한 푼 달라고 구걸을 했습니다. 그러자 루스티히가 말했습니다.

"거지 양반. 나는 줄 게 별로 없다오. 나는 한때 군인이었소만 지금은 쫓겨나서 내가 가진 것이라고는 이 작은 빵 한 덩어리와 동전 네 닢밖에 없어요."

루스티히는 빵을 네 등분하여 그 중 한 조각을 동전 한 닢과 함께 베드로에게 주었습니다. 베드로는 고맙다고 하고 한참 길을 걷다가 다시 앉아서 거지로 변장한 다음 루스티히가 오기를 기다렸습니다. 루스티히가 다가오자 베드로는 다시 구걸을 했습니다. 루스티히는 앞서 한 말을 되풀이하고 나서 빵 한 조각과 동전 한 닢을 주었습니다. 베드로는 고맙다고 하고 한참 길을 걷다가 다시 앉아서 세 번째로 또 다른 거지로 변장했습니다. 거지가 인사를 꾸벅 하자 루스티히는 빵 한 조각과 동전 한 닢을 주었습니다. 베드로는 고맙다고 했습니다. 루스티히는 남은 빵 한 조각과 동전 한 닢을 가지고 가던 길을 계속 갔습니다. 술집이 보이자 루스티히는 거기에 들어가서 빵을 먹으면서 동전 한 닢으로 맥주 한 잔을 시켜서 마셨습니다.

그리고 루스티히는 다시 길을 떠났습니다. 성자 베드로가 이번에는 허름한 군인 복장으로 변장하여 다시 루스티히에게 다가갔습니다.

"반갑네, 친구."

성자 베드로가 말을 걸었습니다.

"빵 한 조각과 동전 한 닢을 얻을 수 없을까?"

루스티히가 말했습니다.

"이를 어쩌면 좋겠나. 난 군대에서 쫓겨나면서 빵 한 덩어리와 동전 네 닢밖에 받지 못했어. 그런데 오다가 거지 셋을 만나서 빵 세 조각과 동전 세 닢을 주고 말았지. 남은 빵 한 조각은 술집에서 먹었고 동전 한 닢은 맥주를 사서 마셨어. 이제 빈털터리라네. 자네도 나와 같은 신세라면 우리 함께 구걸을 다니세."

베드로가 대꾸했습니다.

"아니야, 그럴 필요 없어. 나는 병을 좀 고칠 줄 아니까 그 기술로 돈을 많이 벌 수 있을걸세."

루스티히가 힘없이 말했습니다.

"그렇구만. 난 병 고치는 데는 통 재주가 없으니 혼자서 구걸이나 다녀야겠네."

"나와 같이 가지 그래. 돈을 벌면 절반은 자네에게 줄 테니."

"그거 좋지."

그래서 두 사람은 함께 떠났습니다.

얼마 뒤 농장에 닿았습니다. 그런데 집 안에서 크게 울부짖는 소리가 들려왔습니다. 안으로 들어가 보니 늙어 병든 남자가 숨이 넘어가기 직전이었고 옆에서 부인이 대성통곡을 하고 있었습니다. 그 때 성자 베드로가 말했습니다.

"울음을 그치세요. 댁의 남편은 곧 좋아지실겁니다."

그러더니 주머니에서 고약을 꺼내 병든 노인을 치료했습니다. 노인은 당장 자리에서 일어났습니다. 완전히 건강을 되찾은 것처럼 보였습니다. 부부는 기뻐서 어쩔 줄을 몰랐습니다.

"어떻게 사례를 해야 될까요? 무얼 드리면 좋을까요?"

그러나 성자 베드로는 아무것도 바라는 것이 없었습니다. 그럴 수는 없다고 부부가 붙잡고 늘어질수록 성자 베드로는 점점 더 고집을 부렸습니다. 루스티히는 베드로의 옆구리를 슬쩍 찌르면서 말했습니다.

"무엇이든 받아요, 받아. 지금 우리한테는 무엇이든지 필요하니까."

마침내 농부의 아내가 양 한 마리를 들고 와서 성자 베드로에게 안겼습니다. 성자 베드로가 거절하자 루스티히가 다시 옆구리를 쿡 찌르면서 말했습니다.

"받으라니까, 이 멍청한 친구야. 우리한테는 필요하다구."

그러자 베드로가 말했습니다.

"좋아, 양을 받지. 하지만 들고 가진 않겠어. 생각이 있거든 자네가 들고 가게."

"걱정도 팔자군."

루스티히는 신이 나서 덧붙였습니다.

"그야 누워서 떡 먹기지."

루스티히는 양을 어깨에 둘러메고 앞장 서서 걸었습니다.

두 사람은 얼마 뒤 숲에 닿았습니다. 그동안 루스티히는 어깨에 양을 메고 오느라 기진맥진한 상태였고 배도 고팠습니다. 그래서 성자 베드로에게 넌지시 말했습니다.

"저 자리 참 좋은걸. 저기서 양을 요리해 먹자."

"좋을 대로 하게. 그런데 나는 요리할 줄을 몰라. 요리하고 싶거든 여기 있는 솥을 쓰게. 자네가 요리를 하는 동안 나는 부근을 둘러보고 오겠어. 너무 늦지 않을 테니까 내가 온 다음에 같이 먹도록 하세."

"다녀오게나. 한두 가지 요리는 나도 할 줄 알거든. 걱정말고 나한테 맡겨둬."

성자 베드로는 어디론가 가 버리고 루스티히는 양을 잡은 다음 불을 지피고 솥에 고기를 넣어 요리를 했습니다. 그러나 요리가 다 되었는데도 친구는 돌아올 생각을 하지 않았습니다. 루스티히는 솥에서 양을 꺼내어 칼로 썰었습니다. 심장이 나왔습니다.

"이게 제일 좋은 부분이라지."

처음에는 그냥 맛만 볼 생각이었지만 유혹을 이기지 못하고 그만 날름 집어삼켰습니다.

얼마 후 성자 베드로가 돌아와서 말했습니다.

"양은 자네 혼자 다 먹고 나한테는 심장만 줘. 나는 그것밖에 먹고 싶은게 없으니까."

루스티히는 나이프와 포크를 꺼내어 열심히 심장을 찾는 척했습니다.

물론 있을 턱이 없지요. 그는 얼마 뒤에 천연덕스럽게 말했습니다.

"아무것도 없는데."

"그게 무슨 소린가?"

"우린 둘 다 멍청이야! 엉뚱하게 양의 심장을 찾고 있으니 말이야. 원래 양은 심장이 없다는 걸 까맣게 잊었지 뭔가."

"말도 안 돼! 내 평생 그런 소리는 처음 들어 보네! 심장이 없는 동물은 없는 법이야. 왜 양한테 심장이 없는건가?"

"없으니까 없는거지. 잘 생각해 보면 내 말이 옳다는 걸 알게 될거야. 양은 정말 심장이 없어."

"좋아. 심장이 없다니까 나는 양을 먹지 않겠네. 자네 혼자서 다 먹어 치우게."

"먹다 남은 건 배낭에 넣어 가겠네."

루스티히는 양을 절반만 먹고 나머지는 배낭에 집어넣었습니다.

두 사람은 다시 길을 떠났습니다. 얼마 후 성자 베드로는 큰 강물을 일으켜 앞길을 가로막았습니다. 이제 강물을 건너지 않으면 안 되었습니다.

성자 베드로가 말했습니다.

"자네가 먼저 건너게."

"아니, 자네가 먼저."

루스티히는 그렇게 말하고서 속으로 '물이 깊으면 나는 건너지 말아야지.' 하고 생각했습니다. 그래서 성자 베드로가 먼저 건넜습니다. 강물은 무릎밖에 차지 않았습니다. 그러나 루스티히가 들어가자 강물은 점점 깊어져서 목까지 올라왔습니다. 루스티히는 비명을 질렀습니다.

"사람 살려!"

그러나 성자 베드로는 느긋하게 물었습니다.

"양의 심장을 먹었다고 실토하겠나?"

"아니, 나는 먹지 않았어."

루스티히도 물러서지 않았습니다. 그러자 물은 점점 깊어져서 입까지 올라왔습니다.

"사람 살려!"

루스티히가 울부짖었습니다. 성자 베드로는 한 번 더 물었습니다.

"양의 심장을 먹었다고 실토하겠나?"

"아니, 나는 먹지 않았어."

성자 베드로는 루스티히를 물 속에 빠뜨려 죽일 생각은 없었으므로 물을 빼서 루스티히가 건널 수 있게 했습니다. 두 사람은 계속 걸어서 어느 왕국에 닿았습니다. 마침 그 나라 공주가 병에 걸려 언제 죽을지 모른다는 소문이 들렸습니다. 루스티히가 베드로에게 말했습니다.

"여보게, 친구. 좋은 기회일세. 공주의 병을 고치면 우리는 평생 떵떵거리면서 살 수 있어."

그러나 베드로는 도무지 서두르지 않았습니다. 루스티히가 언성을 높였습니다.

"좀더 빨리 걷지 못하겠나? 늦기 전에 빨리 도착해야 한다구!"

그러나 루스티히가 재촉을 하면 할수록 베드로는 더욱 느리게 걸었습니다. 그러다가 마침내 공주가 죽었다는 소식이 들렸습니다. 루스티히가 투덜거렸습니다.

"그것 봐. 그렇게 꾸물대다가 요모양으로 됐지."

"조용히 해. 내가 할 수 있는 일은 병든 사람만 고치는 게 아니야. 죽은 사람도 살릴 수 있다구."

"그렇다면 다행이군. 공주를 살리면 적어도 왕국의 절반은 얻을 수 있을거야."

두 사람은 궁전으로 갔습니다. 모두들 깊은 슬픔에 잠겨 있었습니다. 베드로는 왕에게 자기가 공주를 살려 내겠다고 말했습니다. 두 사람을 공주가 있는 곳으로 데리고 가자 베드로는 물을 한 솥 갖다 달라고 했습니다. 그런 다음 죽은 공주의 팔다리를 잘라 내어 솥에 넣은 다음 불을 때서 펄펄 끓였습니다. 그리고 살점이 다 떨어져 나간 새하얀 뼈를 추스려서 상 위에 가지런히 놓았습니다. 그런 다음 성자 베드로는 상으로 다가서서 똑같은 말을 세 번 되풀이했습니다.

"거룩하신 하느님의 이름으로 명하노니, 깨어나라 죽은 여인이여!"

세 번째 말이 끝나기가 무섭게 공주는 자리에서 벌떡 일어섰습니다. 아름답고 건강한 모습이었습니다. 왕은 기뻐서 어쩔 줄 몰라 하며 베드로에게 말했습니다.

"이 은혜는 잊지 않겠소. 왕국의 절반이라도 당신에게 기꺼이 드리리다."

그러나 성자 베드로의 마음은 변함이 없었습니다.

"저는 보답을 원하지 않습니다."

어리석은 친구 같으니! 루스티히는 울화가 치밀어 친구의 옆구리를 쿡 찌르며 말했습니다.

"바보 같은 소리 말아. 자네가 그렇다고 나까지 그런 줄 알았다간 큰코 다쳐."

성자 베드로는 한사코 아무것도 받지 않으려고 했지만 왕은 옆에 있는 친구의 생각은 다르다는 것을 눈치 채고 배낭에 금을 가득 채워 오라고 일렀습니다다. 두 사람은 다시 길을 떠났습니다. 이윽고 숲에 다다르자 베드로가 루스티히에게 말했습니다.

"이제 금을 나누세."

"그거 좋지. 어서 나누자구."

성자 베드로는 금을 3등분했습니다. 루스티히는 영문을 몰랐습니다.

'이 친구 머리가 돈 거 아냐? 두 사람뿐인데 왜 셋으로 나누는거야?'

그 때 성자 베드로가 말했습니다.

"골고루 나눴네. 나 한 더미, 자네 한 더미, 그리고 양의 심장을 먹은 사람 한 더미."

루스티히가 금을 재빨리 낚아채면서 말했습니다.

"그건 나였어. 믿어줘 내가 먹었다니까."

"그럴 리가 있나? 양은 심장이 없다구."

성자 베드로가 능청을 떨었습니다.

"누가 그런 소릴 하던가? 양도 다른 짐승들처럼 심장이 있어. 양이라고 해서 다를 이유가 없지 않은가?"

"어쨌든 알았네. 금은 자네가 갖게. 하지만 이제부터 자네와 헤어지겠네. 나 혼자서 가겠어."

"좋으실 대로. 잘 가라고."

성자 베드로는 다른 길로 접어들었습니다. 루스티히는 속으로 '저 친구가 가서 다행이야. 정말 이상한 친구야!' 하고 생각했습니다.

루스티히는 부자가 되었지만 돈을 제대로 쓰지 못했습니다. 곶감 빼먹듯 야금야금 쓰다 보니 어느 새 주머니에는 동전 한 닢 남아 있지 않게 되었습니다. 마침 그 때 루스티히는 어느 나라의 공주가 얼마 전에 죽었다는 이야기를 듣고 그 나라로 갔습니다.

하늘이 주신 기회를 잘 이용해야 한다고 생각하며 루스티히는 단단히 각오를 했습니다. 공주의 목숨을 살려 내면 당연히 무언가 보답이 있으리라고 믿은 루스티히는 왕에게 가서 죽은 공주를 살려 내겠다고 장담했습니다. 왕은 떠돌이 군인이 죽은 사람들을 살려 내고 있다는 소리를 들은 적이 있던 터라 루스티히가 바로 그 사람이라고 생각했습니다. 하지만 루스티히를 믿을 수가 없어서 신하들의 생각을 물었습니다. 신하들은 어차피 공주님은 이미 죽었으니 밑져야 본전이 아니겠느냐고 말했습니다.

　루스티히는 물 한 솥을 가져오게 한 다음 모두 나가 있으라고 일렀습니다. 그런 다음 공주의 팔다리를 잘라 솥 안에 집어넣고 성자 베드로가 그랬던 것처럼 펄펄 끓였습니다. 끓기 시작하자 뼈에서 살점이 뚝뚝 떨어져 나갔습니다. 루스티히는 뼈를 추스려서 상 위에 얹었지만 어떻게 놓아야 하는지 알 수가 없어서 뒤죽박죽 섞어 놓았습니다. 그런 다음 상 앞에 서서 말했습니다.

　"거룩하신 하느님의 이름으로 명하노니, 깨어나라 죽은 여인이여!"

　이렇게 세 번을 말했지만 뼈는 꼼짝도 하지 않았습니다. 다시 세 번을 더 말해도 소용이 없자 화가 난 루스티히는 소리를 버럭 질렀습니다.

　"이 멍청한 여자야, 일어나라니까! 후회하지 말고 일어나!"

　루스티히가 막 이 말을 내뱉았을 때 성자 베드로가 예전의 군인 복장으로 불쑥 창문을 통해 들어와서 말했습니다.

　"어쩌자고 이런 짓을 하는건가? 뼈들을 모두 엉망으로 뒤섞어 놓고서 어떻게 죽은 처녀를 살리겠다는건가?"

　루스티히는 울상을 지었습니다.

　"나로서는 최선을 다했네."

　"이번 한 번은 자네를 도와주겠네. 하지만 명심하게나. 앞으로 이런 짓을 다시 저지르면 그 때는 자네가 어떻게 되든 난 거들떠보지 않겠어."

　베드로는 뼈를 바르게 놓고 처녀에게 같은 말을 세 번 되풀이했습니다.

　"거룩하신 하느님의 이름으로 명하노니, 깨어나라 죽은 여인이여!"

　그러자 공주가 자리에서 일어났습니다. 예전처럼 어여쁜 몸매, 아름다운 얼굴이었습니다. 성자 베드로는 다시 창문으로 나갔습니다. 루스티히는 일이 잘 풀려서 천만 다행이라고 생각했습니다. 그런데 한 가지 신경쓰이는 일이 있었습니다. 베드로가 아무것도 받아서는 안 된다고 했던 것입니다.

　루스티히는 속으로 생각했습니다.

　'저 친구 머릿속에는 무엇이 들어 있는지 통 알 수가 없단 말이야. 이 손으로 주고 저 손으로 가져가니! 알다가도 모를 일이야!'

　왕은 루스티히가 원하는 것은 무엇이든 주겠다고 했지만 루스티히는 아무것도 받아서는 안 되었습니다. 그럼에도 불구하고 루스티히는 은근한 방법으로 자기 마음을 왕에게 알려서 결국 배낭 가득 금을 얻었습니다. 그리고 성을 떠났습니다. 그러나 성문을 나서자 성자 베드로가 성문 밖에서 기다리고 있다가 캐물었습니다.

"자넨 도대체 어떻게 된 사람인가? 아무것도 받으면 안 된다고 내가 말하지 않았는가? 그런데 배낭에 가득 든 저 금은 무엇인가?"

루스티히는 변명을 했습니다.

"난들 어쩌란 말인가? 그냥 쑤셔 넣어 주는 것을."

"경고하는데 앞으로 두 번 다시 그런 짓은 하지 말게. 아니면 봉변을 당할 줄 알아."

"알았다니까! 걱정하지 말라고. 이제 금도 생겼겠다 뭐가 좋다고 죽은 사람 뼈를 다시 만지겠나?"

"잘 생각했어! 자네가 가진 금이면 평생 걱정 없이 살거야. 하지만 다시는 섣부른 짓을 하지 않도록 내가 자네에게 어떤 소원이든지 들어주는 배낭을 주겠네. 잘 가게. 다시는 나를 보지 못할거야."

"하느님의 가호가 있기를."

루스티히는 그렇게 말하고 나서 생각했습니다.

'이상한 친구이긴 하지만 어쨌든 만나길 잘했다. 다시는 자네 뒤를 쫓아 다니지 않겠어.'

그 후 루스티히는 마법의 힘을 가졌다는 배낭에 대해서는 까맣게 잊었습니다.

루스티히는 다시 여기저기 떠돌아다니면서 지난 번과 마찬가지로 금을 물 쓰듯 써 버렸습니다. 그래서 마지막에는 동전 네 닢밖에 남지 않게 되었습니다. 루스티히는 여관에 들어가면서 돈이란 어차피 없어지게 되어 있는 법이라고 생각하며 동전 네 닢으로 술과 빵을 시켰습니다. 그리고 자리에 앉아서 술을 홀짝거리고 있는데 맛있는 거위 구이 냄새가 코 끝을 스쳤습니다.

루스티히는 사방을 두리번거렸습니다. 여관 주인이 거위 두 마리를 굽고 있었습니다. 그제서야 루스티히는 무엇이든 손에 넣을 수 있게 해준다던 마법의 배낭이 생각났습니다. 그 거위로 한 번 시험해 보아야겠다고 생각한 루스티히는 밖으로 나가 문 앞에 서서 중얼거렸습니다.

"저 거위 두 마리를 내 배낭에 넣었으면."

그 말을 하고 나서 배낭을 열어 보니 거위 두 마리가 들어 있었습니다.

"옳지. 난 이제 걱정할 게 없다."

　루스티히는 풀밭으로 가서 거위를 먹기 시작했습니다. 한참 맛있게 먹고 있는데 날품팔이꾼 두 명이 다가와서 아직 손대지 않은 거위를 보면서 군침을 흘렸습니다. 루스티히는 한 마리면 충분하다고 생각하며 두 사내를 불렀습니다.

"이리 와서 거위를 드시오."

　날품팔이꾼들은 고맙다는 인사를 하고 거위를 가지고 여관으로 갔습니다. 거기서 술 한 병과 빵 한 덩어리를 시켜 선물로 받은 거위를 막 끌러서 먹으려는데 여관집 안주인이 물끄러미 쳐다보다가 남편에게 말했습니다.

"저기 두 사람이 거위를 먹고 있어요. 혹시 우리 거위가 없어지지 않았는지 알아봐요."

　여관 주인이 가서 보니 솥은 텅 비어 있었습니다.

"앗! 이런 불한당 같으니! 공짜로 드시겠다 이건가? 당장 돈을 내지 않으면 푸른 개암나무 몽둥이로 두들겨 팰 테다!"

"우린 도둑이 아닙니다. 어떤 군인이 풀밭에서 우리에게 준거예요."

"새빨간 거짓말을 하고 있어! 그 군인은 여기 얌전히 있다가 나갔어. 내가 자세히 지켜보았다구. 네 놈들이 바로 도둑이야. 어서 돈을 내라니까!"

　그러나 날품팔이꾼에게 돈이 있을 리 없었습니다. 여관 주인은 몽둥이 찜질을 하여 두 사내를 문 밖으로 쫓아냈습니다.

　한편 루스티히는 으리으리한 성 앞에 닿았습니다. 성 옆에는 초라한 여관이 있었습니다. 루스티히가 여관에 들어가서 하룻밤 묵어가기를 청하자 주인은 고개를 흔들었습니다.

"빈 방이 없습니다. 높으신 양반들로 꽉 찼어요."

"높으신 양반들이 왜 으리으리한 성을 놔두고 이런 데서 잔단 말이오?"

　루스티히가 물었습니다.

"거기서는 잠을 잘 수가 없어요. 그 곳으로 잠자러 들어간 사람치고 살아 나온 사람이 없었으니까요."

　여관 주인이 말했습니다.

"그럼 내가 한번 해봐야겠군."

"안 가는 게 좋을겁니다. 죽고 싶지 않거든."

　여관 주인이 겁을 주었습니다.

"죽는 건 두렵지 않소. 먹고 마실 것과 열쇠를 좀 주시오."

루스티히가 말했습니다.

여관 주인은 루스티히가 부탁한 것을 주었습니다. 루스티히는 성 안으로 들어가서 음식을 맛있게 먹었습니다. 배가 부르니 졸음이 왔습니다. 루스티히는 그냥 바닥에 누웠습니다. 침대가 없었으니까요. 금세 잠이 들었지만 밤중에 시끄러운 소리가 나는 바람에 퍼뜩 정신을 차렸습니다. 두 눈을 떠보니 못생긴 악마 아홉 명이 자기 주위를 빙빙 돌면서 춤을 추고 있었습니다.

"춤추는 건 얼마든지 좋은데 너무 가까이 오지만 말아다오."

루스티히가 말했습니다. 그러나 악마들은 그 소름끼치는 발이 루스티히의 얼굴에 거의 닿을 정도로 바싹 다가왔습니다.

"이 형편없는 악마 녀석들이 감히 어디서 소란을 떠는거야!"

호통을 쳤지만 악마들은 더욱 날뛰었습니다. 루스티히도 화가 나서 고래고래 소리를 질렀습니다.

"좋다! 내가 너희들을 얌전하게 만들어 주지!"

루스티히는 의자다리 하나를 분질러 악마들에게 휘두르기 시작했습니다. 그러나 군인 혼자서 악마 아홉 명을 상대하기에는 너무 벅찼습니다. 앞에 있는 놈들을 한 방 갈기면 다른 놈들이 뒤에서 머리채를 감아 쥐고 사정없이 잡아당겼습니다.

"꼴도 보기 싫은 녀석들! 이제 더 이상 못참겠다! 너희 모두 내 배낭 안으로 들어가!"

그 말이 떨어지기가 무섭게 악마들은 배낭 안으로 들어갔습니다. 루스티히는 배낭을 단단히 조여서 한구석에 던졌습니다. 악마들은 쥐죽은 듯 조용해졌고 루스티히는 두 다리를 쭉 뻗고 잤습니다.

다음 날 아침이 되자 어떻게 되었나 궁금해진 여관 주인과 높으신 양반이 성으로 왔습니다. 두 사람은 루스티히가 멀쩡한 몸으로 콧노래까지 부르고 있는 것을 보고 깜짝 놀라서 물었습니다.

"악마들이 아무 짓도 하지 않던가요?"

"뛰는 놈 위에 나는 놈이 있는 법 아닙니까. 저 배낭 안에 모두 처넣었습니다. 이제 성으로 돌아와서 마음 푹 놓고 사세요. 다시는 악마의 코빼기도 나타나지 않을 테니까요."

높은 양반은 고맙다고 인사를 하고 값진 재물을 보답으로 주었습니다. 그리고 평생 아무 걱정 없이 살 수 있도록 해줄 테니 성에 남아 있어 달라고 사정했습니다. 그러나 루스티히는 고개를 저었습니다.

"저는 떠돌아다니는 버릇이 몸에 배어서 한 곳에 붙어 있지를 못합니다."

루스티히는 다시 길을 떠났습니다. 그리고 도중에 대장간이 나타나자 아홉 명의 악마가 든 배낭을 모루 위에 올려놓고 대장장이에게 그것을 넓적하게 펴 달라고 부탁했습니다. 커다란 망치로 힘껏 두드리기 시작하자 악마들은 꽥꽥 비명을 질러 댔습니다. 얼마 뒤 배낭을 끌러 보니 악마 여덟명은 죽어 있었습니다. 그리고 주름 사이에 끼여 있던 덕분에 목숨을 건진 한 녀석은 지옥으로 뺑소니를 쳤습니다.

루스티히는 오랫동안 세상을 돌아다녔습니다. 루스티히의 모험담은 사람들의 입에 자주 오르내리게 되었습니다. 그러나 어느덧 루스티히도 나이가 들어서 죽을 날을 생각하지 않을 수 없게 되었습니다. 그래서 사람들의 존경을 받는 은둔자를 찾아갔습니다.

"이젠 떠돌아다니는 데도 지쳤습니다. 천당에 들어가고 싶습니다."

은둔자가 입을 뗐습니다.

"두 갈래 길이 있다. 한 쪽 길은 넓고 편하며 지옥으로 이어진다. 다른 쪽 길은 좁고 험하며 천당으로 이어진다."

루스티히는 바보가 아닌 다음에야 굳이 좁고 험한 길을 택할 이유가 없다고 생각했습니다. 그래서 넓고 편한 길을 택했습니다. 한참 가니까 큼지막한 검은 문이 나타났습니다. 지옥의 문이었습니다. 루스티히가 문을 똑똑 두드리자 문지기는 누가 왔나 살짝 내다보았습니다. 문지기는 루스티히를 보자 기겁을 했습니다. 그럴 수밖에요. 그 문지기는 배낭 안에서 구사일생으로 살아나 달아났던 아홉 번째 악마였으니까요. 문지기는 재빨리 문을 잠그고 악마들의 우두머리에게 가서 말했습니다.

"배낭을 든 녀석이 이리 들어오겠다고 왔는데 절대 들여보내시면 안 됩니다. 그랬다간 지옥을 모두 자기 배낭 안에 쑤셔 넣을 놈입니다. 한 번 그 속에 들어갔다가 어찌나 혼이 났는지 … ."

그래서 루스티히는 지옥의 악마들에게 문전박대를 당하고 발길을 돌려야 했습니다. 루스티히는 속으로 생각했습니다.

'지옥에서 나를 원하지 않는다면 천당에 가서 한 번 자리를 알아봐야겠다. 어차피 어딘가에는 뿌리를 내려야 하니까.'

한참을 걸어가니 천당의 문이 나왔습니다. 똑똑 문을 두드렸습니다. 때마침 그 곳에 문지기로 앉아 있던 성자 베드로가 루스티히를 당장 알아보았습니다. 루스티히는 '옛 친구가 여기 있을 줄이야. 일이 잘 풀리겠는걸.' 하고 생각했지만 성자 베드로는 냉정하게 말했습니다.

"천당으로 들어오고 싶다는 네 말을 내가 호락호락 믿을 것 같은가?"

"좀 들여보내줘. 이제 어느 한 곳에 자리를 잡아야겠어. 지옥에서 나를 받아주었으면 여기 오지도 않았을걸세."

"들여보낼 수 없어."

"정 그렇다면 배낭을 도로 받게. 원래 자네 물건이지 내 것은 아니니까."

"좋아, 어서 주게."

루스티히는 쇠창살 사이로 배낭을 건네 주었습니다. 성자 베드로는 그것을 의자 옆에 걸어두었습니다.

"저 배낭으로 들어가고 싶다."

갑자기 루스티히가 총알처럼 내뱉았습니다.

루스티히는 눈깜짝할 사이에 배낭 안에 들어갔고 자연히 천당에 들어가게 되었습니다. 성자 베드로는 할 수 없이 루스티히를 받아들였습니다.

82

노름꾼 한스

옛날 옛적에 노름밖에 모르던 사람이 있었습니다. 그래서 사람들은 그를 노름꾼 한스라고 불렀습니다. 그는 밤낮 노름만 하다가 결국 집과 재산 모두를 잃고 말았습니다. 그런데 그의 집이 빚쟁이들에게 넘어가기 전날 하느님과 베드로가 찾아와서 하룻밤 묵을 수 없느냐고 물었습니다. 그러자 노름꾼 한스는 이렇게 말했습니다.

"글쎄요, 하룻밤 묵을 수는 있지만 당신들에게 줄 침대나 음식은 하나도 없군요."

하느님은 재워 주기만 한다면 먹을 것은 직접 사겠노라고 그에게 말했습니다. 노름꾼 한스로서는 거절할 이유가 없었으므로 기꺼이 수락했습니다. 그러자 베드로가 그에게 30페니히를 주며 빵집에 가서 빵을 조금 사다 달라고 부탁했습니다. 노름꾼 한스는 빵집을 향해 집을 나섰습니다. 그러나 얼마 안 가서 그의 모든 것을 빼앗아간 노름꾼들이 사는 집을 지나치게 되었습니다. 노름꾼들이 한스를 불러 세웠습니다.

"여보게 한스, 이리 들어오게나!"

"어림없어. 자네들은 이 30페니히마저 빼앗으려고 그러는거지?"

한스가 대답했습니다. 그러나 결국 한스는 노름꾼들의 꾐에 넘어가고 말았습니다. 그는 노름꾼들에게 30페니히마저 잃고 말았습니다.

한편 하느님과 베드로는 아무리 기다려도 한스가 돌아오지 않자 그를 찾아 나섰습니다. 그들이 다가오는 것을 보자 한스는 돈을 흙탕물 속에 빠뜨린 척하며 그것을 찾는 것처럼 흙탕물을 휘젓기 시작했습니다. 그러나 하느님은 이미 그가 노름으로 30페니히를 잃어버렸다는 사실을 잘 알고 계셨습니다.

베드로는 그에게 다시 30페니히를 주었습니다. 이번에는 노름꾼들의 유혹에 넘어가지 않고 무사히 빵을 사가지고 돌아왔습니다. 하느님이 그에게 포도주가 있느냐고 물었습니다.

"죄송합니다만, 손님. 지하실의 술통은 텅텅 빈 지 오래되었습죠."

그러자 하느님은 그에게 지하실로 내려가 보라고 말씀하셨습니다..

"그 곳에는 아직도 최고급 포도주가 남아 있을 걸세."

노름꾼 한스는 하느님의 말을 좀처럼 믿을 수가 없었지만 이렇게 말했습니다.

"정 그러시다면 내려가 보긴 하겠습니다만, 정말 한 방울도 남아 있지 않습니다."

그러나 그가 지하실에 내려가서 술통을 두드리자 최고급 포도주가 흘러 넘쳤습니다. 한스는 포도주를 떠서 손님들을 대접했습니다. 하느님은 그 곳에서 하룻밤을 묵은 후 이른 아침에 노름꾼 한스에게 세 가지 소원을 들어 줄 테니 말해 보라고 했습니다. 하느님은 그가 틀림없이 천국에 가기를 원할 것이라고 생각했습니다. 그러나 노름꾼 한스가 원한 것은 누구하고 노름을 해도 이길 수 있는 카드 한 묶음과 주사위, 그리고 여러 종류의 과일이 매달려 있으나 어느 누구라도 한 번 올라가면 한스의 명령 없이는 내려올 수 없는 나무 한 그루였습니다. 하느님은 그가 원하는 것을 모두 준 다음 베드로와 함께 길을 떠났습니다.

노름꾼 한스는 열심히 노름을 했습니다. 그리하여 얼마 지나지 않아 이 세상의 절반을 손에 넣을 정도가 되었습니다. 그러자 베드로가 하느님에게 이렇게 말했습니다.

"하느님, 이래선 안 되겠습니다. 조금만 더 있으면 그가 온 세상을 손에 넣을 것입니다. 그에게 죽음의 사자를 보내야 되지 않겠습니까?"

하느님은 죽음의 사자에게 한스를 잡아오라는 명령을 내렸습니다. 죽음의 사자가 당도했을 때도 한스는 여전히 노름에 열중해 있었습니다.

"한스, 잠깐 밖으로 나오게."

죽음의 사자가 밖에서 부르자 한스는 이렇게 대답했습니다.

"게임이 끝날 때까지 잠깐만 기다리시오. 그동안 나무에 올라가서 여행중에 함께 먹을 과일이나 따고 있는 것이 어떻겠소?"

그러나 나무 위에 올라간 죽음의 사자가 막상 내려오려 했을 때에는 어찌된 일인지 내려올 수가 없었습니다. 노름꾼 한스는 그를 7년 동안 나무 위에 붙잡아 두었던 것입니다. 그러므로 그 기간 동안에는 죽은 사람이 아무도 없었습니다.

다시 베드로가 하느님에게 말했습니다.

"하느님, 이래선 안 되겠습니다. 죽는 사람이 아무도 없습니다. 이제 우리가 직접 내려가 봐야 하지 않을까요?"

베드로와 함께 땅으로 내려온 하느님은 노름꾼 한스에게 죽음의 사자를 풀어 주라고 명령했습니다. 한스는 죽음의 사자에게 다가가 말했습니다.

"이제 내려오시오."

나무에서 내려온 죽음의 사자는 당장 한스를 붙잡아 목숨을 빼앗았습니다. 그들이 함께 저 세상에 당도하자 노름꾼 한스는 곧바로 천국의 문으로 다가가 힘차게 두드렸습니다.

"누구인가?"

"노름꾼 한스입니다."

"이 곳에는 그대가 필요하지 않으니 다른 곳으로 가도록 하라."

그래서 그는 연옥을 찾아가 다시 문을 두드렸습니다.

"누구인가?"

"노름꾼 한스입니다."

"이 곳은 고통과 슬픔으로 가득 차서 노름할 사람이 없으니 다른 곳으로 가도록 하라."

결국 그는 지옥의 문을 찾아갔습니다. 그 곳에서는 곧바로 들어갈 수가 있었습니다. 지옥에는 마왕과 곱사등이, 악마들만이 집을 지키고 있었습니다. 등이 똑바른 악마들은 세상에 나가 일을 보고 있었기 때문입니다. 지옥에 들어선 한스는 곧바로 자리를 잡고 앉아 노름을 시작했습니다. 마왕이 가진 것이라고는 곱사등이, 악마들밖에 없어서 노름꾼 한스는 항상 이기게 해주는 카드로 그들을 모두 땄습니다.

그리고 그는 곱사등이, 악마들을 이끌고 지옥을 떠나 창고로 가서 긴 막대기 몇 개를 꺼냈습니다. 그런 다음 그들은 천국으로 올라가 그 막대기로 하늘의 왕국을 공격했습니다. 천국이 붕괴될 위기에 처하게 되자 베드로가 말했습니다.

"하느님, 이래선 안 되겠습니다. 그들을 들여보내지 않으면 천국을 모두 무너뜨리고 말겠는데요."

그들이 그를 천국으로 들어오게 하자 노름꾼 한스는 즉시 노름을 시작했고 삽시간에 너무나 큰 소동과 혼란이 일어나서 사람들은 자신의 목소리조차 들을 수 없을 정도였습니다. 다시 한 번 베드로가 말했습니다.

"하느님, 이래선 안 되겠습니다. 그를 밖으로 내던져 버리지 않으면 하늘 나라가 온통 아수라장이 되고 말겠습니다"

그래서 그들은 한스를 붙잡아 밖으로 내던졌습니다. 결국 그의 영혼은 땅에 부딪혀 산산조각이 났습니다. 그 중의 어떤 조각들이 허공을 날아다니다가 수많은 노름꾼들의 영혼으로 들어가서 오늘날까지도 살아 숨쉬고 있는 것입니다.

83

행운아 한스

어떤 주인 밑에서 칠 년을 일해 온 한스가 어느 날 말했습니다.
"주인님, 이제 제가 떠날 때가 되었습니다. 집에 가서 어머니를 뵈올 수 있도록 그동안의 품삯을 주십시오."
"그동안 충실하고 정직하게 일했으니 네게 큰 상을 내리겠노라."
주인은 이렇게 말하고 그의 머리만큼이나 큰 금덩어리를 주었습니다. 한스는 금덩어리를 보자기에 싸서 어깨에 둘러메고 집을 향해 떠났습니다. 그가 구불구불한 길을 따라 열심히 걷고 있을 때 한 남자가 튼튼하고 힘이 넘치는 말을 타고 달려오는 것이었습니다. 그는 매우 즐겁고 활기에 찬 모습이었습니다. 순간 한스는 큰 소리로 외쳤습니다.
"야! 말이라는 것은 정말 멋진 동물이구나! 사람은 의자에 앉은 것처럼 그저 그 위에 앉아 있기만 하면 되고, 돌에 걸려 넘어지거나 신발이 닳을 염려도 없겠는걸. 또 마음만 먹으면 어디든지 순식간에 갈 수 있겠는데."
말탄 사람이 그 말을 듣고 그 자리에 멈춰 서서 한스에게 말했습니다.
"그렇다면 도대체 당신은 왜 걷고 있는거요?"
그러자 한스는 이렇게 대답했습니다
"어쩔 수가 없어요. 나는 이 큰 금덩어리를 가지고 가야 하거든요. 이건 진짜 황금이에요. 너무 무거워서 머리를 제대로 들 수도 없고 어깨를 똑바로 펼 수도 없어요."
그러자 말탄 사람이 말했습니다.
"이렇게 하면 어떻겠소? 서로 바꾸는 거요. 나는 당신에게 말을 줄 테니 당신은 그 금덩어리를 나에게 주시오."
"그것 참 좋은 생각이오. 하지만 미리 말해 주겠는데 이건 너무 무거워서 운반하기가 쉽지 않을거요."
그 사람은 말에서 내려 금덩어리를 받아든 다음 한스가 말에 오르는 것을 도왔습니다. 한스가 말에 오르자 그는 말고삐를 한스의 손에 굳게 쥐어 주며 말했습니다.

"빨리 가고 싶으면 혀를 쯧쯧 차면서 '이랴! 이랴!' 하고 소리치시오."

말등에 오른 한스는 날아갈 듯이 기뻐서 마음껏 달리기 시작했습니다. 조금 달리자 그는 좀더 빨리 달리고 싶어졌습니다. 그래서 혀를 차며 "이랴! 이랴!" 하고 소리를 쳤더니 말이 갑자기 껑충하고 뛰어오르더니 빠르게 달리다가 한스를 길과 밭 사이의 도랑에 떨어뜨리고 달아났습니다. 때마침 소를 몰고 이쪽으로 오고 있던 농부가 붙잡지 않았다면 말은 영영 사라져 버리고 말았을 것입니다. 간신히 정신을 차리고 도랑에서 빠져나온 한스는 너무 화가 나서 농부에게 말했습니다.

"말을 타는 것은 조금도 즐거운 일이 아니군요. 특히 주인을 떨어뜨리고 달아나는 이런 녀석을 어떻게 믿고 타겠소? 다시는 이 말을 타지 않겠소. 그런데 당신의 소는 아주 착해 보이는군요. 사람은 그 뒤에서 편하게 따라가기만 하면 되고. 더구나 매일 우유, 버터, 그리고 치즈 따위를 얻을 수 있구요. 그런 암소를 한 마리 얻을 수만 있다면 저는 무엇이든 내놓을 거예요!"

"이 소가 그렇게 맘에 든다면 기꺼이 당신의 말과 바꾸어 주리다."

한스는 매우 기뻐하며 농부의 말에 동의했습니다. 농부는 말 위에 훌쩍 올라타더니 서둘러 길을 떠나갔습니다. 이제 한스는 여유있게 소를 몰면서 말을 암

소와 바꾼 것을 아주 흡족하게 생각했습니다.

'이제 필요한 것은 빵 한 조각뿐이야. 빵은 어디에서나 구할 수 있을 것이고. 이제 빵을 먹을 때는 버터와 치즈를 마음껏 먹을 수 있게 되었으니 얼마나 좋아? 그리고 목이 마르면 우유를 짜서 마시면 되지. 무엇이 더 필요하단 말인가?'

그는 주막에서 점심과 저녁으로 싸온 음식을 하나도 남기지 않고 맛있게 먹은 다음 남아 있던 돈 몇 푼으로 맥주 한 잔까지 주문해서 마셨습니다.

식사를 마친 후 그는 다시 소를 몰고 어머니가 계시는 고향마을을 향해 길을 재촉했습니다. 한스는 키 작은 덤불로 덮여 있는 황야를 한 시간 이상 걸었습니다. 한낮의 무더위는 견딜 수 없을 만큼 심해서 갈증으로 그의 혀는 입천장에 달라붙고 말았습니다. 무슨 방법이 있을 것이라고 한스는 생각했습니다.

'맞아, 소의 젖을 짜서 그걸 마시고 기운을 차리는거야.'

그는 더위로 바짝 마른 나무에 소를 매고 양동이가 없었기 때문에 그 대신 가죽모자에 우유를 받으려 했습니다. 그러나 아무리 애를 써도 우유는 한 방울도 나오지 않았습니다. 게다가 젖을 짜는 그의 솜씨가 너무 서툴렀기 때문에 소는 참지 못하고 뒷다리로 그의 머리를 차서 쓰러뜨리고 말았습니다. 한참 후에야 간신히 깨어난 한스는 겨우 정신을 차렸습니다. 다행히도 푸줏간 주인 하나가 때마침 그 곳을 지나고 있었습니다. 어린 돼지 한 마리를 손수레에 싣고 오던 그가 한스를 보고 소리쳤습니다.

"누군가가 당신을 속였나 보군요!"

한스는 그의 도움을 받아 간신히 몸을 일으킨 다음 그동안 있었던 일을 설명했습니다. 푸줏간 주인은 그에게 물통을 내주며 말했습니다.

"한 모금 마시면 한결 나아질거요. 당신의 소는 너무 늙어서 젖이 나오지 않는 것 같소. 기껏해야 밭을 갈거나 도살장으로 끌려가는 일만 남은 것같소."

머리를 긁적이며 한스가 대답했습니다.

"정말 누가 그걸 생각이나 했겠소? 당신은 도살할 수 있는 가축이 많을수록 좋겠지요? 이 놈한테서 틀림없이 엄청난 고기가 나올 것이오! 하지만 나는 쇠고기를 썩 좋아하지 않아요. 너무 뻑뻑해서 말이오. 그러나 당신이 싣고 가는 이 어린 돼지는 맛이 상당히 좋을 것 같군요. 더구나 부드러운 소시지는 생각만 해도 군침이 저절로 넘어가지요!"

"이봐요, 한스! 친구니까 당신의 소원을 하나만 들어주겠소. 이 돼지와 당신의 소를 바꾸는 게 어떻소?"

"정말이지 하느님께서는 당신의 친절에 축복을 내리실거요!"

한스는 푸줏간 주인에게 소를 넘겨 주었고, 푸줏간 주인은 손수레에 실려 있던 어린 돼지의 목에 손수 밧줄을 매달아 한스의 손에 쥐어 주었습니다.

다시 여행을 시작하면서 한스는 모든 일이 원하는 대로 잘 되어간다고 생각했습니다. 곤란한 문제가 발생할 때마다 이렇게 즉시 해결되다니! 얼마 안 가서 그는 하얀 거위를 품에 안고 지나가는 한 소년을 만났습니다. 서로 인사를

　나눈 후 한스는 그 소년에게 이제껏 있었던 일과 그에게 찾아온 행운을 모두 말해 주었습니다. 소년은 고개를 끄덕이며 이야기를 들은 후, 자신은 세례식에 쓸 거위를 가지고 가는 중이라고 말했습니다. 그리고 거위의 날개를 잡아 들어 올리며 말했습니다.
　"이 놈이 얼마나 살이 쪘는지 한번 들어 보세요. 지난 8주 동안 내내 먹이를 줬다구요. 이걸 잘 구워서 한 입 베어 물면 분명히 입가에 묻은 기름을 닦을 정신도 없을 만큼 맛이 있을거예요."
　한 손으로 거위를 들어올려 무게를 가늠해 보면서 한스가 말했습니다.
　"그렇겠구나. 정말 묵직한데. 하지만 내 돼지도 결코 가벼운 놈은 아니란다."
　바로 그 때 소년은 조심스런 눈초리로 사방을 둘러보더니 머리를 절레절레 흔들며 말했습니다.
　"잘 들으세요. 지금 아랫마을에 문제가 생겼는데, 아마도 이 돼지 때문일거예요. 내가 지나온 마을 시장님 집에서 누군가 돼지 한 마리를 훔쳤대요. 그것이 당신 수중에 있다니 정말 무서운 일이군요. 마을에서는 사람들을 풀어서 범인을 찾고 있어요. 만약 그들이 돼지를 가지고 있는 당신을 발견한다면 정말 끔찍한 일이 일어날거예요. 당신은 최소한 지하감옥에 던져질 테니까요."
　착하기만 한 한스는 두려움에 몸을 떨었습니다.

"이런 세상에! 어떻게 해야 좋을까? 나를 좀 도와줄 수 없겠니? 너도 알다시피 나는 이 근방의 길을 잘 모른단다. 그러니 그 거위를 나에게 주고 네가 돼지를 가져가면 어떻겠니?"

"그건 대단히 위험한 일이에요. 하지만 당신을 위험에 빠지게 할 수는 없죠."

소년은 그렇게 말하고 재빨리 그의 손에서 돼지와 밧줄을 낚아챈 다음 거위를 내려놓았습니다. 그제서야 안심이 된 착한 한스는 거위를 품에 안고 다시 길을 떠났습니다.

"아무리 생각해도 내가 이득을 본 것 같아. 우선 훌륭한 고기하고 앞으로 석 달 동안 빵에 발라 먹을 수 있는 거위기름을 얻었잖아. 뿐만 아니라 아름다운 흰 깃털까지 얻었으니! 이 깃털을 베개에 채워 넣으면 이제 자장가를 불러 주는 사람 없이도 쉽게 잠들 수 있을거야. 어머니께서 얼마나 기뻐하실까!"

그런데 마지막 마을을 지나게 되었을 때 그는 수레를 세워 놓고 그 옆에서 가위를 갈고 있는 사람을 만났습니다. 그는 숫돌에서 나는 소리에 맞춰 다음과 같은 노래를 흥얼거리고 있었습니다.

"나는 가위를 갈고 또 갈면서,

하루하루 바람 부는 대로 떠돈다네."

한스는 발걸음을 멈추고 한동안 그 모습을 지켜보다가 그에게 다가가 이렇게 말했습니다.

"아저씨는 아저씨가 좋아하는 일을 하시니까 그렇게 즐거우신거죠. 그렇지 않나요?"

그러자 가위 가는 사람이 대답했습니다.

"그렇다네. 이 장사는 언제나 손님이 끊이질 않지. 가위를 잘 가는 사람의 주머니에는 언제나 돈이 가득하다네. 그런데 젊은이는 어디서 그렇게 아름다운 거위를 샀나?"

"이건 산 게 아니예요. 돼지와 바꾼거죠."

"그럼 그 돼지는?"

"소 한 마리와 바꿨지요."

"그럼 그 소는?"

"말을 주고 얻었죠."

"그럼 그 말은?"

"내 머리만한 금덩어리와 바꿨죠."

"그럼 그 금덩어리는?"

"그건 말이죠, 칠 년 동안 일을 하고 받은 내 품삯이에요."

"정말이지, 자네는 자네가 흥미를 갖는 것들을 차례로 손에 넣는 재주가 있는 사람이군. 하지만 자네가 앞으로 좋아하는 직업을 가져서, 앉은 자리에서 일어설 때마다 주머니 가득 돈이 짤랑거리는 소리를 들을 수만 있다면 그 때는 정말로 행운아라 할 수 있을걸세!"

"어떻게 하면 그렇게 될 수 있을까요?"

"나처럼 가위 가는 사람이 되어야지. 자네에게 필요한 것은 숫돌 하나뿐이라네. 다른 것은 아무것도 필요없어. 자, 마침 나에게 숫돌이 하나 있네. 약간 금이 가긴 했지만 말일세. 좀 아쉽지만 그 거위라면 자네에게 이걸 넘겨 줄 수도 있지. 어떤가?"

"물론이죠. 그건 물어 보시나마나예요. 아저씨 덕분에 나는 세상에서 제일가는 행운아가 되겠군요. 주머니에 손을 집어넣을 때마다 가득 찬 돈을 만질 수 있다면 더 이상 무슨 걱정이 있겠어요?"

그래서 한스는 거위를 건네 주고 그 대가로 숫돌을 얻었습니다. 그러자 가위 가는 사람은 바로 옆에 놓여 있던 흔해 빠진 돌덩이 하나를 집어 주면서 말했습니다.

"자, 이 돌은 덤으로 주겠네. 굽은 못을 똑바로 펼 때 이 위에 놓고 망치로 힘껏 내리치게. 소중히 간직해야 하네."

한스는 돌 두 개를 받아 등에 지고 즐거운 마음으로 길을 떠났습니다. 그는 너무나 기뻐서 두 눈을 반짝거리며 소리쳤습니다.

"나는 행운의 별과 함께 태어난 게 틀림없어! 모든 일들이 바라는 대로 이루어지다니. 마치 하느님이 나를 보살펴 주고 있는 것 같아."

하루 종일 걸었더니 오후가 되자 너무 피곤했습니다. 게다가 커다란 암소를 얻은 것을 자축하느라고 음식을 모두 먹어 버린 터라서 먹을 거라곤 하나도 남아 있지 않았습니다. 계속해서 걷기가 너무나 힘이 들었기 때문에 그는 몇 발자국 가다가 멈추어서 쉬고 또 쉬곤 했습니다. 등에 진 돌들이 그를 사정없이 짓눌렀으므로 그는 '이 돌들을 당장 없앨 수만 있다면 얼마나 좋을까' 하는 생각뿐이었습니다.

마침내 그는 들판 한가운데서 우물을 발견했습니다. 그는 달팽이처럼 간신히 그 곳으로 기어갔습니다. 그는 시원한 물로 목도 적시고 우물 옆에서 잠시 쉬고 싶었습니다. 그래서 돌덩이에 행여 금이라도 갈까 걱정이 되어 두 개의 커다란 돌덩이를 조심스럽게 우물 옆에 내려놓았습니다. 그런 다음 그는 우물 가에 몸을 기대고 물을 마시기 시작했습니다. 그 때 그가 몸의 중심을 잃고 비틀거리는 바람에 그 돌들이 우물 속에 빠지고 말았습니다.

우물 속 깊은 바닥으로 가라앉는 돌들을 보고 한스는 기뻐서 펄쩍 뛰었습니다. 그리고 그는 무릎을 꿇고 눈물을 흘리며, 자신에게 그토록 큰 축복을 내려서 돌덩이들로부터 자신을 구해준 하느님께 감사의 기도를 올렸습니다. 정말로 그 돌들은 그에게는 너무도 무거운 짐이었으니까요.

"나처럼 운이 좋은 사람도 없을거야!"

모든 짐에서 벗어난 한스는 가볍고 자유로운 마음으로 이렇게 외치며 어머니가 계신 고향마을로 달려갔습니다.

84

한스, 결혼하다

한스라는 이름을 가진 젊은 농부가 있었습니다. 그의 사촌형은 그를 부유한 여자에게 장가보내고 싶었습니다. 그래서 그는 한스를 난로 앞에 앉힌 다음 불을 피워 주고 커다란 흰 빵과 반짝반짝 빛나는 새 동전 하나를 주면서 한스에게 말했습니다.

"한스야, 한 손에 그 동전을 꼭 쥐고 흰 빵을 잘게 부수면서 가만히 앉아서 기다려라. 내가 돌아올 때까지 그 자리에서 움직이면 안 된다. 알겠지?"

"알았어요. 염려하지 마세요."

한스의 사촌형은 헝겊조각을 기워 만든 낡은 바지를 입고 이웃마을로 가서 부유한 농부의 딸을 찾아가 이렇게 말했습니다.

"내 사촌 한스와 결혼하지 않겠소? 그는 정직하고 지각 있는 젊은이라 틀림없이 당신 마음에 들 것이오."

그러자 욕심 많은 농부가 물었습니다.

"그는 착실한 사람이오? 그가 가진 재산은 얼마나 되지요? 사람들에게 빵을 나눠 줄 정도는 되오?"

"내 사촌동생은 어떤 유혹이나 풍파에도 흔들리지 않을 정도로 단단한 사람이오. 항상 손에 새 돈을 꼭 쥐고 있고 세상 사람들에게 모두 나눠 줄 정도로 빵을 잘게 부수고 있지요."

그는 누더기 옷을 손으로 탁탁 치면서 계속해서 말했습니다.

"게다가 동생은 내 바지에 붙어 있는 헝겊조각만큼이나 많은 헝겊조각을 갖고 있답니다(이 고장에서는 농사짓는 땅을 헝겊조각이라고 부르기도 합니다). 수고스러우시겠지만 당신이 지금 당장 나와 함께 가서 보시면 내 말이 전부 사실이라는 것을 알게 될 것입니다."

욕심많은 농부는 딸에게 찾아온 절호의 기회를 놓치고 싶지 않아서 이렇게 말했습니다.

"당신 말이 모두 사실이라면 나는 이 결혼에 반대하지 않겠소."

그리하여 두 사람은 결혼을 했습니다. 어느 날 젊은 신부는 들판에 나가 남편의 재산을 직접 보고 싶다고 말했습니다. 그러자 한스는 재빨리 양복을 벗고 헝겊조각으로 기운 작업복으로 갈아입으며 말했습니다.

"행여 이 좋은 옷을 망칠까 봐서요."

두 사람은 함께 들판으로 나갔습니다. 길 양쪽에 늘어선 논밭과 과수원과 초원을 지날 때마다 한스는 그의 작업복에 붙은 헝겊조각을 손가락으로 가리키며 말했습니다.

"이 헝겊조각도 내 것이고 저것도 내 것이요. 자 한 번 보시오."

사실 그가 신부에게 보라고 한 것은 들판이 아니라 자신의 작업복이었습니다.

85

황금으로 된 아이들

아주 오랜 옛날, 작은 오두막집에 살면서 물고기를 잡아 하루하루를 어렵게 연명해 가는 가난한 부부가 있었습니다. 그런데 어느 날 물가에 앉아 고기를 잡던 남편이 그물을 들어올렸더니 지느러미까지 황금으로 된 물고기 한 마리가 그 속에서 퍼드덕거리고 있었습니다. 깜짝 놀란 어부가 가까이 다가가 그물 안을 들여다보자 물고기는 이렇게 말하는 것이었습니다.

"제 말 좀 들어 보세요, 어부 아저씨. 나를 물 속에 그냥 놓아 주면 당신의 조그만 오두막집을 화려한 궁전으로 바꿔 주겠어요."

"하지만 먹을 것이 없는데 궁전에 무슨 소용이 있겠니?"

그러자 황금물고기가 대답했습니다.

"그건 염려하지 마세요. 궁전 안에는 찬장이 있어요. 그 찬장을 열면 최고급 음식이 담긴 접시가 원하는 만큼 많이 들어 있을거예요."

"그렇다면 물론 네 소원을 들어주지."

그 때 물고기가 다시 말했습니다.

"하지만 조건이 하나 있어요. 당신이 그러한 행운을 어떻게 얻었는지 아무에게도 말하면 안 됩니다. 만일 입 밖으로 한 마디라도 꺼낸다면 그 때는 모든 것이 끝날거예요."

남편은 신비스러운 물고기를 물 속에 놓아 주고 집으로 돌아왔습니다. 돌아와보니 그의 눈 앞에 이제까지 보아온 낡은 오두막집이 아니라 커다란 궁전이 있었습니다. 그녀는 매우 행복해하며 남편에게 물었습니다.

"여보, 갑자기 이 모든 것들이 어디서 생겨났을까요? 정말 기뻐서 어쩔 줄 모르겠어요."

"나 역시 기쁘다오. 하지만 나는 지금 배가 몹시 고프오. 가서 먹을 것 좀 가져오구려."

그러자 아내가 말했습니다.

"먹을 거라곤 하나도 없는걸요. 그리고 이 새 집에서는 무엇을 어디서 찾아야 할지 도무지 모르겠어요."

"걱정할 것 없소. 부엌에 가면 찬장이 있을거요. 가서 그걸 열어 보시오."

그녀가 찬장을 열자 빵과 고기, 과일, 포도주 등이 근사한 냄새를 풍기고 있었습니다. 그녀는 기쁨에 넘쳐 큰 소리로 외쳤습니다.

"세상에 이럴 수가…. 이제 더 이상 무엇을 바랄까?"

두 사람은 식탁에 앉아 실컷 먹고 마셨습니다. 식사를 마치자 아내가 물었습니다.

"여보, 도대체 이 모든 것들이 어디서 생긴 것일까요?"

그러자 남편은 이렇게 대답했습니다.

"제발, 그건 묻지 마시오. 만일 단 한 마디라도 이야기를 하면 이 모든 행운은 물거품처럼 사라지고 말거요."

"좋아요, 알아서는 안 되는 일이라면 알고 싶지도 않아요."

그녀는 이렇게 대답했으나 사실은 진심이 아니었습니다. 그녀는 밤낮으로 머리를 싸매고 그 일에 관해 생각하기 시작했습니다. 뿐만 아니라 그녀는 틈만 나면 남편을 졸라대며 괴롭혔습니다. 마침내 그는 더 이상 참지 못하고, 그 모든 것들이 그가 그물로 잡았다가 다시 풀어 준 황금물고기가 한 일이라는 것을 사실대로 털어놓고 말았습니다. 그러나 그가 모든 사실을 털어놓자마자 아름다운 궁전과 맛있는 음식 모든 것이 일시에 사라져 버리고 다시 초라한 오두막집이 눈 앞에 나타났습니다.

이제 그 어부는 다시 물고기를 잡아 생계를 꾸려야 했습니다. 그러나 행운이 다시 찾아오듯, 그는 다시 한 번 황금물고기를 잡았습니다. 그물에 갇힌 물고기가 또다시 말했습니다.

"어부 아저씨, 제 말 좀 들어 보세요. 나를 물 속에 놓아 주면 다시 한 번 당신에게 궁전을 드리겠어요. 그리고 이번에는 알맞게 삶고 잘 구운 고기들로 찬장을 가득 채워 드리겠어요. 하지만 무슨 일이 있어도 이 이야기를 다른 사람에게 말하지 마세요. 만약 말을 하면 또다시 모든 것을 잃고 말 테니까요."

"이번엔 정말 하지 않을 거야."

어부는 이렇게 말하고 물고기를 물 속에 놓아 주었습니다. 그가 집으로 돌아와보니 모든 것들이 이전처럼 멋진 모습으로 돌아와 있었고, 그의 아내 또한 행복에 겨워 어쩔 줄 모르고 있었습니다. 그러나 며칠이 지나자 호기심을 누르지 못한 그의 아내는 이 모든 것들을 어떻게 손에 넣게 되었는지를 다시 캐묻기 시작했습니다. 남편은 오랫동안 말을 하지 않았으나 아내가 계속해서 졸라대자 결국 비밀을 또 털어놓고 말았습니다. 그러자 순식간에 궁전은 또 사라지고 그들이 앉아 있던 곳은 이전의 오두막집으로 변하고 말았습니다.

"이게 모두 당신 때문이오! 우리는 다시 초라한 오두막집 신세가 되고 말았잖소."

남편이 투덜거리자 그의 아내는 이렇게 말했습니다.

"그렇기는 하지만 그 엄청난 재산을 누구에게 받았는지를 알 수 없다면 차라리 가난하게 사는 편이 나아요. 나는 부귀영화보다 마음의 평화가 더 좋아요."

어부는 다시 물고기를 잡으며 살았습니다. 얼마 지나자 또다시 똑같은 일이 일어났습니다. 황금물고기를 세 번째 잡은 것입니다.

"어부 아저씨, 나는 도저히 당신 손에서 벗어날 수가 없나봐요. 그러니 나를 집으로 가져가서 여섯 토막을 내세요. 그래서 두 토막은 당신의 아내에게 주고 두 토막은 말에게 먹이고, 나머지 두 토막은 마당에 묻으세요. 그러면 그 모든 것에 신의 축복이 내릴거예요."

어부는 황금물고기를 집으로 가져와 시키는 대로 했습니다. 그러자 황금물고기를 묻은 곳에서 두 송이의 황금백합이 피어났고, 그의 말들은 두 마리의 황금 망아지를 낳았으며, 그의 아내는 머리끝에서 발끝까지 황금으로 된 두 아이를 낳았습니다. 아이들은 무럭무럭 자라서 건장하고 잘 생긴 청년이 되었습니다. 두 송이의 백합과 두 마리의 망아지도 아무 탈없이 잘 자랐습니다.

그러던 어느 날 두 아들이 아버지에게 말했습니다.

"아버지, 황금말을 타고 멀리 세상으로 나가 보고 싶습니다."

두 아들의 말에 아버지는 대단히 슬퍼하며 말했습니다.

"너희들이 멀리 가면 그 곳에서 무슨 일이 생겼는지 내가 모를 텐데 궁금해서 어떻게 견딜 수 있을지 모르겠구나."

"백합 두 송이가 우리에게 무슨 일이 생겼는지 알려 줄 겁니다. 만일 꽃들이 싱싱하면 우리는 무사한 것이고, 꽃들이 시들면 우리가 병든 것이며, 말라 죽으면 우리의 목숨이 위태로운 것입니다."

마침내 그들은 먼길을 떠나 어느 여관에 도착했습니다. 그 곳에는 많은 사람들이 앉아 있었습니다. 그들은 황금 청년들을 보자 비웃고 조롱하기 시작했습니다. 그 소리에 동생은 부끄러움을 이기지 못하고 세상 구경을 중단하기로 결심하고 집으로 돌아갔습니다. 그러나 형은 꾹 참고 여행을 계속했습니다. 어둑어둑해질 무렵 형은 큰 숲에 당도했습니다. 그가 말을 몰아 막 숲 속으로 들어가려 할 때 몇 명의 사람들이 그에게 말했습니다.

"들어가지 마시오. 거기는 강도가 득실거리는 곳이라오. 그 놈들은 아마 당신을 가만히 놔 두지 않을 것이오. 더구나 당신이 온통 황금이라는 사실을 알면 틀림없이 죽이고 말거요."

그러나 그는 사람들의 경고에도 두려워하지 않고 당당하게 말했습니다.

"나는 무슨 일이 있어도 저 곳을 통과하고 말겁니다."

그는 곰가죽을 꺼내 자신의 몸과 황금말을 덮었습니다. 그런 다음 숲 속으로 말을 몰았습니다. 그가 으슥한 곳으로 접어들었을 때 숲 속 어디선가 바스락거리는 소리가 들리더니 사람의 목소리가 들려 왔습니다.

"저기, 한 놈이 온다."

한쪽에서 누군가가 소리쳤습니다. 그러자 반대편에서 다른 목소리가 들려 왔습니다.

"그냥 가게 내버려 둬. 저 놈은 빈털터리 떠돌이에 불과하잖아. 털어봤자 나올 게 아무것도 없을거야."

그래서 황금 청년은 아무 해도 입지 않고 무사히 숲을 통과했습니다.

어느 날 그가 어느 작은 마을에 당도했을 때, 지금까지 한 번도 본 적이 없는 아리따운 아가씨를 만났습니다. 그는 마음속으로부터 흘러넘치는 사랑의 감정을 억누르지 못하고 그녀에게 다가가 말했습니다.

"사랑스런 아가씨, 당신을 보는 순간부터 진심으로 사랑하게 되었습니다. 제 아내가 되어 주시겠습니까?"

그 아가씨 역시 그를 보자마자 마음에 들었기 때문에 고개를 끄덕이며 대답했습니다.

"네, 당신의 아내가 되겠어요. 그리고 목숨이 다하는 날까지 당신을 사랑하겠어요."

두 사람은 결혼식을 올렸습니다. 그런데 식이 거의 끝나갈 무렵 집으로 돌아온 신부의 아버지는 딸이 이미 결혼식을 올렸다는 사실을 알고 놀라서 어쩔 줄을 몰랐습니다.

"신랑은 어디 있소?"

그가 묻자 사람들이 곰가죽을 뒤집어 쓴 청년을 가리켰습니다. 그 모습을 보고 아버지는 대단히 격노했습니다.

"내 딸이 저런 게으름뱅이 떠돌이와 결혼하다니, 말도 안 돼!"

그는 이렇게 소리치며 그 자리에서 청년을 죽이려 했습니다.

그러자 신부가 무릎을 꿇고 간청했습니다.

"하지만 아버지, 그는 제 남편이며, 진심으로 사랑하는 사람이랍니다."

결국 신부의 아버지는 냉정을 되찾았으나 그의 딸이 보잘것없고 가엾은 거지의 유혹에 넘어가고 말았다는 생각을 지울 수는 없었습니다. 그래서 다음 날 아침 그는 젊은이의 정체를 직접 알아보려고 일찍 일어났습니다. 그는 딸의 방을 들여다보았습니다. 그랬더니 침대 위에는 황금으로 된 청년이 잠들어 있었고 곰가죽은 방바닥에 떨어져 있는 것이었습니다. 그는 다시 방으로 돌아와, '이제 분노를 가라앉혀야겠다. 하마터면 돌이킬 수 없는 죄를 저지를 뻔하지 않았는가' 하고 생각했습니다.

한편 황금 젊은이는 커다란 수사슴을 쫓아 사냥하는 꿈을 꾸었습니다. 아침이 되어 잠에서 깨어난 그는 아내에게 말했습니다.

"사냥하러 나가야겠소."

그녀는 근심스런 얼굴로 가지 말라고 애원했습니다.

"당신은 사냥하는 것에 익숙지 않아서 사고를 당하기가 쉬울 겁니다. 제발 떠나지 마세요."

"무슨 일이 있어도 나는 사냥하러 가야 하오."

그는 이렇게 말하고 집을 나서서 숲 속으로 들어갔습니다. 얼마쯤 가자 바로 꿈에서 보았던 멋진 수사슴이 나타나 그의 길을 가로막았습니다. 그러나 그가 활을 들어 막 시위를 당기려는 순간 사슴은 사라지고 말았습니다. 그는 시내를 건너고 덤불을 헤치며 온종일 사슴을 쫓아다녔습니다.

그러나 저녁 무렵이 되자 사슴이 갑자기 시야에서 사라지는 것이었습니다. 사방을 둘러보았더니 그의 앞에는 사슴 대신 작은 오두막집이 하나 있었으며, 그 안에는 늙은 마녀가 하나 앉아 있는 것이었습니다. 그가 문을 두드리자 마녀가 문을 열고 나와 그에게 물었습니다.

"이렇게 늦은 시각에 이 큰 숲 한가운데서 뭘 하고 있나, 젊은이?"

"수사슴 한 마리를 보지 못했습니까?"

"보았지. 나는 그 사슴을 아주 잘 알고 있다오."

그녀가 여기까지 말을 했을 때, 작은 강아지 한 마리가 집 안에서 달려나와 그를 보고 짖어대기 시작했습니다. 그러자 청년이 소리쳤습니다.

"조용히 하지 않으면 이 화살로 그 심장을 꿰뚫어 버리겠다. 이 못된 똥강아지야!"

그의 말이 끝나기가 무섭게 늙은 마녀가 성난 목소리로 말했습니다.

"어떻게 하겠다고? 내 귀여운 강아지를 쏴 죽이겠다고?"

그녀는 즉시 돌멩이 하나를 집어 들어 그에게 던졌습니다. 그 돌에 맞은 황금 젊은이는 힘없이 땅바닥에 쓰러지고 말았습니다.

그러는 동안 아무리 기다려도 신랑이 돌아오지 않자 신부는 걱정이 되어 안절부절못했습니다. 그녀는 '내 마음을 그토록 무겁게 짓누르던 근심이 실제로 일어난 게 틀림없어.' 하고 생각했습니다.

또한 바로 그 때 뜨락에 앉아 황금백합을 지켜 보던 동생은 백합 한 송이가 갑자기 시드는 것을 보았습니다.

"이런 큰일났네! 아무래도 형에게 큰 사고가 닥친 것 같아. 당장 가서 형을 구해야겠어."

그러자 아버지가 말했습니다.

"애야, 제발 떠나지 말아다오. 너마저 잃으면 나는 어찌 되겠느냐."

"무슨 일이 있어도 가야 합니다."

그는 이렇게 말하고 황금말을 타고 형이 쓰러져 있는 숲으로 단숨에 달려 갔습니다. 그가 달려오는 것을 본 마녀는 동생 역시 마법으로 사로잡으려 했으나 동생은 좀처럼 그녀에게 다가가지 않았습니다.

"형을 살려 놓지 않는다면 이 화살로 그 늙은 심장을 꿰뚫어 버리겠다."

마지못해 그녀는 손가락으로 커다란 바위를 건드렸습니다. 그러자 그 돌은 즉시 사람의 형체로 변했습니다. 다시 만난 두 형제는 서로 얼싸안고 기뻐했습니다. 그리고 함께 숲에서 빠져나와 형은 신부에게, 동생은 아버지에게 돌아갔습니다.

"네가 형의 목숨을 구했다니 정말 기쁜 일이구나. 나는 황금백합이 다시 활짝 피어나는 것을 보고 알았단다."

그들 모두는 오래도록 행복하게 살았습니다.

86

여우와 거위

여우가 풀밭을 거닐다가 포동포동하게 살찐 거위 떼를 만났습니다. 거위들을 보자 여우는 의기양양하게 말했습니다.

"자, 마침 잘 걸렸다. 그렇게 얌전히 앉아 있다니, 한 마리씩 차례로 잡아 먹기도 좋겠구나."

거위들은 놀라서 펄쩍펄쩍 뛰며 꽥꽥거리기 시작했습니다. 그들은 저마다 소리를 지르며 목숨만은 살려 달라고 애원했습니다.

"어림없어! 한 놈도 남김없이 모두 먹어 치우고 말테다."

그 때 거위 한 마리가 용기를 내어 말했습니다.

"좋아요, 우리 가엾은 거위들이 아무 죄도 없이 목숨을 내놔야 한다면, 우리가 천국에 갈 수 있도록 마지막 기도를 올리는 것쯤이야 허락해 줄 수 있겠지요?"

"좋아, 그건 아주 경건한 일이고 공정한 요구라고 생각해. 자, 얼마든지 기도를 올리라구. 나는 끝날 때까지 기다릴 테니."

첫째 거위는 쉴새없이 꽥꽥거리며 길고도 지루한 기도를 올리기 시작했습니다. 그 기도가 끝없이 계속되자 자신의 차례를 기다리던 둘째 거위가 더 이상 참지 못하고 "꽥! 꽥!"거리기 시작했습니다. 그 뒤를 이어 셋째 거위와 넷째 거위도 기도를 시작했고, 곧이어 모든 거위들이 합창을 하듯이 꽥꽥거리기 시작했습니다.

이 이야기는 거위들의 기도가 끝날 때까지 계속되겠지만, 거위들은 지금도 계속해서 꽥꽥거리고 있으니 여기서 이야기를 끝내야 되겠습니다.

87

가난뱅이와 부자

하느님이 사람들과 함께 세상을 거니시던, 오래 전의 이야기입니다. 밤이 되자 하느님은 몹시 피곤해 묵을 곳을 찾았습니다. 그러나 여인숙은 어디에도 보이지 않았습니다. 하느님이 주위를 둘러보니 여인숙 대신에 길을 사이에 두고 두 채의 집이 서로 마주 보고 서 있는 것이 보였습니다. 크고 아름다운 저택은 부잣집이었고, 작고 초라한 집은 가난한 사람의 것이었습니다.

부잣집에서 하룻밤 신세를 져도 짐이 되지는 않을 것이라고 생각한 하느님은 이 곳에서 묵어야겠다고 생각했습니다.

밖에서 문을 두드리자 부자가 창문을 열고 그가 누구이며 무엇을 원하는가를 물었습니다. 그러자 하느님이 물었습니다.

"여기서 하룻밤 묵을 수 없겠소?"

부자는 나그네의 행색을 이리저리 유심히 살펴보더니, 그가 아주 남루한 옷차림에 가난뱅이의 모습을 하고 있는 것을 보고 머리를 흔들며 이렇게 말했습니다.

"우리 집에는 당신을 재워줄 수가 없어. 방마다 약초와 씨앗이 가득 차서 말이오. 그리고 내 집 문을 두드리는 사람들을 모두 받아들인다면 나는 금방 빈털터리가 되어 거리에서 구걸하는 신세가 되고 말거요. 그러니 다른 곳에 가서 알아보시오."

말을 마치자마자 그는 창문을 거칠게 닫아 버렸습니다. 하느님은 할 수 없이 가난한 사람의 초라한 집으로 갔습니다. 하느님이 문을 두드리자 가난한 사람은 지체 없이 문을 열고 나그네를 맞이했습니다.

"오늘 밤은 여기서 묵으시오. 벌써 날이 어두웠으니 더 이상 걸을 수는 없을 거요."

그 말을 듣고 하느님은 기쁜 마음으로 집 안으로 들어갔습니다. 그의 아내 역시 나그네를 따뜻이 맞이해 주었습니다. 그녀는 하느님에게 의자를 권하면서, 비록 풍족하지는 않지만 그들이 가지고 있는 것 중에서 필요한 것이 있으면 무엇이든지 마음대로 사용하라고 말했습니다. 그녀는 화덕 위에 감자를 올려놓고 그것이 익는 동안, 조금씩이라도 나누어 먹으려고 염소의 젖을 짰습니다.

저녁 준비가 다 되어서 하느님은 편안한 자리에 앉아 아주 맛있게 음식을 먹었습니다. 음식은 보잘것없었으나 너무나 고마운 사람들과 함께 식사를 했기 때문이었습니다. 식사를 마치고 잠자리에 들 시간이 되었을 때 가난한 사람의 아내가 남편에게 귓속말을 했습니다.

"여보, 오늘 밤 우리는 밀짚을 깔고 자야 할 것 같아요. 침대는 저 가엾은 나그네에게 빌려 줍시다. 하루 종일 걸어왔으니 얼마나 피곤하겠어요?"

그러자 남편이 대답했습니다.

"참 좋은 생각이오. 내가 가서 그렇게 말하리다."

그는 하느님에게 다가가, 괜찮다면 그들의 침대에서 하룻밤 쉬면서 여독을 풀라고 말했습니다.

하느님은 주인 부부의 침대를 차지할 생각이 전혀 없었으나 그들이 끝까지 고집했으므로 할 수 없이 그들의 침대에 들었습니다. 가난한 부부는 밀짚을 깔고 잠을 청했습니다.

　다음 날 주인 부부는 동이 트기 전에 일어나 손님을 위해 정성스럽게 아침 식사를 준비했습니다. 작은 창문으로 아침 햇살이 비치기 시작했을 때 하느님은 침대에서 일어나 그들과 함께 식사를 했습니다. 다시 여행을 떠나기 위해 현관문을 나서면서 하느님이 가난한 사람을 돌아보며 말했습니다.

　"당신은 무척 착하고 친절한 사람이군요. 세 가지 소원을 말씀해 보십시오. 내가 들어주겠소."

　그러자 가난한 사람은 이렇게 말했습니다.

　"내가 바라는 것은 오로지 천국에 가는 것뿐이지요. 하나 더 말하면, 우리 부부가 건강하게 살면서 살아 있는 동안 양식이 떨어지지 않는 것입니다. 그리고 세 번째 소원은, 글쎄요 무슨 소원을 말해야 할지 모르겠군요."

　"이 초라한 오두막 집 대신에 새 집을 갖고 싶지 않소?"

　하느님의 물음에 그 사람은 손뼉을 치며 대답했습니다.

　"아, 그래요. 새 집이 생긴다면 정말 좋겠군요."

　하느님은 떠나기 전에 다시 한 번 두 사람을 축복해 주고 그들의 소원을 들어주었습니다. 낡은 집은 곧 새집으로 변했습니다.

　한편 부자는 해가 중천에 떴을 때 잠에서 깨어났습니다. 그는 창문을 열고 거리를 내다보았습니다. 그랬더니 그 곳에는 낡은 오두막집 대신에 붉은 색 타일로 지붕을 인 새 집이 우뚝 서 있는 것이 아니겠습니까? 그는 너무 놀라 눈이 휘둥그레져서 아내에게 물었습니다.

　"이게 어찌된 일이지? 어제까지만 해도 다 쓰러져 가던 집이 하룻밤 사이에 멋진 새 집으로 둔갑을 하다니. 빨리 가서 어떻게 된 일인지 알아보고 오시오."

　부자의 아내가 달려가 무슨 일이 있었는가를 묻자 가난한 사람이 자초지종을 이야기했습니다.

　"어젯밤 웬 나그네가 찾아와 하룻밤 묵고 갔지요. 아침이 되어 그가 떠나기 직전에 그는 우리의 세 가지 소원을 들어주었답니다. 우리의 소원은 천국에 가는 것과 살아 있는 동안의 건강과 양식, 그리고 마지막으로는 낡은 오두막집 대신 아름다운 새 집에서 사는 것이었지요."

　부자의 아내가 헐레벌떡 달려와 가난한 사람에게서 들은 이야기를 전하자 남편은 무릎을 치면서 탄식했습니다.

"정말 멍청한 짓을 하고 말았구나. 그가 하느님이란 사실을 알았더라면! 그 나그네는 우리 집에 먼저 찾아와 하룻밤 묵을 것을 청하지 않았던가. 그런데 그를 문전박대하고 말았으니."

그러자 그의 아내가 급하게 말했습니다.

"지금이라도 달려가 그 나그네를 붙잡고 세 가지 소원을 말하란 말이에요."

아내의 말을 듣고 부자는 말을 타고 하느님을 쫓아갔습니다. 그는 달콤한 말로, 지난 밤에는 당신을 쫓아 버린 것이 아니라 열쇠를 찾으러 잠시 들어간 사이에 당신이 사라졌더라고 말했습니다. 그는 또한 당신이 다시 오면 그 때는 정성을 다해 대접을 하겠노라고 약속했습니다.

"좋소, 그러면 그 때는 당신 집에서 묵겠소."

하느님이 이렇게 말하자 부자는 자신의 이웃처럼 그도 세 가지 소원을 말할 테니 들어달라고 애원했습니다.

하느님은 고개를 끄덕이면서 그 세 가지 소원 때문에 그가 오히려 불행해질 테니 차라리 말하지 않는 편이 나을 것이라는 주의를 주었습니다. 그러나 부자는 머리를 가로저으며, 자신의 세 가지 소원이 이루어지기만 한다면 틀림없이 자기는 행복해질 수 있다고 주장했습니다.

그러자 하느님이 말했습니다.

"집으로 돌아가서 세 가지 소원을 말하시오. 그러면 모두 이루어질 것이오."

집으로 돌아오면서 부자는 무슨 소원을 말할까 곰곰이 생각했습니다. 그러나 하나의 소원이 막 떠오르려는 순간 비가 내리기 시작했고 갑작스런 폭우에 놀란 그의 말이 날뛰기 시작해서 그의 생각은 모두 흐트러지고 말았습니다. 그는 말의 목을 쓰다듬으며 말했습니다.

"자, 조용히 해라."

그러나 말은 계속해서 껑충껑충 뛰었습니다. 마침내 그는 더 이상 참을 수가 없어서 이렇게 소리쳤습니다.

"제발 소원이다. 목이나 부러져 죽어라!"

그 말이 끝나자마자 껑충껑충 뛰던 말은 힘없이 쓰러져 죽었습니다. 그리고 그는 땅바닥에 곤두박질쳐지고 말았습니다. 드디어 첫 번째 소원이 이루어진 것입니다. 그런데 부자는 타고난 욕심쟁이였기 때문에 안장을 두고 갈 수가 없었습니다. 그래서 그는 말 등에서 안장을 풀어 짊어지고 걷기 시작했습니다.

아직 두 가지 소원이 남지 않았는가 하고 생각하며 그는 스스로를 위안했습니다. 한낮의 뜨거운 햇빛 아래 사막에 들어선 그는 몹시 지쳤고 목도 말랐습니다. 더구나 등에 짊어진 안장이 너무도 무거웠기 때문에 두 번째 소원은 좀처럼 머리에 떠오르지 않았습니다.

'만일 이 세상의 모든 부와 보물을 바란다면 그 다음에는 틀림없이 다른 것들이 생각날 거란 말이야. 갖고 싶은 것은 많은데 소원은 둘밖에 남지 않았으니, 그 모든 것들을 한꺼번에 손에 넣을 수 있는 하나의 소원이 과연 무엇일까?'

그러나 피로와 갈증 때문에 그는 아무것도 생각할 수 없었습니다.

'차라리 내가 바이에른의 농부라면 첫 번째 소원으로 맥주 한 잔을 바라겠지. 그런 다음에는 맥주 한 병을 바랄 것이고, 마지막으로는 맥주 한 통을 바랄거야.'

이따금씩 그에게는 좋은 소원이 떠오르기도 했으나 조금 지나 다시 생각해 보면 그것은 너무 작은 소원처럼 여겨졌습니다. 그러던 어느 순간 그는, 집에 앉아 쉬고 있는 아내는 얼마나 편할까, 아마 지금쯤 시원한 방에서 맛있는 음식을 먹고 있겠지 하는 생각이 들었습니다. 그렇게 생각하자 그는 더한층 더위와 갈증을 참을 수가 없어서 이렇게 외치고 말았습니다.

"에잇, 등에 짊어진 이 안장이 집으로 날아가 마누라 엉덩이에 찰싹 달라 붙었으면 좋겠군!"

그의 말이 입에서 떨어지자마자 그의 등을 짓누르던 안장은 온데간데없이 사라졌습니다. 이제 그의 두 번째 소원도 이루어진 것입니다. 햇빛이 더욱 뜨거워졌으므로 그는 달리다시피하여 집에 도착했습니다. 그는 조용한 방에 들어가 마지막 소원으로 무엇을 빌 것인가를 생각해 보고 싶었습니다.

그러나 집에 도착해서 거실문을 열어 보았더니 그의 아내가 방 한가운데에서 말안장 위에 앉아 있는 것이었습니다. 그녀는 안장에서 일어날 수가 없다고 비명을 지르며 소란을 피우고 있었습니다.

"조금만 참으라구. 이제 곧 내 소원이 이루어지면 이 세상의 모든 금은보화가 우리 것이 될 테니, 그때까지만 참고 기다리란 말이야."

그러자 그녀가 남편을 보고 소리쳤습니다.

"내가 죽을 때까지 안장 위에 앉아 있어야 한다면 금은보화가 무슨 소용이 있겠어요. 당장 여기서 일어날 수 있도록 소원을 비세요, 제발!"

그는 할 수 없이 세 번째 소원으로 그의 아내가 안장에서 일어날 수 있기를 빌었습니다. 물론 그의 소원은 당장 이루어졌으나 세 가지 소원을 통해 그가 얻은 것이라고는 불평과 불만, 그리고 욕지거리뿐이었고 게다가 말 한 마리를 잃은 것뿐이었습니다. 그러나 길 건너에 살던 가난한 부부는 행복하고 평화롭고 경건하게 여생을 보내다가 축복받은 죽음을 맞이했다고 합니다.

88

노래하는 종달새

옛날 옛적에 세 딸을 둔 아버지가 있었습니다. 어느 날 그는 먼 여행을 떠나면서 세 딸들에게 무슨 선물을 사다 줄까 하고 물었습니다. 맏딸은 진주를 원했고, 둘째딸은 다이아몬드를 원했습니다. 그러나 셋째딸은 이렇게 말했습니다.
"사랑하는 아버지, 저는 노래하며 하늘로 날아오르는 종달새 한 마리를 가지고 싶어요."
그러자 아버지는 만면에 웃음을 띠며 대답했습니다.
"알았다. 내가 반드시 구해 오마."
그는 세 딸들의 이마에 입을 맞춘 후 먼길을 떠났습니다. 여행을 마치고 돌아오는 길에 그는 두 딸들에게 줄 진주와 다이아몬드를 샀습니다. 그러나 아무리 돌아다녀도 막내딸이 부탁한, 노래하며 날아오르는 종달새는 구할 수가 없었습니다. 그는 막내딸을 가장 사랑했기 때문에 몹시 가슴이 아팠습니다.
그러던 어느 날 그는 숲 속을 지나다가 숲 한가운데에서 훌륭한 성채를 만났습니다. 그 곁에는 커다란 나무 한 그루가 있었고 나무 꼭대기에는 노래하며 날아오르는 종달새 한 마리가 있었습니다.
"마침 잘 되었구나."
그는 매우 기뻐하며 하인에게 나무에 올라가서 그 새를 잡아오라고 시켰습니다. 그러나 하인이 막 나무에 올라갔을 때 어디선가 사자 한 마리가 나타나 몸을 부르르 떨며 사납게 울부짖었습니다. 그 소리가 어찌나 큰지 나뭇가지에 달린 나뭇잎들이 흔들릴 정도였습니다.

"누구든지 내 노래하는 종달새를 훔치려는 놈은 잡아먹고 말 테다."

"그 새가 당신의 것인지 정말 몰랐소. 당신에게 손해를 입혔다면 모두 보상하겠소. 가지고 있는 금덩이를 모두 드릴 테니 목숨만은 살려 주시오."

그러나 사자는 고개를 저으며 말했습니다.

"당신이 집에 도착했을 때 맨 처음 마중나오는 것을 내게 주겠다고 약속하시오. 그 외에는 어떤 것도 소용없소. 당신이 내 말에 동의를 하면 당신의 목숨을 살려 주는 것은 물론이고 당신 딸이 원하는 그 새도 주겠소."

아버지는 사자의 말에 고개를 저으며 말했습니다.

"아니 될 말이오. 맨 먼저 달려나오는 것이 내 막내딸일 수도 있소. 그 아이는 나를 아주 사랑하기 때문에 내가 집에 돌아가면 언제나 제일 먼저 달려 나오곤 한다오."

그러나 하인은 사자가 너무 무서웠기 때문에 이렇게 말했습니다.

"항상 막내따님이 맨 처음 달려 나오는 것은 아니지 않습니까? 강아지나 고양이가 달려 나올 때도 있습니다."

아버지는 하인의 말에 반신반의했지만, 어쩔 수 없이 집에 가면 맨 처음 그를 마중나오는 것을 주겠다고 사자에게 약속하고 노래하는 종달새를 받아들고 돌아왔습니다.

그가 집에 도착해서 현관문을 열었을 때 맨 처음 그를 맞이하러 달려나온 것은 아니나 다를까 그가 가장 사랑하는 막내딸이었습니다. 그녀는 맨발로 달려나와 아버지를 끌어안고 입을 맞추었습니다. 그녀는 아버지가 가져온 종달새를 보자 기뻐서 어쩔 줄을 몰랐습니다. 그러나 그녀의 아버지는 비참한 심정이 되어 눈물을 흘리기 시작했습니다.

"사랑하는 내 딸아. 이 새를 얻기 위해 내가 너무 비싼 대가를 치르고 말았단다. 사자가 너를 보면 갈기갈기 찢어서 남김없이 먹어 치울 텐데, 이 일을 어찌한단 말이냐."

그는 딸에게 자초지종을 이야기한 다음, 그 약속을 어겨서 어떤 결과가 닥친다 해도 그녀를 사자에게 보낼 수 없다고 말했습니다. 그러나 그녀는 아버지를 위로하며 말했습니다.

"사랑하는 아버지, 약속을 하셨으면 지키셔야 합니다. 저를 사자에게 보내 주십시오. 제가 가서 그 사자를 온순하게 길들여 놓고 다시 안전하게 집으로 돌아오겠습니다."

다음 날 아침 그녀는 아버지에게 사자에게 가는 길을 자세하게 물은 다음 작별인사를 하고 침착하게 숲 속으로 들어갔습니다. 그런데 사실 그 사자는 멋지고 훌륭한 왕자님이었습니다. 왕자님과 그의 신하들은 낮에는 사자로 변했다가 밤이 되면 인간의 모습으로 돌아왔습니다.

그녀가 숲 속으로 들어가자 그녀는 환대를 받으며 성으로 안내되었습니다. 밤이 되자 그 사자는 잘 생긴 왕자님으로 변해서 성대한 결혼식이 거행되었습니다. 그들은 밤에는 일어나서 행복하게 살았고 낮에는 잠을 잤습니다. 그러던 어느 날 왕자가 신부에게 말했습니다.

"듣자하니 내일 당신 집에서 큰언니 결혼식이 있다고 하는데, 참석하고 싶으면 다녀오시오. 내 사자들이 당신을 호위해 줄 것이오."

그녀는 물론 가고 싶다고 대답했습니다. 아버지를 다시 만난다는 생각에 가슴이 벅찼습니다. 그녀는 사자들을 거느리고 집으로 향했습니다. 그녀가 도착하자 집안은 온통 기쁨으로 가득했습니다. 사람들은 그녀가 사자에게 갈기갈기 찢겨서 오래 전에 죽었을 것이라 믿고 있었기 때문입니다. 그러나 그녀는 남편이 얼마나 멋진 사람이며 얼마나 부자인가를 사람들에게 말해 주었습니다. 그녀는 결혼식이 끝날 때까지 그 곳에서 머무른 후 다시 숲 속으로 돌아왔습니다.

얼마 후 둘째 언니가 결혼하게 되어 또다시 결혼식에 초대되었을 때 그녀는 사자에게 이렇게 말했습니다.

"이번엔 당신과 함께 가고 싶어요."

그러나 사자는 만약 양초 불빛이 조금이라도 그에게 비치기라도 하는 날에는 그 순간 비둘기로 변해서 7년 동안 다른 비둘기와 함께 날아다녀야 하기 때문에 그건 너무 위험한 일이라고 말했습니다. 그러자 그녀는 이렇게 말했습니다.

"부탁이니 함께 가요. 내가 당신을 잘 보살펴서 촛불을 막아 드릴게요."

마침내 그들은 새로 태어난 아기를 데리고 집을 나섰습니다. 잔칫집에 도착하자 그녀는 단 한 줄기의 빛도 들어올 수 없도록 방을 튼튼하게 만들었습니다. 그 방은 결혼식을 올리는 동안 사자가 있을 곳이었습니다. 그러나 초록색 나무로 만든 방문에는 아무도 알아 볼 수 없을 만큼 아주 가느다란 금이 가 있었습니다. 결혼식은 화려하게 치러졌습니다. 그러나 결혼식에 참석했던 사람들이 저마다 촛불과 횃불을 들고 교회에서 돌아와 그 방문 앞을 지날 때, 머리카락만큼 가는 한 줄기의 빛이 왕자의 몸을 비추었습니다. 그러자 삽시간에 그의 몸은 변하여 그의 아내가 돌아와 방문을 열었을 때 방 안에는 단지 하얀 비둘기 한 마리가 있을 뿐이었습니다.

"나는 이제 7년 동안 세상을 날아다녀야 하오. 그러나 당신이 일곱 걸음을 내디딜 때마다 당신 앞에 붉은 피 한 방울과 흰 깃털을 하나씩 남기겠소. 당신이 그 흔적을 놓치지 않고 끝까지 따라오면 나는 자유롭게 풀려날거요."

그런 다음 비둘기는 창 밖으로 날아갔고 그녀는 그 뒤를 쫓아갔습니다. 그녀가 일곱 걸음을 내디딜 때마다 피 한 방울과 깃털 하나가 떨어져 그녀가 갈 길을 알려 주었습니다. 그렇게 해서 그녀는 점점 더 먼 세상으로 나가게 되었습니다. 7년이 거의 다 될 때까지 그녀는 고개를 들어 주위를 둘러보거나 발길을 멈추지 않고 비둘기만을 따라갔습니다. 그녀는 이제 곧 그들이 자유의 몸이 될 것이라고 믿으면서 7년이 빨리 채워지기만을 기다렸습니다. 그러나 아직 그들이 모든 어려움을 극복한 것은 아니었습니다.

어느 날 그녀는 흰 깃털과 핏방울을 놓치고 말았습니다. 그녀가 고개를 들었을 때 비둘기는 이미 먼 하늘 저편으로 사라지고 있었습니다. 사람들에게 도움을 청할 수 있는 일이 아니라고 판단한 그녀는 하늘로 올라가 해님에게 말했습니다.

"당신은 이 세상 모든 구석을 비춰 주시는 분입니다. 그러니 하얀 비둘기 한 마리가 날아가는 것을 보셨겠지요?"

"아니, 보지 못했소. 그러나 작은 상자 하나를 드릴 테니 아주 급한 일이 있을 때 열어 보도록 하시오."

그녀는 해님에게 감사하다는 인사를 한 후 달님에게 갔습니다.

"당신은 어두운 밤을 밝히며 모든 초원과 들판을 환하게 비춰 주시는 분이에요. 그러니 하얀 비둘기 한 마리가 날아가는 것을 보셨겠지요?"

"아니, 보지 못했어요. 하지만 아가씨에게 달걀 하나를 드릴 테니 긴급한 일이 생기면 그것을 깨뜨리세요."

그녀는 달님에게 감사하다고 인사를 한 후 밤바람을 찾아 더욱 먼 곳으로 갔습니다. 마침 그녀의 옷깃에 밤바람의 입김이 느껴졌을 때 그녀가 물었습니다.

"당신은 모든 나무와 나뭇잎 위로 여행하시는 분이세요. 혹시 하얀 비둘기 한 마리가 날아가는 것을 보지 못하셨나요?"

"아니, 보지 못했소. 하지만 다른 세 바람들에게 물어 봅시다. 어쩌면 그들이 봤을지도 모르니까요."

밤바람이 찾아가 세 바람들에게 묻자 동쪽 바람과 서쪽 바람은 아무것도 보지 못했다고 말했으나 남쪽 바람은 이렇게 말했습니다.

"하얀 비둘기를 본 적이 있어요. 그 새는 7년이 다 되자 홍해 쪽으로 날아가더니 다시 사자로 변하더군요. 지금은 어떤 용과 한창 싸우는 중인데 그 용이 사실은 마법에 걸린 공주랍니다."

그러자 밤바람이 그녀에게 말했습니다.

"아가씨, 내 말을 잘 들어요. 우선 홍해로 가서, 해변에서 자라고 있는 키가 큰 갈대를 찾아요. 그런 다음 거기에서 열한 번째 갈대를 꺾어서 그 용을 내리쳐요. 그러면 사자는 용을 물리칠 수 있을겁니다. 그런 다음 주위를 둘러보면 홍해 옆에 독수리가 한 마리 앉아 있을 것이오. 그 독수리의 등에 사랑하는 남편과 같이 올라타면 독수리는 커다란 날개를 펴고 바다를 가로질러 날아갈 것이오. 자, 여기 밤톨 하나를 줄 테니 바다 한가운데를 지날 때 그걸 떨어뜨리시오. 그러면 곧바로 물 위에서 밤나무가 가지를 뻗어 그 위에서 독수리가 쉴 수 있을 것이오. 만일 거기서 쉬지 못한다면 독수리는 힘이 부쳐 바다를 건너지 못하게 돼요. 그러나 당신이 깜빡 잊고 그 밤톨을 떨어뜨리지 않는다면 독수리는 당신들을 망망대해에 떨어뜨리고 말 것이오."

그녀는 홍해를 찾아가서 밤바람이 시킨 대로 했습니다. 먼저 그녀는 해변에서 갈대를 세어 열한 번째 갈대를 꺾어서 그것으로 용을 내리쳤습니다. 그 순간 용을 물리친 사자는 사람의 모습으로 돌아왔고 싸움에서 진 용도 공주의 모습으로 변했습니다. 그런데 조금 전까지 용의 모습을 하고 있던 공주가 마법에서 풀려나자마자 왕자를 팔에 안고 독수리의 등에 올라타 버리는 게 아니겠어요. 그리하여 멀고 먼 길을 헤쳐온 가엾은 아가씨는 또다시 혼자 내버려지게 되었습니다. 그녀는 너무 슬퍼 오랫동안 흐느껴 울었습니다. 마침내 눈물을 거두고 그녀는 이렇게 말했습니다.

"바람이 부는 데까지, 닭의 울음이 멈출 때까지 당신을 찾아가겠어요."

그녀는 또다시 먼 길을 헤매어 마침내 공주가 사는 성에 이르렀습니다. 그때 그녀는 두 사람의 결혼식이 곧 거행될 것이라는 소문을 들었습니다.

"아, 하느님이 나를 버리지 않으셨구나."

그녀는 이렇게 말하고는 해님이 준 작은 상자를 열었습니다. 그러자 그 속에는 해님이 비추는 햇살만큼이나 눈부시게 빛나는 결혼 예복이 들어 있었습니다.

그녀는 그 옷을 꺼내 입고 성으로 들어갔습니다. 그 옷은 너무 아름다웠기 때문에 궁전 안에 있던 모든 사람들은 물론이고 신부가 될 공주조차도 자신의 눈을 의심할 정도였습니다. 신부는 그녀의 옷이 너무 마음에 들어서 결혼식에 자신이 입으면 얼마나 좋을까 생각하며 그 옷을 팔 수 없겠느냐고 물었습니다.

"돈이나 금은보화로는 안 돼요. 그 대신 부탁을 하나 들어주세요."

그녀의 부탁이 무엇인지 신부가 묻자 그녀는 이렇게 대답했습니다.

"나를 신랑의 방에서 하룻밤 자게 해주세요."

신부는 그녀의 부탁을 거절하고 싶었으나 그녀의 옷이 너무 마음에 들었기 때문에 결국 승낙해 주었습니다. 그러나 그 방에는 신랑의 하인도 함께 자도록 명령이 내려졌습니다. 그 날 밤 왕자가 잠들었을 때 그녀는 그의 방으로 들어가 침대 곁에 앉아 이렇게 말했습니다.

"당신을 찾아 7년을 헤맸어요. 나는 당신을 찾기 위해 해님에게도 갔고 달님에게도 갔고 네 바람에게도 갔어요. 그리고 당신이 용을 물리치도록 도왔어요. 그런데 당신은 나를 영원히 잊고 말 건가요?"

그러나 왕자는 아주 깊이 잠들어 있었기 때문에 그녀의 말이 단지 전나무 가지 사이로 속삭이는 바람소리처럼 여겨질 뿐이었습니다. 아침이 되자 그녀는 다시 밖으로 쫓겨났고 황금 예복도 포기해야 했습니다.

일이 뜻대로 되지 않자 그녀는 너무나 슬퍼서 들판에 앉아 눈물을 흘렸습니다. 바로 그 때 그녀는 달님이 준 달걀이 생각났습니다. 그녀가 조심스럽게 달걀을 깨뜨리자 그 속에서 열두 마리의 병아리를 품은 암탉 한 마리가 나왔는데, 모두가 금으로 만들어진 것들이었습니다. 병아리들은 삐약거리며 돌아다니기도 하고 엄마 품 속에 기어들기도 했습니다. 그 모습은 세상의 무엇보다도 아름답고 사랑스러웠습니다.

그녀는 무엇인가를 골똘히 생각하다가 암탉과 병아리들을 이끌고 다시 성 안으로 들어갔습니다. 창문으로 병아리와 암탉을 본 신부는 작은 병아리들이 너무나 귀여워서 곧바로 달려 내려와 얼마를 주면 팔겠느냐고 물었습니다.

"돈이나 금은보화로도 안 돼요. 하지만 부탁 하나를 들어 주세요. 왕자님의 방에서 하룻밤 더 잘 수 있게 해주세요."

신부는 지난 밤처럼 그녀를 속일 수 있을 것이라 생각하고 그녀의 말을 들어 주었습니다. 한편 왕자는 어젯밤 잠자리에 들었을 때 부시럭거리고 웅얼거리 던 소리가 도대체 무엇이었느냐고 하인에게 물었습니다. 하인은 모든 사실을 그에게 말해 주었습니다. 즉, 한 가엾은 아가씨가 그의 방에 들어와 밤을 지새 웠기 때문에 그녀를 감시하도록 자신이 보내졌다는 것과 오늘 밤도 역시 그녀 를 감시하도록 명령을 받았다는 것이었습니다.

그러자 왕자가 말했습니다.

"침대 곁에 있는 저 술잔의 술을 따라 버리도록 하게."

그 날 밤 다시 방에 들어온 아가씨가 슬픈 사연을 이야기하자 왕자는 그녀의 목소리를 듣고 즉시 그녀가 잊고 있었던 아내라는 사실을 기억해 냈습니다. 그 는 벌떡 일어나 그녀를 보며 소리쳤습니다.

"아, 이제야 마법에서 완전히 풀려 났소. 마치 오랫동안 꿈을 꾼 것 같군. 그 이상한 공주는 당신을 잊어버리도록 내게 마술을 걸었소. 하지만 하느님께서 제 때에 나를 마법에서 구해 주셨구려."

그 날 밤 두 사람은 몰래 그 공주의 성을 떠났습니다. 왜냐하면 공주의 아버 지는 무시무시한 마법사였으니까요. 두 사람은 독수리를 타고 홍해 위를 날아 갔습니다. 바다 한가운데에 이르자 그녀가 밤톨을 던졌습니다. 그러자 바다 위 로 순식간에 커다란 밤나무가 자라나 독수리는 가지 위에 앉아 편히 쉴 수 있 었습니다.

마침내 그들이 집에 도착했을 때 그들의 아이는 이미 자라서 훤칠하고 잘생 긴 소년이 되어 있었습니다. 그들은 오래도록 행복하게 잘 살았답니다.

89

거위치는 소녀

오래 전에 남편을 여의고 아름다운 딸 하나를 데리고 사는 나이 든 여왕이 있었습니다. 그 여왕의 딸은 나이가 차서 먼 곳에 사는 왕자와 약혼을 했습니다. 결혼 날짜가 다가오자 공주는 왕자가 있는 머나먼 왕국으로 떠날 준비를 했습니다. 나이 든 여왕은 딸을 위해 값진 패물과 보석들과 귀한 술잔들을 커다란 상자에 가득 싸 주었는데, 모두가 금과 은으로 만든 것들이었습니다.

뿐만 아니라 그녀는 왕실 결혼에 드는 신부의 비용과 지참금도 풍족하게 주었습니다. 여왕은 딸을 너무도 사랑했으므로 기나긴 여행을 끝내고 딸을 무사히 신랑의 손에 데려다 줄 하녀도 한 명 골랐습니다. 그리고 두 사람 모두에게 타고 갈 말을 하사했습니다. 특히 공주의 말은 팔라다라는 이름을 가진, 말을 할 줄 아는 말이었습니다.

출발 시간이 다가오자 여왕은 작은 칼을 가지고 딸의 방으로 올라가 자신의 손가락에 작은 상처를 내어 피가 나게 했습니다. 그녀는 하얀 손수건에 손가락에서 떨어지는 피 세 방울을 받은 다음 손수건을 딸에게 주었습니다.

"사랑하는 딸아, 이 세 방울의 피를 잘 간직하거라. 여행 중에 어려운 일을 만나면 도움이 될 것이다."

어머니에게 슬픈 작별인사를 고한 후 공주는 손수건을 앞가슴에 고이 간직한 채 말에 올라 여행을 시작했습니다. 한 시간쯤을 갔을 때 갈증을 느낀 공주가 하녀에게 이렇게 말했습니다.

"냇가에 가서 황금잔에 물을 떠오너라. 목이 몹시 마르구나."

그러자 하녀가 대답했습니다.

"목이 마르면 직접 떠먹을 것이지 왜 나한테 시키는거죠? 나는 이제 당신의 하녀가 아니란 말이에요."

공주는 목이 몹시 말랐기 때문에 할 수 없이 말에서 내려 냇가에 엎드려 물을 마셨습니다. 하녀가 황금잔으로 마시지 못하게 했기 때문이었습니다.

"오, 하느님!"

그녀가 작은 소리로 탄식하자 세 방울의 피가 대답했습니다.

"아, 이 일을 어머니께서 아신다면 가슴이 찢어지실거예요."

공주는 아무 말도 하지 않고 다시 말에 올라탔습니다. 그들은 다시 말을 타고 몇 마일을 갔습니다. 한낮의 태양은 타는 듯이 뜨거웠으므로 그녀는 다시 갈증을 느꼈습니다. 그들이 냇가에 이르렀을 때 공주는 하녀가 건방진 말로 자신의 명령을 거역했던 사실을 잊어버리고 다시 말했습니다.

"내려가서 황금잔에 물을 담아 오너라."

그러자 하녀는 전보다 더욱 거만한 투로 대꾸했습니다.

"목이 마르면 직접 떠다 마실 것이지 왜 나한테 시키는거야. 나는 네 종이 아니란 말이야."

공주는 목이 몹시 말랐기 때문에 다시 물을 마시기 위해 흐르는 물 위에 엎드렸습니다. 그 때 공주의 눈에서 눈물이 흘렀습니다.

"오, 하느님!"

그녀가 이렇게 탄식하자 다시 한 번 세 방울의 피가 말했습니다.

"아, 이 일을 어머니께서 아신다면 가슴이 찢어지실거예요."

그런데 그녀가 냇가에 몸을 숙이고 막 물을 마시려고 할 때 세 방울의 피가 묻은 하얀 손수건이 미처 붙잡을 새도 없이 그녀의 앞가슴에서 시냇물 위로 떨어져 순식간에 흘러가고 말았습니다. 그녀는 너무 두려워서 몸을 떨었습니다. 하지만 그것을 본 하녀는 이제야 공주를 제 손아귀에 넣을 수 있게 되었다고 기뻐했습니다. 세 방울의 피가 없으면 공주에게는 믿을 것이 아무것도 없었던 것입니다. 그녀가 다시 팔라다라는 이름의 말에 올라타려하자 그녀는 이렇게 소리쳤습니다.

"그건 내 말이야. 너는 이 조랑말을 타도록 해!"

공주는 아무 말도 하지 못했습니다. 그러자 하녀는 더욱 거만한 투로 공주에게 입고 있던 옷을 벗어 자신의 남루한 옷과 바꿔 입으라고 했습니다. 그리고 왕궁에 도착했을 때 자기가 한 일을 한 마디도 입 밖에 내지 않겠다고 맹세하라고 공주를 협박했습니다. 만일 공주가 약속을 하지 않는다면 그 자리에서 죽여 버릴 기세였습니다. 하지만 팔라다는 이 모든 것을 하나도 빠짐없이 지켜보고 있었습니다.

이제 팔라다의 등에는 하녀가 탔고 공주는 볼품없는 늙은 말에 올라탔습니다. 그들은 여행을 계속해서 마침내 왕자가 있는 왕궁에 도착했습니다. 그들이 궁전에 들어서자 모든 사람들이 환영했습니다. 그들을 맞이하기 위해 왕자도 달려나왔습니다. 왕자는 팔라다를 타고 있는 하녀가 자신의 신부라고 생각하며 그녀가 말에서 내릴 수 있도록 부축을 해주었습니다. 그런 다음 공주는 혼자 세워둔 채 왕자는 하녀의 손을 잡고 2층으로 올라갔습니다.

그 때 국왕은 창문을 통해서 밖을 내다보고 있었습니다. 왕은 궁전 뜨락에 서 있는 공주를 보자 멋지고 품위있는 그녀의 아름다운 모습에 매우 놀랐습니다. 그는 곧바로 영접실로 가서 뜨락에 서 있는 아가씨가 누구냐고 신부에게 물었습니다.

"오던 길에 우연히 만나서 데리고 온 떠돌이랍니다. 이 곳에서 궂은 일이나 시키면서 먹여 주면 될 것입니다."

그러나 국왕은 그녀에게 따로 시킬 일이 없었으므로 이렇게 말했습니다. "작은 소년에게 거위를 돌보라고 시켰는데 어쩌면 그 아이를 도와줄 수 있을지 모르겠군."

이렇게 해서 공주는 콘라드라는 소년을 도와 거위를 키우게 되었습니다.

잠시 후 가짜 신부가 왕자에게 말했습니다.

"사랑하는 왕자님, 부탁이 하나 있는데 들어주시겠습니까?"

"물론이오. 기꺼이 들어주겠소."

"그렇다면 도살업자를 불러 내가 타고온 말의 목을 치게 해주세요. 그 말은 여기까지 오면서 내내 말썽만 부렸답니다."

그녀가 이런 부탁을 한 것은 자신이 공주에게 했던 못된 짓을 그 말이 폭로할까봐 두려웠기 때문이었습니다. 그 때 충직한 팔라다가 목숨을 잃을 위기에 처했다는 말을 듣게 된 공주는 도살업자에게 다가가 작은 부탁을 들어준다면 금화 한 닢을 주겠다고 약속했습니다. 그 성에는 그녀가 아침저녁으로 거위를 몰고 드나드는 어둡고 커다란 통로가 있는데, 그녀가 항상 볼 수 있도록 그 통로 아래 벽에 팔라다의 머리를 매달아 달라는 것이었습니다. 도살업자는 그렇게 하겠다고 약속을 하고 말의 머리를 벤 후 그것을 어두운 통로 아래의 벽에 못으로 단단히 매달아 놓았습니다.

다음 날 이른 아침에 공주는 콘라드와 함께 거위를 몰고 그 통로 밑을 지나면서 이렇게 말했습니다.

"오, 가엾은 팔라다. 애처롭게도 이곳에 매달려 있구나."

그러자 그 머리는 이렇게 대답했습니다.

"존경하는 공주님, 그 곳에 계신 분이 정말로 공주님이신가요?
아, 만일 당신의 어머니께서 이 사실을 아신다면
가슴이 찢어지실거예요!"

그러나 그녀는 아무 말 없이 성 밖으로 걸어갔습니다. 두 사람은 거위를 몰고 들판으로 나갔습니다. 풀밭에 다다르자 그녀는 자리에 앉아 황금빛으로 반짝이는 금발머리를 풀었습니다. 공주의 반짝이는 머릿결이 너무 아름다웠기 때문에 콘라드는 몇 가닥의 머리를 뽑으려고 애를 썼습니다. 그러면 공주는 이렇게 노래했습니다.

"불어라, 바람아. 오, 바람아 거세게 불어 다오!
콘라드의 모자가 저 멀리 날아가도록.
내가 한 올 한 올 머리를 빗어
모두 땋아 올릴 때까지
그 모자를 찾아 사방을 헤매도록."

그러자 바람이 거세게 불더니 콘라드의 모자가 들판 멀리 날아갔습니다. 콘라드가 모자를 찾아 이리저리 헤매다 돌아왔을 때는 그녀가 이미 머리를 땋아 단정하게 묶은 뒤였기 때문에 그는 머리카락을 한 가닥도 얻을 수 없었습니다. 콘라드는 몹시 화가 나서 그 이후로 그녀에게 말을 걸지 않았습니다. 그들은 저녁까지 거위를 돌본 후 해가 저물자 집으로 돌아왔습니다.

다음 날 아침 그들이 거위를 몰고 어두운 통로를 지날 때 공주는 또 이렇게 말했습니다.

"오, 가엾은 팔라다. 애처롭게도 이곳에 매달려 있구나."

그러자 팔라다가 대답했습니다.

"존경하는 공주님, 그 곳에 계신 분이 정말로 공주님이신가요?
아, 만일 당신의 어머니께서 이 사실을 아신다면
가슴이 찢어지실거예요."

그녀와 콘라드는 다시 들판으로 나갔습니다. 그녀가 풀밭에 앉아 머리를 빗기 시작하자 콘라드가 달려와 그녀의 머리를 잡으려 했습니다. 그 때 공주는 다시 이렇게 노래했습니다.

"불어라, 바람아. 오, 바람아 거세게 불어 다오!
 콘라드의 모자가 저 멀리 날아가도록.
 내가 한 올 한 올 머리를 빗어
 모두 땋아 올릴 때까지
 그 모자를 찾아 사방을 헤매도록."

 바람이 불어서 콘라드의 모자가 또 날아갔기 때문에 그는 다시 모자를 주우러 달려갔습니다. 그가 돌아왔을 때는 그녀가 벌써 머리를 땋아 올린 후였기 때문에 그는 한 가닥도 얻을 수 없었습니다. 그들이 저녁까지 거위를 돌보고 돌아오자 콘라드는 늙은 왕에게 달려가 말했습니다.
"더 이상 그 아가씨와 거위를 돌보고 싶지 않습니다."
 그러자 늙은 왕이 물었습니다.
"이유가 무엇인가?"
"그 아가씨는 하루 종일 나를 괴롭히기만 합니다."
 그러자 왕은 그녀가 어떻게 했는지 자세히 말하라고 명령했습니다.
"아침에 우리가 어두운 통로를 지날 때면 그 통로 벽에 매달린 말머리를 보고 그녀는 이렇게 노래합니다.

 '오, 가엾은 팔라다. 애처롭게도 이 곳에 매달려 있구나.'

 그러면 그 머리는 이렇게 대답합니다.

 '존경하는 공주님, 그 곳에 계신 분이 정말 공주님이신가요?
 아, 만일 당신의 어머니께서 이 사실을 아신다면
 가슴이 찢어지실거예요!'"

 그리고 콘라드는 들판에서 있었던 일과 자신이 모자를 찾기 위해 얼마나 뛰어다녔는지 낱낱이 이야기했습니다.
 늙은 왕은 그에게 다음 날 다시 거위를 몰고 들판으로 나가라고 명령했습니다. 그리고 다음 날 아침 해가 뜨자 늙은 왕은 직접 어두운 통로에 숨어 그녀가 팔라다의 머리에게 말하는 것을 들었습니다. 그런 다음 왕은 들판으로 따라 나가 작은 숲 속에 몸을 숨겼습니다. 이윽고 거위치는 아가씨와 소년이 풀밭에 나타났고 잠시 후에 그녀는 풀밭에 앉아서 빛나는 금발머리를 풀었습니다. 그런 다음 그녀는 이렇게 노래했습니다.

"불어라, 바람아. 오, 바람아 거세게 불어 다오!
콘라드의 모자가 저 멀리 날아가도록.
내가 한 올 한 올 머리를 빗어
모두 땋아 올릴 때까지
그 모자를 찾아 사방을 헤매도록."

그러자 거센 바람이 불어 콘라드의 모자를 멀리 날려 버렸습니다. 콘라드가 모자를 찾아 멀리 달려간 사이 아가씨는 조용히 머리를 빗어 곱게 땋아 올렸습니다. 늙은 왕은 이 광경을 하나도 놓치지 않고 보았습니다. 아무도 모르게 돌아온 왕은 그 날 저녁 거위치는 아가씨가 돌아오자 그녀를 불러 그 모든 일이 어떻게 일어났는지를 물었습니다.

"저는 한 마디도 말을 할 수가 없답니다. 푸른 하늘을 두고 맹세했기 때문입니다. 만약 한 마디라도 한다면 저는 죽음을 면치 못할 것입니다."

왕은 그녀에게 사실을 말하라고 계속 다그쳤지만 그녀는 한 마디도 하지 않았습니다. 그러자 왕은 이렇게 말했습니다.

"나에게 이야기를 할 수 없다면 저 곳에 있는 무쇠난로 속에 들어가 슬픈 사연을 이야기하도록 하라."

왕이 자리를 뜬 후 그녀는 무쇠난로 속으로 기어들어가 슬피 울면서 가슴에 맺힌 이야기를 털어놓았습니다.

"저는 이 세상에 버려진 채 이 곳에 있는 것입니다. 사실 저는 공주랍니다. 사악한 하녀가 저를 협박해서 제가 입고 있던 왕실 옷을 빼앗았고 제 신랑마저 차지해 버린 것입니다. 그래서 저는 거위치는 사람이 되어 매일 궂은 일을 하고 있습니다. 아, 만일 어머니께서 이 사실을 아신다면 가슴이 찢어지실겁니다!"

늙은 왕은 난로와 연결된 연통 끝에 서서 그녀의 탄식을 모두 들었습니다.

잠시 후 그는 방으로 돌아와 그녀에게 난로에서 나오라고 명령했습니다. 그러고는 그녀에게 왕실의 옷을 입으라고 명령했습니다. 그 옷을 입자 마치 기적이 일어난 것처럼 그녀는 아름답게 변했습니다. 늙은 왕은 즉시 아들을 불러 신부가 바뀌었다는 사실과 그 신부는 하녀에 불과하다는 사실을 알려주었습니다. 그리고 진짜 신부는 거위를 치던 아가씨이며 바로 눈 앞에 서 있는 사람이라고 말했습니다. 왕자는 그녀가 너무나 아름답고 고결해 보였으므로 대단히 기뻐했습니다.

성대한 잔치가 준비되었고 왕실의 친구들과 친척들이 초대되었습니다. 식탁의 위쪽에는 신랑이 앉았고 한쪽에는 공주가 다른 한쪽에는 하녀가 앉았습니다. 그러나 하녀는 기쁨에 들떠 정신이 없었기 때문에 놀랄 만큼 아름다운 옷을 입고 맞은편에 앉아 있는 아가씨가 바로 자신의 공주라는 것을 알아차리지 못했습니다. 즐거운 분위기 속에서 식사를 모두 마쳤을 때 늙은 왕은 그녀에게 수수께끼를 하나 냈습니다. '자, 다음과 같이 사악한 방법으로 주인을 속인 여자에게 어떤 형벌을 내리는 것이 옳겠는가?' 하면서 왕은 하녀에게 모든 이야기를 한 다음 이렇게 물었습니다.

"그대라면 어떤 형벌을 내리겠는가?"

그러자 가짜 신부인 하녀가 말했습니다.

"그야 물론 그런 여자는 완전히 벌거벗겨서 날카로운 못이 박힌 통 속에 넣어야죠. 그런 다음 두 마리의 백마에 그 통을 매달아 그 여자가 죽을 때까지 끌고 다니게 해야겠죠."

"그렇게 될 여자가 바로 그대라는 것을 아는가. 그대는 자신이 받아야 할 벌을 스스로 선고했다. 이제 그대가 말한 대로 이루어질 것이다."

하녀가 그 벌을 받고 있는 동안 새로 왕이 된 왕자는 진짜 신부인 공주와 결혼식을 올렸습니다. 그리고 두 사람은 그들의 왕국을 평화롭게 다스리며 행복하게 살았습니다.

90

어린 거인

한 농부의 아내가 엄지손가락만한 아들을 낳았습니다. 그러나 몇 년이 지나도 그 아들은 손톱만큼도 자랄 기미를 보이지 않았습니다. 그러던 어느 날 농부가 쟁기를 들고 밭을 갈러 나가려 하자 아이가 말했습니다.

"아버지, 저도 따라갈래요."

"나를 따라가겠다고? 글쎄, 그냥 집에 있는 게 좋을 것 같구나. 네가 있어도 아무 도움이 안 될거야. 그리고 혹시 너를 잃어버리면 어쩌겠니?"

그러나 아이가 몹시 울면서 떼를 쓰는 바람에 아버지는 할 수 없이 아이를 주머니에 넣어 데리고 갔습니다. 밭에 도착하자 아버지는 아이를 주머니에서 꺼내 새로 갈아엎은 이랑 사이에 올려놓았습니다. 아이가 그 속에 앉아 있을 때 커다란 거인이 언덕 위에서 다가왔습니다.

"얘야, 저기 거인이 오는 것이 보이지? 너를 잡으러 오는거란다."

아버지는 단지 어린 아들에게 겁을 좀 주어서 말을 잘 듣게 할 생각으로 이렇게 말했을 뿐이었습니다. 그런데 거인은 긴 다리로 성큼성큼 걸어 와서 두 손가락으로 꼬마아이를 집어올려 이모저모를 뜯어보더니 아무 말도 없이 아이를 데려가는 것이었습니다. 그러는 동안 아버지는 겁에 질려 아무 말도 할 수 없었습니다. 그는 이제 꼼짝없이 아이를 잃어버려 다시는 볼 수 없을 것이라고 생각했습니다.

한편 거인은 아이를 집으로 데려가 가슴에 안고 젖을 먹였습니다. 젖을 먹은 아이는 다른 거인들처럼 크고 튼튼하게 자랐습니다. 그렇게 2년이 흐른 뒤 거인은 아이를 시험하려고 숲으로 데려갔습니다.

"자, 혼자서 나무 하나를 뽑아 보거라."

그 소년은 이제 힘이 세졌기 때문에 땅에서 어린 나무 하나를 뿌리째 뽑아 올렸습니다. 그러나 그 거인은, 거인이라면 그보다 더 잘해야 한다고 생각했습니다.

그래서 그는 소년을 데리고 집으로 돌아와 다시 2년 동안 젖을 또 먹였습니다. 그런 후 다시 한 번 시험을 하자 소년은 대단한 힘으로 큰 나무 한 그루를 뽑아 올렸습니다. 그러나 거인은 아직 멀었다고 생각하고 다시 소년에게 2년 동안 젖을 먹였습니다. 그런 다음 그를 데리고 다시 숲으로 가서 말했습니다.

"자, 이제 아름드리 나무를 부러뜨릴 수 있을거다!"

소년은 즉시 가장 굵은 참나무 한 그루를 뽑아서 마치 성냥개비를 부러뜨리듯 가볍게 두 동강을 냈습니다.

"자, 그 정도면 충분하다. 너는 이제 모든 것을 배웠다."

거인은 이렇게 말한 후 몇 년 전에 소년을 데리고 왔던 밭으로 그를 데리고 갔습니다. 소년의 아버지는 여전히 밭을 갈고 있었습니다.

"아버지, 보세요, 아버지의 아들이 이렇게 훌륭하게 커서 돌아왔어요!"

그러자 농부가 깜짝 놀라 소리쳤습니다.

"아, 아니야. 너는 내 아들이 아니다. 나에게는 너 같은 아들이 없어. 가까이 오지 마라."

"아니예요. 제가 바로 아버지의 아들이에요. 자, 쟁기를 이리 주세요. 아주 멋지게 밭을 갈아 놓겠어요."

"아니다, 아니야. 너는 내 아들이 아니야. 나는 너 같은 거인 아들을 둔 적도 없고 밭을 갈아 주는 것도 고맙지 않아. 저리 가거라!"

그러나 농부는 어린 거인이 너무나 무서워서 쟁기를 내어 주고 밭둑 가장자리에 가서 앉았습니다. 그러나 어린 거인이 밭을 갈려고 손으로 쟁기를 누르자 쟁기는 흙 속에 깊이 박혀 버렸습니다. 농부는 그 광경을 보고만 있을 수가 없어서 이렇게 소리쳤습니다.

"밭을 갈 때 쟁기를 너무 세게 누르지 말라고. 그렇게 세게 눌러서 밭을 갈면 다 망치고 말거야."

그러자 어린 거인은 말에서 쟁기를 풀어 직접 갈기 시작했습니다.

"집으로 가세요, 아버지. 가셔서 어머니한테 큰 접시로 가득하게 저녁이나 준비해 놓으라고 말씀하세요. 그동안 아버지 대신 제가 밭을 다 갈아 놓을게요."

농부는 집으로 가서 아내에게 먹을 것을 준비하라고 시켰습니다. 그러는 동안 어린 거인은 2에이커나 되는 땅을 혼자서 모두 갈아 엎었습니다. 쟁기질이 끝나자 그는 두 개의 써레를 어깨에 메고 써레질까지 모두 끝냈습니다. 일을 마친 후 그는 숲으로 들어가서 참나무 두 그루를 뽑아 그 나무 끝에 써레와 말한 마리씩을 맸습니다. 그리고 이것들을 짚단처럼 가볍게 끌고 집으로 돌아왔습니다. 그가 뒷마당에 도착했을 때, 어머니는 그가 누구인지 알아보지 못하고 남편에게 물었습니다.

"도대체 저 끔찍한 거인은 누구죠?"

그러자 농부가 대답했습니다.

"우리 아들이라고."

"아니에요. 우리 아들일 리가 없어요. 우리는 저런 거인 아들을 둔 적이 없어요. 우리 아들은 엄지손가락만하잖아요?"

그런 다음 어머니는 창 밖을 내다보고 소리쳤습니다.

"저리 가라! 우리는 너 같은 아들을 둔 적이 없어!"

그러나 어린 거인은 아무 말도 하지 않고 말들을 마구간에 들인 다음 참나무 잎과 건초와 그 밖에 말들이 평상시에 먹던 먹이들을 주었습니다. 그런 다음 그는 집 안으로 들어와 의자에 앉으며 말했습니다.

"어머니, 배가 몹시 고프군요. 저녁은 다 됐나요?"

"그래."

어머니는 그들 부부가 일주일 동안 먹을 정도의 많은 음식을 담은 커다란 그릇을 그에게 가져다주었습니다. 그러나 어린 거인은 혼자서 그 모든 것을 순식간에 먹어 치운 후 먹을 것이 또 없느냐고 물었습니다.

"그게 우리가 가지고 있던 음식 전부란다."

"이건 병아리 모이밖에 안 돼요. 나는 더 먹어야 해요."

그녀는 감히 거인 아들에게 대들 수 없었습니다. 그래서 커다란 돼지밥통에 음식을 가득 담아 다시 불 위에 올렸습니다. 음식이 다 되자 그녀는 밥통째로 들고 들어왔습니다.

"먹을 것이 몇 숟가락 더 있긴 있군요."

그는 다시 음식을 깨끗하게 먹어 치웠습니다. 그러나 그것으로도 그의 허기는 채워지지 않았습니다. 그러자 그가 아버지에게 말했습니다.

"아버지, 집에서는 도저히 배부르게 먹을 수가 없을 것 같군요. 그러니 내가 무릎으로 꺾어도 부러지지 않을 만큼 튼튼한 쇠막대기 하나를 구해주세요. 그러면 세상으로 나가 일을 해서 벌어 먹겠어요."

농부는 그 말을 듣고 기뻤습니다. 그는 마차에 말 두 마리를 매고 대장간으로 달려갔습니다. 대장장이에게서 아주 크고 무거운 쇠막대기를 구해 두 마리의 말이 끄는 마차로 그것을 간신히 끌고 왔습니다. 그러나 어린 거인이 그 막대기를 무릎에 대고 슬쩍 꺾자 그것은 마른 나뭇가지처럼 딱! 소리를 내며 부러지고 말았습니다.

그의 아버지는 이번에는 네 마리의 말을 맨 마차에 더 큰 쇠막대기를 싣고 왔습니다. 너무 무거워서 네 마리의 말이 간신히 끌고 올 정도였습니다. 그러나 다시 한 번 어린 거인은 쇠막대기를 무릎으로 부러뜨려서 내던지며 말했습니다.

"아버지, 이렇게 약한 건 아무 소용도 없어요. 더 튼튼한 막대기를 구해오세요."

아버지는 다시 여덟 마리의 말들이 간신히 끌고 올 정도로 크고 무거운 쇠막대기를 구해 왔습니다. 그러나 어린 거인이 쇠막대기를 잡고 손에 힘을 주자 막대기의 한쪽 끝이 부서졌습니다. 그러자 아들이 말했습니다.

"아버지, 이 근방에서는 제게 필요한 쇠막대기를 구할 수 없나 보군요. 그냥 집을 떠나야겠습니다."

집을 떠난 어린 거인은 날품팔이 일을 찾아 돌아다녔습니다. 얼마 안 가서 그는 어느 마을에 이르렀는데 그 마을 한가운데에는 대장장이가 살고 있었습니다. 그는 대단히 탐욕스러운 사람이었기 때문에 무엇이나 혼자서만 독차지하려 했습니다. 어린 거인은 대장장이에게 찾아가 날품팔이 일꾼이 필요하지 않느냐고 물었습니다.

"물론 필요하지."

대장장이는 그를 위아래로 훑어보고는, '이 놈이야말로 무쇠 같은 놈이다. 아마도 망치질 하나는 기가 막히게 해서 돈을 벌게 해줄 것이다.'라고 생각했습니다.

"그래 품삯은 얼마나 받고 싶은가?"

"필요없어요. 다만 2주에 한 번씩 다른 일꾼들이 품삯을 받을 때 나는 주먹으로 당신을 두 번 쳐서 당신이 견뎌내는지를 보고 싶소."

그 구두쇠는 대단히 흡족해하면서 어린 거인의 제안을 받아들였습니다. 그렇게 하면 자기가 돈을 조금 더 모을 수 있다고 생각했기 때문이었습니다. 다음 날 아침 새로운 일꾼은 처음으로 망치를 잡게 되었습니다. 대장간 주인이 빨갛게 달구어진 쇠를 들고 오자 그가 망치로 한 번 내리쳤습니다. 그러나 그 쇠는 산산조각이 나 버렸고 모루는 땅 속 깊숙이 박혀서 다시 꺼낼 수 없게 되었습니다. 구두쇠는 매우 화를 내면서 말했습니다.

"그만, 그만 해. 너를 더 이상 쓰지 않겠어. 망치질이 너무 거칠잖아. 그래도 망치질을 한 번 했으니 그 대가로 무엇을 주면 되겠는가?"

"당신을 살짝 한 번 건드리기만 하겠소. 그걸로 끝이오."

일꾼은 이렇게 말한 다음 한 발로 구두쇠를 차서 건초더미 위로 날려 버렸습니다. 그러고 나서 그는 대장간 안에서 가장 두꺼운 쇠막대기를 지팡이처럼 가볍게 집어 들고 길을 떠났습니다. 한참을 여행한 후에 그는 커다란 농장에 도착했습니다. 그는 관리인에게 일꾼 반장이 필요하지 않느냐고 물었습니다.

"좋아, 한 명이 필요하긴 하지. 자네를 보니 꽤 튼튼하고 능력이 있어 보이는군. 그런데 일 년에 얼마를 주면 되겠나?"

이번에도 그는 돈을 달라고 하지 않고 일 년이 지난 다음에 관리인을 세 번 때리겠다고 말했습니다. 관리인 역시 대단한 구두쇠였기 때문에 그의 제안에 크게 기뻐했습니다. 다음 날 아침 새로 고용된 반장은 일꾼들을 데리고 숲으로 가서 나무를 잘라야 했기 때문에 일찍 일어나야 했습니다. 그러나 어린 거인은 여전히 침대에 누워 자고 있었습니다. 일꾼 한 명이 그를 부르러 왔습니다.

"이봐! 일어날 시간이야! 우린 숲에 일하러 갈건데, 자네가 앞장서야 하지 않겠나."

그러자 그는 콧방귀를 뀌며 말했습니다.

"난 조금 더 자겠어. 당신네들 먼저 가라구. 어쨌든 나는 당신들보다 먼저 갔다 올 자신이 있으니까."

일꾼들은 관리인에게 몰려가서 반장이 아직 자고 있으며 자기들과 함께 숲에 가려 하지 않는다고 말했습니다. 관리인은 그를 깨워서 빨리 마차에 올라타게 하라고 명령했지만 반장의 대답은 조금 전과 똑같았습니다.

"당신들 먼저 가라구. 어쨌든 난 당신들보다 먼저 갔다가 올 자신이 있으니까."

그는 두 시간을 더 잔 다음 겨우 눈을 떴습니다. 그러고는 창고에서 완두콩 두 말을 가져와서 직접 음식을 만든 다음 천천히 먹으면서 시간을 보냈습니다. 식사를 마치고 그는 밖으로 나가 마차를 타고 숲으로 향했습니다.

숲으로 들어간 그는 어떤 골짜기에 이르자 마차에서 내려 다른 말들이 그 골짜기를 통과하지 못하도록 나무로 커다란 방책(울타리)을 만들었습니다. 그가 숲에 들어갔을 때 사람들은 이미 마차에 나무를 가득 싣고 집으로 돌아갈 준비를 하고 있었습니다. 그러자 그가 말했습니다.

"먼저들 가라구. 나는 당신들보다 일찍 집에 도착할 자신이 있으니까."

그는 두 그루의 커다란 참나무를 보았기 때문에 숲 속으로 그다지 멀리 들어갈 필요가 없었습니다. 그는 참나무 두 그루를 단숨에 뽑아올려 마차에 싣고 돌아왔습니다. 그가 방책에 도달했을 때 그보다 먼저 출발한 사람들은 그 방책을 넘지 못하고 서성거리고 있었습니다.

"그것 보게. 자네들이 나와 함께 있었더라면 이렇게 지체되지도 않았을 것이고 집에서 한두 시간은 더 잘 수 있었을 것 아닌가."

그도 마차를 타고 지나가려 했지만 방책을 빠져나갈 수가 없었습니다. 그래서 그는 말고삐를 풀고 마차 위에 말들을 실은 다음 굴대를 잡고 가볍게 끌었습니다. 마차는 마치 깃털을 실은 것처럼 쉽게 방책을 넘어갔습니다. 방책을 넘어간 그는 뒤를 돌아보고 일꾼들에게 말했습니다.

"자, 보게나. 나는 자네들보다 더 빨리 가고 있지 않은가."

다른 사람들이 여전히 방책 뒤에서 기다리는 동안 그는 마차를 타고 집으로 갔습니다. 마당에 도착하자 그는 한 손으로 나무 한 그루를 번쩍 들고 관리인에게 말했습니다.

"이 나무가 맘에 드는지 모르겠군요."

그러자 관리인이 아내에게 말했습니다.

"이 사람은 훌륭한 일꾼이오. 비록 잠꾸러기이기는 하지만 다른 사람들보다 더 빨리 일을 마치고 집으로 돌아왔소."

어린 거인은 일 년 동안 그 곳에서 일을 했습니다. 그리고 기한이 되어 다른 일꾼들이 품삯을 받을 때 그도 역시 자신의 품삯을 요구했습니다. 그러나 관리인은 어린 거인이 자신을 때린다고 생각하니 소름이 오싹 끼쳤습니다.

그는 반장에게 모든 것을 없었던 것으로 하자고 애걸하면서 그 대신에 관리인 자리를 내주고 자기가 반장 일을 하겠다고 말했습니다. 그러자 어린 거인이 말했습니다.

"아니오. 나는 관리인이 되기 싫소. 나는 반장이고 앞으로도 반장 일을 하겠소. 그리고 나는 우리가 애초에 약속한 대로 품삯을 계산하고 싶소."

관리인은 그가 원하는 것은 무엇이든지 주겠다고 했으나 아무 소용이 없었습니다. 반장은 그가 제안하는 것을 모두 거절했기 때문에 관리인은 할 수 없이 2주일의 말미를 달라고 부탁하는 수밖에 없었습니다. 이 문제를 해결할 수 있는 방법을 생각할 시간이 필요했던 것입니다. 반장에게서 말미를 받은 관리인은 모든 일꾼들을 불러 모았습니다. 그는 일꾼들에게 도움을 요청하면서 이 문제를 해결할 방법이 없겠냐고 물었습니다.

사람들은 오랫동안 이것저것 생각을 해보더니, 반장은 사람의 목숨을 파리처럼 죽일 수 있는 사람이기 때문에 그 앞에서 목숨이 안전한 사람은 아무도 없다고 말했습니다. 그래서 그들은 반장에게 우물 청소를 시키자고 했습니다. 반장이 청소를 하러 우물 속으로 들어갔을 때 그들이 우물가에 있는 커다란 맷돌을 굴려 떨어뜨려서 그의 머리를 박살내 버리자는 것이었습니다. 그러면 그는 다시는 햇빛을 보지 못하게 될 것이라고 말입니다.

관리인도 그렇게 하는 것이 좋겠다고 생각했습니다. 그렇게 해서 반장은 우물 속으로 들어갔습니다. 그가 우물 속 바닥에 도달하자 사람들이 큰 맷돌을 굴렸습니다. 그리고 그의 머리가 박살이 났을 것이라 믿어 의심치 않았습니다. 그러나 그 때 우물 아래에서 거인의 목소리가 들려왔습니다.

"우물가에 있는 닭들을 쫓아 버리라구! 그 놈들이 자꾸 모래를 파헤쳐서 내가 눈을 뜰 수가 없잖아."

그래서 관리인은 닭들을 쫓는 것처럼 "쉬! 쉬!" 하고 소리를 냈습니다.

일 마친 반장이 마침내 우물에서 나왔습니다.

"이것 보라구! 저 안에서 얼마나 멋진 목걸이를 찾았는가!"

그는 맷돌을 목에 걸고 나오면서 그렇게 외쳤습니다.

약속한 날짜가 되어 반장이 다시 품삯을 요구했으나 관리인은 새로운 계획을 짜낼 속셈으로 다시 2주일간의 말미를 달라고 부탁했습니다. 반장 몰래 다시 모인 사람들은 이번에는 그를 귀신이 나타나는 방앗간에서 하룻밤을 일하게 하라고 했습니다. 이제까지 아무도 그 곳에서 살아서 나온 사람이 없었기 때문이었습니다.

관리인은 그렇게 하는 것이 좋겠다고 생각하고 그 날 저녁 반장을 불렀습니다. 그는 반장에게 급한 일이 생겼으니 밀 여덟 말을 가지고 방앗간으로 가서 다음 날 아침까지 빻아 오라고 시켰습니다. 그래서 반장은 창고로 가서 두 말은 오른쪽 주머니에 넣고, 두 말은 왼쪽 주머니에 넣었습니다. 그리고 나머지 네 말은 자루에 담아 절반은 가슴 위로 내려오고 절반은 등으로 내려가도록 어깨 위에 짊어졌습니다. 그런 다음 그는 귀신이 나오는 방앗간으로 갔습니다.

방앗간 주인은 그에게 낮에는 곡식을 쉽게 빻을 수 있지만 밤에는 그렇지 않다고 말했습니다. 왜냐하면 그 방앗간에는 밤마다 귀신이 나와서 그 곳에서 밤을 지낸 사람이 아침에 살아서 나온 적이 한 번도 없기 때문이라고 했습니다. 그 말을 들은 반장이 말했습니다.

"걱정 마시오. 나는 문제 없어요. 당신은 집에 가서 잠이나 실컷 자는게 어떻겠소?"

반장은 이렇게 말하고 방앗간 안으로 들어가 제분통에 밀을 부었습니다.

11시가 되자 그는 방앗간 주인의 방에 들어가 긴 의자에 앉았습니다. 그랬더니 갑자기 문이 열리고 커다란 식탁이 들어오는 것이었습니다. 그리고 누구 하나 음식을 나르는 사람이 없는데도 식탁 위에 포도주와 구운 고기와 온갖 종류의 맛있는 음식이 저절로 차려지는 것이었습니다. 그런 다음 의자들이 식탁 앞으로 미끄러지며 다가왔으나 아무도 들어온 사람은 없었습니다.

그러더니 갑자기 그의 눈 앞에 손가락들이 나타나 칼과 포크를 들고 접시 위에 음식을 담기 시작했습니다. 손가락 외에는 아무것도 보이는 것이 없었습니다. 그도 배가 고팠기 때문에 식탁 앞의 의자에 앉아 음식을 먹었습니다. 그가 배불리 먹고 또 다른 접시의 음식도 모두 비웠을 때 갑자기 훅 소리와 함께 모든 촛불이 꺼지고 방앗간 안은 칠흑 같은 어둠에 휩싸였습니다.

그 때 누군가 그의 얼굴을 세게 쳤습니다. 그러자 반장이 말했습니다.

"만일 다시 한 번 그런다면 나도 똑같이 한 방을 먹이고 말 테다."

다시 두 번째 공격을 받자 그는 똑같이 주먹을 날렸습니다. 그렇게 밤이 새도록 그는 보이지 않는 주먹과 싸웠습니다. 그는 오로지 자신의 얼굴을 때린 주먹을 향해 다시 주먹을 날리는 데에 열중해서 어느덧 재미까지 느끼게 되었습니다.

그러나 날이 밝자 모든 일은 끝이 났습니다. 방앗간 주인은 아침에 일어나 일꾼 반장이 어떻게 되었는지 보러 왔다가 그가 살아 있는 것을 보고 깜짝 놀랐습니다. 놀라는 방앗간 주인을 보더니 반장이 태연하게 말했습니다.

"나는 아주 훌륭한 식사를 했지요. 그런데 누군가 내 얼굴을 치는 것이 아니겠소? 그래서 나도 똑같이 때렸지요."

방앗간 주인은 자신의 방앗간이 마침내 오랜 저주에서 풀려났다는 것을 깨닫고 대단히 기뻐하면서 반장에게 보상을 하고 싶어했습니다.

"나는 돈이 필요없어요. 이미 충분하니까요."

반장은 그렇게 말하고는 밀가루를 담아 집으로 가지고 갔습니다. 그리고 관리인에게 시킨 일을 마쳤으니 약속한 품삯을 내놓으라고 했습니다. 그 말을 들은 관리인은 걱정이 태산 같았습니다. 방 안을 왔다 갔다 하는 그의 얼굴에는 땀이 비오듯 흘러 내렸습니다. 그래서 그는 시원한 바람을 쐬려고 창문을 열었으나 미처 바람을 쐬기도 전에 반장의 발길에 차여 창문 밖 하늘 위로 멀리 날아가고 말았습니다. 그는 날고 또 날아서 까마득한 곳으로 사라졌습니다.

그런 다음 반장은 관리인의 아내에게 말했습니다.

"만일 그가 돌아오지 않는다면 나머지는 당신이 맞아야 할거요."

그러자 그녀는 비명을 질렀습니다.

"안 돼요, 제발! 나는 뼈도 추리지 못할거예요."

그녀는 얼굴에서 땀이 비오듯 흘러 내렸기 때문에 바람을 쐬기 위해 다른 창문을 열었습니다. 그러자 그가 그녀를 걷어차서 그녀도 창문 밖으로 날아가고 말았습니다. 그녀는 더 가벼웠기 때문에 훨씬 멀리 날아갔습니다.

그녀의 남편이 그녀에게 소리쳤습니다.

"자, 이쪽으로 오라구!"

그러자 그녀가 대답했습니다.

"안 돼요, 당신이 이쪽으로 오세요. 나는 갈 수가 없어요."

그러나 그들은 서로에게 다가갈 수가 없었습니다. 각각 끝없이 하늘을 날아갈 뿐이었습니다.

그들이 지금도 날고 있는지 잘은 모르겠지만 어린 거인이 쇠지팡이를 짚고 지금도 여행을 계속하고 있다는 것은 분명한 사실이랍니다.

91

지하 왕국의 난쟁이

세 딸을 둔 부자 왕이 있었습니다. 왕은 나무들을 몹시 좋아해서 정원에 갖가지 나무를 심어 놓고 매일같이 그 속을 산책하기를 좋아했습니다. 그에게는 특별히 좋아하는 사과나무가 한 그루 있었는데, 그 나무에는 '누구든지 나무에서 과일을 따는 사람은 까마득한 지하에 떨어지고 말리라.' 하는 마법을 걸어 놓았습니다.

어느덧 추수철이 다가오자 그 나무의 사과들도 빨갛게 익었습니다. 세 딸들은 매일 나무 아래 서서 행여 바람에 사과가 하나쯤 떨어지지 않을까 하고 기다렸습니다. 그러나 사과는 하나도 떨어지지 않았습니다. 그 나무는 점점 잘 익은 사과로 가득 차서 마치 나무가 금방 쓰러지기라도 할 듯이 가지들이 무겁게 늘어졌습니다.

막내딸은 그 나무에서 사과 하나를 몹시 따고 싶었습니다. 그래서 언니들에게 말했습니다.

"아버님께서는 우리를 사랑하시니까 그 저주가 우리에게는 미치지 않도록 하실거야. 아마 아버지의 저주는 지나가는 사람에게만 미칠거야."

그러면서 그녀는 잘 익은 사과 하나를 땄습니다. 그리고 언니들에게 달려가서 말했습니다.

"자 언니들, 이 사과 맛 좀 봐! 이렇게 달고 맛있는 건 생전 처음이야."

다른 두 공주들도 그 사과를 한 입씩 베어먹었습니다. 그러자 갑자기 세 명의 공주는 아무 흔적도 없이 지하 깊은 곳으로 떨어지고 말았습니다. 한낮이 되어 왕이 점심식사를 하자고 딸들을 불렀으나 그들은 나타나지 않았습니다. 성과 정원을 샅샅이 뒤졌으나 그들은 어디에도 없었습니다.

마침내 왕은 크게 낙담해서 딸들을 데려오는 사람은 누구를 막론하고 세 딸 중 한 명을 아내로 주겠다고 온 나라에 공포했습니다. 그랬더니 많은 사람들이 전국 각지에서 공주들을 찾으러 나섰습니다. 왜냐하면 사람들은 공주들이 모두 아름답고 마음씨가 곱다는 사실을 잘 알고 있었기 때문이었습니다. 사실 모든 백성들은 세 공주를 진심으로 사랑하고 있었습니다.

그들을 찾겠다고 나선 사람들 중에 세 명의 사냥꾼이 있었습니다. 그들은 공주들을 찾으러 일주일을 돌아다닌 끝에 어느 커다란 성에 도착했습니다. 그들이 안으로 들어가 보았더니 그 곳에는 아름다운 방들이 즐비했고, 그 방들 가운데 하나에는 김이 모락모락 나는 맛있는 요리들이 식탁 위에 차려져 있었습니다.

그러나 그 성 안 어디에도 사람의 기척은 없었습니다. 그들이 한나절을 기다렸으나 식탁 위의 음식에서는 여전히 김이 모락모락 나고 있었습니다. 그들은 배고픔을 더 이상 참지 못하고 식탁에 앉아 음식을 모두 먹어 치웠습니다. 그런 다음 그들은 그 성에 머무르기로 결정을 하고, 두 사람이 나가서 공주들을 찾을 동안 누가 남아서 성을 지킬 것인지 제비를 뽑았습니다. 제비는 나이가 제일 많은 사냥꾼에게 걸렸습니다.

다음 날 다른 두 사람이 나가서 찾는 동안 그는 성 안에서 기다리게 되었습니다. 정오가 되자 몸집이 작은 난쟁이가 찾아와 빵 한 조각을 청했습니다. 사냥꾼은 식탁 위에 있는 빵을 칼로 잘라 그에게 건네 주었습니다. 그러나 난쟁이는 빵을 떨어뜨린 후 그 빵을 집어 달라고 그에게 간곡히 부탁했습니다. 사냥꾼이 빵을 집으려고 허리를 구부리자 난쟁이는 몽둥이를 집어 들고 그의 머리카락을 잡은 후 힘껏 내리쳤습니다.

다음 날은 두 번째 사냥꾼이 성을 지킬 차례였으나 그도 역시 똑같은 일을 당했습니다. 나이가 가장 많은 사냥꾼이 그 날 저녁에 둘째에게 물었습니다.

"그래, 낮 동안에 무슨 일이 있었니?"

"아주 끔찍한 일이었어."

두 사람은 자신들이 똑같은 일을 당했다는 것을 서로 확인하고는 그 일을 막내에게는 말하지 않기로 약속했습니다. 막내를 좋아하지 않았기 때문이었습니다. 그들은 그를 항상 멍청이 한스라고 놀렸는데, 그가 세상물정에 아주 어두웠기 때문이었습니다.

셋째날이 되어 막내가 집에 머무르게 되었습니다. 그런데 이번에도 그 난쟁이가 나타나 빵 한 조각을 달라고 했습니다. 사냥꾼이 빵 한 조각을 건네 주자 그 난쟁이는 그것을 다시 땅에 떨어뜨리고는 그에게 집어 달라고 부탁하는 것이었습니다. 그러자 셋째 사냥꾼이 소리쳤습니다.

"뭐라고? 너는 빵 한 조각도 네 손으로 집을 수 없단 말이냐? 네 입으로 들어갈 빵을 집을 수 없을 정도로 게으르다면 너는 굶어 죽어 마땅하다."

그러자 난쟁이는 몹시 화를 내며 그에게 빵을 집어 달라고 명령했습니다. 그러나 젊은 사냥꾼은 재빨리 난쟁이의 멱살을 잡아 바닥에 내동댕이쳤습니다. 그러자 난쟁이는 소리를 고래고래 지르며 이렇게 말했습니다.

"그만, 제발 그만해! 날 놔 줘. 그러면 공주들이 어디 있는지 말해 줄게."

그제서야 그는 난쟁이의 멱살을 놓아 주었습니다. 난쟁이는 자기가 지하 왕국에서 왔으며 그 곳에는 자기와 같은 난쟁이들이 수십 명 살고 있다고 했습니다. 그리고 공주들이 갇혀 있는 곳을 알고 있다고 했습니다. 그런 다음 그는 물이 말라 버린 깊은 우물을 사냥꾼에게 가르쳐 주면서 같이 온 일행은 믿을 수 없는 사람들이니 조심하라고 일러주었습니다. 또 그가 혼자서 공주들을 구해야 한다고 말했습니다. 그리고 당신의 형들도 틀림없이 공주들을 구하려고 하겠지만 그들은 노력을 하거나 위험을 무릅쓸 사람들이 아니라고 했습니다.

그러므로 가장 좋은 방법은 커다란 바구니를 구해서 그 속에 사냥할 때 쓰는 칼과 방울을 준비한 다음 우물 속으로 직접 들어가라는 것이었습니다. 그 곳에는 세 개의 방이 있는데 각각의 방에서 공주들이 여러 개의 머리를 가진 용의 몸에서 이를 잡고 있으며, 그 안에 들어가서 직접 용의 머리를 잘라야 한다고 난쟁이는 말했습니다.

말을 마친 후 난쟁이는 사라졌습니다. 저녁이 이슥해졌을 때 다른 두 명의 사냥꾼이 돌아와서 무슨 일이 없었느냐고 물었습니다.

"별일 없었어."

그러면서 그는 다음과 같이 이야기했습니다. 즉, 정오까지는 아무 일이 없었으나 갑자기 난쟁이가 나타나 그에게 빵 한 조각을 달라고 청했다, 그래서 그가 반을 잘라 주자 난쟁이는 그것을 떨어뜨린 후 집어 달라고 부탁했다, 그러나 그가 거절하자 난쟁이는 침을 튀기면서 달려들었고 싸움이 시작되어서 그가 난쟁이를 내동댕이치자 살려 달라고 하면서 공주들이 어디에 있는지 일러주었다는 것이었습니다.

이야기를 들은 형들은 질투심으로 얼굴이 붉으락푸르락해졌습니다. 다음 날 아침 그들은 함께 우물을 찾아가서 누가 먼저 바구니를 타고 내려갈 것인지 또 제비를 뽑았습니다. 이번에도 나이가 제일 많은 사냥꾼이 뽑혀서 칼과 방울을 가지고 바구니에 올라 탔습니다.

"방울을 울리면 나를 즉시 꺼내 주어야 해."

이렇게 말한 후 그는 우물 속으로 조금 들어가다가 곧바로 방울을 울렸습니다. 그래서 두 사람은 바구니를 다시 들어올려야 했습니다. 이번에는 두 번째 사냥꾼의 차례였으나 그도 역시 첫 번째와 똑같았습니다. 마지막으로 막내 차례가 되었을 때 그는 방울을 울리지 않고 바닥까지 내려갔습니다. 바구니에서 빠져나온 그는 사냥용 칼을 들고 첫 번째 방문 앞에서 귀를 기울였습니다. 용이 코를 고는 소리가 들렸습니다. 그는 조용히 문을 열고 안으로 들어갔습니다.

과연 안에서는 공주가 아홉 개나 되는 용의 머리를 무릎에 누이고 이를 잡고 있었습니다. 그는 즉시 칼을 꺼내 용의 목을 남김없이 잘랐습니다. 공주는 재빨리 일어나 두 팔로 그의 목을 끌어안고 계속해서 입을 맞추었습니다. 그런 다음 그녀는 순금으로 된 목걸이를 그의 목에 걸어주었습니다.

그는 다시 두 번째 방에 들어가, 일곱 개의 머리를 가진 용의 몸에서 이를 잡고 있는 두 번째 공주도 구했습니다. 마지막으로 그는 네 개의 머리를 무릎에 누이고 이를 잡고 있는 세 번째 공주도 구했습니다. 이제 그들은 모두 기뻐하며 서로 껴안고 좋아했습니다.

그는 곧바로 방울을 울려 위에서 기다리고 있는 사람들에게 신호를 보냈습니다. 그는 공주들을 차례로 바구니에 태워 올려 보냈습니다. 그의 차례가 되었을 때 그는 형들이 믿을 수 없는 사람이라고 했던 난쟁이의 말을 떠올리고는 커다란 돌멩이를 바구니에 넣었습니다. 바구니는 중간쯤 올라가더니 돌멩이와 함께 바닥에 떨어지는 것이었습니다. 형들이 밧줄을 끊어 버린 것입니다.

그들은 이제 막내가 죽었다고 생각했습니다. 그리고 공주들에게 자기들이 공주들을 구해 주었다고 왕에게 말하라고 협박을 했습니다. 그런 다음 그들은 공주들을 데리고 왕에게 가서 결혼을 요구했습니다.

그러는 동안 막내 사냥꾼은 '이제 나는 죽을 운명이구나.' 하고 생각하면서 침울한 기분으로 세 개의 방을 돌아다녔습니다. 한 방에서 그는 벽에 걸린 피리를 보고 이렇게 말했습니다.

"너는 왜 여기에 걸려 있니? 여기는 즐겁게 놀 만한 곳이 아니란다."

그는 잘려 나간 용의 머리를 보고 또 이렇게 말했습니다.

"네 놈들도 전혀 쓸모가 없어."

그는 땅바닥이 반들반들해질 정도로 왔다 갔다 하며 생각에 잠겼습니다. 그러다가 마침내 그에게 좋은 생각이 떠올랐습니다. 그는 벽에서 피리를 꺼내 그가 좋아하던 노래를 불었습니다. 그가 한 곡조를 불 때마다 어디에선가 난쟁이들이 나타나기 시작했습니다. 그는 계속해서 피리를 불었고 그 방은 어느덧 난쟁이들로 가득 차게 되었습니다.

난쟁이들은 그에게 원하는 것이 무엇이냐고 물었습니다. 그는 햇빛이 비치는 땅 위로 다시 올라가고 싶다고 대답했습니다. 그러자 그들은 그의 머리를 한 가닥씩 잡고 땅 위로 날아올렸습니다. 우물을 빠져나온 그는 곧바로 왕에게 달려갔습니다.

궁전에서는 세 공주 가운데 한 명이 곧 결혼식을 올리려는 순간이었습니다. 그는 곧바로 왕과 세 공주를 찾아갔습니다. 공주들은 그를 보는 순간 기절하고 말았습니다. 그러자 왕은 매우 화가 나서 그를 옥에 가두라고 명령했습니다. 왕은 그 사냥꾼이 딸들을 유괴한 범인이라고 생각했던 것입니다. 그러나 곧 의식을 되찾은 공주들이 그를 풀어 달라고 애원했습니다.

왕이 그 이유를 물었지만 딸들은 그 이유를 말할 수 없다고 했습니다. 왕은 딸들에게 그렇다면 무쇠 난로에 대고 이야기하라고 했습니다. 그런 다음 그는 방에서 나와 문에 귀를 대고 들어서 모든 사정을 알게 되었습니다. 왕은 즉시 두 사냥꾼을 교수대로 보내고 막내 사냥꾼을 셋째 딸과 결혼시켰습니다.

결혼식이 거행될 때 나는 유리구두를 신었습니다. 그러나 돌멩이에 걸렸지요. 유리구두는 "쨍그랑!" 하더니 두 동강이 나고 말았답니다.

92

황금산의 임금님

한 상인에게 아들과 딸 남매가 있었습니다. 그 아이들은 아직 걸음마도 할 줄 모르는 아기들이었습니다. 그 때 상인은 값비싼 물건을 가득 싣고 먼 바다로 나간 상선에 전 재산을 투자하고 있었습니다. 이번 일이 성공하면 그는 큰 돈을 벌 수 있었습니다. 그러나 그를 찾아온 것은 배가 침몰했다는 불행한 소식이었습니다. 그래서 그는 부자가 되지 못하고 도시 밖에 밭 몇 뙈기를 가진 가난한 사람이 되고 말았습니다. 그가 괴로운 마음을 달래기 위해 밭으로 나가 정처 없이 걷고 있을 때였습니다. 어디선가 얼굴이 검은 난쟁이가 나타나 그의 옆으로 다가오더니 이렇게 물었습니다.
"왜 그렇게 슬퍼합니까, 무엇이 당신의 마음을 그렇게 괴롭히지요?"
"만약 네가 도와줄 수만 있다면 모두 말해 줄 텐데."
상인이 대답하자 검은 난쟁이가 말했습니다.
"누가 압니까, 내가 도움이 될지?"
그래서 상인은 자신이 전재산을 바다에 잃어버려서 여기 있는 밭을 제외하고는 완전히 빈털터리가 되었다고 난쟁이에게 말했습니다.
"걱정하지 마세요. 만약 당신이 집에 돌아갔을 때 맨 처음 당신의 다리를 쓰다듬는 것을 12년 후에 나에게 데려오겠다고 약속을 한다면 당신이 원하는 만큼 많은 돈이 생길거예요."
상인은 '집에서 기르는 강아지 말고 내 다리를 쓰다듬을 것이 무엇이 있겠는가?' 하고 생각했습니다. 그래서 그는 자신의 아이들은 미처 생각하지도 못한 채 그러겠다고 약속을 했습니다. 그리고 그는 난쟁이가 요구한 대로 계약서를 써서 봉투에 넣어 준 다음 집으로 돌아왔습니다.
그가 집에 돌아오자 그의 어린 아들은 아버지를 보자 좋아서 의자 다리를 잡고 아장아장 걸어와 두 팔로 아버지의 무릎을 감았습니다. 아버지는 조금 전에 서명까지 했던 약속을 생각하고는 두려움에 몸을 떨었습니다. 그러나 자신의 주머니와 금고를 뒤져 봐도 돈이 나오지 않자 그는 난쟁이가 자기에게 농담을 했겠지 하고 생각했습니다.

그러나 한 달 후 그가 시장에 내다 팔 양철통을 모으려고 다락에 올라가 보았더니 그 곳 바닥에 커다란 돈더미가 쌓여 있는 것이었습니다. 그는 너무 기뻤습니다. 그리고 그 돈으로 많은 식량을 샀습니다. 또한 이전보다 훨씬 부유한 상인이 되어 자신의 운명을 인도한 하느님을 열심히 믿게 되었습니다.

그러는 동안 그의 아들은 무럭무럭 자라서 매우 똑똑한 소년이 되었습니다. 그러나 아들의 열두 번째 생일이 다가오자 상인은 몹시 걱정이 되어 얼굴을 펼 날이 없었습니다. 무엇 때문에 괴로워하는지 아들이 물었으나 아버지는 말을 하지 못했습니다. 그러나 아들이 계속해서 묻자 마침내 아버지는 아들에게 모든 것을 밝혔습니다. 어리석게도 열두 번째 생일에 아들을 난쟁이에게 넘겨 주겠다는 약속을 했으며 그 대가로 커다란 돈을 받았다는 이야기를 했습니다.

그러자 아들이 말했습니다.

"아, 아버지 그렇다면 걱정하지 마세요. 모든 일이 잘될겁니다. 검은 난쟁이라 해도 나에게는 힘을 쓰지 못할거예요."

신부님에게 축복을 받은 후 시간이 되자 아들은 아버지와 함께 들판으로 나갔습니다. 그리고 땅에 동그라미를 그린 다음 아버지와 함께 그 안으로 들어갔습니다. 마침내 검은 난쟁이가 나타나 상인에게 물었습니다.

"나와 약속한 것을 데려왔나요?"

아버지는 아무 말도 하지 않았으나 아들이 나서서 말했습니다.

"당신이 원하는 것이 무엇이오?"

"나는 이 문제를 네 아버지와 이야기하고 있지, 너와 하는 것이 아니란다."

"당신은 아버지를 속여서 잘못된 길로 이끌었소. 나에게 그 계약서를 돌려주시오."

그러자 검은 난쟁이가 대답했습니다.

"어림없어. 나는 내 권리를 포기하지 않을 것이다.".

그들은 한참 말다툼을 하다가 마침내 다음과 같이 서로 합의했습니다. 즉, 이제 아들은 아버지의 소유물도 아니고 난쟁이의 소유물도 아니므로 작은 배에 태워서 강물에 띄우자는 것이었습니다. 그의 아버지가 발로 배를 밀면 이제 소년의 운명은 흘러가는 강물에 내맡겨질 순간이었습니다. 소년이 아버지에게 작별 인사를 하고 배에 오르자 아버지는 할 수 없이 배를 밀어 강물에 띄워야 했습니다. 작은 배는 얼마 못가서 거꾸로 뒤집히고 말았습니다. 아버지는 아들을 잃었다고 생각하고 집으로 돌아와 한없이 울었습니다.

그러나 그 배는 뒤집히기는 했지만 가라앉지는 않아서 조용히 강을 따라 떠내려 갔고 소년은 배 안에서 안전할 수 있었습니다. 그러다가 그 배는 어느 이름 모를 강가에 닿게 되었습니다. 강변으로 올라간 소년은 멀리 아름다운 성이 있는 것을 보고 그 성을 향해 걸음을 옮겼습니다. 성 안으로 들어간 소년은 그 성이 마술에 걸려 있다는 것을 알았습니다. 그는 여러 방에 들어가 보았습니다. 방들은 모두 텅 비어 있었으나 마지막 방에 뱀 한 마리가 똬리를 틀고 앉아 있었습니다. 그 뱀은 마술에 걸린 공주였습니다.

"오, 나의 구세주가 마침내 나타나셨군요. 나는 당신을 12년 동안이나 기다렸어요. 우리 왕국은 마술에 걸렸답니다. 이제 당신이 그 마술을 풀어야 합니다."

"내가 어떻게 하면 되지요?"

"오늘밤 쇠사슬을 몸에 감은 12명의 흑인들이 찾아와서 이 곳에서 무엇을 하고 있느냐고 당신에게 물을거예요. 당신은 아무 대답도 하지 말고 조용히 있으면 됩니다. 그들이 당신을 어떻게 하든 가만히 계세요. 그들은 당신을 고문하고 때리고 칼로 찌를거예요. 무슨 짓을 하든 내버려 두고 아무 말도 하지 말세요. 자정이 되면 그들은 어차피 가야 하니까요. 다음 날 밤에는 다른 12명이 올 것이고 3일째 밤에는 24명이 와서 당신의 머리를 자를거예요. 그러나 자정이 되면 그들의 힘은 사라지기 때문에 만약 당신이 그 때까지 아무 말도 하지 않고 견뎌 낸다면 나는 마술에서 풀려날 거예요. 그리고 나서 내가 생명의 물을 가져와 그 물을 당신 몸에 바르면 당신은 다시 살아나서 이전처럼 건강하게 될 거예요."

밤이 되자 모든 일들이 그녀가 말한 것과 똑같이 일어났습니다. 그러나 그는 끝까지 흑인들에게 아무런 말도 하지 않았고 마침내 3일째 밤이 되자 뱀은 아름다운 공주로 변신해서 생명의 물로 그의 목숨을 되살렸습니다. 그런 다음 그녀는 그를 안고 입을 맞추었고 온 성에는 기쁨과 환호 소리가 가득했습니다. 그들은 곧 결혼식을 올렸으며 그는 황금산의 왕이 되었습니다.

그들은 행복하게 살았고 얼마 후 잘생긴 아들도 하나 낳았습니다. 8년쯤이 지나자 왕은 아버지 생각이 났습니다. 그는 진심으로 아버지가 보고 싶었습니다. 그러나 왕비는 그가 떠나는 것을 원치 않았습니다.

"이번 일은 틀림없이 불행을 몰고 올 거예요."

그러나 그는 그녀가 승낙할 때까지 끈질기게 졸랐습니다. 그래서 마침내 그는 떠나게 되었고 그녀는 그에게 소원의 반지를 주며 말했습니다.

"이 반지를 손가락에 끼세요. 그것을 지니고 있으면 당신은 가고 싶은 곳은 어디든지 갈 수가 있답니다. 그러나 약속할 것이 한 가지 있어요. 그 반지를 이용해서 나를 당신 아버지의 집으로 데려가면 안 된다는 것을 잊지마세요."

그는 그녀에게 약속을 하고 반지를 손가락에 낀 후 아버지가 살고 있는 도시 근처에 데려다 달라고 소원을 빌었습니다. 그랬더니 순식간에 그의 몸은 아버지가 살고 있는 도시 외곽에 도착했고 그는 성문을 향해 걷기 시작했습니다. 그러나 그가 성문을 통과하려 하자 보초병들이 그를 통과시키지 않았습니다. 그가 입고 있는 옷은, 멋있기는 했지만 그 곳에서는 아주 이상하게 보이는 복장이었기 때문이었습니다. 그래서 그는 양치기가 양들을 먹이고 있는 언덕으로 올라가서 그의 옷을 벗어 주고 양치기의 낡은 옷으로 바꿔 입었습니다. 그런 다음 다시 성문으로 들어가자 보초병들은 그를 막지 않았습니다.

아버지 집에 도착한 그는 자신의 정체를 밝혔으나 그의 아버지는 그가 자신의 아들이라는 사실을 믿지 못하고, 틀림없이 아들이 하나 있기는 있었으나 오래 전에 죽었다고 말했습니다. 그러면서 아버지는 그의 남루한 양치기옷을 보고 음식 한 그릇을 내주었습니다.

"제가 바로 그 아들입니다. 혹시 아들을 알아볼 만한 흔적 같은 것이 없나요?"

양치기 옷을 입은 아들이 부모님들을 보고 이렇게 묻자 어머니가 말했습니다.

"있어요. 우리 아들은 오른쪽 팔에 붉은 점이 있지요."

그가 옷을 걷자 그의 팔에는 과연 붉은 반점이 있었습니다. 이제 그들은 그가 아들이라는 것을 믿게 되었습니다. 그는 자기가 황금산의 왕이고 그 곳의 공주와 결혼해서 일곱 살 난 잘생긴 아들을 두었다고 말했습니다.

그러자 아버지가 말했습니다.

"그것이 정말이냐? 하지만 어떻게 한 나라의 국왕이 양치기의 옷을 입고 다닐 수가 있단 말이냐?"

그 말을 들은 아들은 화가 나서 아내와의 약속을 잊어버리고 그만 반지를 돌렸습니다. 그러고는 아내와 아들을 이 곳에 데려다 달라고 소원을 빌었습니다.

그러자 두 사람이 즉시 나타났습니다. 하지만 왕비는 눈물을 흘리면서 그가 약속을 어기고 자기를 슬프게 만든 것을 원망했습니다.

"내가 잘못했소. 정말 할 말이 없구려."

그는 계속해서 그녀를 달랬습니다. 마침내 그녀는 만족한 듯한 얼굴로 웃었으나 그 때 이미 마음 속으로는 어떤 결심을 하고 있었습니다.

잠시 후 그는 자신이 작은 배에 태워져서 강물에 띄워졌던 강둑으로 그녀를 데려갔습니다. 그 곳에 도착했을 때 그가 말했습니다.

"나는 조금 피곤하오. 내 옆에 앉아요. 당신의 무릎을 베고 잠들고 싶소."

그가 머리를 무릎에 올려놓고 눈을 감자 그녀는 그가 잠들 때까지 부드럽게 흔들어 주었습니다. 그가 잠이 들자 그녀는 그의 손가락에서 반지를 빼낸 다음 신발 한 짝만을 머리맡에 남겨 놓았습니다. 그녀는 아이를 품에 안은 다음 다시 그녀의 왕국으로 돌아가게 해 달라고 소원을 빌었습니다. 그가 잠에서 깨어났을 때 그 곳에는 아무도 없었습니다. 단지 신발 한 짝만이 이별의 표시로서 남아 있을 뿐이었습니다. 그는 그 신발을 보면서 혼잣말로 중얼거렸습니다.

"이제 나는 다시 아버지의 집으로 돌아갈 수도 없게 되었다. 부모님들은 나를 마술사라고 생각하실 것이다. 차라리 다시 왕국을 찾아가는 편이 나을 것이다."

그래서 그는 먼 길을 떠났습니다. 그가 어떤 산에 도착해 보니 그 곳에서는 세 명의 거인이 아버지의 유산을 두고 어떻게 나눌 것인가로 다투고 있었습니다. 거인들은 말을 몰고 다가오고 있는 그를 보고, 작은 사람들이 똑똑하다는 말이 생각나서 그에게 아버지의 유산을 어떻게 나누었으면 좋을지 물었습니다. 그 유산은 세 가지였습니다. 하나는, "여기 있는 모든 사람들의 머리를 베어라!"라고 외치면 칼자루를 들고 있는 사람을 제외하고 모든 사람들의 머리를 순식간에 베어 버릴 수 있는 검이었습니다. 또 하나는, 그것을 걸치면 누구의 눈에도 보이지 않는 신기한 망토였습니다. 그리고 마지막 것은 어디든지 원하는 곳에 데려다 주는 장화 한 켤레였습니다.

"그 세 가지 물건을 내게 보여 주시오. 그것들이 망가지거나 고장나지 않았는지 살펴보겠소."

그들이 건네 준 망토를 어깨에 걸치자 그는 곧 눈에 보이지 않을 정도로 작은 한 마리의 파리로 변했습니다. 그는 다시 인간의 모습으로 돌아와서 이렇게 말했습니다.

"이 망토는 별 이상이 없소. 이제 검을 살펴보겠소."

그러자 그들이 말했습니다.

"안 돼. 그건 내줄 수 없어. 만일 네가 '여기 있는 모든 사람들의 머리를 베어라!'라고 말하면 너만 살고 우리들은 전부 목이 잘리고 말 테니까."

그러나 옆에 있던 나무에 시험을 해본다는 조건으로 결국 그들은 검을 내주었습니다. 그가 나무 앞에서 시험을 하자 그 나무는 마치 마른 나뭇가지가 부러지듯 두 동강이 나고 말았습니다. 이제 그는 장화를 신어 보고 싶었습니다. 그러나 그들은 이렇게 말했습니다.

"안 돼. 그건 내줄 수 없어. 만일 네가 그 장화를 신고 산꼭대기로 올라가고 싶다고 소원을 빌면 우리는 닭 쫓던 개 지붕 쳐다보는 꼴이 될 테니까."

"아, 아니오. 그렇게 야비한 짓은 절대로 하지 않겠소."

그래서 그들은 장화도 그에게 내주었습니다. 그러나 이 세 가지 물건을 모두 갖게 되자 그의 마음은 아내와 아들을 보고 싶은 생각이 더욱 간절해져서 무심코 이렇게 탄식했습니다.

"아, 황금산의 꼭대기로 다시 돌아갈 수만 있다면 더 이상 바랄 것이 없을 텐데!"

그 말이 끝나자마자 그는 즉시 거인들의 눈 앞에서 사라졌습니다. 그렇게 해서 거인들의 싸움은 자연히 해결되었습니다.

그가 성 근처에 도착했을 때 그 곳에서는 즐거운 웃음소리와 음악소리가 울려 퍼지고 있었습니다. 그는 궁정의 사람들로부터 그의 아내가 다른 남자와 결혼하려 한다는 소식을 들었습니다. 그는 머리 끝까지 화가 나서 이렇게 외쳤습니다.

"이런 배은망덕한 여자 같으니! 잠시 잠든 사이 나를 버리고 달아나더니 이제 다른 남자와 결혼식까지 올리겠다고!"

그는 어깨에 망토를 두르고 아무도 몰래 성 안으로 들어갔습니다. 성 안에서는 맛있는 음식이 산더미처럼 쌓인 커다란 식탁 앞에 손님들이 둘러앉아 음식과 술을 먹으며 웃고 떠들고 있었습니다. 식탁의 한 쪽에는 아름다운 옷을 입고서 머리 위에 왕관을 쓴 왕비가 앉아 있었습니다. 그는 그녀의 바로 뒤에 다가가 섰습니다. 그러나 아무도 그를 볼 수 없었습니다.

사람들이 왕비의 그릇에 음식을 담아 주면 그는 재빨리 그 음식을 낚아채서 먹어 버렸습니다. 그리고 사람들이 왕비의 술잔에 포도주를 따라 주면 재빨리 술잔을 낚아채서 그 술도 마셔 버렸습니다. 사람들은 계속해서 음식과 술을 채웠으나 그릇과 술잔은 삽시간에 비고 말았으므로 그녀는 먹을 것이 하나도 없었습니다. 그녀는 몹시 혼란스럽고 두려운 생각이 들어서 혼자 방으로 들어가 울기 시작했습니다. 그는 그녀의 뒤를 계속 따라다녔습니다.

"내가 귀신에 홀린 것일까? 나를 구해 준 그이가 돌아온 것일까?"

바로 그 때 그가 그녀의 얼굴을 한 대 때리면서 말했습니다.

"그래, 바로 너를 구해준 사람이 왔다! 이제 너는 내 손아귀에서 빠져나갈 수 없어. 이 배은망덕한 것! 네가 그런 식으로 나를 배반하다니!"

그는 망토를 벗고 본래의 모습으로 돌아와서 연회장으로 나가 큰 소리로 발표를 했습니다.

"결혼식은 취소되었다! 진짜 왕이 돌아왔도다!"

그 곳에 모인 왕들과 공주들과 대신들은 그 소리를 듣고 그를 놀리고 조롱했습니다. 그는 일을 구차하게 설명하기가 싫어서 이렇게 말했습니다.

"떠날 사람은 모두 떠나시오. 그렇지 않으면 큰 일을 당할 것이오."

그러자 그들은 그를 붙잡으려고 달려들었습니다. 바로 그 때 그는 검을 꺼내 들고 소리쳤습니다.

"여기 있는 모든 사람들의 머리를 베어라!"

그러자 사람들의 머리가 땅바닥에 나뒹굴었습니다. 이제 그는 혼자 남아 다시 황금산의 왕이 되었습니다.

93

까마귀

옛날 옛날에 어떤 여왕이 있었는데, 그 여왕에게는 품에 안겨 사는 어린 딸이 하나 있었습니다. 어느 날이었습니다. 어머니가 아무리 달래도 그 아이는 떼를 쓰며 보챘습니다. 여왕은 더 이상 참을 수가 없어서 창문을 연 다음 성 밖에서 맴도는 까마귀 떼를 보면서 이렇게 말했습니다.

"이 아기가 차라리 까마귀가 되어서 날아가 버렸으면 좋겠네! 그러면 얼마나 조용하고 편안해질까?"

그녀가 말을 마치자마자 아기는 까마귀로 변해서 그녀의 팔을 떠나 창 밖으로 날아가 버렸습니다. 그 까마귀는 어두운 숲으로 들어가더니 오랫동안 돌아오지 않고 그 곳에 살았습니다. 그래서 여왕은 그 후 어린 아이의 소식을 전혀 듣지 못하게 되었습니다.

오랜 세월이 지난 후 한 남자가 숲 속으로 들어갔다가 까마귀가 부르는 소리를 들었습니다. 그가 그 목소리를 찾아갔을 때 까마귀가 말했습니다.

"저는 여왕의 딸로 태어났으나 저주를 받아 마술에 걸렸답니다. 그러나 당신은 저를 마술에서 풀어 줄 수 있는 분입니다."

"내가 어떻게 하면 되겠소?"

그가 묻자 그녀는 이렇게 대답했습니다.

"숲 속으로 더 깊이 들어가세요. 그러면 집이 하나 나올거예요. 그 곳에는 늙은 여자가 살고 있는데, 그녀는 당신에게 먹을 것과 마실 것을 대접할겁니다. 하지만 그것에 손을 대지 마세요. 만일 당신이 그 음식을 조금이라도 먹거나 마신다면 깊은 잠에 빠져서 저를 구해 줄 수가 없게 됩니다. 그리고 그 집 뒷마당에 커다란 떡갈나무 장작더미가 있을거예요. 그 위에 서서 저를 기다리세요. 저는 사흘 동안 마차를 타고 오후 2시에 찾아가겠습니다. 처음에는 네 마리의 하얀 말이 끄는 마차를 타고 갈 것이고, 두 번째는 네 마리의 갈색 말을, 그리고 마지막에는 네 마리의 검은 말을 타고 갈거예요. 그러나 만약 당신이 잠들어 있으면 나는 자유를 찾을 수가 없답니다."

그 남자는 까마귀가 말한 대로 모두 하겠다고 약속했으나 까마귀는 이렇게 말했습니다.

"저는 당신이 저를 구해 주지 못한다는 것을 이미 알고 있어요. 당신은 그 늙은 여자에게서 무엇인가를 받아 먹게 될 겁니다."

그 남자는 다시 한 번 그 곳의 음식에는 손도 대지 않겠다고 까마귀를 안심시켰습니다. 얼마 후 그가 그 집에 도착하자 정말로 늙은 여자가 다가와 이렇게 말을 하는 것이었습니다.

"당신은 아주 지쳐 있군요, 불쌍한 양반. 자 이리 와서 뭘 좀 먹고 기운을 차려요. 뭐든 좀 먹고 마셔야 하지 않겠어요?"

"아니, 나는 아무것도 먹지 않을 것이고 마시지도 않겠소."

그 남자는 단호하게 말했습니다. 그러나 그녀는 그를 가만히 놔 두지 않고 계속해서 유혹했습니다.

"좋아요, 먹고 싶지 않다면 물이라도 한 모금 마시세요. 딱 한 모금은 괜찮을 거요."

결국 그는 참지 못하고 물 한 모금을 마시고 말았습니다. 오후 2시가 가까워 오자 그는 뒷마당으로 나가 떡갈나무 장작더미 위에 서서 까마귀를 기다렸습니다. 그러나 장작더미 위에 서자 그는 갑자기 피로가 몰려드는 것을 느끼고 자신도 모르게 쓰러지고 말았습니다. 그는 결코 잠이 들고 싶지 않았으나 몸을 눕히자마자 눈이 저절로 감기며 잠이 들고 말았습니다. 너무나 깊이 잠들었기 때문에 세상의 어떤 것도 깨울 수 없었습니다. 2시가 되었을 때 까마귀는 네 마리의 하얀 말이 끄는 마차를 타고 왔으나 그녀는 이미 눈물을 흘리며 슬퍼하고 있었습니다.

"그는 분명 잠이 들고 말았을거야."

그녀가 뒷마당에 도착했을 때 정말로 그는 아주 깊은 잠에 빠져 있었습니다. 마차에서 내린 그녀가 그에게 다가가 그의 몸을 흔들어 깨웠으나 그는 좀처럼 일어나지 않았습니다.

다음 날 정오가 되었을 때 노파는 다시 음식과 음료수를 가지고 그에게 다가갔습니다. 그는 먹으려 하지 않았으나 그녀는 끈질기게 그를 유혹하며 음식을 권했습니다. 마침내 그는 음식을 먹고 말았습니다. 2시가 되어 그는 다시 뒷마당으로 나가 장작더미 위에 서서 까마귀를 기다렸습니다. 그러나 갑자기 또 피로가 쏟아지며 팔과 다리에 힘이 빠지는 것을 느꼈습니다. 그러고는 더 이상 서 있을 수 없게 되어 그 자리에 쓰러져 깊은 잠에 빠지고 말았습니다. 2시가 되자 까마귀는 네 마리의 갈색 말이 끄는 마차를 타고 왔으나 그녀는 이번에도 이미 눈물을 흘리며 슬퍼하고 있었습니다.

"그는 분명 잠이 들고 말았을거야."

그녀가 그에게 다가갔으나 역시 그는 잠에서 깨어나지 않았습니다.

다음 날 노파는 무슨 사연이 있길래 음식을 먹지 않으려 하는지 물었습니다. 그렇게 굶으면 죽고 말거라면서 위협을 하기도 했습니다. 그러나 그는 단호하게 대답했습니다.

"정말 먹고 싶지 않소. 그리고 먹어서도 안 되오."

그러나 노파가 음식 한 그릇과 포도주 한 잔을 그의 앞에 가져다 놓자 맛있는 음식 냄새가 그의 코 끝을 자극했습니다. 그는 또다시 참지 못하고 포도주 한 잔을 비우고 말았습니다. 시간이 되어 그는 뒷마당으로 나가 장작더미 위에 서서 공주를 기다렸으나 그 날은 전날보다 훨씬 더 강한 피로가 몰려 왔습니다. 그래서 그는 서 있던 자리에 그대로 쓰러져서 나무토막처럼 잠들었습니다. 2시가 되어 까마귀는 네 마리의 검은 말이 끄는 마차를 타고 찾아왔습니다. 그 마차는 온통 까만 색이었으며 마차에 타고 있던 공주는 이미 눈물을 흘리며 슬퍼하고 있었습니다.

"그는 분명 깊이 잠들어 있어서 나를 마법에서 자유롭게 풀어 줄 수 없을 거야."

그녀는 다가갔으나 그는 역시 잠에 빠져 아무것도 모르고 있었습니다. 그녀는 그의 몸을 흔들며 잠을 깨웠으나 그는 일어나지 않았습니다. 그래서 그녀는 빵 한 조각과 고기 한 점과 포도주 한 병을 꺼내 그의 옆에 놓았습니다. 그 음식들은 그가 먹는 즉시 새로 채워지는 것들이었습니다. 그런 다음 그녀는 손가락에서 금반지를 빼서 그의 손가락에 끼워 주었습니다. 거기에는 그녀의 이름이 새겨져 있었습니다. 마지막으로 그녀는 두고 간 음식들은 아무리 먹어도 계속 생길 것이라는 내용의 편지를 남겼습니다. 그리고 그녀는 편지의 끝에 이렇게 썼습니다.

"당신은 이 곳에서는 저를 구할 수 없습니다. 하지만 진정으로 저를 구하고 싶으시다면 슈트롬베르크 산의 황금성으로 오세요. 당신은 분명히 찾아오실 수 있을거예요. 당신을 믿고 있겠습니다."

그녀는 음식과 편지를 그의 곁에 놓아 두고 마차에 올라 슈트롬베르크 산의 황금성으로 떠났습니다. 잠에서 깨어난 그는 자기가 잠든 사이에 일어났던 일들을 알아차리고 깊이 탄식했습니다.

"아, 그녀가 틀림없이 이 곳에 다녀갔구나. 그런데도 그녀를 구해 주지 못했다니."

그는 자기 옆에 놓여 있는 편지를 집어 들고 어떤 일이 있었는지 자세히 읽기 시작했습니다. 편지를 다 읽은 그는 자리에서 벌떡 일어나, 비록 어디에 있는지 알지 못하지만 슈트롬베르크 산의 황금성을 찾아 나섰습니다. 그는 오랫동안 방랑하다가 어느 깊은 숲에 들어가 14일간을 헤매게 되었습니다. 14일째 밤이 되어 그는 자기가 길을 잃었다는 것을 깨닫고 피곤한 몸을 수풀에 뉘어 잠을 청했습니다.

다음 날에도 그는 또 걸었습니다. 다시 저녁이 되어 그는 수풀 속에 들어가 누웠으나 어디선가 신음하는 소리가 들려와 잠을 이룰 수가 없었습니다. 뒤척이는 동안 날이 어두워져 등불을 켤 시간이 되자 그는 멀리서 불빛 하나가 깜박이는 것을 보고 자리에서 일어나 그 곳을 향해 다가갔습니다. 그의 눈 앞에는 집 한 채가 나타났는데, 그 집은 거인이 가로막고 있어서 아주 작게 보였습니다. 그는 '만일 저 집 안으로 들어가려 한다면 거인한테 붙잡혀서 끝장나겠구나.' 하고 생각했습니다. 그러나 마음을 단단히 먹고 용기를 내어 문 앞으로 걸어갔습니다. 거인은 그를 보자 입맛을 다시며 말했습니다.

"때마침 잘 왔다. 오랫동안 먹을 것이 없어서 굶었는데 호랑이굴에 제 발로 굴러 들어오다니. 너를 통째로 먹어 주겠다."

"나는 너에게 잡아먹히고 싶지도 않고 너도 그러지 않는 편이 나을게다. 만일 배가 고프다면 나한테 먹을 건 충분하니까."

그러자 거인이 말했습니다.

"그 말이 사실인가? 그렇다면 우리집에 들어와 편히 쉬게나. 먹을 것이 있는데 왜 자네를 잡아먹겠나?"

두 사람은 집 안으로 들어가 식탁 앞에 앉았습니다. 그리고 그는 아무리 먹어도 없어지지 않는 빵과 고기와 포도주를 식탁 위에 꺼냈습니다.

"이건 정말 굉장하군."

거인은 이렇게 소리를 지르면서 배불리 먹었습니다. 식사가 끝났을 때 그가 거인에게 물었습니다.

"자네, 슈트롬베르크 산의 황금성이 어디 있는지 알고 있나?"

"글쎄, 지도를 한 번 찾아보자구. 지도에는 모든 마을과 도시와 집들이 나와 있으니까."

그는 지도를 펼쳐서 그 성을 찾아보았으나 찾지 못했습니다.

"걱정하지 말게. 2층 벽장에는 더 큰 지도가 있다네. 아마도 거기에는 나와 있을걸세."

그러나 그 지도에도 황금성은 나와 있지 않았습니다.

그래서 그가 포기하고 떠나려 하자 거인은 자기 형이 돌아올 때까지 며칠만 더 묵으라고 했습니다. 그의 형은 식량을 구하러 나갔다는 것이었습니다. 마침내 형이 돌아오자 그들은 슈트롬베르크 산의 황금성이 어디에 있는지를 물었습니다.

"우선 식사를 마친 다음에 찾아보기로 하지."

잠시 후 형은 자기 방에서 지도를 하나 가져왔습니다. 세 사람은 황금성을 찾아보았으나 황금성은 어디에도 없었습니다. 그러자 그는 훨씬 더 오래된 지도를 가져왔습니다. 마침내 그들은 한쪽 구석에서 황금성을 찾아냈습니다. 그러나 그 곳은 수천 마일이나 떨어진 곳이었습니다.

"그 곳까지 어떻게 가면 되지?"

그가 묻자 거인이 이렇게 대답했습니다.

"내가 앞으로 2시간 동안 할 일이 없으니까 자네를 그 쪽으로 데려다 주겠네. 하지만 나는 2시간 내에 돌아와서 우리 아기에게 젖을 줘야 해."

그래서 거인은 그를 안고 날 듯이 달려서 앞으로 백 시간만 걸으면 황금성에 닿을 만한 장소에 그를 내려놓았습니다.

"자, 이제부터는 자네 혼자 가야 하네."

그렇게 말하고 거인은 집으로 돌아갔습니다. 그는 밤낮을 쉬지 않고 걸어서 마침내 슈트롬베르크 산의 황금성에 도착했습니다. 그러나 그 성은 유리로 된 산 위에 서 있었습니다. 그가 까마득한 성을 올려다보고 있을 때, 때마침 마법에 걸린 공주님이 마차를 타고 성 안으로 들어가고 있었습니다. 그녀를 다시 보자 그는 대단히 기뻤습니다. 서둘러 그녀가 있는 곳에 올라가려 했습니다.

그러나 그는 유리산을 한 발짝도 오르지 못하고 계속해서 미끄러지기만 했습니다. 그녀에게 가까이 갈 수 없다는 사실을 깨닫자 그는 대단히 낙담하며 이렇게 중얼거렸습니다.

"죽을 때까지 여기서 그녀를 기다릴 것이다."

그래서 그는 산 아래에 작은 움막집을 짓고 일 년을 기다렸습니다. 그는 공주님이 산꼭대기를 나는 것을 매일 보았으나 미끄러운 유리산은 아무리해도 올라갈 수가 없었습니다.

그러던 어느 날, 그가 움막집 밖을 내다보니 세 명의 강도들이 싸우고 있는 것이었습니다. 그가 밖을 향해 소리를 쳤습니다.

"그대들에게 하느님의 축복이 있기를!"

그러자 그들은 싸우는 것을 멈추고 어디에서 들려오는 소리일까 하고 귀를 기울였습니다. 그러나 아무도 보이지 않자 그들은 다시 싸우기 시작했습니다. 그들에게 다가간다는 것은 위험한 일이었으나 그는 다시 한 번 소리를 쳤습니다.

"그대들에게 하느님의 축복이 있기를!"

이번에도 그들은 싸움을 멈추고 주위를 둘러본 후 아무도 눈에 띄지 않자 다시 싸움을 시작했습니다. 그는 세 번째로 소리쳤습니다.

"그대들에게 하느님의 축복이 있기를 !"

그리고 이번에는 모습을 드러내고 저 놈들이 무엇 때문에 싸우는지 알아보기로 했습니다. 그래서 그는 밖으로 나가 세 사람이 무엇 때문에 싸우고 있는지 물었습니다. 그들 중 한 명이 설명하기를, 그는 지팡이 하나를 발견했는데 그것은 어떤 문이든 두드리기만 하면 문이 스르르 열리는 지팡이라는 것이었습니다. 두 번째가 말하기를, 그에게는 망토가 하나 있는데 그것은 걸치기만 하면 누구의 눈에도 보이지 않는 망토라는 것이었습니다. 그리고 세 번째가 말하기를, 그는 말 한 마리를 가지고 있는데 그 말을 타면 어디든지 갈 수 있고 심지어는 유리산도 미끄러지지 않고 올라갈 수 있다는 것이었습니다. 그러나 그들은 누가 이 세 가지 물건을 가져야 할지, 혹은 어떻게 나누어 가져야 할지 모르겠다는 것이었습니다. 그러자 그가 강도들에게 말했습니다.

"그렇게 곤란하다면 내가 그것들을 다른 물건으로 교환해 주겠소. 솔직하게 말하면 나한테는 돈은 없지만 돈보다 더 값나가는 물건들이 아주 많소. 그러나 당신들 말이 사실인지 아닌지 확인해야 하니까 그 물건들을 먼저 내가 시험해 보겠소."

그들은 그를 말 위에 앉히고 어깨 위에 망토를 씌우고 손에는 지팡이를 들려 주었습니다. 그러나 이 세 가지 물건이 그의 손에 들어가자마자 그는 순식간에 그들의 눈 앞에서 사라지고 말았습니다. 그리고 세 명의 강도는 눈 앞에서 불이 번쩍 하는 것을 느꼈습니다. 그리고 그들의 귓가에는 통쾌한 웃음소리와 함께 이런 말이 들려 왔습니다.

"자, 이 욕심많고 게으른 불한당 녀석들아. 너희들은 이렇게 당해 마땅하다. 이제 만족하겠느냐?"

그는 말을 몰아 유리산으로 올라갔습니다. 그러나 꼭대기에 올라가 보니 성문은 굳게 잠겨 있었습니다. 그는 지팡이로 성문을 두드렸습니다. 문은 즉시 스르르 열렸습니다. 그가 성 안으로 들어가 계단을 오르자 널찍한 방이 나타났습니다. 그 곳에서 공주는 포도주가 가득 찬 술잔 앞에 앉아 있었습니다. 그가 망토를 입고 있었기 때문에 그녀는 그를 볼 수 없었습니다. 그가 그녀에게 다가가 그녀가 주었던 반지를 빼서 술잔에 떨어뜨리자 술잔 속에서 땡그랑 소리

가 났습니다. 그 소리를 듣고 그녀가 소리쳤습니다.

"이것은 내 반지야! 그렇다면 나를 구해 주실 그분께서 이 곳 어디엔가 계시다는 것인데!"

사람들은 온 성을 뒤졌으나 그를 찾을 수 없었습니다. 사실 그는 말을 탄 채 성 밖에서 기다리고 있었습니다. 그가 망토를 벗자 사람들은 마침내 성문 앞에 서 있는 그를 보았습니다. 모든 사람들이 그를 맞이하며 기뻐했습니다. 그는 말에서 내려 공주를 품에 안았습니다. 그녀는 입을 맞추며 이렇게 말했습니다.

"이제 저는 마법에서 풀려났어요. 당신이 나를 구해 주신 거예요. 이제 내일 올릴 우리의 결혼식 준비를 하겠어요."

94

가난한 농부의 영리한 딸

가난한 농부가 살고 있었습니다. 그에게는 작은 집과 딸 하나가 있었지만 땅이라고는 한 뙈기도 없었습니다. 어느 날 딸이 말했습니다.
"우리도 임금님께 간청해서 농사 지을 땅을 조금이라도 얻어야겠어요."
그렇게 해서 그들의 가난한 생활을 알게 된 왕이 그들에게 작은 땅을 주었습니다. 농부와 딸은 밭을 일구고 밀과 과일나무를 심었습니다. 일이 거의 끝나갈 무렵 그들은 밭에서 금으로 된 절구공이를 하나 발견했습니다. 농부가 딸에게 말했습니다.
"애야, 우리는 임금님의 은총을 입었으니 이 금덩이를 임금님께 바치는 것이 좋겠구나."
그러나 딸은 아버지의 말에 반대했습니다.
"아버지, 우리가 절구통도 없는 이 절구공이를 임금님께 바치면 우리는 결국 절구통도 하나 파내야 할 거예요. 그냥 모른 척하고 있으면 부자가 될 테지만요."
그러나 농부는 딸의 말을 듣지 않았습니다. 그는 금 절구공이를 가지고 왕에게 가서 밭에서 발견한 것이니 이것을 존경하는 임금님께 바치겠다고 했습니다. 왕은 다른 것은 발견한 것이 없었느냐고 농부에게 물었습니다.
"다른 것은 없었습니다요."
그러자 왕은 절구통도 있을 텐데 그것은 어디에 두었느냐고 하면서 절구통을 당장 가져오라고 말했습니다. 농부는 절구통은 본 일이 없다고 대답했으나 그것은 쇠귀에 경읽기였습니다. 그는 당장에 감옥에 갇혔습니다. 그리고 절구통을 내놓을 때까지 꼼짝할 수 없게 되었습니다. 간수들이 죄수들에게 주는 식사를 매끼마다 넣어 주었으나 농부는 탄식만 하는 것이었습니다.
"아, 딸의 말을 들었더라면! 아, 딸의 말을 들었더라면!"
이를 보다못한 간수들이 왕을 찾아가서, 농부가 식음을 전폐하며 "아, 딸의 말을 들었더라면! 아, 딸의 말을 들었더라면!"이라고 외치며 탄식한다고 자세히 고했습니다. 왕은 그 죄수를 데려오라고 해서 그에게 왜 밤낮 "아, 딸의 말을 들었더라면!"이라고 탄식하는지 물었습니다.

"그래, 너의 딸이 뭐라고 말을 하더냐?"

"그 아이는 소인에게 절구공이를 가져가지 말라고 했습니다. 만약 가져가려면 절구통도 함께 가져가야 된다는 것이었습니다."

"그대에게 그토록 영특한 딸이 있었다니, 어디 한 번 보고 싶구나."

그래서 그의 딸은 왕 앞에 서게 되었습니다. 왕은 그녀에게 정말로 영특한가 어떤가 알아보기 위해 수수께끼를 하나 낼 테니 만약 그것을 풀면 아내로 삼겠노라고 말했습니다. 그녀는 즉시 풀겠다고 대답했습니다. 그러자 왕은 이렇게 말했습니다.

"옷을 입지 말고 그렇다고 벗지도 말고, 말을 타지도 말고 마차를 타지도 말며, 길 위에 발을 대지도 말고 그렇다고 길에서 떨어지지도 말고 나에게 다시 오라. 만약 그대가 이것을 해낸다면 그대를 내 아내로 삼겠노라."

농부의 딸은 집으로 돌아가서 옷을 완전히 벗어 버렸습니다. 그런 다음 그녀는 커다란 그물을 온몸에 둘렀습니다. 옷을 벗지도, 입지도 않은 상태가 된 것입니다. 그리고 그녀는 당나귀 한 마리를 빌린 다음 그 꼬리에 그물을 묶었습니다. 당나귀가 그녀를 끌고 갔으므로 그녀의 입장에서는 말을 탄 것도 아니고 마차를 탄 것도 아니었습니다. 그리고 당나귀는 마차의 바퀴자국을 따라 그녀를 끌고 갔고 땅에 닿은 것은 그녀의 발가락 뿐이었기 때문에 그녀는 길 위에 발을 댄 것도 아니었고 길에서 발을 뗀 것도 아니었습니다.

이렇게 하고 그녀가 나타나자 왕은 농부를 풀어 주라고 말하고 그녀를 아내로 삼아서 왕실의 모든 재정을 맡겼습니다.

그렇게 몇 년이 지난 어느 날이었습니다. 왕이 군대를 둘러보기 위해 성 밖으로 나갔을 때 한 무리의 농부들이 성 앞에 있었습니다. 그들은 나무를 팔고 있었는데, 어떤 수레에는 말이 매어져 있었고 어떤 수레에는 소가 매어져 있었습니다. 그들 가운데 한 농부가 세 마리의 말을 데리고 있었는데 그의 암말이 망아지를 낳자 그 망아지가 어미 곁을 떠나 다른 농부의 수레에 매어져 있던 암소들 사이에 들어가 누웠습니다.

그러자 두 농부는 얼굴을 맞대고 싸우기 시작했습니다. 그들은 서로 닥치는 대로 물건을 집어던지며 큰 소란을 피웠습니다. 소를 가지고 있던 농부는 그 망아지가 탐이 났기 때문에 암소들이 망아지를 낳았다고 주장했습니다. 암말 주인은 아니라고 하면서 자기네 말이 낳았으니 망아지는 자기 것이라고 주장했습니다. 결국 두 사람은 임금님을 찾아가게 되었는데, 왕은 망아지가 스스로 찾아간 곳에서 길러져야 한다고 판결을 내렸습니다. 그래서 소를 기르던 농부가 자기의 것도 아닌 망아지를 공짜로 가지게 되었습니다.

말 주인은 망아지를 잃고 눈물을 흘리며 발길을 돌려야 했습니다. 그러나 왕비가 농부의 집안 출신이고 동정심이 많다는 것을 들은 그 농부는 망아지를 찾을 수 있도록 도와 달라고 왕비를 찾아갔습니다.

"방법이 있긴 있어요. 하지만 내가 당신을 도와준 사실을 아무에게도 말하지 않겠다고 약속하세요. 자, 당신은 이렇게 하면 됩니다. 내일 아침 일찍 임금님께서 경비병들을 둘러보기 위해 나가실 때 길 한복판에서 기다리세요. 커다란 그물을 가지고 가서 그 속에 고기가 가득 찬 것처럼 꾸미세요. 그리고 길 위에서 고기를 낚고 있는 것처럼 계속 끌어올리세요."

그런 다음 왕비는 임금님이 물어 볼때 어떻게 대답해야 하는지를 농부에게 가르쳐 주었습니다.

다음 날 농부는 일찍 일어나서 물이라고는 한 방울도 없는 땅 위에서 고기를 낚고 있었습니다. 말을 타고 오던 왕이 그 광경을 보고 사람을 보내 저 어리석은 자가 무엇을 하고 있는지 물었습니다.

"고기를 낚고 있습죠."

왕의 사자가 농부에게 물도 없는 곳에서 어떻게 고기를 잡을 수 있느냐고 묻자 농부는 이렇게 대답했습니다.

"암소 두 마리가 망아지를 낳을 수 있다면 나도 마른 땅에서 물고기를 잡을 수 있지 않겠습니까?"

사자가 농부의 대답을 왕에게 전하자 왕은 농부를 불러 그 혼자서 그런 대답을 생각해 낸 것은 분명 아닐 것이라고 말했습니다. 왕은 그 자리에서 누가 그런 대답을 하도록 해주었는지 물었습니다. 그러나 농부는 대답하지 않고, 자기 자신이 그런 대답을 생각해 내지 않았다면 하느님이 도왔을 것이라는 말만 되풀이했습니다. 그래서 병사들은 그를 짚단 위에 묶어 놓고 주먹으로 때리고 고문을 가해서, 마침내 왕비에게서 그 대답을 얻었다는 자백을 받아냈습니다.

궁전으로 돌아온 왕은 곧바로 왕비를 찾아가 말했습니다.

"왜 당신은 나를 우습게 만드는거요? 나는 당신을 더 이상 내 아내로 둘 수 없소. 이제 당신은 끝이요! 당신이 자란 시골집으로 돌아가시오."

그러나 그는 그녀에게 마지막 한 가지 소원을 허락했습니다. 즉, 이별의 선물이니 그녀가 가장 소중하고 훌륭하다고 생각하는 것 하나만 가져가라는 것이었습니다. 그러자 그녀는 이렇게 말했습니다.

"좋습니다. 당신은 사랑하는 내 남편이오니 전하의 뜻에 따르지요."

그녀는 그를 포옹하고 입을 맞춘 다음 그에게 이별의 술잔을 함께 하자고 요청했습니다. 그가 승낙하자 그녀는 깊이 잠들게 하는 독한 술을 가져오라고 시켰습니다. 왕은 술 한 잔을 완전히 비웠으나 그녀는 조금밖에 마시지 않았습니다. 그가 곧 잠에 곯아떨어지자 그녀는 하인을 시켜서 하얀 비단 천을 가져오게 한 다음 그 천으로 그를 쌌습니다. 그리고 그를 마차에 태워 그녀의 집으로

데려가서 침대에 눕혔습니다. 한나절 하룻밤을 꼬박 자고난 후 마침내 깨어난 왕이 주위를 둘러보며 소리쳤습니다.

"이런 세상에! 도대체 여기가 어디란 말인가?"

그는 하인들을 불렀으나 아무도 없었습니다.

그 때 그의 아내가 다가와 말했습니다.

"전하, 당신은 나에게 가장 소중하고 훌륭한 것을 가져가라고 하셨지요. 그래서 당신을 모셔온 것입니다."

왕의 눈에서는 감격의 눈물이 흘렀습니다.

"아, 당신은 언제까지나 사랑하는 내 아내요, 나 역시 영원히 당신 남편이요."

두 사람은 왕궁으로 돌아와 다시 결혼했습니다. 그리고 아마도 그들은 지금까지도 행복하게 살고 있을 것입니다.

95

늙은 힐데브란트

농부 내외가 살고 있었습니다. 그런데 그 마을 신부가 농부의 아내를 매우 좋아하고 있었습니다. 그래서 어떻게 하면 그녀와 단둘이 하루를 즐겁게 보낼 수 있을까 하는 것만을 늘 궁리했습니다. 여자도 은근히 그것을 바라는 눈치였습니다. 어느 날 신부가 여자에게 말했습니다.

"내가 드디어 당신과 하루 종일 즐겁게 보낼 수 있는 좋은 방법을 생각해 냈소. 수요일 날, 당신은 아프다고 하면서 침대에 누워 버리시오. 가능한 한 앓는 소리를 크게 내면서 일요일까지 누워 있어요. 그러면 일요일 날 미사시간에 난 이렇게 설교를 할거요. '남편이든, 아내든 누구든지 집에 아픈 사람이 있는 사람은 벨리쉬란트에 있는 괴컬리 산으로 순례를 가시오. 거기에 가면 월계수 이파리 한 보따리를 1크로이처에 살 수 있는데 그것을 사면 아파서 누워 있는 사람이 누구든 즉시 나을 것이오.'라고."

"그것 참 괜찮은 생각이에요."

농부의 아내가 고개를 끄덕였습니다.

수요일이 되자 신부가 시킨 대로 농부의 아내는 곧 죽을 것처럼 끙끙거리며 드러누웠습니다. 농부는 좋다고 하는 것은 무엇이든지 구해 왔으나 아무 소용이 없었습니다. 일요일이 되자 농부의 아내는 이렇게 말했습니다.

"이제 나는 얼마 못 살 것 같아요. 하지만 죽기 전에 한 가지 소원이 있어요. 마지막으로 신부님의 설교를 듣고 싶어요."

그러자 농부가 펄쩍 뛰었습니다.

"여보, 그것만은 안 되오. 그냥 누워 있어요. 지금 자리에서 일어나면 당신의 병이 더욱 악화될지도 몰라요. 그 대신 내가 교회에 가서 신부님의 설교를 잘 듣고 돌아와서 당신에게 모두 이야기해 주겠소."

"좋아요. 가서 한 마디도 놓치지 말고 잘 듣고 오세요."

그래서 농부는 교회로 갔습니다. 신부는 설교 시간에 "집에 아픈 사람이 있으면, 그 사람이 누구든지간에 벨리쉬란트에 있는 괴컬리 산으로 순례를 가시오. 거기에 가면 월계수 이파리 한 보따리를 1크로이처에 살 수 있는데, 그것을 사면 아파서 누워 있는 사람이 누구든 즉시 나을 것이오. 순례를 떠날 사람이 있으면 미사가 끝난 다음에 나를 찾아오시오. 그러면 자루와 1크로이처를 주겠소."라고 말했습니다. 이 이야기를 듣고 가장 기뻐한 사람은 물론 농부였습니다. 그는 미사가 끝나자 곧바로 신부에게 찾아가 자루와 1크로이처를 받았습니다. 집으로 달려온 농부는 문간에 발을 들여놓자마자 아내에게 소리쳤습니다.

"여보, 여보, 이제 당신은 나은 거나 마찬가지요! 교회에 갔더니 신부님이 누구든지 집에 아픈 사람이 있으면 벨리쉬란트에 있는 괴컬리 산에 순례를 가라고 말씀하셨소. 거기에 가면 월계수 이파리 한 보따리를 1크로이처에 살 수 있는데 그것을 사면 아파서 누워 있는 사람이 누구든 즉시 나을 것이라고 하는 게 아니겠소? 그래서 당장 신부님을 찾아가 자루와 1크로이처를 받아왔소. 곧 순례를 다녀올 테니 당신은 병석에서 일어날 준비나 하시오."

농부는 곧 길을 떠났습니다. 그가 집을 나서자마자 그의 아내는 자리에서 일어났습니다. 그리고 조금 있자 신부가 집으로 찾아왔습니다. 한편 농부는 한시라도 빨리 괴컬리 산에 도착하려고 쉬지 않고 걸었습니다. 도중에 그는 계란을 다 팔고 시장에서 돌아오는 떠돌이 계란장수를 만났습니다. 그 사람은 농부의 이웃 마을에 사는 사람이었습니다. 그를 보고 계란장수가 말했습니다.

"하느님의 가호가 있기를! 어딜 그렇게 바쁘게 가는가?"

"그대에게도 하느님의 은총이 있기를! 내 아내가 병이 들었다네. 그런데 오늘 신부님이 설교하시길, 집에 누가 아픈 사람이 있으면, 아픈 사람이 누구든 간에 벨리쉬란트에 있는 괴컬리 산에 순례를 가라는거야. 거기에 가면 월계수 이파리 한 보따리를 1크로이처에 살 수 있는데, 그것을 사면 아파서 누워 있는 사람이 누구든 즉시 나을 것이라고 하지 않는가. 그래서 나는 자루 하나와 1크로이처를 받아서 순례길에 오른 것이라네."

그러자 계란장수가 말했습니다.

"이 사람아, 잠깐만 기다리게. 자네는 그 말을 믿을 정도로 그렇게 어리석은 사람이란 말인가? 지금 자네 집에서 무슨 일이 벌어지고 있는지 정말 모른단 말인가? 그 신부는 자네 아내와 하루를 즐겁게 보내고 싶어 한단 말일세. 그것은 자네를 멀리 보내려고 짠 계획에 불과해."

"이런 세상에! 자네 말을 듣고 보니 정말 그런 것 같군."

"자, 이렇게 하게나. 내 계란 바구니에 숨어서 집으로 같이 가세. 내가 바구니를 들고 집 안으로 들어갈테니 자네 눈으로 직접 보게나."

그래서 떠돌이 계란장수는 그를 계란 바구니에 넣어 등에 지고 농부의 집으로 갔습니다. 두 사람이 집에 도착해 보니 정말 큰 일이 벌어지고 있었습니다. 농부의 아내는 뒷마당 우리에 있던 가축들을 마구 잡아서 맛있는 음식을 산더미처럼 해 놓았고 신부는 엉터리 솜씨로 바이올린을 켜고 있었습니다. 계란장수가 문을 두드리자 농부의 아내가 누구냐고 물었습니다.

"저, 계란장수요. 하룻밤 묵을 곳이 필요하오. 오늘 시장에서 계란을 하나도 팔지 못하고 집으로 가져가는 중인데 너무 무거워서 집에 도착하기 전에 어두워질 것 같군요."

그러자 농부의 아내가 문을 열며 말했습니다.

"글쎄, 지금은 좀 곤란한데. 하지만 사정이 딱한 것 같으니 들어와서 난로에 몸이나 녹이세요."

그래서 계란장수는 난로 옆에 바구니를 내려놓고 의자에 앉았습니다. 그러나 아무것도 모르는 신부와 농부의 아내는 계속해서 희희낙락했습니다. 신부가 아내에게 말하는 소리가 들렸습니다.

"당신은 정말로 목소리가 아름답소. 나를 위해 노래 한 곡 불러 주겠소?"

"오, 안 돼요. 젊었을 때는 하루 종일 부르기도 했지만 그건 까마득한 옛날 이야기인걸요."

"자, 그러지 말고 아무 노래나 불러봐요."

그래서 농부의 아내가 노래를 부르기 시작했습니다.

"우리 남편은 괴컬리 산에 가서 하루 종일 돌아오지 않을거예요."

그러자 신부가 따라 불렀습니다.

"그 곳에서 일년 내내 돌아오지 않았으면.
그가 무엇을 하든 내가 알 바가 아니지.
할렐루야!"

그러자 이번에는 난로 옆에 앉아 있던 계란장수가 노래를 불렀습니다(먼저 농부의 이름이 힐데브란트라는 것을 여러분께 말해 두겠습니다).

"여보게, 힐데브란트, 자네의 아내는 몹쓸 여자!
자네는 어떻게 이 꼴을 보고만 있나!
할렐루야!"

그러자 이번에는 바구니 속에 있던 농부가 노래를 불렀습니다.

"아, 이젠 더 이상 참을 수가 없구나!
가슴이 찢어질 듯 아파서 참을 수가 없네!
할렐루야!"

그는 바구니를 박차고 나와서 신부를 보기 좋게 한 방 먹인 다음 그를 문 밖으로 내던졌습니다.

세 마리의 작은 새

지금으로부터 천 년도 더 된 옛날입니다. 당시 독일은 여러 명의 왕들이 다스리고 있었는데, 그 중 한 왕이 코이터베르크라고 불리는 산 위에 살고 있었습니다. 그는 사냥을 매우 좋아해서 어느 날 사냥꾼들과 함께 성 밖으로 사냥을 나섰습니다. 그는 산 위에서 소에게 꼴을 먹이고 있는 세 명의 아가씨들을 만났습니다. 왕과 사냥꾼들을 보자 제일 큰언니가 왕을 가리키며 멀리 떨어져 있는 두 동생들에게 말했습니다.

"어머나, 저기 저 사람을 좀 봐. 저렇게 멋진 사람과 결혼한다면 세상에 부러울 것이 뭐가 있을까?"

그러자 먼 발치에서 소를 돌보고 있던 둘째가 왕의 오른쪽에 있는 사냥꾼을 가리키며 말했습니다.

"어머나, 저기 저 사람을 좀 봐. 저렇게 멋진 사람과 결혼한다면 세상에 부러울 것이 뭐가 있을까?"

이번에는 셋째가 왕의 왼쪽에 있는 사냥꾼을 가리키며 소리쳤습니다.

"어머나, 저기 저 사람을 좀 봐. 저렇게 멋진 사람과 결혼한다면 세상에 부러울 것이 뭐가 있을까?"

그 두 사람은 왕의 대신들이었습니다. 왕은 아가씨들이 말하는 것을 모두 들었습니다. 사냥을 끝내고 돌아온 왕은 세 명의 아가씨를 불러서 그들이 전날 산에서 무슨 말을 했는지를 물었습니다. 그들은 차마 대답하지 못했으나 왕은 첫째 아가씨를 보고 자기를 남편으로 삼을 수 있겠느냐고 물었습니다. 그녀는 물론 좋다고 말했지요. 그리고 다른 두 아가씨들도 그렇게 해서 대신들과 결혼했습니다. 아가씨들은 모두 아름답고 날씬했으며 특히 왕비가 된 첫째 아가씨는 비단결 같은 머리카락을 가지고 있었습니다.

어느덧 왕비는 임신을 하게 되었습니다. 그러나 두 자매에게는 아기가 없었습니다. 그러던 어느 날, 왕은 사냥을 나가면서 그들에게 임신한 왕비를 잘 돌봐 달라는 부탁을 했습니다. 왕이 없는 동안에 왕비는 아들을 낳았는데 아기의 등에는 붉은 반점이 있었습니다. 두 자매는 아기가 태어나자마자 그 아기를 강물에 버리기로 약속했습니다. 그래서 아기를 강물에 빠뜨렸습니다. 그러나 그때 작은 새 한 마리가 하늘을 날며 이렇게 노래했습니다.

    "아가씨들은 죽음의 벌을 받을거예요.
    내가 똑똑히 보았거든요.
    용감한 소년이여, 왕관을 쓰세요.
    그대가 분명 왕자님이라면."

  그 노래를 들은 두 자매는 두려움에 떨면서 달아났습니다. 왕이 들어오자 그들은 왕비가 강아지를 낳았다고 말했습니다. 그러자 왕은 이렇게 대답했습니다.
"하느님께서 하시는 일이니 그 뜻에 따라야겠지."
  한편 강물에 버려진 아기는 강가에 사는 어부에게 발견되어 살아났습니다. 어부의 아내는 아기를 낳지 못했기 때문에 그들 부부는 강에서 건져 올린 아기를 정성껏 키웠습니다.
  그로부터 일 년이 지났을 때 왕은 다시 여행을 하게 되었고 그가 없는 동안 왕비는 두 번째 아기를 낳았습니다. 사악한 두 자매는 이번에도 아기를 몰래 강물에 버렸습니다. 그러자 작은 새 한 마리가 하늘을 날며 이렇게 노래했습니다.

    "아가씨들은 죽음의 벌을 받을거예요.
    내가 똑똑히 보았거든요.
    용감한 소년이여, 왕관을 쓰세요.
    그대가 분명 왕자님이라면."

  왕이 돌아오자 두 사람은 왕비가 이번에도 강아지를 낳았다고 거짓말을 했습니다. 그러나 그는 이전처럼 이렇게 말했습니다.
"하느님께서 하시는 일이니 그 뜻에 따라야겠지."
  한편 강가에 사는 어부는 또다시 아기를 건져 올려 정성스럽게 키웠습니다.

얼마 후 다시 한 번 왕은 여행을 떠나게 되었고 그동안에 왕비는 딸을 낳았습니다. 그러나 사악한 두 자매는 이번에도 아기를 강물에 버렸습니다. 그리고 하늘을 날던 작은 새는 또 이렇게 노래했습니다.

"아가씨들은 죽음의 벌을 받을거예요.
내가 똑똑히 보았거든요.
아름다운 소녀여, 왕비의 관을 쓰세요.
그대가 분명 공주님이라면."

왕이 돌아오자 두 자매는 왕비가 이번에는 고양이를 낳았다고 말했습니다. 마침내 왕이 몹시 화를 내며 왕비를 감옥에 가두고 말았습니다. 그래서 그녀는 어두운 감옥에서 오랜 세월을 보내야 했습니다.

한편 어부의 집에서 아이들은 무럭무럭 자랐습니다. 어느 날 제일 큰 아이가 그 마을의 소년들과 낚시하러 갔을 때입니다. 아이들은 그에게 이렇게 말했습니다.

"너는 주워 온 놈이야. 저리 가서 놀아!"

그 말에 소년은 아주 기분이 상해서 그것이 사실인지 아닌지 어부에게 물었습니다. 그러자 어부는 고기를 잡으러 갔다가 그를 강에서 발견했다는 말을 해주었습니다. 그러자 소년은 아버지를 찾고 싶다고 말했습니다. 어부는 제발 떠나지 말라고 애원했으나 도저히 소년을 잡을 수 없었습니다. 마침내 어부는 허락을 했고 소년은 방랑길에 올랐습니다. 소년은 며칠을 걸어 물살이 센 큰 강에 닿았습니다. 강가에서는 나이가 지긋한 할머니가 서서 고기를 낚고 있었습니다.

"안녕하세요, 할머니."
"그래, 참 예절바른 소년이구나."
"여기서 고기를 잡으려면 하루 종일 걸릴거예요."
"너도 아버지를 찾으려면 긴 세월이 걸릴거다. 그래 강은 어떻게 건너려고 하니?"
"모르겠어요."

그러자 할머니는 소년을 등에 업고 강을 건넜습니다. 무사히 강을 건넌 소년은 계속해서 여기저기 돌아다녔지만 아버지를 찾을 수는 없었습니다. 일 년이 지나자 두 번째 소년이 형을 찾기 위해 집을 나섰습니다. 그가 강에 닿았을 때 형과 똑같은 일이 벌어졌습니다.

　이제 집에는 막내딸만 남게 되었으나 그녀가 오빠들을 그리워하며 슬퍼했기 때문에 어부는 결국 그녀도 떠나보낼 수밖에 없었습니다. 그녀가 큰 강에 닿았을 때 그 곳에는 이전처럼 할머니 한 분이 고기를 낚고 있었습니다.

"안녕하세요, 할머니."

"그래, 참 예절바른 아이로구나."

"하느님께서 고기를 많이 낚도록 도와 주실거예요."

　그 말을 들은 할머니는 아주 친절하게 소녀를 대해 주었습니다. 할머니는 소녀를 등에 업고 강을 건넌 후 지팡이를 하나 주며 말했습니다.

"자, 얘야. 이 길을 따라 곧장 가거라. 가다 보면 덩치가 큰 검둥개 한 마리가 있을 것이다. 그 개를 보더라도 절대 무서워하거나 웃거나 걸음을 멈추고 쳐다봐서는 안 된다. 그리고 그 곳을 지나면 커다란 성이 나오는데 문이 열려 있을 것이다. 지팡이를 문지방에 걸쳐놓은 후 문으로 똑바로 들어가서 반대편으로 나가면 오래된 우물이 하나 있을 것이다. 그 우물에는 큰 나무가 한 그루 자라고 있는데 나무 위에는 새 한 마리가 들어 있는 새장이 매달려 있을 것이다. 그 새장을 나무에서 내리고 우물에서 물을 한 그릇 뜨거라. 그런 다음 들어갔던 길로 다시 나와서 지팡이를 들고 오너라. 오다가 개를 다시 만나게 될 텐데 그때 지팡이로 개의 얼굴을 때리거라. 하지만 명심해라. 정확히 때려야 한다. 빗맞아서는 절대로 안 돼. 그런 다음 나를 다시 찾아오너라."

　소녀는 할머니가 일러준 대로 했습니다. 그리고 돌아오는 길에는 오빠들도 만났습니다. 그들은 서로를 찾아 헤매느라 지구의 반바퀴를 돌아다닌 셈이었습니다. 마침내 세 사람은 덩치가 큰 검둥개가 누워 있는 곳에 이르렀습니다. 소녀가 지팡이로 검둥개의 얼굴을 때리자 그 개는 멋진 왕자로 변했습니다.

　그래서 네 사람은 함께 강가로 갔습니다. 할머니는 아직도 낚시를 하고 있었습니다. 할머니는 그들이 오는 것을 보자 대단히 기뻐하며 네 사람을 하나씩 업고 강을 건너게 해준 다음 고향으로 돌아갔습니다. 이제 할머니도 마술에서 풀려났던 것입니다.

　네 사람은 늙은 어부의 집으로 돌아와 서로 얼싸안고 기뻐했습니다. 그리고 집 안으로 들어가서 새장을 벽에 걸었습니다. 그러나 둘째 아들은 매우 활동적이었으므로 활을 가지고 다시 사냥을 떠났습니다. 도중에 피곤해지자 그는 피리를 꺼내 한 곡 불기 시작했습니다. 마침 그 곳에서 사냥을 하던 왕이 피리 소리를 듣고 소년에게로 다가와서 물었습니다.

"누가 그대에게 이곳에서 사냥하도록 허락했는가?"

"허락한 사람은 아무도 없습니다."

"그대의 부모는 누구인가?"

"저는 어부의 자식입니다."

"하지만 그는 아이를 낳지 못하는데?"

"못 믿으시겠다면 저희 집에 함께 가 보시지요."

소년의 집에 도착하여 왕은 어부에게 자초지종을 들었습니다. 그 때 갑자기 새장 속의 작은 새가 노래하기 시작했습니다.

"오, 고결한 피를 가지신 임금님.
이제야 당신의 아들딸들이 돌아왔어요.
하지만 왕비님은 끼니를 굶으며
감옥에 갇혀 있으니 어찌된 일인가요.
왕비님의 자매들은 사악하기 그지없어
왕자님과 공주님을 훔쳐다가
정처 없이 흘러가는 강물 속에 빠뜨렸으나
다행히도 지나가던 어부가 구한 것이지요."

사람들은 그 노래를 듣고 매우 놀랐습니다. 왕은 작은 새와 어부와 세 아이들을 데리고 성으로 돌아와 감옥문을 열고 아내를 풀어 주었습니다. 그런데 그녀는 이미 병들고 야윈 모습이었습니다. 그러나 딸이 우물에서 떠온 물을 그녀에게 주자 그녀는 즉시 건강을 되찾았습니다. 그리고 마음씨 고약한 두 자매는 활활 타는 장작불 속에 던져졌으며, 딸은 왕자님과 결혼했습니다.

97

생명의 물

옛날에 왕이 매우 깊은 병에 걸려 앞으로 살 날이 얼마 남지 않게 되었습니다. 이것을 안 그의 세 아들은 너무 슬퍼서, 어느 날 궁전 정원에 나가 함께 울고 있었습니다. 그 때 한 노인이 찾아와서 무엇 때문에 그리 슬피 우느냐고 물었습니다. 세 아들은 노인에게, 아버지가 병이 들어서 오래 살지 못할 것이며, 더 이상 그 어느 것도 아버지의 병을 낫게 할 수 없기 때문이라고 했습니다.

그러자 노인이 말했습니다.

"내가 치료방법을 알고 있지. 생명의 물이라는 것이 있다네. 그 물을 마시면 임금님은 곧 회복될걸세. 하지만 그 물을 구하기가 매우 어렵단 말이야."

"내가 찾으러 가겠어요."

큰아들은 단호하게 말을 하고 병석에 누워 있는 왕을 찾아가 생명의 물을 찾으러 떠날 테니 허락해 달라고 간청했습니다. 그러면서 병이 나으려면 다른 것은 아무 소용이 없고 오로지 그 생명의 물을 마셔야 된다고 말했습니다. 그러자 왕은 큰아들을 만류했습니다.

"안 된다. 그건 너무 위험하지 않으냐. 차라리 내가 이대로 죽는 편이 낫겠구나."

그러나 큰아들이 끈질기게 애원을 하자 마침내 왕은 허락을 했습니다. 큰아들은 자신이 생명의 물을 구해 오면 아버지께서 자신을 총애하실 것이고 왕국을 고스란히 물려 주실 것이라고 생각했습니다.

길을 떠난 그가 말을 타고 한참을 가는데 그의 앞에 난쟁이 한 명이 나타나 그를 불렀습니다.

"여보게, 어디를 그렇게 바쁘게 가나?"

"별 이상한 놈 다 보겠네. 네가 참견할 일이 아냐!"

왕자는 퉁명스럽게 내뱉은 후 그대로 말을 몰고 가 버렸습니다. 난쟁이는 너무 화가 나서 그에게 저주를 퍼부었습니다.

한편 산골짜기에 들어선 왕자는 계속 말을 몰아 깊숙이 들어갔습니다. 그런데 그 골짜기는 들어갈수록 길이 좁아지더니 마침내 더 들어갈 수가 없을 정도로 좁아졌습니다. 그는 말을 돌릴 수도 없었고 안장에서 내릴 수도 없었습니다. 그는 영락없이 감옥에 갇힌 꼴이 되고 말았습니다.

병든 왕은 오랫동안 왕자를 기다렸으나 그는 돌아오지 않았습니다. 그러자 이번에는 둘째 왕자가 나섰습니다.

"아버님, 생명의 물을 찾으러 떠나겠으니 허락해 주십시오."

그는 만일 형이 죽었다면 이제 왕국은 자기 차지가 될 것이라고 생각했습니다. 이번에도 왕은 아들이 떠나는 것을 허락하지 않았으나 결국에는 포기하고 말았습니다. 그래서 둘째 왕자도 형이 갔던 길을 따라 갔습니다. 이번에도 난쟁이가 나타나서 그를 불러 세우고 어디를 그렇게 바쁘게 가는지 물었습니다.

"별 너절한 놈도 다 있군. 네가 참견할 일이 아냐!"

왕자는 한 마디를 내뱉은 후 뒤도 돌아보지 않고 말을 몰았습니다.

난쟁이는 그에게 또 저주를 퍼부었습니다. 산골짜기 깊숙이 들어가게 된 그도 형처럼 갇히게 되었습니다. 사실 거만한 사람들은 그런 일을 당하기 마련이지요.

둘째도 돌아오지 않자 이번에는 셋째 아들이 생명의 물을 구하러 떠나겠다고 애원했습니다. 왕은 이번에도 마지못해 허락했습니다. 셋째도 도중에 난쟁이를 만났습니다. 난쟁이가 어디를 그렇게 바쁘게 가느냐고 묻자 그는 말을 멈추고 대답했습니다.

"아버님께서 위독하셔서 생명의 물을 구하러 가는 길입니다."

"어디로 가야 하는지 아는가?"

"모릅니다."

"좋아. 자네는 예절바르게 나를 대했고 형들과는 다른 사람 같으니 생명의 물을 구할 방법을 가르쳐 주겠네. 생명의 물은 어느 마법에 걸린 성의 뒷마당 우물에 있다네. 하지만 이 쇠지팡이와 빵 두 쪽이 없으면 아무도 들어갈 수 없지. 이 쇠지팡이로 성문을 세 번 치면 문이 활짝 열릴걸세. 성 안에는 사자 두 마리가 누워 있는데 그 놈들이 아가리를 벌릴 때 이 빵을 한 조각씩 던져 주게나. 그러면 그 놈들이 얌전해질걸세. 그런 다음 시계가 12시를 치기 전에 서둘러 생명의 물을 떠와야 하네. 그렇지 않으면 성문은 꽝 하고 닫히고 자네는 영영 못나오게 되네."

왕자는 쇠지팡이와 빵을 받고 고맙다고 인사를 했습니다. 긴 여행 끝에 성에 도착한 왕자는 난쟁이가 일러준 대로 했습니다. 지팡이로 성문을 세 번 치자 문이 열렸고 빵으로 사자를 얌전히 만든 후에 성으로 들어갔습니다. 크고 아름다운 방을 지나면서 보니 그 곳에는 마법에 걸린 왕자들이 여러 명 앉아 있었습니다. 그 방에 들어가 그는 그들의 반지를 뺀 다음 바닥에 있던 검과 빵 한 덩어리를 집어 들었습니다.

그런 후에 다음 방으로 갔습니다. 그 곳에는 아름다운 공주가 있었습니다. 공주는 그를 보자 매우 기뻐하며 입을 맞춘 다음, 자기를 마법에서 풀려나게 해주었으니 이 왕국 전체를 주겠다고 말했습니다. 또 그가 일 년 안에 돌아온다면 그와 결혼하겠다고 덧붙였습니다. 그녀는 생명의 물이 어디에 있는지 가르쳐 주면서 시계가 12시를 치려면 아직 멀었으니 서두르지 말라고 했습니다. 그는 아름다운 가구로 장식된 방으로 들어갔습니다. 먼 길을 오느라고 피곤했기 때문에 그는 침대에 누워 잠시 쉬고 싶었습니다. 그러나 침대 위에 눕자 그는 이내 잠이 들고 말았습니다.

그가 잠에서 깨었을 때 시계는 이미 세 번을 치고 있었습니다. 그는 벌떡 일어나 우물로 달려가서 우물가에 놓여 있던 그릇으로 생명의 물을 떴습니다. 그러고는 밖으로 달려갔습니다. 그가 막 철문을 통과할 때 시계는 12번째 종을 울렸고 성문은 꽝 소리를 내며 닫혔습니다. 그는 간신히 빠져나왔으나 발뒤꿈치가 성문에 걸려 떨어져 나가고 말았습니다.

그러나 그는 생명의 물을 구했기 때문에 행복했습니다. 돌아오는 길에 그는 다시 난쟁이를 만났습니다. 난쟁이는 검과 빵을 보고 말했습니다.

"자네는 용케도 귀한 물건들을 얻었구만. 그 검만 있으면 한 나라의 군대 전체도 물리칠 수가 있고, 그 빵은 아무리 먹어도 계속 생겨나는 빵이라네."

그러나 셋째 왕자는 형들을 찾기 전에는 아버지에게 돌아가고 싶지 않았습니다.

"저, 아저씨. 혹시 우리 형들이 어디 있는지 아세요? 형들은 나보다 먼저 생명의 물을 찾으러 나갔는데 아직까지 돌아오지 않고 있어요."

그러자 난쟁이가 말했습니다.

"그들은 두 산 사이에 끼여 있지. 아주 거만한 사람들이라 내가 마술을 걸었다네."

그 말을 들은 왕자는 난쟁이에게 간청을 했습니다. 난쟁이도 마침내 그들을 풀어 주기로 결정했습니다. 그러면서 난쟁이는 덧붙였습니다.

"자네 형들을 조심하게. 그들은 나쁜 마음씨를 가진 사람들이라네."

형들을 만나자 그는 기뻐서 그동안에 있었던 일들을 모두 이야기했습니다. 어떻게 생명의 물을 발견해서 그릇에 담아 왔는지, 또 어떻게 아름다운 공주를 구해서 일 년 후에 결혼하기로 약속했는지, 그리고 결혼 후에 어떻게 거대한 왕국을 다스릴 것인가에 대해 모두 이야기했습니다. 이야기를 마친 후 세 사람은 말을 타고 출발했습니다.

돌아오는 도중에 그들은 전쟁과 기근으로 몹시 황폐해진 나라에 이르렀습니다. 상황이 너무 절망적이어서 이제 그 왕국이 망하는 것은 시간문제라고 생각하고 있었습니다. 그러나 왕자가 가지고 온 빵을 주자 온 백성이 그 빵을 먹고 배를 채웠습니다. 그런 다음 왕자는 검을 주었습니다. 왕은 그 검으로 적국의 군대를 모두 물리쳤습니다.

이제 그 나라는 다시 평화와 행복을 되찾았습니다. 그래서 왕자는 빵과 검을 돌려받은 후 형들과 함께 다시 말을 몰고 떠났습니다. 그런데 그들은 다시 전쟁과 기근으로 몹시 황폐해진 두 나라를 지나게 되었고 거기에서도 왕자는 왕에게 빵과 검을 빌려 주었습니다. 이렇게 해서 그는 세 나라를 위기에서 구했습니다.

그런 다음 세 사람은 배를 타고 바다를 건너게 되었습니다. 여행을 하는 도중에 두 형들은 동생을 없앨 음모를 꾸몄습니다.

"막내는 생명의 물을 발견했는데 형인 우리들은 빈 손으로 돌아가다니. 정당하게 따지자면 아버지의 왕국은 우리 것인데, 이제 막내에게 돌아가게 되었구나. 막내가 왕국을 손에 넣으면 우리의 행복은 끝장이다."

질투심에 불타고 두 형들은 막내를 없앨 계획을 세웠습니다. 그래서 막내가 잠든 틈을 타서 생명의 물을 다른 그릇에 붓고 대신 짜고 쓰디쓴 바닷물을 채웠습니다. 드디어 자기들의 성에 도착한 막내는 생명의 물이 든 그릇을 들고 병석에 누운 왕에게 가서, 이 물을 마시면 아버지의 병이 말끔히 나을 것이라고 말했습니다.

그러나 짜고 쓰디쓴 바닷물을 마시자마자 왕은 전보다 더 심하게 앓기 시작했습니다. 왕이 신음하며 쓰러지자 두 형들이 나타나 왕에게 독약을 먹였다고 막내를 몰아붙였습니다. 그러고 나서 그들은 생명의 물을 아버지에게 바쳤습니다. 그 물을 마시자마자 왕은 몸이 가뿐해져서 일어났습니다. 젊었을 때처럼 건강하고 튼튼해진 것입니다. 두 형제는 막내를 찾아가서 조롱했습니다.

"흥, 생명의 물을 구해 온 사람은 너지만 상을 받을 사람은 바로 우리라는 걸 명심해라. 어리석은 놈 같으니. 눈을 똑바로 뜨고 조심했어야지. 배에서 네가 잠들었을 때 감쪽같이 그 물을 바꿔치기했지. 그리고 일 년이 지나면 우리 중에 한 사람이 아름다운 공주와 결혼할 것이다. 너는 우리 앞에서 잘났다고 자랑하는 게 아니었어. 이제 아버님께서는 네가 무슨 말을 해도 믿지 않으실 것이다. 그러니 네가 한 마디라도 입 밖에 꺼낸다면 네 목숨은 끝장인 줄 알아라. 입을 다물고 있으면 목숨만은 살려 주지."

한편 왕은 막내아들 때문에 몹시 화가 났습니다. 그 아들 때문에 하마터면 목숨을 잃을 뻔했다고 생각했기 때문입니다. 그는 대신들을 불러서 막내 왕자를 쥐도 새도 모르게 처치하라고 명령했습니다. 그래서 어느 날 아무것도 모른 채 막내 왕자가 사냥을 나갈 때 왕의 사냥꾼 중 한 명이 그를 따라 나섰습니다. 숲 속에서 단 둘이 있게 되자 사냥꾼이 갑자기 슬픈 얼굴을 했습니다. 왕자가 그를 보고 물었습니다.

"여보게, 무슨 일로 그러는가?"

"말해서는 안 되지만 왕자님께 더 이상 숨기고 있을 수가 없군요."

"자, 말해 보게. 무슨 일이 있는지는 모르나 모두 용서하겠네."

그러자 사냥꾼이 입을 열었습니다.

"사실은 임금님께서 왕자님을 죽이라고 명령하셨습니다."

왕자는 이 말에 깜짝 놀랐습니다.

"여보게, 나를 살려 주게. 그리고 이렇게 하세. 자네에게 이 옷을 줄테니 자네의 옷을 벗어주게."

"기꺼이 그렇게 하지요. 전 도저히 왕자님을 죽일 수가 없어요."

옷을 바꿔 입은 사냥꾼은 집으로 돌아갔고 왕자는 깊은 숲 속으로 들어갔습니다.

얼마 후 금은보화를 가득 실은 세 대의 마차가 성문 앞에 도착했습니다. 그 마차들은 막내 왕자가 검으로 적군을 물리치고 빵으로 굶주린 백성들을 배불리 먹여서 구해 주었던 세 나라의 왕들이 감사의 표시로 막내 왕자에게 보내온 것이었습니다. 이것을 본 왕은, '내 막내 아들이 정말 나를 죽이려고 했을까.' 하고 생각했습니다. 그는 궁전에 돌아와 사람들 앞에서 한탄을 했습니다.

"내 아들이 살아 있다면 얼마나 좋을까! 그를 죽이라고 내가 명령했으니 이 얼마나 기가 막힌 노릇이냐."

그러자 사냥꾼이 앞으로 나서며 말했습니다.

"왕자님은 살아 계십니다. 저는 그분을 차마 죽일 수가 없었습니다."

그는 왕에게 자초지종을 이야기했습니다. 사냥꾼의 말을 듣고 왕은 안도의 숨을 내쉬면서 막내 아들은 언제든 궁전으로 돌아올 수 있으며 왕은 그를 반갑게 맞을 것이라고 온 나라에 공표했습니다.

한편 막내 왕자가 마법에서 풀어준 공주는 성으로 들어오는 길을 반짝거리는 황금으로 깔았습니다. 그리고 경비병들에게 길 한가운데로 곧장 들어 오는 사람은 누구든지 귀빈으로 모셔서 정중히 안내하고, 길을 비켜서 오는 사람은 아무리 좋은 옷을 입었어도 들여보내지 말라고 했습니다.

일 년이 거의 되었을 무렵 큰아들은 빨리 공주를 찾아가 자기가 바로 공주를 구해준 사람임을 자처하려고 마음먹었습니다. 그러면 공주를 아내로 얻을 뿐 아니라 왕국까지 얻게 될 것이라고 생각했습니다. 그러나 성에 도착해서 눈부신 황금길을 보자 그는 갑자기 그 위를 지나간다는 것이 몹시 부끄럽게 느껴졌습니다. 그래서 그는 오른쪽으로 길을 비켜 말을 몰았습니다. 그러나 성문 앞에 이르자 경비병들은 그가 기다리던 사람이 아니니 당장 돌아가는 것이 좋을 것이라고 경고했습니다.

잠시 후 둘째 왕자도 출발했습니다. 그가 황금길에 들어서는 순간 그 역시 아름다운 길을 망치는 것이 대단히 부끄럽게 여겨졌습니다. 그래서 그는 왼쪽으로 길을 비켜 말을 몰았습니다. 그러나 성문 앞에 이르자 이번에도 경비병들은 그가 기다리던 사람이 아니니 당장 돌아가는 것이 좋을 것이라고 경고했습니다.

일 년이 거의 다 되었을 때 막내 왕자는 짐을 챙겨 숲에서 나왔습니다. 그는 사랑하는 사람을 만나 자신의 슬픈 심정을 달래고 싶었습니다. 그는 한시라도 빨리 그녀를 보고 싶은 마음에 그녀 생각에만 골똘한 채 말을 몰았습니다. 황금길에 이르렀을 때에도 그는 그것이 무슨 길인지 알아보지 못하고 생각에 잠긴 채 한가운데로 말을 몰았습니다. 공주는 그가 자기를 구해준 은인이고 이 왕국의 새로운 주인이며 두 사람이 곧 결혼할 것이라고 선포했습니다.

결혼식이 끝나자 공주는 왕자에게 그의 아버지가 그를 찾고 있으며 이미 그를 용서했다는 사실을 알려 주었습니다. 왕자는 당장에 아버지를 찾아가 그의 형들이 어떻게 그를 속였는지, 그리고 그가 왜 아무 말도 할 수 없었는지를 설명했습니다. 늙은 왕은 큰아들과 둘째 아들에게 호된 벌을 내리려 했으나 그들은 이미 배를 타고 멀리 도망가 버린 후였습니다.

98

척척박사

크렙스라는 이름을 가진 가난한 농부가 있었습니다. 그는 소 두 마리가 끄는 수레에 땔감을 싣고 마을을 돌아다니면서 팔곤 했는데, 어느 날 어떤 박사의 집에 나무를 팔게 되었습니다. 농부가 돈을 받으려고 집 안으로 들어갔을 때 마침 박사는 저녁 식사를 하려던 참이었습니다. 식탁 위에는 눈이 휘둥그레질 정도로 훌륭한 음식과 포도주가 차려져 있었습니다. 그는 박사가 너무 부러웠습니다. 만일 자기도 박사가 된다면 얼마나 좋을까 하고 생각했습니다. 그는 한참을 망설이다가 용기를 내어 자기 같은 사람도 박사가 될 수 있는지 물었습니다. 그러자 박사는 이렇게 대답했습니다.

"물론이오. 그건 어려운 일이 아니라오."

"어떻게 하면 되지요?"

"먼저 ABC 책 한 권을 사시오. 병아리 그림이 들어 있는 그런 책으로 말이오. 그 다음에는 당신이 가지고 있는 수레와 소를 팔아서 박사들이 흔히 입는 옷과 필요한 물건들을 사시오. 그리고 대문 위에 '여기는 척척박사의 집'이라고 쓴 간판을 내거시오."

농부는 그가 말한 대로 했습니다. 그런 후 얼마 안 되어서 부유하고 권력있는 어느 귀족이 돈을 잃어버렸습니다. 그는 마을에 척척박사가 살고 있다는 소문을 들었습니다. 그리고 그에게 물어보면 그 돈이 어떻게 되었는지 알 수 있을 거라고 생각했습니다. 그는 마차를 몰고 농부의 집으로 찾아와 여기에 척척 박사가 살고 있느냐고 물었습니다.

농부는 그렇다고 대답했습니다. 그러자 귀족은, 함께 집으로 가서 잃어버린 돈을 찾아 달라고 부탁했습니다. 농부는 그의 청을 승낙하면서 그의 아내인 그레타도 함께 가야 한다는 조건을 덧붙였습니다. 귀족은 그의 조건을 받아들여 마차 안에 두 사람의 자리를 마련했습니다. 마차가 귀족의 저택에 도착하자 이미 식탁 위에는 식사할 준비가 되어 있었습니다. 주인과 식탁 앞에 앉은 척척 박사는 자기의 아내인 그레타도 같이 식사하기를 원했습니다. 그래서 그들은 모두 함께 식탁 앞에 앉았습니다.

드디어 첫 번째 하인이 맛있는 음식을 들고 왔을 때 농부는 팔꿈치로 아내를 쿡쿡 찌르며 말했습니다.

"그레타, 이 사람이 첫 번째야."

그 말은 그 하인이 첫 번째 음식을 들고 온 사람이라는 뜻이었습니다. 그런데 그 하인은 자기가 진짜 도둑 중의 하나였기 때문에, "이 사람이 첫 번째 도둑이야."라는 소리로 들었습니다. 그는 깜짝 놀라 그의 패거리에게 달려갔습니다.

"저 박사는 모르는 게 없어. 정말 큰일났어. 그는 내가 첫 번째라고 말했단 말이야."

두 번째 하인은 정말 들어가고 싶지 않았으나 달리 방도가 없었습니다. 그가 음식을 들고 들어갔을 때 농부는 다시 아내의 옆구리를 찌르며 말했습니다.

"그레타, 이 사람이 두 번째야."

이 하인도 깜짝 놀라 달려나갔습니다. 세 번째 하인도 마찬가지였습니다. 농부는 이번에도 "그레타, 이 사람이 세 번째야." 하고 말했던 것입니다. 네 번째 하인이 음식이 무엇인지 알아맞혀 보라고 말했습니다. 그 속에는 양고기 요리가 들어 있었습니다. 덮개로 덮여 있어 알 턱이 없는 농부는 당황해서 소리쳤습니다.

"아, 가엾은 이 어린 양을!"

귀족은 그 소리를 듣고 깜짝 놀랐습니다.

"이런, 그걸 알아맞히다니! 당신이야말로 정말로 누가 돈을 훔쳤는지 알아낼 수 있겠군요."

하인은 너무 놀라 숨이 멎을 지경이었습니다. 그는 박사에게 눈짓을 보내 밖으로 불러냈습니다. 그가 밖으로 나가자 네 명의 하인들이 돈을 훔친 사람은 자기들이라며 사실을 털어놓았습니다. 그들은 박사가 모른 체만 해준다면 그 대가로 큰 돈을 주겠다고 제안했습니다. 그렇지 않으면 그들은 교수대에 목이 매달릴 거라고 애걸하는 것이었습니다. 그들은 돈을 숨겨 놓은 곳을 그에게 가르쳐 주었습니다. 박사는 시침을 뚝 떼고 테이블 앞에 돌아와 앉았습니다.

"나리, 이제 책을 좀 보면서 그 돈이 어디에 감춰져 있는지 알아봐야겠습니다."

한편 다섯 번째 하인은 박사가 과연 어디까지 아는지 엿들으려고 난로 속으로 기어들어가서 귀를 기울였습니다. 박사는 탁자 앞에 앉아 ABC 책을 펼쳐 놓고 한 장씩 넘기며 병아리 그림을 찾았습니다. 그러나 그 그림이 좀처럼 나오지 않자 그는 이렇게 말했습니다.

"이 놈이 어디에 숨어 있나? 내가 반드시 찾고 말 테다."

그러나 난로 속에 있던 하인은 박사가 자기를 두고 하는 소리인 줄 알고 놀라서 난로 밖으로 뛰어나갔습니다.

"저 사람은 정말 모르는 게 없어?"

박사는 돈이 숨겨져 있는 곳을 귀족에게 가르쳐 주었으나 누가 훔쳤는지는 밝히지 않았습니다. 그래서 그는 양쪽에서 보상금을 받았고, 그 이후로 유명한 사람이 되었답니다.

99

유리병 속의 혼령

옛날 옛날에 가난한 나무꾼이 살고 있었습니다. 그는 아침부터 밤 늦게까지 부지런히 일했습니다. 그렇게 해서 돈이 어느 정도 모이자 그는 아들을 불러서 말했습니다.

"너는 하나밖에 없는 내 아들이다. 그동안 나는 땀흘려 일을 해서 돈을 이만큼 모았다. 나는 이 돈을 네 교육에 쓰려고 한다. 이 돈으로 올바른 것 하나를 배우도록 해라. 그러면 내가 늙어서 허리가 꼬부라졌을 때, 네가 우리를 먹여 살릴 수 있을 것이다."

소년은 대학에 들어가서 열심히 공부를 해서 많은 선생님들로부터 칭찬을 받았습니다. 그는 몇 개의 대학을 다니며 배울 수 있는 것은 모두 배우려고 열심히 노력했습니다. 그러나 아버지에게 받은 돈이 다 떨어지자 그는 할 수 없이 고향으로 돌아와야 했습니다. 아들을 보고 아버지가 슬프게 말했습니다.

"이젠 너에게 줄 돈이 없단다. 요즘은 너무나 힘들어서 간신히 입에 풀칠만 하고 있는 형편이란다."

"사랑하는 아버지, 조금도 걱정하지 마세요. 이것도 하느님의 뜻이라면 따라야겠죠. 하늘이 무너져도 솟아날 구멍이 있다고 하지 않아요? 무슨 수가 생길 거예요."

다음 날, 아버지가 땔나무감을 해서 팔기 위해 숲 속으로 들어갈 준비를 하자 아들이 말했습니다.

"저도 따라가서 아버지를 돕겠어요."

"하지만 나무를 찍는 일이 쉬운 게 아니란다. 넌 그렇게 힘든 일을 해본 적이 없지 않느냐. 게다가 도끼는 한 자루밖에 없고 다른 걸 살 돈도 없으니 넌 그냥 집에 있거라."

"옆집에 가서 빌리면 어떨까요? 오늘 하루만 빌려서 일을 하면 도끼 한 자루 살 만큼의 돈을 모을 수 있을거예요."

그래서 아버지는 이웃집에 가서 도끼를 빌려 왔습니다. 다음 날 아침 동이 트자마자 두 사람은 숲 속으로 들어갔습니다. 아들은 아버지를 돕게 되어 매우 신이 났습니다. 태양이 머리 위로 올라왔을 때 아버지는 땀을 닦으며 말했습니다.

"자, 잠시 쉬면서 점심을 먹자꾸나. 그러면 일이 두 배는 빨라질거다."

아들은 머리를 흔들며 말했습니다.

"아버지나 쉬세요. 저는 피곤하지 않아요. 그동안 저는 돌아다니면서 새 둥지가 있나 찾아보겠어요."

"바보 같은 짓이야. 무엇 때문에 쏘다닌단 말이냐? 그러면 나중에는 기운이 다 빠져서 도끼를 들 힘도 없게 돼. 가만히 앉아서 쉬는 게 나을거다."

하지만 아들은 숲 속으로 더 깊이 들어갔습니다. 그는 행복하고 즐거운 마음으로 초록색 가지들을 들춰보며 새 둥지를 찾았습니다. 숲 속을 샅샅이 뒤지며 돌아다니는 그의 눈에 아주 크고 어딘가 위험해 보이는 참나무 한 그루가 보였습니다. 그 나무는 최소한 몇백 년은 된 것 같았고 얼마나 굵은지 다섯 사람이 팔을 펼쳐도 모자랄 듯했습니다. 그는 한동안 말없이 나무를 올려다보다가 중얼거렸습니다.

"이 나무에는 틀림없이 새 둥지가 많을거야."

그 때 어디선가 사람의 목소리가 들려 왔습니다. 어디엔가 갇힌 듯한 소리였습니다.

"나를 꺼내 줘요, 제발 꺼내 주세요!"

그가 주위를 둘러보았으나 아무것도 보이지 않았습니다. 그 목소리는 마치 땅 속에서 나는 것 같았습니다. 그래서 그는 땅에 대고 소리쳤습니다.

"어디 있어요?"

"참나무 뿌리 속에 갇혀 있어요. 나를 꺼내 줘요, 제발 꺼내 주세요!"

그 소리를 듣고 아들은 작은 가지와 나뭇잎들을 걷어내고 뿌리들을 파헤쳐 보았습니다. 그랬더니 그 속에서 작은 궤짝이 나왔습니다. 그 속에는 유리병 하나가 들어 있었는데 그가 유리병을 들어 햇빛에 비춰보자 그 속에서 무엇인가가 개구리처럼 펄쩍펄쩍 뛰며 계속해서 소리치고 있었습니다.

"나를 꺼내 줘요, 제발 꺼내 줘요!"

아들은 설마 무슨 위험한 일이 있을라구 하고 생각하며 병마개를 뽑았습니다. 그러나 그 병 속에서 혼령 하나가 빠져나오더니 점점 커지기 시작했습니다. 그 혼령은 계속 커지더니 순식간에 참나무의 절반 정도나 되는 커다란 사람으로 변했습니다. 혼령은 소년 앞에 우뚝 서서 아주 섬뜩한 목소리로 말했습니다.

"나를 꺼내 준 대가가 무엇인지 너는 아느냐?"

"몰라요. 내가 어떻게 알겠어요?"

아들은 대담하게 대답했습니다.

"그럼 내가 말해 주지. 너는 이제 목이 부러져서 죽을 것이다."

"그렇다면 먼저 말을 했어야죠. 그럴 줄 알았으면 아저씨를 꺼내지 않았을 것 아니예요. 하지만 당신이 내 목을 부러뜨리는 게 정당한지 어떤지 사람들한테 먼저 물어보는 게 좋겠어요."

"사람들 따위는 신경도 안 써! 너는 나를 꺼내 준 대가만 치르면 돼. 사람들이 나를 동정해서 그렇게 오랫동안 병 속에 가둬 놓았다고 생각하느냐! 천만에. 그건 나에 대한 벌이었다. 내가 바로 위대한 신 메르쿠리우스이기 때문이지. 그렇기 때문에 나를 병에서 꺼낸 사람은 누구든 목을 부러뜨려야 해."

"진정하세요. 서두를 것 없잖아요. 먼저 아저씨가 정말로 그렇게 작은 병에서 나왔는지 증명해 보세요. 아무래도 나를 속이고 있는 것 같아요. 만일 아저씨가 병 속으로 다시 들어간다면 그 땐 아저씨를 믿을 테니까 나를 마음대로 하세요."

"그건 누워서 떡먹기지."

혼령은 가소롭다는 듯이 웃은 다음, 몸을 줄이고 또 줄여서 이전처럼 작게 만들었습니다. 그러고는 병의 주둥이 속으로 들어갔습니다. 혼령이 병 속으로 들어가자마자 아들은 재빨리 병마개를 꺼내 주둥이를 막았습니다. 그런 다음 그 병을 원래의 자리에 던져 버렸습니다. 순간 혼령은 자기가 속았다는 것을 깨달았습니다.

아들이 돌아가려고 하자 혼령은 다시 애원하기 시작했습니다.

"오! 나를 꺼내 줘요, 제발 꺼내 줘요!"

"어림없어요. 나도 한 번 속지 두 번은 안 속아요. 내 목숨을 빼앗으려고 했던 사람을 누가 풀어 주겠어요! 당신은 그 곳에서 가만히 있는 게 좋겠어요."

그러자 혼령이 다급하게 말했습니다.

"나를 꺼내 주면 평생을 먹고 살 만큼 많은 돈을 주겠어요."

"그만두세요. 처음처럼 나를 속이려는 거지요?"

"굴러들어온 복을 제발로 걷어차다니요. 절대로 당신을 해치지 않을게요. 그 대신 충분히 보답을 해드리겠어요."

아들은 '한 번 모험을 해볼까! 어쩌면 약속을 지킬지도 몰라. 게다가 나를 해칠 것 같지 않잖아!' 하고 생각했습니다. 그래서 그는 마개를 열었습니다. 그러자 열린 구멍 사이로 이전처럼 혼령이 빠져나와 다시 거인처럼 커다란 몸집으로 변했습니다. 그는 붕대처럼 생긴 헝겊을 아들에게 주며 말했습니다.

"자, 나를 꺼내 준 보답이다. 한 쪽 끝으로 상처를 문지르면 상처가 즉시 아물고 다른 쪽 끝으로 쇠를 문지르면 그 쇠가 은으로 변하는 헝겊이란다."

99. 유리병 속의 혼령

"먼저 시험을 해보겠어요."

아들은 도끼로 나무 한 그루에 흠집을 낸 다음 헝겊 한 쪽 끝으로 그 상처를 문질러 보았습니다. 그러자 나무의 흠집이 순식간에 아물었습니다.

아들이 헝겊을 주머니에 넣으며 말했습니다.

"이제 모든 일이 잘 되었으니 가봐야겠어요."

혼령은 농부의 아들에게 풀어 주어서 고맙다는 인사를, 아들은 혼령에게 좋은 선물을 주어서 고맙다는 인사를 했습니다.

한참만에 돌아온 아들을 보고 아버지가 물었습니다.

"할 일이 산더미 같은데 어딜 그리 쏘다니다 오는 거냐? 일을 제시간에 끝낼 수 있을지 모르겠구나."

"걱정하지 마세요. 금방 끝낼거예요."

"금방 끝낸다고! 말도 안 되는 소리를 하고 있구나."

아버지는 화가 났습니다.

"두고 보세요, 아버지. 저 나무를 단번에 쓰러뜨릴 테니까요. 다치지 않도록 뒤로 물러나 계세요."

그는 헝겊을 꺼내 도끼를 닦은 다음 있는 힘을 다해 나무를 찍었습니다. 그러나 그 도끼는 은으로 변해 있었기 때문에 나무가 쓰러지기는커녕 날이 휘고 말았습니다.

"아버지, 이 도끼는 순 엉터리군요. 날이 다 휘어 버렸잖아요!"

아버지는 그 자리에 털썩 주저앉았습니다.

"아니, 이게 무슨 날벼락이냐! 꼼짝없이 도끼값을 물어주게 되었구나. 도대체 어디서 돈을 마련한단 말이냐. 너는 참으로 쓸모없는 아이로구나!"

그러자 아들이 대답했습니다.

"걱정하지 마세요. 도끼값은 제가 물어주겠어요."

"잠꼬대 같은 소리 하지 마라! 무슨 돈으로 물어준단 말이냐? 내가 주는 돈 말고는 한 푼도 없으면서. 네 머리에는 헛것만 들었구나. 도끼질도 못하면서 대체 그동안 무얼 배운거냐?"

아들은 잠시 생각을 하더니 이렇게 말했습니다.

"아버지, 더 이상 도끼질은 못하겠어요. 이제 그만 아버지도 일을 끝내세요."

"그건 또 무슨 말이냐? 너처럼 책상 앞에 앉아서 쓸데없는 공부나 하라는 말이냐? 나는 아직 할 일이 남아 있으니 갈 테면 너나 먼저 집으로 가거라."
 "여기는 처음 와본 곳이라 길을 모르겠어요. 제발 함께 돌아가요."
 일단 화가 가라앉자 아버지는 아들의 말에 따랐습니다.
 "그럼 돌아가서 망가진 도끼를 팔아 보자꾸나. 얼마나 받을지 모르겠다만, 모자라는 돈은 벌어서 갚아야겠지."
 아들은 도끼를 가지고 큰 마을의 대장간을 찾아갔습니다. 대장간 주인은 도끼를 보더니 저울 위에 얹으며 이렇게 말했습니다.
 "이건 400탈러 값어치가 되는군. 하지만 나에겐 그만한 돈이 없다네."
 "우선 있는 대로 주세요. 나머지는 차차 주시구요."
 대장간 주인은 아들에게 300탈러를 주고 100탈러는 빚을 졌습니다. 집으로 돌아온 아들이 아버지를 보고 말했습니다.
 "아버지, 돈이 생겼어요. 옆집에 가서 도끼값이 얼만지 물어 보세요."
 아버지는 침울한 얼굴로 대답했습니다.
 "벌써 알고 있다. 그 도끼는 1탈러 6그로센이란다."
 "그러면 가서 2탈러 12그로센을 주고 오세요. 두 배 값으로 물어주면 충분하겠죠? 자, 보세요. 그러고도 이만큼 돈이 있어요. 이젠 평생 돈 걱정 없이 편안하게 살 수 있어요."
 아들이 아버지에게 100탈러를 주자 아버지는 깜짝 놀랐습니다.
 "이런 세상에! 이 큰 돈이 어디서 났단 말이냐?"
 아들은 아버지에게 그동안 있었던 일을 자세히 이야기했습니다. 그는 나머지 돈을 가지고 다시 대학으로 돌아가서 학업을 계속했습니다. 그리고 어떤 상처도 즉시 낫게 해주는 헝겊 덕택에 세상에서 가장 유명한 의사가 되었습니다.

100

염라대왕의 숯검댕이 동생

군대에서 방금 제대한 병사가 한 명 있었습니다. 그는 먹을 것이 없을 정도로 가난했고 특별한 기술도 없어서 어떻게 생계를 꾸려야 할지 막막하기만 했습니다. 어느 날 그가 숲 속을 한참 걷고 있는데 그의 앞에 난쟁이 같은 사람이 한 명 나타났습니다. 그는 사실 염라대왕이었습니다.

"무슨 일이 있기에 그렇게 우울해 보이냐?"

"나는 배가 고프고 돈도 없소."

병사가 이렇게 대답하자 염라대왕이 다정한 목소리로 말했습니다.

"내 하인으로 들어와서 일하지 않겠나? 그러면 평생 먹고 살 돈을 벌 수 있을 걸세. 하지만 7년 동안 꼼짝 않고 내 밑에서 일해야 하네. 그런 다음에는 자유의 몸이 되는거지. 단 한 가지 알아 두어야 할 것이 있네. 자네는 절대로 세수를 해서는 안 되고 머리를 빗어서도, 수염을 깎아서도, 손톱이나 머리를 잘라서도, 눈을 닦아서도 안 되네."

"그 정도라면 충분히 할 수 있어요."

그래서 병사는 이 사람을 따라 지옥으로 내려갔습니다. 염라대왕은 그에게 할 일을 지시했습니다. 첫 번째가 불을 때는 일이었습니다. 그 불 위에는 주전자들이 올려져 있었고, 주전자 속에는 죄를 많이 지은 영혼들이 앉아 있었습니다. 그는 또 집 안을 청소하고 먼지를 쓸어서 문 밖으로 버리고 모든 것들을 정돈하는 일을 해야 했습니다. 그러나 절대로 해서는 안 되는 일이 있었는데, 그것은 주전자 속을 들여다보는 것이었습니다. 만일 들여다보면 아주 나쁜 일이 일어날 것이라고 했습니다.

"알겠어요. 실수하지 않고 빈틈없이 잘하겠어요."

늙은 염라대왕은 다시 여행을 떠났고 병사는 주어진 일을 시작했습니다. 그는 불을 계속 지피고 먼지를 문 밖에 버리는 등 주인이 시킨 일을 착실히 했습니다. 저녁이 되자 늙은 염라대왕이 돌아와서 지시한 대로 일을 잘했는지 살펴보았습니다. 그리고 만족스러운 듯 고개를 끄덕이고는 다시 여행을 떠났습니다.

염라대왕이 떠난 후 병사는 지옥을 구석구석 둘러보았습니다. 그 곳에는 주전자들이 많이 있었는데 모두가 엄청나게 큰 불 위에서 펄펄 끓고 있었습니다. 염라대왕은 그에게 주전자 속에 무엇이 있는지 절대로 보아서는 안 된다고 했지만 그는 단 한 번만이라도 주전자 속을 들여다볼 수 있다면 죽어도 좋다고 생각할 만큼 궁금했습니다. 결국 그는 더 이상 참지 못하고 주전자 뚜껑을 열고 안을 들여다보았습니다. 그랬더니 그 속에는 군대에서 그를 괴롭혔던 상사가 앉아 있는 것이 아니겠습니까?

"아하, 누군가 했더니 바로 너였구나. 마침 잘 만났다! 너는 나를 발 밑에 깔고 뭉갰었지. 이젠 내가 발로 밟아 주마."

그는 재빨리 뚜껑을 닫고 마른 장작을 잔뜩 넣어서 불을 더욱 세게 했습니다. 그런 다음 두 번째 주전자 뚜껑을 살짝 열고 안을 들여다보았습니다. 그 곳에는 중위가 앉아 있었습니다.

"아하, 누군가 했더니 바로 너였구나. 마침 잘 만났다! 너는 나를 발 밑에 깔고 뭉갰었지. 이젠 내가 발로 밟아 주마."

그는 뚜껑을 다시 닫고 통나무 장작을 잔뜩 넣어서 주전자를 더욱더 펄펄 끓게 만들었습니다. 세 번째 주전자에는 도대체 누가 들어 있는지 그는 궁금했습니다. 뚜껑을 열어 보니 그 곳에는 장군이 앉아 있었습니다.

"아하, 누군가 했더니 바로 너였구나. 마침 잘 만났다! 너는 나를 발 밑에 깔고 뭉갰었지. 이젠 내가 발로 밟아 주마."

이번에는 풀무를 가져와서 바람을 일으키자 지옥의 불은 주전자를 집어삼킬 듯 커졌습니다.

어느덧 그가 지옥에서 일한 지도 7년이 되었습니다. 그동안 그는 한 번도 세수를 하지 않았고 머리를 벗거나 수염을 자르거나 손톱을 깎거나 눈을 닦아내지도 않았습니다. 7년은 눈 깜짝할 사이에 지나서 겨우 6개월 정도밖에 지나지 않은 것 같았습니다. 그가 떠날 시간이 되었을 때 염라대왕이 그를 불러 이렇게 말했습니다.

"이보게, 한스. 지금까지 자네가 한 일을 말해 보게나."

"불이 꺼지지 않도록 했으며 먼지를 쓸어 문 밖으로 내다버렸죠."

"그뿐 아니라 자네는 주전자 속을 들여다보았지. 하지만 운이 좋게도 자네는 불 속에 장작을 더 집어넣었지. 그렇지 않고 불을 꺼뜨렸다면 자네는 목숨이 위태로울 뻔했어. 자 이젠 돌아갈 시간이네. 집으로 가고 싶은가?"
"예, 빨리 돌아가서 아버지께서 어떻게 살고 계신지 보고 싶습니다."
"좋아, 자네가 품삯을 받아 가지고 가고 싶다면 매일 마당에 쓸어 버린 먼지를 자루에 담아 가게. 그리고 세수나 면도를 하지 말고 가야 하네. 긴 머리와 긴 수염을 자르지 말고 손톱도 깎지 말고 눈도 닦지 말고 그대로 가게. 그리고 사람들이 어디서 왔냐고 물으면 '지옥에서 왔다'고 대답하게. 그리고 또 누구냐고 물어 보면 '나는 우리 형님이자 대왕이신 염라대왕의 숯검댕이 동생이오.' 라고 대답하게."

병사는 아무 대꾸도 하지 않았습니다. 사실 그는 7년 동안 시키는 대로 일한 대가로 고작 먼지 한 자루를 받는 것이 불만스러웠습니다. 그래서 다시 숲으로 돌아오자마자 그는 자루의 먼지를 쏟아 버리려고 했습니다. 그런데 자루를 열어 보니 먼지는 어느새 황금으로 변해 있는 것이 아니겠습니까?

"이건 정말 꿈도 꾸지 못한 일이야."

병사는 아주 흡족한 마음으로 시내로 들어갔습니다. 그는 여관을 찾아갔습니다. 때마침 여관 앞에 서 있던 주인이 그를 보고 깜짝 놀랐습니다. 그 병사는 아주 끔찍한 모습이었고 까마귀보다 더 새까맸기 때문이었습니다. 여관 주인이 그에게 물었습니다.

"도대체 어디서 오신 분이오?"
"지옥에서 왔소."
"당신은 누구시오?"
"형님이자 대왕이신 염라대왕의 숯검댕이 동생이오."

여관 주인은 한스를 집 안으로 들이고 싶지 않았으나 그가 자루 속에 있는 금을 보여 주자 얼른 문을 열었습니다. 한스는 최고로 좋은 방을 요구했고 최고로 좋은 봉사를 요구했습니다. 그리고 배불리 먹고 마셨으나 염라대왕이 시킨 대로 세수도 하지 않고 빗질도 하지 않았습니다. 밤이 깊어지자 그는 잠이 들었습니다. 그러나 여관 주인은 금이 가득한 자루를 마음 속에서 지울 수가 없었습니다. 그것을 생각만 해도 잠이 오지 않았습니다. 그래서 그는 한밤중에 몰래 방으로 들어가 그것을 훔쳤습니다.

다음 날 아침, 한스는 여관을 떠나기 전에 돈을 지불하려고 자루를 찾았으나 침대 곁에 놓아 두었던 자루는 사라지고 없었습니다. 그러나 그는 한 마디로 하지 않고, 이 일이 일어난 것은 내 잘못이 아니라고 생각했습니다. 그리고 곧바로 지옥으로 돌아와서 염라대왕에게 사정을 이야기하고 도움을 청했습니다. 그러자 염라대왕이 그를 보고 말했습니다.

"자, 이리 와서 앉게나. 내가 자네 얼굴을 씻어 주고 머리를 빗어 주고 수염을 깎아 주고 머리와 손톱도 깎아 주고 눈도 닦아 주겠네."

염라대왕은 그를 깨끗이 해준 다음 다시 먼지 한 자루를 주면서 이렇게 말했습니다.

"돌아가서 여관 주인에게 자네의 금을 돌려 달라고 하게. 그러지 않으면 내가 가서 그 놈을 데려오겠네. 그래서 자네 대신 불 때는 일을 시키겠어."

여관으로 돌아온 한스가 주인에게 말했습니다.

"당신이 내 돈을 훔쳤지요? 당장 돌려주지 않으면 당신은 지옥으로 끌려가서 내 대신 불을 때야 할거요. 그리고 그 얼굴도 나같이 변하고 말거요."

여관 주인은 웃돈까지 얹어서 돈을 돌려주었습니다. 그리고 제발 그 일에 대해서는 더 이상 말을 하지 말아 달라고 애원했습니다.

한스는 부자가 되어서 집으로 향했습니다. 그는 허름한 작업복을 사입고 이곳 저곳을 떠돌면서 음악을 연주했습니다. 그것은 지옥에서 염라대왕에게 배웠던 곡이었습니다. 한 번은 어떤 나라의 국왕 앞에서 연주를 했는데, 그 왕은 한스의 연주를 너무 좋아해서 그에게 큰딸을 주겠다고 약속했습니다.

그러나 그 이야기를 들은 큰딸은 자기가 보잘것없는 평민과 결혼한다는 것을 부끄럽게 여겨서 차라리 깊은 호수에 빠져 죽겠다며 떼를 썼습니다. 그래서 왕은 한스에게 작은딸을 주었습니다. 작은딸은 아버지를 사랑했기 때문에 기꺼이 한스와 결혼했습니다. 그렇게 해서 염라대왕의 숯검댕이 동생은 공주를 아내로 얻었고, 왕이 죽자 그 왕국까지 얻게 되었습니다.

101

곰가죽

 군대에 지원한 젊은 청년이 있었습니다. 그는 총알이 비오듯이 쏟아질 때에도 언제나 앞장서서 용감히 싸웠습니다. 그는 전쟁이 계속되는 동안에는 만사가 잘 풀려 나갔습니다. 그러나 전쟁이 끝나고 평화가 오자 그는 해고되고 말았습니다. 대령은 그에게 어디로든 원하는 곳으로 가라고 말했습니다. 그는 일찍이 부모님을 여의었기 때문에 갈 곳이 없었습니다. 할 수 없이 그는 형들이 사는 곳으로 가서 전쟁이 다시 일어날 때까지 머무르게 해 달라고 사정했습니다. 그러나 냉혹한 형들은 그를 매정하게 대했습니다.
 "네가 무슨 일을 할 수 있겠느냐? 우리는 너 같은 놈이 필요하지 않으니 너 혼자 알아서 살아가도록 해라."
 그래서 총 한 자루밖에 가진 것이 없었던 병사는 그 총을 어깨에 멘 채 세상을 떠돌아다녔습니다. 어느 날 그는 황량한 벌판에 들어섰는데 그 곳에는 몇 그루의 나무들이 서 있을 뿐 다른 것은 아무것도 눈에 띄지 않았습니다. 그는 나무 아래 앉아 자신의 운명을 생각하면서 슬픔에 잠겼습니다. 돈도 없고 무기를 다루는 기술 외에는 아무것도 아는 것이 없었습니다. 그런데 이제 평화가 선포되어 자신을 필요로 하는 곳은 아무 데도 없음을 깨달았던 것입니다.
 그 때 갑자기 어디선가 부스럭거리는 소리가 나서 그는 주위를 둘러보았습니다. 초록색 저고리를 입은 사람이 그에게 다가오고 있었습니다. 그 사람은 아주 위엄 있는 사람처럼 보였으나 불쌍하게도 한쪽 다리가 나무로 만든 의족이었습니다. 그가 다가와 말했습니다.
 "나는 자네에게 필요한 것이 무엇인지 이미 알고 있네. 이제 자네는 돈과 재산을 등에다 져야 할 만큼 많이 얻게 될걸세. 하지만 나는 돈을 헛되게 쓰고 싶지 않으니까 먼저 자네가 겁쟁이인지 아닌지 시험을 해봐야겠네."
 그러자 병사가 대답했습니다.
 "군인은 절대로 두려움이 없어요. 자, 당장이라도 시험해 보세요."
 "좋아. 뒤를 돌아보게!"

병사가 뒤를 돌아보니 집채만한 곰 한 마리가 그를 향해 다가오면서 으르렁거리고 있었습니다. 그것을 보고 병사가 소리쳤습니다.

"네 이놈! 그 실룩거리는 코를 한 방 먹여 줄 테니 어디 한 번 계속 으르렁거려 보아라."

그는 총을 들어 곰의 코를 겨냥해서 정확하게 한 방을 쏘았습니다. 총소리와 함께 곰은 그 자리에 푹 쓰러져서 꼼짝하지 않았습니다.

"이제 알겠네. 자네는 겁쟁이가 아니군. 하지만 한 가지 조건이 더 있네."

"영혼을 팔아 넘기는 일만 아니라면 어떤 것이든지 하겠어요."

병사는 그 사람이 악마라는 것을 잘 알고 있었습니다.

"어떤 것인지 들어 보고 직접 판단하게나. 앞으로 7년 동안 세수를 하지 말고 머리나 수염을 깎지도 말고 손톱을 자르지도 말고 주기도문을 외우지도 말게. 그리고 내가 저고리와 외투를 줄 테니 항상 그걸 입고 다니게. 만일 자네가 7년 안에 죽는다면 자네는 내 것이 될걸세. 그러나 살아 남는다면 자네는 평생을 자유롭게 보낼 수 있고 게다가 엄청난 부자가 될걸세."

병사는 곰곰이 생각해 보았습니다. 그러나 그는 과거에도 여러 번 죽을 고비를 넘긴 적이 있었기 때문에 이번에도 물러서지 않고 위기를 넘길 수 있다는

자신이 생겨 그 조건을 받아들였습니다. 악마는 초록색 저고리를 벗어 병사에게 건네 주면서 이렇게 말했습니다.

"이 옷을 입고 주머니에 손을 넣으면 항상 돈이 가득 들어 있을걸세."

그런 다음 악마는 곰가죽을 벗기면서 덧붙였습니다.

"이것이 자네가 입고 잘 외투일세, 자네는 반드시 이 외투 속에서 자야지 침대에서 자면 안 되네. 이제 자네 이름은 차림새하고 걸맞게 곰가죽이라고 하게."

말을 마치고 악마는 순식간에 사라졌습니다.

병사는 저고리를 입고 주머니에 손을 넣어 보았습니다. 악마가 말한 그대로였습니다. 그래서 그는 곰가죽을 어깨에 걸치고 휘파람을 불며 세상을 떠돌아 다녔습니다. 그는 즐거운 일만을 찾아다녔고 아낌없이 돈을 썼습니다. 처음 일 년 동안은 그래도 사람 같은 모습이었으나 그 다음 해에는 거의 괴물 같은 모습으로 변했습니다.

그의 얼굴은 머리카락으로 완전히 덮였습니다. 수염은 짐승의 털처럼 꺼칠꺼칠했고 손가락은 까마귀발톱과 같았습니다. 얼굴은 땀과 흙으로 뒤범벅이 되어서 그 곳에 씨앗을 뿌리면 싹을 돋을 정도였습니다. 그를 만나는 사람은 누구든지 무서워서 길을 피해 갔습니다. 그럼에도 불구하고 그는 가는 곳마다 가난한 사람에게 돈을 나눠 주면서, 자기가 7년 동안 목숨을 부지할 수 있도록 기도해 달라고 부탁했습니다. 그는 돈을 아끼지 않았기 때문에 언제나 음식과 잠자리를 쉽게 얻을 수 있었습니다.

4년째가 되던 해 그는 어느 여관에 이르렀으나 여관 주인은 그에게 방을 주려 하지 않았습니다. 그러나 그가 주머니에서 금화 한 줌을 꺼내자 여관 주인은 금세 허리를 굽신거리며 그를 별채로 안내했습니다. 그것은 사람들이 이 곰가죽 사나이를 보면 여관의 평판이 나빠지지 않을까 걱정이 되었기 때문입니다.

어느 날 곰가죽이 방 안에 홀로 앉아 하루빨리 7년이 지났으면 하고 간절히 생각하고 있을 때 옆방에서 누군가 우는 소리가 들렸습니다. 그는 원래 동정심이 많았기 때문에 못 들은 척할 수가 없어서 방문을 열어 보았습니다. 그랬더니 방 안에는 한 노인이 두 손으로 머리를 감싸쥐고 대성통곡을 하고 있었습니다.

곰가죽이 다가가자 노인은 펄쩍 뛰며 달아나려 했습니다. 그러나 사람의 목소리를 듣고 그는 마음을 가라앉혔습니다. 곰가죽은 따뜻한 말로 노인을 위로하며 사연을 물었습니다. 노인은 자기가 가지고 있던 재산이 조금씩 조금씩 줄어들더니 마침내 하나도 남지 않아 이제 그의 딸들이 굶어 죽게 되었으며, 여관 주인에게 지불할 돈도 없어서 감옥으로 끌려가게 되었다고 하소연했습니다.

그 이야기를 들은 곰가죽이 노인을 보고 말했습니다.

"걱정하지 마세요. 돈이라면 내게 얼마든지 있으니까요."

그는 여관 주인을 불러 노인의 방값을 지불하고 불쌍한 노인의 주머니에 금화를 가득 넣어 주었습니다.

이제 모든 걱정이 일순간에 사라진 노인은 그에게 어떻게 감사를 해야할지 몰랐습니다. 그래서 노인은 곰가죽에게 말했습니다.

"나를 따라오시오. 내 딸들은 대단히 아름답다오. 그 중에 하나를 골라서 아내로 삼으시오. 그 아이가 누구든 젊은이가 내게 베풀어 준 은혜를 알게 되면 절대로 거절하지 않을 것이오. 물론 젊은이는 아주 이상한 모습을 하고 있지만 그 아이는 순식간에 젊은이를 제 모습으로 만들어 줄 것이오."

이 말을 들은 곰가죽은 대단히 기뻐하며 노인을 따라갔습니다. 그러나 큰딸은 곰가죽을 보고 너무나 무서워서 비명을 지르며 달아났습니다. 둘째딸은 그를 머리끝에서 발끝까지 훑어보더니 이렇게 말했습니다.

"어떻게 저런 짐승 같은 사람과 결혼할 수 있겠어요? 차라리 얼마 전에 도착한 서커스단의 곰과 결혼하는 게 낫겠어요. 그 곰은 얼굴의 털도 깎고 사람처럼 행동하는 법도 배웠잖아요? 그리고 깨끗한 군복을 입고 흰 장갑까지 끼었다구요. 깨끗하기로 말할 것 같으면 그 곰이 백 배는 낫겠어요."

그러나 막내딸은 이렇게 말했습니다.

"곤경에 처한 아버지를 도와주었다니 좋은 사람임에 틀림없어요. 아버지께서 그 보답으로 결혼을 약속하셨다니 그 말을 지키셔야죠."

곰가죽의 얼굴은 온통 먼지와 머리카락으로 덮여 있었습니다. 그렇지 않았다면 막내딸의 말을 듣고 그의 얼굴이 얼마나 빨개졌는지 우리가 직접 볼 수 있었을 텐데 말입니다. 그는 손가락에서 반지를 빼서 둘로 쪼개어 반쪽은 그녀에게 주고 다른 반쪽은 자신이 가졌습니다. 그러고는 그녀에게 준 반쪽에는 그의 이름을 쓰고 자신이 간직한 반쪽에는 그녀의 이름을 새겼습니다. 그리고 반쪽의 반지를 잘 간직하라는 당부를 하고 다시 길을 떠나면서 그녀에게 말했습니다.

"나는 앞으로 3년을 더 방황해야만 하오. 만일 그 때가 되어도 내가 돌아오지 않으면 나는 죽은 것이니 당신 마음대로 하시오. 하지만 내가 살아 있도록 하느님께 기도해 주시오."

가엾은 신부는 검은 옷으로 갈아입고 자신의 슬픈 약혼자를 생각하며 하염없이 눈물을 흘렸습니다. 그것을 본 언니들은 그녀를 비웃고 경멸했습니다.

큰언니는 이렇게 말했습니다.

"조심해야 할걸. 네가 손을 내밀면 그 사람은 앞발로 네 손목을 부러뜨리고 말거야."

또 둘째도 거들었습니다.

"눈을 똑바로 뜨고 보라구. 곰들은 달콤한 것을 좋아하니까. 그가 널 한 입에 먹어 치우고 말거야."

"너는 그가 시키는 대로 고분고분 따라야 할걸. 그렇지 않으면 집안이 무너지도록 으르렁거릴 테니까."

"결혼식 날은 얼마나 재미있을까. 곰들이 모여들어 춤출 것 아냐?"

신부는 아무런 대꾸도 하지 않았으며 용기를 잃지 않도록 마음을 단단히 먹었습니다.

한편 곰가죽은 세상을 두루 돌아다니며 착한 일을 했습니다. 그는 가난한 사람들에게 아낌없이 돈을 나눠 주며 자기를 위해 기도해 달라고 부탁했습니다.

마침내 7년의 마지막 날이 되자 그는 악마를 만났던 들판으로 갔습니다. 조금 있으려니까 바람이 거세게 불더니 악마가 씁쓸한 표정으로 그의 앞에 나타났습니다. 악마는 곰가죽에게 낡은 저고리를 던져 주고 초록색 저고리를 되돌려 달라고 말했습니다.

그러자 곰가죽은 이렇게 말했습니다.

"아직 끝나지 않았소. 나를 깨끗이 씻겨 주는 일이 남았지 않소."

할 수 없이 악마는 물을 떠와서 곰가죽의 얼굴을 씻기고 머리를 빗기고 손톱을 깎아 주어야 했습니다. 악마가 그를 다 씻기자 곰가죽은 다부진 병사의 모습이 되었고 7년 전보다 훨씬 잘생긴 사람으로 변해 있었습니다.

악마가 사라지는 것을 보고 곰가죽은 안도감을 느꼈습니다. 그는 시내로 들어가서 멋진 저고리를 사 입고 네 마리의 백마가 이끄는 마차에 올라탄 다음 신부의 집으로 향했습니다. 아무도 그를 알아보지 못했습니다. 아버지는 그가 훌륭한 장교일 것이라 생각하면서 딸들이 있는 방으로 그를 안내했습니다.

곰가죽이 두 언니들 사이에 앉자 그들은 포도주를 따라 주고 맛있는 음식을 집어 주며 야단이었습니다. 그들은 이전에는 이렇게 잘생긴 남자를 본 적이 없었습니다.

한편 검은 옷을 입은 막내딸은 맞은편 자리에 앉아 눈길을 주지도 않았고 말도 한 마디 꺼내지 않았습니다. 아버지에게 딸들 중 한 명을 아내로 삼아도 좋겠냐고 묻자 두 딸들은 자리에서 벌떡 일어나 가장 화려한 옷으로 갈아입으려고 다투어 침실로 달려갔습니다. 두 사람 모두 장교가 자기를 선택할 것이라 생각했기 때문이지요.

검은 옷을 입은 막내딸과 단둘이 남게 되자 곰가죽은 반지 반쪽을 품에서 꺼내 포도주잔에 떨어뜨린 다음 건너편의 신부에게 건네 주었습니다. 잔을 받아 포도주를 마신 그녀는 잔 바닥에서 반지를 발견하고 가슴이 뛰기 시작했습니다. 그녀는 천으로 싸서 항상 목에 걸고 다녔던 반쪽의 반지를 꺼냈습니다. 두 쪽의 반지는 꼭 들어맞았습니다.

"내가 당신의 약혼자요. 당신은 나를 곰가죽으로 알고 있을거요. 자비로우신 하느님 덕분에 나는 사람의 모습을 되찾고 다시 깨끗하게 되었소."

그는 그녀에게 다가가 품에 안고 입을 맞추었습니다. 바로 그 때 옷을 갈아입은 언니들이 들어왔습니다. 두 사람은 잘생긴 젊은이가 막내를 선택했고 그 사람이 바로 곰가죽이라는 사실을 알고는 발을 동동 구르며 밖으로 뛰쳐 나갔습니다. 그리고 한 사람은 우물에 몸을 던졌고, 또 한 사람은 나무에 목을 맸습니다.

날이 저물었을 때 어떤 사람이 찾아와 문을 두드렸습니다. 신랑이 문을 열었더니 그 곳에는 초록색 저고리를 입은 악마가 서 있었습니다. 그는 이렇게 말하는 것이었습니다.

"별 일은 아니네. 하지만 자네 목숨 대신에 두 사람의 영혼을 얻게 되었지 뭔가."

102

굴뚝새와 곰

여름이 계속되던 어느 날, 곰과 늑대가 숲 속 길을 거닐고 있었습니다. 그 때 아름다운 새의 노랫소리가 들려 오자 곰이 늑대에게 말했습니다. "늑대 형, 어떤 새가 저렇게 아름답게 노래할까?"

그러자 늑대는 이렇게 말했습니다.

"저것은 새의 왕의 노랫소리야. 저 새를 보면 머리를 조아리고 절을 해야 한단다."

그러나 사실 새는 흔히 울타리의 왕이라고 하는 굴뚝새에 지나지 않았습니다.

"그게 사실이라면 그의 궁전에 꼭 한 번 놀러 가고 싶어. 나를 데려다 줄 수 있겠어?"

"그건 쉬운 일이 아니야. 우선 여왕이 돌아와야 해."

잠시 후 여왕이 부리에 먹이를 문 채 돌아왔고 왕도 먹이를 물고 돌아와서 어린 새끼들을 먹이기 시작했습니다. 곰은 당장 그들에게 달려가고 싶었지만 늑대가 소매를 붙잡으며 말했습니다.

"그러면 안 돼. 우리는 전하와 왕비마마가 다시 떠날 때까지 기다려야 해."

그래서 그들은 궁전이 있는 곳만을 알아두고 일단 그 곳을 떠났습니다. 그러나 곰은 너무나 궁전이 보고 싶어서 늑대를 졸라 잠시 후에 다시 갔습니다. 왕과 왕비는 이미 어디론가 날아가 버린 후였습니다. 곰이 둥지 안을 들여다보니 그 속에는 대여섯 마리의 새끼들만 남아 있었습니다.

그들을 보고 곰이 외쳤습니다.

"이것이 궁전이라고? 형편없는 곳이잖아. 그리고 너희들도 전혀 왕의 자식들 같지가 않아. 우아한 데라고는 한 군데도 없잖아?"

이 말을 들은 어린 굴뚝새들은 너무 화가 나서 소리쳤습니다.

"천만에, 우리 부모님들이 얼마나 높은 분인지 전혀 모르는 모양이군. 이 미련한 곰아, 너는 반드시 네가 방금했던 말을 후회하게 될거야."

곰과 늑대는 겁이 나서 재빨리 그들의 동굴로 돌아와서 숨었습니다. 한편 어린 굴뚝새들은 비명을 지르며 울어 댔습니다. 그들의 부모가 먹이를 물고 돌아왔을 때 어린 새들은 곰이 한 말을 모두 일러바쳤습니다.

"우리가 정말로 그렇게 보잘것없는 것들인가요? 그런지 아닌지 빨리 말해 주세요. 곰이 여기에 와서 우리를 모욕했단 말이에요."

그러자 왕이 말했습니다.

"자, 조용히 해라. 이 문제는 내가 알아서 처리하겠다."

그는 왕비와 함께 동굴로 날아가서 소리쳤습니다.

"이봐, 이 주둥이만 살아 있는 미련한 곰아. 왜 우리 아이들을 모욕한거지? 너는 그 대가를 단단히 치러야 할거다. 이제 피비린내 나는 전쟁을 각오해라."

그래서 곰에 대한 전쟁이 선포되었습니다. 곰은 황소, 조랑말, 송아지, 돼지, 사슴 그 밖에 네 다리로 땅 위를 걷는 모든 짐승들을 불러모았습니다. 이에 대항해서 굴뚝새도 크고 작은 새들뿐 아니라 모기, 호박벌, 꿀벌 그리고 파리 같은 작은 벌레들까지 모두 불러 모았습니다. 전쟁이 시작되려고 할 때 굴뚝새는 적군의 사령관이 누구인지 알아내기 위해 정찰병을 보냈습니다. 그 일에 가장 적합한 모기가 숲 속으로 파견되었습니다. 모기는 오가는 말을 엿듣기 위해 적군이 모여 있는 곳으로 숨어 들어가서 나뭇잎 뒤에 숨었습니다. 바로 아래에서 곰이 여우와 이야기를 하고 있었습니다.

"여우야, 너는 모든 동물 중에서 가장 영리하니까 네가 사령관이 되어서 우리를 지휘해 주면 좋겠어."

그러자 여우가 고개를 끄덕이며 말했습니다.

"좋아. 그런데 무엇으로 신호를 하는 게 좋을까?"

아무도 신통한 대답을 못하자 여우가 다시 말했습니다.

"내 꼬리는 붉은 색 깃발처럼 매끄럽고 북슬북슬하니까 그걸 이용하자구. 내가 꼬리를 쳐들면 그건 모든 일이 잘 되어 간다는 신호야. 그러니 그때는 있는 힘을 다해 공격하도록 해. 하지만 내가 꼬리를 내리면 그건 상황이 좋지 않다는 뜻이니 재빨리 도망치도록 해."

모기는 그들의 이야기를 모두 엿듣고 굴뚝새에게 돌아와 소상하게 보고했습니다. 동이 틀 무렵 전쟁이 시작되자 네 다리를 가진 동물들은 마치 지구가 흔들리는 것처럼 요란하게 고함을 지르며 몰려왔습니다. 굴뚝새와 그의 군대도 새벽 공기를 가르며 전진했습니다. 날짐승들이 날카로운 비명을 지르며 몰려갔기 때문에 네 다리 동물들은 심한 두려움에 사로잡혔습니다. 양편의 공격이 시작되었을 때 굴뚝새는 호박벌에게 여우의 꼬리 밑으로 날아가서 있는 힘을 다해 그를 찌르라고 명령했습니다.

맨 처음 꼬리에 찌르는 듯한 아픔을 느꼈을 때, 여우는 온몸을 비틀며 한 쪽 다리를 번쩍 들었지만 여전히 버티고 서서 꼬리를 치켜들고 있었습니다. 그러나 두 번째 아픔을 느꼈을 때는 엉겁결에 꼬리를 조금 낮출 수밖에 없었고, 세 번째 찔렸을 때는 더 이상 고통을 참을 수 없어서 울부짖으며 꼬리를 다리 사이로 감추고 말았습니다. 그 모습을 본 다른 동물들은 이제 끝장이라고 생각하고는 제각기 흩어져서 동굴 속으로 도망을 가 버렸습니다. 이렇게 해서 전쟁은 새들의 승리로 끝났습니다.

왕과 왕비는 집으로 날아와서 아이들에게 말했습니다.

"얘들아, 기쁜 소식을 가져왔으니 마음껏 먹고 마셔라. 우리가 전쟁에서 승리했단다."

그러나 어린 굴뚝새들은 여전히 즐겁지 않았습니다.

"곰이 둥지로 와서 사과하고 우리 가문이 명예로운 가문이라고 인정할 때까지는 아무것도 먹지 않겠어요."

그래서 굴뚝새는 다시 곰의 동굴로 찾아갔습니다.

"이봐, 이 주둥이만 살아 있는 미련한 곰아. 지금 당장 우리 둥지로 가서 아이들에게 사과하고 우리 가문이 명예로운 가문이라고 말하는 게 좋을거야. 그렇지 않으면 네 입을 발기발기 찢어 놓을 테다."

굴뚝새의 말을 들은 곰은 너무 무서워서 굴뚝새의 둥지로 기어가서 용서를 빌었습니다. 그제서야 어린 굴뚝새들은 만족해했습니다. 그래서 함께 앉아 늦도록 먹고 마시면서 즐거운 시간을 보냈습니다.

맛있는 죽

옛날 옛적에 가난하지만 효성스러운 소녀가 어머니와 단 둘이 살고 있었습니다. 어느 날 먹을 것이 떨어지자 소녀는 먹을 것을 구하기 위해 숲 속으로 들어갔습니다. 얼마쯤 갔을 때 할머니 한 분이 소녀 앞에 나타났습니다. 할머니는 이미 소녀의 딱한 사정을 알고 있었습니다. 그래서 소녀에게 작은 냄비를 하나 주며, "작은 냄비야, 요리해라." 하고 말하면 냄비가 혼자서 훌륭하고 맛있는 죽을 만들 것이라고 가르쳐 주었습니다. 그리고 냄비가 요리하는 것을 멈추게 하려면 "작은 냄비야, 요리를 멈춰라." 하고 말하면 된다는 것도 아울러 가르쳐 주었습니다.

소녀는 냄비를 가지고 집으로 와서 어머니께 보여 드렸습니다. 이제 두 모녀는 그 냄비 덕분에 가난과 배고픔을 해결하게 되었습니다. 그들이 먹고 싶을 때마다 맛있는 죽을 마음껏 먹을 수 있게 된 것입니다. 하루는 소녀가 밖에 나가고 없을 때 어머니가 죽이 먹고 싶어서 냄비에게 말했습니다.

"작은 냄비야, 요리해라."

그러자 냄비가 혼자서 죽을 쑤기 시작했습니다. 죽을 배불리 먹은 어머니는 이제 그만 쑤라고 하고 싶었지만 주문이 생각나지 않았습니다. 냄비가 계속해서 죽을 쑤었기 때문에 죽은 냄비를 흘러 넘쳐 부엌과 집안을 가득 채우고는 마치 온 세상을 삼켜 버릴 듯이 이웃집과 거리로 넘쳐 나갔습니다. 어떻게 해야 할지 아무도 알지 못했습니다. 집 한 채만이 죽으로 차지 않고 겨우 남았을 때 소녀가 돌아왔습니다. 소녀가 말했습니다.

"작은 냄비야, 요리를 멈춰라."

냄비는 즉시 멈췄습니다. 그러나 마을로 돌아가려는 사람들은 누구든지 자기가 가야 할 길에 깔린 죽을 먹어야 했답니다.

104

영리한 사람들

어느 날 농부가 방구석에서 자작나무 지팡이를 꺼내면서 아내에게 말했습니다.
"여보, 나는 시골로 여행을 좀 다녀올 생각이오. 사흘쯤 집을 비울 텐데 그동안 소장수가 와서 우리 소 세 마리를 사겠다고 하면 반드시 200탈러를 받아야 하오. 그보다 적게 준다면 절대로 팔지 마시오. 알아 듣겠소?"
"알았으니 안심하고 다녀 오세요. 알아서 잘 할게요."
"당신을 믿고 다녀 오겠소. 하지만 당신은 어렸을 때 머리를 다쳐서 지금도 그 영향이 남아 있소. 그래서 하는 말인데, 절대로 바보 같은 짓은 하지 마시오. 만약 그랬다간 이 지팡이로 파란색 물감보다 더 시퍼렇게 당신을 때릴 것이오. 그러면 그 자국은 일 년도 더 갈 것이오, 알겠소?"
농부는 이렇게 겁을 준 다음 길을 떠났습니다.
다음 날 아침 소장수가 찾아왔을 때 그녀는 장사꾼과 오래 흥정할 필요가 없었습니다. 장사꾼은 소를 검사해 보고 가격을 물어 본 후 말했습니다.
"나는 공정한 가격을 부르기로 유명한 사람이오. 그만한 돈을 기꺼이 내리다. 그러면 이제 소를 데려가도 되겠지요?"
그는 고삐를 취고 소들을 슬슬 몰고 나왔습니다. 그러나 소들이 막 외양간을 벗어나려 할 때 농부의 아내가 장사꾼의 팔을 잡고 말했습니다.
"우선 200탈러를 주셔야지요. 돈을 내지 않으면 소를 데려갈 수 없어요."
그러자 그 사람은 이렇게 말했습니다.
"물론이지요, 그러나 솔직히 말하자면 나는 지갑을 잃어버렸답니다. 그러나 조금도 걱정하지 마세요. 여기에 확실한 담보를 맡겨 놓고 가지요. 소 두 마리만 데려가고 한 마리는 남겨 놓겠어요. 어때요, 안전한 방법이지요?"
농부의 아내는 이 말에 속아서 소 두 마리를 가져가게 했습니다. 그러면서 농부가 돌아와서 자기가 얼마나 현명하게 일을 처리했는지 알게 되면 분명히 기뻐할 것이라고 생각했습니다.

농부는 사흘 후에 집으로 돌아왔습니다. 그는 돌아오자마자 소를 팔았는지 물었습니다.

"그럼요, 여보. 당신이 말했던 것처럼 200탈러에 팔았어요. 사실 소값치고는 조금 비싸지만 소장수는 아무 말 없이 사갔어요."

그러자 농부는 얼굴을 활짝 펴고 물었습니다.

"그래 돈은 어디 있소?"

"돈은 아직 받지 못했어요. 지갑을 잃어버렸다지 뭐예요. 하지만 곧 돌아와서 돈을 주기로 했어요. 좋은 담보물을 맡기고 갔거든요."

"어떤 담보물인데?"

"소 한 마리예요. 소값을 치른 후에 나머지 한 마리를 가져가겠다고 맡겨 놓았어요. 그래서 나는 머리를 써서 먹이를 가장 적게 먹는 소를 남겨 놓았지요."

농부는 기가 막혔습니다. 그는 지팡이를 들어 떠나기 전에 다짐했던 것처럼 아내를 때리려 했으나, 무슨 생각을 했는지 손을 내리며 말했습니다.

"당신은 하늘 아래 사는 사람들 가운데서 가장 멍청한 바보요. 하지만 당신이 불쌍하구려. 난 지금부터 큰길에 나가서 당신보다 더 멍청한 사람이 있는지 사흘 동안 기다려 보겠소. 만일 그런 사람이 하나라도 있다면 당신을 용서하겠소. 그러나 하나도 없다면 당신은 시퍼렇게 멍이 들 때까지 맞아야 할거요!"

그는 큰길가 바위 위에 걸터앉아 오가는 사람들을 구경하기 시작했습니다. 잠시 후 건초더미를 쌓은 수레 한 대가 다가왔습니다. 그런데 수레를 몰고 있는 여자는 건초더미 앞에 앉아서 수레를 모는 것도 아니고 그렇다고 소 옆에서 고삐를 쥐고 수레를 모는 것도 아니었습니다. 그 여자는 건초더미 한가운데 서서 수레를 몰고 있었습니다.

'저것이 바로 내가 기다리던 광경이야.'

그는 무릎을 치며 생각했습니다. 농부는 바위에서 벌떡 일어나 수레 앞으로 달려갔습니다.

그를 보고 여자가 물었습니다.

"이봐요, 왜 그러죠? 보아하니 처음보는 양반 같은데, 어디서 오신 분이오?"

그러자 농부가 대답했습니다.

"나는 하늘에서 내려왔다오. 하지만 가는 길을 잃어버렸소. 당신이 좀 태워다 주지 않겠소?"

"글쎄요. 나는 길을 잘 몰라요. 하지만 당신이 하늘에서 내려왔다니, 내 남편이 어떻게 지내고 있는지 알겠구려. 그는 3년 전에 올라갔다우. 댁도 그를 만나 봤겠지요?"

"물론이죠. 그 사람을 본 적이 있어요. 그러나 하늘 나라라고 해서 누구나 편하게 사는 건 아니라오. 당신 남편은 양 떼를 돌보고 있는데, 그 귀여운 놈들 때문에 무척 고생하고 있지요. 그 놈들은 가파른 산등성이를 껑충껑충 뛰어다니기도 하고 숲 속에서 길을 잃기도 한답니다. 그러면 당신의 남편은 그것들을 찾아서 집으로 데려오곤 하지요. 그의 옷은 낡아서 누더기가 다 됐다오. 당신도 옛날 이야기를 들어서 알고 있겠지만 베드로가 양복장이들을 천국으로 들여보내지 않았기 때문에 그 곳에서는 옷을 수선할 수가 없지요."

이 말을 듣고 여자가 소리쳤습니다.

"저런 세상에. 그걸 진작에 알았더라면! 우리 집에는 아직도 남편이 주일마다 입던 옷이 깨끗하게 보관되어 있어요. 그 옷은 아주 훌륭해서 하늘나라에서 입기에도 충분하지요. 그걸 남편에게 보내고 싶은데, 좀 도와주시려우? 당신이 참 친절한 사람 같아 보여서 하는 소리예요."

그러자 농부는 이렇게 대답했습니다.

"그건 곤란한 일이오. 아무도 옷을 가지고 하늘 나라에 들어갈 수 없어요. 문앞에서 빼앗기고 말거든요."

"그럼 이건 어떨까요? 나는 어제 제일 좋은 밀을 팔아서 돈을 받았다우. 그걸 남편에게 보내 주었으면 좋겠는데 … . 당신이 그 돈을 지갑에 넣고 들어간다면 아무도 눈치 채지 못할 거 아니우?"

"정 그렇다면 당신의 부탁을 들어 드리리다."

"그럼 곧장 집으로 가서 지갑을 들고 올 테니 여기서 잠깐만 기다리슈. 여기에서 서서 소를 모는 게 앞에 앉아서 소를 모는 것보다 더 낫다우. 소가 수레를 더 쉽게 끌 수 있을 것 아니우?"

그 여자는 소를 몰아 집으로 향했습니다. 농부는 그녀가 정신이 나간 얼간이라고 생각했습니다. 그리고 만일 그 여자가 돈을 가지고 온다면 그의 아내는 얻어 맞지 않아도 되므로 하느님께 깊이 감사해야 할 것이라고 생각했습니다.

잠시 후 돈을 가지고 돌아온 그 여자는 그의 지갑에 직접 넣어 주기까지 했습니다. 그리고는 돌아가기 전에 농부에게 몇 번이나 고맙다는 인사를 했습니다. 그녀가 집에 돌아와 보니 아들이 방금 일을 마치고 밭에서 돌아와 있었습니다. 그녀는 그 날 있었던 일을 아들에게 이야기하며 이렇게 덧붙였습니다.

"네 아버지에게 돈을 보내 주어서 정말 기쁘단다. 그 양반이 하늘에서 그 꼴로 산다는 걸 누가 알았겠니?"

그러자 아들은 깜짝 놀라며 말했습니다.

"어머니, 하늘에서 누군가 내려오는 일이 매일 있는 것은 아니겠지요? 당장 나가서 그 사람을 만나 보겠어요. 그 곳이 어떤 곳이고 어떤 일들이 벌어지는지 꼭 알고 싶어요."

그는 말등에 안장을 얹은 후 서둘러 올라탔습니다. 그는 이내 버드나무 아래 앉아서 지갑의 돈을 세고 있는 농부를 만났습니다.

"혹시 하늘에서 내려온 사람을 보지 못했나요?"

그러자 농부가 태연하게 대답했습니다.

"보았지요. 하지만 그 사람은 벌써 저 산너머로 가버렸다오. 아마 부지런히 쫓아간다면 어둡기 전에 만날 수 있을거요."

"맙소사! 나는 오늘 하루 종일 밭을 갈았기 때문에 말을 타고 여기까지 오는 것만으로도 완전히 지쳐 버렸어요. 그 사람을 보았다니까 제가 부탁을 하나 드리지요. 이 말을 타고 가서 그 사람을 보거든 다시 돌아와 달라고 설득해 주시겠습니까? 제발 부탁입니다."

'아하, 이 사람 또한 영리한 사람이 되기는 틀린 사람이구나.' 하고 농부는 생각했습니다. 그래서 즉시 말에 올라타고는 쏜살같이 달아났습니다.

젊은이는 그 곳에서 한밤중까지 기다렸으나 농부가 돌아오지 않자 '하늘에서 온 사람은 너무나 바쁘기 때문에 다시 돌아올 수 없는가 보다.' 하고 생각했습니다. 그래서 '아마 그 농부는 내 말을 아버지께 가져다주었을거야.'라고 생각하면서 집으로 돌아왔습니다. 그리고 어머니에게 자기는 항상 걸어다니는 것이 습관이 되어 있기 때문에 그 말은 아버지에게 보냈다고 말했습니다. 그 말에 어머니는 칭찬을 아끼지 않았습니다.

"참으로 장한 일을 했구나. 너는 아직 젊고 다리도 튼튼하지 않니?"

한편 집에 도착한 농부는 한 마리 남은 소 옆에 안전하게 말을 매어 두었습니다. 그러고 나서 아내에게 말했습니다.

"오늘은 당신이 정말로 운이 좋은 날이오. 큰길에서 당신보다 더 어리석은 사람을 둘이나 보았소. 그래서 이번에는 당신에게 손을 대지 않겠소. 하지만 다음에 또 이런 일이 일어난다면 그 때는 가만두지 않겠소."

그러고 나서 농부는 대대로 물려받은 의자에 앉아서 중얼거렸습니다.

"손해 본 장사는 아니었는걸. 말라빠진 소 두 마리 대신에 싱싱한 말 한 마리와 후추를 충분히 살 수 있는 두둑한 돈이라! 어리석은 대가로 항상 이런 횡재를 하게 된다면 멍청이들도 존경할 만한걸."

농부는 그렇게 생각했지만 여러분들은 약아 빠진 사람보다는 어리석은 사람을 더 좋아하겠죠?

105

두꺼비 이야기

1

옛날에 한 소녀가 살았는데 그녀의 어머니는 매일 우유 한 병과 빵 하나씩을 그녀에게 주었습니다. 어느 날 소녀가 빵과 우유를 가지고 나와서 마당에 앉아 먹기 시작할 때였습니다. 벽의 갈라진 틈에서 두꺼비 한 마리가 튀어나오더니 우윳병 속에 머리를 넣고 우유를 맛있게 먹는 것이었습니다. 소녀는 그 모습이 너무 재미있어서 다음 날부터 두꺼비가 그 시간에 나타나지 않으면 우윳병을 들고 앉아서 큰 소리로 노래를 불렀습니다.

"두껍아, 두껍아, 어서 나오렴.
착한 두껍아, 어서 나와 재미있게 놀자.
빵과 우유를 가져왔으니
두껍아, 두껍아, 어서 나와 같이 먹자."

소녀가 이렇게 노래하면 두꺼비는 즉시 튀어나와서 맛있게 우유를 먹었습니다. 그리고 두꺼비는 자기가 숨겨 놓은 보물 중에서도 가장 아름다운 것들, 즉 반짝거리는 돌멩이나 진주, 금은 장신구 같은 것들을 소녀에게 주면서 고마운 마음을 표현했습니다. 그러나 두꺼비는 언제나 우유만 마시고 빵은 건드리지 않았습니다.
하루는 소녀가 숟가락을 가지고 와서 두꺼비의 머리를 토닥거리며 말했습니다.
"두껍아, 빵도 먹어야지."
그 때 소녀가 누군가와 이야기하는 소리를 부엌에 있던 어머니가 들었습니다. 어머니는 소녀가 작은 숟가락으로 두꺼비의 머리를 토닥이는 것을 보고는 나무막대기를 들고 달려나와 딸아이의 친구를 그 자리에서 죽이고 말았습니다.

그 이후로 소녀는 달라지기 시작했습니다. 두꺼비와 함께 식사하던 때에는 살도 찌고 건강했던 소녀가 아름다운 장밋빛 뺨을 잃게 되고 나날이 말라깽이가 되어 갔습니다. 얼마 후 병을 몰고 온다는 올빼미가 한밤중에 날카로운 소리를 내며 울더니 지빠귀들이 잔가지를 모아 장례용 화환을 만들었습니다. 그리고 다음 날 소녀의 몸은 작은 관 속에 뉘어지고 말았습니다.

2

한 고아소녀가 도시 건물 담벼락에 기대어 앉아 있었습니다. 그 때 갑자기 갈라진 벽 틈에서 두꺼비가 튀어나왔습니다. 소녀는 곁에 벗어 놓았던 푸른색 비단목도리를 재빨리 펴놓았습니다. 왜냐하면 소녀는 두꺼비가 다른 어떤 것보다도 목도리 위를 걷는 것을 좋아한다는 것을 알고 있었기 때문입니다. 그것을 본 두꺼비는 되돌아갔다가 잠시 후 작은 금관을 가지고 다시 나타났습니다. 그리고 목도리 위에 금관을 내려놓은 후 다시 어디론가 사라졌습니다.

소녀는 정교한 금실로 만들어진 반짝거리는 왕관을 주워 들었습니다. 두꺼비는 다시 돌아왔으나 왕관이 보이지 않자 매우 슬퍼하며 벽을 향해 튀어오르기 시작했습니다. 기운이 다 빠질 때까지 계속 벽에 몸을 부딪히더니 마침내 죽고 말았습니다. 만약 소녀가 목도리 위에 그 왕관을 놓아 두었더라면 두꺼비는 더 많은 보물을 구멍 밖으로 가져오지 않았을까요?

3

"꾸욱—꾸욱, 꾸욱—꾸욱."

두꺼비가 울었습니다.

그러자 아이가 말했습니다.

"이리 나와봐."

두꺼비가 나오자 아이는 자기의 여동생에 대해 물었습니다.

"혹시 빨간 양말을 신은 작은 소녀를 본 적이 있니?"

그러자 두꺼비가 대답했습니다.

"아니, 한 번도 본 적이 없어. 너는 보았니?

꾸욱—꾸욱, 꾸욱—꾸욱, 꾸욱—꾸욱."

106

고양이와 방앗간 견습공

옛날에 한 제분업자가 부인도 아이도 없이 세 명의 제자와 함께 방앗간에서 살고 있었습니다. 제자들과 함께 산 지도 몇 년이 지나 어느 날 그가 말했습니다.

"나는 점점 쇠약해지고 있다. 이제 곧 은퇴해서 난로 옆에나 앉아 있어야 할 것 같구나. 이제 나는 너희들 중에 누가 이 세상에 나가서 가장 좋은 말을 타고 오는지 보고 싶구나. 나는 그 사람에게 이 방앗간을 물려줄 것이며 또 그는 내가 죽는 날까지 나를 돌보아야 할 것이다."

그런데 세 사람 중에 가장 나이 어린 제자인 한스는 아직 견습공이었기 때문에 다른 두 사람은 그가 방앗간을 물려받을 자격이 없다고 생각했습니다. 사실 그는 방앗간을 물려받을 욕심도 없었습니다. 다음 날 아침 세 사람은 길을 떠났습니다. 그들이 어느 마을에 이르렀을 때 두 사람이 한스에게 말했습니다.

"이쯤에서 포기하고 돌아가는 게 어때? 너는 평생 좋은 말을 구할 수 없을거야."

그러나 한스는 아랑곳하지 않고 그들과 함께 여행을 계속했습니다. 밤이 되어 세 사람은 어느 동굴로 들어가 안쪽에 자리를 펴고 누웠습니다. 이윽고 한스가 곯아떨어지자 약삭빠른 두 명의 제자들은 몰래 달아났습니다. 그들은 자기들이 영리한 행동을 했다고 생각했습니다. 그러나 이런 짓을 한 사람에게 어떤 일이 일어나는지 두고 볼까요?

동이 트자 한스는 잠에서 깨어나 주위를 둘러보고 소리쳤습니다.

"이런, 여기가 어디지?"

그리고 자리에서 일어나 동굴 밖으로 기어나갔습니다. 그제서야 그는 동료들이 자기를 홀로 남겨둔 채 달아났다는 사실을 깨달았습니다.

"어떻게 하면 말 한 마리를 구할 수 있을까."

한스가 길을 따라 걸으며 곰곰이 생각하고 있을 때 알록달록한 점박이 작은 고양이가 그의 앞에 나타났습니다. 고양이는 한스를 보고 다정하게 말을 걸었습니다.

"어디로 가니, 한스야?"

"그건 왜 묻는거니? 나를 도울 수도 없으면서?"

그러자 고양이가 말했습니다.

"나는 네가 무엇을 찾고 있는지 알고 있어. 좋은 말을 원하는거지? 그렇다면 나를 따라 와서 7년 동안 내 하인이 되어 줘. 그러면 생전 처음 보는 훌륭한 말을 네게 줄게."

'정말 이상한 고양이도 다 보겠네.'

한스는 이렇게 생각했지만, 우리는 고양이의 말이 사실인지 아닌지 좀더 두고 보는 게 좋을 것 같군요.

고양이는 한스를 자신이 살고 있는 마술의 궁전으로 데려갔는데, 그 곳에는 여러 마리의 고양이들이 하인노릇을 하고 있었습니다. 그 고양이들은 매우 활기찬 모습으로 계단을 오르락내리락하고 있었습니다. 저녁이 되어 한스와 고양이가 식탁 앞에 앉자 한 마리의 고양이가 음악을 연주했습니다. 하나는 더블베이스를, 또 하나는 바이올린을 연주했고, 세 번째 고양이는 양쪽 볼을 팽팽하게 부풀리며 트럼펫을 불었습니다. 식사가 끝나고 식탁이 치워지자 고양이가 한스에게 말했습니다.

"한스야, 나와 춤을 추지 않겠니?"

"싫어. 털 많은 고양이와 춤추는 건 싫어. 한 번도 그렇게 해본 적이 없단 말이야."

그러자 여왕고양이가 하인고양이에게 말했습니다.

"춤을 추기 싫다니 침실로 모시도록 해라."

첫 번째 고양이가 길을 안내했고, 두 번째 고양이가 신발을 벗겼으며, 세 번째 고양이가 양말을 벗겼고, 네 번째 고양이가 불을 껐습니다. 다음 날 아침 그들은 다시 한스의 시중을 들었습니다. 첫 번째 고양이가 양말을 신겼고, 두 번째 고양이가 신발을 신겼으며, 세 번째 고양이가 그를 씻겨 주었고, 네 번째 고양이는 부드러운 꼬리로 그의 얼굴을 말려 주었습니다.

"털이 아주 부드럽군."

한스는 기분이 좋아졌습니다.

그러나 이제는 한스도 여왕고양이의 시중을 들어야 했습니다. 그는 매일 장작을 패야 했습니다. 고양이는 그에게 구리자루가 달리고 은쐐기가 박힌 은도끼 한 자루와 은으로 만든 톱을 주었습니다. 그는 장작을 패는 일을 하며 성에서 살았습니다. 먹을 것과 마실 것은 충분했으나 사람은 한 명도 없었고 보이는 것은 여기저기 여왕고양이의 시중을 드는 하인고양이들뿐이었습니다. 그러던 어느 날 여왕고양이가 한스에게 말했습니다.

"들판에 나가서 풀을 좀 베어 오렴."

고양이는 은으로 만든 낫과 금숫돌을 주면서, 일이 끝나면 그것들을 다시 돌

려 달라고 말했습니다. 그는 고양이가 시키는 대로 일을 마친 후 건초더미를 날라다 쌓고 은낫과 금숫돌을 돌려주었습니다. 그런 다음 그는 품삯으로 약속했던 말을 언제 줄 것인지 물었습니다.

"아직은 아냐. 할 일이 더 있거든. 자, 여기 은으로 된 목재와 도끼와 자, 그리고 필요한 것들이 모두 있어. 이것들로 작은 오두막집을 한 채 지어 주겠니?"

한스는 오두막집을 다 지은 후 맡은 일을 끝냈다고 말했지만 고양이는 그래도 말을 주지 않았습니다. 어느덧 7년이라는 세월이 마치 6개월이 지난 것처럼 순식간에 지나갔습니다. 여왕고양이는 한스에게 말을 보고 싶냐고 물었습니다. 한스가 대답했습니다.

"물론 보고 싶어."

그래서 여왕고양이는 한스를 데리고 마구간으로 가서 문을 열었습니다. 마구간 안에는 열두 마리의 훌륭한 말들이 있었는데 하얀 털들이 어찌나 빛나는지 한스는 눈이 부실 지경이었습니다. 그의 가슴은 기쁨으로 들뜨기 시작했습니다.

"이제 네가 돌아갈 시간이야. 하지만 아직은 말은 내줄 수가 없어. 우선 내가 사흘 동안 이 말들을 보살펴야 하거든."

고양이는 한스에게 방앗간으로 가는 길을 가르쳐 주었습니다. 그런데 고양이가 한스에게 새 옷을 전혀 주지 않았기 때문에 그는 여전히 지난 7년 동안 입었던 누더기를 걸친 채 돌아가야 했습니다. 그 옷은 너무 짧아서 이제 그의 몸조차 제대로 가리지 못했습니다. 그가 방앗간에 도착했을 때 두 명의 제자들은 이미 와 있었습니다. 물론 그들은 각자 말을 한 마리씩 끌고 왔지만 한 마리는 눈이 멀었고 또 한 마리는 절름발이였습니다.

그들은 한스를 보고 빈정거렸습니다.

"자, 한스. 네가 끌고 온 말은 어디 있는거냐?"

"사흘 후에 보여 줄게."

그러나 그들은 비웃기만 했습니다.

"도대체 네가 어디서 말을 얻었다는거야? 잘난 말을 기다리다가 흰 머리가 나겠다."

한스가 집 안으로 들어가자 주인도 그의 행색이 너무 초라하고 지저분해서 탁자 앞에 앉히기가 민망하다고 말했습니다. 누가 지나가다가 그들을 보면 손가락질을 할 것이라고 말이지요.

그래서 한스는 집 안에 들어가지도 못하고 대문 밖에서 두 사람이 가져다주는 보잘것없는 음식을 먹어야 했습니다. 날이 어두워져 잠을 자러 들어갔으나 두 제자는 그에게 침대도 내주지 않았습니다. 할 수 없이 그는 거위우리로 기어들어가 밀짚 위에서 잠을 청했습니다.

그렇게 사흘이 지나고 아침이 되었을 때, 방앗간 앞에서 여섯 마리의 백마가 이끄는 마차가 도착해 있었습니다. 아, 그 말들은 햇살을 받아 얼마나 눈부시게 빛나는지! 그것은 참으로 아름다운 광경이었습니다. 마차와 함께 온 일곱 번째 말은 불쌍한 견습공 한스의 말이었습니다.

눈이 부시게 예쁜 공주가 마차 밖으로 걸어 나와서 방앗간으로 들어갔습니다. 그 공주는 실은 한스가 7년 동안 시중을 들었던 알록달록한 고양이였지만, 이제 어디에서도 고양이의 모습은 찾아볼 수가 없었습니다. 그녀는 한스가 어디에 있는지 물었습니다. 그러자 주인이 대답했습니다.

"우리는 그 녀석을 방앗간에서 재울 수가 없었지요. 너무 형편없고 지저분했거든요. 지금 거위우리에 있을 겁니다."

공주는 즉시 그를 불러오라고 명령했습니다. 사람들이 한스를 데려왔을 때 한스는 꼭 끼는 옷 밖으로 배꼽이 보이는 것을 감추려고 옷을 잡고 있어야 했습니다. 공주를 모시고 온 하인이 훌륭한 옷 한 벌을 꺼내 한스를 깨끗이 씻긴 후 갈아입혔습니다. 옷을 갈아입은 한스는 어느 왕자님보다 멋있었습니다.

그런 다음 공주는 다른 제자들이 끌고 온 말을 보여 달라고 말했습니다. 물론 한 마리는 눈이 멀었고, 또 한 마리는 절름발이였지요. 그 말들을 살펴본 후 공주는 일곱 번째 말을 끌고 오라고 명령했습니다. 방앗간 주인은 그 말을 보고 그만 넋을 잃고 말았습니다. 세상에서 그렇게 훌륭한 말은 전혀 본 적이 없었기 때문이었습니다.

"이것이 한스의 말이지요."

공주가 이렇게 말하자 방앗간 주인이 더듬거리며 말했습니다.

"이제 이 방앗간은 한스의 것입니다."

그러나 공주는 주인에게, 방앗간을 한스에게 주지 않아도 좋고 일곱 번째 말을 가져도 좋다고 말했습니다. 그러고는 정직한 한스를 마차에 태워 함께 떠났습니다. 두 사람은 한스가 은으로 지었던 자그마한 오두막집으로 갔습니다. 그러나 그 오두막집은 커다란 성으로 변해 있었고, 그 안에는 금과 은으로 만든 물건들이 가득했습니다. 얼마 후 공주님은 한스와 결혼을 했고, 두 사람은 평생을 풍족하게 써도 남을 만큼 많은 재산을 가진 부자가 되었습니다.

그러니 여러분, 얼간이는 중요한 인물이 될 수 없다고 하는 이야기를 절대로 그냥 듣고만 있어서는 안 되겠지요?

107

두 나그네

산과 골짜기는 결코 만나는 법이 없지만 사람들, 특히 착한 사람과 악한 사람은 종종 마주치곤 한답니다. 여행 중에 만난 구두장이와 양복장이의 경우가 바로 그렇지요. 양복장이는 미남에다 항상 즐겁게 사는 자그마한 체구를 가진 사람이었습니다. 반대편에서 구두장이가 다가오자 양복장이는 그 사람이 등에 메고 있는 자루를 보고는 직업을 알아챘습니다. 양복장이는 그를 놀려 주기 위해 이렇게 노래를 했습니다.

"우선 솔기를 잇자.
이제 실밥을 뽑으렴.
오른쪽 닦고 왼쪽 닦고 구두약을 발라야지.
이제 못을 쾅쾅 박아라."

이 노래를 들은 구두장이는 양복장이의 장난에 기분이 상해서 식초를 마신 사람처럼 얼굴을 잔뜩 찡그렸습니다. 그리고 몸집이 작은 양복장이의 목을 한 손으로 틀어쥘 것처럼 그를 노려보았습니다. 그러자 양복장이는 유쾌하게 웃으면서 물병을 건넸습니다.

"악의는 없었네. 자, 한 모금 마시고 화를 가라앉히게."

물병을 입에 대고 물을 꿀꺽꿀꺽 마신 구두장이는 그제서야 화가 풀린듯 찡그렸던 얼굴을 폈습니다. 그는 물병을 양복장이에게 돌려준 다음 이렇게 말했습니다.

"이제야 갈증이 풀리는군. 목이 마르면 손가락 하나 까딱하지 못한다고 하잖나? 그런데 어디로 가는지는 모르겠지만 함께 동행하는 게 어떤가?"

"좋지. 대도시로 나가면 일감이 많다고 하니까 거기까지 함께 가지."

그러자 구두장이도 반색을 하며 말했습니다.

"나도 그 곳으로 가는 중일세. 작은 마을에서는 살 수가 없어. 시골 사람들은 아직 구두도 없이 맨발로 뛰어다니기를 좋아한다니까."

그들은 눈 위를 걷는 족제비처럼 서로 한 걸음씩 앞서거니 뒤서거니 하면서 걸어갔습니다. 두 사람 모두 시간은 많았으나 돈은 거의 없었습니다. 마침내 한 도시에 이르러 두 사람은 일자리를 찾아 돌아다녔습니다. 작은 양복장이는 영리하고 쾌활한 얼굴에 두 뺨은 장밋빛처럼 발그스름했기 때문에 모든 사람들이 그에게 기꺼이 일거리를 주었습니다. 뿐만 아니라 어떤 집에서는 주인집 딸이 현관문까지 마중 나와 입을 맞춰 주곤 했습니다.

두 사람이 만나면 양복장이의 자루에는 구두장이의 자루보다 항상 돈이 많았습니다. 그러면 침울해진 구두장이는, 큰 행운은 항상 바보에게 찾아오는 법이라고 대꾸했습니다. 이 말을 듣고 양복장이는 웃음을 터뜨리며 노래를 부르곤 했습니다. 그는 일을 해서 번 돈을 친구와 함께 나누었습니다. 그는 주머니에 돈이 거의 없을 때를 제외하고는 항상 맛있는 음식을 주문했고, 우스운 농담으로 주위 사람들의 기분을 즐겁게 해주었습니다. 그의 좌우명은 "즐겁고 여유있게 살자"였습니다.

그들은 꽤 오랫동안 함께 여행을 했습니다. 그러던 어느 날 그들은 큰 도시에 들어가려면 반드시 통과해야 하는 커다란 숲에 이르렀습니다. 그런데 그 숲을 통과할 수 있는 오솔길은 두 개가 있었습니다. 한 쪽은 일주일이 걸렸고 다른 한 쪽은 이틀밖에 걸리지 않았습니다. 그들은 자작나무 그늘에 앉아 빵이 얼마나 필요한지 의논했습니다. 구두장이가 이렇게 말했습니다.

"누구나 앞날에 대비해야 해. 그러나 나는 일주일 동안 넉넉히 먹을 수 있을 빵을 가져가겠네."

그러자 양복장이가 펄쩍 뛰며 말했습니다.

"뭐라고! 일주일 동안 먹을 빵을 황소처럼 떠메고 간다고? 그뿐인가, 그렇게 되면 경치를 즐길 수도 없지 않나? 나는 하느님을 믿는 사람이니 미래에 대해서는 걱정하지 않네. 내 주머니 속에 들어 있는 돈은 여름이나 겨울이나 변함이 없지. 하지만 빵은 시간이 지나면 말라 버리고 더운 날씨에서는 곰팡이가 생긴다네. 그리고 내 옷은 길어서 발목까지 내려오니 무거운 짐을 질 수도 없어. 그러니 나는 이틀분의 빵만 가지고 가겠네. 그거면 충분할거야."

그래서 두 사람은 각자가 필요하다고 생각하는 만큼의 빵을 가지고 설마하는 마음으로 숲 속으로 들어갔습니다.

숲 속은 교회당만큼이나 조용했습니다. 바람소리도 없었고 시냇물 소리도 들리지 않았습니다. 산새들도 노래를 멈춘 것 같았습니다. 나무들은 너무 빽빽해서 무성한 나뭇잎 사이로 햇빛이 한 줄기도 새어 들어오지 않았습니다. 구두장이는 등에 진 짐이 너무 무거워서 한 마디도 못하고 걷기만 했습니다. 그의 험상궂은 얼굴 위로 땀이 비오듯 흘러 내렸습니다.

반면에 양복장이는 마냥 즐겁기만 했습니다. 그는 깡충깡충 뛰면서 버들피리를 불거나 노래를 부르곤 했습니다. '하늘에 계신 하느님도 내가 즐겁게 살기를 바랄 것이다.'라고 그는 생각했습니다. 이렇게 이틀이 지나고 사흘째가 되었을 때에도 오솔길은 끝나지 않았습니다. 양복장이는 가지고 온 빵을 모두 먹어 버려서 불안하기는 했지만 여전히 따뜻한 마음씨를 잃지 않았습니다. 그는 언제나 하느님과 행운을 믿었습니다.

그러나 셋째날이 끝나갈 무렵에는 그도 주린 배를 움켜 쥐고 나무 아래서 잠이 들어야 했고, 다음 날 아침에는 주린 배를 움켜 쥐고 일어나야 했습니다.

넷째날에도 마찬가지였습니다. 양복장이는 나무등걸에 앉아, 고기를 먹고있는 구두장이를 바라보고만 있었습니다. 그가 구두장이에게 보고 빵 한 조각을 달라고 하자 구두장이는 경멸의 웃음을 띠면서 말했습니다.

"자네는 항상 행복했었지. 이젠 불행한 사람이 어떤 기분인가를 이해할 수 있을거야. 너무 이른 아침부터 노래하는 새는 저녁이 되면 힘이 빠져서 매의 발톱에 채이게 되지."

결국 구두장이는 양복장이에게 인정을 베풀지 않았습니다. 다섯째날 아침이 되자 가엾은 양복장이는 너무나 배가 고파 일어날 수가 없었고 손가락 하나 까딱할 수도 없게 되었습니다. 그의 뺨은 창백했고 두 눈은 충혈되었습니다. 구구두장이가 그를 보고 말했습니다.

"빵 한 조각을 주겠네. 그러나 그 대가로 자네의 한쪽 눈을 도려내겠네."

불쌍한 양복장이는 살아 남기 위해서는 선택의 여지가 없었습니다. 그는 마지막까지 눈물을 흘리며 구두장이에게 머리를 숙이고 애원했지만 돌처럼 차가운 마음을 가진 구두장이는 결국 그의 눈을 도려내고 말았습니다. 양복장이는 어렸을 때 그가 찬장에서 맛있는 음식을 먹을 때마다 어머니께서 "네가 원하는 것을 먹어 버리면 그만큼 고생을 해야 한다."고 하시던 말씀을 떠올렸습니다. 비싼 대가를 치르고 빵을 먹은 후 양복장이는 다시 기운을 차리고 한쪽 눈으로도 잘 볼 수 있다고 생각하며 자신을 위로했습니다.

그러나 여섯째날에도 그는 굶주림에 굴복당하고 말았습니다. 저녁이 되었을 때 그는 나무 아래 주저앉아 버렸고, 일곱째날 아침에는 그의 어깨 너머로 죽음의 그림자가 찾아왔습니다.

"좋아. 다시 한 번 자비를 베풀어서 자네에게 빵 한 조각을 주지. 그러나 공짜로는 안 돼. 그 대신 자네의 남은 눈을 도려내겠네."

이 말에 양복장이는 자신이 얼마나 어리석게 살았는가를 깨달았습니다. 그는 하느님에게 용서를 구한 다음 이렇게 말했습니다.

"자네 뜻대로 하게. 나는 자네가 원하는 대로 고통을 겪겠네. 하지만 기억하게. 전지전능하신 하느님께서 언젠가는 자네를 심판하실 것이고, 자네는 그 사악한 행동의 대가로 벌을 받게 될걸세. 자네가 이토록 나를 괴롭힐 만큼 내가 자네에게 잘못한 일이 없기 때문이지. 내가 가진 기술은 바느질하는 일뿐이라네. 하지만 앞을 보지 못하게 된다면 더 이상 바느질을 할 수 없으니 거리에서 구걸을 해야 할걸세. 그런 내가 장님이 되면 나를 여기에 혼자 내버려 두지 말고 데려가 주게. 그러지 않으면 나는 틀림없이 죽게 될 테니까."

마음이 하느님에게서 멀어진 구두장이는 결국 칼을 꺼내 한쪽 눈마저 도려냈습니다. 그러고 나서 그는 양복장이에게 먹을 빵을 주었고 지팡이를 준 뒤 한쪽 끝을 잡고 따라오도록 했습니다. 동이 틀 무렵, 그들은 숲에서 빠져나왔습니다. 숲이 끝나고 넓게 펼쳐진 들판에는 교수대가 있었습니다. 구두장이는 눈먼 양복장이를 교수대로 이끌어 그 곳에 버려둔 후 혼자서 길을 떠났습니다.

가엾은 양복장이는 고통과 배고픔에 지쳐 잠이 들었습니다. 새벽이 되어 그는 잠이 깨었지만 어디가 어딘지 알 수 없었습니다. 두 명의 불쌍한 죄인이 교수대에 목이 매달려 있었고 그들의 머리 위에는 까마귀가 한 마리씩 앉아 있었습니다.

한 명의 시체가 말했습니다.

"여보게, 자네 일어났나?"

그러자 다른 하나가 대답했습니다.

"그래, 일어났네."

"그럼 내 말 좀 들어 보게. 한밤중에 우리 몸에 이슬이 맺히지 않나? 그 이슬이 우리 몸에서 떨어질 때 그걸 받아 눈을 씻은 사람은 시력을 되찾을 수 있다고 하네. 시력을 잃고 절망에 빠진 맹인들이 이 사실을 안다면 얼마나 좋아하겠나?"

이 말을 들은 양복장이는 손수건을 꺼내 풀잎에 떨어진 이슬에 적셨습니다. 손수건이 축축해지자 그는 눈동자가 빠져 버린 두 눈을 닦았습니다. 그러자 교수대에 매달린 시체들이 한 말처럼 두 눈에는 맑고 건강한 눈동자가 생겼습니다. 산 너머로 떠오르는 태양이 보였습니다. 육중한 성문과 탑이 솟아 있는 대도시가 드넓은 평원 위에 서 있는 것도 보였습니다. 금으로 덮인 지붕과 교회 첨탑의 십자가들이 햇빛을 받아 빛나고 있었습니다. 그는 머리 위에서 바람에 흔들리고 있는 나뭇잎들을 하나하나 세어 보았고, 하늘을 나는 새도 볼 수 있었으며, 날아가는 작은 곤충들도 보았습니다. 그는 주머니에서 바늘을 꺼내, 예전에 하던 것처럼 바늘귀에 실을 꿰어 보았습니다. 실을 꿰었을 때 그의 가슴은 기쁨으로 벅차 올랐습니다. 그는 무릎을 꿇고 자비를 내려 주신 하느님께 아침기도를 올렸습니다. 그러고는 교수대에 대롱대롱 매달려 바람에 흔들리고 있는 두 사형수들을 위해서도 잊지않고 기도를 올렸습니다. 그런 후 그는 배낭을 들고 휘파람을 불며 지금까지 겪었던 모든 고통을 잊은 채 길을 떠났습니다.

그가 맨 처음 만난 것은 들판을 자유롭게 뛰노는 망아지였습니다. 그는 망아지의 갈기를 잡고 등에 올라타려 했습니다. 그러나 망아지는 애절한 눈빛으로 이렇게 말했습니다.

"나는 아직 너무 어려요. 당신같이 가벼운 사람이 타더라도 내 등뼈는 부러지고 말거예요. 나를 자유롭게 놓아 주어서 튼튼하게 자랄 때까지 기다리세요. 그러면 언젠가 보답할 날이 올거예요."

그러자 양복장이가 말했습니다.

"그래, 마음껏 달려가렴. 너도 나처럼 마음껏 떠돌아다니기를 좋아하는 모양이구나."

양복장이가 나뭇가지로 망아지의 등을 찰싹 때리자 망아지는 뒷발질을 하며 키작은 나무숲과 도랑을 뛰어넘었습니다.

하지만 양복장이는 이틀 동안 아무것도 먹지 못했으므로 무척 배가 고팠습니다.

"내 눈에는 햇빛이 가득하지만 그것이 내 배를 채워 주지는 않는구나. 어떻게 하면 먹을 것을 구할 수 있을까? 무엇이든 손에 잡히기만 하면 좋으련만."

그 때 황새 한 마리가 풀밭을 가로질러 점잖게 걸어오고 있었습니다. 양복장이가 황새의 긴 다리를 잡으면서 말했습니다.

"멈춰라. 네 고기가 맛있는지 잘 모르겠지만 난 지금 배가 고파 죽을 지경이란다. 그러니 머리를 떼어 낸 후 널 구워 먹어야겠다."

그러자 황새가 애원했습니다.

"제발 그러지 마세요. 나는 성스러운 새랍니다. 모든 사람들에게 이익이 되는 새이기 때문에 나를 해쳐선 안 돼요. 내 목숨을 살려 주신다면 언젠가는 꼭 보답을 해드리지요."

"그렇다면 할 수 없지. 자, 떠나렴. 긴 다리를 가진 친구야."

황새는 날개를 퍼드덕거리며 긴 다리를 쭉 뻗은 채 하늘로 우아하게 날아갔습니다.

"큰일 났는걸. 배고픔은 점점 더 심해져서 배에서는 꼬르륵 소리만 나니. 이제는 무엇이든 만나기만 하면 닥치는 대로 잡아먹어야겠어."

바로 그 때 저쪽에서 오리 두 마리가 헤엄쳐 오고 있었습니다.

"마침 잘 되었구나."

그는 곧바로 달려가서 두 마리 중 한 마리를 잡았습니다. 그러고는 막 목을 비틀려는 순간 갈대 숲 사이에 숨어 있던 엄마오리가 큰 소리로 꽥꽥 울어대기 시작했습니다. 엄마오리는 소리를 지르며 그에게 헤엄쳐 다가와 아기오리에게 자비를 베풀어 달라고 애원했습니다.

"생각해 보세요. 누군가가 당신을 죽이려 한다면 당신의 어머니께서는 얼마나 슬퍼하시겠어요?"

"자, 진정하렴. 아기오리를 놓아 줄게."

착한 양복장이는 이렇게 말한 후 잡았던 아기오리를 연못으로 되돌려 보냈습니다. 그리고 주위를 둘러보니 그의 앞에는 반쯤 속이 빈 나무가 있었고 그 속으로 벌떼가 들락날락하고 있었습니다.

"이제야 착한 일을 한 보답을 받게 되었군. 꿀을 먹으면 기운을 차릴 수 있을 거야."

그 때 여왕벌이 날아와 그를 위협하며 말했습니다.

"네가 우리 백성을 죽이고 내 둥지를 망가뜨린다면 따끔한 침으로 가만두지 않겠다. 그러나 우리를 평화롭게 놓아 두고 갈 길을 간다면 언젠가는 보답을 받을 것이다."

양복장이는 이번에도 먹을 것을 구하지 못했습니다.

"벌써 세 번이나 허탕을 쳤구나. 이러다간 네 번째도 허탕을 칠 게 뻔해. 정말 한심한 노릇이군."

그는 할 수 없이 주린 배를 움켜 쥔 채 피곤한 다리를 이끌고 도시로 향했습니다. 그가 도시에 도착했을 때는 교회의 종이 정오를 치고 있었습니다. 그는 여관에 들어 요리를 주문하여 배를 채운 후 그는 이렇게 말했습니다.

"이제 일하고 싶다."

그는 자신을 고용해 줄 주인을 찾아 도시를 돌아다닌 끝에 결국 어느 양복점에 일자리를 얻었습니다. 그는 양복을 만드는 일이라면 모르는 것이 없었기 때문에 곧 유명해졌고, 시내의 모든 사람들이 그가 만든 외투를 입고 싶어 했습니다. 그래서 그의 명성은 나날이 높아갔습니다.

"이제 더 개발할 기술도 없는 것 같구나. 이 정도만 되어도 모든 일이 순조롭게 풀려 나가고 있으니 이제 걱정할 게 없지 않은가!"

마침내 왕이 그를 궁정의 양복장이로 임명했습니다.

그런데 이 세상에는 참으로 놀라운 일이 가득하답니다. 그가 궁정의 양복장이가 되던 날, 그와 함께 다니던 구두장이도 궁정의 구두장이가 되었던 것입니다. 그는 다시 두 눈을 찾은 양복장이를 보고는 가슴이 뜨끔했습니다. 그래서 양복장이가 복수하기 전에 먼저 자기가 양복장이의 무덤을 파는 것이 낫겠다고 생각했습니다. 그러나 다른 사람의 무덤을 파는 사람은 그 자신이 자기가 판 무덤에 떨어지게 마련이랍니다.

황혼이 질 무렵, 일을 마친 구두장이는 몰래 왕을 찾아갔습니다.

"폐하, 저 양복장이는 건방진 사람입니다. 그는 수백 년 전에 잃어버린 금관을 찾아낼 수 있다고 뻐기고 있습니다."

"금관을 찾을 수 있다니 좋은 일이군."

왕은 이렇게 말한 후 다음 날 아침 양복장이를 불러 금관을 찾아오든지, 아니면 이 도시를 영원히 떠나든지 둘 중에 한 가지를 결정하라고 명령했습니다. 양복장이는 그런 불가능한 일을 약속하는 것은 바보 같은 짓이라고 생각했습니다.

'저 까다로운 왕은 왜 나에게 아무도 할 수 없는 일을 시키는걸까? 하루 속히 이 도시를 빠져 나가는 게 좋겠다.'

그래서 그는 간편하게 짐을 꾸려 도시를 떠났습니다. 그런데 막상 성문을 벗어날 때 두고 온 많은 재산을 생각하니 몹시 안타까운 마음이 들었습니다. 그래서 그는 다시 발길을 되돌려서 전에 오리를 만났던 곳으로 갔습니다. 강둑 위에는 그가 살려 주었던 아기오리의 엄마가 부리로 깃털을 가지런히 고르고 있었습니다. 그를 당장에 알아본 엄마오리는 양복장이에게 왜 그렇게 침통한 표정을 하고 있는지 물었습니다.

"그동안 놀랄 만한 일이 많이 있었단다."

양복장이는 엄마오리에게 근심을 털어놓았습니다.

그러자 오리가 말했습니다.

"그런 문제라면 우리가 충분히 도울 수 있어요. 저 물 속에서 금관을 꺼내올 테니 둑 위에 손수건을 펼쳐 놓고 기다리세요."

엄마오리와 열두 마리의 아기오리들은 연못 속으로 들어갔고, 5분도 안되어 다시 나타났습니다. 엄마오리의 날개에는 반짝이는 금관이 걸려 있었습니다. 열두 마리의 아기오리들은 엄마오리를 둘러싸고 부리로 금관을 밀어 엄마오리를 도왔습니다.

여러분은 그 금관이 얼마나 훌륭한 것인지 상상조차 할 수 없을 것입니다. 햇살이 금관을 비추자 그것은 수십만 개의 보석이 달린 것처럼 반짝거렸습니다. 양복장이는 손수건의 네 귀퉁이를 묶어 금관을 소중히 싼 다음 왕에게 가져갔습니다. 왕은 매우 기뻐하며 상으로 양복장이의 목에 금메달을 걸어 주었습니다.

자기 계획이 실패한 것을 알게 된 구두장이는 새로운 꾀를 내어 다시 왕을 찾아갔습니다.

"폐하, 양복장이가 또 큰소리를 치고 있습니다. 이번에는 자기가 모든 장식과 세간을 완벽하게 갖춘 모형 궁전을 밀랍으로 지을 수 있다고 장담하고 있습니다."

　왕은 다시 양복장이를 불러 모든 장식과 세간을 갖춘 모형 궁전을 지으라고 명령했습니다. 그리고 만일 궁궐을 만드는 데 실패하거나 못 하나라도 빠뜨린다면 남은 여생을 지하감옥에서 보내게 될 것이라고 말했습니다. 그것은 누구도 견뎌낼 수 없는 사태라고 양복장이는 생각했습니다. 그래서 그는 다시 등짐을 꾸려 도시를 떠났습니다. 속이 빈 나무 앞에 이르렀을 때 그는 털썩 주저앉았습니다. 나무 주변으로 벌들이 날아 들었고 여왕벌이 다가와 왜 그렇게 근심 어린 표정을 짓고 있는지 물었습니다.

"아, 별 일 아니야. 누군가가 나를 못살게 굴어."

　그는 여왕벌에게 자초지종을 이야기했습니다. 그의 말을 들은 벌들은 저희들끼리 윙윙거리기 시작했습니다. 그러더니 여왕벌이 말했습니다. "지금 당장 집으로 가세요. 그리고 내일 이맘때쯤 커다란 보자기를 가지고 오세요. 모든 것이 다 잘 될 거예요."

　그가 발길을 돌리자 벌들은 궁전으로 날아가 열려진 창을 통해 안으로 들어갔습니다. 그러고는 모든 구석들을 남김없이 둘러보았고 못 하나까지도 빠뜨리지 않고 조사했습니다. 그런 다음 벌들은 다시 돌아와서 밀랍으로 모형 궁전을 짓기 시작했습니다. 벌들이 궁전을 짓는 속도가 너무 빨라서 아마 여러분들이 그 광경을 보았다면 저절로 생긴다고 생각했을 것입니다. 궁전을 짓는 일은 순식간에 끝났고 다음 날 양복장이가 왔을 때 그의 눈 앞에는 아주 훌륭하게 완성된 모형 궁전이 모습을 드러내고 서 있었습니다.

　그 궁전은 못 하나, 지붕의 기와 한 장도 빠짐없이 완벽하게 갖추어진 상태였습니다. 그리고 놀랍게도 전체가 눈처럼 하얀빛이었고 꿀처럼 달콤한 향기가 났습니다. 양복장이는 모형 궁전을 조심스럽게 보자기에 싸서 왕에게 가져갔습니다. 궁전을 본 왕은 놀라움을 금치 못했습니다. 그는 궁전에서 가장 큰 방에 그 모형 궁전을 두었고, 양복장이에게는 상으로 커다란 벽돌집을 하사했습니다.

그러나 집요한 성격의 구두장이는 또다시 왕을 찾아가서 말했습니다.

"폐하, 양복장이의 말에 따르면 메마른 궁전의 뜰 한복판에 수정같이 맑은 물이 사람의 키만큼 뿜어져 나오는 분수를 만들 수 있다고 합니다."

왕은 양복장이를 불러 놓고 말했습니다.

"네가 말한 대로 내일까지 저 뜰 한복판에 분수가 뿜어져 나오도록 해라. 그렇지 않으면 망나니를 시켜 바로 그 뜰에서 네 목을 잘라 버리겠노라."

이번에는 목숨이 날아갈 위기에 처하게 된 가엾은 양복장이는 허겁지겁 성문을 빠져나갔습니다. 그가 두 뺨에 눈물을 흘리며 아주 슬픈 심정으로 들판을 걷고 있을 때, 얼마 전에 그가 풀어 준 망아지가 그를 향해 달려 왔습니다. 그 동안 망아지는 아주 훌륭한 적갈색 말로 성장해 있었습니다.

말이 그를 보고 말했습니다.

"이제 당신에게 은혜를 갚을 때가 왔군요. 나는 당신이 무엇을 필요로 하는지 이미 알고 있답니다. 이제 곧 도와드릴게요. 자, 나는 이제 다 자랐으니 내 등에 올라타세요."

양복장이는 마음을 가다듬고 말등에 뛰어올랐습니다. 말은 도시를 향해 달리더니 어느새 궁전 뜰에 닿았습니다. 그러고는 번개처럼 빠르게 뜰을 세 번 돌았습니다. 뜰을 세 번 돈 말은 땅에 쓰러졌습니다. 갑자기 무시무시한 소리와 함께 뜰 한가운데서 바윗덩어리가 치솟더니 성 밖으로 튀어나갔습니다. 곧이어 그 자리에서 사람 키보다 높고 맑은 물줄기가 솟구쳤습니다. 수정처럼 맑은 물은 햇살을 받아 반짝거렸고, 그 광경을 본 왕은 놀라움과 기쁨에 겨워 자그마한 양복장이를 포옹했습니다.

그러나 양복장이의 기쁨은 오래가지 않았습니다. 사악한 구두장이는 네 번째로, 아들은 없고 딸만 여럿을 둔 왕에게 가서 말했습니다.

"폐하, 양복장이는 여전히 거들먹거리고 있습니다. 이제 그는 마음만 먹으면 하늘에서 폐하의 아들을 데려올 수 있다고 큰소리치고 있습니다."

왕은 다시 양복장이를 불러 놓고 말했습니다.

"네가 9일 안에 내게 아들을 데리고 올 수 있다면 아름다운 내 큰딸을 아내로 주겠다."

양복장이는 생각했습니다.

'이번에는 정말 훌륭한 상이로군. 공주님을 얻을 수만 있다면 무슨 일이라도 할텐데 … 하지만 별을 따기에는 너무 높이 매달려 있어. 거기까지 오르려 해도 사다리가 모자라서 밤하늘에서 떨어지고 말거야.'

그는 집으로 가서 다리를 꼬고 앉아 곰곰이 생각했습니다. 한참 동안 생각한 후 그는 마침내 소리쳤습니다.

"그런 일은 도저히 불가능해! 난 여기서 더 이상 평화롭게 살 수가 없어. 한 시라도 빨리 떠나는 게 상책이야!"

양복장이는 등짐을 지고 성문을 빠져나갔습니다. 그가 풀밭에 이르렀을 때 저 멀리서 그의 옛친구인 황새가 나타났습니다. 황새는 마치 사색에 잠긴 철학자인 양, 이쪽으로 왔다 저쪽으로 갔다 하고 있었습니다. 때때로 그는 걸음을 멈추고 개구리를 지켜보다가 한입에 꿀꺽 삼키기도 했습니다. 그러다가 양복장이를 본 황새가 다가와서 인사를 했습니다.

"당신은 등짐을 지고 있군요. 왜 도시를 떠나려 하죠?"

양복장이는 황새에게 왕이 그에게 불가능한 일을 명령했다고 말하면서 그의 불행한 운명을 한탄했습니다. 그러자 황새가 말했습니다.

"그 문제라면 걱정하지 말세요. 당신을 곤경에서 구해 드리지요. 내가 이 마을에서 오랫동안 해온 일이 뭔지 아세요? 그건 이 마을에서 태어나는 아이를 데려오는 일이에요. 그러니 가서 9일만 기다리면 내가 작은 왕자님을 물고 나타날거예요. 자, 그럼 9일 후에 보기로 해요."

양복장이는 집으로 돌아갔습니다. 9일이 지난 후 양복장이는 정해진 시간에 궁전에 나타났습니다. 잠시 후 황새가 날아와서 창문을 두드렸습니다. 양복장이가 창문을 열자 황새는 조심스럽게 안으로 들어와서 고운 대리석 바닥 위를 점잖게 걸어다녔습니다. 그의 부리에는 천사처럼 사랑스러운 아기가 보자기에 싸인 채 매달려 있었습니다. 아기가 왕비를 향해 자그마한 두 손을 뻗자 황새는 아기를 왕비의 무릎 위에 내려놓았습니다. 왕비는 기쁨의 눈물을 흘리며 아기를 껴안고 입을 맞추었습니다.

황새는 작은 가방을 내려놓고 날아갔습니다. 그 가방 안에는 달콤한 사탕이 담긴 주머니가 들어 있었습니다. 왕비는 어린 공주들에게 사탕봉지를 나누어 주었으나 큰딸에게는 줄 것이 없었습니다. 그 대신 그녀는 양복장이를 남편으로 맞이했습니다. 양복장이가 행복에 겨워 말했습니다.

"이건 마치 횡재한 기분이야. 우리 어머니 말씀이 옳았어. 어머니께서는 말씀하곤 하셨지. '하느님을 믿어라. 그러면 약간의 운만 따른다면 행복해질 것이다.' 라고."

왕은 구두장이에게 양복장이가 결혼식 날에 신고 춤을 출 구두를 만들라고 명령했습니다. 그러고 나서 왕은 그를 영원히 도시 밖으로 쫓아 버렸습니다. 쫓겨난 구두장이가 교수대에 이르렀을 때, 그는 치솟아오르는 분노와 더위에 지쳐서 교수대 밑에 누웠습니다. 그가 막 잠이 든 순간, 교수형을 당한 사람들의 머리 위에 앉아 있던 두 마리의 까마귀가 큰 소리로 울더니 삽시간에 내려와서 그의 두 눈을 쪼아 버렸습니다. 구두장이는 미친 듯이 숲 속을 헤매다가 아마 그 곳에서 죽었을 것입니다. 왜냐하면 그 이후로 그의 모습을 본 사람은 아무도 없으니까요.

108

고슴도치 한스

옛날 옛적에 돈과 재물이 아주 많은 농부가 있었습니다. 그런데 그는 부유하기는 했지만 행복하지는 않았습니다. 아내와의 사이에 아이가 없었기 때문입니다. 그가 마을로 내려가면 다른 농부들은 왜 아이가 없느냐고 놀리곤 했습니다. 하루는 너무 화가 나서 집으로 돌아오자마자 농부는 이렇게 외쳤습니다.

"나는 아이를 갖고 싶어. 그 아이가 고슴도치라도 좋아."

얼마 후 농부의 아내는 위쪽 반은 고슴도치이고 아래쪽 반은 사람인 아이를 낳았습니다. 아이를 본 아내는 소름이 오싹 끼쳐 소리를 질렀습니다.

"이게 다 당신 때문이에요!"

그러자 남편이 대답했습니다.

"어쩔 수 없는 일이오. 그나저나 아기가 세례를 받아야 하는데 대부가 되어 줄 사람이 있을지 모르겠군."

농부의 아내가 눈물을 흘리며 말했습니다.

"할 수 없이 이 아이 이름은 고슴도치 한스라고 해야겠군요."

신부님은 한스에게 세례를 준 다음 농부에게 말했습니다.

"이 아이는 가시같이 뻣뻣한 털 때문에 침대에서 잘 수 없을겁니다."

농부와 아내는 밀짚을 모아 난로 뒤에 깐 다음 그 위에 고슴도치 한스를 뉘었습니다. 어머니는 가시 같은 털에 찔릴까봐 한스를 제대로 돌볼 수 없었습니다. 한스는 8년 동안이나 난로 뒤에 누워 있었습니다. 이제 아버지는 지겨워하면서 차라리 한스가 죽기를 바랐으나 그는 죽지 않았습니다. 그저 죽은 듯이 있을 뿐이었습니다.

어느 날 마을에 장이 섰습니다. 장에 가기 전에 농부는 아내에게 필요한 것이 없느냐고 물었습니다.

"고기와 둥근 빵이 필요해요. 그게 전부예요."

농부는 하녀에게도 물었습니다. 하녀는 슬리퍼 한 켤레와 수가 놓인 양말을 부탁했습니다. 마지막으로 그는 한스에게 가서 물었습니다.

"너는 무엇이 갖고 싶으냐, 고슴도치 한스야?"

"아버지, 피리 하나만 사다 주세요."

장에서 돌아온 농부는 고기와 빵은 아내에게, 슬리퍼와 수놓인 양말은 하녀에게 주었습니다. 그리고 난로 뒤로 가서 고슴도치 한스에게 피리를 주었습니다. 한스는 피리를 받아들고 이렇게 말했습니다.

"아버지, 대장장이에게 가서 수탉 신발을 하나 만들어다 주세요. 그러면 수탉을 타고 멀리 떠나서 다시는 돌아오지 않겠어요."

아버지는 그가 멀리 떠난다는 말에 기뻐서 수탉의 신발을 지어다 주었습니다. 한스는 수탉에게 신발을 신긴 다음 당나귀 몇 마리와 돼지를 몰고 길을 떠났습니다. 그는 깊은 숲 속에서 그 가축들을 기르며 살고 싶었습니다. 숲에 도착한 고슴도치 한스는 커다란 나무 위로 수탉을 올려 보낸 후 그 곳에 정착해서 당나귀와 돼지를 키웠습니다. 그는 가축이 클 때까지 여러 해 동안 그 곳에 살면서 아버지에게는 아무 소식도 전하지 않았습니다.

그는 종종 나무 위에 앉아 피리로 아름다운 노래를 부르곤 했습니다. 어느 날이었습니다. 숲 속에서 길을 잃은 왕이 근처를 헤매고 있을 때 어디선가 아름다운 피리 소리가 들려 왔습니다. 그는 깜짝 놀라서 신하를 시켜, 그 소리가 어디서 들려 오는지 알아보도록 했습니다. 신하가 둘러보았으나 주변에는 아무도 없었고, 단지 나무 위에는 고슴도치와 수탉이 앉아 있을 뿐이었습니다. 그리고 음악소리는 거기에서 나는 것 같았습니다. 왕은 신하를 시켜, 어째서 그가 거기에 앉아 있는지, 그리고 궁전으로 돌아가는 길을 아는지 물어 보게 했습니다. 고슴도치 한스는 나무에서 내려와, 왕이 궁전에 도착했을 때 안뜰에서 맨 처음 마중 나오는 것을 주겠다고 문서로 약속한다면 길을 안내해 주겠다고 말했습니다.

왕은 고슴도치 한스가 글을 읽지 못한다는 것을 알아채고는 쉽게 승낙했습니다. 그러고는 펜에 잉크를 묻혀 되는 대로 적어 내려갔습니다. 왕은 고슴도치 한스의 안내를 받아 무사히 궁전에 도착했습니다. 멀리서 아버지가 오는 것을 본 공주는 즉시 달려 나와 아버지에게 입을 맞추었습니다. 그러자 왕은 고슴도치 한스와의 약속을 떠올리고 공주에게 그동안의 일을 이야기했습니다. 즉, 이상한 모습을 한 한스가 길을 가르쳐 주는 대가로 궁전에 도착하면 맨 처음 마중 나오는 것을 달라고 했으며, 그것을 글로 써서 약속했다고 말입니다. 그리고 그 이상한 사람이 수탉을 마치 말처럼 타고 앉아서 아름다운 음악을 연주한다는 것도 이야기해 주었습니다. 왕은 또한, 약속한 내용을 문서로 써 주기는 했지만 그가 까막눈이기 때문에 아무 소용이 없을 것이라고 말했습니다. 그 말을 들은 공주는 기뻐하면서 이상하게 생긴 사람을 따라가지 않아도 되니 참으로 다행이라고 말했습니다.

고슴도치 한스는 계속 당나귀와 돼지들을 길렀습니다. 그는 또 나무 위에 걸터앉아 즐겁게 피리를 불었습니다. 그런데 이번에도 길을 잃은 또 다른 왕이 신하들과 함께 그 곳을 지나가고 있었습니다. 숲이 너무 깊어서 궁전으로 돌아가는 길을 잃어버렸던 것입니다. 멀리서 들려오는 음악소리를 들은 왕은 그것이 무슨 소리인지 알아보라고 신하를 보냈습니다. 그가 다가가 나무 위를 올려다보니 나무 위에는 수탉이 한 마리 있었고, 수탉의 등에는 고슴도치 한스가 앉아 있었습니다. 그는 한스에게 이 곳에서 무엇을 하느냐고 물었습니다.

"나는 당나귀와 돼지를 기르고 있습니다만, 무엇을 도와드릴까요?"

신하는 왕의 일행이 길을 잃어서 궁전으로 돌아가지 못하고 있는데 혹시 숲을 빠져나가는 길을 아는지 물었습니다. 한스는 수탉과 함께 나무에서 내려온 다음 늙은 왕에게 가서 그가 왕궁으로 돌아갔을 때 맨 처음 마중나오는 것을 준다면 길을 가르쳐 주겠다고 말했습니다. 왕은 한스의 말에 동의해서 그가 부르는 대로 받아 적었습니다. 그런 후 한스는 수탉을 타고 길을 안내했습니다.

안전하게 성에 도착한 왕이 기쁜 마음으로 성의 안뜰로 들어섰을 때, 아름다운 외동딸이 달려 나와 그를 껴안았습니다. 그녀는 늙은 아버지가 돌아온 것을 대단히 기뻐하며 그렇게 오랫동안 어디서 무엇을 했는지 물었습니다. 왕은 공주에게 길을 잃고 헤매다가 반은 고슴도치이고 반은 인간인 이상한 사람을 만나서 간신히 돌아왔다고 설명했습니다. 그리고 그 이상한 사람이 수탉 위에 올라앉아 아름다운 음악을 연주한다는 것과, 그가 도와주는 대가로 성의 안뜰에서 맨 처음 마중 나오는 것을 그에게 주기로 약속했다는 것도 말했습니다. 왕은 공주에게 닥칠 일 때문에 매우 슬펐습니다. 그러나 공주는 진심으로 아버지를 사랑했기 때문에 그 이상한 사람이 언제 오더라도 그를 따라가겠다고 약속했습니다.

그러는 동안 고슴도치 한스는 계속해서 돼지들을 길렀고, 돼지들이 더 많은 돼지들을 낳아서 온 숲이 돼지들로 가득 차게 되었습니다. 그러자 한스는 더 이상 숲에서 살고 싶지 않았습니다. 그래서 그의 아버지에게 마을의 모든 돼지우리를 비워 놓으라고 편지를 보냈습니다. 그리고 그가 거대한 돼지 떼를 몰고 마을에 나타나면 누구든지 마음대로 돼지를 잡아도 좋다고 덧붙였습니다.

한스가 오래 전에 죽었을 것이라고 생각했던 아버지는 아들의 편지를 받고 다시 근심에 싸였습니다. 마침내 고슴도치 한스가 수탉 위에 올라탄 채 돼지 떼를 몰고 나타났습니다. 그러고는 모든 사람들에게 돼지를 잡으라고 말했습니다. 돼지들의 수가 너무나 엄청났기 때문에 그 소리는 몇 킬로미터 밖에까지 들렸습니다. 잠시 후 고슴도치 한스가 아버지에게 말했습니다.

"아버지, 다시 한 번 대장간에 가서 수탉의 신발을 만들어 주세요. 그러면 이곳을 떠나서 다시는 돌아오지 않겠어요."

아버지는 돌아오지 않겠다는 한스의 말에 내심 기뻐하면서 다시 수탉의 신발을 만들어 왔습니다. 고슴도치 한스는 길을 떠나 그가 첫 번째로 도와준 왕을 찾아갔습니다. 그러나 왕은 수탉에 앉아 피리를 부는 사람은 누구도 성내에 들여보내지 말라고 부하들에게 명령을 해 두고 있었습니다. 필요하다면 총이나 창 또는 칼을 사용해도 좋다고 말입니다. 그래서 한스가 성문으로 들어오자 병사들은 일제히 무기를 들고 공격했습니다. 그러나 한스는 수탉을 타고 공중으로 날아올랐습니다. 그리고 정문을 가볍게 넘어서 왕의 창문틀에 내려앉았습니다. 그는 왕에게 약속대로 공주를 달라고 요구하면서 그러지 않으면 왕과 공주의 목숨이 위험할 것이라고 위협했습니다. 그래서 왕은 딸에게 목숨을 부지하기 위해서는 한스를 따라가야 한다고 애원했습니다. 마침내 공주는 하얀 옷을 입고 나타났습니다. 왕은 그녀에게 여섯 마리의 말이 이끄는 마차와 훌륭한 하인들, 그리고 돈과 재물을 주어 보냈습니다. 마차에 올라탄 공주는 수탉 위에 앉아 피리를 부는 한스의 뒤를 따라갔습니다. 그들이 작별 인사를 올릴 때 왕은 이것이 딸을 마지막으로 보는 것이라고 생각했지만 그의 예상은 빗나갔습니다. 길을 떠난 지 얼마 되지 않았을 때, 고슴도치 한스는 그녀의 옷을 벗기고 가시 같은 털로 그녀의 몸에서 피가 나도록 찔렀습니다. 그러고는 그녀에게 말했습니다.

"이것이 약속을 지키려 하지 않은 데 대한 대가요. 성으로 돌아가시오. 당신과 같은 사람은 필요 없소."

성으로 돌아간 공주는 죽을 때까지 치욕 속에서 살아야 했습니다.

한편 한스는 수탉 위에서 피리를 불며 계속 여행을 했습니다. 드디어 그가 두 번째로 도와준 왕의 영토에 이르렀습니다. 왕이 부하들에게 한스가 오면 "오래 오래 사십시오!"라고 외치며 그를 환영하라고 명령해 두고 있었으므로 한스는 극진한 호위를 받으며 성에 이르렀습니다. 한스를 본 공주는 그가 너무 이상한 모습을 하고 있었기 때문에 처음에는 깜짝 놀라며 겁을 냈습니다.

그러나 그녀는 한스를 따라가겠다고 아버지와 약속했기 때문에 무슨 일이 있어도 그 약속을 지켜야 한다고 생각했습니다. 그래서 그녀는 고슴도치 한스를 환영했고, 곧바로 결혼식을 올렸습니다. 결혼식이 끝난 후 한스는 공주와 함께 먹고 마셨습니다. 밤이 되어서 잘 시간이 되자 공주는 한스의 가시 같은 털이 정말 무서웠습니다. 그러나 한스는 공주를 다치게 하고 싶지 않았기 때문에 그녀에게 무서워하지 말라고 안심시켰습니다. 그런 다음 고슴도치 한스는 왕에게 네 명의 병사에게 침실문 앞을 지키도록 해주고, 그가 침실 안으로 들어가 잠들 준비가 되면 큰 불을 지펴 달라고 부탁했습니다. 그리고 시간이 되면 그의 고슴도치 껍질이 벗겨질 것인데, 그 때 네 명의 병사가 재빨리 달려들어 그 껍질을 불에 던진 다음 그것이 다 타 버릴 때까지 지키게 해 달라고 부탁하는 것이었습니다.

시계가 11시를 치자 그는 방으로 들어가서 고슴도치 껍질을 벗었습니다. 곧

바로 병사들이 들어와 그 껍데기를 불에 던졌습니다. 껍데기가 다 타 버리자 그의 몸은 자유롭게 되어서 그는 사람처럼 침대에 누웠습니다. 그러나 그의 몸은 불에 그을린 것처럼 거무스름했습니다. 왕은 최고의 궁정 의사를 보내어 특별한 연고와 향료로 한스를 닦아 주게 했습니다. 그러자 한스는 점점 하얀 피부를 가진 잘생긴 청년으로 변했고 이것을 본 공주는 몹시 기뻐했습니다.

다음 날 아침 한스는 유쾌한 기분으로 자리에서 일어났습니다. 이제 한스는 인간으로 변했기 때문에 다시 한 번 공주와 결혼식을 올렸습니다. 늙은 왕은 고슴도치 한스에게 그의 왕국을 물려주었습니다.

몇 년이 지난 후 한스는 왕비와 함께 아버지를 찾아가 아들이 돌아왔다고 말했습니다. 그러나 한스의 아버지는 예전에 아들이 하나 있었지만 그는 고슴도치처럼 가시털로 덮인 채 태어났으며, 지금은 어디론가 가 버려서 이제는 아들이 없노라고 말했습니다. 고슴도치 한스가 바로 그 아들이 자신이라고 밝히자 늙은 아버지는 너무 기뻐서 눈물을 흘렸습니다. 그는 한스와 함께 그의 왕국으로 가서 잘 살았답니다.

이 이야기는 끝났으니, 이제 다음 이야기를 계속해 볼까요?

109

수의

한 어머니에게 일곱 살짜리 아들이 있었는데, 그 아이는 너무나 귀엽고 사랑스러워서 만나는 사람마다 한 번씩 머리를 쓰다듬지 않고는 견딜 수 없을 정도였습니다. 어머니는 이 세상의 무엇보다도 아들을 사랑했습니다. 그러나 어느 날 아이는 몹쓸 병에 걸려 결국 하느님이 데려가고 말았습니다. 어머니는 슬픔을 참을 수 없어서 밤이나 낮이나 울기만 했습니다. 그런데 땅 속에 묻힌 아이는 살아 있을 때 자주 앉아 놀던 자리에 밤마다 나타나기 시작했습니다. 그러고는 어머니가 울 때마다 같이 울다가 아침이 오면 사라지곤 했습니다. 몇 달이 지나도 어머니는 울음을 그치지 않았습니다.

그러던 어느 날 밤 아이는 관 속에서 입고 있는 하얀 수의를 입고 머리에는 영혼의 흰 고리를 두른 채 나타났습니다. 아들은 어머니의 발치에 앉아서 이렇게 말했습니다.

"오, 엄마. 제발 울음을 그쳐 주세요. 계속 그러시면 관 속에서 잠들 수가 없어요. 엄마가 흘린 눈물 때문에 내 작은 수의가 다 젖어 버렸어요."

이 말을 듣고 어머니는 깜짝 놀라 울음을 그쳤습니다. 다음 날 밤 아이는 손에 등불을 들고 다시 와서 말했습니다.

"엄마, 보세요. 내 수의가 거의 다 말랐어요. 이제 나는 무덤 속에서 편히 쉴 수 있게 되었어요."

그 이후로 어머니는 하느님께 모든 슬픔을 맡기고 아들을 잃은 아픔을 조용하고 참을성 있게 견뎌 냈습니다. 그 후로 아이는 다시 나타나지 않았고 땅 밑에 마련된 작은 침대에서 편안하게 잠이 들었습니다.

110

가시덤불 속의 유대인

옛날 옛적에 부지런하고 정직한 하인을 거느린 부자가 있었습니다. 그 하인은 아침에는 가장 먼저 일어나고 저녁이면 가장 늦게 잠자리에 들었습니다. 그리고 아무도 하지 않으려는 일도 먼저 선뜻 떠맡아했습니다. 그러면서 한 마디도 불평을 하지 않았습니다. 그는 늘 만족스러워하는 낙천적인 성격을 지닌 사람이었습니다. 하인은 그렇게 일 년 동안 주인을 위해 열심히 일했습니다. 하지만 그의 주인은 품삯을 한 푼도 주지 않았습니다. 돈을 주자니 배가 아팠던 것이지요. 또 하인이 달리 갈 데가 없으니까 앞으로도 자기를 위해서 상냥하고 공손하게 일을 계속할 것이라고 생각하고 있었습니다.

주인의 생각대로 하인은 군말 없이 다음 해에도 첫 해에 했던 것처럼 열심히 일했습니다. 그 해가 다 갈 무렵에도 지난 해처럼 아무것도 받지 못했지만 이러니 저러니 따지지도 않고 그냥 지나쳤습니다. 그 다음 해가 저물자 주인은 잠시 반성한 듯 뭔가를 주려는 듯이 주머니에 손을 넣었지만 아무것도 없는 빈 손을 빼냈습니다. 마침내 하인이 입을 열었습니다.

"주인님! 저는 3년 동안 열심히 일만 했습니다. 이제 제 품삯을 주십시오. 이 곳을 떠나 세상을 한 번 둘러보고 싶어요."

"아무렴, 이 사람아! 3년 동안 열심히 일을 했으니 내 품삯을 후하게 쳐서 주겠네."

주인은 주머니에 손을 넣어 청동화 세 닢을 꺼내면서 말했습니다.

"자네가 일한 한 해에 한 닢씩일세. 다른 주인 밑에서 번 것보다 후한 셈이야."

착한 하인은 액수가 적다고 생각하면서도 돈을 주머니에 넣고 '이제 주머니도 불룩해지고, 더 이상 걱정거리도, 고된 일거리도 없어졌구나.' 하고 생각했습니다.

그리고 나서 하인은 여행을 떠났습니다. 언덕을 오르고 골짜기를 지났습니다. 기쁜 마음으로 껑충껑충 뛰기도 하고 노래를 부르면서 말입니다. 어느 날 하인이 수풀을 지나는데 어디선가 작은 요정이 나타나 하인에게 말을 걸었습니다.

"어디 가니, 친구야? 난 네가 이 세상에서 근심 걱정이라고는 하나도 없는 사람이라는 걸 알아."

하인이 대답했습니다.

"내가 우울해할 일이 뭐가 있겠니? 3년 동안 일해서 번 돈이 내 주머니에서 짤랑거리는데."

"네 돈이 얼마나 되니?"

"얼마냐구? 청동화 세 닢이지, 그게 전부야."

"들어봐, 나는 아주 가난해. 그 청동화 세 닢을 내게 주렴, 난 요즈음 일을 할 수가 없어. 너는 아직 젊으니까 쉽게 돈을 벌 수 있잖아?"

착한 마음씨를 지닌 하인은 요정을 불쌍히 여겨 청동화 세 닢을 건네 주었습니다.

"하늘에 맹세하건대 그 돈은 절대로 돌려 달라고 하지 않을게."

"난 네가 착한 사람이라는 걸 알아. 그래서 네 소원 세 가지를 들어주려고 해."

청동화 한 닢에 하나씩 말이야."

"아, 그러니까 너는 기적 같은 일을 할 수 있는 모양이구나. 그렇다면 먼저, 무엇이든지 맞힐수 있는 새 사냥총을 갖고 싶어. 두 번째는 내가 연주하기만 하면 모든 사람들이 춤을 추는 바이올린, 그리고 세 번째는 내가 바라는 것은 무엇이든지 남들이 들어주지 않고는 못 배기는 굳센 힘을 갖고 싶어."

"네 소원은 곧 이루어질거야."

말을 마친 요정은 수풀 속으로 손을 뻗쳐 금방 주문해서 만든 것 같은 바이올린과 총을 끄집어냈습니다. 그것들을 하인에게 주면서 요정이 말했습니다.

"지금부터는 어느 누구도 네가 요구하는 것을 거절하지 못할거야."

하인은 속으로 대답했습니다.

'이것보다 더 나은 것은 없어, 고마운 친구야.'

하인은 즐겁게 가던 길을 걸어갔습니다. 잠시 후에 하인은 긴 염소수염을 기른 유대인을 만났습니다. 그는 길에 서서 나무 꼭대기에 앉아 노래하는 새소리를 듣고 있었습니다.

"거 참 신기하다! 저렇게 작은 놈이 어찌 저리 우렁찬 목소리를 가졌을까? 저 새가 내 거라면 참 좋을텐데 … 저 새를 아무 힘 안 들이고 잡을수는 없을까?"

"그 정도라면 내가 하겠소. 곧 새를 떨어뜨리겠소."

하인이 대뜸 나서서 총을 조준해 새의 두 눈 사이를 명중시켰습니다. 새는 가시나무 숲으로 떨어졌습니다.

"봤지, 이 지독한 사기꾼. 가서 새를 주워라."

하인이 유대인에게 큰소리를 쳤습니다.

"아니! 나를 지독한 놈이라고 하지 말았으면 좋겠어. 사기꾼이라고 생각하더라도 말이야. 그래도 하라는 대로 할게. 새를 잡았으니까."

유대인은 땅에 엎드려 수풀 쪽으로 몸을 돌렸습니다. 그가 수풀 한가운데에 들어서자 하인은 장난기가 발동해서 바이올린을 연주하기 시작했습니다. 유대인의 다리가 덩실덩실 허공을 저었습니다. 하인이 바이올린을 연주하면 할수록 유대인은 점점 더 신이 나서 춤을 추었습니다. 그러자 가시나무는 유대인의 옷을 찢고, 염소수염을 헝클어뜨리고, 온몸을 할퀴고 찔렀습니다.

"이런!"

유대인이 소리쳤습니다.

"왜 바이올린을 켜는거요? 제발 바이올린 연주를 멈춰요. 난 춤을 추고 싶지 않아요."

그래도 하인은 멈추지 않앗습니다. 하인은 유대인이 수많은 사람들의 물건을 빼앗기 때문에 그 답례로 가시나무가 그에게 똑같이 벌을 주는 것이라고 믿고 있었기 때문입니다. 하인이 바이올린을 계속 켜자 유대인은 점점 더 높이 뛰어올랐습니다. 그러다가 유대인의 옷 쪼가리가 가시나무에 걸렸습니다.

"아, 슬퍼! 제발 바이올린을 멈춰 줘요. 뭐든지 달라는 대로 주겠소! 금궤를 가져도 좋아요."

유대인이 울부짖었습니다.

"좋아, 당신이 그렇게 너그럽게만 된다면 기꺼이 연주를 멈추지. 하지만 이 말만은 해야겠소. 당신의 춤은 아주 일품이오."

말을 마친 하인은 금궤를 받아 가지고 가던 길을 갔습니다.

유대인은 그 자리에 서서 하인이 시야에서 사라질 때까지 노려보았습니다. 그리고 있는 힘을 다해 소리쳤습니다.

"이 불쌍한 악사야, 별 볼일 없는 맥주집 악사 같으니라고! 너를 꼭 잡고 말 테니 기다려! 신발 바닥이 닳아 없어질 때까지 쫓아갈 테다. 이 뜨내기야, 구걸이나 하고 다니라지. 아무 짝에도 쓸모 없는 놈 같으니라고."

그는 하인에게 머리에 떠오르는 대로 악담을 퍼부었습니다. 분풀이를 하고 나자 다소 기분이 누그러진 듯했습니다. 그리고 나서 그는 재판관을 만나러 관가로 달려갔습니다.

"존경하는 재판관님, 억울해요! 어찌 대로에서 협잡꾼이 활개를 친단 말입니까? 제가 당한 걸 들어보세요. 길가의 돌멩이도 저를 불쌍히 여길 것입니다. 내 옷은 갈가리 찢어졌고요, 몸뚱이는 할퀴고 찔렸어요. 보잘것없는 재산이지만 금궤도 빼앗겼어요. 비싼 금화 하나하나는 아주 좋은건데. 제발, 그 놈을 잡아 감옥에 가두어 주세요."

"칼을 휘두른 사람이 병사더냐?"

"아닙니다. 그에게는 칼이 없고 어깨에 멘 총과 목에 건 바이올린이 있어요. 그 악한은 눈에 잘 띄지요."

그래서 재판관이 하인을 찾기 위해 사람을 보냈습니다. 그들은 느릿느릿 걸어가던 하인을 찾아냈습니다. 물론 금궤도 찾았지요. 재판정에 끌려온 하인이 말했습니다.

"저는 유대인을 건드리지 않았습니다. 물론 그의 돈도 빼앗지 않았고요. 자기가 내게 준거예요. 내가 켜는 바이올린을 멈추도록 하기 위해서였죠. 그는 내 음악을 참기 어려웠던 모양이에요."

"당치 않아요! 저 놈이 거짓말을 하고 있어요."

재판관도 하인의 말을 믿지 않았습니다.

"구차하게 변명하지 말아라. 유대인은 그런 적이 없단다."

그러면서 재판관은 착한 하인을 교수형에 처하라는 판결을 내렸습니다. 길

에서 강도짓을 했다는 것입니다. 하인이 끌려가자 유대인이 소리를 질렀습니다.

"이 한심한 놈아, 불쌍한 악사야! 네가 저지른 만큼 벌을 받을거다!"

하인은 조용히 사형 집행인과 함께 사다리를 올라갔습니다. 그러나 마지막 계단에서 그는 재판관을 돌아보며 말했습니다.

"죽기 전에 마지막 소원이 한 가지 있습니다."

"좋아, 목숨을 살려 달라는 것만 아니라면 말이다."

"목숨에 대한 게 아닙니다. 마지막으로 바이올린을 한 번 연주해 보고 싶어요."

유대인이 수선을 피웠습니다.

"제발 허락하지 마세요! 허락해 주지 말라니까요!"

하지만 재판관은 그 말을 듣지 않았습니다.

"어떻게 그렇게 간단한 부탁조차 들어주지 않겠다고 하겠나? 그의 요청을 들어준다고 했으니 약속을 지켜야지."

재판관이 하인의 말을 거역하는 것은 불가능했습니다. 요정이 하인에게 힘을 주었기 때문입니다.

유대인은 울부짖었습니다.

"슬프다, 슬퍼! 나를 묶어 줘, 나를 꽁꽁 묶어 달라고."

착한 하인이 목에서 바이올린을 빼 들었습니다. 그가 활로 바이올린을 켜자 재판관, 서기, 사무원 할 것 없이 모든 사람들이 몸을 흔들기 시작했습니다. 유대인을 묶으려던 사람도 손이 흔들려 끈을 놓치고 말았습니다. 활로 다시 한 번 바이올린을 켜자, 그들은 모두 다리를 들어올렸습니다. 사형집행인도 착한 하인을 놓아두고 춤출 준비가 된 것입니다.

다시 세 번째로 바이올린을 켜자, 모든 사람들이 높이 뛰어오르며 춤을 추었습니다. 재판관과 유대인이 가장 높이 뛰어오르며 춤을 이끌었습니다. 노인네도, 아이들도, 뚱뚱한 사람도, 깡마른 사람도 한데 어우러졌습니다. 개들도 뒷다리로 서서 깡충깡충 뛰었습니다. 하인이 연주를 계속하자 사람들은 괴성을 지르고 서로 머리를 부딪치면서 높이 뛰어올랐습니다. 마침내 재판관이 숨을 내쉬며 소리쳤습니다.

"바이올린을 멈추기만 하면 목숨을 살려 주겠다!"

착한 하인은 그의 요청을 받아들여 바이올린을 내려서 목에 걸었습니다. 그리고 사다리를 내려왔습니다. 그리고 땅바닥에 엎드려 숨을 헐떡이는 유대인에게 다가가 말했습니다.

"이 비열한 사기꾼아, 그 돈이 어디서 났는지 고백해 봐. 그러지 않으면 이 바이올린을 꺼내 다시 연주할 테다."

"훔쳤어요, 훔쳤어! 하지만 당신은 정직하게 벌었어요."

재판관은 유대인에게 교수형을 내렸습니다. 유대인은 도둑으로서 처형을 당한 것입니다.

111

솜씨 좋은 사냥꾼

옛날 옛적에 자물쇠 만드는 일을 배운 젊은이가 살았습니다. 젊은이는 아버지에게 세상에 나가서 자기의 운수를 시험해 보고 싶다고 말했습니다.

"좋아, 나도 찬성이다!"

젊은이의 아버지는 약간의 노자를 주었습니다.

젊은이는 일거리를 찾아 이리저리 돌아다녔습니다. 그리고 얼마 후에 그는 자기가 자물쇠 장수로 성공할 수 없다는 것을 알았습니다. 더욱이 그 일은 자기 적성에도 맞지 않았습니다. 그는 사냥꾼이 되고 싶었습니다. 홀로 여행을 하던 어느 날 그는 녹색옷을 입은 사냥꾼을 만났습니다. 사냥꾼은 그 젊은이에게 어디에서 왔으며, 어디로 가느냐고 물었습니다. 젊은이는 자기는 자물쇠 장수지만 지금은 그 일을 좋아하지 않으며 사냥꾼이 되고 싶다고 대답했습니다. 그리고 자기를 도제로 써 달라고 부탁했습니다.

"그래, 네가 나랑 함께 가려고만 한다면 말이다."

젊은이는 사냥꾼을 따라갔습니다. 그리고 몇 년 동안 사냥꾼을 따라다니며 사냥 기술을 배웠습니다. 견습 기간이 끝나자, 그는 다른 곳에서 자기 운수를 시험하고 싶어졌습니다. 젊은이는 사냥꾼을 따라다니며 도와준 대가로 공기총을 받았습니다. 그 공기총은 쏘기만 하면 명중되는, 아주 특별한 총이었습니다.

젊은 사냥꾼은 짐을 꾸려 떠났습니다. 그리고 곧 하루 동안에 지나갈 수 없는 아주 너른 숲에 닿았습니다. 땅거미가 지기 시작하자 그는 맹수들을 피해 높다란 나무 위로 올라갔습니다. 한밤중이 되자 멀리서 가물가물 빛나는 작은 불빛이 보였습니다. 그는 나뭇가지 사이로 그 곳을 보고 빛이 새어 나오는 곳을 알아 두었습니다. 그리고 나서 자기가 가려고 하는 방향을 표시해 두기 위해서 모자를 벗어 불빛이 있는 쪽으로 던졌습니다. 그는 나무에서 내려와 모자를 찾아 썼습니다. 그리고 똑바로 앞으로 걸어갔습니다. 한참을 걸어가자 불빛이 점점 커졌습니다. 그가 불빛 가까이 다다랐을 때, 세 거인이 무시무시하게 불을 피워 놓고 주위에 둘러 서서 황소를 꼬챙이에 끼워 굽고 있었습니다.

"내가 맛 좀 볼까? 고기가 다 익었나 보게."

그들 중 한 녀석이 고기를 뜯어 막 입에 넣으려고 했습니다. 그 때 사냥꾼이 총을 쏘아 그의 손에서 고기를 날려 버렸습니다.

"어라, 이게 뭐지? 방금 바람이 불어 고기가 날아 갔나?"

거인은 또 다른 고기 조각을 집어 들었습니다. 그러나 이번에도 거인이 고기를 물어 뜯으려는 순간 사냥꾼이 총을 쏘아 날려 버렸습니다. 거인은 머리 끝까지 화가 나 옆에 앉아 있는 동료의 뺨을 후려 갈기며 사납게 몰아쳤습니다.

"왜 내가 고기를 먹으려고 하기만 하면 빼앗는거야?"

"난 그걸 빼앗지 않았어. 명포수가 총을 쏘아 날려 버린거지!"

거인이 다시 고기를 집어 들었지만, 젊은이가 총을 겨누어 들고 있는 고기를 또 날려 버렸습니다. 그러자 거인이 말했습니다.

"이렇게 작은 고기조각을 쏘아 맞힐 수 있는 사람은 틀림없이 명사수일거야. 그런 사람이라면 우리에게 꼭 필요하지."

거인들은 함께 목청껏 소리쳤습니다.

"이봐, 명사수! 이리 와 봐. 이리 와서 마음껏 먹어. 해치지 않을게. 이리 오지 않으면 우리가 억지로 끌고 올거야. 그럼 네가 손해야!"

젊은이는 거인들에게 다가갔습니다. 그리고 자기는 자기가 가진 총으로 목표물을 겨눠 쏘기만 하면 무엇이든지 정확히 맞추는 명사수라고 소개했습니다다. 이야기를 듣고 난 거인들은 자기들이 하려는 일에 동의하면 잘 대접해 주겠다고 말했습니다. 거인들은 젊은 사냥꾼에게 설명해 주었습니다. 숲을 벗어나면 큰 강이 나오는데, 강 건너편에 성이 있고 거기에는 아름다운 공주가 살고 있다는 것입니다. 거인들은 그 공주를 납치해 오고 싶었던 것입니다.

"좋아, 너희들을 위해서 내가 당장 공주를 데려오지!"

"잠깐! 빠뜨린 게 있어. 거기에는 누구든지 가까이 가기만 하면 마구 짖어대는 작은 개가 한 마리 있지. 개가 짖으면 모든 사람들이 깨 버려. 그래서 우리가 공주를 납치할 수 없단 말이야. 넌 그 작은 개를 쏘아 죽일 수 있겠지?"

"물론이지! 그 정도야 식은 죽 먹기지."

강가에 간 사냥꾼은 나룻배를 타고 강을 건넜습니다. 그가 배에서 내리자 작은 개가 달려와 막 짖으려고 했습니다. 사냥꾼이 공기총을 꺼내 쏘자 개는 고꾸라졌습니다. 그것을 본 거인들은 틀림없이 공주를 얻으리라 생각하면서 기뻐했습니다. 하지만 사냥꾼은 자기가 먼저 성 안을 살펴본다고 하면서 거인들에게 자신이 부를 때까지 성 밖에 그냥 있으라고 했습니다. 사냥꾼이 성 안으로 들어갔을 때는 모든 사람들이 잠들어 있어서 성 안은 마치 교회처럼 조용했습니다.

첫째 방문을 열었을 때, 그는 벽에 걸린 순은 사브르 칼을 보았습니다. 그 칼에는 황금별이 박혀 있고 손잡이에는 왕의 이름이 새겨져 있었습니다. 그리고 책상 옆에는 봉한 편지가 놓여 있었는데 사냥꾼은 그것을 뜯어 보았습니다. 거기에는 이 사브르 칼을 가진 사람은 누구든지 상대방을 꺾을 수 있다고 씌어 있었습니다. 그는 벽에 걸린 사브르 칼을 내려 자신의 허리에 차고 다음 방으로 들어갔습니다. 거기에는 공주가 잠을 자고 있었는데 공주의 너무도 아름다운 모습에 사냥꾼은 잠시 발걸음을 멈추고 공주를 쳐다보았습니다. 그리고 자기 가슴에 손을 얹고 곰곰이 생각했습니다.

'이렇게 순진한 소녀를 어떻게 거친 거인들에게 넘겨준단 말인가? 마음 속이 오로지 악마로 득실거리는 거인들.'

사냥꾼은 잠시 서성거리다가 문득 침대 밑에 있는 슬리퍼 한 켤레를 발견했습니다. 오른쪽 슬리퍼에는 그녀의 아버지 이름과 별이, 왼쪽 슬리퍼에는 공주의 이름과 별이 새겨져 있었습니다. 그녀는 금실로 수놓아진 폭이 넓은 실크 목도리를 두르고 있었습니다. 오른쪽에는 그녀의 아버지 이름이, 왼쪽에는 그녀의 이름이 황금 글씨로 새겨져 있었습니다.

사냥꾼은 가위로 목도리의 오른쪽 귀퉁이를 잘라 배낭에 집어넣었습니다. 공주는 잠옷을 입고 여전히 깊은 잠에 빠져 있었습니다. 젊은이는 공주가 깨지 않도록 조심하면서 그녀의 가운 한 자락을 잘라 다른 물건들처럼 배낭에 집어넣었습니다. 그리고 조용히 밖으로 나왔습니다. 젊은이가 성문으로 되돌아갔을 때, 거인들이 거기에 서서 사냥꾼을 기다리고 있었습니다. 그들은 사냥꾼 젊은이가 공주를 데리고 나오리라고 생각했습니다. 그러나 그 대신에 사냥꾼은 공주가 이미 자기 수중에 있다고 말하며 거인들에게 안으로 들어오라고 했습니다. 성문을 열 수는 없었으므로 거인들은 성벽에 난 구멍을 통해 기어들어가야만 했습니다.

첫 번째 거인이 기기 시작했습니다. 사냥꾼이 거인의 머리를 틀어쥐고 안으로 잡아당겼습니다. 그리고 사브르 칼로 한 번에 목을 베어 버렸습니다. 그리고 몸뚱이를 완전히 안으로 잡아 끌어당겼습니다. 다음으로 두 번째 거인을 불러들여 그의 머리도 베어 버렸습니다. 그리고 마지막 세 번째 거인도 마찬가지로 해치웠습니다. 사냥꾼은 공주를 거인들로부터 구해 냈다고 생각하니 몹시 기뻤습니다. 그는 거인들의 혀를 잘라 배낭에 넣고는 이렇게 생각했습니다.

'이제 집으로 돌아가 아버지에게 내가 이미 이룬 것을 보여 줄거야. 그런 뒤에 세계를 여행할거야. 하느님이 내게 내리려고 하는 행운이 무엇이든 나는 만족해.'

한편 성에서는 잠에서 깬 왕이 세 거인이 죽어 나동그라져 있는 것을 발견했습니다. 그는 딸의 침실로 가서 공주를 깨워 누가 거인을 처치했느냐고 물었습니다.

"아버님, 전 몰라요. 전 잠만 자고 있었어요."

공주가 일어난 슬리퍼를 신으려고 했지만 오른쪽 슬리퍼가 보이지 않았습니다. 목도리를 둘러보니 오른쪽 귀퉁이가 잘려 나가고 없었습니다. 잠옷을 힐끗 내려다보니 잠옷 한 자락도 잘려 나가 있었습니다. 왕은 잃어버린 조각들을 맞추려 성 안의 병사들과 모든 사람들에게 궁전을 샅샅이 뒤지라고 명령했습니다. 그리고 누가 거인을 처치하고 자기 딸을 구했는지 수소문했습니다.

그 때 추한 애꾸눈 선장이 나타나 자기가 그 일을 했다고 떠벌렸습니다. 늙은 왕은 그가 틀림없이 자기 딸을 구했을 것으로 믿고 딸과 혼례를 시키겠노라고 발표했습니다. 하지만 공주는 왕에게 말했습니다.

"아버님, 그 사람과 결혼하느니 차라리 집을 나가 멀리 떠나 버리겠어요."

공주가 애꾸눈 선장과의 혼례를 거절하자, 왕은 그녀에게 왕실 의복을 벗고 하인 복장으로 궁을 떠나라고 호령했습니다. 게다가 도공을 찾아가 그의 도예품을 가져다가 팔라고 말했습니다. 그래서 공주는 왕실 의복을 벗고 도공을 찾아가서 그의 도예품 재고를 빌려서 돌아왔습니다. 저녁 때까지 물건들을 모두 팔면 도예품 값을 지불해 주기로 약속하고 말입니다. 그러자 왕은 공주에게 길가에 앉아 도예품을 팔라고 명했습니다.

그리고 한편으로는 몇몇 농부에게 일러서 공주의 도예품 위로 마차를 몰고 가 모든 도예품을 산산조각 내라고 명령했습니다. 그래서 공주가 상품을 길가에 진열하자 마차가 들이닥쳐 모든 것을 박살내 버렸습니다. 공주는 하염없이 눈물을 흘렸습니다.

"아, 아버님! 전 도공에게 어떻게 값을 쳐 주라고요?"

왕은 이렇게 해서라도 공주를 선장에게 시집 보내려고 했지만 공주는 도공에게 도예품을 좀더 빌려 달라고 애원했습니다. 도공은 이미 가져간 물건값을 치르기 전에는 더 이상 물건을 줄 수 없다고 잘라 말했습니다. 공주는 왕을 찾아가 소리도 질러 보고 머리를 숙이고 애원도 해보았으며, 멀리 떠나 버리고 싶다고 하소연도 해보았습니다.

"난 너를 위해 숲 속에 오두막을 지을 테다. 넌 한평생 그 곳에 머무르게 될거야. 찾아오는 사람들에게 요리를 해주면서 말이다. 그러나 그것을 하면서 돈을 받는 건 금한다."

오두막이 완성되었을 때 문 밖에 팻말이 내걸렸는데, 그 팻말에는 "오늘은 무료, 내일은 유료!"라고 씌어 있었습니다.

공주는 오랫동안 그 곳에서 살았습니다. 문 밖에 내건 팻말처럼 무료로 요리해 주는 소녀가 산다는 소문은 아주 멀리까지 퍼졌습니다.

사냥꾼의 귀에도 그 소식이 전해졌습니다. 사냥꾼은 그것이 자기를 위한 것이라고 생각했습니다. 어쨌든 그는 가난하고 돈이 없었던 것입니다. 사냥꾼은 공기총과 성에서 가져온 모든 증거물이 든 배낭을 지고 숲으로 갔습니다. 물론 거인의 머리를 베었던 사브르 칼도 차고 있었습니다.

사냥꾼은 "오늘은 무료, 내일은 유료!"라는 팻말이 걸린 오두막을 찾아 안으로 들어갔습니다. 먹을 것을 시킨 사냥꾼은 아름다운 소녀를 만나 무척 기뻤습니다. 소녀는 그림처럼 예뻤습니다. 소녀가 사냥꾼에게 어디에서 왔으며 어디로 가느냐고 묻자 사냥꾼이 대답했습니다.

"난 지금 세계를 여행하는 중이오."

그러자 소녀는 사브르 칼이 어디에서 났느냐고 물었습니다. 왜냐하면 칼에는 자기 아버지의 이름이 새겨져 있었기 때문입니다. 사냥꾼은 대답대신 그녀가 왕의 딸인지를 물었습니다.

"예, 그래요."

"이 사브르 칼로 내가 세 거인의 목을 쳤다오."

사냥꾼은 배낭에서 증거물로 거인의 혀를 꺼냈습니다. 그리고 공주의 슬리퍼와 목도리 귀퉁이, 잠옷 자락도 보여 주었습니다. 공주는 기쁨에 겨워 어쩔 줄을 몰랐습니다. 자기를 구해 준 사람을 이제야 찾았기 때문입니다. 그들은 함께 왕을 찾아갔습니다. 공주는 왕을 자기방으로 모셔와서 이 사냥꾼이 진정 자기를 구한 사람이라고 말했고 늙은 왕도 증거물을 보고 모든 의심을 풀었습니다. 그리고 모든 일이 어떻게 해서 일어났는지 알게 되어 기쁘다고 말했습니다. 이제 사냥꾼은 공주와 결혼할 자격이 주어졌으며 공주는 정말 무척이나 행복했습니다.

왕과 공주는 사냥꾼을 이웃 나라 왕자님으로 꾸미고 향연을 베풀었습니다. 그들이 테이블로 갔을 때 애꾸눈 선장이 다가와 공주와 사냥꾼 사이에 끼여 앉았습니다. 선장은 사냥꾼을 이 나라를 방문하기 위해 외국에서 온 왕자쯤으로 생각하고 있었습니다. 그들이 음식을 먹고 나자 늙은 왕이 선장에게 수수께끼를 냈습니다.

"만일 어떤 사람이 세 거인을 죽였다고 주장을 해서, 그에게 그가 죽인 세 거인의 혀를 가져오라고 했을 때 그가 그 혀를 가져오지 못한다면 그것은 어찌 된 일일까?"

"그 거인들에게는 아마 혀가 없었을 것입니다."

선장이 대답했습니다.

"그렇지 않아. 모든 동물에는 혀가 있게 마련이지."

왕이 말을 받았습니다. 그리고 애꾸눈 선장에게 다시 물었습니다.

"그런 허풍선이에게 줄 만한 벌이 없을까?"

"그런 놈은 마땅히 능지처참해야지요."

선장이 대답하자 왕은 애꾸눈 선장에게 판결을 내렸습니다. 애꾸눈 선장을 감옥에 수감한 다음에 능지처참하라고 말입니다.

공주와 결혼을 한 사냥꾼은 그의 부모님을 모셔 오기 위해 집으로 돌아갔습니다. 그 부모님은 아들 내외와 행복하게 잘 살았습니다. 그리고 늙은 왕이 죽자 사냥꾼은 왕국까지 물려받았습니다.

112

하늘 나라에서 가져온 도리깨

한 농부가 황소 한 쌍을 끌고 밭을 갈러 나갔습니다. 그런데 농부가 들판에 이르렀을 때 두 황소의 뿔이 자라기 시작했습니다. 그리고 그 황소들의 뿔은 농부가 집으로 돌아갈 때까지 계속 자랐으므로 그 뿔들이 너무 커서 황소들이 농장 문으로 들어갈 수가 없었습니다. 그 때 다행스럽게도 우연히 도살업자가 다가와서 그 황소들을 데려가겠다고 말했습니다. 농부는 도살업자에게 순무씨 한 말을 주기로 하고, 도살업자는 농부에게 무씨 하나에 1브라반트 은화 한 닢을 치르기로 했습니다. 이를테면 훌륭한 거래가 성립된 셈입니다.

그래서 농부는 집으로 돌아가 순무씨 한 말을 배낭에 넣어 짊어지고 왔습니다. 그런데 도중에 작은 씨앗 하나가 배낭 밖으로 떨어졌습니다. 도살업자는 농부에게 약속한 대로 값을 치렀지만 농부가 씨앗 하나를 떨어뜨리지만 않았다면, 그는 1브라반트 은화를 더 받았을 것이었습니다.

농부가 읍내에 있는 동안 그 씨앗은 커다란 나무로 자라 하늘 나라까지 닿았습니다. 집으로 돌아오는 길에 이것을 본 농부는 '이렇게 좋은 기회를 그냥 지나칠 수는 없어. 하늘 나라로 올라가서 천사가 거기서 무얼 하고 있는지 직접 보아야겠어.' 하고 생각했습니다.

그래서 농부는 나무를 타고 올라가 천사들이 귀리를 타작하는 것을 구경했습니다. 천사들이 타작하는 것을 지켜 보던 농부는 자기가 올라타고 있는 나무가 흔들리기 시작하는 것을 깨달았습니다. 그래서 아래를 내려다보니 누군가가 나무를 베고 있었습니다. 그는 '내가 저 아래로 곧장 떨어진다면 얼마나 끔찍할까!' 하고 생각했습니다.

이런 절망적인 상황에 처하게 되자 그는 산더미처럼 놓여 있는 귀리 지푸라기를 꼬아서 동아줄을 만드는 일이 생각났습니다. 그렇게 해서 그는 하늘나라 여기저기에 놓여 있던 호미와 도리깨를 움켜 쥔 채 동아줄을 타고 내려왔습니다. 그는 땅으로 내려서면서, 깊고 깊은 함정에 빠졌지만, 운좋게도 호미를 가져왔기 때문에 스스로 디딤판을 만들 수가 있었습니다. 농부는 디딤판을 밟고 올라오면서 그 도리깨도 함께 가져왔습니다. 왜냐하면 누군가가 자기의 이야기를 믿지 않을 때마다 그것을 증명해 보이고 싶었기 때문입니다.

113

두 왕의 아이들

옛날 옛날에 어린 아들을 둔 왕이 살았습니다. 별자리 점괘에 따르면 그 아들은 열여섯 살이 되면 수사슴에 의해 죽게 되어 있었습니다. 열여섯 살이 된 어느 날 왕자는 사냥꾼과 함께 숲으로 사냥을 나갔습니다. 그러나 왕자는 일행을 잃어버려 혼자 떨어지게 되었습니다. 그 때 갑자기 큰 수사슴이 나타나 왕자가 총을 쏘아 댔지만 제대로 맞지 않았습니다. 마침내 수사슴은 뒤쫓던 왕자를 숲 밖으로 끌어냈습니다. 숲 밖에 나오니 키가 훤칠하고 호리호리한 사람이 수사슴 대신 거기에 서서 말했습니다.

"허, 좋은 일이야. 난 이제 너를 잡았어. 그동안 너를 쫓느라 유리 스케이트 여섯 켤레나 닳았지만 너를 잡을 수는 없었다."

그는 왕자를 끌고 넓은 호수를 건너 거대한 궁전으로 들어갔습니다. 그 곳에서 왕자는 식탁에 앉아 그와 식사를 했습니다. 그는 그 나라의 왕이었는데 식사가 다 끝나자 왕이 말했습니다.

"내겐 세 딸이 있소. 난 자네가 저녁 9시부터 아침 6시까지 나를 위해 맏딸을 보살펴 주기를 바라오. 시계가 매시간을 알려 줄 때마다 내가 가서 자네를 부르겠다. 만약 자네 대답이 없으면 자네는 내일 아침이 곧 제삿날인줄 아시오. 하지만 대답이 있으면 내 딸을 아내로 삼게 해주겠소."

젊은이가 침실로 갔을 때, 거기에는 성 크리스토퍼(여행자의 수호성인) 석상이 있었습니다. 왕의 맏딸이 석상에게 말했습니다.

"아버님은 9시 정각에 오시고, 시계가 6시를 알릴 때까지 매시간마다 오십니다. 아버님이 어떤 것을 물으시면 왕자님 대신 당신이 대답해 주길 바랍니다."

성 크리스토퍼 석상이 머리를 끄덕였습니다. 그러고는 점점 느려져 마침내 멈추어 섰습니다.

다음 날 아침, 왕이 왕자에게 말했습니다.

"그대는 잘해냈소. 하지만 내 딸을 줄 수는 없소. 자, 난 그대가 내 둘째 딸을 보살펴 주길 바라오. 그러면 내 맏딸을 그대의 신붓감으로 줄까 하오. 대답이 없으면 그대는 살아 남지 못할거요."

왕자는 둘째 공주와 함께 침실로 갔습니다. 거기에는 전날 것보다 더 큰 성 크리스토퍼 석상이 서 있었습니다. 공주가 석상에게 말했습니다.

"아버님이 질문을 하시면 왕자님 대신 대답을 하세요."

커다란 성 크리스토퍼 석상이 무척 빠르게 머리를 끄덕이다가 점점 느려지더니 멈추어 섰습니다. 왕자는 팔 베개를 하고 문간에 누워 잠이 들었습니다.

다음 날 아침, 왕이 왕자에게 말했습니다.

"그대는 잘해 냈소. 하지만 내 딸을 줄 수가 없구려. 난 그대가 내 막내딸도 잘 지켜 주리라 믿소. 그러면 그대의 신붓감으로 내 둘째 딸을 생각해 볼 수도 있지. 난 매시간 오겠소. 내가 부르면 대답을 하시오. 만일 내 부름에 대답이 없으면 그대는 살아 남지 못할거요."

다시 왕자는 막내딸과 함께 침실로 갔습니다. 거기에는 다른 두 개보다 더 우람하고 훨씬 큰 성 크리스토퍼 석상이 서 있었습니다. 셋째 딸이 석상에게 말했습니다.

"만일 제 아버님이 부르시면 당신이 대답하세요."

우람하고 커다란 성 크리스토퍼 석상이 머리를 30분은 끄덕이고 나서야 멈추어 섰습니다. 왕자는 문간에 누워 잠이 들었습니다.
　다음 날 아침, 왕이 말했습니다.
　"그대는 정말로 약속을 잘 지켰소. 하지만 아직은 내 딸을 줄 수가 없소. 내게는 커다란 숲이 있소. 만일 그대가 아침 6시부터 저녁 6시 동안에 그 수풀을 베어 준다면 내 딸을 그대에게 줄 생각이오."
　왕은 왕자에게 유리 도끼, 유리 쐐기, 유리 곡괭이를 주었습니다. 숲에 도착한 왕자는 바로 도끼로 나무를 찍기 시작했지만 도끼는 금방 두 동강이 나 버렸습니다. 그래서 이번에는 쐐기를 꺼내 곡괭이를 박기 시작했습니다. 하지만 그것도 모래 알갱이만한 크기로 산산조각이 나 버렸습니다. 왕자는 풀이 죽어서 죽을지도 모른다는 생각을 하면서 주저앉아 눈물을 흘렸습니다.
　정오가 되자 왕이 딸들에게 말했습니다.
　"너희들 중 하나가 왕자에게 먹을 것을 가져다주어야겠다."
　"아니예요. 우리는 가져다줄 수 없어요. 그 사람이 마지막으로 지켜 준 사람이 가져다주도록 해요."
　위의 두 딸이 말했습니다. 그래서 막내딸이 왕자에게 먹을 것을 가져다 주게 되었습니다. 그녀가 숲에 도착해서 왕자에게 일이 어떻게 되어가느냐고 묻자 왕자는 풀이 죽어서 대답했습니다.
　"아, 영 말이 아니예요."
　막내딸은 왕자에게 자기 쪽으로 다가와서 먹을 것을 좀 들라고 말했습니다.
　"아니요. 그럴 수 없소. 난 곧 죽을거요. 아무것도 먹고 싶지 않아요."
　그녀는 왕자에게 그래도 음식을 좀 들어 보라고 다정하게 애원했습니다. 그래서 왕자는 그녀 곁으로 다가가 먹을 것을 들었습니다. 왕자가 음식을 먹고 나자 그녀가 말했습니다.
　"내가 당신의 힘을 빼놓을거예요. 그러고 나면 좋아질거예요."
　그녀가 왕자의 힘을 빼놓자 그는 너무 피곤해서 잠에 떨어졌습니다. 그녀는 목도리를 풀어 그것으로 매듭을 만든 뒤 그것으로 땅을 세 번 내려치며 말했습니다.
　"일꾼들아, 나오너라!"
　그러자 갑자기 수많은 난쟁이들이 땅 속에서 나타나 공주의 명령을 기다렸습니다.

"3시간 안에 이 거대한 수풀을 베어야 한다. 나무들은 쌓아서 한데 묶어놓으렴."

난쟁이들은 어디론가 가서 그들의 동료들을 더 불러오더니 자기들의 일을 돕도록 했습니다. 시작한지 3시간 만에 그들이 모든 일을 끝내자 그녀는 다시 한 번 자신의 흰 목도리를 꺼내 외쳤습니다.

"일꾼들아, 돌아가거라!"

그러자 난쟁이들은 순식간에 사라졌습니다.

잠에서 깬 왕자는 주위를 살펴보고 매우 기뻐했습니다. 공주가 왕자에게 말했습니다.

"시계가 6시를 알릴 때 성으로 돌아가시지요."

왕자는 공주의 말에 따랐습니다. 왕자가 성으로 돌아가자 왕이 그에게 말했습니다.

"숲 전체를 베어 냈소?"

"예!"

왕자가 당당하게 대답했습니다.

그들이 테이블에 앉자 왕이 또 말했습니다.

"아직은 내 딸을 그대의 신붓감으로 줄 수가 없소. 그대는 먼저 다른 일을 해야겠소."

왕자는 해야 할 일이 무엇인지 물었습니다.

"내겐 엄청나게 널따란 연못이 있소. 그대는 내일 아침 그 곳에 가서 연못을 거울처럼 말끔하게 청소한 다음, 그 연못에 온갖 종류의 물고기를 잡아다 넣으시오."

다음 날 아침, 왕은 그에게 삽 하나를 주면서 말했습니다.

"6시까지 그 일을 끝내야만 하오."

왕자는 궁궐을 출발해서 연못에 닿았습니다. 그는 삽을 쓰레기 속으로 찔러넣었습니다. 그러나 삽날이 부러지고 말았습니다. 그래서 곡괭이로 파려고 해보았지만 그것도 부러지고 말았습니다. 왕자는 낙담했습니다. 정오가 되자 왕의 막내딸이 왕자에게 먹을 것을 가지고 왔습니다. 공주가 왕자에게 일이 어떻게 되어 가느냐고 묻자 왕자는 일이 영 엉망이라고 대답했습니다. 왕자는 목숨을 잃을 처지에 놓이게 되었습니다.

"모든 연장들이 부러져 버렸소."
"자, 이리 오셔서 우선 먹을 것을 드세요. 그러면 좋아질거예요."
"아니요. 먹을 수가 없소. 난 너무 슬퍼요."

하지만 공주가 왕자에게 아주 다정하게 이야기를 했으므로 왕자는 공주 곁으로 다가와 음식을 먹었습니다. 공주가 다시 한 번 왕자의 힘을 빼놓자 왕자는 다시 잠이 들었습니다. 그녀는 또다시 목도리를 꺼내 매듭을 묶었습니다. 그리고 그것으로 땅을 세 번 내려치면서 소리쳤습니다.

"일꾼들아, 나오너라!"

갑자기 수많은 난쟁이들이 나타나 공주가 원하는 것이 무엇인지를 물었습니다.

"3시간 안에 연못을 말끔히 치워. 너희들 모습이 그대로 연못에 비칠 수 있도록 깨끗이 빛나게 해야 한다. 그러고 나서 온갖 종류의 물고기를 연못에 채워 넣어야 해."

난쟁이들은 어디론가 가서 그들의 동료들을 다시 불러와 자기들의 일을 돕도록 했습니다. 그들은 2시간 만에 일을 마치고 공주에게 돌아와 알려 주었습니다.

"공주님, 분부대로 다 끝냈습니다."

다시 공주가 목도리로 땅을 세 번 내려치며 말했습니다.

"일꾼들아, 돌아가거라!"

난쟁이들이 모두 금세 사라졌습니다.

왕자가 깨어 일어나 보니 연못일은 다 끝나고 공주가 막 그의 곁을 떠나려 하고 있었습니다. 공주는 왕자에게 6시에 성으로 돌아오라고 일렀습니다. 왕자가 궁궐에 도착하자 왕이 물었습니다.

"연못 일은 잘 끝냈소?"
"예, 아주 잘 끝냈습니다."

그들이 모두 테이블에 앉았을 때 왕이 말했습니다.

"정말로 그대가 연못일을 다 끝냈구려. 하지만 아직도 내 딸을 줄 수가 없소. 그대는 한 가지 일을 더 해야겠소."

"그게 뭐지요?"

"내겐 가시나무 수풀뿐인 어마어마하게 커다란 산이 있소. 난 그것들을 다 베어 버리고 그대가 상상할 수 있는 한 가장 커다란 성을 지었으면 하오. 그리고 거기에 적당한 가구들을 갖춰 놓기를 바라오."

다음 날 아침, 왕자가 일어나자 왕이 왕자에게 유리 도끼와 유리 드릴을 가져가라고 주며 6시까지 일을 끝내야 한다고 말했습니다. 왕자가 먼저 도끼로 가시나무 수풀을 찍어 보니 도끼는 조각조각으로 부서져 왕자 옆에 흩어졌습니다. 드릴도 마찬가지로 쓸모 없는 것이었습니다. 왕자는 어찌할 바를 몰랐습니다. 이 절망적인 상황을 벗어날 수 있도록 그를 도와줄 그의 사랑이 오기만을 기다렸습니다.

정오가 되자 공주가 먹을 것을 가지고 또 왕자를 찾아왔습니다. 왕자는 공주를 만나 그동안에 일어난 일을 이야기했습니다. 그리고 왕자는 무엇인가를 먹었습니다. 공주가 다시 왕자의 힘을 빼놓자 그는 곧 잠이 들었습니다. 공주는 다시 한 번 목도리를 꺼내 땅바닥을 세 번 두드렸습니다.

"일꾼들아, 나오너라!"

공주가 외쳤습니다.

수많은 난쟁이들이 나타나 공주의 분부를 기다렸습니다.

"너희들은 3시간 안에 가시나무 수풀을 베어 내고 산 위에 상상이 가능한 가장 커다란 성을 지어야 한다. 그리고 거기에 적당한 가구들도 갖춰 놓아야만 한다."

난쟁이들은 어디론가 가서 그들의 동료들을 불러와 자기들의 일을 돕도록 했습니다. 시간이 거의 다 되어갈 무렵 모든 일을 끝낸 난쟁이들이 공주에게 알리자 공주는 다시 목도리를 꺼내서 땅을 세 번 내리쳤습니다.

"일꾼들아, 돌아가거라!"

공주가 외치자, 난쟁이들이 금세 사라졌습니다.

왕자는 깨어나서 이 모든 것을 보고 허공을 나는 새처럼 기뻐했습니다. 시계가 6시를 알리자 그들은 함께 궁궐로 돌아왔습니다. 왕이 왕자에게 물었습니다.

"성은 다 지었소?"

"예!"

그들이 테이블에 둘러앉자 왕이 말했습니다.

"난 그대에게 내 막내딸을 줄 수가 없소. 두 언니들이 결혼할 때까지는 말이오."

 왕자와 막내딸은 너무 슬펐습니다. 왕자는 어떻게 해야 할지 몰랐습니다. 그러던 어느 날 밤 왕자가 공주를 찾아가서 그들은 함께 도망쳤습니다. 그들이 얼마 가지 못했을 때 공주는 자기 아버지가 그들을 뒤쫓아오는 것을 발견했습니다.

 "아, 어쩌죠? 아버지가 우리 뒤를 쫓아와요. 우린 곧 잡히고 말거예요. 잠깐만요, 제가 당신을 장미덩굴로 만들고 저는 장미가 되어 덩굴 가운데에 숨어 있을게요."

 왕이 그 자리에 다다라보니 거기에는 장미꽃 한 송이가 피어 있는 장미덩굴만이 보였습니다. 왕이 장미꽃을 꺾으려 하자 가시가 그의 손가락을 찔렀습니다. 할 수 없이 왕은 집으로 돌아갔습니다. 왕비가 왕에게 왜 그들을 데려오지 못했느냐고 물었습니다. 왕은 왕비에게 자기가 그들을 다 잡았는데 그들이 시야에서 갑자기 사라져 버렸다고 말했습니다. 그리고 그들이 있었던 지점으로 생각되는 곳에 장미와 장미덩굴만이 덩그렇게 놓여 있었다는 말도 덧붙였습니다.

 "당신이 장미를 꺾기만 했더라도 덩굴은 따라오는 건데 그랬군요."
 왕비가 말했습니다. 그러자 왕은 장미를 꺾어 오기 위해 다시 길을 떠났습니다.

 한편 두 사람은 멀리 떨어진 낯선 들판을 걷고 있었습니다. 왕이 그들을 뒤쫓았습니다. 주위를 둘러보던 공주가 다시 자기들을 뒤쫓는 아버지를 발견했습니다.

 "아, 어쩌죠? 잠깐만요, 제가 당신을 교회로 변하게 하고 저는 목사로 변할게요. 그런 다음 저는 설교단에 서서 설교를 할 거예요."

 왕이 그 지점에 이르러 보니 거기에는 교회가 하나 있었으며 단 위에서는 한 목사가 설교를 하고 있었습니다. 그래서 왕은 설교만 듣고 집으로 돌아왔습니다. 왕비가 왕에게 왜 그들을 데려오지 못했느냐고 묻자 왕이 대답했습니다.

 "나는 오랫동안 그들의 뒤를 쫓아 겨우 그들을 잡았다고 생각했지. 그런데 난데없이 교회를 만났지 뭐요. 설교단에서 목사가 설교를 하고 있는 교회 말이요."

 "당신은 목사를 데리고 왔어야만 했어요. 그러면 교회는 저절로 따라오는건데. 더 이상 당신을 보내는 건 소용이 없겠어요. 내가 직접 가겠어요."

왕비가 나섰습니다.

왕비는 한참을 뒤쫓아가서 마침내 멀리서 걸어가는 두 사람을 찾아냈습니다. 그 때 공주가 주위를 둘러보다가 자기 어머니가 오는 것을 발견했습니다.

"우린 운이 없나 봐요. 어머니가 직접 오고 계세요. 잠깐만요, 제가 당신을 연못으로 변하게 하고 저는 물고기로 변할게요."

공주의 어머니가 그 곳에 이르렀을 때, 거기에는 커다란 연못이 있었습니다. 그 연못 한가운데에는 물고기가 헤엄치며 놀고 있었습니다. 물고기는 머리를 물 위로 내밀고 주위를 둘러보며 즐거워하고 있었습니다. 왕비는 물고기를 잡으려고 무진 애를 썼지만 끝내 건져 올릴 수가 없었습니다. 화가 머리 끝까지 난 왕비는 고기를 잡기 위해 연못물이 다 마를 때까지 물을 마셔 버렸습니다. 그러나 그녀는 배가 너무 아파서 마셨던 연못물을 다시 그대로 토해 내야 했습니다.

"이제 우리가 아무것도 할 수 없다는 것을 알았다."

왕비는 마음의 평정을 찾고 그들에게 호두 세 알을 주면서 돌아가라고 말했습니다.

"네가 필요한 것이 생길 때 이것들이 너를 도와줄거다."

그리고 나서 젊은 한 쌍은 다시 길을 떠났습니다. 10시간쯤 걷자 그들은 왕자가 태어난 성 근처의 마을에 닿았습니다. 마을에 도착하자 왕자가 공주에게 말했습니다.

"공주는 여기에 있어요. 내가 먼저 성에 가서 마차와 하인들을 이끌고 당신을 데리러 오겠소."

왕자가 성에 도착하자 많은 사람들이 그의 귀환을 기뻐했습니다. 왕자는 그들에게 신부를 데려왔다고 말했습니다. 그는 지금 마을에 있고 마차를 끌고 그녀를 데리러 가야 한다고 말했습니다. 그들은 곧장 마차에 마구를 채우고 뒤에 하인 몇 명을 태웠습니다.

왕자가 마차에 올라타려는데 그의 어머니가 왕자에게 키스를 했습니다. 그러자 왕자는 자기가 하려고 했던 모든 것, 그동안 일어났던 모든 일들을 잊어버리고 말았습니다. 그러자 왕자의 어머니는 마차의 마구를 풀라고 명령했습니다. 그들은 모두 성으로 되돌아갔습니다.

한편 공주는 마을에 앉아 왕자가 오기만을 내내 기다렸습니다. 공주는 왕자가 곧 와서 자기를 데려갈 것이라고 생각했지만 아무리 기다려도 왕자는 오지 않았습니다. 공주는 할 수 없이 성 소유의 방앗간에 일자리를 얻었습니다. 그녀는 매일 오후 강가에 앉아 항아리와 단지를 씻곤 했습니다.

한 번은 왕비가 성에서 나와 강을 따라 산책을 하다가 그녀를 발견하고 말했습니다.

"아름다운 소녀로구나. 아주 매력이 넘치는구나!"

모든 사람들이 그녀를 보았지만 아무도 그녀가 누구인지 알지 못했습니다. 그 후 공주는 오랫동안 방앗간 주인의 하녀로서 정직하고 성실하게 일했습니다.

한편 왕비는 아주 먼 나라의 처녀를 아들의 배필로 정했습니다. 신부가 그곳에 도착하자 그들은 곧 결혼식을 서둘렀습니다. 수많은 사람들이 구경을 하려고 모여들었습니다. 공주도 방앗간 주인에게 가서 구경을 하고 와도 좋겠느냐고 물었습니다.

"곧장 다녀와라."

출발하기 전 그녀는 어머니가 준 세 알의 호두 가운데 하나를 깠습니다. 그 속에는 아름다운 드레스가 들어 있었습니다. 공주는 그 옷을 입고 교회로 가서 제단 가까이에 섰습니다. 곧바로 신랑과 신부가 도착해 제단 정면에 앉았습니다. 목사가 그들을 축복해 주려는 순간, 신부는 방앗간집 하녀가 드레스를 입고 거기에 서 있는 것을 보았습니다.

신부는 자기가 하녀보다 아름다운 드레스를 입어야만 결혼식을 올리겠다고 말했습니다. 그래서 그들은 집으로 돌아가 공주에게 하인을 보내서 그녀의 드레스를 팔지 않겠느냐고 물어 보았습니다. 그녀는 고개를 가로저으며 팔지 않겠다고 했습니다. 그러나 그것을 얻을 방법은 있다고 말했습니다.

하인이 어떻게 하면 되느냐고 묻자, 공주는 그 날 밤 자기가 왕자의 방문 밖에서 잘 수 있도록 해준다면 드레스를 주겠노라고 말했습니다. 그들은 그렇게 하겠다고 했지만 공주가 왕자의 방문 밖에서 밤을 보낼 때 하인이 왕자에게 수면제를 먹여 곯아떨어지도록 했습니다.

공주는 문간에 누워 밤새 흐느껴 울었습니다. 공주는 자기가 왕자를 위해 수풀을 베고, 연못을 청소하고, 성을 짓고, 왕자를 장미덩굴로, 교회로, 그리고 마지막에는 연못으로 변하게 했으며 왕자가 자기를 그렇게 빨리 잊을 리가 없다고 말하면서 울었습니다. 왕자는 전혀 듣지 못했지만 그녀의 울음소리는 하인들을 깨웠습니다. 하지만 그들은 무엇이 그런 소리를 내는지는 알지 못했습니다.

다음 날 아침 신부는 그 드레스를 입고 신랑과 함께 교회로 갔습니다. 한편 아름다운 공주는 두 번째 호두를 까서 첫 번째 것보다 더 예쁜 드레스를 꺼냈습니다. 그리고 그것을 입고 교회로 달려가 제단 가까이에 서 있었습니다. 그러자 모든 일이 전 날과 똑같이 일어났습니다. 공주는 다시 왕자의 방문 앞에 누웠습니다. 그런데 다행히도 이번에는 하인들이 왕자에게 수면제를 주지 않았습니다.

공주는 다시 전 날에 했던 것처럼 흐느껴 울며 공주가 왕자를 위해 했던 일들을 모두 이야기했습니다. 모든 이야기를 들은 왕자는 매우 슬펐습니다. 자기가 겪었던 모든 일들이 기억났기 때문입니다. 왕자는 곧바로 공주에게 가려고 했지만 그의 어머니가 이미 문을 잠가 버려 할 수 없이 다음 날 사랑하는 사람에게 달려가 그동안 무슨 일이 일어났었는지 말했습니다. 그리고 그렇게 오랫동안 잊고 있던 자기를 원망하지 말아 달라고 용서를 빌었습니다.

공주는 세 번째 호두를 깠습니다. 그리고 그 전보다 훨씬 더 아름다운 드레스를 얻었습니다. 공주는 그 옷을 입고 왕자와 함께 교회로 달려갔습니다. 아이들이 그들 주위에 떼를 지어 모여들어 꽃을 뿌리고 그들의 발치에 색칠한 리본을 깔아 놓았습니다. 그들은 결혼식에서 많은 축복을 받고 즐거운 축하연을 가졌습니다. 그러나 부정한 어머니와 신부는 먼 곳으로 쫓겨났습니다.

그리고 이 이야기를 해준 마지막 사람은 이야기에 열중해서 입술이 여전히 따뜻하답니다.

114

영리한 꼬마 재단사

옛날에 매우 거만한 공주가 있었습니다. 그 공주는 구혼자가 나타날 때마다 수수께끼를 내어, 그 사람이 그 문제를 풀지 못하면 그를 비웃고는 멀리 쫓아버리곤 했습니다. 공주는 자기가 낸 수수께끼를 푸는 사람은 그 사람이 어떤 사람이든 자기와 결혼할 수 있다고 선언해 놓고 있었습니다.

마침 그 때 재단사 셋이 우연히 만났습니다. 그 중 나이가 든 두 재단사는 훌륭한 솜씨로 많은 바느질을 해 왔기 때문에 수수께끼를 잘 풀어 틀림없이 공주를 차지하게 될 것이라고 생각했습니다. 터벅터벅 걸어오던 세 번째 재단사는 젊고 어리숙한 사람으로 자기가 하는 일에 대해서도 아는 것이라고는 거의 없었습니다. 그러나 이 곳에서 어떤 행운을 잡을지도 모른다고 생각하고 있었습니다. 이번에 실패하면 그는 그 어디에서도 행운을 잡지 못하게 될 것만 같았습니다. 그러나 나이 든 두 재단사는 젊은 재단사에게 이렇게 말했습니다.

"너는 집에서 잠이나 자는 게 좋을거야. 너의 그 텅 빈 머리로는 아무것도 할 수 없을 테니까."

그러나 젊은 재단사는 이런 비웃음에도 아랑곳하지 않고, 자기는 이미 마음을 정했으며 자기가 할 일은 자기가 알아서 한다고 말하고는 마치 온 세상을 얻은 듯 기운차게 출발했습니다.

세 사람은 공주에게 각자 자기들을 소개하고 수수께끼를 내라고 했습니다. 그들은 공주에게 자기들은 모두 자기 자신을 바늘에 꿸 수 있는 능력을 가지고 있기 때문에 자기들이야말로 정답을 맞힐 수 있는 사람들이라고 말했습니다. 그러자 공주가 말했습니다.

"내 머리카락은 두 가지 색이에요. 무슨무슨 색깔인지 말해 보세요."

"그런 것이라면 희고 검은 점이 섞인 옷감처럼 흰색과 검은색입니다." 첫 번째 재단사가 말했습니다.

"틀렸어요." 공주가 말했습니다.

"다음 사람이 풀어 보세요."

"음, 흰색과 검은색이 아니라면 우리 아버지의 예복 색깔처럼 갈색과 빨간색이겠군요." 두 번째 재단사가 말했습니다.

"틀렸어요." 공주가 말했습니다.

"다음 사람이 풀어 봐요. 얼굴을 보니 당신은 답을 알고 있는 것 같군요."

젊은 재단사는 자신만만한 모습으로 앞으로 걸어나가 말했습니다.

"공주님은 은빛과 금빛, 두 가지 머리카락을 가지고 계십니다."

그 소리를 듣고 공주는 얼굴이 창백해지면서 깜짝 놀라 거의 기절할 뻔했습니다. 왜냐하면 이 세상에서 그 수수께끼를 풀 수 있는 사람은 없을 것이라고 굳게 믿고 있었는데 젊은 재단사가 풀었기 때문입니다. 하지만 정신을 차린 공주는 이렇게 말했습니다.

"당신은 아직 나를 이긴 것이 아니예요. 당신이 해야 할 일이 한 가지 더 남아 있기 때문이죠. 지하 짐승 우리에 곰이 한 마리 있는데, 당신은 그 곰과 함께 하룻밤을 보내야만 해요. 만약에 내일 아침에 내가 일어날 때까지 당신이 살아 있으면 나는 당신과 결혼을 하겠어요."

사실 그 곰은 여태껏 자기 발톱 앞에 있는 사람을 살려둔 적이 없었기 때문에 공주는 이런 방법으로 젊은 재단사를 없애 버릴 생각이었습니다. 하지만 젊은 재단사는 전혀 놀라는 기색이 없이 오히려 밝은 표정으로 이렇게 말했습니다.

"모험을 하지 않으면 얻는 것도 없지요."

저녁이 되어 젊은 재단사를 그 곰에게 달려가자 그 곰은 진심으로 환영한다는 듯이 앞발을 들고 금방이라도 덮칠 듯 으르렁거렸습니다.

"가만, 진정해. 곧 조용하게 만들어 줄 테니."

그러고 나서 젊은 재단사는 마치 세상에 걱정거리라고는 전혀 없는 사람처럼 태연하게 호주머니에서 호두를 꺼내 이빨로 깨뜨리더니 호두 알맹이를 꺼내 먹었습니다. 이 모습을 보고 있던 곰이 자기도 호두를 먹고 싶다는 듯 젊은 재단사를 쳐다보았습니다. 그것을 본 젊은 재단사가 호주머니에서 호두를 한 움큼 꺼내 건네 주었습니다. 하지만 그것은 호두가 아니라 작은 돌멩이었습니다. 곰은 그것을 입에 털어 넣고 깨물어 보았지만 아무리 해도 깨뜨릴 수가 없었습니다. 곰은 생각했습니다.

'맙소사! 나처럼 못난 것도 없을거야. 호두 하나도 깨뜨리지 못하다니.'

곰은 젊은 재단사에게 말했습니다.

"호두를 좀 깨뜨려 줄 수 있겠니?"

"넌 참으로 바보 같구나. 그렇게 커다란 입을 가지고 있으면서도 그렇게 조그만 호두 하나 깨뜨리지 못하는 걸 보니 말이야."

젊은 재단사는 그 돌멩이를 받아 몰래 호두로 바꿔 가지고 입에 넣고 두 조각으로 깨뜨렸습니다.

"다시 한 번 해 봐야겠어. 네가 하는 것을 보니 나도 할 수 있을 것 같아."

젊은 재단사가 다시 돌멩이를 곰에게 주자 곰은 계속해서 이빨에 온 힘을 주었습니다. 하지만 여러분도 곰이 그것을 깨뜨리라고는 생각하지 않겠지요? 그리고 난 다음 젊은 재단사는 외투에서 바이올린을 꺼내 연주하기 시작했습니다. 그 소리를 듣고 있자니 곰은 춤을 추지 않을 수가 없었습니다. 한참 동안 춤을 추고 난 후에 곰은 즐거운 표정으로 젊은 재단사에게 물었습니다.

"이봐, 그것을 연주하는 게 어렵니?"

"어린애들도 할 수 있어. 잘 봐. 왼손 손가락을 바이올린에 올려놓고 오른손으로 활을 움직이면 되는거야. 그러면 너는 즐거운 시간을 가질 수 있지. 빠-빠-밤!"

"나도 바이올린 연주법을 배우고 싶어. 그러면 춤을 추고 싶을 때는 언제라도 출 수 있잖아. 어떻게 생각해? 내게 좀 가르쳐 줄 수 있겠니?"

"물론이지! 네가 재능만 가지고 있다면 말이야. 네 앞발을 좀 보여 줘. 음, 발톱이 너무 길구나. 발톱을 조금 잘라야겠어."

젊은 재단사가 물건을 고정시키는 바이스를 가져오자 곰은 거기에 앞발을 집어넣었습니다. 젊은 재단사가 바이스를 꽉 죄고 나서 말했습니다.

"이제 내가 가위를 가져올 때까지 기다려."

그러고 나서 으르렁거리는 곰을 내버려 두고는 구석의 짚더미에 누워 잠이 들었습니다.

그 날 밤 공주는 곰이 으르렁거리는 무시무시한 소리를 듣고는 곰이 젊은 재단사를 잡아먹고 기쁨에 겨워 내는 소리일 것이라고 생각했습니다. 다음 날 아침 공주는 편안하고 행복한 기분으로 잠자리에서 일어났습니다. 그러나 창 밖 짐승 우리 쪽을 내다보던 공주는 깜짝 놀랐습니다. 그 곳에 젊은 재단사가 마치 물을 만난 물고기처럼 활기 있는 모습으로 서 있는 것이었습니다.

이제 공주는 결혼식을 올리는 수밖에 없었습니다. 그녀의 약속은 모든 사람이 다 알고 있었기 때문이지요. 왕은 마차를 불렀고, 공주는 젊은 재단사와 함께 결혼식이 열리는 교회로 가야 했습니다. 그런데 그들이 마차에 올라탔을 때, 젊은 재단사의 행운을 시기한 마음씨 나쁜 두 재단사가 짐승 우리로 가서 곰을 풀어 주었습니다. 성난 곰은 마차를 쫓아 달려왔습니다. 공주는 곰이 씩씩거리며 으르렁거리는 소리를 듣고 놀라서 외쳤습니다.

"아, 곰이 우리를 쫓아와요. 당신을 노리고 있어요."

젊은 재단사는 정신을 가다듬더니 거꾸로 일어서서 두 발을 창문 밖으로 내밀고는 소리쳤습니다.

"바이스가 보이지? 만약 사라지지 않으면 도로 바이스에 묶어 버릴 테다."

그것을 본 곰은 돌아서서 도망쳐 버렸습니다. 우리의 젊은 재단사는 조용히 마차를 교회로 몰아 공주와 결혼식을 올리고 종달새처럼 행복하게 살았습니다. 이 이야기를 믿지 못하는 분들이 계신다면 이야기값을 내셔야 될 거예요.

115

"빛나는 햇빛이 이 사실을 밝혀 줄 거예요."

한 날품팔이 재단사가 일감을 찾아 이리저리 돌아다녔습니다. 그러다가 일감을 전혀 구하지 못해 끼니조차 때우지 못할 지경에 이르렀습니다. 바로 그 때 재단사는 한 유대인을 만났습니다. 재단사가 보기에 그 유대인은 돈이 많은 것 같았습니다. 그래서 그는 자기 마음 속의 하느님을 잠시 외면하고 그 유대인에게 다가가서 위협했습니다.

"가지고 있는 돈 몽땅 내놔! 그러지 않으면 목숨이 온전치 못할게다."

"살려 주세요! 난 가진 게 별로 없어요. 청동화 여덟 닢밖에 ⋯"

유대인이 벌벌 떨며 말했습니다.

"거짓말 마! 돈이 더 있잖아. 얼른 꺼내 놔!"

재단사가 다그쳤습니다.
 그리고 나서 재단사는 주먹을 휘둘러 유대인이 거의 죽을 때까지 두들겨 팼습니다. 유대인은 숨이 넘어가기 직전에 마지막으로 한 마디를 중얼거렸습니다.
 "빛나는 햇빛이 이 사실을 밝혀 줄 거예요."
 유대인은 곧 숨을 거두었고 재단사는 유대인의 주머니를 여기저기 뒤져 보았지만, 유대인이 그에게 말한 청동화 여덟 닢 말고는 더 이상 아무것도 찾을 수가 없었습니다. 그래서 그는 유대인을 숲 덤불 속으로 옮겨 놓고는 일감을 찾아서 가던 길을 계속 걸어갔습니다.
 오랫동안 돌아다닌 끝에 재단사는 도시로 가서 수석 재단사 밑에서 일을 하게 되었습니다. 그런데 그 수석 재단사에게는 아름다운 딸이 있었습니다. 재단사는 그녀와 사랑에 빠져 결혼식을 올렸고, 그들은 즐겁고 행복한 결혼 생활을 했습니다. 시간은 흐르고 흘러 그들은 두 아이를 낳았고, 그의 장인과 장모가 죽은 뒤에는 그 집을 차지했습니다.
 그러던 어느 날 아침이었습니다. 재단사가 창가에 있는 식탁에 앉아 있는데, 그의 아내가 커피를 가져왔습니다. 재단사가 잔에 커피를 붓고 막 마시려는 순간, 커피에 햇빛이 비치더니 그 빛이 반사되어 벽 여기저기에 작은 고리 모양을 만들었습니다. 재단사가 그것을 올려다보더니 말했습니다.
 "아, 햇빛이 그 사실을 드러내려 하는구나. 하지만 그렇게는 안 될걸!"
 "오, 여보! 저게 도대체 뭐예요? 또 당신 말은 무슨 뜻이구요?"
 재단사의 아내가 화들짝 놀라며 물었습니다.
 "이야기해 줄 수가 없구려."
 재단사가 고개를 저었습니다. 그래도 재단사의 아내는 캐물었습니다.
 "당신이 나를 사랑한다면 이야기를 해주셔야만 해요."
 그녀는 아주 달콤한 말로, 자기가 들은 이야기는 아무에게도 말하지 않겠다고 다짐하며 그를 가만히 내버려 두지 않았습니다.
 그래서 재단사는 여러 해 전에 자기가 일감을 찾아 돌아다니다가 돈이 떨어져 빈털터리가 되었을 때 만난 유대인을 죽였으며, 그가 죽기 전에 "빛나는 햇빛이 이 사실을 밝혀 줄 거예요."라고 말했다는 사실을 그녀에게 이야기해 주었습니다. 그리고 이제 햇빛이 그 사실을 밝혀 내려고 벽에 고리 모양을 만들어 어른거리게 하지만 그 사실을 드러낼 수 없으리라는 말도 했습니다.

재단사는 이야기를 마친 다음 아내에게 아무에게도 이 이야기를 하지 말라고 당부했습니다. 그러지 않으면 자기는 죽게 될 것이라고 말입니다.

아내는 재단사에게 그러겠다고 약속을 했지만, 재단사가 다시 일을 하러 들어가자 자기의 친한 친구집으로 가서 다른 사람에게 이야기하지 않겠다는 다짐을 받고는 그 이야기를 털어놓고 말았습니다. 그렇게 해서 채 사흘이 지나기도 전에 그 마을 사람들 모두가 그 사실을 알게 되었고, 결국 그 재단사는 재판에서 유죄 판결을 받았습니다.

마침내 빛나는 햇빛이 그 사실을 밝혀 내고 만 셈입니다.

116

푸른 등잔

여러 해 동안 왕을 충실히 섬기던 한 군인이 있었습니다. 하지만 전쟁이 끝나자 전쟁 중에 여기저기 입은 상처 때문에 더 이상 왕을 섬길 수가 없었습니다. 그러자 왕이 그에게 말했습니다.

"그대는 이제 그만 집으로 돌아가시오. 나는 더 이상 그대가 필요하지 않소. 그리고 나는 나를 섬기는 사람에게만 월급을 주기 때문에 그대에게는 더 이상 돈을 줄 수가 없구려."

그 군인은 앞으로 어떻게 살아가야 할지 몹시 걱정이 되었습니다. 그가 궁전을 떠나 하루 종일 걷다가 숲에 도착했을 때는 이미 날이 저물어 있었습니다. 그는 멀리 어둠 속에서 빛나고 있는 불빛을 발견하고 그 불빛을 따라 걸었습니다. 그 곳은 마녀가 살고 있는 집이었습니다. 군인은 마녀에게 구원을 청했습니다.

"제게 먹을 것을 좀 주시고 하룻밤만 묵게 해주십시오. 배가 고파 죽을 지경입니다."

"이런! 어느 누구도 버림받은 군인에게는 뭘 주는 법이 아니지. 하지만 내가 해 달라는 것을 해준다면 자비심을 베풀어 들어오게 하겠어."
"당신이 원하는 것이 무엇이지요?"
"내일 내 정원을 손질해 주는거야."
 군인은 그렇게 하겠다고 했습니다. 다음 날 군인은 온 힘을 다해 열심히 일을 했지만 저녁 때까지 일을 끝마칠 수는 없었습니다.
"보아하니, 오늘은 더 이상 아무것도 할 수 없을 것 같구먼. 그렇지만 내일 나무 한 짐을 베어 장작으로 만들어 준다면 하룻밤 더 묵게 해주지."
 다음 날에도 그 군인은 하루 종일 일을 해야 했습니다. 저녁이 되자 마녀는 그에게 하룻밤을 더 지낼 수 있도록 해주겠다고 또 제안했습니다.
"내일은 쉬운 일감을 주겠어. 집 뒤로 가면 말라 버린 우물이 하나 있는데, 그 우물 속에 내 등잔이 빠졌지 뭔가? 푸른 불꽃을 내면서 타고 있을거야. 그것을 내게 가져다 주면 돼."
 다음 날 늙은 마녀는 그를 우물로 데려가서 그가 바구니를 타고 내려가게 해 주었습니다.
 그는 푸른 빛의 등잔을 찾아내자 마녀에게 자기를 다시 올려 달라고 신호를 보냈습니다. 마녀가 군인을 끌어올렸습니다. 하지만 그가 막 우물 가장자리에 이르렀을 때, 마녀는 손을 내밀어 군인에게서 푸른 등잔만을 가져가려 했습니다.

"안 돼! 내 두 발이 땅에 완전히 닿기 전에는 등잔을 줄 수가 없어요."

마녀의 못된 속셈을 알아차린 군인이 소리쳤습니다. 마녀는 화가 나서 군인을 우물 속으로 떨어뜨려 놓고는 사라져 버렸습니다. 불쌍한 군인은 축축한 우물 바닥으로 떨어졌지만 다치지는 않았고 푸른 등잔도 여전히 타고 있었습니다. 하지만 그 등잔이 그에게 무슨 도움이 되겠습니까? 그는 이제 죽는 수밖에 다른 도리가 없었습니다. 잠시 슬픔에 젖어 있던 그는 아무 생각 없이 주머니에 손을 넣었다가 담배가 절반쯤 담긴 파이프가 있다는 것을 알았습니다. 그는 이것이 마지막 즐거움이 되겠거니 생각하며, 파이프를 꺼내 푸른 등잔에 불을 붙여 담배를 피우기 시작했습니다. 담배 연기가 우물 바닥에 맴도는 순간, 갑자기 검은 난쟁이가 그의 앞에 나타났습니다.

"주인님, 분부를 내려 주십시오."

"분부라니?"

군인이 깜짝 놀라며 되물었습니다.

"저는 주인님이 내리는 분부를 받들어 무엇이든 다 할 것입니다."

"좋아, 그러면 우선 나를 우물 밖으로 꺼내 줘."

난쟁이는 군인의 손을 잡고 그를 지하 통로로 데려갔습니다. 물론 군인은 푸른 등잔을 가져갔습니다. 난쟁이는 도중에 마녀가 모아서 숨겨 둔 보물들을 군인에게 보여 주었습니다. 군인은 자기가 들고 갈 수 있을 만큼 챙겨 가지고 나왔습니다. 군인이 땅 위로 올라와 난쟁이에게 말했습니다.

"이제 늙은 마녀를 묶어서 판사에게 데려가거라."

얼마 지나지 않아 마녀가 바람처럼 빠르게 지나갔습니다. 그녀는 수고양이의 등에 묶인 채 무시무시한 소리를 질러 댔습니다. 난쟁이는 금방 다시 돌아왔습니다.

"분부대로 일을 마쳤습니다. 마녀는 이미 처형되었습니다. 다른 분부는 없습니까? 주인님!"

"지금은 없다. 너는 집에 가도 좋다. 하지만 내가 부르면 너는 항상 내 옆에 있어야 한다."

"주인님이 푸른 등잔으로 파이프에 불을 붙이기만 하면 저는 즉시 주인님 앞에 대령하겠습니다."

말을 마친 난쟁이는 군인의 눈 앞에서 사라졌습니다.

군인은 자기가 지내던 마을로 돌아왔습니다. 그는 가장 훌륭한 여관에 머물렀습니다. 멋진 옷도 맞추었습니다. 그러고 나서 여관 주인에게 방을 되도록 화려하게 꾸며 달라고 부탁했습니다. 준비가 다 끝나자 군인은 방으로 들어가 검은 난쟁이를 불러내서 말했습니다.

"나는 왕을 충실히 섬겼는데 왕은 나를 내쫓아 굶게 만들었어. 이제 난 그 복수를 하겠어."

"제가 무엇을 하면 되겠습니까?"

난쟁이가 물었습니다.

"밤이 깊어 공주가 잠이 들면, 잠자는 그녀를 이 곳으로 데려오는거야. 나는 그녀에게 하녀처럼 일을 시킬거야."

"그 일은 저에게는 쉬운 일입니다만, 주인님께는 매우 위험한 일입니다. 만약 누군가가 그 일을 알게 된다면 주인님은 비싼 대가를 치러야 할 것입니다."

그 날 밤 자정 무렵에 난쟁이가 공주를 데리고 들어왔습니다.

"아하, 드디어 공주가 왔구나! 자, 일을 해라. 빗자루를 가져와서 마루바닥도 쓸고." 군인이 외쳤습니다.

공주가 일을 마치자 군인은 그녀에게 자기가 앉아 있는 의자 앞으로 오라고 일렀습니다. 그러고는 발을 쭉 뻗더니 말했습니다.

"구두를 벗겨라!"

그리고 나서는 벗은 구두를 공주의 얼굴에 던졌습니다. 공주는 군인의 구두를 집어 들고 윤이 반짝반짝 나도록 깨끗이 닦았습니다. 공주는 아무 소리도 하지 않고 군인이 시키는 일을 묵묵히 하고는 눈을 반쯤 내리감고 있었습니다. 첫닭이 울자 난쟁이는 공주를 다시 궁전으로 데려가서 침대에 눕혔습니다.

다음 날 아침 공주는 일어나 왕에게로 가서 이상한 꿈을 꾸었다고 말했습니다.

"저는 빛처럼 빠르게 거리로 끌려가 어떤 군인의 방으로 들어갔어요. 그러고 나서 하녀처럼 그의 시중을 들어야 했어요. 마룻바닥을 쓸고 그의 구두를 닦는 천한 일들을 해야만 했어요. 그것은 단순한 꿈이었어요. 그런데 실제로 그 일들을 다 한 것처럼 피곤해요."

"그 꿈이 사실일지도 모르겠구나. 내 충고를 잘 들어라. 밤에 네 주머니에 콩을 가득 채우고 그 주머니에 조그만 구멍을 뚫어 두어라. 만약 네가 또 끌려가게 되면 그 콩들이 거리에 떨어져 흔적을 남기게 될 테니까 말이다."

그런데 그 때 검은 난쟁이는 왕의 곁에 서서 자기 모습을 드러내지 않은 채 왕이 하는 이야기를 모두 엿듣고 있었습니다. 그 날 밤 난쟁이가 다시 잠자는 공주를 데리고 거리를 가로질러 갈 때 정말로 콩이 그녀의 주머니에서 떨어졌지만 그 콩들은 전혀 흔적이 남지 않았습니다. 영리한 난쟁이가 벌써 온 거리에다 콩을 뿌려놓았던 것입니다. 공주는 첫닭이 울 때까지 또 하녀처럼 일을 해야 했습니다. 다음 날 아침 왕이 하인들을 시켜 콩의 흔적을 찾아보도록 했지만 모두 헛수고였습니다. 그들은 가난한 아이들이 거리에 앉아 콩을 주우며 "어젯밤에 콩비가 내렸어요." 하고 노래를 부르는 모습을 보았을 뿐입니다.

"뭔가 다른 방법을 생각해 내야겠다. 이번에는 네가 신발을 신고 잠자리에 들어라. 그리고 돌아오기 전에 그 곳에다 신발 한 짝을 감춰 두고 오너라. 그러면 내가 그 곳을 기필코 찾아내마."

왕이 말했습니다.

이 계획을 들은 난쟁이는 그 날 밤 군인이 공주를 데려오라고 명령했을 때, 군인에게 왕의 계획을 알려 주면서 자기는 그 계획을 무산시킬 방법을 모르겠다고 말했습니다. 그리고 만약 그 신발이 군인의 방에서 발견되면 큰 봉변을 당할 것이라면서 군인에게 단념하라고 충고했습니다.

"내가 하라는 대로 해!"

군인은 눈도 깜짝하지 않았습니다. 그래서 공주는 셋째 밤에도 또 하녀처럼 일을 했습니다. 하지만 공주는 궁전으로 돌아오기 전에 군인의 침대 밑에 신발 한 짝을 감추어 두었습니다.

다음 날 아침 왕은 온 마을을 다 뒤져 공주의 신발을 찾도록 명령했습니다. 신발은 그 군인의 방에서 발견되었지만, 군인은 이미 난쟁이의 충고대로 마을을 떠난 뒤였습니다. 그러나 군인은 곧 붙잡혀 감옥에 갇히게 되었습니다. 그런데 너무 급하게 도망치다가 그만 그가 가진 것 중 제일 소중한 물건인 푸른 등잔과 금을 가져오는 것을 잊어버리고 말았습니다. 군인의 호주머니에는 겨우 금화 한 닢이 들어 있었습니다. 사슬에 묶여 감방의 창 앞에 서 있던 군인은 자기 앞으로 옛 동료 한 사람이 지나가는 것을 보고 창문 유리를 두드렸습니다. 동료가 다가오자 군인이 말했습니다.

"내 부탁 하나만 들어 주게. 여관방에 두고 온 조그만 보따리를 가져다주면 수고비로 금화 한 닢을 주겠네."

그러자 군인의 동료는 그 곳으로 달려가서 보따리를 가져왔습니다. 혼자 남게 된 군인은 곧 파이프에 불을 붙여 난쟁이를 불렀습니다. 난쟁이가 그의 주인에게 말했습니다.

"그들이 당신을 어디로 데려가든 걱정하지 마시고 그들이 하는 대로 내버려 두십시오. 다만 푸른 등잔을 가지고 가는 것을 잊지 마시구요."

다음 날 그 군인은 재판에 넘겨졌습니다. 재판관은 군인이 그렇게 악한 일을 한 것도 아닌데 그에게 사형을 선고했습니다. 군인은 처형대로 끌려가면서 왕에게 마지막 소원을 들어달라고 했습니다.

"무슨 소원이냐?"

왕이 물었습니다.

"마지막으로 담배를 피우고 싶습니다."

"그렇다면 세 모금만 피워라. 하지만 내가 네 목숨을 살려 주리라고는 생각하지 마라."

왕이 대답했습니다.

그러자 군인은 파이프를 꺼내 푸른 등잔으로 불을 붙였습니다. 담배 연기가 피어 오르자 손에 몽둥이를 든 난쟁이가 나타났습니다.

"주인님, 분부를 내려 주십시오."

"저 못된 판사와 관리들을 땅바닥에 때려 눕혀라! 나에게 못되게 둔 왕도 용서하지 마라!"

그러자 난쟁이는 이곳저곳으로 뛰어다니면서 번개처럼 몽둥이를 휘둘렀고, 그의 몽둥이에 맞은 사람들은 땅바닥에 쓰러져 다시는 일어날 생각도 하지 못했습니다. 왕은 겁이 나서 용서를 빌었고, 목숨을 건지기 위해 군인에게 궁전을 주고 공주와 결혼하도록 해 주었습니다.

117

고집 센 아이

옛날에 고집이 아주 센 아이가 있었습니다. 그 아이는 엄마가 하라고 시키는 일은 절대로 하지 않는 고집불통이었습니다. 하느님은 그 아이를 괘씸히 여겨 병을 주었습니다. 어떤 의사도 그 아이의 병을 고칠 수 없었기 때문에 얼마되지 않아 그 아이는 죽고 말았습니다. 그런데 무덤 속에 그 아이를 내려놓고 흙을 덮자 갑자기 그 아이의 팔 하나가 불쑥 나오더니 하늘을 향해 뻗쳐 올랐습니다. 아이의 팔을 도로 밀어 넣고 깨끗한 흙으로 덮으려고 했지만 소용이 없었습니다. 그 조그만 팔이 계속해서 튀어나왔기 때문입니다. 그래서 할 수 없이 이 아이의 엄마가 회초리를 가져와서 아이의 팔을 때렸습니다. 그러자 비로소 팔이 움츠러들었고, 그 아이는 땅 속에서 조용히 잠이 들었습니다.

118

세 명의 군의관

군의관 세 사람이 세상을 돌아다니며 여행을 하고 있었습니다. 그들은 자기들의 직업에 관한 한 모르는 것이 없다고 생각했습니다. 어느 날 그들은 한 여관에 들면서 그 곳에서 그 날 밤을 보내기로 했습니다. 여관 주인이 그들에게 어디서 왔으며, 어디로 가고 있느냐고 물었습니다.

"우리는 온 세상을 돌아다니며 의술을 실습하고 있습니다."

"그래요? 그렇다면 당신들이 할 수 있는 것을 한 번 보여 주세요."

여관 주인이 말했습니다.

그러자 첫 번째 군의관이 자기의 손을 자르더니 다음 날 아침까지 다시 붙여 놓겠다고 말했습니다. 두 번째 군의관은 자기의 심장을 떼어 내서 다음 날 아침까지 다시 붙여 놓겠다고 말했습니다. 세 번째 군의관은 자기의 두 눈알을 뽑아 내서 다음 날 아침까지 다시 제자리에 집어넣겠다고 자신있게 말했습니다.

"당신들이 정말로 그렇게 할 수 있다면, 당신들은 정말로 더 이상 배울 것이 없겠네요."

여관 주인이 말했습니다.

그런데 사실 그 군의관들은 바르기만 하면 어떠한 상처도 금방 낫게 하는 연고를 항상 조그만 병에 넣어 가지고 다니고 있었습니다. 그들은 자기가 해 보이겠다고 말한 대로 각자 자기의 손과 심장과 두 눈알을 떼어 내어 그것들을 접시에 담아 여관 주인에게 맡겼습니다. 여관 주인은 하녀에게 그 접시를 찬장에 넣어 잘 간수하라고 했습니다.

그런데 이 하녀에게는 아무도 모르게 사랑하는 군인 애인이 있었습니다. 여관 주인과 세 군의관 등 다른 사람들이 모두 잠들자 하녀를 찾아온 그 군인은 먹을 것을 좀 달라고 했습니다. 하녀는 찬장을 열고 그에게 먹을 것을 가져다 주었습니다. 그런데 하녀는 너무 들떠서 그만 찬장문을 열어둔 채 식탁의 애인 옆에 앉아 수다를 떨기 시작했습니다. 나쁜 일이 생기리라고는 전혀 생각지도 못했지요.

하녀가 들떠서 이야기를 하는 동안 고양이 한 마리가 슬금슬금 들어오더니 찬장문이 열린 것을 보고는 세 군의관의 손, 심장, 두 눈알을 가져가 버렸습니다. 군인이 식사를 마친 후 그릇들을 치우고 막 찬장을 닫으려고 하다가 하녀는 여관 주인이 그녀에게 맡긴 접시가 비어 있는 것을 발견했습니다. 하녀가 깜짝 놀라 애인에게 말했습니다.

"없어졌어요, 어떡하면 좋아! 손이 없어져 버렸어. 심장과 두 눈알도 없어졌구요. 내일 아침 세 군의관이 나에게 물어내라고 할 텐데."

"진정해, 내가 널 궁지에서 빼내 줄 테니까. 밖에 있는 교수대에 도둑이 묶여 있더라구. 내가 가서 그 도둑의 손을 잘라 올게. 어느 쪽 손이었지?"

"오른손이에요."

하녀가 군인에게 날카로운 칼을 주었고, 그는 교수대로 가서 가엾은 도둑의 오른손을 잘라 내어 하녀에게 가져왔습니다. 그러고 나서 이번에는 고양이를 잡아 두 눈알을 뽑아 내었습니다. 이제 심장만 남았지요.

"돼지를 잡아 지하 창고에 넣어 두었지?"

"그래요."

하녀가 말했습니다.

"좋았어!"

군인은 지하 창고로 가서 돼지의 심장을 가져왔습니다.

하녀는 그것들을 모두 접시에 담아 찬장 안에다 넣어 두었습니다. 애인이 떠나자 그녀는 조용히 잠자리에 들었습니다.

다음 날 아침 세 군의관이 일어나서 하녀에게 손과 심장과 두 눈알을 담아 놓은 접시를 가져오라고 시켰습니다. 하녀가 찬장에서 그 접시를 꺼내 오자, 첫 번째 군의관이 도둑의 손을 집어 자기 팔에 갖다 대고는 거기에다 연고를 발랐습니다. 그러자 손이 그의 팔에 금방 붙었습니다. 두 번째 군의관은 고양이의 두 눈알을 자기 눈에 집어넣었습니다. 세 번째 군의관은 돼지의 심장을 심장의 자리에 넣었습니다.

옆에 서서 지켜 보던 여관 주인은 그들의 기술에 감탄하면서 자기는 여태 이런 모습을 한 번도 본 적이 없다고 말했습니다. 여관 주인은 사람들을 만날 때마다 세 군의관을 칭찬하고 소개했습니다. 세 군의관은 방값을 치르고 여행을 계속했습니다.

　얼마 후 그들이 길을 따라 걷는데, 돼지의 심장을 가진 군의관이 외따로 떨어져 후미진 구석을 후비며 돼지처럼 코를 킁킁거리는 것이었습니다. 두 군의관은 그의 외투 자락을 잡아당기면서 말리려 해보았지만 소용이 없었습니다. 그는 쓰레기를 모아 둔 더러운 곳마다 게걸스럽게 달려들었습니다. 두 번째 군의관도 이상한 행동을 하기 시작했습니다. 그는 계속해서 두 눈을 문지르더니 세 번째 군의관에게 말했습니다.

　"친구, 어떻게 된거지? 내 눈이 아니야! 앞이 전혀 보이질 않아. 내 손 좀 잡아줘. 안 그러면 넘어질 것 같아."

　그래서 그들은 어렵고 어렵게 걸어 저녁에 다른 여관에 도착했습니다. 그들은 큰 방에 들어갔는데 그 곳에는 부자가 돈을 세며 앉아 있었습니다. 도둑의 손을 가진 군의관이 그 부자의 옆으로 다가가자 그의 손이 가늘게 떨렸습니다. 마침내 그 부자가 고개를 돌리는 순간, 그 군의관은 돈더미에 손을 뻗어 한 움큼의 돈을 집어 들었습니다. 한 군의관이 그 모습을 보고 말했습니다.

　"이봐 친구, 무슨 짓을 하고 있는건가. 남의 물건을 훔치는 일이 나쁜 짓이라는 것쯤은 자네도 알지 않나? 부끄러운 줄 알게!"

　"아, 아니야. 나 자신도 어쩔 수가 없었어. 내 손이 계속해서 떨리더니 나도 모르는 사이에 돈을 쥐고 있는거야."

　군의관이 변명을 늘어놓았습니다.

　그런 후에 그들은 잠자리에 들었습니다. 그들의 방은 너무 어두워 코 앞에 있는 것도 분간할 수가 없었습니다. 갑자기 고양이의 눈을 가진 군의관이 자리에서 일어나더니 두 사람을 깨우고는 말했습니다.

　"친구들, 저기 좀 봐. 조그맣고 하얀 쥐가 왔다갔다 하는 게 보이지?"

　두 사람은 자리에서 일어났지만 그들이 눈에는 아무것도 보이지 않았습니다. 한 군의관이 말했습니다.

　"뭔가 잘못됐어. 우리는 우리 것을 돌려받지 못한거야. 그 여관 주인이 우리를 속인거야. 우리는 그 여관 주인한테 돌아가야 돼"

　다음 날 아침 세 군의관은 전날 머물렀던 여관으로 되돌아가서, 여관 주인에게 자기들은 자기들의 것을 돌려받지 못하고 한 사람은 도둑의 손을, 한 사람은 고양이의 눈알을, 또 한 사람은 돼지의 심장을 받았다고 말했습니다. 여관 주인은 분명히 하녀의 잘못일 것이라고 말하며 하녀를 불렀습니다. 하지만 하녀는 세 군의관이 돌아오는 것을 보고는 뒷문으로 빠져나가 돌아오지 않았습니다.

세 군의관은 여관 주인에게 변상해 내라고 말하면서 그렇지 않으면 집을 모두 태워 버리겠다고 협박했습니다. 그래서 여관 주인은 자기가 가진 것 전부와 빌릴 수 있는 최대한의 돈을 끌어 모아 그들에게 주어야만 했습니다. 세 군의관은 그 돈을 가지고 떠났습니다. 비록 그 돈이 여생을 편안하게 지낼 수 있을 만큼 충분했다고 해도 세 군의관에게는 그들 자신의 손과 심장과 두 눈을 갖고 사는 편이 나았겠지요.

119

일곱 명의 슈바벤 사람

일곱 명의 슈바벤 사람이 함께 모였습니다. 첫 번째 사람은 대장 슐츠, 두 번째는 야클리, 세 번째는 마를리, 네 번째는 예르글리, 다섯 번째는 미할, 여섯 번째는 한스, 그리고 마지막은 페이틀리였습니다. 그들은 모험을 찾아 세상을 두루 돌아다니면서 훌륭한 일을 해내기로 결심했습니다. 그들은 안전을 위해서 자신들도 무장을 해야 한다고 생각했습니다. 그래서 창 하나를 만들었는데, 그 창은 너무 길고 무거워서 옮기려면 일곱 명 모두가 필요했습니다. 제일 용감하고 남자다운 대장 슐츠가 맨 앞에 서고 나머지는 차례대로 한 줄로 뒤따랐는데 페이틀리가 맨 뒤였습니다.

7월의 어느 날이었습니다. 먼 길을 걸었지만 그들이 밤을 보내기로 한 마을까지는 아직도 한참을 가야 했습니다. 땅거미가 질 무렵 갑자기 풀밭의 수풀 속에서 딱정벌레인가 말벌인가가 날아와, 그들을 지나쳐 가면서 위협하는 듯한 모습으로 윙윙거렸습니다. 대장 슐츠는 너무 놀라 창을 떨어뜨릴 뻔했고, 온몸은 땀으로 흠뻑 젖어 버렸습니다.

"이봐, 이봐! 하느님 맙소사! 벌레소리가 북소리처럼 들렸어!"

그는 친구들에게 외쳤습니다.

그러자 대장 슐츠의 바로 뒤에서 창을 들고 있던 야클리가 무슨 냄새를 맡고 말했습니다.

"분명히 이 곳에서 무슨 일이 일어나고 있어. 화약과 도화선 냄새가 나."

이 소리에 대장 슐츠가 깜짝 놀라 번개처럼 울타리를 훌쩍 뛰어넘어갔습니다. 그런데 그는 건초를 만들고 난 후에 그 곳에 버려 둔 쇠스랑의 날을 밟았고, 그 쇠스랑의 손잡이가 곧바로 그의 얼굴로 튀어오르며 기분 나쁜 바람소리를 냈습니다.

"어이쿠! 어이쿠! 나를 포로로 데려가라. 항복! 항복!"

대장 슐츠가 고함을 질렀습니다.

나머지 여섯 사람도 차례차례 그를 따라 뛰어넘어와서는 외쳤습니다.

"네가 항복한다면 나도 항복! 네가 항복한다면 나도 항복! …"

그러나 그들을 묶어서 끌고 갈 적이 나타나지 않자 그들은 마침내 자기들이 판단을 잘못했다는 것을 깨달았습니다. 그들은 자기들 중 누군가가 실수로 입을 열 때까지는 이 이야기를 절대로 입 밖에 내지 않기로 서로 다짐을 했습니다. 자기들을 바보로 만들고 마을 전체의 웃음거리가 되게 할 이야기가 퍼져 나가는 것을 원하지 않았기 때문입니다. 그러고 나서 그들은 계속해서 길을 갔습니다.

두 번째로 겪은 위험은 첫 번째 것과는 비교도 할 수 없는 것이었습니다. 그들은 며칠 동안 여행을 한 후 거친 황야를 지나게 되었습니다. 그 곳에서 그들은 산토끼 한 마리가 햇볕을 쬐고 있다가 잠이 든 것을 발견했습니다. 그 산토끼의 귀는 꼿꼿이 서 있었고 크고 투명한 눈을 동그랗게 뜬 채였습니다. 무섭고 사나운 이 동물을 보자 일곱 명의 슈바벤 촌뜨기들은 겁이 나 어떻게 하면 좋을까 하고 의논을 했습니다. 그들은 도망치고 싶었지만 그 괴물이 쫓아와 그들의 살과 뼈를 삼켜 버릴까봐 걱정스러웠습니다. 그들은 한 가지 결정을 해야 했습니다.

"우리는 이제 위대하고 위험한 전투를 치러야만 한다. 모험이 없으면 얻는 것도 없다."

맨 앞에 선 대장 슐츠부터 맨 뒤의 페이틀리까지 하나같이 창을 꽉 움켜쥐었습니다. 대장 슐츠는 침착하려고 애쓰며 되도록 창을 쓰지 않으려 했지만, 맨 뒤에 서 있던 꽤 씩씩한 페이틀리는 공격을 하고 싶어 소리를 질러 댔습니다.

"돌격해서 슈바벤 사람들의 이름을 드높이자. 그렇지 않으려면 너희들 모두 절름발이나 돼 버려라!"

그러자 한스는 뭐라 대꾸할 말이 없어 이렇게 말했습니다.

"부디 너나 그러렴. 무어라 지껄이든 그건 네 맘이야. 하지만 괴물이 나타나면 네가 맨 먼저 도망치게 될걸."

미할이 외쳤습니다.

"좋아, 그러나 지금 가장 확실한 것은 지금 우리들 앞에 악마가 나타났다는거야."

이번에는 예르글리가 말할 차례였습니다.

"악마가 아니면 악마의 엄마일거야. 아니면 악마의 의붓형제일지도 몰라."
마를리가 좋은 생각이 떠올라 페이틀리에게 말했습니다.
"가라, 페이틀리. 네가 앞장서서 돌격해라. 그러면 내가 네 대신에 뒤에 설게."
하지만 페이틀리가 그 말을 듣지 않자 야클리가 말했습니다.
"대장 슐츠가 맨 앞에서 싸워야 해. 그것이 그의 명예자 권리지."
그러자 대장 슐츠가 마음을 고쳐 먹고 엄숙하게 말했습니다.
"좋아, 친구들. 자, 이제 싸움터로 떠나자. 그러면 누가 용감하게 싸워 이길 수 있는지 곧 알게 될거야."
그리고 나서 그들은 모두 그 괴물을 향해 갔습니다. 대장 슐츠는 성호를 긋고 하느님에게 그들을 도와 달라고 빌었지만 아무 소용이 없었습니다. 그는 괴물에게 가까이 다가갈수록 겁이 나서 더욱 크게 소리쳤습니다.
"온 힘을 다해 쳐라! 쳐라! 힘내라! 쳐라!"
이 소동으로 산토끼가 깨어났습니다. 그 산토끼는 놀라서 재빨리 도망쳐 버렸습니다. 토끼가 줄행랑을 치는 것을 본 대장 슐츠가 기뻐하며 소리쳤습니다.
"저런, 페이틀리! 저기 좀 봐! 괴물이 겨우 산토끼 한 마리였어!"

그 일이 있은 뒤에 슈바벤 사람들은 더 큰 모험을 찾아 길을 떠나 마침내 모젤 강 어귀에 닿았습니다. 강은 깊고 조용했으며 안개가 자욱했습니다. 그러나 일곱 명의 슈바벤 사람들은 이 사실을 몰랐기 때문에 강 건너편에서 일을 마친 사람들을 큰 소리로 불러서 어떻게 강을 건너느냐고 물어 보았습니다. 거리도 먼 데다가 슈바벤 사람들의 말투도 이상했기 때문에 강 건너편에 있던 사람은 그들이 무슨 말을 하는지 알아들을 수가 없었습니다. 그래서 그 지방 사투리로 그들에게 대답했습니다.

"뭐라고, 뭐라고요?"

그 말이 대장 슐츠의 귀에는 "걸어, 걸어서 건너는거야."로 들렸습니다. 그래서 그는 맨 먼저 모젤 강으로 뛰어들었습니다. 얼마 지나지 않아 그는 흙탕물 속으로 가라앉아 굽이치는 커다란 물결에 휩쓸려 가 버렸습니다. 그런데 마침 바람이 불어와 슐츠의 모자를 건너편 나루터로 날려 보냈습니다. 그 옆에 앉아 있던 개구리 한 마리가 울기 시작했습니다.

"개굴개굴, 개굴개굴."

나머지 여섯 명의 슈바벤 사람들은 건너편에서 들려오는 개구리 소리가 대장의 목소리라고 생각했습니다.

"이것 봐, 친구들! 대장 슐츠가 우리를 부르고 있어. 그가 걸어서 강을 건넜는데 우리라고 못할 거 있겠어?"

그래서 그들은 강으로 뛰어들었고 모두 물에 빠져 죽고 말았습니다.

이렇게 개구리 한 마리가 여섯 명의 목숨을 앗아가 버렸고, 결국 슈바벤 친구들은 아무도 집으로 돌아오지 못했습니다.

120

세 날품팔이꾼

날품팔이꾼 세 사람이 있었습니다. 그들은 늘 같이 돌아다니며 같은 마을에서 일을 하기로 서로 약속을 했습니다. 그러나 일을 해도 주인들이 품삯을 주지 않자 그들은 먹고 살아갈 것이 없는 빈털터리가 되고 말았습니다.

"이제 어떻게 하지? 우리는 더 이상 여기에 머무를 수 없게 됐어. 다시 길을 떠나자. 그리고 만약 우리가 새로 도착하는 마을에서도 일거리를 찾지 못하면 서로 헤어지는거야. 하지만 헤어지기 전에 우리가 있는 곳을 계속 알릴 수 있도록 여관 주인에게 말을 해 두자. 그러면 우리들이 서로 그 여관 주인을 통해 다른 사람들의 소식을 들을 수 있을 테니까 말이야."

그들 중 한 사람이 그렇게 말하자 나머지 두 사람도 그것이 가장 좋은 방법이라고 생각하고 길을 떠났습니다. 길을 가는 도중에 그들은 비싼 옷을 차려 입은 신사를 만났습니다. 그 신사는 그들에게 누구냐고 물었습니다.

"우리들은 날품팔이꾼들인데 일거리를 찾고 있습니다. 우리는 여태껏 같이 지내왔지만 일거리가 없어 헤어지려고 해요."

"그럴 필요 없다. 내가 시키는 대로만 하면 너희들은 많은 돈과 일을 얻게 될 거야. 그리고 신사로 대접받으면서 마차를 타고 돌아다닐 수도 있지."

그야말로 귀가 솔깃해지는 제의였습니다.

"우리의 영혼과 구세주를 위태롭게 하지만 않는다면 얼마든지 당신이 하라는 대로 하겠어요."

그들 중 한 사람이 말했습니다.

"위험할 것 없어. 너희들의 영혼을 요구하지는 않을 테니까."

그 신사가 대꾸했습니다.

그런데 날품팔이꾼 한 사람이 그 신사의 발을 쳐다보았더니 한쪽 발은 말의 발굽이고 한쪽 발은 사람의 발이었습니다. 그것을 보자 그는 그 신사와 어떤 일도 하고 싶지 않았습니다. 그러자 신사의 모습을 한 악마가 말했습니다.

"너희들은 걱정할 필요가 없어. 나는 너희들의 영혼에는 관심이 없고 다른 어떤 사람의 영혼에만 관심이 있으니까. 그 사람은 이미 반은 나의 것이고 그 사람의 일생은 거의 끝나가고 있어."

그제서야 그들은 안심이 되어 그 악마의 제안을 받아들이기로 했습니다. 그 악마는 그들이 각각 해야 할 일을 말해 주었습니다. 첫 번째 날품팔이꾼은 무슨 질문에나, "우리 세 사람 모두요."라고 대답하기만 하면 되었습니다. 두 번째 날품팔이꾼은 "돈 때문이지요."라는 말을, 세 번째 날품팔이꾼은 "괜찮아요."라는 말을 하기만 하면 된다는 것이었습니다. 그리고 이 말들은 한 번씩만 대답을 해야 되며, 이 대답 이외에는 어떤 말도 해서는 안 된다는 것이었습니다. 만약 그들이 그 악마의 지시를 따르지 않으면 그들의 몫인 돈이 즉시 사라져 버리고, 그 지시를 따르기만 하면 그들의 주머니는 돈으로 가득 차게 된다는 것이었습니다. 그 악마는 일을 시작하기 전에 그들에게 돈을 듬뿍 주면서 다음 마을에 있는 이러이러한 여관에 묵으라고 일러주었습니다. 그들이 그 여관에 들어서자 여관 주인이 다가와서 물었습니다.

"뭘 드시겠습니까?"

첫 번째 날품팔이꾼이 대답했습니다.

"우리 세 사람 모두요."

"예, 그러실 거라 생각하고 있었습니다."

여관 주인이 말을 받았습니다.

"돈 때문이지요."

두 번째 날품팔이꾼이 말했습니다.

"물론입니다."

주인이 말했습니다.

"괜찮아요."

이번에는 세 번째 날품팔이꾼이 말했습니다.

"당연히 괜찮지요."

또 여관 주인이 말을 받았습니다.

그들 세 날품팔이꾼들은 맛있는 음식과 마실 것을 대접받았는데, 시중 드는 것도 마음에 쏙 들었습니다. 식사를 마치자 여관 주인이 그들 중 한 사람에게 계산서를 가져다주었습니다.

"우리 세 사람 모두요."

첫 번째 날품팔이꾼이 말했습니다.

"돈 때문이지요."

두 번째 날품팔이꾼이 말했습니다.

"괜찮아요."

세 번째 날품팔이꾼이 말했습니다.

"당연히 그렇지요. 당신 세 사람 모두 계산을 하셔야 됩니다. 저는 돈이 없는 분들께는 시중을 들 수가 없습니다."

여관 주인이 말했습니다.

그래서 날품팔이꾼들은 계산서에 적힌 금액보다 세 배나 더 많은 돈을 치러야 했습니다. 여관에 있던 다른 손님들이 그 모습을 보고 한 마디씩 했습니다.

"저 녀석들 미쳤나 봐."

"확실히 그런가 봐요. 그들은 머리가 별로 좋지 않은 것 같아요."

여관 주인이 머리를 갸우뚱거렸습니다.

세 날품팔이꾼은 얼마 동안 그 여관에 머물렀는데, 그들은 "우리 세 사람 모두요", "돈 때문이지요", "괜찮아요"라는 말 외에는 아무 말도 하지 않았습니다. 하지만 그들은 그 여관에서 일어나는 일을 모두 지켜보아 알게 되었습니다.

어느 날 우연히 상인 한 사람이 그 여관에 묵게 되었습니다. 그 상인은 많은 돈을 가지고 있었습니다. 그는 여관 주인에게 이렇게 부탁하는 것이었습니다.

"주인장, 내 돈을 좀 보관해 주시오. 저 미친 날품팔이꾼들이 이 곳에 있는 한, 그들이 내 돈을 훔칠지도 모르잖소?"

여관 주인은 돈 가방을 받아 들고 위층으로 올라갔습니다. 그는 그 가방 안에 금덩이가 들어 있어서 무거운 것이라고 생각했습니다. 그래서 여관 주인은 세 날품팔이꾼에게는 아래층에 있는 방을 내주고, 상인은 위층에 있는 특실을 쓰도록 했습니다. 여관 주인은 한밤중에 손님들이 모두 잠든 틈을 타서 그의 아내와 함께 위층으로 올라가 도끼로 상인을 죽였습니다. 그러고 나서 다시 잠자리에 들었습니다.

다음 날 아침 커다란 소동이 일어났습니다. 상인이 피에 흠뻑 젖어 죽은 채로 침대에 누워 있었기 때문입니다. 모든 손님들이 한 곳에 모이자 여관 주인이 목소리를 높여 말했습니다.

"미친 세 날품팔이꾼들이 이런 짓을 저질렀어요."

손님들은 여관 주인의 말이 옳다며 고개를 끄덕였습니다.

"그 날품팔이꾼들이 아니고는 그런 짓을 저지를 사람이 없어."

여관 주인은 날품팔이꾼들을 불러서 말했습니다.

"너희들이 그 상인을 죽였지?"

"우리 세 사람 모두요."

첫 번째 날품팔이꾼이 말했습니다.

"돈 때문이지요."

두 번째 날품팔이꾼이 말했습니다.

"괜찮아요."

세 번째 날품팔이꾼이 말했습니다.

"여러분, 모두 잘 들으셨지요? 그들이 스스로 자백을 했습니다."

여관 주인이 말했습니다.

날품팔이꾼들은 감옥으로 끌려가 재판을 받게 되었습니다. 일이 심상치 않게 돌아가는 것을 깨닫자 그들은 두려워지기 시작했습니다. 그러나 그 날 밤 악마가 와서 말했습니다.

"하루만 더 견뎌서 너희들의 행운을 잃지 말도록 해라. 너희들 머리카락 하나도 다치지 않게 할 테니까."

다음 날 아침 그들은 재판소로 끌려갔습니다. 판사가 물었습니다.

"너희들이 살인자들이냐?"

"우리 세 사람 모두요."

"왜 그를 죽였지?"

"돈 때문이지요."

"나쁜 놈들 같으니! 너희들은 그런 죄를 저지르고도 두렵지 않느냐?"

"괜찮아요."

마침내 판사가 말했습니다.

"이 놈들이 자백을 하면서도 전혀 뉘우치지를 않는구나. 그들을 끌고 나가 당장 처형하도록 해라."

그래서 그들은 밖으로 끌려 나갔습니다. 그 광경을 보고 있는 사람들 가운데는 여관 주인도 끼여 있었습니다. 사형집행인의 조수들이 날품팔이꾼들을 묶어서 교수대 위로 끌고 갔습니다. 그 곳에는 사형집행인이 시퍼런 칼을 들고 그들을 기다리고 있었습니다.

바로 그 때, 갑자기 네 마리의 적갈색 말이 이끄는 마차가 나타났습니다. 그 마차가 너무 빨리 달리는 바람에 길바닥에서 불꽃이 튀었습니다. 누군가가 마차 창문 밖으로 하얀 천을 흔들고 있었습니다. 사형 집행인이 고함쳤습니다.

"특사가 오고 있다!"

"특사요! 특사요!"

마차에서도 외치는 소리가 들렸습니다. 화려하고 귀족적인 차림을 한 악마가 마차에서 나오더니 말했습니다.

"너희들 세 사람은 죄가 없다. 너희들은 이제 너희가 보고 들은 것을 우리에게 이야기해도 좋다."

그러자 가장 나이가 많은 날품팔이꾼이 말했습니다.

"우리는 그 상인을 죽이지 않았습니다. 그 살인자는 여기 모인 사람들 가운데 있습니다."

그러면서 그는 여관 주인을 가리켰습니다.

"만약 여러분이 그것을 확인하고 싶다면 그의 지하실로 가 보십시오. 거기서 다른 시체들이 매달려 있는 걸 볼 수 있을겁니다. 그 사람들도 그가 죽였지요."

그래서 판사는 사형집행인의 조수들을 지하실로 보냈습니다. 과연 지하실에는 날품팔이꾼들이 이야기한 대로 시체들이 있었습니다. 그들이 이 사실을 판사에게 보고하자, 판사는 사형집행인에게 교수대에서 그 여관 주인의 머리를 잘라 버리라고 명령했습니다. 그리고 나자 악마가 세 날품팔이꾼들에게 말했습니다.

"이제 나는 내가 바라던 영혼을 갖게 되었다. 이제부터 너희들은 모두 자유다. 그리고 너희들은 남은 일생을 즐길 만큼 많은 돈을 얻을 것이다."

121

겁 없는 왕자

옛날에 어떤 왕자가 있었는데, 그는 아버지의 밑에서 편안히 사는 일에 싫증을 느꼈습니다. 그는 어떤 일에도 겁을 내지 않는 사람이었습니다. 마침내 그는 이런 생각을 하게 되었습니다.

'넓은 세상으로 나가야겠어. 그 곳에서는 따분하지 않을거야. 놀라운 볼거리들도 많을 거야.'

그래서 왕자는 부모님께 작별 인사를 하고 길을 떠났습니다. 왕자는 아침부터 저녁까지 돌아다녔습니다. 길이 어디로 나 있건 상관없이 길만 보이면 무조건 따라 걸어갔습니다.

어느 날 왕자는 우연히 거인의 집에 닿았습니다. 그는 너무 피곤했기 때문에 쉬었다가 가려고 그 집 대문 앞에 앉았습니다. 앉아서 주위를 둘러보던 왕자는 거인의 집 뜰에 널려 있는 장난감들을 발견했습니다. 아주 커다란 볼링공 몇 개와 사람만한 크기의 핀 아홉 개가 보였습니다. 왕자는 장난감을 가지고 놀고 싶어졌습니다. 그래서 아홉 개의 핀을 세워 놓고는 볼링공을 굴리기 시작했습니다. 핀이 쓰러질 때마다 소리치며 고함을 지르고 나니 왕자는 기분이 상쾌했습니다. 거인이 그 시끄러운 소리를 듣고는 창문 밖으로 머리를 내밀었습니다. 보통 인간들과 똑같은 키를 한 녀석이 자기의 핀 아홉 개를 가지고 노는 모습을 거인은 보았습니다.

"야, 이 조그만 벌레 같은 녀석아! 넌 어떻게 내 아홉 핀을 가지고 놀 수 있지? 어디서 그런 힘이 솟아나느냔 말이야?"

거인이 고함을 지르자 왕자는 고개를 들어 거인을 쳐다보며 말했습니다.

"멍청한 바보 녀석, 너는 너 혼자만 힘센 팔을 갖고 있다고 생각하겠지? 하지만 나는 내가 하고 싶은 것이면 무엇이든지 할 수가 있다구."

거인이 뜰로 내려오더니 왕자가 공을 굴리는 것을 매우 놀랍다는 듯이 쳐다보면서 다시 말했습니다.

"놀라운데! 네게 그런 힘이 있다니! 그러면 생명의 나무에서 사과 한 개만 따서 내게 가져다 줘."

"그 사과로 뭘 하려구?"

"나를 위해서가 아니라 내 색시감을 위해서야. 그녀는 오래 전부터 그 사과를 갖고 싶어했거든. 하지만 아무리 애를 써도 그것을 구할 수가 없었어."

거인이 대답했습니다.

"내가 꼭 찾아 줄게. 나는 그 사과를 딸 자신이 있어."

왕자가 자신만만하게 말했습니다.

"그렇게 쉽게 생각하지 마. 그 나무가 있는 정원은 쇠 울타리로 둘러싸여 있고, 그 울타리 앞에는 사나운 짐승들이 좌우로 늘어 서 있어. 그 짐승들이 파수를 보면서 아무도 안으로 들어가지 못하게 한다구."

"하지만 그 짐승들이 나를 안으로 들어가게 할 거야."

"그런데 네가 간신히 그 정원으로 들어가 나무에 매달려 있는 사과를 본다고 해도 그 사과는 아직 네 것이 아니야. 그 사과 앞에는 고리가 하나 달려 있어서, 누군가 사과를 따려고 손을 뻗으면 그 고리가 손을 꽉 죄게 돼 있어. 그래서 아직까지 아무도 성공하지 못한거야."

"난 꼭 성공할거야."

왕자가 자신만만하게 말했습니다.

왕자는 거인과 작별하고 들판과 숲을 지나 언덕과 골짜기를 넘어, 마침내 그 신비스러운 정원을 찾아냈습니다. 짐승들이 울타리 주변에 드러누워 있었지만 모두 고개를 떨군 채 잠을 자고 있었습니다. 왕자가 그들에게 다가갔을 때도 그 짐승들은 깨지 않았습니다. 그래서 왕자는 그 짐승들 곁을 지나 울타리를 기어올라가 안전하게 정원에 들어갔습니다. 생명의 나무는 정원 한가운데에 서 있었는데, 나뭇가지에서는 빨간 사과가 반짝반짝 빛을 내고 있었습니다. 왕자가 나무 줄기를 타고 올라가 그 사과에 손을 뻗으려고 했을 때, 그는 사과 앞에 달려 있는 고리를 보았습니다.

그러나 그는 어렵지 않게 그 고리 안으로 손을 넣어 사과를 집어 들었습니다. 그러자 그 고리가 왕자의 팔을 꽉 죄었습니다. 갑자기 엄청난 힘이 그의 핏줄을 타고 물결치며 지나가는 것을 그는 느꼈습니다. 사과를 따 가지고 나무에서 내려온 왕자는 다시 울타리를 넘어서 되돌아가고 싶지가 않았습니다. 그래서 커다란 대문 손잡이를 움켜쥐고 살짝 한 번 흔들었더니 대문이 우지끈 소리를 내며 활짝 열렸습니다. 왕자가 밖으로 나오자 대문 앞에 드러누워 있던 사자가 잠에서 깨어나 왕자를 따라서 움직이기 시작했습니다. 하지만 그 사자는 무섭지도, 사납지도 않았습니다. 오히려 왕자가 자기 주인이라도 되는 것처럼 온순하게 왕자를 따랐습니다.

왕자는 약속했던 사과를 거인에게 주면서 말했습니다.

"자, 봤지! 어렵지 않게 이 사과를 가져왔다구."

거인은 자기의 소원이 너무도 빨리 이루어지자 무척 행복했습니다. 거인은 그의 색시감에게 재빨리 뛰어가 그녀가 그토록 오랫동안 가지고 싶어했던 사과를 내밀었습니다. 그런데 그녀는 아름답고 현명한 처녀서 거인의 팔에 고리가 없다는 것을 알아차리고는 이렇게 말했습니다.

"저는 당신이 팔에 고리를 차지 않았기 때문에 당신이 그 사과를 가져왔다는 사실을 믿을 수 없어요."

"그거야 집에 가서 가져오기만 하면 돼."

일단 그렇게 대답을 한 거인은 만약 왕자가 순순히 그 고리를 내놓지 않는다면 억지로 그 고리를 빼앗아 오는 것쯤은 쉬운 일이라고 생각했습니다. 거인이 왕자에게 그 고리를 달라고 요구했지만 왕자는 이를 거절했습니다.

"그 고리는 사과가 있는 곳에 있어야만 해. 만약 네가 순순히 그 고리를 내게 내주지 않으면 너는 그것 때문에 나와 싸워야만 할거야."

거인이 을러댔습니다. 그들은 한참 동안 서로 맞붙어 싸웠습니다. 하지만 거인은 고리의 신비한 능력으로 힘이 세진 왕자를 꺾을 수가 없었습니다. 그러자 거인은 한 가지 속임수를 생각해 냈습니다.

"싸우다 보니 너무 덥구나. 너도 마찬가지일거야. 우리 다시 맞붙기 전에 강에 가서 수영을 하자. 땀 좀 식히게 말이야."

왕자는 아무것도 의심하지 않았기 때문에, 그 거인과 함께 강으로 가서 옷가지와 함께 그 고리도 벗어 버리고 강으로 뛰어들었습니다. 그러자 거인은 재빨리 그 고리를 집어 들고 도망을 쳤습니다. 하지만 거인이 고리를 훔치는 것을 보고 있던 사자가 그를 쫓아가서 거인의 손에서 고리를 벗겨 내 왕자에게 도로 가져왔습니다.

그러자 거인은 참나무 뒤에 숨어 있다가 왕자가 옷을 입느라고 정신이 없는 틈을 타 왕자를 공격해서 그의 두 눈알을 뽑아 버렸습니다. 이제 불쌍한 왕자는 눈이 멀어 그 자리에서 꼼짝도 할 수 없었습니다. 거인이 되돌아와서 왕자를 인도하는 것처럼 그의 손을 잡고 높은 낭떠러지 끝으로 데려갔습니다. 그러고 나서 왕자를 그 곳에 서 있게 내버려 둔 채 '몇 발자국만 내디디면 떨어져 죽을 테지? 그러면 나는 고리를 벗겨 낼 수 있을거야.' 하고 생각했습니다.

그러나 충실한 사자는 자기 주인을 그냥 버려두지 않았습니다. 사자는 왕자의 옷을 꽉 물고 늘어지면서 조금씩 그를 끌어당겼습니다. 왕자가 죽었으리라 생각하고 고리를 훔치러 왔던 거인은 자기가 또 실패했다는 것을 알았습니다.

"저처럼 약해 빠진 인간을 없애는 방법이 꼭 있긴 있을거야!"

거인이 화가 나서 혼잣말로 중얼거렸습니다. 그러고 나서 거인은 왕자의 팔을 잡아 끌어 다른 길을 통해 다시 낭떠러지 끝으로 데려갔습니다. 하지만 거인의 못된 속셈을 알아차린 사자가 여기서도 왕자를 위험에서 구해 주었습니다. 그들이 벼랑에 도착했을 때 거인은 눈먼 왕자의 손을 놓고 또다시 그를 혼자 내버려 두려고 했습니다. 하지만 바로 그 때 사자가 거인을 벼랑 끝으로 밀어 떨어뜨렸고 거인은 바닥으로 떨어져 피투성이가 되었습니다.

충실한 사자는 자기 주인을 다시 한 번 벼랑 끝에서 끌어당겨 물이 잔잔히 흐르고 있는 시냇가 나무 아래로 데려갔습니다. 왕자가 앉아 있는 동안 사자는 웅크리고 앉아 자기 앞발로 왕자의 얼굴에 물을 뿌렸습니다. 물 몇 방울이 왕자의 눈을 적시는가 싶더니 왕자는 금방 물건들을 다시 볼 수 있게 되었습니다.

왕자는 조그만 새 한 마리가 그의 옆을 날아가다가 나무 줄기에 부딪히는 것을 보았습니다. 그 새는 곧바로 시냇가로 날개치며 내려와서 그 시냇물에 몸을 담갔습니다. 그런 후 재빨리 날아오르더니 마치 시력을 되찾은 것처럼 나무 줄기에 부딪히지 않고 나무 사이를 지나 자기가 날아가던 방향으로 날아가는 것이었습니다. 왕자는 이것이 하느님의 계시라고 생각했습니다. 왕자는 허리를 굽혀 시냇물에 얼굴을 담그고 씻었습니다. 왕자가 허리를 펴자 그의 눈은 조금 전보다 더 밝고 맑아졌습니다.

왕자는 큰 자비를 베풀어 주신 하느님에게 감사를 드리고 사자와 함께 넓은 세상으로 나아갔습니다. 그러던 어느 날 왕자는 우연히 마법에 걸린 성에 닿았습니다. 아름다운 얼굴과 멋진 모습을 한 소녀가 성문 앞에 서 있었습니다. 그런데 그 소녀의 피부는 매우 검었습니다. 그 소녀가 왕자에게 말을 걸었습니다.

"아, 내게 걸린 나쁜 주문을 당신이 풀어 줄 수만 있다면 얼마나 좋겠어요!"
"내가 어떻게 하면 되겠소?"
왕자가 물었습니다.
"마법이 걸린 성 안 넓은 홀에서 사흘 밤을 보내야만 해요. 하지만 당신의 마음 속에 두려운 기색을 조금이라도 드러내서는 안 됩니다. 무시무시한 악마들이 당신을 괴롭힐 거예요. 그래도 당신이 아무 소리도 내지 않고 잘 견뎌 내면 저는 주문에서 풀려날 것이고 악마들은 당신의 목숨을 빼앗지 못할 테지요."
"나는 두렵지 않아요. 하느님의 가호를 믿고 한번 해보겠소."
말을 마치고 왕자는 기운차게 성 안으로 들어가, 날이 어두워지기를 기다리며 넓은 홀에 앉아 있었습니다. 홀 안은 아주 조용했습니다. 그런데 자정이 되자 시끄러운 소리가 들리더니 구석구석에서 작은 악마들이 나오기 시작했습니다. 그들은 왕자를 못 본 체하고는 홀 한가운데 앉아 불을 피우고 놀이를 시작했습니다. 그들 중 하나가 놀이에서 지자 이렇게 말했습니다.
"뭔가가 잘못됐어. 우리들 말고 다른 누군가가 이 곳에 있어. 내가 지는 것은 그 녀석 때문이야."
"이봐, 난로 뒤에 있는 녀석아! 기다려! 내가 너를 잡고 말 테니까."
다른 악마가 소리쳤습니다.
날카로운 소리는 점점 더 커졌습니다. 그 소리를 들은 사람이라면 누구라도 소름이 끼쳤겠지만 거기에 조용히 앉아 있던 왕자는 겁을 내지 않았습니다. 악마들은 마루에서 일어나서 왕자를 공격했습니다. 숫자가 너무 많아 왕자는 그들의 공격을 막을 수가 없었습니다. 그들은 왕자를 바닥으로 끌고 다니면서 꼬집고 찌르고 때리며 괴롭혔습니다. 하지만 왕자는 아무 소리도 내지 않았습니다. 악마들은 아침이 올 무렵에야 사라졌습니다. 왕자는 너무 지쳐서 손발만을 겨우 움직일 수 있을 뿐이었습니다.
새벽녘에 검은 소녀가 생명수가 들어 있는 조그만 병을 들고 들어왔습니다. 소녀가 그 물로 왕자를 씻어 주자 그는 곧 피로가 사라지며 핏줄 속으로 활기찬 기운이 흐르는 것을 느꼈습니다.
"당신이 하룻밤은 안전하게 해냈지만 아직 이틀이 더 남아 있어요."
소녀는 그렇게 말한 후 곧 돌아갔습니다. 그녀가 떠날 때 왕자는 그녀의 발이 하얗게 변해 있는 것을 보았습니다. 그 날 밤 다시 악마들이 찾아와서 놀이를 새로 시작했습니다. 그들은 왕자를 공격하면서 전날 밤보다 더 세게 후려쳤습니다. 그래서 그의 몸은 온통 상처투성이가 되었습니다. 하지만 왕자는 그것을 모두 참아 냈습니다. 새벽녘에 악마들은 왕자를 남겨 둔 채 떠났고, 해가 떠오르기 시작하자 소녀가 다시 나타나서 생명수로 왕자를 치료해 주었습니다. 나중에 소녀가 떠날 때 그녀의 피부가 이미 하얗게 변해 있는 것을 본 왕자는

무척 기뻤습니다.

　이제 왕자는 하룻밤만 더 견뎌 내면 되었습니다. 그러나 그 마지막 밤이 가장 힘들었습니다. 다시 악마들 무리가 왔습니다.

　"네 놈이 아직도 여기에 있느냐? 더 이상 숨을 쉴 수 없을 때까지 네 놈을 괴롭혀 주겠다."

　악마들이 큰 소리로 외쳤습니다. 악마들은 왕자를 꼬집고 때리고 이리저리 뒹굴리며 마치 그의 몸을 찢어 버리려는 듯이 팔과 다리를 세차게 잡아당기기도 했습니다. 하지만 그렇게 했는데도 왕자는 살아 남았고 또 아무 소리도 내지 않았습니다. 마침내 악마들이 사라졌습니다. 왕자는 의식을 잃고 그 자리에 쓰러졌습니다.

　그는 움직일 수조차 없었고, 소녀가 들어와 그의 온몸에 생명수를 부을 때에도 눈을 뜰 수가 없었습니다. 얼마가 지난 후 왕자는 갑자기 고통이 모두 사라지고 푹 자고 막 일어난 것처럼 다시 생기가 넘치는 것을 느꼈습니다. 왕자가 눈을 떴을 때 소녀는 그의 옆에 서 있었는데, 그녀는 눈처럼 새하얗고 해님같이 아름다웠습니다.

　소녀가 말했습니다.

　"일어나서 계단에다 당신의 칼을 세 번 휘두르세요. 그러면 주문이 풀릴 거예요."

　왕자가 소녀의 말대로 칼을 휘두르자 성 전체가 마법에서 풀려 났습니다. 그리고 소녀는 아름다운 모습의 공주로 변했습니다. 넓은 홀에 식탁이 벌써 차려져 저녁 식사가 준비되었다고 하인들이 알려 주었습니다. 그들 두 사람은 함께 앉아서 즐겁게 먹고 마셨습니다. 그리고 저녁에는 큰 축복 속에서 결혼식을 올렸습니다.

122

당나귀 상추

옛날에 한 젊은 사냥꾼이 사냥감을 찾기 위해서 숲으로 들어갔습니다. 그는 즐겁고 유쾌한 기분이어서 길을 따라 걸어가면서 나뭇잎으로 풀피리를 불었습니다. 그러다가 그는 우연히 추하고 늙수그레한 노파를 만났는데, 그 노파가 이렇게 말하는 것이었습니다.

"안녕하시오, 사냥꾼 양반! 당신은 무척 즐겁고 만족스러워 보이는군요. 하지만 난 몹시 배가 고프고 목이 마르다오. 나에게 적선을 좀 해주시겠소?"

사냥꾼은 노파가 가엾게 여겨져 자기가 가지고 있는 것 전부를 주머니에서 꺼내 주었습니다. 그리고 가던 길로 막 떠나려 할 때 노파가 다시 말했습니다. "내가 하는 말을 잘 들어요, 사냥꾼 양반! 당신이 나에게 너무 친절하게 대해 주어서 당신에게 선물을 하나 주려고 하오. 이 길을 곧장 걸어가다가 보면 얼마 후에 나무 하나가 보일거요. 그 나무에는 아홉 마리의 새가 앉아 있을거요. 그 새들은 자기들 발톱 밑에 망토를 하나 놓고 서로 싸우고 있을거요. 그 때 당신이 그 새들의 한가운데를 겨누고 총을 쏴요. 새들은 분명히 그 망토를 떨어뜨릴 것이고 새들 중 한 마리도 총에 맞아 당신의 발 밑에 떨어질거요. 그러면 그 망토를 가져요. 그것은 소원을 들어주는 망토여서, 당신이 그 망토를 어깨에 두르고 가고 싶은 곳을 빌기만 하면 눈 깜짝할 사이에 당신이 바라는 곳에 가 있게 될거요. 그리고 죽은 새의 심장을 꺼내 그것을 한번에 삼켜요. 그러면 매일 아침 당신이 잠에서 깨어 일어났을 때 당신의 베개 밑에서 금화 한 닢을 발견하게 될 테니까 말이오."

사냥꾼은 노파에게 인사를 하고 나서 '노파가 나에게 약속한 것들은 대단해. 만약 그런 일들이 내게 이루어지기만 한다면! …' 하고 혼자 생각했습니다.

그가 백 발자국 쯤 걸어갔을 때 머리 위의 나뭇가지에서 굉장히 시끄럽게 짹짹거리는 소리가 들렸습니다. 사냥꾼이 올려다보니 한 무리의 새 떼가 부리와 발톱으로 망토 하나를 서로 세게 잡아당기고 있었습니다. 새들은 마치 각자 그 옷을 혼자서만 차지하려는 듯 날카로운 소리를 지르고 법석을 떨며 싸웠습니다.

"음, 이상한 일이군. 그 노파가 말한 대로 일이 돌아가고 있어."

사냥꾼은 어깨에서 총을 내려 그 새들 한가운데를 겨눠 방아쇠를 당겼습니다. 새들이 큰 소리로 울면서 날아 올라갔지만 한 마리는 죽어서 망토와 함께 땅바닥으로 떨어졌습니다. 사냥꾼은 노파가 말해 준 대로 죽은 새의 배를 갈라 심장을 찾아내서 한 입에 삼켰습니다. 그리고 망토를 집으로 가져갔습니다.

다음 날 아침 사냥꾼은 잠에서 깨어나자 노파가 했던 말을 기억해 내고는 그런 일이 정말로 일어났는지 궁금해졌습니다. 그가 베개를 들어올리자 정말로 금화 한 닢이 그의 눈 앞에서 반짝이고 있었습니다. 다음 날에도, 또 그 다음 날에도 그가 일어날 때마다 계속해서 금화가 발견되었습니다. 마침내 금이 산더미처럼 쌓이자 사냥꾼은 생각했습니다.

'내가 집에만 있는다면 이 모든 금이 무슨 소용 있겠어? 지금이야말로 집을 떠나 세상을 구경할 때다.'

사냥꾼은 부모님에게 작별 인사를 하고 나서 배낭과 총을 어깨에 둘러메고 넓은 세상을 향해 떠났습니다. 어느 날 사냥꾼은 밀림 속을 지나게 되었는데, 밀림의 끝에 다다르고 보니 들판에 웅장한 성이 한 채 서 있었습니다. 그리고 그 성의 한 창가에서 늙은 여자 하나와 놀라울 정도로 아름다운 소녀가 서서 그를 내려다보고 있었습니다. 그런데 그 늙은 여자는 마녀였습니다. 마녀가 소녀에게 말했습니다.

"몸에 대단한 보물을 지닌 사람이 숲에서 오고 있어. 사랑하는 내 딸아, 그 보물은 우리에게 훨씬 더 잘 어울리니 우리는 저 사람에게서 그 보물을 빼앗아야 해. 들어 봐, 그는 몸 속에 새의 심장을 가지고 있어서 매일 아침 그의 베개 밑에는 금화가 생긴단다."

그녀는 소녀에게 그 사냥꾼에 대한 모든 이야기와 소녀가 해야 할 역할에 대해 말해 주었습니다. 그리고 마녀는 무서운 눈빛으로 소녀에게 겁을 주었습니다.

"만약 네가 내 말을 듣지 않으면 넌 후회하게 될거야!"

사냥꾼은 성에 가까이 다가와서 소녀를 훔쳐보고 혼잣말을 했습니다.

"나는 너무 오랫동안 이곳 저곳을 돌아다녔기 때문에 이제는 좀 쉬고 싶어. 이 아름다운 성에서 묵어야겠어. 계산을 할 돈은 충분하니까."

그러나 사냥꾼이 그 성에서 묵겠다고 생각한 것은 사실 아름다운 소녀 때문이었습니다.

사냥꾼이 성 안으로 들어가자 그들은 그를 친절히 맞이하여 정중하게 대접해 주었습니다. 얼마 지나지 않아 사냥꾼은 마녀의 딸을 사랑하게 되었습니다. 그는 그녀 외에는 아무것도 생각하지 않았고 오직 그녀만을 바라보았으며, 그녀가 원하는 것이라면 무엇이든 기꺼이 들어주었습니다. 그럴즈음 늙은 마녀가 소녀에게 말했습니다.

"이제 우리는 새의 심장을 빼앗아야 한다. 그는 그것을 잃어버려도 알아차리지 못할거야."

그녀는 마법의 약을 만들어서 그 약을 컵에 부어 소녀에게 주었습니다. 소녀는 그 약을 사냥꾼에게 건네 주어야 했습니다.

"자, 나의 사랑! 나의 건강을 위하여 건배!"

그녀가 말했습니다. 사냥꾼이 컵을 입으로 가져가 한 모금 마시자 그는 새의 심장을 토했습니다. 소녀는 몰래 그것을 주워서 삼켜 버렸습니다. 늙은 마녀가 그렇게 하라고 시켰기 때문입니다. 그 때부터 사냥꾼은 베개 밑에서 더 이상 금화를 발견할 수가 없었고 대신에 소녀의 베개 밑에서 금화가 나왔습니다. 늙은 마녀가 매일 아침 소녀의 베개 밑에서 그것을 가져갔습니다. 그렇지만 사냥꾼은 소녀를 너무나 사랑했고 정신 없이 빠져 있었기 때문에, 그의 머릿속에는 소녀와 함께 시간을 보내는 일 외에는 아무 생각도 없었습니다.

늙은 마녀가 말했습니다.

"이제 우리는 새의 심장을 갖게 되었다. 하지만 소원을 들어주는 망토도 빼앗아야만 해."

"왜 사냥꾼을 그대로 내버려 두지 않는거죠? 이제 그는 재산을 모두 잃어버렸잖아요?"

소녀가 대꾸하자 늙은 마녀는 화가 나서 말했습니다.

"그 망토는 대단한 물건이야. 너는 이 세상에서 그와 같은 물건을 구경도 못할거야. 나는 그 망토를 가져야만 해. 그리고 나는 그 망토를 가지게 될 거야."

마녀는 소녀에게 몇 가지 지시를 내리고 만약 그 지시들을 따르지 않으면 좋지 않은 일이 일어날 것이라고 또 을러댔습니다. 소녀는 창가에 서서 무척 슬픈 표정을 지으며 넓고 푸른 하늘을 바라보고 있었습니다.

"당신은 왜 그토록 슬픈 얼굴로 거기 서 있는거요?"

사냥꾼이 다가와 물었습니다.

"아, 나의 사랑! 저 너머에 진홍산이 있는데, 그 곳에는 값비싼 보석들이 자라고 있어요. 저는 그 보석들을 생각할 때마다 너무나 갖고 싶어서 슬퍼져요. 하지만 누가 그것들을 가져다 줄 수가 있겠어요? 날개가 달린 새들만이 그 곳에 날아갈 수 있는데 말이에요. 사람은 절대로 할 수가 없대요!"

"당신을 슬프게 하는 것이 그것이라면, 내가 금방 당신의 슬픔을 덜어 주겠소."

사냥꾼은 이렇게 말한 후에 그의 망토를 두 사람 위에 걸치더니 진홍산 꼭대기에 가고 싶다고 빌었습니다. 눈 깜짝할 사이에 그들 두 사람은 그 산의 정상에 앉아 있게 되었습니다. 사방에서 우아한 보석들이 빛나고 있었으며 그것들을 바라보는 것만으로도 행복한 일이었습니다. 그들은 함께 제일 값비싼 보석들을 골랐습니다. 그런데 늙은 마녀가 마법을 걸어서 사냥꾼의 눈꺼풀을 무겁게 해 놓았으므로 사냥꾼의 눈꺼풀이 자꾸 내려갔습니다. 그래서 사냥꾼이 소녀에게 말했습니다.

"앉아서 잠시 쉽시다. 너무 피곤해서 더 이상 서 있을 수가 없구려."

사냥꾼은 소녀의 무릎에 베고 잠이 들었습니다. 사냥꾼이 깊이 잠이 들자 소녀는 그의 어깨에서 망토를 빼앗아 자기 몸에 둘렀습니다. 소녀는 석류석과 갖가지 보석들을 함께 모아 다시 집으로 가고 싶다고 빌었습니다.

잠에서 깨어난 사냥꾼은 사랑하는 사람이 자기를 속이고 이 험한 산 속에 그를 홀로 남겨 두었다는 것을 알았습니다.

"아, 이 세상은 온통 배신으로 가득 찼구나!"

사냥꾼은 그 곳에 앉아 슬픔과 고통을 이겨 내려 했지만 무엇을 어떻게 해야 할지 알 수가 없었습니다. 그런데 그 산은 사납고 무서운 거인들의 것이었습니다. 그 거인들은 그 곳에 살면서 항상 나쁜 짓만 했습니다. 그가 그 곳에 앉아 있은 지 얼마 되지 않아 거인 세 명이 그를 향해 어슬렁거리며 다가왔습니다. 사냥꾼은 마치 깊은 잠에 빠진 것처럼 숨을 죽이고 엎드려 있었습니다. 그 중 첫 번째 거인이 그를 발로 쿡쿡 찌르면서 말했습니다.

"여기 엎드려 있는 이 땅벌레는 누구야?"

"짓밟아 없애 버리자!"

두 번째 거인이 말했습니다. 그러나 세 번째 거인이 하찮다는 듯이 말했습니다.

"그런 수고를 할 가치조차 없는 놈 같군. 내버려 둬. 어차피 이 곳에서 살아남을 수 없어. 그가 만약 산꼭대기까지 더 높이 올라간다면 구름이 그를 낚아채서 데리고 가 버릴 테니까."

그들은 걸어가면서도 계속 이야기를 나누었고, 사냥꾼은 그들이 하는 이야기를 모두 들었습니다. 거인들이 보이지 않게 되자 사냥꾼은 일어나서 산꼭대기로 올라갔습니다. 그가 거기에 잠시 앉아 있으니까 구름 하나가 흘러와서 그를 잡아채서 데리고 갔습니다. 구름은 한동안 하늘을 떠다녔습니다. 그러고 나서 가라앉기 시작하더니 우물을 둘러싼 넓다란 채소밭에 내려앉았습니다. 사냥꾼은 양배추와 채소들 사이에 내려서서 주위를 돌아보며 말했습니다.

"먹을 것이 좀 있었으면 좋겠다! 너무 배가 고파 움직일 수조차 없을 것 같아. 여긴 온통 채소뿐이야. 사과나 배 같은 과일은 없어."

결국 사냥꾼은 상추라도 조금 먹어야겠다고 생각했습니다. 맛이 좋지는 않겠지만 그것이라도 먹어야 기운이 날 듯했습니다.

그래서 사냥꾼은 싱싱한 상추를 뽑아 몇 잎을 따 먹었습니다. 그런데 그가 몇 입 삼키자마자 이상한 느낌이 들었습니다. 사냥꾼은 자기가 완전히 변해 버렸다는 것을 알았습니다. 갑자기 네 발, 굵은 목, 기다란 귀 두 개가 생긴 것입니다. 소름끼치게도 사냥꾼은 당나귀로 변한 것이었습니다. 그런데도 그는 여전히 배가 고팠고, 달콤한 상추가 마음에 들었기 때문에 아주 맛있게 상추를 계속 먹었습니다. 마침내 그는 다른 종류의 상추가 있는 곳으로 자리를 옮겨 몇 잎을 또 삼켰습니다. 그러자 새로운 느낌이 일어나더니 다시 사냥꾼의 모습으로 되돌아왔습니다.

그러고 나서 사냥꾼은 피로를 풀기 위해 잠을 잤습니다. 다음 날 아침에 일어난 사냥꾼은 그를 당나귀로 변하게 한 상추와 사람으로 되돌아오게 한 상추를 뽑아 들고 생각했습니다.

'이것들은 틀림없이 내가 가지고 있던 것들을 다시 찾아오는 데 도움이 될거야. 게다가 그 믿을 수 없는 여자들을 혼낼 수도 있겠지.'

사냥꾼은 상추를 배낭에 집어넣고 산을 넘어 사랑하는 사람이 있는 성을 찾아 길을 떠났습니다. 며칠 동안 헤매고 난 후 그는 운좋게 그 성을 다시 찾아냈습니다. 사냥꾼은 늙은 마녀가 자기를 알아볼 수 없도록 얼굴에 갈색칠을 하고 성 안으로 들어가서 하룻밤 묵어 갈 것을 부탁했습니다.

"저는 너무 피곤해서 더 이상 갈 수가 없습니다."

"이봐요, 촌뜨기 양반! 당신은 누구이며 뭘 하는 사람입니까?"

마녀가 물었습니다.

"저는 왕의 전령인데 세상에서 제일 맛좋은 상추를 찾아오라는 분부를 받았습니다. 마침 운이 좋아 그 상추를 찾아내서 몸에 지니고 있지만, 햇볕이 너무 뜨거워 부드러운 상추들이 시들기 시작하고 있습니다. 저는 상추를 더 이상 가져갈 수 있을지 어떨지 모르겠습니다."

늙은 마녀는 맛있는 상추 이야기를 듣더니 그 상추를 맛보고 싶어 안달이 났습니다.

"촌뜨기 양반! 그 훌륭한 상추 맛 좀 보게 해줄 수 없겠수?"

"물론 그렇게 하죠. 두 꼭지를 가져왔으니 그 중 하나를 드릴게요."

대답을 하고 사냥꾼이 배낭을 열어 나쁜 상추 꼭지를 마녀에게 건네 주었습니다. 마녀는 아무것도 의심하지 않고, 상추 요리를 생각하면서 입맛을 잔뜩 다셨습니다. 부엌으로 들어가 직접 상추 요리를 한 마녀는 그것을 식탁에 차릴 때까지 기다릴 수가 없었습니다. 그녀는 몇 잎을 집어 들어 입 안에 넣었습니다. 마녀가 그것들을 삼키자마자 사람 모습은 오간 데 없이 당나귀 한 마리가 안뜰을 이리저리 뛰어다녔습니다. 이번에는 하녀가 부엌으로 들어오더니 상추 요리를 보고 식탁을 차리려다가, 먼저 맛을 보기 위해 그녀도 상추 두어 잎을 집어 먹었습니다. 그러자 그녀도 역시 당나귀로 변해 버렸습니다. 그녀는 밖에 있는 당나귀로 변한 늙은 마녀에게로 달려나갔고, 상추가 담겨 있던 그릇은 바닥에 떨어졌습니다. 그동안 사냥꾼은 아름다운 소녀와 함께 앉아 있었는데, 아무도 그 상추 요리를 가져오지 않자 상추에 대한 그녀의 호기심이 점점 더 커져서 가만히 있을 수가 없었습니다.

"상추가 어떻게 됐는지 모르겠어요."

사냥꾼은 아마 상추가 이미 일을 벌였을 것이라고 생각했습니다. 그래서 소녀에게 말했습니다.

"제가 부엌으로 가서 무슨 일이 일어났는지 알아보겠습니다."

사냥꾼이 부엌에 가서 보니 당나귀 두 마리가 안뜰을 뛰어다니고 있었고 상추는 땅에 떨어져 있었습니다.

"잘됐어. 저 두 사람은 마땅히 겪어야 할 일을 겪는거야."

그는 남아 있는 상추를 그릇에 담아 소녀에게 가져갔습니다.

"제가 직접 맛있는 음식을 가져왔으니 당신은 더 이상 기다리지 않아도 됩니다."

사냥꾼이 상추를 내밀었습니다.

그래서 소녀는 상추를 조금 먹었고 즉시 소녀도 자기의 모습을 잃어버렸습니다. 다른 사람들과 같이 그녀도 당나귀가 되어 안뜰로 달려나갔습니다. 사냥꾼은 당나귀로 변한 그 여자들이 자기를 알아볼 수 있도록 얼굴을 씻고는 안뜰로 내려가서 말했습니다.

"이제 너희들은 배신의 대가를 치르게 될거야."

그는 세 사람을 모두 동아줄로 묶어 끌고 방앗간으로 갔습니다. 사냥꾼이 창문을 두드렸습니다. 방앗간 주인이 머리를 내밀더니 왜 그러느냐고 물었습니다.

"저에게는 못된 짐승이 세 마리 있는데, 더 이상 그 놈들을 키우고 싶지가 않습니다. 만약 당신이 그 놈들을 맡아서 기르며 제가 이야기하는 대로만 다루어 준다면, 저는 당신이 원하는 것을 전부 드리겠습니다."

"그렇다면야 거절할 이유가 없죠. 내가 그 놈들을 어떻게 다루기를 바라십니까?"

사냥꾼은 늙은 마녀 당나귀에게는 하루에 세 번 매질과 한 끼만, 하녀 당나귀에게는 하루에 한 번 매질과 세 끼를, 그리고 나이 어린 소녀 당나귀는 때리지 말고 하루에 세 끼를 꼬박꼬박 주라고 방앗간 주인에게 말했습니다. 그는 소녀가 맞는 것은 원치 않았던 것입니다. 그러고 나서 사냥꾼은 성으로 돌아가 필요한 것들을 모두 찾아냈습니다.

며칠 후에 방앗간 주인이 와서 하루에 세 번 매질을 하고 한 끼를 주기로 되어 있던 늙은 당나귀가 죽었다고 알려 주었습니다.

"나머지 두 마리는 아직 죽지 않았습니다."

하며 그는 이야기를 계속했습니다.

"하지만 그 놈들도 너무 슬퍼서 머지않아 죽게 될 것입니다."

그러자 사냥꾼은 그들이 가엾어져서 자기의 노여움을 잊어버리고 방앗간 주인에게 그 놈들을 다시 성으로 끌고 오라고 말했습니다. 그들이 도착하자 그는 그들에게 다른 상추를 먹였습니다. 그들은 다시 사람의 모습이 되었습니다. 아름다운 소녀는 그의 앞에서 무릎을 꿇고 말했습니다.

"아, 내 사랑! 저를 용서해 주세요. 엄마가 그렇게 하라고 억지로 시켰어요. 저는 온 마음으로 당신을 사랑했지만 모든 일이 제 생각과는 다르게 이루어졌어요. 소원을 들어주는 망토는 벽장 안에 걸려 있어요. 그리고 저는 새의 심장을 토해 내게 하는 약을 마실 거예요."

하지만 사냥꾼은 이렇게 대답했습니다.

"그냥 가지고 있구려. 그건 아무런 차이가 없어요. 왜냐하면 나는 당신을 나의 믿음직한 아내로 맞아들이고 싶기 때문이오."

그 후 그들은 결혼식을 올리고 오래도록 행복하게 살았습니다.

123

숲 속의 노파

옛날에 한 가엾은 어린 하녀가 주인들과 함께 여행을 하고 있었습니다. 그들 일행이 널따란 숲 속을 절반쯤 지났을 때 덤불 속에서 도둑 몇 명이 튀어나오더니 눈에 보이는 사람들을 모두 죽였습니다. 그래서 그 소녀 혼자만 남게 되었습니다. 소녀는 너무 놀란 나머지 마차에서 뛰어내려 나무 뒤에 몸을 숨기고는 오들오들 떨고 있었습니다. 도둑들이 빼앗은 물건들을 모두 가지고 떠난 뒤, 소녀는 나무 뒤에서 나와 이 무시무시한 광경을 보고는 울음을 터뜨렸습니다.

"이제 어쩌면 좋아. 아, 나는 숲에서 빠져나가는 길을 절대로 찾을 수 없을거야. 이 곳에는 살아 있는 것이라고는 하나도 없으니 아마 나는 굶어 죽게 될지도 몰라."

소녀는 숲을 빠져나가는 길을 찾아 여기저기 돌아다녀 보았지만 찾을 수가 없었습니다. 저녁이 되자 지친 그녀는 어떤 나무 밑에 앉아 이제 자기 자신을 하느님에게 맡기기로 하고 무슨 일이 일어나더라도 그 곳에 그냥 있기로 했습니다. 그런데 얼마쯤 지나자 하얀 비둘기 한 마리가 부리에 조그만 금빛열쇠를 물고 날아왔습니다. 비둘기는 소녀의 손에 열쇠를 놓아 주고 말했습니다.

"저 너머에 큰 나무가 보이지요? 거기에 가면 조그만 자물쇠가 보일거예요. 이 열쇠로 그 자물쇠를 열고 그 안에 있는 많은 음식을 마음껏 배부르게 먹어요."

소녀는 나무가 있는 곳으로 가서 자물쇠를 열어, 작은 그릇에 담겨 있는 우유와 우유에 적셔 먹을 수 있는 하얀 빵을 찾아냈습니다. 그래서 마음껏 먹을 수가 있었습니다. 그녀는 배가 부르자 이렇게 말했습니다.

"지금은 집에 있는 닭들이 닭장으로 가는 시간일 텐데, 나도 너무 피곤하니 누울 침대가 있었으면 좋겠다."

그러자 비둘기가 다른 조그만 열쇠를 부리에 물고 다시 날아와서 말했습니다.

"저 쪽에 있는 나무를 여세요. 그러면 침대가 있을 거예요."

 소녀가 나무를 열자 멋지고 푹신한 침대가 나왔습니다. 그녀는 하느님에게 밤새 자기를 지켜 달라고 기도하고 잠이 들었습니다. 아침이 되자 비둘기가 또 다른 세 번째 열쇠를 물고 와서 말했습니다.
 "저 쪽에 있는 나무를 여세요. 그러면 당신은 옷 몇 벌을 얻게 될 거예요."
 소녀가 나무를 열자 거기에는 공주의 옷보다 더 화려한, 보석과 금으로 장식된 옷이 있었습니다. 소녀는 이렇게 얼마 동안을 지냈습니다. 날마다 비둘기가 와서 소녀가 필요한 것을 모두 주고 돌보아 주었으므로 행복하고 조용한 생활이었습니다. 그러던 어느 날 그 비둘기가 소녀에게 날아와서 말했습니다.

"제 부탁을 하나만 들어주시겠어요?"

"물론이지."

"저는 당신을 작은 오두막으로 데려가려고 해요. 당신이 그 안으로 들어가 보면 난로 바로 옆에 노파가 앉아 있을거예요. 그녀가 당신에게 인사말을 하겠지만 당신은 그녀가 무슨 행동을 하든지 그녀에게 대답을 해서는 안 돼요. 그리고 그녀를 지나서 오른쪽으로 가면 문이 하나 있는데, 그 문을 열면 식탁 위에 여러 가지 반지들이 가득 놓여 있는 방이 있을거예요. 거기에는 빛나는 보석이 박힌 굉장한 반지들이 많이 있는데 그것들은 그대로 놔 두어야만 해요. 그 대신에 그것들 사이에 놓여 있는 평범한 반지를 골라내서 그것을 될 수 있는 대로 빨리 제게 가져와 주세요."

소녀는 오두막으로 가서 문을 열었습니다. 거기 앉아 있던 노파가 그녀를 노려보더니 말했습니다.

"안녕, 아가야!"

그러나 소녀는 아무런 대꾸도 하지 않고 문을 향해 나아갔습니다.

"어디로 가는거니?"

노파가 외쳤습니다. 그녀는 소녀의 치마를 잡더니 소녀를 붙잡고 늘어지려고 했습니다.

"여기는 내 집이야. 내가 허락하지 않으면 아무도 이 안으로 들어갈 수 없어."

하지만 소녀는 아무 소리도 내지 않고 노파를 떼어 놓은 뒤 방으로 곧장 들어갔습니다. 거기에서 소녀는 눈 앞에서 반짝반짝 빛나는 수많은 반지들을 보았습니다. 소녀는 그것들을 밀어내고 평범한 반지를 찾아보았지만 눈에 띄지 않았습니다. 반지를 찾으면서 소녀는 노파가 손에 새장을 들고 살금살금 걸어 나가는 것을 보았습니다. 노파는 새장을 가지고 도망을 가려고 했지만 소녀가 노파에게 달려가 그녀의 손에서 새장을 빼앗았습니다. 그녀가 새장 안을 들여다보니 새 한 마리가 부리에 바로 그 평범한 반지를 물고 있었습니다. 소녀는 반지를 빼앗아 그 집을 나와서 빨리 달려갔습니다. 소녀는 이제 곧 하얀 비둘기가 날아와 반지를 가져갈 것이라고 생각했지만 비둘기는 나타나지 않았습니다.

그래서 소녀는 비둘기를 기다리기 위해 나무에 몸을 기대었습니다. 그녀가 나무에 기대자 갑자기 그 나무가 따뜻하고 부드럽게 유연해지더니 가지들을 아래로 내리 뻗었습니다. 그리고 갑자기 그 가지들이 그녀를 감싸 안았는데 그것은 두 팔이었습니다. 그녀가 주위를 둘러보니 나무는 잘생긴 남자로 변해 있었습니다. 그는 소녀를 껴안더니 다정하게 그녀에게 입을 맞추었습니다.

"당신이 나를 구하고 늙은 노파의 마법으로부터 나를 자유롭게 해주었소. 그녀는 악한 마녀인데 나를 나무로 변하게 했소. 나는 매일 몇 시간 동안만 비둘기가 되었던거요. 노파가 그 반지를 가지고 있는 한 나는 본래의 모습으로 돌아올 수가 없었지요."

그의 하인들과 말들도 그들을 나무로 변하게 했던 마법의 주문에서 풀려나 원래의 모습을 찾아 그의 옆에 서 있었습니다. 그는 왕자였기 때문에 그들 모두는 그의 궁전으로 돌아가서 두 사람은 결혼을 하여 오래도록 행복하게 살았답니다.

124

삼형제

옛날에 세 아들을 둔 사람이 있었습니다. 그 사람이 가진 것이라고는 자기가 살고 있는 집뿐이었습니다. 세 아들들은 모두 그가 죽고 난 후 그 집을 물려받기를 바라고 있었습니다. 아버지는 아들들을 하나같이 모두 사랑했기 때문에 그들의 감정을 다치게 하고 싶지 않았을 뿐만 아니라 그 집을 팔고 싶지도 않았습니다. 왜냐하면 그 집은 조상들이 대대로 지켜 온 집이었기 때문입니다. 그렇지만 않았다면 그는 집을 팔아 그 돈을 자기의 아들들에게 나누어 주었을 지도 모를 일입니다. 마침내 그는 좋은 생각이 떠올라 아들들에게 말했습니다.

"넓은 세상으로 나가 너희들이 장차 어떤 사람이 될 수 있는가를 알아보아라. 그리고 일을 배워서 너희들이 집으로 돌아왔을 때, 누구든지 자기의 기술을 최고도로 익힌 사람에게 이 집을 물려줄 것이다."

아들들은 이 제안에 만족스러워했습니다. 제일 큰 아들은 대장장이가 되기로, 둘째는 이발사가 되기로, 막내는 정원사가 되기로 결심했습니다. 그들은 집으로 돌아와야 할 시간을 정하고 각자 길을 떠났습니다. 우연히 각자 훌륭한 선생을 만났으며, 남부럽지 않게 쓸모 있는 일들을 배웠습니다. 그리하여 대장장이는 왕의 말에 편자를 달게 되었는데, 그는 이제 확실히 자기가 집을 물려받을 수 있을 것이라고 생각했습니다. 이발사는 유명한 신사들에게만 면도를 해주는 사람이 되어, 이미 집은 자기 것이라고 믿었습니다. 정원사는 칼에 베어서 상처를 많이 입기는 했지만, 이를 악물고 실망하지 않았습니다. 그는 혼자 이렇게 생각했던 것입니다.

'이런 상처를 두려워한다면 나는 절대로 집을 차지하지 못할거야.'

약속한 시간이 되어 그들은 아버지에게 돌아왔습니다. 그러나 각자가 가진 기술을 어떻게 자랑해 보여야 할지 좋은 방법이 떠오르지 않아 고민을 하고 있었습니다. 바로 그 때 산토끼 한 마리가 뜰을 가로질러 그들 쪽으로 뛰어오고 있었습니다. 그러자 이발사가 말했습니다.

"아, 저 토끼야말로 내가 필요했던거지."

그는 그릇과 비누를 가져와서 산토끼가 가까이 올 때까지 비누거품을 만들었습니다. 그러더니 산토끼와 같이 팔딱팔딱 뛰면서 산토끼에게 비누 거품을 칠했고, 역시 뛰면서 산토끼의 조그만 수염을 잘랐습니다. 이렇게 하면서도 그는 산토끼에게 전혀 상처를 입히지 않았습니다.

"잘했다."

아버지가 말했습니다.

"네 형제들이 너보다 뛰어난 일을 하지 못한다면 이 집은 네 것이다."

잠시 후 한 남자가 굉장히 빠른 속도로 마차를 몰고 달려왔습니다.

"이제 제가 할 수 있는 일을 보여 드릴 차례입니다, 아버지!"

큰아들인 대장장이는 이렇게 말하면서 마차를 쫓아가 질주하고 있는 말에서 네 개의 편자를 떼어 내고, 역시 전속력으로 달리는 말에 새로운 편자를 달았습니다.

"놀랍구나! 너도 네 동생만큼 멋진 솜씨를 보여 주었구나. 이제 나는 누구에

게 집을 주어야 할지 모르겠다."

그러자 막내가 말했습니다.

"아버지, 제가 할 수 있는 일을 보십시오."

막내는 칼을 꺼냈습니다. 마침 비가 내리기 시작했는데 막내가 자기 머리 위에서 칼을 휘둘러 엇가르며 베었더니 한 방울의 빗물도 그에게 떨어지지 않았습니다. 빗줄기가 점점 굵어지더니 더욱 심해져 마침내 엄청나게 쏟아졌습니다. 그럴수록 막내는 점점 더 빨리 칼을 놀려 마치 천막 안에 안전하게 앉아 있는 것처럼 여전히 비에 젖지를 않았습니다. 아버지가 그 모습을 보고 놀라서 칭찬했습니다.

"저것이야말로 가장 훌륭한 솜씨다. 이 집은 너의 것이다."

나머지 두 형제는 자기들이 약속한 대로 그 결정을 받아들였습니다. 하지만

그들은 서로를 매우 사랑했기 때문에 삼형제가 모두 함께 그 집에 살면서 자기 직업에 종사했습니다. 그들은 정말로 자기 기술을 잘 배웠고 솜씨가 매우 좋아 많은 돈을 벌었습니다. 그들은 나이가 들 때까지 함께 행복하게 살았습니다. 삼형제 중 한 사람이 병이 들어 죽게 되자 나머지 형제도 몹시 슬퍼하더니, 결국 병이 들어 따라 죽고 말았습니다. 그들 모두 훌륭한 솜씨를 가졌고 서로를 매우 사랑했던 삼형제는 죽은 후에도 같은 무덤에 묻히게 되었습니다.

125

악마와 악마의 할머니

큰 전쟁이 일어나자 왕은 많은 병사를 모았습니다. 그러나 돈을 조금밖에 주지 않았기 때문에 병사들은 도저히 먹고 살 수가 없었습니다. 그래서 병사들 가운데 서로 마음이 맞은 세 사람이 도망을 치기로 했습니다.

"만약 우리가 잡힌다면 틀림없이 우리를 교수대에 매달거야."

한 사람이 걱정을 하자 다른 사람이 안심을 시켰습니다.

"저기 밀밭이 보이지? 저 안에 숨으면 아무도 우리를 찾아내지 못할 거야. 군대는 저 안에 들어오지 못할 테니까 말이야. 그리고 내일이면 군대도 떠날 텐데, 뭘."

그래서 세 사람은 밀밭에 숨었습니다. 그런데 군대가 떠나지 않고 그 자리에 계속 머물러 있는 것이었습니다. 세 병사는 이틀 동안 꼼짝못하고 숨어 있어야만 했습니다. 그러다가 배가 고파 죽을 지경이 되었습니다. 하지만 밖으로 나간다는 것은 자살 행위나 다름없는 일이었으므로 세 사람의 입에서는 저절로 탄식이 쏟아져 나왔습니다.

"도망치려고 하다가 굶어 죽다니 이게 무슨 꼴이람."

그 때 하늘에서 무시무시하게 생긴 용이 나타나더니 세 사람이 있는 곳으로 내려왔습니다. 그리고 그들이 왜 그 곳에 숨어 있는지 물었습니다.

"우리는 병사들인데 왕이 돈을 너무 적게 주기 때문에 도망쳤습니다. 그런데 이제 여기 이대로 숨어 있다가 굶어 죽든가, 아니면 나가서 교수형을 당할 수밖에 없게 되었습니다."

그러자 용이 말했습니다.

"만약 너희들이 나를 위해 7년 동안 일하겠다고 약속을 하면 내가 너희들을 안전한 곳까지 데려다 주겠다."

"우리야 다른 방법이 없으니 당신의 말을 따를 수밖에요."

그러자 용은 세 사람을 발톱으로 움켜 잡고 하늘 높이 날아 군대를 지나갔습니다. 그리고 밀밭에서 멀리 떨어진 곳에 세 사람을 내려놓았습니다.

그런데 그 용은 바로 악마였습니다. 악마는 작은 채찍을 그들에게 주면서 말했습니다.

"이 채찍을 휘두르기만 하면, 필요한 만큼 돈이 생겨날 것이다. 말도 타고, 마차도 타고, 왕 못지않게 살 수 있어. 하지만 7년이 끝나는 때 너희들은 모두 내 것이 되는 거야."

악마는 세 사람 앞에 공책을 펴놓고는 각자 거기에 서명을 하게 했습니다. 그리고 마지막에 악마는 이렇게 덧붙였습니다.

"단, 너희들이 내 것이 되기 전에 내가 너희에게 수수께끼를 하나 낼 것이다. 만약 너희들이 그 수수께끼를 알아맞힌다면 나에게서 벗어나 자유롭게 될 수가 있다."

그리고 용은 멀리 날아갔습니다. 세 사람은 그 작은 채찍을 가지고 여행을 하기 시작했습니다. 언제나 돈이 풍족했기 때문에 좋은 옷을 입고 세계 여러 나라를 돌아다닐 수 있었으며 어디를 가든 호사스럽게 살 수 있었습니다. 그렇지만 나쁜 짓은 하지 않았습니다. 어느덧 세월이 흘러 약속한 7년이 다가오자, 그들 중 두 사람은 너무나 걱정이 되어 밤에 잠도 오지 않았습니다. 그러나 다른 한 사람은 아무렇지도 않다는 듯 이렇게 말했습니다.

"이 사람들아, 너무 걱정 말게. 내 머리는 아직 녹슬지 않았다구. 내가 그 수수께끼를 풀걸세."

세 사람은 들판으로 나가 땅바닥에 앉았습니다. 그러나 두 사람의 얼굴에는 걱정이 가득했습니다. 그 때 한 할머니가 지나다가 왜 그렇게 슬픈 얼굴을 하고 있는지 물었습니다.

"할머니와는 아무 상관도 없는 일이에요. 또 아무 도움도 되지 못할거구요."

"글쎄, 꼭 그렇지 않을지도 모르지. 무슨 걱정거린지 말이나 해봐."

그래서 세 사람은 자기들이 용의 하인이 되어 7년 동안 일했으며, 그동안 돈을 물쓰듯 하면서 살 아 왔다는 이야기를 했습니다. 그리고 이제 약속한 7년이 다 되어 만약 악마가 내는 수수께끼를 풀지 못하면 목숨을 내놓아야 한다는 이야기도 했습니다. 세 사람의 이야기를 다 듣고 나서 할머니가 말했습니다.

"도움을 받고 싶으면, 너희들 가운데 한 사람이 숲 속으로 가거라. 그 곳에 가면 안으로 움푹 패어서 오두막집처럼 보이는 절벽이 있을거야. 그 안에 들어가봐. 너희한테 무엇인가 도움이 되는 게 있을거야."

그래 봤자 아무 소용도 없을 거라는 생각을 하며 두 사람은 그대로 앉아 있었습니다. 그러나 쾌활한 성격을 가진 한 사람이 자리에서 일어나 숲으로 들어갔습니다. 그 안으로 들어갔더니 늙은 할머니 한 분이 앉아 있었습니다. 바로 악마의 할머니였습니다. 악마의 할머니는 그에게 어디서 온 누구이며, 무엇을 원하느냐고 물었습니다. 그는 자초지종을 자세히 이야기해 주었습니다. 이야기를 하는 동안 그가 내내 쾌활한 표정을 잃지 않는 것에 마음이 끌린 할머니는 그를 도와 주고 싶어졌습니다. 악마의 할머니는 커다란 돌을 들어 올렸습니다. 그 돌은 조그만 방으로 들어가는 비밀 입구였습니다.

　"자, 여기에 숨어 있어. 여기 있으면 바깥에서 하는 말들을 전부 들을 수 있을 거야. 조용히 꼼짝말고 앉아 있어야 해. 용이 들어오면 무슨 수수께끼를 낼 건지 내가 물어볼 테니까 뭐라고 하는지 잘 들어두라구."

　밤중이 되자 용이 들어와 저녁밥을 달라고 했습니다. 할머니는 식탁에 먹을 것과 마실 것을 차려 주었습니다. 용은 기분이 좋았습니다. 할머니는 용과 함께 식사를 하며 이런저런 이야기를 나누다가 용에게 오늘 하루를 어떻게 보냈으며 얼마나 많은 사람을 잡았는지 물었습니다.

　"오늘은 별로 운이 좋지 않았어요. 하지만 병사 셋은 잡아 놓은 거나 다름없어요."

　"오, 병사 셋이라. 아주 사나운 사람들이지. 너한테서 벗어날지도 모르겠구나."

　그러자 용이 그럴 리가 없다는 듯이 자신있게 말했습니다.

　"아뇨, 그럴 리가 없어요. 제가 수수께끼를 하나 낼 건데 그 사람들은 풀 수가 없는 문제거든요."

　"무슨 수수께낀데?"

　"들어 보실래요? 저기 북쪽 큰 바다에 죽은 당나귀가 한 마리 빠져 있는데 난 그걸 그 사람들에게 먹일거예요. 고래 갈비뼈를 수저로 쓰고 늙고 비루먹은 말의 발굽을 술잔으로 쓰라고 해서 말이에요. 그들이 이것을 어떻게 알겠어요?"

　악마가 잠자리에 들자, 할머니는 바위를 치우고 병사에게 나오라고 했습니다.

　"무슨 소리를 하는지 잘 들었겠지?"

　"예, 어떻게 대답해야 하는지 잘 알고 있습니다."

병사는 들어갈 때와는 달리 소리가 나지 않도록 창문으로 나와서 동료들이 기다리고 있는 곳으로 뛰어갔습니다. 그는 동료들에게 악마가 자기 할머니의 꾐에 빠져서 수수께끼를 털어놓았다는 이야기를 들려주었습니다. 세 사람은 기분이 좋아져서 악마가 준 채찍을 신나게 휘둘렀습니다. 그러자 땅바닥에 돈이 산더미처럼 쌓였습니다.

드디어 7년이 끝나는 날, 악마가 세 사람의 서명이 든 공책을 가지고 나타났습니다.

"이제 나는 너희들을 지옥으로 데려가서 고기를 먹일 것이다. 만약 그 고기가 무슨 고긴지 알아맞힌다면 너희는 자유로워질 것이고, 그 채찍도 가질 수 있다."

그러자 첫 번째 병사가 대답했습니다.

"저기 큰 북쪽 바다에 죽은 당나귀가 빠져 있습니다. 그걸 우리에게 먹일 테지요."

악마는 화가 난 얼굴로 헛기침을 했습니다.

"흠, 흠."

그러고 나서 두 번째 병사에게 물었습니다.

"수저로는 무엇을 쓸 것인지 말해봐."

"고래의 갈비뼈를 쓰게 될 겁니다."

악마의 얼굴이 험악해졌습니다.

"음, 음."

악마는 신음 소리를 내면서 이번에는 세 번째 병사에게 물었습니다.

"술잔은 뭘로 만든 것인지 알고 있나?"

"늙은 말의 발굽이 우리 술잔일겁니다."

마침내 악마는 큰 소리로 울면서 멀리 날아갔습니다. 세 병사는 그 작은 채찍을 가지고 필요할 때면 언제나 돈을 만들어 쓰면서 죽을 때까지 행복하게 살았습니다.

126

성실한 페르디난트와 불성실한 페르디난트

옛날에 어느 부부가 있었습니다. 그런데 이상하게도 그들의 생활이 넉넉할 때는 아이가 없더니 가난해지자 아들이 하나 생겼습니다. 그러나 그 마을에서는 아이의 대부가 되어 주겠다고 하는 사람이 아무도 없었기 때문에 아이 아버지는 이웃 마을에 가서 찾아보려고 집을 나섰습니다. 이웃 마을로 가는 도중에 아버지는 한 거지를 만났는데, 그 거지는 아버지에게 어디를 가느냐고 물었습니다. 아이 아버지는 자기가 너무 가난해서 자기 마을에서는 아무도 아들의 대부가 되어 주려고 하지 않기 때문에 다른 마을에 알아보러 가는 길이라고 대답했습니다. 그러자 그 거지가 말했습니다.

"당신도 가난하고 나도 가난하니 내가 대부가 되어 주리다. 그런데 대부가 되어 주긴 하겠소만, 나도 너무 가난하기 때문에 당신 아이에게 아무것도 줄 수가 없겠구려. 하여튼 집에 가서 산파에게 아이를 교회로 데려오라고 하시오."

산파가 아이를 데리고 교회에 도착해 보니 거지는 벌써 와 있었습니다.

거지는 아이에게 '성실한 페르디난트'라는 이름을 지어 주었습니다. 교회를 떠나면서 거지는 이렇게 말했습니다.

"자, 이제 나는 그만 가 보겠소. 나는 당신에게 아무것도 줄게 없고, 당신한테서 뭘 받겠다는 마음도 없었소."

그러나 거지는 산파에게 열쇠를 하나 주면서 집에 도착하거든 열쇠를 아이 아버지에게 주라고 말했습니다. 아이가 열네 살이 될 때까지 그 열쇠를 아버지가 보관해야 한다는 것이었습니다. 그리고 아이가 열네 살이 되면 히스 숲에 가서 성을 발견하게 될 텐데 이 열쇠가 바로 그 성의 열쇠이고, 그 성 안에 있는 것은 모두 아이의 것이라고 덧붙였습니다.

아이는 똑똑하고 튼튼하게 자라 드디어 일곱 살이 되었습니다. 어느 날 그 아이가 다른 아이들과 놀 때의 일이었습니다. 한 아이가 대부로부터 받은 선물을 자랑하자 다른 아이는 더 좋은 선물을 받았다며 뽐냈습니다. 그러나 페르디난트는 아무것도 자랑할 것이 없었습니다. 페르디난트는 울면서 집으로 돌아와 아버지에게 말했습니다.

"아버지, 저는 대부에게서 받은 선물이 없었나요?"

"아니, 있단다. 너는 열쇠를 하나 받았다. 히스 숲 속에 있는 성의 열쇠란다. 거기 가서 문을 열어 보렴."

페르디난트는 히스 숲으로 가 보았으나 성은 보이지 않았습니다. 다시 7년이 흘러 열네 살이 된 페르디난트는 다시 히스 숲으로 갔습니다. 그런데 이번에는 성이 보이는 것이었습니다. 열쇠로 문을 열어 보았더니 안에 백마 한 마리가 서 있었습니다. 페르디난트는 너무 기뻐 그대로 말에 올라타고 집으로 돌아와서 아버지에게 말했습니다.

"이제 백마가 생겼으니까 여행을 하겠어요."

페르디난트는 여행을 떠났습니다. 말을 타고 가다가 그는 길가에 떨어져 있는 깃털 펜 한 자루를 발견했습니다. 처음에는 그것을 주울까 하고 생각을 하다가, 펜이 필요하게 되면 틀림없이 얻게 될 거라고 마음을 고쳐먹었습니다 그런데 그 곳을 막 지나치는 순간 누군가의 목소리가 뒤에서 들려 왔습니다.

"성실한 페르디난트야, 그것을 가지고 가렴."

페르디난트는 뒤를 돌아보았지만 아무도 보이지 않았습니다. 그는 말을 돌려 깃털 펜을 주웠습니다. 그리고 다시 길을 가다가 그는 바다에 다다랐습니다. 해변가에는 물고기 한 마리가 가쁜 숨을 몰아쉬고 있었습니다.

"가여운 물고기야, 조금만 참으렴. 내가 너를 물에 도로 넣어 주마."

그는 물고기의 꼬리를 잡아 물에 넣어 주었습니다. 그러자 그 물고기가 물 위로 머리를 내밀고 말했습니다.

"당신이 저를 진흙탕에서 구해 주셨으니 저는 피리를 하나 드리겠습니다. 어려운 일이 생겼을 때 이 피리를 불면 제가 달려가서 당신을 도와 드리겠습니다. 또 물 속에 무엇인가를 빠뜨렸을 때 이것을 불면 제가 그것을 다시 찾아 드리겠습니다."

페르디난트는 다시 길을 떠났습니다. 도중에 한 남자를 만났는데, 그는 페르디난트에게 어디로 가는 길이냐고 물어 왔습니다.

"바로 저쪽 마을에 가는 길입니다."

"당신 이름은 뭡니까?"

"성실한 페르디난트입니다."

"아하, 이럴 수가 있나! 내 이름과 똑같군요. 나는 불성실한 페르디난트라고 합니다."

두 사람은 이웃 마을을 향해 함께 길을 떠났습니다. 그런데 문제가 있었습니다. 불성실한 페르디난트는 나쁜 마법을 이용해 다른 사람의 생각과 소망을 몰래 알아차리는 사람이었던 것입니다. 마을에 도착한 두 사람은 한 여관에 묵게 되었는데, 그 여관에는 마음씨가 곱고 예절 바른 아가씨가 일을 하고 있었습니다. 그 아가씨는 잘 생기고 성실한 페르디난트를 보고 한눈에 반해 그를 사랑하게 되었습니다.

아가씨는 그에게 어디로 가는 길이냐고 물었습니다. 성실한 페르디난트가 세상을 여행하는 중이라고 대답하자, 아가씨는 이 나라의 왕이 하인이나 수행원을 구하는 중이니 왕 밑에서 일하며 이 곳에 머무르는 게 어떠냐고 했습니다. 그러나 페르디난트는 고개를 저었습니다. 느닷없이 어떤 사람에게 가서 그 사람을 위해 일하겠노라고 할 수는 없는 일이라고 했습니다. 그러자 아가씨가 말했습니다.

"그거야 제가 대신 이야기하면 되지요."

아가씨는 그 길로 곧장 왕에게 가서 훌륭한 수행원이 한 사람 나타났다고 말했습니다. 왕은 그 말을 듣고 기뻐하며 그를 데려오라고 말했습니다. 왕이 페르디난트에게 하인이 되어 달라고 했으나 페르디난트는 자기 말과 떨어지고 싶지 않으니 수행원이 되겠노라고 말했습니다. 그래서 왕은 성실한 페르디난트를 수행원으로 삼았습니다.

불성실한 페르디난트가 이 이야기를 듣고 아가씨에게 말했습니다.

"아니, 그럴 수가 있습니까? 왜 나는 도와 주지 않는 겁니까? 나는 아예 잊어버리고 있었군요!"

"아니에요, 당신도 도와드리지요."

아가씨는 '이 사람은 믿을 수 없는 사람이니까 조심해야 돼.'라고 생각하고 있었습니다. 아가씨가 왕에게 가 하인을 한 사람 구했노라고 하자 왕은 기뻐하며 그를 맞아들였습니다.

불성실한 페르디난트는 매일 아침 왕의 옷을 입히는 일을 했습니다. 그런데 그 때마다 왕이 이렇게 한탄하곤 했습니다.

"아, 왕비가 곁에 있다면 얼마나 좋을까!"

성실한 페르디난트를 시기하는 마음을 품고 있던 불성실한 페르디난트는 날마다 왕의 한탄을 듣다가 마침내 한 가지 꾀를 생각해 내었습니다.

"왕이시여, 수행원이 있잖습니까? 그 사람에게 왕비를 찾아오라고 하십시오. 만약 데려오지 못한다면 목을 베어 버리시구요."

그 말을 들은 왕은 성실한 페르디난트를 불러 저 먼 곳에 있는 왕비를 데려오라고 했습니다. 그리고 만약 성공하지 못할 경우에는 죽음을 면하지 못할 것이라고 덧붙였습니다. 성실한 페르디난트는 그 길로 마구간으로 달려가 자신의 백마 앞에서 울며 한탄을 했습니다.

"아, 나는 왜 이리 운이 없을까!"

그 때 이상한 목소리가 들려 왔습니다.

"성실한 페르디난트여, 왜 울고 있습니까?"

주위를 살펴보았지만 아무도 없었습니다. 그는 계속 한탄만 했습니다.

"오, 내 귀여운 백마야, 이제 너를 두고 떠나야 하는구나. 나는 죽음의 길을 떠나야 한단다."

그러자 조금 전의 목소리가 다시 들려 왔습니다.

"성실한 페르디난트여, 왜 울고 있습니까?"

페르디난트는 깜짝 놀랐습니다. 바로 자신의 백마가 말을 하고 있었던 것입니다.

"내 귀여운 백마야, 네가 말을 하는 거냐? 네가 말을 할 수 있니?"

그리고 그는 사정을 설명했습니다.

"나는 먼 곳에 가서 왕비를 데려와야 한단다. 내가 어떻게 해야 하는지 넌 알고 있니?"

그러자 백마가 대답했습니다.

"먼저 왕에게 가서 필요한 물건을 준비해 주어야 신부를 데려올 수 있다고 하십시오. 고기를 가득 실은 배 한 척과 빵을 가득 실은 배 한 척이 있어야 합니다. 바다에 굉장한 거인이 살고 있는데 고기를 주지 않으면 당신을 갈기갈기 찢어 버릴 겁니다. 또 거대한 새들도 있기 때문에 그것들한테는 빵을 주어야 합니다. 안 그러면 당신의 눈을 쪼아 먹을 겁니다."

왕은 온 나라의 푸줏간에 명령해서 배에 고기를 가득 싣게 했고, 빵집에 명령해서 빵을 만들어 배에 싣게 했습니다. 준비가 되자 백마는 페르디난트에게 이렇게 말했습니다.

"자, 나를 타고 배에 오르십시오. 그리고 거인들이 나타나면 이렇게 말하세요.

　　가만히들 있거라, 내 귀여운 거인들아.
　　나는 언제나 너희들을 생각하고 있었단다.
　　이렇게 고기를 가지고 왔잖니.

그리고 새들이 오면, 이렇게 말하세요.

　　가만히들 있거라, 내 사랑스런 새들아.
　　나는 언제나 너희들을 생각하고 있었단다.
　　이렇게 빵을 가지고 왔잖니.

그렇게 하면 그들은 당신에게 아무런 해도 입히지 않을 것이고, 당신이 성에 도착하면 거인들이 당신을 도와 줄 겁니다. 그러면 몇 명만 데리고 성 안으로 들어가세요. 안에 들어가면 신부가 잠을 자고 있을 텐데 절대로 신부를 깨워서는 안 됩니다. 거인들에게 그녀를 침대에 잠든 채로 배까지 나르라고 하세요."

모든 것이 백마가 말한 그대로였습니다. 페르디난트는 거인과 새에게 준비해 간 고기와 빵을 주었습니다. 그들은 페르디난트를 성으로 데리고 갔습니다. 그리고 거인들은 침대에 누워 자고 있는 신부를 그대로 배에 실어 주었습니다. 그렇게 해서 궁전에 도착한 신부는 왕에게 비밀 서류가 없으면 살 수 없는데 그걸 성에 남겨 두고 왔다고 이야기했습니다. 성실한 페르디난트는 이번에도 불성실한 페르티난트의 음모로 다시 성에 가서 서류를 가져오라는 명령을 받았습니다. 성실한 페르디난트는 마구간에 가서 또 울었습니다.

"오, 나의 귀여운 백마야. 어쩌면 좋지? 나는 다시 그 성에 가야 한단다."

백마는 지난번처럼 배에 빵과 고기를 가득 채우라고 했고, 모든 것이 먼젓번과 똑같았습니다. 거인과 새들이 고기와 빵을 먹고 진정한 것입니다. 성에 도착하자 백마는 페르디난트에게 혼자 신부의 침실에 들어가 책상 위에 있는 서류를 가져오라고 말했습니다. 페르디난트는 백마의 말에 따라 서류를 가지고 나왔습니다. 그런데 바다로 나왔을 때 페르디난트는 그만 잘못하여 깃털 펜을 물에 빠뜨리고 말았습니다. 그러자 백마가 말했습니다.

"저는 이제 당신을 도울 수가 없습니다."

그 때 성실한 페르디난트는 물고기가 준 피리가 생각났습니다. 페르디난트가 피리를 불자, 곧 물고기가 깃털 펜을 입에 물고 나타나 페르디난트에게 주었습니다. 그래서 페르디난트는 그 서류를 왕궁에 전달할 수 있었고, 마침내 왕의 결혼식이 거행되었습니다.

그런데 왕의 얼굴에는 코가 없었습니다. 왕비는 그런 왕을 사랑하지 않았습니다. 왕비는 성실한 페르디난트를 보고는 그를 가슴 깊이 사랑하게 되었습니다. 어느 날 왕실의 귀족들이 모두 모인 자리에서 왕비는 자기가 마술을 부릴 줄 안다고 말했습니다. 사람의 목을 잘랐다가 다시 붙일 수 있다는 것이었습니다.

왕비는 자원자가 나서면 자신의 마술을 보여 주겠다고 했으나 아무도 나서는 사람이 없었습니다. 결국 불성실한 페르디난트의 장난으로 성실한 페르디난트가 나서게 되었습니다. 왕비는 그의 목을 잘랐다가 다시 붙였고, 금방 치료가 되었습니다. 성실한 페르디난트의 목에는 잘렸던 곳에 실밥 자국이 남았을 뿐이었습니다.

그것을 본 왕비에게 물었습니다.

"왕비여, 도대체 그런 마술을 어디서 배웠소?"

왕비는 왕의 물음에는 대답하지 않고 이렇게 말했습니다.

"저는 다른 마술도 할 줄 안답니다. 당신에게 해 봐도 될까요?"

"어디 해 보시오."

왕비는 왕의 머리를 잘랐지만 이번에는 머리를 도로 붙이지 않았습니다. 머리가 제대로 잘리지 않아서 붙이지 못하는 것처럼 거짓말을 했던 것입니다. 결국 왕은 땅에 묻혔고, 왕비는 페르디난트와 결혼했습니다.

성실한 페르디난트는 그 후에도 계속 자신의 백마를 타고 다녔습니다. 그러던 어느 날, 백마는 페르디난트에게 또 다른 히스 숲으로 가서 세 번을 껑충껑충 뛰라고 말했습니다. 성실한 페르디난트가 백마가 말한 대로 그 숲에 가서 뛰었더니 그 백마는 뒷발을 들고 서면서 왕자로 변하는 것이었습니다.

127

무쇠 난로

마법이 통할 때의 일입니다. 한 늙은 마녀가 왕자에게 마법을 걸어 숲 속에 있는 무쇠 난로에 가두었습니다. 아무리 해도 빠져나올 수가 없어 왕자는 그 곳에서 꼼짝못하고 몇 년을 보내야 했습니다. 그러던 어느 날 그 숲에 놀러 왔던 공주가 길을 잃어서 자기 아버지의 왕국으로 돌아가지 못하고 숲 속을 헤매게 되었습니다. 9일 동안을 길을 찾아 헤매던 공주는 드디어 그 무쇠 난로가 있는 곳에 오게 되었습니다. 공주가 그것이 무엇인지 궁금해서 들여다보고 있는데 그 안에서 목소리가 들려 왔습니다.
"당신은 어디서 온 분이고, 어디로 가실건가요?"
"저는 이웃 나라의 공주입니다. 아버지가 계시는 왕국으로 가야 하는데 길을 잃고 헤매는 중이랍니다."
그러자 무쇠 난로가 말했습니다.
"만약 내 부탁을 들어준다면, 집에 빨리 갈 수 있도록 도와 주겠습니다. 나의 아버지는 당신 아버지보다 더 위대한 왕이십니다. 나는 당신과 결혼하고 싶습니다."
공주는 깜짝 놀랐습니다. 그리고 생각해 보았습니다.
'아이구 맙소사, 무쇠 난로하고 어떻게 산담. 하지만 집에 빨리 가야 하니까 무슨 말이든지 듣겠다고 해야지.'
그 때 무쇠 난로가 이렇게 말했습니다.
"집에 가서 칼을 가지고 와서 이 난로에 구멍을 하나만 뚫어 주시오. 그러면 나는 살아날 것입니다."
그러고 나서 무쇠 난로는 호위병을 한 사람 붙여 주었습니다. 그 사람은 한 마디도 하지 않고 2시간 만에 공주를 집으로 데려다 주었습니다.
공주가 돌아오자 모두가 기뻐했습니다. 늙은 왕은 공주를 껴안고 뺨에 입을 맞추었습니다. 그러나 공주는 슬픈 얼굴로 왕에게 말했습니다.
"제가 무슨 일을 당했는지 상상도 못 하실거예요. 무쇠 난로를 만나 도움을 받지 않았더라면, 그 깊고 무서운 숲에서 빠져나올 수가 없었을 거예요. 그래서 도움을 받는 대신 다시 돌아가서 그를 구해 주고, 결혼을 하겠다고 약속하고 말았어요."

왕은 공주의 말에 기절할 듯이 놀랐습니다. 그도 그럴 것이 왕에게는 공주가 유일한 자식이었기 때문입니다. 생각 끝에, 그들은 공주 대신 방앗간집 딸을 보내기로 결정했습니다. 그들은 방앗간집 딸에게 칼을 주고, 무쇠 난로에 구멍을 뚫으라고 하면서 숲으로 보냈습니다. 방앗간집 딸은 24시간 동안 쉬지 않고 무쇠 난로를 뚫었지만 겨우 가느다란 홈집 하나를 냈을 뿐이었습니다. 새벽이 되자 무쇠 난로에서 목소리가 들려왔습니다.

"내가 보기에 이제 새벽이 된 것 같군요."

"예, 제가 보기에도 그런 것 같아요. 우리 아버지의 방앗간에서 나는 소리도 들리는 것 같구요."

"그럼, 당신은 방앗간집 딸이군요! 당장 여기서 나가시오. 그리고 그 사람들에게 가서 공주를 보내라고 하시오."

그녀는 성으로 돌아와 왕에게 무쇠 난로 안의 남자는 자기가 아니라 공주를 원한다고 말했습니다. 왕은 두려움에 휩싸였고 공주는 울기 시작했습니다. 그러나 이번에도 공주가 아닌 돼지치기 딸을 보내기로 했습니다. 이 아가씨는 전번의 아가씨보다 더 예뻤으며, 숲에 가는 대가로 돈도 많이 받기로 했습니다. 숲에 간 돼지치기 딸은 24시간 동안 무쇠 난로를 긁어 댔지만 홈집 하나 내지 못했습니다. 날이 밝아오기 시작하자 무쇠 난로에서 목소리가 들려 왔습니다.

"바깥에 동이 튼 것 같군요."

"예, 제가 보기에도 그런 것 같아요. 아버지의 뿔피리 소리도 들리는 것같구요."

"그럼, 당신은 돼지치기 딸이군요! 당장 여기서 나가시오. 가서 공주를 보내라고 전하시오. 그리고 공주에게 모든 것이 내가 말한 대로 될 것이라고 전하시오. 만약 공주가 오지 않는다면, 그 나라에는 풀 한 포기, 돌 한 조각도 제대로 서 있지 못할 거라고 전하시오."

공주는 그 말을 듣고 다시 울기 시작했습니다. 그러나 약속을 지키는 것 외에 달리 뾰족한 수가 없었습니다. 그래서 공주는 왕에게 하직 인사를 한 다음 칼을 주머니에 넣고 숲 속에 있는 무쇠 난로에게 갔습니다. 무쇠 난로 앞에 간 공주는 칼로 긁기 시작했습니다. 2시간쯤 긁자 조그만 구멍이 하나 생겨났습니다.

공주가 구멍 안을 들여다보았더니 멋진 왕자가 갖가지 보석과 금에 둘러싸여 있는 것이었습니다. 공주의 가슴은 두근거리기 시작했습니다. 공주는 더 열심히 구멍을 팠습니다. 드디어 구멍이 커지자 왕자가 밖으로 나왔습니다.

"당신이 나를 자유롭게 만들어 주었으니, 나는 당신의 것입니다. 당신은 나의 신부가 되는겁니다."

왕자는 공주를 데리고 자신의 왕국으로 가려고 했습니다. 그러나 공주는 아버지를 한 번만 더 볼 수 있게 해달라고 부탁했습니다. 왕자는 그렇게 하라고 허락을 하면서 단서를 붙였습니다. 아버지를 만났을 때 말을 세 마디 이상 해서는 안 된다는 것이었습니다. 그러나 아버지를 만난 공주는 그만 왕자의 말을 어기고 말았습니다. 그 순간, 숲 속에 있던 무쇠 난로는 유리로 만든 산과 날카로운 칼들이 되어 멀리 사라지고 말았습니다. 하지만 왕자는 이미 풀려났기 때문에 다시 갇히지는 않았습니다.

그동안 무슨 일이 일어났는지 알지 못하는 공주는 아버지께 하직 인사를 한 후 약간의 돈을 가지고 숲으로 돌아왔습니다. 그런데 아무리 찾아도 무쇠 난로가 보이지 않았습니다. 공주는 9일 동안 숲 속을 헤맸습니다. 이제는 먹을 것이 떨어져 더 이상 걸을 힘도 없었습니다. 저녁이 되자 공주는 사나운 짐승들을 피해서 잠을 자기 위해 나무 위로 올라갔습니다. 그 날 밤, 공주는 멀리서 불빛 하나가 비치는 것을 보고 그 곳에 가면 안전할 것이라고 생각을 했습니다. 공주는 나무에서 내려와 제발 그 곳까지 안전하게 갈 수 있게 해 달라고 기도를 올리면서 불빛을 향해 걷기 시작했습니다.

드디어 그 불빛 앞에 닿았습니다. 그 불빛은, 잔디밭이 집 주위에 넓게 자리 잡고 있고 집 앞에 나무 말뚝이 하나 서 있는 낡은 오두막집에서 새어나오고 있었습니다. 공주는 창문을 통해 안을 들여다보았습니다. 작고 통통한 두꺼비들만 있을 뿐 사람은 보이지 않았습니다. 그런데 멋진 식탁보가 깔린 식탁에는 포도주와 불고기, 은으로 만든 쟁반과 컵이 놓여 있었습니다. 공주는 용기를 내어 문을 두드렸습니다. 그러자 그 두꺼비들은 입을 모아 이렇게 대답하는 것이었습니다.

"아가씨, 아가씨, 귀엽고 예쁜 아가씨,
얼른 들어오세요, 얼른. 넘어지지 않도록 조심하세요.
막내 두꺼비야,
얼른 뛰어나가
누가 왔는지 알아보려무나."

작은 두꺼비가 문을 열어 주었습니다. 공주가 안으로 들어가자, 두꺼비들은 공주를 반갑게 맞이하면서 의자에 앉히고, 어디서 오는 길이며, 어디로 가는 길이냐고 물었습니다.

공주는 이제까지 있었던 일을 모두 이야기했습니다. 왕자의 말을 어기고 그만 세 마디가 넘게 말을 하는 바람에 무쇠 난로도, 왕자도 모두 사라져 버려서 지금 왕자를 찾아 온 들판과 계곡을 헤매는 중이라고 설명했습니다. 이야기를 다 듣고 나서 뚱뚱하고 늙은 두꺼비가 말했습니다.

"아가씨, 아가씨, 귀엽고 예쁜 아가씨,
얼른 들어오세요, 얼른. 넘어지지 않도록 조심하세요.
막내 두꺼비야,
씩씩하게 뛰어나가
얼른 상자를 가져오너라, 얼른."

그러자 작은 두꺼비가 상자를 하나 가지고 왔습니다. 두꺼비들은 공주에게 먹을 것과 마실 것을 주었고 침대로 안내했습니다. 비단과 우단으로 만든 매우 훌륭한 침대였습니다. 공주는 침대에 누워 기도를 한 다음 잠을 청했습니다. 아침이 되어 공주가 일어나자 늙은 두꺼비가 그 상자에서 바늘 세 개를 꺼내 주며, 그 바늘들을 가져가라고 말했습니다.
또 앞으로 공주가 높은 유리산과 세 개의 날카로운 칼, 그리고 큰 호수를 만나게 될 것이며, 그것들을 지나야만 왕자를 다시 만날 수 있다고 말했습니다. 그리고 특히 조심해서 보관하라며 세 가지 물건을 주었습니다. 그 귀중한 물건들은 바로 커다란 바늘 세 개, 쟁기 날, 그리고 호두 세 알이었습니다.
공주는 그 물건들을 가지고 길을 떠났습니다. 한참을 가다 보니 매우 미끄러운 유리산이 나타났습니다. 공주는 바늘을 꽂아 발판과 손잡이로 삼고 겨우 산을 넘을 수 있었습니다. 산을 다 내려온 공주는 바늘들을 눈에 띄지 않는 곳에 숨겼습니다. 이번에는 날카로운 칼들이 나타났습니다. 공주는 쟁기 날에 올라타고 그것들 위를 지나갔습니다. 그리고 마지막으로 커다란 호수도 건넜습니다.

호수를 건너 맞은 편에 도착해 보니 크고 아름다운 성이 있었습니다. 공주는 성 안으로 들어가 일자리를 구하는 가난한 하녀인 체했습니다. 사실은 그 안에 자기가 무쇠 난로에서 구해 준 왕자가 살고 있다는 것을 알고 있었던 것입니다. 공주는 돈을 조금 받는 부엌의 하녀로 일하게 되었습니다. 그런데 왕자는 공주가 이미 죽은 것으로 생각하고 다른 아가씨와 결혼을 하려던 참이었습니다.

그 날 저녁, 그릇 닦는 일을 모두 끝낸 공주는 주머니를 뒤져 늙은 두꺼비가 준 호두 세 알을 꺼냈습니다. 공주는 호두 하나를 입으로 깨물어 안의 알맹이를 먹으려고 했습니다. 그런데 이게 웬일입니까! 호두 껍데기 안에 예쁜 옷이 한 벌 들어 있는 것이었습니다. 그러자 그 소문을 들은 신부가 하녀로 변한 공주를 찾아와 그 옷을 사겠다고 했습니다. 부엌에서 일하는 하녀에게는 어울리지 않는 옷이라고 하면서 말입니다.

그러나 하녀는 옷을 팔 생각이 없다고 하면서 신부가 정 옷을 갖고 싶다면 그 대신 신랑의 방에서 자기가 하룻밤 자게 해 달라고 했습니다. 그렇게 예쁜 옷을 처음 본 신부는 그만 승낙하고 말았습니다. 밤이 되자 신부는 신랑에게 말했습니다.

"바보 같은 하녀가 당신 방에서 하룻밤 자고 싶다는군요."

"당신이 괜찮다면 나는 상관없소."

그러자 신부는 신랑에게 잠이 오는 약을 탄 술을 먹였습니다. 하녀가 된 공주는 신랑과 같은 방에 들어가 잠자리에 들었지만, 신랑이 너무 곤하게 자는 바람에 그를 깨울 수가 없었습니다. 공주는 밤새 울며 한탄했습니다.

"나는 당신을 그 무서운 숲과 무쇠 난로에서 구해 주었습니다. 당신을 찾아 유리산과 세 개의 칼, 그리고 호수를 넘어 왔는데 당신은 이렇게 잠만 자고 있군요."

침실 밖에서 문을 지키던 하인이 공주가 밤새 울면서 한탄하는 말을 듣고 다음 날 아침 주인에게 전했습니다. 그 날 저녁 부엌일을 끝낸 공주는 두 번째 호두를 깨물자, 이번에는 어제의 옷보다 더 예쁜 옷이 나왔습니다. 신부가 그것을 보고 이번에도 사려고 했습니다. 하지만 하녀 공주는 돈을 요구하지 않고, 다시 한 번 신랑의 방에서 자게 해 달라고 했습니다. 그 날 밤에도 신부는 신랑에게 수면제를 탄 술을 먹였고, 신랑은 곯아떨어져 아무 소리도 듣지 못했습니다. 공주는 이번에도 밤새 울면서 한탄했습니다.

"나는 당신을 그 무서운 숲과 무쇠 난로에서 구해 주었습니다. 당신을 찾아 유리산과 세 개의 칼, 그리고 호수를 넘어 왔는데 당신은 이렇게 잠만 자고 있군요."

문 바깥에 있던 하인들이 이번에도 공주가 밤새 한탄하는 소리를 듣고 다음날 아침 주인에게 또 전했습니다. 셋째날 저녁, 하녀 공주는 일을 끝내고 세 번째 호두를 깨물었습니다. 이번에는 금으로 장식된 예쁜 옷이 나왔는데 이제까지의 옷보다 훨씬 아름다웠습니다. 신부가 그 옷을 보고 또 사려고 하자 하녀 공주는 이번에도 신랑의 방에서 자게 해주면 옷을 주겠다고 했습니다. 그래서 신부는 이번에도 수면제를 탄 술을 준비했지만, 신랑은 눈치를 채고 그 술을 먹지 않았습니다. 밤이 되자 공주는 또 울면서 한탄했습니다.

"나는 당신을 그 무서운 숲과 무쇠 난로에서 구해 주었습니다."

그 때 신랑이 자리에서 벌떡 일어나며 소리쳤습니다.

"당신이 진짜 나의 신부입니다! 나는 당신의 것이고, 당신은 나의 것입니다."

그 날 밤, 왕자는 공주를 마차에 태웠습니다. 그리고 두 사람은 가짜 신부의 옷을 벗겼습니다. 창피해서 밖으로 못 나오게 말입니다. 두 사람은 호수에 도착해서 배를 타고 건넜습니다. 세 개의 날카로운 칼이 있는 곳에 와서는 쟁기날을 타고 그 위를 지났으며 유리산에 왔을 때는 바늘을 찾아내 유리산에 꽂았습니다. 그렇게 해서 그들은 두꺼비들이 사는 낡은 오두막집에 도착했습니다. 두 사람이 안으로 들어오자 낡은 오두막집은 큰 성으로 변했습니다. 그리고 두꺼비들은 왕자와 공주로 변했습니다. 그 두꺼비들도 마술에 걸려 그렇게 살고 있었던 것입니다.

모두들 행복해하는 가운데 결혼식이 열렸습니다. 그들은 공주의 성보다 더 큰 이 성에서 그대로 살기로 했습니다. 그런데 혼자 살게 된 왕이 슬퍼한다는 소식을 들은 두 사람은 성으로 가서 왕을 모시고 왔습니다. 두 사람은 두 개의 왕국을 다스리며 행복하게 살았습니다.

그런데 쥐 한 마리가 도망을 치는 바람에 이 이야기는 여기서 끝을 맺어야겠군요.

128

게으른 아내

어떤 부부가 있었습니다. 그런데 아내가 어찌나 게으른지 도무지 일을 하려고 들지 않았습니다. 남편이 실을 자으라고 일거리를 주면 끝을 맺는 법이 없었고, 어쩌다 실을 자아도 제대로 감지 않고서 쌓아 두기 일쑤였습니다. 남편이 그것을 보고 야단을 하면 그녀는 재빨리 대답을 하곤 했습니다.

"아니, 얼레도 없는데 나보고 어떻게 감으라는거예요? 먼저 숲에 가서 나무를 해다 얼레부터 하나 만들어 줘요."

"그래, 그게 문제라면 내가 지금 당장 숲에 가서 얼레를 만들 나무를 해오리다."

이 말을 들은 아내는 크게 걱정이 되었습니다. 만약 남편이 얼레를 만들 나무를 구해 온다면 이제부터는 실을 다 감은 다음 다시 자아야 하기 때문입니다. 그래서 아내는 잠시 궁리하다가 좋은 생각을 떠올렸습니다. 아내는 몰래 남편 뒤를 쫓아 숲으로 들어갔습니다. 그리고 남편이 나무 위에 올라가 나무를 막 자르려는 찰나 그 나무 아래에 있는 덤불 속으로 들어가서는 이렇게 소리쳤습니다.

"얼레 만들 나무를 자르는 사람은 죽음을 면치 못한다.
실을 감는 자는 일생을 망칠 것이다."

그 소리를 들은 남편은 깜짝 놀라 도끼를 내려놓고 이게 어찌된 영문인지 생각해 보았습니다.

"그래, 무슨 소리가 나긴 났지만 아무것도 아닐거야. 겁 먹을 건 없어."

남편은 다시 도끼를 들어 나무를 찍으려고 했습니다. 그런데 그 때 아래서 또 소리가 들렸습니다.

"얼레 만들 나무를 자르는 사람은 죽음을 면치 못한다.
실을 감는 자는 일생을 망칠 것이다."

가만히 들어 보니 이것은 분명히 자기에게 하는 소리였습니다. 그는 그만 나무를 찍을 용기를 잃어버리고 말았습니다. 그는 서둘러 나무에서 내려와 집으로 향했습니다. 한편 그의 아내는 샛길을 통해 남편보다 먼저 집으로 달려왔습니다. 남편이 방에 들어오자 아내는 아무것도 모르는 체하며 물었습니다.

"그래, 얼레감으로 좋은 나무가 있었나요?"

"아니, 나무를 하지 않았어. 꼭 실을 감아야 할 필요는 없다는 생각이 들더란 말씀이야."

그리고 남편은 숲에서 있었던 일을 아내에게 말했습니다. 그리고 그 때부터 남편은 아내에게 실을 자으라는 말을 하지 않았습니다.

그로부터 얼마 후 남편은 집안 꼴이 엉망이라고 다시 불평을 하기 시작했습니다.

"여보, 그렇게 실을 놔 두니까 집안이 어지럽지 않소?"

"아니, 그럼 나더러 어떻게 하란 말이에요? 얼레가 없어서 그런걸. 그럼 당신이 저 다락방에 올라가요. 나는 이 밑에 있다가 당신에게 실을 던져 줄 테니까 당신은 그걸 받아서 다시 내게 던져요. 그러면 타래를 만들 수 있을거예요."

"그래, 그렇게 하면 되겠군."

남편은 다락방으로 올라갔습니다. 아내가 말한 대로 해서 실을 다 감은 다음 남편이 말했습니다.

"자, 실을 다 감았으니 이제 삶기만 하면 되겠군."

아내는 또 일이 하기 싫어졌습니다.

"그래요, 내일 아침 일찍 삶도록 하지요."

하지만 아내는 이미 속임수를 하나 생각하고 있었습니다. 다음 날 아침, 자리에서 일어난 아내는 불을 지피고 솥을 걸었습니다. 그런데 솥에 실 대신 밧줄을 넣고 삶는 것이었습니다. 그러고는 아직 자고 있는 남편을 흔들어서 깨웠습니다.

"나는 일찍 일어나 이제까지 일을 했으니 이번엔 당신이 일을 하세요. 솥에 실을 삶고 있으니까 제대로 삶아지고 있나 잘 보세요. 마개가 덜그럭거리는지 잘 살피세요. 신경을 안 썼다가는 실이 밧줄이 되고 말 거예요."

남편은 고개를 끄덕였습니다. 일이 잘못 되면 안 되니까요. 그런데 부엌으로 들어가 솥 안을 들여다보던 남편은 그만 깜짝 놀라고 말았습니다. 실은 어디 가고 밧줄 한 꾸러미가 삶아지고 있었기 때문입니다. 남편은 아무 소리도 하지 못하고 조용히 생각해 보았습니다. 아무래도 자기가 잘못해서 일이 이렇게 된 것이니 자기 책임이라고 생각이 들었습니다. 그 때부터 남편은 실에 대해서는 아내에게 아무 말도 하지 않았습니다. 그러나 여러분은 이 아내가 나쁜 사람이라는 것을 알겠지요?

129

재주가 좋은 네 형제

아들을 넷이나 둔 가난한 사람이 있었습니다. 아들들이 다 자라서 청년이 되었을 때 아버지는 아들들을 모아 놓고 말했습니다.

"사랑하는 아들들아, 이 아버지는 너희들에게 줄 게 아무것도 없다. 그러니 이제 너희들은 세상에 나가 각자의 앞날을 개척하도록 해라. 외국에 가서 기술도 배우고, 최선을 다해서 성공할 방법을 찾아라."

그래서 네 형제는 먼 길을 떠날 준비를 한 후 아버지에게 하직 인사를 드리고 마을을 떠났습니다. 한동안 같이 가다가 사거리에 이르렀을 때 첫째가 말했습니다.

"자, 여기서 헤어지기로 하자. 그리고 4년 후에 바로 이 자리에서 다시 만나자. 그동안 열심히 노력해서 각자의 운명을 개척하자."

그래서 네 형제는 헤어졌습니다. 첫째가 길을 가다가 어떤 사람을 만났습니다. 그는 어디를 가는 길이며, 앞으로 뭘 할 작정이냐고 물었습니다.

"저는 기술을 배우고 싶습니다."

"그럼, 날 따라와라. 도둑질을 배우면 된다."

첫째는 거절을 했습니다.

"싫습니다. 그것은 정당한 기술이 아닙니다. 또 결국에 가서는 교수대에 매달리는 신세가 될 겁니다."

"교수대가 겁나는 모양이로구나. 그러나 나는 아무도 만져 보지 못한 물건을 훔칠 수 있는 최고의 기술을 가르쳐 주겠다. 그리고 절대로 잡히지 않는 법도 가르쳐 주겠다."

첫째는 그 말에 설득을 당해서 도둑질을 배우기 시작했습니다. 첫째는 손재주가 너무 좋아서 마침내는 원하기만 하면 아무것이나 마음대로 가져올 수 있게 되었습니다.

둘째도 이 세상에서 뭘 배우고 싶은지를 묻는 사람을 만났습니다.

"아직 잘 모르겠습니다."

"그럼 나를 따라가서 점성술을 배우려무나. 이것보다 더 좋은 것은 세상에 없단다. 이것만 배우면 모든 것을 알게 된다."

둘째는 그 말이 마음에 들어 점성술을 배우기 시작했습니다. 그리고 매우 유능한 점성가가 되어 스승의 곁을 떠나게 되었습니다. 떠나려고 하는 그에게 스승은 망원경을 하나 주었습니다.

"이것만 있으면 땅과 하늘에서 일어나는 모든 일을 알게 될 것이다."

셋째는 사냥꾼의 제자가 되어 사냥에 관한 것을 배웠습니다. 그리고 마침내 모든 것을 배워 충분히 제 몫을 하게 되었습니다. 헤어지게 되었을 때, 스승은 그에게 이별 선물로 총을 한 자루 주었습니다.

"이걸로 쏘면 백발백중, 절대 놓치지 않을 것이다."

막내인 넷째 역시 앞으로 무엇을 할 생각인지를 묻는 사람을 만났습니다.

"양복장이가 될 생각은 없느냐?"

"그건 생각해 보지 않았습니다. 그렇지만 새벽부터 밤늦게까지 꾸부리고 앉아서 바느질을 하거나 다림질을 하고 싶은 생각은 없습니다."

"아하, 그래. 그럼, 날 따라오너라. 너는 그 일에 대해서 잘 모르고 있는 거야. 날 따라오면 네가 말한 것과는 전혀 다른, 고귀하고 고상한 것을 배우게 될 것이다. 큰 명예도 얻을 수 있고."

넷째도 그 사람의 말에 설득당했습니다. 그 사람을 따라간 넷째는 옷을 짓는 기본적인 기술을 다 배웠습니다. 스승은 이별 선물로 넷째에게 바늘 하나를 주었습니다.

"이것만 있으면 무엇이든 바느질할 수 있을 것이다. 달걀처럼 부드러우면서도 쇠처럼 단단하게 바느질을 할 수 있다. 또 어느 것이든 실밥 하나 보이지 않게 완벽하게 기울 수 있을 것이다."

약속했던 4년이 다 되어 네 형제는 헤어졌던 사거리에서 다시 모였습니다. 형제는 서로 껴안고 뺨에 입을 맞추었습니다. 그리고 아버지가 계신 곳으로 돌아갔습니다. 아버지는 반갑게 아들들을 맞이했습니다.

"바람이 내게 되돌려준 선물을 자세히 보자꾸나!"

아들들은 아버지에게 그동안 있었던 일과 어떻게 해서 특별한 기술을 배우게 되었는지 이야기했습니다. 집 앞의 큰 나무 아래서 아들들의 이야기를 듣던 아버지가 말했습니다.

"그래, 얼마나 재주가 좋은지 한 번 보자꾸나."

아버지는 위를 쳐다보고 둘째에게 말했습니다.

"저기 나무 꼭대기에 까치집이 있는데, 그 안에 알이 몇 개 들어 있는지 맞혀 보아라."

점성가인 둘째가 망원경을 꺼내 들고 까치집을 살폈습니다.

"다섯 개가 있습니다."

그러자 아버지는 첫째에게 말했습니다.

"알을 품고 있는 어미 새 모르게 알들을 꺼내 오려무나."

도둑 기술을 배운 첫째가 나무를 타고 올라가 알 다섯 개를 꺼내 왔는데, 어미 새는 아무것도 모르고 그냥 앉아 있었습니다. 첫째가 알들을 내놓자 아버지는 책상 모서리에 한 개씩, 그리고 가운데에 한 개를 놓고 사냥꾼에게 말했습니다.

"자, 단 한 방으로 이것들을 반으로 쪼개거라."

사냥꾼인 셋째는 총을 겨누어 아버지가 하라는 대로 모두 맞혔습니다. 한 방에 다섯 개를 모두 맞힌 것을 보면 모서리를 돌아 맞추는 화약을 가지고 있었던 것이 틀림없었습니다.

"자, 이제 네 차례다."

아버지는 넷째에게 말했습니다.

"이 알들을 다시 붙여 놓거라. 단, 그 안에 새끼들이 총에 맞기 전과 똑같이 아무 해도 입지 않았어야 한다."

양복장이 넷째는 바늘을 꺼내 들고 아버지가 말한 대로 다 기웠습니다. 도둑인 첫째가 그 알들을 도로 어미새 밑에 가져다 놓았습니다. 어미새는 이번에도 아무것도 모른 채 가만히 앉아 있었습니다. 며칠 후 그 알에서 새끼들이 깨어나 짹짹거리는 것을 보니, 목에 넷째가 기운 실밥 자국이 남아 있었습니다. 아주 작고, 빨간 자국이었습니다.

아버지는 그것을 보고 아들들을 불러 칭찬했습니다.

"그래, 모두들 정말 장하다. 시간을 헛되이 보내지 않고 쓸모 있는 기술들을 배웠구나. 하지만 누구의 기술이 제일 좋은지 말하기는 어렵구나. 이제 곧 너희들의 기술을 시험할 기회가 있을 테니 그 때 누가 제일인지 알아보자꾸나."

그로부터 얼마 되지 않아 나라에 큰 소동이 벌어졌습니다. 공주가 용에게 잡혀간 것입니다. 왕은 매일매일 걱정만 하다가 누구든지 공주를 구해 오면 공주와 결혼을 시켜 주겠다고 선언했습니다. 네 형제는 이 소식을 듣고 의논했습니다.

"자, 우리들의 기술을 보여 줄 좋은 기회다."

네 형제는 공주를 구하러 떠나기로 했습니다.

"그럼, 내가 먼저 공주가 어디 있는지 알아볼게."

점성가인 둘째가 망원경을 꺼내 사방을 살펴보았습니다.

"으흠, 저기 보이는군. 여기서 멀리 떨어진 곳에 있는 바다 한가운데 바위에 앉아 있어. 그런데 용이 바로 옆에 앉아서 지키고 있는걸."

둘째는 그 길로 왕에게 가서 네 형제가 타고 갈 배를 준비해 달라고 청했습니다. 네 형제는 그 배를 타고 떠나 공주가 있는 바위에 도착했습니다. 그런데 용이 공주의 무릎을 베고 잠을 자고 있었습니다.

"아, 총을 쏠 수가 없겠어. 공주도 맞게 되거든."

"그럼, 내가 솜씨를 보여 주지."

사냥꾼이 총을 쏠 수 없다고 하자 도둑인 첫째가 나섰습니다. 그는 공주에게 기어가서 재빠르게 공주를 빼내 왔습니다. 그러나 용은 아무것도 모르고 코만 골고 있었습니다. 네 형제는 공주를 얼른 배에 태우고 출발했습니다. 한편, 잠에서 깨어난 용은 공주가 없어진 것을 알고 무시무시한 콧김을 내뿜으며 하늘로 날아 올랐습니다. 공주를 태운 배를 발견한 용은 배를 덮치려고 했습니다.

그 때 사냥꾼인 셋째가 총을 겨누어 용을 쏘았습니다. 총알이 용의 심장에 정통으로 맞아 용은 바다에 떨어져 죽었습니다. 그러나 덩치가 어마어마했기 때문에 용의 몸뚱이가 바다에 떨어지면서 일으킨 파도에 휩쓸려 그만 배가 산산조각이 나고 말았습니다. 그들은 판자 조각을 잡고 바다 위에 둥둥 떠 있게 되었습니다.

다시 한 번 큰 위험에 빠지게 된 것입니다. 이때 언제나 동작이 재빠른 양복장이 넷째가 바늘을 꺼내 들고 판자 조각들을 듬성듬성 꿰매기 시작했습니다. 그러더니 바다 위에 떠 있던 나머지 조각들도 다 끌어 모아 금방 배를 만들어 냈습니다. 배는 전과 다름없이 잘 움직였습니다. 네 형제와 공주는 무사히 고향에 돌아왔습니다.

왕은 공주를 다시 만나게 되자 너무 기뻐서 네 형제들에게 말했습니다.

"그런데 공주는 한 사람이고, 너희들은 넷이니 의논해서 누가 공주의 신랑이 될 것인지 정해 오도록 해라."

그러자 네 형제는 말다툼을 벌이기 시작했습니다. 먼저 점성가가 말했습니다.

"만약 공주가 어디 있는지 내가 알아내지 못했다면 다른 사람은 아무리 기술이 좋아도 소용 없었을 거야. 그러니 공주는 내 신부가 되어야 해."

도둑이 반대했습니다.

"아니지. 내가 공주를 용 몰래 데려오지 못했다면 네가 알아냈어도 별 볼일 없었을 거야. 그러니 공주는 내 신부가 되어야 해."

사냥꾼이 나섰습니다.

"내가 용을 쏘아 맞추지 못했다면 공주만 빼고 모두들 괴물한테 잡아 먹혔을 거야. 그러니 공주는 내 신부가 되어야 해."

마지막으로 양복장이도 자기 자랑을 했습니다.

"내가 배를 꿰맞추지 않았다면 모두 물에 빠져 죽었을거야. 그러니 공주는 내 신부가 되어야 해."

할 수 없이 왕이 결정을 내렸습니다.

"각자 중요한 역할을 했다. 하지만 공주를 나누어서 줄 수는 없으니 아무도 공주와 결혼시킬 수는 없겠다. 대신 내 왕국의 반을 나누어 주겠다."

네 형제는 그 말에 모두 만족했습니다.

"우리가 서로 다투느니 그렇게 하는 것이 좋겠습니다."

그래서 네 형제는 왕국의 반을 나누어 받았습니다. 그리고 아버지를 모셔다가 행복하게 살았습니다.

130

외눈박이, 두눈박이, 세눈박이

세 딸을 가진 여자가 있었습니다. 첫째 딸은 눈이 이마 한가운데에 하나밖에 없었기 때문에 외눈박이라고 불렀습니다. 둘째 딸은 다른 사람들처럼 눈이 두 개 있었기 때문에 두눈박이라고 불렀습니다. 그리고 제일 어린 셋째 딸은 세눈박이라고 불렀는데, 눈이 제대로 두 개 있는 것 외에 첫째 딸처럼 이마에 또 있었기 때문이었습니다. 그런데 두눈박이는 보통 사람들과 똑같이 생겼기 때문에 엄마와 형제들로부터 따돌림을 당하곤 했습니다.

"두눈박이야, 너는 보통 사람들과 똑같이 생겼구나! 너는 아무래도 우리와는 어울리지 않아."

엄마와 언니 그리고 동생은 두눈박이를 놀리면서 그들이 입다가 다 떨어진 옷과 먹다가 남는 음식만 주었습니다. 무슨 일이든 두눈박이를 슬프게 하는 것 뿐이었습니다.

어느 날 두눈박이는 들에 나가 염소를 돌보게 되었습니다. 그 날도 언니와 동생이 먹을 것을 적게 주었기 때문에 배가 너무나 고팠습니다. 두눈박이는 언덕배기에 앉아 울기 시작했습니다. 얼마나 슬피 울었는지 눈물이 강물처럼 흘러 내렸습니다. 한참을 울다가 잠깐 울음을 멈추고 고개를 들어 보니 그녀 앞에 어떤 부인이 서 있었습니다.

"두눈박이야, 왜 그렇게 울고 있니?"

"제가 다른 사람들처럼 눈이 두 개라고 엄마와 언니와 동생이 저를 싫어해요. 방에서는 이 구석 저 구석으로 몰기만 하고, 옷도 다 떨어진 것만 주고, 또 먹을 것도 찌꺼기만 줘요. 오늘도 먹을 것을 너무나 적게 줘서 배가 무척 고파요."

그러자 그 인자하게 생긴 부인이 말했습니다.

"두눈박이야, 울지 말아라. 내가 시키는 대로 하면 더 이상 배가 고파서 우는 일은 없을 거란다. 저 염소한테 이렇게 말하는거야.

    작은 염소야, 매애 하고 울어라.
    그리고 나에게 먹을 것을 가져다 다오.

그러면 네 앞에 맛있는 것들이 가득 놓인 식탁이 나타날거야. 아마 네가 마음껏 먹어도 남을거란다. 그리고 실컷 먹고 난 다음에는 이렇게 이야기하는거야.

    작은 염소야, 매애 하고 울어라.
    나는 실컷 먹었단다.

그러면 그 식탁이 네 눈 앞에서 사라질거야."

그 말을 마치고 인자하게 생긴 그 부인은 사라졌습니다. 두눈박이는 정말 그 부인이 말한 대로 되는지 당장 시험해 보고 싶었습니다. 그녀는 배가 너무 고팠던 것입니다. 두눈박이는 염소들에게 이렇게 말했습니다.

"작은 염소야, 매애 하고 울어라.
그리고 나에게 먹을 것을 가져다 다오."

말을 미처 끝내기도 전에 하얀 식탁보를 씌운 식탁이 나타났습니다. 나이프와 포크, 그리고 숟가락이 놓인 접시가 있었고, 훌륭한 접시들 위에는 방금 부엌에서 가지고 나온 듯 김이 모락모락 나는 음식들이 먹음직스럽게 담겨져 있었습니다. 두눈박이는 자기가 알고 있는 기도문 가운데 가장 짧은 것을 얼른 외웠습니다.

"하느님 아버지, 언제나 우리와 함께 하소서, 아멘."

그리고 음식을 먹기 시작했습니다. 이것저것 다 맛을 보고 배가 불러 더 이상 먹을 수 없게 되었을 때, 두눈박이는 부인이 가르쳐 준 대로 이렇게 말했습니다.

"작은 염소야, 매애 하고 울어라.
 나는 실컷 먹었단다."

그러자 그 식탁과 음식들은 모두 사라져 버렸습니다. 두눈박이는 이제 배부르게 먹을 수 있게 되어서 너무나 행복했고 기분도 좋았습니다.

저녁이 되어 염소를 몰고 집에 돌아온 두눈박이는 언니와 동생이 먹으라고 남겨 준 음식 접시에는 손도 대지 않았습니다. 다음 날이 되자 두눈박이는 다시 염소를 몰고 들로 나갔습니다. 아침이라고 남겨 준 빵 부스러기에는 손도 대지 않았습니다. 언니와 동생은 처음에는 아무것도 알지 못하다가 계속 그릇이 그대로인 것을 보고 이상하게 여기게 되었습니다.

"두눈박이한테 무슨 일이 일어난 게 분명해, 우리가 주는 것을 먹지 않고 있는 걸 보면 말이야. 전에는 깨끗하게 먹어 치우곤 했는데 … . 아무래도 다른 걸 발견한 게 틀림없어."

자초지종을 캐보기로 결심한 그들은 두눈박이가 들판에 나갈 때 외눈박이가 따라가 보기로 했습니다. 그러면 두눈박이가 어디에 가는지, 또 누가 먹을 것을 가져다주는지 알아낼 수 있을 것이기 때문입니다.

두눈박이가 들에 나가려고 할 때 외눈박이가 말했습니다.

"염소를 잘 돌보고 있는지, 제대로 먹이고 있는지 따라가서 봐야겠어."

그러나 두눈박이는 외눈박이의 속셈을 알고 있었습니다. 그래서 두눈박이는 염소를 풀이 무성하게 자란 곳으로 몰고 가서는 이렇게 말했습니다.

"자, 외눈박이 언니야. 우리는 여기 앉아서 쉬기로 해. 내가 노래를 불러줄게."

외눈박이는 옆에 앉았습니다. 오랫만에 걸은 데다가 햇볕이 따가워 피곤했기 때문입니다. 두눈박이는 계속해서 노래를 불렀습니다.

"외눈박이 언니야, 깨어 있는거야?
외눈박이 언니야, 자고 있는거야."

외눈박이는 눈을 감고 스르르 잠이 들고 말았습니다. 두눈박이는 외눈박이가 곤하게 자기 때문에 아무것도 볼 수 없다는 것을 확인하고 나서는 염소에게 말했습니다.

"작은 염소야, 매애 하고 울어라.
그리고 나에게 먹을 것을 가져다 다오."

그리고 식탁에 앉아 실컷 먹은 다음 두눈박이는 다시 소리쳤습니다.

"작은 염소야, 매애 하고 울어라.
나는 실컷 먹었단다."

그러자 모든 것이 순식간에 사라져 버렸습니다. 두눈박이는 외눈박이를 깨웠습니다.
"외눈박이 언니야, 염소를 보겠다고 하더니 잠만 자네! 그동안에 염소는 벌써 온 벌판을 다 돌아다녔을거야. 자, 이제 그만 집에 가자."
집으로 돌아온 두눈박이는 이번에도 밥에는 손도 대지 않았습니다. 그러나 외눈박이는 엄마에게 왜 동생이 밥을 먹지 않는지를 설명할 수가 없었습니다.
"너무 졸려서 그만 … ."
다음 날이 되자 엄마는 세눈박이에게 말했습니다.
"이번에는 네가 따라가서 두눈박이가 뭘 먹는지, 아니면 누가 먹을 것을 가져다주는지 알아내거라. 아무래도 몰래 음식을 먹는 게 틀림없다."
그래서 세눈박이가 언니에게 가서 말했습니다.
"염소를 잘 돌보고 있는지, 그리고 제대로 먹이고 있는지 내가 따라가서 봐야 겠어."

그러나 두눈박이는 세눈박이의 속셈도 알고 있었습니다. 두눈박이는 염소를 풀이 무성하게 자란 곳으로 몰고 가서 이렇게 말했습니다.

"자, 세눈박이야. 우리는 여기 앉아서 쉬자꾸나. 내가 노래를 불러 줄게."

세눈박이는 옆에 앉았습니다. 오랫만에 걸은 데다가 햇볕이 따가워서 몹시 피곤했습니다. 두눈박이는 그 짤막한 노래를 다시 불렀습니다.

"세눈박이야, 깨어 있는거니?"

그러나 그렇게 부를 것이 아니라 이렇게 불러야 했습니다.

"세눈박이야, 자고 있는거니?"

두눈박이는 계속해서 생각없이 이렇게 불렀습니다.

"두눈박이야, 자고 있는거니?"

그리고 또 노래했습니다.

"세눈박이야, 깨어 있는거니?
두눈박이야, 자고 있는거니?"

그러자 세눈박이의 두 눈이 스르르 감기면서 잠이 들었습니다. 그러나 나머지 한 눈은 노랫말에 나오지 않았기 때문에 잠이 들지 않았습니다. 세눈박이는 그 눈도 감았지만, 그것은 다른 것들과 함께 잠든 것처럼 보이게 하려는 속임수였습니다. 그래서 그 눈을 살짝 뜨고는 무슨 일이 벌어지고 있는지 다 살펴볼 수 있었습니다.

세눈박이가 잠들었다고 생각한 두눈박이는 염소에게 흥얼거렸습니다.

"작은 염소야, 매애 하고 울어라.
그리고 나에게 먹을 것을 가져다 다오."

그리고 배부르게 먹고 나서 두눈박이는 염소에게 다시 명령했습니다.

"작은 염소야, 매애 하고 울어라.
나는 실컷 먹었단다."

이 모든 것을 세눈박이는 다 보았습니다. 아무것도 모르는 두눈박이는 얼마 후 세눈박이를 깨웠습니다.
"자, 세눈박이야. 그새 잠이 들었었구나! 염소를 돌보겠다더니 그게 뭐냐? 이제 그만 집으로 가자."
집으로 돌아온 두눈박이는 역시 아무것도 먹지 않자 세눈박이는 엄마에게 말했습니다.
"저 거만한 것이 왜 음식을 먹지 않는지 그 이유를 알아냈어요. 들판에 가더니 염소에게 이렇게 말하더라구요.

작은 염소야, 매애 하고 울어라.
그리고 나에게 먹을 것을 가져다 다오.

그러자 집에서 먹는 것과는 비교도 안 되는 정말 맛있는 음식들이 잔뜩 차려진 식탁이 나타났어요. 그리고 실컷 먹더니 이렇게 말하는거예요.

작은 염소야, 매애 하고 울어라.
나는 실컷 먹었단다.

그러면 전부 사라져 버리는거예요. 모든 걸 똑똑히 봤어요. 저것이 노래를 불러서 내 두 눈을 잠들게 했지만 운좋게도 이마에 있는 눈은 깨어 있었거든요."
그 말을 듣고 질투심 많은 엄마는 두눈박이에게 소리쳤습니다.
"네가 우리보다 더 잘 되리라고 생각하니? 네 희망을 내가 없애 주마."
그러더니 엄마는 부엌칼을 가지고 와서 그 염소를 찔러 죽이고 말았습니다. 이것을 본 두눈박이는 슬피 울면서 밖으로 뛰어나갔습니다. 그리고 전의 그 언덕배기에 앉아 눈물을 흘렸습니다. 그 때 어디선가 전에 보았던 그 마법사 부인이 다시 나타났습니다.

"두눈박이야, 왜 또 울고 있니?"

"울지 않을 수가 없어요. 부인께서 가르쳐 주신 노래를 부르면 맛있는 식탁을 차려 주던 그 염소를 엄마가 죽이고 말았어요. 이제 저는 다시 배고프게 지내야 해요."

"두눈박이야, 내 말을 들으려무나. 형제들에게 가서 그 염소의 내장을 달라고 해서 현관 앞에 묻거라. 그러면 행운을 만나게 될거야."

그리고 부인은 사라졌습니다. 두눈박이는 집으로 뛰어가 언니와 동생에게 말했습니다.

"좋은 건 달라고 하지 않을 테니 나도 염소 고기를 좀 나눠줘. 내장만이라도 줘."

언니와 동생은 웃으면서 말했습니다.

"아무렴, 그거야 못 주겠니."

염소의 내장을 받은 두눈박이는 그 날 밤에 낮에 만난 부인이 시킨 대로 그 내장을 몰래 현관 앞에 묻었습니다.

다음 날 아침에 밖에 나갔던 식구들은 현관 앞에 우람하고 멋있는 나무 하나가 서 있는 것을 보고 깜짝 놀랐습니다. 나뭇잎은 은빛으로 빛났고 거기에 달린 황금빛 열매는 세상 어떤 과일보다 더 맛있게 보였습니다. 물론 다른 사람들은 어떻게 밤새 그런 나무가 자랐는지 알 리가 없었습니다. 그러나 두눈박이는 그 나무가 염소의 내장을 묻은 바로 그 자리에 서 있었기 때문에 염소의 내장에서 난 것임을 금방 알 수 있었습니다. 엄마가 외눈박이에게 말했습니다.

"저 나무에 올라가 과일을 따 오려무나."

외눈박이가 나무에 올라갔지만 외눈박이가 손을 뻗어 열매를 따려고 하면 나뭇가지가 그 손을 뿌리치고 또 뿌리치고 해서 도저히 열매를 딸 수가 없었습니다. 그러자 엄마가 세눈박이에게 말했습니다.

"이번엔 네가 올라가 보렴. 아무래도 너는 눈이 세 개니까 외눈박이보다 잘 볼 수 있을 게다."

외눈박이가 내려오고 세눈박이가 올라갔지만 눈이 좋은 세눈박이도 마찬가지였습니다. 금사과는 그녀의 손길을 요리조리 피하기만 했습니다. 드디어 엄마가 참지 못하고 직접 올라갔습니다. 그러나 엄마도 허공만 잡을 뿐 아무것도 따지 못했습니다. 그것을 보고 있던 두눈박이가 말했습니다.

"제가 한 번 올라가 볼게요. 운이 좋으면 딸 수 있을지도 모르잖아요."

그러자 언니와 동생이 소리쳤습니다.

"그 두 눈을 가지고 네까짓 게 뭘 할 수 있다고!"

그러나 두눈박이가 나무에 올라가자 금사과는 쉽게 그녀의 손에 잡혔습니다. 뿐만 아니라 저절로 손에 들어오기도 했습니다. 두눈박이는 금방 앞치마 한가득 금사과를 따가지고 내려왔습니다. 엄마는 그 금사과들을 모두 빼앗았습니다. 그리고 더 잘 대해 주기는커녕 두눈박이만이 그 금사과들을 가져올 수 있다는 것에 질투심이 나서 더 못살게 굴었습니다.

어느 날 식구들이 모두 그 나무 앞에 서 있을 때였습니다. 멀리서 한 기사가 말을 타고 오는 것이 보였습니다. 그것을 본 언니와 동생은 두눈박이에게 소리쳤습니다.

"두눈박이야, 빨리 나무 밑에 엎드려. 너 때문에 우리가 이상하게 보이면 안 된단 말이야."

그리고 얼른 나무 가까이에 있던 통을 가져다 두눈박이에게 씌운 뒤 두눈박이가 방금 따온 금사과도 그 안에 밀어 넣었습니다. 가까이 다가온 기사는 정말 늠름하게 생긴 귀족 청년이었습니다. 그는 말을 멈추고 나무를 쳐다보고는 매우 감탄을 하며 두 아가씨에게 물었습니다.

"이 나무는 누구의 것입니까? 만약 누군가 나를 위해서 저 가지 하나를 꺾어다 준다면 나는 무슨 일이라도 하겠습니다."

그러자 외눈박이와 세눈박이는 제각기 그 나무가 자기 것이라고 하며 가지를 꺾어다 주겠다고 말했습니다. 두 사람은 온갖 재주를 다 부려서라도 가지를 꺾으려고 했지만 손을 뻗을 때마다 가지와 열매들이 피하는 바람에 헛수고만 하고 말았습니다. 그것을 본 기사가 말했습니다.

"거참, 이상하군요. 아가씨들은 이 나무가 자기 것이라고 하면서 가지 하나 건드리지 못하지 않습니까?"

그래도 두 아가씨는 나무가 자기들 것이라고 우겼습니다. 두 사람이 사실을 말하지 않고 계속 우기고 있을 때 두눈박이는 통 밑으로 사과 하나를 굴려 기사의 발치로 보냈습니다. 기사는 사과를 보고 깜짝 놀라며 이것이 어디서 난 것이냐고 물었습니다. 외눈박이와 세눈박이는 자기들에게 형제가 하나 더 있는데 눈이 다른 사람들처럼 두 개 있어서 얼굴 보이기를 싫어한다고 말했습니다. 그러나 기사는 그 아가씨를 보고 싶어서 소리쳤습니다.

"두눈박이 아가씨, 이리 나와 보시오."

두눈박이는 용기를 내어 통 밖으로 나왔습니다. 두눈박이를 본 기사는 그녀의 아름다운 모습에 반해 버렸습니다.

"두눈박이 아가씨, 나를 위해서 저 나무의 가지를 하나 꺾어다 줄 수 있겠소?"

"그럼요. 이 나무는 제 것인걸요."

그리고 두눈박이는 나무 위에 올라가 멋진 은빛 잎사귀와 금사과가 달려있는 가지를 꺾어서 내려왔습니다. 그리고 그것을 기사에게 주었습니다.

"이 가지를 준 보답으로 내가 무엇을 해주었으면 좋겠소?"

"저는 아침 일찍부터 밤 늦게까지 배가 고프고 목이 마르게 산답니다. 그러니

저를 이 곳에서 데려가 주세요. 그러면 저는 행복해질 수 있을거예요."

기사는 두눈박이를 자기 말에 태워 아버지의 성으로 데려가서는 예쁜 옷도 주고, 맛있는 것도 실컷 먹게 해주었습니다. 그리고 두눈박이를 사랑하게 되어 그녀와 성대한 결혼식을 올렸습니다. 두눈박이가 멋진 기사와 함께 떠난 후 언니와 동생은 두눈박이의 행운에 질투심이 불타올랐습니다. 그러나 나무가 아직 그 곳에 있으니 금사과를 따지는 못하더라도 사람들이 와서 구경하면서 감탄할 것이라고 생각하며 스스로를 위로했습니다. 그러다 보면 어떤 행운이 찾아올 것이라고 생각한 것입니다.

그러나 다음 날 아침 자리에서 일어나 보니 나무는 그 희망과 함께 사라져 버리고 없었습니다. 그런데 성에 있던 두눈박이가 아침에 잠을 깨어 창문 밖을 내다보니 그 나무가 거기 와서 서 있는 게 아니겠습니까? 나무는 두눈박이를 따라 새로운 집으로 옮겨 왔던 것입니다.

두눈박이는 성에서 오랫동안 행복하게 살았습니다. 그런데 어느 날 성 밖에 가난뱅이 여자 둘이 와서 도움을 청해서 두눈박이가 나가 보니 그들은 바로 자기 언니와 동생이었습니다. 거지가 된 외눈박이와 세눈박이가 이 집 저 집으로 구걸을 다니고 있었던 것입니다. 두눈박이는 언니와 동생을 반가워하며 친절하게 맞아들였습니다. 두 사람은 어렸을 적에 두눈박이에게 행했던 잘못을 뉘우치고 용서를 빌었습니다.

131

예쁜이 카트리넬리에와 핍 팝 폴트리

"안녕하십니까, 홍차 아버님?"
"그래, 너도 잘 지냈느냐, 핍 팝 폴트리?"
"아버님의 딸을 제가 신부로 삼아도 될까요?"
"물론이지. 하지만 먼저 젖소 엄마의 허락을 받아야 하고, 거인 오빠와 치즈 동생이 찬성을 해야 한다. 물론 예쁜이 카트리넬리에가 그렇게 하겠다고 해야 하고. 그러면 데리고 갈 수 있지."
"그럼, 젖소 어머니는 어디 계신가요?"
"외양간에서 젖소의 젖을 짜고 있다."

"안녕하세요, 젖소 어머니?"
"그래, 오래간만이구나, 핍 팝 폴트리야."
"어머니의 딸을 제 아내로 데려가도 될까요?"
"그래, 좋지. 하지만 홍차 아버지와 거인 오빠, 치즈 동생 그리고 예쁜이 카트리넬리에가 좋다고 해야지. 그럼 데리고 갈 수 있지."
"거인 오빠는 어디 있나요?"
"헛간에서 나무를 패고 있단다."

"안녕하세요, 거인 형님?"
"오랜만이오. 핍 팝 폴트리."
"형님 동생을 내가 아내로 삼아도 될까요?"
"아, 그거 좋소. 하지만 먼저 홍차 아버지하고 젖소 어머니, 누이동생 치즈의 찬성이 있어야 하오. 물론 예쁜이 카트리넬리에도 좋아해야 하고. 그러면야 데려갈 수 있지."
"치즈 동생은 어디 있나요?"
"정원에서 잡초를 뽑고 있을거요. 정원에 가 보시오."

"안녕 치즈?"

"안녕하세요, 핍 팝 폴트리?"

"언니를 내가 데려가도 될까?"

"그렇게 하세요. 하지만 홍차 아빠, 젖소 엄마, 거인 오빠 그리고 예쁜이 카트리넬리에 언니 본인도 좋다고 해야죠. 그렇다면 누가 반대하겠어요?"

"언니는 어디 있지?"

"응접실에서 돈을 세고 있을걸."

"안녕, 예쁜이 카트리넬리에?"

"안녕? 어서 오세요. 핍 팝 폴트리."

"내 신부가 될 마음이 없소?"

"아니 있어요. 그렇게 하고 싶어요. 홍차 아빠와 젖소 엄마, 거인 오빠, 그리고 여동생 치즈가 찬성한다면요. 그러면 당신의 신부가 되겠어요."

"예쁜이 카트리넬리에, 지참금은 얼마나 가져올거요?"

"현금이 14페니, 남에게 받을 것이 3그로셴 하고 반, 그리고 마른 과일이 좀 있어요. 또 씨앗 한 줌도 있구요. 그 정도면 지참금으로 괜찮은거죠, 안 그래요? 그건 그렇고, 핍 팝 폴트리, 당신 직업은 뭐예요? 양복장이인가요?"

"그것보다 훨씬 좋은거요."

"그럼 구두장이?"

"그것보다 훨씬 좋소."

"농부?"

"그것보다 훨씬 좋소."

"목수?"

"그것보다 훨씬 좋소."

"대장장이?"

"그것보다 훨씬 좋소."

"방앗간 주인?"

"그것보다 훨씬 좋소."

"혹시 빗자루 만드는 사람 아닌가요?"

"맞았소. 그 정도는 돼야 식구를 먹여 살릴 수 있지 않겠소?"

132

여우와 말

한 농부에게 말이 한 마리 있었는데 그 말은 이제 나이가 들어 더 이상 일을 할 수 없게 되었습니다. 그렇게 되자 주인은 그 말에게 먹을 것을 주기가 아까웠습니다.

"너는 이제 나에게는 쓸모가 없게 되었다. 그렇다고 너를 완전히 버리겠다는 뜻은 아니다. 네가 사자 한 마리를 데리고 올 정도로 튼튼하다는 것을 보여 주면 다시 널 돌보아 주겠다. 그러니 지금 당장 내 마구간에서 나가거라!"

주인은 말을 벌판으로 내쫓았습니다.

말은 슬픔에 잠겨 터벅터벅 숲으로 들어갔습니다. 그리고 어디 쉴 곳이 없나 두리번거리다가 여우를 만났습니다. 여우가 말에게 물었습니다.

"아니, 왜 머리를 그렇게 축 늘어뜨리고 풀이 죽어 있소?"

"아, 탐욕과 충절은 공존할 수 없는가 봅니다. 내 주인은 내가 그동안 그렇게 열심히 일해 준 것은 다 잊어버리고, 이제 제대로 일을 하지 못하게 되자 날 먹이는 것이 아까워서 이렇게 내쫓았다오."

"격려하는 말도 한 마디 없이 말입니까?"

"그 격려라는 게 너무 어처구니가 없었다오. 내가 사자 한 마리를 데려올 정도로 힘이 있다는 걸 보여 주면 날 먹여 주겠다는거요. 하지만 내가 그렇게 할 수 없다는 것을 알고 한 소리지요."

"어허, 내가 당신을 도와 드리지요. 땅바닥에 누우시오. 네 다리를 쭉 뻗고 말이오. 죽은 것처럼 누워 있으시오."

말은 여우가 시키는 대로 했습니다. 한편 여우는 그리 멀지 않은 곳의 동굴에 살고 있는 사자에게로 갔습니다.

"저기 죽은 말이 한 마리 있습니다. 푸짐하게 먹고 싶다면 날 따라오시오."

사자가 여우를 따라가 보니 과연 말이 누워 있었습니다. 말 옆에 간 여우가 말했습니다.

"여기서 그대로 먹기에는 편하지 않겠군요. 그러니까 말 꼬리를 당신 다리에 매다는 겁니다. 그렇게 하면 어디든 끌고 가서 조용히 먹을 수 있을 테니까요. 어때요, 내 말대로 하는게?"

사자는 그 제안이 마음에 들었습니다. 그래서 여우가 꼬리에 말을 매달수 있도록 단단히 매달았습니다. 사자가 아무리 힘을 쓰더라도 도저히 풀 수 없게 단단히 묶은 것입니다. 다 묶은 다음 여우는 말의 어깨를 툭툭치며 말했습니다.

"자, 이제 일어나서 끄시오."

그 순간 말은 벌떡 일어나 사자를 끌었습니다. 사자가 고함을 지르기 시작했습니다. 얼마나 크게 질렀는지 숲 속의 새들이 모두 깜짝 놀라 하늘로 날아올랐습니다. 그러나 말은 고함을 지르는 사자를 그대로 끌고 주인의 집으로 달려갔습니다. 주인은 그것을 보고 마음을 고쳐 먹었습니다.

"말아, 이 곳에 머무르도록 해라. 앞으로는 대우도 잘해 주겠다."

그 후로 주인은 말이 죽을 때까지 말이 원하는 것은 무엇이든지 다 해주었습니다.

133

다 떨어진 신발

열두 명의 공주를 둔 왕이 있었습니다. 공주들은 모두 무척 아름다웠는데, 큰 방에 침대를 나란히 놓고 함께 잠을 잤습니다. 공주들이 잠이 들면 왕은 문을 닫고 자물쇠를 채웠습니다. 그런데 아침이 되어 문을 열어 보면 간밤에 공주들이 어찌나 춤을 추었던지 신발이 다 떨어져 있곤 했습니다. 그러나 어떻게 된 영문인지 아무도 알지 못했습니다. 그래서 왕은 누구든 공주들이 어디서 춤을 추는지 알아내면 공주 가운데 아무나 골라 신부를 삼게 하고, 자기 뒤를 이을 왕으로 삼겠다고 선언했습니다. 그러나 사흘 낮과 밤을 지나는 동안 아무것도 알아내지 못하면 목숨을 내놓아야 한다는 것이었습니다.

그런 포고령이 내려진 지 얼마 되지 않아 한 왕자가 나타나 그 모험을 자청하고 나섰습니다. 왕자는 대단히 환영을 받았고, 저녁이 되자 공주들의 침실과 통하는 방으로 안내되었습니다. 그 곳에는 이미 왕자의 침대도 준비되어 있었습니다. 또한 공주들이 몰래 무슨 짓을 하거나 어디로 가지 못하도록 공주들의 방문을 활짝 열어 두었습니다. 그러나 왕자는 눈꺼풀이 천근만근 무거워지면서 그만 잠이 들고 말았습니다.

다음 날 아침, 왕자는 잠에서 깨어나서 공주들의 신발 바닥에 구멍이 난 것을 보았습니다. 공주들은 춤을 추러 갔다 온 것이 분명했습니다. 다음 날도 그 다음 날도 똑같은 일이 벌어졌고, 결국 왕자는 그대로 처형되었습니다. 그 일이 있은 후에도 여러 사람이 도전했지만 다들 아까운 목숨만 잃고 말았습니다.

마침 그 때 전쟁에 나가 부상을 당하는 바람에 더 이상 군대에 있지 못하게 된 가난한 병사가 왕이 사는 도시로 가고 있었습니다. 그는 가는 길에 한 노파를 만났는데, 노파는 그에게 어디로 가는 길이냐고 물었습니다.

"뭐, 특별히 정한 곳은 없습니다."

그리고 그는 농담투로 이렇게 덧붙이는 것이었습니다.

"글쎄요, 공주들이 어디서 그렇게 신발이 다 닳도록 춤을 추는지나 한 번 알아보러 갈까 합니다. 그것만 알아내면 왕이 될 수도 있으니까요."

"그게 그렇게 어려운 일은 아니지. 저녁에 공주들이 술을 한 잔 가져다 줄 텐데 그것만 마시지 않으면 돼. 그리고 자는 척하고 있으면 되지."

그러고는 병사에게 작은 망토를 주며 말했습니다.

"이걸 입으면 자네는 다른 사람의 눈에 보이지 않아. 이걸 입고 열두 공주의 뒤를 따라가 보게."

뜻밖의 도움을 받게 된 병사는 이제 그 문제를 본격적으로 생각하게 되었고, 용기를 내어 왕에게 갔습니다. 물론 다른 사람들처럼 융숭한 대접을 받았고, 왕실의 사람들이 입는 옷도 입었습니다. 저녁이 되어 옆방으로 안내된 그는 침대에 누우려고 했습니다. 그 때 제일 큰 공주가 술 한 잔을 가지고 나타났습니다. 물론 그는 한 방울도 마시지 않았습니다. 미리 턱 밑에 매달아 놓은 스펀지에 술을 흘려 보낸 것입니다. 그런 후 그는 자리에 누워 깊은 잠에 떨어진 것처럼 코를 골았습니다.

공주들은 그의 코 고는 소리를 듣고 웃음을 터뜨렸습니다. 큰 공주가 말했습니다.

"저 사람은 목숨이 별로 아깝지 않은가봐."

그리고 모두들 자리에서 일어나 옷장과 서랍, 상자를 열고 멋진 옷들을 꺼낸 다음, 거울 앞에 서서 열심히 몸단장을 했습니다. 무도회에 빨리 가고 싶어 안달이 난 모양이었습니다. 그런데 막내 공주가 걱정스러운 표정으로 말했습니다.

"글쎄, 뭔가 이상해. 언니들은 다 기분이 좋은가봐. 하지만 난 아무래도 뭔가 잘못된 것 같아."

"넌 왜 그러니? 겁만 많아 가지고선. 지금까지 많은 왕자들이 해보겠다고 설쳤지만 다 목숨만 날렸다는 거 몰라? 저 병사한테는 약 먹일 필요도 없었을 것 같은데, 뭘. 저 촌놈은 아침이나 돼야 겨우 깰거야."

준비를 마친 공주들은 먼저 그 병사를 살폈지만 그가 눈을 꼭 감고 꼼짝도 하지 않자 마음을 놓았습니다. 그러고 나서 큰 공주가 자기 침대를 툭툭 치자 침대가 순식간에 바닥으로 꺼지면서 입구가 나타났습니다. 큰 공주가 가장 먼저 밑으로 내려갔고, 이어서 다른 공주들도 그 뒤를 따랐습니다. 이 모든 것을 몰래 살피고 있던 병사는 망설이지 않고 얼른 자리에서 일어나 망토를 걸치고는 막내 공주의 뒤를 따라 내려갔습니다. 계단을 반쯤 내려갔을 때 병사는 그만 막내공주의 치맛자락을 살짝 밟고 말았습니다. 공주가 화들짝 놀라며 비명을 질렀습니다.

"어머, 이게 뭐야? 누가 내 옷을 밟았어!"

그러자 큰 공주가 나무랐습니다.

"바보 같은 소리 좀 하지 마. 고리에 걸린 걸 갖고 왜 그래."

계속 내려가 바닥에 도착해 보니 은으로 된 잎사귀들이 휘황찬란하게 빛나고 있는 나무들이 늘어선 멋진 길이 나왔습니다. 증거품으로 나뭇가지 하나를 가져가야겠다고 생각한 병사는 가지 하나를 꺾었습니다. 그런데 가지가 꺾이면서 큰 소리가 나고 말았습니다. 이번에도 막내 공주가 소리를 질렀습니다.

"이것 봐, 뭔가 이상해. 무슨 소리가 났어."

그 말에 이번에도 큰 공주가 안심시켰습니다.

"그건 우리 왕자님들이 곧 풀려날 것을 생각하고 지른 함성일거야."

그들은 금 잎사귀가 달린 나무가 늘어서 있는 길을 지나 다이아몬드 나무가 무성한 길을 걸어갔습니다. 다른 길이 나올 때마다 병사는 가지를 꺾었고, 가지가 꺾이는 소리에 막내 공주는 벌벌 떨곤 했습니다. 그러나 매번 큰 공주가 그건 왕자들의 함성이라며 막내를 안심시켰습니다. 드디어 커다란 호수에 다다랐습니다.

호숫가에는 열두 척의 배가 공주들을 기다리고 있었고, 배마다 멋진 왕자가 한 사람씩 타고 있었습니다. 왕자들은 공주를 한 사람씩 자기 배에 태웠습니다. 병사는 얼른 막내 공주가 타는 배에 올랐습니다. 그러자 막내 공주가 탄 배의 왕자가 이상하다는 듯이 고개를 갸우뚱거리며 말했습니다.

"이것 참 이상하군요. 오늘은 배가 훨씬 무거워요. 있는 힘껏 저어야 겨우 움직일 정도니 말입니다."

"날씨가 더워서 그럴 거예요. 정말 더운 날씨예요."

막내 공주가 대꾸했습니다.

호수 반대편에는 불이 환하게 켜진 멋진 성이 있었습니다. 북과 트럼펫이 내는 흥겨운 음악 소리가 은은하게 들려왔습니다. 왕자들은 그 성 앞에 배를 대고 공주들을 데리고 안으로 들어갔습니다. 그리고 춤을 추기 시작했습니다. 남들의 눈에 보이지 않는 병사는 혼자 춤을 추면서 공주들이 술을 마시려고 술잔을 잡으면 얼른 그것을 비워 버렸습니다. 막내 공주가 이번에도 깜짝 놀랐지

만, 역시 큰 공주가 위로해 주었습니다.

새벽 3시가 되자 이제는 신발이 닳아 더 이상 춤을 출 수가 없게 되었습니다. 병사는 이번에는 큰 공주의 배에 끼여 탔습니다. 공주들은 호숫가에서 이별을 하면서 다음 날 밤에 또 만나자고 약속을 하는 것이었습니다. 계단에 도착하자 병사는 얼른 앞질러 올라갔습니다. 공주들이 살금살금 계단을 올라와 보니 병사가 얼마나 크게 코를 고는지 이쪽 방에서도 잘 들릴 정도였습니다. 모두들 입을 모아 말했습니다.

"글쎄, 저 병사는 걱정할 필요가 없다니까."

그러고는 옷을 벗어 치우고 다 떨어진 신발을 침대 밑에 넣은 다음 잠자리에 들었습니다. 이튿날 아침, 병사는 남은 이틀 동안 공주들의 뒤를 더 따라가 보기로 결심했습니다. 모든 것이 첫날 밤과 똑같았습니다. 공주들은 신발이 다 떨어질 때까지 춤을 추다가 돌아오곤 했습니다. 마지막 날 밤에 병사는 증거품으로 술병을 하나 들고 왔습니다. 이제 왕에게 대답을 해야 할 시간이 되었습니다. 병사는 세 개의 나뭇가지와 술병을 들고 왕 앞에 나아갔습니다. 열두 공주는 문 밖에서 그가 무슨 말을 하는지 엿듣고 있었습니다.

"그래, 공주들이 어디서 밤을 보내던가?"

왕의 물음에 병사는 증거물을 내밀었습니다.

"지하 궁전에서 열두 왕자와 함께 있었습니다."

그리고 그는 자기가 본 것을 이야기했습니다. 왕은 공주들을 불러 병사가 말한 것이 사실인지 확인했습니다. 공주들은 증거물을 보고는 거짓말을 해도 소용이 없으리라는 것을 깨닫고 사실을 고백하지 않을 수 없었습니다. 그러자 왕이 어느 공주를 택하겠느냐고 병사에게 물었습니다.

"제가 젊지 않은 편이니 큰 공주를 택하겠습니다."

바로 그 날 결혼식이 올려졌습니다. 왕은 병사에게 자기의 뒤를 이을 후계자로 삼겠다고 약속했습니다. 한편 지하의 왕자들은 공주들과 어울린 밤만큼 더 저주에 갇혀 있어야 했습니다.

134

여섯 명의 하인

옛날 옛적에 늙은 마녀 여왕이 살고 있었습니다. 이 여왕에게는 세상에서 가장 예쁜 딸이 있었습니다. 그런데 이 여왕은 어떻게 하면 사람들을 파멸시킬까 하는 생각만 했습니다. 딸을 달라고 오는 구혼자들이 있으면 먼저 자기가 시키는 일을 해내야 하고 실패하면 죽는다는 조건을 내걸었습니다. 많은 청년들이 그 딸의 아름다움에 끌려 목숨을 걸고 도전했지만 여왕이 시키는 일을 해낸 사람은 아무도 없었습니다. 여왕은 그들에게 조금도 자비를 베풀지 않고 무릎을 꿇게 한 다음 목을 잘라 버렸습니다.

어느 날 이웃 나라의 왕자가 그 딸의 아름다움에 대해서 전해 듣고 왕에게 말했습니다.

"제가 가서 그 아가씨를 데려오겠습니다."

"안 된다. 거기 갔다가는 살아 돌아오지 못한다."

왕의 반대에 부딪힌 왕자는 그 뒤 심하게 아프기 시작했습니다. 7년 동안이나 앓아 누워 있었습니다. 그동안 용하다는 의사가 다 왔었지만 아무도 고치지 못했습니다. 아무리 해도 가망이 없다는 것을 알게 된 왕은 너무나 마음이 아팠습니다.

"그래, 정 그렇다면 가서 네 운명을 시험해 보아라. 내가 널 도와줄 수 있는 방법이 없구나."

왕자는 이 말을 듣고 자리에서 벌떡 일어났습니다. 그리고 금방 회복되어 기쁜 마음으로 모험에 나섰습니다. 왕자가 히스 숲을 지날 때였습니다. 앞에 이상한 것이 있어서 건초더미인가 하고 가까이 가 보니, 그것은 히스 나무 위에 네 활개를 펴고 누워 있는 한 남자의 배였습니다. 배가 하도 커서 건초더미로 보였던 것입니다. 그 뚱뚱한 남자는 왕자가 오는 것을 보더니 벌떡 일어나서 말했습니다.

"혹시 하인이 필요하다면 저를 데려가 주십시오."

"하지만 너처럼 괴상하게 생긴 사람을 무엇에 쓴단 말이냐?"

"아, 이건 아무것도 아닙니다. 마음만 먹으면 3천 배까지 뚱뚱하게 불어날 수 있습니다."

"그렇다면 혹시 쓸모가 있을지도 모르겠구나. 자, 나를 따라오너라."

뚱보는 왕자를 따라 나섰습니다. 두 사람은 한참을 걸어가다가 땅에 귀를 바싹 대고 있는 사나이를 만났습니다.

"여보게, 뭐하고 있는건가?"

왕자가 그에게 물어보았습니다.

"예, 소리를 듣고 있습니다."

"아니, 그렇게 열심히 무슨 소리를 듣는단 말인가?"

"세상에서 무슨 일이 벌이지고 있는지 듣고 있습니다. 제 귀에는 다 들리니까요. 제 귀는 잔디가 자라는 소리도 들을 수 있습니다."

"그렇다면 아름다운 딸을 가진 늙은 여왕의 궁전에서 무슨 일이 일어나고 있는지 알려 다오."

"휙 하고 칼을 휘두르는 소리가 났습니다. 방금 구혼자 하나가 목이 잘렸군요."

"너도 쓸모가 있겠구나. 나를 따라오너라."

세 사람은 길을 재촉했습니다. 그런데 갑자기 사람의 발이 보였습니다. 그리고 다리가 있었는데, 그 다리가 끝간 데 없이 길어 보였습니다. 한참을 가서야 겨우 몸통이, 그리고 또 한참을 가서야 머리가 나타났습니다.

"이런! 네 끝을 영영 못 보는 줄 알았다!"

왕자의 말에 그 키다리는 별 것 아니라는 듯이 대꾸했습니다.

"이건 아무것도 아닙니다. 저는 팔과 다리를 3천 배까지 늘일 수 있습니다. 세상에서 제일 높은 산보다 더 크게 말입니다. 만약 왕자님이 저를 데려가 주신다면 기꺼이 왕자님을 위해서 일하겠습니다."

그래서 네 사람이 길을 떠났습니다. 도중에 그들은 눈가리개를 하고 길가에 서 있는 사람을 만났습니다.

"햇빛을 볼 수 없을 정도로 눈이 약한가?"

왕자가 물었습니다.

"아닙니다. 제 눈빛이 너무 강해서 한 번 닿기만 해도 물건이 그냥 부서져 버리기 때문에 눈가리개를 벗을 수가 없습니다. 혹시 제가 필요하다면 데려가 주십시오."
 이제 다섯 사람이 함께 길을 가게 되었습니다. 가는 도중에 그들은 뜨거운 햇볕 아래서 일광욕을 하고 있는 사람을 만났습니다. 그런데 그 사람은 추운지 떨고 있었습니다. 얼마나 심하게 떠는지 온몸이 심하게 흔들리고 있었습니다.
 "아니, 햇볕이 이렇게 따뜻한데 왜 떨고 있지?"
 "예, 저의 몸은 다른 사람과 정말 다르지요. 더우면 더울수록 몸이 꽁꽁 얼어서 뼛속까지 얼어붙는답니다. 반대로 추우면 추울수록 저는 더위를 느낍니다. 얼음 속에 있으면 더워서 견딜 수가 없고, 뜨거운 불길 속에 있으면 추워서 견딜 수가 없습니다."
 "거 참, 이상한 사람이군. 하지만 날 위해서 일하고 싶다면 따라오너라."
 다시 여섯 사람이 함께 떠났습니다. 그들은 길을 가다가 목을 쭉 늘어뜨리고 있는 사람을 만났습니다. 그는 긴 목을 빼고 산 너머로 여기저기를 살피고 있었습니다.
 "뭘 그리 찾고 있지?"
 "저는 눈이 정말 좋습니다. 숲과 들과, 그리고 산 너머까지 다 볼 수 있습니다. 세상 끝까지도 볼 수 있습니다."
 "원한다면 날 따라오너라. 너 같은 사람의 도움이 필요하니까."
 이제 왕자와 여섯 명의 하인은 늙은 여왕이 사는 도시에 도착했습니다. 왕자는 여왕에게 가서 자기 신분은 밝히지 않고 이렇게 말했습니다.
 "당신의 딸을 주신다면 당신이 시키는 일을 해드리겠습니다."
 마녀는 이렇게 잘생긴 젊은이를 함정에 빠뜨릴 수 있다고 생각하니 너무 기분이 좋았습니다.
 "그럼 세 가지 일을 주겠다. 그 일들을 다 해내면 너는 내 딸의 남편이 될 수 있다."
 "첫 번째 일이 뭡니까?"
 "홍해에 빠뜨린 반지를 찾아오는 일이다."
 왕자는 하인들이 기다리고 있는 속소로 돌아왔습니다.
 "첫 번째 일인데 쉽지가 않다. 홍해에 빠진 반지를 찾아야 한다. 자, 어떻게 하면 좋을지 도와다오."
 그러자 눈 좋은 하인이 나섰습니다.

"그게 어디 있는지 제가 찾아보겠습니다."

그리고 바다 속을 찾아보았습니다.

"아, 저기 있습니다. 뽀족한 돌 위에 올려져 있군요."

그러자 껑다리 하인이 다른 하인들을 데리고 그 곳으로 갔습니다.

"어디 있는지 보이기만 하면 제가 금방 꺼내올 수 있을 텐데요."

"그건 걱정 마라."

뚱보 하인이 몸을 구부리더니 입을 물에 갖다 댔습니다. 그러자 물이 깊은 계곡으로 빨려들 듯 입 안으로 빨려 들어가는 것이었습니다. 뚱보가 바닷물을 다 들이마셔서 바다는 마치 들판처럼 보였습니다. 껑다리가 몸을 약간 구부리더니 그 반지를 집어 들었습니다. 왕자는 반지를 받아 들고 매우 기뻐하며 여왕에게 갔습니다. 왕자가 가지고 온 반지를 본 여왕은 깜짝 놀랐습니다.

"음, 제법이군. 첫 번째 일은 제대로 했지만, 두 번째 일은 어려울걸. 내 성 앞에 3백 마리의 소가 있는 것을 보았겠지? 그 소들을 살, 뼈, 뿔까지 전부 먹는 거야. 그리고 나서 지하실로 가면 포도주가 3백통 있을거야. 그걸 전부 마셔야 해. 만약 털 하나, 술 한 방울이라도 남기면 그 땐 목을 바쳐야 한다."

"손님을 불러도 됩니까? 같이 먹을 사람이 없으면 잘 먹지 못하거든요."

늙은 여왕은 사악한 웃음을 터뜨렸습니다.

"한 사람 정도야 괜찮지. 하지만 그 이상은 안 돼."

왕자는 하인들에게 돌아와 뚱보에게 말했습니다.

"너는 오늘 내 손님이 되어야겠다. 먹을 게 잔뜩 있으니 네 양껏 먹을 수 있을 거야."

뚱보는 몸을 부풀리고 3백 마리의 소를 털 하나 남기지 않고 다 먹어 치웠습니다. 그러고 나서는 식사를 했으니 음료수를 마셔야겠다며 지하실로 내려가 포도주 3백 통을 잔도 쓰지 않고 통째로 다 마셔 버렸습니다. 식사를 다 끝낸 왕자는 여왕에게 가서 두 번째 일도 다 했다고 말했습니다. 여왕은 깜짝 놀랐습니다.

"여기까지 온 사람은 없었는데 … . 하지만 아직도 한 가지 일이 남아 있으니까."

그리고 마녀는 속으로 생각했습니다.

'아무리 그래 봤자 내게서 도망칠 수 없을 거다. 네 머리는 내 거야.'

그리고 큰 소리로 말했습니다.

"오늘 밤 내 딸을 네 방에 데려다 주겠다. 팔로 내 딸을 안고 있어도 되지만 잠이 들지 않도록 조심하는 게 좋을거다. 내가 자정에 다시 갈 텐데, 만약 그 때 그 애가 네 팔 안에 없으면 넌 목숨이 날아갈 테니까."

왕자는 속으로 '이건 좀 쉽군. 두 눈 꼭 뜨고 지키는 거야 어려울 게 없지.' 하고 생각했습니다.

그래도 왕자는 하인들을 불러 여왕이 말한 것을 들려주고 당부했습니다.

"아무래도 무슨 꿍꿍이가 있는 게 틀림없다. 조심하는 게 좋겠어. 그러니 아가씨가 내 방에서 나가지 못하게 잘 지키도록."

그 날 밤 여왕은 딸을 데리고 와서 왕자에게 안겨 주었습니다. 그러자 꺽다리는 두 사람을 둘러쌌고, 뚱보는 몸을 부풀려 아무도 빠져 나가지 못하게 문을 막았습니다. 두 사람은 그대로 앉아 있었습니다. 아가씨는 아무 말도 하지 않고 가만히 있었지만 창문을 통해 들어온 달빛에 비친 그녀의 모습은 정말 아름다웠습니다. 왕자는 그 아름다움에 눈이 부실 지경이었습니다. 그냥 바라보고만 있어도 좋았습니다.

왕자의 가슴은 기쁨과 사랑으로 가득 찼고 눈도 전혀 피곤하지 않았습니다. 11시까지는 아무 일도 없었습니다. 그런데 마녀가 마법을 걸자 모두 잠이 들고 말았습니다. 바로 그 순간 아가씨는 어디론가 사라져 버렸습니다. 12시 15분 전이 되자 마법이 풀리면서 모두들 잠에서 깨어났습니다.

"아, 이런 일이! 왜 이렇게 운이 없을까? 이젠 내가 져 버렸어!"

왕자는 한탄했습니다. 충성스런 하인들도 한탄을 하기 시작했습니다. 그 때 귀 밝은 하인이 말했습니다.

"조용히 해, 무슨 소리가 들리나 들어볼게."

그는 잠시 귀를 기울이고 소리를 들었습니다.

"아가씨는 여기서 3백 리 떨어진 곳에 있는 바위 위에 앉아서 자기 운명을 한탄하고 있어. 꺽다리, 너 아니면 해낼 사람이 없어. 네가 최고로 높이 서면 두 걸음만에 거기 갈 수 있을거야."

"알았어. 하지만 눈가리개가 같이 가야 그 바위를 깰 수 있을거야."

꺽다리는 눈가리개를 하고 있는 하인을 등에 태우고 금세 마법의 바위 앞에 도착했습니다. 꺽다리의 등에서 내린 눈가리개 하인이 한 번 보기만 했는데도 그 바위는 산산조각이 나 버렸습니다. 꺽다리는 얼른 아가씨를 팔에 안고 눈 깜짝할 사이에 왕자에게 데려다 주고 나서 눈가리개 하인도 데려왔습니다. 그래서 12시가 되기 전에 저녁 때와 똑같이 앉아 있을 수 있었고, 모두들 의기양양했습니다.

12시 정각이 되자 마녀 여왕이 얼굴 가득히 비웃음을 머금고 방으로 들어왔습니다. 그 마녀의 얼굴에는 '이제 넌 내 거야.' 하는 기색이 역력했습니다. 자기 딸이 3백 리 떨어진 곳의 바위에 앉아 있을 거라고 생각하고 있는 것이 틀림없었습니다. 그러나 자기 딸이 왕자의 팔에 안겨 있는 것을 보고는 소스라치게 놀랐습니다.

"나보다 더 강한 상대가 있었다니!"

이제 마녀는 왕자의 요구를 들어주지 않을 수 없었습니다. 그러나 여왕은 떠나는 딸의 귀에 이렇게 속삭였습니다.

"네가 이런 촌놈을 섬겨야 하다니 이건 정말 수치로구나. 너에게 어울리는 신랑을 고르지 못하고 말이다."

그러자 이 자존심 센 아가씨는 화가 잔뜩 났습니다. 자기 힘으로 복수하기로 마음을 먹은 것입니다. 이튿날이 되자 아가씨는 3백 개의 장작을 모은 다음, 비록 왕자가 세 가지 일은 해냈지만 이 장작더미가 다 탈 때까지 그 안에 들어가 견뎌 낼 사람이 나서야 왕자의 신부가 되겠다고 말했습니다. 설마 왕자를 위해서 목숨을 버릴 하인도 없을 것이고, 또 왕자 자신도 아무리 자기를 사랑하기로 불에 뛰어들지는 않을 것이라고 생각했던 것입니다. 그 때 하인들이 나섰습니다.

"덜덜이 말고 다른 사람은 다 자기 몫을 했습니다. 이제 덜덜이가 나설 차례입니다."

하인들은 덜덜 떠는 하인을 장작더미 한가운데에 올려놓고 불을 질렀습니다. 장작이 다 타기까지 사흘이나 걸렸습니다. 불길이 다 사그라지고 나서 보니 덜덜이 하인은 사시나무 떨 듯 떨고 있었습니다.

"아이구 추워라. 내 생전에 이렇게 추운 건 처음이네. 조금만 더 이 안에 있었다간 얼어 죽고 말았을거야."

이제 다른 방법이 없었습니다. 아름다운 아가씨는 이 이상한 낯선 사람과 결혼하지 않을 수 없었습니다. 모두들 결혼식을 올리기 위해 교회로 향했습니다.

그 때 늙은 여왕이 소리쳤습니다.

"나는 이런 수치를 참을 수 없어."

늙은 마녀는 부하들에게 자기 딸을 데려오라고 명령했습니다. 반항하는 사람이 있으면 처치하라고 하면서 말입니다. 마녀가 몰래 부하들에게 지시하는 말을 귀 밝은 하인이 들었습니다.

"어떡하면 좋을까?"

귀 밝은 하인은 뚱보에게 의논했습니다. 뚱보는 어떻게 해야 할지 잘 알고 있었습니다. 그는 땅바닥에 침을 한 번인가 두 번인가 뱉더니 전에 마셔두었던 바닷물을 전부 토해 냈습니다. 그러자 거대한 호수가 생겨났습니다. 뒤따라오던 여왕의 군사들은 그 호수에 빠져 허우적댔습니다.

이것을 본 마녀는 갑옷을 입은 기사들을 보냈습니다. 갑옷이 쩔렁거리는 소리를 들은 귀밝은 하인은 눈가리개 하인의 눈가리개를 벗겼습니다. 눈가리개를 벗은 하인이 적들을 노려보자 적들은 단번에 유리처럼 부서져 버렸습니다. 왕자와 신부는 이제 아무 방해도 받지 않고 교회까지 갈 수 있었습니다. 두 사람이 결혼식을 마치자 하인들이 작별 인사를 했습니다.

"이제 왕자님의 소원이 이루어졌으니 저희들은 더 이상 필요없게 되었습니다. 이제 저희들은 각자 제 갈 길을 가도록 하겠습니다."

한편 왕자의 성에서 얼마 떨어지지 않은 곳에 한 마을이 있었는데, 그 마을에는 돼지를 키우는 농부가 있었습니다. 왕자는 그 집 앞에 도착했을 때 신부에게 말했습니다.

"당신은 내가 정말 어떤 사람인지 모르지? 사실 나는 왕자가 아니야. 돼지치기의 아들이라구. 저기 서 있는 분이 아버지야. 이제부터 우리는 아버지를 도와 돼지를 길러야 해."

왕자는 여인숙에 들어가서 여인숙 주인을 몰래 불러 밤에 신부의 화려한 옷을 모두 치우라고 말했습니다. 이튿날 아침에 신부가 잠에서 깨어나 보니 입을 것이 하나도 없었고, 여인숙 주인 아내가 들어오더니 낡은 치마와 양말 한 짝을 던져 주었습니다. 그러면서 마치 큰 선심이나 베풀 듯이 이렇게 말했습니다.

"그래도 당신 남편을 봐서 이거라도 주는 줄 알아."

신부는 이제 자기 남편이 정말 돼지치기라고 믿게 되었습니다. 그리고 자신의 거만함과 자존심 때문에 일이 이렇게 되었으니 할 수 없다고 생각했습니다. 일주일이 지나자 발이 부어 올라서 신부는 이제 더 이상 서 있을 수도 없게 되었습니다. 그 때 사람들이 와서 신부에게 남편이 어떤 사람인지 아느냐고 물었습니다. 신부는 이렇게 대답했습니다.

"예, 제 남편은 돼지치기랍니다. 리본과 레이스를 팔러 나갔습니다."

"그럼, 우리를 따라오시오. 남편한테 데려다 줄 테니."

그리고 그들은 신부를 데리고 성으로 갔습니다.

큰 방에 들어가 보니 그녀의 남편이 왕자의 정장을 입고 서 있었습니다. 하지만 신부는 그가 자기를 안고 뺨에 입을 맞추며 이렇게 말할 때까지 남편을 알아보지 못했습니다.

"내가 당신 때문에 얼마나 고생을 했는지 당신은 모를거야. 그러니 당신도 나를 위해서 고생을 하는 게 당연하지."

결혼식은 성대하고 멋있게 치러졌습니다. 여러분은 이 이야기를 해준 사람도 그 자리에 있었을 것이라는 점을 충분히 상상할 수 있을 테지요.

135

하얀 신부와 까만 신부

한 여자가 친딸과 의붓딸을 데리고 꼴을 베러 들판으로 나갔습니다. 그때 하느님이 가난뱅이 차림으로 나타나 세 사람에게 물었습니다.

"마을로 가려면 어떻게 합니까?"

"직접 알아보세요."

어머니가 이렇게 대답하자 친딸이 덧붙였습니다.

"혹시 못 찾을 것 같으면 안내인을 데리고 다니세요."

그러나 의붓딸은 친절하게 말했습니다.

"안됐군요. 절 따라오세요. 제가 가르쳐 드리지요."

어머니와 친딸의 행동에 화가 난 하느님은 돌아서서 그들에게 저주를 내려 그들을 아주 시커멓고 못생기게 만들었습니다. 그리고 불쌍한 의붓딸에게는 자비를 베풀어 주었습니다. 그녀와 함께 마을 가까이 왔을 때 하느님은 의붓딸에게 축복을 내리면서 이렇게 말했습니다.

"원하는 것을 세 가지만 말해 보렴. 네 소원을 들어주마."

"저는 저 해님만큼 아름답고 깨끗해지고 싶어요."

이 말이 끝나자마자 그녀는 햇빛처럼 하얗고 아름답게 변했습니다.

"또 써도 써도 가득 채워지는 지갑을 가지고 싶어요."

하느님은 그런 지갑을 주면서 말했습니다.

"가장 중요한 것이니 잃어버리지 않도록 조심하거라."

"세 번째 소원은 죽은 뒤에 영원히 하늘 나라에서 살고 싶어요."

이 소원 역시 받아들여졌습니다. 그리고 하느님은 사라졌습니다.

집에 돌아온 어머니와 친딸은 자신들의 모습이 시커멓고 흉하게 변한 것을 보고 깜짝 놀랐습니다. 반대로 의붓딸은 더욱 예뻐지고 하얗게 된 것을 보고는 너무나 약이 올라 오로지 의붓딸을 해칠 궁리만 하게 되었습니다.

의붓딸에게는 왕의 성에서 마부로 일하고 있는 레기너라는 오빠가 있었습니다. 오빠를 너무나 사랑하는 동생은 오빠에게 낮에 있었던 일을 모두 이야기해 주었습니다.

어느 날 레기너가 동생에게 말했습니다.

"귀여운 동생아, 너를 언제나 눈 앞에 두고 볼 수 있게 너의 초상화를 그리고 싶구나. 너를 한순간이라도 보지 않으면 내 마음이 너무 허전하단다."

"그렇게 하세요. 하지만 다른 사람에게는 절대 보여 주지 마세요."

오빠는 동생의 초상화를 그려서 자기 방에 걸어 두었습니다. 그리고 매일 그 초상화 앞에 서서 사랑하는 동생의 행운에 대해 하느님께 감사를 드렸습니다.

그러던 어느 날 그 나라의 왕비가 죽었습니다. 죽은 왕비는 이 세상의 누구와도 비교할 수 없을 만큼 아름다웠으므로 왕은 왕비의 죽음을 더욱 슬퍼했습니다. 한편 궁정의 하인들은 마부가 날마다 예쁜 초상화를 감상하는 것을 보고 시샘을 하고 있었습니다. 그러고는 마침내 그 사실을 왕에게 알렸습니다. 왕은 즉시 그 그림을 가져오라고 했습니다. 초상화를 본 왕은 그림 속의 여자가 죽은 왕비와 여러 모로 비슷하면서도 훨씬 더 아름답자 그만 사랑에 빠졌습니다.

왕이 마부를 불러 그 그림의 주인공이 누구인지 묻자 마부는 자신의 여동생이라고 대답했습니다. 왕은 동생을 왕비로 삼겠다며 마부에게 마차와 말, 그리고 좋은 옷을 주면서 동생을 데려오라고 했습니다.

레기녀가 이 소식을 가지고 집에 가자 동생은 기뻐 어쩔 줄 몰랐습니다. 그러나 까만 아가씨는 하얀 아가씨의 행운에 너무 질투가 나고 화가 나서 어머니에게 따졌습니다.

"어머니는 아무리 재주가 있으면 뭘 해요? 나에게 저런 행운도 가져다 주지 못하면서."

그러자 어머니는 마술을 부려 마부 오빠의 눈을 반쯤 안 보이게 만들고, 하얀 아가씨의 귀를 반쯤 멀게 만들었습니다. 그런 다음 모두 성으로 가는 마차에 올라탔습니다. 먼저 화려한 왕비의 옷을 입은 신부가 탔고, 이어서 의붓어머니와 그녀의 딸이 올라탔습니다. 마부석에 앉아 있던 오빠가 말을 몰기 시작했습니다. 마차가 어느 정도 갔을 때 오빠가 소리쳤습니다.

"내 귀여운 누이야,
비가 올지 모르니 조심하렴.
바람이 불어 먼지를 쓰지 않도록 조심하렴.
조심 조심하거라. 왕 앞에 갔을 때
예쁜 너의 모습이 망가지지 않도록."

오빠의 목소리를 들은 신부가 물었습니다.
"지금 우리 오빠가 뭐라고 했어요?"
"아, 네 황금 옷을 벗어서 동생에게 주라고 하는구나."
의붓어머니의 말에 신부는 황금 옷을 벗어 동생에게 주고 나서 자기는 동생이 입고 있던 낡은 옷을 입었습니다. 그리고 계속 길을 가다가 오빠가 또 소리쳤습니다.

"내 귀여운 누이야,
비가 올지 모르니 조심하렴.
바람이 불어 먼지를 쓰지 않도록 조심하렴.

조심 조심하거라. 왕 앞에 갔을 때
예쁜 너의 모습이 망가지지 않도록."

오빠의 목소리를 들은 신부가 물었습니다.
"지금 우리 오빠가 뭐라고 했어요?"
"아, 네 황금 모자를 벗어서 동생에게 주라고 하는구나."
신부는 어머니의 말을 듣고 모자를 벗어서 동생에게 주고 자신을 아무것도 쓰지 않은 채 갔습니다. 그리고 계속 길을 가는데 오빠가 다시 한 번 더 소리를 쳤습니다.

"내 귀여운 누이야,
비가 올지 모르니 조심하렴.
바람이 불어 먼지를 쓰지 않도록 조심하렴.
조심 조심하거라. 왕 앞에 갔을 때
예쁜 너의 모습이 망가지지 않도록."

오빠의 목소리가 들려오자 신부가 다시 물었습니다.
"지금 우리 오빠가 뭐라고 했어요?"
"아, 마차 바깥으로 몸을 내밀어 보라는구나."
마침 마차는 깊은 강에 놓인 다리 위를 막 지나고 있었습니다. 신부가 자리에서 일어나 마차 문 밖으로 몸을 내밀자 두 사람은 그녀를 밀어 강물 한가운데로 빠뜨렸습니다. 신부가 빠진 곳에서는 눈처럼 흰 오리가 반짝이는 물 속에서 고개를 내밀고 강물을 따라 흘러내려가고 있었습니다.
그러나 아무것도 모르는 오빠는 열심히 말을 몰아서 마침내 왕궁에 도착했습니다. 눈이 제대로 보이지 않은 오빠는 번쩍이는 황금 옷을 입은 까만 아가씨를 자기 친동생인 줄 알고 왕에게 데리고 갔습니다. 왕은 신부가 너무 못생긴 것을 보고 화가 머리 끝까지 나서 마부를 살무사가 우글거리는 감옥에 가두라고 명령했습니다.
한편 어머니는 마법을 부려 왕을 속이고 유혹했습니다. 왕은 그 마녀와 딸에게 왕궁에 머물러 있어도 좋다고 허락했습니다. 그리고 차츰 그 딸이 마음에 들어 결국 결혼까지 하게 되었습니다.

어느 날 저녁 까만 신부가 왕의 무릎 위에 앉아 있을 때 하얀 오리 한 마리가 하수구를 통해 부엌으로 들어왔습니다. 오리는 부엌 일을 돕는 소년에게 부탁을 했습니다.

"귀여운 아이야, 불을 피워 다오. 빨리 피워 다오.
내 깃털을 말려야 병에 걸리지 않는단다."

소년은 시키는 대로 화로에 불을 피웠습니다. 오리는 불 옆에 앉아 몸을 부르르 떨더니 부리로 깃털 청소를 했습니다. 한동안 몸을 녹이고 나서 오리가 물었습니다.

"우리 오빠 레기너는 어떻게 지내고 있을까?"

그러자 소년이 대답했습니다.

"감옥에 갇혀 있습니다.
살무사가 우글거리는 감옥에 말입니다."

"그럼, 까만 신부는 어떻게 지내고 있지?"

오리가 또 묻자 소년이 대답했습니다.

"따뜻한 곳에서 기분좋게 지내고 있습니다.
왕의 사랑을 받고 있으니까요."

"하느님의 가호가 있기를!"
오리는 그렇게 말하고 하수구로 나가 버렸습니다.
이튿날 저녁에도 그 오리는 부엌에 나타나 똑같은 질문을 하고 갔습니다. 그리고 다음 날도 마찬가지였습니다. 소년은 너무나 이상해서 왕에게 그 사실을 모두 말했습니다. 왕은 자신의 눈으로 직접 확인하고 싶었습니다. 다음 날 저녁, 부엌으로 간 왕은 오리가 하수구에서 목을 내미는 것을 보고 칼을 빼어들어 오리의 목을 내리쳤습니다. 바로 그 순간 오리는 아름다운 아가씨로 변했습니다. 그것도 전에 본 초상화 속의 모습과 똑같은 아가씨였습니다. 왕은 떨 듯이 기뻐하며 몸이 젖어 오들오들 떨고 있는 그녀에게 좋은 옷을 가져다주라고 했습니다. 옷을 입은 아가씨는 자기가 어떤 흉계에 의해 물에 던져졌는가를 털어놓았습니다.

아가씨의 첫 번째 소원은 오빠를 살무사 감옥에서 구해 달라는 것이었습니다. 왕은 오빠를 감옥에서 나오게 한 후 늙은 마녀에게 갔습니다.

"만약 이런 짓을 한 여자가 있다면 어떤 벌을 내리는 것이 좋겠소?"

왕이 하얀 아가씨에게서 들은 이야기를 해주며 물었습니다.

"그런 여자는 벌거벗겨서 못이 박힌 통에 넣어야 해요. 그런 다음, 그 통을 말에 매달아서 말을 달리게 하는 거예요."

바로 그 벌을 마녀와 딸이 받았습니다. 그리고 왕은 하얀 아가씨와 결혼을 했고, 충성스런 오빠에게는 후한 상을 내렸습니다.

136

야만인 한스

옛날 큰 숲 옆에 있는 어떤 성에서 한 왕이 살고 있었습니다. 그 숲에는 동물들이 많이 살고 있었습니다. 어느 날 왕은 한 사냥꾼에게 사슴을 잡아오라고 시켰습니다. 그런데 숲으로 간 사냥꾼이 돌아오지 않았습니다. 왕은 무슨 사고가 났기 때문이라고 생각하고는 이튿날이 되자 두 명의 사냥꾼을 보내 실종된 사냥꾼을 찾아오도록 시켰습니다. 그런데 그 두 사람도 돌아오지 않았습니다. 셋째날, 왕은 모든 사냥꾼을 불러 모았습니다.

"숲을 샅샅이 뒤져 실종된 세 사냥꾼을 반드시 찾아오너라."

왕의 명령을 받고 나라 안의 모든 사냥꾼이 그 숲으로 들어갔지만 이번에도 돌아오는 사람은 없었습니다. 주인들을 따라갔던 사냥개들 역시 한 마리도 돌아오지 않았습니다. 그 때부터 아무도 그 숲에 들어가려고 하지 않았습니다. 이제 그 숲에는 사람의 손길이 전혀 미치지 않은 채 이따금 독수리나 매가 그 위를 날아다니는 것을 볼 수 있을 뿐이었습니다.

이렇게 몇 년이 흐른 뒤 낯선 사냥꾼이 왕에게 와서 자기를 고용해 달라고 하며 그 위험한 숲에 들어가겠다고 했습니다. 그러나 왕은 허락하지 않았습니다.

"그 숲은 마법에 걸려 있다. 나는 너도 다른 사람들처럼 사고를 당해 돌아오지 못할까봐 두렵구나."

"폐하, 저는 두려움이라는 말이 무슨 뜻인지 모릅니다. 어떤 위험이 있더라도 두려워하지 않습니다."

마침내 사냥꾼은 사냥개를 앞세우고 숲으로 들어갔습니다. 얼마 들어가지 않아 사냥개가 어떤 짐승의 냄새를 맡고 으르렁댔습니다. 그리고 몇 발자국 더 가다가 개는 깊은 연못을 만나 더 가지 못하고 멈추었습니다. 바로 그 때 물 속에서 팔이 하나 쑥 나오더니 개를 잡아 끌고 들어갔습니다. 그것을 본 사냥꾼은 성으로 돌아가 세 사람을 데리고 연못으로 다시 왔습니다. 그리고 물통으로 연못의 물을 퍼내기 시작했습니다. 바닥까지 거의 퍼내자 사납게 생긴 남자가 연못 바닥에 누워 있는 것이 보였습니다.

네 사람은 그 야만인을 줄로 묶어 성으로 데려왔습니다. 성 안의 사람들은 그 야만인을 보고 모두 깜짝 놀랐습니다. 왕은 그를 정원에 있는 쇠우리에 가두고 절대로 문을 열어 주어서는 안 되며, 만약 명령을 어기면 사형에 처할 것이라고 했습니다. 그리고 왕비에게 그 우리의 열쇠를 주며 잘 보관하라고 했습니다. 그 때부터 숲은 안전해져서 누구나 드나들 수 있게 되었습니다.

어느 날 여덟 살 된 왕자가 정원에서 황금 구슬을 가지고 놀다가 놓치는 바람에 그 구슬이 그만 야만인이 갇혀 있는 우리 안으로 들어가고 말았습니다. 소년은 우리에 가서 소리쳤습니다.

"내 구슬을 돌려 줘."

"문을 열어 주면 이 구슬을 주지."

"안 돼. 그렇게 할 수는 없어. 왕의 명령이야."

그리고 소년은 도망가 버렸습니다.

다음 날 소년은 다시 가서 구슬을 돌려 달라고 했습니다.

"먼저 문을 열어라."

소년은 이번에도 야만인의 말을 듣지 않았습니다.

셋째날에는 왕이 사냥을 나가고 없었습니다. 소년이 다시 우리에 나타났습니다.

"문을 열어 주고 싶어도 그럴 수가 없어. 열쇠가 어디 있는지도 모른단 말이야."

"그건 네 엄마 베개 밑에 있어. 꺼내올 수 있을거야."

왕자는 구슬이 너무 가지고 싶어서 그만 명령들을 잊어버리고 열쇠를 가져왔습니다. 문을 열기가 그리 쉽지 않았지만 소년은 손가락이 아프도록 끙끙대다가 겨우 열었습니다. 문이 열리자 야만인은 밖으로 나와 황금 구슬을 소년에게 주고 도망가기 시작했습니다. 그제서야 덜컥 겁이 난 소년은 소리를 지르며 뒤를 따라갔습니다.

"야만인, 도망가지 마! 안 그러면 난 매를 맞는단 말이야."

그 말을 들은 야만인은 돌아와서 소년을 어깨에 태우고 날 듯이 숲으로 도망쳤습니다. 성에 돌아온 왕은 우리가 텅 빈 것을 보고 왕비에게 그동안 무슨 일이 있었는지 물었습니다. 아무것도 모르고 있던 왕비는 열쇠를 찾아보았으나 열쇠가 없었습니다. 왕비는 아들을 찾았지만 아무 데도 없었습니다. 왕은 사람들을 숲으로 보내 아들을 찾아보게 했지만 아무도 왕자를 발견하지 못했습니다. 왕은 그제서야 일이 어떻게 된 것인지 알게 되었고 온 성은 슬픔으로 가득 찼습니다.

다시 숲으로 돌아간 야만인은 소년을 내려놓고 말했습니다.

"이제 너는 아버지, 어머니를 다시는 보지 못할거야. 하지만 내가 너를 돌보아 주겠다. 네가 나를 자유롭게 풀어 주었으니까. 너는 내가 시키는 대로만 하면 돼. 나는 이 세상 누구보다도 보물과 황금을 많이 가지고 있어."

야만인은 이끼를 끌어모아 소년의 침대를 만들어 주었습니다. 소년은 그 위에서 잠을 잤습니다. 이튿날 아침에 야만인은 소년을 샘으로 데리고 갔습니다.

"이 황금 샘이 보이지? 아주 맑고 깨끗하단다. 너는 지금부터 여기에 아무것도 빠지지 않게 황금 샘을 지키는거야. 그러지 않으면 더러워지니까 말이야.

매일 아침마다 네가 내 명령을 잘 지키고 있는지 보러 오겠다."

 소년은 샘가에 앉았습니다. 이따금 황금 물고기나 황금 뱀이 보였습니다. 왕자는 그 안에 아무것도 빠지지 않도록 감시를 했습니다. 그러다가 손가락이 너무 아파 아무 생각 없이 물에 담갔습니다. 그리고 얼른 빼냈지만 손가락이 그만 황금색으로 변하고 말았습니다. 아무리 애를 써도 그 황금색을 닦아낼 수는 없었습니다.

 저녁이 되어 야만인 한스가 와서 소년에게 물었습니다.

 "샘에 아무 일도 없었겠지?"

 "아무 일도 없었어요. 아무 일도."

 소년은 한스가 보지 못하도록 손을 뒤로 감추었습니다. 그러나 눈치를 챈 한스가 말했습니다.

 "너, 손가락을 물에 담갔구나. 이번에는 용서해 주지만 다음부터는 절대 아무것도 샘에 빠뜨려선 안 돼."

 이튿날 새벽 동이 터오기가 무섭게 소년은 샘으로 가서 또 샘을 지켰습니다. 그런데 손가락이 다시 아프기 시작해서 소년은 머리채로 손가락을 비볐습니다. 그러다가 그만 머리카락 한 올이 물에 빠지고 말았습니다. 소년은 얼른 꺼냈지만 머리카락은 이미 황금색으로 변한 뒤였습니다. 야만인 한스가 이번에도 금방 눈치를 챘습니다.

 "머리카락을 샘에 빠뜨렸구나. 한 번 더 용서해 주마. 하지만 세 번째로 이런 일이 있으면 더 이상 나와 같이 있을 수가 없다."

 셋째날, 소년은 샘가에 앉아 손가락이 아무리 아파도 꼼짝하지 않았습니다. 그러다가 심심해진 소년은 물에 얼굴을 비춰 보았습니다. 그러다가 얼굴을 더 잘 볼 수 있도록 머리를 숙인다는 것이 그만 머리채를 전부 물에 빠뜨리고 말았습니다. 소년은 즉시 벌떡 일어났지만 소년의 머리채가 이미 황금색으로 변한 뒤였습니다. 소년은 너무나 놀라 어쩔 줄 몰라 했습니다. 소년은 한스가 보지 못하도록 손수건을 꺼내 머리에 둘렀습니다. 그러나 한스는 샘에 오자마자 무슨 일이 일어났었는지를 금방 알아차렸습니다.

 "손수건을 벗어라."

 손수건을 벗자 황금빛 머리채가 드러났습니다. 이번에는 소년이 아무리 잘못했다고 빌어도 소용이 없었습니다.

"넌 시험에 합격하지 못했구나. 이제 여기 더 있을 수가 없다. 세상에 나가거라. 세상에 나가면 가난하다는 것이 어떤 건지 알게 될 것이다. 하지만 너는 마음이 나쁜 아이는 아니니 나도 네가 잘 됐으면 좋겠다. 그래서 한 가지 선물을 주도록 하마. 어려운 일이 생기면 이 숲에 와서 '야만인 한스' 하고 부르도록 해라. 그러면 내가 나타나서 도와주겠다. 난 힘이 세단다. 네가 생각하는 것 이상으로 말이야. 금도 많고, 은도 많이 갖고 있지."

그래서 소년은 숲을 떠났습니다. 길이 난 곳도 있었고, 길이 없는 곳도 있었습니다. 소년은 터벅터벅 걸어서 드디어 큰 도시에 도착했습니다. 소년은 일자리를 구해 보았지만 먹고 사는 데 필요한 기술을 배운 것이 하나도 없었기 때문에 일자리를 구할 수가 없었습니다. 마지막으로 소년은 왕궁에 찾아가 일자리와 있을 곳을 부탁했습니다. 왕궁에는 소년을 마땅히 쓸 데가 없었지만 왕궁 사람들은 소년이 마음에 들었기 때문에 머물러 있어도 좋다고 허락했습니다. 드디어 요리사가 소년이 할 수 있는 일을 찾아 냈습니다. 장작을 나르고 재를 치우는 일이었습니다.

그러다가 어느 날 요리사는 일을 시킬 사람이 없어서 소년에게 왕의 식탁에 음식을 나르도록 시켰습니다. 소년은 자신의 황금 머리를 보이기 싫어서 작은 모자를 그대로 쓰고 식탁에 음식을 날랐습니다. 그런데 왕은 지금까지 이런 일이 없었기 때문에 소년에게 말했습니다.

"내 식탁에 올 때는 모자를 벗어야 한다."

"폐하, 저는 그럴 수가 없습니다. 제 머리에 보기 싫은 흉터가 있거든요."

왕은 요리사를 불러 꾸짖으면서 저런 아이에게는 시중드는 일을 시키지 말라고 했습니다. 그리고 즉시 소년을 내쫓으라고 말했습니다. 그러나 소년을 불쌍하게 여긴 요리사는 그를 정원사의 조수로 일하게 해주었습니다.

소년은 정원에서 나무도 심고, 물도 주고, 김도 매면서 사납고 고약한 날씨를 이겨 내야 했습니다. 어느 더운 여름 날, 소년은 정원에서 혼자 일을 하고 있었습니다. 그러다가 날씨가 너무 더워서 머리의 땀을 식히느라 모자를 벗었습니다. 그러자 황금 머리가 햇빛을 받아 눈부시게 반짝거렸습니다. 얼마나 반짝거렸는지 그 빛이 공주의 방에까지 비쳤습니다. 자리에서 벌떡 일어나 창 밖을 내다본 공주는 소년의 머리가 반짝거리는 것을 보고 소년을 소리쳐 불렀습니다.

"여봐라, 꽃 한 다발을 가져오너라."

소년은 얼른 모자를 쓰고 들꽃을 한 움큼 꺾어 묶었습니다. 공주의 방으로 올라가는 계단에서 소년은 정원사와 마주쳤습니다. 정원사는 소년을 나무랐습니다.

"아니, 공주님께 그런 꽃을 갖다 드리면 어떡하느냐? 빨리 다른 꽃들을 꺾어 오너라. 제일 예쁘고 귀한 걸로 말이다."

"아닙니다. 들꽃이 향기도 훨씬 좋고, 공주님도 이런 것을 더 좋아하실 거예요."

소년이 방에 들어가자 공주가 그에게 말했습니다.

"모자를 벗어라. 내 앞에서 모자를 쓰고 있어서는 안 돼."

소년은 전에 왕에게 했던 대답을 되풀이했습니다.

"죄송합니다. 머리에 흉터가 있어서요."

그러나 공주는 소년의 모자를 벗겨 버렸습니다. 모자 속에 틀어 올렸던 소년의 머리채가 앞으로 떨어지면서 어깨까지 늘어졌습니다. 정말 멋진 머리채였습니다. 소년은 돌아서서 나가려고 했습니다. 그러나 공주가 얼른 소년의 팔을 잡고 금화를 한 움큼 주었습니다. 소년은 그것을 받아들고 얼른 방을 빠져나왔습니다. 그러나 황금에는 별로 관심이 없었던 소년은 그것을 정원사에게 주었습니다.

"아저씨 아이들에게 선물로 갖다 주세요. 재미있는 장난감이 될 거예요."

다음 날에도 공주는 소년에게 들꽃을 가져오라고 했습니다. 소년이 방에 들어가자마자 공주는 소년의 모자를 또 벗기려고 했습니다. 소년은 있는 힘을 다해 모자를 꼭 잡고 있었습니다. 공주는 이번에도 금화를 주었고, 소년은 이것도 정원사에게 아이들 장난감으로 선물하라고 주었습니다. 셋째날도 역시 전날과 똑같았습니다. 공주는 모자를 벗길 수 없었고, 소년도 역시 금화를 정원사에게 주었습니다.

이런 생활을 하는 가운데 많은 시간들이 흘러갔고 소년도 이제 청년의 모습으로 자라났습니다. 그런데 그 나라에 전쟁이 일어났습니다. 왕은 군사들을 불러 모았지만 적이 너무 강해서 이길 자신이 없었습니다. 모두들 전쟁 준비를 하고 있을 때 정원사의 조수인 젊은이가 말했습니다.

"이젠 나도 다 컸으니 전쟁에 나가고 싶습니다. 나한테도 말을 주세요."

사람들이 웃음을 터뜨렸습니다.

"우리가 출발하고 난 다음에 마구간에 가 보렴. 말 한 마리는 남겨두고 갈 테니."

모두 전쟁터로 떠난 뒤 젊은 정원사 조수는 마구간으로 가 보았습니다. 말이 한 마리 남아 있었지만 다리 한쪽을 저는 절름발이였습니다. 그래도 젊은이는 말을 타고 어두운 숲으로 갔습니다. 숲 앞에 도착한 젊은이는 나무들이 메아리를 일으킬 정도로 크게 소리쳤습니다.

"야만인 한스! 야만인 한스! 야만인 한스!"

그러자 즉시 야만인 한스가 나타났습니다.

"왜 그러느냐?"

"전쟁에 타고 나갈 말이 필요해요. 아주 튼튼한 말이 있어야겠어요."

"알았다. 아주 좋은 말을 가져다주마."

야만인은 숲으로 들어가더니 금세 나왔습니다. 혼자 나온 것이 아니라 콧구멍에서 김을 연신 뿜어 대고 있는 아주 튼튼하게 생긴 말을 끌고 오는 것이었습니다. 그리고 그 뒤에는 갑옷을 입은 기사들이 햇빛에 칼을 번득이며 따라왔습니다. 젊은이는 자기가 타고 온 절름발이 말을 시종에게 주고 한스가 끌고 온 말에 올라타고는 기사들을 이끌고 전쟁터로 향했습니다.

전쟁터에 가 보니 왕의 군대는 얼마 안 가서 항복해야 할 지경에 처해 있었습니다. 젊은이는 자기의 철갑 기사들을 이끌고 뛰어들었습니다. 기사들은 폭풍처럼 적들을 썩은 나무 자르듯 쓰러뜨렸습니다. 적들은 줄행랑을 놓았고, 젊은이는 한 명의 적도 남지 않을 때까지 맹추격을 했습니다. 전쟁이 끝난 뒤 젊은이는 왕에게 가는 대신 기사들을 데리고 숲으로 갔습니다.

"왜 돌아왔지?"

"이젠 당신의 말과 기사들을 데려가고 내 절름발이 말을 돌려 주세요."

한스와 헤어진 젊은이는 절름발이 말을 타고 집으로 돌아왔습니다.

왕이 성으로 돌아오자 공주는 반갑게 맞이하면서 승리를 축하했습니다.

"애야, 승리를 거둔 사람은 내가 아니란다. 이상한 기사가 부하들을 데리고 나타나서 도와 주었단다."

왕은 그 날 있었던 일을 공주에게 이야기해 주었습니다. 공주는 그 기사가 누구인지 알고 싶었지만 왕도 아는 것이 없었습니다.

"적을 뒤쫓아갔는데 다시 나타나지 않았단다."

공주는 정원사에게 조수에 대해서 물어 보았습니다. 정원사는 웃으면서 말했습니다.

"아, 그 친구요? 방금 절름발이 말을 타고 돌아왔습니다. 다들 '절름발이 용사, 찌그덕 삐그덕. 절름발이 용사, 찌그덕 삐그덕' 하고 놀렸지요. 사람들이 '진지에 숨어서 잠만 자고 있었지?' 하고 물었더니 '나는 최선을 다했습니다. 내가 아니었다면 큰일났을걸요.'라고 대답하더라구요. 사람들이 웃고 야단났었지요."

왕은 공주를 불러 축제를 열겠노라고 했습니다.

"전쟁에 이겼으니 사흘 동안 축제를 벌여야겠다. 그 때 황금 사과를 던지려무나. 그러면 그 기사가 나타날지도 모르잖니?"

축제가 열린다는 발표가 있었습니다. 젊은이는 숲에 가서 야만인 한스를 불렀습니다.

"왜 나를 불렀느냐?"

"공주의 황금 사과를 받고 싶습니다."

"그거야 쉽지. 빨간 갑옷과 밤색 말을 가져가려무나."

드디어 축제가 시작되었습니다. 젊은이는 말을 달려 다른 기사들 사이에 끼였습니다. 그렇게 행진을 하니 아무도 알아보지 못했습니다. 공주가 앞으로 걸어 나와 기사들에게 황금 사과를 던졌습니다. 기사들이 그 사과를 잡으려고 야단을 했으나 결국 그 사과는 젊은이의 손에 들어갔습니다. 그는 공주가 던진 사과를 잡자마자 쏜살같이 사라졌습니다. 다음 날에는 한스가 하얀 갑옷과 말을 주었습니다. 그 말을 타고 축제장에 간 그는 이번에도 공주의 사과를 잡았고, 또 쏜살같이 사라졌습니다. 왕은 화가 났습니다.

"이런 무례한 경우가 있나. 당연히 내 앞에 와서 자기 이름을 밝혀야 하거늘."

왕은 부하들에게 다음에 또 그 기사가 황금 사과를 잡거든 그 기사를 자기 앞으로 데려오라고 명령했습니다. 그리고 만약 그 기사가 순순히 따라오지 않으면 칼과 창을 써서라도 꼭 데려오라고 덧붙였습니다.

축제 마지막 날에 젊은이는 한스에게서 검은 갑옷과 검은 말을 받았습니다. 이번에도 황금 사과를 받자마자 사라지려고 말을 힘껏 몰았습니다. 그러나 왕의 명령을 받고 미리 대기하고 있던 군사들이 그를 뒤쫓기 시작했습니다. 한

참 달리다 보니 한 군사가 아주 가까이 와서는 젊은이를 칼로 찌르려고 했습니다. 젊은이는 몸을 재빨리 돌려 피하면서 말을 공중으로 높이 뛰어오르게 하여 멀리 달아났습니다. 그 때 젊은이의 투구가 벗겨지는 바람에 군사들은 그 황금 머리채를 보았습니다. 더 이상 추격할 수 없게 되자 군사들은 말을 돌려 돌아가서는 왕에게 본 대로 이야기했습니다.

다음 날 공주는 정원사를 찾아가 조수에 대해서 물어 보았습니다.

"예, 지금 저기서 일하고 있습니다. 저 이상한 친구도 축제에 가긴 갔는데 어젯밤 늦게 돌아왔습니다. 그런데 저희 아이들에게 축제에서 받은 것이라며 황금 사과 세 개를 보여 주었답니다."

왕은 젊은이를 불렀습니다. 젊은이는 이번에도 모자를 쓰고 왕 앞에 나타났습니다. 그런데 공주가 그에게 다가가 모자를 벗겨 버렸습니다. 그러자 멋진 황금 머리가 어깨까지 늘어졌습니다. 그의 진짜 모습을 본 사람들은 모두 깜짝 놀랐습니다. 왕이 젊은이에게 물었습니다.

"그대가 매일 다른 색의 옷을 입고 축제에 와서 황금 사과를 받아간 기사인가?"

"예, 여기 그 사과들이 있습니다."

젊은이는 주머니에서 사과를 꺼내 왕에게 주었습니다.

"다른 증거가 더 필요하시면 군사들이 저를 추격할 때 입은 상처를 보여 드릴 수도 있습니다. 또 전쟁 때 임금님께서 승리를 얻을 수 있게 도와 드린 기사도 바로 저입니다."

"그대가 그런 일을 할 수 있는 것을 보면 단순한 정원사의 조수가 아닌게 분명하다. 그대의 부모님은 누구신가?"

"제 아버님은 이웃 나라의 왕이십니다. 그리고 저는 황금이라면 원하는 만큼 가지고 있습니다."

"충분히 알겠네. 그대한테 신세를 많이 져서 뭔가 보답을 하고 싶은데 혹시 내가 해줄 수 있는 일이 있을까?"

"그럼요, 임금님께서만이 하실 수 있는 일입니다. 공주를 저의 아내로 주십시오."

그러자 공주가 웃으면서 말했습니다.

"이분은 충분히 그럴 만한 권리가 있어요. 그렇고 말고요. 전 이분의 황금 머리를 보고 벌써 정원사 조수가 아니라는 것을 알고 있었어요."

그러고는 젊은이에게 다가와 뺨에 입을 맞추었습니다.

결혼식에는 젊은이의 아버지와 어머니도 왔습니다. 죽은 줄 알았던 아들이 살아 있는 것을 본 두 사람은 정말 기뻤습니다. 성대한 결혼식이 시작되었습니다. 그런데 갑자기 음악이 멈추더니 문이 활짝 열렸습니다. 그리고 많은 수행원을 거느린 어떤 왕이 당당하게 들어서는 것이었습니다. 그는 젊은이에게 다가가 그를 껴안고 말했습니다.

"내가 바로 야만인 한스다. 마술에 걸려서 그런 야만인이 되어 있었던 거야. 네 덕분에 마술에서 풀려났으니 내 보물을 전부 너에게 물려주겠다."

137

까만 세 공주

인도 동쪽의 한 도시에서 있었던 일입니다. 적이 그 도시를 포위하고는 먼저 6백 탈러를 받아야 물러가겠다고 위협했습니다. 그래서 그 돈을 내는 사람이 있으면 시장으로 삼겠다는 포고령이 내려져 있었습니다. 그 때 바닷가에서 아들과 함께 고기를 잡던 가난한 어부가 있었습니다. 어느 날 적군이 와서 아들을 포로로 잡아가면서 그 대가로 6백 탈러를 내놓았습니다. 어부는 도시의 장관들에게 가서 그 돈을 냈습니다. 적들은 돈을 받자 물러갔고, 어부는 시장이 되었습니다. 그리고 그 어부를 '시장 각하'라고 부르지 않으면 사형에 처한다는 명령이 내려졌습니다.

한편 어부의 아들은 적들에게서 도망을 치다가 높은 산에 있는 숲으로 들어가게 되었습니다. 그런데 갑자기 산이 열리더니 성이 나타났습니다. 아들은 그 성으로 들어갔습니다. 그 성은 모든 의자와 탁자 그리고 벤치들이 검은 천으로 덮여 있는 마법의 성이었습니다. 아들이 안으로 들어서자 세 명의 공주가 나타났습니다. 모두 온몸을 검은 옷으로 감싸고 있었고 하얀 부분이 얼굴에 조금 있을 뿐이었습니다. 공주들은 그에게 해치지 않을 테니 겁내지 말라고 했습니다. 그가 어떻게 해야 좋을지 묻자 공주들은 앞으로 일 년 동안 자기들에게 절대 말을 걸어서는 안 되며, 자기들을 쳐다봐서도 안 된다고 했습니다. 만약 그가 원하는 것이 있으면 꼭 그것만 말해야 하며, 또 그가 궁금한 것이 있어서 질문을 할 경우에 대답할 수 있는 것은 해주겠다는 것이었습니다.

　오랫동안 그 곳에 있다 보니 아들은 아버지가 너무 보고 싶었습니다. 공주들은 아버지에게 가고 싶다는 아들의 말에 허락을 해주었습니다. 단, 돈지갑을 하나 가지고 가야 되며 이런저런 옷을 입고 가되 일주일 안에 돌아와야 한다고 말했습니다. 그러고는 아들을 들어 올려서 눈 깜짝할 사이에 동쪽 나라에 내려 놓았습니다. 그런데 아버지는 오두막집에 없었습니다. 아들은 사람들에게 그 곳에 살던 가난한 어부가 어디로 갔는지 물었습니다. 사람들은 가난한 어부라는 말을 써서는 안 된다고 충고해 주었습니다. 아들은 아버지를 찾아갔습니다.

　"가난한 어부였던 사람이 어떻게 이 곳에 있습니까?"

　아버지는 깜짝 놀라며 주의를 주었습니다.

　"그렇게 말하지 말아라. 이 도시의 장관들이 그 말을 들으면 너를 교수대에 매달거다."

　그러나 아들은 그 말을 계속 쓰다가 결국 교수대에 끌려가게 되었습니다. 교수대에 끌려간 아들은 이렇게 말했습니다.

　"장관님들, 마지막으로 바닷가 제 오두막집에 다녀올 수 있게 허락해 주십시오."

　오두막집에 간 아들은 예전에 입던 어부 옷을 입고 장관들에게 돌아왔습니다.

　"자, 이래도 제가 가난한 어부의 아들이라는 것을 모르시겠습니까? 저는 이런 옷을 입고 돈을 벌어 아버지와 어머니를 모셨었습니다."

　그제서야 장관들은 그를 알아보고 사과를 한 다음, 그를 부모님과 함께 집으로 돌려보내 주었습니다. 아들은 부모님에게 지금까지 어떻게 지냈는지 모든 것을 이야기했습니다. 높은 산 숲 속으로 들어간 일, 산이 갈라져 마법의 성으로 들어간 것, 그리고 모든 것이 검은 그 성에서 얼굴 일부분만 빼고 온몸이 까만 세 공주를 만났는데 공주들이 두려워 말라며 자기들이 도와 주겠노라고 했던 일 등을 하나도 빼지 않고 모두 이야기했습니다. 이야기를 다 듣고 난 어머니는 아무래도 좋은 일이 아닌 것 같다고 하면서 신성한 양초를 가지고 가서 그 공주들의 얼굴에 뜨거운 촛농을 떨어뜨려 보라고 말했습니다.

성으로 돌아온 아들은 공주들이 잠자는 사이 무서워서 벌벌 떨며 얼굴에 촛농을 떨어뜨렸습니다. 그런데 촛농이 얼굴에 떨어지자마자 몸의 반이 하얗게 변하면서 공주들이 자리에서 벌떡 일어나 외치는 것이었습니다.

"이 나쁜 자식! 꼭 복수를 하고 말테다! 우리들을 구해 줄 사람은 이제 이 세상에서 한 사람도 없고 또 앞으로도 없을 것이다. 하지만 우리에게는 아직 일곱 개의 쇠사슬에 매인 세 오빠가 있다. 너를 갈가리 찢어 버릴 것이다."

그 때 성이 무너지는 소리가 났습니다. 그 순간 아들은 재빨리 창문을 통해 빠져나오다가 다리가 부러지고 말았습니다. 성은 땅 속으로 가라앉았고 산은 닫히고 말았습니다. 이제는 그 곳에 성이 있었다는 것을 아무도 모릅니다.

138

크노이스트와 세 아들

베렐과 조이스트 사이에 있는 어느 곳에 크노이스트라는 사람이 살고 있었습니다. 크노이스트에게는 세 아들이 있었는데 하나는 장님이고, 또 하나는 절름발이, 막내는 벌거숭이였습니다. 어느 날 세 아들은 들판을 걷다가 산토끼를 발견했습니다. 눈먼 아들이 토끼를 쏘아 맞히자 절름발이 아들이 달려가 잡았습니다. 잡아온 토끼를 벌거숭이 아들이 주머니에 넣었습니다. 그리고 세 사람은 엄청나게 큰 호수에 가게 되었는데 호숫가에는 배가 세 척 있었습니다. 한 척은 새고 있었고, 또 하나는 가라앉아 있었으며, 세 번째 배는 바닥이 없었습니다. 세 사람은 바닥이 없는 배를 타고 호수를 건넜습니다. 호수를 건너니 엄청나게 큰 숲이 나왔습니다. 그 숲에는 엄청나게 큰 나무가 있었는데, 그 나무 속에는 또 엄청나게 큰 예배당이 있었고, 그 예배당에는 자작나무로 만들어진 교회지기와 회양목으로 만들어진 신부가 있었는데 신부는 성수를 곤봉으로 뿌리고 있었습니다.

성수가 뿌려질 때
피하는 자는 복을 받으리라.

139

브라켈에서 온 아가씨

브라켈에서 온 아가씨가 힌넨베르크 어귀에 있는 성 안네 성당에 갔습니다. 아가씨는 성당 안에 아무도 없다고 생각하고 이런 노래를 불렀습니다.

"성스러운 안네 성녀시여,
제가 결혼할 수 있도록 도와주세요.
제 남편감이 어떤 사람인지 당신은 아시잖아요.
주트머 성문 옆에 살고,
금발 머리에다가 정말 깨끗한 사람이지요.
제 남편감이 어떤 사람인지 당신은 아시잖아요."

그 때 교회지기가 제단 뒤에 있다가 그 소리를 듣고 목소리를 바꾸어 소리쳤습니다.
"그런 사람은 너한테 맞지 않아, 너한테는 그런 사람이 맞지 않아!"
아가씨는 그 소리가 안네 성녀의 옆에 서 있는 딸 마리가 대답한 것이라고 생각했습니다. 아가씨는 그만 화가 나서 이렇게 대꾸했습니다.
"이 바보 꼬마야, 넌 좀 조용히 있거라! 네 엄마가 말을 하게."

140

하녀들

"어디 가는 길이세요?"
"발페에 가는 길입니다."
"나도 발페에 가는 길인데 마침 같은 방향이로군요. 같이 가지요."
"결혼은 하셨겠죠? 남편 이름은 뭐예요?"
"샴입니다."
"내 남편도 샴인데 댁의 남편도 샴이군요. 가는 방향도 같으니 같이 가도록 해요."
"아이는 있으시겠죠? 아이 이름은 뭐예요?"
"부스럼쟁이 그린트입니다."
"아하, 우리 아이도 부스럼쟁이 그린트인데. 남편 이름도 같지, 가는 곳도 같지. 그러니 별 수 없이 같이 가야 하겠군요."
"아이 요람도 있겠군요. 뭐라고 부르세요?"
"히포다이게라고 부릅니다."
"우리 아이 요람도 히포다이게라고 부르는데 당신도 그렇게 부르는군요. 아이 이름도 같지, 남편 이름도 같지, 가는 곳도 같지. 별 수 없이 같이 가야겠군요."
"하인도 있죠? 뭐라고 부르세요?"
"느림보라고 불러요."
"저런, 우리 집 하인도 느림보인데 댁에서도 그렇게 부르는군요. 우리집 요람도 히포다이게, 댁의 요람도 히포다이게, 아이 이름도 부스럼쟁이 그린트, 남편 이름도 샴. 전부 같군요. 게다가 둘 다 발페로 가는 길이니 같이 가도록 해요."

141

어린 양과 물고기

옛날 옛적에 어린 오누이가 있었는데 둘은 서로를 매우 아꼈습니다. 오누이는 엄마가 일찍 돌아가시는 바람에 새엄마를 맞게 되었습니다. 그런데 새엄마는 이 오누이를 좋아하지 않아서 기회만 있으면 남몰래 오누이를 괴롭히곤 했습니다. 그러던 어느 날이었습니다. 오누이는 다른 아이들과 함께 집 앞의 풀밭에서 놀고 있었습니다. 풀밭에는 연못이 하나 있었는데 연못 한쪽이 집에 닿아 있었습니다. 아이들은 연못을 돌며 술래잡기 놀이를 하고 있었습니다.

"에니 메니야, 날 살려 주면,
내 작은 새를 줄게.
나한테 지푸라기를 물어다 주는 새란다.
그 지푸라기가 있으면 소한테 먹이지.
그러면 그 소는 우유를 많이주지.
그 우유로 빵을 맛있게 구워 고양이한테 주지.
그러면 고양이는 쥐들을 잡아 올거야.
쥐들을 매달아 불에 구운 다음,
큰 조각을 잡고 한 입에 널름!"

둥그렇게 서서 이 노래를 부르다가 '널름'이라는 말을 하게 되는 아이는 얼른 도망을 칩니다. 그러면 다른 아이가 그 아이를 쫓아가 붙잡곤 합니다. 아이들이 재미있게 노는 것을 창문 밖으로 내다보던 새엄마는 은근히 화가 났습니다. 마법을 사용할 줄 아는 새엄마는 오누이에게 마법을 걸어 오빠는 물고기로, 동생은 양으로 만들었습니다. 물고기 오빠는 슬픔에 잠겨 연못에서 헤엄을 쳤습니다. 어린 양은 풀밭을 뛰어다녔는데, 아무것도 먹을 것이 없었기 때문에 배가 무척 고팠습니다. 풀을 뜯어먹어야 했지만 도저히 먹을 수가 없었습니다.
얼마 후 손님들이 집에 왔습니다. 마음씨 나쁜 새엄마는 지금이 좋은 기회라고 생각하고 요리사를 불러 말했습니다.

"저기 풀밭에 있는 양을 잡아서 요리를 하도록 해. 손님들이 오셨는데 대접할 게 너무 없으면 안 되니까."

요리사는 풀밭에 가서 어린 양을 잡아 부엌으로 끌고 왔습니다. 그리고 양의 다리를 묶었습니다. 양은 아무 소리도 내지 않고 가만히 참았습니다. 요리사가 양을 위해 칼을 갈고 있을 때, 양은 물고기 한 마리가 도랑 앞의 연못에서 자기를 바라보며 이리저리 헤엄치는 것을 보았습니다. 그 물고기는 어린 양이 요리사에게 잡혀 끌려가는 것을 보고 집까지 따라온 물고기 오빠였습니다. 동생은 오빠에게 소리쳤습니다.

"오빠, 그렇게 깊은 연못에서 헤엄을 치고 있다니
내 가슴이 찢어지는 것 같아요.
지금 요리사가 칼을 갈고 있어요.
내 짧은 목숨을 끝내려 하고 있어요."

그러자 물고기 오빠가 대답했습니다.

"높은 곳에 있는 내 귀여운 동생아,
너를 볼 때마다 가슴이 아파 울고만 싶었단다.
나는 이렇게 연못에서 헤엄만 치고 있을 수밖에 없으니."

어린 양이 연못에 있는 물고기와 주고받는 말을 들은 요리사는 깜짝 놀랐습니다. 곰곰이 생각해 본 요리사는 이 양이 진짜 양이 아니고 마음씨 나쁜 여자가 마법을 부려 만든 것이라는 결론을 내렸습니다.

"걱정 말아라. 널 해치지 않을 테니."

그래서 요리사는 다른 양을 잡아가 손님들을 대접했습니다. 요리사는 어린 양을 끌고 마음씨 착한 여자에게 데려가 모든 사실을 이야기했습니다. 그녀는 여동생이 젖먹이일 때 키워준 적이 있었기 때문에 어떻게 된 일인지 금세 알아차렸습니다.

그래서 지혜로운 여자에게 데려갔습니다. 지혜로운 여자가 마법을 푸는 말을 외치자 양과 물고기는 사람의 모습을 되찾았습니다. 착한 여자는 오누이를 커다란 숲 속의 작은 오두막집으로 데리고 갔습니다. 오누이는 그 곳에서 단 둘이 행복하게 살았습니다.

142

지멜리 산

옛날에 두 형제가 있었는데 형은 부자고, 동생은 가난했습니다. 형은 부자이면서도 동생에게 아무것도 나누어 주지 않았습니다. 가난한 동생은 곡식 장사를 하며 겨우 살아가고 있었습니다. 그런데 갈수록 장사가 안 되는 바람에 동생은 식구들을 먹여 살리기가 너무 힘들었습니다.

어느 날 동생이 손수레를 끌고 숲을 지나고 있을 때였습니다. 갑자기 전에 한 번도 보지 못했던 커다란 민둥산이 앞에 나타났습니다. 동생은 깜짝 놀라 멍하니 바라보고 서 있는데 저쪽에서 험상궂게 생긴 사람들이 이쪽으로 걸어오는 것이 보였습니다. 모두 열두 명이었습니다. 틀림없이 도적들일 것이라고 생각한 동생은 손수레를 길가의 수풀에 숨기고 나무 위로 올라가 무슨 일이 일어나는지 살펴보았습니다. 그들은 산 위로 올라가 이렇게 소리쳤습니다.

"젬지 산아, 젬지 산아, 열려라!"

그러자 그 민둥산의 가운데가 양쪽으로 갈라졌습니다. 그리고 열두 사람은 그 안으로 들어갔습니다. 다 들어가고 나서 산이 닫혔습니다. 잠시 후 산이 다시 열리면서 사람들이 등에 무거운 자루를 지고 나왔습니다.

"젬지 산아, 젬지 산아, 닫혀라!"

그들이 소리치자 산이 다시 닫혔습니다. 들어갈 수 있는 입구는 그 어디에도 보이지 않았습니다. 열두 도적이 눈에 보이지 않게 되자 동생은 나무에서 내려왔습니다. 도대체 그 산 속에 무엇이 숨겨져 있는지 궁금해진 그는 산 위에 올라가 소리쳤습니다.

"젬지 산아, 젬지 산아, 열려라!"

그러자 산이 양쪽으로 갈라졌습니다. 동생이 안으로 들어가 보니 그 곳은 금과 은으로 가득 찬 동굴이었습니다. 더 안쪽에는 진주와 보석들이 마치 옥수수 더미처럼 높이 쌓여 있었습니다. 이제까지 보석이라고는 가져 본 일이 없었던 가난한 동생은 그 많은 보석을 보고는 당황해서 어쩔 줄을 몰랐습니다. 동생은 다른 보석에는 손도 대지 않고 금만 호주머니에 가득 넣어서 밖으로 나왔습니다.

"젬지 산아, 젬지 산아, 닫혀라!"

동생이 소리치자 산은 도로 닫혔습니다. 동생은 손수레를 꺼내 집으로 돌아왔습니다. 이제 식구를 먹여 살릴 걱정은 하지 않아도 되었습니다. 그는 행복하고 정직하게 살면서 가난한 이웃도 돕고 모두에게 친절하게 대했습니다. 돈이 떨어지자 그는 형에게 가서 됫박을 빌려 더 많은 금을 가지고 왔습니다. 그러나 여전히 다른 보석에는 손도 대지 않았습니다. 그 후 금이 더 필요하게 되자 동생은 형에게 또 됫박을 빌렸습니다.

그런데 형은 동생이 그토록 많은 재산을 가지고 좋은 집에 사는 것을 배아파하고 있었습니다. 그러면서도 도대체 동생이 어디서 돈이 났을까 궁금해하고 있었습니다. 형은 꾀를 내서 됫박 밑에 풀을 발라 빌려 주었습니다. 됫박을 돌려 받은 형은 얼른 밑을 조사해 보았습니다. 그런데 놀랍게도 금화가 붙어 있었습니다. 형은 그 길로 동생에게 가서 물었습니다.

"됫박으로 뭘 했지?"

"밀하고 보리를 쟀습니다."

그러자 형은 금화를 내보이며 사실대로 말하지 않으면 고발하겠다고 협박했습니다. 동생은 이제까지 있었던 일을 이야기해 주었습니다. 형은 그 즉시 마차를 타고 산으로 갔습니다. 이 기회를 이용하여 동생보다 더 많은 금과 다른 보석까지 가져오겠다는 속셈이었습니다. 산에 도착한 형은 소리쳤습니다.

"젬지 산아, 젬지 산아, 열려라!"

산이 열리자 형은 안으로 들어갔습니다. 앞에 놓인 보물들을 본 형은 욕심이 앞서서 무엇부터 먼저 담아야 할지 몰랐습니다. 이윽고 마음을 정한 형은 보석을 가져가기로 했습니다. 이제 실을 만큼 실어 떠나야 할 시간이 되었습니다. 그런데 정신을 온통 보석에 빼앗긴 형은 그만 산 이름을 잊어버리고 말았습니다다. 오랫동안 생각한 끝에 형은 이렇게 외쳤습니다.

"지멜리 산아, 지멜리 산아, 열려라!"

그러나 이름이 틀렸기 때문에 산은 꼼짝도 하지 않았습니다. 형은 덜컥 겁이 났습니다. 아무리 이름을 생각해 내려고 애써도 자꾸 헷갈리기만 할 뿐 도대체 기억이 나지 않았습니다. 이제 보물이고 뭐고 다 소용이 없었습니다. 저녁이 되자 열두 명의 도적이 안으로 들어왔습니다. 도적들은 그를 보고는 웃음을 터뜨렸습니다.

"드디어 잡았구나, 이 생쥐 같은 놈! 네가 여기 세 번 왔다갔다는 것까지 우리가 알고 있으리라고는 생각도 못했을거다. 너를 못 잡을까봐 걱정도 많이 했지만 이제 넌 독 안에 든 쥐다."

"그건 제가 한 짓이 아닙니다. 제 동생이 그랬어요!"

형이 아무리 살려 달라고 애원을 해도 도적들은 듣지도 않고 그의 목을 잘라 버렸습니다.

143

여행

한 가난한 여자가 살고 있었습니다. 그녀에게는 여행을 하고 싶어 안달이 난 아들이 하나 있었습니다. 너무 가난했기 때문에 그녀는 아들에게 여행을 할 수 없다고 말렸습니다.

"네게 줄 돈이라고는 한 푼도 없는데 어딜 가겠다고 그러니?"

그러자 아들은 이렇게 대꾸했습니다.

"문제 없어요. 그저 이렇게 말하기만 하면 될 텐데요, 뭘. '많이도 말고 조금만' 하고 말이죠."

마침내 여행을 떠나게 된 아들은 계속 중얼거렸습니다.

"많이도 말고 조금만. 많이도 말고 조금만. 많이도 말고 조금만. 많이도 말고 조금만."

그러다가 어부들이 고기를 잡는 곳에 다다랐습니다.

"하느님의 가호가 있기를. 많이도 말고 조금만. 많이도 말고 조금만."

"얘야, '많이도 말고 조금만'이라는 게 무슨 말이냐?"

어부들은 그의 말을 이상하게 여겼습니다. 그런데 그물을 당긴 어부들이 그물 안을 보니 정말 고기들이 조금밖에 없었습니다. 어부 한 사람이 막대기로 아들을 때리면서 말했습니다.

"이제는 내가 얼마나 잡을 수 있을지 알겠느냐?"

"그럼 뭐라고 말해야 하나요?"

"'많이 잡으세요, 많이'라고 말해야지."

다시 길을 떠난 아들은 방금 배운 말을 되풀이했습니다.

"많이 잡으세요, 많이. 많이 잡으세요, 많이."

그러다가 불쌍한 죄인이 막 교수형을 당하려는 곳에 다다랐습니다. 아들은 인사를 했습니다.

"안녕하세요? 많이 잡으세요, 많이."

"아니, 그게 무슨 말이냐? 그럼 세상에 나쁜 사람들이 더 많아야 한다는 뜻이냐? 이 정도로도 모자라서?"

아들은 또 흠씬 매를 맞았습니다.

"그럼 뭐라고 해야 하나요?"

"'하느님이여, 저 불쌍한 영혼을 거두소서'라고 해야지."

그래서 아들은 그 말을 되풀이하며 계속 길을 갔습니다.

"하느님이여, 저 불쌍한 영혼을 거두소서. 하느님이여, 저 불쌍한 영혼을 거두소서."

그러다가 백정이 말의 가죽을 벗기고 있는 도랑에 다다랐습니다. 아들은 인사를 했습니다.

"안녕하세요? 하느님이여, 저 불쌍한 영혼을 거두소서."

"아니, 이 놈이 뭐라고 하는거야?"

그 백정은 갈고리로 머리를 한 대 쳤습니다. 아들은 머리가 빙빙 돌아 눈앞에 아무것도 보이지 않았습니다.

"그럼 뭐라고 해야 하나요?"

"'썩은 고기는 도랑 속에 놓아 두세요.'라고 해야지."

아들은 다시 떠났습니다. 이번에도 조금 전에 배운 말을 되풀이했습니다. "썩은 고기는 도랑 속에 놓아 두세요. 썩은 고기는 도랑 속에 놓아 두세요." 그러다가 사람들이 가득 타고 있는 마차 곁을 지나게 되었습니다.

"안녕하세요, 썩은 고기는 도랑 속에 놓아 두세요."

그런데 그 마차가 그만 도랑 속에 빠지고 말았습니다. 화가 난 마부가 채찍으로 그를 마구 때렸습니다. 아들은 엉금엉금 기어서 겨우 집으로 돌아왔습니다. 그리고 그 후 그는 다시는 여행을 하지 않았습니다.

144

당나귀 왕자

옛날에 아무것도 부러울 것이 없는 왕과 왕비가 살았습니다. 그런데 그들에게는 자식이 없었습니다. 왕비는 매일 자기 신세를 한탄했습니다.

"나는 아무것도 자라지 못하는 메마른 땅이나 다름없어."

드디어 하느님이 왕비의 소원을 들어주어 애타게 기다리던 아기가 태어났습니다. 그런데 태어난 아기가 사람처럼 생기지 않고 당나귀처럼 생긴 것을 본 왕비는 당나귀를 기르느니 차라리 아이가 없는 것이 낫겠다며 또 한탄을 했습니다. 마침내는 그 당나귀를 물고기 먹이나 되게 강에다 버리라고 명령했습니다. 그러나 왕이 이를 말렸습니다.

"아니요. 하느님이 보내 주신 아이니 내 아들임에 틀림없소. 그리고 내가 죽으면 저 아이가 나의 뒤를 이어 보좌에 오를 것이오."

그래서 그 당나귀 왕자는 왕궁에서 자라게 되었는데 나이가 들수록 귀가 더욱 커졌습니다. 당나귀 왕자는 성격이 매우 쾌활하여 장난도 잘 치고 여러 놀이도 모두 잘했는데, 특히 음악을 좋아했습니다. 그러던 어느 날 당나귀 왕자는 유명한 지휘자를 찾아가 음악을 배우고 싶다고 했습니다.

"나도 당신처럼 류트를 잘 연주할 수 있게 가르쳐 주세요."
"아, 귀여운 왕자님. 류트는 배우시기 어렵습니다. 손가락이 류트에 맞지 않거든요. 게다가 왕자님 손가락은 너무 커서 현이 망가질지도 모릅니다."
 그러나 당나귀 왕자는 단념하지 않고 류트를 배우기 시작했습니다. 끈기있게 부지런히 배운 결과 왕자는 그 지휘자만큼이나 연주를 잘 할 수 있게 되었습니다.
 어느 날 왕자는 생각에 잠긴 채 정원을 거닐고 있었습니다. 샘가에 간 왕자는 거울처럼 깨끗한 물에 비친 자기 얼굴을 보고는 너무 가슴이 아팠습니다. 그는 넓은 세상에 나가보기로 마음을 먹었습니다. 왕자는 가장 믿을 만한 친구 한 사람과 함께 여행을 시작했습니다.
 두 사람은 여기저기를 방랑하다가 늙은 왕이 다스리는 어느 나라에 도착했습니다. 그 늙은 왕에게는 무척 아름다운 딸이 하나 있었습니다.
"여기서 당분간 머물도록 하자."
 당나귀 왕자는 그렇게 말하고는 성문을 두드렸습니다.
"여봐라! 문을 열고 손님을 맞이하여라!"
 그러나 성문은 열리지 않았습니다. 당나귀 왕자는 바닥에 털썩 주저앉아 류트를 꺼냈습니다. 그리고 두 개의 앞발로 아름다운 곡을 연주하기 시작했습니다. 그것을 본 성문지기가 눈이 놀라 휘둥그레졌습니다. 성문지기는 얼른 왕에게 달려갔습니다.

"성문 앞에 당나귀가 앉아 있는데 류트를 대가처럼 잘 연주합니다."

"그럼 그 음악가를 들여보내라."

왕의 명령이 떨어졌습니다.

당나귀 왕자가 들어서자 사람들은 그 모습을 보고 모두 웃음을 터뜨렸습니다. 왕자는 하인들과 함께 앉아서 식사를 하도록 안내를 받았지만 이를 거절했습니다.

"나는 앞뜰에서 노니는 평범한 당나귀가 아니라 귀한 피를 받고 태어난 몸이오."

"이 자리가 싫으면 저기 기사들 자리에 가서 앉으시오."

"아니오. 나는 왕 옆에 앉아야겠소."

사람들이 놀리자 당나귀는 더욱 당당하게 말했습니다. 왕은 웃음을 터뜨렸습니다. 그리고 기분 좋게 말했습니다.

"그래, 그게 좋겠군. 자, 내 옆으로 오너라."

그리고 잠시 후 왕은 당나귀 왕자에게 물었습니다.

"당나귀야, 내 딸을 어떻게 생각하지?"

당나귀 왕자는 고개를 돌려 공주를 쳐다보고는 말했습니다.

"정말 대단합니다. 이렇게 아름다운 아가씨는 처음 보았습니다."

"그럼 내 딸 옆에 가서 앉도록 하여라."

"그렇게 해주시니 정말 고맙습니다."

당나귀 왕자는 공주 옆으로 가서 음식을 먹었습니다. 그리고 아주 정중하고 예절바르게 행동할 수 있다는 것을 보여 주었습니다.

그렇게 한동안 늙은 왕의 왕궁에서 지내던 당나귀 왕자는 어느 날 '이게 다 무슨 소용이 있을까? 이제 집에 돌아가는 것이 좋겠어.' 하고 생각했습니다. 그래서 슬픈 얼굴로 고개를 숙이고 왕 앞에 나아가 떠날 수 있게 허락해 달라고 말했습니다. 당나귀에게 호감을 가지고 있던 왕은 이를 말렸습니다.

"귀여운 당나귀야, 무슨 일이 있느냐? 왜 식초를 한 주전자 마신 사람처럼 얼굴을 잔뜩 찌푸리고 있느냐? 내 곁에 있으려무나. 원하는 것이 있으면 뭐든지 말하렴. 금을 바라느냐?"

"아닙니다."
 당나귀는 고개를 가로저었습니다.
"그럼, 보석을 줄까?"
"아닙니다."
"내 왕국의 반을 줄까?"
"아, 아닙니다."
"너를 행복하게 해줄 수 있는 것이 도대체 무얼까? 혹시 내 아름다운 딸과 결혼하고 싶으냐?"
"예, 그렇습니다. 공주를 제 아내로 맞을수 있다면 정말 기쁘겠습니다."
 그 순간 당나귀 왕자의 얼굴이 환하게 바뀌었습니다. 바로 그가 원하던 것이었기 때문입니다.
 그리하여 성대한 결혼식이 열렸습니다. 그 날 밤 신랑과 신부가 침실에 들어가자 왕은 당나귀가 점잖고 예절바르게 행동하는지 궁금해서 하인을 시켜 침대 밑에서 엿듣도록 했습니다. 방에 들어간 신랑은 문을 단단히 걸어 잠그고는 주위를 살펴보았습니다. 아무도 없다고 생각한 신랑은 당나귀 껍질을 벗어 던졌습니다. 그러자 당나귀는 자취도 없고 잘생긴 왕자가 서 있는 것이었습니다.
"내가 누군지 잘 봐요. 어때요, 당신에게 어울리는 사람이잖소?"
 신부는 너무나 기뻤습니다. 신랑에게 달려간 신부는 뺨에 입을 맞추었습니다. 이제 신부는 신랑을 더욱 사랑하게 되었습니다. 날이 밝자 신랑은 다시 당나귀 껍질을 뒤집어썼습니다. 아무도 그 껍질 속에 어떤 것이 들어 있는지 몰라볼 정도였습니다. 이윽고 왕이 나타났습니다.
"어허! 당나귀 사위가 벌써 일어났군."
 왕은 딸에게 얼굴을 돌렸습니다.
"진짜 사람하고 결혼하지 못해서 후회하고 있겠구나."
"아녜요, 저는 제 남편이 세상에서 제일 멋진 남자라고 생각해요. 그리고 사랑하고 있어요. 앞으로 평생 동안 남편 옆에서 살거예요."
 왕은 딸의 말에 어리둥절해졌습니다. 그런데 침대 밑에 숨어 있었던 하인이 왕에게 와서 지난밤에 있었던 일을 이야기했습니다.
"도저히 믿을 수 없는 일이야."
"그러시다면 폐하께서 직접 확인해 보시지요. 제 생각에는 그 껍질을 몰래 빼내서 불에 태워 버리는 것이 좋을 것 같습니다. 그러면 진짜 모습으로 나타날 수밖에 없을 테니까요."

"그거 좋은 생각이구나."

그 날 밤 왕은 두 사람이 잠든 방에 몰래 숨어 들어갔습니다. 그런데 정말 멋진 귀족 청년이 달빛을 받으며 자고 있었고, 그 발 밑에 당나귀 껍질이 떨어져 있었습니다. 왕은 껍질을 불에 던지고 완전히 재가 될 때까지 지켜 보았습니다. 그리고 당나귀로 변해 있던 젊은이가 자기를 보고 어떻게 나올까 궁금해서 뜬 눈으로 밤을 지새며 기다렸습니다. 왕자는 아침의 첫 햇살에 눈을 뜨자마자 당나귀 껍질을 찾았습니다. 그런데 아무리 찾아봐도 보이지 않았습니다. 당나귀 왕자는 깜짝 놀랐습니다.

"이제 어떻게 해야 하지? 내 모습이 드러났으니 이 왕국을 떠나야겠어."

그런데 그가 방을 나서자마자 왕이 기다리고 있었습니다.

"여보게, 왜 그리 서두르는건가? 무슨 생각을 하고 있는거지? 여기서 살게나. 자네가 이렇게 멋진 청년인데 그냥 떠나도록 놔둘 것 같은가? 내 왕국의 반을 지금 당장 주겠네. 그리고 내가 죽은 다음에는 다 가지도록 하게나."

"예, 시작이 좋으면 끝도 좋아야 하는 법이지요. 그렇게 하겠습니다."

늙은 왕은 왕국의 반을 떼어 주어 당나귀 왕자가 왕국을 다스리게 되었습니다. 그리고 친아버지가 죽은 후에는 그 왕국도 모두 물려받아 커다란 왕국을 다스리는 왕이 되었습니다.

145

은혜를 모르는 아들

한 남자와 그의 아내가 현관 앞에 앉아 있었습니다. 그들 앞에는 방금 튀긴 닭이 한 마리 놓여 있었는데, 그들은 그것을 막 먹으려는 참이었습니다. 그런데 저쪽에서 그의 아버지가 오는 것을 본 남자는 재빨리 닭을 숨겼습니다. 아버지에게 주기가 아까웠기 때문입니다. 노인이 가까이 와서 물 한 모금을 마시고 가자 아들은 숨겨 두었던 닭을 탁자 위에 올려놓았습니다.

그런데 이게 웬일입니까? 닭은 온데간데없이 두꺼비가 앉아 있는 것이었습니다. 닭이 두꺼비로 변한 것이었습니다. 두꺼비는 아들의 얼굴에 뛰어 올라 내려갈 줄을 몰랐습니다. 누가 떼내기라도 할라치면 두꺼비는 그 사람을 무섭게 노려보았습니다. 금방이라도 그 사람의 얼굴에 뛰어오를 듯이 쳐다보는 두꺼비의 사나운 눈초리에 아무도 떼낼 생각을 하지 못했습니다. 이제 불효막심한 아들은 두꺼비를 먹여 살려야 했습니다. 그러지 않으면 자기 얼굴을 떼먹을 것 같았기 때문입니다. 그 후 그 불효막심한 아들은 한시도 쉬지 못하고 세상을 떠돌아다니는 신세가 되었습니다.

146

커다란 무

군인으로 복무한 적이 있는 두 형제가 있었습니다. 그런데 형은 재산이 많았고, 동생은 가난했습니다. 가난한 동생은 좀더 잘 살아 보기 위해 군대에서 나와 농부가 되었습니다. 동생은 자신의 좁은 밭을 갈아 무씨를 뿌렸습니다. 무들이 쑥쑥 자라났습니다. 그런데 그 가운데 하나가 다른 것들보다 훨씬 더 크고 싱싱하게 자라나서 도대체 얼마나 더 자랄지 알 수가 없을 정도였습니다. 마침내 그 무에 '무의 여왕'이라는 별명이 붙여졌습니다. 지금까지 아무도 그렇게 큰 무를 본 적이 없었고, 앞으로도 그런 무는 볼 수 없을 것 같았습니다. 드디어 그 무는 수레 한 대에 가득 찰 정도로 크게 자랐습니다. 힘센 황소 두 마리를 매어야 그 수레를 겨우 끌 수 있을 정도였습니다.

농부는 그 무를 도대체 어떻게 해야 할지 알 수가 없었습니다. 그 무가 행운을 가져다줄지, 아니면 불행을 가져다줄지 몰라서 이런저런 생각을 많이 했습니다. 만약 그 무를 팔아 버린다면 그보다 더 귀한 것을 얻지 못할 것 같았고,

또 먹어 치운다면 보통의 작은 무를 먹는 것과 다를 바가 없을 것이었습니다. 농부는 결국 왕에게 선물로 바치는 것이 가장 좋은 방법이라는 결론을 내렸습니다. 그래서 그는 황소 두 마리가 끄는 수레에 무를 싣고 왕궁으로 가 왕에게 바쳤습니다.

"아니 이게 도대체 뭐냐! 이제까지 별의별 것을 다 보았지만 이렇게 괴상한 것은 처음 본다. 무슨 특별한 씨앗을 쓴건가? 아니면 특별한 기술이라도 있는 건가? 그것도 아니면 행운의 여신을 만나기라도 한건가?"

"아닙니다. 그런 것과는 아무 상관도 없습니다. 저는 군인이었습니다. 지금은 잘살기 위해 군대를 나와서 농사를 짓고 있는 가난한 농부입니다. 혹시 임금님께서도 제 형을 아실지 모르겠습니다만 형은 아주 부자입니다. 하지만 저는 가난하기 때문에 아무도 저를 거들떠보지 않습니다."

왕은 그가 측은한 생각이 들었습니다.

"그렇다면 그 가난에서 너를 구해 주어야겠구나. 네 형만큼 부자가 될 수 있게 선물을 주도록 하마."

왕은 동생에게 많은 금과 땅, 목초지 그리고 양을 주었습니다. 이제 동생은 형보다 훨씬 부자가 되었습니다.

동생이 무 하나로 큰 부자가 되었다는 소리를 들은 형은 샘이 났습니다. 그래서 어떻게 하면 그런 행운을 만날 수 있을까 요리조리 궁리했습니다. 동생보다 훨씬 더 똑똑한 방법을 써야만 했습니다. 궁리 끝에 형은 금과 말을 가지고 왕에게 갔습니다. 왕이 그 보답으로 훨씬 더 많은 선물을 줄 것이라는 계산이 섰기 때문입니다. 동생이 무 하나로 그렇게 많은 선물을 받았으니 자기는 더 좋은 것들을 받을 게 분명하다고 생각했습니다.

왕은 형의 선물을 받고는 이보다 더 귀한 것은 없다고 하며 그 큰 무를 주었습니다. 부자 형은 그 무를 싣고 집으로 돌아왔습니다. 몹시 화가 난 형은 누구에게든지 분풀이를 하고 싶었습니다. 마침내 형은 동생을 죽이기로 결심했습니다. 형은 살인자들을 고용한 후 약속한 장소에 숨어 있다가 동생을 해치우라고 말했습니다. 그러고 나서 동생을 찾아간 형은 이렇게 말했습니다.

"귀여운 동생아, 내가 보물이 숨겨진 곳을 알고 있으니 같이 파내서 나누어 가지자꾸나."

동생은 아무 의심 없이 형을 따라갔습니다. 동생이 형을 따라 들판으로 나가

자 약속한 장소에서 미리 기다리고 있던 살인자들이 그를 덮쳐 꽁꽁 묶었습니다. 그리고 막 나무에 매달려고 하는데 멀리서 발자국 소리와 함께 노랫소리가 들려왔습니다. 살인자들은 깜짝 놀라 허겁지겁 동생을 자루에 집어넣은 다음 나뭇가지에 거꾸로 매달아 놓고 줄행랑을 쳤습니다. 자루 안에 갇힌 동생은 있는 힘을 다해서 구멍을 하나 뚫어 겨우 머리를 내놓을 수 있게 되었습니다. 그 전에 들렸던 노랫소리는 한 방랑하는 학자가 숲속으로 난 길을 따라 말을 타고 지나가며 흥얼거리는 소리였습니다. 아래에 누가 지나가고 있다는 것을 느낀 동생은 크게 소리를 질렀습니다.

"안녕하세요! 때마침 잘 오셨소."

학자는 이게 무슨 소리인가 싶어 주위를 둘러보았습니다. 그는 한참을 두리번거리다가 물었습니다.

"누가 날 부르는겁니까?"

자루에 갇힌 사람이 위에서 대꾸했습니다.

"머리를 들어 보시오. 나는 여기 지혜의 자루 속에 앉아 있소. 아주 짧은 시간이었지만 이 안에서 실로 많은 것을 배울 수 있었소. 이것과 비교해 볼 때 학교란 것은 그저 뜨거운 바람이 든 풍선과도 같소. 이제 나는 알아야 할 것은 모두 배우게 될 것이오. 내가 이 나무에서 내려가는 순간 나는 세상에서 제일 현

명한 사람이 될거요. 나는 별과 황도(태양의 궤도)의 표시를 전부 알았고, 바람과 바다 모래의 움직임, 온갖 질병의 원인, 그리고 물과 새와 돌의 힘을 이해할 수 있소. 당신도 이 자루 안에 들어오기만 하면 지혜의 자루에서 나오는 이 황홀한 느낌을 알게 될 것이오."

"때 맞추어 이곳을 지나가게 되다니 저는 정말 축복을 받은 셈입니다. 혹시 저도 잠깐 그 안에 들어가 볼 수 없을까요?"

자루 속에 든 남자는 마치 그 말이 마음에 들지 않는다는 듯이 대꾸했습니다.

"만약 당신이 대가를 지불하고 내 마음에 들게 행동을 한다면 잠깐 정도는 들어올 수 있게 해주겠소. 하지만 지금 당장은 안 되겠소. 아직은 조금 더 배울 게 남아 있어서."

그 학자는 기다리기 시작했습니다. 그러나 얼마 지나지 않아 조바심이 나서 견딜 수가 없었습니다. 지식에 대한 욕망이 너무 강했던 것입니다. 학자가 제발 들어갈 수 있게 해달라고 애원하자 나무 위의 남자는 못 이기는 체하면서 말했습니다.

"내가 지혜의 집에서 나갈 수 있게 줄을 늘어뜨려 자루를 내려 주시오. 그래야 당신이 들어올 수 있을 테니."

학자는 자루를 내려서 풀었습니다. 안에 갇혔던 남자가 드디어 밖으로 나왔습니다. 학자가 급하다는 듯이 소리쳤습니다.

"그럼 저를 빨리 올라가게 해주십시오."

그러고는 발부터 자루 안에 집어넣었습니다.

"잠깐, 그렇게 하는 게 아니오."

밖으로 나온 남자가 학자의 머리를 잡더니 자루 안으로 밀어넣었습니다. 그 다음 자루를 묶어 나뭇가지에 매달았습니다. 그러고는 자루를 앞뒤로 흔들었습니다.

"자, 어떻소? 아, 벌써 지혜가 오고 있는 것을 느끼는가 보구려. 아주 귀중한 경험을 하고 있는 게 분명해. 그러면 더욱 현명해질 때까지 거기 매달려 있으시오."

그 말을 마친 남자는 학자의 말을 타고 가 버렸습니다. 한 시간쯤 지나서 그 사람이 보낸 심부름꾼이 와서 학자를 내려 주었습니다.

147

젊어진 노인

예수님이 살아 계실 때의 일입니다. 어느 날 예수님은 성 베드로와 함께 한 대장장이의 집에서 하룻밤 머무르게 되었습니다. 그런데 그날 밤 한 늙은 거지가 대장장이에게 구걸을 하러 왔습니다. 베드로가 그것을 보고 동정심이 생겨 예수님에게 말했습니다.

"주여, 자기가 벌어서 살아갈 수 있게 저 노인의 병을 고쳐 주십시오."

그러자 예수님이 대장장이에게 점잖게 말했습니다.

"당신의 화로를 좀 빌려 주시오. 그리고 화로에 땔감을 넣어 주시오. 저 늙은 병자를 다시 젊게 만들어 주겠소."

대장장이는 얼른 그 말에 따랐습니다. 베드로가 열심히 풀무질을 했습니다. 불꽃이 활활 타오르자 예수님은 노인을 화로 안에 밀어넣었습니다. 그것도 불 한가운데로 말입니다. 노인은 붉은 장미처럼 벌겋게 달구어졌으면서도 큰 소리로 하느님을 찬양했습니다. 잠시 후 예수님은 그 노인을 물통 속에 집어넣었습니다. 노인은 물에 푹 잠겼습니다. 노인의 몸이 알맞게 식은 후 예수님은 축복을 내렸습니다. 그러자 놀랍게도 물통 속에서 젊은이가 한 사람 나왔습니다. 조금 전까지도 꼬부랑 노인이었던 그가 매우 건강하고 스무 살 정도밖에 안 되어 보이는 젊은이로 변한 것이었습니다. 이 모든 것을 가까이서 지켜 본 대장장이는 저녁 식사에 사람들을 모두 초대했습니다. 그런데 그의 곱추 장모가 새로 태어난 젊은이에게 가서 불이 뜨겁지 않더냐고 물었습니다. 그는 뜨겁기는 커녕 오히려 불꽃이 시원한 아침 이슬처럼 느껴지더라고 대답했습니다.

그 곱추 장모의 귀에는 밤새도록 젊은이의 말이 맴돌았습니다. 다음 날 아침 예수님 일행이 고맙다는 인사를 하고 떠난 뒤, 대장장이는 자기도 장모를 젊게 만들 수 있을 것 같은 생각이 들었습니다. 예수님이 하는 것을 모두 보고 나서 대장장이라면 누구나 할 수 있는 기술에 불과하다는 생각이 들었던 것입니다. 그래서 대장장이는 장모에게 정말 열여덟 살 소녀처럼 되고 싶으냐고 물었습니다. 늙은 거지가 젊은 청년이 되는 것을 보았던 장모는 대답했습니다.

"그럼, 되고 싶고 말고."

그래서 대장장이는 불을 크게 지피고 화로에 장모를 밀어넣었습니다. 장모는 고통을 이기지 못하고 비명을 질러 댔습니다.

"좀 참으세요! 아니 왜 그렇게 소리를 지르고 야단이세요? 아직 불도 제대로 피우지 않았단 말입니다."

대장장이는 더 열심히 풀무질을 했습니다. 드디어 장모의 옷에 불이 붙었습니다. 장모는 더욱더 큰 소리로 비명을 질렀습니다. 대장장이는 아무래도 일이 잘못 되어 가는 것 같다는 생각이 들었습니다. 그래서 장모를 꺼내 물통에 집어넣었습니다. 장모의 비명 소리가 너무나 컸기 때문에 위층에 있던 딸과 며느리가 그 소리를 듣고 무슨 일이 났나 싶어 계단을 뛰어내려 왔습니다. 할머니는 바닥에서 비명을 지르며 뒹굴고 있었습니다. 일그러진 할머니의 얼굴은 사람의 얼굴이라고 할 수 없을 정도로 흉하게 일그러져 있었습니다.

그 모습을 본 두 여자는 그만 기절을 하고 말았습니다. 그런데 임신을 하고 있던 두 여자는 바로 그 날 밤 아기를 낳았습니다. 그런데 아기들이 사람의 모습을 하고 있는 것이 아니라 꼬리가 짧은 원숭이의 모습을 하고 있었습니다. 원숭이들은 그대로 숲으로 도망을 쳤는데, 바로 그 원숭이들이 꼬리없는 원숭이의 선조라고 합니다.

148

하느님의 동물과 악마의 동물

하느님은 세상의 모든 동물을 만든 후 늑대를 애완동물로 삼았습니다. 그런데 염소를 만드는 것을 깜박 잊어버렸습니다. 한편 악마도 동물을 만들 준비를 하고 있다가 길고 부드러운 꼬리를 가진 염소를 만들었습니다. 그런데 염소들이 풀을 뜯어먹으려고 풀밭에 나가면 그 꼬리가 자꾸 가시나무 덤불에 걸리는 것이었습니다. 그럴 때마다 악마가 가서 그 꼬리를 풀어 주어야 했습니다. 염소

뒤를 따라다니며 그 짓을 하던 악마는 너무 짜증이 나서 꼬리를 전부 잘라 버렸습니다. 그래서 염소의 꼬리가 요즘처럼 뭉툭하게 되었답니다.

이제 악마는 염소들을 그것들끼리 내보낼 수 있게 되었습니다. 그런데 어느 날 하느님이 보니 염소가 과일나무들을 자꾸 갉아먹고 있는 것이었습니다. 게다가 귀한 포도나무와 그 외에 아끼는 나무들도 해치고 있었습니다. 이것을 보고 화가 난 하느님은 그만 친절과 자비를 잊고는 늑대를 풀어 놓았습니다. 늑대들은 과일나무 근처에 오는 염소들을 갈가리 찢어 놓았습니다. 악마가 이것을 알고는 하느님 앞에 가서 따졌습니다.

"당신의 동물이 내 동물들을 찢어 놓고 있소."

"아니, 너는 어째서 그것들을 만들어 나쁜 짓을 하게 하는거냐?"

"나로서는 어쩔 수 없는 일이오. 내 성질이 파괴적이니 내가 만든 것들도 그렇게 될 수밖에 없소. 그건 그렇고 손해를 배상해 주시오."

"떡갈나무 잎이 다 떨어지면 그 때 해주겠다. 그 때 오너라. 돈을 준비해 놓겠다."

떡갈나무에서 잎이 다 떨어진 후 악마가 하느님을 찾아가 약속한 돈을 달라고 하자 하느님은 돈을 내놓는 대신 이렇게 말했습니다.

"콘스탄티노플에 있는 교회에 큰 떡갈나무가 있는데 그 나무에는 아직 잎이 달려 있다."

악마는 화가 나서 저주의 말을 퍼부으며 떠났습니다. 그러고는 떡갈나무를 찾아 헤매기 시작했습니다. 여섯 달 동안 온 들판을 헤매고 다니다가 아무것도 찾지 못하고 돌아온 그는 떡갈나무에 다시 잎이 돋아나고 있는 것을 보았습니다. 이제 돈을 받을 생각은 하지 못하게 된 것입니다. 화가 머리 끝까지 치민 악마는 남아 있던 염소의 눈을 모두 뽑아 버리고 자기 눈을 대신 박아 넣었습니다. 그래서 염소는 악마의 눈과 뭉툭한 꼬리를 가지게 되었고, 악마는 염소의 모습을 하고 나타나기를 좋아한답니다.

149

속임수

많은 사람들 앞에서 굉장한 마술을 부리는 마술사가 있었습니다. 그 마술사가 보여 주는 여러 가지 마술 중에서도 특히 수탉을 나오게 해서 무거운 대들보를 마치 가벼운 새털처럼 들어올려 나르도록 하는 묘기는 매우 신기했습니다. 그런데 그 곳에는 방금 네 잎 클로버를 발견하고 영악해져서 어떤 속임수도 꿰뚫어볼 수 있는 소녀가 있었습니다. 그 소녀는 대들보가 지푸라기에 불과하다는 것을 알아채고는 소리쳤습니다.

"여러분은 저 수탉이 대들보가 아니라 겨우 지푸라기 하나를 나르고 있다는 사실을 아세요?"

소녀가 이 말을 하자마자 마법은 사라졌으며, 이 사실을 알게 된 사람들은 심하게 마술사를 비웃고 경멸하면서 쫓아 버렸습니다. 마술사는 머리 끝까지 화가 나서 말했습니다.

"복수를 하고 말 테다!"

어느덧 세월이 흘러 그 소녀가 결혼을 하게 되었습니다. 소녀는 치장을 하고 교회가 있는 마을로 가기 위해서 많은 사람들에 둘러싸여 들판을 걸어갔습니다. 그런데 갑자기 둑의 물이 넘쳐서 생긴 시내가 나타나 사람들은 걸음을 멈추었습니다. 시내를 건널 수 있는 다리나 널빤지도 없었습니다. 신부가 시내 한가운데 쯤에 갔을 때 옆에 서 있던 한 남자가 신부를 불렀습니다. 예전의 그 마술사였습니다. 마술사가 신부를 놀리기 시작했습니다.

"이봐! 네 눈이 어떻게 되었니? 이게 정말로 시내라고 생각하는거야?"

신부의 눈이 휘둥그레졌습니다. 신부는 자신의 드레스를 높이 걷어올리고 꽃이 활짝 핀 파란 아마밭 한가운데 서 있다는 것을 깨달았습니다. 더욱이 다른 사람들도 모두 이 광경을 지켜보고 있었습니다. 신부는 사람들의 야유와 웃음소리를 들으며 도망을 치고 말았습니다.

150

거지 노파

거지 노파 한 사람이 살고 있었습니다. 그 노파는 동냥을 해서 하루하루를 살아갔는데, 동냥을 받을 때마다 이렇게 말하곤 했습니다.

"복 받으세요."

이 거지 노파가 하루는 친절한 개구쟁이가 집 안의 난롯가에서 불을 쬐고 있는 어느 집 문 앞에 도착했습니다. 거지 노파가 문 앞에서 떨고 서 있자 소년이 그녀에게 친절하게 말했습니다.

"할머니, 들어와서 몸을 좀 녹이세요."

거지 노파는 집 안으로 들어갔습니다. 그러나 난로에 너무 가까이 갔기 때문에 노파의 남루한 누더기가 타기 시작했습니다. 그렇지만 거지 노파는 그것을 알아차리지 못하고 있었습니다. 소년은 그대로 서서 지켜보기만 했습니다. 소년은 당연히 불을 꺼야 하지 않았겠습니까? 가까이에 물이 없었다면, 자기 몸속에 있는 물을 눈물로 짜내기라도 했어야겠지요. 만약 그렇게 했다면 두 줄기의 물이 솟아났을테고, 그 물로 불을 끌 수도 있었을 테니 말입니다.

151

게으른 세 아들

옛날에 어떤 왕에게 세 아들이 있었는데, 왕은 세 아들을 똑같이 사랑해서 자기가 죽은 뒤 어느 아들에게 왕위를 물려주어야 할지 고민이었습니다. 왕은 죽을 때가 가까워지자 세 아들을 침대 곁으로 불러 말했습니다.

"사랑하는 아들들아, 내가 요즘 깊이 생각한 게 있는데, 지금 너희들한테 그걸 말해 주고 싶다. 나는 너희들 중에서 제일 게으른 사람에게 왕위를 물려주기로 결심했다."

"그렇다면 왕국은 제 것입니다. 왜냐하면 저는 자려고 누워 있을 때 비가 와서 제 눈으로 빗방울이 들어가더라도 이미 눈 감은 것 때문에 그냥 잠이 들 정도로 게으르거든요."

가장 나이 많은 아들이 먼저 말하자 둘째 아들이 나섰습니다.

"그렇다면 왕국은 제 것입니다. 저는 난롯가에서 불을 쬐고 있을 때 발을 끌어당기는 것이 귀찮아서 차라리 발꿈치를 불에 데는 편이 낫다고 생각할 만큼 게으르거든요."

셋째 아들이 자신있게 말했습니다.

"왕국은 제 것입니다. 제가 얼마나 게으르냐 하면 제가 교수형을 당하게 돼서 제 목에 이미 올가미가 씌워져 있는데, 누가 제게 그 밧줄을 자를 수 있는 날카로운 칼을 준다고 해도 차라리 교수형을 당하고 말지 귀찮게 제 손을 움직여서 밧줄을 자르지 않을 정도거든요."

왕이 이 말을 듣고 말했습니다.

"네가 제일 게으르니 네가 왕이 되거라."

151A
(151편의 변형 버전)
게으른 열두 하인

하루 종일 아무 일도 하지 않은 열두 명의 하인이 밤이 되었는데도 움직이려고 하지 않았습니다. 오히려 풀밭에 누워 자신들의 게으름을 자랑스럽게 떠벌렸습니다.

첫 번째 하인이 말했습니다.

"나는 너희들이 게으른 것에는 관심 없어. 나는 내 일만으로도 너무 바빠. 나의 주된 관심은 오로지 내 몸을 돌보는 것뿐이야. 나는 마음껏 먹고 마음껏 마시지. 나는 네 사람분의 밥을 먹은 뒤에도 금방 다시 배가 고파져. 나는 지금이 제일 편해. 나는 아침 일찍 일어나는 걸 싫어해. 정오 무렵이 되면 벌써 쉴 곳을 찾기 시작하지. 만약 주인이 부르면 못 들은 척해. 그래도 주인이 다시 부르면 잠시 기다렸다가 어슬렁거리며 일어나는데 그것도 아주 천천히 걸어서 주인한테 가지. 이러니까 그런 대로 견딜 만해."

두 번째 하인이 말했습니다.

"나는 말을 돌봐야 하는데 입에 물린 재갈을 풀어 주지 않아. 또 기분이 내키지 않으면 말에게 여물을 주지도 않고 여물을 먹였다고 말하지. 그러고는 여물통에 누워 4시간 동안 잠을 자. 나중에 한쪽 다리를 뻗어서 말 등을 몇 번 긁어 주지. 그렇게 말 털을 빗기고 손질해 주면 끝이야. 그런 일로 더 이상 신경을 쓸 이유가 있나? 그래도 나는 내 일이 너무 성가셔."

세 번째 하인이 말했습니다.

"귀찮게 일은 왜 해? 일을 해도 아무것도 나오지 않는다구. 한번은 양지 바른 곳에 누워 있다가 잠이 들었어. 이슬비가 내리기 시작했지만 일어나지 않았어. 비 따위야 오건 말건 전혀 신경쓰지 않았다구. 드디어 천둥이 치더니 머리카락이 뜯겨서 떨어져 나가고, 머리가 한 군데 찢어질 정도로 비가 세차게 내렸어. 그렇지만 상처에 반창고를 붙였더니 아무 탈이 없더군. 그 뒤로 그런 상처야 숱하게 입었지."

네 번째 하인이 말했습니다.

"나는 어떤 일을 해야 할 경우에는 먼저 힘을 비축하기 위해서 한 시간 동안 빈둥거리지. 그런 다음 아주 느리게 시작하면서 주위에 나를 도와 줄 수 있는 사람이 있는지 물어보지. 물론 나는 그냥 지켜만 보고 다른 사람들이 거의 일을 다 하게 하지. 하지만 나는 그것도 힘들어."

다섯 번째 하인이 말했습니다.

"그건 하나도 특별하지 않아. 내 이야기를 들어봐. 만약 마구간에서 거름을 쳐다 마차에 실어야 한다고 해봐. 일단 시작할 때부터 천천히 하는거야. 쇠스랑에 아주 조금 실은 다음 반쯤 올리고 나서는 안으로 집어넣기 전에 15분을 쉬지. 하루에 한 바리의 짐을 싣는다고 해도 나한테는 힘든 일이야. 일하다가 죽고 싶은 생각은 전혀 없어."

여섯 번째 하인이 말했습니다.

"너희들은 부끄러워해야 돼. 나는 어떤 일이건 겁내지 않지만 한 번 누우면 3주일 동안 일어나지 않고 옷도 벗지 않아. 내가 왜 신발끈을 묶어야 되나? 신발 따위는 벗겨지건 말건 그런 건 나와는 상관없는 일이야. 그리고 층계를 올라갈 때는 언제나 한 발을 먼저 첫 번째 계단에 올려놓은 다음에 천천히 다른 발을 끌어올리지. 그런 다음 어디서 쉴 것인가 알아 두기 위해서 남은 계단을 세어 보지."

일곱 번째 하인이 말했습니다.

"그건 정말 아무것도 아니야. 우리 주인은 하루 종일 집에 붙어 있지는 않지만 내가 하는 일을 감시하곤 해. 그래도 나는 한 가지 제대로 하는 일이 있어. 그게 뭐냐면 서두르지 않고 기어다니는거야. 그렇기 때문에 나를 더 빨리 움직이게 하기 위해서는 장정 네 명이 있는 힘을 다해 밀어야 한다구. 한번은 여섯 사람이 나란히 누워 잠들어 있는 곳에 가게 되었어. 나도 그 사람들 옆에 누워서 잠을 잤는데 아무도 나를 깨울 수 없었어. 결국 그 사람들은 나를 떠메서 집으로 데려다 줘야 했지."

여덟 번째의 하인이 말했습니다.

"내가 보기에 이 중에서 내가 제일 영리한 게 틀림없어. 나는 길을 가다가 앞에 돌이 있는 것을 발견하게 되면 번거롭게 내 발을 들어올려 돌을 넘어가지 않아. 그냥 땅바닥에 누워 버려. 비를 맞아 진흙투성이가 되고 더러워지더라도 햇빛이 나를 말려 줄 때까지 계속 그 자리에 누워 있는거야. 그리고 햇빛이 골고루 비칠 수 있게 몸만 뒤척이면 되지."

아홉 번째 하인이 말했습니다.

"내 말을 들어봐! 오늘 나는 빵이 내 코 앞에 있는데도 빵을 집는 게 너무 귀찮아서 먹지 않았다가 허기가 져서 죽을 뻔했어. 물주전자도 있었지만 너무 크고 무거워서 움직이기 싫어서 목이 마른 걸 그냥 참았어. 몸을 움직일 생각만 해도 너무 귀찮아서 하루 종일 통나무처럼 벌렁 누워만 있었지."

열 번째 하인이 말했습니다.

"나는 게으름을 피우긴 했지만 다리 하나 부러지고 종아리가 좀 부어오른 것밖에는 없어. 나는 길가에 다리를 쭉 뻗고 세 사람과 함께 누워 있었어. 그런데 누가 짐마차를 끌고 지나가는 바람에 마차 바퀴가 내 다리 위로 지나간거야. 물론 다리를 끌어당길 수도 있었지만 짐마차가 오는 소리를 듣지 못했어. 왜냐하면 모기들이 귓가에서 윙윙대고 코와 입가를 기어다니고 있었거든. 누가 귀찮게 해충을 쫓아 버리고 싶겠어."

열한 번째 하인이 말했습니다.

"어제 나는 일을 그만뒀어. 더 이상 주인을 위해서 무거운 책을 가져갔다가 다시 가져다 놓는 일을 하고 싶지 않았거든. 내가 하루 종일 한 일은 그것뿐이었어. 하지만 솔직히 말하면 주인도 나를 더 이상 붙잡고 싶어 하지 않았어. 내가 주인의 옷을 먼지구덩이에 처박아 두는 바람에 좀이 슬어 버렸기 때문에 주인이 나를 해고한거야. 그런 건 아무래도 상관없어."

열두 번째 하인이 말했습니다.

"나는 오늘 마차를 몰고 다른 지방으로 가야 했어. 그래서 마차 위에 짚으로 침대를 만들고 단잠을 즐겼지. 한참 가다가 눈을 떠보니 고삐는 손에 없고, 말은 거의 풀어져 있었어. 마구도 없어지고, 말 등에 맨 밧줄과 목걸이, 굴레와 재갈도 없어졌어. 누군가가 다 가지고 도망가 버린거야. 더욱이 마차는 개천에 처박혀 있더라구. 나는 '에라 모르겠다' 하고 다시 짚더미 위에 벌렁 누워 버렸어. 결국 주인이 직접 와서 마차를 끌고 갔지. 만약 주인이 오지 않았다면, 나는 여기가 아니라 거기에 누워서 곤하게 단잠을 자고 있었을거야."

152

어린 양치기 소년

옛날에 누가 어떤 질문을 해도 재치있게 답변을 해서 유명해진 양치기 소년이 있었습니다. 마침내 그 나라의 왕도 이 소문을 듣게 되었습니다. 그러나 왕은 소문이 믿기지 않아 어린 소년을 궁전으로 직접 불러서 말했습니다.

"만약 네가 지금 내가 하는 세 가지 질문에 대답을 한다면 너를 내 아들로 생각하고 나와 함께 왕궁에서 살도록 해주겠다."

어린 소년이 대답했습니다.

"세 가지 질문이 무엇입니까?"

"첫 번째, 바다에는 물방울이 몇 개가 있느냐?"

"폐하, 제가 바다에 있는 물방울의 수를 다 셀 때까지 바다에 물방울이 흘러 들어갈 수 없도록 육지에 있는 모든 강물을 막아 주십시오. 그러면 제가 폐하께 바다에 있는 물방울의 수를 말씀드리겠습니다."

그러자 왕이 말했습니다.

"다음 질문, 하늘에는 별이 몇 개나 있느냐?"

"제게 커다란 백지를 한 장 주십시오."

소년은 펜으로 종이 위에 수도 없이 많은 미세한 점을 찍었습니다. 종이 위에 찍힌 점은 거의 보이지도 않았고 그 수를 세는 것도 불가능할 정도였습니다. 점을 세려고 시도했다가는 눈이 멀어 버릴 것 같았습니다. 그런 다음 소년이 말했습니다.

"하늘에는 이 종이 위에 있는 점과 같은 수의 별이 있습니다. 세어 보십시오."

그러나 아무도 셀 수가 없었습니다. 왕이 다시 말했습니다.

"세 번째 질문이다. 영원을 초로 계산하면 몇 초가 되느냐?"

"남부 포메라니아에 다이아몬드 산이 있는데, 그 산을 오르는 데 한 시간, 그것을 한 바퀴 도는 데 한 시간, 그 속으로 내려가는 데 한 시간이 걸립니다. 백 년마다 작은 새 한 마리가 날아와서 그 산에 대고 부리를 뾰족하게 갑니다. 산이 새의 부리와의 마찰로 모두 없어졌을 때, 영원의 첫 번째 1초가 흘러간 것입니다."
 양치기 소년의 대답을 들은 왕이 말했습니다.
"너는 세 가지 질문에 현인처럼 대답을 했다. 지금부터 나와 함께 왕궁에서 살게 해주겠다. 너를 내 자식처럼 생각할 것이다."

153

동전이 된 별

 옛날에 부모님을 모두 여읜 어린 소녀가 있었습니다. 소녀는 너무 가난해서 더 이상 살 집도, 잠을 잘 침대도 없었습니다. 지금 그 소녀에게는 몸에 걸친 옷과 어떤 친절한 사람이 준 조그만 빵 조각밖에 없었습니다. 소녀는 착하고 신앙심이 매우 깊었습니다. 세상에 의지할 것 없는 신세인 소녀는 하느님이 자기를 돌봐 줄 것이라고 믿으며 시골로 갔습니다. 거리에서 소녀는 불쌍한 사람을 만났는데 그 사람이 말했습니다.
"제발, 내게 먹을 것을 좀 다오. 배가 너무 고프구나."
 소녀는 그 사람에게 가지고 있던 빵을 모두 주며 말했습니다.
"하느님의 가호가 있기를 빕니다."
 소녀는 계속해서 걷다가 슬피 애원하는 어린아이를 만났습니다.
"머리가 추워요. 내 머리를 덮을 수 있는 것 좀 주세요."
 소녀는 모자를 벗어서 그 어린이에게 주었습니다. 소녀는 조금 더 걸어가다가 외투가 없어 떨고 있는 어린이를 만났습니다. 그러자 이번에는 외투를 벗어 주었습니다. 잠시 후 다른 여자 아이가 나타나 소녀가 입고 있는 낡은 원피스를 달라고 부탁해서 그것도 벗어 주었습니다. 마침내 소녀는 숲에 도착했습니다. 날은 이미 어두워져 있었습니다.
 그 때 또 한 어린 아이가 나타나서 낡은 속옷을 벗어 달라고 애원했습니다. 신앙심이 깊은 소녀는 '어두우니까 아무것도 보이지 않을거야. 그러니 속옷을 벗어 줘도 괜찮겠지.' 하고 생각했습니다.

　소녀는 속옷을 벗어서 그것마저 어린 아이에게 주었습니다. 소녀가 몸에 아무것도 걸치지 않고 우두커니 서 있자 갑자기 하늘에서 별들이 떨어지기 시작했습니다. 그리고 그것들은 반짝반짝하는 동전으로 변했습니다. 소녀는 방금 전에 입고 있던 낡은 속옷마저 다른 사람에게 벗어 주었지만, 이제 세상에서 가장 좋은 새 옷을 가지게 되었습니다. 게다가 소녀는 동전을 모아서 평생 부자로 살았습니다.

154

숨겨 놓은 돈

어느 날 한 가족이 함께 점심식사를 하고 있었습니다. 손님으로 찾아온 친구 한 사람도 그들과 함께 식사를 하고 있었습니다. 그들이 식탁에 앉아 있을 때 시계가 12시를 가리켰습니다. 손님은 그 때 문이 열리고 어린 아이가 들어오는 것을 보았습니다. 아이는 무척 창백하고 눈처럼 하얀 옷을 입고 있었습니다. 아이는 주위를 둘러보지도 않고 말없이 곧장 옆방으로 걸어갔습니다. 그러더니 곧 방에서 나와 들어올 때처럼 조용히 문으로 나갔습니다.

둘째날도 셋째날도 그 어린 아이는 똑같이 왔다가 갔습니다. 마침내 손님이 주인 남자에게 매일 정오에 그 방으로 들어가는 귀여운 아이가 누구냐고 물었습니다.

"나는 아이를 보지 못했어요. 또 그게 누구 아이인지 전혀 모르겠군요."

주인 남자가 말했습니다.

다음 날 그 어린 아이가 다시 왔을 때 손님이 주인 남자에게 어린 아이를 가리켰지만 그는 어린 아이를 보지 못했습니다. 그 집 아이들도 역시 아무것도 보지 못했습니다. 그러자 손님은 자리에서 일어나 어린 아이가 들어간 방문 앞으로 가서 문을 조금 열고 안을 들여다보았습니다. 아이는 마루에 앉아서 열심히 마루판 틈새를 파며 무언가를 뒤지고 있었습니다. 그러나 아이는 손님이 있는 것을 눈치 채자마자 사라져 버렸습니다. 그래서 손님은 자기가 본 것을 가족들에게 말하고 어린 아이의 생김새를 자세하게 이야기했습니다. 그제서야 주인 여자는 그 아이가 누군인지 알 수 있었습니다.

"맙소사, 그 아이는 한 달 전에 죽은 귀여운 제 자식이에요."

그들은 마루 판자를 뜯어 내고 동전 두 개를 찾아냈습니다. 그 돈은 언젠가 아이의 엄마가 불쌍한 사람에게 주라고 아이에게 주었던 것이었습니다. 아이는 '이 돈으로 과자를 사 먹을거야.'라고 생각하고는 그 동전을 불쌍한 사람에게 주지 않고 마룻바닥 틈새에 숨겼던 것이었습니다. 그렇지만 아이는 무덤에서 편히 잠들 수가 없어서 매일 정오에 돈을 찾으러 왔던 것입니다. 부모님이 그 동전을 가난한 사람에게 주었더니 그 후로는 아이가 다시 나타나지 않았습니다.

155

신부 고르기

옛날에 결혼하고 싶어 안달이 난 젊은 양치기가 있었습니다. 그 양치기는 세 자매를 알고 있었는데, 모두 아름다워서 신붓감을 고르기가 어려웠습니다. 게다가 양치기는 누가 제일 자기 마음에 드는지 판단할 수가 없었습니다. 그래서 양치기는 어머니에게 가서 도움을 청했습니다. 어머니가 말했습니다.

"세 자매를 모두 이 곳으로 초대해서 치즈를 대접하고, 세 사람이 치즈를 어떻게 자르는지 잘 관찰해 보거라."

젊은이는 어머니 말씀대로 했습니다. 큰 딸은 치즈를 껍질째 먹어 버렸습니다. 둘째는 허겁지겁 치즈에서 껍질을 벗겨냈지만, 너무 서둘렀기 때문에 껍질에 치즈가 많이 남았습니다. 막내는 깔끔하게 치즈 껍질을 벗겨냈는데, 껍질에 묻은 양이 너무 많지도 적지도 않았습니다. 양치기가 그 날 있었던 일을 이야기하자 어머니가 말했습니다.

"막내를 네 아내로 삼아라."

그는 어머니 말씀대로 했으며, 결혼한 두 사람은 행복하게 살았습니다.

156

부지런한 하녀

옛날에 아름답기는 하나 게으르고 조심성이 없는 처녀가 있었습니다. 그 처녀는 실을 자을 때마다 조금만 실이 엉클어져도 짜증을 내고 아마 뭉치를 모두 찢어서 팽개쳐 버렸습니다. 그런데 그 처녀에게는 열심히 일하는 하녀가 있었습니다. 그 하녀는 팽개쳐 버린 아마를 모아 정성껏 손질을 해서, 그것으로 솜씨 좋게 실을 자아 예쁜 옷을 짰습니다.

어느 젊은이가 그 게으른 처녀에게 청혼을 해서 결혼식을 치르게 되었습니다. 결혼식 전날 밤 잔치가 벌어졌는데, 부지런한 하녀가 아름다운 옷을 입고 즐겁게 춤추는 것을 보고 신부가 말했습니다.

"어머, 깡충거리며 노는 저 여자애를 좀 보세요.
저 애는 내가 버린 물건으로 지은 옷을 입었어요!"

신랑은 신부 말을 듣고 그게 무슨 뜻이냐고 물었습니다. 신부는 신랑에게 저 하녀는 자기가 버린 아마로 만든 옷을 입고 있다고 말했습니다. 신랑은 그 말을 듣고 신부가 얼마나 게으른지, 또 하녀가 얼마나 부지런한지를 알게 되었습니다. 신랑은 당장 신부를 버리고 하녀에게 가서 하녀를 아내로 삼았습니다.

157

아빠 참새와 새끼 참새

아빠 참새가 새끼 네 마리와 함께 둥지에서 살고 있었습니다. 새끼 참새들이 나는 법을 미처 배우지도 못했을 때 어떤 못된 아이들이 둥지를 망가뜨렸습니다. 다행히 새끼들은 모두 바람에 실려 멀리 날아갔습니다. 아빠 참새는 세상의 많은 위험들에 관해서 미처 주의를 주지도 못하고, 혼자 살아가는 방법을 제대로 가르쳐 주기도 전에 새끼들이 세상으로 휩쓸려 간 것이 걱정이 되었습니다.

가을이 되자 많은 참새들이 어느 밀밭으로 몰려왔습니다. 아빠 참새는 거기에서 네 마리 새끼 참새를 다시 만나게 되었습니다. 아빠 참새는 기뻐서 어쩔 줄 몰라 하며 새끼들을 집으로 데려갔습니다.

"내 귀여운 새끼들아, 아빠는 여름 내내 너희들 걱정을 많이 했단다. 특히 너희들이 알아 두어야 할 것들을 제대로 가르쳐 주기도 전에 바람에 실려갔기 때문에 더 많이 걱정을 했단다. 지금부터 이 아빠의 말을 잘 들어라. 내 말을 꼭 명심해야 한다. 특히 어린 새들은 커다란 위험에 부딪힐 수밖에 없단다. 알겠니!"

이어서 아빠 참새는 제일 나이 많은 아들 참새에게 여름을 어디에서 보냈으며, 그동안 어떻게 먹이를 구했는지 물었습니다.

"저는 정원에서 살았는데 버찌가 익을 때까지는 풀쐐기와 작은 곤충들을 잡아먹었어요."

"아아, 내 아들아. 그런 맛있는 식사가 나쁘지는 않지만, 그런 먹이를 찾는 것은 위험할 수도 있다. 그러니 지금부터는 조심해라. 특히 사람들이 속이 비어 있고 꼭대기에 작은 구멍이 있는 기다란 녹색 장대를 들고 정원을 돌아다닐 때는 조심해야 한다."

"네, 아빠. 그런데 밀랍으로 그 작은 구멍 위에 녹색 잎을 붙여 놓았을 때는 어떻게 해야 되나요?"

"그걸 어디서 보았니?"

"어떤 상인의 정원에서요."

"오, 내 아들아, 상인들은 교활한 사람들이다! 만약 네가 그런 약삭빠른 사람들 틈에서 지냈다면, 너도 그들의 교활한 습성을 충분히 배웠을 것이다. 그러나 그런 교활함을 잘 이용하되 자만하지는 말아라."

다음에 아빠 참새는 둘째 아들 참새에게 물었습니다.

"넌 네 집을 어디에 마련했지?"

"궁전에요."

둘째 아들 참새가 말했습니다.

"거기는 참새와 어리숙한 작은 새들이 있을 곳이 못 된다. 거기에는 금이나 귀한 공단과 비단, 그리고 갑옷과 마구, 새매, 부엉이, 송골매 따위가 너무 많단다. 귀리를 키질하고 도리깨질하는 마구간에서 살아라. 그러면 먹을 것을 평화롭게 먹으면서 살 수 있을거야."

"예, 아빠. 하지만 만약 마부들이 올가미를 놓고 덫과 뱀을 지푸라기 속에 감춰 놓으면 전 어떻게 해야 되나요? 그것 때문에 많은 새가 절름발이가 됐어요."

"그걸 어디서 보았느냐?"

"궁전에 사는 마부들 사이에서요."

"오, 내 아들아, 궁전의 하인들은 나쁜 사람들이다. 만약 궁전에 가서 귀족들 틈에 살면서 깃털을 하나도 떨어뜨리지 않는다면, 너는 많은 것을 배우고 세상을 헤쳐나가는 방법을 알게 될 것이다. 그렇지만 아무리 영리한 개라도 늑대에게 물리는 경우가 있는 법이니 언제나 조심해야 한다."

아빠 참새가 이번에는 셋째 아들 참새에게 물었습니다.

"그래, 너는 어디서 운을 시험하며 살았니?"

"저는 먹을 것을 찾아 큰길과 시골길을 돌아다녔는데 그럭저럭 밀과 보리톨을 찾아낼 수 있었어요."

"그래, 그게 참 좋은 식사지. 하지만 위험 신호에 신경을 쓰고 조심스럽게 주위를 살펴야 한단다. 특히 누가 허리를 굽히고 돌을 주우려고 할 때는 조심하거라. 그럴 때는 얼른 달아나야 한다."

"그 말씀이 정말 맞아요. 하지만 어떤 사람이 벌써 돌을 가지고 있거나, 벽이나 옷 속에서, 혹은 주머니 속에서 돌을 꺼내면 어떻게 해야 되지요?"

"넌 그걸 어디에서 보았지?"

"광부들 사이에서요. 그런데 아빠, 광부들은 일터에서 돌아올 때 대개 돌을 가지고 있어요."

"광부들은 노동자들이고 재주가 많은 사람들이다. 광부들 틈에서 살았다면 보고 배운 게 많겠구나. 그 곳으로 가고 싶다면 가거라. 하지만 이 점은 꼭 명심해야 한다. 많은 참새가 광부들 손에 죽었다는 것을."

마지막으로 아빠 참새가 막내참새에게 왔습니다.

"내 귀여운 꼬마 수다쟁이야, 너는 언제나 가장 어리숙하고 허약했다. 나와 같이 살자. 세상에는 날카로운 부리와 긴 발톱을 가지고 있는 무지막지하고 악한 새들이 많단다. 너와 똑같은 무리에서 떠나지 말고 나무나 오두막에서 작은 거미나 풀쐐기를 쪼아 먹어라. 그렇게 살아야 오래 살고 만족하게 될 것이다."

"사랑하는 아빠, 다른 사람한테 해를 입히지 않고 먹이를 구하는 사람은 먹을 것이 부족하지 않을거예요. 만약 매일매일 하느님께 감사하고, 정직하게 얻은 음식을 숲과 마을에 있는 모든 새들의 창조자이며 수호자이신 자비로운 하느님의 은혜로 돌린다면, 새매도, 부엉이도, 독수리도, 솔개도 해를 입히지 못할 거예요. 하느님은 어린 까마귀의 비명과 기도도 들어주시는 분이에요. 왜냐하면 참새 한 마리도, 굴뚝새 한 마리도 그분의 뜻을 거스르고 세상에 내려온 것은 없기 때문이지요."

"그걸 어디서 배웠느냐?"

"돌풍에 실려 아빠와 헤어졌을 때, 저는 교회로 떨어졌어요. 저는 교회 창문에서 파리와 거미를 쪼아 먹으면서 설교 가운데 그런 말을 들었어요. 더군다나 모든 참새들의 아버지이신 하느님이 여름 동안 저를 먹여 주고 불행과 사나운 새로부터 지켜 주셨어요."

"내 귀여운 아들아! 만약 네가 교회에 안식처를 구하고 거미와 윙윙 대는 파리를 없애는 데 도움을 준다면, 그리고 만약 네가 어린 까마귀처럼 하느님을 찬양하고 영원한 분께 너를 맡긴다면, 비록 온 세상이 난폭하고 악독한 새들로 넘치고 있다 하더라도 너는 평화롭게 살 것이다."

> 모든 것을 하느님께 맡기는 자,
> 말없이 참고 기다리며, 온유하고, 기도하는 자,
> 믿음과 깨끗한 양심을 지키는 자,
> 하느님은 그를 근심 없게 지켜 주시느니라."

158

상상의 나라

상상의 나라가 있던 시절에 나는 로마에 가서 가느다란 비단 실에 매달려 있는 라테란 궁전(교황궁)을 보았습니다. 빠른 말보다 발 없이 더 빨리 달리는 사람도 있었고, 커다란 다리를 둘로 쪼개는 날카로운 칼도 있었습니다. 두 마리의 민첩한 산토끼를 쫓아가는 은빛 코를 가진 어린 당나귀와 핫케이크가 열리는 커다란 보리수 나무도 보았습니다. 늙고 야윈 염소인데도 마차 백 대에 실을 만한 고기와 60대의 마차에 실을 만한 양의 소금을 나르는 염소도 보았습니다. 이 정도면 충분히 거짓말을 했다고 할 수 있겠지요?

나는 이번에는 말이나 소도 없이 땅을 가는 쟁기를 보았고, 한 살짜리 아이가 네 개의 맷돌을 레겐스부르크에서 트리어로, 다시 트리어에서 슈트라스부르크로 던지는 것을 보았으며, 라인 강을 헤엄쳐 건너는 매를 보았는데, 매가 수영을 하는 것은 아주 당연한 일이었습니다. 한편 나는 물고기들이 하늘에 닿을 정도로 소란을 떠는 소리를 들었고, 깊은 계곡에서 높은 산꼭대기로 달콤한 꿀이 물처럼 흐르는 것도 보았습니다. 이런 일들은 모두 하나같이 정말 이상했습니다.

까마귀 두 마리가 풀밭에서 풀을 베고 있었고 두 마리의 모기가 다리를 세우고 있었습니다. 비둘기 두 마리가 이리를 갈가리 찢어 발기는 모습도 보았습니다. 두 어린이가 두 마리의 양을 낳았고, 개구리 두 마리가 도리깨질을 하고 있었습니다. 그리고 나는 두 마리의 쥐가 주교를 임명하고, 두 마리의 고양이가 곰의 혀를 긁어 주는 것도 보았습니다. 그 다음에는 달팽이 한 마리가 와서 사나운 사자 두 마리를 죽였습니다.

또 여자의 턱수염을 면도해 주는 이발사가 있었고, 제 어머니한테 조용히 하라고 말하는 젖먹이 갓난아기도 둘 있었습니다. 두 마리의 사냥개가 물에서 맷돌을 끌어내고 있을 때, 늙고 여윈 말이 옆에 서서 잘했다고 말하는 것도 들었습니다. 그리고 마당에서는 네 마리의 말이 있는 힘껏 타작을 하고 있었고, 염소 두 마리가 난로에 불을 피우고 있었으며, 빨간 암소는 화덕에 빵을 넣었습니다. 그 때 수탉이 외쳤습니다.

"꼬끼오! 이 이야기는 여기서 끝입니다. 꼬끼오!"

159

디트마르쉬의 허풍

나는 여러분에게 어떤 이야기를 하고 싶습니다. 구운 닭 두 마리가 가슴은 하늘을 향하고 등은 지옥을 향해 빠르게 날아가고 있는 것을 나는 보았습니다. 모루와 맷돌이 아주 느리게 조용히 라인 강을 헤엄쳐 건넜고, 개구리 한 마리가 오순절에 보습(쟁기날)을 먹으면서 얼음 위에 앉아 있었습니다. 세 사람이 목발을 짚고 죽마를 탄 채 산토끼를 잡으려 하고 있었습니다. 한 사람은 귀머거리이고, 두 번째 사람은 장님, 세 번째 사람은 벙어리였으며 네 번째 사람은 다리를 한 쪽도 움직일 수가 없었습니다.

여러분은 그 사람들이 어떻게 산토끼를 잡았는지 알고 싶으세요? 먼저 장님이 들판을 달려가는 산토끼를 발견한 다음 벙어리가 앉은뱅이에게 소리를 쳤고, 앉은뱅이는 산토끼의 목덜미를 잡았습니다. 그 곳에는 땅 위에서 항해를 하고 싶어하는 사람들이 있었습니다. 그들은 바람이 불어오는 쪽에 돛을 달고 들판을 가로질러 항해를 했습니다. 그들은 높은 산 위를 항해하다가 불행하게도 익사했습니다. 그 곳에서는 게가 산토끼를 쫓아가서 달아나게 만들었고, 지붕 꼭대기로 올라간 암소 한 마리가 높은 지붕 위에 있었습니다. 또 파리가 이 곳의 염소처럼 컸습니다.

자, 이제 이 모든 거짓말이 날아갈 수 있게 창문을 열어 주세요.

160

수수께끼 이야기

들꽃으로 변한 세 여자가 있었습니다. 그렇지만 그 중 한 여자는 자기집에서 밤을 보낼 수 있었습니다. 어느 날 동이 틀 무렵이 되어 그 여자가 다시 들판에 있는 친구들 곁으로 돌아가 꽃이 되어야 했을 때 그녀는 남편에게 이렇게 말했습니다.

"만약 당신이 들로 와서 오늘 아침에 저를 꺾으면 저는 자유로워질 것이고, 영원히 당신과 같이 살 수 있게 될 것입니다."

그녀의 말대로 남편은 꽃이 된 아내를 찾아내서 같이 살 수 있게 되었습니다.

그런데 문제는 어떻게 이 여자의 남편이 아내를 알아볼 수 있었을까 하는 것입니다. 그 세 꽃은 서로 구분되는 특색이 전혀 없이 똑같았는데 말입니다. 그 답은 이렇습니다. 그 여자는 집에서 밤을 보냈기 때문에 들판에 있었던 다른 두 꽃과는 달리 이슬을 맞지 않았던 것입니다. 그 여자의 남편이 아내를 구별할 수 있었던 방법은 바로 이것이었지요.

161

흰눈이와 빨간 장미

어느 가난한 과부가 작은 오두막집에서 외롭게 살고 있었는데, 이 오두막집 앞뜰에는 두 그루의 장미 나무가 자라고 있었습니다. 한 그루에서는 흰장미가 피고 다른 한 그루에서는 빨간 장미가 피었습니다. 그런데 그 과부에게 장미 나무를 닮은 두 아이가 있었습니다. 하나는 흰눈이라고 불렀고 다른 하나는 빨간 장미라고 불렀습니다. 두 아이는 세상의 그 어떤 아이들보다 신앙심이 깊고 친절하고, 부지런했습니다. 그런데 꽃을 찾고 나비를 잡으러 풀밭과 들판을 뛰어다니기를 좋아하는 빨간 장미보다 흰눈이가 조용하고 상냥했습니다. 흰눈이는 어머니와 함께 집에서 지내면서 어머니의 집안 일을 거들었고 할 일이 없을 때는 어머니께 책을 읽어 드렸습니다. 두 아이는 밖에 나갈 때면 언제나 서로 손을 잡고 다닐 만큼 서로를 무척 사랑했습니다.
"우리 절대로 헤어지지 말자."
흰눈이가 말하자 빨간장미가 대답했습니다. "절대로 헤어지지 말자, 우리가 죽을 때까지는."
아이들의 어머니도 거들었습니다.
"너희들 중 누구 한 사람이 무엇을 가지든간에, 꼭 그것을 같이 나눠 가져야 한다."
흰눈이와 빨간 장미는 자주 숲을 돌아다니며 빨간 딸기를 땄습니다. 동물들은 절대로 두 사람을 해치지 않았으며, 오히려 두 사람을 믿고 곁에 모여들곤 했습니다. 귀여운 산토끼는 두 사람의 손에서 양배추 잎을 받아 먹곤 했습니다. 노루는 두 사람 곁에서 풀을 뜯었습니다. 수사슴은 두 사람 주위를 즐겁게 뛰어다녔습니다. 그리고 새들은 나뭇가지 위에 조용히 앉아서 알고 있는 노래는 어떤 노래든지 불렀습니다. 두 아이에게는 나쁜 일이 전혀 일어나지 않았습니다. 가끔씩 숲 속에서 너무 오래 머무르다가 밤이 되면, 두 아이는 이끼 위에 나란히 누워 아침이 올 때까지 잠을 자곤 했습니다. 두 아이의 어머니도 이것을 알고 있었기 때문에 딸들을 그다지 걱정하지 않았습니다.
언젠가는 두 아이가 숲에서 밤을 보내고 아침 햇살에 잠을 깨보니, 반짝이는 하얀 옷을 입은 아름다운 아이가 두 사람 곁에 앉아 있는 것이었습니다. 그 아이는 일어서서 다정하게 두 사람을 바라보더니 아무 말도 하지 않고 숲 속으로 걸어갔습니다. 두 소녀는 주위를 돌아보고 나서야 비로소 자기들이 벼랑 가에서 잠을 잤으며, 만약 어둠 속에서 몇 걸음만 더 갔더라도 벼랑에서 떨어졌을 것이라는 점을 깨달았습니다. 두 아이의 어머니는 그 아이가 틀림없이 착한 아이들을 보살펴 주는 천사일 것이라고 말했습니다.
흰눈이와 빨간 장미가 집 안을 들여다보는 것을 좋아할 정도로 어머니의 오두막집은 깨끗했습니다. 여름에는 빨간 장미가 집을 돌보았습니다. 빨간 장미는 매일 아침 어머니가 깨기 전에 어머니 침대 앞에 두 그루의 장미 덩굴에서

하나씩 꺾은 두 송이의 꽃을 놓았습니다. 겨울에는 흰눈이가 불을 피우고 난로 위에 물주전자를 올려놓았습니다. 주전자는 구리로 만든 것이었지만 너무 깨끗하게 닦아서 금처럼 반짝거렸습니다. 눈이 내리는 밤에 어머니가 말했습니다.

"흰눈아, 가서 문에 빗장을 걸어라."

그렇게 해 놓고 어머니와 두 딸은 난롯가에 앉아 있었습니다. 어머니는 안경을 끼고 커다란 책을 소리내어 읽었고, 두 소녀는 어머니의 책 읽는 소리를 들으며 실을 자았습니다. 그들 옆에는 어린 양이 마루에 누워 있고, 뒤에서는 하얀 비둘기가 머리를 날개 밑에 파묻고 앉아 있었습니다.

어느 날 저녁 어머니와 두 딸이 함께 앉아 있는데 문을 두드리는 소리가 났습니다. 마치 누가 집 안으로 들어오고 싶어하는 것 같았습니다. 어머니가 말했습니다.

"빨간 장미야, 어서 문을 열어 줘라. 틀림없이 쉴 곳을 찾는 여행자일거야."

빨간 장미는 어느 불쌍한 사람이겠거니 생각하면서 빗장을 풀었지만 문앞에 서 있는 것은 시커먼 곰이었습니다. 곰은 검은 털로 뒤덮인 머리를 문 사이로 들이밀었습니다. 빨간 장미는 깜짝 놀라 뒷걸음질치면서 큰 소리로 비명을 질렀습니다. 어린 양은 매애 하고 울고, 비둘기는 날개를 퍼득였으며, 흰눈이는 어머니 침대 뒤로 숨었습니다. 그러나 곰이 말했습니다.

"무서워하지 마세요. 저는 당신들을 해치지 않아요. 그저 꽁꽁 언 제 몸을 여기서 좀 녹이고 싶은 것뿐이에요."

"아이구 불쌍해라. 그러면 털이 타지 않게 조심해서 난롯가에 누워라."

그런 다음 어머니가 큰 소리로 말했습니다.

"흰눈아, 빨간 장미야, 이리 나오너라. 곰은 너희들을 해치지 않을거야. 곰은 나쁜 마음을 가지고 있지 않단다."

두 소녀는 밖으로 나왔고, 차츰 어린 양과 비둘기도 곰을 무서워하지 않게 되었습니다. 그러자 곰이 말했습니다.

"얘들아, 이리 와서 내 털에서 눈을 좀 털어 다오."

그래서 두 소녀는 비를 가져와 털을 깨끗하게 쓸어 주었습니다. 곰은 난로 옆에 몸을 쭉 펼치고 어흥 하면서 편안하고 흡족한 표정을 지었습니다. 모두가 서로 친해지는 데는 그리 오랜 시간이 걸리지 않았습니다. 두 소녀는 손으로 곰의 털을 잡아당기고, 곰의 등에 올라타고, 곰을 굴리기도 하고, 개암나무 회초리로 곰을 때리기도 했습니다. 곰이 으르렁대도 두 소녀는 웃기만 했습니다. 곰은 말할 수 없을 만큼 마음이 착했습니다. 곰은 단지 두 소녀가 너무 거칠게 할 때만 비명을 질렀습니다.

"애들아, 날 좀 살려다오.
흰눈아, 빨간 장미야,
이렇게 애원하는데 두들겨 죽일거니?"

잘 시간이 되어 모두 침대로 갔을 때 어머니가 곰에게 말했습니다.
"자, 너는 난로 옆에 편히 누워 자거라. 날씨가 춥고 나쁘지만 난로 옆이니까 괜찮을거야."

동이 튼 후 두 소녀가 곰을 밖으로 내보내 주자 곰은 눈 위를 달려 숲 속으로 돌아갔습니다. 그 때부터 곰은 매일 밤마다 같은 시간에 와서, 난롯가에 누워 두 소녀가 원하는 만큼 같이 놀아 주었습니다. 그리고 두 소녀는 이 검둥이 놀이 친구가 도착할 때까지는 절대로 문에 빗장을 걸지 않을 정도로 곰과 친해졌습니다.

봄이 오고 바깥 세상이 초록으로 변한 어느 날 아침 곰이 흰눈이에게 말했습니다.
"이제 나는 떠나야 해. 그리고 여름 내내 돌아오지 못할거야."
"어디로 가는데요, 곰 아저씨?"
흰눈이가 물었습니다.
"숲 속으로 가서 못된 난쟁이들로부터 내 보물을 지켜야 한단다. 땅이 단단하게 언 겨울에는 난쟁이들이 땅 위로 뚫고 나오지 못해서 땅 속에 살 수밖에 없지만 태양이 땅을 녹이고 따스하게 만들었으니 이제 난쟁이들은 땅 위로 나와 여기저기 뒤져서 도둑질을 할거야. 무엇이든지 일단 난쟁이들 손에 들어가서 난쟁이들이 자기네 동굴로 가져가면 다시는 햇빛을 보지 못하게 된단다."

흰눈이는 곰이 떠나는 것이 무척 슬펐습니다. 흰눈이가 문을 열자 곰이 급히 밖으로 나가다가 빗장에 걸려 곰의 털가죽이 한 조각 떨어졌습니다. 흰눈이는 그 털가죽 사이로 반짝이는 금을 본 것 같았지만, 확실한 것은 알 수 없었습니다. 곰은 서둘러 나가더니 곧 숲 속으로 사라졌습니다.

얼마 뒤 어머니는 두 소녀에게 숲에 가서 땔나무를 주워 오라고 했습니다. 두 소녀는 숲에서 땅에 넘어져 있는 커다란 나무를 발견했습니다. 그 나무 줄기 근처 풀밭에서 무엇인가 위아래로 뜀뛰기를 하고 있었지만, 두 소녀는 그것이 무엇인지 알 수가 없었습니다. 좀더 가까이 갔을 때, 두 소녀는 늙고 쇠약한 얼굴에 키가 1미터밖에 안 되고 눈처럼 하얀 수염이 달린 난쟁이 하나를 보았습니다. 난쟁이는 수염이 끝이 갈라진 나무틈에 끼여 어떻게 해야 할지를 몰라 마치 밧줄에 매인 개처럼 앞뒤로 펄쩍펄쩍 뛰고 있는 것이었습니다. 그는 화가 잔뜩 난 붉은 눈빛으로 두 소녀를 노려보며 소리쳤습니다.

"너희들은 왜 거기 서 있기만 하는거냐? 이리 와서 날 도와줘야지."

"어쩌다 이렇게 됐어요, 난쟁이 아저씨?"

빨간 장미가 물었습니다.

"너는 참 어리석게도 참견하기를 좋아하는구나. 나는 부엌에서 쓸 나무를 쪼개고 있었다. 우리 난쟁이들은 음식이 조금만 필요한데 굵은 통나무를 쓰면 음식이 빨리

타기 때문이야. 우리는 야비하고 탐욕스러운 너희 인간들처럼 많은 양을 먹지 않아. 나는 방금 안전하게 쐐기를 박았고, 모든 게 다 잘 됐는데, 그 망할 쐐기가 너무 약해서 생각지도 못하게 튀어나갔어. 갈라졌던 나무가 너무 빨리 오므라들어서 내 아름다운 흰 수염이 끼였단 말이야. 그래서 꼼짝할 수가 없게 되어 버렸다. 그런데도 허여멀건 얼굴에 바보같이 생긴 너희들은 고작 웃고만 있는거냐! 어휴, 정말 꼴도 보기 싫어!"

두 소녀는 있는 힘을 다해 잡아당겼지만 너무 단단하게 끼여 있어서 수염을 빼낼 수가 없었습니다.

"가서 사람을 불러와야겠어."

빨간 장미가 말했습니다.

"이런 얼빠진 멍청이!"

난쟁이가 호통을 쳤습니다.

"사람은 뭐하러 불러와? 너희 둘로 충분해. 뭐 좋은 방법을 생각해 내지 못하겠니?"

"그렇게 초조해하지 마세요."

흰눈이가 말했습니다.

"제게 생각이 있어요."

흰눈이는 주머니에서 가위를 꺼내 난쟁이의 수염 끝을 잘랐습니다. 난쟁이는 놓여나자마자 나무 뿌리 사이에 있던 금이 가득 찬 자루를 움켜 쥐었습니다. 난쟁이는 자루를 들어올리며 혼자 투덜거렸습니다.

"이런 난폭한 얼간이들! 내 멋진 수염을 잘라 내다니! 내 눈 앞에서 썩없어져!"

난쟁이는 자루를 어깨에 메고 흰눈이와 빨간 장미에게 눈길 한 번 주지 않은 채 떠나 버렸습니다.

그 일이 있은 지 얼마 뒤 흰눈이와 빨간 장미는 커다란 메뚜기 같은 것이 물 속으로 뛰어들 것처럼 물가에서 펄쩍펄쩍 뛰고 있는 것을 보았습니다. 흰눈이와 빨간장미는 그 곳에 가까이 가서야 그것이 난쟁이라는 것을 알았습니다.

"왜 그러고 있는 거예요? 물 속으로 뛰어들려는 건 아니겠지요?"

빨간장미가 물었습니다.

"나는 그런 바보가 아니야! 너희들 눈에는 저 망할 놈의 물고기가 나를 끌어들이려고 하는 것이 보이지 않는단 말이냐?"

난쟁이가 소리를 질렀습니다.

난쟁이가 거기에 앉아서 낚시를 하고 있었는데, 불행히도 수염이 바람에 날려서 낚싯줄과 엉키게 된 것이었습니다. 마침 그 때 커다란 물고기가 미끼를 물었습니다. 힘없는 작은 난쟁이는 물고기를 땅으로 끌어낼 힘이 없었습니다. 오히려 물고기가 더 힘이 세서 난쟁이를 물 속으로 끌어당겼습니다. 난쟁이는 갈대와 골풀을 꼭 잡고 있었지만 별로 소용이 없었습니다. 난쟁이는 물고기가 움직이는 대로 끌려다닐 수밖에 없었고, 금방이라도 물 속으로 끌려들어갈 위험에 처해 있었는데 정말 아슬아슬하게도 두 소녀가 도착한 것입니다. 두 소녀는 난쟁이를 단단히 잡고 낚싯줄에서 수염을 풀려고 노력했습니다. 그러나 수염과 낚싯줄이 함께 뒤엉켜 있기 때문에 소용이 없었습니다. 결국 가위를 꺼내 난쟁이의 수염을 자르는 수밖에 다른 도리가 없었습니다. 난쟁이는 이것을 보고 다시 두 소녀에게 소리를 질렀습니다.

"이런 맹추들! 너희들은 내 얼굴을 야만인처럼 망쳐 놓았어. 너희들은 내 수염끝을 잘라 낸 것으로도 부족해서 제일 멋진 부분까지 잘라 냈어. 이제 나는 친구들 앞에 나설 수가 없게 되었어. 너희 둘 다 구두창이 타 없어질 때까지 멀리 사라져 버려!"

그래 놓고 난쟁이는 골풀 속에 놓여 있던 진주 자루를 움켜 쥐더니 더 이상 아무 말도 하지 않고 자루를 끌고 바위 뒤로 사라졌습니다.

그 일이 있은 지 얼마 뒤 두 소녀는 어머니 심부름으로 실과 바늘, 레이스 그리고 리본을 사러 도시로 갔습니다. 두 소녀는 여기저기에 커다란 바위 덩어리가 흩어져 있는 황야를 지나갔습니다. 하늘에 있던 커다란 새 한 마리가 두 소녀의 머리 위에서 천천히 맴을 돌며 점차 낮게 날더니 어느새 바위에서 그리 멀지 않은 땅에 내려 앉았습니다. 곧이어 날카롭고 소름끼치는 비명이 들렸습니다.

그 곳으로 달려간 흰눈이와 빨간 장미는 독수리가 전에 본 적이 있는 난쟁이를 덮쳐서 채가려는 것을 보고 깜짝 놀랐습니다. 두 소녀는 난쟁이가 불쌍해서 있는 힘을 다해 난쟁이를 꽉 붙잡았습니다. 두 소녀는 독수리가 결국 약탈품을 포기할 때까지 독수리에게 대항했습니다. 난쟁이는 독수리로부터의 위험에서 벗어나자 두 사람에게 날카롭게 소리쳤습니다.

"너희들, 나를 좀더 조심스럽게 다룰 수 없니? 너희들이 내 코트를 누더기로 만들어 버렸어. 안 그래도 볼품없는 옷이 이제는 온통 찢어지고 구멍투성이가 되어 버렸잖니, 이 어설픈 시골뜨기들아!"

그러고는 난쟁이는 보석을 담은 자루를 들고 또다시 바위 아래에 있는 제 동굴로 들어갔습니다.

두 소녀는 난쟁이의 그런 배은망덕한 행동에 익숙해 있던 터라 전혀 신경을 쓰지 않고 계속 길을 걸어갔습니다. 흰눈이와 빨간 장미는 도시에서 볼일을 보고 집으로 돌아가는 길에 다시 황야를 지나가게 되었습니다. 그렇게 늦은 시간에는 아무도 지나가는 사람이 없을 거라고 생각하고 깨끗한 장소에 보석 자루를 풀어 놓고 있던 난쟁이가 두 소녀를 보고 깜짝 놀랐습니다. 저녁놀을 받은 영롱한 보석이 너무도 찬란하게 오색영롱한 광채를 내서 두 사람은 걸음을 멈추고 보석을 바라보았습니다.

"왜 너희들은 원숭이들처럼 멍청하게 입을 벌리고 거기 서 있는거야?"

난쟁이가 소리를 질렀습니다. 난쟁이의 회백색 얼굴이 노여움 때문에 주홍색으로 변했습니다. 난쟁이가 계속해서 욕설을 퍼부으려고 하는 찰나에 으르릉 하는 큰 소리가 들리더니 검은 곰이 숲에서 달려 나왔습니다. 난쟁이는 겁에 질려서 펄쩍 뛰었지만 제 때에 몸을 숨길 수가 없었습니다. 곰이 이미 너무 가까이 와 있었던 것입니다. 잔뜩 겁에 질려 난쟁이가 비명을 질렀습니다.

"여보세요, 곰 아저씨, 제 목숨만 살려 주십시오. 그러면 제 보물을 전부 당신께 드리겠습니다! 저기 있는 아름다운 보석을 보세요. 목숨만 살려 주세요! 저처럼 작고 하찮은 게 무슨 소용이 있어요? 저 같은 건 잡아먹어도 별로 맛이 없을거예요! 저기 있는 저 못된 두 계집아이들이 훨씬 나을거예요. 저 두 계집아이는 아주 연하고 맛있고, 어린 메추라기처럼 통통해요. 제발, 저 대신 저 애들을 잡아먹으세요!"

곰은 난쟁이의 말은 들은 척도 하지 않고 발로 한 방 후려쳤습니다. 난쟁이는 다시는 움직이지 않았습니다. 그것을 보고 있던 흰눈이와 빨간 장미가 달아나자 뒤에서 곰이 불렀습니다.

"흰눈아, 빨간 장미야, 두려워하지마! 기다려. 나와 같이 가자꾸나!"

두 소녀는 곰의 목소리를 알아듣고 걸음을 멈추었습니다. 두 소녀 곁으로 다가온 곰은 갑자기 가죽을 벗더니 온통 황금옷을 입은 멋진 청년으로 변했습니다.

"나는 왕자야. 내 보물을 훔친 저 악한 난쟁이가 마법을 걸어 나를 곰으로 만들었기 때문에 숲을 돌아다니고 있었던거야. 난쟁이가 죽어야만 마법에서 풀려날 수 있었단다. 저 난쟁이는 당연한 벌을 받은 거야."

흰눈이는 그 왕자와 결혼을 했으며, 빨간 장미는 그 왕자의 동생과 결혼했습니다. 또 그들은 난쟁이가 모아 놓은 많은 보물을 나누어 가졌습니다. 늙은 어머니는 딸들과 함께 오랫동안 평화롭고 행복하게 살았습니다. 그리고 어머니는 장미나무 두 그루를 창문 앞에 옮겨 심었습니다. 해마다 그 장미나무에는 눈부시게 아름다운 흰 장미와 빨간 장미가 피었습니다.

162

영리한 하인

만약 주인의 명령에 귀를 기울이면서도 주인의 지시만을 수행하는 것이 아니라 스스로 슬기롭게 처신하는 현명한 하인을 가진 주인이 있다면, 그런 주인은 아마 자신이 복이 많다고 생각하고 자기 집안이 잘될 것이라며 안심할 것입니다.

옛날에 바로 그런 하인이 있었는데, 그 하인의 이름은 한스였습니다. 주인은 한스에게 잃어버린 암소를 찾아오라고 시켰습니다. 심부름을 떠난 한스는 한참이 지나도 돌아오지 않았습니다. 주인은 충실한 한스가 언제나처럼 최선을 다하고 있을 거라고 생각하고 걱정을 하지 않았습니다. 그렇지만 돌아올 시간이 되었는데 한스가 여전히 돌아오지 않기 때문에 주인은 한스에게 무슨 일이 생겼는가 걱정이 되어 직접 한스를 찾으러 나갔습니다. 주인은 오랫동안 찾아 헤맨 끝에 마침내 넓은 들판에서 뛰어다니고 있는 하인을 발견했습니다. 하인을 따라잡았을 때 주인이 말했습니다.

"그런데, 충실한 한스야. 내가 찾아오라고 시킨 암소는 찾았느냐?"

"아뇨, 주인님. 아직 암소를 찾지 못했습니다. 사실은 암소를 찾으려고 하지도 않았습니다."

"그럼 넌 무엇을 찾고 있었느냐, 한스야?"

"더 좋은 건데요. 다행히 저는 그것을 발견했습니다."

"그것이 뭐냐, 한스야?"

"세 마리의 찌르레기입니다."

"그래, 찌르레기는 어디에 있으냐?"

"한 마리는 제가 보고 있고요, 다른 한 마리는 제가 듣고 있고요, 마지막 한 마리는 제가 아직 쫓고 있습니다."

영리한 하인이 대답했습니다.

여기에서 교훈을 얻으십시오. 여러분의 주인과 주인의 명령을 걱정하지 마십시오. 무엇이든 여러분의 머리에 떠오르는 것과 여러분의 마음에 드는 일을 하십시오. 그러면 여러분의 행동은 영리한 한스의 행동처럼 현명해지게 될 것입니다.

163

유리상자

가난한 재단사가 크게 출세해서 이름을 떨치는 일은 있을 수 없다는 말은 그 누구도 해서는 안 됩니다. 가난한 재단사도 마땅한 사람을 만나기만 하면 되고, 제일 중요한 것은 운만 따르면 된다는 것이죠. 옛날에 그런 재단사가 한 사람 있었습니다. 이 사람은 쾌활하고 영리한 수습재단사였습니다. 재단사는 여행을 떠나 넓은 숲 속으로 들어갔다가 길을 제대로 몰라서 그만 길을 잃었습니다. 밤이 되자 재단사는 이 호젓한 곳에서 잘 곳을 찾을 수밖에 없었습니다.

물론 재단사는 부드러운 이끼 위에 잠자리를 마련하고 싶었지만, 그러면 들짐승들 때문에 잠을 이루지 못할 것 같아 나무 위로 올라가서 밤을 보내기로 결심했습니다. 재단사는 커다란 참나무를 찾아 위로 올라갔습니다. 재단사는 다리미를 가지고 온 것을 매우 다행스럽게 생각했습니다. 다리미가 없었다면 재단사는 나무 위로 심하게 불어 대는 바람에 날아가 버렸을 것이기 때문입니다.

재단사는 어둠 속에서 두려움에 오들오들 떨면서 몇 시간을 보냈습니다. 그런데 근처에서 반짝이는 불빛을 하나 발견했습니다. 재단사는 거기에 사람이 살고 있을 거라고 생각했습니다. 재단사는 나무 위에 있는 것보다 사람들과 같이 있는 게 덜 무서울 거라고 생각하고 조심스럽게 나무에서 내려와 불빛을 향해 걸어갔습니다. 불빛을 따라가니 갈대와 관목으로 지은 조그만 오두막집이 나타났습니다. 재단사가 용기를 내서 문을 두드리자 문이 열렸습니다. 열린 문으로 쏟아져 나오는 불빛으로 재단사는 밝은 색의 누더기를 기워서 만든 외투를 입고 있는 백발이 성성한 작은 노인을 볼 수 있었습니다.

"당신은 누구이며 무엇을 원하시오?"

그 사람이 호통치듯 물었습니다.

"저는 가난한 재단사인데 이 황야에서 밤을 만났습니다. 아침까지 당신의 오두막집에서 머무를 수 있도록 허락해 주십시오."

"가던 길을 계속 가시오. 나는 뜨내기와 상종하고 싶지 않소. 당신 잠자리는 다른 곳에서 찾아보시오."

노인이 퉁명스럽게 대답하고 등을 돌리려 하자 재단사는 노인의 외투자락을 꼭 잡고 간절히 애원했습니다. 겉으로 드러난 것처럼 매정하지는 않았던 노인은 마침내 누그러져서 재단사를 오두막집으로 들어오게 했습니다. 그리고 노인은 재단사에게 먹을 것을 준 다음 구석에 있는 매우 좋은 침대로 안내했습니다.

피곤했던 재단사에게는 오로지 달콤한 잠만이 필요했습니다. 실제로 재단사는 아침까지 천사처럼 잠을 잤습니다. 만약 벽 사이로 들리는 시끄러운 소리에 놀라지 않았다면 일어날 생각도 하지 않았을 것입니다. 그것은 소름끼칠 정도로 시끄럽게 울부짖는 소리였습니다. 재단사는 스스로도 놀랄 정도로 용기가 샘솟아 재빨리 옷을 입고 밖으로 나갔습니다. 그 조그만 집 근처에서 커다란 검은 황소와 수사슴은 화가 머리 끝까지 올라 욕을 해대고 있었습니다.

황소와 수사슴이 외쳐대는 고함으로 하늘이 울리고, 두 동물의 발길질로 땅이 흔들릴 정도였습니다. 시간이 한참 지났지만 누가 싸움에서 이길 것인지 불

확실했습니다. 마침내 수사슴이 뿔로 상대의 몸통을 찔렀습니다. 그러자 황소는 무서운 신음 소리를 내며 땅에 주저앉았고, 몇 차례 더 수사슴의 뿔에 받쳐 끝내 목숨이 끊어지고 말았습니다.

가슴을 졸이며 싸움을 지켜보던 재단사는 수사슴이 자기 쪽으로 달려오는데도 움직이지 못하고 그냥 멍하니 서 있었습니다. 재단사가 미처 달아나기도 전에 수사슴이 커다란 뿔로 재단사를 번쩍 들어올렸습니다. 재단사는 무슨 일이 일어나고 있는지 생각할 겨를도 없었습니다. 수사슴은 재단사를 태우고 바람처럼 빠르게 언덕과 골짜기, 산과 계곡, 초원과 숲을 달렸습니다. 재단사는 양손으로 뿔을 꼭 잡고 운명에 자신을 맡겼습니다.

마침내 수사슴이 바위투성이 벼랑 앞에 멈춰 서서 조심스럽게 땅에 내려놓아 줄 때까지 재단사는 하늘을 날고 있는 것 같았습니다. 살아 있었다기보다는 오히려 죽어 있었다고 하는 편이 옳을 만큼 재단사가 정신을 차리는 데는 많은 시간이 걸렸습니다.

재단사가 어느 정도 정신을 차렸을 때, 옆에 서 있던 수사슴이 뿔로 벼랑에 있는 문을 힘껏 두드리자 문이 열렸습니다. 불길이 확 쏟아져 나오고, 뒤이어 엄청난 양의 연기가 쏟아져 나오는 바람에 재단사는 수사슴의 모습을 놓쳤습니다. 재단사는 이 외딴 곳에서 달아나 다시 사람이 사는 곳으로 돌아가기 위해서는 어떻게 해야 할지, 또 어디로 가야 할지 알 수가 없었습니다. 재단사가 마음을 정하지 못하고 그 자리에 우두커니 서 있을 때 벼랑 안에서 목소리가 들렸습니다.

"두려워 말고 들어오세요. 당신은 아무 해도 입지 않을 것입니다."

재단사는 망설였지만 한편으로는 호기심도 생겼습니다. 그래서 재단사는 목소리가 이르는 대로 철문을 지나 크고 넓은 방으로 들어갔습니다. 천장과 벽과 마루는 반짝반짝 윤기나는 돌벽돌로 만들어져 있었습니다. 그리고 돌에는 그가 알아볼 수 없는 기호들이 새겨져 있었습니다. 재단사가 놀라서 사방을 둘러보고 막 떠나려고 하는데 다시 한 번 소리가 들렸습니다.

"방 한가운데 있는 돌 위로 올라오십시오. 커다란 행운이 당신을 기다리고 있습니다."

재단사는 명령에 따르는 것이 두렵지 않을 정도로 용기가 생겨났습니다. 재단사의 발 아래에 있는 돌이 무너지기 시작했으며, 재단사는 천천히 아래로 내려갔습니다. 다시 단단한 땅 위에 도착했을 때 재단사는 주위를 둘러보았습니다. 재단사는 자신이 아까 본 것과 똑같은 크기의 방 안에 있다는 것을 알았습니다. 그렇지만 이 방에는 감탄할 것이 훨씬 더 많았습니다.

벽을 파서 만든 벽감에는 형형색색의 수증기나 푸른 증기가 가득 들어 있는 투명한 유리꽃병이 놓여 있었고 방바닥에는 서로 마주 보고 있는 두 개의 커다란 유리상자가 있었습니다. 그것을 보자 재단사는 호기심이 일어났습니다. 재단사는 그 중 한 유리상자 쪽으로 걸어가서 안을 들여다보았습니다. 그 안에는 농가들이며 마구간, 헛간 등등의 멋진 것들로 둘러싸인 성 비슷한 아름다운 집이 있었습니다. 모두가 작지만 정교하고 공들여 만든 것으로서 마치 숙달된 전문가가 정교하게 조각해 놓은 것 같았습니다.

만약 다시 한 번 목소리가 들리지 않았다면 재단사는 이 희귀한 것에서 눈을 떼지 못했을 것입니다. 그 목소리는 재단사에게 돌아서 맞은편에 있는 유리상자를 보라고 명령했습니다. 그 안에 들어 있는 눈부시게 아름다운 아가씨를 보고 재단사의 놀라움은 훨씬 더 커졌습니다. 그 아가씨는 기다란 금빛 머리카락에 몸을 감싸고 잠든 것처럼 누워 있었습니다. 아가씨의 금빛 머리카락은 마치 값비싼 망토 같았습니다. 아가씨의 눈은 꼭 감겨 있었지만 숨을 쉴 때마다 들썩이는 밝은 얼굴과 리본은 살아 있다는 명백한 증거였습니다.

재단사가 가슴을 두근거리며 그녀를 보고 있을 때 갑자기 아가씨가 눈을 떴습니다. 그녀는 처음에는 놀라다가 이내 재단사의 모습을 보고 기뻐 어쩔 줄을 몰랐습니다.

"오, 하느님!"

아름다운 아가씨가 소리쳤습니다.

"전 이제 풀려날 수 있게 되었어요. 빨리 이 감옥에서 벗어날 수 있게 저를 도와주세요. 당신이 이 유리관의 빗장을 풀기만 하면 저는 풀려날 수 있어요."

재단사는 망설이지 않고 아가씨의 말대로 했습니다. 아가씨는 즉시 유리 뚜껑을 들어올리고 밖으로 나와 홀 한 쪽으로 달려가더니 커다란 망토로 몸을 감쌌습니다. 망토를 걸친 아가씨는 돌 위에 앉아 재단사를 불렀습니다. 아가씨는 재단사의 입술에 다정하게 입을 맞추고 나서 말했습니다.

"저의 구원자인 당신이 오시기를 오랫동안 기다렸어요. 이제 은혜로우신 하느님께서 당신을 제게 인도하시고 제 고통을 끝나게 했습니다. 그리고 제 고통이 끝난 바로 오늘, 당신의 행복은 시작될 거예요. 하늘은 당신을 제 남편으로 선택했으며, 당신은 남은 인생을 기쁨과 평화 속에서 보내게 될 거예요. 또한 당신은 많은 재산도 받을 거예요. 이제 앉아서 제 이야기를 들어보세요."

그러면서 아름다운 아가씨는 지난날의 일들을 말하기 시작했습니다.

"저는 부유한 백작의 딸이었습니다. 부모님은 제가 철부지 아이였을 때 돌아가셨어요. 부모님의 마지막 유언에 따라 저는 오빠가 키웠습니다. 우리는 서로 무척 아꼈으며, 생각과 취미가 너무도 똑같아서 우리 두 사람은 평생 동안 결혼하지 말고 함께 살기로 결심할 정도였어요. 우리 집에는 손님이 끊이지 않았어요. 이웃 사람과 친구들이 언제나 우리를 찾아왔고, 우리는 모든 사람들에게 친절하게 대했어요.

그런데 어느 날 저녁 낯선 사람이 말을 타고 우리 성에 왔어요. 그 사람은 시간이 늦어져 다음 도시까지 갈 수 없다며 하룻밤만 묵게 해 달라고 부탁했어요. 우리는 손님의 청을 따뜻하고 공손하게 받아들였어요. 손님은 저녁 식사 동안 재미있는 이야기를 적절하게 섞어 가면서 우리를 즐겁게 해주었어요. 오빠는 그 손님이 무척 마음에 들어서 며칠 더 우리와 같이 지내자고 부탁했어요. 손님은 조금 망설이다가 그러겠다고 했어요. 우리는 밤이 으슥해서야 식탁에서 일어나 손님을 방으로 안내해 주었답니다.

저는 너무 피곤해서 서둘러 부드러운 침대로 올라가 몸을 뉘었어요. 하지만 저는 잠이 들었다가 이내 조용하고 아름다운 음악소리에 잠이 깼어요. 저는 음악소리가 어디에서 나는지 몰랐기 때문에 옆 방에서 자고 있는 시녀를 깨우고 싶었지만 말이 나오지 않았어요. 이상하게도 신비한 어떤 힘 때문에 말을 할 수가 없었지요. 저는 마치 악몽에 시달리는 것 같은 느낌이었고, 아무리 작은 소리도 낼 수 없었어요. 그 때 저는 침대 머리맡에 밝혀둔 불빛 때문에 손님이 단단하게 잠긴 두 문을 지나 제 방으로 들어오는 것을 볼 수 있었어요. 그 사람은 제게 다가와 저를 깨우기 위해서 자기가 부릴 수 있는 마술로 그 아름다운 음악소리를 냈다고 말했어요. 그 사람은 자기 마음을 고백하고 제게 청혼할 생각으로 잠긴 문을 뚫고 들어온 것이었어요. 그렇지만 저는 그 사람의 마술이 너무 불쾌해서 그의 청혼을 대꾸할 가치도 없는 것으로 생각했어요.

그 사람은 한동안 움직이지 않고 그대로 서 있었어요. 아마 호의적인 대답을 기대하고 있었겠지요. 하지만 제가 계속 입을 다물고 있었더니 그 사람이 화를 내며 선언했어요. 자기는 복수를 할 것이고 제 오만함을 벌 줄 수 있는 수단을 찾겠다는 것이었어요. 손님이 그런 말을 하고 방을 나간 뒤 저는 밤새 뒤척이다가 거의 아침이 되어서야 겨우 잠이 들 수 있었어요. 눈을 뜨자마자 제가 간밤에 있었던 일을 말하려고 오빠에게 달려갔을 때 오빠는 이미 보이지 않았어요. 오빠의 하인은 오빠가 동이 트기 무섭게 손님과 함께 사냥을 나갔다고 말했어요.

그 즉시 저는 뭔가 잘못됐다는 걸 직감했어요. 저는 얼른 옷을 입고 말에 안장을 얹은 다음 하인과 함께 전속력으로 숲을 향해 달려갔어요. 그렇지만 도중에 하인의 말이 넘어져서 발이 부러지는 바람에 하인은 저를 따라올 수 없었어요. 저는 멈추지 않고 계속 달렸어요. 잠시 후 밧줄로 묶은 아름다운 수사슴을 끌고 저를 향해 다가오고 있는 그 손님을 만났어요. 저는 그 사람에게 오빠는 어디에 있느냐고, 또 수사슴은 어떻게 된 거냐고 물었어요. 사슴의 눈에는 굵은 눈물이 가득 고여 있었어요. 저는 화가 나서 권총을 꺼내 그 악당을 쏘았지만 총알이 그 사람의 가슴에서 튀어나와 제가 탄 말의 머리에 맞았어요. 저는 땅바닥으로 떨어졌고, 그 사람이 무슨 말인가를 중얼거리자 의식을 잃어버렸어요.

의식을 회복했을 때 저는 이미 이 지하 동굴 속의 유리관에 있었어요. 그 마법사는 다시 나타나서 오빠를 수사슴으로 변하게 만들었다고 말했어요. 그 뿐만 아니라 마법사는 제 성과 주위의 모든 것들을 유리상자에 들어갈 수 있을 정도로 작게 축소했어요. 그리고 제 주위 사람들도 수증기로 변하게 해서 유리병에 가두었어요. 그렇지만 마법사는 만약 제가 자신의 뜻을 따른다면, 모든 것을 원래대로 되돌려 놓는 것은 식은 죽 먹기라고 말했어요. 상자들을 열기만 하면 모든 것이 원래 상태로 돌아갈 것이라고요. 저는 전처럼 마법사의 말에 대꾸하지 않았어요.

마법사는 저를 가두어 놓고 떠나 버렸고, 저는 깊은 잠에 빠졌어요. 저는 꿈 속에서 여러 가지 상상을 하며 위안을 받곤 했어요. 그 중에서 특히 위안이 된 것은 저를 자유롭게 해주려고 오는 젊은 분의 모습이었어요. 그리고 오늘 눈을 떴을 때 저는 당신을 보고 저의 그 꿈이 실현되었다는 것을 알았어요."

아가씨는 여기까지 말하고 나서 재단사를 바라보았습니다.

"이제 제가 꿈 속에서 본 다른 것들도 실현되도록 도와 주세요. 먼저 우리는 성이 들어 있는 유리상자를 들어다가 저 넓은 돌 위로 옮겨야 돼요."

그 유리상자를 넓적한 돌 위로 옮겨 놓자마자 그 돌이 솟아오르기 시작하더니 통로를 통해서 아가씨와 젊은이를 위층 방으로 올려다 주었습니다. 거기에서 젊은이와 아가씨는 쉽사리 탁 트인 야외로 나갈 수가 있었습니다. 그 다음에 아가씨가 상자 뚜껑을 열었습니다. 성이며, 농장들이 팽창되고 커져서 순식간에 원래의 크기로 돌아가는 모습을 보고 젊은이는 매우 놀랐습니다. 아가씨와 젊은이는 지하 동굴로 돌아가서 수증기로 꽉 찬 병들을 날라 그 돌 위에 놓았습니다.

아가씨가 병을 열자마자 푸른 증기가 뻗쳐 나오더니 살아 있는 생명체로 변했습니다. 아가씨는 그 사람들이 자신의 이웃과 하인들이라는 것을 알았습니다. 그리고 황소의 모습을 하고 있던 마법사를 죽인 아가씨의 오빠가 사람의 모습을 하고 숲 속에서 나왔을 때 아가씨는 대단히 기뻐했습니다. 그리고 바로 그 날 아가씨는 약속을 지켰습니다. 아가씨는 그 운 좋은 재단사와 결혼을 했던 것입니다.

164

게으른 하인츠

하인츠는 게을렀습니다. 풀을 뜯기러 염소를 몰고 나가는 것 외에는 매일 아무 일도 하지 않으면서 밤에 집으로 돌아올 때는 언제나 이렇게 투덜거렸습니다.

"해마다 늦가을까지 들로 염소를 몰고 나가는 일은 정말 큰 고생이고 고역이야. 만약 누워서 잠을 자면서 일을 할 수만 있다면 얼마나 좋을까! 하지만 안 돼. 나는 염소가 어린 나무를 해치거나 울타리를 뚫고 정원으로 들어가지 못하게 감시해야 되니까. 심지어 도망갈지도 모르니까 눈을 뜨고 있어야 하지. 그러나 이런 식으로 산대서야 어느 누가 인생을 편히 즐길 수 있을까?"

하인츠는 앉아서 자신의 이러한 부담을 벗어 버릴 수 있는 방법을 궁리했습니다. 오래도록 생각을 해보았지만 소용이 없었습니다. 그러다가 갑자기 한 가지 생각이 떠올랐습니다.

"맞아, 내가 할 일을 알았어."

하인츠는 소리쳤습니다.

"뚱뚱이 트리나와 결혼하는거야. 뚱뚱이 트리나는 염소를 가지고 있으니까 내 염소를 같이 끌고 나가 풀을 뜯기게 하면 돼. 그럼 나는 더 이상 괴로워하지 않아도 될 거야."

그래서 하인츠는 몸을 일으켜 지칠 대로 지친 다리를 옮겨 놓았습니다. 이제 하인츠가 할 일은 트리나의 부모님에게 가는 것뿐이었습니다. 하인츠는 트리나의 부모님께 부지런하고 정숙한 딸과 결혼하게 해 달라고 청혼을 했습니다. 트리나의 부모님은 이 청혼에 관해서 길게 생각할 필요도 없었습니다. 부모님은 유유상종이라고 생각하면서 승낙했습니다. 그래서 뚱뚱이 트리나는 하인츠의 아내가 되어 두 마리의 염소를 데리고 풀을 뜯기러 나갔습니다. 하인츠는 이제 즐겁게 지냈습니다. 그는 오직 자신의 게으름에 싫증이 나지 않도록만 하면 되었습니다. 하인츠는 어쩌다 한 번씩 트리나와 같이 나갔는데, 그럴 때는 이렇게 설명하곤 했습니다.

"내가 이렇게 하는 이유는 오직 이 일 이후에 찾아오는 내 휴식을 훨씬 더 즐겁게 즐길 수 있기 위해서야. 그렇지 않다면 나는 이런 일은 아예 거들떠보지도 않을거야."

그렇지만 뚱뚱이 트리나의 게으름도 결코 하인츠 못지 않았습니다. 하루는 트리나가 이렇게 말했습니다.

"사랑하는 하인츠, 이럴 필요가 없는데도 왜 우리는 인생을 처량하게 만들고 황금 같은 우리의 젊은 시절을 망치고 있을까요? 옆집 사람에게 염소를 팔아 버리면 더 낫지 않겠어요? 염소는 아침마다 울어대서 우리의 달콤한 잠을 방해해요. 또 옆집 사람은 틀림없이 두 마리 염소값으로 그 사람이 가지고 있는 벌통을 줄 거예요. 우리는 집 뒤꼍의 양지바른 곳에 벌통을 놓고 신경을 쓰지 않아도 돼요. 벌은 돌볼 필요도 없고 풀을 뜯기러 데리고 나갈 필요도 없어요. 벌은 제 스스로 밖으로 날아갔다가 다시 집을 찾아와요. 더군다나 제 힘으로 꿀을 모으기 때문에 우리는 전혀 수고할 필요가 없어요."

"아주 현명한 여자처럼 말하는구려. 지금 당장 실천에 옮깁시다. 게다가 꿀은 염소 젖보다 훨씬 맛도 좋고 영양분도 풍부하고, 또 오래 보관할 수 있어."
　옆집 사람은 기꺼이 두 마리의 염소값으로 벌통을 주었습니다. 벌은 이른 아침부터 밤늦게까지 벌집을 쉬지 않고 드나들며 좋은 꿀로 벌통을 채웠습니다. 가을 무렵까지 하인츠는 단지 하나 가득 꿀을 낼 수 있었습니다. 하인츠와 트리나는 침실 벽 위의 높은 시렁에 꿀단지를 올려놓았습니다. 두 사람은 꿀단지를 도둑 맞거나 쥐가 꿀을 훔쳐 먹지나 않을까 걱정했습니다. 그래서 트리나는 튼튼한 개암나무 회초리를 가져다가 꿀을 노리는 불청객이 침입하면 귀찮게 일어나지 않고도 회초리를 집을 수 있도록 침대 옆에 놓았습니다.
　게으른 하인츠는 한낮이 되도록 침대에서 나오지 않았습니다.
　"일찍 일어날수록 그만큼 빨리 힘이 빠진단 말이야."
　어느 날 아침 늘어지게 잠을 잔 하인츠가 밝은 태양이 내리쬐는 대낮이 되었는데도 침대에 누워 빈둥거리며 아내에게 말했습니다.
　"여자들은 단 것을 좋아해. 당신은 꿀을 야금야금 먹어 치우고 있어. 그래서 내 생각에는 당신이 다 먹어 없애기 전에 꿀을 젊은 얼간이가 기르는 거위와 바꾸는 것이 좋겠어."
　"하지만 우리가 거위를 돌볼 수 있는 아이를 갖기 전에는 안 돼요. 당신은 아무 의미도 없이 내가 피곤해 지치고 내 힘을 낭비하기를 바라는거예요?"
　"당신은 우리 아들이 거위를 돌볼 거라고 생각해? 요즘 아이들은 옛날처럼 말을 듣지 않아. 요즘 아이들은 암소를 찾으라고 했는데 세 마리의 찌르레기 사냥을 간 하인처럼 자기들이 부모보다 더 영리하다고 생각하기 때문에 제 멋대로들 해."
　"우리 아들이 내가 시키는 대로 하지 않으면 벌을 줄 거예요. 나는 회초리로 사정없이 매질을 할거예요. 봐요, 하인츠! 아시겠죠? 나는 이렇게 때려 줄 거예요."
　트리나가 팔을 휘두르며 힘을 자랑했습니다. 그러다가 불행하게도 트리나는 꿀단지를 침대에 엎고 말았습니다. 꿀단지는 벽에 부딪혀 산산조각이 났고, 맛있는 꿀이 마룻바닥 여기저기로 쏟아졌습니다.
　"원 이거, 얼간이의 거위가 사라지는군. 거위는 이제 돌볼 필요가 없어졌어. 어쨌든 꿀단지가 내 머리 위로 떨어지지 않은 게 다행이지. 아무리 생각해도 이 정도로 끝난 게 천만다행이야."

꿀단지 조각에 아직 꿀이 조금 남아 있는 것을 발견하고 하인츠가 꿀단지 조각을 집으며 기쁘게 말했습니다.

"여보, 우선 이 찌꺼기나 먹읍시다. 방금 전에 가슴이 철렁했으니 좀 안정을 시켜야지. 우리가 평소보다 조금 늦게 일어난다고 해서 달라질 게 뭐가 있겠어? 낮은 정말이지 너무 길어."

"맞아요. 때가 되면 어차피 목적지에 도착하게 될 텐데요, 뭘. 옛날에 어떤 달팽이가 결혼식에 초대를 받고 길을 떠났는데, 겨우 그 부부가 낳은 자식의 세례식 때에 맞춰서 도착했대요. 달팽이가 그 집 앞에서 울타리에 걸려 넘어지면서 '서두르는 것은 낭비다.'라고 했다잖아요?"

165

괴물새 그라이프

옛날에 어떤 왕이 있었습니다. 그러나 그 왕이 다스리는 나라가 어디에 있었으며 왕의 이름이 무엇이었는지는 모릅니다. 그 왕에게는 아들은 없고 딸만 하나 있었습니다. 이 딸은 항상 몸이 아팠는데, 어떤 의사도 고치지 못했습니다. 그러던 어느 날 왕은 점쟁이로부터 딸이 사과를 먹으면 건강을 회복할 것이라는 말을 들었습니다. 그래서 왕은 딸의 건강을 되찾아 줄 수 있는 사과를 가져오는 사람은 누구를 막론하고 딸과 결혼해서 왕이 될 것이라고 온 나라에 선포했습니다.

아들 셋을 둔 농부가 이 소식을 듣고 큰아들에게 말했습니다.

"정원에 가서 잘 생긴 빨간 사과를 한 바구니 가득 따서 왕궁으로 가지고 가거라. 그 사과를 먹으면 틀림없이 공주가 건강을 회복할 것이고, 너는 공주와 결혼해서 왕이 될 수 있을 것이다."

젊은이는 아버지가 시키는 대로 사과를 가지고 길을 떠났습니다. 젊은이는 얼마쯤 가다가 몸집이 작고 머리카락이 하얗게 센 사람을 만났습니다. 그 사람이 젊은이에게 바구니에 있는 게 무엇인지 물었습니다. 울레 — 이게 큰아들의 이름이었습니다 — 는 이렇게 대답했습니다.

"개구리 다리."

이 말을 듣고 난쟁이가 말했습니다.

"그렇다면, 그 말대로 될 것이오."

그러고는 가 버렸습니다.

울레는 성에 도착해서 공주가 먹으면 건강해질 수 있는 사과를 가져왔다고 알렸습니다. 왕은 이 말을 듣자 크게 기뻐하며 울레를 자기 앞으로 데려오라고 명했습니다. 그런데 맙소사! 울레가 바구니를 열어 보니 바구니 안에는 사과 대신 개구리 다리가 꿈틀거리고 있었습니다. 왕은 화가 나서 울레를 쫓아냈습니다.

다음에 아버지는 둘째 아들을 보냈습니다. 둘째 아들의 이름은 제메였는데, 제메에게도 똑같은 일이 일어났습니다. 제메도 백발의 난쟁이를 만났는데, 그는 이번에도 바구니 안에 뭐가 있느냐는 질문을 했습니다.

"돼지털."

제메가 그렇게 대답하자 백발의 난쟁이가 대꾸했습니다.

"그렇다면, 그 말대로 될 것이오."

제메가 성에 도착해서 공주의 병을 낫게 할 수 있는 사과를 가지고 왔다고 말했지만, 문지기들은 들여보내 주려고는 하지 않고 벌써 다른 사람이 와서 자신들을 우롱했다고 말했습니다. 제메가 진짜 사과를 가지고 왔으니 꼭 들어가야 한다고 고집을 피우자 마침내 문지기들은 제메의 말을 믿고 왕에게 안내했습니다. 그러나 제메가 바구니를 열었을 때 그 안에는 돼지털밖에 없었습니다. 그러자 왕은 지난번보다 더 화가 나서 제메를 매질하여 내쫓았습니다.

제메는 집으로 돌아와 자기가 겪은 일을 이야기했습니다. 그러자 바보 한스라고 불리는 막내 아들이 아버지께 자기도 사과를 가지고 성으로 가야 하는지 물었습니다.

"어렵쇼. 너는 정말로 네가 그 일을 할 수 있다고 생각하느냐? 영리한 형들도 성공하지 못했는데, 네가 어찌 성공할 수 있다고 그러느냐?"

아버지가 말했습니다. 그렇지만 한스는 단념하지 않았습니다.

"가고 싶어요, 아버지. 저도 가게 허락해 주세요."

"이 어둔한 녀석아. 너는 더 영리해질 때까지 기다려야 한다."

아버지는 이렇게 말하고 한스의 청을 흘려 버렸지만 한스는 아버지의 옷자락을 붙잡고 말했습니다.

"가고 싶어요, 아버지. 저도 가고 싶어요."

"좋다, 네가 굳이 원한다면 가도록 해라. 하지만 너는 분명히 금방 되돌아올 거야."

아버지가 못마땅한 기색으로 대답했습니다. 그렇지만 한스는 기뻐서 껑충껑충 뛰었습니다.

"바보처럼 굴지 말아라. 너는 어째서 날이 갈수록 더 어리석어지는거냐."

아버지가 이렇게 말했지만 한스는 이 말에 기분이 나쁘거나 하지는 않았습니다. 어떤 것도 한스의 기쁨을 가라앉게 하지는 못했습니다.

이미 날이 어둑어둑해졌기 때문에, 한스는 그 날 안에는 왕궁에 도착할 수 없으니 이튿날까지 기다리는 것이 좋겠다고 생각했습니다. 그러나 밤이 되어 침대에 누웠어도 한스는 잠을 잘 수 없었습니다. 깜빡 선잠이 들어서도 한스는 아름다운 아가씨들과 성, 금과 은, 그리고 온갖 종류의 달콤한 꿈만을 꾸었습니다. 이튿날 아침 일찍 한스는 길을 떠났습니다. 한스도 들판으로 나가자마자 회색옷을 입은 초라한 난쟁이를 만났는데, 이번에는 그가 바구니에 있는 것이 무엇이냐고 물었습니다. 한스가 공주의 병을 낫게 할 수 있는 사과를 가지고 있다고 말하자 난쟁이가 말했습니다.

"그렇다면, 그 말대로 될 것이오."

그러나 왕궁에서는 아무도 한스를 들여보내 주지 않았습니다. 이미 두 사람이나 와서 사과를 가져왔다고 했지만, 한 사람은 개구리 다리를, 또 한 사람은 돼지털을 가지고 왔다는 것이었습니다. 그렇지만 한스는 자기는 개구리 다리가 아니라 이 왕국에서 가장 아름다운 사과를 가지고 왔다고 열심히 주장했습니다. 한스가 너무나 진지하게 말했기 때문에 문지기는 한스가 거짓말을 할 리가 없을 거라고 생각하고 들여보내 주었습니다. 문지기의 생각은 옳았습니다.

한스가 왕 앞에서 바구니를 열었을 때 바구니 속에는 황금빛 사과가 있었습니다. 왕은 크게 기뻐하며 사과를 딸에게 가져다주라고 명령하고 근심스럽게 결과를 기다렸습니다. 오래지 않아 왕은 기쁜 소식을 받았는데 그 소식을 가져온 사람은 다름 아닌 공주였습니다. 사과를 먹자마자 곧바로 씻은 듯이 병이 나은 공주는 침대에서 벌떡 일어나 직접 왕에게로 온 것입니다.

왕의 기쁨은 이루 말로 다 할 수 없을 정도였습니다. 그렇지만 왕은 딸을 한스에게 시집 보내고 싶지 않았으므로 조건을 내걸었습니다. 왕은 한스에게 물 속에서보다 마른 땅에서 더 빨리 가는 배를 만들어야 한다고 말했습니다. 한스는 그 조건을 받아들이고 집으로 가서 왕궁에서 있었던 일을 이야기했습니다.

아버지는 울레를 숲으로 보내면서 그런 배를 만들어 보라고 했습니다. 울레는 휘파람을 불며 열심히 일했습니다. 그런데 정오가 되자 백발의 난쟁이가 와서 울레에게 무엇을 만들고 있느냐고 물었습니다. 울레는 대답했습니다.

"나무 접시요."

그러자 백발의 난쟁이가 말했습니다.

"그렇다면, 그 말대로 될 것이오."

저녁이 되자 울레는 배가 완성되었다고 생각했습니다. 그러나 울레가 배에 타려고 했을 때 거기에는 나무 접시밖에 없었습니다. 다음 날은 제메가 숲으로 갔지만 제메에게도 똑같은 일이 일어났습니다. 사흘째 되는 날에는 바로 한스가 숲으로 갔습니다. 한스는 숲 전체가 울릴 정도로 힘차게 망치질을 하며 열심히 일했습니다. 또 한스는 줄곧 노래를 부르고 즐거운 곡조로 휘파람을 불었습니다. 그러자 다시 그 난쟁이가 정오에 나타나서 무엇을 만들고 있느냐고 한스에게 물었습니다.

"나는 물 속에서보다 마른 땅에서 더 빨리 가는 배를 만들고 있습니다. 내가 배를 완성하면 나는 공주를 내 신부로 삼을 수 있습니다."

그러자 난쟁이가 말했습니다.

"그렇다면, 그 말대로 될 것이오."

태양이 황금빛으로 변한 저녁에 한스는 배와 노와 키를 완성했습니다. 한스는 배를 타고 왕궁을 향해 갔습니다. 그 배는 바람처럼 빠르게 갔습니다. 왕은 멀리서부터 이것을 보았지만, 그래도 한스에게 딸을 주기가 싫었습니다. 그래서 왕은 한스에게 우선 아침 일찍부터 밤늦게까지 백 마리의 산토끼를 돌보라고 말했습니다. 그리고 만약 그 중에서 한 마리라도 잃어버리면 공주와 결혼을 시킬 수 없다고 했습니다. 한스는 이 말도 거역하지 않았습니다.

바로 이튿날 한스는 산토끼를 데리고 풀밭으로 나가서 한 마리도 달아나지 못하게 지켰습니다. 잠시 후 성에서 하녀가 와서 한스에게 산토끼를 한 마리 달라고 했습니다. 성에 손님들이 와서 토끼고기를 대접해야 한다는 것이었습니다. 그렇지만 한스는 그 속셈을 뻔히 눈치 채고, 토끼는 줄 수 없으며, 왕이 손님에게 토끼고기를 대접하고 싶으면 내일 대접하면 될 것이라고 말했습니다. 그런데도 하녀는 순순히 한스의 말을 들으려고 하지 않았고 결국 싸움이 시작되었습니다. 그래서 한스는 만약 공주가 직접 온다면 산토끼를 주겠다고 말했습니다. 그녀가 성에 돌아와서 이렇게 보고하자 공주는 직접 가기로 결심했습니다.

그 사이에 그 난쟁이가 다시 나타나서 한스에게 무엇을 하고 있느냐고 물었습니다. 한스는 백 마리의 토끼를 지켜야 하는데 단 한 마리도 달아나면 안 된다고 말했습니다. 그러면 자기가 공주와 결혼도 하고 왕이 될 수 있을 것이라고 말입니다. 이야기를 듣고 난 다음 난쟁이가 말했습니다.

"좋아, 이 호루라기를 주지. 만약 토끼가 달아나면 토끼가 돌아올 때까지 호루라기를 불게."

공주가 오자 한스는 공주의 앞치마에 산토끼를 놓아 주었습니다. 그런데 공주가 백 걸음쯤 갔을 때 한스가 호루라기를 불자 산토끼는 앞치마에서 뛰어나와 즉시 다른 산토끼들에게 돌아갔습니다. 밤이 되자 한스는 다시 한 번 호루라기를 불고 토끼가 전부 있는지 확인한 다음 산토끼를 데리고 성으로 갔습니다. 왕은 한스가 한 마리도 잃어버리지 않고 백 마리의 토끼를 돌본 것을 보고 놀랐습니다. 그럼에도 불구하고 왕은 여전히 딸을 한스에게 주고 싶지 않았으므로, 이번에는 괴물새 그라이프(독수리의 머리와 날개, 앞다리를 가지며 몸통과 뒷다리는 사자인 환상의 괴조)의 꼬리에서 깃털을 뽑아 자기에게 가져와야 한다고 말했습니다.

한스는 즉시 출발했습니다. 한스는 저녁 무렵에 어느 성에 이르렀습니다. 당시에는 여관이 없었기 때문에 한스는 그 성에서 하룻밤만 재워 달라고 부탁했습니다. 성의 주인은 한스의 청을 흔쾌히 받아들이고 한스에게 어디로 가는 길이냐고 물었습니다.

"괴물새 그라이프를 찾아가는 길입니다."

"아, 그라이프를 찾아 나섰다? 소문에는 그라이프는 모르는 것이 없다고 하던데. 내가 마침 금고 열쇠를 잃어버렸는데, 열쇠가 어디 있는지 그라이프에게 물어봐 줄 수 있을지 모르겠군."

"네, 물론이지요. 꼭 그렇게 하겠습니다."

다음 날 아침 일찍 한스는 다시 여행을 떠나 하루 온종일을 걸은 후 다른 성에 도착하게 되었습니다. 한스는 그 성에서 또 하룻밤을 묵게 되었습니다. 그 성의 사람들은 한스가 그라이프를 찾아가는 중이라는 것을 알고, 성주의 딸이 병이 들었는데 백방으로 치료해 보았지만 아무 소용이 없었다고 말했습니다. 그러면서 한스에게 그 딸의 병을 낫게 할 수 있는 방법을 그라이프에게 물어봐 줄 수 있느냐고 물었습니다. 한스는 기꺼이 그러겠다고 말하고 여행을 계속했습니다.

그 뒤 한스는 어느 호수에 이르게 되었습니다. 이 호수에는 배 대신 사람들을 업어 물을 건네 주는 일을 하는 거인이 있었습니다. 거인이 한스에게 어디를 가는 중이냐고 물었습니다.

"그라이프를 찾아가는 길입니다."

"그라이프를 만나면 그라이프에게 내가 왜 사람들을 업어 호수를 건네 주고 있어야 하는지 물어봐 주시오."

거인은 그렇게 말하고 나서 한스를 업어 호수를 건네 주었습니다. 마침내 한스는 그라이프의 집에 도착했습니다. 그런데 집에는 그라이프의 아내만 있고 그라이프는 없었습니다. 그라이프의 아내가 한스에게 무슨 일로 찾아왔는지 묻자 한스는 모든 것을 말했습니다. 그라이프의 꼬리털을 얻어야 하는 사정이며, 금고 열쇠를 잃어버린 성주가 있는데 그것이 어디 있는지 물어보아야 한다는 것, 성주의 딸이 병이 들었는데 그 딸의 병을 낫게 할 수 있는 방법을 알아야 한다는 것, 마지막으로 그라이프의 집에서 그리 멀지 않은 호수에 대해서도 말했습니다. 즉, 그 호수에는 사람들을 업어 호수를 건네 주는 거인이 있는데, 그 사람은 왜 자기가 그 일을 해야 하는지 이유를 알고 싶어 한다고 말입니다. 그러자 그라이프의 아내가 말했습니다.

"이것 보세요, 좋은 친구분. 기독교인은 아무도 그라이프와 말을 할 수 없어요. 그라이프는 기독교인을 전부 잡아먹어요. 그렇지만 당신만 좋다면 그라이프가 돌아오기 전에 그의 침대 밑에 숨어 있도록 해요. 그러면 밤에 그라이프가 깊이 잠들었을 때 그라이프의 꼬리에서 깃털 하나를 뽑을 수 있을 거예요. 당신이 알고 싶어 하는 다른 것들에 관해서는 내가 직접 그라이프에게 물어보겠어요."

한스는 이 말에 만족해하고 침대 밑에 숨었습니다. 저녁이 되자 집으로 돌아온 그라이프는 방으로 들어서면서 말했습니다.

"기독교인 냄새가 나는군."

"네. 오늘 한 사람이 왔다 갔어요."

그라이프의 아내가 대답했습니다.

이 말을 듣고 그라이프는 더 이상 아무것도 묻지 않았습니다. 자정이 되어 그라이프가 큰 소리로 코를 골기 시작하자 한스는 팔을 뻗어서 그라이프의 꼬리에서 깃털을 하나 뽑았습니다. 그러자 그라이프가 벌떡 일어나 말했습니다.

"여보, 기독교인 냄새가 나는데다 누가 내 꼬리를 잡아당기는 것 같소."

"당신이 꿈을 꿨을거예요. 오늘 기독교인 한 사람이 왔다 갔다고 이미 제가 말씀드렸잖아요? 그 사람은 나한테 여러 가지 이야기를 했어요. 어느 성에서는 금고 열쇠를 잃어버렸는데, 사람들이 찾지 못한대요."

"오, 저런 바보들! 그 열쇠는 나무를 쌓아 놓은 헛간문 뒤 통나무 밑에 있어."

"그 사람은 또 어떤 성에 병든 딸이 있는데 사람들이 치료 방법을 모른다는 말도 했어요."

"오, 저런 바보들! 지하실 계단 밑에 두꺼비가 있는데, 그 두꺼비가 그 딸의 머리카락으로 집을 지었어. 딸이 가서 자기 머리카락을 되찾으면 건강을 회복할거야."

"그 사람은 또 어떤 거인이 사람들을 업어 호수를 건네 주고 있다는 말도 했어요."

"오, 그런 바보가 있나. 호수 한가운데에다가 누구 한 사람을 빠뜨리기만 하면 그 자는 다시는 그 일을 하지 않아도 돼."

이튿날 아침 일찍 그라이프가 일어나 집을 나간 뒤 한스는 아름다운 깃털을 들고 침대 밑에서 기어 나왔습니다. 한스는 이미 열쇠와 딸과 거인에 관해서 그라이프가 한 말을 들었지만, 그라이프의 아내는 한스가 하나도 잊지 않도록 모든 것을 되풀이해서 들려주었습니다. 한스는 다시 고향을 향해 길을 떠났습니다.

한스는 먼저 호수에 사는 거인을 만났습니다. 거인은 한스를 만나자마자 그라이프가 뭐라고 했는지 물었습니다. 한스는 우선 자기를 업어 호수를 건네 주면 그 다음에 말해 주겠다고 대답했습니다. 호수를 건넌 뒤에 한스는 거인에게 호수 한가운데에다가 누군가를 빠뜨리기만 하면 그 일을 더 이상하지 않아도 된다고 말해 주었습니다.

거인은 무척 만족해하며 한스에게 감사의 뜻으로 호수를 왕복해서 건네 주겠다고 말했습니다. 그러나 한스는 그런 수고를 할 필요는 없다며 싫다고 말했습니다. 한스는 이미 그런 친절이 필요 없었으므로 가던 길을 계속 갔습니다.

이어 한스는 병든 딸이 있는 성에 도착했습니다. 한스는 딸을 업고 지하실 계단으로 내려갔습니다. 그런 다음 맨 아래 계단 밑에서 두꺼비집을 찾아내 딸에게 주었습니다. 그러자 딸은 한스의 등에서 뛰어내려 한스보다 앞서서 계단을 달려올라가 병이 다 나았다는 것을 자랑했습니다. 딸의 병이 낫자 부모는 너무 기뻐서 금은 보화를 비롯하여 한스가 마음에 들어하는 것은 무엇이건 한스에게 주었습니다.

그 뒤 다른 성에 도착한 한스는 곧장 나무를 쌓아 놓은 헛간으로 가서 문 뒤 통나무 밑에서 열쇠를 찾아 성주에게 가져다주었습니다. 성주는 매우 기뻐하면서 그 보답으로 한스에게 금고에 있는 많은 금을 비롯해서 암소며 양과 같은 많은 선물을 주었습니다.

한스가 이 모든 것들 ― 돈, 금은 보화, 암소, 염소, 그리고 양 ― 을 가지고 왕에게 가자 왕은 그것들을 어떻게 얻었는지 물었습니다. 한스는 왕에게 그라이프가 자기가 탐내는 것은 뭐든 다 주었다고 말했습니다. 이 말을 듣고 욕심이 생긴 왕은 그라이프를 찾아 떠났습니다. 그러다가 왕은 호수에 닿았습니다. 그런데 공교롭게도 왕이 한스 다음으로 맨 처음 호수에 도착한 사람이었습니다. 그래서 그 거인은 왕을 호수 한가운데에 빠뜨려 놓고 혼자 가 버렸습니다. 결국 왕은 물에 빠져 죽었고 한스는 공주와 결혼해서 왕이 되었습니다.

166

힘센 한스

옛날에 아들 하나를 데리고 외딴 골짜기에서 외롭게 살아가는 부부가 있었습니다. 어느 날 어머니가 전나무 가지를 주우러 숲으로 가면서 겨우 두 살 된 어린 한스를 데리고 갔습니다. 봄이 한창 무르익었을 때이므로 여기저기 아름다운 꽃들이 활짝 피어 있었습니다. 아들이 갖가지 색깔의 꽃들을 보고 무척 좋아하는 것을 본 어머니는 아들과 함께 꽃을 따라 점점 더 깊은 숲으로 들어갔습니다. 그런데 갑자기 수풀 속에서 산적 두 명이 튀어나와서 어머니와 아들을 붙잡고 근래에는 아무도 들어가 본 적이 없는 깊은 숲으로 끌고 갔습니다. 불쌍한 여인은 산적들에게 자신과 아들을 놓아 달라고 간절히 사정했지만 산적들은 돌처럼 무정했습니다.

산적들은 어머니의 애원과 기도는 들은 척도 하지 않고 어머니와 아들을 강제로 끌고는 관목과 찔레나무 숲을 헤치며 한참을 걸은 뒤에 문이 달려 있는 바위 앞에 당도했습니다. 산적들이 문을 두드리자 곧 문이 열렸습니다. 그들은 길고 어두운 통로를 지나 마침내 난롯불이 피워져 있는 커다란 동굴에 도착했습니다. 벽에 매달려 있는 칼이며 다른 여러 가지 살인 무기들이 불빛에 번쩍거렸고, 한가운데는 네 명의 다른 산적들이 앉아서 도박을 하고 있는 검은 탁자가 놓여 있었습니다. 탁자의 윗자리에는 산적 두목이 앉아 있었는데, 두목은 어머니를 보더니 다가와서 걱정하지 말고 마음을 놓으라고 했습니다. 산적들은 어머니에게 해치지 않을 테니 대신 집안 일을 하라고 하면서 어머니가 일을 잘하면 좋은 대우를 받게 될 것이라고 말했습니다. 이렇게 말한 두목은 어머니에게 먹을 것을 주고 잠자리를 보여 주었습니다. 거기에서 어머니는 아들과 함께 살 수 있었습니다.

어머니와 한스는 오랜 세월 동안 이렇게 지냈습니다. 그 사이 한스는 자라서 몸집이 크고 힘도 세졌습니다. 어머니는 한스에게 이야기를 해주고, 동굴에서 발견한 기사들에 관한 옛날 책으로 한스에게 글을 가르쳤습니다. 아홉 살이 된 한스는 어느 날 전나무 가지로 단단한 곤봉을 만들어 침대 뒤에 숨겼습니다.

그러고 나서 어머니에게 가서 말했습니다.

"어머니, 이제 누가 제 아버지인지 확실히 말씀해 주세요. 저는 알아야 하고, 또 알고 싶어요."

어머니는 아무 대답도 하지 않았습니다. 어머니는 한스가 집을 그리워할까 봐 말해 주고 싶지 않았습니다. 게다가 어머니는 악한 산적들이 한스를 집에 보내 주지 않으리라는 것을 너무나 잘 알고 있었습니다. 그러나 한스가 아버지를 만나 보지 못할 것을 생각하면 어머니의 마음은 찢어지는 것 같았습니다. 그 날 밤 산적들이 약탈을 나갔다 돌아왔을 때 한스는 곤봉을 꺼내서 두목에게 다가가 말했습니다.

"이제 나는 나의 아버지가 누군지 알고 싶다. 만약 네가 당장 말해 주지 않으면 널 때려 눕히겠다."

두목이 비웃으면서 한스의 얼굴을 후려쳤습니다. 한스는 공처럼 데구루루 굴러서 탁자 밑으로 떨어지고 말았습니다. 한스는 입을 꾹 다물고 일어나며 생각했습니다.

'더 기다렸다가 그 때 다시 도전하겠어. 다음 번에는 아마 사정이 달라질거야.'

그로부터 3년이 흘렀을 때, 한스는 다시 곤봉을 꺼내 먼지를 닦아 내고 이리저리 살피며 말했습니다.

"아주 훌륭한 곤봉이야."

산적들은 저녁에 집으로 돌아와서 계속 술을 마시더니 꾸벅꾸벅 졸았습니다. 그 때 한스는 곤봉을 꺼내들고 두목 앞으로 걸어가 자기 아버지가 누구냐고 물었습니다. 이번에도 두목이 한스를 탁자 밑으로 굴러 떨어질 정도로 힘껏 쳤지만 그는 즉시 벌떡 일어나 곤봉으로 두목과 산적들을 두들겨 팼습니다. 두목을 비롯한 산적들은 더 이상 팔다리를 움직이지 못하게 되었습니다. 구석에서 있던 한스 어머니는 아들이 용감하고 힘이 센 것을 보고 놀랐습니다. 산적들을 물리친 한스는 어머니에게 말했습니다.

"이제 어머니도 제가 진지하다는 것을 아실거예요. 저는 아버지가 누군지 알고 싶어요."

"사랑하는 한스야, 가서 아버지가 계시는 우리 집을 찾아보자."

어머니는 두목으로부터 동굴 입구의 열쇠를 빼앗았으며, 한스는 커다란 밀

가루 자루를 가져와 자루가 찰 때까지 닥치는 대로 금과 은을 비롯한 귀한 물건들을 담았습니다. 그런 다음 한스는 자루를 등에 지고 동굴을 떠났습니다. 한스는 어둠 속에서 밝은 세상으로 나와 푸른 숲과 꽃, 새 그리고 하늘에 떠 있는 아침 해를 보고는 눈이 휘둥그레졌습니다. 한스는 그 자리에 서서 마치 제정신이 아닌 사람처럼 멍청하게 입을 벌리고 주위를 둘러보았습니다. 한스의 어머니는 곧 집으로 가는 길을 찾아냈습니다.

 어머니와 아들은 몇 시간을 걸은 뒤 마침내 외딴 계곡에 있는 그들의 작은 집에 안전하게 도착했습니다. 아버지는 문가에 앉아 있다가 아내를 알아보고 또 한스가 자기 아들이라는 것을 알고는 기뻐서 눈물을 흘렸습니다. 아버지는 오래 전에 아내와 한스가 죽은 것으로 단념하고 있었던 것입니다.

 한스는 이제 막 열두 살이 되었는데도 키가 아버지보다 머리 하나만큼이나 더 컸습니다. 세 사람은 함께 방으로 들어갔습니다. 그러나 한스가 난로 옆에 있는 의자에 자루를 내려놓자마자 집 전체가 요란한 소리를 내며 부서지기 시작했습니다. 의자가 부서지고 마루도 역시 푹 꺼져 버렸습니다. 그리고 그 무거운 자루는 지하실로 떨어졌습니다.

"아이구 맙소사! 이게 뭐냐? 네가 이 작은 집을 부숴 버렸구나!"

아버지가 외쳤습니다.

"사랑하는 아버지, 이것 때문에 걱정하실 필요는 없어요. 저 자루에는 우리가 새 집을 짓고도 남을 만큼의 재물이 있습니다."

그래서 한스와 아버지는 당장 새 집을 짓기 시작했습니다. 가축과 땅도 사서 농장을 시작했습니다. 한스는 땅을 갈았습니다. 그런데 한스가 쟁기 뒤를 따라가며 쟁기질을 할 때는 황소가 쟁기를 끌 필요가 거의 없었습니다. 이듬해 봄에 한스가 말했습니다.

"아버지, 재산은 전부 아버지가 간수하시고, 저는 세상을 두루 여행하고 싶으니 50킬로그램 정도 되는 쇠지팡이 하나만 만들어 주세요."

지팡이가 완성되자 한스는 집을 떠나 여행을 시작했습니다. 길을 가다가 나무가 우거진 깊은 숲에 도착했습니다. 한스는 거기에서 무엇인가 바스락거리고 우지끈 하는 소리를 듣고 주위를 두리번거리다가 밑동부터 꼭대기까지 새끼줄처럼 비틀어진 전나무를 보았습니다. 나무 위를 쳐다보니 덩치가 큰 사나이가 나무를 움켜 잡고 버드나무 회초리를 비틀듯이 비틀고 있었습니다. 한스는 위를 보고 소리쳤습니다.

"이봐. 그 위에서 뭘 하고 있는거야?"

한스는 '내 마음에 꼭 드는 친구야. 힘도 꽤 센데.'라고 생각했습니다. 그래서 한스는 그 사람에게 말했습니다.

"그런 건 집어치우고 나와 같이 가자!"

남자는 나무에서 내려왔습니다. 한스의 키도 결코 작은 게 아니었지만, 그 사람은 한스보다 머리 하나만큼 더 컸습니다.

"지금부터 네 이름은 '전나무를 비트는 사람'이야."

한스는 그 친구에게 이름을 붙여 주었습니다. 그러고는 두 사람이 같이 길을 떠났습니다. 얼마 가지 않아서 한 번 쿵 할 때마다 땅이 흔들릴 정도로 강하게 뭔가를 치고 때리는 소리가 들렸습니다. 두 사람은 곧 거대한 바위를 발견했습니다. 거인 한 사람이 바위 앞에 서서 주먹으로 바위에 구멍을 내고 있었습니다. 한스가 그 사람에게 왜 이런 일을 하고 있느냐고 물었더니 그 사람이 대답했습니다.

"밤에 내가 잠을 자려고 할 때마다 곰이며 이리며 해로운 동물들이 내 곁으로 와서 코를 벌름대고 기웃거려서 도저히 잠을 잘 수가 없어. 그래서 나는 조용하고 평화롭게 잠을 자려고 여기에다 집을 짓고 있는거야."

한스는 '과연 대단하구나. 이 사람도 역시 유익한 사람이야.' 하고 생각했습니다. 그래서 한스는 그 거인에게 말했습니다.

"집 짓는 건 그만두고 나와 같이 가자. 네 이름은 '바위를 깨는 사람'으로 하겠어."

그 거인도 따라 나섰으므로 세 사람이 함께 길을 떠나게 되었습니다. 세 사람이 가는 곳마다 동물들이 놀라서 달아나곤 했습니다. 어느 날 저녁에 세 사람은 낡은 성에 도착해서 안으로 들어가 넓은 방에 드러누워 잠을 잤습니다. 이튿날 아침 한스는 전혀 사람의 손길이 미치지 않아 관목과 찔레 나무가 무성하게 자라나 있는 정원으로 나갔습니다. 한스가 여기저기 돌아다니고 있을 때 어디선가 멧돼지가 튀어나와서 한스에게 덤볐습니다.

그렇지만 한스가 지팡이로 한 번 후려치자 멧돼지는 그 자리에 푹 고꾸라져 죽어 버렸습니다. 한스는 멧돼지를 어깨에 둘러메고 성으로 가지고 들어갔습니다. 세 사람은 멧돼지를 꼬치에 꿰어 맛있게 구워 먹었습니다. 세 사람은 멧돼지 고기를 먹고 나서 매일 교대로 요리와 사냥을 하기로 합의했습니다. 세 사람 중 두 사람은 밖으로 나가 사냥을 하고 한 사람은 집에 남아 요리를 하며, 각자에게 약 4킬로그램의 고기를 배급하기로 한 것입니다.

첫째날은 전나무를 비트는 사람이 집에 남고, 한스와 바위 깨는 사람이 사냥을 나갔습니다. 전나무를 비트는 사람이 요리에 열중하고 있을 때 주름투성이의 난쟁이 노인이 성으로 와서 고기를 좀 달라고 청했습니다.

"썩 나가, 이 비열한 좀도둑아! 네게 줄 고기는 하나도 없어."

전나무를 비트는 사람이 대답했습니다.

그렇지만 전나무를 비트는 사람은 왜소한 난쟁이가 달려들어 주먹질을 하는 바람에 크게 놀랐습니다. 더군다나 난쟁이의 주먹질이 얼마나 강한지 전나무를 비트는 사람은 제대로 상대도 못한 채 땅바닥에 쓰러져서 숨을 헐떡였습니다. 난쟁이는 전나무를 비트는 사람에게 실컷 분풀이를 한 다음에야 떠났습니다. 다른 두 사람이 사냥에서 돌아왔지만, 전나무를 비트는 사람은 난쟁이에 관해서는 물론이고 얻어맞은 사실에 대해서도 전혀 말하지 않았습니다. 전나무를 비트는 사람은 속으로 두 사람도 집에 있게 될 때 그 성미 급한 작은 꼬마 도깨비와 운을 시험해 볼 수 있을 것이라고 생각했던 것입니다. 전나무를 비트는 사람은 이 생각만으로도 벌써 기분이 좋아지는 듯했습니다.

이튿날은 바위를 깨는 사람이 집에 남았는데, 운이 나쁘기로는 전나무를 비트는 사람과 다를 게 없었습니다. 바위를 깨는 사람도 난쟁이에게 고기를 주려고 하지 않았기 때문에 늘씬하게 두들겨 맞았습니다. 저녁이 되어 사냥을 나갔던 한스와 전나무를 비트는 사람이 돌아왔습니다. 전나무를 비트는 사람은 바위를 깨는 사람의 얼굴을 보고 바위를 깨는 사람이 무슨 일을 당했는지 알 수 있었습니다. 그러나 두 사람은 침묵을 지키며 한스도 역시 똑같이 쓴 맛을 보게 될 거라고 생각했습니다.

그 다음 날은 한스가 집에 남을 차례였습니다. 한스도 다른 두 친구들과 마찬가지로 부엌에서 일을 했습니다. 한스가 서서 주전자를 살피고 있을 때 난쟁이가 와서 그다지 공손하지도 않게 고기를 한 점 달라고 했습니다. 한스는 혼자 생각했습니다.

'이 사람도 불쌍한 사람이야. 다른 사람의 양은 줄지 않게 내 고기를 나눠 주어야지.'

그래서 한스는 난쟁이에게 고기 한 점을 주었습니다. 난쟁이는 이것을 맛있게 먹은 뒤 또 한 조각을 달라고 했습니다. 마음씨 착한 한스는 난쟁이에게 다시 고기를 주면서, 이것은 아주 맛있는 부위이니 그것으로 만족해야 한다고 말했습니다. 그렇지만 난쟁이는 또다시 고기를 요구했습니다.

"염치를 알아야지."

한스는 더 이상 고기를 주지 않았습니다. 그러자 그 염치없는 난쟁이는 전나무를 비트는 사람과 바위를 깨는 사람에게 했던 것처럼 당장 한스에게 달려들었습니다. 그러나 이번에는 난쟁이가 사람을 잘못 보았습니다. 한스는 힘도 들이지 않고 서너 차례 주먹질을 해서 난쟁이를 계단 아래로 때려 눕혀 버렸던 것입니다. 한스는 난쟁이를 쫓아가다가 난쟁이에게 걸려 넘어져서 코방아를 찧었습니다. 한스가 몸을 일으켰을 때는 난쟁이가 저만큼 앞서 달아난 뒤였습니다. 한스는 난쟁이를 쫓아서 숲 속으로 들어가 난쟁이가 바위 틈에 난 구멍으로 들어가는 것을 보았습니다.

한스는 그 장소를 기억해 두고 성으로 돌아왔습니다. 다른 두 사람은 성으로 돌아와서 한스가 멀쩡한 것을 보고 의아해했습니다. 한스가 두 사람에게 그 날 있었던 일을 말하자, 그제서야 두 사람도 자기들이 당했던 일을 고백했습니다. 한스는 껄껄 웃으며 말했습니다.

"너희들은 난쟁이에게서 당연한 대접을 받은거야. 어째서 고기 주는 것을 그렇게 아까워했니? 게다가 난쟁이한테 두들겨 맞다니 창피한 일이야."

세 사람은 바구니와 밧줄을 가지고 난쟁이가 숨어 들어간 바위 틈에 있는 굴로 갔습니다. 지팡이를 든 한스가 바구니에 올라앉고, 다른 두 사람이 한스가 탄 바구니를 굴 속으로 내려 주었습니다. 바닥에 도착하니 굴 속에는 문이 하나 있었고 그는 그 문을 열어 보았습니다.

그런데 거기에는 그림책에서 방금 나온 것처럼 아름다운 아가씨가 있었습니다. 그 아가씨는 말로 묘사할 수 없을 정도로 아름다웠습니다. 그리고 아가씨 옆에는 난쟁이가 앉아 있었는데, 한스를 보자 원숭이처럼 웃었습니다. 그런데 아가씨는 쇠사슬로 묶여 있었습니다. 한스는 너무나 슬픈 눈빛으로 자신을 바라보는 그 아가씨가 불쌍하게 여겨져서 속으로 생각했습니다.

'이 악한 난쟁이의 마수에서 아가씨를 구해 줘야 해.'

한스는 지팡이로 난쟁이를 쳐서 죽여 버렸습니다. 난쟁이가 죽자 곧 아가씨의 몸에서 쇠사슬이 스스르 떨어졌습니다. 한스는 아가씨의 아름다움에 넋을 잃었습니다. 아가씨는 왕의 딸인데, 어느 미치광이 같은 백작이 아가씨를 유괴했던 것입니다. 백작은 아가씨가 고분고분 말을 듣지 않자 아가씨를 바위에 가두고 난쟁이를 시켜 지키게 했습니다. 그런 사정으로 아가씨는 엄청난 슬픔과 고통을 겪게 되었던 것입니다.

한스는 아가씨를 바구니에 태워서 위에 있는 동료들에게 끌어올리라고 했습니다. 다시 바구니가 내려왔지만 한스는 바구니에 타기 전에 두 동료들에 대하여 먼저 생각해 보았습니다.

'두 사람이 나에게 난쟁이에 관해서 말해 주지 않은 것을 보면 믿지 못할 사람이라는 것을 알 수 있어. 둘이 지금 무슨 흉계를 꾸미고 있는지 누가 알아?'

그래서 한스는 바구니에 지팡이만 넣고 끌어올리라고 했습니다. 그러자 한스의 염려대로 두 사람은 바구니를 반쯤 끌어올리다가 놓아 버리는 것이었습니다. 이제 한스는 이 깊은 굴에서 나갈 방법을 찾아야만 했습니다. 그러나 아무리 궁리를 해봐도 좋은 방법이 떠오르지 않았습니다.

"내가 여기서 죽을 수밖에 없다는 것은 정말 슬픈 일이야."

한스는 혼자 중얼거리면서 이리저리 서성거리다가 아가씨가 앉아 있던 조그만 방으로 들어갔습니다. 한스는 거기에서 난쟁이의 손가락에 번쩍번쩍 광채가 나는 반지가 끼워져 있음을 발견했습니다. 한스는 반지를 벗겨 자기 손가락에 끼웠습니다.

그랬더니 갑자기 머리 위에서 무엇인가 윙윙거리는 소리가 들렸습니다. 위를 쳐다보니 요정들이 나타나 이제부터는 한스가 자기들의 주인이라며, 무엇을 원하느냐고 물었습니다. 한스는 처음에는 깜짝 놀라서 말도 나오지 않았지만, 곧 자기를 땅 위로 날라다 달라고 했습니다. 한스의 말이 떨어지자마자 요정들은 한스의 말에 즉시 복종했고, 한스는 마치 자기가 실제로 위로 날아오르는 것 같았습니다.

한스가 땅 위로 올라왔을 때는 아무도 보이지 않았습니다. 전나무를 비트는 사람과 바위를 깨는 사람이 아름다운 아가씨를 데리고 이미 도망가 버린 뒤였던 것입니다. 한스가 다시 반지를 돌리자 요정들이 나타나 그 두 사람이 바다에 있다고 알려 주었습니다. 한스는 바닷가에 닿을 때까지 쉬지 않고 달렸습니다. 바다 저 멀리 작은 배 한 척이 가물가물 보였습니다. 한스는 불같이 화가 나서 앞뒤 생각하지 않고 무게가 50킬로그램이나 나가는 지팡이를 몸에 지닌 채 바다로 뛰어들었습니다. 그 지팡이의 무게 때문에 한스는 물 속으로 가라앉고 말았습니다.

하지만 물에 빠져 죽기 직전의 아슬아슬한 순간에 한스는 반지를 돌렸습니다. 그러자 즉시 요정들이 나타나서 번개처럼 빠르게 한스를 그 작은 배로 날라다 주었습니다. 한스는 배에 내리자마자 지팡이로 악한 동료들을 후려쳐서 두 사람에게 응분의 벌을 주고 바다에 던져 버렸습니다.

한스는 겁에 질려 있던 아름다운 아가씨와 함께 배를 타고 고향으로 돌아왔습니다. 한스는 아가씨를 두 번이나 구해 준 셈이었습니다. 한스는 아가씨를 그녀의 부모님께 데려다 준 뒤 아가씨와 결혼을 했습니다. 누구 한 사람 기뻐하지 않는 사람이 없었습니다.

167

천국에 간 농부

옛날에 가난하지만 신앙심이 깊은 농부가 죽어서 천국의 문에 도착했습니다. 같은 시간에 아주 부유한 남자가 천국문 앞에 도착해서 역시 천국으로 들어가려고 기다리고 있었습니다. 그 때 성 베드로가 열쇠를 가지고 와서 문을 열어 부자를 들여보내 주었습니다. 베드로는 농부를 보지 못했는지 다시 문을 닫아 버렸습니다. 곧이어 농부는 문 밖에서 천국의 사람들이 음악을 연주하고 노래를 부르면서 부자가 천국에 온 것을 대대적으로 환영하는 소리를 들을 수 있었습니다. 마침내 다시 조용해지더니 성 베드로가 나와서 천국의 문을 열고 농부를 들어오게 했습니다.

농부는 당연히 자신에게도 환영하는 음악과 노래가 있을 것이라고 생각했지만 너무도 조용했습니다. 물론 농부는 사랑이 넘치는 환영을 받았고 천사들도 농부를 반겨 주었지만 아무도 노래를 불러 주지는 않았습니다. 그래서 농부는 성 베드로에게 왜 자기를 위해서는 부자를 환영했던 것과 같이 노래를 불러 주지 않는지 물었습니다. 농부의 눈에는 천국에서도 지상에서와 마찬가지로 일부 사람만이 편애를 받는 것처럼 보였던 것입니다. 그러자 성 베드로는 이렇게 대답했습니다.

"천만에. 우리는 다른 사람과 똑같이 당신을 소중하게 여기며, 당신은 부자와 똑같이 천국의 모든 기쁨을 누릴 권리가 있습니다. 하지만 천국에는 당신처럼 가난한 사람은 매일 오지만, 아까 온 사람 같은 부자는 백 년에 겨우 한 사람밖에 오지 않는답니다."

말라깽이 리제

말라깽이 리제는 어떤 일에 대해서건 무사태평한 게으른 하인츠나 뚱뚱이 트리네와는 전혀 다른 방식으로 인생을 살았습니다. 말라깽이 리제는 아침부터 밤까지 노예처럼 일했으며, 남편인 키다리 렌츠에게 자루 세 개를 등에 진 당나귀보다 더 무거운 짐을 지게 할 정도로 많은 일을 시켰습니다. 그렇지만 부부가 아무리 열심히 일을 해도 아무 소용이 없었습니다. 이들 부부는 빈털터리였으며 아무것도 이룬 것이 없었습니다.

어느 날 저녁 말라깽이 리제가 침대에 누워 있었는데, 너무 지쳐서 팔 다리를 조금도 움직일 수 없었습니다. 그렇지만 리제는 이런저런 생각 때문에 잠을 이루지 못했습니다. 말라깽이 리제는 팔꿈치로 남편의 옆구리를 찌르며 말했습니다.

"제 말 좀 들어 보세요, 렌츠. 생각한 게 있어요. 만약 내가 금화를 한 닢 줍고, 또 누가 나한테 한 닢을 주면 나는 다시 한 닢을 빌릴거예요. 그리고 또 당신이 한 닢을 내게 주면 나는 그 금화 네 닢을 모아서 어린 암소를 살 거예요."

남편은 이 생각이 무척 마음에 들었습니다.

"좋지, 당신이 나한테 기대하는 금화를 내가 어디서 구할 것인지를 몰라도, 만약 당신이 그 돈을 모아서 암소를 한 마리 살 수 있다면, 당신의 그 계획대로 하는 것도 좋지."

그리고 남편은 덧붙였습니다.

"그 암소가 송아지를 낳으면 좋겠어. 그럼 나도 가끔 우유를 마시고 기운을 낼 수 있을 테니까."

"아니예요, 우유를 당신이 마시면 안 돼요. 그럼 나도 송아지가 크고 살이 쪄서 팔 수 있도록 송아지가 우유를 빨도록 해야만 돼요."

"물론 당연하지. 하지만 그래도 약간의 우유는 짜낼 수 있을 거야. 그 정도는 전혀 해롭지 않아."

"당신이 암소에 대해서 뭘 알아요? 그것이 해롭든 그렇지 않든간에 나는 암소에게서 우유를 짜 내는 건 반대예요. 비록 당신이 물구나무를 선다고 해도 당신은 한 방울도 얻지 못할거예요. 키다리 렌츠, 당신은 아무리 먹어도 배가 부르지 않기 때문에 내가 뼈가 부서져라 열심히 일해서 번 것을 모두 먹어 치워도 된다고 생각하는거예요?"

그러자 남편이 말했습니다.

"여보, 조용히 해. 그러지 않으면 따귀를 때릴 거야."

"뭐라구요? 먹는 것밖에 모르고, 아무 짝에도 쓸모가 없는 게으름뱅이 주제에 나한테 협박을 한단 말예요?"

리제는 남편의 머리카락을 잡아당기려고 했지만, 키다리 렌츠는 일어나 앉아서 한 손으로 리제의 앙상한 팔을 움켜 잡고 다른 한 손으로 리제의 머리를 베개에 대고 눌렀습니다. 렌츠는 아내가 욕설을 하건 말건 상관하지 않고 아내가 지쳐서 잠들 때까지 머리를 놓아 주지 않았습니다. 이튿날 잠에서 깬 리제가 말다툼을 했는지 어쨌는지, 또 리제가 줍고 싶어한 금화를 찾으러 밖으로 나갔는지 어쨌는지는 아무도 모릅니다.

169

숲 속의 집

가난한 나무꾼이 아내와 세 딸과 함께 호젓한 숲 언저리에서 살았습니다. 어느 날 아침, 나무꾼은 일을 나가기 전에 아내에게 말했습니다.

"큰애를 시켜서 내 점심을 숲 속으로 가져다주시오. 그러지 않으면 나는 일을 마칠 수 없을 거요. 그 애가 길을 잃는 일이 없도록 내가 기장쌀을 한 가방 가지고 가면서 길에 뿌려 놓겠소."

점심 시간이 되었을 때, 큰딸은 수프가 가득 담긴 단지를 들고 길을 나섰습니다. 그렇지만 들판과 숲에서 나온 참새며 종달새, 파리새, 찌르레기 그리고 검은방울새가 오래 전에 아버지가 뿌려 놓은 기장쌀을 모두 쪼아 먹어 버려서

길을 찾을 수가 없었습니다. 그래서 큰딸은 모든 것을 운에 맡기고 해가 지고 어둠이 깔릴 때까지 계속 걸어갔습니다.

어둠 속에서 나뭇잎의 바스락거리는 소리와 부엉부엉 하는 올빼미의 울음 소리를 듣자 큰딸은 겁이 나기 시작했습니다. 그 때 큰딸은 나무 사이로 멀리서 반짝이는 불빛을 보았습니다. 큰딸은 거기에 하룻밤 재워 줄 사람이 살고 있을 거라고 생각하고 불빛을 향해 걸어갔습니다. 잠시 뒤 그녀는 창문으로 불빛이 밝게 비치는 집을 발견했습니다. 문을 두드리자 안에서 거친 목소리가 들려 왔습니다.

"들어와요."

큰딸은 어두운 현관을 지나 부엌문을 두드렸습니다.

"그냥 들어와요."

같은 목소리가 큰 소리로 말했습니다. 큰딸이 문을 열자 머리가 하얀 노인이 손으로 얼굴을 괴고 탁자에 앉아 있었습니다. 노인의 하얀 수염은 탁자 아래로 늘어져 거의 땅에 닿을 정도였습니다. 난로 근처에는 암탉과 수탉, 그리고 점박이 암소 등 세 마리의 동물이 누워 있었습니다. 큰딸은 노인에게 사정을 말하고 하룻밤 잠자리를 요청했습니다. 노인이 말했습니다.

"귀여운 암탉아,

　귀여운 수탉아,

　그리고 너, 귀여운 점박이 암소야,

　너희들은 어떻게 생각하니?"

동물들이 "둑스!" 하고 대답했습니다. 그것은 "우리는 좋아요!"라는 뜻이 분명했습니다. 왜냐하면 노인이 계속해서 이렇게 말했던 것입니다.

"우리는 네게 필요한 것은 무엇이든 가지고 있다. 그러니 난로로 가서 우리의 저녁을 지어라."

큰딸은 부엌에서 엄청나게 풍족한 재료를 가지고 맛있는 저녁 준비를 했습니다. 그렇지만 큰딸은 동물들의 저녁은 생각하지 않았습니다. 큰딸은 음식을 가득 담은 그릇을 탁자로 가지고 가서 백발 노인 옆에 앉아 배불리 먹었습니다. 식사를 마친 후 큰딸이 물었습니다.

"이제 피곤해요. 침대는 어디에 있죠? 그만 자고 싶어요."

그러자 동물들이 대답했습니다.

"너는 그 사람과 같이 먹고,

　같이 마셨지만,

　우리는 제대로 대접해 주지 않았어.

　네 잠자리는 네가 알아서 해."

그 때 노인이 말했습니다.

"2층으로 올라가면 침대 두 개가 있는 방이 있을 거야. 침대를 깨끗이 치우고 하얀 면이불을 깔아라. 그러면 나도 올라가서 자겠다."

큰딸은 계단을 올라가 침대를 치우고 깨끗한 이불을 깐 다음 더 이상 노인을 기다리지 않고 한 침대에 누웠습니다. 잠시 뒤 백발 노인이 와서 촛불로 큰딸의 모습을 살피며 머리를 흔들었습니다. 노인은 큰딸이 잠든 것을 확인하고는 함정의 문을 열어 큰딸을 지하실로 떨어뜨려 버렸습니다.

밤늦게 집에 돌아온 나무꾼은 자기를 하루 종일 굶게 했다고 아내를 꾸짖었습니다. 아내가 대답했습니다.

"나는 욕먹을 이유가 없어요. 나는 첫째에게 당신의 점심을 들려 보냈다구요. 아마 그 아이가 길을 잃은 게 틀림없어요. 내일은 돌아올거예요."

이튿날에도 나무꾼은 동이 트기 전에 일어났습니다. 그리고 아내에게 이번에는 둘째 딸에게 점심을 보내라고 했습니다.

"불콩을 한 자루 가지고 가겠어. 불콩은 기장쌀보다 커서 둘째는 불콩을 더 쉽게 볼 수 있을 테니까 길을 잃지 않을 거요."

둘째 딸은 정오에 아버지께 드릴 음식을 들고 숲으로 갔지만 불콩은 보이지 않았습니다. 숲 속의 새들이 전날처럼 불콩을 먹어 치워서 하나도 남아있지 않았던 것입니다. 둘째 딸도 밤이 될 때까지 숲 속을 헤매다가 노인의 집으로 가서 음식과 잠자리를 청했습니다. 하얀 수염을 기른 노인은 다시 동물들에게 물었습니다.

"귀여운 암탉아,
귀여운 수탉아,
그리고 너, 귀여운 점박이 암소야,
너희들은 어떻게 생각하니?"

이번에도 동물들은 "둑스"라고 대답했고, 모든 것이 전날과 같았습니다. 둘째 딸은 맛있는 식사를 만들어서 노인과 함께 먹고 마셨지만, 동물들은 보살피지 않았습니다. 그리고 둘째 딸이 잠자리를 물어보았을 때 동물들은 또다시 이렇게 말했습니다.

"너는 그 사람과 같이 먹고,
같이 마셨지만,
우리는 제대로 대접해 주지 않았어.
네 잠자리는 네가 알아서 해."

둘째 딸이 잠들었을 때 노인이 와서 그녀를 바라보더니 머리를 흔들고는 다시 지하실로 떨어뜨렸습니다.

사흘째 아침에 나무꾼이 아내에게 말했습니다.

"오늘은 내 음식을 우리 막내를 시켜 숲으로 보내주구려. 막내는 언제나 착하고 말을 잘 들었어. 그러니 길을 잃지 않을거야. 그 아이는 난폭한 땅벌처럼 쏘다니는 제 언니들과는 달라."

어머니는 막내딸을 보내고 싶지 않아서 걱정스럽게 말했습니다.

"제가 제일 귀여워하는 아이도 잃어야겠어요?"

"걱정하지 말아. 막내는 길을 잃을 만큼 멍청하고 둔하지 않아. 내가 이번에는 완두콩을 가지고 가서 땅에 뿌려 놓을 거야. 완두콩은 불콩보다 훨씬 크니까 막내의 길잡이가 되어 줄 거야."

그렇지만 막내딸이 바구니를 팔에 끼고 숲으로 갔을 때는 숲의 비둘기들이 벌써 완두콩을 다 먹어 치운 후였습니다. 막내딸은 어디로 가야 할지 알 수가 없었습니다. 막내딸은 무척 근심이 되었습니다. 불쌍한 아버지는 얼마나 배가 고플 것이며, 자기가 집으로 돌아가지 않으면 착한 어머니가 얼마나 슬퍼할 것인지 하는 생각을 떨쳐 버릴 수가 없었습니다.

마침내 숲이 어둠으로 덮였을 때, 막내딸은 희미한 불빛을 발견하고 숲 속에 있는 집으로 갔습니다. 막내딸이 아주 상냥하게 하룻밤 신세를 질 수 있겠느냐고 묻자 하얀 수염이 난 노인이 동물들에게 다시 물었습니다.

"귀여운 암탉아,

귀여운 수탉아,

그리고 너, 귀여운 점박이 암소야,

너희들은 어떻게 생각하니?"

동물들은 "둑스!"라고 대답했습니다. 그래서 막내딸은 동물들이 누워 있는 난롯가로 갔습니다. 처녀는 손으로 암탉과 수탉의 부드러운 털을 쓰다듬어 주며 귀여워했습니다. 또 처녀는 점박이 암소의 뿔 사이를 쓰다듬어 주었습니다. 막내딸은 노인의 부탁을 받고 맛있는 수프를 끓여서 식탁에 차려 놓고 말했습니다.

"이 착한 동물들이 먹을 게 아무것도 없기 때문에 나는 편히 앉아서 먹을 수가 없어요. 밖에는 동물들이 먹을 게 얼마든지 있으니까 저는 먼저 동물들한테 먹이를 주겠어요."

막내딸은 그렇게 말하고 밖으로 나가 보리를 가지고 들어와 암탉과 수탉이 먹을 수 있게 바닥에 뿌려 주었습니다. 또 암소에게 향긋한 냄새가 나는 마른 풀을 가져다주었습니다.

"먹어라, 귀여운 동물들아. 먹다가 목이 마를 테니 내가 너희들이 마실 시원한 물을 가져다주마."

이렇게 말을 하고 막내딸은 곧바로 한 양동이 가득 물을 길어 왔습니다. 암탉과 수탉은 양동이 가장자리로 뛰어올라가서 부리를 물 속으로 넣었다가, 새들이 물을 마실 때면 하는 대로 고개를 높이 쳐들었습니다. 점박이 암소도 양껏 물을 마셨습니다. 동물들에게 먹이를 준 다음 막내딸은 노인 옆 자리에 앉아 노인이 남긴 것을 모두 먹었습니다. 그리고 얼마 안 있어 암탉과 수탉은 작은 머리를 날개 밑으로 숙이고, 점박이 암소는 눈을 껌벅거렸습니다.

그 때 막내딸이 말했습니다.

"우리 모두 자야 할 시간이에요.
귀여운 암탉아,
귀여운 수탉아,
그리고 너, 귀여운 점박이 암소야.
너희들은 어떻게 생각하니?"

동물들이 대답했습니다.

"둑스,
당신은 우리와 같이 먹고,
같이 마시고,
우리를 세심하게 배려해 주었어요.
그래서 우리도 당신이 편히 자기를 바래요."

막내딸은 2층으로 가서 깃털 베개를 털고 깨끗한 이불을 펼쳤습니다. 막내딸이 잠자리를 다 마련했을 때 노인이 와서 침대 하나에 누웠습니다. 노인의 흰 수염은 발끝까지 닿았습니다. 막내딸은 다른 침대에 누워 기도를 하고 잠이 들었습니다.

막내딸은 자정까지 평화롭게 자다가 너무나 시끄러운 소리에 잠을 깼습니다. 사방에서 우지끈우지끈 하고 덜거덕거리는 소리가 났습니다. 문이 왈칵 열렸다가 쾅 하고 벽에 부딪쳤습니다. 대들보가 뽑히는 것처럼 삐걱거리는 소리가 나고, 계단도 무너지고 있는 것 같았습니다. 마침내 마치 지붕이 통째로 무너져 내리는 것 같은 큰 소리가 들렸습니다. 그렇지만 이내 다시 조용해졌고 자신에게는 아무 일도 일어나지 않았기 때문에, 막내딸은 그냥 침대에 누워 있다가 다시 잠이 들었습니다.

이튿날 아침 막내딸이 눈을 떠 보니 햇빛이 밝게 비치고 있었습니다. 그런데 막내딸은 자기 눈을 믿을 수가 없었습니다. 자신은 널따란 방에 누워있었고, 주위에 있는 모든 것이 화려한 빛을 내뿜고 있었습니다. 벽에 높이 둘러쳐져 있는 녹색의 비단 휘장에는 황금꽃들이 피어 있었습니다. 침대는 상아로 만든 것이었고, 이불은 붉은 공단으로 만든 것이었습니다. 그리고 진주로 장식된 발판 위에는 슬리퍼가 놓여 있었습니다.

막내딸은 자신이 지금 꿈을 꾸는 중이라고 생각했습니다. 그런데 그 때 화려한 옷을 입은 세 사람의 하인이 들어와서 분부를 내려 달라고 말했습니다. 막내딸이 대답했습니다.

"지금은 날 내버려 둬요. 나는 당장 일어나서 노인께 수프를 끓여 드리고 싶어요. 그 다음에는 귀여운 암탉과 수탉, 그리고 점박이 암소에게 먹이를 줄 거예요."

막내딸은 노인이 이미 일어나서 침대에 앉아 이쪽을 보고 있을 거라고 생각했지만 노인은 침대에 없었습니다. 대신 낯선 사람이 있었습니다. 막내딸이 그 사람을 좀더 자세히 살펴보니 그는 잘생긴 청년이었습니다. 그 청년이 말했습니다.

"나는 왕의 아들인데, 악한 마녀가 내게 마법을 걸어서 백발 노인으로 변하게 하고 숲 속에서 살게 만들었어요. 나는 암탉, 수탉 그리고 점박이 암소로 변한 세 하인하고만 살아야 했지요. 오직 마음이 착하고, 사람들에게 뿐만 아니라 동물들에게도 친절한 처녀만이 그 주문을 풀 수 있었답니다. 당신이 바로 그런 사람이었기 때문에 자정에 우리를 마법에서 풀려나게 해 주었어요. 그래서 숲 속에 있던 낡은 집이 다시 본래의 왕궁으로 바뀐 것입니다."

두 사람은 방에서 나왔고 왕자는 세 하인에게 그녀의 아버지와 어머니를 결혼식에 참석할 수 있도록 모셔오라고 말했습니다.

"그렇지만 제 두 언니는 어디에 있지요?"

막내딸이 물었습니다.

"내가 두 사람을 지하실에 가두어 놓았어요. 두 사람은 내일 숲 속으로 가서 불쌍한 동물들을 굶기지 않을 만큼 착해졌다는 것을 보여 줄 때까지 하인들처럼 숯 굽는 일을 하게 될 것입니다."

170

기쁨도 함께, 슬픔도 함께

옛날에 걸핏하면 시비를 거는 재단사가 있었습니다. 재단사의 아내는 착하고 근면하고 신앙심도 깊었지만 무슨 일을 해도 재단사를 기쁘게 해 주지는 못했습니다. 아내가 무슨 일을 해도 재단사는 만족해하지 않았습니다. 재단사는 불평과 잔소리를 하고, 걸핏하면 아내에게 손찌검을 했습니다. 마침내 이 사실을 관청에서 알고 재단사의 버릇을 고치기 위해 그를 감옥에 가둔 뒤 한동안 빵과 물밖에 주지 않았습니다. 재단사는 풀려나면서 다시는 자기 아내를 때리지 않고 아내와 사이좋게 지내겠다는 약속을 해야 했습니다. 슬픔뿐만 아니라 기쁨도 함께 나누는, 부부의 마땅한 도리를 다하겠다고 약속했던 것입니다.

한동안은 별 탈 없이 지냈지만, 재단사는 이내 옛날 버릇으로 돌아가서 무뚝뚝하게 굴고 시비를 걸었습니다. 재단사는 아내를 때릴 수 없었기 때문에 아내의 머리채를 잡고 머리카락을 뽑으려고 덤볐습니다. 재단사의 아내는 재단사에게서 도망쳐 마당으로 뛰어나갔습니다. 그렇지만 재단사는 자와 가위는 물론이고 손에 잡히는 것을 닥치는 대로 아내에게 던졌습니다. 재단사는 아내가 맞을 때는 웃고, 빗맞을 때는 불같이 화를 내며 섬뜩한 욕설과 저주를 퍼부었습니다. 재단사가 하도 오랫동안 이런 짓을 하므로 이웃사람들이 재단사의 아내를 도우려고 쫓아왔습니다. 재단사는 다시 관청으로 끌려가서 어째서 약속을 어겼느냐는 추궁을 받았습니다. 재단사가 대답했습니다.

"존경하는 나리, 저는 약속을 지켰습니다. 저는 아내를 때리지 않았습니다. 게다가 저는 모든 기쁨과 슬픔을 함께 했습니다."

"네 아내가 다시 너를 고소했는데도 어떻게 그럴 수 있단 말이냐?"

재판관이 말했습니다.

"저는 아내를 때리지 않았습니다. 저는 단지 아내가 너무 이상하게 보여서 아내의 머리를 제 손으로 빗겨 주고 싶었습니다. 그렇지만 아내는 달아났으며 앙심을 품고 저를 버렸습니다. 그래서 저는 아내에게 의무를 다하게 하려고 깨우쳐 주려고 손에 잡히는 대로 아무것이나 던졌습니다. 저는 또한 아내와 기쁨과 슬픔을 함께 했습니다. 그러니까 말이죠, 제가 아내를 맞힐 때는 언제나 제게는 기쁨이요, 아내에게는 슬픔이었습니다. 제가 아내를 빗맞힐 때는 언제나 아내에게는 기쁨이었고, 제게는 슬픔이었습니다."

재판관들은 이 대답에 아무도 만족하지 않았습니다. 그들은 재단사에게 형벌을 내렸고 그 재단사는 응분의 벌을 받았습니다.

171

굴뚝새

옛날에는 모든 소리들이 제각기 생각과 뜻을 가지고 있었습니다. 대장장이의 망치소리는 이렇게 울려 나왔어요.

"세게 쳐! 세게 쳐!"

또 목수의 대패질소리는 이렇게 들렸습니다.

"바로 그거야! 맞았어, 바로 그거라고!"

물방아가 돌 때 방아기계들은 이렇게 말합니다.

"아이구, 하느님! 아이구, 하느님!"

그리고 그 방앗간 주인에게 훔치는 버릇이 있다면 이렇게 쑥덕거립니다.

"저게 누굴까? 저게 누굴까?"

"방앗간 주인! 방앗간 주인!"

그들은 바쁘게 말을 주고 받았습니다.

"뻔뻔스럽게도 도둑질을 하고 있군, 뻔뻔스럽게도 도둑질을 하고 있어. 한 되씩 열 번이면 한 말이야."

이 시절에는 새들도 모두가 알아들을 수 있는 자기들의 언어를 가지고 있었습니다. 요새는 단지 짹짹, 까악, 휘익 하는 소리, 또 어떤 때는 아무 뜻도 없는 음악소리처럼 들리지만 말입니다. 언제부터인가 새들은 자기네들을 지도해 줄 지도자가 있었으면 하고 바라게 되었습니다. 그래서 그들은 왕을 뽑기로 했습니다. 단지 푸른도요새만이 이 의견에 반대했습니다. 푸른도요새는 늘 자유롭게 살아왔기 때문에 죽을 때까지 그렇게 살기를 바랐습니다. 푸른도요새는 몹시 화가 나서 여기저기 외치며 날아다녔습니다.

"난 어디서 살지? 난 어디 가서 살란 말이야!"

푸른도요새는 황량하고 쓸쓸한 늪으로 가 버렸습니다. 그리고 다시는 동료들 앞에 모습을 드러내지 않았습니다.

이제 새들은 왕을 뽑는 일을 상의하기로 했습니다. 그래서 아름다운 5월의 어느 날 아침에 숲과 들의 모든 새들이 모여들었습니다. 독수리와 푸른머리되새, 부엉이와 까마귀, 종달새와 참새 …. 그 이름을 일일이 다 말할 수 없을 정도였습니다. 뻐꾸기도 자기 친구인 후투티와 함께 찾아왔습니다. 그 모임에 한 이름 없는 작은 새도 왔는데, 그 새는 모든 새들과 골고루 친했습니다. 한편 이 사실을 모르고 있던 암탉은 새들이 많이 모이자 깜짝 놀라 소리쳤습니다.

"뭐, 뭐예요? 무슨 일이죠?"

수탉이 사랑하는 암탉을 진정시켜 주었습니다.

"별일 아니오, 먹고 할 일 없는 자들이 공연히들 그러는거지."

그는 암탉에게 새들이 모인 이유를 설명해 주었습니다. 수풀 속에 앉아 있던 청개구리가 가장 높이 나는 새를 왕으로 뽑기로 결정했다는 소식을 맨 처음 전해 주었을 때 수탉은 펄쩍 뛰며 외쳤습니다.

"안 돼, 안 돼, 안 돼! 싫어, 싫어, 싫단 말이야!"

그러나 까마귀는 "까악, 까악," 외치고 다니면서 모든 일을 착착 진행시켰습니다.

　새들은 오늘처럼 좋은 날 아침에 당장 왕을 뽑는 일을 하자고 했습니다. "난 아주 높이 날 수 있지. 하지만 밤이 되면 계속 날 수가 없거든."
　모두 이렇게 생각했습니다. 신호가 떨어지고 모든 새들이 일제히 공중으로 날아올랐습니다. 먼지와 함께, 홱, 푸드덕 하며 날개치는 소리가 천둥처럼 들렸습니다. 마치 먹구름떼가 하늘로 솟아오르는 것 같았습니다. 이름 없는 작은 새도 뒤따라 출발했습니다. 대부분의 새들은 아주 멀리까지 날아오르지 못하고 다시 땅으로 내려왔습니다. 덩치가 큰 새들은 좀더 멀리 날아올랐지만 그래도 독수리만큼은 날아오르지 못했습니다. 독수리는 해님의 눈을 찌를 수도 있을 만큼 높이 날았습니다. 다른 새들이 자기를 따라오지 못하는 것을 안 독수리는 속으로 생각했습니다.
　'더 올라갈 필요 없잖아? 내가 이제 왕인걸.'
　그가 내려오기 시작하자 아래에 있던 새들이 독수리를 향해 외쳐댔습니다.
　"당신이 우리의 왕이요! 아무도 당신보다 높이 더 날 수 없을 겁니다!"
　"내가 있지."
　그 때 독수리의 가슴깃 속에서 이름없는 작은 새가 나오며 말했습니다. 그 작은 새는 하나도 지치지 않았기 때문에 오르고 또 올라 옥좌에 앉아 계신 하느님까지 보았습니다. 이렇게 높이 올라가고 나서 작은 새는 날개를 접고 밑으로 고꾸라지듯이 내려왔습니다. 그리고 밑에 있는 새들을 향해 카랑카랑한 목소리로 외쳤습니다.
　"내가 왕이다! 내가 왕이야!"
　"네가 우리의 왕이라고?"
　새들은 화가 치밀었습니다.
　"네가 그렇게 높이 난 건 순전히 속임수를 썼기 때문이야."
　새들은 다시 조건을 내걸었습니다. 땅 속으로 가장 깊이 들어갈 수 있는 새를 왕으로 뽑기로 말이지요. 거위는 가슴이 넓적해서 땅을 뚫고 들어갈 수가 없겠지요? 수탉은 흙도 빨리 파헤쳐 내지 못했어요. 더 운이 나쁜 건 오리였습니다. 도랑으로 뛰어들다 다리를 삐었던 것입니다. 오리는 호수쪽으로 뒤뚱뒤뚱 걸어가며 투덜거렸습니다.
　"속임수야, 속임수!"

그러나 그 이름없는 작은 새는 작은 쥐구멍 하나를 찾아내 그 속으로 쏙 미끄러져 들어갔습니다. 그러고는 카랑카랑한 목소리로 또다시 외쳤습니다.

"내가 왕이다! 내가 왕이야!"

"네가 우리의 왕이라고?"

새들은 한층 더 화가 치밀었습니다.

"너의 속임수가 통하리라고 생각해?"

새들은 작은 새를 그 구멍 속에 가둬서 굶겨 죽이기로 했습니다. 그리고 부엉이를 문지기로 결정했습니다. 부엉이는 목숨을 걸고 그 얄미운 악당을 잘 감시해야 했습니다. 낮에 기운을 다 쓰고 난 다른 새들이 아내와 새끼들을 데리고 집으로 돌아가 잠을 잘 때도, 부엉이는 눈을 부릅뜨고 그 쥐구멍을 지켜야 했습니다. 그러는 동안 부엉이에게도 피로가 엄습해 왔습니다.

부엉이는 속으로 생각했습니다.

'한쪽 눈은 감아도 될거야, 나머지 한쪽 눈으로 지키면 되니까. 그러면 저 악당은 구멍에서 빠져나올 수 없겠지.'

부엉이는 한쪽 눈을 감고 다른 한쪽으로 구멍을 노려 보았습니다. 작은 새가 머리를 밖으로 내밀고 구멍을 빠져나오려 하면 부엉이가 그 즉시 막아섰고, 작은 새는 다시 구멍 안으로 쏙 숨어 버렸습니다. 그러고 나서 부엉이는 다른 한쪽 눈을 감고 감았던 눈을 떴습니다.

밤이 다 새도록 이런 행동을 되풀이하던 부엉이는 그만 한쪽 눈을 감고나서 다른 쪽 눈을 뜨는 것을 깜빡 잊어버렸습니다. 그리고 두 눈이 다 감기는 순간 부엉이는 그대로 잠이 들고 말았습니다. 이것을 눈치 챈 약삭빠른 작은 새는 재빨리 구멍에서 나와 도망쳤습니다.

그 이후 부엉이는 낮에는 모습을 드러낼 수가 없게 되었습니다. 만일 그랬다가는 다른 새들이 달려들어 부엉이의 깃털을 다 뽑아 버릴 테니까요. 그래서 부엉이는 밤에만 날아다니는 것입니다. 그런 몹쓸 구멍을 파 놓았을 들쥐와 사냥꾼을 원망하면서 말입니다. 이름없는 작은 새도 잡히면 목이 달아날 것이 무서워 모습을 드러내지 못했습니다. 그러나 산울타리를 살금살금 드나들다가 혹 안전하다고 여겨지면 가끔씩 이렇게 외쳤습니다.

"나는 왕이다!"

이 때문에 다른 새들은 그를 '산울타리 왕'(굴뚝새)이라고 놀렸습니다.

세상에서 가장 행복한 것은 종달새였습니다. 종달새만은 산울타리 왕에게 관심이 없었습니다. 해님이 떠오르면 종달새는 하늘로 날아올라가 이렇게 노래합니다.

"아, 온 세상이 너무나 아름다워! 정말 아름다워! 아름답다! 아름답다! 아, 온 세상이 정말로 아름답다!"

172

가자미

물고기들은 오랫동안 불만에 차 있었습니다. 그들이 사는 곳에는 질서가 없었기 때문입니다. 모두들 제멋대로였습니다. 왼쪽, 오른쪽, 모두가 제멋대로 헤엄쳐 다녔습니다. 어떤 물고기는 여러 물고기들이 둥글게 모여 노는 곳이나 혹은 줄지어 가는 곳을 마구 쳐들어오기도 했습니다. 힘이 센 물고기들은 연약한 물고리들을 꼬리로 쳐서 쫓아 버리기도 하고, 혹은 한 입에 삼켜 버리기도 했습니다.

"법과 정의로 우리를 다스려 주는 왕이 있다면 얼마나 좋을까!"

물고기들은 이렇게 말했습니다. 그래서 물을 가장 빨리 가로지르면서도 다른 약한 물고기들을 보살필 줄도 아는 물고기를 왕으로 정하기로 했습니다. 모든 물고기들이 강기슭에 모여들었습니다. 강꼬치고기가 꼬리로 신호를 보내자 물고기들은 일제히 파도처럼 앞으로 돌진했습니다. 강꼬치고기도 쏜살같이 나아가 청어, 모생치, 농어, 잉어 같은 물고기들 속에 섞였습니다. 가자미도 그들 속에 끼여 우승을 꿈꾸며 헤엄쳤습니다.

모든 물고기들이 소리쳤습니다.

"청어가 일등이다! 청어가 일등이야!"

"누가 일등이라고?"

맨 꽁무니에 있던 납작한 심술쟁이 가자미가 화난 목소리로 외쳤습니다.

"청어, 청어!"

다른 물고기들이 대답했습니다.

"벌거숭이 청어 말이야?"

가자미는 샘이 나서 외쳤습니다.

"벌거숭이 청어?"

그 때부터 가자미는 벌을 받아서 입이 한쪽으로 비뚤어져 반쪽 입으로만 말하게 되었답니다.

173

해오라기와 후투티

"가축에게 풀을 먹이기에 가장 좋은 장소가 어디라고 생각하세요?"

어떤 사람이 소치는 사람에게 물었습니다.

"바로 여기지요. 풀이 너무 많지도 않고 적지도 않거든요. 그렇지 않으면 썩 좋다고 할 수 없어요."

"왜지요?"

"저기 초원에서 들리는 슬픈 울음소리를 들어 본 적이 있나요? 해오라기 소리 말이에요. 해오라기도 한때는 소치는 목동이었답니다. 후투티도 그랬고요. 제가 그 이야기를 해드리지요."

소치는 사람이 말을 이었습니다.

"해오라기는 자기의 가축들을 꽃들이 만발한 초원에다 풀어 놓았습니다. 거기서 풀을 잔뜩 먹은 그의 가축들은 너무나 버릇이 없어져서 말을 잘 듣지 않았어요. 반면에 후투티는 모래 바람이 황폐한 산으로 소들을 데리고 갔어요. 그 소들은 배가 홀쭉해져서 기운이 하나도 없었지요. 저녁이 되어 가축들을 집으로 데리고 가야 할 때가 되었는데도 해오라기의 가축들은 도무지 모이질 않았습니다. 그 소들은 너무나 힘이 솟은 나머지 다 도망가 버렸던 거예요. 소들은 들은 체도 하지 않았지요. 또 후투티의 소들은 기운이 너무 없어서 일어설 수조차 없었어요. '일어나! 일어나! 일어나라구!' 하고 후투티가 고함을 질렀지만 역시 소용이 없었죠. 소들은 모랫바닥에 쓰러져 꿈쩍도 하지 못했으니까요. 삶의 균형이 깨어지면 이런 일이 일어나는 법이죠. 지금은 돌볼 가축도 없지만 해오라기는 아직까지도 이렇게 울부짖고 있답니다. '돌아와, 돌아오란 말이야!' 그리고 후투티도 마찬가지로 고함을 지르고 있지요. '일어나, 일어나, 일어나라구!'라고 말이에요."

174

부엉이

수백년 전, 사람들이 오늘날처럼 영리하지도, 지혜롭지도 않았을 때의 이야기입니다. 어느 조그만 마을에서 이상한 일이 벌어졌습니다. '뿔달린 부엉이'라고 불리는 부엉이 한 마리가 밤중에 우연히 근처 숲에서 나와 어느 마을 사람의 집 헛간에 앉았습니다. 새벽이 되었지만 부엉이는 숲으로 돌아갈 엄두가 나지 않았습니다. 숲 속의 새들이 그 부엉이만 나타나면 소리를 질렀기 때문입니다.

아침에 건초를 가져가려고 헛간에 들어선 마구간지기는 한쪽 구석에 앉아 있는 부엉이를 보고 소스라치게 놀랐습니다. 마구간지기는 그 길로 자기 주인에게로 달려가서 헛간에 자기가 태어나서 이제까지 한 번도 본 적이 없는 무시무시한 괴물이 숨어 있다고 말했습니다. 머리에 달린 커다란 눈동자를 이리저리 굴리고 있는 것으로 보아 어떤 사람이라도 한입에 꿀꺽 삼킬 수 있을 것 같다고 말입니다. 마구간지기의 말을 듣고 주인이 말했습니다.

"자네도 알겠지만, 들에서 새를 사냥할 정도로 용감하다고 해도, 마당에 죽어 있는 닭에게 접근하려면 먼저 막대기 하나쯤은 준비해야 하는 법이야. 어디, 내가 가서 그 괴물을 직접 확인해 보지."

주인은 헛간으로 들어갈 때는 씩씩했지만, 처음 보는 짐승의 그 무시무시한 눈을 보는 순간 하인만큼이나 겁에 질리고 말았습니다. 밖으로 뛰쳐나오자마자 그는 마을 사람들에게로 달려가, 지금 자기 집에 정체불명의 무서운 괴물이 있으니 제발 도와 달라고 애원했습니다. 지금은 그 괴물이 자기 집 헛간에 있지만, 만약 밖으로 나오기라도 한다면 마을 전체가 위험에 빠질게 분명하다면서 말입니다. 온 거리에서 "와!" 하는 함성이 울려 퍼졌습니다. 마을 사람들은 창과 작살, 낫, 그리고 도끼를 들고 나왔습니다. 금방이라도 적과 맞붙으러 나갈 태세였습니다.

마침내 시의원과 시장이 앞장섰습니다. 모든 사람들이 장터에 모여 헛간을 향해 행진을 했습니다. 그들은 헛간을 에워쌌습니다. 그리고 그들 중에서 한 용감한 사람이 한 발 앞으로 나오더니 창을 짧게 쥐고 헛간 안으로 들어갔습니다. 그러나 비명소리와 함께 그는 시체 같은 얼굴이 되어 밖으로 뛰쳐나왔습니다. 그리고 다시 다른 두 사람이 안으로 들어갔지만 그들이라고 해서 별 수는 없었습니다. 마침내 전쟁터에서 공을 많이 세웠다고 알려진 키 크고 건장한 사람이 앞으로 나오며 말했습니다.

"단순히 쳐다보기만 해서는 저 괴물을 쫓아 버릴 수 없습니다. 이건 장난이 아니예요. 내가 보기에는 여러분 모두 여자가 되어 버린 것 같군요. 누구도 저 괴물을 물리칠 용기가 없는 거예요."

그는 자기의 갑옷과 투구, 칼, 그리고 창을 가져오게 한 후 직접 전쟁터에 나갈 채비를 했습니다. 모두들 그의 용기를 칭찬하면서도 속으로 그가 죽지나 않을까 하고 걱정했습니다. 그 헛간에는 문이 두 개 있었는데, 모두 열려 있었습니다. 부엉이가 커다란 횃대 한가운데에 앉아 있는 것이 한쪽 문을 통해 밖에서도 보였습니다. 그 전쟁 영웅이 사다리를 가져다가 부엉이가 있는 자리에 갖다 대고 오르기 시작하자 마을 사람들은 그에게 남자답게 행동하라고 외치며, 그가 용을 죽인 성 게오르크만큼이나 용감하다고 칭찬했습니다. 그가 막 사다리 꼭대기에 다다랐을 때, 부엉이는 자기 앞에 있는 그 남자와 마을 사람들이 질러대는 고함소리에 당황하여 어디로 달아나야 할지를 몰랐습니다. 부엉이는 눈동자를 이리저리 굴리고 날개를 푸드덕거리며, 부리를 딱딱 맞부딪치면서 아주 기분 나쁜 소리로 울어 댔습니다.

"부엉, 부엉."

"찔러! 찔러!"

밖에 있던 군중들이 영웅을 향해 소리쳤습니다.

"누구든 여기 한번 서 봐요. 그렇게 찌르라고 외칠 수 있겠나."

영웅은 이렇게 대꾸하면서 한 발짝을 더 올라섰으나, 결국 온몸을 와들와들 떨며 거의 혼이 나간 사람이 되어 도망쳐 나왔습니다.

이제 그 위험한 곳에 뛰어들 용기를 가진 사람은 하나도 없었습니다.

"저 괴물은 단지 부리를 몇 번 딱딱거리고, 먼지를 훅 내뿜는 것만으로도 우리들의 최고 용사를 물리치는군요. 그는 거의 목숨을 잃을 뻔했어요. 도대체 무엇 때문에 우리가 그런 목숨을 건 위험을 감수해야 한단 말입니까?"

사람들은 마을 전체가 파괴되는 것을 막기 위해서 어떻게 하면 좋을지 의논했지만 모든 게 부질없는 일이었습니다. 그 때 시장이 한 가지 제안을 했습니다.

"내 생각에는, 헛간과 그 안에 말이나 건초 일체에 대해 우리 공동 재산으로 그 헛간 주인에게 보상을 해주는 게 좋겠어요. 그리고 나서 그 무시무시한 괴물과 함께 헛간 전체를 불태워 버리는거죠. 그러면 아무도 목숨을 건 모험을 하지 않아도 됩니다. 더 이상 시간이 없어요. 또 돈을 아낄 형편도 아니라고 봅니다."

모든 사람들이 그 의견에 찬성했습니다. 그리하여 사람들은 그 헛간의 네 귀퉁이에 불을 놓았고, 부엉이도 헛간도 모두 타서 주저앉았습니다. 못믿겠다면, 직접 가서 확인해 보시라니까요!

175

달

오랜 옛날, 밤이면 달도 별도 없이 늘 깜깜하기만 하여 마치 시커먼 먹구름이 하늘을 덮고 있는 것 같은 마을이 있었습니다. 태초에는 밤의 불빛이 충분했었지만요.

한번은 이 마을의 네 젊은이가 여행을 하다가 어느 마을에 닿았습니다. 때는 마침 해가 서산으로 지려는 저녁 무렵이었습니다. 밝게 빛나는 공 하나가 참나무에 매달려 은은한 불빛을 두루두루 비춰 주고 있었습니다. 태양처럼 밝은 빛은 아니었지만 모든 물체를 분명하게 알아보기에는 충분했습니다. 젊은이들이 그 빛을 보고 있는데 마침 농부 한 명이 수레를 타고 지나갔습니다. 젊은이들은 농부에게 그것이 무슨 빛이냐고 물었습니다.

"달이랍니다. 우리 마을의 시장이 3탈러를 주고 사다가 저 참나무에 달아 놓았지요. 그분이 날마다 기름을 붓고 깨끗이 닦아 주니까 저렇게 밝게 빛나는 거예요. 우리는 그 대가로 일주일에 1탈러씩을 그에게 주고 있죠."

농부가 가고 난 뒤 젊은이 중의 한 사람이 말했습니다.

"이걸 우리가 가져가자. 우리 마을에도 이만한 참나무가 있어. 우리도 더 이상 깜깜한 어둠 속에서 더듬거리며 살지 않아도 된다고 생각을 해봐. 얼마나 신나겠어?"

두 번째 젊은이가 말했습니다.

"어떻게 해야 하는지 알겠지? 가서 수레와 말을 가져오는거야. 그러고는 이 달을 싣고 가는거지. 이 사람들은 다른 걸 또 사다 놓을걸, 뭐."

세 번째 젊은이가 거들었습니다.

"나무 타는 데는 내가 명수지. 내가 저걸 끌어내리겠어."

네 번째 젊은이는 가서 수레와 말을 구해 왔습니다. 세 번째 젊은이가 나무에 올라가 달에다 구멍을 뚫고 밧줄을 끼워 끌어내렸습니다. 밝게 빛나는 그 달을 수레에 실은 후 그들은 자기들의 도둑질이 탄로나지 않도록 천으로 달을 덮었습니다. 그들은 무사히 달을 자기네 마을로 가져와 참나무에 매달았습니다.

　새로 생긴 램프에서 불빛이 퍼져 나와 온 마을의 벌판과 가정을 환히 밝혀 주자 마을 사람들은 어린이나 노인 할 것 없이 모두가 기뻐했습니다. 난쟁이도 산속 동굴 속에서 나왔고, 요정들은 앙증맞은 빨간 옷을 입고 나와 숲 속을 뱅글뱅글 돌며 춤을 추었습니다.
　달을 관리하는 일은 그 네 명의 젊은이들이 맡았습니다. 기름도 붓고 심지도 청소했지요. 그리고 달을 관리하는 대가로 일주일에 1탈러씩을 지급받았습니다. 그러다가 그 젊은이들도 나이가 들어 그 중 한 명이 병이 났습니다.

  자기에게 죽음이 다가오고 있다는 것을 안 그는, 자기가 죽은 후에 자기 몫으로 달의 4분의 1을 자기와 함께 묻어 달라고 요구했습니다. 그가 죽자 시장은 나무에 올라가 정원용 전지 가위로 달의 4분의 1을 잘라 그의 관에 넣어 주었습니다. 달빛은 약해졌지만 그렇게 심한 정도는 아니었습니다. 네 명 중의 두 번째 사람이 죽어 또 한 토막을 떼어 내자 달빛은 좀더 어두워졌습니다.

  세 번째 사람이 죽은 후에는 훨씬 더 많이 어두워졌습니다. 그도 자기 몫을 가지고 갔던 것입니다. 그리고 네 번째 사람이 죽은 후에는 예전의 칠흑 같은 어둠이 다시 밀려왔습니다. 등불을 들고 다니지 않으면 머리를 부딪치기 일쑤였습니다.

  반면에 늘 어둠이 지배하던 지하세계에 네 조각의 달이 다 모이게 되자 죽은 자들의 휴식은 사라지고 모두 잠에서 깨어났습니다. 그들은 자기들이 다시 볼 수 있게 된 데 대해 깜짝 놀랐습니다. 그들에게는 달빛이 꼭 알맞았습니다. 왜냐하면 오랫동안 빛을 보지 못한 채 지냈기 때문에 햇빛 같은 강렬한 빛은 견뎌낼 수가 없었기 때문입니다. 잠에서 깨어난 그들은 신이 나서 그 옛날 자신들이 살아 있을 때 했던 일들을 흉내 냈습니다. 어떤 망령(亡靈)들은 놀고 춤추고, 또 다른 망령들은 술집으로 가서 술을 주문해서 마시고는 티격태격 다투다가 급기야 몽둥이로 서로 치고받기도 했습니다. 그들의 소란은 점점 심해져서 마침내 하늘나라에까지 그 소리가 들리게 되었습니다.

  하늘 나라의 문을 지키고 있던 성 베드로는 지하 세계에서 폭동이 일어난 것이 틀림없다고 생각하고, 사악한 사탄의 무리들이 신성한 나라를 침범할 것에 대비하여 하늘 나라의 군대들을 불러 모았습니다. 그러나 그들이 아직 쳐들어오지 않았으므로, 그는 몸소 말을 타고 하늘 나라의 문을 열고 지하세계로 내려갔습니다. 지옥에 도착한 성 베드로는 망령들에게 자기 무덤으로 되돌아가라고 명령하고 그 소란을 진정시켰습니다. 그 때 성 베드로가 데려간 달은 하늘에 걸리게 되었습니다.

176

수명

세상을 창조하신 후에 하느님은 모든 피조물들의 수명을 정해 주기로 했습니다. 나귀가 하느님께 와서 물었습니다.
"하느님, 전 얼마나 살게 되나요?"
"30년이다. 마음에 드느냐?"
"아이구, 하느님. 너무 길어요. 저의 고달픈 삶을 생각해 보세요. 저는 아침부터 저녁까지 등에다 무거운 짐을 실어 날라야 하고, 또 곡식자루도 방앗간으로 날라야 해요. 그 덕분에 사람들은 빵을 먹을 수 있게 되지만, 제게 돌아오는 것이라고는 정신차리고 기운을 내라는 욕설과 발길질뿐인걸요. 그러니 제 수명을 줄여 주세요."
하느님은 나귀를 불쌍히 여겨 그의 수명에서 18년을 깎아 주었습니다. 나귀는 편안한 마음이 되어 돌아갔습니다. 다음에 개가 찾아왔습니다.
"넌 얼마나 살고 싶으냐? 나귀는 30년이 길다고 했다만 내 생각에 너에게는 적당하다고 보는데?"
"하느님은 그러길 바라세요? 제가 그렇게 많이 달려야 한다고 생각해보세요. 제 다리는 그만한 거리를 견뎌 낼 힘이 없어요. 게다가 짖지도 못하고 물어 뜯을 이빨도 없어진 다음에는, 이 구석 저 구석을 옮겨 다니며 불평 속에서 살아야 돼요."
하느님은 그의 말에도 일리가 있다고 여겨 그의 수명에서 12년을 줄여 주었습니다. 다음으로 원숭이가 왔습니다.
"너는 분명히 30년을 살고 싶어 할거야, 안 그래? 너는 개나 나귀처럼 일을 해야 하는 것도 아니고, 항상 즐겁게 사니까."
"아휴 하느님, 그렇게 보일 뿐 사실은 그렇지 않아요. 재수 좋은 날조차 전 늘 빈 밥그릇 바닥을 핥는걸요. 사람들은 내게 늘 재미있는 장난과 우스운 표정을 기대해요. 그러면서도 그들은 내게 사과 한 쪼가리 던져 줄 뿐인데, 그나마도 시어서 먹을 수 없는 것뿐이죠. 내 기쁜 얼굴 뒤에는 슬픔이 감추어져 있다구요. 난 그런 일들을 30년이나 견뎌 내긴 싫어요."

하느님은 자비로우신 분이라 원숭이의 수명에서도 10년을 빼주었습니다. 마침내 사람이 나타났습니다. 그는 즐거워 보였고, 건강했고, 활기에 차 있었습니다. 그도 하나님께 자기의 수명을 결정해 달라고 있습니다.

"네 수명은 30년이야. 충분하겠지?"

"너무 짧아요! 생각을 해보세요. 집을 지어서 불을 지피고, 제가 심은 나무가 자라 꽃이 피고 열매가 맺어 이제 막 인생을 즐기려 할 때, 그 때 죽어야 하다니요! 오, 하느님, 제게 좀더 시간을 주세요."

"그렇다면 나귀의 수명이었던 18년을 네게 주마."

"그래도 충분하지 않아요."

"그럼 개의 12년도 주지."

"아직도 너무 적어요."

"좋다 그렇다면 원숭이의 10년도 더 주겠다만 그 이상은 안 돼."

사람은 돌아갔지만 썩 만족한 얼굴은 아니었습니다.

그래서 사람의 수명은 70년이 되었습니다. 처음 30년은 사람 자신의 수명으로, 그 기간은 참으로 빨리 지나가 버립니다. 이 기간 동안에는 건강하고 즐겁고, 일도 즐거운 마음으로 하며 사는 것 자체가 즐겁습니다. 이 기간이 지나고 오는 18년은 나귀의 수명이었던 기간으로, 하나의 짐이 덜어지면 그 다음 짐이 그에게 얹혀지는 식입니다. 그는 다른 사람을 먹여 살리기 위해서 곡식을 실어 날라야 하지만 그의 충성스런 봉사의 대가로 돌아오는 것은 욕설과 발길질뿐입니다.

그리고 나서 오는 개의 12년 동안 사람은 물어 뜯을 이빨도 없이 구석에 앉아 불평만 늘어놓습니다. 그리고 이 기간이 지나고 나면 원숭이의 10년이 그의 삶을 마무리짓지요. 그 때 사람의 머리는 아주 물렁물렁해져서 바보가 됩니다. 하는 짓마다 어리석어 아이들의 웃음거리가 되지요.

177

죽음의 예고

한 거인이 넓은 시골길을 여행하고 있었습니다. 그 때 낯선 사람이 그 앞에 튀어나와 외쳤습니다.

"멈춰! 더 이상 한 발짝도 못 간다!"

"뭐라고? 이 꼴같잖은 놈아, 너 같은 놈은 한 손으로 뭉개 버릴 수도 있어. 네가 내 길을 막겠다는거냐? 네가 뭔데 감히 내게 그렇게 버릇없이 말하는거지?"

"난 저승사자다. 아무도 날 거역할 수 없지. 네가 아무리 그래도 내 명령에 따르지 않을 수 없을걸."

그러나 거인은 그에게 굴복하지 않았습니다. 그래서 둘의 씨름이 시작되었습니다. 길고 격렬한 싸움이었습니다. 거인이 저승사자보다 기운이 세어서 마침내 거인의 한 방에 저승사자는 옆의 바위에 가서 넘어지고 말았습니다. 쓰러진 저승사자를 두고 거인은 제 갈 길을 계속 갔습니다. 저승사자는 완전히 탈진하여 혼자서는 몸을 일으킬 수가 없게 되었습니다.

"내가 여기 누워 있으면 어떻게 되는거지? 이 세상 사람들은 더 이상 죽지 않을거야. 그러면 세상에는 사람들이 너무 많아져서 방에 서 있지도 못하게 될걸."

바로 그 때 젊고 활기차고 건장한 한 청년이 왔습니다. 그는 노래를 부르며 여기저기를 구경하고 있었습니다. 그러다가 의식 없이 쓰러져 있는 저승사자를 발견한 그 청년은 측은한 마음이 들어 저승사자에게 다가가 그를 일으켜 주었습니다. 그러고는 입에 마실 것을 부어 주고 저승사자가 기력을 회복할 때까지 기다렸습니다.

"지금 자네가 기운을 회복하게끔 도와준 내가 누군지 알기나 하는가?"

저승사자가 벌떡 일어서며 말했습니다.

"아뇨. 난 당신이 누군지 모르겠는데요."

젊은이가 대답했습니다.

"난 저승사자다. 난 아무도 살려 두지 않지. 그리고 거기에는 예외라는게 없어. 그게 자네라 할지라도. 그러나 난 은혜를 갚을 줄은 알지. 그래서 약속을 하겠는데, 난 자네를 예고 없이 불쑥 데려가지는 않겠어. 내가 자네를 데리러 올 때는 그 전에 꼭 예고를 하고 오겠네."

"그렇다면 당신이 오는 것은 미리 알 수 있게 될 테고. 적어도 지금 이 순간만큼은 안전하겠군요."

그러고 나서 젊은이는 저승사자와 헤어졌습니다. 그는 매일매일 즐겁고 기분 좋게 살았습니다. 하지만 젊음이 영원할 수는 없지요. 곧 질병과 슬픔이 찾아왔습니다. 낮에는 병마와 싸우느라 괴로웠고 밤이면 잠을 이루지 못했습니다. 그러나 그는 자기 자신에게 이렇게 말했습니다.

"난 죽지 않아, 저승사자의 예고가 없었으니까. 단지 이 지긋지긋한 날들이 병마와 함께 사라지기만 하면 돼."

그런 생각을 하자 그는 다시 사는 게 즐거워졌습니다. 그런데 어느 날 누군가 그의 어깨를 두드리는 사람이 있었습니다. 저승사자였습니다.

"이제 나를 따라오게. 자네가 세상과 작별할 시간이야."

"뭐라구요? 당신 스스로 한 약속을 깨뜨리겠다구요? 당신이 오기 전에 먼저 예고를 해주기로 내게 약속했었잖아요? 난 아무런 예고도 느끼지 못한걸요."

그러자 저승사자가 말했습니다.

"시끄러워! 내가 예고를 하지 않았다고? 느닷없이 열이 올라 자네를 휘청거리게 하고 결국은 그 때문에 쓰러졌지 않아? 현기증이 찾아와 자네 머리를 마비시키지 않았어? 통증이 자네의 모든 손가락을 부들부들 떨게 했잖은가? 자네 귀에서 나는 굉장한 고함 소리 같은 걸 듣지 못했나? 치통이 자네 볼을 아프게 했지? 그리고 무엇인가 자네 눈을 가려 잘 볼 수 없었을 텐데? 그리고 이 모든 것들과 함께, 바로 나의 동생인 잠이 알려 주는 나의 존재를 깨닫지 못했단 말인가? 저녁에 누우면 마치 이미 죽어 버린 것 같은 느낌이 들지 않더냔 말일세."

그 남자는 뭐라고 대답할 말이 없었습니다. 그래서 결국 운명에 굴복하고 저승사자를 따라갔지요.

178

구둣방 주인 프림

프림 아저씨는 키가 작고 깡말랐지만 힘이 넘쳐 단 일 초도 가만히 앉아 있지를 못하는 사람입니다. 죽은 사람처럼 창백한 얼굴, 마마자국, 하지만 가장 눈에 띄는 것은 남을 멸시하는 듯한 표정입니다. 회색빛의 머리는 아무렇게나 헝클어져 있고, 작은 눈은 쉬지 않고 이리저리 움직입니다. 그는 자기가 모든 것을 알고 있고, 모든 잘못을 지적해 낼 수 있고, 모든 것의 개선점을 알고 있으며, 또 언제나 옳다고 여겼습니다. 거리를 걸을 때는 언제나 두 팔을 씩씩하게 휘두르며 걷는데, 그러다가 한번은 물을 길어 나르고 있던 어느 아가씨를 건드리게 되었습니다. 물동이가 떨어지며 그에게 물벼락이 쏟아졌습니다. 그러자 그는 몸을 털면서 아가씨를 향해 소리쳤습니다.

"이 멍청아! 넌 뒤에 누가 오는지 보지도 않고 다니니?"

항상 이런 식이었습니다.

그의 직업은 구두를 만드는 제조공입니다. 일을 할 때 실을 잡아 뽑는 솜씨는 길을 갈 때 자기 바로 옆에서 걸어가는 사람을 후려치는 것과 같습니다. 그의 밑에서 일하는 견습생들은 한 달 이상을 버티지 못했습니다. 그가 항상 잘못된 점만을 나무랐던 것입니다. 견습생이 열심히 일을 하고 있어도 그의 잔소리는 끊임없이 이어집니다. 바느질이 고르지 못하다, 한 쪽 신발이 너무 크다, 굽이 다른 한 쪽보다 더 높다, 가죽이 덜 부드럽다 … . 그는 견습생들에게 이렇게 말하곤 했습니다.

"잠깐, 가죽을 어떻게 두드려야 부드럽게 되는지 내가 보여주지."

그러고 나서 그는 혁대를 가져와서 견습생의 등짝을 두어 번 후려칩니다. 그는 모든 견습생을 게으르고 아무짝에도 쓸모가 없는 놈이라고 부릅니다. 그렇지만 그 자신이 일을 썩 잘 해내는 것도 아닙니다. 왜냐하면 그는 단 5분도 가만히 앉아 있지를 못하니까요.

매일 아침 그의 아내가 일찍 일어나 불을 피웁니다. 그러면 그는 자리에서 벌떡 일어나 맨발로 부엌까지 뛰어가서 악을 씁니다.

"집에 불 지를 일 있어! 이런 불이면 황소라도 굽겠다. 나무는 누가 거저 준대?"

만약 하녀들이 세면대 앞에 서서 깔깔거리며 잡담이라도 나누면 그는 또 잔소리를 늘어놓습니다.

"거기 가서 일 안 하고 수다만 떨거냐, 이 얼간이들아! 향기 좋은 비누라고? 그런 낭비가 어딨어. 저런 게으름뱅이들, 남들이 알까 무섭다. 손을 아낀답시고 빨랫감을 박박 문지르지도 않다니!"

그가 여기저기 뛰어다니며 급사들의 물동이를 발길로 차는 바람에 부엌은 순식간에 물바다가 됩니다. 또한 이웃에서 새 집이라도 지으면 그는 창문으로 달려가서 내다보며 말합니다.

"저 사람들 벽을 또 사암으로 쌓네! 저건 절대로 마르지 않는다구. 저 집에 사는 사람은 건강할 수가 없어. 저 일꾼 돌 쌓는 솜씨 좀봐. 저 시멘트는 안 돼. 저기다가는 모래가 아니라 자갈을 넣어야 되는데. 내 살아 생전에 저 집안에 있는 사람들 머리 위로 집이 무너지는 꼴을 보게 될거야."

그는 자리에 앉아 바느질을 두어 땀 뜨다 말고 다시 자리에서 벌떡 일어납니다. 이번에는 가죽 앞치마까지 벗어 던집니다.

"내가 나가서 저 사람들이 하고 있는 짓거리에 대해 말해 줘야겠어."

그는 목수에게 다가가 묻습니다. "이게 뭐요? 당신 지금 나뭇결을 따라 자르질 않고 있잖소! 당신이 보기에는 들보가 똑바른 것 같소? 집 전체가 산산조각이 나서 무너지겠네."

그가 목수의 도끼를 낚아채서 나무를 어떻게 찍는지 시범을 보여 주고 있을 때, 마침 진흙을 가득 실은 수레를 끌고 농부 한 명이 그 옆으로 지나갔습니다. 그는 도끼를 홱 내던지고 농부에게로 달려가서 외칩니다.

"이 사람이 정신이 나갔군! 이렇게 무거운 짐을 어린 말에게 나르게 하는 사람이 어딨담. 이 불쌍한 동물은 그대로 골병이 들고 말거야."

농부가 미처 대답을 하기도 전에 그는 씩씩거리며 작업실로 돌아옵니다. 그가 막 자리에 앉아 일을 시작하려 할 때 견습공 한 명이 구두 한 짝을 들고 왔습니다.

"이건 또 뭐야! 내가 신발을 그렇게 자르면 안 된다고 했잖아? 바닥밖에 안 남은 이 따위 신발을 누가 사겠어! 내가 한 말을 받아 적으라구!"

"주인님, 주인님 말씀대로 이 신발이 형편없이 만들어졌는지는 모르겠지만, 이건 밖으로 나가시기 전에 주인님이 잘라서 만들다 만 것이랍니다. 주인님께서 작업대 위에다 던져 놓으신 걸 제가 주인님을 위해 마저 일했을 뿐이에요. 하늘에서 내려온 천사라도 주인님 마음에 드는 신발을 만들 수는 없을 거예요."

어느 날 밤 프림 아저씨는 꿈을 꾸었습니다. 꿈에서 그는 죽어서 천국으로 가고 있었습니다. 도착하자마자 그는 천국문을 시끄럽게 두드리면 투덜거렸습니다.

"문에 고리도 없군. 이렇게 두드리다가는 손가락이 다 뭉그러지겠어."

성 베드로가 문을 열고 이렇게 소란을 피우는 장본인을 바라보았습니다.

"오, 그대 프림, 어서 들어오게. 하지만 경고하겠는데, 여기 천국에서는 자네가 지상에 살 때처럼 결점 잡는 짓은 안 하는 게 좋을걸세. 그러지 않으면 그에 대한 대가를 치르게 될 테니까."

"알려 주셔서 고맙습니다. 잘 알겠어요. 게다가 여기서는 고맙게도 모든 것이 완벽한대요, 뭘. 지상에서와 같이 찾아낼 만한 결점도 없을걸요."

그리하여 그는 마침내 천국으로 들어갔습니다. 그는 천국의 방대한 규모에 놀랐습니다. 그는 여기저기를 둘러보고 고개를 젓기도 하고 또 입 속으로 뭐라 중얼거리기도 했습니다. 그러다가 그는 두 천사가 들보 하나를 운반하는 것을 보았습니다. 그것은 어떤 사람의 눈 안에 들어 있던 들보였는데 그 들보의 주인공은 다른 사람의 눈 안에 든 티끌만을 찾고 있었습니다. 그런데 천사들은 들보를 가로로 들고 가는 것이 아니라 세로로 들고 갔습니다. 프림 아저씨는 속으로 '어떻게 저렇게 어리석을 수가 있담?' 하고 생각했지만 입 밖으로는 한 마디도 내지 않고 조용히 있었습니다.

'가로로 들고 가든 세로로 들고 가든 잘만 들고 가면 마찬가지니까. 게다가 아직 저들이 어디에 부딪히는 걸 본 것도 아니고.'

그러고 나서 그는 곧 두 명의 천사가 우물에서 물을 길어 물동이에 붓는 것을 보았습니다. 그 물동이에는 구멍이 군데군데 나 있었습니다. 그 구멍들로 물이 뚝뚝 새어 나왔습니다. 그렇게 새어 나온 물은 비가 되어 땅으로 내려가고 있었습니다.

"빌어먹을!"

그가 소리쳤습니다. 그러나 다행히도 그는 정신을 가다듬고 이렇게 생각을 고쳐 먹었습니다.

'그래, 아마도 시간을 보내기 위해서 저러는 것이겠지. 이 곳 천국에서는 재미있는 일이라면 뭐든 해도 되나 봐. 이 곳의 사람들은 대부분 할 일이 없이 빈둥빈둥 살아가고 있다는 걸 난 벌써 알아차렸지.'

프림 아저씨는 계속해서 길을 가다가 수레 하나가 도랑에 빠져 있는 것을 보았습니다.

"그럴 줄 알았어. 누가 이렇게 바보같이 수레를 몰았지? 당신 거기서 뭐하고 있소?"

"기도하고 있어요."

수레 주인이 대답했습니다.

"난 수레를 똑바른 길로 몰고 갈 수가 없었답니다. 하지만 운이 좋게도 이렇게 멀리까지 몰고 올 수가 있었어요. 난 믿어요. 그분들이 날 이렇게 여기 처박혀 있게 내버려 두지 않을 겁니다."

정말로 천사 한 명이 나타나서 말 두 필을 수레의 앞쪽에다 매었습니다. 프림 아저씨가 주제넘게 참견을 하며 말했습니다.

"잘 했어요. 하지만 말 두 필로는 수레를 끌어 내기에 부족할걸. 적어도 네 필은 있어야 할거요."

그 때 다른 천사가 말 두 필을 몰고 왔습니다. 그러나 그 천사는 말을 수레 앞쪽에 매지 않고 뒤쪽에다 매는 것이었습니다. 프림 아저씨는 참고 있을 수가 없었습니다.

"이런 바보! 지금 뭐하는거요? 세상이 창조된 이래로 이런 식으로 수레를 끈 사람은 아무도 없어요. 그런데 여기 이 사람은 마치 세상일을 다 알고 있는양 잘난 척을 하고 있잖소!"

그가 계속해서 말을 하려고 하는데 천국의 주민 한 사람이 그의 목덜미를 잡아서 문 밖으로 내동댕이쳐 버렸습니다. 프림 아저씨는 그 수레를 한 번 더 보기 위해서 천국문에 고개를 쓱 디밀었습니다. 수레는 날개 달린 네 마리의 말에 의해 들리고 있었습니다.

그 순간에 프림 아저씨는 꿈에서 깨어났습니다.

'그래, 하늘과 땅은 일하는 방식이 다른 게 당연해.'

그는 이렇게 생각했습니다.

'거기서는 실수를 좀 많이 한 것 같군. 하지만 말을 수레 앞뒤에 동시에 매다는 걸 보고 가만히 참고 있을 사람이 어딨담? 물론, 그 말들한테는 날개가 있었지. 하지만 그걸 어떻게 알 수가 있었겠느냐구. 게다가 이미 다리를 네 개나 가지고 있는 짐승한테 빨리 날 수 있는 날개까지 달아 준다는 건 엄청나게 어리석은 짓이야. 아무튼 난 일어나야 해. 그러지 않으면 저 인간들이 내 집안을 엉망으로 만들어 놓을 테니까. 내가 아직 살아 있다는 게 정말이지 다행이야, 다행이고말고.'

179

샘물가의 거위치는 소녀

옛날 옛날 한 옛날에 한 할머니가 거위 떼와 함께 숲 속 외딴 곳에서 살고 있었습니다. 외딴 곳에 할머니의 작은 집은 숲으로 둘러싸여 있었습니다. 할머니는 매일 아침 지팡이를 짚고 절뚝거리며 숲으로 가서 아주 부지런히 일을 했습니다. 할머니의 나이를 생각해 볼 때 믿을 수 없으리만치 부지런했습니다. 집에 있는 거위들을 위해서 풀을 긁어 모으고, 나뭇가지의 야생 열매들도 팔이 닿는 건 모두 따서 집으로 가져갔습니다. 이 모습을 본 사람들은 그 할머니가 그 무거운 짐에 깔려 땅에 쓰러질 것이라고 생각했지만 할머니는 언제나 무사히 집으로 돌아갔습니다. 길에서 사람들이라도 만나면 할머니는 상냥한 말투로 이렇게 인사를 합니다.
"안녕하세요. 날씨가 참 좋지요? 아, 내가 왜 풀을 나르고 있는지 궁금하시다고요? 글쎄요, 사람에게는 누구나 자기 몫의 짐이 있는 법이지요."
그러나 사람들은 그 할머니와 마주치는 걸 싫어했습니다. 그래서 기회가 생기면 일부러 다른 길로 돌아갔습니다. 어떤 사람이 아들과 함께 가다가 그 할머니를 만나면 그는 아들에게 이렇게 말하곤 했습니다.
"저 노파를 조심해라. 저 여자는 아주 교활한 마녀란다."

어느 날 아침 잘생긴 젊은이 하나가 숲 속을 걷고 있었습니다. 햇살은 밝게 빛났고, 새들은 즐겁게 노래했습니다. 상쾌한 산들바람이 나뭇잎들을 가볍게 스칩니다. 그는 기분이 좋았습니다. 땅에 무릎을 꿇고 앉아서 낫으로 풀을 뜯고 있는 늙은 마녀를 보기 전까지는 아무도 만나지 않은 상태였습니다. 할머니의 자루는 이미 가득 채워져 있었고, 옆에 놓인 두 개의 양동이에도 배와 사과가 가득 들어 있었습니다.

"아니, 세상에. 할머니, 이걸 어떻게 다 들고 가시려구요?"

젊은이가 물었습니다.

"난 그걸 가지고 가야만 한다우, 젊은이. 부잣집 도련님들이야 그런 일을 할 필요가 없겠지. 하지만 농부들은 이렇게 말하지.

 조심하고 뒤를 돌아보지 말아라.
 너의 등은 부대 자루처럼 휘어져 있다."

젊은이가 떠나지 않고 계속 옆에 서 있자 할머니는 눈빛을 반짝이며 말했습니다.

"나를 도와주려고? 자네는 아직 허리도 꼿꼿하고 다리도 튼튼하니까 힘들지 않을 게야. 게다가 우리 집은 여기서 그다지 멀지도 않거든. 저기 저 산 너머에 있는 황무지에 있어. 자네 같으면 뛰든 재주를 넘든 금방 갈 수 있을 걸."

젊은이는 할머니가 불쌍하게 느껴졌습니다.

"그래요, 우리 아버지는 농부가 아니시죠. 나는 백작이에요. 하지만 할머니 말처럼 농부들만이 물건을 져 나르는 게 아니라는 걸 보여주기 위해서라도 제가 이 꾸러미들을 등에 지고 나르겠어요."

"젊은이의 뜻이 그렇다면, 나도 기뻐. 젊은이에게도 좋은 시간이 될거야. 게다가 크게 어려운 일도 아니고. 저 배와 사과도 같이 들어줘."

할머니로부터 한 시간 정도 걸릴 거라는 이야기를 들은 젊은 백작은 좀 부담스러웠지만, 할머니는 그가 약속을 어기지 못하게 했습니다. 자루를 들어 그의 등에 올려놓고 두 양동이를 그의 손에 들려 주었던 것입니다.

"아시다시피 별 건 아니야."

할머니가 말했습니다.

"그렇지 않아요. 결코 가볍지 않은 걸요."

젊은 백작은 얼굴을 찡그리고 괴로워하며 말을 이었습니다.

"자루 안은 마치 벽돌로 꽉 차 있는 것 같고, 사과하고 배는 납덩이로 만든 것 같아요. 숨을 거의 쉴 수 없을 정도라구요."

그가 금방이라도 짐을 내려놓을 자세를 취하자 할머니가 막았습니다. "이봐, 젊은 청년이 늙은이가 늘상 들어나르는 짐도 하나 못 나르다니. 자네, 말은 잘 하더군. 하지만 막상 일이 눈 앞에 닥치니 꽁무니를 빼려는거야. 왜 우물쭈물 하고 서 있지? 어서 움직여. 아무도 자네 등짐을 내려 주지는 않을 테니까."

할머니는 빈정거리듯 말했습니다.

평지를 걸어갈 때까지는 그런대로 버틸 수 있었지만, 언덕을 오르기 시작하면서부터 발 아래에 있는 돌들이 마치 살아 움직이듯 굴러가 젊은이는 참기가 어려웠습니다. 이마에는 구슬 같은 땀방울이 맺혔고 등에서도 식은땀이 흘렀습니다.

"할머니, 더 이상 한 발짝도 못 가겠어요. 좀 쉬었다 가요."

젊은이가 말했습니다.

"안 돼. 다 도착한 다음에는 쉴 수 있지만 지금은 계속 가야 해. 이렇게 한 선행이 자네에게 좋은 결과를 안겨 줄지, 누가 알아?"

"할머니, 갈수록 뻔뻔스러워지시는군요."

백작은 이렇게 말하며 자루를 내동댕이치려 했습니다. 그러나 아무 소용이 없었습니다. 몸을 비틀어도 보고 빙글빙글 돌아도 보았지만 짐이 떨어지지 않는 것이었습니다. 할머니는 껄껄 웃으며 지팡이를 짚고 껑충껑충 뛰어갔습니다.

"쓸데없는 짓은 안 하는 게 좋을 걸, 백작 양반. 자네 얼굴이 마치 수탉처럼 시뻘개졌어. 자기 임무를 잘 견뎌 내야지. 집에 도착하면 자네 수고에 대한 대가는 충분히 지불하겠네."

할 수 없이 그는 모든 것을 포기하고 운명에 맡긴 채 마음을 느긋하게 먹고 할머니의 뒤를 터벅터벅 따라갔습니다. 할머니의 발걸음은 갈수록 가벼워 보이는 반면에, 그의 짐은 갈수록 무거워지는 것 같았습니다. 그 때 할머니가 그의 등짐 위에 펄쩍 뛰어올라 앉았습니다. 할머니는 나뭇가지처럼 삐쩍 말랐는데도 뚱뚱한 여자보다 더 무거웠습니다.

청년이 무릎을 휘청거리며 주저앉으려고 하자 할머니는 지팡이로 그의 다리를 때리며 쐐기 풀로 찌르기까지 했습니다. 그는 끙끙거리며 산꼭대기까지 겨우 올라갔습니다. 그러고 나서 쓰러지기 일보 직전에 겨우 할머니의 집에 도착했습니다. 할머니를 본 거위 떼들이 날개를 활짝 펴고 그녀에게 달려와 꽥꽥거리며 인사를 했습니다. 거위들의 맨 앞에는 한 늙은이, 아니 늙은이처럼 보이는 한 소녀가 손에 지팡이를 들고 서 있었습니다. 크고 억세고, 또 멍청이처럼 못생긴 소녀였습니다.

"어머니, 무슨 일이 있으셨어요? 아주 멀리 가시던데."

"아니다, 내 예쁜 딸아. 아무 사고도 없었어. 오히려 이 친절한 신사분이 내 짐을 들어다 준 걸. 내가 지치자 나를 등짐 위에 앉혀 주기까지 했단다. 동행이 있으니까 재미도 있고 시간이 한결 빨리 지나가 버리던 걸."

마침내 할머니는 청년의 등에서 내려와 그의 등짐과 손에 든 양동이를 받아 들었습니다. 그리고 자상한 눈길로 그를 바라보면서 말했습니다.

"자, 문 앞에 있는 나무 의자에 앉아서 쉬도록 해. 곧 자네 수고에 대한 적절한 보상을 받게 될 거야."

그러고 나서 할머니는 거위 소녀에게 말했습니다.

"집으로 들어가렴, 애야. 젊은 남자와 단 둘이 있는 건 네게 좋지 않단다. 불 나는 데 기름까지 들이부을 필요는 없으니까. 그렇지 않아도 그는 너를 사랑하게 될 걸."

젊은이는 울어야 할지 화를 내야 할지 몰랐습니다. 그는 속으로 생각했습니다.

'저 여자가 지금보다 30살은 더 젊어진다고 해도 그런 비극적인 일은 결코 일어나지 않을 걸.'

노파는 거위들을 마친 친자식인양 쓰다듬고 나서 자기 딸과 함께 집안으로 들어갔습니다. 젊은이는 커다란 사과 나무 아래 있는 벤치에 벌렁 누웠습니다. 바람은 따스하면서도 부드러웠습니다. 주변은 온통 푸른 숲으로 뒤덮여 있고 맑은 시냇물이 햇빛을 받아 반짝이며 그 숲을 가로질러 졸졸 흐르고 있었습니다. 그리고 물 위에는 하얀 거위들이 조용히 물살을 가르며 헤엄치고 있었습니다.

"정말 아름다운 곳이야. 그렇지만 너무 고단해서 눈을 못 뜨겠군. 잠시 한숨

자야겠어. 바람이 세게 불어와 내 다리를 부러뜨리지야 않겠지. 내 다리가 마치 마른 장작개비처럼 약해져 있기는 하지만 … ."

그가 자고 있는데, 할머니가 와서 그를 흔들어 깨웠습니다.

"자네는 여기 있으면 안 돼. 물론 힘들다는 건 알지. 하지만 자네 인생을 허비한 건 아니야. 자 이제 자네에게 상을 주지. 자네는 돈도 필요없고 땅도 필요없을 테니까, 다른 걸 주겠어."

할머니는 에메랄드를 조각해서 만든 작은 상자를 그에게 주었습니다.

"조심해서 다루게. 이것이 자네에게 행운을 가져다 줄테니까."

백작은 다시 힘이 솟아나는 걸 느끼면서 자리에서 벌떡 일어섰습니다. 그러고는 할머니에게 고맙다는 인사를 남기고, 딸은 쳐다보지도 않은 채 가 버렸습니다. 거위들이 즐겁게 꽥꽥거리는 소리가 오랫동안 들렸습니다.

그는 돌아가는 길을 찾지 못해서 사흘 동안이나 벌판을 헤매야 했습니다. 마침내 그는 어느 큰 마을에 도착했으나 아는 사람이 없었기 때문에 그 곳의 왕과 왕비가 사는 궁전을 찾았습니다. 왕과 왕비는 그들의 보좌에 앉아 있었습니다. 백작은 무릎을 꿇고 그 앞에 앉은 후 에메랄드 상자를 주머니에서 꺼내 왕비의 발 앞에 놓았습니다. 왕비는 백작에게 일어서서 그 상자를 건네 달라고 손짓했습니다. 그런데 상자 뚜껑을 연 왕비는 그 즉시 바닥에 쓰러지고 말았습니다. 마치 죽어 버린 것 같았습니다. 놀란 왕의 신하들이 백작을 붙잡아 막 감옥에 처넣으려는 순간 왕비가 눈을 떴습니다. 그리고 그를 잡아 가두지 말라고 말했습니다. 왕비는 백작과 개인적으로 할 이야기가 있다고 하면서 모두 밖에 나가 있으라고 명령했습니다. 백작과 단 둘이만 남게 되자 왕비는 슬피 울며 말을 시작했습니다.

"매일 아침 눈을 뜰 때마다 난 괴로움과 슬픔에 빠진답니다. 그러니 나를 둘러싸고 있는 이 모든 화려함과 명예가 다 무슨 소용이 있겠어요! 나한테는 딸이 셋 있었죠. 그 중에서도 막내딸이 제일 예뻐서 온 세상 사람들이 기적이라고 말할 정도였어요. 그 애는 눈처럼 희고 사과꽃처럼 빨갛고, 머리카락은 햇빛처럼 반짝였답니다. 울면 눈에서 눈물이 흐르는 게 아니라 진주와 보석이 흘러나왔어요. 그 애가 열다섯 살이 되던 해, 왕이 딸들을 불러 모았죠. 그 애가 들어설 때 사람들이 놀라서 입을 딱 벌리던 광경을 당신이 보았어야 하는데 … . 마치 태양이 떠오르는 것 같았죠.

왕이 말했어요. '얘들아, 내가 얼마나 더 살게 될지 모르겠구나. 그래서 오늘 너희들 각자에게 내가 죽은 후에 무엇을 물려줄지 모르겠구나. 그래서 오늘 너희들 각자에게 내가 죽은 후에 무엇을 물려줄지 결정을 하려고 한다. 너희들이 나를 사랑한다는건 알지만 그래도 누가 가장 나를 사랑하는지를 판단해서 그 애에게 이 나라에서 제일 좋은 땅을 물려줄 생각이다.'

그러자 딸들은 서로 자기가 아버지를 가장 사랑한다고 말을 했지요. '그렇다면 얼마나 사랑하는지 구체적으로 비유를 해보렴.' 왕이 이렇게 말을 하자 큰딸이 '난 아버지께서 생각하시는 것보다도 더 확실히 말할 수 있어요. 난 아버지를 아주 달콤한 설탕만큼이나 사랑하죠.' 하고 말했습니다.

그러자 둘째 딸이 말했어요. '난 내가 제일 좋아하는 드레스만큼 사랑해요.' 그런데 막내는 아무 말도 하지 않는 거였어요. 왕이 물었죠. '그래 너, 내가 제일 귀여워하는 아이야, 너는 얼마나 나를 사랑하지?' 그 애가 대답했어요. '모르겠어요. 난 나의 사랑하는 마음을 어디에 비유해야 할지 모르겠어요.' 그래도 왕은 자꾸만 재촉했죠. 막내딸은 무엇이든 이름을 대야 했어요. 마침내 그 애는 이렇게 대답했답니다. '아무리 훌륭한 음식이라도 소금이 없으면 맛을 낼 수 없지요. 그러니까 아버지는 내게 소금만큼이나 소중한 분이세요.'

이 말을 들은 왕은 성을 벌컥 내며 '네가 나를 소금만큼 사랑한다면 너의 사랑도 소금을 물려받을 정도밖에 안 되겠구나.' 하고 말했어요. 그래서 왕은 나라를 두 딸에게만 반씩 나누어 주고 말았어요. 그리고 막내에게는 소금 한 자루만 지워서 멀리 숲 속으로 쫓으라는 명령을 내렸지요. 우리 모두 그 아이를 위해서 빌었지만 왕의 노여움은 식을 줄을 몰랐어요. 강제로 우리 곁을 떠날 때 그 애가 얼마나 울었던지! 모든 길이 그 애 눈에서 나온 진주로 뒤덮였답니다.

그리고 나서 왕은 곧 자기가 너무 심했다는 걸 깨닫고 그 불쌍한 아이를 찾아 온 숲을 뒤졌지요. 하지만 아무도 그 애를 발견하지 못했답니다. 들짐승들이 그 애를 잡아먹었다고 생각하자 난 슬픔을 감당할 길이 없었어요. 때때로 그 애가 혹시 아직 살아 있을지도 모른다는 생각을 하면서 난 나 자신을 위로하죠. 동굴에 혼자 숨어 있거나, 혹은 어떤 마음씨 착한 사람을 만나 어딘가에 숨어 살고 있을지 모른다고 말이에요.

그런데 당신이 내민 그 에메랄드 상자 안에 든 진주는 분명히 내 딸아이가 홀린 그 진주였답니다. 자, 이제 상상이 가겠지요? 내 기분이 어땠을지, 내가 얼마나 놀랐을지 말이에요. 자, 그러니 어서 말을 해주세요, 어떻게 해서 이 진주를 갖게 되었는지를."

백작은 그것을 숲 속에 사는 한 할머니에게서 얻었다는 말을 했습니다. 그리고 자기가 보기에 그 할머니는 아주 기분 나쁜 여자였는데 아마도 마녀일 것 같다, 그렇지만 왕비의 딸에 대해서는 본 바도 들은 바도 없다는 말도 덧붙였습니다. 그럼에도 불구하고 왕과 왕비는 그 할머니를 찾아보기로 했습니다. 왜냐하면 백작이 그 진주를 얻은 곳이 그 곳이므로 그 곳에 가면 자기 딸에 대한 어떤 소식이라도 들을 수 있을지 모른다고 생각했기 때문입니다.

한편 할머니는 자기 집에 앉아서 물레질을 하고 있었습니다. 이미 날은 어두워졌고 난로에 피워 둔 장작불의 희미한 불빛만이 비추고 있었습니다. 그 때 갑자기 밖이 소란스러워졌습니다. 거위들이 숲 속에서 집으로 돌아오며 즐겁게 꽥꽥대는 소리였습니다. 곧이어 할머니의 딸이 들어왔습니다. 그러나 할머니는 고개만 까딱해 보일 뿐 눈을 들어 쳐다보지는 않았습니다. 딸은 자기 어머니 옆에 자리를 잡고 앉아서 젊은 처녀답게 민첩한 손놀림으로 실을 꼬았습니다. 2시간 동안 두 모녀는 한 마디도 건네지 않고 그렇게 앉아 일을 했습니다. 그런데 갑자기 창문에서 집 안을 뚫어져라 들여다보는 두 개의 눈동자가 있었습니다. 밤중에 자지 않고 돌아다니며 부엉부엉 하고 울어대는 밤부엉이였습니다. 그 모습을 한 번 흘깃 쳐다보고 난 할머니가 딸에게 말했습니다.

"자, 애야, 이제 밖으로 나가서 네 일을 할 때다."

딸은 일어서서 밖으로 나갔습니다. 어디로 가는 걸까요? 딸은 숲을 지나 골짜기를 향해 계속 걸어갔습니다. 마침내 딸은 세 그루의 참나무가 빙 둘러져 있는 어떤 샘물에 다다랐습니다. 마침 크고 둥근 달이 언덕 너머에 떠 있어서 땅 위에 떨어진 핀 조각도 보일 만큼 밝았습니다. 그녀는 얼굴 위에 쓰고 있던 가죽을 벗고 샘물에 엎드려 세수를 하기 시작했습니다.

세수를 마치고 나자 그녀는 얼굴에 쓰고 있던 가죽을 물에 담갔다가 땅에 펼쳐 놓았습니다. 그러자 그 가죽은 달빛에 하얗게 말랐습니다. 어쩌면 그렇게 변할 수 있을까요! 세상에 태어나서 한 번도 보지 못한 모습이었습니다. 회색빛의 가발을 벗자 햇빛처럼 빛나는 황금빛 머리카락이 마치 외투처럼 그녀의 등 뒤로 흘러내렸습니다. 그녀의 눈동자는 밤 하늘에 빛나는 별처럼 반짝였고,

볼은 사과처럼 부드러운 홍조를 띠며 빛을 발했습니다.

그러나 그 아름다운 처녀는 몹시 슬퍼 보였습니다. 그녀는 주저앉아 슬피 울기 시작했습니다. 눈물이 방울져 그녀의 머리카락을 타고 땅으로 흘러내렸습니다. 만약 근처에서 나뭇가지가 바스락거리며 부러지는 소리가 나지 않았다면 그녀는 한없이 그렇게 앉아 있었을 겁니다. 그녀는 사냥꾼의 총소리에 놀란 사슴처럼 벌떡 일어섰습니다. 때마침 지나가던 먹구름이 달빛을 가렸습니다. 순간 그녀는 자기의 낡은 가죽을 뒤집어쓰고 마치 바람에 불이 꺼져 버리듯 사라졌습니다.

그녀는 사시나무처럼 떨면서 집으로 달려갔습니다. 문 앞에 나와 있던 할머니는 자초지종을 이야기하려는 딸에게 부드럽게 웃으며 말했습니다.

"난 이미 모든 걸 알고 있단다."

할머니는 딸을 데리고 방으로 들어가서 새 장작불을 피웠습니다. 그러나 이번에는 물레 앞에 앉지 않았습니다. 그 대신 비를 가지고 와서 깨끗이 비질을 하면서 딸에게 말했습니다.

"모든 것을 말끔히 쓸어 내야 해."

"이 늦은 시각에 왜 청소를 하시는거예요, 어머니? 도대체 무슨 생각을 하고 계시는거죠?"

딸이 물었습니다.

"지금이 몇 시인지 아니?"

할머니가 말했습니다.

"아직 자정은 안 됐지만, 11시가 넘은 건 분명해요."

"기억나지 않니? 3년 전에 네가 나를 찾아왔던 바로 그 시각이다. 너의 시간이 왔구나. 이제 우리는 더 이상 같이 있을 수 없어."

그 말을 들은 딸이 두려움에 싸여 말했습니다.

"어머니, 저를 내쫓아 버리시려는군요? 전 어디로 가야 하죠? 제겐 돌아갈 이웃도 친구도 없어요. 모든 걸 어머니가 시키는 대로 해 왔어요. 그리고 어머니도 그런 저를 마음에 들어 하셨잖아요. 그러니 제발 저를 내보내지 말아 주세요."

할머니는 그녀를 위해 어떤 일을 계획하고 있는지는 말하지 않았습니다.

"내가 여기에서 떠나야 할 시간이 다 됐단다. 난 떠나기 전에 이 집 안팎을 깨끗이 치워 놓고 가야 해. 그러니 내가 하는 일을 방해하지 말아라. 네가 어떻게 생각하든 괜찮다. 너는 네 쉴 곳을 찾게 될거다. 그리고 내가 네게 주려는 것이 마음에 들거야."

"하지만 이야기해 주세요, 무슨 일이 일어나고 있는지."

이번에는 딸도 시키는 대로만 하고 있지는 않았습니다.

"다시 말하지만 내가 하는 일을 방해하지 말아다오. 더 이상 아무 말도 하지 말아라. 네 방에 가서 얼굴 가죽을 벗고, 네가 처음 나를 찾아왔을 때 입고 있던 그 비단옷으로 갈아 입어라. 그러고 나서 내가 부를 때까지 네 방에서 기다리렴."

한편 왕과 왕비 일행은 숲 속 외딴 곳에 산다는 이 할머니를 찾아서 길을 떠났는데, 밤중이 되자 앞서 가던 백작은 그들 일행을 놓치고 혼자 숲 속을 헤매게 되었습니다. 다음 날에야 길을 제대로 찾은 백작은 어두워질 때까지 길을 걸었습니다. 날이 어두워지자 그는 나무 위에 올라가 거기서 그 날 밤을 지내기로 했습니다. 또 길을 잃고 헤매기가 두려웠던 것입니다.

달빛이 주변을 환히 비춰 주고 있을 때, 누군가가 산에서 내려오고 있는 것이 보였습니다. 손에 지팡이를 쥐고 있지는 않았지만, 그는 그 여자가 전에 할머니의 집에서 한 번 본 적이 있는 그 거위 소녀라는 것을 알 수 있었습니다.

'아니, 저 여자가 이 곳에 오다니! 마녀 중의 한 명은 이제 잡은 거나 다름없어. 이제 나머지 한 마녀만 더 잡으면 되겠군.'

그는 속으로 이렇게 생각했습니다. 그러나 샘으로 가서 가죽을 벗고 세수를 하는 처녀를 본 그는 깜짝 놀랐습니다. 금발을 늘어뜨린 그 처녀야말로 자기가 이제까지 세상에서 본 그 누구보다도 아름다웠던 것입니다. 그는 거의 숨을 쉴 수가 없을 지경이 되었습니다.

그가 정면에서 보기 위해 나뭇가지 사이에 머리를 집어넣었을 때, 그가 너무 머리를 깊숙이 넣은 탓인지 나뭇가지가 툭 부러지고 말았습니다. 그와 동시에 그녀는 가죽을 다시 뒤집어쓰고 사슴처럼 벌떡 일어나 마치 구름에 가려진 달빛처럼 그의 시야에서 사라져 버리고 말았습니다.

그는 나무에서 내려와 재빨리 그녀의 뒤를 쫓아갔습니다. 얼마 가지 않아서 그는 숲을 가로질러 오고 있는 두 개의 그림자와 만났는데, 그들은 바로 왕과 왕비였습니다. 그들은 할머니의 집에서 나오는 희미한 불빛을 멀리서 발견하고 달려가는 중이었습니다. 백작이 그들에게 샘물가에서 본 기이한 일을 이야기하자, 왕과 왕비는 그 거위 소녀가 그들의 딸인 것이 분명하다고 했습니다. 그들은 기쁨에 넘쳐서 단숨에 할머니의 집까지 도착했습니다. 여기저기에서 거위들이 머리를 날개에 파묻고 자고 있었는데, 잠이 깊이 들었는지 한 마리도 깨지 않았습니다.

세 명의 나그네들은 창문으로 방 안을 들여다보았습니다. 할머니가 조용히 앉아서 물레질을 하는 모습이 보였습니다. 할머니는 고개만 끄덕거릴 뿐 돌아다보지는 않았습니다. 집 안은 매우 깨끗해서 마치 발에 먼지가 묻는 것을 질색하는 작은 안개 요정이 살고 있는 집처럼 보였습니다.

그러나 왕과 왕비가 고대하던 딸의 모습은 보이지 않았습니다. 집 안을 충분히 살펴본 후 그들은 용기를 내서 창문을 조용히 두드렸습니다. 할머니는 일어서서 친절하게 말했습니다.

"들어오세요. 여러분이 와 있다는 걸 이미 알고 있었답니다."

그들이 들어서자 할머니가 다시 입을 열었습니다.

"여러 해 전에 당신들이 그 곱고 착한 딸을 부당하게 내쫓지 않았다면 오늘 이와 같은 여행을 하지 않아도 될 걸 그랬군요. 그러나 쫓겨난 따님은 손끝 하나도 다치지 않았답니다. 지난 3년 동안 여기서 거위들을 돌보며 살고 있었지요. 여기 있는 동안 그 애는 어떤 나쁜 짓도 배우지 않았고 그 애가 본래 간직하고 있던 순수한 마음을 그대로 간직할 수 있었답니다. 오히려 당신네들이 많이 괴로웠겠군요."

말을 마친 할머니가 문을 열고 외쳤습니다.

"애야, 이리 나오렴?"

문이 열리자 금발을 길게 늘어뜨리고 두 눈을 반짝이며 공주가 걸어나왔습니다. 비단옷을 입고 있는 공주의 모습은 마치 하늘에서 내려온 천사와 같았습니다. 공주는 곧장 어머니와 아버지가 있는 데로 나아가 그들과 포옹하고 입맞춤을 했습니다. 그들은 기쁨의 눈물을 감추지 못했습니다. 그러고 나서 옆에 서 있는 젊은 백작을 발견한 공주의 두 볼이 빨갛게 물들었습니다. 왜 그랬는지는 공주 자신도 알 수 없었을 테지만 말입니다. 왕이 말했습니다.

"애야, 내 나라는 이미 다 물려줘 버려서 너를 위해서 물려줄 수 있는 것이 아무것도 없구나."

그 때 할머니가 말했습니다.

"공주에게는 아무것도 필요없답니다. 공주가 당신 때문에 흘린 진주를 내가 선물로 줄 테니까요. 그건 진짜 진주인 데다가 바다에서 캔 어느 진주보다도 아름다워서 당신 나라를 다 합해도 그만한 값이 되지는 않을 거예요. 그리고 공주가 그동안 수고한 대가로 이 집도 물려줄 생각이에요."

이렇게 말하고 나서 할머니는 갑자기 사라졌습니다. 이내 벽이 덜컹덜컹 하는가 싶더니 오두막집은 이미 넓은 궁전으로 변해 있었습니다. 그들이 둘러보니 호화로운 식탁이 그들 앞에 놓여 있었고 여기저기서 하인들이 일을 하고 있었습니다.

이야기는 여기서 끝나지 않습니다만, 이 이야기를 제게 해주신 우리 할머니께서는 기억이 희미해져서 나머지 이야기를 잊어버리고 말았습니다. 그러나 생각하건대 그 아름다운 공주는 백작과 결혼하여 그 궁전에서 하느님의 축복을 받으며 오랫동안 행복하게 잘 살았을 것 같습니다. 그 오두막집에서 할머니의 보살핌을 받으며 살고 있던 (사람들은 이것을 아주 나쁜 눈으로 바라보았지만) 거위들이 정말로 소녀들이 변해서 그렇게 된건지, 그리고 그들이 나중에 본래의 모습으로 되돌아가 젊은 왕비의 하인으로 남게 되었는지에 대해서는 분명하게 말할 수 없지만, 그럴 수도 있다고 생각됩니다.

그런데 한 가지 분명한 것은 그 할머니가 사람들이 생각했던 것처럼 마녀가 아니라 오히려 지혜와 능력을 가진 할머니였다는거지요. 공주가 처음 태어났을 때 공주에게 눈물 대신 진주를 흘리도록 축복해 준 사람도 바로 그 할머니였을 것입니다. 요즘 세상에서는 이런 일이 더 이상 일어나지 않습니다. 만약 이런 일이 지금 일어난다면 가난한 사람들도 금방 부자가 될 수 있을 텐데 말입니다.

180

이브의 자식들

천국에서 쫓겨난 아담과 이브는 황무지에 집을 짓고 먹을 것을 벌기 위해 이마에 땀을 흘리며 일해야만 했습니다. 아담은 밭을 일구었고 이브는 옷감을 짰습니다. 이브는 해마다 출산을 했지만 똑같이 생긴 아이는 하나도 없었습니다. 꽤 오랜 세월이 흐른 후에 하느님께서는 천사를 그들에게 보내 당신께서 그들의 가정을 방문하실 거라는 사실을 알려 주었습니다. 이브는 하느님의 자비로우심에 기뻐하면서 부지런히 집을 청소하고, 꽃으로 장식하고, 또 돌마루에다 골풀을 깔았습니다.

그리고 나서 가장 잘생긴 아이들만 불러 모아 세수를 시키고, 목욕을 시키고, 머리를 빗기고, 또 새로 짠 옷을 입혔습니다. 또 하느님 앞에서 품위 있고 예의 바르게 행동해야 한다고 주의를 주었습니다. 공손히 인사를 해야 하고, 손을 하느님께 내밀어야 하며, 하느님께서 물으실 때는 품위 있고 분별력 있게 대답해야 한다고 가르쳤습니다.

반면에 못생긴 아이들에게는 모습을 드러내지 말라고 했습니다. 이브는 그 아이들 중 한 명은 건초더미 속에, 다른 아이는 지붕 밑에, 세 번째 아이는 밀짚 속에, 네 번째 아이는 화덕 속에, 다섯 번째 아이는 마루 밑에, 여섯 번째 아이는 목욕통 속에, 일곱 번째 아이는 술통 속에, 여덟 번째 아이는 낡은 솜털 속에, 아홉 번째와 열 번째 아이는 옷을 만들 때 쓰는 옷감 속에, 열한 번째와 열두 번째 아이는 구두 만들 때 잘라서 쓰는 가죽 속에 각각 숨겼습니다.

이브가 이 모든 일을 막 마치자마자 문 두드리는 소리가 났습니다. 아담이 문틈으로 내다보니 하느님께서 벌써 와 계셨습니다. 아담이 정중하게 문을 열어 드리자 하늘의 아버지께서는 들어오셔서 줄지어 서 있는 잘생긴 아이들을 바라보셨습니다. 아이들은 인사를 하고, 손을 하느님께 내밀면서 그 앞에 무릎을 꿇었습니다. 그러자 하느님께서 그 아이들을 축복하셨습니다. 하느님께서 첫 번째 아이에게 손을 얹으시며 말씀하셨습니다.

"너는 강력한 왕이 되어라."

마찬가지로 나머지 아이에게 말씀하셨습니다.

"너는 왕자가 되어라. 셋째 너는 백작, 넷째는 기사, 다섯째는 귀족, 여섯째는 시민, 일곱째는 상인, 여덟째는 학자 … ."

그리하여 하느님은 모든 아이에게 풍성한 축복을 내려 주셨습니다.

하느님께서 이토록 인자하게 축복해 주시는 것을 본 이브는 못생긴 자식들도 데리고 와야겠다고 생각했습니다.

'아마 그 애들에게도 주님께서 자비를 베푸실거야.'

이브는 속으로 이렇게 생각했습니다. 그래서 건초더미와 밀짚과 화덕, 그리고 다른 곳에 숨겨 놓았던 아이들을 모두 데리고 왔습니다. 이윽고 추하고, 더럽고, 옴에 걸리고, 지저분한 모든 아이들이 모습을 드러냈습니다. 하느님께서는 빙그레 웃으시며 그 아이들을 바라보시고 나서 이렇게 말씀하셨습니다.

"너희들에게도 축복을 해주마."

그러고 나서 아이들에게 손을 얹고 축복하셨습니다.

"너는 농부가 되어라. 두 번째는 어부, 세 번째는 대장장이, 네 번째는 제혁업자, 다섯 번째는 직공, 여섯 번째는 제화공, 일곱 번째는 뱃사공, 여덟 번째는 우체부 … . 그리고 열두 번째는 너의 나머지 인생을 하인으로 살아라."

가만히 듣고 있던 이브가 말했습니다.

"주님, 주님은 어째서 축복을 공평하게 나누어 주시지 않으시는거지요? 주께서도 아시듯이 그 아이들도 모두 제 아이들이에요. 모두 제가 낳은 아이들이란 말입니다. 그 아이들 모두에게 공평한 은혜를 내려 주세요."

하느님께서는 이렇게 대답하셨습니다.

"이브야, 네가 잘못 알고 있구나. 난 책임을 다하고 있느니라. 나로서는 이 세상을 너의 자식들로 다 채울 필요가 있단다. 만약에 네 아이들이 모두 왕자요 군주라면 누가 말을 키울 것이며, 탈곡을 하고, 빻고, 또 빵을 만들겠느냐? 누가 쇠붙이를 다듬고, 옷감을 짜고, 나무를 자르고, 벽돌을 만들고, 신발을 만들고, 옷을 짓지? 각자 자기가 있는 곳에서 제 할 일을 할 때 서로가 연결이 되는 거란다. 몸의 각 지체가 서로서로 돕듯이 말이다."

그러자 이브가 대답했습니다.

"오, 하느님. 제가 경솔하고 주제넘게 참견을 했군요. 용서해 주세요. 부디 제 아이들로 주님의 뜻을 이루소서."

181

물의 여신 닉세

옛날에 한 방앗간 주인이 있었습니다. 그 사람은 아내와 함께 행복하게 살았습니다. 돈도 많았고 가진 땅도 많았으며, 게다가 그의 재산도 해마다 늘어났습니다. 그러나 재앙은 아무런 예고도 없이 갑자기 하룻밤 사이에도 일어나게 마련입니다. 이러한 재앙이 그들에게도 닥쳐 그동안 재산이 손쉽게 불어났듯이 해마다 재산이 줄더니 급기야는 방앗간마저도 그의 소유라고 할 수 없는 지경에까지 이르게 되었습니다. 그는 고민에 빠져 하루 종일 고된 일을 끝내고 잠자리에 들어도 잠이 오지 않았습니다. 몸부림을 치고 뒤척이면서 그는 자신의 처지를 비관했습니다.

어느 날 아침, 그는 아직 채 날이 밝기도 전에 잠에서 깨어났습니다. 그리고 맑은 공기를 쐬면 좀 마음이 후련해질까 하여 밖으로 나갔습니다. 방앗간 주변을 걷고 있을 때 아침의 첫 햇살이 쏟아져 내리고 있었습니다. 그런데 어디선가 샘물이 찰랑거리는 소리가 들려 왔습니다. 사방을 두리번거리던 그는 한 아름다운 여인이 샘에서 떠오르는 것을 보았습니다. 그녀는 긴 머리를 양쪽으로 길게 늘어뜨려 하얀 알몸을 가리고 있었습니다. 그리고 손으로는 어깨 위의 머리를 부드럽게 감싸안고 있었습니다. 그는 곧 그녀가 물의 여신 닉세라는 사실을 깨달았습니다. 그는 너무 놀라 꼼짝도 못하고 서 있었습니다. 닉세는 부드러운 목소리로 그의 이름을 부르더니 왜 그리 슬픈 얼굴을 하고 있느냐고 물었습니다. 방앗간 주인은 처음에는 자기 귀를 의심했습니다. 그러나 그 목소리가 너무 다정하게 들렸기 때문에 그는 용기를 내서 옛날에는 부유하고 행복했는데 요즘은 너무 가난해져서 어찌해야 좋을지 모르겠다는 말을 했습니다.

"걱정하지 말아요. 내가 당신을 이전보다 훨씬 행복하게 해주고 또 훨씬 부자가 될 수 있게 해주겠어요. 그 대신 당신 집에서 태어나는 첫 번째 것을 내게 주겠다고 약속해 주셔야 해요."

닉세가 말했습니다.

'기껏해야 강아지거나 고양이 새끼겠지.'라고 생각한 방앗간 주인은 그렇게 하겠다고 약속했습니다. 여신이 다시 물 속으로 사라지고 난 후, 방앗간 주인은 마음의 위안을 받고 기분이 좋아져서 곧장 집으로 달려갔습니다. 그가 막 방앗간으로 들어서는데, 마침 하녀 하나가 그의 집에서 나오며 기쁜 목소리로 그의 아내가 방금 사내아이를 낳았다고 소리쳤습니다.

그는 마치 벼락을 맞은 사람처럼 그 자리에 우뚝 서서 움직일 수가 없었습니다. 방앗간 주인은 그 교활한 물의 여신이 이럴 줄 미리 알고 자기에게 다짐을 받아냈다는 것을 깨달았습니다. 그가 고개를 축 늘어뜨리고 아내 옆으로 가자 그의 아내가 물었습니다.

"우리에게 잘생긴 아들이 생겼는데 왜 기뻐하지 않으세요?"

그는 자기가 겪은 일과 물의 여신과의 약속을 아내에게 말했습니다.

"아이를 잃게 된다면 아무리 행복하고 부자가 된들 무슨 소용이 있겠소? 그러니 어쩌면 좋단 말이오?"

축복을 해주기 위해 찾아 온 친척들도 이 사실을 알고는 그에게 뭐라고 위로해야 할지 몰라 했습니다.

그러는 동안 방앗간 주인의 집은 다시 번창하기 시작했습니다. 성공에 대한 대가로 그가 어떤 약속을 했든간에 돈이 벽장 안에 들어가기만 하면 밤새 두 배로 불어났습니다. 방앗간 주인은 얼마 지나지 않아 이전보다 더 큰 부자가 되었습니다. 그러나 부자가 되어 기쁘기는 해도 마음 한구석으로는 늘 물의 여신과 했던 약속 때문에 괴로웠습니다. 그는 물방앗간 샘을 지날 때마다 물의 여신이 금방이라도 물 위로 떠올라 약속을 지키라고 할 것 같아서 조마조마했습니다. 그래서 아들에게는 샘 근처에 얼씬도 하지 말라고 단단히 일러 놓았습니다.

"조심해라. 만약 네가 그 물을 만지기라도 하는 날에는 그 여자가 네 손을 잡아당겨 물 속으로 끌고 들어가 버릴 테니까."

그러나 여러 해가 지나도록 물의 여신이 나타나지 않자 방앗간 주인은 한시름 놓게 되었습니다.

세월이 흘러 아들이 청년이 되자, 그의 부모는 그를 어떤 사냥꾼에게 보내 사냥술을 배우게 했습니다. 그가 사냥 기술을 다 익혀 유능한 사냥꾼이 되자 그 지방의 영주가 그를 고용했습니다. 한편 그 지방에는 아름답고 마음씨가 착하기로 소문난 한 처녀가 있었는데, 젊은 사냥꾼은 곧 이 처녀를 사랑하게 되었습니다. 이 사실을 안 영주는 사냥꾼에게 집을 한 채 선물했습니다. 마침내 결혼해서 그 집에 살게 된 사냥꾼과 처녀는 서로 사랑하면서 행복하고 평화스럽게 살았습니다.

　어느 날 이 사냥꾼이 사슴 한 마리를 쫓고 있었는데, 사슴은 숲을 돌아 넓은 벌판으로 달아났습니다. 사냥꾼은 끝까지 사슴을 쫓아가서 단방에 쓰러뜨렸습니다. 그러다 보니 사냥꾼은 자기가 위험한 그 샘 가까이에 와 있다는 사실을 미처 깨닫지 못했습니다. 그는 사슴의 껍질을 벗기고 내장을 꺼낸 다음, 피묻은 손을 씻으러 그 샘으로 갔습니다. 그가 물에 손을 대자마자 물의 여신이 떠올랐습니다. 그녀는 웃으며 젖은 손으로 그를 꼭 끌어안고 물 속으로 들어가 버렸습니다. 순식간에 일어난 일이었습니다. 젊은 사냥꾼의 귓가에 철썩 하고 물살이 덮치는 소리가 들렸습니다.

　한편 저녁이 되어도 사냥꾼이 돌아오지 않자 그의 아내는 불안해졌습니다. 그녀는 밖으로 나가 남편을 찾아보았습니다. 이미 남편으로부터 자기는 물의 여신의 덫을 조심해야 하며, 결코 방앗간 샘 근처에 가까이 가서는 안 된다는 말을 자주 들어온 사냥꾼의 아내는 그에게 어떤 사고가 생긴 것이 틀림없다고 생각했습니다.

　그녀는 곧장 그 샘으로 달려갔습니다. 샘 근처에서 남편의 사냥 가방을 발견한 그녀는 자기 남편에게 불행한 일이 일어났음을 확신하게 되었습니다. 그녀는 두 손을 움켜쥐고 울부짖었습니다. 또 물의 여신을 향해 욕도 퍼부어 보았지만 아무런 대답도 들을 수 없었습니다. 물의 표면은 거울처럼 평온했고, 단지 반달만이 조용히 그녀를 응시해 줄 뿐이었습니다.

　그녀는 샘을 떠나지 않았습니다. 쉬지 않고 샘 주위를 빠른 걸음으로 걷고 또 걸었습니다. 때로는 아무 말 없이, 또 때로는 소리없이 흐느껴 울며 계속 걸었습니다. 마침내 그녀는 지쳐서 땅바닥에 쓰러져 잠이 들고 말았습니다. 그리고 곧 꿈을 꾸었습니다.

　그녀는 커다란 암벽 사이를 정신없이 오르고 있었습니다. 가시나무와 찔레

꽃이 그녀의 발을 마구 찔러 댔습니다. 빗줄기가 얼굴을 때리고 바람이 그녀의 머리카락을 마구 날렸습니다. 마침내 산봉우리에 다다르자 그 곳은 완만하게 경사진 곳에 아담하고 예쁜 오두막집 한 채가 꽃이 만발한 풀밭 위에 세워져 있었습니다. 사냥꾼의 아내가 그 오두막집으로 가서 문을 열어 보았더니 머리가 하얗게 센 할머니 한 분이 앉아 있다가 고갯짓으로 다정하게 들어오라는 시늉을 해보였습니다.

바로 그 순간에 불쌍한 사냥꾼의 아내는 잠에서 깨었습니다. 날은 이미 어두워져 있었습니다. 그녀는 꿈에서 본 그 곳으로 가 보기로 결심하고 험한 산길을 올라갔습니다. 모든 것이 꿈에서 본 그대로였습니다. 그 할머니는 다정하게 그녀를 맞으며 의자에 앉으라고 권했습니다.

"이 외딴 집까지 찾아온 걸 보니 아주 끔찍한 일을 당한 모양이구려."

사냥꾼의 아내는 자기가 겪은 일을 이야기하며 울음을 터뜨렸습니다. 할머니가 말했습니다.

"걱정하지 말아요, 내가 도와줄 테니까. 이건 황금빗이에요. 보름달이 뜨기를 기다렸다가 그 방앗간 샘으로 가요. 그리고 샘 주위에 앉아 이 빗으로 머리를 빗는 거예요. 다 빗은 후에 이 빗을 거기에 놓고 어떤 일이 벌어지는지 한 번 보도록 해요."

사냥꾼의 아내는 집으로 돌아왔습니다. 보름달이 유난히 더디 뜨는 것처럼 느껴졌습니다. 마침내 보름달이 뜨자 사냥꾼의 아내는 방앗간 샘으로 갔습니다. 그러고는 샘 주위에 앉아 황금빗으로 자신의 길고 검은 머리카락을 빗어 내렸습니다. 빗질을 다하고 빗을 샘 주위에 내려놓자 샘 깊숙한 곳에서 졸졸 물 흐르는 소리가 들려 왔습니다. 그러더니 물살이 치솟아 샘 주위로 돌돌 말려 와서는 그 빗을 가져가 버렸습니다. 빗은 순식간에 바닥으로 가라앉았습니다. 그러자 물의 표면이 갈라지면서 사냥꾼의 머리가 공중에 떠올랐습니다. 바로 그 때 두 번째 물살이 그를 덮쳐 그의 머리를 덮어 버리고 말았습니다. 모든 것이 사라졌습니다. 방앗간 샘은 다시 예전처럼 고요해졌고 보름달만이 물 위를 비추고 있었습니다.

사냥꾼의 아내는 실망을 하고 집으로 돌아왔습니다. 그런데 다시 꿈에 그 오두막집이 나타났습니다. 다음 날 그녀는 다시 한 번 그 오두막집을 찾아가 할머니에게 자기의 슬픔을 하소연했습니다. 할머니가 이번에는 황금피리를 꺼내며 말했습니다.

"다시 또 보름달이 뜰 때까지 기다려요. 그러고 나서 샘 주위에 앉아 이 피리로 아름다운 곡을 불어 봐요. 다 불고 난 후 모랫바닥에 이 피리를 놓고 또 어떤 일이 벌어지는가 구경하도록 해요."

사냥꾼의 아내는 할머니가 시키는 대로 했습니다. 피리를 바닥에 놓자 물 속 깊은 곳에서 부글부글하는 소리가 들려왔습니다. 물살이 샘 위로 솟구치더니 피리를 가지고 갔습니다. 그러자마자 물이 갈라지면서 이번에는 사냥꾼의 머리뿐만 아니라 몸까지 보였습니다. 그가 그립던 아내를 향해 손을 뻗치는 순간 두 번째 물살이 그를 덮치더니 다시 물 속으로 끌고 들어가 버렸습니다.

"아아, 다 소용없어! 단지 다시 잃기 위해 잠시 그를 볼 뿐!"

슬픔이 또다시 그녀의 마음을 사로잡았습니다. 그러나 그 할머니의 오두막집이 꿈 속에 세 번째로 보였습니다. 사냥꾼의 아내가 할머니를 다시 찾아가자 할머니가 이번에는 황금 물레를 주며 그녀를 위로했습니다.

"아직 모든 게 끝나지 않았다우. 보름달이 뜰 때까지 기다렸다가 이 황금 물레를 가지고 가서, 샘 주위에 앉아 얼레에 실이 다 감길 때까지 물레를 돌려요. 다 끝나면 물레를 물가에 놓고 무슨 일이 일어나는지 지켜 보도록 해요."

사냥꾼의 아내는 할머니에게서 들은 대로 했습니다. 그녀는 보름달이 뜨자 황금 물레를 들고 샘 주위로 가서 얼레가 꽉 차고 실이 하나도 남지 않을 때까지 부지런히 물레질을 했습니다. 물레를 샘 주위에 놓자마자 물 속 깊은 곳에서 이전보다 훨씬 더 심하게 요동치는 소리가 들려왔습니다. 세찬 물살이 물가로 쏟아져 나와 물레를 가져갔습니다. 그러자 곧 사냥꾼의 몸 전체가 분수처럼 치솟았습니다. 사냥꾼은 재빨리 물가로 뛰어나와 아내의 손을 잡고 달아났습니다.

그러나 그들이 채 멀리 달아나기도 전에 방앗간 샘물이 무섭게 부글거리며 마치 모든 것을 삼켜 버릴 듯한 기세로 들판을 덮쳤습니다. 두 사람은 이미 죽은 것이나 다름없다고 생각했습니다. 겁에 질린 사냥꾼의 아내는 그 할머니에게 도와 달라고 소리쳤습니다. 그 순간 물이 덮쳤어도 죽음을 면할 수 있었습니다. 그러나 두 사람은 서로 멀리 떨어진 곳으로 떠내려가고 말았습니다.

홍수가 끝나고 마른 땅에 다다르자 그들은 본래의 모습을 되찾았지만 서로 떨어져 어디 있는지 알 수가 없었습니다. 두 사람은 어느 나라 사람인지도 모르는 낯선 사람들 속에서 서로를 찾아 헤맸습니다. 아내와 남편 사이에는 높은 산과 깊은 골짜기가 가로막고 있었습니다. 그들은 양치기가 되어 먹고 살아야 했습니다. 사냥꾼과 그의 아내는 슬픔과 괴로움을 간직한 채 양 떼들을 이끌고 여러 해 동안 산으로 들로 돌아다녔습니다.

대지에 봄기운이 돌기 시작하던 어느 날, 두 사람은 서로 반대쪽에서 각자 자기의 양 떼를 돌보고 있었습니다. 먼 산비탈에 또 한 무리의 양 떼가 있는 것을 본 사냥꾼은 자기 양들을 그 쪽으로 몰았습니다. 그들은 산골짜기에서 마주쳤지만 서로를 알아보지 못했습니다. 그러나 그렇게 외딴 곳에서 다른 일행을 만난 것이 반가워서 두 사람은 그 때부터 양들을 나란히 몰았습니다. 많은 말을 나누지는 않았지만 그들은 서로에게 위안이 되었습니다.

어느 날 밤이었습니다. 보름달이 환하게 비추고 있었고 양들은 이미 곤한 잠에 빠져 있었습니다. 사냥꾼이 호주머니에서 피리를 꺼내 아름다운 곡들을 불었습니다. 피리를 다 불고 난 그는 옆에 여자 양치기가 슬프게 울고 있는 것을 보았습니다.

"왜 우세요?"

사냥꾼이 물었습니다.

"아아, 내가 그 곡을 피리로 불던 그 날도 이렇게 보름달이 밝게 비추고 있었답니다. 그리고 내 사랑하는 사람이 물 속으로 사라지는 소리가 들렸지요."

그는 그 여자를 자세히 바라보았습니다. 마치 눈을 덮고 있던 장막이 거두어진 듯, 그는 그제야 자기 아내를 알아볼 수가 있었습니다. 사냥꾼의 얼굴을 쳐다보던 그의 아내도 보름달이 환하게 그의 얼굴을 비춰 주어 남편의 얼굴을 알아볼 수가 있었습니다. 그들은 서로 얼싸안고 입맞춤을 했습니다. 그 이후 그들이 얼마나 행복하게 살았는지는 물어보나마나겠지요?

182

난쟁이의 선물

어느 양복장이와 금세공사가 함께 여행을 하고 있었습니다. 어느 날 저녁, 해도 산 너머로 사라진 후였는데 어디선가 음악 소리가 들려 왔습니다. 음악 소리는 점점 더 독특해졌습니다. 너무 특이하고 매혹적인 선율이었기 때문에 그들은 피곤한 줄도 모르고 소리가 나는 쪽을 향해 달려갔습니다. 그들이 소리가 나는 언덕에 다다랐을 때는 이미 달도 높이 떠올라 있었습니다. 그 곳에서는 난쟁이들이 남자 여자 할 것 없이 한데 어우러져 손에 손을 잡고 빙글빙글 돌아가며 춤을 추고 있었습니다. 그들은 춤을 추면서 아름다운 가락으로 노래를 부르고 있었는데, 두 나그네가 들은 음악은 바로 이들이 부르는 노랫소리였습니다.

둥근 원의 한가운데에는 다른 난쟁이들보다 약간 몸집이 큰 할아버지 한 명이 앉아 있었습니다. 그는 화사한 색깔의 옷을 입었고 하얀 수염이 가슴까지 내려온 모습이었습니다. 두 나그네는 얼떨떨해져서 춤추는 무리를 보고 서 있었습니다. 그 할아버지가 두 사람에게 원 안으로 들어오라는 손짓을 하자 난쟁이들이 그들에게 자리를 비켜 주었습니다. 등에 혹이 있어서 등이 활처럼 굽은 금세공사는 서슴지 않고 원 안으로 들어섰습니다. 양복장이는 처음에는 주저하며 뒤에 빠져 있었습니다. 그러다가 그 무리가 노는 모습이 너무 재미있어 보여 용기를 내서 금세공사를 따라갔습니다. 그가 무리에 끼자마자 난쟁이들은 다시 원을 만들며 껑충껑충 뛰면서 춤추고 노래했습니다.

그러는 동안 난쟁이 할아버지는 허리에 차고 있던 칼을 꺼내 갈았습니다. 칼날이 아주 날카롭게 갈아지자 그는 두 나그네를 바라보았습니다. 양복장이와 금세공사는 겁이 덜컥 났습니다. 난쟁이 할아버지가 금세공사를 붙잡고 번개같이 빠른 솜씨로 그의 머리카락과 수염을 잘라 냈지만, 그는 아무런 저항을 하지 못했습니다. 양복장이도 같은 일을 당했습니다. 일을 다 끝낸 할아버지가 그들의 어깨를 부드럽게 감싸줘자 비로소 그들은 마음이 놓였습니다.

할아버지의 행동은 마치 별다른 말썽 부리지 않고 기꺼이 자기 일에 응해 주어서 고맙다고 하는 것 같았습니다. 그러고 나서 난쟁이 할아버지는 한 쪽에 쌓여 있는 석탄더미를 가리키며 그들에게 그 석탄을 호주머니에 담으라는 시늉을 했습니다. 그들은 그 석탄을 가지고 무엇을 하라는 건지는 몰랐으나 아무튼 시키는 대로 했습니다.

그러고 나서 두 사람은 하룻밤 묵을 곳을 찾아 길을 재촉했습니다. 그들이 어느 마을에 다다랐을 때 마침 근처 수도원에 있는 시계에서 12시를 알리는 종소리가 났습니다. 그러자 산봉우리에서 들려 오던 음악 소리도 뚝 끊어졌습니다. 모든 것이 흔적도 없이 사라지고 언덕 위에는 달빛만이 비치고 있었습니다.

양복장이와 금세공사는 여관 하나를 찾아냈습니다. 그들은 코트도 벗지 않은 채 밀짚으로 만든 침대 위에 드러누웠습니다. 너무나 피곤해서 코트 주머니 속에 넣어 둔 석탄을 꺼내는 일조차 잊어버렸습니다. 몸이 유난히 무거워 평소보다 일찍 잠에서 깬 두 사람은 호주머니 안에 손을 넣어 보고는 자기들의 눈을 의심했습니다.

호주머니 속에는 석탄이 아닌 금덩어리가 가득 들어 있었던 것입니다. 그보다 더 기쁜 일은 잘려 나간 머리카락과 수염이 원래대로 다시 자라 있다는 사실이었습니다. 그들은 이제 부자가 되었습니다. 양복장이보다 호주머니에 석탄을 더 많이 집어넣었던 욕심쟁이 금세공사는 자기 동료보다 갑절로 더 많은 수확을 거두게 되었습니다.

그러나 욕심쟁이들이 대부분은 많은 것을 가져도 더 많은 걸 가지려고 하는 것처럼 금세공사는 양복장이에게 여기서 하룻밤 더 지내고 언덕에 있는 그 할아버지를 다시 찾아가서 더 많은 금을 가져오자고 했습니다. 그러나 양복장이는 거절했습니다.

"이 정도면 충분해. 난 이제 양복점 주인이 될 수 있는걸. 이걸 갖고 내 사랑하는 꼬맹이(그는 자기 애인을 이렇게 부른답니다)와 결혼식을 올리고 행복하게 살겠어. 그렇지만 자네가 그렇게 원한다면 내가 여기서 하루를 더 기다려 주겠네."

저녁이 되자 금세공사는 힘이 닿는 한 되도록 많이 실어올 수 있도록 자루 몇 개를 어깨에다 더 걸쳐 메고 언덕을 향해 떠났습니다. 전날 밤처럼 난쟁이들이 춤을 추며 노래를 하고 있었습니다. 또다시 난쟁이 할아버지가 그의 수염과 머리를 깎은 후 그에게 석탄을 가져가라는 시늉을 했습니다. 금세공사는 서

슴없이 자기가 가지고 갈 수 있는 양껏 호주머니와 자루에 석탄을 채워 넣었습니다. 그는 힘이 들어 헐떡거리며 온몸에 석탄을 뒤집어 쓰고 여관으로 돌아왔습니다.

"석탄에 깔리는 한이 있어도 난 좋아."

다음 날 아침에 잠에서 깨어나면 자기는 왕 부럽지 않은 부자가 되어 있을 것이라는 달콤한 꿈을 꾸며 그는 잠이 들었습니다. 아침에 눈을 뜨자마자 그는 호주머니부터 뒤졌습니다. 그러나 호주머니에서는 시커먼 석탄만 쏟아져 나왔습니다. 그는 기절할 듯이 놀랐습니다. 아무리 뒤지고 또 뒤져 봐도 결과는 마찬가지였습니다.

'하지만 어제 얻은 금이 있으니까.' 하고 스스로를 위로했습니다. 그러나 그것들도 석탄으로 변해 있는 것을 본 그는 등골이 오싹해졌습니다. 더러워진 손으로 이마를 치다가 그는 자기 머리가 반들반들한 대머리 그대로라는 사실도 깨달았습니다. 턱도 마찬가지였습니다.

그러나 그의 불행은 그것으로 끝나지 않았습니다. 그의 가슴에는 등에 있는 혹과 똑같은 혹이 하나 더 생겨 있었던 것입니다. 자기가 너무 욕심을 부려 벌을 받았다는 것을 알고 금세공사는 목놓아 울었습니다. 이 소동에 놀라 잠이 깬 마음씨 착한 양복장이가 말했습니다.

"그동안 나와 같이 여행을 했으니 계속 나와 같이 가세나. 내 돈을 나누어 주지."

그는 이 약속을 지켰습니다. 하지만 불쌍한 금세공사는 평생 동안 두 개의 혹을 달고 다녀야 했고, 대머리를 감추기 위해서 항상 모자를 쓰고 살아야 했습니다.

183

거인과 양복장이

허풍을 잘 떠는 양복장이가 있었습니다. 어느 날 갑자기 그는 숲 속을 구경하고 싶은 생각이 들었습니다. 그런 생각이 들자마자 그는 떠날 채비를 차렸습니다.

길 떠나세
다리를 건너,
여기저기로,
멀리 더 멀리.

숲에 도착하니 까마득히 멀리 험준한 산이 보였고 빽빽한 나무숲 뒤쪽으로는 탑 하나가 하늘을 찌를 듯이 솟아올라 있었습니다.
"아니, 세상에! 저게 뭐지?"
호기심 많은 양복장이는 궁금해서 견딜 수가 없었습니다. 그래서 무턱대고 곧장 그 쪽을 향해 달려갔습니다. 가까이 다가간 그는 눈이 휘둥그레지고 입이 그만 딱 벌어지고 말았습니다. 왜냐하면 그 탑에는 다리가 달려 있었고 탑이 그 다리로 단숨에 산을 뛰어넘는 것을 보았기 때문입니다. 그 탑은 바로 어마어마하게 큰 거인이었습니다. 그 거인은 양복장이 앞에 우뚝 섰습니다.
"이 파리똥만한 놈, 여기서 뭐하는거야!"
거인의 말소리는 마치 사방에서 울려퍼지는 천둥 소리 같았습니다.
양복장이가 다 기어들어가는 목소리로 중얼거렸습니다.
"네, 저는 지금 숲을 구경하고 있는 중입니다. 숲에서 인생 공부를 좀 할까 하고 말이죠."
"그 때문이라면 내 하인으로 일하게 해주지."
"그래야만 한다면 하인이 되고 말고요. 하지만 제 급료로는 무얼 주실 건가요?"

"급료라고? 이봐, 잘 들어. 일년에 365일을 주지. 그리고 몇 년이 더 지나고 나면 그보다 훨씬 많은 날을 가지게 될거야. 됐지?"

"네."

대답을 하면서도 양복장이는 '아, 잘못 걸렸구나. 될 수 있는 대로 빨리 이 곳에서 달아나는 게 상책이겠어.' 하고 생각했습니다.

그 때 거인이 말했습니다.

"야, 이 멍청아, 가서 물이나 한 단지 길어와."

"우물이랑 샘을 전부 길어다 드리는 게 더 좋겠죠?"

허풍쟁이는 이렇게 말하며 단지를 들고 물을 길러 갔습니다.

"뭐라고? 샘이랑 우물 전부라고?"

거인이 턱수염을 덜덜 떨며 중얼거렸습니다. 그는 좀 어리석고 미련한 편이라 얼굴에 두려움을 드러내며 생각했습니다.

'이 놈이 뭔가 속임수를 쓰는구나. 저 놈 몸에 마취제가 있을거야. 한스 영감, 조심하라구. 저 놈은 네 하인이 될 놈이 아니야.'

양복장이가 물을 길어 오자 거인은 그에게 숲에 가서 통나무를 잘라 오라고 시켰습니다.

"숲에 있는 나무들을 한 번에 다 찍어 내는 게 더 좋겠죠?

    숲 전체를
    어린 나무든 오래된 나무든,
    매끈한 것이든 옹이가 많이 박힌 것이든 말이에요."

양복장이는 이렇게 말하고 나무를 하러 갔습니다.

"뭐라고?

    숲 전체를
    어린 나무든 오래된 나무든,
    매끈한 것이든 옹이가 많이 박힌 것이든이라고?

그리고 샘과 우물 전부라고?"

거인은 잘도 속아 넘어갔습니다. 그래서 턱을 심하게 떨며 훨씬 더 겁을 집어먹고 이렇게 생각했습니다.

'이 놈은 분명히 뭔가 속임수를 쓰고 있는 게 분명해. 몸에 마취제를 가지고 있을거야. 조심하라고, 한스 영감. 그 놈은 네 하인이 될 놈이 아니란 말이야.'

양복장이가 나무를 해오자 거인은 그에게 저녁거리로 멧돼지나 두세 마리 잡아오라고 했습니다.

"한 방에 천 마리쯤 잡아서 이 숲에 있는 짐승을 모두 쓸어 오는 건 더 좋겠죠?" 허풍쟁이 양복장이가 말했습니다.

"뭐라고?"

겁쟁이 거인이 소리쳤습니다. 그는 공포에 사로잡혀 말했습니다.

"오늘은 됐다. 그냥 가자."

그러나 거인은 너무나 무서워서 밤새 한숨도 못 잤습니다. 그는 이 지긋지긋한 요술쟁이 하인을 하루 빨리 쫓아 버리고 싶었습니다. 이리저리 궁리한 끝에 그는 좋은 방법을 생각해 냈습니다.

다음 날 아침, 거인과 양복장이는 버드나무로 빙 둘러싸여 있는 늪지대로 갔습니다.

"내 말 잘들어, 난쟁이. 저 버드나무 가지 위에 한 번 올라가 봐. 네가 그 가지를 얼마나 구부러뜨릴 수 있는지 보고 싶으니까."

작은 양복장이는 재빨리 올라가 앉았습니다. 그가 숨을 깊이 들이마셔서 몸을 무겁게 만들자 나뭇가지는 거의 땅에 닿을 정도가 되었습니다. 그러나 그는 더 이상 들이마신 숨을 참고 있을 수가 없었습니다. 숨을 내쉬자 나뭇가지가 다시 튀겨져 올라와 그의 몸이 공중으로 붕 날아갔습니다. 불행히도 지팡이를 가지고 오는 걸 잊어버렸던 그는 그만 까마득히 멀리 날아가 버리고 말았습니다. 거인은 다시 기분이 좋아졌습니다. 만약 그 양복장이가 아직 땅에 떨어지지 않았다면 아마 지금도 하늘 어딘가를 맴돌고 있을 테지요.

184

못

어느 상인이 있었습니다. 하루는 장사가 너무 잘되어 물건이 금세 다 팔렸습니다. 자루에는 금과 은이 가득했습니다. 늦지 않게 도착하려면 지금 떠나야만 했습니다. 돈이 든 자루를 말 안장에 올려놓고 상인은 집을 향해 길을 떠났습니다. 정오에 그가 어떤 마을에서 잠시 쉬고 난 뒤 다시 떠날 채비를 하는데, 마구간지기가 그의 말을 데려다 주며 말했습니다.

"손님, 말의 뒷발 왼쪽 편자에 못이 빠져 있는데요."
"그냥 놔둬. 그래도 한 6시간은 충분히 버틸 수 있을 테니까. 난 바빠."
상인은 이렇게 대답했습니다.

오후에 그는 말에게 먹이를 먹이기 위해서 다시 말에서 내렸습니다. 마구간지기가 그에게 와서 말했습니다.

"손님, 손님 말의 뒷발 왼쪽 편자가 빠졌는데요. 말을 대장장이에게 데려다 줄까요?"
"그냥 놔 둬. 그냥 놔 둬도 저 말은 2시간은 더 갈 수 있을거야. 난 바빠."

그는 계속해서 말을 타고 갔지만 얼마 가지 않아서 말이 다리를 절기 시작했습니다. 다리를 저는 것도 오래 가지 못하고 급기야는 비틀거리기 시작했습니다. 그러더니 결국 다리가 부러져서 땅바닥에 주저앉고 말았습니다. 상인은 할 수 없이 말을 거기다 내버려 두고, 자루를 자기 어깨에다 짊어진 채 걸어서 집까지 가야 했습니다. 그 날 밤 상당히 늦은 시각까지도 상인은 집에 도착할 수가 없었습니다. 그는 혼자 중얼거렸습니다.

"이게 다 그 못 때문이야. 빌어먹을 못 때문에 일을 다 망쳐 버렸어."
서두르면 일을 망치는 법이지요.

185

무덤에 누운 불쌍한 소년

아버지 어머니를 모두 여읜 양치기 소년이 하나 있었습니다. 부모를 모두 여읜 자 나라에서는 그 소년을 어느 부잣집에다 맡겼습니다. 부자니까 소년을 잘 먹여 주고 잘 키워 줄 수 있을 것이라고 생각했기 때문입니다. 그러나 그 집 주인 남자와 그의 아내는 마음씨가 고약한 사람들이었습니다. 부자이면서도 남이 가진 것을 못마땅해하고 남의 것을 탐냈습니다. 누가 자기네 음식을 조금 축내기라도 하면 그들은 펄펄 뛰며 화를 냈습니다. 그렇기 때문에 그 불쌍한 소년은 죽도록 일을 하고도 자기가 먹는 것보다 더 많은 매를 맞아야 했습니다.

어느 날 소년이 어미닭과 병아리들을 돌보고 있을 때였습니다. 어미닭이 병아리들과 함께 울타리 근처를 걷고 있을 때, 갑자기 매가 날아와 어미닭을 낚아채 갔습니다.

"도둑이야, 도둑! 이 나쁜 악당아!"

소년은 있는 힘을 다해 소리쳤습니다. 그러나 아무 소용이 없었습니다. 매가 자기 먹이를 돌려줄 리 만무했습니다. 그 소리를 듣고 달려온 사람은 주인 남자였습니다. 암탉이 없어졌다는 것을 알고 화가 치밀어오른 주인이 소년에게 채찍질을 하는 바람에 소년은 그 뒤 며칠 동안을 일어나지 못했습니다. 그 후 소년은 어미닭 없는 병아리들을 돌봐야 했습니다. 그러나 그 일은 더 어려웠습니다. 병아리들이 천방지축으로 돌아다녔기 때문입니다. 그래서 소년은 꾀를 내어 매가 병아리를 한 마리도 채가지 못하게 하려고 병아리들을 하나하나 묶어 줄로 연결했습니다. 그러나 그것은 크나큰 실수였습니다.

어느 날, 병아리들을 쫓아다니느라 이러저리 뛰어다닌 데다가 배가 너무나 고팠던 소년은 그만 잠이 들었습니다. 그 때 매가 나타나서 병아리 한 놈을 낚아챘습니다. 그러자 나머지 병아리들도 줄줄이 딸려갔습니다. 매는 병아리를 단번에 모두 잡아서 나무 위에 앉아 꿀꺽 삼켜 버렸습니다. 공교롭게도 주인이 집에 돌아오다가 그 불행한 사태를 목격하게 되었습니다. 화가 난 그가 소년을 어찌나 두들겨 팼는지 소년은 여러 날 동안 자리에 누워 있어야 했습니다.

소년의 몸이 겨우 회복되자 주인이 말했습니다.

"이 멍청한 녀석, 넌 닭을 돌볼 능력도 없으니 심부름이나 해."

주인 남자는 소년에게 포도가 가득 든 바구니와 편지를 주면서 재판관 집에 가져다주라고 했습니다. 심부름을 가는 길에 소년은 너무나 배가 고프고 목이 말라 포도 두 송이를 먹었습니다. 소년이 재판관에게 바구니를 가져다주자 재판관은 편지를 읽고 포도 송이를 세어 보더니 이렇게 말하는 것이었습니다.

"두 송이가 모자라는걸."

소년은 솔직하게 자기가 너무 배가 고파 두 송이를 먹었다고 말했습니다. 재판관은 편지를 써서 같은 양의 포도를 다시 보내라고 했습니다. 그리하여 소년은 다시 똑같은 분량의 포도를 가져다주는 심부름을 하게 되었습니다. 그러나 다시 배가 고프고 목이 마르자 소년은 참지 못하고 이번에도 포도 두 송이를 먹고 말았습니다. 지난번 일을 기억하고 있던 소년은 바구니에서 편지를 꺼내 바위 밑에다 숨겼습니다. 그렇게 하면 자기가 한 일이 발각되지 않을 줄로 생각한 것입니다. 그러나 재판관은 없어진 포도 송이에 대해 설명을 하라고 소년을 다그쳤습니다.

"아니, 그걸 어떻게 아셨어요? 포도를 먹기 전에 제가 편지를 바위 밑에다 숨겨 버렸는데요?"

재판관은 소년의 순진함에 웃을 수밖에 없었습니다. 그러고는 그 주인 남자에게, 소년에게 좀 더 잘해 주고 먹을 것이나 마실 것을 넉넉히 주라는 편지를 써 보냈습니다. 또 그 아이가 옳고 그름을 분별할 수 있도록 아이에게 교육을 시키라는 당부도 덧붙였습니다. 편지를 읽고 난 후 인정머리 없는 주인 남자가 소년에게 말했습니다.

"네게 분별력을 가르쳐 주겠다. 먹고 싶으면 일을 해야 하고, 뭔가 잘못을 저지르면 매를 맞는 것으로 충분한 교육이 될 거다."

다음 날, 주인 남자는 소년에게 다른 일거리를 주었습니다. 말에게 먹일 건초를 자르는 일이었습니다. 주인 남자가 소년에게 협박조로 말했습니다.

"내가 5시간 안에 돌아오겠다. 그 때까지 건초를 잘 썰어 놓지 않으면 뼈가 으스러지도록 맞을 줄 알아라!"

주인 남자와 아내는 하인과 하녀까지 모두 데리고 장에 가면서 작은 빵 조각 하나를 소년의 몫으로 남겨 주었습니다. 혼자 남은 소년은 있는 힘을 다해 건초를 썰기 시작했습니다. 일을 하느라 더워진 소년은 자기의 작은 웃옷을 건초 더미 위에다 벗어 던져 놓았습니다. 제 시간 안에 일을 다 마치지 못할까봐 걱정이 된 소년은 부지런히 건초를 썰었습니다. 너무나 열심히 자르다 보니 불행히도 자기 웃옷까지 건초와 함께 썰어 버리고 말았습니다. 소년은 옷을 다시 붙여 보려고 했지만 이미 엎질러진 물이었습니다.

"아! 난 이제 끝장이야! 저 악독한 주인 아저씨가 한 말은 거짓이 아닐 텐데. 그가 돌아와서 내가 저지른 일을 보면, 아마 날 죽도록 때리겠지. 차라리 내 스스로 목숨을 끊어 버리는 게 낫겠어."

소년은 언젠가 주인 여자가 하는 말을 들은 기억이 났습니다.

"침대 밑에 독약이 든 항아리를 하나 넣어 두었지."

그런데 그 항아리는 꿀이 든 항아리였습니다. 사람들이 항아리에 관심을 갖지 못하게 하려고 일부러 한 말이었습니다. 어린 소년은 침대 밑으로 기어들어가 그 항아리를 끄집어 내서는 다 마셔 버렸습니다.

"참 이상도 하지. 사람들이 독약은 아주 쓰다던데 내게는 달기만 한걸. 주인 아줌마가 왜 매일 죽고 싶다고 말했는지 이제야 알겠군."

소년은 작은 의자에 앉아서 죽기만을 기다렸습니다. 그러나 기운이 점점 빠지기는커녕 오히려 자꾸만 힘이 솟는 것이었습니다.

"그건 분명히 독약이 아니었을거야. 아, 참! 주인 아저씨가 자기 호주머니에 독약을 감춰 두었다고 한 적이 있지. 그건 틀림없이 진짜 독약일거야. 그걸 먹으면 정말로 죽을 수 있겠지."

그런데 그것도 독약이 아니라 헝가리산 포도주였습니다. 소년은 그 병을 꺼내 안에 든 것을 모두 마셔 버렸습니다.

"이 독약도 맛이 좋은데."

소년이 중얼거렸습니다. 그러나 곧 온몸에 술기운이 퍼져 몽롱해지기 시작했습니다. 소년은 자기의 죽음이 다가오는 줄로 믿었습니다.

"죽음이 느껴지는군. 교회 뜰로 가서 내 무덤을 찾아봐야겠어."

소년은 비틀거리며 교회 뜰로 가서 새로 파 놓은 무덤에 드러누웠습니다. 정신이 점점 몽롱해졌습니다. 근처에 있는 식장에서는 마침 결혼식이 벌어지고 있었습니다. 거기서 나오는 음악소리를 들으며 소년은 자기가 벌써 하늘 나라에 도착한 줄 믿고 의식을 잃었습니다.

그 이후 소년은 다시 일어나지 못했습니다. 독한 포도주와 밤새 내린 찬 서리가 소년의 목숨을 앗아간 것입니다. 소년이 누웠던 그 자리가 그대로 소년의 무덤이 되고 말았습니다.

소년의 죽음을 전해 들은 주인 남자는 깜짝 놀랐습니다. 그리고 행여 재판정에 끌려가게 되지는 않을까 하여 두려움에 싸였습니다. 그는 너무 걱정을 한 나머지 쓰러져서 기절을 하고 말았습니다. 마침 화로 위에 후라이팬을 올려놓고 있던 그의 아내가 깜짝 놀라 그를 부축하러 달려갔습니다. 그 사이에 후라이팬이 지나치게 달궈져 불길이 온 집안에 번졌습니다. 집은 순식간에 재로 변했습니다. 주인 남자와 그의 아내는 죄책감과 가난에 시달리며 불행한 여생을 보냈습니다.

186

진짜 신부

먼 옛날, 젊고 아름다운 처녀 하나가 살고 있었습니다. 그런데 어릴 때 어머니가 돌아가셨기 때문에 그녀는 새엄마에게 온갖 시달림을 받으며 살아야 했습니다. 새엄마는 온갖 방법으로 그녀를 괴롭혔습니다. 새엄마가 무슨 일을 시키든 그 일이 아무리 힘든 일이어도 그녀는 최선을 다해 부지런히 일했습니다. 그러나 그녀가 아무리 열심히 해도 새엄마는 마음에 들어 하지 않았습니다.

새엄마는 언제나 못마땅해했고, 또 트집을 잡았습니다. 처녀가 일을 열심히 하면 할수록 새엄마는 더 많은 일을 시켰습니다. 새엄마는 어떻게 하면 그녀에게 더 힘든 일을 시킬 수 있을지에 대해서만 궁리했습니다. 처녀는 갈수록 사는 게 고달프기만 했습니다.

어느 날 새엄마가 처녀에게 말했습니다.

"여기 깃털이 12파운드 있다. 오늘 저녁까지 모두 잘게 찢어 놓아라. 그러지 않으면 맞을 줄 알아! 하루 종일 빈둥거릴 생각은 아예 하지도 마!"

일을 하려고 자리에 앉자 처녀는 눈물이 저절로 나왔습니다. 그 일을 하루에 다 한다는 것은 불가능한 일이었습니다. 깃털들을 앞에 쌓아 놓고 한숨을 쉬거나 혹은 조금이라도 움직이기만 하면 깃털들이 모두 날아가 버렸습니다. 그러면 다시 그 깃털들을 주워서 모아 놓아야 다시 일을 시작할 수가 있었습니다. 처녀는 마침내 어쩔 줄 몰라 손으로 얼굴을 감싸쥔 채 울기 시작했습니다.

"세상에 나보다 더 불쌍한 사람이 있을까?"

그 때 어디선가 부드러운 목소리가 들려 왔습니다.

"걱정하지 말아요, 아가씨. 내가 도와 줄 테니."

처녀가 고개를 들어보니 나이 든 아주머니 한 분이 옆에 서 있었습니다. 그 아주머니가 부드러운 손길로 처녀의 손을 잡으며 말했습니다.

"자, 나를 믿고 왜 괴로워하고 있는지 말해 봐요."

아주머니의 말투가 매우 자상하게 느껴졌으므로 처녀는 자기의 슬픈 생활과 나날이 심해지는 고통에 대해 하소연했습니다. 그리고 자기에게 주어진 이 일을 어떻게 끝마쳐야 할지 모르겠다고 말했습니다.

"오늘 저녁까지 이 일을 끝내지 않으면 새엄마가 날 때릴 거예요. 새엄마가 그렇게 말했거든요. 그리고 진짜로 그렇게 할 거라는 걸 난 알아요."

그녀는 다시 눈물을 흘렸습니다. 그러자 아주머니가 말했습니다.

"걱정하지 말아요, 아가씨. 가서 잠이나 한숨 자며 쉬도록 해요. 그동안 내가 아가씨 일을 대신 해줄 테니까."

처녀는 침대로 가서 곧 잠이 들었습니다. 아주머니가 작업대 앞에 앉아 깃털들을 향해 숨을 한 번 혹 내쉬자 깃털들이 갈기갈기 찢어졌습니다. 아주머니는 거의 손 한 번 안 대고 일을 모두 끝냈습니다. 처녀가 잠에서 깨어나 보니 작업대 위에는 새하얀 깃털이 산더미 같이 쌓여 있었고, 집 안도 말끔히 정돈되어 있었습니다.

그러나 아주머니는 온데간데없이 사라져 버리고 없었습니다. 처녀는 하느님께 감사를 드리고 저녁이 될 때까지 앉아서 쉬었습니다. 집에 돌아온 새엄마는 처녀가 일을 다 끝낸 걸 보고 깜짝 놀라며 말했습니다.

"그래, 얘야. 숙련된 사람이나 할 수 있을 일을 잘도 해냈구나. 그렇다면 다른 일도 할 수 있겠지?"

새엄마는 방을 나서면서 중얼거렸습니다.

"저것이 무슨 속임수를 쓰고 있는 게 틀림없어. 더 힘든 일을 시켜 봐야지."

다음 날 아침 새엄마가 처녀에게 말했습니다.

"옛다, 이 숟가락으로 저 정원 옆에 있는 큰 연못물을 깨끗이 퍼내도록 해라. 해질 때까지 다 끝내지 않으면 어떻게 되는지 알고 있겠지?"

처녀는 구멍이 숭숭 난 숟가락을 받아 들었습니다. 구멍이 나지 않았다 하더라도 숟가락 하나로 연못물을 다 퍼낸다는 것은 있을 수 없는 일이었습니다. 그렇지만 처녀는 시키는 대로 연못으로 가서 무릎을 꿇고 앉았습니다. 눈물이 저절로 흘렀습니다. 그 때 그 친절한 아주머니가 또 나타났습니다. 처녀의 고민을 들은 후 아주머니가 말했습니다.

"희망을 잃지 말아요. 숲 속에 가서 잠이나 한숨 자요. 그 일은 내가 할 테니까."

혼자 남은 아주머니는 손으로 물을 살짝 건드렸습니다. 그러자 연못에 있던 물이 마치 안개처럼 피어오르더니 그대로 구름으로 변하는 것이었습니다. 그렇게 연못물은 차츰차츰 없어졌습니다. 해질녘이 되어 처녀가 잠에서 깨어 연못으로 가 보았더니 놀랍게도 진흙탕 속에서 물고기들이 팔딱거리고 있는 것이었습니다. 그래서 처녀는 새엄마에게로 달려가 연못물을 다 퍼냈다고 말했습니다.

"훨씬 전에 다 했어야지."

이렇게 말하는 새엄마의 얼굴은 화가 난 듯 파랗게 질려 있었습니다. 새엄마는 또 궁리를 하기 시작했습니다. 그러더니 셋째날 아침 새엄마가 처녀에게 말했습니다.

"저 골짜기에 멋지고 아름다운 성을 하나 지어 다오. 그것도 오늘 밤 안으로 말이야."

처녀는 두려움에 떨며 말했습니다.

"제가 어떻게 그렇게 엄청난 일을 할 수 있겠어요?"

그러자 새엄마가 소리쳤습니다.

"말대꾸하지 말아! 구멍이 숭숭 뚫린 숟가락 하나로 연못을 다 퍼낼 정도면 성을 짓는 일도 할 수 있어. 오늘 안에 다해 놓아야 한다. 만약 부엌이나 지하실 같은 아주 사소한 것에라도 잘못이 있을 경우에는 어떻게 되는지 알고 있겠지?"

새엄마가 외출하고 나자 처녀는 골짜기로 가 보았습니다. 수북이 쌓인 돌더미 위에 바위까지 얹혀져 있었습니다. 처녀가 있는 힘을 다해 그 바위를 치워 보려 했지만 바위는 꿈쩍도 하지 않았습니다. 처녀는 주저앉아서 슬피 울며 그 아주머니가 나타나 주기를 바랐습니다. 아주머니는 처녀를 오래 기다리게 하지 않았습니다. 아주머니가 처녀를 위로하며 말했습니다.

"저 그늘에 누워서 잠을 자도록 해요. 내가 아가씨를 위해서 성을 지을 테니까. 원한다면 아가씨가 거기서 살 수도 있어요."

처녀가 가고 난 후 아주머니는 회색 바위를 슬쩍 건드렸습니다. 그러자 바위들이 스르르 미끄러지며 마치 거인이 벽을 쌓듯이 저절로 바위들이 쌓였습니다. 그것이 기초가 되어 성이 만들어지기 시작했습니다. 마치 수많은 손이 숨어서 움직이는 것처럼 돌 위에 돌이 올라갔습니다. 땅 속에서 으르렁거리며 거대한 기둥이 솟아나 우뚝 서더니 그런 식으로 여러 개가 줄지어 세워졌습니다. 타일이 적당한 자리를 골라 저절로 깔리고, 정오가 되자 낙낙한 옷을 걸친 여인의 모습을 한 거대한 황금 풍향계가 탑 꼭대기에 만들어져 금방이라도 돌아갈 것 같았습니다.

저녁 때까지 성의 실내 장식도 모두 끝났습니다. 그 아주머니가 어떻게 이런 일을 다할 수 있었는지는 아무도 모릅니다. 아무튼 벽도 비단과 우단으로 장식되어 있었고, 대리석 식탁에는 화려한 장식의 문양이 새겨진 팔걸이 의자가 있었으며, 그 옆에 자수가 놓인 의자가 놓여 있었습니다. 천장에 매달린 크리스탈 샹들리에에서는 아름다운 불빛이 바닥으로 쏟아져 내렸습니다. 황금 새장에 앉은 초록 앵무새와 이름 모를 많은 진귀한 새들이 아름다운 노래를 불렀습니다. 성은 마치 왕이 사는 곳처럼 온통 화려한 것으로 가득 찼습니다.

처녀가 막 잠에서 깨어난 그 시각에 마침 해가 서산으로 기울어 수천 개의 불빛이 처녀를 비추어 주었습니다. 처녀는 성으로 달려가 열린 문 안으로 들어섰습니다. 계단에는 붉은 양탄자가 깔려 있었고, 금빛 난간에는 꽃이 만발한 꽃나무로 장식되어 있었습니다.

성 안의 화려한 모습을 본 처녀는 돌상처럼 우두커니 서 있었습니다. 새엄마가 생각나지 않았으면 언제까지나 그러고 있었을지도 모릅니다.

"아, 이제 새엄마가 이걸로 만족하고 더 이상 나를 괴롭히지 말아 주면 좋으련만."

처녀에게서 성이 다 완성되었다는 소식을 들은 새엄마는 자리에서 벌떡 일어서며 말했습니다.

"어디 가 보자꾸나."

성 안에 들어선 새엄마는 너무나 눈부신 빛 때문에 손으로 눈을 가려야 했습니다.

"봐라, 너한테는 얼마나 손쉬운 일이냐! 네게 훨씬 더 어려운 일을 맡겨야겠다."

새엄마는 집 안으로 들어가 어디 잘못된 곳을 없는지 샅샅이 살폈지만 한 군데도 흠잡을 데가 없었습니다. 그러자 고약한 눈길로 처녀를 노려보며 말했습니다.

"이제 아래층으로 가 보자. 부엌과 지하실을 조사해 봐야겠다. 만약 하나라도 잘못된 것이 있으면 벌을 면치 못할 줄 알아!"

그러나 화덕에는 불이 지펴져 있었고, 솥에서는 음식이 끓고 있었습니다. 화덕 옆에는 부젓가락과 삽이 가지런하게 정돈되어 있었습니다. 석탄 상자며 물양동이까지 어디 하나 흐트러진 데가 없었습니다.

"지하실로 가는 길은 어디지?"

새엄마가 큰 소리로 물었습니다.

"포도주를 충분히 준비해 두지 않았다면 무사하지 못할 걸!"

새엄마는 지하실 뚜껑문을 들쳐 내고 혼자 그 안으로 기어내려갔습니다. 그때 막대기로 받쳐 놓은 지하실 뚜껑이 제 무게를 이기지 못하고 쾅 하고 닫혀 버렸습니다. 지하실에서 비명 소리가 들렸습니다. 처녀가 새엄마를 구하기 위해 황급히 지하실 문을 열고 안으로 뛰어들어갔지만 새엄마는 이미 굴러 떨어져 숨진 채 바닥에 누워 있었습니다.

그리하여 그 화려한 성은 이제 처녀의 것이 되었습니다. 처음에 그녀는 자기에게 주어진 그 행운을 어떻게 감당해야 할지 몰랐습니다. 아름다운 옷들이 옷장 안에 가득 걸려 있었습니다. 상자 안에는 황금과 은과 진주와 보석들이 가득했고, 무엇 하나 부족한 것이 없었습니다. 아름답고 돈이 많은 처녀에 대한 소문이 온 세상에 두루 퍼지자 그녀와 결혼하고자 하는 청년들이 줄을 이었지만 처녀의 마음을 사로잡을 만한 남자는 없었습니다. 그러다가 마침내 어느 왕자가 그녀의 마음을 사로잡는 데 성공하여 그들은 결혼을 약속하게 되었습니다.

그 성의 정원에는 보리수가 한 그루 있었습니다. 어느 날 두 사람이 나무 밑에 앉아서 쉬고 있을 때 왕자가 말했습니다.

"집에 가서 아버지께 우리의 결혼을 허락받고 와야겠소. 부디 이 보리수 밑에서 나를 기다려 주오. 몇 시간 안에 돌아오리다."

처녀는 그 왼쪽 뺨에 입을 맞추며 말했습니다.

"언제까지나 내게 진실하게 대해 주세요. 그리고 그 누구도 당신의 볼에 입을 맞추게 해서는 안 돼요. 저는 당신이 돌아올 때까지 이 보리수 아래에서 기다리고 있겠어요."

처녀는 보리수 아래에서 해가 지도록 왕자를 기다렸지만 그는 돌아오지 않았습니다. 사흘 동안 꼬박 보리수 아래 앉아서 기다려도 부질없는 일이었습니다. 나흘째가 되어도 왕자가 돌아오지 않자 처녀는 생각했습니다.

'그에게 사고가 생긴 게 틀림없어. 내가 가서 찾아봐야지. 그를 찾기 전에는 절대로 돌아오지 않을거야.'

그녀는 자기 옷 중에서 가장 아름다운 것으로 세 벌을 골라 짐을 꾸렸습니다. 하나는 반짝이는 별이, 또 하나는 은색 달이, 그리고 나머지 하나는 황금빛 해가 수놓아진 것이었습니다. 그러고 나서 보석을 한 움큼 손수건에 싸서 둘둘 말아 다음 길을 떠났습니다. 처녀는 가는 곳마다 사람들에게 자기의 약혼자에 대해 물어 보았으나 그를 보았다는 사람도, 그를 안다는 사람도 전혀 만나지 못했습니다. 세상 여기저기를 다 찾아 다녔지만 소식조차 알 수 없었습니다. 결국 돌아다니다 지친 그녀는 어느 농부의 양치기로 일하게 되었습니다. 그러고는 자기가 가져온 옷은 바위 밑에다 묻어 두었습니다.

그녀는 양들을 돌보며 지냈지만 마음은 늘 사랑하는 사람에 대한 그리움으로 가득 차 있었습니다. 자신의 슬픔을 달래기 위해 그녀는 먹이를 주며 송아지 한 마리를 길들여서는 송아지에게 이렇게 말하곤 했습니다.

"송아지야, 송아지야,
   무릎을 구부려 내게 상냥하게 대해 주렴.
   자기 신부를 잊어버린 왕자님처럼
   너도 너의 양치기를 잊어버려서는 안 된다.
   저 보리수 아래에

울고 앉아 있는 저 아가씨를."

그러면 송아지는 무릎을 구부리고, 그녀는 송아지를 손으로 탁 치는 것이었습니다. 어느 날 그녀는 양 떼들에게 풀을 먹이다가 말을 탄 신랑이 지나가는 것을 보게 되었습니다. 말 위에 앉은 신랑은 그녀를 거들떠보지도 않았지만 그의 얼굴을 본 처녀는 그가 바로 자기가 사랑하는 그 사람이라는 것을 알았습니다. 그녀는 날카로운 칼이 자기 가슴을 도려내는 것 같은 아픔을 느꼈습니다.
"아, 난 아직도 그가 변함없이 내게 진실한 줄 알았는데 그는 날 잊고 있었던 거야."
다음 날 그는 다시 그 길을 지나갔습니다. 그가 막 그녀 곁을 지나쳐 갈 때 처녀는 송아지에게 말했습니다.

"송아지야, 송아지야,
무릎을 구부려 내게 상냥하게 대해 주렴.
자기 신부를 잊어버린 왕자님처럼
너도 너의 양치기를 잊어버려서는 안 된다.
저 보리수 아래에
울고 앉아 있는 저 아가씨를."

그 소리를 듣고 왕자가 말을 멈추어 처녀의 얼굴을 똑바로 쳐다보았습니다. 그는 기억을 더듬으려는 듯 손을 얼굴에 갖다 댔습니다. 그러나 그뿐이었습니다. 그는 말을 재촉하며 가 버렸습니다. 차츰 멀어져 가는 그의 모습을 보면서 처녀의 슬픔은 더욱더 커졌습니다.
이윽고 왕의 궁전에서 사흘 동안 성대한 결혼식이 치러지게 되어 나라 안의 모든 사람들이 초대되었습니다.
'자, 이제 마지막 시도를 해 보는거야.'
처녀는 밤이 되기를 기다렸다가 옷을 묻어 두었던 바위로 갔습니다.
그러고는 우선 황금빛 해가 수놓아진 드레스를 입고 보석으로 치장을 했습니다. 수건으로 감싸고 있던 머리도 원래대로 양 옆으로 길게 늘어뜨렸습니다. 주변이 캄캄해서 마을 사람들은 아무도 그녀를 알아보지 못했습니다. 그녀가 불빛 찬란한 홀 안으로 들어서자 모두들 깜짝 놀라면서도 그녀를 알아보지는 못했습니다. 왕자가 그녀에게 다가왔습니다. 그러나 이번에도 그는 처녀를 알아보지 못했습니다. 처녀에게 춤을 청해 함께 춤을 추는 동안 그는 처녀의 아름다움에 황홀해져서 자기의 신부가 될 공주는 까맣게 잊어버렸습니다. 무도회가 끝나자 처녀는 총총히 사람들 속으로 사라졌습니다. 그녀는 날이 밝기 전에 골짜기로 되돌아가 다시 양치기 옷으로 갈아입었습니다.

다음 날 밤, 처녀는 은빛 달이 수놓아진 옷을 입고 머리에는 보석으로 만든 반달 모양의 장식을 달았습니다. 그녀가 무도회장으로 들어가자 모든 눈길이 그녀에게 쏠렸습니다. 왕자는 곧장 그녀에게로 달려갔습니다. 그는 이미 그녀에게 반해 있었기 때문에 다른 여자에게는 눈길도 주지 않고 오로지 그녀하고만 춤을 추었습니다. 헤어지기 전에 왕자는 그녀에게서 마지막 날 다시 오겠다는 약속을 받아내고야 말았습니다.

셋째날이 되자 처녀는 반짝이는 별이 수놓아진 옷을 입고 나타났습니다. 그녀가 움직일 때마다 별들이 춤추듯 반짝였습니다. 그녀는 머리에도 가장자리에 별 모양의 보석이 박힌 리본을 매고 있었습니다. 왕자는 그녀가 오기만을 애타게 기다리다가 그녀가 나타나자마자 그녀에게로 달려갔습니다.

"당신이 누구인지 내게 말해 주오. 어쩐지 오래 전부터 당신을 알고 있었던 것 같은 느낌이 든다오."

"기억 못 하세요? 당신이 떠날 때 내가 당신에게 어떤 행동을 했었는지."

그리고 나서 처녀는 그의 왼쪽 볼에 입맞춤을 했습니다. 그러자 왕자는 그녀야말로 자기의 진짜 신부라는 것을 알았습니다.

"이리 와요. 난 더 이상 여기 머무르지 않겠소."

그는 처녀의 손을 잡아 끌고 마차가 있는 곳으로 갔습니다. 마차는 전속력으로 그 요술성을 향해 달려갔습니다. 마치 바람을 탄 듯했습니다. 멀리서 성의 창문으로 새어 나오는 불빛이 보이기 시작했습니다. 그들이 보리수 나무를 향해 달리자 수많은 개똥벌레들이 떼지어 그 주위를 맴돌았고, 나뭇가지는 손을 흔들며 향기로운 냄새를 뿜어 냈습니다. 바로 그 순간 꽃들이 활짝 피었고 진귀한 새들의 노랫소리가 다시금 울려 퍼졌습니다. 성 안의 모든 사람들이 중앙홀에 모여들었고 신랑과 진짜 신부의 결혼식을 진행하기 위해서 목사님이 기다리고 있었습니다.

187

토끼와 고슴도치

자, 어린이 여러분. 지금부터 제가 하는 이야기를 듣고 나면 어린이 여러분은 아마 거짓말이라고 할지 모릅니다. 하지만 이건 실제 있었던 일이랍니다. 저는 이 이야기를 우리 할머니께 들었는데 할머니는 늘 이렇게 말씀하시곤 했지요. "이건 정말로 있었던 일이란다, 아가야. 그렇지 않다면 아무도 이런 이야기를 할 수 없었겠지."

아무튼 이야기는 다음과 같습니다.

추수 때의 어느 일요일 아침이었습니다. 밭에는 메밀이 한창 무르익고 있었지요. 하늘에서는 햇살이 쨍쨍 내리쬐고요. 추수가 끝난 텅 빈 밭에는 부드러운 아침의 산들바람이 솔솔 불었습니다. 하늘에서는 종달새가 지저귀고, 벌들이 윙윙거리며 메밀밭을 맴돌아 다녔습니다. 사람들은 일요일 중 가장 좋은 이 시간을 골라 교회로 향했습니다. 하느님이 지으신 모든 피조물들이 좋아했고, 고슴도치도 마찬가지였습니다.

고슴도치는 팔짱을 낀 채 자기 집 문 앞에 서 있었습니다. 아침의 산들바람에 기분이 좋아진 그는 콧노래를 흥얼거렸습니다. 화창한 일요일 아침에 콧노래를 흥얼거리는 것은 그의 버릇이었습니다. 그의 아내가 아이들을 씻기고 옷을 갈아입히는 동안 콧노래를 약간 더 크게 부르면서 고슴도치 아저씨가 순무들이 잘 자라고 있는지 확인하기 위해서 밭으로 나갔을 때의 일입니다. 순무밭은 그의 집에서 그리 멀지 않은 곳에 있었고, 그와 그의 가족들은 늘 순무를 먹곤 했기 때문에 그는 이 밭을 자기 것이나 다름없이 여기고 있었습니다.

집에서 별로 멀지 않은 곳에 작은 텃밭이 있었고, 그 밭 가장자리에 벚나무 한 그루가 있었습니다. 그 나무를 막 돌던 고슴도치는 자기처럼 양배추가 잘 자라고 있는지를 확인하러 나온 토끼 한 마리를 발견했습니다. 말소리가 들릴 정도의 거리에 다다르자 고슴도치는 상냥하게 인사를 건넸습니다. 그러나 스스로 신사임을 자처하며 꽤나 잘난 체하는 토끼는 고슴도치의 인사에는 대답도 하지 않고 깔보는 듯한 태도로 말했습니다.

"이렇게 이른 아침에 여긴 웬일이오?"
"산책을 나왔지요."
고슴도치가 대답했습니다.
"산책? 그 다리로는 다른 일이나 하는 게 좋을 것 같은데?"
토끼가 비웃었습니다. 이 말에 고슴도치는 화가 났습니다. 다른 말은 다 참을 수 있어도 날 때부터 굽은 자기 다리에 대해 이러쿵저러쿵하는 것만은 도저히 참을 수가 없었기 때문입니다.
"당신 다리가 내 다리보다 쓸모 있다고 생각하나 보죠?"
고슴도치가 말했습니다.
"그렇고 말고."
"그건 때에 따라 다른 법이에요. 난 당신과 달리기 시합을 해서 이길 자신이 있어요. 어때요, 내기를 한 번 해볼까요?"

"기가 막혀! 그 굽은 다리를 가지고? 하지만 당신이 그렇게 원한다면 합시다. 내기에 무얼 걸겠소?"

토끼가 말했습니다.

"잘 구운 빵과 브랜디 한 병을 걸겠소."

"좋소. 그럼 지금 당장 시합을 합시다."

"아니요, 난 그렇게 급하진 않아요. 아직 식사 전이거든요. 잠시 집에 가서 아침 식사를 해야겠어요. 30분 후에 이리로 다시 오죠."

토끼가 기꺼이 승낙을 하자 고슴도치는 집으로 향했습니다. 가는 길에 고슴도치는 속으로 이렇게 생각했습니다.

'토끼 다리가 긴 건 사실이야. 하지만 그래도 난 이길 자신이 있어. 자기가 아무리 잘난 신사인 체하지만, 한편으로는 어리석기 짝이 없거든. 나한테 함부로 말한 대가를 톡톡히 치르게 될 걸?'

집에 도착한 고슴도치가 아내에게 말했습니다.

"여보, 빨리 옷을 입어요. 나하고 밭에 좀 갑시다."

"무슨 일이에요?"

그의 아내가 물었습니다.

"토끼하고 빵과 브랜디를 걸고 달리기 시합을 하기로 했거든. 그러니까 당신도 같이 가 줘야겠소."

"아이구, 맙소사! 당신 미쳤어요? 정신이 있냐구요! 어떻게 토끼하고 달리기

시합을 할 수 있다고 생각하는거죠?"

"시끄러워요. 이건 내 일이니 참견하지 말아요. 빨리 옷입고 날 따라오기나 해요!"

고슴도치의 아내는 마지못해 남편을 따라나섰습니다. 길을 나서면서 고슴도치가 아내에게 말했습니다.

"지금부터 내가 하는 이야기를 잘 들어요. 저기 있는 기다란 밭을 봐요. 저기가 우리가 경주를 하게 될 장소요. 토끼란 놈이 한쪽 고랑에서 달릴 것이고, 난 다른 고랑에서 달릴 것이오. 출발은 맨 위 고랑에서 하게 될거요. 그런데 당신이 해야 할 일은 고랑 아래쪽에 앉아 있다가 토끼가 저쪽에서 출발해서 거의 다 도착할 쯤에 그에게 소리치는거요, '난 벌써 여기 와 있네!'라고."

그의 말이 다 끝날 때쯤 그들은 밭에 도착했습니다. 고슴도치는 자기 아내에게 가 있어야 할 장소를 알려 주고 밭으로 올라갔습니다. 맨 꼭대기에 올라가 보니 토끼는 이미 와 있었습니다.

"시작할까?" 토끼가 말했습니다.

"그래요, 합시다."

각자 한 고랑씩 맡아서 선 다음, 토끼가 출발 신호를 했습니다.

"제 자리에! 준비! 땅!"

그러고 나서 토끼는 돌풍처럼 달려내려가기 시작했습니다. 그러나 고슴도치는 약 세 발자국 정도만 내딛고 나서 자리에 쪼그리고 앉아 가만히 기다리고 있었습니다. 토끼가 전속력으로 달려 밭고랑 아래쪽에 도착할 때쯤, 고슴도치의 아내가 소리쳤습니다.

"난 벌써 여기 와 있네!"

토끼는 화들짝 놀라서 기운이 쫙 빠져 버렸습니다. 고슴도치의 아내가 자기 남편과 똑같이 생겼기 때문에 토끼는 고슴도치 아저씨가 소리를 지른 것이라고 생각했던 것입니다. 그러면서도 토끼는 '뭔가 잘못된 걸거야.' 하고 생각했습니다. 그리고 이렇게 소리쳤습니다.

"한 번 더 합시다! 이번에는 저 끝까지 올라가기요!"

그는 귀가 머리 뒤로 젖혀지도록 다시금 돌풍처럼 질주했습니다. 그 사이에 고슴도치의 아내는 조용히 자기 자리에 쪼그리고 앉아 있었습니다. 토끼가 맨 꼭대기에 다다르자, 이번에는 고슴도치 아저씨가 소리쳤습니다.

"난 벌써 왔지!"

토끼는 기진맥진한 채 화가 뻗쳐서 소리쳤습니다.

"다시 해! 이번에는 내려가기야!"

그리하여 토끼는 33번이나 더 시합을 했습니다. 물론 그 때마다 고슴도치는 거기에 응했습니다. 토끼가 꼭대기에서 아래로 오르내리는 동안 고슴도치와 그의 아내는 교대로 이렇게 외치기만 했습니다.

"난 벌써 왔지!"

그러나 가엾게도 토끼는 34번째 경주를 다 끝내지 못했습니다. 밭 고랑 한가운데서 쓰러져 버린 것입니다. 그는 목에서 피를 토하며 그 자리에서 죽고 말았습니다. 내기에서 이긴 고슴도치와 그의 아내는 기분 좋게 집으로 돌아갔습니다. 어쩌면 그들은 지금까지 살아 있을지도 모릅니다.

그 이후로 토끼들은 절대로 고슴도치와 달리기 시합을 하지 않는다고 합니다.

이 이야기에서 우리가 얻어야 할 교훈은, 첫째, 제아무리 잘난 사람일지라도 자기보다 못하다고 하여 남을 우습게 여겨서는 안 된다는 것입니다. 둘째로는, 남자가 결혼을 하려면 자기와 비슷한 부류의 여자, 그것도 기왕이면 자기와 닮은 여자와 결혼하는 것이 좋다는 것입니다. 고슴도치의 아내가 그와 똑같이 생긴 고슴도치였듯이 말입니다.

188

물레와 북과 바늘

어머니와 아버지를 모두 여읜 어린 소녀가 있었습니다. 골짜기 끝에는 그녀의 대모가 홀로 오두막집에 살면서, 물레질과 옷감짜는 일과 바느질로 생계를 꾸려 가고 있었습니다. 그 늙은 할머니는 이 고아 소녀를 자기 집에 데려다가 일도 가르치며 신앙심 깊은 아이로 키웠습니다. 소녀가 열다섯 살 처녀가 되던 해에 할머니는 병이 났습니다. 할머니가 처녀를 불러 곁에 앉혀 놓고 말했습니다.

"애야, 내가 죽을 때가 온 것 같구나. 이 집을 네게 물려주겠다. 모진 비바람을 면할 수 있을 게다. 그리고 저기 있는 저 물레와 북과 바늘도 네게 주마. 그걸로 먹고 살 수 있을거야."

할머니는 처녀의 머리에 손을 얹고 축복의 기도를 해주었습니다.

"하느님을 네 마음에 모시거라. 그러면 모든 일이 다 잘 될 거다."

그리고 나서 할머니는 눈을 감았습니다. 할머니가 무덤으로 가는 동안 처녀는 관을 따라가며 슬피 울었습니다. 그리고 할머니께 마지막 인사를 했습니다.

이제 처녀는 오두막집에서 혼자 살게 되었습니다. 처녀는 물레질과 옷감 짜는 일, 바느질에 몰두했습니다. 할머니의 축복으로 그녀가 하는 모든 일은 잘 되었습니다. 집안에 놓아 둔 옷감은 마치 저절로 불어나는 것 같았습니다. 그리고 처녀가 어떤 옷감이나 깔개를 만들고 옷을 지어 놓기만 하면 그 즉시로 살 사람이 나타나 많은 돈을 주고 사 가는 것이었습니다.

한편 그 때 왕자가 신붓감을 찾아 그 지역을 여행하고 있었습니다. 그가 찾는 여자는 가난한 사람도 아니고 돈이 많은 사람도 아니었습니다.

"가장 가난하면서 동시에 가장 부유한 처녀가 나의 신붓감이다."

그는 이렇게 말했습니다. 그가 처녀가 사는 마을에 왔을 때, 늘 그랬듯이 이 지방에서 누가 가장 가난하며 누가 가장 부자냐고 물었습니다. 사람들은 먼저 그에게 그 마을에서 가장 부잣집의 딸을 소개해 주었습니다. 그리고 제일 가난한 아가씨는 골짜기 오두막집에 홀로 살고 있는 처녀라고 말했습니다. 부잣집 아가씨는 예쁘게 차려 입고 자기 집 대문 앞에 앉아 있다가 왕자가 나타나자 벌떡 일어서서 그에게 다가가 무릎을 굽혀 절을 했습니다. 그녀를 본 왕자는 아무 말 없이 말에 올라탔습니다.

왕자가 가난한 처녀의 집에 도착했을 때 처녀는 집 앞에 나와 있지도 않고 방에 앉아 있었습니다. 왕자는 말을 멈추고 햇빛이 환히 비추고 있는 그녀의 방 안을 들여다 보았습니다. 처녀는 물레 앞에 앉아 부지런히 물레질을 하고 있었습니다. 왕자가 자기 집 안을 들여다보고 있다는 것을 알고 처녀의 얼굴이 새빨개졌습니다.

그러나 처녀는 한결같이 눈을 내리깐 채 물레질만 계속했습니다. 실이 그 때까지 남아 있거나 말거나 처녀는 왕자가 말을 타고 돌아갈 때까지 계속 물레를 돌렸습니다. 왕자가 돌아가자 처녀는 창문을 활짝 열어 젖히며 이렇게 말했습니다.

"아, 집안이 너무 더워."

그러고는 왕자의 모자에 달린 하얀 깃털이 보이지 않을 때까지 그의 뒷모습을 지켜보았습니다.

처녀가 다시 방으로 돌아와 옷감 짜는 일을 계속하려 할 때였습니다. 옛날에 할머니 옆에서 일을 할 때 할머니가 했던 말이 떠올라 처녀는 혼자 흥얼거렸습니다.

"물레야, 물레야, 저기 멀리 가서
　신붓감을 찾고 있는 저 청년을 데려다 다오."

그러자 갑자기 물레가 처녀의 손에서 튀어나와 문으로 가는 것이었습니다. 처녀는 깜짝 놀라 우두커니 서서 물레가 가는 곳을 바라보았습니다. 물레는 춤을 추듯 흥겹게 숲 속으로 들어갔다가 반짝이는 황금색 실을 끌고 나왔습니다. 그러고는 곧 처녀의 눈에 띄지 않는 곳으로 사라졌습니다.

물레를 잃은 처녀는 할 수 없이 옷감이나 짤 생각으로 직조기 앞에 앉았습니다. 그러는 중에도 물레는 쉬지 않고 계속해서 춤추며 나아가 마침내 왕자에게까지 갔습니다. 그것을 본 왕자가 말했습니다.

"이게 뭐지? 저 물레가 내 갈 길을 알려 주려나 보다!"

그래서 왕자는 말머리를 돌려 그 실을 따라 처녀가 사는 오두막집으로 향했습니다. 그러는 동안에도 처녀는 앉아서 계속 일을 하면서 노래를 흥얼거렸습니다.

"북아, 북아, 멋지게 짜서
　나의 님이 그 길을 따라 돌아오게 해주렴."

그러자 갑자기 북이 그녀의 손에서 튀어나와 문으로 갔습니다. 그러고는 문지방 앞에서 세상 어느 누구도 가져본 적이 없는 멋진 카펫을 짜기 시작했습니다. 양 옆에는 장미와 백합화가 활짝 피어 있었고, 가운데 황금빛 바탕 위에는 초록빛 잔디가 솟아올랐습니다. 그 한가운데에서는 토끼가 노닐고 있었고, 사슴들이 머리를 내밀고 있었습니다. 또한 색색가지의 아름다운 새들이 나뭇가지에 높이 앉아 있었습니다. 새들이 지저귀기만 한다면 완벽할 그런 그림이었습니다. 마치 북이 이리저리로 뛰어다니는 대로 그 모든 것이 저절로 생겨나는 것처럼 보였습니다.

북이 없어졌으므로 처녀는 이제 바느질을 하려고 자리에 앉았습니다. 바늘을 손에 쥐고 처녀는 또 노래를 불렀습니다.

"바늘아, 바늘아, 꼼꼼히 움직여
내 님 맞을 채비를 해다오."

그러자 바늘이 이 처녀의 손가락에서 튀어나가더니 번개처럼 잽싸게 여기저기를 돌아다녔습니다. 마치 보이지 않는 요정이 일을 하는 것 같았습니다. 순식간에 식탁과 의자에 초록빛 천이 씌워지고, 안락의자에는 우단이, 벽에는 비단 커튼이 드리워졌습니다. 바늘의 움직임이 거의 끝나갈 무렵, 창문 머리에서 왕자의 모자에 꽂힌 세 개의 하얀 깃털이 눈에 띄었습니다.

물레가 황금실로 왕자를 거기까지 데리고 온 것입니다. 왕자는 말에서 내려 카펫 위를 걸어 집 안으로 들어왔습니다. 안에 들어선 그는 마치 수풀 속에 핀 한 송이 장미와 같은 모습으로 예쁘게 차려 입고 서 있는 처녀를 발견했습니다.
"당신이야말로 가장 가난하면서 동시에 가장 부유한 사람이군요. 나와 함께 가 주시오. 내 신부가 되어 주오."

그녀는 대답 대신 손을 내밀었습니다. 왕자는 그녀에게 입맞춤을 하고, 밖으로 데리고 나가 처녀를 말에 태운 후 궁전으로 갔습니다. 그 후 축복받은 결혼식이 거행되었습니다. 그리고 물레와 북과 바늘은 보물을 담아 두는 방에 모셔져 대단히 영예로운 대접을 받았다고 합니다.

189

농부와 악마

옛날에 몸집이 작고 꾀가 많은 한 농부가 있었습니다. 그는 장난이 매우 심해서 마을 사람들 사이에서 이야깃거리가 되곤 했습니다. 그 중에서도 그가 악마를 골탕먹인 이야기가 가장 유명합니다.

어느 날 이 농부는 밭갈이를 하고 있었습니다. 날이 어두워지기 시작하자 농부는 집에 돌아갈 채비를 했습니다. 그 때 자기 밭 한가운데에서 불이 활활 타오르는 게 보였습니다. 농부가 가 보니 놀랍게도 석탄더미 위에 악마가 앉아 있었습니다. 농부가 악마에게 말했습니다.

"보물 위에 앉아 계시는구려?"

악마가 대답을 했습니다.

"그래 맞아. 네가 세상에서 본 적이 없을 정도로 많은 금과 은 위에 있는 셈이지."

"그 보물이 내 밭에 있으니 다 내 것이군요."

"그래, 앞으로 2년 동안 네 밭에서 나는 수확의 절반을 내게 준다면 그건 다 네 것이 될 수 있다. 난 돈은 많아. 하지만 땅에서 나는 것을 가지고 싶어."

농부는 그 거래에 찬성했습니다.

"분배 문제로 다투기 싫으니까 땅 위에 난 것은 당신이 전부 가지고, 땅 속에 있는 건 모두 내가 가지기로 하지요."

악마는 그 제안을 썩 마음에 들어 했습니다. 그렇지만 그 꾀많은 농부는 그 해에 밭에다 무를 심었습니다. 수확기가 되자 악마가 자기의 농작물을 가지러 왔습니다. 그러나 밭에는 누렇게 시들어 버린 잎사귀만 가득했습니다. 반면에 농부는 자기 무를 들고 싱글벙글하고 있었습니다.

"이번에는 네가 더 운이 좋았지만 다음에는 그렇지 못할 걸. 다음 번에는 네가 땅 위에 있는 것을 가져라. 내가 땅 밑에 있는 것을 가질 테니까."

"좋아요."

농부는 쾌히 승낙했습니다. 그리고 씨 뿌리는 계절이 오자 농부는 이번에는 무 대신 밀을 심었습니다. 곡식이 여물자 농부는 밭에 나가서 땅에 난 것을 싹싹 베어 왔습니다. 악마가 왔을 때는 그루터기밖에 없었겠지요. 악마는 화가 머리 끝까지 나서 절벽 틈새로 들어가 숨어 버렸습니다.

"이걸 보고 얼간이 속이기 작전이라고 하는거지."

농부는 이렇게 말하며 자기 보물들을 가져갔습니다.

190

식탁 위의 빵 부스러기

어느 날 수탉이 암탉들을 보고 말했습니다.
"부엌에 들어와서 식탁 위에 있는 빵 부스러기를 주워 먹으렴. 주인 마님께서는 외출을 하셨어."
암탉들이 말했습니다.
"아냐, 안 돼. 들어가지 않을래. 주인 마님이 아시면 우린 두들겨 맞아."
그러자 수탉이 말했습니다.
"마님이 알 리가 없지. 들어와서 마음껏 먹어. 마님은 너희들에게 아무것도 주시지 않잖아."
암탉들이 다시 말했습니다.
"아냐, 안 돼. 우린 아무것도 건드리지 않을거야. 안 들어갈래."
그러나 수탉이 하도 어르고 꼬드기는 바람에 암탉들은 마침내 참지 못하고 부엌으로 들어갔습니다. 그러고는 식탁 위로 뛰어올라가 빵 부스러기를 한 조각도 남기지 않고 다 먹어 치웠습니다. 바로 그 때 주인 마님이 돌아왔습니다. 마님은 막대기를 집어 들고 암탉들한테 달려와서는 사정없이 두들겨 팼습니다. 집 밖으로 쫓겨난 암탉들이 수탉을 보고 말했습니다.
"너, 너, 너, 아, 알았지?"
수탉이 웃으며 말했습니다.
"내, 내, 내가 그걸 몰랐겠니?"
암탉은 휑 하니 돌아서서 가 버렸습니다.

191

12개의 요술 창문

옛날에 공주가 한 명이 있었습니다. 그녀가 살고 있는 궁전은 높은 산기슭에 있었고, 거기에는 사방으로 12개의 창문이 있는 둥근 지붕의 건물이 있었습니다. 공주는 그 건물에 올라가 언제든지 자기가 다스리는 나라를 살펴볼 수가 있었습니다. 첫 번째 창문으로 보면 보통 사람들이 보는 것보다 세상이 훨씬 더 자세히 보였습니다. 두 번째 창문으로는 더 잘 보였고, 세 번째 창문으로는 멀리까지 더 잘 보였으며, 그 다음 창문으로 볼수록 점점 더 잘 보였습니다. 공주는 땅 위, 땅 밑 할 것 없이 모두 훤히 볼 수 있었으므로 그녀의 눈을 피할 수 있는 것이라고는 아무것도 없었습니다.

그러므로 도도해진 공주는 누구의 간섭도 받지 않고, 오로지 자기 혼자서 온 나라를 다스리려고 했습니다. 그녀는 누구든지 자기 남편이 되려면 자기에게 들키지 않게 완벽하게 몸을 숨길 수 있어야 한다고 말하곤 했습니다. 많은 청년들이 그녀의 남편이 되기 위해서 나섰지만 하나같이 그녀에게 발각되어 목이 잘렸고, 그 머리가 장대에 꽂히는 신세가 되었습니다. 얼마 안 되어 성문 앞에는 머리를 꽂은 97개의 장대가 세워지게 되었습니다. 그 후 오랫동안 공주와 겨뤄 보겠다고 나서는 이가 없었습니다. 그러자 공주는 흡족해하며 앞으로 남은 삶은 자유로울 것이라고 생각했습니다.

그러던 어느 날 세 사람의 형제가 나타나 자기들이 한 번 그 행운에 도전해 보겠다고 공주에게 말했습니다. 그러나 큰형은 석회굴 속에 기어들어가 숨었다가 첫 번째 창문으로 내다보던 공주에게 그 즉시 발각되어 머리를 잘렸습니다. 작은형은 성의 마루 밑에 숨었습니다. 그러나 공주가 첫 번째 창문에서 그를 발견했으므로, 그 역시 마찬가지 신세가 되어 그의 머리는 99번째 장대에 달리게 되었습니다.

막내는 공주에게 하루 동안 생각할 여유를 달라고 말했습니다. 그리고 혹시 자기가 발각되더라도 처음 두 번은 자비를 베풀어 용서해 달라는 간청도 덧붙였습니다. 세 번째 가서도 발견되면 그 때는 목숨을 내놓겠다는 것이었습니다.

그렇게 말하는 그의 모습이 꽤 잘생긴 데다가 아주 진지한 태도로 간청했으므로 공주는 승낙해 주며 이렇게 말했습니다.

"좋아요, 당신의 청을 들어주지요. 하지만 그런다고 해서 성공하지는 못 할 걸요."

다음 날 막내는 하루 종일 어떻게 숨어야 할지를 생각해 보았지만, 별 뾰족한 수가 떠오르지 않았습니다. 그래서 사냥이나 할 생각으로 총을 메고 나갔습니다. 그런데 막내가 갈가마귀 한 마리를 발견하고 조준을 한 뒤 막 방아쇠를 당기려는 순간 갈가마귀가 소리쳤습니다.

"쏘지 마세요! 그 은혜는 잊지 않겠어요!"

막내는 방아쇠를 놓고 다시 길을 떠났습니다. 호수에 다다랐을 때 마침 물속 깊은 곳에 있던 커다란 물고기 한 마리가 수면 위로 떠올랐습니다. 그가 총을 겨누자 그 물고기가 소리쳤습니다.

"쏘지 마세요. 꼭 그 은혜를 갚겠어요!"

그는 다시 물고기를 놓아 주고 한참을 가다가 느릿느릿 걷고 있는 여우 한 마리를 만났습니다. 그러나 그가 쏜 총은 빗나가고 말았습니다. 그러자 여우가 외쳤습니다.

"그러지 말고 이리 와서 내 발에 있는 가시나 좀 빼 주세요."

가시를 빼 준 막내가 다시 여우를 잡으려 하자 여우가 말했습니다.

"살려 주세요. 그러면 꼭 보답을 하겠어요."

막내는 여우를 놓아 주고 돌아다니다가 밤이 되어 집으로 돌아왔습니다.

다음 날, 그는 어딘가에 숨어야 했지만 아무리 궁리를 해도 도무지 뾰족한 수가 떠오르지 않았습니다. 그래서 그는 숲으로 가서 전날에 자신이 살려 주었던 갈가마귀를 만났습니다.

"내가 너를 살려 주었잖니? 내게 숨을 곳을 알려 줘서 공주가 나를 찾지 못하게 해다오."

갈가마귀는 고개를 숙인 채 한참 동안 생각에 잠겨 있더니 마침내 새된 목소리로 말했습니다.

"알았다!"

갈가마귀는 자기 둥지에서 알을 하나 가지고 와서 그것을 둘로 쪼갠 후 막내를 그 속에 들어가게 했습니다. 그리고 다시 알을 원래 모양이 되게 한 후 자기가 그 위에 올라앉았습니다. 그 때 공주는 첫 번째 창문으로 가 보았습니다. 그러나 그는 보이지 않았습니다. 창문을 계속 옮겨 다녀도 그가 보이지 않자 공주는 당황하기 시작했습니다.

그러나 11번째 창문에서 그가 있는 곳을 알아낸 공주는 갈가마귀를 쏘아 버렸습니다. 그리고 그 알을 가져다가 쪼개니 꼼짝할 수 없게 된 막내가 나왔습니다.

공주가 말했습니다.

"처음이니까 당신을 보내 주겠어요. 그러나 좀더 잘하지 않으면 당신도 형들과 마찬가지 신세가 될 거예요."

다음 날, 막내는 동이 트자마자 호수로 물고기를 불러낸 다음 이렇게 말했습니다.

"내가 너를 살려 주었으니 너도 내가 숨을 곳을 알려 다오. 공주가 날 찾지 못하도록 말이야."

잠시 생각을 하던 물고기가 외쳤습니다.

"아, 그래요! 당신을 내 뱃속에 숨겨 드리겠어요."

막내를 꿀꺽 삼킨 물고기는 호수 밑으로 헤엄쳐 갔습니다. 공주는 창문을 내다보았지만 11번째 창문에서도 그가 보이지 않자 곤혹스러웠습니다. 그러나 결국 12번째 창문에서 그녀는 청년을 찾아내고야 말았습니다. 청년이 어떤 기분이었을지 상상해 보세요.

공주가 말했습니다.

"당신을 살려 보내는 게 이것으로 두 번째예요. 그러나 이제 곧 머리가 백 번째 장대에 걸리게 될 거예요."

마지막 날이 되자 그는 우울한 기분이 되어 여우를 만나기 위해 숲으로 갔습니다.

"너는 숨을 곳을 많이 알고 있겠지? 내가 널 살려 주었으니 내가 어디 숨어야 공주에게 안 들킬지 알려 다오."

"어려운 일이군요."

여우는 잠시 망설이더니 마침내 큰 소리로 외쳤습니다.

"바로 그거야!"

여우는 막내를 데리고 호수로 가서 호숫물에 자기 몸을 적셨습니다. 그러자 여우는 동물을 파는 장사꾼으로 변했습니다. 막내가 여우처럼 자기 몸을 적시고 나자 그는 작고 예쁜 비단털쥐로 변하는 것이었습니다. 장사꾼으로 변한 여우는 시장으로 가서 잘 훈련된 이 비단털쥐를 내놓았습니다. 많은 사람들이 몰려들어 구경을 했습니다. 많은 돈을 내고 비단털쥐를 산 사람은 다름아닌 공주였습니다. 비단털쥐를 공주에게 넘겨 주기 전에 장사꾼이 쥐의 귀에다 대고 속삭였습니다.

"공주가 창문으로 가거든 얼른 그녀의 머리 리본 속으로 들어가세요."

이제 공주가 그를 찾아야 할 시간이 되었습니다. 공주가 창문을 차례차례 내다보며 11번째 창문까지 갔는데도 그는 보이지 않았습니다. 12번째 창문에서도 보이지 않자 화가 머리끝까지 치솟은 공주는 창문을 쾅 하고 닫아 버렸습니다. 그 바람에 창문 유리는 산산조각이 나고 성이 흔들렸습니다.

창문에서 돌아온 그녀는 자기 리본 속에 비단털쥐가 있다는 것을 알았습니다. 공주는 비단털쥐를 꺼내서 바닥에 내던져 버렸습니다.

"꺼져! 내 눈 앞에서 사라지란 말이야!"

비단털쥐는 장사꾼에게로 갔습니다. 그리고 둘은 그 호수로 달려가 호숫물에 풍덩 빠졌습니다. 그러자 둘 다 본래의 모습으로 되돌아왔습니다. 막내가 여우에게 말했습니다.

"너에 비하면 갈가마귀나 물고기는 어리석었어. 네 속임수가 제대로 맞아떨어진거야. 고마워!"

막내는 그 길로 곧장 공주에게 갔습니다. 공주는 이미 운명에 굴복하고 그가 오기를 기다리고 있었습니다. 결혼식이 거행되었고 이제 그는 온 나라를 다스리는 왕이 되었습니다. 그는 세 번째 자기가 어디에 숨었으며 누가 자기를 도와 주었는지에 대해 일체 말하지 않았고, 공주도 그가 그 자신의 훌륭한 덕망과 재치로 성공할 수 있었으리라 믿고 그에게 경의를 표했습니다. 그녀는 스스로에게 이렇게 말했습니다.

"어쨌든 그가 나보다 한 수 위였던거야!"

192

거물 도둑

초라한 오두막집 앞에서 한 노부부가 앉아 잠시 일손을 놓고 쉬고 있었습니다. 그 때 갑자기 네 마리의 검은 말이 끄는 마차 한 대가 그 집 앞으로 다가와 서더니 멋지게 차려 입은 한 신사가 마차에서 내렸습니다. 농부는 신사에게 다가가 무슨 일로 왔는지, 필요한게 무엇인지 물었습니다. 신사는 농부에게 손을 내밀며 말했습니다.

"난 시골 음식을 먹어 보고 싶습니다. 시골식으로 감자나 좀 요리해 주세요. 그러면 난 식탁에 앉아서 그 음식을 아주 기쁜 마음으로 맛있게 먹을 수 있을 것 같습니다."

농부가 미소를 지으며 말했습니다.

"손님은 백작님이시거나 왕자님 아니면 공작님이신가 보군요. 귀족들은 종종 그런 별난 식사를 하고 싶어하지요. 손님이 원하는 음식을 곧 준비해 드리겠습니다."

농부의 아내는 부엌으로 가서 감자를 씻어서 껍질을 벗기기 시작했습니다. 농부가 자주 해먹는 식으로 감자 경단을 만들 생각이었습니다. 아내가 일을 하는 동안 농부가 나그네에게 말했습니다.

"잠시 나하고 정원으로 갑시다. 마침 끝내야 할 일이 있거든요."

농부는 나무를 심기 위해 정원에 구덩이를 파고 있던 참이었습니다.

"이런 일을 함께 거들 자녀분이 없으신가요?"

나그네가 물었습니다.

"아니, 아들 녀석이 하나 있지요. 하지만 여길 떠나 넓은 세상으로 멀리 가 있답니다. 그 애는 응석둥이였어요. 꾀가 많고 영리했지만 일을 배울 생각은 않고 늘 장난만 쳤지요. 결국 그 애는 멀리 떠나가 버렸고 그 이후로는 아무 소식도 없어요."

농부는 작은 나무 한 그루를 구덩이에 넣고, 그 옆에 기둥을 하나 박았습니다. 그리고 삽으로 퇴비를 구덩이에 넣고 발로 꽉꽉 밟은 후, 끈으로 나무 줄기의 아래쪽과 중간쯤을 묶어 기둥 꼭대기에 연결했습니다.

"이상하군요. 저쪽 구석에 있는 구부러지고 뒤틀린 나무는 왜 묶지 않아요? 저 나무야말로 땅에 닿으리만큼 휘어져서 나무 기둥에다 묶어 주면 이 나무처럼 똑바로 자랄 것 같은데요."

농부가 말했습니다.

"손님, 모르시는 말씀입니다. 그렇게 말하는 걸 보니 나무를 많이 키워 보지 않으신 게 분명하군요. 저쪽에 있는 나무는 옹이 투성이의 늙은 나무랍니다. 아무도 저 나무를 더 이상 똑바로 자라게 할 수 없어요. 나무란 어릴 때 조심해서 키워야 하는 법이지요."

"그건 댁의 아들도 마찬가지였을 것입니다. 노인장께서 그 애가 어렸을 때 조금만 신경을 써서 키웠더라면 그렇게 달아나지는 않았겠지요. 이제 그는 너무나 거칠어지고 굳은살이 박혀 있을 게 분명해요."

"분명히 그렇겠지요. 그 애가 우리 곁을 떠난 지도 오래되었으니 아마 많이 변했을거예요."

"만약 그가 노인장 앞에 나타난다면 알아보시겠어요?"
나그네가 물었습니다.
"얼굴만 보고는 알아보기 힘들겠지만, 그 애에게는 특징이 하나 있어요. 날 때부터 어깨에 콩알만한 반점이 하나 있었습니다."
농부의 말이 끝나자 나그네는 외투를 벗고 어깨에 난 반점을 농부에게 보여 주었습니다.
"세상에 이럴 수가!"
농부가 소리쳤습니다.
"넌 정말 내 아들이 틀림없구나!"
농부는 아들에 대한 사랑이 용솟음치는 것을 느끼며 말했습니다.
"하지만 네가 어떻게 내 아들이란 말이냐? 너는 대단한 신사인 데다가 유복하고 또 행복에 넘치는 사람으로 보이는데 … . 도대체 이것들이 다 어떻게 된 거란 말이냐?"
"아아, 아버지. 그 어린 나무는 기둥에 매어지지 않았기 때문에 휘어진 채 자랐답니다. 이젠 너무 늦었어요. 다시는 곧게 펴질 수 없게 된거죠. 이걸 다 어

디서 얻었냐구요? 전 도둑이 되었답니다. 하지만 놀라지 마세요. 저는 기술자니까요. 제 앞에서는 자물쇠도 빗장도 다 소용이 없어요. 제가 마음만 먹으면 다 제것이 되니까요. 하지만 저를 시시한 일반 도둑으로 생각하지는 말아 주세요. 전 부자들 것만 훔치니까요. 그들에게는 필요도 없는 것들이죠. 가난한 사람들 것은 건드리지 않아요. 그들에게서는 아무것도 빼앗지 않고 오히려 도와주죠. 노력과 재치와 기술을 필요로 하지 않는 것은 건드리지도 않아요."

"아아, 애야. 그래도 난 전혀 달갑지 않구나. 한 번 도둑질에 맛을 들이면 영원히 거기서 헤어나오지 못하는 법이다. 결과가 안 좋으리라는 걸 명심해야 한다."

농부는 그를 아내에게로 데려갔습니다. 그가 자기 아들이라는 말을 들은 농부의 아내는 너무 기쁜 나머지 눈물이 핑 돌았습니다. 그러나 그가 거물 도둑이 되었다는 말을 듣고 어머니의 뺨에서는 두 줄기 눈물이 흘러 내렸습니다. 아침내 어머니가 말했습니다.

"도둑이 되었다고 해도 너는 내 아들이다. 한 번이라도 너를 더 볼 수 있게 돼서 다행이야."

그는 부모님과 함께 식탁에 앉아 오랫동안 먹어 본 적이 없는 초라한 식사를 했습니다. 식사가 끝난 후 그의 아버지가 말했습니다.

"성에 계신 백작께서 네가 이렇게 될 줄 알았더라면, 아마 그분은 너를 안고 세례반 앞에서 서지 않았을거다. 오히려 너를 교수형에 처할게다."

"걱정 마세요, 아버지. 그분이 저를 미워할 수 없게 만들 꾀가 제게 있으니까요. 오늘 당장 그분에게 가겠어요."

날이 어스름해질 무렵, 거물 도둑은 마차를 타고 성으로 향했습니다. 백작은 그가 세련된 신사가 되어 나타난 걸 보고 그를 아주 친절하게 대했습니다. 그러나 그가 자기의 신분을 밝히고 나자 백작은 얼굴이 창백해지면서 잠시 생각에 잠겼습니다. 그러고는 마침내 입을 열었습니다.

"난 너의 대부다. 그러므로 네가 재판받는 걸 면하도록 자비를 베풀어 주마. 그리고 네게 관대하게 대해 주겠다. 네가 스스로 거물 도둑이 된 것을 자랑스럽게 여기고 있으니, 내가 네 기술을 한 번 시험해 보고 싶구나. 하지만 만약 실수하는 날에는 넌 교수대 밧줄과 결혼해야 하고, 까마귀들의 울음소리가 네 결혼식의 축가가 될 것이다."

"성주님, 가능한 한 어려운 걸로 세 가지만 내십시오. 만약 제가 성주님이 내주신 그 숙제를 해결하지 못하게 된다면, 그 때는 성주님 마음대로 하셔도 좋습니다."

백작은 잠시 생각을 가다듬고 나서 이렇게 말했습니다.

"그렇다면, 첫 번째로 내 전용말을 마구간에서 훔쳐내 보아라. 그리고 두 번째로 나와 내 아내가 잠을 자고 있는 동안 아무도 모르게 침대 시트를 빼내어 보아라. 게다가 내 아내가 손가락에 끼고 있는 결혼반지도 훔쳐 내야 한다. 세 번째로 성당에 가서 신부와 성당지기를 납치해 오도록 해라. 분명히 알아 두어야 할 것은 이 모든 일에 네 목숨이 달려 있다는 것이다."

도둑은 그 지역에서 가장 가까운 도시로 갔습니다. 거기서 그는 늙은 농사꾼 아낙네들이 입는 옷을 한 벌 사서 그 옷을 입었습니다. 얼굴에 갈색칠을 하고 주름살까지 그려 넣자 아무도 그를 알아보지 못했습니다. 마지막으로 그는 작은 통에 잠오는 약을 탄 헝가리산 포도주를 가득 담았습니다. 바구니에 그 통을 넣고 나서 그는 바구니를 등에 짊어졌습니다. 출렁거림을 느끼며 그는 조심스럽게 성을 향해 걸음을 옮겼습니다.

그가 성에 도착했을 때는 이미 날이 어두워진 다음이었습니다. 그는 안뜰에 있는 바위 위에 걸터앉아 마치 천식 걸린 노파처럼 기침을 하며, 손이 시리다는 듯 두 손을 마주 비비기 시작했습니다. 마구간 문 앞에 몇 명의 병사들이 불을 피워 놓고 둥글게 누워 있었습니다. 그 중 한 명이 노파를 보고 외쳤습니다.

"할머니, 이리 가까이 오셔서 불 좀 쬐세요. 오늘 밤 잘 곳이 마땅치 않은 모양인데, 다른 데보다는 여기가 나을 겁니다."

도둑은 비틀거리며 그들이 있는 데로 가서 군인들에게 등짐을 좀 내려 달라고 부탁했습니다. 그러고 나서 그들과 함께 불 옆에 앉았습니다.

"저 낡은 바구니 안의 통에는 뭐가 들었어요?"

한 병사가 물었습니다.

"오래된 술이라우. 난 술을 팔아서 먹고 살거든. 돈과 기분 좋은 말 몇 마디면 내 기꺼이 자네들에게도 술 한 잔씩 주지."

"그럼 한 잔 주세요."

술잔을 받아 비운 병사가 소리쳤습니다.

"난 맛 좋은 술을 보면 언제나 한 잔 더 마시는 버릇이 있지."

그가 두 잔째를 비우고 나자 다른 동료들도 너나 할 것 없이 술을 마셨습니다.

"어이, 여보게들!"

한 병사가 마구간 안에 있는 병사들에게 외쳤습니다.

"여기 이 할머니가 자기 나이만큼이나 오래된 술을 가져왔다네. 자네들도 들게나! 이것 한 잔이면 불을 쬐는 것보다 더 뱃속이 따끈해질 걸세."

도둑은 마구간 안으로 술통을 가져갔습니다. 병사 하나가 백작의 말 안장에 앉아 있었습니다. 그리고 다른 한 병사는 말의 고삐를 쥐고 있었고, 또 다른 병사는 말꼬리를 쥐고 있었습니다. 도둑은 그들이 달라는 대로 술을 주었으므로 마침내 술통이 바닥났습니다. 곧이어 병사의 손에 고삐가 떨어졌습니다. 그는 땅에 엎드려 코를 골기 시작했습니다. 다른 병사도 말꼬리를 놓고 땅에 고꾸라져 훨씬 더 큰 소리로 코를 골았습니다. 안장에 앉은 병사는 안장에서 내려오지는 않았지만, 머리를 말의 목 있는 데까지 떨군 채 대장간에서 나는 소리보다 더 거칠게 숨을 몰아쉬고 있었습니다. 밖에 있는 병사들은 이미 오래 전에 잠들었으므로 꿈쩍도 하지 않았습니다. 모두들 돌로 만든 조각상 같았습니다.

자기 계획이 성공했다는 걸 알고 도둑은 한 병사의 손에 고삐 대신 밧줄 하

나를 쥐어 주고, 꼬리를 잡고 있던 다른 병사에게는 한 움큼의 짚을 쥐어 주었습니다. 그런데 안장에 그대로 앉은 채 잠이 든 병사가 문제였습니다. 그를 들어냈다가는 깨어나서 소리를 지를 것이었기 때문입니다. 하지만 도둑은 좋은 생각을 떠올렸습니다. 그는 안장의 가죽끈을 풀어 벽에 늘어진 밧줄에다 묶었습니다. 그러고는 잠든 병사를 안장째 말에서 끌어내렸습니다. 그리고 나서 그는 밧줄의 끝을 기둥에 단단히 붙들어 맸습니다.

말의 사슬을 푸는 데는 시간이 오래 걸리지 않았습니다. 그러나 돌로 포장된 거리에서 말을 타고 달리면 그 소리가 성까지 들릴 것이므로 그는 낡은 천조각의 말발굽을 감싸 조심스럽게 말을 안뜰로 데려갔습니다. 그리고 나서야 그는 말에 올라타고 전속력으로 성을 빠져나왔습니다.

날이 밝자 도둑은 훔친 말을 타고 다시 성으로 향했습니다. 백작은 마침 막 잠에서 깨어나 창문 밖을 내다보고 있었습니다.

"안녕하세요, 성주님? 마구간에서 훔쳐낸 성주님의 말이 여기 있습니다. 성주님의 병사들이 얼마나 예쁘게 잘 자고 있는지 한 번 보시죠. 안으로 들어가 보시면, 모든 것이 얼마나 그들 마음에 쏙 들게 되어 있는지 아시게 될 겁니다."

백작은 웃을 수밖에 없었습니다.

"글쎄, 첫 번째 일은 잘 해냈지만 두 번째는 그리 쉽지 않을 걸. 그리고 경고해 두겠는데, 자네를 도둑으로 만나게 될 때는 도둑에 걸맞은 대접을 해주겠네."

그 날 밤 잠자리에 들 때 백작의 아내는 결혼반지 낀 손을 꼭 쥐었습니다. 백작이 아내에게 말했습니다.

"문이란 문은 모조리 잠가 두었고 문 빗장도 질렀소. 난 놈이 나타날 때까지 자지 않고 기다릴 생각이오. 창문으로 놈이 보이는 순간 한 방에 날려 버려야지."

한편 거물 도둑은 캄캄한 밤중에 교수대로 가서 교수형을 당해 죽은 불쌍한 죄수의 시체를 등에 업고 성으로 왔습니다. 백작의 침실이 있는 쪽 벽에 사다리를 기댄 그는 시체를 어깨에 메고 올라가기 시작했습니다. 계속 올라가서 그의 어깨에 멘 시체의 얼굴이 창문에 아른거리자, 마침 침대에 앉아 창문을 노려보고 있던 백작이 권총의 방아쇠를 당겼습니다.

도둑은 얼른 죄수를 땅에 내던지고는 사다리를 타고 재빨리 내려가 한쪽 구석에 몸을 숨겼습니다. 달빛이 유난히 밝은 밤이라 백작이 사다리를 내려와 시체를 정원으로 끌고 가는 모습이 똑똑히 보였습니다. 백작은 정원에 구덩이를 파기 시작했습니다. 아마도 그 시체를 땅에 묻을 생각인 듯 했습니다.

'이때다' 하고 생각한 도둑은 구석에서 살짝 빠져나와 백작 부인만 혼자 남아 있는 그 방으로 사다리를 타고 곧장 올라갔습니다.

도둑은 백작의 목소리를 흉내 내어 말했습니다.

"여보, 도둑은 죽었소. 하지만 그가 아무리 악당이라 해도 내 대자(代子)가 아니겠소. 그가 여러 사람 앞에서 망신당하게 하고 싶지는 않구려. 또 그의 부모를 생각하니 안됐고. 날이 밝기 전에 내 손으로 그 녀석을 묻어서 이 일이 세상에 알려지지 않게 해야겠소. 그러니 시트를 좀 주구려. 저 시체를 시트로 말아서 개처럼 보이도록 수레에 싣고 운반해야겠으니."

백작 부인은 그에게 시트를 건네 주었습니다.

"당신은 내가 얼마나 인정이 많은 사람인지 알고 있지? 반지도 좀 주구려. 저 불쌍한 녀석이 거기에 제 목숨을 걸었으니 반지도 함께 묻어 줍시다."

백작 부인은 마음이 내키지 않았지만 남편의 뜻을 거스르기가 싫어서 그가 원하는 대로 손가락에서 반지를 빼서 그에게 주었습니다. 두 가지 일을 다 성

사시킨 도둑은 백작이 정원에서 땅 파는 일을 다 마치기 전에 무사히 집으로 돌아올 수 있었습니다.

다음 날 도둑이 시트와 반지를 내보이자 백작은 맥이 빠진 얼굴로 말했습니다.

"넌 기적을 일으키는 힘을 가지고 있는거냐? 내 손으로 널 무덤에 묻었는데, 도대체 어떻게 빠져나올 수가 있었지? 누가 널 다시 살려 냈단 말이냐?"

"백작님이 묻은 건 제가 아니었습니다. 교수형 당한 가엾은 죄수였죠."

그가 모든 일을 자세히 설명해 주자 백작은 그가 정말로 꾀 많고 영리한 도둑이라는 것을 시인했습니다.

"하지만 아직 끝난 건 아니지. 아직 해결해야 할 세 번째 과제가 남아 있으니까. 성공하지 못하는 날에는 끝장인 줄 알아라."

도둑은 웃기만 할 뿐 아무 말도 하지 않았습니다. 밤이 되자 그는 등에 기다란 자루 하나를 메고 꾸러미 하나를 옆구리에 낀 채, 등불을 들고 마을에 있는 성당으로 갔습니다. 자루에는 게들이 들어 있었고, 꾸러미 안에는 키 작은 양초들이 들어 있었습니다. 그는 묘지에 앉아 자루에 든 게 하나를 꺼내 등딱지에다 양초를 꽂았습니다. 그러고는 양초에 불을 붙여 게를 땅에 내려놓았습니다. 그리고 게 하나를 또 꺼내어 같은 일을 되풀이하고 … .

자루에 든 게가 모두 떨어질 때까지 그 일을 계속 한 뒤 그는 수도사들이 입는 것 같은 검은 가운을 입고 아래턱에 흰 수염을 붙였습니다. 그럴 듯하게 변장을 한 후, 그는 게를 담아왔던 자루를 어깨에 메고 성당으로 가 설교단에 올라섰습니다. 그 때 성당의 시계 탑에서 12번의 종소리가 났습니다. 마지막 종소리가 막 사라질 때쯤 그는 칼칼한 목소리로 크게 외쳤습니다.

"들어라, 죄 많은 인간들아, 모든 것이 끝날 때가 왔다! 심판의 날이 가까웠느니라! 들어라, 들어라! 나와 함께 천국으로 가고자 하는 사람은 누구든지 이 자루 안으로 기어들어갈지어다. 나는 천국문을 열고 닫는 베드로다. 저 밖에서 자기의 뼈들을 주워 모으느라 기어다니고 있는 저 죽은 자들을 보라. 오라, 와서 자루 안으로 기어들어가라. 세상이 꺼질 것이다!"

그의 소리는 온 골짜기로 퍼져 나갔습니다. 성당에서 가장 가까운 곳에 살고 있던 신부와 성당지기가 가장 먼저 그 소리를 들었습니다. 그들은 묘지에서 왔다갔다하는 불빛을 보고 실제로 뭔가 심상치 않은 일이 벌어진 줄 알고 성당 안으로 들어갔습니다. 잠시 설교를 들은 후 성당지기가 신부를 팔꿈치로 쿡쿡 찌르며 말했습니다.

"이 기회를 잘 잡아서, 정말로 심판의 날이 오기 전에 우리 두 사람이 먼저 천국에 들어가는 것도 그다지 나쁘지는 않을 것 같습니다."

"그래요, 나도 동감이오. 당신 생각도 그렇다면 우리 함께 가 봅시다."

신부가 대답했습니다.

"네. 하지만 신부님이 앞장 서세요. 전 신부님 뒤를 따라갈 테니까요."

신부가 앞장 서서 도둑의 자루가 열려 있는 설교단으로 올라갔습니다. 신부가 먼저 들어가고 성당지기가 뒤따라 들어갔습니다. 그 즉시 도둑은 자루를 단단히 붙들어 맨 후, 자루 한가운데를 잡고 질질 끌며 설교단을 내려왔습니다. 멍청한 두 바보들의 머리가 계단에 부딪힐 때마다 도둑은 이렇게 소리쳤습니다.

"지금 우리는 산을 넘는 중이다."

그리고 진흙탕을 건널 때는 또 이렇게 말했습니다.

"물을 흠뻑 머금은 구름을 지나는 중이다."

그리고 마지막으로 성의 계단을 오를 때 그는 이렇게 말했습니다.

"자, 이제 천국의 계단이다. 곧 바깥뜰에 도착하게 될 것이다."

끝까지 다 올라온 후에 그는 자루를 비둘기장 안으로 밀어 넣었습니다. 비둘기들이 푸드덕거리자 그가 말했습니다.

"저 소리 좀 들어 봐라. 천사들이 기뻐하며 날갯짓하고 있구나."

문빗장을 채우고 그는 밖으로 나왔습니다.

다음 날 아침, 그는 백작에게 가서 세 번째 일, 즉 신부와 성당지기를 납치해 오는 일도 완벽하게 해냈다는 사실을 보고했습니다.

"그들이 어디 있느냐?"

"지금 비둘기장에서 자기들이 도착한 천국을 상상하고 있을 것입니다."

백작은 몸소 비둘기장으로 가서 도둑이 한 말이 사실임을 확인했습니다. 신부와 성당지기를 풀어 주며 백작이 말했습니다.

"넌 정말 도둑 기술자로구나. 네가 이겼다. 이제 가지고 싶은 것을 모두 가지고 달아나거라. 그러면 너를 해치지 않겠다. 하지만 내 땅에서 떠나야 한다. 만약 다시 발을 들여놓았다가는 교수대에 올라가야 한다는 사실을 명심해라."

그리하여 거물 도둑은 부모님께 작별 인사를 하고 다시 한 번 넓은 세상으로 떠났는데, 그 이후로는 아무도 그의 소식을 듣지 못했다고 합니다.

193

북치는 사람

북치는 사람이 어느 날 저녁 산책을 나갔습니다. 그가 자기 집에서 그리 멀지 않은 마을에 있는 호숫가에 이르렀을 때였습니다. 모래 위에 세 조각의 헝겊이 떨어져 있었습니다.
"아주 좋은 옷감인걸."
그는 별다른 생각없이 그 중 하나를 집어 호주머니에 넣었습니다. 밤이 되어 자리에 누워 막 잠이 들려고 할 때 누군가가 그를 부르는 소리가 들렸습니다. 가만히 귀를 기울여 보니 부드러운 음성이 이렇게 말했습니다.
"북치는 아저씨, 북치는 아저씨, 일어나세요!"
칠흑 같은 밤중이라 아무것도 보이지는 않았지만 그는 누군가가 자기 침대 위에서 서성거리고 있음을 느꼈습니다.
"도대체 원하는 게 뭐요?"
그가 물었습니다.
"당신이 오늘 저녁 호숫가에서 가져온 내 블라우스를 돌려 주세요."
그 음성이 이렇게 말했습니다.
"당신이 누구인지 말해 준다면 돌려 주지요."
"아아, 나는 대국의 공주랍니다. 하지만 마녀의 마술에 걸려 유리산에서 살게 되었어요. 나는 두 언니들과 함께 매일 밤 그 호수에서 목욕을 하곤 했답니다. 하지만 그 블라우스가 없으면 산으로 돌아갈 수가 없어요 언니들은 벌써 돌아 갔는데 나만 혼자 남게 되었답니다. 부탁이에요. 내 블라우스를 돌려주세요."
"걱정하지 말아요. 기꺼이 돌려 줄 테니까."

그는 호주머니에서 그것을 꺼내 어둠 속에서 그녀에게 돌려 주었습니다. 그리고 그녀에게 잠시 더 있으면서 자기가 도울 방법이 있는지 말해 달라고 했습니다.

"당신이 유리산에 올라와 나를 마녀의 마술에서 풀려나게 해주면 됩니다. 하지만 당신은 결코 유리산 근처에 오지 않을 것이고, 설사 가까이 온다해도 유리산까지 올라올 수가 없을 거예요."

"난 한 번 마음 먹은 일은 꼭 하고 마는 성미요. 당신이 딱하게 생각될 뿐, 다른 것은 아무것도 두렵지 않아요. 그런데 그 유리산으로 가는 길을 내가 모르지 않소?"

"저기 식인종이 살고 있는 커다란 숲길로 가면 돼요. 당신에게 이야기하지 않는 편이 나을 걸 그랬군요."

그리고 그는 어둠 속에서 그녀가 날아가는 소리를 들었습니다.

다음 날 아침 북치는 사람은 일찍 길을 떠났습니다. 그는 몸에다 북을 메고 용감하게 숲을 향해 행진해 나갔습니다. 한참을 가도 거인이 나타나지 않자 그는 생각했습니다.

'이 잠꾸러기를 깨워야겠다.'

북치는 사람, 즉 이 청년이 북을 홱 돌려서 흥겹게 두드리기 시작하자 나무에 앉아 있던 새들이 비명을 지르며 날아올랐습니다. 얼마 안 있어 풀숲에 누워 자고 있던 거인이 일어섰습니다. 그는 키가 전나무만 했습니다.

"이 꼬마 녀석! 네 놈이 내 잠을 깨웠구나! 왜 여기서 북을 치는거냐?"

"나를 따라오는 수천 명의 무리에게 길을 알려 주기 위해서지."

"그 자들이 왜 내 숲으로 오는거지?"

"그야 너를 잡아 이 숲에서 너 같은 괴물이 사라지게 하려는거지."

"오호, 너희들을 모두 개미처럼 밟아 버리겠다."

"그들을 당해낼 수 있다고? 네가 허리를 굽혀 한 사람을 잡는 사이에 그들은 옆으로 쏙 빠져 달아나서 숨어 버릴걸. 그리고 네가 잠에 곯아떨어져 누우면 사방 숲 속에서 그들이 나타나 네게 기어오를거야. 그 사람들은 모두 허리띠에다 쇠망치를 달고 있어. 네 머리통을 부숴 버리려고 말이지."

겁이 덜컥 난 거인은 마음 속으로 '내가 저 지렁이 같은 놈들에게 거칠게 대하면 저 놈들은 어떤 식으로든지 내게 앙갚음을 하겠지?' 하고 생각했습니다.

그래서 이렇게 말했습니다.

"이봐, 작은 친구, 계속 가도록 해. 앞으로는 자네와 자네 친구들이 안전하게 갈 수 있게 해준다고 약속하지. 그리고 더 필요한 게 있으면 언제든지 말만 해. 내 기꺼이 다 들어줄 테니까."

"넌 다리가 기니까 나보다 빨리 달릴 수 있겠지? 나를 저 유리산에 데려다줘. 그러면 내가 동료들에게 후퇴하라는 신호를 보낼 테니까. 그러면 내 동료들도 너를 해치지 않을 거야."

"이리 와서 내 어깨에 올라앉아. 네가 원하는 곳이면 어디든 데려다 줄 테니까."

거인이 청년을 들어 어깨에 올려놓자 그는 기분이 좋아져서 북을 신나게 두드렸습니다. 거인은 그 소리가 다른 사람들을 후퇴시키는 소리일거라고 생각했습니다. 잠시 후 그들은 길에서 두 번째 거인을 만났습니다. 두 번째 거인은 첫 번째 거인으로부터 북치는 사람을 넘겨받아 자기 단춧구멍 속에 집어넣었습니다. 단춧구멍을 꼭 잡은 북치는 사람은 얼굴빛이 환해졌습니다. 그들은 세 번째 거인이 있는 데까지 갔습니다.

세 번째 거인은 그를 단춧구멍에서 꺼내 자기 모자테에 얹었습니다. 북치는 사람은 거기서 산책도 하고 나무 너머를 구경하기도 했습니다. 파란 지평선 위에 산 하나 있는 것을 본 그는 '저것이 유리산이로구나' 하고 생각했습니다. 그의 생각대로 그 곳은 유리산이었습니다. 거인은 몇 발짝만에 유리산 아래 도착하더니 그를 내려 주었습니다. 북치는 사람이 그에게 산 위에까지 데려다 달라고 하자 그는 고개를 젓고 수염을 들썩거리며 뭐라고 중얼거리더니 숲으로 돌아갔습니다.

청년은 딱하게도 산을 바라보고만 서 있어야 했습니다. 그 산은 마치 보통 산을 세 개나 포개어 놓은 것처럼 높았고 유리처럼 매끄러웠습니다. 꼭대기까지 올라갈 방법이 전혀 떠오르질 않았습니다. 산을 오르려는 시도도 해 보았지만 모두가 허사일 뿐, 그는 다시금 미끄러져 내려오고 말았습니다.

'이럴 땐 내가 새였으면 좋겠다.'

그는 생각했습니다. 하지만 그런 생각을 한들 무슨 소용이 있겠습니까? 그런다고 어깨에서 날개가 솟는 것도 아닌데 말입니다.

아무리 머리를 짜내도 좋은 수가 떠오르질 않아 그 자리에 서 있던 그는 가까운 곳에서 심하게 다투고 있던 두 사람을 보았습니다. 가서 보니 그들 앞에는 말안장 하나가 놓여 있었고, 그들은 서로 그것을 자기가 갖겠다고 싸우고 있었습니다.

"참으로 딱하시군요. 말도 없는데 웬 안장만 갖고 싸우고들 계십니까?"

"저 안장은 그럴 만한 가치가 있단 말이오."

그들 중 한 사람이 말했습니다.

"누구든지 저 안장에 앉아서 가고 싶은 곳을 말하기만 하면 어디든지, 세상 끝에라도 금세 도착할 수 있단 말이오. 저 안장은 우리 두 사람의 것이죠. 이번에는 내가 탈 차례인데 저 사람이 내가 타지 못하게 막고 있소."

"제가 간단히 해결해 드리죠."

청년이 말했습니다. 그는 근처로 슬슬 걸어가 땅에다 하얀 막대를 하나 꽂고 다시 돌아와서 말했습니다.

"자, 이제 표시가 되어 있는 곳까지 달려가세요. 먼저 도착하는 사람이 먼저 타는 겁니다."

두 사람은 있는 힘을 다해 달리기 시작했습니다. 그들이 몇 발짝을 떼기도 전에 청년은 얼른 안장에 올라앉아 유리산 꼭대기에 데려가 달라고 빌었습니다. 그러자 눈 깜짝할 사이에 그는 유리산 꼭대기에 도착했습니다. 그 곳은 평평했고, 오래된 돌집이 한 채 있었습니다. 그 집 앞에는 커다란 연못이 있었고, 뒤로는 울창한 숲이었습니다.

사람도 동물도 전혀 얼씬거리지 않아서 매우 조용했습니다. 바람만이 나뭇잎이 살랑댈 정도로 불었고, 머리가 닿을 만한 높이에 구름이 떠 있었습니다. 청년은 집으로 가서 문을 두드렸습니다. 세 번 두드리고 나자 갈색 얼굴에 붉은 눈을 가진 한 할머니가 문을 열었습니다. 그녀는 기다란 코 끝에 걸린 안경 너머로 청년을 날카롭게 쳐다보면서 무슨 일이냐고 물었습니다.

"안으로 들어가서 뭘 좀 먹고 하룻밤 묵어가도 될까요?"

청년이 말했습니다.

"세 가지 숙제를 해결한다면, 여기 있는 걸 다 가져도 좋아."

할머니가 말했습니다.

"좋구말구요. 어떤 일이든 두렵지 않아요. 설사 아주 어려운 일일지라도 말이죠."

할머니는 청년을 안으로 들어오게 하더니, 식사를 대접하고, 잠자리까지 마련해 주었습니다. 다음 날 아침에 그가 푹 자고 일어나자, 할머니가 자신의 가늘고 긴 손가락에서 골무를 빼 주며 말했습니다.

"자, 일하러 가자. 저 연못물을 이 골무로 다 퍼내야 해. 오늘 밤까지 일을 다 끝내야 하고, 또 거기 있던 물고기들은 크기대로, 종류대로 나란히 늘어놓아야 해."

"참 이상한 일을 다 시키는군."

청년은 이렇게 중얼거리며 연못으로 가서 물을 퍼내기 시작했습니다.

그는 오전 내내 물을 퍼냈습니다. 그러나 천 년 동안을 퍼낸다 해도 그런 골무 하나로 연못물을 다 퍼낸다는건 불가능한 일이었습니다. 정오가 되자 그는 땅바닥에 주저앉아 생각했습니다.

'이건 다 쓸데없는 짓이야. 일을 하나 안 하나 결과는 마찬가지일 텐데.'

그는 포기하고 땅바닥에 드러누웠습니다. 그 때 그 집에서 한 아가씨가 양동이에 음식을 담아 가지고 나왔습니다.

"왜 그렇게 시무룩하게 앉아 있어요? 뭐가 잘못되었나요?"

"어휴, 난 이 일을 못하겠어요. 그러니 나머지 일도 하지 못하겠죠? 난 여기 산다는 어떤 공주를 찾으러 왔는데 아직 그녀를 찾지 못했어요. 꼭 찾고 싶은데 … ."

"기다려 보세요. 내가 당신을 곤경에서 구해 줄 테니까. 내 무릎을 베고 한숨 자도록 해요. 자고 일어나면 일이 다 끝나 있을 거예요."

청년은 믿어지지가 않았습니다. 그가 잠이 들자마자 아가씨는 자신의 반지를 돌리며 말했습니다.

"물은 사라지고, 물고기는 튀어나오거라."

아가씨가 그렇게 중얼거리고 나자 곧 물이 마치 하얀 안개처럼 치솟더니 구름으로 흘러가 합쳐졌고, 물고기들은 재잘거리며 둑으로 뛰어올라와 저희들끼리 알아서 크기와 종류별로 나란히 눕는 것이었습니다. 잠에서 깨어난 청년은 일이 다 되어 있는 것을 보고 깜짝 놀랐습니다. 아가씨가 말했습니다.

"물고기 한 마리가 제 무리에서 떨어져 나와 혼자 있을거예요. 오늘 저녁에 할멈이 자기가 말한 대로 다 되었는지 보러 와서 이렇게 말할거예요. '그런데 저 물고기는 왜 저기 따로 있는거지?' 그러면 그 물고기를 집어서 그 여자의 얼굴에다 던지면서 '너 때문이다, 늙은 마녀야.' 하고 말하세요."

그 날 저녁 할머니가 나타나 그렇게 묻자, 청년은 아가씨가 시킨 대로 물고기를 마녀의 얼굴에 던졌습니다. 마녀는 아무것도 못 느끼는지 잠자코 있었습니다. 단지 악의에 찬 눈으로 청년을 노려볼 뿐이었습니다. 다음 날 아침 마녀가 말했습니다.

"어제 일은 너무 쉬웠다. 오늘은 더 어려운 일을 내주마. 숲에 있는 나무를 모조리 베어다가 장작 크기로 쪼개서 쌓아야 한다. 저녁 때까지 일을 다 끝내."

마녀는 그에게 도끼와 커다란 망치, 그리고 두 개의 쐐기를 주었습니다. 그러나 도끼는 납으로, 망치와 쐐기는 주석으로 만든 것이어서 도끼는 나무를 한 번 자르고 나자 날이 무디어졌고, 망치와 쐐기는 이가 다 나갔습니다. 그가 당황하여 서 있는데, 정오가 되자 다시금 그 아가씨가 먹을 것을 가지고 와서 그를 위로해 주었습니다.

"내 무릎을 베고 잠을 자도록 해요. 한숨 자고 일어나면 일이 다 되어 있을 테니까."

그녀가 소원반지를 돌리자, 숲 전체가 순식간에 무너져 내렸습니다. 나무들이 저절로 장작 크기로 잘라지더니 저절로 척척 쌓아 올려지는 것이었습니다. 그가 일어나자 아가씨가 그에게 말했습니다.

"나무들이 잘려서 쌓아진 걸 좀 보세요. 그런데 막대기 하나가 따로 있지요? 늙은 마녀가 와서 저건 왜 저기 있느냐고 물으면 막대기로 그 여자를 내리치면서, '너 때문이다, 늙은 마녀야.' 하고 말하세요."

늙은 마녀가 왔습니다.

"봐, 네게 주어진 일들이 너무 쉽지? 그런데 저 막대기는 왜 저기 있는거지?"

"너 때문이다, 늙은 마녀야."

청년은 이렇게 말하며 그 막대기로 마녀를 내리쳤습니다. 그러나 그녀는 아무 느낌도 없는지 킬킬거리며 말했습니다.

"내일 아침 일찍 저 나무들을 높이 쌓아 놓고 불을 지피도록 해."

다음 날 새벽에 그는 나무들을 옮기기 시작했습니다. 하지만 혼자서 어떻게 숲 전체에서 잘라낸 나무를 옮길 수가 있겠어요? 그의 일은 아무런 진전이 없었습니다. 그러나 이번에도 그 아가씨는 그를 외면하지 않았습니다. 정오가 되자 그녀가 먹을 것을 가지고 나타났습니다. 그는 식사를 마치고 그녀의 무릎에 기대어 잠이 들었습니다. 그가 일어나 보니 나뭇더미가 거대한 불꽃을 내며 활활 타오르고 있었습니다. 마치 하늘을 향해 커다란 혀를 날름거리는 것 같았습니다.

"내 말을 잘 들어요."

아가씨가 말했습니다.

"마녀가 와서 당신에게 여러 가지 일을 시킬거예요. 그러면 두려워하지 말고 시키는 대로 하세요. 그러고 나서 두 팔로 그녀를 꽉 잡아서 불 한가운데 던져 버리세요."

그녀의 말대로 마녀가 살금살금 그에게로 왔습니다.

"아휴, 추워라. 그래, 저기 불이 있구나. 저리 가면 뼈가 녹고 기분이 한결 좋아지겠는걸. 그런데 저기 저 불 속에서 장작 하나가 타지 않고 있잖아? 저걸 가져다 다오. 그러고 나면 넌 자유의 몸이 되어 어디든지 갈 수 있을거야. 어서 불 속으로 뛰어들란 말이야."

청년은 주저하지 않았습니다. 불 속으로 뛰어들었는데도 그에게는 아무런 해가 없었습니다. 머리카락 한 올도 다치지 않고 그는 그 장작을 들어내 바닥에 놓았습니다. 장작은 바닥에 채 닿기도 전에 아름다운 아가씨로 변했습니다.

청년이 곤경에 처했을 때마다 나타나 도와주었던 바로 그 아가씨였습니다. 아가씨는 황금빛으로 반짝이는 비단 드레스를 입고 있었습니다. 청년은 그녀가 공주라는 것을 알 수 있었습니다. 그 때 마녀가 심술궂은 웃음을 지으며 말했습니다.

"넌 저 여자를 차지했다고 생각하겠지만, 아직 데리고 갈 수 없어."

마녀가 공주에게 덤비려는 순간 청년은 두 팔로 마녀를 붙잡아 하늘을 향해 높이 치켜올렸습니다. 그러고는 불꽃 속으로 집어 던졌습니다. 불꽃은 기다렸다는 듯이 마녀를 꿀꺽 삼켜 버렸습니다.

공주는 청년을 바라보았습니다. 잘생겼을 뿐 아니라 자기를 위해 위험을 무릅쓴 모험도 마다하지 않았으므로, 그녀는 그에게 손을 내밀며 이렇게 말했습니다.

"당신이 나를 구하기 위해 여러 가지 위험을 견뎌 냈으니, 나도 당신을 위해 어떤 어려움이라도 참아 내겠어요. 나에게 끝까지 신의를 지키겠다고 약속해 주면 당신은 내 남편이 될 수 있어요. 우린 더 이상의 재물도 필요없어요. 마녀

가 그동안 쌓아 놓은 재물만으로도 평생 동안 쓰고 남을 정도니까요."
 공주는 청년을 집 안으로 데리고 갔습니다. 상자와 가방에 보석이 잔뜩 들어 있었습니다. 그들은 금이나 은 같은 것들은 남겨 두고 값비싼 보석들만 챙겼습니다. 그리고 더 이상 유리산에 머무르고 싶지 않았으므로 청년이 말했습니다.
 "내 안장에 앉아요. 그러면 새처럼 날아갈 수 있소."
 "난 그런 낡은 안장은 싫어요. 이 소원반지를 돌리기만 하면 곧바로 집에 돌아갈 수 있는걸요."
 "좋아요. 그럼 우리가 성문 앞에 도착하게 해 달라고 해요."
 단 몇 초만에 그들은 성문 앞에 도착했습니다. 청년은 어서 빨리 부모님께 그동안 일어났던 일들을 이야기하고 싶었습니다. 그래서 공주에게는 들에서 기다려 달라고 말했습니다.

"아, 조심하세요. 집에 가거든 절대로 부모님의 오른뺨에 입맞춤을 해서는 안 돼요. 만약에 입맞춤을 하게 되면 당신은 모든 일을 잊어버리게 되고, 나는 이 들판에 홀로 남게 될 거예요."

"내가 어떻게 당신을 잊겠소."

그는 그녀에게 곧 돌아오겠다고 맹세했습니다.

그가 집으로 돌아와 보니, 아무도 그를 알아보지 못했습니다. 유리산에서의 사흘이 그 곳에서는 몇 년의 긴 세월이었기 때문입니다. 그의 부모님들은 그가 돌아온 것을 알고 매우 기뻐했고, 그도 부모님의 양쪽 볼에다 오래오래 입을 맞추었습니다. 그만 공주의 말을 깜빡 잊어버렸던 것입니다. 부모님의 양쪽 볼에 입맞춤을 하고 나자, 그의 머릿속에서 공주에 대한 기억이 말끔히 사라지고 말았습니다.

그는 호주머니 속에서 한 움큼의 보석을 꺼내 놓았는데 그의 부모님은 그가 어디서 이런 귀한 보석을 가져왔는지 알 수가 없었습니다. 어쨌거나 그의 아버지는 그 재물로 아들을 위해 정원과 숲이 딸린 화려한 궁전을 지었습니다. 궁전이 다 건축되고 나자 그의 어머니가 말했습니다.

"네 신붓감은 이미 구해 놓았다. 사흘 동안 결혼식이 거행될거야."

그는 모든 일을 부모님의 뜻에 맡겼습니다. 불쌍한 공주는 마을 밖에서 그가 돌아오기만을 기다리고 있었습니다. 마침내 그녀는 생각했습니다.

'그가 자기 부모님의 오른쪽 볼에다 입을 맞춘 것이 분명해. 그래서 나를 잊어버린거야.'

그녀의 마음은 슬픔으로 가득했습니다. 그러나 그녀는 숲 속 외딴 오두막집에서 홀로 살며 자기 아버지의 성으로도 돌아가지 않았습니다. 매일 밤마다 그녀는 마을로 들어가 청년의 집 앞을 지나갔습니다. 가끔은 그도 그녀를 보았지만 그녀가 누군지 알아보지는 못했습니다. 그러던 어느 날 그녀는 사람들이 말하는 소리를 들었습니다.

"내일 결혼식이 있다는군요."

그 소리를 듣고 그녀는 이렇게 마음먹었습니다.

"좋아, 그의 마음을 돌이킬 수 있도록 한번 노력해 보겠어."

결혼식 첫째날에 그녀는 소원반지를 돌리며 말했습니다.

"태양처럼 빛나는 드레스를 다오."

그러자 곧 드레스가 그녀 앞에 놓였습니다. 태양 광선이 넘실대는 것 같은 드레스였습니다. 모든 손님들이 다 모였을 때, 그녀는 안으로 들어갔습니다. 모든 사람들이 그녀의 드레스를 부러워했고, 그 중에서도 특히 신부는 그 아름다운 드레스가 너무나 탐이 났습니다. 그래서 이 낯선 처녀에게 다가가 드레스를 자기에게 팔 수 없느냐고 물었습니다. 그러자 공주가 대답했습니다.

"돈으로 살 수 없어요. 그 대신 첫날밤에 내가 신랑의 방문 앞에서 지낼 수 있도록 허락해 준다면 이 옷을 당신께 드리지요."

신부는 그 옷을 너무나 갖고 싶었으므로 그렇게 하라고 했습니다. 그러나 신부는 신랑이 마실 술에다 잠오는 약을 타서 그 날 밤 깊이 곯아떨어지게 만들었습니다. 사방이 고요해진 다음에 공주는 신랑의 침실문을 살짝 열고, 그 앞에 쪼그리고 앉아서 안쪽을 향해 외쳤습니다.

"북치는 사람이여, 북치는 사람이여, 내 말 좀 들어 봐요.
당신은 나를 잊어버렸나요?
나와 유리산 꼭대기에 앉아 있던 일을?
내가 당신을 마녀의 덫에서 구해 주었잖아요?
당신은 내게 신의를 지키겠다고 약속하지 않았나요?
북치는 사람이여, 북치는 사람이여, 내 말 좀 들어 봐요!"

그러나 모든 것이 헛수고였습니다. 청년은 깨어나지 못했고 새벽이 밝아 왔습니다. 공주는 아무것도 이루지 못한 채 돌아가야만 했습니다. 이튿날, 그녀는 다시 반지를 돌리며 말했습니다.

"달빛처럼 빛나는 드레스를 다오."

그녀는 달빛처럼 빛나는 드레스를 입고 잔치에 참석하여 다시금 신부의 마음을 들뜨게 했고, 마침내 둘째날도 신랑의 방문 앞에서 지내도 좋다는 허락을 받아냈습니다. 밤새도록 그녀는 다시 외쳤습니다.

"북치는 사람이여, 북치는 사람이여, 내 말 좀 들어 봐요.

당신은 나를 잊어버렸나요?

나와 유리산 꼭대기에 앉아 있던 일을?

내가 당신을 마녀의 덫에서 구해 주었잖아요?

당신은 내게 신의를 지키겠다고 약속하지 않았나요?

북치는 사람이여, 북치는 사람이여, 내 말 좀 들어 봐요!"

그러나 잠오는 약을 탄 술을 마시고 의식을 잃은 그가 깨어날 리 없었습니다. 다음 날 아침이 되자 공주는 슬픔을 가득 안은 채 숲 속에 있는 자기의 오두막으로 돌아갔습니다. 그런데 집 안에 있던 사람들은 어떤 낯선 아가씨가 슬프게 울부짖는 말을 듣고 이상히 여겨 신랑에게 그 이야기를 했습니다. 그리고 신부가 잠오는 약을 먹였기 때문에 그가 아무 소리도 듣지 못했다는 말도 해주었습니다.

셋째날이 되자 공주는 반지를 돌리며 중얼거렸습니다.

"반짝이는 별과 같은 드레스를 다오."

그녀가 그 드레스를 입고 잔치에 나가자, 신부는 이번에도 갖고 싶은 마음을 억제할 수가 없었습니다. 이 드레스는 이전 것보다 훨씬 더 훌륭했던 것입니다. 신부가 말했습니다.

"저 옷이 마음에 들어. 반드시 갖고 말겠어."

공주는 다른 옷들을 주었던 것처럼 그 옷도 주었습니다. 물론 그 대신 신랑의 방문 앞에서 하룻밤을 보내기로 하고 말입니다. 그 날 밤, 신랑은 자기에게 주어진 술을 마시지 않고 침대 뒤에다 부었습니다. 그리고 집 안이 고요해졌을 때 그는 자기를 향해 호소하는 부드러운 음성을 들었습니다.

"북치는 사람이여, 북치는 사람이여, 내 말 좀 들어 봐요.

당신은 나를 잊어버렸나요?

나와 유리산 꼭대기에 앉아 있던 일을?

내가 당신을 마녀의 덫에서 구해 주었잖아요?

당신은 내게 신의를 지키겠다고 약속하지 않았나요?

북치는 사람이여, 북치는 사람이여, 내 말 좀 들어 봐요!"

"오, 내가 얼마나 신의 없이 행동했던가? 내 마음에서 기쁨이 사라진 것이 부모님의 오른뺨에 입을 맞추었기 때문이었구나! 너무나 부끄러운 일이다. 내가 너무나 심했어."

그는 벌떡 일어나 공주의 손을 잡고 부모님 앞으로 나아갔습니다.

"이 여자가 진짜 나의 신부입니다. 내가 다른 사람과 결혼한다면 그것은 크나큰 실수가 될 겁니다."

그동안에 일어났던 일을 다 듣고 난 그의 부모님도 고개를 끄덕였습니다. 홀의 불이 다시 켜지고 북과 나팔이 옮겨졌습니다. 친구들과 친지들이 다시 초대되었고, 모두가 즐거워하는 가운데 진짜 결혼식이 거행되었습니다. 그리고 먼젓번 신부는 아름다운 옷들을 모두 갖는 것만으로도 충분히 보상이 되었으므로 만족한다고 여러 사람 앞에서 말했습니다.

194

옥수수 열매

옛날 하느님께서 땅 위를 직접 걸어다니실 때는 지금보다 땅이 훨씬 더 비옥했습니다. 그 당시 옥수수의 수확량도 오늘날의 수백 배는 되었습니다. 옥수수는 줄기의 밑동에서부터 꼭대기까지 빽빽하게 엉글었고, 열매 하나하나의 크기도 줄기만큼이나 길었습니다. 그러나 인간들은 넘치도록 필요를 충족시켜 주시는 하느님의 은혜에 감사하지 않고 감동할 줄도 몰랐으며 어리석기까지 했습니다.

어느 날 한 여자가 아이를 데리고 들판을 거닐고 있었습니다. 꼬마는 천방지축으로 날뛰며 엄마의 뒤를 따라가다가 흙탕물 속으로 뛰어들어 예쁜 꼬까옷을 엉망으로 만들었습니다. 그러자 아이의 엄마는 옥수수 열매를 한 움큼 따서 아이의 옷을 닦았습니다. 마침 그 옆을 지나시던 하느님께서 그 모습을 보고 화를 내며 말씀하셨습니다.

"앞으로 옥수수 줄기에서는 더 이상 아무것도 열리지 않을 것이다. 인간들이란 하늘의 선물을 받을 자격이 없어."

근처에 있다가 이 소리를 들은 인간들은 깜짝 놀랐습니다. 인간들은 곧바로 무릎을 꿇고 옥수수가 조금이라도 열리게 해 달라고 하느님께 애원했습니다. 설사 인간들이야 옥수수를 먹을 자격이 없다고 하더라도, 죄 없이 굶어 죽을 닭들을 생각해 보시라고 그들은 말했습니다.

미리 불행을 내다보고 측은히 여기신 하느님께서 그들의 요구를 들어주기로 하셨습니다. 그리하여 옥수수 열매는 오늘날과 같이 맨 꼭대기에만 조금씩 열리게 되었답니다.

195

무덤을 지키기로 한 약속

어느 날 어떤 부자가 뜰에서 서서 자기 소유의 밭과 정원들을 둘러보고 있었습니다. 옥수수는 무럭무럭 자라고, 과일 나무에는 열매들이 주렁주렁 달려 있었습니다. 작년에 거둔 곡식들도 아직 남아, 커다란 헛간의 서까래가 쓰러질 지경이었습니다. 부자는 외양간으로 가서 먹성 좋은 수소와 살이 통통하게 찐 암소, 윤기나는 말들을 돌아보았습니다.

마지막으로 그는 자기 방으로 들어갔습니다. 그는 돈을 보관하는 무쇠금고를 열었습니다. 자기 재산이 얼마나 되는지 헤아려보고 있을 때 갑자기 쾅, 쾅 하고 문을 두드리는 소리가 났습니다. 그러나 그 소리는 방문이 아니라 부자의 마음의 문을 두드리는 소리였습니다. 마음의 문이 열리고 누군가 부자를 향해서 이렇게 말했습니다.

"너는 네 재산으로 이웃을 위해 무엇을 했느냐? 너는 가난한 사람들의 어려움을 생각해 본 적이 있느냐? 네 식량을 굶주린 사람들과 나눠 먹었느냐? 네가 가진 것들에 만족하느냐, 아니면 항상 더 많은 것을 바라느냐?"

그의 마음이 즉시 대답했습니다.

"난 마음이 모질고 인정이 없으며 이웃을 위해 내 재산을 쓴 적이 없습니다. 지나다가 가난한 사람을 만나면 외면했습니다. 나는 하느님을 두려워하지도 않고 오로지 내가 가진 것을 늘리기에만 바빴습니다. 아마도 이 세상의 모든 것을 다 가진다 해도 내가 가진 것에 만족하지 못할겁니다."

자기 마음이 하는 소리를 들은 부자는 몹시 겁이 났습니다. 무릎이 떨려서 그는 더 이상 서 있을 수가 없었습니다. 그는 털썩 주저앉았습니다. 또다시 문 두드리는 소리가 났습니다. 이번에는 마음의 눈이 아니라 진짜로 방문을 두드리는 소리였습니다. 그는 이웃에 사는 가난한 농부였습니다. 자식이 많으나 너무 가난해 자식들에게 먹일 식량조차 없는 사람이었습니다.

그는 이웃에 큰부자가 산다는 것은 알았지만, 돈이 많은 만큼 마음도 모질어 결코 자기를 도와줄 리가 없다고 여기고 있었습니다. 그렇지만 자식들이 먹을 것을 달라고 하도 아우성치므로 모험을 해보는 수밖에 없어서 부자를 찾아 왔던 것입니다. 그는 부자에게 말했습니다.

"당신이 가진 것을 기꺼이 나눠 주리라고는 기대하지 않습니다만 지금 나는 물에 빠진 사람의 심정으로 왔습니다. 내 아이들이 죽어 가고 있어요. 제게 곡식 넉 되만 꾸어 주십시오."

부자는 오랫동안 농부를 바라보았습니다. 처음에 품었던 자비로운 마음씨는 차츰 탐욕으로 싸늘하게 변해 갔습니다.

"넉 되를 꾸어 줄 수는 없지만 여덟 되를 선물로 주겠소. 다만 거기에는 꼭 지켜야 할 조건이 있소."

"그게 뭔가요?"

가난한 농부가 물었습니다.

"내가 죽거든 사흘 동안 내 무덤을 지켜 주시오."

가난한 농부는 그건 참으로 어려운 일이라고 생각했습니다. 그러나 자신의 처지가 워낙 급했으므로 어떤 조건이라도 받아들일 수밖에 없었습니다. 농부는 그러기로 약속하고 곡식을 받아 집으로 돌아왔습니다.

부자는 장래 일어날 일을 미리 알고 있었던 것일까요? 사흘 후에 그가 정말로 죽었던 것입니다. 아무도 어떻게 해서 이런 일이 일어났는지 알지 못했고, 또 관심을 갖는 사람도 없었습니다.

그가 매장되고 나자 가난한 농부는 그에게 했던 약속이 생각났습니다. 부자가 죽었으니 잘됐다고 생각할 수도 있었지만 그는 이렇게 생각했습니다.

'그 분은 내게 참 친절히 대해 주셨지. 그가 곡식을 주어서 내 아이들을 먹일 수가 있었어. 그리고 꼭 그렇지 않다 하더라도 한 번 약속을 했으면 지켜야 하는거야.'

밤이 되자 그는 교회 묘지로 가서 부자의 무덤 위에 올라 앉았습니다. 사방은 고요했습니다. 보름달만이 묘지들을 비춰 주고 있었고, 머리 위에서는 부엉이가 구슬픈 울음소리를 냈습니다. 아침 해가 뜰 때까지 농부는 아무런 해도 입지 않은 채 집으로 돌아왔고, 둘째날도 첫째날과 마찬가지로 조용히 지나갔습니다.

그런데 셋째날에는 유난스레 겁이 났습니다. 마치 무슨 일이 곧 일어날 것만 같았습니다. 묘지에 도착해 보니 한 번도 본 적이 없는 낯선 사람이 서 있는 것이었습니다. 나이가 약간 들어 보이는 얼굴에는 흉터가 있었으며, 눈은 날카롭게 번뜩였습니다. 낡은 코트가 온몸을 휘감고 있어서 보이는 것이라고는 커다란 승마용 장화뿐이었습니다.

농부가 물었습니다.

"여기서 뭘 하는겁니까? 이런 묘지에 혼자 나와 있는 게 무섭지 않으세요?"

남자가 말했습니다.

"아무것도 안 해요. 그리고 아무것도 무섭지 않구요. 두려워하는 법을 배우려다 실패해서 결국 공주를 아내로 맞고 부자가 된 청년이 있죠. 내가 바로 그런 사람이요. 다른 점이 있다면 아직 가난을 못 벗어났다는 것이라고나 할까. 난 그저 제대한 군인일 뿐이고 마땅히 쉴 곳이 없어서 여기서 하룻밤을 지낼까 생각중이오."

농부는 조금 전보다는 무서움이 덜해졌습니다.

"두려움이 없으시다면 저와 함께 여기 계시면서 이 무덤 지키는 일을 도와주시겠소?"

"지키는 일이야말로 군인이 할 일이죠. 여기서 우리가 무엇을 만나든, 그것이 악마든 천사든 공동으로 갖기로 합시다."

농부는 그러겠다고 했고 두 사람은 함께 무덤 위에 앉았습니다. 자정이 될 때까지는 모든 것이 조용했습니다. 그런데 갑자기 하늘에서 귀가 찢어지는 듯

한 소리가 났습니다. 두 사람은 그것이 악마라는 걸 눈치 챘습니다.

악마가 농부와 군인에게 소리쳤습니다.

"썩 물렀거라, 이 못된 놈들아! 거기 무덤 속에 누운 자는 내 것이다. 난 그자를 데리러 왔노라. 그러니 썩 물러서지 않으면 네 놈들의 모가지를 비틀어 버리겠다."

제대한 군인이 말했습니다.

"빨간 날개를 다신 분, 당신은 내 상관이 아니잖소? 그러니 난 당신 명령에 따를 수 없소. 게다가 난 아직 두려워하는 법을 다 배우지 못했다오. 그러니 우리를 여기 더 있게 놓아 두고 돌아가시오."

악마는 이런 간섭꾼들을 쫓아 버리는 데는 황금이 최고라고 생각했습니다. 그래서 부드럽고 은밀한 목소리로 황금을 한 자루 가득 줄 테니 가져가겠느냐고 물었습니다.

"그건 생각해 볼 만한 일인데요. 하지만 한 자루 정도로는 충분하지 않아요. 그러니 내 장화에 가득 부어 주시오. 그러면 곧 돌아가리다."

악마가 말했습니다.

"지금 가지고 있는 건 아니지만, 곧 가져다줄 수 있어. 근처 마을에 환전상이 있는데, 나하고는 절친한 친구거든."

악마가 사라지고 난 뒤 군인은 자기 왼쪽 장화를 벗으며 말했습니다.

"기다려 보시오. 우리가 곧 그를 보기 좋게 따돌리게 될 테니까. 칼 좀 주시겠소, 친구?"

그는 칼로 구두 밑창을 자르고 나서 장화를 무덤 위의 잡초가 무성한 곳에다 슬쩍 올려놓았습니다.

"됐어요. 이제 그 굴뚝 청소부 같은 놈이 오길 기다립시다."

두 남자는 앉아서 악마가 돌아오기를 기다렸습니다. 악마는 손에 작은 자루 하나를 들고 곧 나타났습니다.

"자, 저기다 쏟으시오."

군인은 이렇게 말하며 장화를 살짝 들었습니다.

"모자라겠는걸?"

그가 중얼거렸습니다.

악마는 자루에 든 황금을 다 쏟아 부었습니다. 그러나 황금은 터진 밑창으로 다 새어 버렸으므로 장화는 여전히 텅 비어 있었습니다.

"이 바보 같은 악마."

군인은 소리를 꽥 질렀습니다.

"그것 가지고는 안 돼! 내가 모자랄 것 같다고 했잖소? 지금 당장 돌아가서 더 가져오시오!"

악마는 고개를 갸우뚱거리다가 돌아갔습니다. 한 시간 후에 그는 좀더 큰 자루를 팔에 걸고 나타났습니다. 군인이 말했습니다.

"가득 찰 때까지 부어요. 하지만 장화가 다 차지는 않겠군."

찰찰거리는 소리를 내며 황금이 장화 속으로 모두 들어갔는데도 장화는 여전히 텅 비어 있었습니다. 악마는 장화 속을 뚫어지게 들여다보며 자기 눈으로 텅 빈 장화를 확인했습니다.

"네 장딴지는 터무니없이 크군."

악마가 얼굴을 찌푸리며 외쳤습니다.

"그럼 당신처럼 굽이 갈라진 발인 줄 알았소? 그래서 그렇게 쩨쩨하게 굴었군? 가서 황금을 더 가져와야 한다는 걸 알았겠지? 안 그러면 우리 계약은 없던 일로 치는거요."

악마는 뒤뚱거리며 다시 갔습니다. 그는 지난번보다 시간이 훨씬 더 오래 지나서야 돌아왔습니다. 그는 어깨에 짊어진 자루가 너무 무거워서 숨을 헐떡거리고 있었습니다. 자루를 통째로 장화에 쏟아 부었지만 장화는 이전과 마찬가지로 텅 비어 있었습니다. 악마는 너무나 화가 난 나머지 장화를 찢어 버리려고 했습니다.

그 때 아침 햇살이 비추기 시작하자 그는 비명을 지르며 사라졌습니다. 무덤 속의 불쌍한 영혼은 구제된 것입니다.

농부가 황금을 나눠 가지자고 하자 군인이 말했습니다.

"내 몫은 가난한 사람에게나 나눠 주시오. 난 당신의 오두막집에서 함께 살겠소. 하느님께서 허락하시는 한 우린 남은 황금으로 조용하고 평화스럽게 살 수 있을 거요."

196

올 링크랑크

옛날에 어떤 왕이 있었습니다. 그에게는 공주가 하나 있었는데, 그 왕은 유리산을 짓고 이렇게 말했습니다.

"누구든지 미끄러지지 않고 저 유리산을 오르는 자가 있으면 공주와 결혼시키겠노라."

마침 공주를 사랑하는 한 청년이 있어서 자기가 공주와 결혼할 수 있는지 왕에게 물었습니다.

"물론, 네가 미끄러지지 않고 저 유리산을 오르기만 한다면 공주와 결혼하게 될 것이다."

공주는 왕에게 자기도 따라가서 혹시 그가 미끄러져 떨어지는 위험에 처하면 그를 도와주고 싶다고 했습니다. 그리하여 두 사람은 함께 유리산을 오르게 되었습니다. 반쯤 올랐을 때 공주가 주르르 미끄러지자 유리산은 입을 벌려 그녀를 삼켜 버리고 다시 입을 꽉 다물었습니다. 공주는 그 안에 갇히고 말았습니다.

너무나 갑작스럽게 일어난 일이라 구혼자도 무슨 일이 어떻게 되었는지 알 수가 없었습니다. 그는 너무나 비참한 심정이 되어 울면서 왕에게 이 사실을 알렸습니다. 왕도 슬픔에 빠졌습니다. 그들은 공주가 빠진 장소조차 찾을 수가 없었습니다.

한편 공주는 땅 속 깊은 곳에 커다란 동굴에 떨어졌습니다. 그 때 하얀 턱수염을 아주 길게 늘어뜨린 늙은이가 오더니, 자기 시중을 들며 그가 시키는 일을 다 한다면 목숨만은 살려 주겠다고 말했습니다. 싫다고 하면 그가 자기를 죽일 것 같아 공주는 그러겠다고 했습니다.

매일 아침 그는 자기 호주머니에서 사다리를 꺼내서 한쪽 벽에 기대 놓고 산으로 올라갔는데, 꼭대기에 올라간 다음에는 사다리를 끌어올렸습니다. 그가 없는 사이에 공주는 그가 먹을 음식을 준비하고, 잠자리를 정돈하고, 그가 시킨 모든 일을 해야 했습니다. 그리고 저녁이 되면 그는 금과 은을 산더미 같이 많이 가지고 돌아왔습니다.

오랜 세월이 지나 공주도 나이가 들었습니다. 그는 공주를 만스롯 아줌마라고 불렀고, 공주는 그를 늙은 링크랑크라는 뜻으로 올 링크랑크라고 불렀습니다.

그러던 어느 날이었습니다. 그가 나가고 나자, 공주는 그의 잠자리를 정돈하고 그릇을 닦은 후에 모든 문과 창문을 꼭꼭 잠갔습니다. 다만 햇빛이 들어오게 하기 위해 만든 작은 창문 하나만 그대로 두었습니다. 집으로 돌아온 올 링크랑크가 문을 두드렸습니다.

"만스롯 아줌마, 문 열어라."
"싫어요. 열어 주지 않겠어요."
공주가 말했습니다.

"불쌍한 링크랑크는
피곤한 다리를 이끌고
5미터나 되는 널빤지 위에
서 있다네.
만스롯 아줌마, 내 접시들을 닦아라."

"접시들은 벌써 닦아 놓았어요."
그러자 그가 다시 한 번 말했습니다.

"불쌍한 링크랑크는
피곤한 다리를 이끌고
5미터나 되는 널빤지 위에
서 있다네.
만스롯 아줌마, 내 잠자리를 정돈해라."

"잠자리는 이미 정돈해 놓았어요."
공주가 대답했습니다.
그러자 그가 다시 한 번 말했습니다.

"불쌍한 링크랑크는
피곤한 다리를 이끌고
5미터나 되는 널빤지 위에
서 있다니까.
만스롯 아줌마, 어서 문을 열어라."

그리고 나서 그는 집을 돌아 작은 창이 있는 다른 쪽으로 갔습니다. 도대체 그녀가 문을 안 열고 뭘 하려고 하는지 한 번 들여다보는 게 좋겠다고 생각했기 때문입니다. 그는 머리를 창 안으로 집어넣으려고 했습니다. 그런데 수염을 집어넣자마자 공주가 밧줄로 창문을 닫아 버렸습니다. 수염이 창문틀에 끼이자 올 링크랑크는 너무나 아파 엉엉 울면서 수염을 놓아 달라고 애원했습니다.

공주는 사다리를 내놓으라고 했습니다. 그러면서 산꼭대기로 올라가게 해주지 않으면 놓아 주지 않겠다고 했습니다. 그는 싫든 좋든 사다리가 있는 곳을 말할 수밖에 없었습니다.

그러자 공주는 긴 밧줄을 창문에 매고 사다리를 벽에 세운 뒤 산꼭대기로 올라갔습니다. 그리고 나서 곧장 왕에게로 달려가 그동안에 일어났던 일들을 모두 말했습니다. 왕은 물론이고 아직 그 곳에 남아 있던 그녀의 구혼자도 매우 기뻐했습니다. 공주와 그녀의 구혼자는 산을 파고 들어가 안에 있던 올 링크랑크와 그가 모아 놓은 금은을 찾아냈습니다. 왕은 올 링크랑크를 죽이고 금과 은을 빼앗았습니다.

공주는 구혼자와 결혼하고 그 이후로 행복하고 화려하게 잘 살았답니다.

197

수정 구슬

옛날에 우애가 두터운 아들 형제 셋을 둔 여자 마법사가 있었는데, 그 늙은 여자는 아들들이 자기의 힘을 빼앗을지 모른다고 의심을 했습니다. 그래서 그녀는 맏아들을 독수리로 만들었습니다. 그는 절벽에 자기 집을 짓고 살면서 가끔씩 하늘을 미끄러지듯 오르내리기도 하고 또 원을 그리며 날기도 했습니다. 둘째 아들은 고래로 변해서 물을 뿜어내기 위해 물 위에 떠오를 때만 가끔씩 눈에 띄었습니다. 이 두 아들은 하루에 2시간 동안만 본래의 모습으로 돌아갈 수가 있었습니다. 셋째 아들은 어머니가 자기도 동물로 만들 것이라고 여겨 잔뜩 겁을 먹고 있었습니다.

'아마 이번에는 야생 동물로 만들거야. 곰이나 늑대 같은.'

그래서 그는 몰래 도망치기로 했습니다. 그런데 그는 언젠가 마법에 걸린 채 황금성에 갇혀 누군가의 도움을 기다리고 있다는 공주의 이야기를 들은 적이 있었습니다. 그녀를 구하려면 목숨을 걸어야 하는데, 이미 23명의 젊은이들이 비참한 죽음을 당했고, 이제 마지막으로 한 명에게만 그녀의 목숨을 구할 기회가 주어져 있다는 것이었습니다. 셋째 아들은 용감한 청년이었으므로 황금성을 찾아가기로 마음 먹고 길을 떠났습니다.

그러나 아무리 찾아 헤매도 황금성은 보이지 않았고, 셋째 아들은 그만 숲 속에서 길을 잃게 되었습니다. 그 때 멀찍이서 두 명의 거인이 그에게 손을 흔들었습니다. 그는 거인에게 갔습니다.

"우린 지금 이 모자를 누가 차지하느냐 하는 문제로 다투고 있어요. 그런데 우리 둘 다 힘이 비슷하기 때문에 한 사람이 다른 사람을 이기지 못하고 있답니다. 그러니 우리보다 영리한 작은 사람이 판단을 내려 주세요."

"왜 그런 낡은 모자를 차지하려고 싸우는거죠?"

그가 묻자 거인이 대답했습니다.

"저 모자의 위력을 몰라서 하는 말씀입니다. 저건 소원 모자예요. 그래서 누구든 저걸 쓰고 가고자 하는 곳을 생각만 하면 눈 깜짝할 사이에 도착하게 된답니다."

"모자를 이리 주세요. 내가 여기서 좀 떨어진 곳으로 가서 신호를 보내면 달려 오는거예요. 먼저 도착하는 사람이 모자를 갖기로 하는 겁니다."

그는 모자를 머리에 올려놓고 조금 떨어진 곳으로 걸어가기 시작했습니다. 그런데 그는 거인들의 일은 까맣게 잊어버리고 공주를 찾을 일을 생각하며 걸어가다가 이렇게 중얼거렸습니다.

"아, 내가 황금성에 가 있다면 얼마나 좋을까!"

그러자 그는 바로 산꼭대기에 있는 성전의 문 앞에 서 있는 것이었습니다. 그는 성큼성큼 안으로 걸어 들어가 모든 방을 샅샅이 뒤졌습니다. 공주는 맨 끝방에 있었습니다. 그러나 그녀의 모습을 본 그는 소스라치게 놀랐습니다. 그녀의 얼굴은 주름살이 쭈글쭈글한 잿빛이었고, 눈은 흉칙했으며 머리카락도 새빨갰기 때문입니다.

"당신이 아름답기로 유명한 그 공주란 말이오?"

그가 소리쳤습니다.

"아아, 이건 본래의 내 모습이 아니랍니다. 사람들의 눈에는 내가 이런 흉한 모습으로 보이지요. 하지만 내 진짜 모습을 보고 싶다면 저 거울로 보세요. 거울은 속임수를 쓰지 않으니까 있는 그대로의 내 모습을 비춰줄 거예요."

그녀가 내민 거울에는 그가 세상에 태어나서 한 번도 본 적이 없는 아름다운 처녀가 있었습니다. 그녀의 뺨에서는 슬픔의 눈물이 흘러 내리고 있었습니다.

"어떻게 하면 당신을 구할 수 있겠소? 난 아무것도 두렵지 않소."

셋째 아들이 말했습니다.

"누구든지 수정 구슬을 가져다가 마녀에게 내밀면 그녀의 마법의 힘은 깨지고 나는 원래의 모습으로 돌아갈 수 있어요. 하지만 이것 때문에 많은 사람들이 죽었어요. 그리고 당신까지 그토록 위험한 상황에 처하게 된다면 나는 더욱 더 큰 슬픔에 빠지게 될 거예요."

"아무것도 내 앞을 막을 수는 없소. 그러니 내가 해야 할 일을 알려 주시오."

"모든 걸 말씀드리겠어요. 이 산을 내려가면 연못 옆에 사나운 들소가 있을 거예요. 그 들소와 싸워 혹시 운 좋게 들소가 죽으면, 들소의 죽은 몸에서 불새가 날아오를 겁니다. 이 불새는 몸에 희미한 빛을 내는 알을 하나 품고 있는데, 그 알 속에 수정 구슬이 마치 노른자처럼 들어 있지요. 그런데 그 알이 땅에 떨어지면 그 일대가 온통 불바다로 변해 모든 것이 타 버리고 말아요. 그리고 수정 구슬과 함께 그 알도 타 버려 그동안의 노력도 허사가 되지요."

셋째 아들은 산을 내려가 연못이 있는 곳으로 갔습니다. 그러자 들소가 씩씩거리며 그에게 달려들었습니다. 오랫동안 몸싸움을 한 끝에 셋째 아들의 칼이 들소의 몸을 꿰뚫자 들소는 땅에 고꾸라졌습니다. 그리고 그 즉시 들소로부터 불새가 날아올라 알을 품은 채 달아났습니다. 그 때 독수리로 변한 첫째 형이 구름을 뚫고 날아와 바다까지 불새를 쫓아갔습니다. 독수리가 부리로 불새를 힘껏 쪼는 바람에 알이 떨어졌는데, 다행히도 알은 바다로 떨어지지 않고 바닷가에 있는 어느 어부의 오두막집으로 떨어졌습니다.

그러자 그 오두막집에서 연기가 솟으며 삽시간에 불길이 치솟았습니다. 그 때 집채만한 고래가 바다에서 치솟아 오두막집을 향해 물을 뿜어내자 불길이 사그라들었습니다. 그 고래는 바로 고래의 모습을 한 둘째 형이었습니다. 불길이 잡히자마자 셋째 아들은 알을 찾았습니다. 운 좋게도 알은 곧 발견되었고 아직 깨지지 않은 상태였는데, 뜨거운 불 속에 있다가 갑자기 찬물이 닿자 껍데기가 저절로 깨져 버렸습니다. 막내는 수정 구슬을 집어 들었습니다. 수정 구슬에는 흠집 하나 없었습니다.

셋째 아들이 마녀에게 가서 수정 구슬을 내밀자 마녀가 소리쳤습니다.
"나의 힘은 파괴되어 버렸다. 이제부터 네가 이 황금성의 왕이다. 그리고 너의 두 형도 본래 모습으로 되돌아가게 될 것이다."

막내는 서둘러 공주에게로 갔습니다. 그가 방 안으로 들어섰을 때 공주는 아름다운 모습으로 서 있었습니다. 그들은 결혼식을 치르고 서로 반지를 교환했습니다.

198

말렌 아가씨

옛날 어느 나라에 한 왕자가 있었습니다. 그는 강력한 이웃 나라의 공주와 결혼을 하고 싶어했습니다. 그녀의 이름은 말렌이었는데 매우 아름다웠습니다. 그녀의 아버지는 말렌을 다른 사람과 결혼시킬 생각이었기 때문에 왕자의 청혼을 거절했습니다. 그러나 두 사람은 서로 마음 깊이 사랑하고 있었으므로 어느 것도 둘 사이를 갈라놓을 수는 없었습니다. 말렌 공주는 왕에게 말했습니다.

"난 그가 아닌 어느 누구도 내 남편으로 맞아들이지 않을거예요!"

이 말을 듣고 몹시 화가 난 왕은 햇빛도 달빛도, 그 어떤 빛도 들지 않는 캄캄한 탑을 세우라고 명령했습니다. 탑이 완성되자 왕이 말했습니다.

"7년간 이 안에 있도록 해라. 그런 다음에 너의 그 심술스러운 마음이 바뀌어졌는지 보러 오겠다."

7년 동안 먹을 만큼의 식량이 실려 왔습니다. 그리고 나서 공주와 하녀 한 명이 탑 안으로 들여보내졌고 그들은 사방천지가 벽으로 둘러싸인 곳에 갇히게 되었습니다. 그들은 밤인지 낮인지도 알지 못한 채 어둠 속에 앉아 있었습니다. 왕자는 탑을 돌고 또 돌며 공주의 이름을 불러 보았지만 밖에서 나는 소리가 벽을 뚫고 들어가지는 못했습니다. 그 곳에서 두 여자는 슬피 우는 수밖에 달리 어쩔 도리가 없었습니다. 그러는 동안에 세월도 많이 흘러 얼마 남지 않은 식량과 음료수를 보고 공주와 하녀는 자기들이 갇혀 있어야 하는 날이 거의 끝나간다는 것을 짐작할 수 있었습니다. 그들은 곧 풀려 나리라고 굳게 믿고 있었습니다.

그러나 망치로 두드리는 소리도, 벽이 허물어지는 소리도 들려 오지 않았습니다. 말렌은 아버지가 자기를 잊어버린 게 분명하다고 생각했습니다. 이제 남은 식량도 얼마 되지 않아 그대로 있다가는 굶어 죽을 지경이었습니다. 말렌이 말했습니다.

"이제 남은 길은 하나뿐이야. 우리 힘으로 저 벽을 부수는거야."

말렌은 벽에서 돌을 들어내기 위해서 빵칼로 시멘트를 긁었습니다. 그녀가 지치면 하녀가 그 일을 계속하면서 오랫동안 애쓴 끝에 마침내 돌 하나를 들어내는 데 성공했습니다. 그러고 나서 두 번째, 세 번째 돌이 빠지고 마침내 사흘 후에는 어둠 속으로 한 줄기 빛이 새어 들어왔습니다. 구멍이 훨씬 더 커지자 말렌과 하녀는 밖을 내다볼 수 있었습니다.

하늘은 파랗고 상쾌한 바람이 스쳐 갔지만 바깥 풍경은 말렌과 하녀에게 더 큰 슬픔을 주었습니다. 왕궁은 폐허가 되어 있었고, 그들의 눈에 띄는 모든 성과 마을도 잿더미로 변해 있었던 것입니다. 마침내 구멍이 그들이 빠져나갈 수 있을 만큼 커졌습니다. 하녀가 먼저 살짝 뛰어나가고 뒤이어 말렌이 빠져나갔습니다. 그러나 어디로 가면 좋을지 방향을 잡을 수가 없었습니다.

말렌이 탑 속에 갇혀 있는 동안 전쟁이 일어나 적들은 온 성을 짓밟았고 왕은 쫓겨났으며, 거기에 살고 있던 사람들도 모조리 학살되고 없었습니다. 말렌과 하녀는 다른 나라를 향해 길을 떠났지만 그들에게는 쉴 만한 곳도, 음식을 나누어 주는 친절한 사람도 없었습니다. 그들은 너무나 굶주려서 쐐기풀로 배를 채우는 것만으로도 감지덕지할 처지였습니다. 한참을 가고 나서야 그들은 이웃 나라에 도착할 수가 있었습니다. 거기서 그들은 부지런히 일거리를 찾아 다녔지만 찾아가는 곳마다 돌아가라는 말뿐, 그들을 불쌍하게 여기는 사람은 어디에도 없었습니다. 마침내 그들은 왕궁이 있는 커다란 마을에 도착했습니다. 그리고 수없이 거절을 당하던 끝에 드디어 한 요리사로부터 부엌에서 허드렛일을 해도 좋다는 허락을 받았습니다.

그 나라의 왕자는 7년 전에 말렌과 결혼을 약속했던 그 사람이었습니다. 그동안에 그의 아버지는 그를 위해 다른 신붓감을 골라 놓고 있었습니다. 예비신부는 얼굴도 지독히 못생긴데다가 마음씨도 그에 못지않게 사악한 여자였습니다. 결혼식이 준비되고 예비신부도 도착했습니다. 그러나 얼굴이 못생긴 그녀는 방문을 잠그고 틀어박혀 아무도 들어오지 못하게 했습니다.

그녀가 먹을 음식들은 말렌이 부엌에서 날라야 했습니다. 신부가 신랑과 함께 교회로 가야 하는 날이 다가오자 예비신부는 자기가 못생긴 것이 부끄러웠고, 또 혹시 거리에서 자기의 못생긴 모습을 본 사람들에게 모욕을 당하거나 웃음거리가 되지나 않을까 해서 두려웠습니다. 그래서 예비신부는 말렌을 불러서 말했습니다.

"오늘이 너에게는 행운의 날이 되겠구나. 난 다리를 삐어서 제대로 걸어 갈 수가 없으니 네가 나 대신 내 옷을 입고 자리에 서 주어야겠어. 네 생애에 이런 영광은 또 없을거야."

말렌은 그 제안을 거절했습니다.

"전 그런 영광을 바라지 않아요."

예비신부는 말렌에게 금을 주겠다고 하면서 구슬렸지만 허사였습니다. 마침내 그녀는 화가 나서 말했습니다.

"만약 내 말을 듣지 않겠다면 목숨을 내놓을 각오를 해. 내 말 한 마디면 네 목은 달아나고 말 테니까."

말렌은 할 수 없이 신부 대신 화려한 옷을 입고 보석으로 치장했습니다. 그녀가 왕이 사는 궁전의 홀로 들어서자 사람들은 그녀의 빼어난 아름다움에 깜짝 놀랐습니다. 왕이 아들에게 말했습니다.

"이 여자가 내가 너를 위해 간택한 신부다. 그러니 어서 신부를 데리고 교회로 가거라."

신랑은 말렌과 너무나 닮은 신부의 모습에 깜짝 놀랐습니다.

'분명히 그녀야. 하지만 그녀는 탑 안에 갇혀 있거나, 어쩌면 죽었을지도 모르는데 … .'

그는 신부의 손을 잡고 교회로 향해했습니다. 가는 도중에 쐐기풀 숲이 있었습니다. 그 숲을 본 말렌이 중얼거렸습니다.

"쐐기풀숲아,
쐐기풀숲아,
너무나 키가 작고 앙상하구나,
왜 여기 있는거니?
그 때의 일을 너는 알지,
내가 너를 생으로 먹던 때를 너는 알지,
쓰리고 거칠었지."

"무슨 말을 하는거요?"

왕자가 물었습니다.

"아무것도 아니예요. 그저 말렌 아가씨를 생각했을 뿐이에요."

그는 그녀가 말렌 아가씨를 알고 있다는 사실이 너무나 놀라웠지만 아무 말도 하지 않았습니다. 교회로 가는 인도교를 지날 때 말렌은 또 혼자 중얼거렸습니다.

"인도교야, 말하지 말아다오.
내가 그의 가짜 신부 역할을
기꺼이 맡았다고 해서 나를 꾸짖지는 말아다오."

"무슨 소리요?"
왕자가 물었습니다.
"아니예요. 그저 말렌 아가씨 생각을 해보았을 뿐이에요."
"당신이 말렌을 안단 말이요?"
"아뇨, 내가 어떻게 알겠어요? 그저 그녀에 대한 소문을 들었을 뿐이죠."
그들이 교회 문 앞에 다다랐을 때 그녀가 또 말했습니다.

"교회 문아, 말하지 말아다오.
내가 그의 가짜 신부 역할을
기꺼이 맡았다고 해서 나를 꾸짖지는 말아다오."

"뭐라고 한거요?"
그가 물었습니다.
"아아, 그저 말렌 아가씨를 생각한 것뿐이랍니다."
왕자는 매우 귀한 목걸이를 꺼내 그녀의 목에 걸어 주었습니다. 그러고 나서 그들은 교회 안으로 들어갔고, 목사님은 제단 앞에서 결혼의 표시로 그들의 손을 서로 맞잡게 했습니다. 왕자는 그녀를 데리고 성으로 돌아왔습니다. 도중에 말렌은 한 마디도 하지 않았습니다. 궁전에 도착하자 말렌은 얼른 예비신부의 방으로 달려가 화려한 옷과 보석을 벗어 자기의 재투성이 옷으로 갈아입었습니다.

그러나 왕자에게 받은 목걸이는 그대로 가지고 왔습니다. 밤이 되자 예비신부가 왕자의 방으로 안내되었습니다. 그녀는 얼굴을 베일로 가리고 있었으므로 왕자는 그녀가 자기를 속인 사실을 알지 못했습니다. 모든 사람이 돌아가고 둘만 남자 왕자가 물었습니다.

"길가에 있던 쐐기풀 숲에다 대고 무슨 말을 했소?"

"무슨 숲이라고요? 난 쐐기풀 숲에다 아무 말도 하지 않았어요."

"아무 말도 안 했다면 당신은 나의 진짜 신부가 아니오."

그녀는 재빨리 생각을 해보고 나서 다시 말했습니다.

"내 하녀, 내 하녀에게 가서 알아봐야겠어요. 나에게 그 생각을 심어 준 사람이 바로 그 애거든요."

그리고 나서 그녀는 밖으로 나가서 말렌을 소리쳐 불렀습니다.

"이 계집애야, 도대체 쐐기풀 숲에다 대고 뭐라고 지껄인거야?"

"난 단지 이렇게 말했어요.

쐐기풀 숲아,
쐐기풀 숲아,
너무나 키가 작고 앙상하구나,
왜 여기 서 있는거니?
그 때의 일을 너는 알지,
내가 널 생으로 먹던 때를 너는 알지,
쓰리고 거칠었지."

예비신부는 왕자의 방으로 가서 말했습니다.

"이제 내가 쐐기풀 숲에서 뭐라고 했는지 생각났어요."

그녀는 자기가 들은 그대로 중얼거렸습니다.

"하지만 인도교를 건널 때 한 말은 뭐요?"

왕자가 물었습니다.

"인도교에서요? 난 인도교에서 아무 말도 안했는데 … "

"그럼 당신은 진짜 신부가 아니로군."

"내 하녀, 내 하녀에게 가서 알아봐야겠어요. 나한테 그 생각을 심어 준 사람이 바로 그 애니까요."

그녀는 밖으로 나가 말렌을 소리쳐 불렀습니다.

"이 계집애야, 인도교에서는 또 뭐라고 한거야?"
"난 단지 이렇게 말했어요.

  인도교야, 말하지 말아다오.
  내가 그의 가짜 신부 역할을
  기꺼이 맡았다고 해서 나를 꾸짖지는 말아다오."

"넌 이제 죽은 목숨인 줄 알아라."
예비신부는 이렇게 외치며 왕자의 방으로 갔습니다.
"이제야 내가 인도교에서 뭐라고 했었는지 기억이 나네요."
그러고 나서 그녀는 들은 대로 읊었습니다.
"그럼 교회 문 앞에서 한 말은 무엇이었소?"
"교회 문에서요? 교회 문에서는 아무 말도 하지 않았어요."
"그럼 당신은 내 진짜 신부가 아니오."
그녀는 밖으로 나가서 화난 목소리로 말렌을 불렀습니다.
"이 계집애야, 교회 문에서는 도대체 뭐라고 했어?"
"그냥 이렇게 말했어요.

  교회 문아, 말하지 말아다오.
  내가 그의 가짜 신부 역할을
  기꺼이 맡았다고 해서 날 꾸짖지는 말아다오."

예비신부는 화가 나서 소리쳤습니다.
"네 모가지를 분질러 버릴 테다."
그러고는 왕자의 방으로 되돌아갔습니다.
"이제 교회 문 앞에서 내가 했던 말이 생각났어요."
그리고 그녀는 또 들은 말을 그대로 반복했습니다.
"내가 교회 문 앞에서 당신에게 준 목걸이는 어디 있소?"
"무슨 목걸이요? 난 목걸이 같은 걸 받은 일이 없는데요."
"내 손으로 목걸이를 당신 목에다 걸어 주지 않았소? 이 사실을 모르고 있다면 당신은 내 신부가 아니오."

그는 그녀의 얼굴에 드리워진 베일을 벗겼습니다. 흉측하게 생긴 그녀의 얼굴을 본 왕자는 깜짝 놀라 뒷걸음질치며 말했습니다.

"당신이 어떻게 여기에? 당신은 누구요?"

"난 당신과 결혼하기로 되어 있던 예비신부예요. 하지만 사람들이 길에서 나를 보고 모욕을 줄까봐 두려웠어요. 그래서 부엌데기를 데려다가 옷을 입히고 내 대신 교회로 가게 한 거예요."

"그 여자는 어디 있소? 그 여자를 만나고 싶소. 가서 그 여자를 데리고 오시오."

그러나 밖으로 나간 그녀는 하인에게 부엌에서 허드렛일을 하고 있는 그 여자는 사기꾼이니 뜰로 끌어내서 목을 베어 버리라고 명령했습니다.

하인이 말렌 아가씨를 잡아 질질 끌어내자 말렌은 큰 소리로 살려 달라고 외쳤습니다. 그 소리를 들은 왕자가 자기 방에서 뛰쳐나와 그 여자를 즉시 풀어 주라고 명령했습니다. 불이 밝게 켜지고 나서 그는 자기가 낮에 교회 앞에서 준 목걸이가 그녀의 목에 걸려 있는 것을 보았습니다. 그가 말했습니다.

"당신이 나의 진짜 신부로군요. 당신이 나와 함께 교회에 갔던 사람이야. 자, 내 방으로 들어갑시다."

단 둘이 있게 되자 왕자가 말했습니다.

"아까 당신은 교회 문 앞에서 말렌 아가씨 이야기를 했는데, 사실은 그 여자가 내가 정말 결혼하고 싶었던 여자요. 가능하다면 난 지금 내 앞에 서 있는 사람이 말렌 아가씨라고 믿고 싶소. 당신은 그녀와 너무나 닮았구려."

그녀가 말했습니다.

"내가 말렌이에요. 당신도 아시다시피 난 7년 동안 굶주림과 갈증을 견디며 어둠 속에 갇혀 있어야 했어요. 그러고 나서는 또 오랫동안 지독히 궁핍한 생활을 하며 떠돌아다녀야 했지요. 하지만 내게도 태양이 또다시 비춰진 거예요. 우린 이미 교회에서 결혼식을 올렸으니 난 당신의 합법적인 아내예요."

두 사람은 입맞춤을 했습니다. 그리고 남은 생을 행복하게 살았습니다. 자기 행동에 대한 벌로 그 예비신부는 목숨을 잃었구요.

오랜 시간이 흐른 뒤에도 말렌 아가씨가 갇혀 있던 그 탑은 여전히 남아 있어서, 그 곁을 지날 때 꼬마들은 이런 노래를 부른답니다.

"쨍그랑, 쨍그랑, 쨍그랑,

홀로 슬퍼하며 저 안에 앉아 있는 사람이 누구지?

공주가 열쇠도 없이 앉아 있대.

그 공주를 볼 수는 없어.

벽이 너무나 두껍고 절대로 부서지지 않을 테니까.

돌들아, 아무쪼록 움직이지 말아라.

이리 와, 꼬마 한스야,

네 화려한 코트를 가지고

오늘 나를 따라오려무나."

199

들소가죽 장화

군인은 모름지기 두려워하지 않으면 자기 앞길을 막는 것은 무엇이든 무찌르는 법입니다. 옛날에 그런 군인이 한 명 있었습니다. 그는 제대 증명서만 한 장 있을 뿐, 먹고 사는 데 필요한 기술을 배운 적이 전혀 없었습니다. 그래서 밥벌이를 할 수가 없자 친절한 사람을 만나 자선이나 받을까 해서 여기저기를 돌아다녔습니다. 낡은 망토를 어깨에 걸치고, 여전히 들소가죽으로 만든 장화를 신고 다녔습니다.

어느 날 정처 없이 들판을 거닐다가 그는 숲 속에서 길을 잃고 말았습니다. 자기가 서 있는 곳이 어디쯤인지 도무지 알 길이 없어 난감해하던 군인은, 마침 나무 그루터기에 앉아 있는 한 나그네를 만났습니다. 그 사람은 아주 멋진 사냥복을 입고 있었습니다. 군인은 악수를 하고 나서 그 사람이 앉은 옆자리의 잔디 위에 다리를 쭉 뻗고 앉았습니다. 그리고 그에게 말했습니다.

"멋진 옷에다 번쩍번쩍하는 구두를 신으셨군요. 하지만 나처럼 오랫동안 여기저기 떠돌아다니려면 그런 것으로는 얼마 견디지 못하죠. 내 신을 보세요.

들소가죽으로 만들어서 울퉁불퉁한 길을 다녀도 끄떡없다니까요."

잠시 후 군인이 일어서며 말했습니다.

"난 여기 오래 있을 시간이 없어요. 뱃속에서 아우성이랍니다. 그러니 빛나는 장화를 신은 형제여, 숲에서 나가는 길을 알려 주시겠소?"

"몰라요. 나도 길을 잃었답니다."

사냥꾼이 말했습니다.

"그럼 당신도 나와 한 배를 탄 셈이군. 유유상종, 같이 붙어 다니면서 나가는 길을 찾아봅시다."

사냥꾼도 이에 동의하며 싱끗 웃었습니다. 두 사람은 해질녘이 다 되도록 헤매고 다녔습니다.

"아무래도 나가는 길을 찾기는 틀린 것 같소. 그런데 저기 불빛이 하나 보이는군요. 저 곳에 가면 먹을 게 좀 있을지 모르니 한 번 가 봅시다."

그들은 오래된 돌집 앞에 도착하여 문을 두드렸습니다. 나이 든 할머니 한 분이 문을 열었습니다.

"우리는 하룻밤 묵을 곳을 찾고 있습니다. 그리고 배를 채울 것도 필요해요. 뱃속이 낡은 손가방처럼 쭈글쭈글해져 있답니다."

"여기는 안 돼요. 이 집은 도둑들의 집이라우. 그들이 돌아오기 전에 달아나는 게 좋을거유. 당신들이 여기 있는 걸 알면 그들이 가만 놔 두지 않을 테니까."

할머니의 말을 들은 군인이 대답했습니다.

"그렇게는 안될걸요. 우리는 이틀 동안이나 아무것도 먹지 못했습니다. 여기서 죽으나 숲 속을 헤매다 굶어 죽으나 마찬가지예요. 그러니 안으로 들어가겠습니다."

사냥꾼은 들어가지 않으려 했지만 군인은 그의 어깨를 잡아 끌었습니다.

"들어오게, 늙은 친구. 지금 당장 죽는 건 아니니까."

할머니도 그들이 불쌍해졌습니다.

"그러면 난로 뒤에 가서 숨어 있으시우. 도둑들이 잠들고 나면 내가 남은 음식들을 좀 훔쳐다 주리다."

군인과 사냥꾼이 겨우 숨을 곳을 찾았을 때 12명의 도둑이 들어왔습니다. 그들은 이미 준비된 식탁 앞에 앉아서 시끄럽게 식사를 재촉했습니다. 할머니가 커다란 고깃조각을 가져다주자 도둑들은 매우 흡족해하며 게걸스럽게 먹어대기 시작했습니다. 고기 냄새가 굶주려 있던 군인의 코를 자극했습니다. 그가 사냥꾼에게 말했습니다.

"난 더 이상 못 참겠소. 저들 틈에 끼여 나도 좀 먹어야겠어요."

"그러다가는 우리 둘 다 죽게 될거요."

사냥꾼이 그 팔을 잡으며 말렸지만 군인은 큰 소리로 기침을 하기 시작했습니다. 도둑들이 그 소리를 듣고는 들고 있던 나이프와 포크를 내던지며 벌떡 일어섰습니다. 결국 그들은 난로 뒤에 숨어 있던 웬 낯선 놈들을 끌어냈습니다.

"아하, 신사 양반, 왜 그 구석에 쪼그리고 앉아 계시지? 여기는 왜 왔어? 우리를 염탐하러 온거지? 잠깐 기다려, 죽음의 실개천을 어떻게 날게 되는지 가르쳐 줄 테니."

"당신들 좋으실 대로 하시구려. 하지만 지금 난 배가 몹시 고프오. 먹을 것을 좀 주시오. 그러고 나서는 당신들 하고 싶은 대로 해도 좋소."

군인이 말했습니다.

도둑들은 깜짝 놀랐습니다. 마침내 도둑의 두목이 말했습니다.

"겁이 없으시군. 좋아, 먹을 것을 주지. 하지만 그러고 나서는 죽을 줄 알아."

"그 점에 대해서는 잘 알고 있소."

군인은 아무렇지도 않다는 듯 이렇게 말하고 나서 식탁에 앉아 허겁지겁 고기를 썰기 시작했습니다. 그리고 사냥꾼에게 손짓을 했습니다.

"반짝구두 신은 형제, 이리 와서 먹자구! 자네도 나만큼이나 배가 고플거야. 그리고 집에 가도 이보다 맛있게 구운 고기는 먹기 힘들걸."

그는 사냥꾼에게 손짓을 했습니다.

그러나 사냥꾼은 안 먹겠다고 했습니다. 군인이 음식을 먹는 광경을 지켜 보던 도둑들은 깜짝 놀라며 말했습니다.

"못 말릴 친구로군."

조금 있다가 군인이 말했습니다.

"음식만 갖고는 안 되겠어. 마실 것도 좀 주시오."

도둑 두목은 군인의 태도가 마음에 들었는지 관대해졌습니다. 그가 할머니를 불러 말했습니다.

"지하실에 가서 포도주를 가져와요. 제일 좋은 걸로."

군인은 펑 소리를 내며 병의 코르크 마개를 잡아 뽑았습니다. 그러고 나서 사냥꾼에게 병을 내밀며 말했습니다.

"이걸 좀 보게, 형제. 자넨 깜짝 놀라게 될걸세. 여기 있는 모든 이들을 위하여 건배하겠네."

군인이 도둑들의 머리 위로 술병을 휘두르며 말했습니다.

"당신들을 위하여 건배! 모두 입을 벌리고 오른손을 높이 들어 주세요."

그러고 나서 군인은 술병을 쭉 들이켰습니다. 그런데 그의 말이 떨어지기가 무섭게 도둑들은 마치 돌이 된 것처럼 앉아 자리에서 꼼짝도 하지 않았습니다. 그들은 모두 입을 벌리고 오른손을 높이 들고 있었습니다.

사냥꾼이 군인에게 속삭였습니다.

"당신은 마술도 하는군요. 자, 갑시다. 집으로 돌아가야 할 때인 것 같소."

"오호, 늙은 친구, 그렇게 빨리 갈 수야 없잖소? 적들을 물리치고 전리품도 가져가야지요. 저 자들은 지금 모두가 놀라서 입을 딱 벌리고 있어요. 내가 놔 주기 전에는 모두 그대로 꼼짝 않고 있을거요. 이리 와요, 같이 먹고 마십시다."

할머니는 고급 포도주를 한 병 더 가져다 주었고 군인은 사흘분에 해당하는 식사를 다 마치기 전까지 자리에서 일어나지 않았습니다. 마침내 새벽이 밝아 오자 그가 말했습니다.

"이제 철군할 시간이 됐군. 할머니에게 시내로 들어가는 지름길을 물어 봅시다. 그래야 오래 행군하지 않아도 되지."

시내로 들어간 군인은 자기의 옛 동료들을 찾아갔습니다.

"내가 숲 속에서 더러운 새들의 둥지를 찾아냈네. 같이 가서 깨끗이 소탕해 버리자구."

군인은 앞장 서서 걸으며 사냥꾼에게 말했습니다.

"자네는 따라오면서 우리에게 발목을 잡힐 때 그 놈들이 벌벌 떠는 광경이나 구경하라구."

그는 자기 동료들에게 도둑들의 본부를 포위하라고 시켰습니다. 그리고 포도주 한 병을 다 마시고 나서 병을 도둑들의 머리 위로 휘저으면서 말했습니다.

"당신들을 위하여 건배!"

그러자 도둑들은 다시 움직일 수가 있었습니다. 그러나 그들은 모두 땅바닥에 나가 떨어졌고 손과 발이 밧줄로 꽁꽁 묶였습니다. 군인은 그들을 곡식자루처럼 마차 위에 던졌습니다.

"저 놈들을 감옥으로 끌고 가게."

사냥꾼은 옆에 있는 군인에게 뭐라고 명령을 내렸습니다.

"반짝구두 형제, 우리의 기습 작전으로 적들을 붙잡았으니 우리도 좋은 걸로 챙기자구. 그리고 이제 시내로 들어갈 시간이야. 천천히 따라 갑시다."

그들이 성으로 가까이 갔을 때, 성문 앞에는 수많은 군중들이 나와서 푸른 나뭇가지를 흔들며 왕을 위해 만세를 부르고 있었습니다. 그리고 그 뒤에는 왕의 호위병들이 따라왔습니다.

"저게 뭐지?"

군인은 깜짝 놀라 사냥꾼에게 물었습니다.

"자네는 왕이 오랫동안 성을 비웠던 것도 모르나? 그가 오늘 돌아온다네. 그래서 백성들이 환영을 나온거지."

"그런데 왕은 어디 있지? 안 보이는데?"

"여기 있잖니? 내가 왕일세. 내가 미리 도착 시간을 알려 두었지."

그리고 나서 사냥꾼이 자기의 사냥용 겉옷을 젖히자 속에서 왕의 의복이 나타났습니다. 군인은 파랗게 질렸습니다. 그는 얼른 무릎을 꿇고 그가 왕인 줄 모르고 함부로 대한 걸 용서해 달라고 빌었습니다. 그러나 왕은 그의 손을 잡으며 말했습니다.

"자네는 훌륭한 군인이네. 그리고 내 생명의 은인이기도 하고. 이제부터는 자네가 갖고 싶은 것이면 무엇이든 갖게나. 그리고 도둑의 집에서 먹었던 것 같은 잘 구운 고기가 먹고 싶거든 언제든지 성 안에 있는 부엌으로 가면 될걸세. 하지만 자네가 누군가를 위해 건배를 하려거든 반드시 내 허락을 받아야 하네."

200

황금 열쇠

어느 겨울날, 한 가난한 소년이 썰매를 타고 나무를 하러 숲에 갔습니다. 썰매 가득 나무를 실은 소년은 너무 춥자 불을 피우려고 했습니다. 장작 한 개면 몸을 녹일 수 있을 것이라고 생각했습니다. 불을 피우기 위해 눈을 쓸어 내니 땅 위에 조그마한 황금 열쇠가 한 개 떨어져 있는 것이었습니다. 열쇠가 있으니 분명히 자물쇠도 있으리라고 생각한 소년은 땅을 더 파고 들어가다가 마침내 작은 상자 하나를 찾아내었습니다. 그 안에는 틀림없이 귀한 물건이 들어 있을 것이라고 생각했습니다.

그러나 열쇠구멍이 보이지 않았습니다. 이리저리 들여다보다가 무엇인가를 찾긴 했지만, 너무나 작아서 잘 보이지 않았습니다. 소년은 열쇠를 그 곳에 맞춰 보았습니다. 다행히도 열쇠가 맞아 소년은 열쇠를 돌렸습니다. 우리는 이제 소년이 상자를 완전히 열어 안에 든 것을 꺼낼 때까지 기다려야겠습니다. 소년이 얼마나 멋진 것을 찾아냈는지 함께 알아볼까요?

어린이를 위한 성스러운 이야기

1

숲 속의 성 요셉

　딸 셋을 둔 어머니가 있었습니다. 첫째 딸은 심술궂은 데다가 마음씨가 곱지 않았고, 둘째 딸은 언니보다 훨씬 나았지만 그래도 결점이 많았습니다. 반면에 막내딸은 신앙심이 깊고 마음씨가 고운 소녀였습니다. 그런데 이상하게도 어머니는 셋 중에서 첫째 딸을 제일 예뻐했고 막내딸은 미워서 안달이었습니다.
　그러므로 불쌍한 막내딸을 쫓아내 버릴 생각으로 툭하면 길을 잃어 돌아오기 어려운 멀고 험한 숲으로 내보내곤 했습니다. 그러나 신앙심이 깊은 아이들이면 누구나 그러하듯이, 어린이를 지켜 주는 천사가 나타나 집으로 돌아가는 길을 알려 주곤 했습니다.
　그러던 어느 날 그 천사가 미처 도착하지 않아서 소녀는 그만 숲에서 나가는 길을 찾지 못하게 되었습니다. 소녀는 어두워질 때까지 헤매고 다녔습니다. 그 때 멀리서 불빛이 보여 달려가 보니 작은 오두막집이 한 채 있었습니다. 소녀가 문을 두드리자 문이 열려서 소녀는 안으로 들어갔습니다. 두 번째 문 앞에서 소녀가 한 번 더 문을 두드렸더니 눈처럼 흰 수염을 달고 기품 있게 생긴 한 할아버지가 문을 열었습니다. 소녀에게 다정한 말을 건넨 할아버지는 바로 성 요셉이었습니다.
　"들어오너라, 착한 아가야. 불 옆에 있는 내 의자에 앉아 몸을 녹이렴. 목이 마르다면 깨끗한 물을 한 잔 가져다주마. 너에게 줄 거라고는 나무 뿌리밖에 없구나. 그걸 요리하려면 먼저 껍질을 벗겨야 한단다."
　성 요셉이 소녀에게 나무 뿌리를 주자 소녀는 깨끗하게 껍질을 벗겼습니다. 그러고 나서 어머니가 준 약간의 팬케이크와 빵을 내놓았습니다. 소녀는 불 위에 있는 솥에다 모든 재료를 넣고 스튜를 끓였습니다. 음식이 다 만들어지고 나자 옆에 있던 성 요셉이 말했습니다.
　"나도 몹시 시장하구나. 네 음식을 내게 좀 주겠니?"
　소녀는 조금도 싫은 기색 없이 자기 것보다 훨씬 더 많은 양을 그에게 나눠 주었습니다. 그러나 하느님의 은총으로 소녀도 배부르게 먹을 수 있었습니다. 식사가 끝나자 성 요셉이 말했습니다.

"이제 잘 시간이다. 하지만 내게는 침대가 하나밖에 없단다. 네가 침대에 누워라. 난 바닥에다 짚을 깔고 자마."

"아니예요. 전 짚이 부드러워서 좋아요."

소녀는 이렇게 말했지만 성 요셉은 소녀를 팔로 안아서 침대에다 뉘었습니다. 소녀는 기도를 하고 곧 잠이 들었습니다. 다음 날 소녀가 성 요셉에게 인사를 하려고 보니 그가 보이지 않았습니다. 소녀는 벌떡 일어나서 그를 찾았지만 그는 어디에도 없었습니다. 그러다가 소녀는 문 뒤에서 너무 무거워서

잘 움직여지지도 않을 만큼 많은 돈이 든 자루 하나를 발견했습니다. 자루 위에는 그 돈이 어젯밤 이 곳에서 잔 소녀의 것이라고 적혀 있었습니다. 소녀는 그 길로 자루를 들고 어머니가 계신 집으로 향했습니다. 소녀가 그 돈을 어머니께 선물로 드리자 어머니는 대단히 흡족해했습니다.

다음 날, 둘째 딸이 그 숲에 가보고 싶어하자 어머니는 둘째 딸에게 훨씬 더 많은 양의 팬케이크와 빵을 싸 주었습니다. 동생이 그랬듯이 둘째 딸도 숲에서 길을 잃었습니다. 저녁이 되어서야 둘째 딸은 성 요셉이 사는 오두막집을 찾을 수 있었습니다. 성 요셉이 둘째 딸에게도 스튜를 만들 나무 뿌리를 주었습니다. 스튜가 다 만들어지자 성 요셉은 둘째 딸에게도 막내딸에게 했던 것과 똑같은 말을 했습니다.

"나도 몹시 시장하구나. 내게 너의 음식을 나누어 주겠니?"

둘째 딸이 말했습니다.

"저하고 함께 드세요."

그러고 나서 성 요셉이 자기 침대를 소녀에게 주며 자기는 바닥에서 짚을 깔고 자겠다고 말했을 때, 둘째 딸은 이렇게 말했습니다.

"아니예요. 침대에 같이 누우세요. 우리 두 사람이 잘 공간이 충분히 되는 걸요."

성 요셉은 소녀를 안아 침대에 뉘고 자기는 짚에 자리를 잡았습니다. 다음 날 잠에서 깬 둘째 딸이 성 요셉을 찾았으나 그는 어디에도 보이지 않았습니다. 그 대신 문 뒤에서 돈이 든 자루를 발견했습니다. 주먹만한 크기의 자루 위에는 어젯밤 여기서 잔 소녀를 위한 돈이라고 씌어 있었습니다. 그래서 둘째 딸은 곧장 집으로 달려가 그 돈을 어머니에게 주었습니다. 그러나 동전 몇 개는 자기가 가지려고 몰래 감추었습니다.

다음 날이 되자 호기심이 강한 첫째 딸도 그 숲에 가보기를 원했습니다. 어머니는 첫째 딸이 달라는 대로 많은 양의 팬케이크와 빵, 치즈까지 담아 주었습니다. 해가 지자 첫째 딸도 다른 동생들처럼 성 요셉이 있는 오두막집을 찾았습니다. 첫째 딸이 스튜를 다 만들고 나자 성 요셉이 말했습니다.

"배가 몹시 고프구나. 너의 음식을 좀 나눠 주겠니?"

"내가 다 먹고 날 때까지 기다리세요. 남는 게 있으면 먹어도 돼요."

그러나 첫째 딸이 음식을 거의 먹어 치웠기 때문에 성 요셉은 그릇의 밑바

닭을 긁어 먹어야 했습니다. 그러고 나서 그 친절한 할아버지는 자기 침대를 첫째 딸에게 양보하며 자기는 짚 위에서 자겠다고 말했습니다. 첫째 딸은 사양하지 않고 그 제의를 받아들여 자기는 침대에서 자고 할아버지는 짚에서 자게 했습니다.

다음 날 아침, 자고 일어나 보니 할아버지는 어디 갔는지 보이지 않았습니다. 하지만 첫째 딸은 상관하지 않았습니다. 그 대신 돈이 든 자루를 찾아 문 뒤를 살폈습니다. 바닥에 무언가가 있는 것 같아서 그것이 무엇인지 보기 위해 몸을 구부리는 순간, 첫째 딸의 코에 그것이 붙어 대롱대롱 매달렸습니다. 놀라서 몸을 일으킨 첫째 딸은 자기 코 위에 또 다른 코가 하나 붙은 걸 보고 겁이 덜컥났습니다.

첫째 딸은 비명을 지르며 소리내어 엉엉 울었으나 아무 소용이 없었습니다. 고개를 들어 사방을 둘러보아도 보이는 것은 튀어나온 코뿐이었습니다. 울면서 달아나다 길에서 우연히 성 요셉 할아버지를 만난 첫째 딸은 무릎을 꿇고 용서를 빌었습니다. 요셉 할아버지는 측은한 마음이 들어 코를 원래대로 해주고 2페니의 돈까지 주었습니다.

첫째 딸이 집으로 돌아오자 문 앞에 서서 기다리고 있던 어머니가 물었습니다.

"너는 선물로 뭘 가져왔니?"

첫째 딸은 거짓말을 했습니다.

"자루 가득 돈을 받았는데 집으로 오는 길에 그만 잃어버리고 말았어요."

"잃었다구? 그렇다면 금방 찾을 수 있을 게다."

어머니는 딸의 손을 잡고 자루를 찾으러 갔습니다. 처음에는 울며 안 가겠다고 하던 첫째 딸은 할 수 없이 따라나섰습니다. 도중에 모녀는 도마뱀과 뱀들에게 습격을 당했으나 막아 낼 도리가 없었습니다. 그 못된 딸은 마침내 뱀에 물려 죽고 어머니도 발이 온통 물려 자기 딸을 구해 내지 못했습니다.

2

12사도

예수 그리스도께서 태어나기 300년 전에 열두 명의 아들을 둔 한 여인이 있었습니다. 그런데 너무 가난하고 궁핍해서 자기 아들들을 먹여 살릴 방도가 없었습니다. 그 여인은 약속의 날이 왔을 때 자기 아들들이 구세주와 함께 할 수 있도록 허락해 달라고 언제나 하느님께 기도하며 간구하곤 했습니다.

그러나 형편은 더욱 악화되어 여인은 각자 먹을 것을 구해 보라고 아들들을 한 명씩 세상으로 보냈습니다. 첫째 아들이 베드로였습니다. 그는 집을 떠나서 오랫동안 여행을 하다가 깊은 숲 속에 들어가게 되었습니다. 숲에서 길을 잃은 베드로는 빠져나갈 방도를 찾아보았으나 점점 더 깊이 들어갈 뿐이었습니다.

그러는 동안 자꾸만 허기가 져서 베드로는 더 이상 서 있을 수조차 없을 정도가 되었습니다. 마침내 땅에 쓰러진 그는 자기의 죽음이 가까웠다고 생각했습니다. 그 때 갑자기 작은 꼬마 하나가 옆에 와서 섰습니다. 그 꼬마는 천사처럼 빛나고, 다정하며, 맑았습니다. 꼬마가 손을 잡아 끌자 베드로는 눈을 들어 그 아이를 쳐다보았습니다. 꼬마가 말했습니다.

"왜 그런 형편없는 모습으로 거기 쓰러져 있나요?"

"아아, 난 빵을 구하기 위해 온 세상을 헤매고 다녔단다. 약속의 날이 왔을 때 구주를 보고 싶기 때문이지. 그게 나의 가장 큰 소망이란다."

"저를 따라 오세요. 아저씨의 소망이 이루어질 거예요."

꼬마가 말했습니다. 꼬마는 베드로의 손을 이끌고 절벽 사이에 있는 커다란 동굴로 갔습니다. 안으로 들어서니 모든 것이 황금과 은과 수정으로 만들어져 반짝이고 있었고, 동굴 한가운데에는 12개의 황금 요람이 줄지어 있었습니다. 천사가 말했습니다.

"첫 번째 요람에 누워서 한숨 주무세요. 제가 편안히 잠재워 드릴게요."

베드로가 천사의 말대로 하자 천사는 그가 잠이 들 때까지 요람을 흔들며 노래를 불러 주었습니다. 그가 잠들 무렵, 역시 자기의 수호 천사에게 이끌려온 둘째도 베드로와 마찬가지로 편안하게 잠이 들었습니다. 그러고 나서 다른 형제들이 하나 둘씩 들어오더니 마지막 열두 번째 형제까지 모두 황금 요람에 누워서 잠이 들었습니다. 그들은 구주가 세상에 태어나던 날 밤까지 300년 동안 그 곳에 잠들어 있었습니다.

그러고 나서 깨어나 구주와 함께 세상을 동행했는데, 사람들은 그들을 12사도라고 불렀습니다.

3

장미

옛날에 어느 여인에게 자식이 둘 있었습니다. 그 중 막내는 매일 숲에 가서 나무를 해 왔는데, 한 번은 아주 깊은 산 속으로 들어갔다가 한 소년을 만났습니다. 그 소년은 믿을 수 없을 정도로 기운이 세서, 그를 도와 부지런히 나무를 모으고 또 무거운 것을 집까지 들어다주기까지 했습니다. 그러고 나서 소년은 한쪽 눈을 찡긋해 보이고는 어디론가 사라졌습니다. 막내 아들은 숲에서 있었던 일을 어머니께 이야기했습니다.

그러나 어머니는 처음에 그 말을 믿지 않았습니다. 그러자 막내 아들은 장미꽃을 들고 와서 어머니께 보이며 그 소년이 이 꽃봉오리에서 꽃이 활짝 피면 다시 오겠다고 했다는 말을 했습니다. 어머니는 그 장미꽃을 꽃병에 꽂았습니다. 어느 날 아침 아들이 일어나지 않아 이상하게 여긴 어머니가 아들의 방에 가 보니 막내 아들이 죽어 있었습니다. 그러나 그 얼굴은 매우 행복해 보였습니다. 바로 그 날 아침 장미 송이가 활짝 피었습니다.

4

하늘 나라로 가는 길

옛날에 왕자가 있었습니다. 그는 깊은 생각에 잠겨 괴로워하다가 들로 나갔습니다. 너무나 맑고 아름다운 파란 하늘을 바라보던 그가 한숨을 쉬며 말했습니다.

"저 하늘 나라에서 산다면 얼마나 멋질까!"

그 때 한 노인이 그가 있는 쪽으로 걸어왔습니다. 왕자는 그 노인에게 물었습니다.

"하늘 나라에 가려면 어떻게 해야 하지요?"

노인이 대답했습니다.

"가난하고 겸손해야 해요. 내 넝마를 걸치고 7년 동안 세상을 두루 돌아다니며 세상의 온갖 불행을 배우세요. 돈을 벌어서는 안 됩니다. 배가 고프면 마음이 착한 사람에게 빵 한 조각을 구걸해서 먹으세요. 이것이 하늘 나라에 들어갈 수 있는 방법을 터득하는 길입니다."

그리하여 왕자는 자신의 화려한 옷을 벗고 넝마를 걸쳤습니다. 그리고 그는 세상에 나가 온갖 불행을 겪었습니다. 그는 약간의 음식만을 구걸했을 뿐 말은 전혀 하지 않았습니다. 다만 하느님께 언젠가는 자기를 하늘 나라로 데려가 달라고 기도했습니다.

7년이 다 지나고 아버지가 사는 성으로 돌아왔을 때는 아무도 그를 알아보지 못했습니다. 그는 하인들에게 이렇게 말했습니다.

"가서 내 부모님께 내가 돌아왔다고 전해라."

하인들은 그의 말을 믿으려 하지 않고 비웃으며 그냥 서 있도록 내버려 두었습니다. 그래서 왕자가 다시 말했습니다.

"가서 내 형제들을 내려오게 해라. 그들을 다시 한 번 보고 싶다."

하인들은 그 말도 듣지 않았습니다. 마침내 그들 중 한 명이 왕자들에게 가서 그 말을 전했지만, 왕자들 역시 아무도 믿으려 하지 않고 관심조차 갖지 않았습니다. 왕자는 할 수 없이 자기 어머니에게 자기가 겪은 온갖 불행을 글로 적어 보냈습니다.

　그러나 자기가 왕자라는 것은 밝히지 않았습니다. 왕비는 그를 불쌍히 여겨 궁전 계단 밑에 살도록 하고 하인 두 사람을 시켜 매일 그에게 먹을 것을 가져다주게 했습니다. 그 중 마음씨가 못된 하인은 이렇게 말했습니다.

　"왜 우리가 저 거지에게 이렇게 좋은 음식을 주어야 하지?"

　그래서 그는 왕자에게 주어야 할 음식을 자기가 먹거나 개에게 주고, 여위고 쇠약해진 왕자에게는 단지 물만 주었습니다.

　그러나 다른 하인은 정직한 사람이어서 자기가 받은 음식을 꼬박꼬박 왕자에게 갖다주었습니다. 비록 많지 않았으나 왕자는 그것으로 얼마간 생명을 연장할 수가 있었습니다. 그러나 그렇게 묵묵히 참아내는 동안 그는 점점 더 여위어 갔습니다. 병세가 지극히 나빠지자 그는 마지막으로 성찬식에 참여하기를 바랐습니다.

　때마침 그 예식이 치러질 시기였으므로 그 마을과 인근 지역에서 일제히 교회 종소리가 울려 퍼졌습니다. 사람들과 사제가 그가 있는 계단 밑을 찾아가 보니 그는 한 손에 장미를 들고, 다른 한 손에는 백합 한 송이를 든 채 죽어 있었습니다. 그리고 그의 옆에는 자기의 이야기를 적은 글이 놓여 있었습니다.

　그가 묻힌 후 그의 무덤 양 옆에는 장미와 백합이 피어났습니다.

5

하느님의 음식

　옛날에 두 자매가 있었습니다. 언니는 자식이 없고 부자인 반면에 동생은 자식을 다섯이나 둔 가난한 과부였습니다. 동생은 너무나 가난해서 자신은 물론 아이들조차 먹을 것이 없었습니다. 그러던 어느 날 괴로움에 지친 동생이 언니를 찾아가 하소연했습니다.

　"언니, 나와 아이들이 너무나 굶주리고 있어요. 언니는 부자니까 우리에게 먹을 것을 좀 나눠 주세요."

그러나 언니는 많은 재물을 가졌지만 마음은 돌처럼 차가운 사람이었습니다. 그녀는 화를 내며 동생을 내쫓았습니다.

"집 안에 남아 있는 게 하나도 없어."

잠시 후 언니의 남편이 돌아와 아내에게 빵을 좀 달라고 했습니다. 그런데 그녀가 빵을 써는 순간 빵에서 시뻘건 피가 콸콸 쏟아져 나오는 것이었습니다. 그것을 본 언니는 겁에 질려 낮에 있었던 일을 남편에게 이야기했습니다.

남편은 동생을 돕기 위해 황급히 달려갔습니다. 그 집 거실에 들어선 그는 팔에 두 어린아이를 안고 기도하고 있는 과부를 발견했습니다. 큰 아이 셋은 이미 숨진 채 바닥에 누워 있었습니다. 그가 약간의 음식을 아이 어머니에게 내밀자 그녀는 더듬거리며 이렇게 말했습니다.

"우리에게는 더 이상 이 세상의 음식이 필요없어요. 우리 세 아이들을 만족하게 해주신 주님께서 우리 나머지 세 명의 기도에도 응답해 주실 줄 믿으니까요."

나머지 두 자녀가 그녀의 상처받은 가슴 위에서 숨을 거두고 나자 말을 마친 그녀도 바닥에 쓰러져 숨을 거두고 말았습니다.

6

세 개의 푸른 나뭇가지

옛날에 산 아래 숲 속에 홀로 살면서 오로지 기도와 선행만을 하며 사는 수도자가 있었습니다. 저녁이면 그는 하느님께 영광을 돌리며 양동이로 산허리까지 물을 길어 날랐습니다. 그 곳에 세찬 바람이 불어와 산봉우리의 흙과 공기를 메마르게 했기 때문에 거기서 사는 동물들은 그가 날라다 주는 물로 겨우 목을 축일 수가 있었고, 식물들도 그 물로 생기를 되찾곤 했습니다.

또 사람을 보면 달아나는 산새들도 빙빙 날다가 마실 물을 찾아 날아오곤 했습니다. 그 수도자의 신앙심이 매우 두터웠으므로 눈에 보이는 하느님의 천사가 그의 발길을 보살펴 주었고, 또 그의 일과가 끝나면 그에게 먹을 음식을 가져다주었습니다. 그 옛날 하느님의 명을 받은 까마귀가 선지자에게 먹을 것을 공급했듯이 말이지요.

이 수도자의 신앙생활도 원숙해질 나이가 된 어느 날이었습니다. 멀리서 한 불쌍한 죄인이 교수대로 끌려가고 있는 것을 본 그는 혼잣말로 이렇게 중얼거렸습니다.

"저 남자는 자기가 마땅히 치러야 할 대가를 치르는거야."

그런데 그 날 저녁 그가 산에 물을 길어 나를 때는 어찌된 일인지 항상 그와 동행하며 그에게 먹을 것을 가져다주던 천사가 보이지 않았습니다. 수도자는 두려움을 느끼며 뭔가 잘못을 저질러 하느님께서 노하신 것이 아닌지 헤아려 보았지만 도무지 알 수가 없었습니다. 그는 먹지도 마시지도 않고 땅에 엎드려 밤낮으로 기도를 했습니다.

어느 날 다른 때보다 더 비통하게 울부짖고 있는 그의 곁에서 작은 새 한 마리가 너무도 아름답고 장엄하게 노래를 했습니다. 그는 더욱 의기소침해져서 말했습니다.

"네 노랫소리는 정말 경쾌하구나! 하느님께서 네게는 화를 내시지 않은 모양이야. 주께서 나의 어떤 행동에 화가 나신 건지 네가 말만 해준다면, 나는 회개를 하고 다시 마음이 가벼워질 수 있을 텐데!"

그 때 작은 새가 말했습니다.

"그건 당신이 교수대로 끌려가는 죄인을 비난하는 잘못을 저질렀기 때문이에요. 그 때문에 하느님께서 화가 나신거죠. 심판은 오직 하느님만이 하실 수 있는 거랍니다. 하지만 당신이 잘못을 회개하고 죄를 뉘우친다면, 그분은 당신을 용서해 주실거예요."

그러고 나자 천사가 나타나 마른 나뭇가지 하나를 주며 말했습니다.

"이 마른 나뭇가지에 세 개의 푸른 작은 가지가 나올 때까지 이걸 가지고 다니세요. 밤이 되어 잠자리에 들 때는 이걸 머리에 베고 누워야 합니다. 이 집 저 집으로 다니면서 먹을 것을 구걸하되, 한 집에서 하룻밤 이상을 머물러서는 안 돼요. 이것이 하느님께서 당신에게 명령하신 회개방법입니다."

그리하여 수도자는 그 나뭇가지를 들고 한동안 그가 떠나 있었던 세상으로 다시 나갔습니다. 그는 문간에 서서 사람들에게 음식을 얻어 먹었습니다. 그러나 대부분의 사람들이 그의 구걸을 거절했고 문조차 열어 주지 않을 때가 많았으므로 빵 한 조각 얻어먹지 못한 채 하루 해가 지기 일쑤였습니다.

그러던 어느 날이었습니다. 그 날도 그는 해가 뜰 때부터 해가 질 때까지 하루 종일 이 집 저 집을 돌아다녔으나, 누구 하나 그에게 먹을 것을 주는 사람이 없었고 잠자리를 마련해 주는 사람도 없었습니다. 그는 할 수 없이 숲으로 들어갔다가 집으로 개조해서 쓰고 있는 동굴 하나를 발견했습니다. 동굴 안에는 할머니 한 분이 앉아 있었습니다.

"친절하신 부인, 제가 여기서 하룻밤 보낼 수 있도록 허락해 주십시오."

수도자가 말했습니다. 그러나 할머니는 이렇게 대답했습니다.

"그러고 싶어도 그럴 수가 없다우. 내게는 아들이 셋 있는데, 모두 마음씨가 고약하고 사나워요. 그 애들이 도둑질을 마치고 돌아와서 당신이 있는 걸 알면 아마 우리 둘 다 죽여 버리고 말거유."

"제발 있게 해주십시오. 그들이 부인이나 나를 해치지는 못할겁니다."

할머니는 측은한 생각이 들어 그의 청을 받아들여 주고 싶어졌습니다. 수도자는 계단 밑에 자리를 잡고 나뭇가지를 머리 밑에 베고 누웠습니다. 그것을 본 할머니가 그 이유를 물었습니다. 그는 자기가 회개하기 위해 그것을 들고 다니며, 밤이면 그것을 베개로 쓰고 있다고 말을 해주었습니다. 그리고 자기가 교수대로 끌려가는 죄수를 보고 마땅히 받을 벌을 받는 거라고 말을 해서 하느님을 화나게 했노라는 말도 고백했습니다. 그 때 할머니가 갑자기 슬피 울며 울부짖었습니다.

"겨우 그 정도의 말로 주께서 당신에게 그런 벌을 내리셨다면, 심판의 날에 우리 세 아들이 주 앞에 나간다면 어떤 일이 벌어지겠수?"

자정에 집으로 돌아온 도둑들은 왁자지껄하게 떠들며 놀았습니다. 그들이 불을 피우자 동굴 안이 환해지면서 계단 밑에 한 남자가 누워 있는 것이 눈에 띄었습니다. 그들은 화를 내며 자기 어머니에게 소리를 질렀습니다.

"이 남자는 누구죠? 아무도 동굴 안에 들여놓지 말라고 했잖아요!"

그 어머니가 대답했습니다.

"그를 그냥 놔둬라. 그는 지금 자기 죄를 회개하고 있는 죄인이란다."

"무슨 죄를 저질렀는데요? 이봐, 늙은이, 당신 죄가 뭔지 말 좀 해봐."

수도자는 몸을 일으켜 자기가 말 몇 마디로 어떻게 죄를 짓게 되었으며, 하느님께서 왜 그에게 화를 내셨는지에 대해서 이야기를 해주었습니다. 그리고 자기는 지금 자기의 죄를 속죄하고 있는 중이라는 말도 했습니다. 도둑들은 그의 말에 깊이 감동하게 되었고, 자기들이 이제까지 행해 온 일들을 생각하며 두려움을 느끼게 되었습니다. 그들은 자기들의 영혼을 돌아보며 지난날을 진실로 참회하기 시작했습니다.

수도자는 이 세 명의 죄인을 회개시키고 나서 계단 밑에 누워 다시 잠이 들었습니다. 그러나 다음 날 아침 그는 숨을 거두었습니다. 그의 머리 밑에 놓았던 마른 나뭇가지에서는 세 개의 푸른 나뭇가지가 솟아났습니다. 그리하여 하느님께서는 그를 용서하셨고 그를 다시 당신의 품에 품으셨던 것입니다.

7

성모 마리아의 작은 잔

어느 날 한 마부가 수레를 끌고 가고 있었습니다. 그런데 포도주를 너무 많이 실었기 때문에 수레가 땅에 처박혀 움직이질 않았습니다. 기를 쓰며 움직이려고 해보았지만 수레는 꿈쩍도 하지 않았습니다. 그 때 성모 마리아가 지나가다가 그 광경을 보았습니다. 무엇이 문제인지를 안 성모 마리아가 마부에게 말했습니다.

"전 지금 지치고 목이 말라요. 제게 포도주를 좀 주시지 않겠어요? 그러면 제가 마차를 움직이게 해 드릴게요."

마부가 말했습니다.

"기꺼이 드리지요. 그런데 포도주를 따를 잔이 없군요."

그러자 성모 마리아는 빨간 줄무늬가 있는 잔 모양의 메꽃 하나를 따 와서 마부에게 건네 주었습니다. 마부는 거기에 포도주를 가득 따라 주었습니다. 성모 마리아가 포도주를 마시자마자 마차가 곧 움직이기 시작했습니다. 그리고 마부는 가던 길을 계속 갔습니다.

그 때부터 그 작은 꽃을 '성모 마리아의 작은 잔'이라고 부르게 되었습니다.

8

외로운 할머니

어느 큰 마을에 혼자 사는 외로운 할머니 한 분이 있었습니다. 어느 날 저녁, 할머니는 홀로 방에 앉아 남편을 잃었던 일과 두 아들을 잃었던 일, 그리고 나서 친척들도 하나 둘씩 가고 마침내 그 날 마지막 남은 벗까지 죽게 되었던 일들을 하나하나 떠올리고 있었습니다. 이제 그 할머니는 홀로 남겨진 채 거기 앉아 있었습니다. 이 모든 죽음이 할머니를 몹시 슬프게 했습니다. 특히 사랑하는 두 아들을 잃었을 때는 너무나 슬픈 나머지 그들을 데려간 하느님을 원망했습니다.

아무 생각 없이 앉아 있을 때, 문득 미사를 알리는 종소리가 들려 왔습니다. 할머니는 자기가 너무 큰 슬픔에 잠겨 시간 가는 줄도 몰랐나 보다 하고 등불을 켜서 들고 교회를 향했습니다. 교회에 도착해 보니 이미 안에는 불이 환하게 켜져 있었는데, 교회에서 쓰는 촛불이 아니라 궁궐에서나 쓰는 것 같은 밝은 전등불이었습니다. 안에는 이미 사람들로 꽉 차서 할머니가 주로 앉던 자리에도 이미 누군가가 앉아 있었습니다. 모든 자리에 사람들이 꽉 들어차 있었습니다.

그런데 앉은 사람들을 보니 모두가 이미 세상을 떠난 할머니의 친척들로 한결같이 옛날 옷을 입고 있었습니다. 그들의 얼굴은 창백했고, 아무 말도 하지 않았으며 노래도 부르지 않았는데, 다만 부드러운 신음 소리만이 교회 안에 울려 퍼졌습니다. 이윽고 한 친척이 할머니에게 다가와서 말했습니다.

"저 제단을 보세요. 당신의 아들들입니다."

할머니는 자기의 두 아들이 거기 있는 것을 보았습니다. 한 명은 교수대에 매달려 있었고, 다른 한 명은 자동차 바퀴에 찢겨 있었습니다. 그 친척이 말했습니다.

"봤지요? 당신 아들들이 계속 살아 있었을 경우에 당했을 일이에요. 그래서 하느님께서는 그들이 아직 천진난만한 어린아이였을 때 데려가기로 하셨던 겁니다."

할머니는 떨리는 마음으로 집으로 돌아와 무릎을 꿇고 자기가 생각했던 것보다 훨씬 더 자상한 면을 보여 주신 하느님께 감사했습니다.

그리고 다음 날에 할머니는 편안히 숨을 거두었습니다.

9

하늘 나라의 결혼잔치

한 농부 소년이 있었습니다. 그는 성당에서 신부님이 다음과 같이 말하는 것을 들었습니다.

"누구든지 하늘 나라에 들어가고자 하는 사람은 늘 똑바른 길을 걸어야 합니다."

이 말을 들은 소년은 그 길로 출발하여 뒤도 돌아보지 않고 언덕이든 골짜기든 똑바로 앞만 보고 걸어갔습니다. 마침내 소년이 도착한 곳은 커다란 마을의 성당 한복판이었고, 마침 거룩한 예배 준비가 한창이었습니다. 그 곳이 무척 화려했으므로 소년은 거기가 하늘 나라인 줄로만 알았습니다. 소년은 매우 기뻐하며 자리에 앉았습니다. 예배가 끝난 후 성당지기가 와서 소년에게 이제 그만 가라고 말하자 소년이 대답했습니다.

"싫어요. 전 절대로 가지 않을 거예요. 전 지금 마침내 하늘 나라를 찾게 되어 너무나 행복한걸요."

그래서 성당지기는 신부님께 가서 한 소년이 여기가 하늘 나라인 줄 알고 성당을 떠나지 않으려 한다고 말했습니다.

"그 애가 그렇게 믿고 있다면 그냥 있게 해주게."

신부님은 그렇게 말하고 나서 소년에게 가서 여기서 시키는 일을 하겠느냐고 물었습니다.

"네."

소년은 기꺼이 대답하고 일을 했습니다. 그러나 결코 하늘 나라를 떠나려고는 하지 않았습니다. 소년은 성당에 있으면서 사람들이 나무로 조각한 어린 예수상을 들고 성모 마리아 상 앞에 나아가 무릎을 꿇고 기도하는 모습을 보며 '저 분이 우리 하느님이시구나.' 하고 생각했습니다.

"보세요, 하느님. 하느님께서는 너무나 야위셨군요! 틀림없이 사람들이 하느님을 굶주리게 했을거예요. 하지만 제가 이제부터 매일같이 제 음식의 반을 하느님께 나눠 드리겠어요."

그 날부터 소년은 매일 자기 음식의 절반을 성모상에다 가져다 드렸고, 그러면 성모상은 기쁘게 그 음식을 받아 먹었습니다. 몇 주가 지나자 성모상이 좀 무겁게 느껴지고 살도 찌고 힘도 세어진 것을 안 사람들은 깜짝 놀랐습니다. 신부님조차도 그 일을 이해할 수가 없었습니다. 신부님은 성당에 남아 있다가 소년의 뒤를 밟아 그가 성모상에게 음식을 나눠 주는 것과 성모상이 그것을 먹는 것을 목격하게 되었습니다.

얼마 후 소년이 아파서 며칠 동안 자리에서 일어나지 못했습니다. 병이 낫게 되자 소년이 제일 먼저 한 일은 성모상에게 음식을 가져다 드리는 일이었습니다. 소년을 뒤따라 간 신부님은 소년이 말하는 소리를 들었습니다.

"하느님, 제가 오랫동안 하느님께 음식을 가져다 드리지 못했다고 해서 나쁘게 생각지 말아 주세요. 제가 그동안 아파서 일어날 수가 없었거든요."

그러자 성모상이 소년에게 말했습니다.

"네 마음은 이미 알고 있으니, 그것으로 충분하다. 다음 주일에 너를 결혼 잔치에 데리고 가마."

소년은 기뻐하며 이 말을 신부님께 전했습니다. 소년의 이야기를 들은 신부님은 소년에게 이렇게 부탁했습니다.

"성모상에게 가서 나도 함께 데려가 달라고 말해 보겠니?"

소년이 신부님의 이야기를 전하자 성모상은 이렇게 대답했습니다.

"아니다. 너만 오너라."

신부님은 소년에게 우선 성체배령을 받고 준비를 하라고 했습니다. 소년은 기쁜 마음으로 이 제의를 받아들여, 그 다음 주일에 성체배령을 받을 때 쓰러져 숨을 거두었습니다. 그리하여 소년은 하늘 나라의 영원한 결혼잔치에 참석하게 되었습니다.

10

개암나무 가지

어느 날 오후, 아기 예수가 요람에 누워 잠을 자고 있을 때였습니다. 그의 어머니가 다가와 기쁜 얼굴로 바라보며 말했습니다.

"잠들었니, 아가야? 그래, 자는 소리가 나는구나. 네가 자는 동안 산에 가서 너를 위해 딸기를 좀 따 가지고 오마. 네가 깨어나면 틀림없이 좋아하리라는 걸 나는 알고 있단다."

어머니는 숲 한 쪽에 있는 좋은 딸기들을 발견했습니다. 그런데 막 딸기를 따려고 몸을 구부리는 순간 풀숲에서 독사가 나와 마리아를 위협했습니다. 딸기를 놓고 달아나는 예수의 어머니를 독사가 뒤쫓았습니다. 성모 마리아는 곧 어떻게 해야 할지 생각해 냈습니다. 바로 어린이 여러분이 알고 있는 그 방법이에요. 개암나무 뒤에 숨고 서서 독사가 지나가기를 기다리는거지요. 그러고 나서 딸기들을 주워 모아 집으로 돌아오면서 마리아는 이렇게 말했습니다.

"이번에 이 개암나무가 나를 지켜 주었듯이 앞으로 다른 사람들도 지켜 줄 거야."

초록빛 개암나무 가지가 예로부터 독사나 여러 종류의 파충류로부터 사람들을 안전하게 지켜 주게 된 이유가 바로 여기에 있답니다.

그림 형제 연보

야코프 그림(Jacob Grimm) 연보

1785. 4. 1	야코프 그림, 독일 하나우에서 출생.
1802-06	마르부르크 대학에서 법학 공부.
1804	중세 법률에 관한 필사본들을 연구하기 위해 자비크니를 따라 파리로 감.
1808	베스트팔렌의 제롬 왕의 전속 사서가 됨.
1814-15	빈 회의에 참석.
1816	카셀의 선거후 도서관 사서가 됨.
1818	「독일의 전설」 출판.
1822	「어린이와 가정을 위한 이야기」 출판.
1828	「독일 법제사 자료」 출판.
1829	괴팅겐 대학 교수·사서로 부임.
1837	「독일어 문법」(1819~37) 출판.
1840	베를린 왕립대학 아카데미 교수로 부임.
1848	프랑크푸르트에서 소집된 국민회의 의원이 됨.
1863. 9. 20	베를린에서 사망.

빌헬름 그림(Wilhelm Grimm) 연보

1786. 2. 24	빌헬름 그림, 하나우에서 출생.
1803-06	마르부르크 대학에서 공부.
1814-29	카셀의 선거후 도서관 사서.
1830	괴팅겐 도서관 사서.
1831	괴팅겐 대학 교수.
1837	'괴팅겐의 7교수' 중의 한 명으로 선정.
1838	카셀로 돌아감.
1841	베를린 왕립대학 아카데미 교수로 부임.
1859. 12. 16	베를린에서 사망.

독일 헤센주 하나우 지역에 있는
그림 형제 국가 기념비

현대지성 클래식 1
어른을 위한 동화
그림 형제 동화전집

1판 1쇄 발행 1999년 4월 25일
2판 1쇄 발행 2015년 1월 26일
2판 12쇄 발행 2023년 12월 27일

지은이 그림 형제
그린이 아서 래컴
옮긴이 김열규
발행인 박명곤 **CEO** 박지성 **CFO** 김영은
기획편집1팀 채대광, 김준원, 이승미, 이상지
기획편집2팀 박일귀, 이은빈, 강민형, 이지은
디자인팀 구경표, 구혜민, 임지선
마케팅팀 임우열, 김은지, 이호, 최고은

펴낸곳 (주)현대지성
출판등록 제406-2014-000124호
전화 070-7791-2136 **팩스** 0303-3444-2136
주소 서울시 강서구 마곡중앙6로 40, 장흥빌딩 10층
홈페이지 www.hdjisung.com **이메일** support@hdjisung.com
제작처 영신사

ⓒ 현대지성 2015

※ 이 책은 저작권법에 따라 보호받는 저작물이므로 무단 전재와 복제를 금합니다.
※ 잘못 만들어진 책은 구입하신 서점에서 교환해드립니다.

"Curious and Creative people make Inspiring Contents"
현대지성은 여러분의 의견 하나하나를 소중히 받고 있습니다.
원고 투고, 오탈자 제보, 제휴 제안은 support@hdjisung.com으로 보내 주세요.

현대지성 홈페이지

"인류의 지혜에서 내일의 길을 찾다"
현대지성 클래식

1. **그림 형제 동화전집**
   그림 형제 | 김열규 옮김 | 1,032쪽
2. **철학의 위안**
   보에티우스 | 박문재 옮김 | 280쪽
3. **십팔사략**
   증선지 | 소준섭 편역 | 800쪽
4. **명화와 함께 읽는 셰익스피어 20**
   윌리엄 셰익스피어 | 김기찬 옮김 | 428쪽
5. **북유럽 신화**
   케빈 크로슬리-홀런드 | 서미석 옮김 | 416쪽
6. **플루타르코스 영웅전 전집 1**
   플루타르코스 | 이성규 옮김 | 964쪽
7. **플루타르코스 영웅전 전집 2**
   플루타르코스 | 이성규 옮김 | 960쪽
8. **아라비안 나이트(천일야화)**
   르네 불 그림 | 윤후남 옮김 | 336쪽
9. **사마천 사기 56**
   사마천 | 소준섭 편역 | 976쪽
10. **벤허**
    루 윌리스 | 서미석 옮김 | 816쪽
11. **안데르센 동화전집**
    한스 크리스티안 안데르센 | 윤후남 옮김 | 1,280쪽
12. **아이반호**
    월터 스콧 | 서미석 옮김 | 704쪽
13. **해밀턴의 그리스 로마 신화**
    이디스 해밀턴 | 서미석 옮김 | 552쪽
14. **메디치 가문 이야기**
    G. F. 영 | 이길상 옮김 | 768쪽
15. **캔터베리 이야기(완역본)**
    제프리 초서 | 송병선 옮김 | 656쪽
16. **있을 수 없는 일이야**
    싱클레어 루이스 | 서미석 옮김 | 488쪽
17. **로빈 후드의 모험**
    하워드 파일 | 서미석 옮김 | 464쪽
18. **명상록**
    마르쿠스 아우렐리우스 | 박문재 옮김 | 272쪽
19. **프로테스탄트 윤리와 자본주의 정신**
    막스 베버 | 박문재 옮김 | 408쪽
20. **자유론**
    존 스튜어트 밀 | 박문재 옮김 | 256쪽
21. **톨스토이 고백록**
    레프 톨스토이 | 박문재 옮김 | 160쪽
22. **황금 당나귀**
    루키우스 아풀레이우스 | 송병선 옮김 | 392쪽
23. **논어**
    공자 | 소준섭 옮김 | 416쪽
24. **유한계급론**
    소스타인 베블런 | 이종인 옮김 | 416쪽
25. **도덕경**
    노자 | 소준섭 옮김 | 280쪽
26. **진보와 빈곤**
    헨리 조지 | 이종인 옮김 | 640쪽
27. **걸리버 여행기**
    조너선 스위프트 | 이종인 옮김 | 416쪽
28. **소크라테스의 변명·크리톤·파이돈·향연**
    플라톤 | 박문재 옮김 | 336쪽
29. **올리버 트위스트**
    찰스 디킨스 | 유수아 옮김 | 616쪽
30. **아리스토텔레스 수사학**
    아리스토텔레스 | 박문재 옮김 | 332쪽
31. **공리주의**
    존 스튜어트 밀 | 이종인 옮김 | 216쪽
32. **이솝 우화 전집**
    이솝 | 박문재 옮김 | 440쪽
33. **유토피아**
    토머스 모어 | 박문재 옮김 | 296쪽
34. **사람은 무엇으로 사는가**
    레프 톨스토이 | 홍대화 옮김 | 240쪽
35. **아리스토텔레스 시학**
    아리스토텔레스 | 박문재 옮김 | 136쪽
36. **자기 신뢰**
    랄프 왈도 에머슨 | 이종인 옮김 | 216쪽
37. **프랑켄슈타인**
    메리 셸리 | 오수원 옮김 | 320쪽
38. **군주론**
    마키아벨리 | 김운찬 옮김 | 256쪽
39. **군중심리**
    귀스타브 르 봉 | 강주헌 옮김 | 296쪽
40. **길가메시 서사시**
    앤드루 조지 편역 | 공경희 옮김 | 416쪽
41. **월든·시민 불복종**
    헨리 데이비드 소로 | 이종인 옮김 | 536쪽
42. **니코마코스 윤리학**
    아리스토텔레스 | 박문재 옮김 | 456쪽
43. **벤저민 프랭클린 자서전**
    벤저민 프랭클린 | 강주헌 옮김 | 312쪽
44. **모비 딕**
    허먼 멜빌 | 이종인 옮김 | 744쪽
45. **우신예찬**
    에라스무스 | 박문재 옮김 | 320쪽
46. **사람을 얻는 지혜**
    발타자르 그라시안 | 김유경 옮김 | 368쪽
47. **에피쿠로스 쾌락**
    에피쿠로스 | 박문재 옮김 | 208쪽
48. **이방인**
    알베르 카뮈 | 유기환 옮김 | 208쪽
49. **이반 일리치의 죽음**
    레프 톨스토이 | 윤우섭 옮김 | 224쪽
50. **플라톤 국가**
    플라톤 | 박문재 옮김 | 552쪽
51. **키루스의 교육**
    크세노폰 | 박문재 옮김 | 432쪽
52. **반항인**
    알베르 카뮈 | 유기환 옮김 | 472쪽
53. **국부론**
    애덤 스미스 | 이종인 옮김 | 1,120쪽

현대지성 클래식 살펴보기